群

A NOVEL

法蘭克·薛慶 Frank SCHÄTZING

der Schwarm

推薦

無國界小說

◎郝譽翔（作家、台北教育大學語文與創作學系教授）

看到《群》，許多讀者可能會被它的厚度嚇一大跳，望而卻步。但是，如果打開第一頁，閱讀下去，便會很快地，不由自主地被作者精彩的敘事手法給吸引住了，而想要一章接著一章讀下去。那種感覺，就彷彿是在經歷一趟又一趟壯闊又迷人的海洋之旅，而法蘭克·薛慶實在是一個最佳的舵手，或是導遊，他從海洋的角度，將地球切割、重組，而在讀者的面前，攤開了一張無比繁複、卻又令人驚嘆不已的世界地圖。

閱讀《群》，我才知道所謂「無國界」的小說，應該是什麼模樣。除了亞洲以外，《群》所跨越的版圖，幾乎是涵蓋了歐、美、非三大洲，故事的「序章」從祕魯環嘉可的一位漁夫開始，然後場景逐漸轉移，到挪威、加拿大溫哥華、法國里昂，德國基爾、美國紐約、加納利群島……，從極地、格陵蘭海、阿拉伯海、格里夸灣到西非沿海……，從賞鯨船、實驗室、獨立號到飛行甲板，從海面、大陸棚、海溝到海底……，全書宛如是萬花筒一般，不斷地變化出嶄新的場景，而將一切國度或是自然的疆界，全都消弭於無形。所以閱讀起來，實在不禁要讓人大呼過癮。而且在我有限的記憶之中，應該是沒有哪一本小說，比起《群》要來得更加包羅萬象，更加全球化了吧。這些看似生硬的海洋生物、地質或科技等知識，更被法蘭克·薛慶用流暢且有趣的筆法，經過消化和重組，成了一則懸疑的冒險故事、驚悚的推理小說，或是科幻傳奇，而讀者更在不知不覺中，吸收了許多海洋和環保的新知，甚至被小說結尾處，一段語重心長的宗教省思所感悟。

和法蘭克．薛慶一樣，我也是熱愛海洋，熱愛潛水的人，然而，我不得不佩服他為了寫作《群》所下的苦功，以及他淵博的知識和考證資料的用心，實在大幅超過了絕大多數的海洋文學作家，令人嘖嘖稱奇。而《群》也讓我從此對於海洋，有了豁然開朗的視野——祂再也不只是一個抒情的審美對象了，而是一個值得去潛心探索，甚至解讀其中密碼的巨大生物。而祂所能訴說的故事，可能遠比我們所能想像的更加神奇、浩瀚、無邊，和迷人。

近幾年來，台灣頗流行環遊世界之旅，但與其花大錢，走馬看花式的到此一遊，那還不如打開《群》這本小說吧，不必一口氣讀完，只要每日逐一閱讀，便會對於全球化的版圖和環保議題，有了更完整的認識。在閱讀《群》的過程中，我經常會聯想到觀賞DISCOVERY影片時的感覺，然而，文字有時還要勝過攝影機的鏡頭，因為文字更能創造出想像的空間，而在讀者的眼前，展開了比影像更具有說服力，甚至更具有魅力的畫面。也因此鍾愛海洋的人，一定不可錯過這本小說；而未來得及去親近海洋的人，更要讀這本小說，必定會由此認識到海洋的迷人之處，絕對不只是搭乘香蕉船出海，或是穿比基尼拍照而已。海洋就在我們的周圍，環繞著我們，但諷刺的是，我們對於祂的了解還不如對太空的認識。祂到底有多深？多廣？在那見不到光的深處，到底有沒有潛藏著一種生物，將對人類的世界發出反撲呢？或許《群》不能給我們解答，但它已對那神祕莫測的黑暗，投射下一束耀眼的光。

群
DER Schwarm

作　　者　法蘭克・薛慶 Frank Schätzing
譯　　者　朱劉華、顏徽玲

野人文化股份有限公司
社　　長　張瑩瑩
總　　編　蔡麗真
責任編輯　徐子涵
行銷企畫　林麗紅
封面設計　井十二設計研究室
美術設計　黃暐鵬
校　　對　許凱鈞
行銷經理　林麗紅
行銷企畫　蔡逸萱、李映柔

出　　版　野人文化股份有限公司
發　　行　遠足文化事業股份有限公司（讀書共和國出版集團）
地址：231新北市新店區民權路108-2號9樓
電話：(02)2218-1417　傳真：(02)8667-1065
電子信箱：service@bookrep.com.tw
網址：www.bookrep.com.tw
郵撥帳號：19504465遠足文化事業股份有限公司
客服專線：0800-221-029
法律顧問　華洋法律事務所　蘇文生律師
印　　製　成陽印刷股份有限公司
初版首刷　2007年09月
六版一刷　2024年02月

I S B N　9789863843511（紙本）
9789863848981（EPUB）
9789863848974（PDF）

特別聲明　有關本書中的言論內容，不代表本公司／出版集團之立場與意見，文責由作者自行承擔

歡迎團體訂購，另有優惠，請洽業務部(02)22181417分機1124

群：海洋生態史詩小說／法蘭克・薛慶(Frank Schatzing)作；朱劉華，顏徽玲譯.
－五版.－新北市：野人文化出版：遠足文化發行，2019.06
面；　公分.－(故事盒子；15)
譯自：Der Schwarm
ISBN 978-986-384-351-1（平裝）

875.57　　108006092

目錄

致謝

洋洋灑灑近千頁、又滿載科學知識的書，通常是受了許多聰明人的協助，事實上也是如此。
我謹在此向他們致謝：

Uwe A. O. Heinlein 教授，德國，美天旎生物技術公司，
謝謝他關於Yrr和「會思考的基因」理論，以及沉澱在美酒杯底的靈感

Manfred Reitz 博士，耶拿分子生物技術研究所，謝謝他關於外來生命的觀點和許多Yrr的啟發性的想法

Hans-Jürgen Wischnewski，前內閣長，
感謝他以三個小時概括了半世紀的經驗，和一場有著罌粟子蛋糕的愉快會面

克立夫・羅伯茲，加拿大溫哥華，海床船業公司常務董事，
感謝他以專業身分和岳父的立場提供的建議──他在書裡單純的扮演他自己

Bruce Webster，海床船業公司，感謝他的時間、耐性和對廿六個煩人問題的詳細回覆

傑哈・波爾曼教授，德國基爾，吉奧馬研究中心、不來梅大學，
感謝他的水合物專業知識，並成為本書的重要角色

海科・薩林博士，不來梅大學，感謝他確認關於蟲子的所有細節，和他的參與演出

艾文・蘇斯教授，吉奧馬研究中心，感謝他在一個陽光燦爛的午休時間提供的深海知識

Christopher Bridges 教授，德國，杜塞爾多夫大學，感謝他關於黝黑海底的詳細描述

Wolfgang Fricke 教授，德國漢堡，哈堡技術大學，感謝他耗費了非常有建設性的兩天在崩坍的細節上

Stefan Kruger 教授，哈堡技術大學，感謝他毫不厭倦的針對沉船細節指出錯誤

Bernhard Richter 博士，德國勞埃德船級社，感謝他在創作災難的嶺峰期，所提供的電話援助

Giselher Gust 教授，哈堡技術大學，感謝她敏銳的思考和關於洋流的點子

Tobias Haack，哈堡技術大學，感謝他在各類船隻內部的腦力勞動

Stefan Endres 提供了賞鯨、印第安人，和從小飛機上方躍過的大型哺乳動物資訊

Torsten Fischer，不來梅港的艾佛列－韋格納研究院，謝謝他提供我研究一艘科研船的機會

Holger Fallei在乾船塢裡提供了一次北極星號的全面考察

Dieter Fiege博士，德國法蘭克福，森肯柏格博物館，謝謝他當了一天的蟲子

Björn Weyer，海軍人員，感謝他協助通敵——當然只是在小說層面上

Peter Nasse，提供十分珍貴的聯繫和長期的熱心相助

Ingo Haberkorn，柏林聯邦刑偵廳，協助構思人類以外的犯罪行為時的危機處理

Uwe Steen，科隆警察局公關部，協助構思在Yrr的時代中，人們會作何反應

Dieter Pittermann，提供前往鑽油平台的交通往來、有關特倫汗的科學知識和其他幫助

Tina Pittermann，幫我建立起和她父親的聯繫，和向她奶奶借書，並耐心的等候我歸還書

Tina的奶奶，提供了參考用書

Paul Schmitz，協助攝影，拋下音樂工作兩年，他常懷堅定不移的信念：永遠不老！

Jürgen Muthmann，為沒耐心搭飛機的小說家介紹祕魯漁業，儘管距離遙遠，但我們心意相通

Olaf Petersenn，我信賴的編輯，他讓我懂得什麼叫「刪節」

Helge Malchow，出版社負責人，感謝他信任和出版這部社史上最厚的書

Yvone Eiserfey，謝謝她設計的德文版書封，顯然她有認真讀這本書

Jürgen Milz，我的朋友、合夥人，感謝他的諒解，以及表演了在暴風雨的海上駕駛一艘小船的藝術

謝謝出版社的全體人員

特別要感謝我的父母Rolf和Brigitte，我真誠地感謝他們，他們永遠在我身邊，他們已經陪同我行駛過許多平靜和兇惡的水域，在濃霧中仍舊知道如何把握航向

在大自然的循環中，結束也就是另一個開始。按照這個美麗的邏輯，一場致謝的結束才是真正的序章。我所有的日子都開始、結束又重新開始於我所能盼望最美好的事物——我的愛。有人說莎賓娜是我的祕密編輯，另一些人乾脆說她是我的好運道。兩者都對。我的愛，我為妳寫下這本書

本書獻給莎賓娜

愛情，比海洋更深邃

hishuk ish ts'awalk

萬宗歸一

——加拿大，溫哥華島，努恰努爾特部落

序章
PROLOGUE

1/14

祕魯海岸，環嘉可

某個星期三，璜．納希索．烏卡南的命運在沒人在乎的情況下改變了。雖然，這起事件在幾個星期後，還是被注意到了。只不過烏卡南的名字依舊未被提起，他不過是眾多犧牲者中的一名罷了。如果能夠直接問他，那天早上到底發生了什麼事，也許會發現：烏卡南的意外和同一時間地球上其他地方所發生的事件，有許多雷同之處。甚至，從烏卡南的觀點來看，或許可以看出這些事件很久以後才逐漸明朗的關聯性。

但烏卡南已經無法再對這個祕密提供半點訊息了，而祕魯北海岸環嘉可前方的太平洋也無法開口解釋。烏卡南就像那些曾經被他捕獲的魚一樣，再也不能說半句話；當他成為統計數字中的一員時，整個事件已發展到另一階段。至於烏卡南的下落，早就無人聞問了。

何況在一月十四日以前，根本沒有人對他和他的重要性感興趣。烏卡南對於近年來環嘉可發展成海灘休閒勝地一事，一點兒也不高興，而那些天真的外來客把當地居民駕著老式草船出海當作世界太平的想法，對他也沒任何好處。

他們都還這般出海，其實應該叫落伍。大多數的同業早就靠著拖網漁船和生產魚粉、魚油為生了。拜這些同業之賜，祕魯漁獲量雖然逐漸下降，但仍有辦法與智利、俄羅斯、美國及亞洲幾個重要國家並列為漁業王國。完全無視聖嬰現象的存在，環嘉可仍迅速向四面八方擴展，飯店一家接著一家蓋，就連最後一塊自然保育區都肆無忌憚地犧牲掉了。更可怕的是，幾乎所有的人都來插一腳，從中牟利。除了烏卡南之外，所有的人都被收買了。烏卡南一無所有，僅剩一艘名為**卡巴列柁**的小船。卡巴列柁西班牙文原意為

「小馬」，當時西班牙統治者著迷於它特有的船型，而以「小馬」命名。但依目前這種情況來看，就連卡巴列柁也快瀕臨絕種了。

這個新的千禧年一開始，烏卡南就已注定要被排除在外了。

他開始覺得不知所措。有時他覺得被聖嬰現象懲罰。有史以來它便不斷造訪祕魯，對此他束手無策。他也覺得被漁業會議上對於過量捕撈及趕盡殺絕只會高談闊論的環保人士懲罰。在這類會議上經常可以看到一些政客，形式上是出席會議，眼光卻慢慢轉移到那些被控訴的漁業大亨，直到他們赫然驚覺，他們看到的不過是鏡中的自己，一樣都是既得利益者。然後，他們把眼光投向烏卡南，一個對於這場生態災難根本無能為力的人。他既不祈求海上有大型魚工廠出現，也不希望日韓漁船徘徊在兩百海浬外海，伺機獵捕本地漁獲。烏卡南沒有罪過，但當時他並不十分確定。另一方面，他感到羞恥，好像數百萬噸的鮪魚和鯖魚全是被他從海裡抓上來的。

當時他二十八歲，算是碩果僅存的年輕漁夫。

他的五個哥哥都在利瑪工作。他們把烏卡南當作笨蛋，因為他竟然願意駕著一艘比衝浪板還簡陋的船隻出海，然後在一望無際的海洋中等待壓根不會出現的鰹魚和鯖魚。他們不斷告訴他，對死人吹氣是無望之舉。但烏卡南的脾氣遺傳自父親那種年屆七十還每天出海的怪脾氣。至少在幾個星期前他的父親還出過海。現在，老烏卡南不再捕魚了。他因奇怪的咳嗽症狀以及臉上的斑點而臥病在床，除此之外還有逐漸失去意識的徵兆。烏卡南堅定地認為，只要他還堅持傳統，老爸就會繼續活下去。

數千年前，早在西班牙人登陸美洲大陸前，烏卡南的祖先，雲加人及莫希人就懂得用蘆葦編製草船出海捕魚。他們居住的範圍，從北部海岸一直到現在的庇斯可城地區，其漁獲量足以供應百萬人所在的大都會昌昌。當時那兒還遍布著**瓦嘉庫司**，也就是鄰近海岸的沼澤，因為蘊含了地下淡水，所以蘆葦長得非常茂盛。烏卡南和他的族人，就如同他們的祖先一樣，利用這些蘆葦編製卡巴列柁。

編製卡巴列柁需要巧手與心平氣和的個性。這種小船真可說是獨一無二，船身長三到四公尺，船首細長、向上彎曲；重量輕，不容易下沉。過去，上千艘有「金色之魚」美稱的這種小船，來往穿梭在海岸地區。當時，就算在條件不佳的狀況下出海，也都能滿載而歸，而且漁獲量恐怕比烏卡南這一代漁夫美夢中的還要多。

但是沼澤正在逐漸消失當中，更別說是蘆葦了。

至少聖嬰現象還可以預期。每隔幾年接近聖誕節之際，寒冷的祕魯洋流溫度上升，熱帶東風消失，海中養分貧乏，鯷魚、鯖魚和沙丁魚由於沒有食物來源都不見蹤影。也因此，烏卡南的祖先稱這個現象為El Niño，意思是「聖嬰耶穌」。有時聖嬰只是輕微地擾亂一下自然秩序，但每隔四、五年，它就從天而降來個大災難，好像要把地球上所有人類毀滅一樣。龍捲風、三十倍的降雨量、致命的土石流──每一回都有數百人喪生。聖嬰現象來來去去，一如往昔。雖然人們並不樂見其來訪，但總還有個心理準備。然而，自從太平洋地區開始使用開口可容納十二架巨無霸客機並排的大型圍網後，連禱告都嫌多餘了。

當烏卡南駕著卡巴列柁在波浪中搖擺之時，他正想著自己究竟有多愚蠢。既愚蠢又罪過。應該說所有的人都有罪過，因為我們選擇與基督守護神為伍，然而祂卻是個既不反抗聖嬰現象，也不反抗漁業協會及政府協定的守護神。

從前，在祕魯有神祕崇拜，烏卡南想著。他聽過一些有關考古學家在特魯希略城附近的前哥倫布時期神殿內的發現：在月亮金字塔的後方躺了九十具骷髏，有男人、女人，甚至小孩，有的被擊斃，有的被刺死。聽說是為了制止西元五六〇年的大洪水，當時的祭司絕望地犧牲了九十條人命當作祭品。接著，聖嬰現象便奇蹟似地消失了。

而我們要犧牲誰來阻止過量捕撈呢？

烏卡南陷入沉思。他是個虔誠的基督徒。他敬愛耶穌基督。但他也朝拜漁夫的守護神聖佩卓。烏卡南從來沒有錯過任何一個聖佩卓日，而且總是全心全意地參加。這一天，木製的聖佩卓神像被船載到各個村莊。人們白天上教堂，一到晚上便轉而投入異教儀式。神祕偶像崇拜正如火如荼地流行著。然而究竟哪個祂可以拯救這個聖嬰耶穌也不願伸出援手的地區？聖嬰申明祂和漁夫的苦難沒有關聯，祂的影響力也無法掌控大自然所帶來的災難，至於過量捕撈更是政治家及說客的事了。

烏卡南看看天空，眨了眨眼。看來今天天氣會很好。

目前祕魯西北部就像理想國一樣。好幾天都是萬里無雲的天氣。這麼早，大部分衝浪者都還躺在被窩裡。大約半小時前，烏卡南駕著他的卡巴列柁在柔和的波浪裡搖擺著，一起出海的還有十來個漁夫。那時太陽都還不見蹤影。漸漸地，它從陰暗的山後升起，把整個海面染上了粉彩般的光影。無垠的遠方剛才還是銀色的，這會兒已慢慢呈現藍色。在水平線之處，隱約可見正駛向利瑪的大貨船。

烏卡南無視這清晨美景的存在，從後方拿出**卡卡**，這是一種卡巴列柁漁夫用的紅色魚網，長數公尺，上面掛滿不同尺寸的鉤子。他上身挺直地蹲在蘆葦船上，帶著批判的眼神查看織工細密的網。卡巴列柁裡沒有地方可坐。倒是船尾有個不小的空間，可以堆放魚網和其他捕魚裝備。他把船槳橫放在前面，船槳是將一根南美洲特產的竹子剖成兩半製成的，祕魯境內沒有其他地區使用這種材料當作船槳。這把槳是他父親的。他帶它出來，是為了讓父親感受到他用這把槳向下划水的力量。自從父親生病以來，每天晚上烏卡南都把槳放在父親身邊，而且是放在右手上，好讓他感受到傳統的存在及生命的意義。

他希望父親能認出自己摸到的東西。老烏卡南連自己的兒子都認不得了。

烏卡南停止檢查卡卡。他在岸上已經檢查過一次。魚網是極有價值的東西，必須好好看管。一旦魚網遺失，即代表結束。在這場太平洋資源遊戲中，烏卡南已經是輸家，不過他可沒允許自己頹廢酗酒。他最不能忍受的就是那些絕望的眼神，以及那些把船和魚網荒廢一旁的人。烏卡南心裡很清楚，如果從鏡中看到自己有那樣的眼神，他可能會馬上結束生命。

他環顧四周。小小的卡巴列柁船隊在海面上分散開來。這些卡巴列柁是今早和他一起出航的，現在距離沙灘大概有一公里那麼遠。今天沒有什麼風浪，這幾匹小馬不像平常那樣跳上跳下。接下來幾小時裡，這些漁夫得耐著性子等，聽天由命地等。陸續有些較大的木製漁船及一艘拖網漁船加入，它們行經小草船旁，紛紛朝外海方向駛去。

烏卡南仍在觀望，看著同伴一個接一個把卡卡放入水中，然後小心翼翼地用繩索綁在船身上。大紅的球形浮標在水面上晃動著。烏卡南知道輪到他下網了，但他的思緒依然停留在過去的日子裡。他只是繼續呆呆地凝視著，沒有任何行動。

寥寥無幾的沙丁魚。就這樣。

他的目光隨著那艘愈來愈小的拖網漁船而去。今年當然也出現了聖嬰現象，但還不算嚴重。只要謹守界線，聖嬰就會擺出另一張臉，一張微笑的臉，一張友好親善的臉。祕魯洋流舒適的水溫，會吸引黃鰭鮪魚和鎚頭雙髻鯊誤闖祕魯北海岸，這個牠們原本並非很樂意造訪的海域。接著，聖誕節便有大餐可吃了。雖然本來該進魚網的小魚先進了大魚的肚子裡，但天下沒有盡是好事的道理。

也許，在這樣的日子出海，還是有機會滿載而歸的。

盡是一些沒用的想法。卡巴列柁不適合離岸太遠。不過集體行動時，它曾創下出航十公里的紀錄，一群小馬共同挑戰波濤，在浪尖奔馳。到外海去，主要的問題在水流。此外，如果天候不佳又加上逆風，那可要費上九牛二虎之力才能把卡巴列柁划回岸邊。

有些人從此一去不復返。

烏卡南在他的小草船上筆直蹲著。一大早他就等待著魚群出現，看來今天出現的機率渺茫。於是他又開始在太平洋上搜尋那艘拖網漁船的蹤影。他曾經有機會去大型漁船或是魚粉工廠工作，但這也是過去式了。九〇年代末期悲慘的聖嬰現象過後，很多工廠的工人也丟了飯碗。龐大的沙丁魚群再也沒有回來過。

他該怎麼辦才好？沒有漁獲他根本無法生活下去。

你可以教那些小妞衝浪。

這倒是另一種選擇。反正古老的環嘉可早已屈服在眾多旅館的淫威下。隨便挑一家旅館工作，看是釣觀光客、穿著一件可笑的夾克調雞尾酒，或是逗那些被寵壞的美國女人發笑。一同衝浪也好，滑水也好，或者晚一點在旅館房間裡辦事也行。

一旦烏卡南跟過去完全切斷關聯，他父親也將在那天死去。就算這老傢伙頭腦不清醒了，也應該感覺得到，他的小兒子已經失去信仰。

烏卡南緊緊握住拳頭，握到手指關節處都已慘白。他拿起船槳，下定決心跟著快要消失的拖網漁船前進。他的動作急促，充滿憤怒。他的船槳每下水一次，就離其他船遠一點。他愈划愈快，知道今天不會出現突如其來的大浪、激烈的海流或者西北風阻擋他回程的路。要是他今天不放手一搏的話，恐怕再也沒有機會了。至少在水較深的地區還有鮪魚、鰹魚和鯖魚。那些魚不會只屬於大型漁船。他當然也有一份。

過了好一會兒，他稍停一下看看後方。密密麻麻布滿房子的環嘉可變小了。四周包圍他的，只剩下海水。沒有半艘卡巴列柁隨後跟來。那些小船仍然停留在原地。

他的父親曾經提過，以前祕魯內陸有一個沙漠。如今，我們卻有兩個沙漠。第二個沙漠就是家門前的海洋。我們竟成了害怕降雨的沙漠民族。

他還是離海岸太近。

烏卡南繼續用力划時，又再度拾回信心。他一下子興奮起來，想像在無邊無際的海洋上馳騁他的小馬，朝目標前進，那兒有成千上萬閃亮的銀色背鰭在水面下穿梭，那兒可以看見座頭鯨噴氣，金槍魚跳躍。每划一槳，船就帶他離漁村腐敗的氣息更遠一些。烏卡南的手臂不由自主地划動著，等到他再度停下往陸地方向看，整個漁村只是骰子那麼丁點大的剪影，周圍布滿了白點——陽光下，漁村被新時代的黴菌，那些度假旅館重重包圍。

烏卡南忽然感到害怕。他以前從來不敢駕著卡巴列柁到這麼遠的地方來。搭乘大船和蹲在這狹窄的草船裡，簡直就是天壤之別。在晨霧中很難判斷距離，但他離環嘉可至少十二公里遠了。

他形單影隻。

他向聖佩卓祈求，祈求祂保佑自己平平安安，滿載而歸。接著，他深深吸了一口含有鹽味的清晨空氣。他拿出了卡卡，讓它不疾不徐地沉進水裡。那帶著魚鉤的魚網漸漸消失在朦朧天色裡，直到剩下紅色浮標在小船旁漂動著。

應該不會發生什麼事吧？天氣這麼好。更何況，烏卡南知道他此刻身在何處。附近海床布滿一種由火山岩漿凝結而成的崎嶇小山，山頂幾乎可高達水面。海葵、貝類及小蝦棲息在這些岩石上。許多小型魚類也在岩縫及洞穴裡生活。其他大型魚類如鮪魚、鰹魚及金槍魚會為了獵捕小魚而在這一帶出沒。但對拖網漁船來說，在此捕魚有觸礁的危險，且漁獲量恐怕也沒辦法令人滿意。

但對一個勇敢的卡巴列柁騎士而言，這裡的漁獲是綽綽有餘。

這天以來，烏卡南第一次露出笑臉。他上下晃動著。這裡的浪比近海的高了些，但在小草船上還算舒適。他伸了個懶腰，對著已經跳出山頭、金黃耀眼的太陽眨了眨眼。接著，他又抓起船槳划了幾下，在海流中控制住他的卡巴列柁。他蹲下來，打算在接下來幾小時中觀察不遠處在水面上跳動的浮標。

不到一小時就捕到三隻肥美的鰹魚。他把牠們擱在船上的置物堆裡。

烏卡南情緒高昂。這比過去四星期以來的收穫還要好。基本上他現在大可以打道回府，但是既然都來了，再多留一會兒也無妨。這一天的開始是如此美好，可能結尾會更好。

更何況世界上沒有人的時間比他更多。

他從容地沿著岩石划，把卡卡的線放得更長，然後看著浮標漂得愈來愈遠。他不時注意水色較淺的地方，那便是礁石的高處。和它們保持安全距離極為重要，這樣才不會鉤壞魚網。他打了幾個哈欠。

他可以感覺到繩索有輕微的拉扯。接著浮標被波浪的鋸齒吞噬。瞬間它們又突然出現，狠狠地被向上拋去，來回狂野地跳動了幾秒鐘之後，再度被拖下水。

烏卡南抓住繩索。這條繩索很堅韌，他抓得手都快破皮了。他詛咒著。下一秒他的卡巴列柁已經倒向一邊。烏卡南鬆一下手，以保持平衡。在水深處隱約可見浮標的紅色蹤影。繩索被向下筆直地拉著，像是上了箭的弓弦一樣，把這艘小蘆葦船的船尾慢慢往下拉。

天殺的，到底是怎麼一回事？一定有什麼又大又重的東西進了網裡。可能是條金槍魚吧。但是金槍魚的速度很快，照理會把小船拖著跑。不管魚網裡的東西是什麼，牠顯然很想向下衝。

烏卡南急忙把繩索抓回，船身也因此劇烈搖晃起來。他被往前拋入海裡。當他沉入水裡之際，水跑進他的肺部。冒出水面後，他又是咳嗽又是吐水，然後看著進水大半的卡巴列柁。尖形的船首垂直向天。船尾置物處的鰹魚也滑回海裡。眼巴巴看著魚溜走，他心中充滿氣憤與無奈。牠們消失了。他沒辦法跟著潛水追回，因為眼前要做的是搶救卡巴列柁，也就是拯救他自己。

整個早上的心血，全都付之一炬。

不遠處漂著船槳。烏卡南卻無心理會。他可以待會兒再拿。他整個人潛入水裡，使盡全力想要拉回往上翹的船首，但卡巴列柁仍然被用力往下扯。他慌張地匍匐至船尾，摸索著右手邊的船艙，直到尋獲他要的東西。感謝聖佩卓。他的刀子沒有漂走，潛水鏡也是，這兩樣是他除了卡卡以外最有價值的財產。

他用力砍了一刀，把繩索切斷。卡巴列柁馬上往上翹，烏卡南被狠狠甩了出去，在空中翻了幾圈。他感到一陣天旋地轉，頭向下往水面方向墜落。最後，他發覺自己恰好落在小草船上，用力喘息著。小草船輕微地搖擺著，彷彿什麼事也沒發生過。

他迷迷糊糊起身。浮標已消失匿跡。他開始探視水面，尋找船槳。船槳在離他不遠的地方。烏卡南用手划著卡巴列柁，朝船槳的方向移動，直到他的手可以搆著。把船槳擺好後，他又開始仔細打量周遭環境。

就是那兒，那些晶瑩剔透的淺水處。

烏卡南持續地大聲咒罵著。一定是太靠近海面下的礁石了，卡卡才會被鉤住。難怪會被往下拉。他一定是做了太多愚蠢的白日夢。浮標所在之處當然也就是魚網所在之處。只要魚網鉤在岩石間，浮標當然浮不上來，它們和魚網是相連的。對，這就是答案，準沒錯。但他還是摸不著頭緒，為什麼這一切會發生得如此急促，甚至讓他差點送命。他保住了一條性命，但弄丟了魚網。他不能弄丟魚網的。

烏卡南快速划著卡巴列柁回到出事地點。他往下探視，試圖從清澈的水面看出個究竟。除了一些不規則的淺色水塊，什麼也沒有。連個魚網和浮標的鬼影子都看不到。真的是這裡嗎？

他是個討海人，在海上度過好些日子。就算沒有儀器輔助，烏卡南也知道是這裡沒錯。就是在這裡，他得把繩索切斷，好讓小草船不被扯壞。魚網應當在這水面下的某處。他得找回他的魚網。

想到要潛水，烏卡南心裡一陣不願意。和大多數漁夫一樣，儘管他們游泳技術不錯，但基本上還是怕水。沒有一個漁夫是真的喜歡海。大海每天呼喚他們重新整頓出發，許多靠捕魚為生的人，根本無法忍受沒有海的日子，然而有海的日子其實也過得並不怎麼樣。大海消耗他們的精力，每捕一回魚就耗損一些，留下的便是坐在港口酒館裡那些死氣沉沉的遊魂，對生命沒有任何期待的肉身。

但是烏卡南有樣法寶。那是一個觀光客送的禮物。他從年初就開始帶著它出海。他從船艙拿出一副潛水鏡，對著它吐了幾口口水，接著小心塗抹鏡片，好讓它在水中不會起霧。接著，他用海水洗了一下潛水鏡，然後戴上，並將橡皮帶繞到後腦勺固定住。這副潛水鏡價格匪淺，邊緣都有軟矽膠墊著。他沒有呼吸器或呼吸管。這倒也沒必要。他自有能耐憋氣憋很久，足夠下潛一段時間，把魚網從礁石上解開。

烏卡南衡量了一下被鯊魚攻擊的機率有多大。通常在這區域不會遇到攻擊人類的鯊魚。曾經有少數雙髻鯊、灰鯖鮫或鯖鯊掠擊魚網的例子，但那發生在更遠的海域。祕魯還沒聽說有大白鯊出現過。更何況，在開放海域和在礁石附近潛水完全是兩回事，後者比較安全。烏卡南推測，他的魚網應該不是被鯊魚拉走的。這一切要歸咎於他自己的粗心大意。就是這樣。

他用力吸滿氣，頭朝前跳入水中。要訣是他得快速下潛，否則肺裡的空氣會使他如氣球般停滯於水面。他身體保持垂直，距離水面愈來愈遠。雖然從船上探看海底水色頗深，一旦入水後四周卻是一片明亮美好的光景，不僅可以清楚看見火山岩綿延數百公尺，還能看見陽光灑在岩石上的光點。烏卡南幾乎沒看見什麼魚，當下也沒那個心情。他在岩層間一心一意搜索卡卡。他不能在下面待太久，否則會有卡巴列柁漂到遠處的風險。如果幾秒鐘內仍毫無斬獲的話，他就得浮出水面，然後再試著找第二次。

倘若需要找十次呢？需要找半天呢？他不可能沒帶著魚網回家。

接著他看見浮標。大約在十至十五公尺深處，浮標在一塊崎嶇突出的山岩上方擺動。魚網就在那正下方。顯然有好幾個地方勾住了。小巧的珊瑚礁魚在網孔間鑽來鑽去，烏卡南一靠近，立刻四處逃散。他在水中挺直身體，並嘗試用腳踢開糾纏在岩間的卡卡。水流鼓起他敞開的襯衫。

此刻，他注意到，魚網已扯得破破爛爛了。這絕對不可能單純是岩石鉤壞的。究竟是什麼鬼東西在這裡肆虐？這東西現在在哪裡？

烏卡南心中一陣不安，趕緊動手拆解他的卡卡。看樣子，他有好幾天的修補工作要做。氧氣愈來愈稀薄。他可能沒辦法一次完全解開。就算是張殘破的卡卡，其價值也不可低估。

他稍稍停頓，想了一下。

這樣硬撐下去也不是上策。他得先浮出水面，查看卡巴列柁的位置，然後再捲土重來。

正當他腦中如此盤算著，四周有了些變化。原先，他以為是一片雲遮住了太陽。那些在岩石上躍動的光點消失了，岩石和植物也沒了影子……

他的手、魚網，所有的東西頓時失色。單單烏雲不足以解釋這突如其來的變化。短短數秒，烏卡南頭上那片天全暗沉下來。他放開卡卡，朝上看。

映入眼簾的是一大群跟人手臂一樣長的魚游過貼近水面之處。烏卡南大吃一驚，又吐出他肺中一些空氣。他吐著泡泡往上游，心想這一大群魚是從哪兒來的。他這輩子還沒見過這種事。這些魚似乎慢慢靜止下來，他只偶爾看到擺動的尾鰭，或是快速游動的魚。接著魚群突然調整了集體移動的角度，所有的魚聚集得更緊密了。

其實這是魚群的典型行為。但，還是不太對勁。烏卡南感到困擾的倒不是魚群的行為，而是魚本身。

這數量簡直太龐大了。

烏卡南旋轉幾圈。眼見所及是數不清的魚。數量相當驚人。他縮了一下頸子，發現魚群和輕拂水面的卡巴列柁背光勾畫出的船影之間，有個空隙。緊接著這最後一線希望也隨即消失。此刻變得更加昏暗，而烏卡南肺中空氣不足讓他開始感到疼痛不適。

金鯖魚嗎？他不知所措地猜想著。沒有人指望曾經豐饒的金鯖魚群會再度回來。他應該高興，因為金鯖魚市場價格非凡，一旦捕獲，便足以讓一個漁夫養家活口好一段日子。

烏卡南卻絲毫不感歡喜。取而代之的是慢慢滋長的恐懼。這魚群簡直太不可思議了。牠們從海平面一端分布到另一端。難道是金鯖魚毀壞了卡卡？一群金鯖魚？這怎麼可能呢？

我必須離開這裡，他心想。

他蹬離岩石，鎮靜、徐緩地往上游，慢慢吐出剩餘的空氣。他的身體被魚群緊緊包圍，把他和水面、光線及小草船分開。身在魚群中，他的每個動作幾乎都是枉然，身旁全是一堆外凸無神的魚眼。烏卡南覺得，魚群好像是因為他才無中生有的，是衝著他來的。

牠們要攔阻我，這想法突然在他心中閃現。**牠們要阻撓我回到船上**。

他一陣惶恐，心臟急促地跳著。他無法留意自己的速度，無法顧及他的卡卡和浮標，更不用提他的卡巴列柁了。他一心一意只想著如何穿過這密集的魚群重回水面，回到有光之處，回到有空氣的地方，回到安全的所在。

有些魚開始往旁邊擴散。魚群中有個東西逶迤游向烏卡南。

過了好一陣子，風吹拂了起來。

依舊萬里無雲。天候良好。海浪比之前稍微大了些，但程度還不至於讓小船上的人感到不舒服。

但是，那裡沒有半個人的身影。

唯獨留下那艘卡巴列柁，同類中碩果僅存的那艘，在寬廣的海面上輕輕地漂著。

第一章
異常
ANOMALIES

第二位天使把碗倒在海裡，海就變成血，好像死人的血；海中所有的生物都死了。第三位天使把碗倒在江河與眾水的泉裡，水就變成血了。我聽見掌管眾水的天使說，你這樣審判是公義的……

啟示錄，十六：二～五

上星期，智利海岸有具龐大的不明生物屍體被沖上岸，這具屍體正在空氣中迅速腐爛。根據智利海防人員報告，這只不過是一具大型生物屍體的一小部分而已。這種神祕的大型生物在海中曾有活體被觀察過的紀錄。智利專家指出，他們並未發現任何骨骼，也就是脊椎動物屍體腐爛後會留下的遺跡。這副屍塊和鯨的體積比起來實在大太多，而且兩者味道也不相似。由目前所有的認知判斷，這種生物和所謂的深海海怪有著驚人的雷同之處，其類似膠質的屍塊被沖上岸的例子時有所聞。至於這到底是哪一種生物，最多僅能推測而已。

CNN，二〇〇三年四月十七日

3/4

挪威海岸，特倫汗

對高等學校和研究中心來說，這座城市太過舒適了。尤其是巴克蘭德特區及莫樂貝格區，簡直難以和科技都會聯想在一起。在這片由木屋、公園、小教堂、河邊小築，以及詩情畫意的後院所構成的田園風光中，絲毫感受不到先進感，儘管挪威一所頗具規模的大學——挪威科技大學就坐落在此。

很少有城市可以像特倫汗一樣，能把過去和未來結合得如此天衣無縫。正因如此，西谷．約翰遜對於能夠居住在此感到幸福。他住在莫樂貝格區古老的教堂街，一棟有白色前階梯和門楣的黃赭色斜頂屋的一樓。這景致真不知會讓多少好萊塢導演激動落淚。儘管約翰遜感謝命運，慶幸自己所熱愛的海洋生物學是當今熱門的研究方向之一，但是此刻能引起他興趣的卻很有限。

約翰遜是個夢想家，就如其他夢想家一樣，他既憧憬未來的新事物，也喜歡緬懷傳統。他的生命完全以凡爾納*精神為指標。沒有人能像這位法國大人物，可以把對機器時代的狂熱、極端保守的騎士精神，及追求不平凡事物的興趣，結合得如此完美。然而當下生活就好比一隻蝸牛，背載著壓力及世俗爬行。這種生活和西谷．約翰遜的夢想世界格格不入。約翰遜做的，僅是認清現實生活對他的要求，不期待它們有什麼大作為。

這天近午，他開著吉普車經過冬天的巴克蘭德特區，穿越閃閃動人的尼德瓦河，正前往挪威科技大

---

* Jules Verne，法國十九世紀科幻小說家，想像力豐富、崇尚科學、又帶著浪漫風格，著名作品有《環遊世界八十天》、《海底兩萬哩》、《從地球到月球》等。

學。他剛從一個偏僻小村的森林深處度完周末回來。

若是夏天，他會開輛積架跑車，行李箱擺個野餐籃，裡面裝著剛出爐的新鮮麵包、美食店包裝精美的鵝肝醬和一小瓶佐餐酒，最好是一九八五年份的。

自從約翰遜從奧斯陸搬來後，他慢慢找到屬於自己的小天地，那是一些尚未被急需度假的特倫汗人及觀光客打擾的地方。兩年前一個偶然的機會，他在一個荒涼的湖邊發現一棟破舊的鄉村小屋。為此他欣喜若狂，花了不少時間尋找屋主——那人在挪威國家石油公司工作，屬於管理階級，目前住在斯塔萬格。因此，購屋過程快了許多。屋主相當高興有人願意接手，於是隨意賣了個很低的價錢。接下來幾個星期，約翰遜找來一些非法居留的俄羅斯工人整修這棟破屋子，直到它成為想像中的庇護所，就如十九世紀那些講究享樂的生活家所擁有的鄉間度假小屋一般。

在漫長的夏日傍晚，他坐在門廊上，面對著湖，閱讀湯瑪士・摩爾、約拿遜・史威福特和H・G・威爾斯*的經典小說；聆聽馬勒、西貝流士，或是顧爾德演奏的鋼琴曲、傑利畢達克指揮的布魯克納交響曲。他在屋裡布置了個小型圖書館。和他的CD一樣，約翰遜幾乎所有藏書都有兩本，一本放城裡，一本放這兒。他希望無論身在何處，都能有一份在手。

約翰遜開著車緩緩上坡。眼前是挪威科技大學的主建築，它宛若一座雄偉的城堡，卻坐落在廿一世紀，屋頂覆著皚皚白雪。校區在這棟建築後面延伸出去，有教室和實驗室，聚集了大約一萬名學生，活像個小城市，到處充滿熱鬧喧擾的氣息。約翰遜滿足地嘆了口氣。湖邊生活十分愜意，寂寞但充滿靈感。夏天時他曾帶心臟學系主任的女助理去過幾次。他們是在巡迴演講時認識的，很快就進入狀況，可惜夏末約翰遜便結束了這段關係。他不想定下來，至少他很清楚事實。他五十六歲，她比他小了整整三十歲。這樣的關係能夠維持幾個星期，對他而言算是美好的。要維持一輩子就甭想了，約翰遜也一向不允許其他人闖入他的生活。

他把車停在為他預留的車位上，然後走到自然科學學院。在通往辦公室的路上，他腦中仍回想著最近一次停留湖邊的情景，因此差點沒看見蒂娜．倫德。她人站在窗邊，一等他進門便立刻把頭轉向他。「你遲到了，」她開玩笑說，「是因為紅酒的關係，還是有人不想讓你走？」

約翰遜冷笑了一下。倫德受雇於國家石油公司，但目前大部分工作時間都耗在欣帖夫研究中心，那是歐洲少數由基金會贊助、龐大且具獨立性的研究機構之一。而挪威近海工業也特別感謝欣帖夫的襄助，使他們得以迅速發展。欣帖夫與挪威科技大學的密切合作，也使特倫汗這個科技研究重鎮因此威名遠播。欣帖夫的機構遍布鄰近區域。至於倫德的事業可算是一帆風順，沒花多少時間就接任專案經理，負責處理新開發的石油事務。幾周前，她才在海洋科技研究所為欣帖夫再添設了一個據點。

約翰遜一邊脫外套，一邊看著她高䠷的身影。他喜歡蒂娜．倫德。幾年前他們曾嘗試交往，但後來還是覺得維持一般友誼關係比較好。從那時起，他們的往來就僅限於工作上交換意見，偶爾才會一起出去吃個飯。「老男人需要充足的睡眠，」約翰遜回答，「妳想喝杯咖啡嗎？」

「如果你剛好有煮的話。」

他看了一下祕書室，的確有一壺咖啡在那裡。只是祕書不見人影。

「只加牛奶，」倫德嚷著。

「我知道，」約翰遜把咖啡倒入兩個大杯子，為她那杯加了些牛奶，然後走回辦公室。「我知道妳所有的一切。妳忘了啊？」

「你還不到這個程度吧！」

「還沒啊，真是謝天謝地。坐吧。什麼風把妳吹來的？」

倫德拿起她的咖啡，啜了一口，沒有坐下來的意思。「我認為，是一隻蟲。」

＊ Thomas More，二十世紀初英國空想社會主義者；Jonathan Swift，《格列佛遊記》作者；Herbert George Wells，十九世紀英國小說家。重要著作有《時光機器》、《隱形人》、《世界大戰》、《攔截人魔島》等。

約翰遜挑了一下眉毛看著她。倫德回看了一眼，好像期待他趕快發表高見似的，但她根本連問題都還沒提。毫無半點耐性，真是超典型的倫德。他喝一口咖啡，「什麼叫做妳認為？」

她沒有回答，反而從窗台上拿起一個密閉的鋼製容器，放在約翰遜面前。「看看裡面有什麼。」

約翰遜把栓子拉開，打開蓋子仔細觀看。容器裡半盛滿水，有個長形、毛毛的東西在裡面打轉。

「你知道這是什麼嗎？」倫德問。

他聳聳肩。「是蟲吧。兩隻相當可觀的樣本。」

「我們也這麼認為。但究竟是哪一種蟲，讓我們傷透了腦筋。」

「你們又不是生物學家。這是多毛綱。聽說過嗎？」

「我知道多毛綱是什麼，」她遲疑了一下，「你能不能鑑定種類？我們急著交報告。」

「那好吧。」約翰遜彎腰仔細觀看，「的確是多毛綱，還挺漂亮的，顏色真鮮豔，海底有一大堆，至於是哪一種，我不知道。你們擔心什麼啊？」

「如果我們知道就好了。」

「連你們也不知道？」

「牠們來自陸棚邊坡，水深七百公尺處。」

約翰遜抓了抓下巴。容器裡的動物抽搐地轉動著。牠們想吃東西，他猜。不過，沒有牠們能吃的東西。倒是他認為值得注意的是，牠們竟然還活著。因為絕大部分的深海生物一旦被帶到地表，通常不會太好過。

他又多看了幾眼。「我是可以瞧瞧。明天再回報妳，行嗎？」

「太好了，」她停頓了一下，「你一定是發覺了什麼怪異之處吧。從你的眼神可以看得出來。」

「可能吧。」

「是什麼呢？」

「不十分確定。畢竟我不是動物分類學家。多毛綱的顏色和形狀類別都很豐富。就連我，算是知識淵博的了，都還摸不透牠們。這個嘛……哎呀，我還不知道。」

「真可惜，」倫德的表情略顯黯淡，接著又笑了笑，「你何不立刻著手研究，中午吃飯時告訴我結果？」

「這麼急？妳以為我在這裡沒事做啊？」

「我想，你到這個時間才現身，應該不會有一堆工作壓著你吧。」

真不巧，竟被她料中。「好吧，」約翰遜嘆口氣，「一點在餐廳見面。我可以切一小塊組織嗎？還是妳打算和牠們進一步交朋友？」

「做你認為對的決定就是了。待會見，西谷。」

她匆匆忙忙走出去。約翰遜看著她，一面問自己，如果他倆的感情繼續發展下去，是否會相當精采。倫德的生活宛如衝鋒陷陣。對他這種要慢慢品味愛情，又不喜歡窮追不捨的人來說，實在太緊張了。

他檢閱了一下郵件，打了幾通早該回的電話，接著把裝著蟲的容器帶進實驗室。他絕不懷疑這是多毛綱。多毛綱和水蛭一樣都屬環節動物門，基本上不算複雜的生物體。儘管如此，動物學家還是為之著迷，其來有自。多毛綱是最古老的生物之一。根據化石考證，牠的出現約可追溯至五億年前，且自寒武紀中期後幾乎沒有外形上的改變。牠們極少在淡水水域或溼地出沒，絕大多數分布於海洋，且多在深海。牠們翻攪海底土壤覓食魚蝦。大部分人覺得這種動物很噁心，因為保存在酒精裡的展示標本完全失去牠們原有的鮮豔色彩。約翰遜看著這深海底下倖存的古老奇蹟，相對之下，在他眼裡牠們可是絕世美女。

他觀察容器中帶著章魚般的疣以及白色毛束的粉紅色軀體許久。接著，他滴些鎂液在蟲身上，好讓牠們完全放鬆。殺死蟲的方法有好幾種，最常用的就是把牠們丟入酒精、伏特加或是透明的烈酒裡。從人類的觀點看來，這種死法就如醉死一般，還不算最差。但是從蟲的角度來看，可就不一樣了。若未先讓牠們身體放鬆的話，牠們會掙扎抵抗，縮成硬硬的一團。這便是為何要滴鎂液的原因。動物的肌肉會因而鬆弛，接下來就任人處置。

為謹慎起見，他先把一隻蟲冰凍起來。多留一個樣本總是好的，以免日後要做基因分析或是穩定性同位素研究。他把另一隻蟲放進酒精裡，觀察了一會兒，再放到工作台上量長度。這隻蟲將近十七公分長。接著，他縱切剖開蟲身，驚訝地發出讚嘆聲。「天啊！」他說，「你的牙牙可真漂亮。」

從體內構造看來，各種跡象顯示這是隻環節動物。牠的口器縮在身體裡面。多毛綱動物覓食時，此部位能快速伸出，包括甲殼質的頜和好幾排細小的齒。約翰遜看過這類動物從裡到外不下千百次，但這麼大的頜可真讓他大開眼界。他觀察這隻蟲愈久，就愈加懷疑這個種類曾經有人描述過。只有少數幸運兒可以發現到新物種，他想著，也許他的名字將在科學史上永垂不朽……

但他並不十分有把握，於是在網路上搜尋了好一陣子。搜尋結果令他相當驚訝。這種蟲的確有人提過，卻又找不到進一步資料。約翰遜愈來愈好奇，一頭栽了進去，幾乎忘了到底為何要鑑定這種蟲。當他急急忙忙通過校園裡架著玻璃屋頂的廊道趕到餐廳時，已經遲到十五分鐘了。他衝進餐廳，瞥見倫德坐在邊桌，便立刻朝她走去。她坐在一棵棕櫚樹樹蔭下，對他揮手。

「不好意思，」他說，「妳等很久了嗎？」

「等了好幾小時，我都快餓死了。」

「我們可以吃雞絲煲，」約翰遜建議，「上周這道菜做得很棒。」

倫德點點頭。認識約翰遜的人都知道他講究品味，聽他的準沒錯。她點了杯可樂，他則允許自己喝杯白酒。當他把鼻子湊近酒杯嗅聞軟木塞遺留下的氣味時，倫德卻明顯坐不安席。「怎麼樣啊？」

約翰遜啜了一小口，嘴唇輕輕嘖了一下。「還不錯。清新又有味道。」

倫德不解地看著他。接著轉了一下眼睛。

「好啦。」他把酒杯放回，兩腿交叉。他覺得玩弄倫德的耐心是件有趣的事。至少就星期一上午來指派他工作這件事而言，她是該受點折磨的。「環節動物，多毛綱，我們剛才已經研究到這裡。妳該不會要我提供一份完整的報告吧。這可是要花上十天半個月的。我暫時把妳這兩個樣本歸為突變種或新種，或者，更精確的說法是，兩種都是。」

「你的回答還真精確啊。」

「抱歉。你們從哪兒弄來這隻動物？」

倫德描述了地點。那裡離陸地還有一段距離，就是挪威陸棚陷入深海之處。約翰遜聽得若有所思。

「我可以請教你們在那裡做什麼嗎？」

「研究大西洋鱈魚。」

「喔，還有鱈魚啊。真是令人欣慰。」

「別說笑了。你知道想挖石油會有的問題吧。我們不願事後因忽略了注意事項而被指責。」

「你們要蓋鑽油平台？不是早就沒有油可挖了？」

「眼前這不是我的問題，」倫德不耐煩地解釋，「我的問題是，到底那個點可否建平台。我們還未在那麼遠的外海挖過，技術尚待評估。無論如何，我們得先證明我們有尊重大自然。所以我們前往預定地勘察，看有哪些動物出沒，周圍環境如何，才不至於惹上麻煩。」

約翰遜點點頭。自從挪威漁業部厲聲譴責，每天有百萬噸工業廢水排入海裡，倫德就忙著處理北海會議的結論報告。充滿化學物質的工業廢水被北海無數抽油站連同海底原油一起抽出，而這些水和原油的混合物在海底下已有好幾百萬年的時間。一般是用物理方法將水和油團分離，再將水直接排回海裡。幾十年來從未有人質疑過。直到挪威政府委託海洋科學機構進行一項研究計畫，結果讓環保人士和石油業者同樣咋舌。廢水中的某些物質會破壞鱈魚繁殖週期，作用有如雌激素，使得雄性鱈魚無法生育或性別變異。似乎也有其他物種遭受威脅。石油業者因此被強制立即停止排放廢水，必須另尋他途來解決排水問題。

「完全正確。你們確實有責任調查清楚你們在搞什麼鬼，」約翰遜說，「愈清楚愈好。」

「你還真是幫大忙呀。」倫德嘆氣，「總之，在大陸坡探測時，我們進入深水區域做了地震測量，還把機器人送到水深七百公尺處拍照。我們真的嚇了一跳，萬萬沒想到會在那底下發現牠們的蹤跡。」

「大驚小怪。本來就是到處都有蟲。那麼七百公尺以上的地方呢，你們有沒有發現什麼？」

「沒有。」她依舊坐不安席，「這該死的怪物到底是什麼啊？我得快點結案，我們還有一大堆工作哪。」

約翰遜用手托住下巴，「妳這蟲的問題在於，」他說，「牠們實際上是兩條蟲。」

她滿臉疑惑地看著他，「當然。我給你的是**兩條蟲**。」

「我不是這個意思。我是指這個物種。如果我沒弄錯的話，這是最近才在墨西哥灣發現的新物種，牠在海底出沒，並且與藉著甲烷維生的細菌共生。」

「甲烷？」

「沒錯。我接下來要說的才刺激呢。妳的蟲對這物種而言太大了。當然，有些多毛綱物種身長兩公尺或更長，而且還活得相當久。但妳的蟲是另一種類型，棲地屬於完全不同的區域。如果妳的蟲和在墨西哥灣發現的是同種的話，那麼牠們應該是從被發現後就可觀地成長。墨西哥灣種最長五公分，妳的卻有三倍長。更何況牠們還沒有在挪威陸棚出現過的紀錄。」

「這下可有趣了。你怎麼解釋？」

「妳別開我玩笑了。我無法解釋。目前我能想出的唯一答案，就是你們發現新物種了。恭喜恭喜。牠們和墨西哥冰蟲外形相似，但從尺寸和其他特徵看來卻又像是其他物種。說得再貼切一點，是原始蟲，而且是我們認為已經絕種的生物。一種小型的寒武紀巨獸。令我覺得奇怪的只是……」

他猶豫著。那地區可說是被石油業者拿著放大鏡來來回回仔細檢查過的，這麼大的蟲應該很容易被發現啊。

「你想說什麼？」倫德追問。

「這個嘛，要不就是我們都沒長眼睛，要不就是妳這些新朋友以前不曾出現在那地區。也許牠們來自更深海處。」

「我們的疑問是，牠們怎麼上來的？」倫德沉默了一會。接著她問：「你什麼時候可以交報告？」

「我就知道，妳又要施壓了。」

「總之我不能等一個月！」

「好啦，」約翰遜輕輕舉起手，「我得把妳的蟲送到世界各地去，這就是有人脈的好處。給我兩個禮拜。別想催我。就算我想快也快不了。」

倫德沒有回話。她發呆的時候，餐點送過來了，但她仍然一動也沒動。「你是說牠們吃甲烷？」

「是以吃甲烷的細菌維生，」約翰遜糾正她，「那是個頗為複雜的共生系統，最好由專家來解說。但這也是針對那個物種來說，我認為妳的蟲是其鄰近種，不過目前還不能夠證明。」

「如果牠比墨西哥灣種大，胃口應該也比較大，」倫德喃喃自語。

「胃口一定比妳的大，」約翰遜看著她絲毫未動過的盤子說，「對了，如果妳還能多弄來幾個怪物樣本的話，可能挺有幫助的。」

「那可是一點都不缺。」

「你們還有啊？」

倫德點點頭，眼神很怪異。然後她開始吃飯。「好幾十隻，」她說，「但是下面還有更多。」

「更多？」

「我估計應該有好幾百萬隻。」

3/12

加拿大，溫哥華島

日子來來去去，但是雨終未停歇。李奧‧安納瓦克怎麼也想不起來，上回這樣陰雨綿綿是什麼時候的事。他望著無際的海洋，水面和密布低垂的烏雲交界處形成了一道銀線。看樣子那後方有停雨的跡象。不過沒有人敢斷言，因為接踵而至的也可能是濃霧。太平洋呼風喚雨，通常不會事先知會任何人。

安納瓦克開著藍鯊號繼續朝外海前進，他的視線分秒不曾離開過水平線。藍鯊號是艘高馬力的大型橡皮艇，艇上正載滿了賞鯨客。十二個人穿著防雨裝備，配戴著望遠鏡和相機，但都一臉掃興。他們引頸盼望灰鯨和座頭鯨出現，已經超過一個半小時了。

每年二月，灰鯨和座頭鯨離開溫暖的下加利福尼亞及夏威夷海域，集體遷徙至北極區，為夏季覓食作準備。這趟旅程有一萬六千公里。牠們自太平洋出發，經過白令海、楚科奇海、北冰洋邊緣，最後抵達可以飽食小蝦和端足目動物的樂園。當白晝開始縮短，牠們便再度遠游，回到墨西哥。在那裡牠們得以不受最大天敵虎鯨的威脅，繁衍下一代。每年，這些巨大的海洋哺乳動物會經過卑詩省和溫哥華島海域兩次，因此一年有好幾個月的時間，圖芬諾、優庫路列和維多利亞等地的賞鯨站都一位難求。

今年卻不如往常。

長久以來，至少有一、兩種鯨會盡義務似的展露頭部或尾鰭，讓人拍照。往年此時看見鯨群的機率都非常高，使得戴維氏賞鯨站敢打出「看不到退費！」的包票。幾個小時內看不到鯨群的情形時有所聞；如果是整天都沒見著影子，那就算是運氣背的了；若整個星期都無法一睹風采的話，可就令人憂心了。但最後這種情況，以往倒未曾發生過。

這一次，這些海洋巨獸好像在加州和加拿大之間失蹤了似的。所有賞鯨客都收起相機，回家後當然也沒什麼可炫耀的了。也許，勉強還能提的，就是經過一個岩岸吧。但連這岩岸也毫不賞光，深藏在大雨烏雲之後。假如看得見的話，說不定還挺引人入勝的。

安納瓦克早已習慣對於不同的賞鯨狀況做一番講解及評論。這回他卻感覺舌頭緊黏上顎，一個字也吐不出來。在這一個半小時內，他說盡了有關這個地區的歷史軼事，盡量不讓氣氛降到冰點。眼前看來，並沒有任何人有半點興趣聆聽有關鯨豚或黑熊的故事。安納瓦克用來轉移賞鯨客注意力的伎倆已經用盡。他滿腦子想的都是鯨群可能的去處。或許此刻他該關心的，是觀光客的去留。不過他本性難移。

「我們回航吧，」他下令說。

接下來是一陣失望的沉默。回程經過格里夸灣，需三刻鐘左右。他決定盡快結束下午的行程。所有的人，無一倖免，都溼到骨子裡去了。這艘橡皮艇的兩具艇外馬達，能帶給他們一場刺激腎上腺素的旅程。此刻，他唯一能提供給遊客的就是速度上的快感了。

當圖芬諾的高架屋、碼頭以及賞鯨站映入眼簾時，雨竟然停了。小山丘和山脊看起來像是灰色剪影，山頂則籠罩在濃霧和雲層當中。登上碼頭的梯子很滑。安納瓦克先協助遊客下船，再固定好橡皮艇。賞鯨站前的空地已經擠滿了下一批探險家，而他們很有可能又將是徒勞而返的一批。安納瓦克毫無半點心思顧慮賞鯨客之後的反應。他擔心的另有其事。

「再這樣下去，我們得變更活動內容了，」蘇珊．史亭爾在他走進售票處時說。她站在工作台後方，把活動簡章放在架子上。「我們可以改看松鼠，你覺得如何？」

賞鯨站是個頗為舒適的小型商場，販售俗氣的紀念品、各式工藝品、服飾及書籍。蘇珊．史亭爾是辦公室經理。她和安納瓦克之前的想法一樣，做這份工作也是為了賺取學費。如今安納瓦克拿到博士學位已經四年了，仍然忠實地留在賞鯨站擔任船長。幾年來，他利用夏天的時間做研究，出版了一本有關海洋哺乳類智慧與社會行為的書，相當受注目，同時他的大型實驗也贏得學術界的高度重視。由於安納瓦克躍升為閃亮新星，這期間優渥的工作機會自然也接踵而至，種種誘人的條件使得溫哥華島平淡的生活，相較之下頓然失色。安納瓦克知道，他遲早都會屈服而搬到其中一個能夠提供較佳機會的都市去。未來的發展似乎已經一步一步設定好了。他三十一歲。很快地，他將擔任大學教職或是大型研究機構的研究員，他會在學術期刊發表文章，參加學術研討會，居住在海邊頂級豪宅，地基還不時被上下班尖峰時間海上運輸交通所激起的海浪拍打著。

他開始解開雨衣的鈕扣。「要是有辦法就好了，」他黯然地說。

「什麼辦法呢？」

「找啊。」

「你不是要跟羅德・潘姆討論遙測研究的分析資料嗎？」

「談過了。」

「結果呢？」

「跟目前看來的一樣，沒什麼下落。他們一月時在一些海豚和海獅身上安裝航程記錄器，如此而已。是有一些資料啦，只不過所有的紀錄都僅止於遷徙開始，之後便音訊全無。」

史亭爾聳聳肩。「別想太多了，牠們會來的，我想，成千上萬的鯨魚不可能就這麼蒸發掉了。」

「事實上牠們確實是從地球上蒸發了。」

她傻笑了一下。「說不定牠們在西雅圖附近塞車了，那裡常常堵塞。」

「哈哈，真好笑。」

「好了，放輕鬆點嘛。以前牠們確實有遲到的紀錄啊。怎麼樣，今晚要不要在帆船酒吧聚聚？」

「我……不要好了。我得準備白鯨的實驗。」

她嚴肅地看著他，「如果你徵詢我的意見的話，我會告訴你，你最近工作量多到有點誇張。」

安納瓦克搖頭，「我必須這樣，蘇珊。這對我很重要，再說我也不懂股票指數。」

這弦外之音指的是洛迪．沃克，也就是史亭爾的男友。他住在溫哥華，是個股票掮客，正在圖芬諾度假。他所謂的度假，實質上，大概就是和不同的人打手機，提供所謂的理財訊息，而且，都用非常大的音量。史亭爾早就清楚，他們之間不可能建立什麼友誼，尤其是在安納瓦克被沃克折騰了一個晚上，拿一堆有關他背景的問題轟炸之後。

「你也許不相信，」她說，「洛迪也可以聊別的話題。」

「真的嗎？」

「如果好心請求他的話。」

這話聽來有點刺耳。「好啦，」安納瓦克說，「我晚點過來。」

「別傻了。你晚點才不會過來。」

安納瓦克傻笑，「如果妳好心請求我的話。」

他很清楚自己當然不會去。史亭爾對此也十分明白。雖然如此，她還是說：「如果你改變主意的話，我們約八點。也許你真該移動一下你那個已經長蛤的屁股。湯姆的妹妹也會來，她對你挺有興趣的。」

以湯姆的妹妹作為誘惑還不算太差。只不過湯姆．舒馬克是戴維氏賞鯨站的經理。安納瓦克不喜歡那種被一個地方牽制住的感覺，尤其又是個他再過不久即須找理由脫身的地方。「我會考慮考慮的。」

史亭爾笑了笑，搖搖頭走了出去。

安納瓦克繼續招呼進來的遊客，直到湯姆來換手接班。他走到圖芬諾的主街上。戴維氏賞鯨站就位在進城處。是一棟外形美觀的典型木造小屋，斜斜的屋頂是紅色的，門廊有遮雨棚，前方大草坪上矗立著一具高七公尺、柏木製的鯨尾鰭。賞鯨站不遠處有座濃密的樅木林。這裡和歐洲人想像中的加拿大一模一樣。當地居民對加深此印象也有不少貢獻。他們喜歡在傍晚點著有防風罩的蠟燭，說著黑熊在自家花園出沒以及騎乘鯨群的故事。雖然有些純屬虛構，但大部分都是真實事件。關於溫哥華島的傳奇，稱得上是加拿大的濃縮極品。西岸圖芬諾和瑞夫魯港之間的緩坡沙灘、百年老柏，以及樅木林圍繞的寧靜海灣、沼澤、河川和曠野景色，每年為當地招攬了無數觀光客。運氣好的話，到海邊就能瞥見灰鯨的身影，或是目睹在附近曬太陽的水獺和海獅。即使海洋帶來大量的雨水，仍有許多人認為，這兒是離天堂最近的地方。

安納瓦克根本無暇注意這些風景。

他往城裡方向走了一小段路，轉個彎到達一個碼頭。岸邊停靠著一艘十二公尺長且老舊失修的帆船。那是戴維家族的船。賞鯨站老闆不想花錢修船，就用一筆可笑的價錢租給安納瓦克。安納瓦克住在裡頭。雖然他自己在溫哥華有間很小的公寓，但並不常住，只在他到市區辦事久留時才會過去看看。

安納瓦克進船艙拿出一疊文件後，便走回賞鯨站。他在溫哥華有輛生鏽的福特，在島上則偶爾跟舒馬克借他的老吉普車，這就綽綽有餘了。他上車發動引擎開往維可安尼許飯店，這是當地數一數二的飯店，離城裡幾公里，位在一座岩脊上，有極佳的面海景觀。這時雲層才逐漸散開，有些地方隱約可見藍天。通往飯店的路上會經過一片樹林，路況很好。

十分鐘後他把車停在一個小停車場，然後下車步行。途中有些傾倒腐朽的大樹。上坡小路穿梭在幽暗的綠光中，沿途聞起來有溼泥的味道。山泉，布滿苔蘚的樅木枝，一切看來都很有生命力。

維可安尼許飯店矗立在他眼前，一路上這段短暫的獨處發揮了充電作用。現在人少，他可以趁機安靜地坐在沙灘上閱讀資料。看來這光線還足夠看一陣子。他走下由飯店通往海邊的木製階梯，這Z字形階梯蓋得很陡。他邊走邊想，也許待會兒可以犒賞自己一頓維可安尼許飯店的晚餐。他們有頂級的廚房。想像著讓沃克找不到人，不必忍受他愚蠢的行為，還可以坐在這裡看落日，他的心情就加倍好了許多。

安納瓦克舒服地靠在一棵傾頹的大樹殘幹上，打開記事本和電腦。才不過十分鐘，就看見有個人影走下階梯緩緩步向沙灘，佇足在銀藍色的水邊。此刻正值退潮，黃昏的陽光照在散落著浮木的沙灘上。那人似乎毫不匆忙，但明顯地在繞了一大圈之後，漸漸朝他走來。他皺了一下眉頭，試著做出很忙的樣子。過了一會兒，他聽見愈來愈近的輕柔腳步聲，儘管他仍埋頭閱覽資料，但已無法專心。

「你好，」一個低沉的聲音說著。

安納瓦克抬頭看。眼前站著一位身材纖細、手裡刁著一根菸的迷人女子，友善地對他微笑。她看來有五十好幾，短髮花白，臉曬得黝黑且滿布皺紋，赤腳，穿著一條牛仔褲和深色防風外套。

「妳好。」這招呼聽來沒他故意佯裝的生硬。就當他眼光停留在這女子身上的剎那，頓時不覺她的出現是一種干擾。她深藍色的眼睛，充滿好奇，年輕時想必有不少仰慕者。就連現在的她，依然散發出一種難以形容的魅力。

「你在這裡做什麼？」她問。

通常在這類情況下，他一貫以沉默代替回答，並且閃人。其實，可以讓人理解不該自討沒趣的方法很多。相反的，他聽到自己順從地回答：「我正在做一份有關白鯨的報告，妳呢？」

那個女子抽了一口菸，然後坐在他身旁的樹幹上，好像是他先邀請她坐下一樣。他看著她的側面，鼻梁細細的，顴骨很高，忽然沒有了陌生感。他應該見過她。

「我也在做一份報告，」她說，「但是恐怕出版時沒有人想讀。」她休息了一下，看著他。「我今天在你的船上。」

這就是他看過她的原因。一個嬌小的女子，戴著太陽眼鏡和連身帽。

「鯨群是怎麼了？」她問，「我們今天連一頭都沒瞧見。」

「是沒有半頭。」

「為什麼沒有呢？」

「我一直在想這問題。」

「你也不知道？」

「不知道。」

那女子點點頭，一副好像了解這種情形的模樣。「我完全可以體會你的感受。我的也沒有來，但和你不同的是，我知道原因。也許你不該再苦等下去，而是要動身開始尋找。」她建議，毫不理會他的問題。

「我們是在找啊。」他放下記事本，訝異於自己放鬆的態度，宛如與熟識的朋友聊天一般。「我們用盡各種辦法尋找。」

「你們怎麼做呢？」

「利用衛星遙測，我們甚至透過聲納觀察鯨群的位置與動向。總之，方法一大堆。」

「儘管如此，你們還是沒有成果？」

「沒想到牠們就這樣消失了。三月初還有人在洛杉磯的海岸看見鯨群，接著就毫無下落了。」

「也許你要更加把勁找。」

「是啊，也許吧。」

「全部都消失了？」

「不，也不是全部啦。」安納瓦克嘆口氣，「這有點複雜，妳真的想聽嗎？」

「不然我就不會問了。」

「這裡的確住著鯨群。居留者。」

「居留者？」

「據我們觀察，溫哥華島前的鯨種有二十三種。某些隨季節遷徙，例如灰鯨、座頭鯨、小鬚鯨等，其他種類則定居於此。我們光是虎鯨種類就有三種。」

「啊！殺人鯨。」

「這簡直是胡說八道，」安納瓦克氣憤地說。「其實虎鯨十分友善，根本沒有牠們在自然界中攻擊人類的紀錄。什麼殺人鯨、殺手鯨，全是像庫斯多*這類歇斯底里的人幻想出來的，而且竟敢肆無忌憚地宣稱虎鯨是人類的頭號公敵。還有，妳知道蒲林尼**在他的《博物志》中怎樣描述虎鯨嗎？**不可思議的巨大肉體，野蠻的牙齒是牠的武器**。根本就是瞎掰胡扯，牙齒可以用野蠻來形容嗎？」

「牙齒是可以用野蠻來形容，」她抽了一口菸，「好了，我懂了。但是orca是什麼意思呢？」

安納瓦克很吃驚。從來沒有人問過他這個問題。「是個學名。」

「它的涵義是什麼呢？」

「*Orcinus orca* 意思是，來自陰間的。看在老天的分上，妳可別追問我是誰想出這個名稱的。」

她暗自微笑了一下，「你提到虎鯨有三種。」

安納瓦克指向海洋，「近海虎鯨。牠的習性我們所知有限。牠們大致在靠外海的水域活動，有大群聚集的習性。過境虎鯨則經常遷徙，因此多以小團體的形態出現。這可能比較符合所謂殺人鯨的形象。牠們不太挑食，海狗、海獅、海豚、鳥類，統統都吃，甚至還會主動攻擊藍鯨。這地區的岩岸陡峭，牠們只待在水裡活動，換成在南美洲，你可能不難發現身懷絕技、會在海灘上獵捕海豹的過境虎鯨。非常奇妙！」

他內心期待著新問題，但那女子卻保持沉默，一面把菸吐到夜晚的空氣中。「第三種生活在島附近，」安納瓦克繼續說。「居留者，大家族式的。妳熟悉島的環境嗎？」

「還可以。」

「東邊往陸地的方向有個比較窄的地方，是約翰史東海峽。那裡有居留者虎鯨長期逗留，牠們吃鮭魚，七〇年代初期我們便研究出居留者虎鯨的社會結構。」他休息了一下，困惑地看著她，「我們怎麼會談到這裡來？我到底要說什麼？」

她笑了。「抱歉，是我不好，我打岔了。我總愛追根究柢，顯然我的問題把你搞煩了。」

「因為工作的緣故嗎？」

「天生的。其實你原本是要跟我解釋哪些鯨群消失了，哪些沒有。」

「對。我本來是要解釋的，但是……」

---

* Jacques Cousteau，法國海洋學家、作家與電影製作人，作品有《沉默的世界》。

** Gaius Plinius Secundus，古羅馬時期史學家。

「你沒有時間了。」

安納瓦克遲疑了一下，看了記事本和電腦一眼。他預計晚上完成報告的。但是晚上時間還長得很，而且他現在覺得餓了。「妳住在維克安尼許飯店嗎？」他問。

「是的。」

「妳今晚有事嗎？」

「喔！」她挑了一下眉毛，對他笑了一下，「上回有人問我這個問題大概是十年前吧。真是令人期待。」

他也對她笑了一下。「榮幸背後的真相是，我反正也餓了，我想我們可以在用餐時繼續我們的話題。」

「這倒是個好主意。」她從樹幹上溜下來，把菸熄了，菸蒂放進外套口袋裡。「但是我警告你，我的話很多。如果無法讓我覺得有趣至極，以致啞口無言的話，我可是會一個接著一個問題問。所以你可要好好展現功力了。對了，」她伸出右手，「珊曼莎．克羅夫。叫我珊就可以了。」

他們在四周都是玻璃窗的餐廳選了靠窗的位子。餐廳位於飯店前方，高高地坐落在山崖上，好像伸入海中一樣。從高起的眺望台上可以看見格里夸灣全景、附近的島嶼、海灣和後面的森林。此處確實是絕佳的賞鯨點。縱使如此，今年唯一能看到令人滿意的海洋朋友，大概是從廚房端出來的海鮮了。

「過境虎鯨和近海虎鯨消失了，」安納瓦克解釋著，「現在我們在西岸根本看不到虎鯨。雖然居留者虎鯨數量仍不少於以往，但即使約翰史東海峽對牠們來說愈來愈不舒適，牠們也不會游到這一帶來。」

「不舒適？為什麼呢？」

「換做是妳，而妳得跟愈來愈多的渡輪、貨運船、豪華郵輪及釣客共用妳的家，妳會做何感想？無從計數的引擎動力船在那裡劈啪作響。而且那一帶以木材業為生，大型貨櫃船正運送整座森林前往亞洲。樹木一旦被砍伐殆盡，河川便會淤積，鮭魚也就無處產卵了。而居留性虎鯨絕不吃鮭魚以外的食物。」

「了解。但是你不只關心虎鯨吧？」

「灰鯨和座頭鯨最讓我們傷透腦筋。也許牠們繞道遷徙，或者受不了被遊船上的眼光盯著瞧。」他搖搖頭，「但事情沒這麼簡單。三月初這些大英雄們抵達溫哥華島時，胃已經空了好幾個月。牠們在下加利福尼亞過冬時，全靠身上的脂肪維生，但總有消耗光的時候。游到這裡牠們才又開始覓食。」

「會不會牠們遷徙路線繞到更外圍的海域。」

「那兒的食物來源不夠豐富。拿灰鯨來打比方吧，維克安尼許灣提供了牠們一個重要的食物來源，這來源是外海沒有的，也就是*Onuphis elegans*。」

「*Elegans*？聽來挺炫的。」

安納瓦克露出微笑。「那是一種細細長長的蟲。維克安尼許灣是沙質海灣，這種蟲的數量多得驚人。假如灰鯨在這裡沒有大吃一頓的話，根本無法抵達北極地區。」他抿一口水，「八〇年代中期曾有牠們不再來的紀錄。但是原因明確。因為當時灰鯨被大量掠捕，幾乎趕盡殺絕。之後我們好不容易把數量又拉上來。據我估計全世界應該有兩萬隻左右，大多數都出現在本地水域。」

「牠們全都缺席了？」

「灰鯨裡也有些是居留者。牠們居留在這裡，不過數量並不多。」

「那座頭鯨呢？」

「同樣的情況：無影無蹤。」

「你說你正在寫一份關於白鯨的報告？」

安納瓦克盯著她看，「妳看怎麼樣，談一點關於妳的事吧？」他說。

克羅夫用逗趣的眼光看著他。「真的嗎？最重要的部分你已經知道了。我是個煩人精，不斷問問題。」

服務生出現，同時端上烤明蝦配番紅花義式燉飯。安納瓦克心想，原本打算自己躲在這裡避免閒人打擾的。但他喜歡克羅夫。「妳問些什麼？問誰？為什麼問？」

克羅夫正在剝一隻蝦，那蝦散發出一股大蒜香。「很簡單。我問：有人在那裡嗎？」

「有人在那裡嗎？」

「正確。」

「那答案是什麼呢？」

蝦肉在兩排皓齒間消失。「我還沒有得到任何答案。」

「也許你該大聲點問，」安納瓦克暗示她在海灘上的評論。

「我也很想這麼做，」克羅夫一邊咀嚼一邊說，「但是，目前的方法和可能性都把我局限在大約兩百光年以內。無論如何，直到九〇年代中期，我們分析了六十兆筆資料。但其中三十七筆至今仍無法下定論，到底那是自然現象，或是真的有人說了哈囉。」

安納瓦克盯著她看。「SETI？」他問，「妳在SETI工作？」

「沒錯。**搜尋地球外高等智慧生物**。更精確地說，即**鳳凰計畫**。」

「妳在聆聽宇宙？」

「大約有一千個類似太陽的恆星，都超過三十億歲了。沒錯。這只是好幾個計畫中的其中一個。但也許是最重要的一個，如果你容許我自傲的話。」

「我的天啊！」

「這也沒有那麼特別。你研究鯨魚叫聲，並嘗試分析牠們到底在海面下說些什麼。而我們聆聽宇宙，是因為我們相信那裡有高等智慧生物存在。顯然你們對鯨的一切所知遠超過我們對太空的知識。」

「我只有幾個海洋，妳有整個宇宙。」

「我承認，我們接觸的範圍大小確實有差異。但我常聽說，人們對深海的了解比對太空的認識來得少。」

安納瓦克對此談話非常著迷。「你們真的有收到足以推斷有高等生物存在的訊號嗎？」

「沒有。我們所收到的是無法歸類的訊號。要建立接觸的機會非常渺茫，也許完全不可能。坦白說我得經常接受挫折和沮喪，但我仍樂在其中。就好比你對鯨群一般。」

「不過至少我知道鯨群是存在的生物。」

「現在可不一定囉，」克羅夫微笑著說。

安納瓦克能夠感覺到有上千個問題正準備湧出來。他一直對SETI很感興趣。尋找外太空高等智慧生物的計畫大概是九〇年代初期由美國國家太空總署NASA開始執行的。更精確的時間點是哥倫布登陸美洲大陸的五百年紀念日。人類在波多黎各亞列其波的全球最大無線望遠鏡上，設定了一個嶄新的計畫。這些年來該感謝慷慨的贊助者使SETI誕生一些新的尋找外星生物計畫。其中鳳凰計畫最為有名。

「妳就是茱蒂・佛斯特在電影《接觸未來》中所飾演的女科學家嗎？」

「我是個想上那艘船的女人，就是把茱蒂・佛斯特帶到外星人那兒的那艘船。你知道嗎，李奧，你對我算是例外。通常別人問我從事什麼，我都會抽筋。每回都要花上好幾小時解釋我的工作。」

「我也是。」

「正是。你告訴了我一些事，你還想從我這兒知道什麼？算我欠你的。」

安納瓦克根本不需要花時間考慮。「為什麼你們到現在還沒有成果呢？」

克羅夫看來很想笑的樣子。她把蝦放到自己的盤子上，讓他等了一會才回答。「誰說我們沒有成果？更何況，我們的銀河有大約一千億個恆星。類似地球的行星很難確認，因為它們的光太弱了。我們只能藉由科學的技巧推斷，但理論上這樣的行星有一堆。你先來聆聽一千億個恆星看看！」

「說的也是，」安納瓦克咧嘴笑著，「比較之下，兩萬隻座頭鯨簡單多了。」

「如你所見的，這個任務把人弄到年老髮白。這就好像是為了證明一種很小很小的魚類存在，得把海洋裡的水一公升接著一公升舀出來仔細觀察。但是魚會動啊。你可以不斷重複這個過程直到年老，而得到一個結論，即得證這種魚根本不存在。事實上牠們的數量可多了，只不過老是游到另外一公升的水裡，卻不是你手上的那一公升。鳳凰計畫便是同時仔細研究好幾公升的水，但是得限制範圍。這樣說好了，就限定在喬治海峽。你可以了解嗎？那外頭的確有文明存在，但我沒辦法證明，不過我堅信數量一定很驚人。

愚蠢的是，宇宙無與倫比的寬廣，也許是無限寬廣。這把我們的機會稀釋得更渺茫。」

安納瓦克思考著，「難道NASA從未嘗試對太空發射訊息嗎？」

「原來如此，」她的雙眼閃耀著光芒，「你是說，我們不該偷懶只是坐著等、坐著聽，而是要自己先發聲。是的，一九七四年我們確實從亞列其波對M13星系——離我們兩萬一千光年的恆星團，發射過信息。但是這依然沒辦法解決我們的問題。所有信息在恆星間亂撞，我們也搞不清楚，這到底是我們發出的還是其他地方傳來的。更何況，消息被接收到的機會真的是偶然中的偶然。此外，監聽也比發信便宜。」

「儘管如此，這還是可以提高機會。」

「也許我們根本不想提高機會。」

「為什麼不想呢？」安納瓦克吃驚地問道，「我以為……」

「**我們**當然想啊。但是很多人對此抱著懷疑的態度。不少機構以及各方人士都認為我們根本不該引起地球外高等智慧生物的注意。它們可能因而奪走我們美麗的地球。呼！還會把我們統統吃掉。」

「無稽之談。」

「是否無稽之談我不予置評。我個人也認為，一種有辦法航行於星際間的高等智慧生物，應該早就脫離咆哮鬥毆的階段。但是，我想那些機構和人士的論點也不能完全忽視。人類的確該認真思考，要用哪一種形式來引起未知者的注意。否則，可能真的會有某種程度被誤解的危險性存在。」

安納瓦克沉默下來。突然他又想到他的鯨群。「妳有時候不會感到沮喪嗎？」他問。

「誰不會沮喪啊。就是因為這樣才有香菸和錄影帶的出現。」

「如果妳達到目的呢？」

「好問題，李奧。」克羅夫休息了一會，用手指畫著桌布，一副出神的樣子。「基本上我已經自問好幾年了，我們的目的到底是什麼。我想，如果我知道答案的話，我就會停止研究了。答案總是追尋的終點。也許我們都被存在的寂寞折磨著。那種獨一無二的偶然，世界上沒有其他地方重複的偶然。也許我們只想提出反證，證明除了我們之外，世界上沒有其他物種跟我們一樣擁有特殊地位，只屬於我們的地位。我不清楚。你為什麼研究鯨豚呢？」

「我……好奇。」不，也不完全如此，他當下馬上這樣想。那不只是好奇心。那麼，我在找什麼呢？克羅夫說的對。原則上他們探索的是同一件事。他們分別都在自己的領域裡傾聽，並且希望獲得答案。每個人內心都渴望尋找到一個社會，一個非人類的智慧生物社會。

這一切都很瘋狂。

克羅夫好像看透了他的心思。「探索的終點並非其他智慧生物，」她說，「我們不用騙自己。終點的問題其實是：其他智慧生物對人類的想法、它們怎麼看人類；屆時人類對它們來說，到底是什麼、或再也不是什麼。」她往後靠，露出友善迷人的笑容。「你知道嗎？李奧，我想，最後我們是在尋找存在的意義。」

接著他們談天說地，無所不聊，就是不再聊鯨群和外太空文明。

十點半左右，他們在沙龍壁爐前喝了一杯飲料後——克羅夫點了波本威士忌，安納瓦克一如往常只喝水，彼此道別。克羅夫告訴他，她後天早上即將離開。她陪他走到外面。雲層終於散開了，頭頂上是一片星空，好像要把他們吸進去一樣。有好一會兒，他們只是靜靜地仰望。

「妳有時候會不會覺得受夠了妳的星星？」安納瓦克問。

「你受夠你的鯨豚了嗎？」

他笑了，「不不，一定不會。」

「我真的很希望，你可以再尋獲你的動物。」

「我會告訴妳的，珊。」

「我總有辦法知道的。雖然結識匆匆，但今晚過得很愉快。如果哪天在路上巧遇，我一定會非常高興，但你也知道這得靠緣分。好好照顧你保護的那些動物，我想牠們有了你就像擁有一位好朋友，你是個好人。」

「妳又怎麼知道了？」

「在我的認知裡，信仰和知識有著相同的頻率，它們是互通的。你多保重。」

他們彼此握手。

「說不定下回我們化身虎鯨見面，」安納瓦克開玩笑說。

「為什麼正好是虎鯨呢？」

「卡瓦裘特印第安人相信，每個生前是好人的人，下輩子會轉世為虎鯨。」

「真的嗎？這我喜歡！」克羅夫笑開了臉。安納瓦克相信她大部分的皺紋都是笑出來的。「你也信嗎？」

「當然不信。」

「為什麼不信？你自己不就是一個？」

「一個什麼？」他問，雖然他很清楚她指的是什麼。

「印第安人啊。」

安納瓦克感到內心一陣僵硬。他從她的眼裡看到自己。中等高度、身材結實的男人，顴骨很寬、古銅色的肌膚，眼睛微細，從前額披下濃密的頭髮，又直又黑。「嗯，大概是類似的，」他停了許久才說出。

克羅夫從夾克裡拿出菸盒，點了根菸，深深吸了一口。「一切順利，李奧。」

「一切順利，珊。」

3/13

挪威海岸及北海

西谷．約翰遜一整個星期都沒有蒂娜．倫德的消息。這段時間他替一位生病的教授代課，因此上的課比原定計畫多。另外，他也為《國家地理雜誌》趕寫一篇文章。還忙著幫自己的儲酒添新貨，為此而聯絡一位很久沒消息的舊識，這人是德國亞爾薩斯地區胡格與菲思酒莊的代理商，擁有一些上等珍品。約翰遜請他送幾瓶好酒過來。此外，約翰遜還弄來一張一九五九年蕭提爵士指揮的《尼布龍的指環》，藉此消磨夜裡的時間。至少在沒有任何新結果出來之前，倫德的蟲畢竟不敵紅酒與蕭提的魅力，而被擺到第二位。

和倫德見面後的第九天，她終於打電話來了，顯然心情很好。

「妳的口氣聽來好像非常輕鬆，」約翰遜說著，「我有必要擔心妳科學研究的客觀性嗎？」

「也許喔，」她愉悅地暗示。

「解釋一下吧。」

「待會兒再說。聽著，托瓦森號明天會到大陸邊坡，我們要放一架機器人下去。你有沒有興趣來啊？」

約翰遜在腦中檢視著他的行程表。「我上午有事，得帶學生感受食硫細菌的性感魅力。」

「這有點討厭，船明天一大早開。」

「從哪裡出發？」

「在克里斯蒂安松。」克里斯蒂安松位於特倫汗西南約一小時車程處，在一個風大浪大的岩岸邊。附近有座小機場，直升機可從那裡飛抵北海陸棚區挪威沿岸的各個鑽油平台。單是挪威，為了抽取石油及天然氣所建蓋的鑽油平台就有七百多座。

「我可以晚點到嗎？」約翰遜建議。

「嗯，也許可以，」倫德沉默了一會兒說，「這主意還不錯。讓我仔細想想，也許我們兩個可以晚點到。你後天做什麼？」

「沒什麼重要的事。」

「那這樣吧。我們兩個都晚點到，然後在托瓦森號上過夜，這樣就有更充裕的時間做觀察和分析了。」

「我有沒有聽錯。妳也要晚點去？」

「這個嘛……我剛考慮了一下，上午我可以留在海邊，下午你早點來跟我碰面，然後我們一起飛到加伐科斯海上油田，再從那裡搭小渡輪到托瓦森號。」

「我真喜歡聽妳這些即興故事。我可以請教妳為什麼要把事情弄得這麼複雜嗎？」

「複雜？我是在幫你把事情簡單化。」

「對啊，是幫了我一個大忙。但妳明天一早就可以上船了呀？」

「我喜歡陪你嘛。」

「這謊說得真妙，」約翰遜說，「好吧，妳要先待在海邊。我要到哪裡跟妳會合？」

「史維格順德。」

「喔，天啊！那個窮鄉僻壤，為什麼一定要在史維格順德會合？」

「那是個很美麗的窮鄉僻壤，」倫德帶著施壓的口氣說，「我們在**魚鄉餐廳**見，你知道在那裡嗎？」

「史維格順德每個有文明的地方我都打探得一清二楚。是不是海邊木造小教堂旁的那家餐廳。」

「沒錯，就是那兒。」

「下午三點？」

「三點很合適。我會找架直升機到那邊接我們。」她停頓了一下。「有沒有什麼結果出來了啊？」

「可惜沒有。但是明天很可能會有消息。」

「如果這樣就太好了。」

「一定會有結果的啦。別太擔心了。」

他們結束對話。約翰遜皺一下眉頭。又是牠，那條蟲。這會兒牠又躋身至最前線，奪走約翰遜所有的注意力。事實上，一個新物種從幾乎是零的情況下大規模進入人們原本熟悉的生態系，是一件極令人驚奇的事。蟲本身倒是沒什麼好擔心的。牠們可能不是每個人的最愛，但是大部分人不喜歡某些生物通常只是心理因素，否則客觀來說，蟲的用處還挺多的。

牠們會在那裡出現，其實還滿有道理的，約翰遜想。如果牠們真的是冰蟲鄰近種，就是間接靠甲烷維生。所有大陸坡都有甲烷，挪威當然也不例外。不過這還是很奇特。

分類學的結果及生化學家將會回答所有問題。在沒有任何報告出來之前，他仍舊可以把時間花在從胡格與菲思酒莊那裡弄來的美酒上。和蟲相比之下，美酒稀少得多，至少某些年份真是可遇不可求。

隔天約翰遜進辦公室時，發現兩封標明他親啟的郵件。是分類學結果評鑑，他很滿意地瀏覽結果。讀完本來要把信擱著，後來又仔細閱讀一次。怪異的動物。真的。

他將所有東西統統塞進公事包，然後去上課。兩小時後坐上吉普車，經過峽灣前往克里斯蒂安松。雪已經融得差不多。大半雪都消失了，露出灰黑色的地景。這種天氣很難拿捏要穿什麼衣服。大學裡大概一半以上的人都著涼了。約翰遜有備而來，他在直升機的荷重範圍內帶了一件飽滿的行李。他可沒有興趣在托瓦森號上流鼻涕，不過話說回來，他也沒興趣戰戰兢兢完全配合天氣加減衣服。

如果倫德看見他帶著大包小包，一定會和以前一樣糗他。但這對他來說無所謂。要是真的照約翰遜的習慣出門，他可能還會帶著攜帶式三溫暖吧。除此之外，他的行李裡面還有些行頭，是在船上過夜時，兩個人可以一起享受的。他們雖然只是朋友，但也用不著因此保持距離。

約翰遜開得很慢。他原本可以在一小時內抵達克里斯蒂安松，但他不是急性子。有一半的路程他都沿著水邊開，還過了好幾座橋，盡情享受著大自然的美麗全景。他在哈爾沙附近搭汽車渡輪過峽灣，然後繼續驅車上路。接著是一連串的跨海大橋。克里斯蒂安松有好幾座小島，約翰遜穿過整個城市，抵達頗具歷史意義的艾弗若宜島，這是冰河期過後，最早有人居住的地點之一。

史維格順德在島的最外端，是個美麗的漁村。一到觀光旺季，這裡的遊客便絡繹不絕。開往附近小島的船可是一班接一班。此時這村子沒那麼多人潮，彷彿正靜候著可以大賺一筆的夏天來臨。

將近兩個小時後，約翰遜開著吉普車進入魚鄉餐廳的碎石舖地停車場，當時幾乎沒有半個人影。魚鄉是個前院面海的餐廳，現在還沒開始營業。倫德不顧寒冷的天氣，坐在外面一張木桌邊。她身旁有個年輕男子，約翰遜並不認識。從他們一起蹲坐在木製板凳的樣子來看，約翰遜不禁有些懷疑。

他走向前，咳了兩三聲。「我來早了嗎？」

她看了一下，眼神中閃著奇特的光芒。他接著看了看她身旁的男人，不到三十歲的樣子，運動健將的體格，深金色頭髮，臉部輪廓很不錯，他幾乎可以確定他的懷疑是有道理的。

「我可以等會兒再來，」他拉長語氣說。

「卡爾・史維特普。」她介紹著。「西谷・約翰遜。」

金髮男子露齒微笑並伸出右手，「蒂娜跟我說了一堆有關你的事。」

「我希望，她沒有說什麼會令你不安的事。」

史維特普笑了，「其實有。你是學術界裡頗具魅力的代表人物。」

「頗具魅力的老骨頭吧，」倫德修正說。

「是個很棒的老骨頭，」約翰遜補充。他坐到他們對面的板凳上，拉高防風衣領，把鑑定報告的檔案夾放在旁邊。「分類學的部分非常詳盡。我可以幫妳做個總整理。」他看了史維特普一下。「我們不想讓你覺得無聊，卡爾。蒂娜有告訴你這是怎麼一回事嗎？還是她只管沉浸在戀愛當中。」

倫德瞪了他一眼。

「我懂了。」他打開檔案夾，拿出裝有鑑定報告的信封。「是這樣的。我把妳的蟲樣本一個寄到法蘭克福的森肯柏格博物館，另一個寄到史密森尼研究院。我認識那裡兩個頂尖的分類學家，他們也都是蟲類專家。目前還有一個樣本在基爾，他們在那兒用掃描式電子顯微鏡做分析，這部分結果還沒出來。同位素比值的質譜儀分析報告也還在等。但我現在可以先告訴妳，這些專家們一致的意見。」

「就是？」

約翰遜往後退了一下，兩腿交叉。「就是他們沒辦法達成共識。」

「還真富啟發性啊。」

「基本上跟我原本的推測一樣，牠們的確和冰蟲有關。」

「就是吃甲烷的蟲嗎？」

「這樣的說法不正確，親愛的。但是算了。以上是第一點。第二點則是，牠們特別突出的頜骨和牙齒令人深思。這個特徵暗示著牠們可能是掠食性動物，並善於鑽洞或輾磨。這點就不尋常了。」

「為什麼？」

「因為冰蟲不需要這樣的巨型裝備啊。牠們雖然有頜骨，卻明顯小多了。」

史維特普笑得很靦腆。「不好意思，約翰遜博士，我對這動物的了解不深，但我很感興趣。為什麼牠們不需要頜骨呢？」

「因為牠們是共生動物，」約翰遜解釋道，「牠們吃細菌，那些細菌是活在甲烷水合物裡……」

「水合物？」

約翰遜瞥了倫德一眼。她聳聳肩。「跟他解釋。」

「其實這很簡單，」約翰遜說。「你一定聽說過海洋充滿甲烷吧。」

「有。最近常會看到這類報導。」

「甲烷是一種天然氣。海底和大陸邊坡均蘊藏豐富。有些凍結在海床表面。水和甲烷結合成類似冰的東西，就是甲烷水合物。這東西僅出現於高壓低溫地帶，所以要一定深度以下的海床才會有。到此為止聽得懂嗎？」

史維特普點點頭。

「好。再來，海洋裡到處都有細菌。其中一些靠甲烷維生。這些靠甲烷維生的細菌會在吃掉甲烷之後排出硫化氫。別小看細菌是極小的微生物，一旦它們大量存在，甚至可以像條毯子般覆蓋整個海床表面，就是所謂的細菌席，這樣的細菌席多半出現在甲烷水合物豐富的地區。有疑問嗎？」

「沒有，」史維特普說。「我猜，接下來要談到蟲的部分了。」

「沒錯。有些蟲的主要能量來源是細菌的代謝物，因此會和細菌建立一種共生關係。也就是說，某些情況下蟲吃細菌，但讓它們留在體內；另一種情況則是細菌寄生在蟲的表皮上。這類蟲解決覓食問題的方法不外乎這兩種。這也就推演出蟲和水合物之間的關係。這種蟲日子過得挺舒適，除了大口大口地吞食細菌之外，沒有其他事做。牠們沒有挖掘的必要，因為牠們不是吃冰，而是吃冰層表面的細菌。牠們唯一的活動，大概就是把自己捲起來，將冰面溶成凹盆狀，然後滿足地在裡面休息。」

「我懂了，」史維特普慢慢地說，「這種蟲沒有理由挖掘得更深。但是其他蟲呢？」

「蟲有很多不同的種類。有些會吃沉澱物或沉澱物裡的物質，有些則會在殘屑裡動手腳。」

「殘屑？」

「就是所有從海洋表面往深海下沉的東西，像屍體啦、小碎屑、各種殘餘物等。有許多種不和細菌共生的蟲都有很大的頜骨，作為獵食或挖掘之用。」

「總之，冰蟲是不需要頜骨的。」

「也許還是有需要。可能是用來磨碎少量的水合物，然後濾出其中的細菌。我剛才說有，冰蟲有頜骨。只是不像蒂娜樣本的那種大獠牙。」

看來史維特普開始覺得事情愈來愈有趣了。「如果蒂娜發現的那些蟲是和吃甲烷的細菌共生的話……」

「那我們得問，牠們這個由頜齒組成的堅強武力作用為何。」約翰遜點頭。「現在更刺激了。分類學家找到另一種蟲，其頜骨的結構很像這種。那種蟲叫做沙蠶，是一種掠食動物，各種深度的海洋都有牠們的蹤跡。蒂娜的小可愛有沙蠶的齒和頜，不過更讓人想到沙蠶的史前始祖，也就是暴沙蠶＊。」

「聽起來怪可怕的。」

「聽起來像是混種。我們還得等顯微分析及基因分析。」

「大陸邊坡的甲烷水合物豐富得很，」倫德抿了抿嘴脣，一副沉思樣。「所以，這樣還挺有道理的。」

「再等等看吧。」約翰遜清了下嗓子，打量著史維特普。「卡爾，你從事那一行呢？也在石油業嗎？」

史維特普搖搖頭。「不是，」他高興地說。「我對天下能吃的東西都感興趣，我是廚師。」

「真是太好了。你不知道，成天到晚跟學者專家進進出出是一件多麼累的事啊。」

「他的廚藝超讚！」倫德說。

顯然不只是廚藝好，約翰遜心想。真遺憾，他本來打算要和蒂娜分享他帶來的那些人間佳釀。老實說他還倒是鬆了一口氣。蒂娜．倫德一次又一次地誘惑他，但對他來說，跟她交往真的會很累。

「你們在哪裡認識的呢？」他問，其實他並不是真的感興趣。

「我去年接手魚鄉餐廳，」史維特普說道。「蒂娜來過幾次，我們原本只是打打招呼而已。」他把手放在她的肩上，她也進一步靠近他。「直到上星期。」

「好像是一道閃電，」倫德說。

「是啊，」約翰遜說著望向天空。遠處傳來霹啪的聲音。「可以看得見。」

他們和十幾名石油工人坐在直升機裡差不多有半小時。約翰遜沉默地望著窗外。下方是單調、灰色的起伏海面，還有一些油輪、運送天然氣的大船、貨船和渡輪。接著就看見鑽油平台。

＊ *Tyrannereis rex*，這是個科學家的冷笑話。*Tyrannereis rex* 的字根取自暴龍的學名 *Tyrannosaurus rex*，用來形容實際上根本不存在的沙蠶始祖。

自從一九六九年一位美國石油業者在北海發現石油後，整個北海海域便形成了一種建築在鐵樁上的古怪工業景觀，一整排鑽油平台從荷蘭延伸到特倫汗。天氣好的話，在船上可以一次將十來個巨大平台盡收眼底。從直升機上鳥瞰，則宛如巨人的玩具。

一陣狂風把直升機吹得東搖西晃，忽上忽下。約翰遜把他的耳機戴好。機上每個人都有護耳裝備及救生衣。直升機裡非常擁擠，大夥兒膝蓋互碰，每個動作都要先說好才能做。在這樣的噪音下當然也沒有人聊天。倫德把眼睛閉上。她飛行次數太頻繁了，對這一切早就習以為常。

直升機轉了個彎繼續往西南方向飛。他們的目的地是加伐科斯，一群鑽油平台的據點，屬挪威國家石油公司所有。鑽油平台加伐科斯C是北海北端最大的鑽油平台。有兩百八十個人員進駐，幾乎成了一座小村落。嚴格說來，約翰遜是不許登上那裡的。幾年前他來上過課，得知登上鑽油平台前必須出示進出許可證，而最近的平台安全措施更加嚴密了，不過倫德當然運用了自己的關係。更何況他們只是中途停降，馬上就要轉搭一小時前就停靠在那裡的托瓦森號。

又一陣強大的亂流使得直升機驟然下墜。約翰遜連忙抓緊座椅扶手，而其他人卻沒什麼反應。同行的多半是男人，他們甚至習慣更強級的巨風。倫德轉頭張開眼睛，對他眨了一下眼。

卡爾．史維特普也算是幸運蟲了。但幸運蟲能否跟得上倫德的生活步調，這就要看造化了。

過了一會兒，直升機降低高度重新轉彎。大海好像忽然直撲約翰遜而來。一棟白色高樓映入眼簾，感覺像是漂流在海面上。他們開始降落。有好一會兒，可以從側窗看見整個加伐科斯C。四根鋼筋水泥柱架起的龐然大物，一五〇萬噸重，總高接近四百公尺，超過一半的高度位在水中，那裡有許多儲油槽依附在水泥柱上。白色高樓是生活區，只是這巨無霸的一小部分而已。對約翰遜這個門外漢來說，主體是一層層重疊甲板形成的混亂結構，上面盡是高科技設備和一些謎樣的機械，層層甲板是用幾公尺粗的管道連接架起，起重機置於兩側，中央是石油界的大教堂——鑽油塔。遠處的海面上，從一個巨大鋼製懸臂的尖端冒出永不熄滅的火焰，燃燒著與原油分離後的天然氣。

直升機來到生活區上方的平台，降落得出乎意料地平穩。倫德打了一下哈欠，在允許的範圍內伸了伸懶腰，然後等螺旋槳完全靜止。「還挺舒服的，」她說。

有人笑了。出口梯打開，他們來到外面。約翰遜走到甲板邊緣往下看，海浪在大約一百公尺下方。一陣冷風吹進他的連身外套。「有什麼可以弄翻這平台的？」

「沒有任何東西是不會被翻倒的。別囉嗦了。」倫德抓起他的手臂努力跟上其他同行者，他們都快在視線內消失了。一個矮小、強壯、蓄著顯眼八字白鬍的男人站在鋼梯平台上對他們揮手。

「蒂娜，」他喊著，「想念石油啦？」

「那是拉斯．約仁生，」倫德說。「監管加伐科斯C直升機及船運的負責人。你會喜歡他的，他的棋下得真好。」

約仁生朝他們走來。他穿著挪威國家石油的T恤。對約翰遜來說，他看來倒像是加油站的服務員。

「我想念的是你，」倫德笑著。

約仁生笑得合不攏嘴。他熱情地擁抱她，結果形成他的白色密髮消失在她下巴底下的畫面。接著他和約翰遜握手。「你們真是挑對日子，」他說。「今天天氣這麼好，我們可以看見整個挪威石油工業的驕傲。一個島接連一個島。」

「現在忙嗎？」約翰遜邊下階梯時邊問。

約仁生搖搖頭。「不比平常忙碌。你到過鑽油平台嗎？」

「好久以前的事囉。你們目前產油量多少？」

「恐怕是愈來愈少了。加伐科斯長久以來產量都很穩定，約二十萬桶，來自二十一個鑽油孔。其實我們應該對此感到滿意了，但我們卻沒有。可以預見，盡頭就快到了。」他指向海面。大約幾百公尺外，約翰遜看見一艘油輪停在一個浮標旁邊。「我們正在裝油。還有一艘要裝，今天就這樣了。總有一天會愈來愈少。石油的產量正在逐漸遞減當中，沒有人有通天本領可以改變這個事實。」

抽油處不在平台正下方，而是在平台四周。油抽上來之後，先用鹽和水清洗，與天然氣分離，然後送到依附在平台支柱上的儲油槽，從那裡經由管線，再抽到浮標處。平台周圍方圓五百公尺安全區內，除了維修平台的船隻，一律不許任何交通工具經過。

約翰遜東張西望地觀察這座鋼鐵城堡。「托瓦森號不是應該停靠在這裡嗎？」他問。

「在另一個浮標處，從這裡看不見。」

「連研究船也不能開近一點嗎？」

「不行。研究船不屬於加伐科斯的船，再說，它對我們來說體積太大了。混帳！老是要跟一堆漁船解釋，叫他們把屁股放到別的地方去。真是受夠了！」

「你們常跟漁夫發生衝突嗎？」

「還好啦。上星期我們逮到一些窮追魚群、一路追到平台下面來的。這種事偶爾會發生。加伐科斯A最近情況比較嚴重。小型油輪有幾處機械故障。結果差點造成油輪撞上平台。我們本來準備送一批人手過去修理，後來他們自己就搞定了。」

約仁生不疾不徐敘述的事，實際上是人人懼怕的潛在危機。如果加滿油的油輪脫韁撞上平台，輕微的碰撞就可能讓較小的平台產生搖晃，更可怕的是有爆炸的危險。即使平台上都全面裝有自動滅火系統，只要有星星之火，便會立刻灑下幾噸的水。不過，一艘油輪爆炸就表示沒戲唱了。

當然，這種不幸事件很少發生，有的話也多在南美地區，因為那裡的安全措施做得太馬虎了。北海的石油工業都還算嚴守規矩。如果風太大，通常油輪就不會裝油。

「你變瘦了，」蒂娜在約仁生幫她開門時說。他們進入生活區，走過一條走廊，走廊另一端有扇一樣的門，通往住宿區。「你們這裡伙食怎麼樣？」

「人間美味，」約仁生竊笑著，「廚師真的是太棒了。你應該來參觀一下我們的餐廳才對。」他轉向約翰遜繼續說，「相較之下，麗茲飯店只能算是路邊攤。其實是我們平台的主管相當反對北海啤酒肚，他下令要我們把多餘的脂肪減掉，否則就禁止工作。」

「真的嗎？」

「挪威國家石油的指示。不知道他們會不會來真的。但這威脅果然有效。這裡可沒人想丟飯碗。」

他們抵達一個狹窄的樓梯間後繼續往下。幾個石油工人迎面而來。約仁生跟他們打招呼。腳步聲鏗鏘回響在鋼鐵的空間內。「好了。終點站。你們可以選擇往左邊走，喝半小時的咖啡聊聊天；往右是研究船。」

「我想喝杯咖啡……」約翰遜開始說。

「不，謝了，」倫德插話進來，「時間太趕了。」

「沒有載到你們，托瓦森號是不會開走的，」約仁生唸著，「妳大可以……」

「我不想摸到最後一分鐘才慌慌張張上船。我保證下次一定會抽出時間，而且會帶西谷一起來。也該讓你好好贏一盤棋了。」

約仁生大笑並聳了聳肩，一邊往外面走。倫德和約翰遜緊跟著他。一陣風撲面而來。他們所在位置是生活區下方邊緣處。前方走道是用厚重的鋼鐵網片焊接起來的，透過網眼可以看見下方澎湃的海洋。這裡比直升機降落的地方還吵雜。空氣中瀰漫著嘶嘶風聲和鋼鐵隆隆作響的聲音。約仁生帶他們兩個來到上下船用的短舷梯旁。那裡的起重機上吊著一艘橘色的密閉式塑膠艇。

「你們要在托瓦森號上做什麼？」他一邊問，「聽說國家石油計畫到更外海挖油。」

「有可能，」倫德回答。

「一座鑽油平台？」

「沒說。可能是SWOP吧。」SWOP是單井近海生產系統的簡稱。通常，挖掘超過三五〇公尺深的石油都會用到SWOP。一種類似巨型油輪的船，擁有自己的抽油系統，用一條柔韌的鑽油纜和鑽孔頭相連。利用這個鑽孔頭可以從海底抽取原油，而這種船也就同時成了中繼油倉。

約仁生摸摸倫德的臉頰。「妳可別暈船了，小親親。」

他們登上船。這艘船還滿大的，空間很充足，船殼是硬塑膠，還有好幾排座位。除了他們兩個人以外，就只有一個舵手在船上。起重機把船降下時，船身稍微晃了一下，側窗出現大片灰色水泥牆。忽然間，船已在海面上擺動了。絞盤的鉤子跟著鬆開，他們從平台下方駛過。

約翰遜跟在舵手後面。要站得穩還真不簡單。現在他可以看見托瓦森號了。研究船船尾有典型裝卸貨物的起重吊桿，用來把潛艇和研究器材放入海裡。舵手轉個彎把塑膠艇停靠在船邊，然後他們爬上鐵製安全梯。當約翰遜勉強拖著他的行李往上爬時，他幾乎認為，把半個衣櫥的衣服帶在行李箱裡並不是個好主意。走在前面的倫德轉過頭來看他。「看到你的行李，我還以為你要來這裡度假哩，」她面無表情地說。

約翰遜嘆了口氣，一副早就料到的樣子。「我還以為妳不會注意到呢。」

通常，世界上每個較大的陸塊都被相對較淺的海域環繞著，也就是大陸棚，水深不超過兩百公尺。基本上，陸棚就是大陸板塊在海底的延伸。有些地方的陸棚很短，有些地方的陸棚則綿延數百公里，一直延伸直到沒入深海。有些又急又陡，有些卻像層層梯田，非常平緩。而陸棚結束的彼端，則是另一個陌生國度的開端，我們對它所知甚至比太空還少。

和深海不同的是，人類對陸棚世界幾乎完全掌控。雖然淺海約只占全球海洋面積的百分之八，但幾乎全世界的漁獲都來自這個範圍。人類是依水而生的陸生動物，有三分之二聚居在離海岸六十公里內。

在海圖上，葡萄牙前方和西班牙北邊的陸棚區屬於狹窄地帶。不列顛群島和斯堪的那維亞的陸棚則非常廣大，這兩區陸棚交接成北海，平均二〇到一五〇公尺深，算是相當淺的海域。這片歐洲北邊的小海洋看來並不起眼，它複雜的海流與溫度調節作用，幾千年來未曾改變。然而在世界經濟的舞台上，北海卻扮演著重要角色。它是全球海運最繁忙的區域。沿岸為高度發展的工業國，還有世界最大港鹿特丹。僅三十公里寬的英吉利海峽，成了全世界航行率最高的海峽。貨櫃船、油輪、渡輪在這狹窄海道中絡繹不絕。

三億多年前，歐洲大陸與英國之間有許多大型沼澤連接。期間海洋有時擴張，有時縮減。巨大的河川把泥沙、植物和動物殘骸沖到北邊的盆地，隨著時間積累，形成了幾公里厚的沉積層。沉積物愈來愈多，層層擠壓，底下的沉積層形成砂岩或石灰岩。當陸地持續下降，煤礦層於焉產生。同時深海地區的溫度也愈來愈高。岩石中的有機物殘骸受到高溫高壓影響，經歷複雜的化學變化之後，產生石油和天然氣。其中一部分從岩層細縫滲出海床，消失在水裡。大部分則儲存在地底下的礦層。

幾百萬年來，大陸棚都處於休息狀態。

石油帶來了變化。挪威原本以漁立國，當漁業漸走下坡之際，立刻轉而跟進英國、荷蘭、丹麥的腳步，開發這地底下的寶物。三十年來，挪威已經成為世界第二大石油輸出國。歐洲的石油蘊藏，有將近一半都在挪威的大陸棚下。挪威的天然氣存量也很豐富。因此，他們一個平台接著一個平台蓋。技術上的問題常以罔顧環保的方式來解決。他們比照這個模式，愈挖愈深。早期用簡單機械蓋的鑽油塔，如今有帝國大廈那麼高。深海工廠與全面遙控的鑽油平台，不久也將實現。

照理說，應該是歡慶連連才對。

但是，歡呼停止得卻比預料中快多了。石油產量如同漁獲量，世界各地都日趨下降。這種花了幾百萬年才形成的資源，竟在不到四十年的時光就要耗盡。陸棚區的石油蘊藏量幾乎快消耗光了。巨型廢鐵場的鬼魂散布在海上。要處理掉那些停止運作的平台，可沒那麼簡單，因為世界上找不到夠大的力量，可以把平台從原地運走。只有一條路可以帶領石油國家脫離困境，那也是現在各國積極經營的方向。

在陸棚的另一端，大陸坡以及深海海盆中，還有尚未開發的油源。不過，傳統的鑽油平台在那裡沒有多大用處。倫德所屬機構計畫的是另一種新型採油技術。大陸坡並非處處陡峭，有些地方反而一層層像梯田般，為海底採油工廠提供了理想的地形。由於考量到陸棚邊緣計畫的風險因素，人力使用得降到最低限度。隨著石油產量遞減，石油工人的光芒也跟著黯淡下來，這些人在七〇及八〇年代可是人人羨慕的高薪族。加伐科斯C就計畫要把人力刪減到二十多人。有些平台，例如**月球人**，這個在挪威沿海特洛天然氣田的世紀大計畫，幾乎是全自動化作業了。

總之，北海石油業已經出現赤字。但若收手不再經營，帶來的耗資問題可能更大。

當約翰遜走出他的艙房時，托瓦森號上瀰漫著一股慣常的安靜氣氛。這艘船並不特別大。研究船界中的巨無霸是可以讓直升機直接起降的，像德國不萊梅港的北極星號就是，但托瓦森號得把空間留給裝備器材。約翰遜緩緩走到船舷欄杆邊往外看。在過去兩個小時內，他們已經駛離整個平台聚集區，這「群島」中的每座「島嶼」是由高架橋連接的。目前，他們到了昔德蘭群島北方，陸棚邊緣的那一邊。在這樣的外圍區已經沒有任何建築物了。遠處隱約可見零零星星的鑽油塔剪影。

整體看來，此處景觀又再度有了海洋的感覺，而不是過度氾濫的工業區。船下的水深將近七百公尺。大陸坡雖然有測繪資料，但這永恆的黑暗區對人們而言仍是一團迷霧。雖然在強力的探照燈照射之下可以看見一兩塊小區域，但這就好比夜裡用一盞路燈來探照整個挪威一樣，徒勞無功。

約翰遜心裡惦記著行李中的波爾多紅酒和法國及義大利的上好起司。他開始尋找倫德。找到她時，她正在檢查一個機器人。那具機器掛在一個懸臂上。機器人其實是一個由管狀金屬桿製成、約三公尺高的長方形箱子，裡面填滿了高科技裝備。箱子上標著它的名字**維克多號**。約翰遜認出前端有多架攝影機，還有一個折疊收起的機器手臂。倫德對著他笑。「令人印象深刻吧？」

約翰遜覺得好像有義務一樣，繞了維克多號一圈。「好大的黃色吸塵器，」他說。

「你這掃興的傢伙。」

「好啦。事實上我覺得它非常吸引人。這玩意兒多重啊？」

「四噸重。嗨，尚！」

一個瘦巴巴的紅髮男子從纜盤後面探出頭。倫德招手叫他過來。「尚－雅克．阿爾班是這艘『游動廢鐵堆』上的首席指揮官。」倫德介紹那個紅髮男子。「聽好，尚。我還有一些事情要處理。西谷對這東西好奇得不得了，他想知道所有關於維克多號的事。行行好，幫我照應一下。」

她很快地跑步離開。阿爾班看著她，臉上露出有趣的無助表情。

「我猜，你應該有比介紹維克多號更好的事要做吧。」約翰遜揣測說。

「沒關係。」阿爾班笑著，「你是挪威科技大學來的，對嗎？你研究了那些蟲。」

「我只是把我的想法說出來而已。你們為什麼對這動物大傷腦筋？」

阿爾班做了個不以為然的手勢。「我們比較擔心大陸坡面的穩定度。蟲是偶然發現的，蒂娜想多了。」

「我還以為你們是因為蟲，才放機器人下去的，」約翰遜吃驚地說。

「是蒂娜告訴你的嗎？」阿爾班看著機器，搖了搖頭。「不是，這只是其中一個任務。我們當然不會掉以輕心，但是最主要是我們準備做一個長期測量站，而且要把點直接定在油源的上方。等我們確定那個地方是安全的，便會蓋建一個海底作業站。」

「蒂娜提過SWOP。」

阿爾班看了他一眼，一副不確定要怎麼回答的樣子。「其實不是。水下工廠計畫幾乎是定案了。也許還有什麼改變是我不知道的吧。」

這樣啊。那就不會有浮動平台了。也許，最好不要再深入這個話題。約翰遜轉而詢問有關潛艇的事。

「它的型號是維克多六〇〇〇，一台水下遙控載具，簡稱ROV，」阿爾班解釋，「它可以下潛至六千公尺，並且在那兒工作好幾天。我們在上面操作，還能完全經由纜線同步接收所有資料。這回它有任務要在下面待個四十八小時，當然也要順便抓一些蟲。國家石油公司不願因破壞生物多樣性而遭輿論攻擊。」他休息了一下又問，「你對這些畜牲究竟有何看法？」

「沒什麼看法，」約翰遜避而不答。「暫時還沒有。」

機器運作的嘈雜聲響起。約翰遜看見懸臂如何移動，如何把維克多號舉高。

「麻煩你過來一下，」阿爾班說。在船身中央有五個和人等高的貨櫃，他們朝貨櫃走去。「其實大部分的船並非針對維克多號而設計。我們從北極星號把它借來，幸好托瓦森號還裝得下它。」

「貨櫃裡面裝了些什麼啊？」

「絞盤用的液壓系統、聯動裝置，還有一些雜七雜八的東西。前面是ROV的控制室。你別撞到頭了。」

他們走過一扇低矮的門。貨櫃裡面空間很小。約翰遜環顧一下四周。一半以上的空間被控制面板以及兩排螢幕占據。有些螢幕是關閉的，有些顯示了ROV的作業資料及導航資訊。螢幕前坐了好幾個男人。倫德也在那裡。

「坐在操作台中間的是導航員，」阿爾班小聲地說。「右邊是副導航員，也就是正在使用操縱桿的那個。維克多號做起事來敏銳又精確，所以相對地操控技術要很好，才能和它相處融洽。下個位子是協調員的。他負責聯絡駕駛台的督導官，好讓船和機器人在最理想的狀態下互相合作。另一邊坐的是科學家。那裡那個位子是蒂娜的。她負責攝影和畫面儲存——我們準備好了嗎？」

「可以把它放下去了，」倫德說。

螢幕一個接著一個亮了起來。約翰遜認出部分船尾、懸臂、天空和海洋。

「你現在所看到的也就是維克多號看到的，」阿爾班解釋著。「它一共有八台攝影機，一台是鏡頭可以伸縮的主攝影機，兩台導航鏡頭，五台輔助攝影機。即使在好幾千公尺的深海，我們依然清晰可見高畫質、色彩絢麗的影片。」

攝影機的角度改變了一下。機器人正在下降，離海面愈來愈近，水濺到鏡頭上。維克多號繼續下沉。螢幕上顯示出一片暗濁的藍綠世界。

貨櫃裡的人愈來愈多。剛才在懸臂周圍的工作人員全進來了，以致空間變得更為狹窄。

「開啟探照燈，」協調員說。

維克多號周圍突然亮了起來。藍綠色轉成被照亮的黑色。一些小魚跑進畫面，接著到處都是小氣泡。約翰遜知道，這些小泡泡實際上是浮游生物，數十億的小生物。偶爾有紅色的水母及透明的櫛水母經過。

過了一會，小生物的群體愈來愈稀疏。深度表指著五〇〇公尺。

「維克多號抵達下面時，到底要做些什麼？」約翰遜問。

「取水樣和沉積物樣本，也會收集一些生物樣本，」倫德頭也沒回地答道，「最主要還是拍攝影片。」其實那崎嶇的地形映入畫面。維克多號沿著一片陡峭的岩壁往下降。橘紅色的龍蝦觸鬚朝畫面逼近。其實那兒應是漆黑一片，伸手不見五指，然而探照燈和攝影機卻讓底下動物的原色逼真再現。維克多號繼續前進，行經一些海綿和海參，接著地勢愈來愈平緩。

「我們到了，」倫德說。「六八〇公尺。」

「好。」導航員身體向前彎。「咱們『飛行』一圈。」

斜坡消失於畫面上。有好一段時間他們只看見水，接著藍黑色的深海突然出現海床的影像。

「維克多號能夠以公分的精確度導向，」阿爾班對約翰遜驕傲地說。「如果你想要的話，它甚至還可以幫你穿線。」

「謝謝。這方面我的裁縫師會處理。它目前的正確方位？」

「位在一個深海海盆的正上方，那底下蘊藏著驚人的原油量。」

「也有甲烷水合物嗎？」

阿爾班若有所思地看著他。「對，當然。你為什麼這麼問呢？」

「沒什麼，隨口問問。這裡就是國家石油深海工廠預定地嗎？」

「假使沒有反對的理由，這正是我們的理想位置。」

「例如，蟲。」

阿爾班聳聳肩。約翰遜發覺這位法國先生不喜歡這個話題。他們注視著機器人如何「飛」過這個陌生的世界，超越爬行的海蜘蛛和鑽土的魚。攝影機捕捉到海綿生長區的畫面、夜光水母以及墨魚的棲息地。這個水域的生物種類沒有特別繁多，不過海床動物的種類倒是呈現出多樣性。過了一會兒，地表變成滿布凹痕而且粗糙。海床上滿是條紋狀的結構。「沉積物滑坡，」倫德說。「在挪威大陸邊坡上看過幾次。」

「那一波一波的條紋狀結構是什麼？」約翰遜問。海床表面又有了一些改變。

「這是跟著洋流來的。我們去海盆邊緣。」她停頓一下。「就在離這不遠的地方，我們發現了那些蟲。」

他們盯著螢幕看。有不一樣的東西出現在燈光下了。出現大面積的淺色表面。

「細菌席，」約翰遜注意到。

「對。是有甲烷水合物的徵兆。」

「那裡，」導航員說。一大片白色平面映入畫面。此處海底有結凍的甲烷。

突然，約翰遜又認出了什麼。其他人也看見了。瞬間，控制室裡變得鴉雀無聲。

有一部分的水合物在爬來爬去的粉紅色軀體下消失。一開始還能分辨出個別的形體。接著這些蠕動的身軀數量大增，就多到看不清了。一大堆附有白色毛束的粉紅色管狀身軀上下重疊地蠕動著。

控制台上有人發出了怪聲。人類被灌輸「爬蟲類令人作嘔」的觀念已成習慣，約翰遜心想。我們竟然害怕看到蠕動、爬行或是密密麻麻的動物，而這只是大自然的一部分罷了。當我們能夠看見成群蟎蟲在毛細孔上動來動去，吃我們皮脂腺分泌出來的油脂；或者上百萬微小的蛛形綱動物霸占床墊，以及腸道裡數十億細菌活動的樣子時，所發出的作嘔聲不震耳欲聾才怪。

儘管如此，他還是不喜歡他所看見的東西。圖片資料上顯示墨西哥灣種也差不多有這麼多數量，但是體型小了點，而且蟄伏在縫隙裡。這裡的則是在冰上扭來蠕去，龐大的數量蓋滿了整個海底地表。

「Z字形航線，」倫德說。

ROV開始以一種障礙滑雪賽的路線游動。畫面並沒有什麼改變，看到的除了蟲之外還是蟲。

突然，海床開始下降。導航員操縱ROV繼續朝海盆邊緣前進。就算是八盞強力探照燈全開，也沒有多少公尺的能見度。不管如何，看來這個生物是覆蓋了整個大陸坡。約翰遜覺得，牠們看起來比倫德帶去給他研究的樣本還要大。

下一刻忽然一片漆黑。維克多號碰到邊緣了。從這裡又垂直下降約一百公尺。機器人繼續高速前進。

「轉向，」倫德說，「我們看一下大陸坡壁。」

導航員操控維克多號轉彎。探照燈裡有些小微生物游來游去。

有個較大的、亮亮的東西，在鏡頭前隆起，占據整個鏡頭，停留一秒鐘，又像閃電般縮了回去。

「那是什麼？」倫德喊著。「回到原來位置。」

ROV往回轉。「不見了。」

「盤旋。」維克多號停下來，以自己為軸心開始轉圈。除了一片詭異的黑暗，以及被圓錐形光束照射下的深海海盆之外，什麼也沒有。

「剛才有樣東西，」協調員確認，「也許是條魚。」

「那一定是大得不得了的魚，」導航員咆哮道，「牠把整個畫面都占滿了。」

倫德轉頭看約翰遜。他搖搖頭。「不知道那是什麼東西。」

「好。我們繼續往下看。」ROV在斜坡壁停了一下。幾秒鐘後，陡峭的地形就映入畫面。可以看到一些沉積物塊凸出來，其餘面積都被粉紅色的軀體占滿了。「牠們到處都是，」倫德說。

約翰遜走到她旁邊。「你們對當地水合物的出處有概念嗎？」

「這裡到處充滿了甲烷。水合物、地裡的天然氣泡囊包、海床冒出來的天然氣……」

「我是說表面那些冰。」

倫德在她位子上的電腦輸入幾個字。海床圖跳上螢幕。「那裡，那些亮點。我們有紀錄出現的地方。」

「妳可以告訴我目前維克多號所在位置嗎？」

「大概是這裡。」她指著標示出大片亮面的一區。

「好。往那裡去，斜對面那裡。」

倫德給導航員一些指示。探照燈又照到沒有蟲的海床。一會兒過後，地勢開始上升，很快地黑暗中又出現陡壁。「高一點，」倫德說，「慢慢的。」

幾公尺後又看到相同的畫面。管狀的粉紅色軀體，白色的毛束。「典型的，」約翰遜說。

「你是指什麼？」

「如果你們的海床圖正確的話，這裡就是廣大的水合物分布範圍。也就是說，細菌在冰層上覓食甲烷，蟲再把細菌吃了。」

「這也是典型的狀況嗎？我是說，牠們一下子就變成幾百萬隻。」

他搖搖頭。倫德往後靠。「好吧，」她跟那個手握操縱桿的男人說，「我們把維克多號放下去。讓它先收集些蟲樣本，然後再繼續視察這個地區——如果這裡還有空出來的地方讓我們看的話。」

過了十點，有人來敲約翰遜的門。門開了。倫德走進來，一古腦兒坐在沙發上。沙發再加上一張很小的桌子，那便是豪華艙房的配備了。「我的眼睛痛得要命，」她說，「阿爾班會接手一會兒。」

她的眼光落在桌上的起司盤和一瓶打開的波爾多紅酒。「我早該料到的，」她笑了，「你就是為了這個開溜的啊。」

為了準備這些東西，約翰遜半小時前離開了控制室。「布里起司、塔拉吉起司、孟斯戴起司、羊奶起司，還有一些義大利皮耶蒙山區的梵堤那起司，」他一一介紹，「法國麵包和奶油。」

「你真是個瘋子。」

「妳要喝杯酒嗎？」

「當然要。這又是什麼來頭？」

「玻雅克紅酒。妳得原諒我沒辦法完美地過濾酒渣，托瓦森號上實在是沒有像樣的水晶酒器。你們還發現什麼有趣的東西嗎？」

倫德拿過酒杯，喝掉一半的酒。「那些該死的蟲，黏在水合物上，到處都是。」

約翰遜在對面的床沿坐下，若有所思地將麵包塗上奶油。「真的值得注意。」

倫德拿了一塊起司來吃。「其他人也認為，我們應該提防這些蟲。尤其阿爾班也這麼想。」

「你們第一次來這裡的時候，沒有這麼多蟲嗎？」

「沒。我是說沒那麼多，但以我的品味來說實在夠多了。只不過到剛才之前，還只有我一個人這麼想。」

約翰遜對著她笑。「妳也知道。有品味的人常常是少數。」

「唉，總之，明天一早維克多號會帶一些蟲樣本上來。然後你就可以跟牠們玩了，如果你願意的話。」

她一邊嚼一邊起身看窗外。這時外面放晴了。海浪上照著一抹月光，光點隨著水波到處散播。「我看那張該死的片子大概看了有一百多遍。就為了那個亮亮的東西。阿爾班也覺得那是魚。但如果真是這樣，那條魚至少有魔鬼魚那麼大，或者更大。除此之外，並沒有任何可以鑑定它體型的線索。」

「會不會是光的反射，」約翰遜提出別的看法。

她轉向他。「不是。它距離鏡頭還有幾公尺，正好在光線邊緣。它又大又平，抽回的速度之快，好像是完全不能忍受光一樣，或者是害怕被發現。」

「什麼都有可能。」

「不。不是什麼都有可能。」

「魚群也可能有迅速抽回的行動。如果牠們夠密集地游在一起，會看起來像是……」

「那不是魚群，西谷。它是平的。一個完整的平面，有點像……玻璃。像一隻特大號水母。」

「一隻大水母。妳找到答案了。」

「不是。不是！」她停了一下又繼續說。「你自己看看片子。那不是水母。」

他們沉默地坐了一會兒。

「妳對約仁生說謊，」約翰遜直截了當地說。「根本沒有SWOP這回事。至少沒有石油工人可做的事。」

倫德仰望。她把杯子移到唇邊，喝了一口，然後後退一步，表情凝重。「對。」

「為什麼？怕傷他的心？」

「也許吧。」

約翰遜搖搖頭。「你們遲早要傷他的心的。根本沒有工作可以給石油工人做了，對吧？」

「聽著，西谷，我也不想對他說謊，但是……天啊，整個產業現在正轉型中，將來根本不需要人力了。約仁生也知道這個事實。他還知道加伐科斯C的人員要裁到十分之一。重新改裝整個平台都還比繼續養兩百七十個員工來得省錢。國家石油甚至在考慮，要把加伐科斯B所有人員裁掉。之後，我們可以從另一個平台操縱加伐科斯B，即使這樣做，都還未必划算。」

「妳是要告訴我，你們的生意做不下去了嗎？」

「近海石油業在七〇年代初期，當石油輸出國家組織把油價拉抬上來的時候，還算不錯。但是自從八〇年代中期後，價格就一直下滑。要是油源耗盡，北歐經濟會跟著掉入谷底，所以我們得想辦法到外面挖，也就是藉助ROV和AUV之力在深海區進行。」

AUV是另一個業界中人盡皆知的深海探索詞彙縮寫，自主型水下載具。原則上和維克多號類似，只是不依靠人工管線和母船相連。近海工業對這類新型潛艇的發展相當有興趣，它們就如同外太空用的行星偵察機，可以深入未知的領域，而且非常有彈性，能夠自由移動，必要時還可以在特定範圍內自動做決定。有了AUV的協助，想要在五、六千公尺下的深海建立抽油站及監測系統，就不再只是個夢想。

「妳不用道歉，」約翰遜一邊倒酒一邊說。「妳也沒辦法改變什麼。」

「我也不是在道歉，」倫德煩躁地回話。「更何況我們每個人都有辦法做些改變。要不是人類肆無忌憚地使用燃料，我們也沒有這個問題。」

「這個問題還是存在的。只是會晚點出現而已。但是妳的環保意識倒非常值得獎勵。」

「是又怎麼樣？」她惱怒地說。他聲音裡嘲諷的弦外之音並沒有被她遺漏。「你可能不會相信，石油公司也在學習。」

「是啊，但是學些什麼？」

「接下來幾十年，我們可能都要忙著處理掉六百個以上的鑽油平台，因為它們不再合乎經濟效益，而且技術也已經落伍了！你知道，這要花多少錢嗎？好幾十億！到時候大陸棚都被抽得精光了！所以呢，不要一副好像我們是什麼流氓無賴似的。」

「好啦。」

「現在所有的籌碼都擺在不需人力的水下工廠，這是理所當然的。如果我們不這麼做的話，整個歐洲，明天開始就要完全仰賴中東和南美的石油運輸，而我們則只剩下一座海上墳場。」

「我並不是反對這些。我的疑問是，你們知道自己在做什麼嗎？」

「你的意思是？」

「你們必須要能解決一大堆技術上的問題，才談得上經營自動化工廠。」

「當然。」

「你們打算在高壓下大量抽出混有高腐蝕性物質的原油，而且最好還不需要有人員看管、維修。」約翰遜遲疑了一下。「但是，你們並不清楚底下的狀況。」

「我們會查出來的。」

「就像今天這樣查嗎？那我很懷疑。在我看來，這就好像是老太婆去旅遊，拍了兩三張照片，就以為對那個國家很有概念。你們有一種傾向，傾向去找一個地方，劃地為王，然後不管怎麼看這個地方，都像是心目中的理想國，可以允諾你們想要的結果。其實你們根本不了解，你們現在侵入的是一個怎樣的系統。」

「又來了，」倫德嘆氣說。

「我說的有什麼不對嗎？」

「對於生態系統這個詞，我不但會唱，而且還可以倒著唸。真的，就連睡覺的時候都會。你現在徹底反對挖油嗎？」

「不是。我只是認為人們應該好好認識自己所處的世界。」

「那你認為我們在這裡做什麼？」

「我很確定，你們是在重蹈覆轍。六〇年代末，你們的荷包賺飽了，就在北海海域加蓋起來。現在這些東西卻變得礙手礙腳，擋了你們的路。你們應該避免再把這種急促的決策用在深海。」

「我們要是這麼急的話，又何必把這些討人厭的蟲交給你？」

「說的也是，我赦妳無罪。」

她咬著下脣。約翰遜決定換個話題。「卡爾．史維特普看起來是個好男人。」

倫德皺一下眉頭。然後放鬆笑了起來。「你這樣認為嗎？」

「當然，」他張開手。「但是他真不夠意思，竟然沒有事先問我，不過我完全可以理解。」

倫德讓酒在杯子裡打轉。「這一切都才剛發生，還很新鮮，」她輕聲地說。

他們沉默了一會兒。

「戀愛了？」約翰遜在安靜的氣氛下問。

「你是說誰？他還是我？」

「妳。」

「嗯。」她笑著，「我想是吧。」

「**妳想是吧？**」

「我是研究員。我得先做研究。」

她離開時，已經是午夜。在門邊，她看了桌上的空杯和起司一眼。「幾個星期前，也許你用那些東西就可以得到我了，」她說。那語調聽來甚至帶有遺憾的味道。

約翰遜輕輕把她推到門外走廊。「在我這個年紀已經可以克服了，」他說。「去去去，去研究去。」

她走到外面，然後在他的臉頰上吻了一下。「多謝你的酒。」

生命是由無數錯過的機會組成的，得自己從中找到妥協，約翰遜關門時想。然後他冷笑，把這事丟到腦後。對於那些已然錯過的機會，他其實沒什麼好抱怨的了。

加拿大，溫哥華及溫哥華島

李奧．安納瓦克屏氣凝神。快點啊，他心想，讓我們高興一下。

這已經是白鯨第六次游往鏡子的方向。溫哥華水族館地下室的觀看區，聚集了一小群記者和學生，空間裡瀰漫著一股祈禱般的寂靜。透過厚厚的玻璃，整個池子的內部一覽無遺。斜射進來的陽光在牆上和地板上跳躍舞動。觀看區裡很暗，水面反射的光影在圍觀者的臉上施展魔法，變化萬千。

安納瓦克用無毒墨水在白鯨的下顎標出有色的圈圈記號。之所以標在這個位置，是因為白鯨得看著鏡中的自己，才能瞧見標記。池裡的反射玻璃牆裝上了兩面鏡子，白鯨以平常的速度朝其中一面游去。牠這麼做一定有目的，安納瓦克從實驗一開始就沒有懷疑過。白色的身軀游過時輕輕轉了一下，彷彿要向觀眾展示牠做了記號的下顎。接著，牠在玻璃牆前面停了下來，稍微往下沉到鏡子的高度，而後定住不動，立起身軀，頭先朝一個方向擺，隨即又擺向另一方。顯然是在找最好的角度，以便看見圈圈標記。好一段時間，牠用同樣的方式在鏡子前面浮沉、擺鰭，轉動有著典型額隆的小頭。

儘管白鯨和人類的相似處很少，這會兒卻使人聯想起人類的動作。和海豚不一樣，白鯨有各式各樣的面部表情。此刻這隻鯨魚似乎在對自己微笑。許多人會根據這種看似微笑的表情，為海豚和白鯨做出詮釋。上揚的嘴角和其他的表情事實上具有溝通的功能。白鯨也可以把嘴角往下彎，卻不一定是不高興；牠們甚至有辦法把嘴唇噘起來，彷彿心情好得吹起口哨來似的。

沒多久，白鯨就失去興致。也許是研究夠了鏡中的影像。總之，牠優雅地轉了個彎，游離玻璃牆。

「就這樣了。」安納瓦克輕聲說。

鯨魚不再回來後，一個記者失望地問：「這是什麼意思啊？」

「牠知道自己是誰。我們上樓去。」

他們從地下室出來，重回陽光下。左手邊是那個池子，現在只能看見水面。微波盪漾的水裡，可見兩隻白鯨游動的身軀。安納瓦克刻意有所保留，並未詳細解釋實驗的流程，而是讓觀眾自由發揮，以避免自己過度詮釋鯨魚的行為，尤其是他自己期望看到的。

他的研究百分之百被證實了。

「恭喜了，」他接著說，「各位剛剛觀察到的實驗，是動物行為研究史上重要的『鏡像自我辨識實驗』。你們知道什麼是鏡像自我辨識嗎？」

學生都還算清楚，記者就沒那麼確定了。

「沒關係，」安納瓦克說，「我為各位做個簡介。鏡像自我辨識起源於七〇年代。幾十年來，這種方法一直應用在靈長類的研究上。我不清楚你們知不知道哥頓．蓋洛普這個人……」群眾裡大概有一半的人點頭，另一半則搖頭。

「好，蓋洛普是紐約州立大學的心理學家，有一天，他萌生一個瘋狂的想法，研究起不同的猿猴對鏡中自我影像的反應。大部分的猿猴都不予理會；有一些則會攻擊鏡像，因為牠們把它當成入侵者。有些黑猩猩認出鏡中的自己，利用鏡子探索身體。這一點很值得注意，因為多數動物沒有辦法認出鏡像中的自己。牠們感覺、行動、反應，可是大多沒有自我意識，沒有辦法把自己當成一個獨立的個體，一個與其他同類不同的個體。」

安納瓦克繼續解釋蓋洛普如何在猿猴的臉部畫上記號，然後把牠們放到鏡子前面。黑猩猩很快就弄清楚鏡中的影像是誰。牠們檢視記號，用手指觸摸記號的位置，還想用鼻子嗅出個所以然。蓋洛普也將同樣的實驗用在其他靈長類、鸚鵡及大象，但是通過鏡像測試的動物只有黑猩猩和紅毛猩猩。蓋洛普因此斷定這兩種動物具有自我辨識的能力，也就是所謂自我認知的能力。

「蓋洛普還繼續研究下去。」安納瓦克解釋道，「之前很長一段時間，他堅信動物無法感受其他物種的心理狀態。但是做過鏡像測試後，他完全改觀。如今他深信，某些動物不僅具有自我意識，也可以設身處地揣測其他動物的想法。黑猩猩和紅毛猩猩不但能觀察其他個體的意圖，發展同理心，還能根據自己的心理狀態來揣摩其他個體。這是蓋洛普的主張。這個說法現今有廣大的支持者。」

他停了一下，心裡很清楚，待會兒得想辦法制止記者。他可不想幾天後在報上看到「白鯨是更好的心理治療師」、「海豚救了船難者」或是「黑猩猩下西洋棋」之類的報導。

「總之，」他接著說，「九〇年代之前，接受鏡像測試研究的動物，清一色是陸生動物。雖然早已有人推測鯨魚和海豚的智力，但去證明此事卻始終不是學界的主流。世界上只有很少數的人對猴子感興趣，而對鯨豚有興致的人就更少了。何況對獵人而言，獵物顯得更聰明並不是什麼有趣的事情。某些人對於我們從數年前開始，用鏡像測試研究海豚，並不怎麼興奮。當時我們在池裡同時裝了反射玻璃和真正的鏡子，然後用黑筆為海豚做記號。海豚花了很多時間沿著牆游，找到鏡子才停下來。光是這件事，就相當令人驚奇。顯然牠們很清楚，鏡面反射愈佳，記號看得更清晰。後來我們又在牠們身上做記號，有時用真正的色筆，有時用無色的筆，避免海豚可能只是對筆的觸覺有反應。結果證明，看得見記號時，牠們真的在鏡前停留比較久。」

「海豚有得到什麼獎勵嗎？」有個學生發問。

「沒有。也沒有特別訓練牠們做實驗。實驗時，記號甚至標在不同的身體部位，好排除學習或習慣效應。幾個星期前，白鯨也開始接受同樣的實驗。我們在鯨魚身上做了六次記號，其中兩次使用根本沒有效果的『安慰筆』作為對照。牠們完全看見標示記號的過程。每次一標好，就游到鏡子前面找記號。有兩回什麼也沒找到，提早中斷檢測。我認為，實驗結果證明，白鯨具有與黑猩猩同等的自我辨識能力。鯨魚和人類的彼此相似程度，遠高於我們的想像。」

有個學生舉起手。「你是說……」她猶豫了一下，「是**實驗結果**說，海豚和白鯨都有精神和意識，是嗎？」

「是的。」

「理由是什麼呢？」

安納瓦克愣了一下。「妳剛才沒有聽清楚嗎？妳剛才沒有在下面看嗎？」

「有啊。那隻動物的確注意到自己的鏡像。牠知道，這就是我。但是，你就能以此推斷牠具有自我意識嗎？」

「妳自己已經回答了問題。**牠知道，這就是我**。牠有所謂的『我』這個概念。」

「我不是這個意思。」她往前走了一步。安納瓦克雙眉緊皺看著對方。她有一頭紅髮，小而尖的鼻子，微微前突的大門牙。「你的實驗，成功證明牠們能夠觀察和識別出自己的身體。但仍不足以支持，這些動物具有**持續性**的認同意識；也無法就此推斷牠們與其他生物的相處模式。」

「我也沒有這麼說。」

「不。你支持蓋洛普的理論：某些動物能根據自己的心理狀態來揣摩其他個體。」

「我說靈長類。」

「這點，始終備受爭議。總之，你談到海豚及白鯨時，並沒有事先設限。或者，是我沒有聽到？」

「在這種狀況下是不需要設限的。」安納瓦克有點暴躁。「這些動物認得出自己，早已得到證明。」

「有些實驗是可以這樣推測，沒錯。」

「妳的意思是？」

她聳聳肩，圓圓的眼睛看著他。「嗯，這不是很清楚嗎？你可以**看見白鯨的反應**。但是你**如何知道白鯨在想什麼**？我清楚蓋洛普的研究。他認為，我們可以證明動物能夠設身處地了解其他動物。不過，前提是，動物具有和人類相同的思考和感知能力。你今天給我們看的，只是試圖將鯨魚擬人化罷了。」

安納瓦克啞口無言。她就是要煩他，用的還是他自己的理論。「妳真的這樣想嗎？」

「你剛剛不是說，鯨魚和我們比我們想像中的類似。」

「妳為什麼沒有好好聽，妳貴姓……？」
「戴拉維。愛麗西婭．戴拉維。」
「戴拉維小姐，」安納瓦克聚精會神，「我是說，鯨魚和人類彼此相近的程度，遠高於我們的想像。」
「這有什麼不同？」
「立足點不同。我們並不是要證明鯨魚和人類一樣，或者把人類當成理想形象來評斷動物。重點是尋找根本的相似性……」
「但我不認為，動物的自我意識能與人類的自我意識相比。兩者的基本前提本來差異就大。比方說，人類有持續性的『我』這個概念，從……」
「錯！」安納瓦克打斷她的話。「就算是人類，也只有在特定條件下，才會發展出一個持續性的自我意識。這點經過證實。幼兒約在一歲半到兩歲之間，才會辨識鏡中的自己。在這之前，他們完全不懂何謂自我存在，對自己的精神狀態也沒有意識，比我們剛才看到的鯨魚還少。請妳停止一味引用蓋洛普的理論。我們在這裡要做的，是去了解動物。妳究竟有什麼目的呢？」
「我只是想……」
「停！在妳想做任何事之前都該先想像一隻白鯨會怎樣評斷妳。換做白鯨看妳站在鏡子前面觀察自己，會是什麼情況？妳在自己臉上做記號，白鯨又有何感想？牠將得到一個結論，就是妳能認出鏡中的自己。其他的行為對牠來說，只是愚蠢的動作。比方看到妳的穿著和臉上的妝，牠甚至會懷疑妳是否還認得出鏡中的自己，質疑妳的精神狀態。」
愛麗西婭．戴拉維臉紅了起來。她想開口，但是安納瓦克不讓她有說話的機會。
「當然，這些測試只是開始。」他說，「認真研究鯨豚的人，並非要恢復鯨豚是人類的友善好友這種神話。顯然，鯨豚對人類一點興趣都沒有。因為牠們生活在另一個空間，有別的需求，進化的方向和我們不同。如果我們的研究，有助於提升對牠們的尊重，保護牠們，再累都值得。」

他又盡可能簡短回答了幾個問題。愛麗西婭・戴拉維尷尬地退到後面。最後解說結束，安納瓦克送走所有人。他和研究團隊約好下次碰面的時間，談論之後該做的事。終於只剩下他一人。他走到池邊，深呼吸放鬆一下。他不是特別喜歡面對公眾的工作，然而這是未來他所要學習的。

他的職業生涯正上軌道，他會成為一個聲名卓越的年輕有為科學家。未來他得繼續和愛麗西婭・戴拉維這類人爭執。這些大學新鮮人，書讀了一堆，看過的海水卻可能還沒有一斗。

他蹲了下來，手指輕觸白鯨池冰冷的水。那是個曙光初現的清晨。他們喜歡在水族館的非營業時間，進行測試及學術研究。下了好幾個星期的雨終於放晴，三月這幾天的天氣格外好，太陽暖暖地照在安納瓦克身上。

那個女學生說了些什麼？他嘗試將動物擬人化？

這個指責真是讓他心痛。他自認始終秉持冷靜的態度做學問，生活也盡可能理智，不喝酒、不參加派對、不愛出鋒頭，不信口雌黃；既不相信神，也不接受帶有宗教色彩的行為。對他來說，任何一種神祕學都是詭異的。他竭盡所能，避免把人類的價值觀投射到動物身上。尤其，海豚成為浪漫想像下的犧牲者，危險性並不低於仇視、鄙視牠。這種想像將海豚變成較高等的人類，效法海豚成了人類改善自己的方法。同一種沙文主義，表現成極端方式，就是毫無保留地神化海豚。牠們不是被折磨至死，就是被愛到極致。

那個長著兔寶寶牙的戴拉維小姐竟然班門弄斧，想用他自己的理論來教他。

安納瓦克繼續拍著水。沒多久，一尾四公尺長的雌鯨游向他，是那隻被做了記號的白鯨。牠伸出頭來讓他撫摸，發出哨音般輕微的聲音。安納瓦克自問，白鯨是否具有和人類一樣的感覺，或有能力了解人類的感覺？實際上，此類證據的確很少。愛麗西婭・戴拉維多少是有道理的。

但是，也無法證明牠們不具此能力。

白鯨又發出一次叫聲後，沉到水底下。安納瓦克看到人影。他轉過頭，看見身旁有雙繡花牛仔靴。

喔，不會吧，他心想。真是雪上加霜。

「吶，李奧，」一個男人踩上他身旁的池緣，「你們今天在虐待誰啊？」

安納瓦克站起身，看著走過來的人。傑克．灰狼，一副剛從西部牛仔片跳出來的模樣。健美的體格包裹在滿是油漬的皮外套下；寬闊的胸膛前掛著印第安飾品；插有羽毛的帽子下，一頭及肩的烏亮長髮。頭髮似乎是傑克．灰狼唯一整理的部位，其他地方看來像在荒野中度過好幾個星期沒水沒肥皂的生活。安納瓦克看著他黝黑、面帶揶揄的笑臉，只能淡淡回一個微笑。「誰讓你進來的，傑克？偉大的曼尼陀*？」

灰狼嘴笑得更開了，「特別許可。」，他說。

「喔，是嗎？什麼時候開始你有特別許可了？」

「教宗本人給了我特別許可。不鬼扯了，李奧，我跟其他人一樣從前門進來的。五分鐘前已經營業了。」

安納瓦克一臉困惑看了一下時鐘。灰狼說得沒錯。是他在白鯨池邊忘了時間。

「我希望，這次碰面是個偶然。」他說。

灰狼噘起嘴脣。「不完全是。」

「所以，你是來找我的囉？」安納瓦克慢慢移動，要灰狼跟著他走。第一批參觀者陸陸續續踏進展覽館。「有什麼我可以效勞的？」

「你很明白可以為我做什麼。」

「還是老調？」

「加入我們的行列吧。」

「別想了。」

「別這樣，李奧，你我是同一邊的。一堆有錢的混帳拍鯨魚拍到死，對你沒有什麼好處。」

「是沒有好處。」

* 印第安語，統治自然界的神。

「大家都聽你的。你若能挺身反對賞鯨，議題的論述分量就截然不同。你這樣的人對我們很有用。」

安納瓦克停下腳步，挑釁地看著灰狼。「沒錯，我對你們是很有用。但除了那些真正有需要的人之外，我不想為任何人帶來好處。」

「那裡！」灰狼伸出手臂，指向白鯨池。「牠們就有需要！我看到你窩在這裡和被關的動物和平相處，就覺得噁心！把牠們關起來，催趕牠們，簡直是慢性謀殺。只要你們開船出海，就又進一步戕害了動物。」

「你吃素嗎？」

「什麼？」灰狼困惑地眨了眨眼。

「我只是在想，誰因你的夾克而被剝皮。」

他繼續走。灰狼驚訝地停了一會兒，才又大步跟上安納瓦克。

「這是兩碼子事。印第安人一直與大自然和諧共處，他們用動物的皮毛……」

「省省吧！」

「這是事實啊。」

「你知道你有什麼問題嗎，傑克？正確來說，你的問題有兩個。第一，你假環保人士之名，行捍衛印第安人之實。印第安人的生活型態早就改變了。第二，你根本不是印第安人。」

灰狼臉色蒼白。安納瓦克自問還可以刺激這個大塊頭到什麼程度。灰狼有好幾回因為傷害罪，上了法庭。他單憑一雙手，就能永遠結束這個話題。

「你幹嘛說這些鬼話，李奧？」

「你只有一半的印第安人血統。」安納瓦克說。他站在海獺池前，看著水中深色的軀體如巡弋飛彈般快速游過，皮毛在晨光下閃爍。「不，不僅如此。你印第安化的程度大概同西伯利亞的北極熊差不多。因為你不知道自己的歸屬，因為你一事無成。只是自以為有所謂的環保事蹟，就任意在那些被你認為要負責的人頭上撒尿。不要把我扯進去。」

灰狼在陽光下瞇起眼睛。「你說的話真難以入耳，李奧。」他說，「為什麼我聽不到人話，只聽見廢話？到處都是雜音、聲響，好像一車車鵝卵石倒在鐵皮屋頂上。」

「去！」

「見鬼了，我不是來吵架的。我到底想從你這裡得到什麼？不過是一點支持而已！」

「我沒有辦法支持你。」

「你看，我還好意來通知你我們下次活動的訊息。我大可不必這麼做。」

安納瓦克豎起耳朵，「你們要做什麼啊？」

「那是什麼玩意？」

「**賞觀光客**。」灰狼笑得很開心，潔白的牙齒如同象牙般閃閃發光。

「嗯，這個嘛，我們要出去拍你的觀光客，驚訝地盯著他們。我們要把船開得很近，用力抓著他們，好讓他們體會被人家色迷迷看著、摸著，是什麼滋味。」

「我可以禁止你們的行動。」

「你沒辦法禁止，這是個自由的國家。沒人可以管我們什麼時候、從什麼地方開船。你懂嗎？活動是準備好了，但你若稍有反對，我可以考慮讓它告吹。」

安納瓦克凝視著他，接著轉過頭繼續走。「反正也沒有鯨魚。」他說。

「因為你們把牠們趕跑了。」

「我們什麼事也沒做。」

「是啊，人類永遠沒有錯，錯的是那些愚蠢的動物。牠們不斷地游入飛來飛去的鯨叉之間，或者不停擺弄姿勢，因為牠們想為家庭相本多拍些照片。不過，我聽說牠們又來了。最近幾天不是出現了一些座頭鯨嗎？」

「是有一些。」

「你們的生意很可能一敗塗地。你要冒險讓我們把你們的業績曲線再往下拉嗎？」

「去你的，傑克。」

「嘿，最後一次機會囉。」

「真令人安慰啊。」

「天啊！李奧！至少隨便在一個場合為我們說句話。我們需要錢，我們是靠捐款過活。李奧！就站一次出來嘛。這是好事一樁，你難道不懂嗎？我們追求的其實是同一件事。」

「我們追求的不是同一件事。再會，傑克。」

安納瓦克加快腳步。他其實很想跑，但不想給灰狼留下逃跑的印象。灰狼那個環保人士站在原地。

「你這個死板的混帳！」他從後面吼著。

安納瓦克不回話，目標堅定地走過海豚館，往出口去。

「李奧，你知道你的問題是什麼嗎？也許我不是真正的印第安人；不過，你是！」

「我不是印第安人。」安納瓦克喃喃自語。

「喔，真抱歉！」灰狼吼著，彷彿聽見他的話。「你與眾不同，是吧？為什麼不留在你的根源地，為什麼不在人家需要你的地方？」

「混帳！」安納瓦克咒罵了一聲。他氣炸了。先是那個笨女人，接著是傑克．灰狼。今天因為實驗成功，原本該是個美好的一天，然而現在的他，只剩下被掏空和不悅的感覺。

你的根源地……那個沒大腦的肌肉男在妄想什麼？竟拿他的身世來指責他？

在人家需要你的地方！「我就在人家需要我的地方。」安納瓦克嗤之以鼻。

一個女人經過，困惑地看著他。他環顧四周，發現自己站在街上，氣得發抖。他走去開車，前往薩瓦森的小碼頭，搭渡輪回溫哥華島。

隔天淩晨六點他就醒了，盯著臥鋪艙低矮的天花板好一會兒，決定要去賞鯨站。粉紅色的雲層如絮般層積在地平線上。天色漸亮，鏡般的水面映照出四周的山、小屋和船。幾個小時後，第一批觀光客就會到來。安納瓦克走向橋盡頭的橡皮艇，爬上木製的平台，望著外面好一會兒。他愛死了大自然甦醒時的沉靜氣氛。沒有討厭的人來打擾。史亭爾那個讓人難以忍受的男友，此時仍躺平在床上，不會吵他半句話；而愛麗西婭．戴拉維這種人也還沉睡在無知的夢中吧。

還有傑克．灰狼。他的話迴盪在他腦中，久久不去。灰狼也許是個笨蛋，卻總有辦法在傷口上撒鹽。兩艘小艇滑過。安納瓦克考慮是否打電話給史亭爾，說服她一起出海。的確有人看到座頭鯨，顯然牠們只是姍姍來遲。這事一方面值得高興，另一方面卻無法解釋牠們前些日子到哪裡去了。也許有辦法辨認出其中一些座頭鯨。史亭爾的眼力很好，安納瓦克也希望她作陪。她是少數不會對他身世問東問西的人：他是不是印第安人啊？還是比較接近亞洲人啊？這類有的沒的。

珊曼莎．克羅夫也問他同樣的問題。奇怪，他應該告訴她更多自己的事才對。她這個SETI研究員現在應該在回家的路上。

你想太多了，李奧。

安納瓦克決定讓史亭爾多睡一會兒，自己出海。他到賞鯨站裡拿了筆記型電腦，連同相機、望遠鏡、錄音機、水下麥克風、耳機、碼錶，放到防水袋裡，還拿了雜糧棒和兩罐冰茶，一起帶到藍鯊號上。他緩慢行駛在海灣中，離開房子好一段距離後，才開始加速。橡皮艇的前端翹起。風打在他臉上，一掃思緒。沒有乘客和中途休息站，省時多了。不到二十分鐘，就抵達銀灰色海面上的小島群。雲和雲相距遙遠，彼此緩緩移近。他放開油門，減速前進。矇矓晨光中，橡皮艇逐漸遠離海岸。

他盡量不讓快養成習慣的悲觀想法趁虛而入，開始尋找鯨魚的蹤影。的確有人看見鯨魚。不是居留者，而是來自加州和夏威夷的過渡者。

抵達外圍海域後，他關掉引擎。四周立刻陷入一片沉寂。他喝了一口冰茶，帶著望遠鏡坐到船首。

經過很長一段時間，他似乎看到了什麼。但是那暗黑的拱起物很快又消失。

「出來吧，」他輕聲低語。「我知道你在這裡。」

他使勁搜尋著海面。好幾分鐘過去，沒有任何動靜。忽然，遠處水面出現兩個影子，同時傳來槍響般的聲音。那拱起的影子上方升起一道白色的蒸氣雲，宛如煙霧。安納瓦克瞪大了眼睛。

座頭鯨。

他笑了起來，高興地笑。和其他的鯨豚專家一樣，從噴氣的型態他就能鑑定種類。大型的鯨魚，每回換氣噴出的水量有好幾立方公尺。肺部的舊空氣被壓縮，從很窄的噴氣孔噴射而出。一出來，馬上冷卻，凝結成像泡沫般的蒸氣團。即使是同一種鯨魚，氣團的形狀和高度也有所不同，端看潛水時間和體型大小；此外，風力也是一個因素——但是這種像樹叢般的典型氣團，的確是座頭鯨沒錯。

安納瓦克打開筆記型電腦，檔案裡存了好幾百隻固定洄游此處的鯨魚特徵。沒有經驗的人光從鯨魚的外表，幾乎找不到能鑑定種類的線索，更別說要識別單獨的個體了。何況還牽扯到視線不佳的問題，例如灰暗的海面、霧氣、下雨，或是閃耀的陽光，都有可能影響視線。儘管如此，每隻動物仍有牠的特徵。鯨魚潛水時尾鰭常會露出水面，因此最簡單的鑑定方法就是看尾鰭。尾鰭腹面有其特別的圖案，形狀、結構及邊緣都不一樣。安納瓦克的腦子裡自然是存了許多尾鰭的特徵，但是電腦裡的相片會使工作輕鬆許多。

他幾乎可以確信，以前曾見過遠處那兩隻鯨魚。

過了一會兒，黑色的背部又出現了。一開始，幾乎什麼也看不見，只有噴氣孔浮起來一點點。接著又是巨響，氣團幾乎應聲出現。這一回，兩隻鯨魚沒有馬上潛入水中，反而把背部抬得更高，矮鈍的背鰭也浮出水面，緩緩向前游動一下，又切入水中。安納瓦克清楚認出牠們帶有隆起的背脊。鯨魚又潛進水裡，現在，終於漸漸顯露出尾鰭。

他快速拿起望遠鏡，想捕捉尾鰭腹面，但沒有成功。無所謂，反正牠們在。賞鯨守則第一條就是耐心。遊客到來之前，還有一點時間。他打開第二罐冰茶，一邊吃雜糧棒。

沒多久，他的耐心就有了回報，離船不遠處，出現了五個突出物。安納瓦克聽見自己的心跳聲愈來愈快，興奮地等待尾鰭出現。這些動物就近在咫尺。他太專注於眼前的演出，完全沒注意到船邊的影子。影子已比他還高，他轉過頭來，嚇了一大跳。

他忽略了別隻座頭鯨。

那鯨魚的頭部無聲無息抬出水面。牠離船很近，幾乎碰到橡皮環。牠潛出水面的高度將近三公尺半，緊閉的嘴喙上長了藤壺及節瘤。嘴部上方，拳頭大小的眼睛正瞪著橡皮艇裡的人，視線幾乎和安納瓦克的臉一樣高。有力的胸鰭底部浮在海浪上。

牠的頭抬出水面，像岩壁一樣靜止不動。

安納瓦克從沒遇過這樣令人難忘的歡迎儀式。他好幾次近距離看過這些動物，摸過牠們，也攀附在牠們身上，甚至還騎過牠們。在離船很近的地方，灰鯨、座頭鯨和虎鯨經常把頭伸出海面，好尋找地標、鑑定橡皮艇。但是這回不同。

安納瓦克甚至有種感覺，不是他在看鯨魚，而是鯨魚在觀察他。牠的眼皮和大象一樣皺摺，眼睛直盯著船裡面人，對橡皮艇似乎一點興趣都沒有。鯨魚在水裡看得很清楚，只要一離開海水，那非常突出的眼睛就成了大近視眼。不過，距離這麼近，牠看安納瓦克的清晰度，應該和安納瓦克看牠是一樣的。

為了不嚇著鯨魚，安納瓦克緩緩伸出手來，摸著牠光滑、溼潤的身體。鯨魚絲毫沒有要潛走的樣子，眼睛慢慢轉來轉去，視線最後又停在安納瓦克身上。這一幕幾乎可說是親密得有點詭異。安納瓦克開心得不得了，不禁自問牠這樣觀察良久的目的是什麼。一般來說，哺乳類動物環視一圈只需要幾秒鐘的時間；而且牠如此垂立，需要不少力氣。

「你這段時間跑到哪裡去了？」他輕聲問。

船的另一邊，傳來輕微的拍水聲，輕得幾乎聽不見。安納瓦克轉過頭，幾乎同一時間，又一個鯨魚頭冒出水面。第二隻鯨魚小一點，但是距離也很近。深色的眼睛同樣盯著安納瓦克。

他忘了摸另一隻鯨魚。

牠們要做什麼？

漸漸地，他有種不舒服的感覺。這樣被盯著看，滋味很不好受，而且很怪異。安納瓦克從沒遇過這樣的事。雖然如此，他還是彎下身，很快從袋裡拿出一台小型數位相機，高高舉著說：「就這樣不要動。」

也許他犯了個錯。若真如此，那麼在賞鯨史上，這是第一回座頭鯨反抗相機的例子。彷彿有人下命令似的，兩個巨大的頭部同時潛入水中。兩座小島同時消失在海裡。只聽見輕微的咕嚕聲，幾個水泡。遼闊的海面上，安納瓦克又是孤獨一人。

他環顧四周。太陽剛升起，霧掛在山間，海面慢慢轉成藍色。

不見鯨魚的蹤影。

安納瓦克用力吐了口氣，才感覺到心跳得很狂野。他把相機放回打開的袋子，再拿出望遠鏡，思索別的辦法。兩個新朋友應該離得不遠。他拿起錄音機，戴上耳機，把水下麥克風慢慢放進水中。麥克風非常靈敏，有辦法接收到上升的氣泡聲。耳機裡充斥各種雜聲，獨獨沒有鯨魚的訊號。安納瓦克滿腹期待等著，希望聽見典型的鯨魚訊號，卻沒有動靜。

他只好把麥克風又拉回船上。

過了一段時間，很遠的地方出現幾個噴氣團。牠們還在那裡。但不管他願不願意，回去的時間到了。

回圖芬諾的途中，他想像觀光客看到這幕演出會有什麼反應。消息一定會馬上傳出去。**戴維和他盛裝的鯨魚！**恐怕有應接不暇的詢問。

太棒了！橡皮艇駛進海灣的平靜水面，他看了一眼四周的森林。一切似乎太美好了。

3/23

挪威，特倫汗

西谷．約翰遜從睡夢中被吵醒。他迷迷糊糊按下鬧鐘，但鈴聲未歇，最後才弄清楚是電話鈴響。他一邊咒罵，一邊揉著眼睛起床。方向感還未運作，一陣天旋地轉，整個人往後倒。

昨天晚上怎麼回事？他和同事，加上一些學生，比原先計畫喝的還要多。原本只是想在老城橋附近一家改建過的餐廳吃個飯。人魚公主餐廳的海鮮料理做得不錯，好酒也不少。他回想起來了，的確是有一些好酒。他們坐在靠窗的位子，望著河上往陸地延伸的船埠及私人遊艇，看著尼德瓦河磅礡流入特倫汗峽灣。而流過他們咽喉的東西也不少。途中有人說起笑話，後來，約翰遜和老闆一起走到潮溼的地窖，看見保存良好的珍品，那可是平常不輕易拿出來的上等好酒。

約翰遜嘆口氣。我五十六歲了，他起身時想。這回終於在床上坐直。不該喝成這樣。不對、不對，我應該喝，而是事後不該有人這麼早打電話給我。

鈴聲非常頑固地繼續作響。他一邊呻吟——他不得不承認還挺大聲的，幸好家裡沒有別人——一邊站起來，步履蹣跚地走到客廳。他今天有課嗎？太可怕了！一想到自己在講台上老態龍鍾，連抬頭挺胸的力氣都沒有，實在嚇人。就算舌頭肯配合，大概也只能跟自己的領帶和襯衫聊天吧。他的嘴巴乾澀得要命，似乎拒絕發出任何聲音。

他拿起話筒，才忽然想起今天是星期六。心情馬上好轉許多。「約翰遜，」他答話出乎意料的清晰。

「天啊，你動作可真慢。」蒂娜．倫德說。

約翰遜眼睛轉了一下，身體沉到沙發裡。「現在幾點啊？」

「六點半。幹嘛問這個？」

「星期六耶。」

「我知道今天是星期六。你還好吧？聽起來好像不怎麼舒服。」

「我是不怎麼舒服。這種鬼時間打電話來，有何貴事？」

倫德竊笑。「我要說服你來逖侯特一趟。」

「去研究中心？幹嘛？有什麼天大的理由？」

「一起吃個早餐吧。卡爾來特倫汗幾天，他一定很高興跟你碰個面。」她停了一下，「而且，我有問題想問你。」

「我就知道。光是一起吃早餐，實在不像妳的風格。」

「不。你誤會我的意思了。我想聽聽你的意見。」

「關於什麼事？」

「電話裡不方便說。你來不來？」

「給我一小時，」約翰遜邊張大嘴巴打哈欠，邊擔心下顎脫臼。「不對，給我兩小時。我還得再去學校一趟。說不定會有關於妳那蟲子的新報告。」

「好。真是奇怪，一開始是我煩死每個人，現在情勢卻倒轉。沒問題，你慢慢來，不過別太慢。」

「遵命。」約翰遜喃喃自語。

他拖著腳步，慢慢踱去沖個澡，頭還是很暈。邊沖水邊打盹了半小時，終於漸漸甦醒。那酒倒不是真的造成頭痛，反倒像是壓住他的感官。這種狀況下能不能開車，實在值得懷疑。他姑且一試。

外面很溫暖，又有陽光。教堂街上冷冷清清。房子的顏色和樹木的新綠，沐浴在清晨的陽光下，格外明亮。特倫汗宛如預示著春天的來臨。不尋常的好天氣，餘雪也將融化。

約翰遜確定今天不比往常，想必會很愉快。他甚至覺得被倫德吵醒，竟然也沒那麼糟糕。將吉普車開進校區時，他吹起韋瓦第的曲子，因為心情好上加好。挪威科技大學基本上周末不開放，但沒有人遵守規定。事實上，這時才是整理信件及專注工作的最佳時機。

約翰遜走進收發室，翻閱信箱，從中抽出一個大信封。法蘭克福的森肯柏格博物館寄來的。似乎是倫德朝思暮想的實驗室報告。他沒有拆開信，反而放進袋子，然後離開學校，前往遜侯特。

馬林帖克海科所是一所海洋科技研究中心，和挪威科技大學、欣帖夫研究中心及國家石油研究中心關係密切。除了不同的模擬水箱、波浪試驗槽外，還有世界最大的研究用海水池，可縮小比例模擬風浪。挪威的鑽油平台幾乎都可在這個八十公尺長、十公尺深的池子裡進行模擬。兩種海浪模擬系統能夠製造微形的強浪和暴風，模擬浪高甚至可達一公尺，對鑽油平台模型來說，強度已經非常大。約翰遜猜想，倫德大概在這裡模擬她們打算設在大陸邊坡的水下抽油站。

他果然在海水池找到正跟一群學者討論事情的倫德。水池的景象看來有點駭人。綠色的水裡，潛水員在鑽油平台模型間游來游去，迷你油輪穿梭在專家坐的小船之間。這一幕看來像是實驗室、玩具店和夏日划船宴會的混合，但實際上非常嚴肅，近海工業在實際建造任何結構物之前，都得要有馬林帖克海科所的許可。

倫德看見他，中斷和其他人的談話，繞過海水池過來。跟往常一樣，她還是用跑的。

「妳怎麼不搭船過來？」約翰遜問。

「我們不是在小湖上，」她回答說，「那得一切都協調好才行。否則一旦我穿越那裡，有幾百個石油工人會因為大浪而喪命，而那是我造成的。」

她在他的臉頰上吻了一下，「你會扎人。」

「有鬍子的男人都會扎人，」約翰遜說，「妳應該慶幸卡爾會刮鬍子，否則妳沒有理由把他排在我前面。你們在做什麼？解決水下抽油站的問題嗎？」

「盡可能的解決。我們只能夠在池裡模擬海底一千公尺深處的狀況，再深就不準了。」

「對你們的計畫已經綽綽有餘了。」

「還不夠。儘管如此，我們仍用電腦模擬。電腦模擬的結果若和海水池有所出入，就改變各項參數，得出一致的結果後才會停止。」

「昨天報紙寫著，殼牌石油打算在水深兩千公尺處設廠。你們有競爭對手啦。」

「我知道，殼牌石油也委託了馬林帖克海科所。這可不是件容易的事。來吧，我們去吃早餐。」

走到外面走廊，約翰遜說：「我始終不懂，為什麼你們不用SWOP。只要從一個浮動平台上，用有彈性的管線連結著，工作不是簡單多了嗎？」

她搖搖頭。「太危險了。浮動的結構體要下錨固定……」

「這我知道。」

「可能會鬆脫。」

「一堆工作站不是全固定在大陸棚上！」

「是沒錯，但那裡的水不深。更深處，波浪和洋流的狀況完全不同。何況問題也不只是固定。輸油管的位置愈深，穩定度愈低，我們可不想釀成環境災難。此外，也沒人有興趣在浮動平台上工作。在那種地方，最堅強的硬漢也會崩潰。從這裡上去。」

他們爬上階梯。

「我以為我們要去吃早餐。」約翰遜吃驚地說。

「沒錯。不過我想先給你看一樣東西。」

倫德打開一扇門，兩人置身在水池館上方的一個辦公室裡。從寬大的觀景窗看出去，一排沐浴在陽光照耀下的斜頂小屋和綠地，往峽灣的方向延伸。

「真是個美好的早晨。」約翰遜哼著說。

倫德走到書桌旁，拉了兩張椅子，打開一台寬螢幕筆記型電腦。等待程式時，她手指在桌上不耐煩地敲著。螢幕上出現一張圖片，約翰遜覺得很眼熟。那是一片模糊的亮光，沒入邊緣的黑暗中。他忽然認出那圖片。

「這是維克多號拍的，」他說，「在大陸邊坡上的東西。」

「那個讓我心神不寧的東西。」倫德點點頭。

「確定它的身分了嗎？」

「沒有。不過，我們確定了它**不是**什麼。不是水母，不是魚群。我們用了上千種方法過濾畫面。這已經是我們弄出來最清楚的一張。」她放大第一張圖片。「我們是在很強的探照燈光下看到那東西。雖然看到了它的一部分，但當然還是跟沒有人工光源下的情形不同。」

「沒有光源，在這種深度你們根本看不到任何東西。」

「你確定？」

「除非我們看見的是生物光……」他瞠目結舌。

倫德的表情看來非常滿意。她的手指在鍵盤上飛舞，圖片又換了。這一回取的景是右上邊緣。在亮和暗的交界處，好像有什麼東西。那是另一種發光形式，深藍色，中間有些顏色較淡的線條。

「將燈光打在發光體上，就看不見它原本發的光。維克多號的探照燈光線太強，除了燈光照不到的畫面邊緣可以看出些蛛絲馬跡。但那裡絕對有某種東西。我認為，這證明我們看到的是發光體，還是個很大的發光體。」

有些深海動物，因為與其共生的細菌關係，而具有發光能力。海面也有一些會發光的生物，如單細胞藻類或小型墨魚。不過，真正的發光動物卻是出沒在陽光照不到的渾沌深海處。

約翰遜盯著螢幕。那個藍色東西讓人猜測的部分比肉眼可見的多。沒有受過訓練的眼睛是看不見的。但是機器人攝影機抓的畫面解析度非常高，倫德的推測也有道理。他摸了一下鬍子。「妳猜這東西有多大？」

「很難說。照迅速消失的速度看來，它應該是游過探照區的邊緣，有好幾公尺的距離。雖然如此，它的表面仍舊幾乎占去整個畫面。這表示什麼呢？」

「我們看到的部分，就有十到十二平方公尺那麼大了。」

「我們看到的部分，」她停頓了一下，「從畫面邊緣的光線看來，我們還有一大部分沒看見。」

約翰遜突然想到，「說不定是浮游生物，」他說，「微生物。有幾種微生物是會發光的。」

「那怎麼解釋它的圖案？」

「那些亮亮的線條？巧合吧。那只是我們以為的圖案。人們也曾認為火星上的渠道是某種圖案。」

「我不認為這是浮游生物。」

「根本沒辦法看得清楚。」

「可以啊，你看一下。」倫德叫出下幾張圖片。那個東西漸漸退回暗處。真正能被看見的時間還不到一秒鐘。第二格和第三格放大圖上，依舊有著線條的微弱發光面，位置逐漸變動。第四格裡什麼都沒有。

「它把光源關了。」約翰遜吃驚地說。他陷入沉思。有些軟體動物會透過生物光發出訊息。動物遭受威脅時，關閉光源消失在黑暗中，是正常的反應。可是這動物如此巨大，比已知的軟體動物都大。

他下了一個自己不怎麼中意的結論：這東西不是來自挪威海岸。「大王烏賊」，他說。

「大王烏賊，」倫德點點頭，「很難不這樣想。這動物很可能第一次出現在此水域。」

「根本是第一次有這種東西活著出現。」

這說法其實並不完全正確。很長的一段時間，大王烏賊的故事被歸類為漁夫的驚險經歷。沖上岸的腐爛屍體幾乎證明了牠的存在，因為軟體動物的肉跟橡皮一樣。拉得愈用力，就愈長，尤其是在腐壞的狀態下。幾年前，研究人員終於在紐西蘭東方捕到一些小烏賊，牠們的基因和十八個月後會變成二十公尺長、一噸重的大王烏賊相近。

唯一美中不足的是，從來沒有人看過活體大王烏賊。大王烏賊棲身在深海，會不會發光還有待商討。

約翰遜皺起眉頭，接著搖搖頭。「不對。」

「什麼不對？」

「很多證據無法支持這個說法。此處不該是大王烏賊出現的地區。」

「沒錯，但是……」倫德的手在空中揮舞。「我們根本不知道牠在哪裡出沒。我們對這動物一無所知啊。」

「牠就是不屬於這裡。」

「那些蟲也不屬於這地方。」

忽然一陣沉默。

「好吧，假設妳是對的。」約翰遜最後說，「大王烏賊生性害羞。你們在擔心什麼？到現在為止，還沒人被大王烏賊攻擊過。」

「目擊者的說法可不是這樣。」

「天啊，蒂娜！牠們或許拉沉過一兩艘船，但我們現在探討的不是大王烏賊對石油產業的威脅啊。妳得承認，這有點可笑。」

倫德懷疑地看著放大的圖片，然後把檔案關了。「好吧。你有什麼東西要給我嗎？測試結果之類的？」

約翰遜拿出信封。裡頭一疊厚厚的紙上印有密密麻麻的文字。

「我的天啊！」倫德順口溜出這句話。

「等一下。應該有一份總結報告──啊，這裡！」

「給我看。」

「馬上。」他先快速瀏覽簡報。倫德起身走到窗邊，然後在房間裡走來走去。

「快說。」

約翰遜眉頭皺成一堆，翻了翻那疊文件。「嗯。有意思。」

「快說。」

「他們確定那是多毛綱動物。此外還寫道，雖然他們並非分類學家，不過得出的結論是，這動物像極了冰蟲，*Hesiocaeca methanicola*。那極端突出的頜讓他們相當驚訝。後面還提到……這些都是細節……啊，在這裡。他們研究了牠的頜。非常有力，顯然是用來挖土。」

「這些我們都知道了！」倫德不耐地大叫。

「等一下。他們還做了其他的研究。分析穩定的同位素成分，以及質譜儀分析報告。哈！我們的蟲，同位素比值輕了千分之九十。」

「你可以說白話一點嗎？」

「那的確是嗜甲烷生物。牠和排出甲烷的細菌共生。等一下，我該怎麼跟妳解釋？呃，同位素……妳知道同位素是什麼嗎？」

「質量數不同、但原子序數相同的化學元素。」

「正確答案。就拿碳來說好了，有碳十二和碳十三。如果妳吃的東西，成分多為輕的碳，也就是比較輕的同位素，妳就會比較輕。這樣清楚嗎？」

「如果我吃那樣的東西，對，很合邏輯。」

「甲烷裡面的碳很輕；而細菌吃甲烷，所以很輕；蟲與這種細菌共生，吃了細菌後，牠也會很輕。我們這隻蟲很輕。」

「你們生物學家真是怪人。這是怎麼查出來的？」

「做一些可怕的事。我們把蟲弄乾，磨成蟲粉，然後丟進測量儀。好，我們往下看。電子顯微鏡分析……他們還做DNA染色……非常徹底的分析……」

「快點說下去！」倫德走向他，抽走那張紙。「我不要學術性的長篇大論，我只要知道究竟能不能在下面挖油。」

「你們可以……」約翰遜從她手中拿回紙，看了最後一行。「嗯，了不起！」

「什麼？」

他抬起頭。「這怪獸全身上下滿滿的細菌，裡面和外面都是。內共生與外共生。妳的蟲真是滿載細菌的大巴士。」

倫德困惑地看著他。「什麼意思？」

「這實在很荒謬。妳的蟲，毫無疑問活在甲烷水合物裡，簡直要被細菌塞爆了。牠不用獵食也不用挖洞，反而懶洋洋地躺在冰裡，卻還是有挖洞的大顎。不過，大陸邊坡上那一堆，在我看來，既不懶也不肥，敏捷得不得了。」

又是一陣沉默。最後倫德說：「西谷，牠們在下面做什麼？這到底是什麼動物？」

約翰遜聳聳肩。「說不定牠們真的是從寒武紀爬到我們這裡來，我對牠們要做什麼毫無頭緒。」他停了一會兒。「也不知道牠們究竟有什麼影響。牠們做了什麼大不了的事嗎？牠們雖然在那個區域扭來滾去，但是應該不會咬輸送管線。」

「那牠們咬什麼？」

約翰遜盯著報告的結論。「還有一個地方，也許可以給我們進一步的資料。」他說。「如果這地方也沒有新發現，我們只得自己想辦法了。」

「我可不願意走到那一步。」

「好吧，我寄些樣本過去。」約翰遜伸了伸四肢，打了個哈欠。「說不定我們運氣不錯，他們會開著研究船親自過來看看。不管怎麼樣，妳都得耐著性子。這會兒我們什麼也做不了。如果妳允許的話，我很想吃個早餐，給卡爾・史維特普一些對付妳的建議。」

倫德微笑。不過很明顯的，她對這結果看來不太滿意。

4/5

加拿大，溫哥華島及溫哥華

生意又活絡起來了。在別的情況下，安納瓦克絕對會由衷為舒馬克感到高興。老闆成天只談論鯨魚回來這件事。鯨魚的確是漸漸出現，包括灰鯨和座頭鯨、虎鯨，甚至是小鬚鯨。安納瓦克朝思暮想，就是希望鯨魚回來，所以他當然也很高興。但是，他還想知道牠們這些日子到底跑哪兒去了，為什麼連衛星和聲納探測器都找不到？尤其是，他沒辦法擺脫那種奇怪的感覺。

那兩隻鯨魚專心又仔細地觀察他，讓他覺得自己像隻實驗用的小白鼠，躺在解剖台上。

難道牠們是偵查員？牠們想探聽什麼消息呢？太荒謬了！

他關上售票口走到外面。觀光客已經排到停船埠的末端，他們身穿橘色救生衣，看來好像特種部隊。安納瓦克吸了口新鮮的清晨空氣，跟在隊伍後面。

後方有人逐漸走近。「安納瓦克博士！」

他停了下來，轉過頭。愛麗西婭．戴拉維出現在他身旁，紅色的頭髮綁成馬尾，臉上一副時髦的藍色太陽眼鏡。「你可以帶我一起去嗎？」

安納瓦克看著她，又看看藍鯊號的船身。「已經額滿了。」

「我是一路跑來的。」

「真抱歉。半小時後維克斯罕女士號就開了。那艘船舒服多了，很大，船艙有暖氣，也有點心……」

「那些我不要。你一定還有位子，也許在後船艙？」

「那裡已經坐了兩個人，蘇珊和我。」

「我不需要座位，」她笑了，大牙讓她看來很像一隻長滿雀斑的兔子。「拜託啦！你沒有還在生我氣吧？我真的很想跟你一起出去。老實說，是只想跟你的團。」

安納瓦克皺了一下眉頭。

「請不要用這種奇怪的眼神看我！」戴拉維翻了一下白眼，「我讀了你的著作，非常讚嘆你的工作，就這樣而已。」

「我可沒有這種感覺。」

「你指的是不久前水族館的事？」她做了一個不以為然的手勢。「別再提這件事了。拜託，安納瓦克博士，我只在這裡停留一天。請你讓我高興一下。」

「我們有我們的規矩。」聽來像古板的搪塞之詞。

「聽著，你真是隻頑固的狗，」她說。「我警告你，我可是很愛哭的。如果你不帶我一起去，我會在回芝加哥的飛機上大哭個不停。你想負這個責任嗎？」

她對他笑。安納瓦克沒有辦法，也忍不住笑出來。「好吧，妳愛跟就跟吧。」

「真的嗎？」

「對。但是妳可別煩我。妳那些深奧的理論自己留著就可以了。」

「那不是我的理論。那是……」

「妳最好緊閉嘴巴。」

她本想回答，考慮了一下，點點頭。

「請這裡稍等，我去拿一套救生衣來。」

愛麗西婭・戴拉維遵守承諾，整整十分鐘沒開口。她走到李奧身邊，伸出手來，圖芬諾的房子漸漸消失在蒼鬱的山坡後。「叫我麗西婭就好。」她說。

「麗西婭？」

「從愛麗西婭來的，但我覺得愛麗西婭是個很蠢的名字。我的父母當然不這麼覺得。取名字的時候，沒有人會問你的意見。這名字真是俗的可以，令人作嘔。你叫做李奧，是吧？」

他握住她伸出的右手。「很高興認識妳，麗西婭。」

「好。現在我們還得把一些事情說清楚。」

安納瓦克一臉求助地看著駕駛橡皮艇的史亭爾。她回望他一眼，聳了聳肩，然後又轉向前方。

「什麼事情？」他小心地問。

「水族館的那件事。我又蠢又自以為是，真的很抱歉。」

「我已經忘了。」

「但是你也得道歉。」

「什麼？我為什麼得道歉？」

她眼睛往下看。「在別人面前指出我見解錯誤，那無所謂，但是不應該批評我的長相。」

「妳的長相？我沒有……見鬼了。」

「你說，如果白鯨看到我在化妝，會懷疑我的神智。」

「我不是那個意思。那只是抽象的類比。」

「那是個愚蠢的類比。」

安納瓦克抓了抓他的黑頭髮。他是生戴拉維的氣，因為她滿懷偏見來到水族館，肆無忌憚地大放厥詞。但是顯然他也失去控制，因而怒氣填胸地羞辱她。「好，我道歉。」

「接受。」

「妳不過是引用普文奈利的理論。」他肯定地說。

她笑了。這些話暗示他沒把她當小孩子。丹尼爾．普文奈利是哥頓．蓋洛普最著名的對手，對於靈長類與其他動物的智慧和自我意識不斷提出懷疑。他同意蓋洛普的說法，可以在鏡子裡認出自己的黑猩猩，的確對於自我形象有些想法。但是他不認同黑猩猩因此能夠理解自己的精神狀態，進而了解其他動物的精神狀態。對普文奈利而言，那不足以證明動物具備人類特有的心理認知。

「普文奈利走的是大膽路線，」戴拉維說，「他的觀點永遠具有爭議性，但是他接受挑戰。蓋洛普的路比較輕鬆，因為把黑猩猩和海豚當作與人類對等的夥伴，時髦多了。」

「牠們是對等的夥伴。」安納瓦克說。

「就倫理學上的意義而言。」

「有沒有倫理學，都一樣。倫理學是人類發明的。」

「沒有人懷疑這一點，普文奈利也是。」

安納瓦克環顧海灣，幾座小島映入眼簾。「我知道妳想說什麼，」他停了一會兒，繼續說。「妳認為不應該為了想對待動物人道一點，就在牠們身上尋找人類的特性。」

「這種說法太傲慢了。」戴拉維大叫。

「我贊成妳的想法，那確實無法解決問題。不過，大部分的人類都認為，特徵與人類愈相似的生命，愈有保育價值。殺死動物，往往比殺人簡單多了。得等到我們認為動物是人類近親，才會比較難下手。許多人明白人類和動物有關連，但他們喜歡把自己想像成萬物之靈；只有少數人願意承認，其他形式的生命也和人類一樣珍貴。所以這就造成了兩難：如果認為人類的生命價值比螞蟻、猴子或海豚還高，要怎麼像平等待人一樣的對待動物或植物。」

「嘿！」她拍起手來，「我們的意見其實是相同的嘛。」

「幾乎相同。我想，妳有一點……教條主義。我個人認為，黑猩猩的心理或是白鯨的心理，和人類有相同的部分。」戴拉維正要開口，只見安納瓦克舉起手來。「好，這麼說好了：在白鯨的價值表上，當**牠們**發現愈多人類與**牠們**的相同之處，我們在表上的位置會愈往上爬一點。如果鯨魚真會在乎什麼價值的話，」他咧嘴笑，「說不定有些白鯨會認為我們是智慧生物。這樣說會好些嗎？」

戴拉維皺起鼻子。「我不確定，李奧。我怎麼有種你在引誘我掉入陷阱的感覺？」

「海獅！」史亭爾大叫，「在前面。」

安納瓦克把手擺到眉頭，往她指的方向眺望。他們正接近一座沒幾棵樹的小島。露出海面的岩石上，一群海獅在曬太陽。有些海獅伸起頭，朝著船的方向看。

「那和蓋洛普和普文奈利都沒有關係，我說的沒錯吧？」他拿起相機，把鏡頭拉近，拍了一些照片。「我有個建議。我們一致認為各種生命在大自然中沒有價值的高下差別，這只是人類的想像，何不就此打住？妳我其實極力反對把動物擬人化。但我深信人類某種程度能夠進入動物的內心世界，或者說，理解牠們的智能。除此之外，我也認為，某些特定動物和人類的相同處較多，而我們有一天會找到和牠們溝通的方法。相反的，妳相信所有非人類的生命對我們而言永遠陌生，中間始終有道鴻溝，我們無法進入動物內心，因此，也就沒有溝通的可能性；我們應該安於現狀，不要打擾牠們。」

戴拉維好一陣子沒說話。橡皮艇低速經過海獅的小島。史亭爾講解了一些海獅的知識，船上的人和安納瓦克一樣，都在照相。

「我得想一想。」戴拉維最後說。她也真的這麼做了。之後的航程裡，她幾乎沒有說話，直到橡皮艇抵達外海。

安納瓦克很滿意。旅程由海獅開始是件好事，畢竟鯨魚的數量尚未恢復以往的水準。滿是海獅的岩岸，給賞鯨團帶來點看頭，甚至稍微舒緩待會兒可能沒什麼收穫的尷尬。他的擔心多餘了。

在海岸前，馬上就遇到一群灰鯨。牠們比座頭鯨小一點，但仍然大得令人印象深刻。有些鯨魚離船很近，露出水面，很快地浮窺一下，讓乘客又驚又喜。牠們看來彷彿有生命的石頭，顏色似片麻岩，有斑點，有力的下巴長滿了藤壺和水蚤，以及固著的寄生蟲。大部分的乘客瘋狂地錄影拍照，其他人則只是專心欣賞。安納瓦克還看過成年男子因為看到鯨魚出現，而眼淚盈眶。

另有兩艘橡皮艇和一艘船體堅固的大船，關掉引擎，停在不遠處。史亭爾用無線電告知對方鯨魚出現的消息。安納瓦克他們這種賞鯨方式比較溫和，但是傑克・灰狼依舊反對。

傑克・灰狼是個危險的大笨蛋。安納瓦克不喜歡他的計畫。賞觀光客？可笑！不過真要硬碰硬的話，贏得媒體名聲的人是灰狼。即使他們小心謹慎，安排負責任的賞鯨方式，戴維氏賞鯨站仍會受到抨擊。就算是灰狼和他名不見經傳的「海洋防衛隊」，這種來攪局的保護動物人士，也會強化既有的偏見。幾乎沒有人認真分辨正派團體和灰狼這種狂熱分子的區別。等媒體釐清事實後，傷害早已造成。

傑克・灰狼還不是安納瓦克唯一擔心的。他謹慎觀察著海洋，照相機一旁待命。自從遇到那兩隻座頭鯨之後，就一直這樣。他不禁自問是否罹患了妄想症。見鬼了嗎？還是鯨魚的行為確實有了改變？

「右邊！」史亭爾叫著。

橡皮艇內的人不約而同地轉向她手伸出的方向。好幾隻灰鯨非常接近船身，演出精采的潛水動作。牠們的尾鰭好像在跟船上的人打招呼。安納瓦克拍了些照片存檔。舒馬克要是知道了，一定高興得跳起來。這些動物彷彿以精采的演出，補償賞鯨者長久的等待，簡直是完美的賞鯨之旅。在稍遠的地方，三顆巨頭露出水面。

「那不是灰鯨吧？」戴拉維一邊嚼口香糖，一邊問安納瓦克，那樣子好像在等人讚美。

「不是，是座頭鯨。」

「我就說嘛。那愚蠢的名字是怎麼來的？我根本沒看見什麼駝背。*」

「牠們也沒有這生理特徵。我猜，座頭這個形容駝背狀態的名字，來自於座頭鯨潛水時彎曲身體的典型動作。」

戴拉維揚了揚眉毛。「我還以為這名字和牠嘴上突起的節瘤有關。」

安納瓦克嘆了口氣。「我們又持相反意見了，麗西婭？」

＊ 座頭鯨的英文俗名是humpback whale，意為駝背。日文「座頭」指的是類似琵琶的弦樂器，也是形容鯨背的形狀。

「抱歉啦，」她亢奮地擺動雙手。「嘿，那幾隻在做什麼？牠們在搞什麼啊？」

那三隻座頭鯨的頭同時冒出水面，嘴巴大張，所以看得見細窄上顎中間粉紅色的軟顎。下垂的鯨鬚也清晰可辨，巨大的咽喉似乎有點鼓起。鯨魚間揚起了水氣——還有一些閃閃發亮的、活蹦亂跳的小魚。一群不曉得哪裡來的海鷗和潛鳥，突然聚集過來，在這場演出的上方盤旋，向下俯衝，好分享一頓美食。

「牠們在覓食。」安納瓦克繼續拍照。

「真是瘋了！看起來像要吃掉我們似的。」

「麗西婭！妳別裝笨。」

戴拉維換另一邊的牙齒咀嚼口香糖。「你真不懂笑點，」她露出無聊的樣子。「我當然知道牠們以糠蝦和一些小生物為食。我倒是沒看過牠們覓食的樣子，還以為牠們只要打開嘴巴，讓所有的東西滑進去就好。」

「露脊鯨的確是這樣，」史亭爾說。「座頭鯨有自己的覓食方法。先在魚類或磷蝦群下方繞圈游行，用氣泡包圍魚蝦群。魚蝦為了避開水中的亂流，會和氣泡網保持距離，密聚在一起。接著，鯨魚就張開大口，吸嚥下去。」

「不用白費唇舌，」安納瓦克說，「她反正什麼都知道。」

「吸嚥？」戴拉維重複了一次。

「形容鬚鯨的覓食動作。吸嚥過程中，鬚鯨撐開喉袋，看起來好像吹氣一樣。藉由這個快速的擴展動作，喉袋成了個大糧倉，好儲存食物。鯨魚吞嚥時，糠蝦和小魚會被吸進去；吐出水時，就被留在鬚間了。」

安納瓦克走到史亭爾身邊。戴拉維似乎知道他想和她單獨說話，於是離開駕駛艙，走到其他乘客那裡，向他們解釋吸嚥的過程。

過了一會兒，安納瓦克輕聲說：「妳有沒有發現牠們怪怪的？」

史亭爾轉過頭。「鯨魚嗎？」

「對。」

「奇怪的問題，」她考慮了一會兒，「我猜，和平常沒什麼兩樣吧。你有什麼看法？」

「妳覺得牠們正常嗎？」

「當然正常囉。牠們看來像表演狂，如果你是指這個的話。沒錯，牠們今天的興致真高昂。」

「看來沒有什麼……異狀嗎？」

她瞇了一下眼睛。陽光在海面上舞動。靠船很近的地方出現了一個灰斑的背脊，接著又消失了。座頭鯨又鑽回水面下。「有異狀？」她拉長了聲音說，「你是指什麼？」

「我不是提過兩尾 *megapterae* 嗎？就是突然出現在船邊的那兩尾。」他忽然隨興用了座頭鯨的學名。他腦袋裡想的東西夠瘋狂了，用學名至少聽起來正經一點。

「嗯。那又如何？」

「就是怪。」

「你是提過，一邊一尾。真令人羨慕啊，實在太炫了。我竟然不在場。」

「我不確定那是不是很炫。我覺得牠們似乎在偵查情勢，好像有什麼計畫一般……」

「你在打謎語啊。」

「那感覺不是很舒服。」

「不是很舒服？」史亭爾驚愕地搖搖頭。「你有毛病啊？那可是我夢寐以求的耶。真希望當時在場的是我。」

「不。妳一定不會想經歷當時的狀況，那一點也不好玩。當時我不停地問自己，現在到底是誰在觀察誰，目的又是什麼……」

「李奧。那是鯨魚，不是什麼祕密情報員啊。」

他聳了聳肩。「好吧，別提了。我一定是弄錯了。」

史亭爾的無線電響了。話筒傳來湯姆．舒馬克刺耳的聲音。「蘇珊？轉到九九頻率。」

賞鯨站一般使用九八頻率接收訊號，可實際清楚掌握所有的賞鯨活動。海岸巡防隊和圖芬諾航空公司也用九八頻率。可惜也有不怎麼喜歡賞鯨活動的海釣玩家用這頻率，因此每個賞鯨站另有私人對談用的頻率。史亭爾換了頻率。

「李奧在妳身邊嗎？」舒馬克問。

「嗯，他在這裡。」

她把對講機交給安納瓦克。他拿了過來，和舒馬克講上話。「好，我過去——沒錯，是很突然，但無所謂——告訴他們一回去我就起飛。待會兒見。」

「怎麼回事？」史亭爾拿回對講機的時候問，似乎很想知道。

「**英格列伍**來問事情。」

「英格列伍？那個船運公司嗎？」

「對。他們的總部打電話來，但沒有告訴湯姆詳細的情形，只說需要我的意見。而且很急——奇怪。湯姆說他覺得對方恨不得我馬上現身在他們眼前。」

英格列伍派了一架直升機來。和舒馬克通完電話，不到兩小時，安納瓦克就看著下方溫哥華島的壯闊景觀愈變愈小。樅木覆蓋的山丘交替著險峻的丘頂，河川和藍綠色湖泊閃耀其中。然而，島的美麗遮掩不住木材業危及森林的事實。過去一百年來，木材業成為該地區代表性工業，許多地方因此被過度砍伐。離開溫哥華島後，他們飛過交通繁忙的喬治海峽，豪華遊輪、渡輪、貨櫃船和私人遊艇隨處可見。更遠處，是壯闊的落磯山脈，山頂白雪皚皚。提供水上飛機可以像鳥兒般起降的長形海灣邊，排列著為數眾多彩色玻璃綴飾的塔台，繽紛不已。

飛行員和地面塔台通話。直升機下降了一些高度，轉個彎飛向碼頭邊。不久，他們降落在約停車場大小的地面上，兩側堆了許多剛砍下的西洋杉，等著要上貨運船。稍遠處，硫磺和煤礦堆得四四方方。一艘大型貨櫃船正在下錨。安納瓦克看到有個人從群眾中走出，朝他們過來，機頂螺旋槳的風吹得他一頭亂髮。他穿著一件大衣，肩膀聳起，想抵擋冷風。安納瓦克解開安全帶，準備下機。

那個男人打開機門，個子很高很壯，六十出頭，臉圓圓的看來很和善，眼睛炯炯有神。他面帶微笑，對安納瓦克伸出手。「克立夫．羅伯茲，」他說，「常務董事。」

安納瓦克跟著羅伯茲走向那群人，裡面雜有一般船員和身著西裝的人。他們正在檢查貨船。不斷仰頭查看船右舷，走幾步就停下來，比手畫腳。

「你能這麼快趕來，真是太好了。」羅伯茲說。「通常我們不會提出如此無理的要求，實在是十萬火急，請你見諒。」

「不用客氣，」安納瓦克回答，「究竟怎麼回事？」

「和一樁意外有關。我們認為是意外。」

「那艘船嗎？」

「對。巴麗爾皇后號。精確地說，是要把它帶回來的拖吊船出問題。」

「你知道我是鯨豚專家吧？鯨魚和海豚的行為研究學者。」

「就是和這個有關，和行為研究有關。」

羅伯茲向他介紹其他人。有三個屬於船運公司的管理部門，其他則是技術部門的人。不遠處有兩個男人滿臉擔憂，正從貨車卸下潛水用具。接著，羅伯茲把安納瓦克拉到一邊。「可惜目前沒辦法和船上的組員談話，」他說，「但是一拿到報告，我會給你一份機密的影本。我們不想把事情擴大。我可以信任你嗎？」

「當然。」

「好。我先大概報告一下，聽完後，你可以決定是否要留下來。不管結果如何，我們都會給付報酬，補償你工作的損失。」

「你沒有給我添什麼麻煩。」

羅伯茲滿臉感激看著他。「你得知道，巴麗爾皇后號是一艘很新的船。最近才檢查過，在各項領域都算是典範，也通過認證。這艘貨船載重六萬噸，大都往返日本。到現在為止都沒有出過狀況。我們為了它的安全措施，投資了不少錢，甚至高出規定。總之，巴麗爾皇后號在返航途中滿載著貨物。」

安納瓦克不發一語，點點頭。

「六天前，它航行在距離溫哥華兩百海浬的區域。大概是清晨三點。舵手將船調整了五度，只是例行校正。他覺得沒有必要看儀表。前方可見到別船的燈光，用肉眼就能看出方向。照理說，前方的燈光應該往右邊移動，卻毫無動靜。巴麗爾皇后號還是直線前進。舵手又多轉些角度，仍舊沒有用。最後他轉到極限，船突然動了——可惜過頭了。」

「撞上別艘船了嗎？」

「沒有，其他船還離得很遠。不過，船舵似乎卡住了，怎麼也轉不回來。卡死的舵加上二十節*的速度……我是說，這種大船可不是說停就能停啊！巴麗爾皇后號在極高的速度下，偏移這麼大的角度，最後翻斜了。連同船上的貨物，側傾十度。你知道這是什麼意思嗎？」

「我可以想像。」

「排水口只比水平面高一點點。浪若高一點，船也許會不斷進水，但是每一回很快就排掉。傾斜如此嚴重，排水口很可能一直處於水面下，海水容易淹滿整艘船。幸好目前的海面還算平靜，但情形仍舊緊急。我們沒辦法把舵轉回來。」

「是什麼原因呢？」

羅伯茲沉默了一會兒。

「不清楚，只知道怪事才剛開始。巴麗爾皇后號停下來，呼叫求救，然後在原地等待，毫無疑問是沒辦法操作了。附近的船全改變航道，朝那方向駛去，溫哥華也派了兩艘拖吊船出發。兩天後，過中午沒多久時船到了。一艘六十公尺長和一艘二十五公尺的拖吊船。工作最難的部分，是如何從拖吊船上把纜繩拋到甲板上固定。如果有暴風，這個工作可能要好幾個小時，沒完沒了。先是丟細繩，然後粗一點的，最後是重的拖吊繩。就這次狀況而言……應該不會出什麼問題，天氣好得不得了，海面也很平靜。但是，拖吊工作卻被阻攔了。」

「被阻攔？被誰阻攔？」

「這個嘛……」羅伯茲的臉抽搐了一下，似乎有口難言。「那看起來，像是……你聽過鯨魚攻擊事件嗎？」

安納瓦克愣了一下。「攻擊船？」

「對，攻擊大船。」

「很罕見。」

「罕見？」羅伯茲聽得很仔細。「所以，的確發生過了。」

「有一個被記載下來的例子，發生在十九世紀。梅爾維爾把經過改編成小說。」

「你是說《白鯨記》嗎？我以為那只是本小說而已。」

安納瓦克搖搖頭。「《白鯨記》是捕鯨船艾塞克斯號的故事。船真的被抹香鯨擊沉。一艘四十二公尺長的木船，雖然可能很老舊，不過好歹是條船。鯨魚撞擊幾分鐘後，船就進滿水了。據說船員搭乘救生艇在海面上漂流了好幾個星期……喔，去年在澳洲海岸也有兩起案例，兩樁意外的報告都寫著鯨魚把漁船弄沉了。」

「怎麼發生的？」

「用尾鰭打，鯨魚力氣最大的部位在尾巴。」安納瓦克想了一下。「有一個人喪生。不過我想他是掉到水裡後，死於心臟衰竭。」

＊速度單位，等於每小時一海浬。

「哪種鯨魚造成的呢？」

「沒有人知道。牠們很快就消失了。何況發生這種事情時，每個人看到的都不一樣。」安納瓦克看了下雄偉的巴麗爾皇后號。它看來毫無損傷。「但是，我怎麼也沒辦法想像鯨魚攻擊這艘船的情形。」

羅伯茲隨著他的目光望去。「被攻擊的是拖吊船，」他說，「不是巴麗爾皇后號。拖吊船側面被撞擊。鯨魚很有可能是想把船撞翻，但是沒有成功。於是牠們試著阻止船員固定拖吊繩，然後……」

「牠們主動攻擊嗎？」

「是的。」

「你別開玩笑了。」安納瓦克擺擺手。「鯨魚可以撞翻比牠小的東西，或最多跟牠一樣大的，怎麼樣也不會是大型物體。除非是被迫，否則牠也不會發動攻擊。」

「船員對天發誓說他們看到的真是這樣，那些鯨魚……」

「什麼樣的鯨魚？」

「天啊，什麼樣的鯨魚？你剛才自己不是回答過這個問題？每個人看到的都不一樣。」

安納瓦克皺起眉頭。「好吧，假設是最大的種類好了，也就是說，拖吊船被藍鯨攻擊。藍鯨身長約三十三公尺，重一百二十噸，算是地球上最大的動物。就假設一隻藍鯨試圖要把一艘和牠一樣長的船弄沉吧。至少牠速度也得一樣快，最好是更快。好，藍鯨短距離內確實可輕鬆達到時速五十公里至六十公里。牠的身體成流線型，不需要克服什麼摩擦阻力。那麼，牠的衝力可達多少呢？而船隻的反作用力又有多大？簡單地說，如果相撞的話誰會倒下？」

「一百二十噸的力道可是非常重。」

安納瓦克揚頭示意羅伯茲看看貨車。「你有辦法舉高那輛貨車嗎？」

「什麼？那輛車？當然不行。」

「沒錯，何況你還有支撐點。游泳的物體是沒有支撐點的。當你游泳時，你無法舉起比自己重的物體，不管人或鯨魚都一樣。你不可能違反重力加速度，何況還要把鯨魚的衝力扣掉水的阻力。這樣一來，剩下的力道就不多了。只有尾鰭的動力。牠很有可能讓船偏離航道，卻也有可能撞上後是自己偏向其他地方。這有點像玩撞球，你懂嗎？」

羅伯茲摸摸下巴。「有些人覺得是座頭鯨；另外有些人說是長鬚鯨；在巴麗爾皇后號甲板上的，則認為是抹香鯨……」

「這三種差別可大了。」

羅伯茲猶豫了一下。「安納瓦克先生，我是個理性的人。我認為拖吊船應該是誤闖鯨群，也許不是鯨魚撞船，而是船撞到鯨魚，或者是船員胡言亂語。不過，可以確定的是，那些鯨魚把小拖吊船弄沉了。」

安納瓦克目瞪口呆地看著羅伯茲。

「就在拖吊繩拉緊的時候，」羅伯茲繼續說，「那是一條拉得很緊的鐵鍊，掛在巴麗爾皇后號的船頭和拖吊船的船尾間。好幾隻鯨魚從水面跳出來撞拖吊繩。這種情況下沒有水的阻力可以減少撞擊的力道，而且船員說，那些鯨魚的體型算滿大的。」他停了一會兒。「拖吊船被撞傾，翻了好幾圈。」

「天啊。船上的人呢？」

「兩名船員失蹤。其餘的人獲救——你想像得到這些動物為什麼這麼做嗎？」

真是個好問題，安納瓦克心想。海豚和白鯨可以認出自己。但是，牠們會思考嗎？懂得計畫嗎？用什麼樣的方式呢？鯨魚有過去和未來的時間感嗎？把拖吊船弄翻或弄沉，對牠們來說有什麼好處？

除非是拖吊船威脅到牠們，或者牠們的幼鯨。

但是怎麼會這樣，哪種方式威脅到牠們了？「這一切和鯨魚搭不上關係。」他說。

羅伯茲一臉無助。「我也這麼認為，船員卻持完全不同的看法。大拖吊船也受到同樣的攻擊。後來拖吊繩終於順利固定，後續的攻擊行為沒再出現。」

安納瓦克看著自己的腳，陷入沉思。「是個巧合，」他說。「可怕的巧合。」

「你這麼覺得嗎？」

「如果知道船舵出了什麼問題，應該會多點線索。」

「我們請了一些潛水員，」羅伯茲回答說，「再過幾分鐘就會到了。」

「車裡還有備用的器材嗎？」

「應該有。」

安納瓦克點點頭，「好，我一起下去。」

港口的海水簡直就是夢魘，全世界都一樣。濃稠骯髒的污水裡，懸浮物和水分子一樣多。海底被好幾公尺厚的泥巴蓋住，小碎屑和有機物不斷從泥層往上跑。安納瓦克潛入水中後，感覺如同沉入棕色的濃霧中，不禁自問如何能在這裡找到東西。他隱約看見前面兩個潛水員的身影，他們身後有個深色的模糊平面，巴麗爾皇后號的船尾。

潛水員望向他，比了一個ＯＫ的手勢。安納瓦克回以同樣的手勢。他排掉潛水背心的空氣，沿著船尾向下潛。游了幾公尺後，打開頭上的探照燈。燈光很強，附近的物體盡收眼底。他繼續往下，吐出來的氣泡在耳邊咕嚕咕嚕響著。模糊中出現傾斜的船舵，斑駁嶙峋。他摸索著深度計，水深八公尺。另外兩名潛水員消失在舵葉兩側，只見探照燈的光在後面閃著。

安納瓦克從另一邊過來。

剛開始只看見一些稜邊和不規則的凹陷，後來他才明白，舵上長滿了條紋圖案的貝類。他游得更近。在舵葉和舵槽的空隙處，塞滿了那些生物被壓碎而成的爛泥。怪不得舵沒辦法轉回來，它被卡死了。

他又潛得更深，也到處看到貝類。他小心地伸手去摸。那些生物頂多只有三公分，緊密相連。他格外謹慎，避免被銳利的殼割傷，用了很大力氣才把幾個分開。半開的貝殼裡，有一些足絲纏在一起，那是貝類的分泌物，幫助附著。安納瓦克將一些放進腰上的採集袋，心裡思索著。

他對貝類動物所知不多。某些貝類有類似的足絲，足絲是從貝類足部分泌出來、帶有黏性的纖維束。

其中最有名的，就是源自中亞的斑馬貽貝。過去幾年來，斑馬貽貝在美洲和歐洲迅速繁殖，破壞當地的動物界生態。牠們只要出現在某一地方，馬上繁衍成無法想像的數量。如果船舵上真是斑馬貽貝，巴麗爾皇后號在這麼厚的堆積下若還能動就是奇蹟了。

安納瓦克把破掉的貝殼放在手上。

船舵被斑馬貽貝入侵。至少看來是這樣。但是怎麼可能？斑馬貽貝大都破壞淡水系統。雖有辦法在海水生存，但仍不能解釋牠們如何在空盪的大海中襲擊行駛中的船隻？還是在港口時就侵入了？

這艘船從日本過來。日本有斑馬貽貝的問題嗎？

在他側面下方，船舵和船尾間，從黝黑中伸出兩片搖搖擺擺的槳葉，大小看來有點詭異不實。

安納瓦克踢動蛙鞋，繼續往下潛，來到槳葉邊。一股噁心的感覺湧上來。整個螺旋槳的直徑大概四公尺半，純鋼製，至少有八噸重。他想起這東西全速運轉時的情景。很難想像有什麼東西可以黏附在這龐然大物上，而不被攪得粉碎。可是連螺旋槳上都有貝類。

安納瓦克不由得下了個結論，但他不怎麼喜歡。他慢慢移近螺旋槳中央，手指摸到滑滑的東西。一些淺色碎片朝他漂來，他伸手抓了一個，放到面罩前仔細端詳。

質感像果凍、橡皮。類似一塊動物組織。

安納瓦克把那東西翻來轉去，然後放到採樣盒裡，繼續探索。有一個潛水員從對面游來，面罩上的燈讓他看起來像外星人。他比了一個過來的手勢。安納瓦克從舵槽和螺旋槳間游去。

他漸漸下沉，蛙鞋踢到曲柄軸，軸的尾部就是螺旋槳。這裡還有更多的黏稠物，像一層緊緊的布，包住曲柄軸。潛水員試圖扯下那些像布一樣的東西，安納瓦克也來幫忙，但徒勞無功。大部分還是緊緊纏住整個螺旋槳，光是用手沒辦法扯下來。

羅伯茲的話語在他腦中響起。鯨魚試圖推倒拖吊船。真是瘋狂。

鯨魚阻止拖吊船進港，有何目的呢？要巴麗爾皇后號沉船嗎？海面浪大的時候是有可能沉沒，尤其是那艘船已經故障了。海面不會永遠風平浪靜，難道鯨魚想阻止巴麗爾皇后號找到避風港？

還有足夠的空氣。他伸出拇指，示意那兩個潛水員他還要檢查船體。對方比了一個沒問題的手勢。他們一起離開螺旋槳，沿著船身游，安納瓦克在下方，也就是船身往船底彎曲的部分。頭盔探照燈的光線照在鋼鐵船殼。上面的烤漆看來很新，只有少數地方有點刮痕、變色。他繼續往海底方向潛，光線愈來愈暗。

安納瓦克隨意看了上面一眼。兩團模糊的光暈指出其他兩人正在檢查後側圍板。

有什麼好擔心的？他知道自己現在的位置。儘管如此，胸口還是感覺到一陣不舒服的壓迫感。他用手划水，沿著船身漂動。船身沒有什麼損傷的痕跡。

探照燈忽然一暗。他舉起右手正想調整，卻發現不是燈的緣故，而是被照的東西。船身的烤漆能均勻地反射燈光，但現在光忽然被參差不齊的暗色貝殼吃掉了。巴麗爾皇后號有一部分船殼消失在貝殼之下。

這數量驚人的貝類是哪裡來的？

安納瓦克考慮回到另外兩個潛水員那裡，但又改變決定，潛到更深的地方。愈到船底貝類的數量愈多。巴麗爾皇后號的底部若到處長得像這樣，一定增加不少重量。不可能沒人發現船的狀況有異啊。這種數量，絕對減緩貨輪行駛的速度。

他人已在船底部，必須仰泳才行。下方幾公尺處，就是港口海底的爛泥堆。水混濁得不得了，幾乎看不見任何東西，處處只有貝殼山。他快速踢動蛙鞋，繼續游往船頭，貝忽然失去蹤影，就像突然出現一樣。安納瓦克這才真正領悟到牠們密集的程度。巴麗爾皇后號尾部的貝殼幾乎有兩公尺厚。

究竟怎麼回事？貝殼堆的邊緣有條裂縫。安納瓦克停在前方，有點猶豫不決。他伸手去摸脛骨，那兒的袋子裡有把刀。然後拔出刀，刺進貝殼山裡。

貝殼忽然砰開。有個東西急速射出，抽打到他臉上，差點打掉呼吸器。安納瓦克向後倒，頭撞到船身。眼前一道強光閃爍。他想要起身，但上方就是船底，於是急忙蹬腳，掙脫貝類。一轉過身，發現另外一堆貝殼山，邊緣處似乎有膠狀物黏在船體上。一陣噁心湧上。他試著靜下心，企圖從一堆亂漂的雜物裡認出攻擊他的東西。

消失了。除了形狀古怪的貝殼山，一無所有。

他現在才發現自己的右手緊握，刀子還在手裡。刀刃上有個乳狀的半透明物。安納瓦克把牠放進採樣盒。然後他察覺到自己正逃離現場。冒險意願到此為止。他讓心跳緩緩降慢，小心往上移動，逐漸看到兩個潛水員微弱的光線，最後和他們會合。潛水員也正遇到貝殼堆，其中一人用刀挖下一個。安納瓦克緊張地看著，做好會有東西噴出來的心理準備。但是什麼事也沒發生。

另一個潛水員拇指往上豎，他們於是慢慢游向水面。愈來愈亮。不過接近水面的最後幾公尺，還是很混濁，接著忽然出現繽紛的色彩。安納瓦克看著陽光。他把面罩拿下來，心懷感激地呼吸新鮮空氣。

碼頭邊站著羅伯茲和其他人。「下面發生了什麼事？」他彎身向前，「有發現東西嗎？」

安納瓦克咳了幾下，吐出港口的水。「說來話長！」

他們聚在貨車後面。安納瓦克和潛水員彼此協議好，由他來發言。

「貝類卡住船舵？」羅伯茲簡直無法相信。

「沒錯，是斑馬貽貝。」

「哎呀，怎麼會這樣呢？」

「好問題。」安納瓦克小心翼翼打開採樣盒，把膠狀物改放在裝滿海水的較大盒子裡。那片組織看來像要腐壞，讓他有點擔心。「舵手旋了五度，舵卻一動也不動，就因為被密密麻麻的貝類給卡死。這是我的推測，但應該八九不離十。原則上，要讓舵癱瘓不難，這你比我更懂。不過，這種事情幾乎沒發生過。舵手也明白這道理，只是怎麼也沒想到會有東西卡死船舵，反而以為是自己轉的角度不夠大，所以繼續調整，但船舵就是不動。實際上，船舵沒有問題，完全按照指示高速運作。

「最後，舵手把舵盤轉到底，導致槳葉鬆脫。葉片轉動時，磨碎了貝殼。雖然如此，還是黏在船舵上。貝殼泥不斷阻塞船舵，彷彿東西掉進流沙一樣。船舵被卡死，所以沒辦法轉回來。」他撥開額前溼漉漉的頭髮，看著羅伯茲。「但是，這還不是最讓人不安的。」

「那麼是？」

「船首的部分很乾淨，但螺旋槳上卻滿是貝類。我不知道這些東西究竟怎麼上船，不過可以確定的是：再頑強的貝，也上不了轉動中的螺旋槳。如果不是在日本就上了船——這會讓我大吃一驚，因為從日本到加拿大這兩百海浬，螺旋槳完全沒有問題——就是在船停擺時立刻擁上來。」

「你的意思是，貝類在一片汪洋中入侵船隻？」

「講占領可能更恰當。我試著重建事情經過：龐大的貝群登上船舵；葉片卡住後，船傾斜；幾分鐘後，螺旋槳停了下來；接著，更多的貝附上船舵，讓阻塞更嚴重，隨後再登上螺旋槳和船身其他部分。」

「這麼多噸的貝是哪來的？」羅伯茲顯得無助，「在海中央耶！」

「為什麼鯨魚攻擊拖吊船，還撞拖吊繩？是你先說起詭異的故事，不是我。」

「是沒錯，不過……」羅伯茲咬著下脣。「所有事情全撞在一起。我也糊塗了，聽起來好像其中有關聯，卻又沒什麼意義。貝類和鯨魚。」

安納瓦克遲疑了一下。「上回檢查巴麗爾皇后號船底是什麼時候？」

「一直都有檢查。巴麗爾皇后號的烤漆很特別。別擔心，那是環保材質！不應該有東西爬得上去，頂多是一些藤壺。」

「那可是比一些藤壺多出很多，」安納瓦克突然打住，陷入沉思。「你說的對。那裡不應該出現貝類。巴麗爾皇后號看起來像是被入侵了好幾個星期，此外，貝裡面還有這種東西……」

「哪種東西？」

安納瓦克描述從貝殼山裡噴出來的東西。他說這件事時彷彿又重歷其境。他說到自己如何被驚嚇、撞到船底的事。他的頭還嗡嗡作響。眼冒金星……

不對，不是眼冒金星。是看到閃光。正確地說，一道閃光。

忽然他有個想法，那根本不是他眼冒金星的問題，而是在他面前。那個東西發出閃光。他完全啞口無言，忘了繼續說明發生的事情。他漸漸明白，那個東西是個會發光的生物體。若真如此，應該是來自更深的地方。這樣一來，它不可能在港口登上巴麗爾皇后號。應該是和貝類一起從外海來的。也許貝類是食物來源，而引來這東西。如果這是隻章魚的話……

「安納瓦克博士？」

他眼光再度回到羅伯茲身上。對，一隻章魚，他想著。可能性最大。和水母比起來太快，也太強壯。貝類幾乎是被衝開的——看來是個有彈性的肌肉組織。他又回想起，這東西就是在他拿刀刺入貝殼山時跑出來的。刀應該傷到它了。他弄痛它了嗎？至少，刀子是觸發了一個反射動作……

別太誇張了，他心想。你在下面那團濁水裡能看見什麼？純粹是自己嚇自己。

「你應該派人搜索港口海底，」他對羅伯茲說，「但是先把這樣本」——他指著那個關緊的容器——「盡快送到納奈莫研究中心檢驗。請派一架直升機來。我一起去。我知道要把東西交給誰檢驗。」

羅伯茲點點頭，然後把安納瓦克拉到一邊。「天哪，李奧！你覺得這些事裡到底有哪些是真的啊？」

他低聲說。「幾公尺厚的貝殼不可能短時間冒出來，那艘船又不是閒置了幾個星期。」

「這些貝像瘟疫一樣，羅伯茲先生。」

「叫我名字就好，克立夫。」

「克立夫，真正的怪獸不是慢慢出現，而是一開始就現出攻擊姿態。我們只知道這麼多。」

「也不會這麼快吧！」

「這種該死的貝類，單一個體每年就能繁衍上千個後代。幼體隨著洋流移動，或者搭上魚鱗或水鳥羽毛的便車。美洲有些海域，一平方公尺就有九十萬隻貝的幼體，而且真的是一夜之間出現。牠們占領飲水系統、河川附近的工業區冷卻系統、農業灌溉系統，堵塞管線。很顯然，牠們在海水活得跟淡水一樣好。」

「不錯，但是你說的是幼體。」

「上百萬的幼體。」

「上億的幼體也好，在大阪港口也好，外海也好。又有什麼關係？你是認真跟我說，牠們幾天之內就成熟，連殼都長出來？我的意思是，你確定一切和斑馬貽貝有關嗎？」

「這是許多不確定要素的總和。」他說，「如果鯨魚真的攻擊拖吊船，我們得找出原因。是牠們想讓某些被打斷的事繼續嗎？像是船在貝類癱瘓後該沉沒？還有那個被我發現後逃走的不明物體……你怎麼想？」

「聽起來像是《ID4星際終結者》的續集，只是主角不同。你真的認為……」

「等等，不然這麼說好了。有點神經質的灰鯨或座頭鯨，覺得受到巴麗爾皇后號的威脅。雪上加霜的是，又來了兩艘拖吊船撞上牠們。牠們於是反撞回去。此外，機緣巧合下，船在國外遭遇了生物禍害，而一尾槍烏賊迷路進了貝殼山。」

羅伯茲瞪著他。

「我不信科幻情節，」安納瓦克繼續說，「一切都是詮釋的問題。請派一些人下去，把附著在上面的貝類刮一些下來。小心，裡面可能還有意外的訪客，也一起抓來。」

「什麼時候能拿到納奈莫的報告？」

「幾天吧，我猜。順道一提，要是能給我一份報告，可能會有所幫助。」

「要保密。」羅伯茲強調。

「當然。我也想私下和船上的組員談話。」

羅伯茲點頭。「我不是最後做決定的人，但是我看看能做到什麼程度。」

他們走回貨車，安納瓦克穿上外套。「請學者來調查這類情況的例子常見嗎？」他問。

「一點也不，」羅伯茲搖頭，「那是我的主意。我讀過你的書，知道在溫哥華島找得到你。調查小組不怎麼高興。但是我想，這樣做是正確的。畢竟我們對鯨魚所知有限。」

「我盡力。我們把樣本帶上直升機，愈快抵達納奈莫愈好。東西直接交給實驗室負責人蘇・奥利維拉。她是分子生物學家，非常能幹。」

安納瓦克的手機響了。史亭爾打來的。「你得盡快趕來！」她說。

「怎麼了？」

「我們收到藍鯊號的訊號。他們在外海出了點問題。」

安納瓦克猜是壞事。「和鯨魚有關嗎？」

「當然不是。」史亭爾說，似乎覺得他頭殼壞去。「我們和鯨魚能有什麼問題？那個討厭的傢伙又來煩人了，那個王八蛋。」

「哪個王八蛋？」

「還能有誰！傑克・灰狼。」

4/6

德國，基爾

把蟲檢報告交給蒂娜．倫德兩個星期後，西谷．約翰遜坐在計程車裡，前往歐洲最有名的海洋地質學研究中心，吉奧馬研究中心。只要是跟海底的構造、起源及歷史有關的事情，一定會前來位於基爾的研究中心請教科學家。電影導演詹姆士．柯麥隆這類人物經常出入基爾，來確認《鐵達尼號》及《無底洞》等片的內容。

一般大眾很難理解吉奧馬研究中心的工作內容。在沉積物裡面東戳西找、測量海水鹽分，乍看之下對人類好像沒有實際貢獻，至少很少有人可以想像海床長什麼樣子。畢竟，直到九〇年代初期，科學家才發現，海底儘管遠離光和熱，卻非空蕩的岩漠，而是充滿著生命。

雖然人們很早就知道，沿著深海火山熱噴泉有獨特的物種群居。但是一九八九年地質化學家艾文．蘇斯從奧勒岡州立大學被聘請到吉奧馬研究中心時，他說的事仍被當成天方夜譚，諸如冷泉被生命的綠洲環繞著、來自地心的神祕化學能源。還有一種大量出現的物質，當時被認為是偶發產物，並不受注意：甲烷水合物。

直到現在，地理學——如同大多數科學領域——才脫離長久以來的陰影。地理學家嘗試提供大眾資訊，希望可以預測自然災難、氣候及環境發展，進而對之產生影響。甲烷似乎是明日能源問題的答案，引起媒體一陣報導熱潮。一開始持保留態度的學者，後來也漸漸成為搶手明星，充分利用這股被喚醒的興趣。

載約翰遜到基爾峽灣的計程車司機，儼然完全不知情。二十分鐘前，他就一副不能理解的模樣，抱怨怎麼把價值一百多萬的研究中心，交給每隔幾個月就搭著遊輪出海的瘋子，他們這行連吃飽飯都有問題。

能說一口流利德語的約翰遜，沒有什麼興趣談這個話題。但是司機不斷轟炸他，說話時還不停比出各種手勢，車子好幾次偏離車道。

「沒有人知道那裡的人到底在做什麼，」司機語氣滿是責備，「你是報社來的嗎？」

約翰遜沒有答話，他又忍不住開口問。

「不是，我是生物學家。」

司機換了個話題，提起最近沸沸揚揚的食品醜聞。顯然他把約翰遜當成該負責的人之一。總之，他怒罵基因改造的蔬菜、太過昂貴的有機食物，然後挑釁地看著他的乘客。

「你是生物學家。你知道，我們還能吃些什麼嗎？我是說，沒有後顧之憂地吃！就我所知是沒有。市面上賣的東西，沒有一樣能吃。完全不值得掏腰包。」

車子偏離到對面車道。

「你不吃東西的話，肚子會餓。」約翰遜說。

「那又怎麼樣？人怎麼死的無所謂啦，是吧？不吃東西會死，吃了又會被吃進去的東西害死。」

「你說的有道理。但和那輛輸油車的引擎蓋相比，我個人偏好死在鮮嫩的腓力牛排下。」

司機不動聲色地抓了方向盤，速度飛快地越過三個車道，開到交流道。輸油車從旁急駛過去。約翰遜的右手邊可以看到海。他們現在沿著基爾峽灣的東岸行駛。對面有些巨大的鷹架，伸入天際。

司機忽然不發一語，顯然誤解了約翰遜剛才說的話。他們橫越城外布滿尖頂房屋的道路，來到一棟用紅磚、玻璃和鋼鐵建造的長形建築物。這個建築和一旁市井小民的景觀格格不入。司機急轉進研究中心，然後煞車。引擎發出怪聲後，突然熄火。約翰遜深呼吸了一下，付錢下車。他確定這五分鐘所經歷的，比國家石油公司的直升機可怕多了。

「我真的很想知道，裡面那些傢伙到底在做什麼？」司機最後又說了一次。不過是對著方向盤說的。

約翰遜彎下腰，從駕駛座另一邊的車窗看著他。「你真的想知道嗎？」

「對啊。」

「他們試圖搶救計程車司機的生計。」

司機滿臉不解看著他，「我們也沒有常載到這裡的客人，」語氣沒什麼信心。

「但是為了載客人來這裡，你得開車。如果沒有汽油，你不是得把車拿去報廢，就是必須另想辦法，而辦法就在海底下。甲烷或燃料。他們開發、利用這個資源。」

司機皺了一下眉頭，接著說：「你曉得問題出在哪裡嗎？從沒有人跟我解釋過。」

「報紙上都有登啊。」

「那是登在你看的報紙上，不是登在我看的報紙上，先生。從沒有人認真解釋這些給我聽。」

約翰遜本想回答，後來只點點頭，關上車門。計程車司機掉轉車頭，疾駛而去。

「約翰遜博士。」

一個黝黑的年輕人走出圓形的玻璃建築，迎面而來。約翰遜向他握手致意。「傑哈．波爾曼嗎？」

「不是。我是海科．薩林，生物學家。波爾曼博士正在演講，會晚十五分鐘到。我可以帶你過去，或者我們可以看看餐廳有沒有咖啡好喝。」

「客隨主便。」

「應該主隨客意才是。對了，你的蟲很有趣。」

「你也研究過了？」

「這裡的每個人都研究過了。你一起來吧，待會兒再喝咖啡。傑哈馬上就好了，我們先在一旁當個旁聽者。」

他們走進一個設計精美的大廳。薩林帶著他走上階梯，經過一座懸空的鐵橋。就一個研究中心而言，約翰遜覺得這裡得個設計獎也不為過。

「通常在較大的講堂舉行演講，」薩林解釋道，「但是今天有中學生來訪。」

「值得嘉獎。」

薩林咧嘴笑。「對十五歲的學生來說，大講堂和學校教室沒什麼兩樣。所以我們今天帶他們逛逛整個研究中心，他們可以到處看、隨便摸。最後一站安排在**集貨站**，我們存放樣本的地方。傑哈正在那裡說晚安故事。」

「什麼樣的故事？」

「甲烷水合物。」

薩林拉開一扇門。另外一邊接著橋。他們走上橋。集貨站約有一個中型停機坪大。從這裡延伸到碼頭，空間全部開放，約翰遜瞥見一艘很大的船。箱子和器材沿著牆邊擺放。

「樣本暫時放這裡，」薩林解釋說，「大都是沉積物和海水樣本——歸檔的地球史。我們還滿以此為傲。」他舉了一下手。下面有個高大的男人回禮後，繼續忙著應付一群好奇圍著他的小大人。約翰遜扶著橋墩，聽著傳上來的聲音。

「……這是我們經歷過最刺激的時刻，」傑哈．波爾曼博士正在說，「機器手臂在將近八百公尺的深海，挖了幾百磅夾雜白色塊狀物的沉積物，把碎屑倒在甲板。也就是待會兒上面會看到的東西。」

「事情發生在太平洋，」薩林解釋說，「一九九六年，太陽號。大概離奧勒岡州一百公里。」

「我們動作得快點，甲烷水合物是一種很不穩定的物質。」波爾曼繼續說，「我猜你們所知應該不多，我會努力解釋，讓你們不要因為太無聊而睡著。

「那麼，天然氣產生的時候，深海到底發生什麼事？以生物源性甲烷為例，是幾百萬年來動植物殘餘分解，海藻、浮游生物、魚類腐化時，釋放出的有機碳所製造的。分解的工作多由細菌進行。請注意，深

＊海洋學家測量水壓的單位，在海平面時，所有物體均承受約一巴的大氣壓力，海面以下深度每增加十公尺，水壓增加一巴。

海裡溫度很低，壓力又很高。海水的壓力每下降十公尺就增加一巴*。戴氧氣筒的潛水夫，大概可以潛到五十公尺，最多七十公尺，就這樣了。據說也有潛到一百四十公尺的紀錄。但是我不建議這樣做，這種嘗試多半以悲劇收場。

「而我們這裡談的，可是五百公尺以上的深度唷！那是一個截然不同的物理世界。當甲烷以很高的密度，從地球內部上升到海底時，就會發生很不尋常的事。天然氣和冰冷的海水結合成冰。你們多多少少曾在報章雜誌上看到甲烷冰這個名詞。那說法並不是很正確。結冰的並不是甲烷，而是周圍的水。水分子結晶成微小的籠狀結構，裡面有一個甲烷分子。大量的天然氣就這樣被壓縮到很小的空間裡。」

有一個學生遲疑地舉起了手。

「有問題嗎？」

那個少年猶豫了一下。「五百公尺不是很深，對吧？」他終於說出口。

「你不覺得那有什麼稀奇，是嗎？」

「沒有啦。我只是想……哎呀，雅克．皮卡德坐潛水艇，下到馬里亞納海溝，有一萬一千公尺深耶。我是說，那才**真的**叫深吧！為什麼那底下卻沒有這種冰呢？」

「不簡單。你把載人潛水的故事研究得很透徹。你覺得應該是什麼原因呢？」

那少年考慮了一會兒，聳聳肩膀。

「那還不簡單，」另一邊有個女孩子說，「下面的生物太少了！一千公尺以下的深海，可分解的有機物不多，所以也就沒有甲烷。」

「我就知道，」約翰遜在橋上喃喃自語，「女人就是比較聰明。」

波爾曼對女孩露出友善的微笑。「對。當然也有例外的情形。事實上，真的有人在更深的深海裡發現甲烷水合物。如果富含有機物的沉積物被沖下去，即使是三千公尺的深度，也會有甲烷水合物。靠大陸邊緣的海洋有這種例子。順道一提，我們也曾在壓力不足的淺水區發現甲烷水合物。只要溫度夠低，就會有水合物，極地的陸棚區就是一個例子。」

他又轉向大家，「儘管如此，大部分的甲烷水合物——也就是被壓縮的甲烷——出現在深度五百到一千公尺左右的大陸邊坡。我們最近在北美洲海岸研究過一座海底山脈，高五百公尺，長二十五公里，成分多為甲烷水合物。有些甲烷水合物存在石頭裡，有些則坦露在海底。我們現在知道，海裡全是甲烷水合物；甚至也清楚，整個大陸邊坡是靠著甲烷水合物固定的！

「這東西就像是水泥一樣。如果把水合物抽掉，大陸邊坡就像表面坑坑洞洞的瑞士乳酪。不同的是，瑞士乳酪雖然有洞，形狀還是固定的。大陸邊坡如果沒有甲烷水合物，就會整個垮掉！」

波爾曼停了幾秒，讓大家消化內容。

「故事還沒完。甲烷水合物只有在高壓低溫的環境下才會穩定。換句話說，甲烷不是都能結冰，而是只有表面的部分。愈往地心，溫度愈高，所以沉積物中有個沒結冰的大型甲烷氣槽。結冰的上層像個蓋子，所以氣體溢不出來。」

「我讀過這類報導，」那女孩說，「日本人想拿這東西，對吧？」

約翰遜覺得很有意思。他想起以前上學的日子。每班總有一個準備特別充分的學生，上課該學的內容大概早已會了一半。他猜想，這個女孩一定不怎麼受歡迎。

「不只日本人，」波爾曼回答，「全世界都想要這東西。但是技術上很困難。我們從八百公尺的深度把甲烷水合物拿上來，才到半路，就從塊狀變成氣體了。後來拿到船上的量，雖然還算大，卻只是挖到的其中一小部分而已。我說過，甲烷水合物很不穩定。把五百公尺深度的海水加溫個一度，很可能會造成甲烷水合物忽然不穩定。因此我們快速挖掘，把塊狀水合物放入充滿液態氮的密封箱，讓它保持穩定。你們過來這裡。」

「他做得很不錯。」約翰遜說。

波爾曼帶著學生走到由鋼架焊接成的架子旁，上面堆了各種大小的容器。最底下有四個看起來像油箱的銀色東西。波爾曼拿出其中一個，戴上手套，打開蓋子。忽然聽見嗤的一聲，冒出白色蒸氣。有些學生不由得往後退一步。

「這只是氮氣。」波爾曼手伸進去容器內，拿出一塊拳頭大小的東西，看起來像弄髒的冰塊。幾秒鐘後，那東西發出嘶嘶聲，接著爆出裂開的聲音。他招手叫那個女孩子過來，剝下一小塊，交給她。

「別被嚇到，」他說，「這有點冰。但是不用擔心，儘管拿在手上。」

「好臭！」那女孩大聲說。

有些學生大笑。

「沒錯。那味道像壞掉的蛋。那是沼氣*，正往外洩。」他把那東西分成好幾塊，分給其他學生。「仔細觀察發生的事情。冰裡看來髒髒的條紋，是沉積碎屑。幾分鐘以後，只會剩下那些碎屑和幾攤水。冰融化，甲烷分子就逃出籠子。也可以這樣說：剛才還是一塊穩定的海底，在最短的時間內變成烏有。這就是我要給你們看的東西。」

他停了一會兒。學生專注看著發出嗤聲、愈來愈小的塊狀物，紛紛喊臭。波爾曼等到水合物全部融化後繼續說，「剛才還發生了一件事，是你們沒法用肉眼看見的。這一點是我們讚嘆水合物的關鍵原因。我剛才說過，這個冰做的籠子可以壓縮甲烷。一立方公分的水合物，就是你們剛才拿在手上的，能釋放出一百六十四立方公分的甲烷。水合物一融化，甲烷的體積瞬間增加一百六十四倍。最後只剩下你們手上那攤水。妳用舌尖舔舔看，」波爾曼對那女孩子說，「告訴我們味道怎麼樣。」

那個女學生疑惑地看著他。「舔這個臭臭的東西？」

「沼氣跑掉，已經沒有臭味了。妳要是不敢試，我來示範。」

一陣竊笑傳出。那女孩慢慢低下頭，舔了一口。「是淡水耶！」她大叫。

「沒錯。水結冰時，鹽分會被析出。所以南極是世界上最大的淡水儲藏區。冰山是淡水做成的。」波爾曼關好有液態氮的加壓容器，放回架子上。「你們剛才經歷的，就是為什麼取用甲烷水合物會有爭議的原因。如果因為我們的介入，造成水合物不穩定，將產生一連串的連鎖反應。把支撐大陸邊坡的水泥抽走，後果會如何？深海地區的甲烷進入大氣層，對世界氣候有什麼影響？甲烷是溫室氣體，會使大氣層的溫度上升，而海洋將因此不斷暖化。這些問題是我們沒有辦法處理的。」

「究竟為什麼要利用甲烷水合物？」另一個學生問，「為什麼不讓它留在下面就好了？」

「因為它很有可能解決能源問題。」那個女孩叫著，往前進了一步。「那篇關於日本人的報導中提到，日本沒有自己的能源，全靠進口。甲烷也許能解決他們的問題。」

「簡直是胡說八道，」那個男孩子反駁，「如果會造成本來不存在的問題，根本不算解決之道。」

約翰遜咧嘴冷笑。

「兩位都有道理，」波爾曼舉起手，「甲烷有可能解決能源問題。這不再純粹屬於科學課題，能源業已加入研究的行列。我們猜測，海洋裡面的天然氣水合物所含的可用甲烷，是地球上一般天然氣、石油和煤礦加起來的兩倍。光是美國附近的水合物層，大概兩萬六千平方公里的大小，就有**三百五十億噸**的存量。是全美一年天然氣消耗總量的一百倍！」

「真令人震撼，」約翰遜低聲對薩林說，「我完全不知道竟然這麼多。」

「事實上更多，」生物學家回話，「我記不住那些數字，他知道得可清楚了。」

波爾曼像聽到他們的對話似地說：「很有可能——我們只能猜測——說不定海裡結冰的甲烷多達十兆噸。再加上陸地、阿拉斯加和西伯利亞等冰原的庫存。換個方式解釋，也許你們對這數量會比較有概念：現存可用的碳、石油、天然氣，全部加起來是五兆噸，大概只是一半而已。

難怪能源業者想破頭，動甲烷水合物的腦筋。只要動用百分之一的儲量，就能讓美國的燃料庫存加

＊甲烷本身無味，但經過硫菌將甲烷「無氧化」反應後的產物——硫化氫，帶有很強烈的臭味。有機物分解時會產生許多化合物，其中不少具有惡臭。這些以甲烷為首的各種氣體統稱「沼氣」。沼氣的臭味來源並非甲烷，主因在於沼氣中的硫化氫。

倍，而美國的能源消耗量可是遙遙領先其他各國。能源業從中看見了龐大的未開發資源；科學家看到的，卻是一顆不定時炸彈。所以我們嘗試找到一個平衡點，當然，以大眾利益為先。好。課外活動就此結束。謝謝你們來參觀。」他笑了一下，「我是說，謝謝你們的聽講。」

「還要謝謝你們有聽懂，」約翰遜喃喃自語。

「希望。」薩林補充說。

「你和我記憶中不太一樣，」幾分鐘後，約翰遜和波爾曼握手時說，「你在網路上的照片有留鬍子。」

「剃掉了，」波爾曼摸摸自己的上脣，「這還是你害的。」

「怎麼會這樣？」

「我一直思考著你的蟲。今天早上也一樣。我站在鏡子前面，又想起了蟲，牠彷彿跑進我身上。拿著刮鬍刀的手不知不覺跟著過去，一小撮鬍子就這麼掉下來了。為了科學，索性把剩下的也給犧牲。」

「都是我害你剃了鬍子，」約翰遜挑了一下眉毛，「換個新造型嘛。」

「沒關係啦。出外勤時又會長出來了。也不知道為什麼，在海面上什麼都長得快。也許因為我們需要去想像冒險家的長相，才沒時間暈船。請跟我到實驗室去。你要不要來杯咖啡？我們可以先繞到餐廳。」

「不用了，我很好奇。咖啡等會兒沒關係。你又要出外勤了嗎？」

「秋天，」波爾曼點點頭，兩人穿越玻璃玄關和走廊。「我們要到阿留申群島隱沒帶*和一些冷泉區進行調查。你運氣好，在基爾找到我。我十四天前才從南極回來，在海上待了八個月。回來一天，就接到你的電話。」

「冒昧請教，你在南極八個月都做些什麼？」

「把過冬客送到冰裡。」

「過冬客？」

波爾曼笑著說，「就是科學家和技術人員。他們十二月在工作站有事要做。目前那一隊，負責把冰芯從四百五十公尺的深度挖出來。很不可思議吧？那塊古老冰芯可是包含了過去七千年來的氣候史唷！」

約翰遜想起計程車司機。「那無法讓大部分的人開心，」他說。「他們不懂氣候史如何解決饑荒，或者能不能幫忙贏得下次世界盃足球賽的冠軍。」

「整個科學界把自己關在象牙塔裡，我們多少也要負點責任。」

「你這樣認為嗎？你剛才的小演講可不是象牙塔裡的研究。」

「我不知道公關活動的效用大不大，」他們走下樓梯，「這種對外開放的活動，其實也改變不了一般人的冷漠。我們最近就經歷過一次。來訪的人多得不得了，不過，若是接著隨便問個人，是不是該繼續批准上千萬的經費……」

約翰遜沉默了一會兒，然後說：「我想，也許真正的問題在於不同學門之間的鴻溝。你覺得呢？」

「因為我們太少對話嗎？」

「對。或者就我來說，是科學和工業之間太少對話，也可以是科學和軍隊。大家的交流實在太少。」

「或者是科學和**石油業者**？」波爾曼意味深長地看著他。約翰遜微笑。

「我會來這裡，是因為有人需要答案，」他說，「不是來壓榨出個答案。」

「工業和軍隊都仰賴科學家，不管他們喜不喜歡。」薩林說，「我們之間其實是有對話的。在我看來，問題反而是彼此沒有辦法表達自己的觀點。」

「而且是不願意表達！」

「沒錯。在冰天雪地裡進行的事，或許能解決饑荒，卻也可能導致新武器的產生。雖然看的是同一個東西，但是每個人看到的卻不一樣。」

＊海洋板塊與大陸板塊的邊緣聚合，地殼與地函中密度較高的海洋板塊潛到密度較低的大陸板塊之下，形成了隱沒帶。

「而且忽略掉他們不想看的部分，」波爾曼點頭，「約翰遜博士，你送過來的生物，就是一個很好的例子。我不確定是否要因為牠而質疑整個大陸邊坡計畫。不過，若必須有所抉擇的話，我傾向採取保守的態度，不建議執行。也許這就是科學和工業最大的差異。我們的想法是，只要無法證明蟲扮演的角色，就不建議挖掘。工業通常也從同樣的前提出發，結果卻不相同。」

「沒有證明蟲到底扮演了什麼角色之前，就沒有什麼好擔心。」約翰遜看著他，「你認為呢？牠到底值不值得擔心？」

「我還不知道。你送過來的東西……嗯，這個嘛，說好聽點是有點不尋常。我不想讓你失望，到目前為止的發現，電話上也可以解釋清楚，不過……也許你有興趣了解更多。在這裡，你能看到不同的東西。」

他們抵達一道厚重的鐵門。波爾曼操作牆邊的開關，門無聲開啟。大廳中央有個非常巨大的箱子，大概兩層樓高。每隔一段距離有一扇小窗。外圍走道及機器以管線和箱子連接一起，數道鐵梯延伸其上。

約翰遜往前走近。他在網站上看過照片，想不到實物竟如此龐大。一種奇怪的感覺湧上來。裝滿水的箱子裡，壓力一定很大。沒有人可以在裡頭活過一分鐘。這箱子也是約翰遜把十幾隻蟲送到基爾的原因。這是深海模擬器。一個包括海床、大陸邊坡及大陸棚的人造世界。

波爾曼在後面把鐵門關上。「有人懷疑這機器的目的和意義，」他說，「就連模擬器也只能給個大概的情形，實際出海還是比較準確。海洋地質學研究的最大問題是，我們始終只看到真相的一小角。不過，至少我們能透過模擬來提出普遍有效的假設。舉例來說，我們可以研究甲烷水合物在不同條件下的動態。」

「那裡面有甲烷水合物嗎？」

「大約兩百五十公斤。最近我們也能成功製造出甲烷水合物，不過，我們不太願意提這事。工業界希望模擬器只使用在他們委託的研究上。我們也很想要他們的錢，卻不願意為了錢，出賣自由研究的精神。」

約翰遜抬起頭，吃驚地看著大水箱。在他上面有一群學者聚集在外圍走道上。這一幕看起來有點不真實，好像是八〇年代的〇〇七情報員電影情節。

「水箱裡的溫度和壓力可以無段調節，」波爾曼繼續說。「目前裡面的水壓和溫度相當於八百公尺的深海。在底部有一層穩定的水合物，兩公尺厚，在自然環境下會有它的二十到三十倍厚。在水合物層下，我們模擬地核的溫度來產生地底的天然甲烷氣泡。也就是說，這是一個具體而微的完整海床實境。」

「真令人著迷，」約翰遜說，「那麼你的工作究竟做什麼呢？我是說，你可以連續觀察水合物的發展，但是……」他找不到適合的詞。

薩林幫了一個忙，「除了看以外還做些什麼？」

「對。」

「目前我們試著重建五千五百萬年前的地球史。大概介於古新世和始新世間，那時似乎有場很大的氣候災難。海洋生態嚴重失衡，海底百分之七十的生物死亡，主要為單細胞生物。整個深海成了不利生物生存的地區。相反的，大陸地區卻發生了生物革命，例如北極出現鱷魚，靈長類和現代的哺乳動物從亞熱帶區遷徙入北美……是一場空前絕後的混亂。」

「你從何得知這麼多的事情？」

「深海岩芯。關於整個氣候災難的知識，全得感謝二千公尺深海的深海岩芯。」

「從深海岩芯也看得出原因嗎？」

「甲烷，」波爾曼說，「當時海水一定出現暖化，使得大量甲烷水合物不穩定，結果造成大陸邊坡崩塌，因此又釋放出更多甲烷。幾千年內，或者幾百年內，上億噸的天然氣溢入海洋和大氣層。那是惡性循環。甲烷會造成溫室效應，比二氧化碳強上三十倍。它使得大氣溫度上升，接著海水溫度又上升，融化更多的甲烷水合物。就這樣沒完沒了，整個地球像個大烤箱。深海的溫度是十五度，和現在的二到四度比起來，有著驚人的差異。」

「對某些生物來說是大災難，對其他生物來說……這個嘛，某種程度上是個轉機。我懂了。我們接下來要聊的話題可能是人類的滅絕。對吧？」

薩林微笑，「還沒有這麼快啦。但是的確有跡象顯示，我們正處於一個極度敏感的平衡動盪階段。海洋的水合物目前非常不穩定。這也是我們對你的蟲如此關心的原因。」

「這蟲能改變甲烷水合物的穩定關係嗎？」

「應該不會。冰蟲棲息在好幾百公尺厚的冰層表面，只會把冰融化個幾公分，而且以細菌維生。」

「但是我送來的蟲有顎。」

「這蟲是個無意義的產物，你最好自己看一下。」

他們進入位於大廳底部的半圓形控制室，讓約翰遜想起維克多號的控制中心，只是大了點。共有二十幾部螢幕，一半以上是開著的，播放水箱內部情形。正在執勤的技術人員向他們問好。

「我們使用二十二部攝影機，同步觀察裡面發生的事。此外，每立方公分的水隨時都有測量數據。」波爾曼解釋說，「上排螢幕所顯示的白色平面就是水合物。你看見了嗎？左下方的畫面，則是我們昨天上午放入的兩隻多毛蟲。」

約翰遜瞇起眼睛，「我只看見冰，」他說。

「你看仔細點。」

約翰遜仔細研究畫面的每個小細節，忽然看見兩個比較暗的痕跡。他指著那地方。「這是什麼？凹洞嗎？」

薩林和技術人員談了幾句話，畫面就變了。蟲忽然出現。

「像污點一樣的東西是洞，」薩林說，「我們先前把影片設定在快轉。」

約翰遜看著蟲在冰上蠕動，扭來扭去好一會兒，好像在找某個香味的來源。牠們的動作，在快轉下看，有些陌生詭異。粉紅色軀體兩側的剛毛好像被電到一樣抖動著。

「現在你注意看。」

有一隻蟲突然不動了，波浪般的顫動流遍牠全身。接著牠消失在冰裡。

約翰遜輕輕咬著牙，「天啊。牠鑽進去了。」

另一隻蟲在稍遠的地方，頭彷彿跟著聽不見的音樂律動。突然間，牠的鉤吻部往前射出，露出頷來。

「牠們要吃冰裡的東西，」約翰遜叫了出來。他看著畫面，整個人都呆了。

你有什麼好吃驚的，他心想。牠們和消化甲烷的細菌共生，卻還有可以挖洞的頷。

一切只有一個結論。那些蟲想吃冰深處的細菌。他興奮地看著剛毛軀體鑽進洞裡。從快轉的畫面看來，牠們下半身一直在抖動。一不注意，牠們就消失了。只剩下冰裡那些洞，那些深色的點。

沒有必要緊張，他心想。其他的蟲也會鑽孔，甚至很喜歡挖洞。有些還會鑽船底。

但是牠們為什麼要鑽水合物呢？「蟲跑哪去了？」他問。

薩林看著螢幕。「死了。」

「死了？」

「掛了，窒息而死。蟲需要氧氣。」

「我知道。這也是共生系統的意義。細菌被蟲吃，蟲攪動水流的動作能提供細菌氧氣。但這裡是怎麼一回事？」

「蟲自掘墳墓。牠們在冰裡挖洞，好像冰很好吃似的，鑽到中間儲有天然氣的地方，就窒息而死。」

「像神風特攻隊，」約翰遜喃喃自語。

「看來像自殺行為。」

約翰遜思索著，「或者，牠們被某種東西誤導了。」

「可能吧。不過，是什麼呢？水合物裡面沒有可能引起這種行為的東西。」

「也許是裡面的天然氣？」

波爾曼摸摸下巴，「我們也一直思考這個可能性。即使如此，也無法解釋牠們為什麼自殺。」

約翰遜想到蟲在海底蠕動的樣子，覺得愈來愈不舒服。幾百萬隻的蟲鑽進冰裡，會造成何種後果呢？

波爾曼似乎看穿他的心事，「蟲沒有辦法造成冰層的不穩定，」他說，「海裡面的水合物比你這裡看到的厚多了。這些瘋掉的蟲只能抓抓冰層表面，最多是十分之一深，然後就死在裡面。」

「現在怎麼辦呢？還要測試更多的蟲嗎？」

「對，我們還有一些。也許會利用機會實地勘察。我想挪威國家石油應該會樂見其成。太陽號幾個星期內將前往格陵蘭，我們可以提前去考察，看看你們發現多毛蟲的地方。」波爾曼舉起手，「不過，我不是下決定的人，得看其他人。海克和我只是突然有這個想法。」

約翰遜視線越過他們的肩膀，眼睛仍盯著水箱瞧。他心裡還想著那些死掉的蟲。「這主意不錯，」他說。

稍後約翰遜回飯店換衣服。他聯絡倫德，但是她沒接電話。他彷彿看見她在卡爾・史維特普的懷裡，聳聳肩，把電話掛上。

波爾曼邀請他在基爾著名的小餐廳吃晚飯。約翰遜走進浴室，看著鏡中的自己。他覺得該修修鬍子，至少長了兩公厘，其他都還好。他把頭髮往後梳，還算茂密。以前顏色很深，現漸漸有些灰白。濃眉下的眼睛炯炯有神。幾乎有那麼幾分鐘，他自戀地愛上自己的型男形象。他也有認不出自己的時候，尤其是一大早。到目前為止，幾杯茶和一點保養就足以還他本來面目。一個女學生一直拿他和德國演員麥斯米倫・薛爾*比較，約翰遜有被奉承的感覺。後來才知道薛爾已經超過七十歲，他趕快換保養霜。

他翻著行李箱，選了一件有拉鍊的毛衣，加上西裝外套，搭配一條圍巾。對他來說，穿得不算得體，但他喜歡。他的穿著很少搭配場合。他培養並享受他的邋遢風格，自鳴得意於不追求流行。另一方面來看，他不得不承認，邋遢也是一種時尚，和別人崇尚巴黎高級時尚沒什麼兩樣。他把時間用來塑造凌亂形象，和大部分的人以擁有一頭整齊的頭髮為目標一樣。

他對鏡中的自己露牙傻笑，離開飯店，搭上預先叫好的計程車。

波爾曼已經到了。他們談天說地，聊各種話題，喝酒配上可口的鰈魚。過了一會兒，話題漸漸轉到深海。吃甜點時，波爾曼順道問：「你熟悉國家石油的計畫嗎？」
「只知道大概，」約翰遜回覆說，「我對石油業了解不多。」
「他們打什麼主意？這麼遠的外海不太可能蓋鑽油平台。」
「不是，不是鑽油平台。」
波爾曼喝了口義大利濃縮咖啡，「抱歉，我不是有意打聽那麼多。我不清楚這些事的機密性，但是……」
「沒關係。我本來就是出了名的廣播站。只要有人告訴我祕密，很快就會變成公開的新聞。」
波爾曼大笑，「好吧。你覺得他們在外海蓋什麼？」
「他們正在考慮水下方案。一座自動化工廠。」
「像SUBSIS之類的東西嗎？」
「什麼是SUBSIS？」
「水下分離注入系統，一種水下工廠。這種系統已經運用在挪威沿海的特洛天然氣田好幾年了。」
「從來沒聽過。」
「你去問問委託你研究的人。SUBSIS也是一種抽油站，建在三百五十公尺深的海底，就地把石油和天然氣從水中分離。目前這項作業還是在平台上進行。油被抽出後，剩下的水直接排回海裡。」
「啊，對！」倫德提過這件事，「就是這水造成魚不孕。」
「SUBSIS能解決這個問題。髒水馬上被壓回鑽孔，把更多的油往上壓，然後再分離、壓回，循環不已。石油和天然氣藉著輸油管直接送回海岸邊——本身看來是不錯。」
「但是？」

＊ Maximillian Schell，主演《紐倫堡大審》的德國名演員。

「我不知道有沒有『但是』。據說SUBSIS在一百五十公尺的深度沒有什麼問題。生產廠商說即使兩百公尺也不會有事。但是石油業者的期望是五千公尺。」

「這種期望實際嗎?」

「中程看來還算實際。我認為,小規模能運作的東西,也能大規模執行,而且優點顯而易見。很快地,自動工廠就會取代鑽油平台了。」

「你卻似乎不怎麼樂觀,」約翰遜注意到。

一陣沉寂。波爾曼抓抓後腦勺,一副不知道怎麼回答的樣子。「我擔心的不是作業系統的部分,是整個手法太天真。」

「工作站是遙控的嗎?」

「對,全部從陸上遙控。」

「這表示維修和保養得依靠機器人。」

波爾曼點點頭。

「我懂了,」約翰遜過了一會兒才說。

「整件事有好有壞,」波爾曼說,「深入未知的領域,多多少少是種冒險。深海的確是個未知的世界,我們不用自己騙自己。就嘗試自動化作業系統的角度來說是對的,至少不會危及人類性命。送潛水機器人下去觀察過程、取些樣本,這件事也沒錯。但是這裡我們談的是另一回事。你要怎麼處理五千公尺底下從鑽油孔高壓噴出的漏油意外?你根本不清楚海底的真實狀況,所知道的只是些測量數據。

我們在深海就是盲人。藉由衛星、聲納或是震波畫出的海底剖面圖,準確度可到半公尺內。用海底模擬反射儀,可以偵測天然氣、石油的所在,畫出一張圖,告訴你這裡有油可以挖,那裡有水合物,再過去那邊你得小心……但是下面真正的情形究竟如何,我們始終不清楚。」

「我同意,」約翰遜喃喃自語。

「我們看不見自己行為帶來的影響。要是工廠出了問題，不可能撲通一聲就跳下水處理。你別誤會，我不是反對開採原料，而是反對重蹈覆轍。石油熱開始時，從沒有人想過如何處理廢料，好長一段時間，還開心地將廢水和化學物質排回海裡及河川，一副反正沉下去就沒事的樣子。結果讓輻射物質流入海洋，剝削自然、摧毀生命，根本沒有想過彼此間的關聯是多麼複雜。」

「但是自動化工廠的時代還是會來臨？」

「準會來。不僅比較經濟，還可以到達人類到不了的地方。接下來大概是一窩蜂的甲烷熱。因為它燃燒得比其他的礦物燃料乾淨——沒錯！把石油和煤礦換成甲烷，還能減緩溫室效應——這也對，全都對，如果一切都在理想狀況下進行的話。但是工業常常很喜歡把理想狀況和現實混為一談。他們只找出預估報告的樂觀面，以便早日動手，就算不知道進入的是怎樣的世界也沒關係。」

「但這要怎麼進行？」約翰遜說。「如果在運送途中就分解掉，要怎麼取出水合物？」

「這時自動化工廠又派上用場。舉例來說，可以先在下面加溫，讓水合物在深海融化，再把釋放出來的天然氣收集在桶子裡後運上來。聽起來好像很完美。但是誰能保證，融化作業會不會造成連鎖反應，重演古新世的大災難？」

「真有可能嗎？」

波爾曼做了一個不知道的手勢，「未經深思熟慮就著手瞎搞我們的環境，就是一種自殺行為。但這已經開始了，印度、日本、中國都很熱中，」他苦笑，「他們對於深海完全一無所知。」

「那些蟲。」約翰遜喃喃自語。

他想起維克多號在海底拍攝到的蠕動畫面，還有那個迅速消失在黑暗裡的詭異生物。

蟲、怪物、甲烷、氣候災難……我們最好趁現在多喝幾杯。

4/11

加拿大，溫哥華島和格里夸灣

眼前的景象令安納瓦克血脈賁張。一隻巨大的公獸，從頭到尾鰭不止十公尺，是他見過最大的洄游虎鯨。半張的嘴裡，幾排緊密的典型小圓錐牙，白森森的發著光。年齡可能已經很大了，看來卻老當益壯。仔細近看，才會在黑白的皮膚上發現幾處地方光澤不再、粗糙結痂。牠的一隻眼睛閉著，另一隻被遮住。這隻虎鯨就算再巨大，也無法再危害鮭魚。牠側躺在潮溼的沙上，死了。

安納瓦克一眼就認出牠。在目錄裡，編號J-19。因為擁有軍刀似的弓狀背鰭，而贏得**成吉思**（取自成吉思汗）的暱稱。他繞著虎鯨走，一旁不遠處他發現溫哥華水族館海洋哺乳動物研究計畫的領導人約翰．福特、納奈莫研究中心所長蘇．奧利維拉及一個陌生男子，站在離沙灘不遠的樹下，正在談話。福特招手示意安納瓦克過去。

「加拿大海洋科學及魚類研究中心的雷．菲維克博士，」他介紹陌生人的身分。

菲維克此行是為了執行解剖。虎鯨成吉思死亡的消息傳出後，福特建議改變這次解剖的做法，不再關起門來在實驗室裡做，而是直接在沙灘上進行。他想讓更多記者及學生團體認識虎鯨的身體構造。

「而且在沙灘上效果不同，」他說，「比較不嚴肅，沒有距離感。死的虎鯨和海就在眼前，這兒是牠生活的空間，牠可以說是停屍在自己家門口。在這兒進行解剖，會喚起更多理解、更多同情、更多震撼。這是噱頭，但是很有用。」

福特、菲維克、安納瓦克，及草莓島海洋研究站的羅德．潘姆四個人商量解剖事宜。草莓島位於圖芬諾海灣內，是座迷你島。草莓島研究站的人在此研究格里夸灣的生態系統，潘姆以虎鯨族群學的研究成果聞名。他們很快達成在戶外解剖屍體的協議，因為這樣會引起關注。天知道虎鯨有多需要關注。

「從外表看來，牠死於細菌感染。」菲維克回答安納瓦克的問題，「但是我不敢貿然診斷。」

「你一點也不冒失，」安納瓦克沉重地說，「你們記得吧，一九九九年，七隻虎鯨，全都死於感染。」

「**酷刑折磨永不停止。**」奧利維拉輕輕哼起法蘭克．薩帕一首老歌。她看著他，擺頭做了個動作，好像有什麼密謀。「跟我來。」

安納瓦克跟著她到屍體旁邊。兩個大金屬行李箱和一個運貨箱已經放在那兒，都是解剖要用的工具。解剖一隻虎鯨和解剖一具人體大不相同，意味著重度勞力、大量的血和可怕的臭味。

「媒體、研究生與大學生就快到了，」奧利維拉瞥了錶一眼。「既然我們都在這個傷心地，就趁機趕快談一下你的樣本。」

「有什麼進展嗎？」

「一點點。」

「向英格列伍說明過了嗎？」

「沒有，我認為我們應該先私下討論。」

「聽起來你們似乎尚未掌握什麼明確的事情。」

「這麼說吧，我們一方面很訝異，一方面又束手無策。」奧利維拉答道，「至於那個貝殼，可以確定的是，沒有任何文獻資料。」

「我可以發誓，那是斑馬貽貝。」

「可以說是，也可以說不是。」

「請說明白點。」

「有兩種看法，牠們若不是斑馬貽貝的近親，便是突變種。看起來像斑馬貽貝，也有相同的紋路。但是牠們的足絲有些古怪。構成足部的纖維束又粗又長——我們玩笑開慣了，都叫牠噴射蚌。」

「噴射蚌？」

奧利維拉做了個鬼臉。「實在想不出來更好的名字。我們有一大群貝類可供觀察，而且牠們具備……是啦，牠們不像一般的斑馬貽貝那麼容易被驅動，而是要到某種程度才會移行。牠們先吸水，然後將水噴出，利用後座力往前推移。同時也使用足絲固定方向。像小型的、可轉動的螺旋槳。這讓你想到什麼？」

安納瓦克凝神細想，「靠噴射推動力前進的烏賊。」

「是，還有類似的例子。這可得要頭夠大才想得出來，我們實驗室什麼沒有，大頭的學者最多。我說的例子是鞭目蟲。這些單細胞生物有些身上有兩條鞭毛，一條用來控制方向，另一條則轉動推進。」

「是不是有點扯遠了？」

「大膽來說，這是一種趨同演化的現象。所有的可能性都不能放過。我確實不知道有什麼貝類可如此移動。這個東西簡直和魚群一樣來去自如，雖然有殼，卻充滿動力。」

「這解釋了為什麼牠們能從外海附上巴麗爾皇后號，」安納瓦克恍然大悟，「這就是讓你們訝異的事情？」

「是。」

「那又是什麼事情使你們束手無策？」

奧利維拉走近死鯨的側身，伸手撫摸牠黑色的皮膚，「你之前從下面帶上來的細胞組織碎屑，我們不知道該拿它怎麼辦。坦白說，也已經不能拿它怎麼辦了。它的主要成分大都已被分解。從僅能分析的來看，至少可以得知，它和螺旋槳上以及你刀刃上的東西是一樣的。除此之外，實在想不出它到底是什麼。」

「妳的意思是我把E. T.從船身上劈下來了？」

「這組織的伸縮性超乎尋常，異常堅韌又極富彈性。我們實在不知道它是什麼東西。」

安納瓦克皺起眉頭。「有跡象顯示是生物發光體嗎？」

「有可能。為什麼？」

「我隱約記得它短暫發出光芒。」

「它？當時撲上你的東西？」

「我刺穿那堆貝殼時，它忽然射出來。」

「也許你剛好削到它的身體，這個玩笑它可不欣賞。雖然我懷疑這個像組織的東西是某種神經傳導通路，我是說，用來感受痛楚的。它其實只是……一堆細胞。」

人聲湧近。沙灘上一群人正往他們這邊過來，有些背著相機，另一些帶著紙筆。

「開始了，」安納瓦克說。

「是啊，」奧利維拉有點為難。「現在怎麼辦？要我把資料傳去英格列伍嗎？恐怕他們也沒辦法。最好還是再給我一些樣本，尤其是這種物質。」

「我會跟羅伯茲聯絡。」

「好，現在我們上陣吧！」

安納瓦克看著一動也不動的虎鯨，既憤怒又無奈。真沮喪，先是好幾個星期不見半隻，現在終於有一隻，卻躺在沙灘上，死的。「可惡！」

奧利維拉聳聳肩。菲維克和福特也開始行動。

「別在媒體面前流露出你的鬱悶。」她說。

解剖過程長達一個多小時。菲維克在福特幫助下切開虎鯨，將內臟、心、肝、肺逐漸暴露天光中，一邊解說牠的身體結構。胃切開後露出消化了一半的海豹。不同於居留者鯨種，過渡者虎鯨和近海虎鯨會捕食海獅、鼠海豚和海豚，還會成群獵食大型鬚鯨。

人群中跑科學新聞的記者不多，但是報紙、雜誌及電視的代表全都到齊。基本上他們大致料到來的會是這些人，當然無法苛求他們具備專業素養。所以菲維克一上來就先解說鯨體構造。

「形體雖然是魚，卻只是大自然創造給陸棲動物移居到水裡時的特殊構造。這種情況相當常見，稱為趨同演化現象。也就是在完全不同的物種身上，為了適應環境需求，長出作用類似的結構。」

他割去肥厚的皮膚表層，露出底下的油脂。

「還有一個差別是：魚類、兩棲及爬蟲類是變溫動物，體溫與所處環境的溫度一樣。歐洲最北角或地中海皆有鯖魚，在歐洲最北角測量的鯖魚體溫是攝氏四度，而在地中海量到的體溫是攝氏二十四度。然而，鯨魚並不是這樣。牠們是溫血動物，就像我們。」

安納瓦克打量四周的人。剛剛菲維克說出一句微不足道，但一定產生奇效的話：「……就像我們。」這句話令聽者動容。鯨魚就像我們一樣。又來了，畫上一條緊密的界線，在界線內，人才會將生命視為生命。

菲維克繼續說道：「鯨魚不論在北極或是加州海灣，體溫一定保持在攝氏三十七度。牠們靠進食長成一層厚厚的油脂，叫做鯨脂。看見這層白花花的油脂沒有？水會降溫，但是這層油脂能夠防止鯨魚體溫下降。」他的眼光巡視一圈，手套沾滿鯨血和鯨脂。

「不過，鯨脂卻也可能是鯨魚的死因。擱淺鯨魚面臨的危險，就是體重和這層本來很完美的鯨脂。一尾三十三公尺長、一百三十噸重的藍鯨，是最大恐龍的四倍重，即使是虎鯨也能長到九噸。這樣的生物只有在水裡才能生存。根據阿基米德定律，物體浸在水中所失去的重量，等於同體積所排開的液體重量。所以鯨魚在陸上會受到自己的重量壓迫，再加上這層隔離外界溫度的鯨脂，因為原先的環境溫度已經改變，許多擱淺的鯨魚便死於過熱休克。」

「這隻也是嗎？」一個女記者提出問題。

「不是。最近幾年，愈來愈多動物因為免疫系統崩潰而死於感染。J-19，二十二歲。雖然不算年輕，但是健康的鯨魚平均可以活到三十歲。牠算是早死，身上也沒有打鬥的傷痕。我猜是細菌感染。」

安納瓦克向前進一步。「若想了解為什麼會發生這種事，我們也可以解釋。」他努力讓聲調聽起來實事求是。「一連串的毒物學研究指出，卑詩省沿岸的虎鯨全中了多氯聯苯或是其他環境污染的毒素，無一倖免。今年我們在虎鯨的脂肪中檢驗出超過一五〇ppm的多氯聯苯。換做人類，沒有一個人的免疫系統能有一絲對抗的機會。」

大家把臉轉向他，眼裡滿是震驚與激動。他剛剛爆了料，知道群眾已經在股掌之中。

「這些毒素可怕的是，能溶解於脂肪中。」他說，「也就是說，母牛會經由牛奶傳染給小牛。小嬰兒一出生得了愛滋病，被大肆報導，人人驚慌不已。請將你們的驚慌範圍擴大，也請大家報導這兒發生的事。世界上幾乎沒有其他物種像虎鯨一樣，遭受如此嚴重的毒害。」

「安納瓦克博士，」一名記者清了清嗓子，「若是人類吃下這隻鯨魚的肉會如何？」

「毒素會傳給人類。」

「會致死嗎？」

「長遠來看的話，可能會。」

「那是否表示，人若因此生病甚至死亡，那些不考慮後果傾倒廢料的企業，例如木材工業，應該間接負起責任？」

福特飛快地瞥他一眼。安納瓦克遲疑了。這個人當然有道理，但是溫哥華水族館避免直接與在地工業衝突，希望能透過圓滑的方式解決。指稱卑詩省的經濟和政治菁英為潛在殺手，只會讓對立局面更吃緊，何況他不想嚴厲反駁福特。

「無論如何，食用被污染的肉品，會危害人體健康。」他避重就輕地回答。

「被那些工業有意污染的肉。」

「我們和該負責任的人正共同尋求解決方案。」

「了解，」這名記者寫下筆記，「我特別想到你家鄉的人，博士……」

「我的家鄉在這兒，」安納瓦克生硬地說。

這名記者不解地看著他。他如何能了解？他只是做了他的功課，事前調查過。

「我不是指這個，」他說，「我是說你出生長大的地方……」

「在卑詩省已經不太吃鯨肉或海豹肉，」安納瓦克打斷他的話，「但北極圈的居民卻出現嚴重中毒現象。在格陵蘭、冰島、阿拉斯加及北部各地，在努納福特區，當然也在西伯利亞、堪察加半島和阿留申群島上，只要是以海洋哺乳動物為主食的地方，都是如此。動物中毒還不是最糟糕的事，可怕的是中毒的動物會遷徙。」

「你相信鯨魚知道自己中毒嗎？」一位學生發問。

「不。」

「但你在一篇論文中提到智力問題。如果動物意識到，牠們的食物不大對勁……」

「人類非常清楚菸的毒害，仍然抽菸抽到腿被截肢、得肺癌。我們可比鯨魚聰明多了。」

「你怎麼如此確定？也許正好相反。」

安納瓦克嘆息。他盡量放輕語氣說：「我們必須把鯨魚當鯨魚看。虎鯨是一枚具備最理想流線型的活魚雷。但是牠沒有腿、沒有抓東西的手、沒有表情，也無法將左右兩眼所看的空間合而為一。不論是海豚、齒鯨或鬚鯨等等都一樣。牠們跟人類並不相似。虎鯨也許比狗聰明；白鯨聰明到能夠意識自我；海豚的腦子無疑是數一數二的。但是你們問問自己，牠們最終成就了什麼？魚類和鯨豚的生活空間相同，習性也相近，但是牠們靠著少得可憐的神經元也活得很好。」

安納瓦克很高興聽見手機輕響。他給菲維克打個手勢讓他繼續解剖，自己退到一旁接聽。

「啊，李奧，」舒馬克說，「你那邊走得開嗎？」

「也許，什麼事？」

「他又來了。」

安納瓦克怒髮衝冠。他幾天前急忙從溫哥華島趕回，就因為傑克．灰狼和他的海洋防衛隊又出航惹惱了兩船觀光客，他們抱怨有如畜牲般被照相、被注視。舒馬克好不容易才將他們安撫下來。有幾個他還必須贈送第二趟航程。之後風波好像平息了。但是灰狼畢竟達到目的，騷動已被挑起。

在戴維那兒，他們檢討過該對這些環保人士採取行動還是忽視不管。經由公共途徑解決，反而等於提供一個論壇給他們。對認真的機構而言，灰狼這類人有如眼中釘。然而整個過程最終只會給不解內情的大眾一個錯誤印象。大部分人會同情和贊同灰狼的口號，但對實情毫無所知。

私底下他們本可以參與一個協調會。但和灰狼爭論會有什麼結果，從他的前科便可得知。不過，是否要受他威脅，是他們自己的決定。那影響不大。他們要忙的事滿坑滿谷，也許灰狼碰到某個事件，會自動打退堂鼓。因此他們決定，不理他。

安納瓦克駕著小汽艇沿著格里夸灣行駛，心想，也許那是個錯誤決定。如果至少寫封信給他，表達他們的不滿，灰狼的狂想或許就此冷卻了也說不定。總之，做些動作，告訴他，他們注意到他了。

他的眼光搜尋著海面。汽艇飛快滑過，他不願冒險嚇到鯨魚，甚至傷到牠們。好幾次，他遠遠看見巨大的尾鰭，還有一次在離他不遠的地方，黑得發亮的魚鰭破浪前進。行進中他透過無線電和藍鯊號上的蘇珊・史亭爾通話。「這些人在做什麼？」他問，「他們會來硬的嗎？」

無線電沙沙作響。「不會，」史亭爾的聲音說，「只是照相，像上次一樣。還有，辱罵我們。」

「他們有多少人？」

「兩艘船。一艘坐著灰狼和另一個人，另一艘船上有三個人。天啊，他們居然開始唱歌。」

一個規律的聲響微弱地透過無線電傳來。

「他們在打鼓，」史亭爾叫道，「灰狼打鼓，其他人唱歌。印第安歌謠！搞什麼啊？」

「要冷靜，聽到嗎？別為他們動氣，我再過幾分鐘就到了。」前方遠處出現白點，是船。

「李奧，這個混蛋是哪門子印第安人？我不懂他在做什麼，如果是在召喚祖先的鬼魂，我至少想知道，出現的會是誰？」

「傑克是個騙子，」安納瓦克說，「他根本不是印第安人。」

「不是？我以為……」

「他的媽媽是半個印第安人，就這樣罷了。妳想知道他的真名嗎？歐班儂。傑克·歐班儂。什麼灰狼！」

安納瓦克全速前進時，交談停頓了半晌。漸漸地，噪音般的鼓聲越過水面，也傳到他這兒來了。

「傑克·歐班儂，」史亭爾故意拉長了聲音，「太棒了，我要修理他……」

「妳什麼都不要做。看見我來了嗎？」

「看見了。」

「什麼都別做，等我，」安納瓦克放下對講機，從岸邊轉一個大彎，向海洋駛去。現場全景盡收眼底。藍鯊號和維克絲罕女士號停錨在一群非常分散的座頭鯨中，四處可見水中洩漏行蹤的尾鰭及鯨魚噴氣的雲霧。維克絲罕女士號二十二公尺長的白色船身在日光中閃爍。兩艘漆成大紅色的破舊汽艇，圍靠在藍鯊號旁邊，緊密得像是要進行攻擊。鼓聲愈來愈大，單音調的歌吟加入其中。

就算灰狼覺察到安納瓦克迫近，也沒有表現出來。他在船上站得直挺挺，打他的鼓、唱他的歌。兩男一女的手下站在另一邊跟著幫腔，時而祈願、時而詛咒。他們對準藍鯊號上的人不停拍照，還朝他們丟擲一種亮亮的東西。安納瓦克瞇眼細看，那是魚。不，那只是魚的殘渣。藍鯊號上的人蹲低身子，有些人把魚丟回去。安納瓦克有股衝動，想去撞灰狼的船，看這個大塊頭落水的樣子，但是他只能克制自己。在觀光客面前大打出手，不是一個好主意。

他駛近大聲喊道：「別鬧了，傑克，我們好好兒談一談。」

灰狼不厭其煩繼續敲打，頭也沒有轉一下。安納瓦克望向神經緊繃、惱怒的觀光客臉上。

對講機傳出一個男聲：「哈囉，李奧，見到你真好。」是維克絲罕女士號的船長，船停泊在約一百公尺遠處。甲板上的人倚著欄杆朝被包圍的船看。有些人拿出相機來拍。

「你那邊沒問題吧？」安納瓦克詢問道。

「我們很好。我們要怎麼對付那個混蛋？」

「還不知道，」安納瓦克答道，「我先試試友好的辦法。」

「需要我把他撞成碎片的話，儘管說一聲。」

「回頭再說。」

紅色的海洋防衛隊汽艇開始碰撞藍鯊號，相撞上時，灰狼也跟著搖擺，但鼓聲始終不斷。他帽子上的羽毛在風中顫抖。船後一隻尾鰭浮起，接著又一隻，但此時沒人對鯨魚有興趣。史亭爾滿懷敵意瞪著灰狼。

「喂，李奧、李奧！」有人在藍鯊號上對著安納瓦克揮手，是愛麗西婭．戴拉維。她戴著藍色眼鏡跳上跳下。「這些人是誰？他們在這裡做什麼？」

他大感意外。她幾天前不是才跟他說，那是她在島上最後一天嗎？

他將船轉向灰狼，打橫停好，拍拍手掌。「好了，傑克，謝謝，你們也唱得盡興了。可以告訴我，你到底要什麼？」

灰狼唱得更大聲。一種單音調的起落，音節聽起來很古老，幽怨卻又凶悍。

「傑克，混帳！」

忽然之間安靜下來。大塊頭放下鼓，轉向安納瓦克。「什麼事？」

「轉告你的人，叫他們停止。我們談談。什麼都可以談，但是叫他們先離開。」

灰狼表情猙獰，叫道：「誰都不必離開。」

「這演的是哪一齣？你的目的是什麼？」

「在水族館時本來要告訴你，但你根本不屑聽。」

「我那時沒有時間。」

「我現在沒有時間。」

灰狼的人馬大笑歡呼。安納瓦克控制住自己的脾氣。「我的建議是，傑克，」他盡力克制自己。「這裡的事你就算了。我們今晚在戴維那裡碰頭，告訴我們，你認為我們應該怎麼做。」

「你們該走開，這就是你們該做的事。」

「為什麼？我們到底做錯什麼？」

兩座陰暗的島嶼在船的近處升起，皺皺的、帶著斑點，像風化的岩石。是灰鯨。靠得好近。原本可以拍到很好的照片，卻被灰狼破壞了。

「請你們離開！」灰狼叫道。他注視藍鯊號上的人，懇求地舉起他的手臂。「請離開這裡，不要再打擾大自然。請與自然和諧生活，不要傻盯著她。你們船的引擎污染空氣和海水，海裡的動物會被船的螺旋槳傷害。你們為了拍照追趕牠們；你們的噪音會讓牠們死亡。這裡是鯨魚的世界。請你們離開，這裡沒有人類的生存空間。」

濫情，安納瓦克想。灰狼相信自己說的話嗎？他的手下熱情鼓掌叫好。

「傑克！容我提醒你，我們為了**保育鯨魚**做了多少工作？我們做研究！賞鯨能開拓人們的新視野。你若擾亂我們的工作，等於剝奪動物的利益。」

「你想教我們鯨魚要什麼嗎？」灰狼譏諷，「你會讀腦術嗎？專家！」

「傑克，別再學印第安人裝神弄鬼了！**你——到底要——什麼？**」

灰狼沉默片刻。他的人不再朝藍鯊號對準鏡頭，也不再拋擲魚渣。所有的人都望向他。

「我們要讓世界知道。」他說。

「拜託，你所說的世界在哪裡？」安納瓦克向後大幅揮動手臂。「就這幾個在船上的人！傑克，我們可以好好談論，但是得先要找到群眾。我們彼此交換意見，誰的意見比較不可行，就得認輸。」

「太可笑，」灰狼說，「白人都是這麼說的。」

「幹！」安納瓦克的耐心到了極限。「我還比你更不是白人呢！歐班儂！不要再自欺欺人了。」灰狼彷彿被雷打到般瞪著他，接著臉上漾開一朵大大的笑容。他指著維克絲罕女士號。

「你想，那邊船上的人為什麼這麼努力拍照和錄影？」

「他們在拍你和你那可笑的把戲。」

「好，」灰狼笑道，「很好！」

安納瓦克如被當頭棒喝。在維克絲罕女士號上觀看的人中有媒體記者。灰狼邀請他們來參觀這場鬧劇。這隻豬！他想好應對說法打算開口時，發現灰狼仍然目瞪口呆地伸手指著維克絲罕女士號。安納瓦克隨著他的視線看去，不禁屏住了呼吸。

船正前方一隻座頭鯨從水中彈射而出，龐大的身體躍出水面帶起驚人水波。剎那間，鯨魚看起來像單靠尾鰭支撐站在水面上，只剩尾鰭前端還在水下。魚身直挺在空中，比維克絲罕女士號的跳板還突出。顎下的喉腹褶和肚皮清晰可見。巨型長胸鰭張開如翅膀，耀眼的白色綴飾著黑色條紋及節瘤。彷彿為了展示全身而躍出水面。此起彼落的驚嘆從維克絲罕女士號上發出。

然後巨大的身體慢慢側轉一圈，落入水中時，水花像炸開一般。

甲板上的人紛紛後退。維克絲罕女士號部分消失在一道水沫形成的牆之後。水沫裡出現一道暗色的身影。第二隻鯨魚從水底彈出，離船更近，身體被晶亮霧般的水汽包圍。在船上發出驚恐的叫聲前，安納瓦克已經料到，這次跳躍落點會出差錯。

鯨魚帶來的衝擊力相當大，維克絲罕女士號搖晃得非常厲害。巨大的聲響，水花四濺，鯨魚沉回水底。甲板上的人全趴在地上。船四周水沫漣漪重重。多尾座頭鯨隨後從側面游近。又有兩尾深色的魚射入空中，用牠們全身的重量對付船身。

「報應，」灰狼失去理智地嘶喊，「大自然在報復！」

維克絲罕女士號二十二公尺的船身比任何座頭鯨還長。它擁有運輸局的許可，並且符合加拿大海警船隻載客安全條例。就算遇到暴風雨、數公尺高的怒濤，或偶然間撞上不經心的鯨魚，維克絲罕女士號都有相關安全措施，但無法防禦攻擊。

發動引擎的聲音傳來，飛躍起身的鯨魚重量逼得船身危險傾斜。無法形容的驚慌籠罩在兩處觀景甲板上。下層的窗戶全成碎片，慘叫聲不絕於耳，眾人像無頭蒼蠅般亂鑽。維克絲罕女士號開航，走沒多遠，又一隻鯨魚彈跳出海面，以躍身擊浪的姿勢砰然撞上船側。這次攻擊還是沒有成功將船撞翻，但是船搖晃得更嚴重，而且碎裂物像降雨般落下。

安納瓦克快速思考。船身應該已經裂了好幾處，他必須採取行動。也許他可以分散鯨魚的注意力。

他的手架上油桿。

就在這時，空氣被一聲尖叫劃破。不是從白色船上傳來，而是從他的背後。安納瓦克將船掉頭。

眼前的景象有些超現實。就在海洋防衛隊的汽艇正上方，垂直站著一隻巨大座頭鯨，看起來似乎處在無重力狀態。雄偉的生物，表皮乾硬的吻部直衝雲霄，還一直往上攀登，超越灰狼那群人的頭十餘公尺高。這一瞬間宛如永恆。牠就掛在空中，慢慢翻轉，長長的胸鰭像在對他招手。

安納瓦克打量著龐然大物。他沒見過如此集恐怖及壯觀於一身的東西，沒有這麼近距離看過。所有的人，灰狼、船上的人、他自己都仰著頭等著，看下一步會發生什麼事。

「天啊！」他低語。

像電影裡的慢動作鏡頭，鯨魚漸漸逼近，影子籠罩紅色汽艇，藍鯊號的船首也被收進去，影子愈拉愈長，好像巨人倒地，愈來愈快……

安納瓦克猛地催油門，橡皮艇咻地射出去。灰狼船上的駕駛也迅速開船，但是前進的方向錯誤，破汽艇竟搖搖晃晃往安納瓦克開過來。兩船互相擦撞。安納瓦克往後一傾，看見對方駕駛落水，灰狼跌在甲板上，然後船往反方向飛去。他的船則全速向藍鯊號衝去。

在他眼前，座頭鯨三十噸重的軀體將汽艇埋在身下，帶著船往下沉，還拍打藍鯊號的船首，激起半天高的噴泉。藍鯊號的船尾陡直翹起，穿著紅色救生衣的人被拋向空中。

安納瓦克蹲低身子。他的船快速通過翻覆的藍鯊號，水面下撞上不知道是什麼堅實的東西，彈了過去。一時間他感到天旋地轉，好不容易握到駕駛盤，趕快把船煞住。

一幅無法描述的景象擺在他眼前。海洋防衛隊的汽艇只剩碎片，藍鯊號船底朝天漂浮著。許多人沉浮在水中，拚命打水呼救，有些人沒了聲息。他們的救生衣都充了氣，暫時還不會下沉。安納瓦克心想，有些人遭到鯨魚重擊，恐怕已經遇難。再過去一點，維克絲罕女士號明顯傾斜，四周布滿鯨背和鯨尾。船身忽然被撞擊而搖晃，更加歪斜。

安納瓦克小心將船駛過水上漂浮的軀體，避免傷到人，無線電一邊接上九八頻率，簡短報告他的位置。「發生事故，」他屏息地說，「也許有人死亡，」附近所有船隻應該都會聽到緊急呼救。他時間不多，更沒有時間解釋，到底發生什麼事。起碼有一打人在藍鯊號上，何況還有史亭爾和她的助理。再加上三個防衛隊人士，總共十七個人左右。但是他數了水裡的人，明顯不到這個數目。

「李奧！」是史亭爾！她朝他游來。安納瓦克伸出手拉，她又咳又喘地跌進船裡。不遠處他看見虎鯨背上軍刀似的背鰭。黑色的頭和背浮在水面上，正高速向船難地點游來。

那種目標明確的固執模樣，令安納瓦克很不舒服。

愛麗西婭．戴拉維扶著一個少年的頭，他的救生衣不像其他人充滿氣。安納瓦克將船開近她。史亭爾在他身邊撐著站起來。他們先拉起失去意識的少年，再將戴拉維拉上船。戴拉維上來後即刻甩開安納瓦克的手，倚到船邊，幫助史亭爾繼續把人拉上船來。船很快滿了。它比藍鯊號小很多，已經嚴重超載。安納瓦克駕船繼續搜尋，其他人則奮力抓緊。

「那邊還有一個！」史亭爾叫道。有個人漂在水上，臉朝下動也不動。看身材是名男子，肩膀寬闊。沒有穿救生衣。是灰狼的人馬之一。

「快！」安納瓦克伏在船欄杆上，史亭爾在旁邊，一起抓著男子的上臂往上拉。

很輕。太輕了。

男子的頭向後仰，眼睛已經失焦。安納瓦克看著死者，立刻意識到他為什麼這麼輕。他腰部以下的軀體都不見了，腿和骨盆完全消失。體腔外還連結著肉屑、血管和腸子。

史亭爾嗆了口氣，放開他。死者傾斜一邊，滑出安納瓦克的手，掉回水裡。

他們四周被虎鯨隆起的劍脊包圍。至少十隻，可能更多。猛地一擊，搖晃船身。安納瓦克跳到駕駛座上，加油駛開。前方三條雄健的背脊從浪中拱起，他緊急轉了一個幾乎足以扭斷脖子的大彎。鯨魚潛下水消失。又有兩隻從船的另一邊游近。安納瓦克再轉一個彎。耳邊傳來哭聲，他自己也怕得要命。恐懼像電流般流過全身，他噁心想吐。另一個部分的他卻穩操方向盤，準確地閃躲水面上瘋狂的障礙，穿梭在黑中帶白、伺機阻擋去路的龐大軀體間。

右邊傳來巨響。安納瓦克反射性地轉頭，維克絲罕女士號在水氣中搖晃傾斜。

事後回想，這一眼讓他分了神，命運就此決定。他知道不應該轉頭去看大船，他們本來很有可能脫險。那麼他就看得見灰色帶斑的背脊，看見牠潛出水面，看見牠舉起尾鰭往船行進的方向撲下。

等他看見迅雷般掃下的魚尾時，已經太遲了。

尾鰭在船側給他們重重一擊。通常這樣一擊還無法讓船隻偏離航道。但是他們速度太快，迴轉的彎道又太險，所以撞上浪頭。那一擊剛好落在船進入極端不穩定狀態的時候。船被浪扯得高高的，先是浮在空中，再重重的側邊著水落下，船底朝天翻轉過來。

安納瓦克被離心力甩了出去。他直直飛起，在空中打轉，然後啪地掉進水裡。有好一會兒他筆直下沉，沉進無邊的黑暗，不知方向，不分上下。刺骨的寒冷沁心。他踩著水，掙扎要回到水面上，呼吸一口氣，卻又頭下腳上沉下去。冰冷的水無情地流進他的肺裡。他驚惶失措，更奮力地擺動雙腳，像瘋子一樣划動手臂。

終於回到水面上，喘息，吐水。

水面上不見他的船和船上的人。海岸線上下晃蕩，映入眼簾。他轉身，被一道浪頭托高，終於看見其他人的頭，但大概只有半打。戴拉維在那兒，另一邊是史亭爾，之間探出黑色虎鯨的劍鰭。它們似採摘水果般，悠游在人群中，一下潛，某個人的頭也跟著下潛，不再浮上來。

一個年紀較大的女人發現身邊的男人被拉下水，嚇得尖聲大叫。她拚命划水，眼裡有說不盡的恐懼。

「船在哪裡？」她叫道。

船在哪裡？他們絕對沒辦法游到岸邊。若有船的話，可以提供庇護，翻了的船也行。他們可以爬上船，希望不會再受到攻擊。但是船一直不見蹤跡，那個女人愈叫愈響，無助地喊救命。

安納瓦克朝她游去。她看見他游過來，張開手臂伸向他。「拜託，」她哭道，「救救我。」

「我會幫妳的，」安納瓦克喊道，「請妳冷靜下來。」

「我會沉下去，我要淹死了！」

「妳不會淹死的，」他往前伸長手臂游向她，「沒事的，妳穿著救生衣呢。」

女人好像沒有聽見他的話。「請救救我吧！天啊！別讓我死，我不要死啊！」

「別怕！我……」

她的眼睛忽然睜大。她被拖下水時，只剩下咕嚕咕嚕的叫喊聲。

安納瓦克感覺腿間有什麼東西游移著，無名的恐懼緊緊抓住他。他踢水將身子提高，在海浪間搜尋船在哪兒。船底朝天漂流，落水的人群和可救命的船之間距離不算遠，游幾下就到了——然而三枚黑色的、活生生的魚雷，卻從那個方向朝他們接近。

他整個人癱掉，瞪著虎鯨破浪游來。內心不禁抗議：虎鯨在大自然中從未攻擊過人類啊。牠們對人類的態度是好奇、友善或不在乎，絕對不會攻擊船隻。牠們就是不做這種事。這裡發生的事，太過虛幻。安納瓦克不知所措，雖然聽見聲響，卻沒有馬上反應。隆隆的聲響，愈來愈近、愈來愈大，簡直排山倒海。海濤沖來，他和鯨魚之間忽然射進一個紅色的東西。他被人抓住，從舷欄杆上拖進船裡。

灰狼沒多理會他，開著船駛向其他生還的落水者。他低下身去拉愛麗西婭．戴拉維伸長的手，輕易將她拉出水面，安置在長凳上。安納瓦克也將身體伸出去，抓住一個喘息不已的男子，使勁拖上船。他在水面上找尋其他人？史亭爾在哪兒？

「在那裡。」

她出現在兩道浪中，和一名漂流水中的半昏迷女子一起。虎鯨逐漸包圍翻覆的船，從兩旁迫近。黑色的頭將水道分開。微微張開的吻部裡，象牙色的利齒森然發光。再過幾秒，牠們就會到達史亭爾和那個女人的位置，灰狼毫不遲疑將船對準她們駛去。

安納瓦克試著去搆史亭爾。

「先救這個女的，」她叫道。

灰狼也來幫忙。他們將那女人安全救起。在這當兒，史亭爾試著靠自己的力量爬上船。但她沒有辦到。鯨魚出現在她身後。

突然，似乎只剩她孤單一人。

海面上空蕩荒涼，除了她沒有別的人影。

「李奧？」她伸出手，眼中盡是驚惶。安納瓦克伸長身子，以便抓住她的右臂。

藍綠的水面下，一個大面積的東西以不可思議的速度衝上來。大吻張開，利齒羅列在粉紅色的咽喉前，然後在水中緩緩闔上。史亭爾大叫，用拳頭擊打咬住她的大嘴。

「走開！」她叫，「滾，你這壞東西！」

安納瓦克使勁抓住她的救生衣。史亭爾抬頭看他，眼裡充滿死亡的恐懼。

「蘇珊，另一隻手也給我，」他抓著她，絕不放棄。虎鯨咬住她的身軀，用不可思議的力道拉扯她。她的喉頭迸出哭聲，先是低泣、充滿痛苦，然後尖叫。她停止擊打，只是一直尖叫。接著一股龐大的力量忽地將她扯離安納瓦克的掌握。他看著她的頭沒入水中，然後是手臂，最後是顫抖的手指。虎鯨無情地將她拖入海底。有幾秒的時間她的救生衣還在水下發光，一塊潰散的繽紛，漸漸淡薄、消散，終至不見。

安納瓦克愣愣地瞪著海水。

一個亮亮的東西從深處上升，是一串氣泡。氣泡在水面上破裂成碎沫。

四周的水染上紅色。

「不，」他吶喊。

灰狼抓住他的肩膀，將他拉回來。「沒有人了，」他說，「我們離開吧。」

安納瓦克似乎僵愣住了。快艇怒吼地開航。他踉蹌了一下又恢復平衡。史亭爾救助的那個女子躺在側邊長凳上啜泣，戴拉維聲音顫抖地安慰著。她拉上來的那名男子呆滯地看著前方。不遠處傳來嘈雜的噪音，安納瓦克轉頭看到白色的船被劍脊和拱背包圍。看來維克絲罕女士號根本無法航行，傾斜得愈來愈厲害。

「我們得回去，」他叫道，「他們沒辦法逃生。」

灰狼高速向海岸前進，頭也不回地說：「想都別想。」

安納瓦克走到他身邊，將對講機從機座上拉下，呼叫維克絲罕女士號。話筒裡雜音不絕。維克絲罕女士號的船長沒有接聽。

「我們必須救他們，傑克，回頭……」

「我說，想都別想。用我的船一點機會都沒有。我們如能生還，真是老天保佑。」

可惡的是，這個人說得有理。

「維多利亞灣？」舒馬克對著電話大叫。「他們維多利亞灣的人在做什麼？——什麼叫要問一下？——維多利亞不是有自己的海警隊嗎？格里夸灣乘客落水等待救援、可能有一艘船正在下沉、一名女性滑水者死亡，我們要耐心等？」

他邊聽，邊踱著大步測量辦公室大小，然後突然站住。「什麼叫有空馬上過來？——我不管！那就派別人來。——什麼？——你給我聽好，你……」

聽筒裡回嘴的聲音大到安納瓦克站在離舒馬克幾公尺遠的地方都聽得見。遊客中心內一片混亂，戴維親自坐鎮。他和舒馬克一直在線上，不是下指令，就是不知所措地傾聽。舒馬克愈來愈覺得事情不可思議。他掛上電話，搖了搖頭。

「怎麼了？」安納瓦克走到他身邊，打手勢暗示舒馬克輕聲說。一刻鐘前，灰狼將殘破的船隻開回圖芬諾後，辦公室就塞滿了人。遭受攻擊的消息像走火般，一下子傳遍整個小地方。在戴維氏工作的船長也一個一個到來。目前無線電頻道上已經負荷過重。附近釣魚的人趕往出事現場，原本說的大話——「喂，年輕人，太遜了吧，躲一隻鯨魚！」——到了那兒後也漸漸止息。去援助的人反而被襲擊。攻擊事件似乎一波又一波沿著海岸線不停發生。到處亂成一團，沒有人真正能說明到底發生什麼事。

「海警隊無法派人給我們，」舒馬克唏噓道，「他們正趕去維多利亞和優庫路列，據說有很多船隻遇難。」

「什麼？那邊也有？」

「遇難的人似乎很多。」

「我剛剛接到優庫路列來的消息，」戴維朝他們這邊叫道。他坐在櫃台後往後仰，轉動短波接收的按鈕。「一艘拖網船收到一艘船的求救呼叫，趕去救援，現在卻遭到攻擊——他們打算開溜。」

「攻擊他們的是什麼？」

「訊號收不到了，他們走了。」

「那維克絲罕女士號呢？」

「沒有消息。圖芬諾空軍已經派兩架飛機去了，我剛剛跟他們簡短通過話。」

「然後呢？」舒馬克呼吸都停了，「看見維克絲罕女士號了嗎？」

「他們才剛剛起飛，湯姆。」

「為什麼我們沒有一起去？」

「什麼笨問題，因為……」

「混帳！那些都是我們的船。為什麼我們沒有在那混帳飛機上？」舒馬克瘋了似地走來走去。「維克絲罕女士號情形到底如何？」

「我們只有等待一途。」

「等？我們不能等，我自己去。」

「你自己去？」

「外面不是還停著一艘船嗎？是吧？我們可以乘魔鬼魚號去看一看。」

「你瘋了嗎？」某個船長叫道，「你沒聽見李奧怎麼說的嗎？這是海岸警衛隊的事。」

「但是沒有一個混帳海警能去！」舒馬克大叫。

「也許維克絲罕女士號能靠自己的力量脫險。李奧說……」

「也許！也許！我去！」

「好了！」戴維舉起手，他朝舒馬克警告地看了一眼。「湯姆，除非必要，否則我不想再讓任何人冒生命危險。」

「你的船不會有危險的。」舒馬克帶著攻擊欲乞求。

「先等等看警察說什麼，再決定採取什麼行動。」

「這個決定就已經是個錯誤！」

戴維沒有回答。他轉動接收器按鈕，試著跟水上飛機的機長取得聯絡。在這期間，安納瓦克客氣地將聚集在辦公室的人請到外面去。他輕微頭暈，膝蓋也不時顫抖，也許還處於驚嚇狀態中。只要能躺下來休息，把眼睛閉上一會兒，他願意付出任何代價。可是他可能又會看見史亭爾被虎鯨咬下深水的情景。

因史亭爾犧牲而得救的女子不省人事地躺在入口處的長椅上。安納瓦克無法不恨她。要不是她，史亭爾也能得救。被救起的那個男人坐在一旁輕聲哭泣，似乎失去了原本跟著他在藍鯊號上的女兒。愛麗西婭·戴拉維在照顧他。她自己才從鯨口驚險逃生，卻表現得異常堅強。據報，一架直升機正前來接送生還者到最近的醫院去，但是這種非常時期誰也料不準會發生什麼事。

「喂，李奧！」舒馬克說，「你要一起來嗎？你最清楚我們應該注意些什麼。」

「湯姆，你不能去，」戴維嚴厲地說。

「你們這些笨蛋一個都不能再出航，」一個深沉的聲音說道，「**我去。**」

安納瓦克轉身。灰狼踏進中心，擠過等待的人群，拂開額前的長髮。他將安納瓦克及其他人送達這兒以後，留在船上檢查毀損程度。辦公室一下子安靜下來。所有人全注視這個穿皮衣的長髮大塊頭。

「你在說什麼？」安納瓦克問，「你要去哪裡？」

「到你們的船那兒，接你們的人。我不怕鯨魚，牠們不會傷害我。」

安納瓦克生氣地搖搖頭，「很高貴的情操，真的。但是從現在起，也許你該置身事外。」

「李奧，小鬼，」灰狼齜牙咧嘴。「我要是置身事外，你現在已經死了。別忘了，你們才該置身事外。一開始就該如此。」

「置身什麼事外？」舒馬克吸氣。

灰狼垂眼看著這個中心負責人。「大自然啊，舒馬克。你們要為這次災難負責，你們的船還有那些可惡的照相機。你們的人與我的人員，還有那些被你們說服掏腰包的人之所以死亡，是你們的責任。發生這種事是遲早的問題。」

「你這個渾蛋！」舒馬克高聲說。

戴拉維的視線從低聲飲泣的男子那兒移過來，站了起來。「他不是渾蛋，」她語氣堅定地說，「他救了我們的性命。而且他是對的，若他置身事外的話，我們現在已經死了。」

舒馬克看起來像隨時會撲上灰狼的咽喉。安納瓦克非常明白，大塊頭是大家的再生恩人，尤其是他自己。但是灰狼過去給他們惹過太多麻煩，因此他選擇不語。現場出現了幾秒難堪的沉默。最後中心負責人從平台上轉身下來，闊步走向戴維。

「傑克，」安納瓦克輕聲道，「你現在出航的話，勢必得把人從水裡撈上來。你的船都可以擺在博物館展示了，絕對沒辦法再來一次。」

「你要叫他們死在外面？」

「我沒有意思叫任何人死。就連你，我也不要你死。」

「噢，你還擔心區區在下我，我感動得涕淚縱橫。我也不想要用我的船，它損傷不小。我要開你們的。」

「魔鬼魚號？」

「是。」

安納瓦克翻了翻白眼，「我不能就這麼把船借人，尤其是你。」

「那你就一起去。」

「傑克，我……」

「舒馬克這隻小老鼠也可以跟來。也許我們需要一個餌，尤其是虎鯨終於開始獵食牠們真正的敵人時。」

「你真的神經有問題，傑克。」

灰狼俯身向他。「李奧！」他吼道，「我的人也死在那裡，你相信我能不在乎嗎？」

「你當初根本不必帶他們。」

「現在討論這些沒有意義，不是嗎？現在要緊的是**你們**的人。我沒有必要去外面冒險，李奧。也許你應該多給我一些感謝。」

安納瓦克咒罵出聲。他看了一眼周圍的人。舒馬克在講電話；戴維在講對講機；在場的船長和經理沒有效率地試著說服擠在辦公室的人潮離開。

戴維抬起眼招手叫安納瓦克過去。「你覺得湯姆的建議怎麼樣？」他小聲地問，「我們是真的能幫上忙，還是自殺？」

安納瓦克咬著下唇。「機長說什麼？」

「女士號已經傾覆，船身在海面上斜倒，進水很嚴重。」

「天啊！」

「據報，維多利亞灣的海警現在可以派遣一架大直升機進行撈救。但是我懷疑他們能否及時趕到。他們手忙腳亂，何況新狀況一直出現。」

安納瓦克凝思。一想到要回到剛剛逃生的地獄，他就不寒而慄。但是如果不盡一切可能，援救在維克絲罕女士號上的人，他一輩子不會原諒自己。「灰狼想一起去，」他輕聲道。

「傑克與湯姆在同一艘船上？天啊！我以為我們要解決問題，不是製造問題。」

「灰狼有能力解決問題。他在想什麼，是另一回事，我們需要他。他身體強壯而且無所畏懼。」

戴維陰鬱地點了點頭。「讓他們倆離遠一點，知道嗎？」

「當然！」

「還有，要是一切已經無可挽救，馬上回航。我不需要你們充當好漢。」

「是。」安納瓦克走向舒馬克，等到他說完電話，告訴他戴維的決定。

「要帶這個冒牌印第安人去？」舒馬克憤憤地說，「你瘋了？」

「我想，應該說，是他帶我們。」

「那是我們的船！」

「你和戴維是老闆，但比較能預測會碰到什麼情況的，卻是我。我確定，我們會很慶幸有灰狼在。」

魔鬼魚號的大小和機動設備與藍鯊號相同，速度快、轉動靈活。安納瓦克希望能藉此騙過鯨魚。這些海洋哺乳動物仍占有出其不意的優勢，沒有人知道牠們會在什麼時候、什麼地方出現。

橡皮艇在珊瑚礁上呼嘯而過，安納瓦克飛快地轉著念頭問為什麼。他一向認為自己對動物很了解，現在卻束手無策，找不到合理的解釋。不過，這與巴麗爾皇后號事件的相似處不容忽視。很明顯，那兒的鯨魚也企圖要讓船翻覆。牠們一定被某種東西感染，他想。某種類似狂犬病的疾病。只有這個解釋。

那麼接下來，所有種類的鯨魚全感染了狂犬病？就他記憶所及，座頭鯨和虎鯨——還有灰鯨，都參加了撞擊。愈想他就愈確定，將他船撞翻的不是座頭鯨，而是一頭灰鯨。

難道這些動物吸收太多化學物質而導致行為錯亂？難道海水裡高含量的多氯聯苯和污染嚴重的食物令牠們性情大變？但是，虎鯨中毒的來源是被污染的鮭魚和其他含有毒素的生物。灰鯨和座頭鯨的食物則是浮游生物，牠們的新陳代謝作用和肉食動物不同。中毒導致的狂犬病不會是一切的原因。

水光粼粼。許多次，他懷著即將與巨型海洋哺乳動物邂逅的興奮，行駛在這片水域上。每一回他都非常清楚潛在的危險，卻不會感到害怕。外海上可能毫無預警地升起濃霧；風忽然轉向，掀起怒濤，使船觸礁——一九九八年時，格里夸灣有一位船長和一名觀光客便因此喪生。當然，鯨魚雖然友善，畢竟巨大無比，不可預測。有經驗的賞鯨人都知道，他們面對的自然力量有多大。

不過，畏懼大自然卻荒謬無意義。人一定害怕在家被搶，或在街上被車撞，雖然如此，也沒有避險的辦法。躲開一頭生氣的鯨魚卻很容易，不要侵入牠生活的領域就行了。若執意如此，接受危險發生，是再自然、再原始不過的事。一旦是我們心甘情願接近暴風、巨浪與野生動物，他們便不再可怕。尊敬能克服恐懼，而安納瓦克一直以來始終尊敬大自然。

這次出海，他第一次感到害怕。

水上飛機從急馳的魔鬼魚號頭上飛過。安納瓦克和舒馬克站在駕駛艙裡。雖然灰狼一再聲稱他的駕駛技術比較好，舒馬克還是不願駕駛權旁落，親自駕駛。灰狼蹲在船首偵察水面。左邊是小島上綿延不斷的叢林。海獅懶洋洋躺在大石上，似乎沒什麼事能擾亂牠們的平靜。船毫不減速從牠們旁邊疾駛而過，將岩石和樹林拋在後面，沒多久，寬闊的海洋呈現在他們眼前。一望無際、單調、熟悉，同時又陌生。

對面浪花高高打在受保育的珊瑚礁上。魔鬼魚號砰的一聲停下。短短半小時內，海變得嚴酷。地平線上雲堆捲起。雖然不是暴風雨的前奏，但迅速變天是這一帶常有的事。鋒面可能正在接近。安納瓦克的視線搜尋著維克絲罕女士號。剛開始，他很怕船已經沉了。不遠處一艘遊輪映入眼簾，停在那兒。這個季節常有遊輪經過加拿大西岸開往阿拉斯加。

「他們在這兒做什麼？」舒馬克叫道。

「也許他們收到呼救信號，」安納瓦克拿起雙筒望遠鏡，「西雅圖來的北極號。我知道那船。最近幾年他們已經航行過這兒好幾次。」

「李奧，那邊！」

維克絲罕女士號又渺小又傾斜，在沉浮的浪間幾乎失去蹤影，船體大部分都已隱入水下。眺望台前和船尾的觀景台站滿了人。往上噴的水汽模糊了視線。好幾隻虎鯨圍繞著船的殘骸，似乎在等著船沉下，攻擊乘客。

「天啊！」舒馬克驚嘆道，「我無法相信我的眼睛。」

灰狼回過身打手勢，要船慢下來。舒馬克減速。一座起皺的小山丘在他們正前方從水中升起，另兩座隨後跟進。幾隻鯨魚停在水面幾秒，噴出叢密、V型的水汽，然後完全沒將尾鰭露出水面，便直接下潛。

安納瓦克知道，牠們在水底向他們逼近。他完全可以嗅到威脅性的襲擊。

「現在！走！」灰狼叫道。

舒馬克馬上全速加油。魔鬼魚號船身挺起，射了出去。他們後面，豐滿幽暗的鯨身躍出又落下，沒有受傷。船全速靠近維克絲罕女士號。甲板與眺望台上對他們招手的人清晰可見，呼聲可聞。安納瓦克看見船長也在生還的人群中，鬆了口氣。鯨群改變軌道，下潛。

「我們馬上會被攻擊。」安納瓦克說。

「你說牠們是衝著我們來的？」舒馬克瞪大眼望他。他第一次真正明白，這兒到底發生什麼事。「怎麼做？把船撞翻？」

「這些動物似乎發展出分工合作的辦法。灰鯨和座頭鯨將船打沉，虎鯨攻擊乘客。」

舒馬克臉色蒼白地看著他。

灰狼指著遊輪。「幫手來啦，」他喊。果然，兩艘汽艇離開遊輪往這邊開近。

「跟他們說，若不加速就滾回去，李奧。」灰狼喊道。「這種速度下，很容易被攻擊。」

安納瓦克拿起無線電。「北極號。這裡是魔鬼魚號。你們要有被襲擊的準備。」好幾秒鐘沒有回音。魔鬼魚號幾乎要筆直撞到維克絲罕女士號，船身擊碰浪緣。

「這裡是北極號。會發生什麼事，魔鬼魚號？」

「請小心躍起的鯨魚，這些動物會把船弄翻。」

「鯨魚？你在說什麼？」

「你最好還是回航。」

「我們接到緊急呼救，有一艘船翻了。」

船撞上浪頭，安納瓦克搖晃一下，站穩後繼續喊：「我們沒有時間討論這些。重要的是你必須加速。」

「喂，你開什麼玩笑？我們現在要開向失事的船。結束。」

船首的灰狼打起手勢。「叫他們快走！」他大喊。虎鯨改變了路線，不再朝魔鬼魚號行進，而是游向外海，筆直朝北極號去。

「可惡！」安納瓦克罵道。

那兩艘往此接近的汽艇正前方，跳出一尾座頭鯨，周身一圈水光。有一刻，牠停在空中不動，隨後側翻下水。安納瓦克倒吸一口氣。透過濺起的水花，他看見兩艘船仍完好地駛來。「北極號！叫你的人快回航。馬上。這兒由我們處理。」

舒馬克關掉引擎。魔鬼魚號停在維克絲罕女士號斜斜伸出的眺望台。大約有十來個溼透的男女聚在這兒，驚惶地抓緊著，不讓自己滑下海。大浪打上來，變成泡沫消失。另一小群人在船尾的觀景台上，像猴子一般吊在船欄杆末端，全身被浪打得溼透。

魔鬼魚號發出突突聲，兩邊來回。白綠色的水面下，隱約是船中段的觀景甲板。舒馬克盡可能將船靠近眺望台，直到船緣撞到隆起的橡膠。一個大浪打來，把船托高。他們沿著眺望台從下往上升，好像坐電梯似的。有一段時間，安納瓦克差點碰觸到待援者伸出的手。他看到倉皇害怕的臉，驚恐中混著希望，但魔鬼魚號卻又下降。隨著魔鬼魚號下降，大家失望地叫出聲來。

「很難。」舒馬克從緊閉的牙縫中擠出話。

安納瓦克緊張地打量四周。鯨魚似乎對維克絲罕女士號失去了興趣，群集到外圍的北極號附近，那兩艘汽艇遲疑地閃躲。

動作要快。不能寄望鯨魚永遠保持著距離，何況維克絲罕女士號下沉得更快了。灰狼蹲低身子。一道綠色的、裂開的大浪又將魔鬼魚號托高。眺望台斑駁的顏色閃過安納瓦克眼前。灰狼跳離船，一隻手抓住維克絲罕女士號的繩梯。水淹上他的胸膛，浪捲過頭。等浪退開後，他整個人吊在空中，變成待援者和救生船間的活橋梁。另一隻空的手往上高舉。

「到我肩上來，」他喊道，「一個一個來。抓緊我，等船升上來，跳！」

船上的人遲疑不定。灰狼重複他的指示。終於有個女人抓住他的臂，緩緩溜下來。下一分鐘她讓大塊頭背著，緊緊抱住他的肩膀。船升高。安納瓦克抓到那女人的手，將她扯過來。「下一個！」

救援行動速度終於增快。船上的人一個個抓住灰狼寬闊的肩膀，雙手交替向前登上魔鬼魚號。安納瓦克自問，這個半印第安人還有多少力氣，還能吊在繩梯上多久？他負擔自己和肩上人的重量，只有一隻手當著力點，何況水不時淹過來擺盪著他？眺望台發出可憐的呻吟。維克絲罕女士號上的東西一變形，船裡便不斷傳來悲嘆聲。釘子砰砰地迸開。忽然一聲巨響，眺望台受到一擊，灰狼重重撞上船板。

這時下沉的船上還剩船長一人，撞擊讓他失去支撐點，從灰狼身邊滑掉。殘船的另一邊，一尾灰鯨的頭從浪潮中浮起。灰狼放開繩梯，也跟著跳下水。船長在離他不遠的地方掙扎浮出水面，吃力游向魔鬼魚號。船上的人全都伸出手幫忙將他拖上船。灰狼也伸手想抓船緣卻滑掉，反被浪頭捲離。

他身後幾公尺處，水面射出拱形的劍脊。

「傑克！」安納瓦克勉力擠過人潮，奔向船尾，在白浪中搜尋。灰狼從潮水中伸出頭，吐了幾口水，然後下潛，貼近水面，往魔鬼魚號游。虎鯨的劍脊改變方向朝他跟來。灰狼肌肉盤糾的手臂伸得長長的，抓住船身的橡皮。虎鯨圓滾發亮的頭顱伸出水面。他撐起身子，安納瓦克抱住他，集眾人的力量，終於將兩公尺高的巨人拉扯上船。那把劍轉了半圈，往相反方向游去。灰狼不停地詛咒，拒絕幫忙的手，將覆臉的長髮甩到身後。

虎鯨為什麼不攻擊他？安納瓦克想。

我不怕鯨魚。牠們不會對我怎麼樣。

這種鬼話難道有什麼玄機？

他忽然省悟，沉在水中的甲板水深不夠，所以虎鯨無法攻擊灰狼，除非牠們向牠們的南美近親學習如何獵殺淺水處的獵物。魔鬼魚號周圍就是不會被虎鯨攻擊的安全地帶。

維克絲罕女士號完全沉沒之前，他們還剩一點救命時間，必須好好利用。

忽然揚起集體尖叫聲。一尾宏偉的灰鯨打壞一艘從北極號往這邊駛近的汽艇，船的殘塊在水中漂浮。另一汽艇發動引擎，轉身逃逸。安納瓦克瞪著鯨魚將船打沉的地方，驚駭地發現多尾灰色座頭鯨正從那兒往魔鬼魚號移動。又輪到我們了，他想。

舒馬克像癱瘓了似的，眼睛瞪得快掉出眼眶。

「湯姆！」安納瓦克叫道。「我們必須將船尾的人接過來。」

「舒馬克！」灰狼齜牙說道。「怎麼了？嚇破膽了？」

舒馬克手發顫地握住方向盤，努力將魔鬼魚號駛近觀景台。一道浪打來，將船捲離，又忽然將它送近平台，船頭重重撞上待援者緊抓著的欄杆，從維克絲罕女士號深處發出碎裂聲。安納瓦克眼睜睜看著船身繼續裂開、設備解體。舒馬克氣喘吁吁，無法將船停靠在欄杆下，讓待援者可以跳過來。

灰色丘群迎面衝撞維克絲罕女士號。殘破的船再次遭到可怕的攻擊。一個女人抓不穩欄杆，尖叫地掉下水。「舒馬克，你這個無能的笨蛋！」灰狼叫道。

船上好幾個人趕過去將那個掙扎的女人拉進船裡。安納瓦克自問，這艘傷殘的觀光船在新一波攻擊之下還能撐多久？維克絲罕女士號下沉的速度明顯加快。我們辦不到，他絕望地想。

就在這時，不可思議的事發生了。

船的兩側，從浪中浮起兩座雄偉的背脊。安納瓦克馬上認出其中一座。一列沒有長齊的十字型白色瘡疤沿著脊椎分布，那是年輕時受傷的痕跡。他們叫這尾灰鯨「疤背」。疤背比同種鯨魚平均年齡還大得多。另一座鯨背並沒有任何可供辨認的標誌。兩隻鯨魚平靜地躺在水中，隨浪潮浮沉。嗤的一聲，一尾先噴出水柱，另一尾隨後跟進。細小的水珠飄過來。

這兩頭鯨的出現，還沒有座頭鯨的反應那麼奇怪。那些鯨魚忽然下潛，背脊再出現海面時，已經有一段距離了。取而代之的是虎鯨來圍船，不過卻小心翼翼地保持距離。

不知道為什麼，他覺得不需要害怕兩頭新出現的鯨魚。牠們趕走了攻擊者。和平會維持多久，誰也不知道，但是出乎意料的轉機，給了他們一個喘息的機會。連舒馬克也鎮靜下來。這次他目標準確地將船停靠在欄杆下。安納瓦克看見一道巨浪捲來，他做好準備。如果這次再不成功，他們就輸了。

船身被浪頭抬高。

「跳！」他大喊，「現在！」

浪捲過來，退回去。一些人成功地跳過來。他們跌成一團，慘叫聲不絕於耳。只要有人掉到水裡，馬上就被船上的人拉扯上來，直到全部到齊為止。

不，並非所有人都跳過來了。欄杆那邊還蹲著一個男孩小小的身影。他在哭泣，雙手緊緊抓著欄杆。

走為上策。

「跳啊！」安納瓦克大聲叫，他張開手臂，「別怕！」

灰狼站到他身邊，「下一道浪來時，我去接他。」

安納瓦克往後看。一道波濤形成的山峰正往這邊捲來。「我想，」他說，「你不用等太久。」

水下深處又隆隆傳來充滿毀滅的聲響，兩頭鯨魚緩緩沉回水底。船進水愈來愈嚴重。水聲咕嚕，海面充滿泡沫，眺望台陡地跟著漩渦消失，船尾高高翹起。維克絲罕女士號的船首開始下沉了。

「靠近一點！」灰狼大喊。

舒馬克總算完成灰狼的指示。魔鬼魚號船頭擦上逐漸淹沒的甲板，男孩緊緊抱住欄杆，大聲哭泣。灰狼跌跌撞撞擠到船尾。那時，巨浪又將船抬高。泡沫形成的簾幕席捲過欄杆。灰狼俯身出去抱住男孩。魔鬼魚號搖晃不停，他失去平衡跌入一排排的座位中，但是抱著男孩的手絲毫沒有放鬆。他手臂高舉，像樹幹一樣，巨掌緊抓著男孩的腰。

安納瓦克屏息看著。前一秒男孩還緊抱著的欄杆，現在風捲雲殘陷入水中。維克絲罕女士號消失在深淵下，他們的船也被捲入漩渦中。他感到胃部痙攣，好像坐在雲霄飛車上。

舒馬克油門加到底。太平洋送來規律舒緩的浪。雖然魔鬼魚號上滿載著人，如果船長小心駕駛，那浪也不會造成危險。舒馬克恢復了往常的駕駛技術，眼裡驚惶不再。他們起落在浪間，無礙地轉向海岸前進。

安納瓦克回首看北極號。第二艘汽艇已不見蹤影。白浪間，一條尾鰭正往下潛，那座頭鯨的尾鰭彷彿嘲諷似地向他道別。他以後再也無法觀看一條尾鰭、而不想起恐怖的畫面了。

無線電線路忙得不得了。幾分鐘後他們經過一列小島，與外海之間隔著珊瑚礁。

魔鬼魚號載著滿船劫後餘生的受難者在港口靠岸時，戴維安慰自己，至少他沒有連魔鬼魚號也丟了。他們發表失蹤名單，一些人不支倒地。接著，像先前一下子人滿為患一樣，戴維氏賞鯨站很快人去樓空。受難者大都失溫過多，讓親友送到附近的醫院。還有人傷勢嚴重，但是什麼時候能有直升機把傷患送去維多利亞灣的醫院，仍是未知數。無線電不斷傳來失事的消息。

戴維承受了很多難堪的提問、責難、懷疑。史亭爾的男友洛迪．沃克也出現，到處大呼小叫，揚言要告他們。沒有人想認真了解事情真正發生的原因。

讓人驚異的是，也沒人能接受最直接的解釋：鯨魚毫無預警攻擊了船隻。

鯨魚是不會做這種事的。鯨魚非常溫馴，是大好人。一般大眾一知半解的膚淺此時占了上風，圖芬諾的遊客紛紛指責賞鯨嚮導，彷彿乘坐藍鯊號和維克絲罕女士號的遊客遇難是他們的錯：因為這些白痴使用老舊的船隻，令遊客冒不必要的險。維克絲罕女士號是有些船齡了，但並不減損她的性能。

可此時此刻根本沒人聽得進去。

船上的工作人員和大部分乘客都安全歸來，仍有許多人向舒馬克和安納瓦克道謝，但灰狼才是真正的英雄。他分身各處，安慰傾聽，指揮大家分批上救護車，還自願跟去。他扮演好人的姿態令安納瓦克倒盡胃口：一個兩公尺高的德蕾莎修女突變種。

安納瓦克暗暗咒罵。他必須處理很多事情，感覺到情況失去控制。

灰狼是冒生命危險救了人，大家是應該感謝他，甚至下跪也不為過。安納瓦克卻完全沒有心情。他覺得這種突如其來的無私奉獻太過突兀。灰狼對維克絲罕女士號乘客的援助，其實不像表面那樣出自對人的熱心。對他而言，今天可說是成功的一天。人們現在不但相信、而且信任他。當初他預言賞鯨觀光將有不好的下場，卻不被當真，現在逮到機會了：看吧！他之前不是一再警告？目前將有多少人願意為灰狼的清楚預言挺身作證呢？

灰狼自己也沒料想能找到這麼有利的舞台吧！

安納瓦克怒氣攻心，走進空空蕩蕩的辦公室。一定得找出鯨魚異常的原因！他的思緒轉到巴麗爾皇后號。羅伯茲原要將報告傳給他。他現在比任何時候迫切需要那份報告。他抓起電話撥了查號台，打給海運公司。

羅伯茲的祕書回答老闆正在開會，不希望被任何人打擾。安納瓦克交代了他在巴麗爾皇后號事件調查扮演的角色，並且暗示她事情緊急的程度。這女人堅持羅伯茲的會議更重要。是，幾個小時前發生的災難她聽說了，真可怕。她同情地問候安納瓦克，像個母親一樣，但就是不接通羅伯茲。她問能替他轉告什麼？

安納瓦克遲疑了。羅伯茲答應私下給他報告，他不想讓羅伯茲惹上麻煩。也許不要讓她知道這個約定比較好。然後他忽然想起一件事。「與一種貝類有關，就是長在巴麗爾皇后號船首的貝類。」他說，「貝類，還有一些其他的有機物，我們已經送一些去納奈莫的實驗室檢驗，他們需要補給。」

「補給？」

「需要多一些樣本。我猜，在這期間巴麗爾皇后號一定從裡到外徹底檢查過了。」

「是，當然。」她說話含著奇怪的語氣。

「船目前在哪裡？」

「船塢。」她停頓了一下，「我會轉告羅伯茲先生你的事情很緊急。我們該把樣本送到哪裡？」

「送到研究中心給蘇．奧利維拉博士。謝謝，妳人真好。」

「羅伯茲先生一有空，會馬上跟你聯絡。」對方掛電話，很明顯在敷衍。這意謂著什麼？

他的膝蓋忽然顫抖，之前幾小時的經歷讓沮喪的疲累有機可趁。他倚著櫃台閉上眼睛稍事休息。再睜開眼睛時，愛麗西婭．戴拉維就站在他眼前。

「妳在這兒幹什麼？」他很不高興。

她聳聳肩。「我很好，不需要就醫。」

「胡說，妳得去看醫生。妳掉進了水裡，水非常冷。快到醫院去，免得他們把妳膀胱發炎的原因也算到我們頭上來。」

「喂！」她生氣地看著他，「惹你的人不是我，好嗎？」

安納瓦克撐起身子離開櫃台，背對著她走向後面的窗戶。外邊碼頭上停著魔鬼魚號，好像什麼事都沒發生過。天空飄起小雨。「妳先前說在溫哥華島最後一天是什麼意思？」他問道，「要不是看妳哭得可憐，我根本不會帶妳。」

「我……」她為之語結，「哎呀，我只是很想去嘛。生氣了？」

安納瓦克轉過身，「我討厭被騙。」

「抱歉。」

「不，妳不用抱歉，無所謂。妳為什麼不快離開，讓我們處理事情？」他噘嘴嘲弄地笑道，「跟著灰狼去吧，他會緊緊牽好你們的手。」

「天！李奧！」她走近，他退後，「我只是想跟著出一次海。我很抱歉騙了你，好嗎？我在這兒還會待上幾個星期。而且我不是芝加哥來的，而是卑詩省大學生物系的學生。這有什麼？我以為，你之後會覺得這個謊還挺有趣的……」

「有趣？」安納瓦克叫道，「妳腦筋有問題嗎？被人當猴子耍，哪裡有趣？」

他覺得自己失去控制。雖然她沒有錯，他卻無法不對她吼叫。她沒有惹他，一點兒都沒有。

戴拉維往後縮。「李奧……」

「麗西婭，為什麼妳不讓我安靜一下？走開。」

他等著她離開，但是她不走，仍站在他面前。安納瓦克覺得昏昏沉沉的，所有的東西都在眼前轉。有一刻鐘，他以為會支撐不住。但一會兒後忽然視線又清楚了，而且發現，戴拉維正遞一個什麼東西過來。

「這是什麼？」他低吼。

「錄影機。」

「我有眼睛。」

「拿去。」

他伸手接過錄影機。這是具有防水護鏡功能的新力牌掌上型錄影機，價值不菲。觀光客或是學者如果知道錄影機有進水的危險，就會使用這種護鏡。「然後呢？」

戴拉維攤開雙手。「我以為你們想知道為什麼會發生這種事情。」

「我不知道這跟妳有什麼關係？」

「請你不要再把氣出在我身上！」她的脾氣也上來，「我剛才幾乎死在外面，離現在還不到幾個鐘頭。

我可以他媽的坐在醫院裡哭泣，但是我卻在這兒想幫上忙。你們到底想不想知道？」

安納瓦克吸一口氣，「好吧！」

「你看見是哪隻鯨魚攻擊維克絲罕女士號嗎？」

「有，灰鯨和座頭……」

「不是，」戴拉維不耐煩地搖頭，「不是哪一種，是哪一隻！你能夠指認嗎？」

「事情發生得太快了。」

她微笑。不是什麼高興的笑，卻至少是個微笑。「我們從水裡拉起來的那個女子，當時跟我一起坐在藍鯊號上。她驚嚇過度，精神呆滯。不過，如果我決心得到什麼，絕對咬定不放……」

「那還用說！」

「……我看見她脖子上掛著這個錄影機。固定得很好，所以她落水時，錄影機沒有掉到海裡去。總之，你們再次出海以後，我和她談了一會兒。事情發生前那段時間她都在錄影！灰狼來挑釁叫囂時也一樣。她對他印象深刻，所以沒有中斷拍攝，當然是拍他。」她休息片刻，「我沒記錯的話，從我們的角度看出去，維克絲罕女士號在灰狼的後面。」

安納瓦克點點頭，他忽然領悟她想說什麼。「她拍下了攻擊過程，」他說道。

「而且她拍的是**鯨魚**，**攻擊船隻的鯨魚**。我不知道你辨認鯨魚的**本事**如何。不過，你生活在這裡，認識這裡的鯨魚，而且錄影機是很耐操的。」

「我想，妳故意忘了問她能否留下這台錄影機？」安納瓦克猜測。

她下巴抬高，挑釁地看著他，「那又怎麼樣？」

他轉動手裡的錄影機，「好，我看看。」

「**我們**看看，」戴拉維說，「我要參與整個過程。不准問我為什麼，這是我應得的，好嗎？」

安納瓦克瞪著她。

「還有，」她補充，「你從現在開始要對我好一點。」

他慢慢放鬆緊繃的手臂，噘著嘴觀看錄影機。他必須承認，戴拉維這點子是他們截至目前最好的線索。

「我盡量，」他低聲道。

4/12

挪威，特倫汗

約翰遜正在整理要帶去湖邊的行李時，邀約就來了。他從基爾回來以後，告訴了蒂娜．倫德在深海模擬器裡做的實驗。那次會談相當匆促。倫德手邊有不同的計畫要做，剩下的時間用來和卡爾．史維特普共度。約翰遜感覺到她似乎沒有認真在聽，好像有什麼心事，跟工作無關的心事。但是他識趣地沒問下去。

幾天後波爾曼打電話來告訴他最新情況，他們在基爾仍繼續進行實驗。約翰遜整理好行李後，決定打完一通電話就走，行程卻因此延誤。他打給倫德想通知她剛剛得到的新消息，但是她根本不讓他有機會開口。這次她心情似乎愉快一些。「你不能盡快到我們這邊來一趟嗎？」她建議道。

「到哪兒？遜侯特嗎？」

「不是，到國家石油研究中心去。我們有從斯塔萬格來的、管理階層級的訪客。」

「我去做什麼？跟他們講那個恐怖故事嗎？」

「我已經介紹過了。他們現在非常渴望知道細節。我建議他們，最好由你來介紹。」

「為什麼是我？」

「為什麼不是？」

「你們不是有一大疊評估報告嗎？」約翰遜說，「我也只能告訴你們別人整理出來的結論。」

「你會的更多，」倫德說，「你會……表達你的感覺。」

約翰遜一時無話可說。

「他們知道你不是鑽油專家，更不是真正的蟲類學家，」她急忙說道，「但是你在挪威科技大學的聲譽卓著。你的角色中立，不像我們一樣主觀。我們下判斷的角度跟你就是不一樣。」

「妳應該說，你們下評斷的角度只從可行性出發。」

「不只！但問題在於，一大堆人在國家石油裡工作，各有各的專精，而且……」

「專業白痴罷了。」

「才不是！」她聽來像是生氣了，「專業白痴在這行是混不下去的。這裡只是當局者迷，每個人都像把頭伸進水裡……老天，我要怎麼解釋……總之，我們很需要外來的意見。」

「你們的專業我不大懂。」

「當然沒有人會強迫你，」倫德的口氣漸漸失去耐性，「你也可以就這樣算了。」

約翰遜轉了轉眼珠。「好吧，我沒打算讓妳失望。基爾那邊的確有些新消息，而且……」

「這麼說你是答應了嗎？」

「嗯，我以上帝的名字發誓。會議什麼時候舉行？」

「不久將有很多會議。事實上，我們將時時黏在一起。」

「很好，今天星期五。周末我不在，星期一可以……」

「那……」她吞吞吐吐，「事實上……」

「怎麼樣呢？」約翰遜拉長聲音，有股不好的預感。

她頓了幾秒。「你周末究竟打算做什麼？」她用閒聊的語氣問道，「你要去湖邊嗎？」

「很聰明。妳要一道去嗎？」

她笑答，「為什麼不？」

「哦喔！卡爾會怎麼說呢？」

「他會怎麼說關我屁事？」她沉默了一秒，「啊，真煩！」

「真希望妳什麼事都處理得像妳的工作那麼好。」約翰遜的聲音放輕到他不確定她是否有聽見。

「西谷，拜託！你不能延期嗎？我們兩小時後要開會，我想……這兒離你那兒也不遠，而且也不會花很久時間。你很快就可以走了。你可以今天晚上出發。」

「我……」

「我們必須讓事情按照進度表進行。何況你也知道這些花費驚人，而現在已經出現第一個延誤，只是因為……」

「好啦，我去就是！」

「你真是好人。」

「我去接妳嗎？」

「不用了，我會自己過去。哦，我真高興。謝謝！你人真好。」她掛上電話。

約翰遜感到可惜地望著他整理好的行李。

他走進國家石油研究中心的大會議室時，緊張的氣氛幾乎伸手就能摸到。在三個男人的陪同下，倫德坐在一張打磨得晶亮的黑色寬桌前。午後照進來的陽光，給玻璃、金屬及深色調材質的室內裝潢帶來一絲溫暖。牆上規則地貼著放大拷貝的圖表與技術藍圖。

「他到了。」接待處的小姐把約翰遜像聖誕包裹似地帶進來。其中一位頭髮黑而短，戴著時下流行眼鏡的男士站起身，伸出手迎向他。

「托爾．威斯登達，國家石油研究中心副所長。」他介紹自己，「不好意思，讓你在這麼短的時間內趕過來。但是倫德小姐向我們保證，你並沒有其他計畫。」

約翰遜意有所指地看了倫德一眼，伸手去握托爾的手。「我確實是沒事。」他說。

倫德暗笑。她一一介紹在場的人。如同約翰遜所預期，有一位特地從斯塔萬格趕來，紅髮、矮胖，臉上戴著一副淺色具親和力的眼鏡。他是經理部門的代表，同時也是執行委員會的成員。

「芬恩・斯考根。」握手時他低沉地說。

第三位是個眼神凌厲的光頭，嘴角法令紋很深。在場唯有他打領帶，顯然是倫德的直屬上司。名字是克里佛・史東，蘇格蘭人，新探索計畫的主持人。史東對約翰遜冷冷地點個頭，他似乎對生物學者參與計畫不怎麼高興。不過，也可能是長相給人的印象。沒有跡象顯示他曾經笑過。

約翰遜聽著客套話，拒絕了咖啡，然後坐下。

威斯登達從身邊抽出一大疊紙。「我們馬上進入主題吧。情況大家都知道，我們無法判定究竟是陷進了泥淖，還是反應過度。你也許知道，一些法令想盡辦法要對付石油公司。」

「北海公約。」約翰遜隨口說道。

威斯登達點頭。「除此之外，我們還得遵守一長串的限制，污染防治法、技術可行性，當然，還有那些不成熟的公眾意見。簡短地說，我們得面面俱到。綠色和平組織與各式團體把我們的脖子掐得死死的，但那不構成問題。我們深知鑽油的風險，了解探礦會碰到什麼情況，懂得計算適當的時機。」

「意思是，我們可以自己來。」史東說。

「通常是如此，」威斯登達補充道，「當然，並不是每個計畫都得以實施，原因很多，例子隨處可見。沉積物狀態不穩定，我們就要冒著誤挖天然氣穴的風險；或者機械結構並不適合水深和水流阻力，諸如此類。基本上我們很快就能知道，什麼可行，什麼不可行。蒂娜在馬林帖克海科所測試設備，我們分析和採集樣本，到水底下探勘一番，接著鑑定書下來，就可以動工。」

約翰遜往後靠，雙腿交疊。「但是這次有蟲在裡面，」他說。

威斯登達笑容有些僵硬，「是啊。」

「如果這些小東西有影響的話，」史東說，「就我看是沒有。」

「你如何能確定？」

「因為有蟲不是新鮮事，蟲到處都有。」

「不是這種蟲。」

「為什麼不是？因為牠們啃水合物嗎？」他對約翰遜點燃戰火，「你在基爾的朋友說，這不是什麼值得擔心的事，不是嗎？」

「他們不是這麼說的，他們說……」

「他們說蟲不會使冰層不穩定。」

「這些蟲吃冰。」

「但是牠們不會破壞冰層的穩定！」

斯考根清清喉嚨，聽起來像火山爆發。「我想，我們邀請約翰遜先生到這兒來，是要聽聽他的評斷。」他邊說邊瞥了史東一眼，「而不是告訴他我們的意見。」

史東咬咬下唇，瞪著桌面。

「要是我沒有誤解西谷的話，還有新的結果出來。」倫德對周圍的人笑著說。

約翰遜點點頭，「我可以簡短說明一下。」

「可惡的蟲！」史東喃喃罵道。

「說得對。吉奧馬研究中心又放了六條蟲到冰上。每一隻都頭朝前鑽了進去；又將兩隻放到不含水合物的冰層上，牠們動都不動，既不吃也不鑽；另外再放兩隻到雖然不含水合物卻有天然氣的冰層上，牠們不往裡頭鑽，但是卻顯得很不安。」

「鑽進冰裡的蟲怎麼樣了？」

「死了。」

「牠們能鑽多深？」

「除了一隻例外，其他全都鑽到了天然氣穴。」約翰遜看著史東，對方也皺著眉打量他。「不過，這只是對牠們在大自然裡行為的有限推斷。大陸邊坡位於天然氣層上的水合物有幾十甚至幾百公尺厚。我們模擬的冰層只有兩公尺。波爾曼猜想，沒有一隻蟲能深入三到四公尺以上。然而在現有的條件下，那很難檢測。」

「蟲的死因究竟是什麼？」威斯登達問道。

「牠們需要氧氣，在那種狹窄的洞裡很難有足夠的氧。」

「但是其他種類的蟲也會鑽洞，」斯考根插話，還補上一個微笑說：「你察覺到了，我們也做了一點功課，才不會無知地坐在你面前。」

約翰遜回他一個微笑。斯考根很對他的胃口。「那些蟲鑽的是沉積物，」他說，「沉積物是鬆的，裡面有足夠的氧氣。而且沒有蟲會鑽那麼深。相對地，蟲碰上甲烷水合物就像你撞上水泥，早晚會窒息。」

「了解。你還知道其他生物有這種習性嗎？」

「自殺行為？」

「這是自殺嗎？」

約翰遜聳聳肩。「自殺必須有目的。蟲不會有目的，只是被自己的習性制約。」

「居然有動物會自殺？」

「當然，」史東說，「笨旅鼠就自己跳進海裡。」

「牠們不會這麼做。」倫德說。

「牠們就是這麼做！」

倫德按住他的手。「你別把蘋果跟橘子比較，克里佛。很長一段時間之所以認為旅鼠會集體自殺，是因為這種說法聽起來很時髦。再進一步觀察後發現，這純粹只是旅鼠的愚蠢。」

「愚蠢？」史東看著約翰遜，「約翰遜博士，您認為，說一種動物愚蠢，是一般學術上的解釋嗎？」

「牠們愚蠢，」倫德不為所動地繼續說，「一大群聚在一起時，會做出像人類一樣愚蠢的行為。前面的旅鼠明明看見有危岩，後面還是不斷向前擠，跟演唱會上沒有兩樣。牠們不斷推擠落海，直到騷動停止。」

威斯登達說，「也有動物懂得犧牲自己，無私嘛！」

「是。不過無私一定帶有某種意義。」約翰遜答道，「蜜蜂很清楚自己刺了人以後就會死，但這一刺是為了保護族群、保護蜂后。」

「找不出這種蟲的行為有任何叫得出名堂的意義嗎？」

「找不出。」

「生物課不會有幫助。」史東嘆道，「天啊！你們把這種蟲看成怪獸，而因為這樣，我們就不能在海裡設廠。實在可笑！」

「還有，」約翰遜不看計畫主持人，說道，「吉奧馬研究中心想在開發區內研究這個專題。當然，與國家石油合作。」

「有意思，」斯考根弓身道，「他們要派人過來嗎？」

「一艘研究船，太陽號。」

「太客氣了，他們可以使用托瓦森號。」

「反正他們計畫要出航考察。此外，太陽號的科技設備也比托瓦森號先進。他們主要想實地比對深海模擬器中做的測試結果。」

「哪些測試？」

「提高的甲烷密度。由於蟲鑽動，天然氣被釋放到水裡。而且還要挖掘幾公擔重的含蟲水合物。他們想在大的生態環境中進行觀察。」

斯考根點頭，手指交握。「到目前為止我們只談了蟲的問題，」他說，「你看過那段可疑的影片？」

「在海裡的那個東西？」

斯考根勉強笑了一下。「那個東西？坦白說，這種說法聽起來太像恐怖片。你認為如何？」

「我不知道是否該把蟲和那種……生物放在一起談。」

「你認為那是什麼？」

「沒有概念。」

「你是生物學者，腦中沒有自動跳出任何答案嗎？」

「生物光，蒂娜檢視資料後這麼推斷，所以體積較大的生物都被排除，尤其哺乳動物。」

「倫德小姐提過一個可能性，深海大王烏賊。」

「是，我們討論過。」約翰遜說，「但是不可能。不管是體型大小或結構，都說不通。再者，我們揣測，大王烏賊在別的地區出沒。」

「那麼會是什麼？」

「我不知道。」

沉默如漣漪般擴大。史東不安地玩弄一支原子筆。

「我可以請問，」約翰遜語氣謹慎地問，「你計畫蓋哪一類工廠嗎？」

斯考根看一眼倫德，她聳聳肩。

「我跟西谷提過，我們目前想做一個水底設備，但還不是很確定。」

「你了解這種設備嗎？」斯考根轉向約翰遜。

「我熟SUBSIS，」約翰遜說，「最近的事。」

威斯登達抬起眉毛，「那你已經懂很多，快成專家了，約翰遜博士。你再和我們開一、兩次會的話……」

「SUBSIS只是準備階段，」史東吹噓，「我們的規模更大，而且下潛更深，安全設施也絕不出錯。」

「新系統出自挪威孔斯堡的FMC科技，是一家專精深海問題的技術研發公司，」斯考根解釋道，「從SUBSIS發展而來的。毫無疑問的，我們希望裝設新系統。然而猶豫的是，油管該接到現有的平台，或者直接拉到陸地？畢竟還是有極大的距離和深度等問題必須克服。」

「沒有第三種可能性嗎？」約翰遜問道，「在海底工廠的海面上直接停泊一艘生產船？」

「不管怎麼做，油井還是得蓋在海床上。」威斯登達說。

「之前說過，我們知道要避免風險，」斯考根繼續說道，「如果已經確定是風險的話。因為蟲增加了很多無法確認也無法解釋的因素。也許就像克里佛所說的，如果只因為一個不知如何歸類的新物種，或不明生物從鏡頭前游過，而必須延遲進度，的確太誇張。但是沒有把握以前，我們就應該盡力掌握情況——約翰遜先生，我們不是要你幫忙做決定，不過，若換成是你，你會怎麼做？」

約翰遜覺得不舒服。史東懷著毫不掩飾的敵意瞪著他；威斯登達和斯考根顯出很有興趣的樣子；而倫德的臉上看不出絲毫激動。我們之前該先講好，他想。

但是倫德之前並沒有逼迫他表態。也許她覺得這樣比較好，也許她希望他推翻計畫。也許不是。

約翰遜將手放到面前的桌上，「基本上這個油井我會蓋。」他說。

斯考根和倫德驚訝地望著他；威斯登達皺起眉頭；史東則帶著勝利的表情躺進椅子裡。

約翰遜停頓一陣後，繼續補充，「我會蓋，但是得等到吉奧馬後續的檢測完成，綠燈亮了以後才蓋。影片裡的生物，恐怕無法有結論。可能是另一種版本的尼斯湖水怪吧！我也不確定它是否值得擔心。重要的是，這些陌生的、吃水合物的物種一旦增多，對大陸邊坡的穩定性和開挖會有什麼影響。只要這點仍未明朗，我建議，還是先暫緩計畫。」

史東緊緊抿住嘴唇；倫德微笑；斯考根和威斯登達交換一眼。然後斯考根直視約翰遜，點點頭。「謝謝你，約翰遜博士，謝謝你撥空跟我們討論。」

那天傍晚，當他將行李裝上吉普車，最後一次巡視屋內時，門鈴響了。

外面站著倫德。下雨了，她的頭髮貼在頭上。「做得好，」她說。

「是嗎？」約翰遜退到一旁，讓她進屋。她拂過額上溼掉的頭髮，對他點頭。

「其實斯考根早有決定，他只是需要你的認同。」

「我算哪根蔥呀，能給國家石油出意見？」

「我告訴過你，你聲譽卓越啊。但是，對斯考根而言沒有這麼簡單。他必須負起責任，而為國家石油工作、或是與財團有關的人，多少牽扯些利益關係。他要一個手上沒有任何牌的人。而你是蟲先生，想也知道，你對蓋不蓋工廠沒有興趣。」

「斯考根凍結計畫了？」

「直到吉奧馬研究中心的報告下來。」

「真是不得了！」

「對了，他挺喜歡你的。」

「我也覺得他不錯。」

「是啊，國家石油該慶幸管理階層有這麼一個人。」她站在玄關，兩手懸著。她這種總是忙個不停，有很多目標待完成的人，現在看起來竟反常地猶豫不決。她的眼光巡視室內。「你的行李呢？」

「幹嘛？」

「你不是要去湖邊嗎？」

「行李已經在車上了。算妳幸運，我正要離開。」他打量她，「在我遁入孤獨以前，還能為妳做什麼嗎？不過，我一定要去，不會再有任何推遲。」

「我不想耽誤你，只想告訴你斯考根的決定，而且……」

「妳對我真好。」

「而且我想問你，你的邀約還算數嗎？」

「什麼邀約？」雖然他已經想到她說的是什麼。

「你建議我跟你一起去。」

約翰遜倚著衣帽櫃旁的牆，他感覺到局勢開始變得微妙起來了。「卡爾會怎麼說？」

她沒好氣地搖頭說，「我不需要任何人的批准，如果你指的是這個。」

「我不是這個意思，我只是不希望引起誤會。」

「你完全沒有責任，」她賭氣地說，「是我自己的決定。」

「妳在逃避我的問題。」

水一滴滴從她的髮上掉落，順著臉頰滑下來。「那你之前為什麼邀我一起去？」她問。

是呀，為什麼，約翰遜想。

因為我想這麼做。但是得在不會搞砸事情的前提下。他不覺得自己對卡爾．史維特普有什麼道義。但是倫德忽然決定要去湖邊，讓他糊塗了。幾個星期以前，他還不會考慮這麼多，隨興一起做某些事，相約吃飯，都是他們長久以來的調情遊戲，但僅止於此，不會有後續發展。

但現在情況不是如此。

忽然間，他知道困擾著他的事了，同時也明白為什麼倫德前些日子忙得要命。

「你們兩個人要是鬧情緒，」他說，「別把我牽扯進去。明白嗎？妳可以跟我一起去，但是妳想給卡爾壓力，可不關我的事。」

「好。」

「你想得太嚴重了，」倫德聳聳肩膀，「好吧，也許你對。我們就算了。」

「這樣比較好，我得好好思考一下。」

「去想吧。」

她仍然猶豫不決地站在玄關。

「那好吧，」約翰遜彎身匆匆在她臉頰上親了一下，輕輕把她推到門外，轉身鎖上他們身後的門。天色漸暗，細雨綿綿。他將頂著夜色開長程，然而他覺得這樣更好。他會在路上聽西貝流士的《芬蘭頌》。西貝流士和夜晚，很好的搭配。

「星期一你就回來了？」倫德陪他一起走向車子。

「我想，星期天下午就會回來。」

「你可以打電話給我。」

「當然。妳周末有什麼計畫？」

她聳聳肩，「有一堆工作能做。」

他忍住不追問卡爾．史維特普。

這時倫德說，「卡爾周末不在，去看他父母。」

約翰遜說，「妳不需要一直工作。」

她微笑，「是的，當然不需要。」

「而且……妳根本無法一起來。妳沒準備到湖邊度周末需要的東西。」

「要帶些什麼？」

「尤其要穿一雙好鞋，還有保暖的衣物。」

倫德看看自己。她穿著一雙綁鞋帶的厚底短靴。「還需要些什麼？」她問。

「剛剛不是說了，毛衣……」約翰遜摸摸鬍子，「我屋裡也有。」

「嗯，有備無患。」

「對，有備無患。」他看著她，忽然笑出來。「好啦，複雜女士，最後上車機會。」

「我？複雜？」倫德微笑打開乘客座的門，「車上我們再好好算帳。」

他們開上通往小屋沒舖柏油的道路時，天色全暗了。吉普車呼嘯過像剪刀口的樹下，往岸邊駛去。眼前躺著的湖，宛若憩息在樹林裡的第二片天空。水面浮滿星星，雲朵追逐其間，特倫汗還在下雨吧。

約翰遜把行李搬進屋內後，和倫德並排站在露台上。地板輕輕作響。不管來幾次，他都會被這裡的寂靜震撼。因為寂靜，所以充滿了聲響：樹葉沙沙，蟲聲唧唧和輕微的喀嚓聲，遠處一隻鳥兒啁啾，樹叢裡的動靜，還有不知名的聲音。露台下一道短梯通往草地，草地末端緩緩沒入水中。一座歪斜的登岸橋伸展在水上，停泊著一艘小船。有時他划著船去釣魚，或者躺在裡面動也不動。

倫德遠眺四周景致。「這一切你全自己享受？」她問。

「幾乎。」

她沉默片刻。「你很能跟自己相處，我猜。」

約翰遜輕聲笑了。「怎會這麼想？」

「如果這兒除了你找不到別人……我想，你自己一人大概覺得很舒服。」

「對啊，在這兒，我可以想怎麼亂跳，就怎麼亂跳；可以喜歡我自己，可以討厭我自己……」

她轉頭看他。「有這種時候？討厭你自己？」

「很少。我更討厭自己讓這種時候發生。進來吧，我來弄個義大利飯。」

他們進屋。約翰遜切碎洋蔥，放進橄欖油用小火煎，再加入專做義大利飯的威尼斯卡娜羅莉品種米。他用木製煎匙小心翻動，直到米粒全部浸到油為止。然後倒入高湯，繼續攪動，防止鍋底燒焦。同時，他將牛肝菌切成長條，跟奶油一起爆香後，轉用小火煎。

倫德著迷地看著。約翰遜知道她不會做菜，也沒那個耐心。他打開紅酒，倒入大肚瓶裡稍微醒酒後，再轉倒入兩隻酒杯中。公式化的過程，但是有效。吃、喝、談心，就會愈靠愈近。一個衰老中的波西米亞男人和一個年輕女人一起到一個羅曼蒂克的偏僻地方時，該發生的就會發生。

可惡的下意識反應！她到底為什麼他媽的要一起來？

他內心很希望今晚能按常軌行進。倫德坐在流理台上，穿著他的毛衣，似乎很久沒有這麼輕鬆了。她的五官罩著罕有的柔軟神色。約翰遜迷惑了，他常常說服自己，她並不是他喜歡的類型，太急躁、金白色的直順頭髮和眉毛太北方。現在他不得不承認自己錯了。

你本來可以有一個靜謐美麗的周末，他想。你就是要弄得這麼複雜，白痴。

他們坐在廚房。倫德每喝一杯就更放鬆。兩人隨意胡鬧著，又開了第二瓶酒。

午夜時分，約翰遜說：「外面其實不冷，有興趣坐船嗎？」

她雙手托住下巴朝他微笑。「也可以游泳嗎？」

「我若是妳，不會下水，還要一、兩個月才夠暖。我們划船到湖中心，帶上一瓶酒，然後……」他停頓。

「然後？」

「看星星。」

他們的眼光交纏在一起。兩人各據桌子的一邊，撐著手肘，彼此互望。約翰遜感覺內心的武裝正在瓦解。他聽見自己說出本來不想說的話，看見自己千方百計調情。他喚醒期待，令自己和倫德確信他們跑到偏僻的湖邊做該做的事是應該的。他希望她現在就起身回特倫汗，卻又同時渴望擁她入懷。他愈來愈靠近她，直到臉感覺到她的鼻息。他詛咒一切發生得如此順暢，卻又等不及即將發生的事。

「好，我們走吧。」

外面一絲風也沒有。他們走到登岸橋的盡頭跳進船裡，船搖晃不停，約翰遜扶住她的手臂。他幾乎大聲笑出來！簡直像在演電影，這念頭閃過他的腦子。像梅格．萊恩主演的芭樂濫情片，因為絆倒，所以送作堆。我的天啊！

小木船是跟房子一起買下來的。船頭釘了艙板，以存放物品。倫德盤坐在上面，約翰遜發動馬達。引擎的聲音完全不影響周遭的寧靜，反而協調地融進森林熱鬧活潑的夜晚。馬達噗突噗突，像極一隻超大型的黃蜂。

短短的航程中兩人沉默無語。約翰遜將引擎漸漸調低，讓船慢慢停住。他們離房子好一段距離。露台的燈故意亮著沒關，映在岸邊光圈蕩漾。四下不時傳來輕輕的撲水聲，是魚為了捕蟲躍出水面。約翰遜小心維持平衡，移到倫德身邊，右手提著半滿的酒瓶。船身和緩地晃著。

「仰躺下來的話，」他說，「整個宇宙都屬於妳。試試看。」

她看著他，眼睛在黑暗中熠熠發亮。「你在這兒見過流星嗎？」

「常見到。」

「是嗎？你許過願嗎？」

「我欠缺浪漫的細胞，」他在她身邊躺下，「光是欣賞就夠了。」

倫德輕笑，「你什麼都不相信，是吧？」

「妳自己呢？」

「我是最不可能相信這種事的人了。」

「我知道。花或流星無法取悅妳。卡爾要愛妳還真難。可以送妳最浪漫的禮物大概是深海科技建構平衡分析儀。」

倫德緊緊揪著他。然後，她慢慢向後仰躺，毛衣跟著往上拉，露出繃緊的小腹。「你真的這麼認為？」

約翰遜用手肘撐起身子注視她。「不怎麼信。」

「你覺得我一點也不浪漫。」

「我覺得，妳還沒想過浪漫能發揮的效用。」

他們的眼光再次相遇。久久對視。太久了。

在他發覺以前，手指已經滑下她的髮梢。

「不如你示範給我看吧。」她細語。

約翰遜彎身向她，兩人雙唇間熱氣顫動。她伸長手臂環上他的頸，閉上眼睛。

吻她，就是現在。

千百種聲音和念頭呼嘯過他的腦海，集結形成漩渦，跟他的專注力展開拉鋸。他們始終維持這種高度緊張的姿勢，好像在等人頒發許可，一式兩份，一張給你，一張給妳。現在你可以吻新娘，展現你的熱情了，**真正的熱情**。好，好，看來很不錯。現在，請打從心底**相信一切**吧！

熱情一點，老兄！怎麼回事？約翰遜想，什麼地方不對勁？

他感覺到倫德溫暖的身體，聞著她的體香，芬芳、美好、誘人的體香。

但是，他覺得似乎走錯了房間，邀請函上寫的不是他的名字。

「我們之間不來電。」倫德同一時刻說道。

有那麼一瞬間，他徘徊在投降與頑強抵抗的邊緣，覺得好像掉進了冰冷的水裡。沒多久，短暫的痛苦退去。有些東西破滅了，剩下的餘燼消散在湖面潔淨的空氣中。

他鬆一口氣，「妳說的對。」

他們放開懷抱，慢慢地，不太情願地，彷彿身體還沒有接到腦部的決定。約翰遜在她眼中看見疑問，也許她在他眼裡也看見同樣的疑問：他們之間有多少東西被破壞了？永遠失去了？

「妳還好嗎？」他問。

倫德沒應答。他在她面前坐下，背靠著船身。他發現酒還掛在右手上，便將酒瓶遞給她。

「顯然，」他說，「我們的友誼勝過愛情。」他知道自己聽起來既庸俗又做作，但是這有一定的效果。

她輕聲咯咯笑起來，先是有些緊張，後來也明顯鬆了口氣。她抓過酒瓶，大口灌酒，爆笑出聲。她的手拂過臉頰，似乎想抹去不合宜的大笑，但笑聲仍然從指縫中流出。

約翰遜也一起笑開了。

「呼——」她吐出一口氣。

然後是長長的沉默。

「你生氣了嗎？」她終於低聲問。

「沒有。妳呢？」

「我……沒有，我沒有生氣。一點都沒有。只是……」她頓住。「這一切如此混亂。在托瓦森號上，你知道，那天晚上在你的艙房裡。若再多一分鐘，就……我的意思是，那時候真的可能發生。但是今天……」

他從她手中接過酒瓶，喝了一口。「不會的，」他說，「我們誠實面對自己吧，那個時候的結果，也會跟剛剛一樣。」

「原因是什麼呢？」

「妳愛的是他。」

倫德環手抱住膝蓋。「卡爾？」

「除了他還有誰？」

她凝視前方良久。約翰遜繼續就著瓶口喝酒，跟蒂娜．倫德剖析她的感情不是他的義務。

「我以為我逃得過，西谷。」

一陣沉默。如果她期待他給一個答案，他想，她可有得等了。她必須自己去找答案。

「我們常常有機會，」過了一會兒，她繼續說，「我們誰也不願意定下來，這點其實有助於我們感情的發展——但是我們從沒認真選擇——我沒有那種現在不發生就永遠錯過的感覺，我……我從沒愛上過你，也不想陷入愛情。但是，隨時可能會發生愛情的念頭是很刺激的。我們各過各的，沒有義務，沒有約束。我甚至確信，我們就要發生感情了，一度覺得時候到了！然後，卡爾忽然出現。我想：我的天，這就是約束！你不是得到全部，就是什麼都沒有。愛是約束，而這個是……」

「這是愛。」

「我原以為，這是別的什麼，像流行感冒。我無法理智地專心工作，總是在想別的事情，有種腳下的地板被抽走的漂浮感，這跟我的生活方式不合，這不像我。」

「這是妳先前的想法。在事情失控以前，趕快做個選擇吧。」

「你果然在生氣！」

「我沒有生氣，我明白妳在說什麼，我也沒有愛上妳。」他思索著說道，「我對妳有某種渴望。尤其是妳和卡爾交往以後。但是我是一個老獵人，我想，有人認為我無權占有獵物這件事令我生氣，我的自尊受損……」他輕笑。「妳知道有部很棒的電影，雪兒和尼可拉斯．凱吉演的《月暈》。片子裡有人問：為什麼男人想和女人上床？答案是：因為他們怕死。咦，我怎麼說到這裡來啦？」

「因為一切都和恐懼有關。害怕孤單一人，害怕不被需要——最糟糕的恐懼是，有所選擇卻怕做出錯誤決定，決定以後就再也不得脫身。你和我，最多也只能是一段情。而卡爾，跟卡爾除了天長地久以外，其他我都不要。我沒有花多少時間精力，就明白這點。你想要某人，這個人你根本不太認識，卻千方百計想要他。不過，你要這個人，卻也得一起接收他的生活。忽然間，你就遲疑了。」

「而且可能是個錯誤。」

她點點頭。

「妳曾經和誰交往過嗎？」他問道，「我的意思是，真正的交往。」

「一次，」她回答，「很久以前了。」

「初戀？」

「嗯。」

「發生了什麼事？」

「一點也不稀奇，真的。我很想告訴你一個偉大的愛情故事，可惜事實是，到某個階段後，他就跟我分手了，傷心哭泣的人是我。」

「這之後呢？」

她抵住下頷。在月光的籠罩下，眉頭深鎖，看起來美極了。約翰遜並不感到遺憾。他不後悔他們嘗試了，也不恨結局竟是如此。

「之後先說再見的總是我。」

「復仇天使。」

「胡扯，不是的，有時候男人就是煩。有些動作太慢、有些人太好、有些理解力太差。有時候我只是為了安全先走一步，免得……你知道的，我動作很快。」

「房子不必蓋得太漂亮，誰知道什麼時候會起風暴，把房子吹倒。」

倫德扯了扯嘴角。「這對我來說太悲觀了。」

「也許。不過，適用於妳。」

「好，算是吧。」她皺起眉，「還有其他的可能性。你有了漂亮的房子，而在別人把它摧毀之前，自己就先毀掉它。」

「卡爾，就是那棟房子吧。」

「對，卡爾就是房子。」

某處響起一隻蟋蟀唧唧聲，離牠很遠的地方有另一隻應和著。

「妳幾乎成功了，」約翰遜說道，「如果我們今天真的上了床，妳就有理由叫卡爾走路了。」

她不答。

「妳真的相信可以欺騙自己到這種地步嗎？」

「我會告訴自己，和卡爾天長地久比起來，與你有一段情較適合我的生活形態。和卡爾在一起，我什麼事都做不成。跟你上床有點像是……可以證明。」

「所以說妳為了證明這個，出賣妳的身體。」

「不是，」她怒視他，「我也的確被你吸引，信不信隨你。」

「好啦、好啦。」

「你不是我逃避的工具，如果你這麼認為的話。我對你不是隨便的……」

「好了啦，夠了！」約翰遜舉起手，「反正妳戀愛了。」

「對。」她悶悶地說。

「不要這麼不甘願，再說一次。」

「對，我是！」

「好多了。」他微笑，「現在呢，我們已經把妳裡裡外外清算完畢，得知妳只是一隻驚弓之鳥。我們不應該為卡爾乾杯嗎？」

她歪著嘴笑回去。「不知道。」

「妳還不確定嗎？」

「有時候有把握，有時候沒有。我……很困惑。」

酒瓶在約翰遜的雙手中換來遞去。然後他說：「我也曾經拆了一棟房子，蒂娜。很多年前的事了。拆的時候，人還住在裡面。當然受的傷不輕，但是一段時間後，應該是痊癒了——至少兩人之中的一個痊癒了。至今我仍然不清楚這麼做是否正確。」

「房子裡的另一個人是誰？」

「我太太。」

她揚眉。「你結過婚？」

「是。」

「你從沒提過。」

「很多事我都沒有說，這樣我比較自在。」

「發生了什麼事？」

「發生了會發生的事，」他聳了聳肩，「就是離婚了。」

「為什麼？」

「因為所以，沒什麼特別的原因。沒有能搬上舞台的精采劇情，沒有到處亂飛的盤子，只是覺得越來越狹窄。其實是恐懼，恐懼我可能會依賴。我看見幸福家庭的景象，孩子和一隻滿嘴流涎的狗在花園裡玩，還有我得負起的責任。然後，孩子、狗、責任就將愛情一塊一塊侵蝕掉……那時我覺得分手是理智的決定。」

「現在呢？」

「我有時候想，這可能是我這輩子所犯的最大錯誤。」他順著水面望出去，似乎沉湎在回憶裡。然後他挺直身體，舉高瓶子。「所以，祝福妳！不論妳怎麼決定，就去做吧！」

「我不知道我該怎麼辦？」她低聲地說。

「千萬別讓恐懼趕上妳。妳說的對，妳動作很快。那麼，就要比恐懼還快。」他看著她，「我當初沒有做到這點。只要妳下決定時毫無所懼，就是做了正確的決定。」

倫德微笑，然後弓身去取酒瓶。

約翰遜很驚異，他們仍然在湖邊一起度過整個周末。那天晚上他們沒有善終的羅曼史，之後他想，她應該第二天早上就會立刻動身回特倫汗，但事情並不是這樣發展。有一件事情弄清楚了，他們之前長久以來的曖昧不見了。他們散步、玩笑胡鬧，將大學、油井及蟲的世界全拋在腦後，約翰遜甚至煮出他這輩子最好吃的義大利肉醬麵。

這是他記憶所及最愉快的湖邊周末之一。

星期日傍晚他們開車回去。約翰遜送倫德到她家門口。在城市的保護下他們互相一吻，匆忙的、友愛的。當約翰遜回到他在教堂街的家時，有幾下心跳的時間那麼久，他多年來第一次又感覺到孤獨和寂寞的不同。他將這感覺留在玄關。自我懷疑和沉重的心情最多只能跟到這兒，多一步都不行。

他把行李提進臥室。這兒也有一台電視，在客廳也有。約翰遜打開電視，頻頻更換頻道直到他找到一場皇家阿爾班廳的音樂會轉播為止。女高音卡娜娃正在唱《茶花女》中的一段詠嘆調。約翰遜打開行李，跟著旋律輕輕哼著，一邊遲疑地考慮他睡前必然喝一杯的習性。

過了一會兒，音樂不再流瀉。因為疊襯衫的動作難度很高，所以一時間根本沒有注意到音樂會已經結束。當他注意到現在是新聞播報時，正在和一隻難纏的袖子奮鬥。

「……從智利傳來的消息。挪威這家人的失蹤是否跟同時間分別在祕魯和阿根廷海岸發生的類似事件有關聯，尚未得到證實。幾星期以來那兒也有好幾艘漁船失蹤，或是之後被人發現在海上漂流。船上的人和物到現在不見蹤跡。這五口之家在風浪平靜、天氣晴朗的情況下搭上拖網漁船出海釣魚。」

袖子向右折疊，翻到中間。剛剛電視裡在說什麼？

「阿根廷，目前遭到不尋常的大規模水母群侵襲。數千隻葡萄牙戰艦水母、也叫做藍瓶水母，出現在近海。據報，目前已有十四人因為接觸水母的劇毒而亡，傷者不計其數，其中有兩個英國人和一個德國人。失蹤人數仍無法確定。阿根廷觀光局召開緊急會議，卻反對關閉開放給觀光客的沙灘，認定目前沙灘上並沒有直接的危險。」

約翰遜拿著一隻袖子站在那兒發呆。「這些渾蛋，」他喃喃道，「已經有十四人死亡，他們早該什麼都關閉！」

「澳洲沿岸也因水母群集造成混亂。此類水母為箱形水母，又稱海黃蜂，同樣含有劇毒。地方官員強烈警告下海游泳的危險。過去一百年來，澳洲一共有七十人中了箱形水母的毒而亡，多過遭鯊魚攻擊死亡的人數。

「另外是傷亡嚴重的海難事件，發生在加拿大西岸。多艘觀光船沉沒事件原因不明，可能因為導航儀器故障，導致船隻相撞。」

約翰遜轉身面對電視，播報員正放下一張稿子，抬起眼睛對著鏡頭空洞地微笑。「接下來為你播報今天的新聞概要……」

葡萄牙戰艦水母。約翰遜還記得在峇里島海灘上那個氣喘吁吁、因痙攣發顫不止的女人。他自己並沒有碰過那東西，其實連那個女人也沒有碰到。她在沙灘上散步時，用一根棍子從岸邊淺水處挑起某種東西。某種她看來稀奇、異樣美麗、隨波漂流的布篷。因為她很謹慎，還特別注意保持距離。她用棍子將牠翻來覆去，直到牠被沙子裏滿，失去了吸引力。然後，錯誤就發生了……

葡萄牙戰艦水母是僧帽水母屬，一種科學家仍覺得謎一般的物種。正確地說，僧帽水母並不是典型的水母，而是由一大群微小的生物，即分擔不同任務的成千上萬珊瑚蟲，所集結形成的群體。藍色或是紫色發亮的透明膠狀傘，充滿氣體浮游在水面上，令牠們能像快艇一樣御風航行。傘下是什麼，完全看不見。

但是如果碰上了，就會感覺到。

僧帽水母浮囊體下網狀的觸手最長可達五十公尺，上面布滿幾千幾百個有觸覺的細小刺絲胞。這些刺絲胞的構造和作用真是進化的傑作、高效率的軍械庫，每個刺絲胞囊裡面有曲捲的長刺絲，尖端亦有魚叉般的倒鉤。只要輕輕一觸碰此胞針，刺絲便隨即舒展開，以約七十倍爆胎的壓力向外發射。上千個有倒鉤的刺絲像皮下注射般，射進受害者的肌肉體內，並釋出各式酚類蛋白毒劑襲擊受害者血液和神經細胞，造成肌肉攣縮，彷彿被灼燙或金屬刺進肉裡般的痛苦，並會造成休克，呼吸困難及心肺衰竭。

峇里島那個女人其實除了腳趾碰到黏附著一些刺絲胞的棍子外，什麼也沒做。光是如此，足以讓她一輩子難忘這次的邂逅。

然而，跟箱形水母比起來，葡萄牙戰艦水母還算是無害的。在毒液進化史上，大自然創下的成績相當輝煌，箱形水母尤其是完美的例子。牠身上的毒液足夠致二百五十人於死地，極有效的神經毒素能讓人馬上陷入昏迷。受害者大多死於同時來襲的心跳停止和溺斃，幾分鐘內甚至往往幾秒內就過去了。

他愣在電視機前，這些念頭一一閃過腦海。

他們想愚弄大眾。短短幾星期內，又是十四起死亡、又是受傷，哪個海岸曾經發生過這樣的事？原因只是單單一種水母？另外，船隻憑空消失又是怎麼回事？

南美的葡萄牙戰艦水母。澳洲來的箱形水母。

挪威的多毛蟲進擊。

有可能只是巧合，不一定有什麼關連，他想。水母常常成群結集出現，世界各地都有。沒有一個盛夏不曾發生水母侵擾事件。不過，蟲又是另外一回事了。

他心不在焉收完最後一件衣服，關掉電視走進客廳，想聽音樂或讀點書。但是他既沒有放音樂，也沒有選書。反而徘徊了一陣子，走到窗前望著燈火通明的街道。

湖邊真是平靜。教堂街也很平靜。太平靜的話，背後一定有什麼蠢蠢欲動。神經，約翰遜想。教堂街和這些事有什麼關係？

他給自己斟了一點烈酒，慢慢啜飲，試著不再去想新聞裡說的事。

他想起可以打電話給一個人。克尼特．奧爾森。他和約翰遜一樣是挪威科技大學的生物學者。約翰遜記得，他對水母、珊瑚與海葵很有研究。此外，他還可以問問奧爾森，那些失蹤的船隻到底怎麼回事。

電話響三聲，奧爾森接了起來。

「你已經睡了嗎？」約翰遜問道。

「小孩鬧得我無法睡，」奧爾森說，「瑪麗今天生日，她五歲了。你在湖邊過得如何？」

奧爾森一直是個居家型的好好先生，過著模範市民的生活，模範到讓約翰遜作嘔。不過奧爾森是好人，而且有幽默感。約翰遜覺得，奧爾森也必須靠著幽默感，才能忍受五個孩子及無所不在的親戚纏身。

「你該跟我去一次湖邊了吧，」他建議。這是廢話。他一樣可以說：你該把你的車子炸掉了吧，或是把你的孩子賣掉吧。

「好啊，」奧爾森說，「看什麼時候有機會，我很樂意啊。」

「你看新聞了嗎？」

停頓一下。「你是指水母嗎？」

「賓果！我想，你會注意到這個。究竟怎麼回事？」

「什麼怎麼回事？生物入侵總是在發生，青蛙啊、蚱蜢啊、水母……」

「我是指葡萄牙戰艦水母與箱形水母。」

「那的確不尋常。」

「你確定？」

「事件若因這兩種最致命的水母而起，是不尋常。還有，新聞內容聽起來很離奇。」

「一百年內七十個死者。」約翰遜插話。

「見鬼！」奧爾森輕蔑地從鼻子裡說出來。

「少於這個數字？」

「至少有九十人，如果你再把孟加拉灣和菲律賓加上去，那更無法估計了。當然，澳洲一直跟這種黏糊糊的動物有點糾纏不清，尤其是箱形水母。牠們把卵產在洛克漢普敦河的入海口北方。幾乎所有的意外都發生在淺灘，三分鐘以內就喪命了。」

「季節對嗎？」

「就澳洲一地來說，是對的。從十月到次年五月。換成歐洲，只有天氣炎熱時牠們才煩人。去年我們去米諾卡島，小孩興奮得不得了，沙灘上有成噸的帆水母……」

「沙灘上有什麼？」

「帆水母。很漂亮，如果沒有在太陽底下發臭的話。那是紫紅色的小東西。沙灘一片紫紅，他們用鏟子裝了幾百個袋子，你根本無法想像，而且海上還不斷漂來新的。你知道我是一個水母迷，但後來連我也受不了了。總之，歐洲受水母侵擾的月份是八、九月，南半球自然正好相反。不過澳洲這事件，是有點怪。」

「嚴格說來，怪在哪裡？」

「海岸線若是水質清澈且為淺灘，就會有箱形水母。離岸稍遠，幾乎就見不到牠們的蹤跡。更別說是大堡礁了。但是，有消息說牠們也出現在那兒了。帆水母剛好相反，屬於外海物種。至今我們仍然不清楚，為什麼牠們每隔十幾年就漂到沙灘上來。總之，我們對水母了解有限。」

「沙灘不是有護網保護嗎？」

奧爾森大笑出聲。「對啊，他們以為這樣就天下太平，事實上那根本沒用。水母就算被攔在網上，觸手仍會脫離，穿過網眼漂進來。如此一來，肉眼反而看不見了。」他頓了一下。「為什麼你這麼渴望知道這些事情？你的知識也夠豐富了。」

「但是你的研究比我更深入。我真正想知道的是，這是不是和異常現象有關。」

「我可以跟你打賭，」奧爾森抱怨道，「水母的問題跟水溫和浮游生物的多寡脫離不了關係。你是知道的，水溫愈暖，浮游生物愈豐富，而水母以浮游生物為食，一加一嘛。這也是為什麼牠們在夏末大量出現，幾個星期以後又無影無蹤，事情就是這樣——你等一下。」

電話裡傳來哭叫聲。約翰遜納悶，奧爾森什麼時候才叫小孩上床，這些小孩睡覺嗎？他不管什麼時候跟奧爾森講電話，另一頭總是熱鬧滾滾。

奧爾森大喊別吵了、要和好之類的話。有一下子反而吵得更凶，然後他又拿起電話。「抱歉。禮物的問題，分贓不均。所以呢，如果你要聽我的意見，這類水母侵擾的原因在於海裡養分太多。而錯在我們。海水裡養分太多，使得浮游生物生長茂盛等等。當吹起西風或西北風時，牠們就會出現在我們家門口。」

「對，不過那是正常情況。我們談的是……」

「別急，你想知道這是不是異常現象，答案：是！而且可能是我們無法察覺的異常。你家裡有植物嗎？」

「什麼？啊，有。」

「有龍舌蘭嗎？」

「有啊，兩株。」

「異常現象。明白嗎？龍舌蘭不是本地種，是被帶進來的。猜猜，誰幹的？」

約翰遜翻了翻白眼。「希望你現在談的不是龍舌蘭入侵，我的龍舌蘭乖得很。」

「我不是這個意思。我是說，我們已經沒有什麼依據能評斷是自然或異常。二〇〇〇年，我到墨西哥灣調查水母侵擾。這些泡泡狀的東西一群又一群入侵路易斯安那、密西西比、阿拉巴馬的產卵地，吃掉魚卵和魚苗，連魚吃的浮游生物也不例外，嚴重威脅當地的魚類生態。而危害最大的，卻非土生土長的物種，而是太平洋澳洲的水母。被引進的。」

「生物入侵。」

「對。牠們破壞當地的食物鏈，嚴重影響漁獲。大災難。之前幾年，黑海也出現生態災難。八〇年代，某艘商船的壓艙水帶進了櫛水母。牠們不屬於黑海，所以黑海生態不知如何對應，沒有多久就完蛋了。現在，每平方公尺的海域有八千隻水母在那兒戲耍。你知道那代表什麼嗎？」奧爾森愈說火氣愈大。

「好，現在是葡萄牙戰艦水母。出現在阿根廷？那裡根本不是牠們的領域。中美洲，可以，祕魯也可以，智利或許也還能算上，但是再往下？竟死了十四個人！聽起來就像是生物入侵。人彷彿被偷襲。接著，箱形水母。牠們在那麼遠的外海幹嘛？簡直就像有人變魔術似的，把牠們變了過去。」

「我驚訝的是，」約翰遜說，「怎麼剛好是最危險的兩種。」

「問得好。」奧爾森拉長了聲音，「但先別太早下結論，我們不是在美國，請勿捏造陰謀論。有關侵擾事件的增加，還有另一種解釋。有人認為是聖嬰現象造成的；另外一些則堅稱是全球暖化。水母侵擾在加州馬里布已經十幾年沒這麼嚴重了，以色列的特拉維夫海邊出現巨大水母。全球暖化、外來種入侵，這些全是原因。」

約翰遜幾乎沒在聽。奧爾森的一句話一直在他腦海中揮之不去。

簡直就像有人變魔術似的，把牠們變了過去。

那麼，蟲呢？

簡直就像有人變魔術似的，把牠們變了過去。

「……為了交配到淺灘去，」奧爾森話語未歇，「還有，如果他們說出現的數目多得不尋常，指的絕對不是幾千隻，而是幾百萬隻。他們完全控制不了情況。一定不止十四人死亡，肯定多得多，我跟你保證。」

「嗯。」

「你有在聽我說話嗎？」

「有啊，死亡人數肯定更多。現在是你熱中捏造陰謀論。」

奧爾森笑道。「胡說。不過，這一定是異常現象。雖然表面看來是某種循環現象，但我不認為如此。」

「好，謝謝，我就想聽聽你的意見。」約翰遜陷入沉思。要不要告訴奧爾森關於蟲的事？可是這跟他沒有關係。國家石油或許不急於在這個節骨眼讓此一話題公諸於世，而奧爾森是有些多嘴。

「明天中午一起吃飯嗎？」奧爾森問。

「好啊。」

「我看看能不能多挖一點相關消息，我有些管道。」

「好，」約翰遜說，「明天見。」

他一掛上電話才想到，他也要問奧爾森對那些消失的船有什麼想法。但是他不想再打一次電話，明天知道的事一定夠多了。他自問，若非知道蟲的事，他會注意到水母侵擾事件嗎？

不，可能不會。不是水母，他感興趣的是事情的關聯性，如果它們之間有關聯的話。

隔天一早，約翰遜幾乎才進辦公室，奧爾森就來找他了。開車到挪威科技大學的路上他聽了新聞報導，除了已知的事件，沒有新的消息：全球各地仍傳出人與船隻失蹤的消息。各種揣測漫天飛舞，真正能提出合理解釋的，一個都沒有。

約翰遜的第一堂課是十點，九點進辦公室還有充裕的時間收發電子郵件，看看信。外面大雨滂沱，天空灰得像灌了鉛一樣重重罩著特倫汗。他打開天花板上的燈，拿了杯咖啡想在寂靜中保持清醒，才要坐到桌前，奧爾森就從門外伸出頭來。「瘋了！瘋了！」他說，「接二連三、沒完沒了。」

「什麼沒完沒了？」

「壞消息一個接一個啊。你都不聽新聞嗎？」

約翰遜不得不稍微集中一下精神。「你是說那些失蹤的船隻？我也正要找你問這個。昨天水母來水母去的，給忘了。」

奧爾森搖著頭走進來。「我有權假設你會請我一杯咖啡，」他邊說，邊饒有興味地打量著房間。奧爾森雖然很有用，卻必須忍受他的好奇心。

「隔壁。」約翰遜說道。

奧爾森倚在通向另一個辦公室的門上，大聲點了一杯咖啡。然後他坐下來，眼光還一邊繼續梭巡。女祕書走進來，把咖啡重重地放在桌上，回去隔壁之前，還特意贈送兩道怨毒的眼光給奧爾森。

「她怎麼了？」奧爾森訝異地問。

「我的咖啡都是自己拿的，」約翰遜說，「咖啡壺放在隔壁，還有牛奶、糖、杯子。」

「這位女士很敏感，對吧？抱歉。我這星期看哪天帶自家烤的餅乾給她。我太太烤的餅乾不是蓋的。」

奧爾森大聲地咂咂嘴。「你真的沒聽新聞，對不對？」

「有，開車到這兒來的時候。」

「十分鐘前有一則CNN的特別報導。你知道我辦公室有一台小電視，整天開著。」奧爾森彎下身來。天花板上的燈照著他逐漸稀疏的頭頂。「日本有一艘運送液態瓦斯的輪船爆炸沉沒。同時在麻六甲海峽有兩艘貨櫃船和一艘驅逐艦相撞，貨櫃船中的一艘沉了，另一艘無法行駛，驅逐艦則起火燃燒。還有一艘軍用艦爆炸。」

「我的天。」

「而且是一大早，你看看。」

約翰遜手握著杯子取暖。

「麻六甲海峽那邊發生的事我不意外，」他說，「奇怪的是，這樣的事件其實不常發生。」

「對，但這是令人驚異的巧合，不是嗎？」

三處海峽互相爭奪誰是世界上船隻行走最頻繁的地方。英吉利海峽、直布羅陀海峽與麻六甲海峽，從歐洲到南亞和日本的海路部分。世界貿易船隻的航區問題，尤其出在這些海峽上。光是麻六甲海峽一天就有六百艘油輪和貨船通過。有些日子，甚至高達兩千艘船隻，必須通過馬來西亞和蘇門答臘之間的水域。這個水域雖然長達八百公里，最窄的地方卻只有二．七公里。印尼和馬來西亞堅持，油輪應該往南經過龍目海峽，大家卻充耳不聞。若是繞道航行，獲利會減少。占世界貿易比率百分之十五的船隻，仍然繼續擠在麻六甲海峽及附近海域。

「知道那邊到底發生什麼事了嗎？」

「不知道，這事幾分鐘前才發生的。」

「可怕，」約翰遜喝一口咖啡，「消失的船又是怎麼回事？」

「什麼？這個你也不知道？」

「知道我還問你幹嘛！」約翰遜有點激動。

奧爾森彎下身子，降低聲音。「南美洲靠太平洋那一邊，游泳的人和小漁船持續失蹤，顯然已經有很長一段時間。但幾乎沒有相關事件的報導，至少歐洲沒有。事情從祕魯開始。先是一個漁夫失蹤，船幾天後被發現在外海漂流，一艘草船，不是大船。他們研判他可能被一道大浪捲下海，但是那個地區好幾個星期以來始終天氣晴朗。之後持續傳出類似事件。最後，一艘拖網漁船失蹤了。」

「我們他媽的怎麼都沒聽說呢？」

奧爾森手一攤。「因為他們不想大驚小怪。觀光客源很重要。何況發生事情的地方那麼遠，又住著一些對我們來說全是黑頭髮黃皮膚、分不清誰是誰的人。」

「卻報導了水母。那也是發生在很遠的地方。」

「拜託！差別大了。有美國觀光客死了，還有一個德國人，天知道還有誰。目前在智利有一個挪威家庭失蹤。他們跟著當地的漁船出海。外海漁釣，喀嚓，不見了！挪威人耶，他媽的，珍貴的金髮人種耶！

這種事怎麼能不報導？」

「好了、好了，我明白了。」約翰遜靠回椅背。「當時沒有無線電通話嗎？」

「沒有，福爾摩斯。有幾次求救訊號，就只有這麼多了。大多數失蹤的船隻只有很簡單的通訊配備。」

「沒有暴風雨？」

「我的天啊，沒有！沒有強烈到能把船打翻。」

「加拿大西岸外海又發生了什麼事情？」

「那些聽說撞在一起的船隻？不知道。不知道是誰認為，這些船遇上了一隻心情不好的鯨魚。我哪知道？世界又神祕又殘忍，而你也問得神祕兮兮的。再給我一杯咖啡吧……不，等一下，我自己去拿。」

奧爾森賴在他的辦公室裡就像腐蝕房子的壁癌。當他終於喝完咖啡離開，約翰遜看了一下錶，離上課時間只剩幾分鐘了。他打電話給倫德。

「斯考根與其他調查機構聯絡，」她說，「全世界的機構。他想知道對方是不是也在對抗相同的現象。」

「蟲嗎？」

「正確。另外，他猜測，對於蟲的事情，亞洲人至少知道的跟我們一樣多。」

「為什麼？」

「你自己說過，亞洲人費盡力氣想要分解甲烷水合物。這不是你在基爾的人告訴你的嗎？斯考根仔細調查了這家公司。」

這個主意不錯，約翰遜想。斯考根知道一加一怎麼計算。如果多毛蟲真的如此渴望水合物，一定會在人類想要獲得甲烷的地方被發現。另一方面……

「亞洲人不太可能向斯考根洩漏什麼，」他說，「他們的作法會跟他一樣。」

倫德頓了一下，「你是說，斯考根也不會向他們透露？」

「或許不會在影響範圍內，何況也不會是現在。」

「有其他的辦法嗎？」

「怎麼說呢？」約翰遜想找到恰當的詞句，「我不是懷疑你們。不過，我們假設，即使有不明物到處亂爬，仍會有人施壓，希望能盡快建設水下工廠。」

「我們不會做這種事。」

「只是假設。」

「你不是聽到了嗎？斯考根接受你的勸告。」

「算他聰明。但是這裡牽涉到的是錢，對吧？若以此考量，就會說：『蟲？不知道。我們沒見過。』」

「然後工廠還是繼續蓋？」

「不一定。然而，若真發生了——我的意思是，可以因為技術缺失，指責某人叫他負責，卻絕不會是吃甲烷的小蟲。有誰事後會出面證明，在前置作業期間碰到了蟲？」

「國家石油不會粉飾這種事。」

「先不要說你們。就拿日本人來說好了，營運豐富的甲烷出口，就等於是賣石油，甚至比賣石油還棒。財富擋都擋不住。這樣妳還相信，亞洲人會光明正大跟妳玩牌嗎？」

倫德猶豫了。「不。」

「那你們呢？」

「現在說這個對我們沒有幫助。在他們從我們這裡得到情報以前，我們必須先下手為強。我們需要中立的觀察員，需要不會使人跟國家石油聯想在一起的人。比如說……」倫德似乎有點為難，「你不能到處打聽一下嗎？」

「什麼？我？找石油公司嗎？」

「不是，找研究機構、大學，找像你基爾朋友之類的人。全世界不是都在研究甲烷嗎？」

「是沒錯，不過……」

「還有找生物學者、海洋生物學者、業餘潛水者！你知道嗎？」她興奮得大叫，「乾脆你就接下這工作，我們可以給你一個職權範圍。好，這太好了！我打電話給斯考根，跟他申請經費。我們可以……」

「嘿，慢點、慢點！」

「撇開你要辦的小事不談的話，薪水相當優渥喔。」

「這種狗屎差事，你們的人一樣可以做。」

「你來做比較好，因為你立場中立。」

「啊，蒂娜！」

「光我們現在講電話的時間，你就可以跟史密森尼研究院通三次電話了。拜託啦，西谷，這真的很簡單……體諒一下嘛，如果我們以財團的身分展現出莫大的興趣，數千個環保組織立刻會湧上來掐緊我們的脖子。這個機會他們等很久了。」

「啊哈！也就是說，你們的興趣是把髒東西掃到地毯下就好了。」

「你真是他媽的渾蛋。」

「妳才是。」

倫德嘆氣。「按照你的看法，我們應該怎麼辦？你以為全世界的人不會立刻懷疑到我們頭上嗎？我發誓，在清楚蟲到底扮演什麼角色以前，國家石油不會採取任何行動。但是，如果我們敲太多人的門，消息絕對會不脛而走。到時候，焦點將全放在我們身上，我們連一根手指都動不了。」

約翰遜揉揉眼睛，然後看錶。

過十點了，他有課。「蒂娜，我得掛了。晚點再打給妳。」

「我可以跟斯考根說你答應了？」

「不行。」

一陣沉默。

「拜託嘛，」她最後小聲說，聽起來彷彿即將被領進屠宰場。

約翰遜深深吸一口氣。「至少讓我考慮一下，可以嗎？」

「可以，當然可以！你對我最好了。」

「我知道，這就是我的問題。我再打給妳。」他抓起講義，往教室的方向跑。

法國，羅阿訥

當約翰遜在特倫汗講課時，離他約兩千公里遠處，尚．耶宏正用嚴格的眼光察看十二隻布列塔尼龍蝦。耶宏的眼光相當嚴格，保持批判精神是他的工作所需。**三個胖子餐廳**是法國三十年來唯一始終高居米其林指南三星級榜的餐廳，這是個殊榮，而耶宏不希望自己改變這個歷史。他的責任範圍涵蓋來自海裡的一切，也就是所謂的魚達人。

耶宏一大早就開始工作，跟他交易的中盤商更早開始一天的工作，凌晨三點就到了杭吉。杭吉距離巴黎十四公里遠，幾年前仍是沒沒無聞的郊區，一夜之間突然成為採買高級菜色必去的聖地。四平方公里大的地方，處處照明如白晝，供應所需給大小城市、商人、廚師，以及能一輩子站在廚房與食物共度一生的狂人。

在杭吉，全國的代表食物都齊了：諾曼第來的牛奶、鮮奶油、奶油和乳酪；布列塔尼的精緻蔬菜；南方來的香甜水果。貝龍、馬雷訥及阿卡松海灣的牡蠣供應商，與聖尚德呂茲的鮪魚販，為了趕集，駕著貨車從高速公路上風馳電掣而來。保存蝦蟹的冷藏車在小貨車及私家車之間殺出一條血路。這裡是全法國最早能買到珍饈佳餚的地方。

品質畢竟還是最終因素。龍蝦當然是從布列塔尼來的最好，不過再往南，也時有鮮美不遜的貨色。簡短地說，必須符合檢定條件，才能讓來自羅阿訥的尚．耶宏這類人滿意。

他拿起一隻隻龍蝦，翻來轉去，全面仔細檢查。蝦箝被綁了起來，每六隻裝在鋪著蕨類的大保麗龍箱子裡，幾乎動也不動。當然，牠們還活著。

「好。」耶宏說道。這批是他經手過最鮮美的龍蝦。

他滿意得不得了，雖然蝦比平常稍小一點，但是就體型來說很重，而且有著深藍色的閃亮盔甲。

最後兩隻例外。「太輕了。」他說。

魚販皺著眉，一手拿起一隻讓耶宏喝采的龍蝦，另一手接過不及格的，兩邊掂掂重量。「您是對的，先生，」他驚愕地說道，「我很抱歉。」他站在那裡像是魚市場的司法女神，下臂平攤，手掌伸出。「但是並沒差多少，小意思，不是嗎？」

「是沒差多少，」耶宏說，「在小魚攤上沒差多少。可是我們不在小魚攤。」

「真的非常抱歉，我可以回去……」

「不用麻煩了。我們只能憑感覺來猜測，哪個客人的胃也許比較小。」

魚販再度道歉，送耶宏出店門時也一直道歉。也許他回家的路上仍然在道歉。這時耶宏已經站在三個胖子堂皇的廚房裡，思考晚餐的菜單。他把龍蝦暫時放在裝著清水的水槽裡，牠們漠然不動。

一個小時過去後，耶宏決定動手燙龍蝦。他先燒一大鍋熱水。活蝦要快速處理，因為這些動物被抓到以後，有自我折磨至死的傾向。

燙的意思是不煮透，只是先將龍蝦燙死，上菜前再煮熟即可。耶宏等水滾後，拿起水槽裡的龍蝦，頭朝上很快丟滑入鍋。從殼裡被逼出來的空氣聲清晰可聞。一隻接著一隻，耶宏照這個方式送蝦入鍋，很快又撈出來。第九、第十隻龍蝦紛紛死去。耶宏手裡抓著第十一隻，對，是輕了點！——然後把牠放進鍋裡。十秒就夠了。他沒有仔細看，就把蝦撈出鍋來……

他止不住低聲咒罵。

這隻龍蝦是怎麼了？蝦殼上處處是規則的裂痕，其中一隻箝子還碎了。怪事。耶宏火冒三丈，鼻子裡直噴氣。他將這隻龍蝦，正確來說，是龍蝦的殘骸，放到面前的工作台上，翻到背面。另一面也毀了，裡面應該藏著堅實蝦肉的地方，外殼卻附著一層白色黏稠物。他不知所措，查看鍋裡。塊狀物和像纖維一樣的東西跟著翻滾的水泡上上下下。就算想像力再強，也無法把這些東西跟蝦肉聯想在一起。

算了，反正他只需要十隻。耶宏從來不會少買食物，他以善於計算聞名，總能準確知道會用掉多少量。這不但是經濟，也是安全上的考量。眼下就是這個主張派上用場的時候！

不過，還是叫人生氣。難道龍蝦生病了？他的眼光落到水槽，裡面還剩一隻龍蝦——他不滿意的其中一隻。隨便啦，讓牠也下鍋吧。可惡，鍋裡還漂著白色的東西。

他忽然想到，那隻生病的蝦太輕，這隻還活著的也太輕，之間有關係嗎？也許牠們已經開始折磨自己了？或者，病毒或寄生蟲把蝦給分解了？耶宏很猶豫。

然後他拿起第十二隻龍蝦，放在流理台上仔細觀察。

往後仰的長觸鬚顫動著，綁在一起的箝子虛弱地揮舞。龍蝦一旦離開牠們的自然生活環境，動作就會變得遲緩。耶宏輕輕推了推蝦，腰彎得更低來觀察。蝦動動腳，似乎想爬走，但仍維持原來的姿勢，末端環節尾巴處好像排出什麼透明的東西。

這又是什麼？耶宏坐到小凳子上，離龍蝦更近。蝦等於跟他的視線同一高度。

龍蝦上半身稍稍抬起。有一秒鐘，耶宏以為龍蝦黑色的眼睛正盯著他看。

然後，蝦爆開了。

離耶宏只有三公尺遠的地方，有個學徒正遵照他的指示煮著魚湯。他們之間有個置放廚具和調味料的櫃子阻隔了視線，所以他只聽到耶宏淒厲的慘叫聲，然後被嚇得刀掉到地上。他看到耶宏跌跌撞撞離開爐邊，手緊緊捂在臉上，趕快跳過去扶住他。兩人隨後一起撞到後面的流理台。鍋子咚咚響，有東西掉到地上，發出巨大的碎裂聲。

「怎麼了？」學徒驚惶大叫，「發生什麼事？」

別的廚師也來了。廚房等於一個工廠，每個人各司其職。一個負責野味，另一個調醬，再一個做內餡，還有一個做沙拉，然後有一個負責小點心。爐子前面一片混亂。耶宏好不容易把手從臉上拿開，指著爐邊的流理台。糊糊的透明東西黏了他滿頭滿臉，還流到衣領上。

「牠……牠爆炸了。」耶宏驚魂未甫地說。

學徒走近流理台，瞪著爆開的龍蝦看，一陣噁心。他從沒看過這樣的東西。幾隻腳仍然完好。而箝子躺在地上，尾巴看起來像是被高壓壓碎，裂開的蝦殼上還帶著鋒利的邊緣。

「您到底是怎麼處理蝦的？」他喃喃道。

「處理什麼？怎麼處理？」耶宏高舉雙手五指張開大嚷，臉上還一團糟。「我什麼都沒做！牠自己裂開的，你看，牠就這樣爆開了！」

他們拿手巾給他擦乾淨，學徒用指尖去碰散得四處的東西。他的指頭所碰之物，類似橡膠般異常堅韌，卻又很快溶解掉，流失在流理台上。他忽然有一個衝動。他從架子上拿下玻璃罐，用湯匙舀了一點果凍般的東西，再舀一點液體滴進去。最後蓋上蓋子，使勁旋緊。

讓耶宏安靜下來不是一件容易的事。

有人倒了一杯香檳，他喝了之後總算稍微恢復冷靜。「把這東西清走，」他用仍嘶啞的聲音下令。「趕快把這些亂七八糟的東西清走，我去洗一下。」

他離開後，助手馬上重整耶宏的工作領域。他們清理爐子及爐子周圍的東西，收走殘骸，清洗鍋子。當然，他們把髒水倒進原先龍蝦喪命前暫居的水槽排水口。髒水循道流入地下，咕嚕咕嚕排進下水道，在那裡和城市其他廢水會合，再經循環過程變成可用的水。

學徒拿著裝著膠狀物的玻璃罐，不知道該怎麼辦。剛好耶宏洗乾淨了頭髮、穿著簇新的工作服進來，他就問耶宏。「你把這東西留起來也許是對的，」耶宏若有所思地說，「鬼才知道這是什麼東西。」

「您要看嗎？」

「你留著，我不要看！不過，應該拿去檢驗一下。把它送去檢驗。但是不必描述細節，聽到了嗎？剛剛的事情沒有發生過。我們三個胖子不會發生這種事。」

這件事果然沒有從餐廳廚房流出去。還好如此，否則餐廳營運可能會亮起紅燈。即使這件事誰都沒有錯，但若有人開始八卦，說三個胖子的廚房裡有一隻龍蝦爆炸，可疑的膠狀物噴得到處都是，對一個頂尖餐廳的名譽可是損害很大，因為沒有比廚房裡的衛生被懷疑更糟糕的事了。

那個學徒仔細觀察玻璃罐裡的東西。這東西像先前一樣開始溶解消失時，他滴了點水進去。他想反正不會有什麼損害。它的成分讓他想到——如果能跟任何東西聯想在一起的話——水母，因為水母只活在水中，除了水成分以外沒有別的。顯然滴水是個好主意，這團東西穩定了下來。三個胖子餐廳私下打了幾個電話，最後決定把玻璃罐送到附近的里昂大學去檢驗。

玻璃罐在里昂大學到了分子生物學貝納爾．洛赫教授的桌上。膠狀物雖然加了水，卻還是持續分解，罐子裡幾乎快沒有固體了。洛赫運用剩下的一點，進行各種不同的試驗。就在要進一步研究前，連最後一點也分解掉了。他的進展不多，只能看出一些令人驚異和困惑的分子排列。此外，還發現了一種強效的神經毒素。他無法判定，毒素是來自於膠狀物，還是玻璃罐裡的水。

能確定的是，這水充滿有機物和各種不同的化學物。因為他暫時沒有時間進一步檢驗，所以決定先將瓶裡的內容物防腐處理，第二天再詳細研究。水便進了冰箱。

這天晚上耶宏就病了。剛開始，他有輕微噁心的感覺。但餐廳裡高朋滿座，讓他漸漸忘了這件事，照慣例跟著餐廳的步調忙碌。那十隻沒有爆炸的龍蝦真的非常美味，分量剛剛好。雖然早上發生的事不太愉快，不過目前一切如三個胖子平日的步調，進行順利。

十點左右，噁心程度加劇，外加輕微頭痛。

不久後，耶宏覺得難以集中精神。有一道菜他忘了做，有一些指令他忘了給，優雅順暢的工作流程在不知不覺間卡住了。

幸好耶宏的專業經驗豐富，能及時讓一切再上軌道。但是他真的很不舒服，於是將工作交給下面一個能代理他的女廚師，她在巴黎極具威望的杜卡斯餐廳學藝有成。他告知她要去餐廳的花園走走，就離開了。花園就在廚房的外面，布置得美輪美奐。天氣和暖時，他們會請客人先在花園喝點開胃酒，食用第一道前菜。然後再經過廚房，將客人領進餐廳就座。他們可以參觀有趣的作菜過程，偶爾也有示範表演。可是現在花園裡是空的，光線幽暗。

耶宏走上走下好幾分鐘。從這裡他可以透過整面牆大的玻璃，追蹤節奏緊湊的廚房。可是那對他來說，也很難做到，因為他無法集中視線太久。雖然空氣很新鮮，他仍呼吸沉重，胸口有重壓。他覺得腿好像橡皮。安全起見，他在一張木桌上躺下來，想著今早發生的事。龍蝦的殘骸濺到他的頭髮和臉上。他一定把什麼東西吸進體內了，也許是黏液流進嘴裡，或者舔嘴唇時經由舌頭吃進了什麼。

不知是不是因為在想那隻爆裂的蝦，還是突然不舒服。總之，他猛烈嘔吐。吐得七葷八素時，他想，現在好了，吐出來就沒事了。喝口水，很快就會好得多。

他起身，周圍的東西都在轉。

他覺得額頭滾燙，視野變窄，他眼前一切旋轉變形。你必須站起來，他想，到廚房去查看是不是一切無誤。絕對不能出錯。

在三個胖子餐廳不允許出錯。

他吃力地站起來後，拖著腳步走，但是他去的方向剛好相反。走了兩步以後，他完全忘記自己要去廚房。他根本什麼都不知道了，什麼也看不見了。

他在樹下昏倒了。

4/18
加拿大，溫哥華島

沒完沒了。安納瓦克覺得眼睛充血，眼皮腫脹，周圍出現皺紋。而他還太年輕，不該出現這些皺紋。剛才他下巴支在桌面上，目不轉睛盯著螢幕。

加拿大西岸發生怪事以來，除了盯緊螢幕，他幾乎什麼都沒有做過，只查看了一小部分資料——行為學研究劃時代的發現，靠的就是這些：動物遙測技術。

七〇年代末，研究人員發明了一種觀察動物的新方法。在此之前，人類只能粗略說明物種的分布和洄游行為。動物如何生活、獵食、交配，本身有何需求，都只能依靠猜測。當然，也對數千種動物進行過長期觀察。但囿於觀察條件，幾乎無法對動物的自然行為，做出真實的推論。正如獄中囚犯不可能提供他自由生活時的代表性資料一樣，圈養動物的行為也不同於牠在自然環境時的行為。

即使是在動物原始以來的生存空間裡對其進行研究，收穫也是有限。動物要不是暫時逃走，就是乾脆不露面。事實上，研究人員往往在開始觀察動物之前，就被他的研究對象發現。黑猩猩或海豚之類膽子較大的動物，常針對觀察者的不同，做出攻擊或好奇的反應，或賣弄風情，或擺出姿勢，使得研究人員完全無法下客觀的結論。一旦秀夠了，就鑽進叢林、飛上天空或潛下水底，恢復真實的行為模式——而人類卻無法跟到那兒觀察研究。

自達爾文以來，生物學家始終渴望了解，海豹或魚類在寒冷黑暗的南極水域究竟如何生存？怎樣才能了解冰層覆蓋下的生態群落？如果不是搭飛機，而是坐在雁的背上從地中海飛往非洲，看到的世界會是什麼樣子？一隻蜜蜂二十四小時之內的經歷為何？怎樣才能得到翅膀揮動的頻率、心跳節奏、血壓、攝食行為、生理潛水能力、氧氣儲存的資料，以及船隻噪音或水下爆破等人類發展對海洋哺乳動物的影響結果？

要如何才能到人類無法涉足的地方追蹤動物呢？

有一種技術因應而生。使用這種技術，運輸業者不必離開辦公室，就能確定貨運卡車的所在位置；它還能幫助汽車司機在陌生城市裡找到路。現代人可以說對這種技術相當熟悉，但誰也沒有意識到它引發了生物界一場革命：遙測技術。

早在五〇年代末，美國科學家即發展出在動物身上安裝探測器的計畫。不久後，美國海軍便拿受過訓練的海豚做實驗，卻因機器太大、太重而告吹。背上的發號機原本是要提供與海豚自然行為相關的資訊，如果儀器本身就影響了這一行為，那有何意義呢？

有段時間，大家只是在兜圈子，直到微電子學出現，才進步神速。巧克力大小的發號機和超輕型攝影機，直接從野外傳回一切資料——動物背著不足十五公克的高科技產品在熱帶森林裡散步，或潛游在南極洲麥克默多灣的冰層底下，完全沒有發現自己身上有異。

大棕熊、野狗、狐狸和北美馴鹿，忠實提供了生活方式、交配、狩獵行為和漫遊線路的資訊；海鷗、信天翁、天鵝和鶴，帶人類走過半個世界。

研究發展到極致，則是給昆蟲安裝僅千分之一公克重的微形發號機。發號機的能量來源為雷達波，能以雙倍的頻率傳回訊號，在七百公尺開外就能清楚接收到資料。

大部分的測量工作由衛星支援的遙測技術包辦。這套系統既簡單又了不起。動物身上發射器的信號被送進運行軌道，由法國航太中心的衛星系統ARGOS接收，再送回圖盧茲管理中心和美國阿拉斯加的費爾班克斯的地面站，不到九十分鐘，就能傳給全世界的研究中心——簡直就像實況轉播。

鯨、海豹、企鵝和海龜的相關研究，迅速發展成獨立的遙測領域，讓人類得以見到世界上被研究得最少、因而最迷人的生活空間。超輕的發號機能儲存相當深度下的資料，記錄溫度、下潛深度和時間、方位、游泳方向和速度。

不過愚蠢的是，信號不能穿透水。這使得ARGOS的衛星在深海前變成了瞎子。例如，座頭鯨一生大部分時間在加州沿海度過，每天在水面最多待一個小時。鳥類學家可以觀察遷移中的鶴，接收資料；可是一旦鯨魚潛下水去，海洋學家就像被矇眼似的。若要能真正進行研究，就必須打開攝影機一路跟蹤到太平洋底。但沒有一位潛水員辦得到，而潛艇又太慢、太笨。

聖克魯茲加州大學的科學家最後找到了解決方法，那就是重僅幾公克的抗壓水下攝影機。他們先後將儀器綁在一尾藍鯨、一隻海象、幾頭韋德爾氏海豹身上，最後還綁在一隻海豚身上。結果很短時間內，就公開了驚人的現象。不過幾個星期，便大大擴充了海洋哺乳動物的知識。

如果給鯨和海豚安裝設備也能像其他動物那樣簡單的話，就太好了，但事實證明卻非如此，甚至不可能辦到。有關鯨魚生態環境的紀錄，此刻對安納瓦克來說，實在不太夠，但另一方面卻又多得可以。由於誰也不知道必須找什麼，每一份紀錄皆很重要，其中包含數千小時長的影像與聲音資料，以及其他的測量、分析和統計。

約翰．福特稱之為「薛西佛斯*工程」。

安納瓦克至少不能抱怨時間不夠。戴維氏賞鯨站重新啟用後又關閉了，只有大型船隻行駛在加拿大和北美西部的沿海地帶。溫哥華島的災難幾乎立即從舊金山蔓延到阿拉斯加。在最早的攻擊事件中，至少有數百艘小船不是下沉，就是嚴重受損。周末，襲擊數量終於減少，因為現在根本沒人敢出海，除非他確定自己腳下是一艘渡輪或貨輪的龍骨。

相互矛盾的消息繼續傳來，死亡數量也沒有準確的統計。在國家統一管理下，各委員會和危機處理中心陸續運作，導致飛機數量驟增——直升機不斷沿著海岸嗟嗟飛行，科學家和政治家召集來的士兵從飛機上盯著海面，一個比一個不知所措。

由於這種危機處理中心的特質殊異，來自政府部門的負責人開始延攬各界專家。福特領導的溫哥華水族館被徵用為科學作業中心，相關資料皆匯總至此。各個海洋生物研究所和科研機構也被串聯起來。對福特來說，這是個沉重的負擔。

他接下一項他不知道內容究竟為何的工作。從世紀大地震到核武恐怖攻擊，資料堆積如山，但完全**不適用此處**。福特沒有猶豫多久，建議聘請在北美和加拿大的科學家中，最了解鯨魚在想什麼的安納瓦克擔任顧問。因為答案或許在於：假如鯨魚擁有智商，能控制一切嗎？如果沒有，鯨魚又出什麼事了？

但是，被賦予重託的安納瓦克也不知道答案。他要求年初以來在大西洋沿岸收集到的一切遙測資料。在水族館同事的支援下，他和愛麗西婭・戴拉維二十四小時以來不停分析錄影資料。他們研究位置紀錄，聽取水下聽音器錄到的聲音，但沒有得出有用的結論。

鯨魚從夏威夷和下加利福尼亞洄游往北冰洋時，幾乎沒有一隻身上有感測器，除了兩條座頭鯨，而牠們的發號機在離開下加利福尼亞不久就遺落了。事實上，唯一的收穫是藍鯊號上那個女人的影片。他們在戴維氏賞鯨站與其他精於辨認鯨潮的快艇船長，進行過多次研究。在數次播放和放大圖像之後，終於認出兩隻座頭鯨、一隻灰鯨和幾條虎鯨。

戴拉維是對的。影片是條線索。

安納瓦克對這位女大學生的怒氣很快就消散了。她可能大嘴巴、心直口快，但在那隨興的背後，他認出了一種高智商、善於分析的理智。而且，她有的是時間。她父母住在溫哥華的高級住宅區，**英屬產業**。眼睛眨也不眨，就能提供愛麗西婭富足的生活。安納瓦克認為，他們顯然不太關懷女兒，只會用錢彌補，愛麗西婭似乎也不太在乎——那反而讓她能夠隨意花用，做自己想做的事。

總之，這再好不過了。戴拉維認為這意料之外的合作讓她有機會結合生物學理論和實踐；而在蘇珊・史亭爾死去之後，安納瓦克也需要一位女助手。

＊ 希臘神話中不斷將滾落山底的石頭推上山的人。

史亭爾……

每當他想到她這位快艇船長，就會心生羞愧和自責，因為他未能救她。即使他常對自己講，在虎鯨咬住史亭爾之後，誰也無能為力了。而噬人的疑惑也同樣經常出現。他發表過海豚具有自我意識的相關文章和手冊，他對鯨魚的思維脈絡究竟了解多少？該如何說服虎鯨放棄牠的獵物呢？什麼樣的論點對一個不同於人類的智慧體有效？會不會有一種方法呢？

雖然如此，他卻又告訴自己，虎鯨是動物。雖然智商很高，始終是動物。而獵物就是獵物。

然而，人類並不是虎鯨的獵食對象。虎鯨真的吞食了水中漂浮的乘客嗎？或者只是殺死了他們？謀殺。可以指控一隻虎鯨謀殺罪名嗎？

安納瓦克嘆了口氣。他在兜圈子，眼睛也愈來愈難受。他無力地抓起另一片錄有數位影像的光碟，拿不定主意地將它轉來轉去，最後又放下。已經無法集中注意力了。他在水族館裡待了一整天，不斷同某人商談，或來回打電話，一切始終毫無進展。

他感覺累壞、被掏空，於是疲憊地關掉螢幕，望望手錶，七點多。他站起身，去找約翰．福特。那位館長正在開會，於是他轉到戴拉維那兒。她坐在一個改造的會議室裡，研究傳真資料。

「想來一份多汁的抹香鯨魚排嗎？」他悶悶不樂地問。

她抬起頭來，眨眨眼。她將藍眼鏡換成了同樣藍得不太真實的隱形眼鏡。若是忽略暴牙，她其實很漂亮。「好啊。去哪裡？」

「街角有家不錯的小吃店。」

「什麼小吃店！」她開心地叫道，「我請你。」

「沒必要。」

「去**卡德洛**。」

「我的天！」

「那地方**很好**！」

「我知道很好。但首先妳沒必要請我，另外我覺得卡德洛……哎呀，該怎麼講好呢……」

「我覺得它**很棒**！」

卡德洛飯店和酒吧位於遊艇碼頭科爾港中央，又大又通風，天花板和窗戶挑高，是個相當高級的地方。能眺望周圍的美景，享受地道的西海岸美食。衣著鮮亮的年輕人坐在相鄰的酒吧裡，豪爽地喝著飲料。安納瓦克知道自己一身破爛的牛仔褲和褪色的羊毛衫，並不合適那裡，而且高級飯店讓他渾身不對勁。但是他不得不承認，戴拉維很適合卡德洛。

就去卡德洛吧。

他們開著他的舊福特前往碼頭，運氣很好。卡德洛一般需要提前預定，但角落裡還有張空桌，位置雖有點偏僻，卻也因此符合安納瓦克的品味。他們點了店裡的特餐，以醬汁、紅糖和檸檬燒製的香柏烤鮭魚。

「好了，」服務生離開後，安納瓦克說道，「我們有什麼呢？」

「我除了飢餓，什麼也沒有，」戴拉維聳聳肩，「沒有比之前聰明一點。」

安納瓦克摩挲著下巴。「我可能發現了些東西，那個女人的影片啟發了我。」

「**我的**影片。」

「當然囉，」他開玩笑地說道，「一切全要感謝妳。」

「你們至少得感謝我想到那點。你發現什麼了？」

「跟已確定身分的鯨魚有關。我注意到，參與襲擊的只有過境虎鯨，沒有居留者。」

「嗯。」她皺起了鼻子，「沒錯。關於居留者，確實沒聽到什麼負面報告。」

「正是。約翰史東海峽並未發生攻擊事件，而那裡有獨木舟來來往往。」

「這麼說來，危險來自於洄游的動物。」

「過境者或者近海虎鯨。已經確定身分的座頭鯨和灰鯨也是過境者。三種鯨全在下加利福尼亞過冬，這有紀錄。我們將鯨群照片透過電子郵件傳給西雅圖的海洋生物研究所。他們證實，過去幾年多次在那裡見過這些動物。」

戴拉維疑惑地望著他。「座頭鯨和灰鯨洄游，這可不是什麼新聞。」

「不是所有的。」

「噢，我以為……」

「那一天我和舒馬克、灰狼再次出海，發生了奇怪的事情。我差點將它忘記了。那時維克絲罕女士號正在下沉，我們必須盡快救出船上的人，可是卻又遭受一群座頭鯨襲擊。我心想自己應該不可能安全脫險，更別說救人了。突然，我們身旁鑽出兩條灰鯨。牠們完全沒有傷害我們，只是待了一會兒，其他的鯨魚就游走了。」

「居留者嗎？」

「有十幾尾灰鯨全年都待在西海岸。牠們太老，無法踏上艱難的洄游旅程。南方來的鯨群到達後，老鯨魚被接納，受到歡迎禮對待。我認出其中一隻居留者，牠對我們明顯沒有敵意。相反的，我相信，是那兩隻灰鯨救了我們的性命。」

「我無言以對！牠們保護了你們啊！」

「哎呀，麗西婭，」安納瓦克聳聳眉毛，「妳就這樣把事情擬人化？」

「這三天來我幾乎什麼都相信。」

「講保護或許太誇張。但是我認為，牠們不喜歡那些攻擊者，的確攔阻了其他鯨魚。因此可以保守推論，參與攻擊的只是洄游動物。居留者——不管是哪一類——都行為溫和。牠們似乎察覺到其他鯨魚的腦子不太正常。」

戴拉維一臉思索的神情，搓著鼻子。「很有可能。我認為有群動物在從加州來這裡的途中失蹤了。就在外海。具有攻擊性的虎鯨就生活在太平洋外海。」

「沒錯。不管是什麼改變了牠們，絕對能在那裡找出來。在蔚藍的海洋深處。」

「不過，會是什麼呢？」

「我們會查出來的，」約翰·福特出其不意出現在他們身旁，拉過一張椅子坐了下來。「而且是在那幫政府傢伙用電話讓我發瘋之前。」

「我還想起一件事，」戴拉維在吃飯後甜點時說道，「那些虎鯨可能很享受這件事，可是那些巨鯨肯定不喜歡。」

「妳為什麼這麼想？」安納瓦克問道。

「這個嘛，」她滿嘴巧克力，腮幫子鼓鼓的，「你想想嘛，若一直四處衝撞，想翻倒東西；或者撞到有稜有角的物體上，受傷的危險有多大？」

「她說的對，」福特說道，「動物自己可能會受傷。如果不是為了維持物種或保護後代，沒有動物會傷害自己。」他取下眼鏡，不厭其煩地擦拭起來。「我們來隨便猜猜怎麼樣？這整個行動會不會是場抗議呢？」

「抗議什麼？」

「捕鯨。」

「鯨魚抗議捕鯨？」戴拉維不可置信地叫道。

「以前的捕鯨人不時遭到襲擊，」福特說道，「尤其是捕捉幼鯨的時候。」

安納瓦克搖搖頭。「這連你自己都不信。」

「只是試著丟想法出來嘛。」

「不是個好嘗試。至今未有證明，鯨魚是否理解什麼是捕鯨。」

「你認為，牠們不知道自己被捕獵嗎？」戴拉維問道。

「廢話，」安納瓦克翻翻白眼，「牠們不一定認識到那是有系統性的。領航鯨總在同一處海灣擱淺。在法羅群島，漁民將鯨魚趕到一處，任意拿鐵棒擊打，這是真正的大屠殺。再看看日本的博多吧，他們屠殺海豚和鼠海豚。一代又一代以來，這些動物知道了等在前面的命運。那麼，牠們為什麼還要回來呢？」

「這肯定不是什麼特殊智慧體的標誌，」福特說道，「另一方面，人類每年昧著良心排放燃氣、砍伐雨林，同樣不是特殊智慧體的標誌。難道你們不這麼認為嗎？」

戴拉維皺起眉，刮著盤子裡剩餘的巧克力。

「沒錯。」一會兒後安納瓦克說道。

「什麼？」

「麗西婭剛剛提到那些動物衝撞船隻時，自己會受傷──我認為，如果你突然想幹掉別人，會怎麼做？你會到某個能縱覽全局的地方，架好槍、開火，同時小心不要擊中自己的腳。」

「除非你受到了影響。」

「被催眠了。」

「或者病了，發瘋了。我就說過，牠們瘋了。」

「也許洗腦？」

「別再胡說了。」

好一會兒，誰也沒講話，各自坐在桌旁沉思。卡德洛的噪音分貝逐漸上升，鄰桌的聊天聲傳了過來。最近發生的事件成了媒體和公眾生活的中心。有人扯著嗓門將沿海事件和亞洲水域的破壞聯繫起來。日本沿海和麻六甲海峽接連不斷發生了數起幾十年來最嚴重的船難。大家紛紛猜測、交換意見，絲毫沒有被事件破壞了食欲。

「會不會是毒物呢？」安納瓦克最後說，「多氯聯苯，或其他有的沒的。會不會是什麼東西讓動物發瘋？」

「也許是憤怒得發瘋了，」福特嘲弄道，「我說過，牠們是在抗議。因為冰島人申請捕獵份額，日本人攻擊牠們，而挪威人根本不理會國際捕鯨委員會，就連馬卡人都想再次動手獵捕。嗯，就是這樣！」他咧嘴一笑，「也許鯨魚在報紙上讀過這些消息。」

「身為科學作業中心負責人，你實在很不稱職，」安納瓦克說道，「更別提你那嚴肅科學家的名望了。」

「馬卡人？」戴拉維應聲回道。

「努恰努爾特人的一支部落，」福特說道，「溫哥華島西岸的印第安人，多年來試圖透過法律途徑獲准重新捕鯨。」

「什麼？他們住在哪裡？他們瘋了嗎？」

「妳那文明人的憤怒值得嘉獎。不過，馬卡人最後一次獵鯨是在一九二八年。」安納瓦克打了個哈欠，幾乎睜不開眼。「不是他們造成灰鯨、藍鯨和座頭鯨瀕臨絕種的。馬卡人是要保護自己的傳統和文化。他們的理由是，幾乎已經沒有馬卡人還懂得傳統的捕鯨方式了。」

「那又怎麼樣呢？誰想吃，去超市買好了。」

「妳可別誤信李奧高貴的答辯。」福特又倒了杯葡萄酒。

戴拉維盯著安納瓦克，眼睛裡有些變化。

他想，可別這樣。沒錯，他的外表顯而易見是個印第安人，不過，戴拉維卻開始做出錯誤的推論。他簡直能聽到那個問題，然後又得解釋一堆。他恨透這類想法。他希望福特從沒有談起過馬卡人。

他迅速和館長交換了一下目光。

福特理解了。「我們下回再談這件事。」他建議道。沒等戴拉維回答，又說：「我們應該同奧利維拉、菲維克或者羅德．潘姆談談這個中毒理論。不過，老實說，我不相信。污染來自流出的油和倒入海的氯化氫。你和我一樣清楚，那會導致什麼結果。免疫系統減弱、感染、早夭，卻不會導致發瘋。」

「不是有位科學家預計西海岸的虎鯨將在三十年後滅絕嗎？」戴拉維又打開了話頭。

安納瓦克表情陰鬱地點點頭。「這樣繼續下去，三十到一百二十年內就會發生。另外，不光是中毒的問題，虎鯨還失去了食物來源——鮭魚。就算不毀於毒物，虎鯨也會離開，前往不熟悉的地區尋找食物、被漁具纏住……一切將同時發生。」

「忘記中毒理論吧，」福特說道，「如果只有虎鯨，我們還可以這麼說。但是虎鯨和座頭鯨卻同時行動……我不知道，李奧。」

安納瓦克陷入沉思。「你們知道我的觀點，」他低聲說道，「我根本不認為動物有目的，或者談論牠們的智慧，但是……你們是不是也感覺牠們想擺脫我們呢？」

他們望著他。他本以為會遇到強烈反駁，沒想到戴拉維卻點點頭。「對，除了居留者。」

「除了居留者。因為牠們沒有去過其他鯨魚所在的地方，那個牠們遭遇某事之處。那些掀翻拖船的鯨魚……我告訴你們，答案就在深海！」

「我的天吶，李奧，」福特身體往後靠，喝下一大口葡萄酒，「聽起來像是部爛電影，與人類大作戰？」

安納瓦克沉默不語。

那女人的影片沒有帶來更多的進展。安納瓦克深夜躺在溫哥華小套房裡的床上，輾轉難眠，心裡有個念頭逐漸成熟。他想親手解剖一尾發生變化的鯨魚。不管這些動物吃了什麼，它一直控制著牠們。裝上攝影機和發號機，或許能從其中一尾身上獲得必要的答案。

問題是，連溫和的座頭鯨都無法保持安靜，要如何才能將儀器固定在一隻發了瘋的座頭鯨身上？

再加上皮膚的問題……給海豹和鯨魚裝上儀器是截然不同的。一來很容易在棲地捕捉到海豹；二來，自然材質製成的快乾膠能將儀器固定在海豹皮毛上，經過一段時期後才自然脫落。最遲在每年一次的換毛時，剩餘的黏合劑會跟著消失。

可是鯨魚和海豚沒有皮毛。幾乎沒有什麼比虎鯨和海豚的皮膚更光滑了，感覺就像新去殼的雞蛋，塗了一層薄薄的膠狀物，能夠排除水流阻力，預防細菌。最上層的皮層不斷更新。只要一個跳躍，就會掉落薄薄一層——連同所有不受歡迎的寄生物和探測儀器。灰鯨和座頭鯨的皮膚也提供不了什麼支撐。

安納瓦克沒有開燈，起身走到窗前。套房位於一棟古老的高樓裡，能眺望格蘭維勒島，俯瞰夜色中閃爍的城市。他逐一思考各種可能性。當然有辦法。美國科學家採用以吸盤固定發號機和測量儀的方法。他們從船上使用長桿，將儀器固定在附近探頭游泳或者隨波起伏的動物身上。這樣做失敗率很高，但總算是種方法。可惜吸盤發號機只能抵抗水流壓力幾個小時而已。另一些人則將儀器黏在背鰭上。不管採用哪種方法，問題在於這幾天裡如何駕船接近一尾鯨魚，而不會被立即掀沉。

可以麻醉那些動物……

一切都太麻煩了。此外，光有發號機或許還不夠。他們需要攝影機、衛星遙測和錄影。

他突然想到一個主意。有方法。

只需要一名優秀的射手。鯨魚目標很大，但真正能夠射擊的人還是較為合適。

安納瓦克突然瘋了似的。他快步來到書桌前，連上網路，先後進入不同的網站。他又想到之前讀過的另一種方法。他在抽屜的成堆紙片裡翻找了一會兒，終於找到東京的水下機器人及應用實驗室小組的網址。

不一會兒他就知道可行的方法了。他們必須結合兩種方法。危機處理中心將需要花費大筆的錢，不過只要能解決問題，眼下他們不怕花錢。

他的腦子轉個不停。

凌晨時分他終於睡著了，腦中最後的念頭是巴麗爾皇后號和機器人。他心裡始終掛念一件事，那就是儘管多次查問，羅伯茲仍沒有回他電話。他希望英格列伍船運公司至少將樣品寄去了納奈莫。

報告到底怎樣了？他不會甘於一直被人推來踢去。他上午應該做些什麼呢？

我會再次起床，做筆記，他想道。首先……想到這裡他便沉入夢中，累壞了。

4/20

法國，里昂

貝納爾．洛赫責備自己沒有多花點時間檢查水樣，但他無法改變既成事實。他怎麼料得到一隻龍蝦能夠殺死人呢？甚至還可能殺死很多人？

一隻被污染的布列塔尼龍蝦從耳旁飛過之後，羅阿訥三個胖子餐廳的尚．耶宏，再也沒能從昏迷中醒來。二十四小時過去，仍無法斷定死因。可以肯定的是：他的免疫系統失靈了，有可能是嚴重中毒引起的直接後果。同樣難以證明的還有龍蝦──或者該說被尚．耶宏吞進肚裡的東西──就是罪魁禍首。

但看起來事實卻是這麼回事。廚房裡的其他人也病了，最嚴重的是接觸和存放那古怪東西的學徒。他們全都暈眩、噁心、頭痛，抱怨精力無法集中。這件事本身就夠嚴重了，對於三個胖子餐廳的經營更是有一定的影響。

不過，讓洛赫不安的是，自從尚．耶宏死掉後，羅阿訥許多人也患了類似的疾病，還好症狀不太嚴重。然而，在查出耶宏存放龍蝦的水發生了什麼事件後，洛赫擔心會發生最嚴重的事情。

考慮到餐廳的聲譽，新聞界低調處理了此事。即使如此，多少還是做了報導，從其他管道也有謠言傳到洛赫耳裡。顯然三個胖子不是唯一有此遭遇的餐廳。巴黎很快傳出多人死亡，據說是由於食用腐壞的龍蝦肉，但洛赫擔心那不完全符合事實。他還收到來自勒阿佛爾、瑟堡、卡昂、雷恩和布列斯特的消息。這段時間，他聘請了一位助手追蹤調查，事情逐漸有了眉目。布列塔尼龍蝦在整起事件中扮演著不光彩的角色。洛赫終於撇開其他事情，專心分析水樣。

他又發現了讓他費解的異常化合物，必須緊急弄到其他樣本才行。他於是聯繫有關城市。不幸的是，到目前為止誰也沒想過要保留那東西，也沒有地方傳出龍蝦爆炸。不過，對方卻同時提到無法食用而被丟棄的肉，以及有些人在烹煮前發現，食物中冒出一些有的沒的。洛赫但願有人像學徒一樣聰明，可惜漁夫、批發商和廚房員工均非實驗室人員。因此他暫時只能依賴猜測。他認為潛藏在龍蝦體內的，不僅只有一種組織，而是有兩種。一種是膠狀物，會自行溶解，而後顯然徹底消失。

而另一種生物活著，密度很大，熟悉得讓洛赫覺得不祥。

他透過顯微鏡觀看。數千隻透明小球像乒乓球一樣漫無目的地旋轉著。如果他猜的沒錯，它們內部有個捲在一起的柄、一種食管。是這些生物殺死了尚・耶宏嗎？

洛赫伸手抓起一根消毒過的玻璃針，迅速刺進自己的大拇指尖。一小滴血淌出來。他小心地將血注射進載片上的樣本，再透過顯微鏡觀看。放大七百倍時，洛赫的血球像紅玉色的花瓣，晃晃悠悠地沉入水裡，充滿了血紅素。那些透明的小球立即行動，伸出食管，快如閃電地襲向人的細胞，像針頭一樣刺進。吸了血球後，神祕的微生物漸漸轉紅。愈來愈多小球撲向洛赫的血。吸空一顆血球後，就換向下一顆。每個透明小球最多能吸進十顆血球。同時，正如洛赫擔心的，小球也因此膨脹變大。最遲四十五分鐘之後，就能完全吸空血球。他入迷地觀察著，發現時間甚至比他預料的還快。

十五分鐘後，駭人聽聞的過程就結束了。

洛赫呆坐在顯微鏡前。然後他記錄道：估計是紅潮毒藻*Pfiesteria piscicida*。

「估計」代表著最後的懷疑，雖然洛赫肯定，他剛才已經對造成幾起傷亡的病原體進行了分類。讓他困擾的是，他覺得那些小球似乎是種紅潮毒藻的怪物版。若真如此，那可是非常驚人的，因為紅潮毒藻本身就已經是怪物了。一個直徑為百分之一公釐的怪物，世界上最小又最危險的食肉動物之一。

紅潮毒藻是吸血鬼。

他閱讀過許多相關資料。科學界研究紅潮毒藻的時間並不長，始於八〇年代，從北卡羅萊納國立大學實驗室裡的五十條魚死亡開始。撇開水族箱裡一大群微小單細胞生物不談，箱裡供應給魚的水質顯然沒有什麼好挑剔的。研究人員換掉水，重新放進魚，卻也活不過一天。往往不到幾個小時，有時甚至只有幾分鐘，某種東西便殺死了魚，包括金魚、花鱸和非洲鯽魚，效率非常高。研究人員觀察到，魚痛苦萬分死去之前，總會抽搐扭動。

不知哪裡來的神祕微生物每次都會出現，然後又同樣迅速消失。

事情逐漸明朗。

一位女植物學家認出那神祕微生物是一種至今種類仍不明的渦鞭毛藻。大多數藻類並無害，但有幾種發展成真正的施毒者，會污染整個貝類養殖場。另一些渦鞭目釋放出更加危險的「紅潮」將大海染成血紅或棕色，同時也會侵襲殼類動物。儘管如此，和新發現的生物相比，那些只是小巫見大巫。

紅潮毒藻不同於其他同類，會主動進攻。某種程度上讓人想到扁虱，不是外形，而是兩者表現出同樣的耐心。它們全都死了似地潛伏在水域底部，外覆有保護作用的孢囊。紅潮毒藻可以這樣子連續數年不進食。直到一群魚游過，魚群的分泌物沉到水底，喚醒這些假死的單細胞生物的食欲。

接下來發生的事，只能稱之為閃電進攻。數十億藻類離開孢囊，衝上前去。此時，身體兩端的兩根鞭毛充當推進器，一根像螺旋槳般旋轉，另一根控制前進方向。紅潮毒藻一旦黏上一條魚，會釋放出癱瘓神經的毒汁，在皮膚咬出孔來，將吸喙插進傷口裡，吸走正在死去獵物的體汁。吸飽了，就離開犧牲品，返回水底，重新躲進孢囊。

有毒藻類本身是種正常現象，就像森林中的蘑菇一樣。

很久以前，人類就知道某些藻類有毒。準確地說，自聖經時代以來就知道了。〈出埃及記〉裡就描寫了一種現象，同「紅潮」似乎驚人地吻合：**所有的水都被變成了血。魚類死去，水流發臭，使得埃及人無法喝尼羅河裡的水。**

因此，單細胞生物謀殺魚類，不是什麼特別的事情。新鮮的只是謀殺的方式與殘酷的程度。彷彿有種疾病侵襲了世界水域，根據其最引人注意的症狀先暫名紅潮毒藻。毒殺海洋動物、珊瑚新疾病、海草被感染等等，在在反映海洋因為水中的有害物、過度捕撈、海岸濫開發和全球暖化，而衰弱的總體狀態。紅潮毒藻的進攻是種新現象或只是階段性出現，仍有所爭議。

但可以肯定的是，牠們以前所未有的方式占據全世界。在生產新物種這一點上，大自然證明了自己特別豐富的創造力。當歐洲人還在慶幸自己的地盤上未出現紅潮毒藻時，挪威沿海已有成千上萬的魚隻死亡，鮭魚養殖者陷入毀滅邊緣。這回的殺手叫做定鞭藻，紅潮毒藻的一個勤奮小弟。誰都不敢預言還會發生什麼事。

而現在，紅潮毒藻也襲擊了布列塔尼龍蝦。

不過，真的是紅潮毒藻嗎？

懷疑啃齧著洛赫。單細胞生物的行為證明了此事，雖然他覺得它們比現有資料裡介紹的更具攻擊性。不過他心想，龍蝦如何能存活這麼久？那些藻類來自龍蝦體內嗎？膠狀物也是？無論如何，一遇空氣就瓦解的膠狀物，似乎完全不同於藻類，是某種不明物質。那麼，後來龍蝦肉發生了什麼變化呢？

那真的是一隻龍蝦嗎？

洛赫不知所措。只有一點他是絕對肯定的。不管那是什麼，有一部分已經進入羅阿訥的飲用水裡。

4/22

挪威海，大陸邊緣

除了水和一片與海隔開的天空外，海上的世界就什麼也沒有了。那兒沒有參考點，以至於晴天時浩渺無邊，似乎要將人吸入太空；而雨天時，會搞不清楚自己到底是在水面上，還是已經一半泡在水裡了。雨單調地落下，就連飽經風霜的海員也覺得沮喪。地平線朦朧不清，黑暗的波濤和變幻的烏雲互相交融，讓人不禁有一種宇宙沒有了光亮、形體和希望的想像。

在北海和挪威海，映入眼簾的鑽油塔經常被作為參考點。研究船太陽號已經在外海的大陸坡上方航行兩天了，那裡大多數的平台和船相距太遠，肉眼看不到。即使少數視線範圍內的鑽油塔，今天也全都消失在濛濛細雨中，統統都是溼答答的。溼冷的寒氣鑽進科學家和船員們的防水夾克和工程褲裡。比起濛濛細雨，大家反而喜歡來一場劈哩啪啦、雨點粗大的豪雨。水似乎不光是從天空落下來，好像同時也從海裡往上噴。這是約翰遜記憶中最糟糕的日子之一。他拉下風衣帽沿罩住額頭，前往技術人員正在收回多功能探頭的船尾。途中，波爾曼走到他身旁。

「你是不是慢慢地連做夢都夢見蟲子？」約翰遜問。

「還好，」地質學家回答說，「那你呢？」

「我想像我是在演電影。」

「好主意。導演是誰？」

「希區考克怎麼樣？」

「深海地質學家版本的《鳥》嗎?」波爾曼冷笑,「這想像滿不錯的。啊,差不多好了!」

他離開約翰遜,快步走去船尾。一根大圓導桿被起重機吊起,導桿上半部裝有塑膠管。管子裡是取自不同水深的水樣。約翰遜觀看了一會兒,看著他們如何收回多功能探頭,取出樣本,後來史東、威斯登達和倫德也都來到甲板上。史東快步向他走來。

「波爾曼怎麼說?」他問。

「休斯頓,我們有麻煩了。*」約翰遜聳聳肩,「其他什麼也沒有多說。」

史東點點頭。他的攻擊性被垂頭喪氣取代了。在測量過程中,太陽號一直順著大陸邊坡的走向,向西南追蹤到蘇格蘭北部,同時由探測器從深海傳回照片。那整體是個笨重的支架,看起來像一個亂七八糟塞滿機件的鋼架,它裝有各種測量儀器、強力探照燈和一部攝影機。當整個支架被拖在船尾跟著行進時,攝影機便對海底進行拍攝,然後將影像透過光纖送到監控室。

在托瓦森號上,是由較先進的維克多號提供圖片資料。這艘挪威科學研究船沿著大陸邊坡的走向朝東北方行駛,針對挪威海直到特羅姆瑟的水域進行分析。兩艘船都是從計畫興建的水下工廠所在地出發。目前它們正對向行駛,預計在兩天後相遇,屆時它們將重新測量過整個挪威海和北海的大陸邊坡。波爾曼和斯考根決定把這一帶當作從未研究過的地區對待,事實上的確如此。自從波爾曼提供了第一批測量值之後,一切彷彿都變得陌生了。

前一天大清早,探測器的首批影像尚未出現在螢幕上。他們在溼冷的晨曦中放下多功能探頭。當太陽號在波濤中忽起忽落時,約翰遜試圖不去理會失重的感覺。第一批水樣立刻被送進地質物理實驗室分析。不久之後,波爾曼請全組人員到主甲板上的會議室集合,他們圍坐在磨亮的木桌旁,不再揉眼睛,或是哈欠連連,而是好奇地不發一語,抱著咖啡杯,咖啡的熱度開始慢慢地溫暖每根手指頭。

* 一九七〇年發射的阿波羅十三號太空船,任務是登陸月球,卻發生意外,這是當時船上人員向休斯頓(太空總署所在地)呼叫的話。

波爾曼耐心地等所有人到齊。他的眼睛盯在一頁紙上。

「第一批結果出來了，」他說道，「它不具全面代表性，只是概略的快照。」他抬起頭來，目光鎖住約翰遜一秒鐘，又繼續移向威斯登達。「大家都熟悉甲烷噴流柱這個概念嗎？」

威斯登達小組裡的一位年輕人沒有把握地搖搖頭。

「當氣體從海底冒出時，就形成甲烷噴流柱。」波爾曼解釋，「它和海水混合之後，便隨海潮漂流、上升。通常，我們在大陸板塊的邊緣會測量到噴流柱，在那裡一塊大陸板塊插進另一塊下方，壓力將沉積物擠成堆。板塊擠壓導致了液體和氣體冒出。這算是普遍的現象。」他輕咳一聲，「可是你們看，和太平洋不同的是，大西洋裡不存在這種高壓區，挪威沿海也沒有。大陸邊緣可以說是被動的，不太會擠壓。但是今天早晨我們在這一帶還是測量到了高密度的甲烷噴流柱。之前的測量中並沒有出現過。」

「目前濃度有多高？」史東問。

「令人擔憂。我們在奧勒岡測到過類似的數值。在一個斷層特別厲害的地帶。」

「很好，」史東想撫平他額上的皺紋，「就我所知，挪威沿海一直都有甲烷洩出。我們從過去的專案中獲知這種情況。眾所周知，海底總是有些地方在冒氣，對於這些狀況，也都能夠一一給予解釋，我們幹嘛還要大驚小怪呢？」

「你沒有完全說到事情的重點。」

「你聽我說，」史東嘆息，「我唯一感興趣的是，你的測量是否真的值得擔憂。到目前為止，我不認為有此必要。我們根本就是在浪費時間。」

波爾曼和藹地笑著。「史東博士，這一帶的大陸邊坡，尤其再往北一點，都是靠著甲烷水合物凝結固定住的。水合物層有六十至一百公尺厚，形成巨大的冰楔。我們也知道，這些層面少部分有垂直間隙，那裡多年來就冒著氣體。

「理論上，根據我們對穩定性的計算，它們本來不該冒出來。在這種高壓和低溫的條件下，海床應該凍結，可是並沒有。這就是你說的氣體外洩。我們可以與之和平共處，甚至可以置之不理。但我們不能再僅憑幾幅圖表和曲線，就以為可以高枕無憂。我再重申一遍，噴流柱裡自由氣體的濃度很高。」

「真的是氣體外洩嗎？」倫德問，「我是問，甲烷是從地球內部向上升起的，還是有可能來自……」

「融化的水合物？」波爾曼猶豫說，「這是關鍵問題。水合物開始融化時，參數應該有所變化。」

「目前符合這種情況嗎？」倫德問道。

「實際上只有兩個參數，壓力和溫度。我們既沒有測量到水溫暖化，海平面也沒有下沉。」

「我早就說過，」史東叫著，「我們在擔憂不存在的問題。我是說，我們有一批採樣。」他熱切地環顧四周尋求贊同，「唯一的、該死的水樣！」

波爾曼點點頭。「你說得很對，史東博士。一切都是推測。但我們聚在這裡，就是為了找出事實真相。」

「真受不了史東。」之後當他們前往餐廳時，約翰遜對倫德說，「他是怎麼回事？好像一直想阻攔這些檢測？這是他的專案耶。」

「乾脆把他丟下船去算了。」

「我們倒進海裡的垃圾已經夠多了。」

他們端著新鮮咖啡來到甲板上。

「你怎麼看這結果？」倫德喝了口咖啡，問道。

「這不是結果，是初步發現。」

「好吧。你怎麼看這個初步發現？」

「我不知道。」

「快說呀。」

「波爾曼才是專家。」

「你真的相信，事情和那些蟲子有關嗎？」

約翰遜想著他和奧爾森的談話。「我暫時什麼都不信，」他謹慎地說，「現在相信什麼還為時過早。」他吹吹咖啡，仰起頭，頭頂上的天空灰濛濛的。「我只知道一點：我現在真想待在家裡，而不是在這艘船上。」

這是前一天的事。

分析最新一批水樣時，約翰遜溜進駕駛台後面的發報室裡。透過衛星，他可以從研究船上和世界各地的船隻取得聯繫。幾天來，他已經開始建立了一個資料庫，向各研究所和科學家們寄發電子郵件，而且還得將整件事偽裝成是個人興趣似的。第一批回信令人頗為失望。沒有人對這種新蟲子做過觀察。幾小時前他也曾和正在海上的各考察隊取得了聯繫。他拉過一把椅子，將筆記型電腦放在無線電設備之間，並且打開電子郵件信箱。就連這回收信成果也很低。其中唯一有趣的消息是來自奧爾森，他寫說，南美和澳洲沿海有水母入侵，顯然情況已經失去了控制。

不知道你們在那外面是否也得到消息。昨天夜裡，他們送來一件特別報導。成群結隊的水母沿著海岸漂流。奧爾森說，看樣子牠們像是有計畫地漂向人類居住的地區。當然純屬無稽之談。對了，再度發生撞船事件。兩艘貨櫃船在日本海域相撞。另外，又有船隻失蹤，不過這次記錄下了呼救聲。一些來自於加拿大卑詩省奇怪的故事神出鬼沒，一如既往，透過媒體四處傳播，而人們卻也無法進一步了解更具體的消息。

據傳在加拿大鯨魚獵殺人類。謝天謝地，我們不必事事相信。來自特倫汗的開心小節目就講這麼多。別給我淹死。

「謝謝。」約翰遜情緒低迷地咕噥著。

他們確實很少聽新聞。待在研究船上彷佛與世隔絕。正式說法他們不聽新聞是因為太忙了。事實上，只要波濤在船體下洶湧，他們就不想讓城市、政治家和戰爭破壞了他們的清靜。直到在海上漂泊一、兩個月之後，他們會開始渴望文明世界：高科技、階層制、電影院、速食店，以及不會上下顛簸的陸地。

約翰遜確定自己無法集中精神。他開始幻想他們兩天來在螢幕上一直看到的東西。**蟲**。如今他們確信：大陸邊坡上全是牠們。由凝結的甲烷所構成的地面和岩脈，完全消失在數百萬隻試圖鑽進冰裡的蠕動粉紅色軀體之下。這已經不是地區性現象了。他們成了一次大規模入侵的證人，入侵行動分布在整個挪威沿海。

好像有人變魔術似地將牠們變到了那裡……

一定有誰也遇過類似的現象。

為什麼他擺脫不了蟲和水母之間存在聯繫的感覺呢？另一方面，怎樣解釋才會被認真看待？真荒唐！

荒唐，對。他突然想到，荒唐是某種事物剛開始的特徵。某種我們至今只匆匆一瞥的事物。這才僅僅是開始。

當倫德走進來，將一杯黑咖啡放到他面前時，他正在瀏覽CNN網站，核實奧爾森的消息。約翰遜抬頭望她。她同謀似地笑笑。自從去過湖邊以來，他們的關係有股密謀的韻味，一種夥伴似的保密。

新煮的伯爵咖啡香味飄散開來。「我們船上會有這種好東西？」約翰遜吃驚地問道。

「我們船上沒有這種好東西，」她回答，「這種好東西得自己帶上來，如果你知道有人非喝它不可的話。」

約翰遜揚起眉毛。「多體貼啊。這回妳想要什麼報酬呢？」

「一聲謝謝如何？」

「謝謝。」

她望一眼筆記型電腦。「你有了進展嗎？」

「白搭。上一批水樣的分析結果如何？」

「不清楚。我在忙更重要的事情。」

「噢，什麼事會更重要？」

「關照威斯登達的助理。」

「那小子怎麼了？」

「忙著餵魚，」她聳聳肩，「用他胃裡的東西。」

約翰遜忍不住笑出來。倫德喜歡用船員們的黑話。在研究船上兩個世界碰撞在一起——船員和科學家們。他們善意地相互關心，嘗試習慣對方的表達形式、生活方式和怪僻。過一陣子就會熟悉起來，但在那之前大家會保持一個客氣拘謹的距離，開點玩笑可以拉近彼此的關係。「用胃裡的東西餵魚」是船員們對新手的說法，他們還既不熟悉船員生活，也不熟悉他們的胃在離開結實地面後的反應。

「妳頭一回也吐了。」約翰遜提醒道。

「你沒吐？」

「沒有。」

「鬼才信。」

「真的沒有！」約翰遜舉手發誓道，「妳可以去查證。我不暈船的。」

「好吧，」倫德掏出張紙條，放到約翰遜面前的桌上，紙條上寫的是一個電子郵件信箱。「你不暈船的話就去一趟格陵蘭海吧。波爾曼的一位熟人正在那裡，他叫鮑爾。」

「盧卡什．鮑爾？」

「你認識他嗎？」

約翰遜緩緩點點頭。「我想起幾年前在奧斯陸的一次國際性會議。他做了一次報告。我想，他是研究洋流的。」

「他是位工程師。他設計一切可能的東西，深海設備、高壓水箱——波爾曼說，他甚至參與發明了深海模擬器。」

「鮑爾停留在格陵蘭島外？」

「已經幾個星期了。」倫德說道，「另外，說到他與洋流有關的工作，你是對的。他正在收集數據。是你詢問蟲子下落的另一位候選人。」

約翰遜拿起紙條。他確實沒注意到鮑爾的研究。格陵蘭島沿海是不是也有甲烷礦藏？

「斯考根進展如何？」他問道。

「十分艱難，」倫德搖搖頭，「他無法得到如他所願的進展。他們封了他的嘴，假如你明白我的意思。」

「誰？他的上司們？」

「國家石油公司是國家的。還要我講得更明白嗎？」

「這麼說他什麼也打探不到。」約翰遜斷言。

倫德嘆口氣。「別人不笨。如果有人只想打聽消息卻不肯拿自己的情報作交換，他們會發覺的。反正他們有自己的保密習慣。」

「我跟妳提過了。」

「對，如果我跟你一樣聰明的話。」

外面傳來腳步聲。威斯登達的一位手下將頭伸進門來。「去會議室集合。」

「什麼時候？」

「馬上。我們拿到分析報告了。」

約翰遜和倫德交換了一下目光。他們的眼裡含有對他們已知曉事情的膽怯期待。約翰遜闔上筆記型電腦，跟著那人走上主甲板。窗外流淌著雨水。

波爾曼將腳擱在桌面上。「到目前為止，我們在整個大陸棚都發現了同樣的情形，」他說道，「海裡滿是甲烷。我們的分析結果和托瓦森號的結果大體相同，雖有點小偏差，但基本上一致。」他頓了頓，「我不想信口開河，水合物開始讓很多地方有點不穩定了。」

無人動彈，沒有人講什麼。大家全都盯著他，等待著。

後來國家石油公司的人員七嘴八舌地同時詢問起來。「這是什麼意思？」「甲烷水合物會融化？你說過，那些蟲子破壞不了冰層的！」「你測量到了水溫變暖嗎？沒有變暖……」「什麼結論……？」

「請安靜！」波爾曼舉起手來，「事情就是這樣的。我仍然認為，這些蟲子無法造成嚴重破壞。另一方面，我們不得不斷定，水合物的不穩定始於牠們的出現。」

「很有見地。」史東嘀咕道。

「這事到什麼地步了？」倫德問道。

「幾星期前我們研究了托瓦森號的考察成果，」波爾曼回答道，盡量用一種安慰的腔調，「在妳首次發現蟲子的時候。當時的測量結果還是正常的。因此上升是那之後才出現的。」

「現在呢？」史東問道，「那下面變暖了沒有？」

「沒有，」波爾曼搖搖頭，「穩定程度未變。如果有甲烷溢出，只能是由沉積層深處的變化引起的。無論如何要比這些蟲子能夠鑽進去的要深。」

「你怎麼就知道得這麼準確呢？」

「我們證明了……」波爾曼頓了一下，「在約翰遜博士的幫助下我們證明了，動物們係缺氧而死。牠們只能鑽進去幾公尺深。」

「你的結論來自一隻水箱。」史東鄙視地說道。他似乎將波爾曼選作新的死敵。

「如果水沒有變暖，會不會是海底變暖了呢？」約翰遜建議道。

「火山作用？」

「這只是一種想法。」

「一種說得通的想法。但這個地區不會。」

「這些蟲子分解的甲烷會進入水裡嗎？」

「量不可能這麼大。要達到那種程度，牠們必須接觸到地底的氣泡囊或融化現存的水合物。」

「但牠們不可能接觸到氣泡囊。」史東固執地堅持道。

「不，我說過……」

「我知道你講過什麼。我要告訴你我的看法。那蟲子有體溫。每種生命都釋放出溫度。牠的體溫融化掉最上層，僅僅幾公分，但牠們足夠……」

「深海生物的體溫等同於牠的環境溫度。」波爾曼平靜地說道。

「儘管如此，如果……」

「克里佛，」威斯登達將手放到這位專案負責人的肩膀上，像是朋友似的，但約翰遜感覺到，史東剛剛得到了一個明顯的警告。「我們幹嘛不等等其他的調查結果呢？」

「啊，該死。」

「這樣不會有任何結果的，克里佛。別再胡亂推測了。」

史東望著地面。再次出現沉默。

「如果甲烷不停止溢出，會有什麼後果？」倫德問道。

「那有很多種可能。」波爾曼回答說，「已知案例有過天然氣田全部消失，所有的水合物僅在一年之內就融化掉了。這裡有可能發生同樣的事，只不過推動此一過程的可能是蟲子。果真如此，接下來的幾個月裡，挪威沿海會有相當多的甲烷進入大氣層。」

「就像五千五百萬年前的一場甲烷大災難？」

「不是，要達到那地步還嫌少。重申一遍，我不想亂猜。另一方面，我無法想像，在壓力不減或溫度不上升的情況下，這一變化會無止境地持續下去，這兩項證據我們都沒觀察到。接下來的幾小時內我們將派探測器下去。也許那會揭開事情的真相。謝謝大家。」說完，他離開了會議室。

約翰遜向格陵蘭海的盧卡什・鮑爾發了封電子郵件。他漸漸覺得自己像一位生物學探員：你見過這種蟲子嗎？你能描述牠嗎？如果我們將牠跟另外五隻排在一起，你能認出牠來嗎？是這種蟲子搶劫老太太的手提包嗎？所有的回答都會被當作證言記錄下來。

幾經猶豫之後，他對那次在奧斯陸的會面寫了些客套話，打聽鮑爾最近在格陵蘭沿海有沒有測量到甲烷含量特別高。他在之前對其他人的詢問中都沒有提過這一點。

當他不久後走上甲板時，他看到攝影機架吊在吊車纜繩上晃蕩，波爾曼的地質學小組正在做鑑定。他們將攝影機架收了回來。

不遠處，幾名船員蹲在甲板維修室前的矮櫃上聊天。長久下來這只櫃子獲得了避難所的封號，它位於瞭望塔和客廳之間。櫃子上鋪著塊防水布。有些人乾脆叫它睡椅。從這裡可以開心地拿科學家和研究員們不穩定的動作開玩笑，但今天沒人開玩笑。緊張情緒也感染了船員們。大多數人很清楚科學家在幹什麼。大陸邊坡上有許多不對勁的地方，人人都在擔心。

一切都必須分秒必爭地進行。波爾曼讓船行駛得特別緩慢，要根據拍攝影像和扇形回聲探測器的測量資料分析，找出他認為合適的位置進行探勘。太陽號下面就有一片很大的水合物地帶。在這裡，探勘是指將一個像是來自海洋研究的侏儸紀怪物放下海。

視訊抓斗，一個數噸重的鋼鉗，絕對不是什麼精密複雜的科技。相反的，它是最粗暴、但也最可靠的從海底拖出一截歷史的方法。抓斗鑽進海床，深深地鑽進去，撕開一道傷口，抓出大把的淤泥、冰塊、植被和岩石，將這一切拉上來，回到人類的世界。有幾個船員生動貼切地叫它**暴龍**。當你看到它打開頜骨吊在船尾的A型架上，準備撲進海裡時，你確實會不由得產生這種聯想。

一隻為科學服務的怪物。

但是，像所有怪物一樣，視訊抓斗雖然能力驚人，卻又笨拙愚蠢。它的內部裝有一部攝影機和強大的探照燈。人們可以在釋放它的威力前，看到抓斗看到的東西，這很令人讚嘆。愚蠢的是**暴龍**無法悄悄接近。不管你多麼小心地放下它——這小心也有個限度，因為需要一定的重量它才能鑽進沉積層——單是它所掀動的巨浪就會嚇跑大多數海底居民。當它落向魚、蟲子、蟹，和所有動作更快的生物時，抓斗還沒伸出，生物的敏感本能就對臨近的危險做出了反應。再新穎的研究設備也難免暴露自己的行蹤。一位美國深海科學家最終絕望暴躁地總結：「下面有許多生物。問題在於，每次我們一來，牠們就紛紛躲開。」

船尾的A型架正放下抓斗。約翰遜從眼裡擦去雨水，走進監控室。坐在絞盤旁的船員正操縱著升降抓斗的搖桿。過去幾小時裡他一直在操縱攝影機架，但他顯得專注和愉快。他必須如此，連續數小時盯著灰白色的海床畫面，會有催眠作用。一不小心，價值相當於一輛全新法拉利的儀器就可能永遠留在海底。

室內光線幽暗，螢幕的光線蒼白地照著周圍人們的臉。世界消失了，只剩下海床，科學家們像研究密碼一樣研究它的表面，地表裡的任何細節都能說明一切，多重密碼資訊，上帝的暗語。

室外船尾的絞盤上，抓斗在沙沙下沉。

水似乎要從螢幕裡噴出來，鋼鉗穿過密集如雨的浮游物下沉，畫面由藍轉綠，最後趨向黑暗。小蟹、小魚跟不知名的生物，像夜空裡的彗星般散開。抓斗的旅程讓人感覺像是老片《星艦迷航記》影集的片頭字幕，只是缺少音樂。實驗室裡死一般靜寂。深度儀飛快轉動。海床突然出現了，它同樣也可能是月球表面，絞盤停住了。

「水下七一四公尺，」操縱桿旁的船員說道。

波爾曼身體前俯。「還不要操作。」蚌類動物游過畫面，彷彿牠們喜歡住在水合物上似的。牠們大多數躲在隆起、顫動的粉紅色軀體下方。約翰遜不由想道，這些蟲子不僅鑽進冰裡，而且鑽進蚌類動物的殼裡。他清楚地看到，下頜伸出扯下一塊蚌肉，吞進管狀的體內。在蠕動蟲子的覆蓋下，根本看不到白色甲烷冰，但室內每個人都知道，它存在著，就在牠們下面。到處都有氣泡升上來，將小小的發光體沖上來，那些是水合物的碎片。

「開始。」波爾曼說道。

海底向攝影機飛來。有那麼一瞬間，好像蟲子在弓起身來，迎接抓斗似的。然後漆黑一團。鋼鉗挖進甲烷冰，慢慢合攏。「見鬼了……」操作員低聲說道。

絞盤的深度計數字不斷跳動。頓了一下，然後又繼續。「抓斗斷了，它往下沉了。」

威斯登達擠上前來。「怎麼回事？」

「這不可能，那下面根本就沒有阻力。」

「升起來！」波爾曼叫道，「快！」

船員向身邊拉操縱桿。深度計停了，然後數字開始減少。抓斗升起，鉗合著。外攝影機上有個突然成型的黑洞。黑洞裡浮升出舞動的大氣泡。緊接著是大量氣體湧出，衝向抓斗，將它包圍，一切突然消失在一個翻滾的漩渦裡。

格陵蘭海

在太陽號所在地以北數百公里處，卡倫．韋孚剛剛停止計數。她不停來回跑，繞了甲板五十圈，同時注意不致妨礙到科學家。盧卡什．鮑爾沒時間跟她說話，這一度很合她的意。她需要運動。她真想爬冰山或做點其他什麼，削減她多餘的腎上腺素，然而在一艘探測船上也沒什麼機會。她試過健身房，但三台健身器令她抓狂，於是她跑起步來，上下甲板，經過鮑爾的助手身旁，他們正在處理第五號漂浮器；從船員身邊跑過，他們正在奮力工作，或站成一團望著她，看起來正在嚼舌根議論。

她開啟的嘴脣間冒出了白霧。

上甲板，下甲板。

她必須鍛鍊她的體力，那是她的弱點，雖然她花了很多時間加強。她的身體像尊雕像，皮膚發亮，肌肉健壯。在她的雙肩之間有幅複雜的獵鷹刺青，一隻極罕見的生物，張著鳥喙，爪子前伸。同時卡倫．韋孚又絕不像練健身的女人那般魁梧。事實上，只要她個子再高些，肩膀再窄一點，就是個完美的模特兒了。她是頭嬌小、矯健的豹子，靠腎上激素維生，棲息在某座深淵的邊緣。

這回的深淵有三千五百公尺深。朱諾號航行在浩瀚的格陵蘭深海上，這是弗拉姆海峽下方的廣闊海床，冰冷的北極水由此朝南流。這片海域就位於冰島、格陵蘭島、北挪威海岸和史瓦巴群島之間，是地球的兩座主要水泵之一。盧卡什・鮑爾對發生在這裡的事情很感興趣，而卡倫・韋孚，代表她的讀者們，也對這很感興趣。

鮑爾招手叫她過去。他的頭頂禿光了，眼鏡鏡片很大，鬍子灰白，比韋孚見過的任何科學家都更像一位心不在焉的迂腐教授。他六十歲了，已然有些駝背，但仍有不屈不撓的活力。韋孚敬佩盧卡什・鮑爾這樣的人。他們身上有某些幾乎是超越人類的東西，他們的意志令她折服。

「看看這東西，卡倫！」鮑爾以清晰的聲音呼喚道，「不可思議，不是嗎？這裡每秒鐘有一千七百萬立方公尺的水翻騰而下。一千七百萬哪！」他滿面笑容地望著她，「這足足是地球上所有河水的二十倍。」

「鮑爾博士，」韋孚把一隻手放在他的手臂上，「這已經是你第四次跟我講這些了。」

鮑爾眨眨眼睛，「是嗎？」

「而你一直沒有向我解釋漂浮器是如何運轉的。如果你要我為你做宣傳，你得跟我從頭到尾說明一遍。」

「好吧，嗯，漂浮器……就是……漂浮監測器……它們，呃，但是妳已經完全清楚了，不是嗎？因此妳才會在這裡。」

「我在這裡，是要用電腦類比水流，好讓人們看見漂浮器漂往何方。你忘了嗎？」

「當然，哎呀，妳也根本不可能，妳沒有……好吧，可惜我的時間有點緊。我還有許多事要處理。妳為什麼不親眼去看……」

「博士！別又來這一套。你答應過要跟我說那是如何運轉的。」

「當然了。妳知道的，在我的作品裡，我……」

「我讀過你的作品了，博士，我受過科學訓練，而即使是我，也只讀懂了一點點。科普文章應該要具有娛樂性，你得用人人都能讀懂的語言來寫。」

鮑爾看起來像受了傷。「我的論文很深入淺出。」

「對你而言或許是，還有跟你一起工作的二十幾位同事。」

「才不是。如果妳仔細讀那些內容……」

「不，博士。請你解釋給我聽。」

鮑爾皺起眉，然後寬容地笑了笑，「如果我的學生這麼說……但他們都不敢。我可不准他們插嘴，只有我自己能這麼做。」他聳聳瘦削的肩承認，「可生活就是這麼一回事吧，我想。我又不能拒絕妳，我喜歡妳，卡倫。妳是一位……哎呀，一位……你讓我想起……算了，無所謂了。我們去看看漂浮器吧。」

「誰？」

「然後，看完之後，我們再來談談你的發現。有人在問。」

「雜誌，電視節目和研究機構。」

「真有意思。」

「不，這很正常。做了宣傳當然就會這樣。你真的理解公關到底是什麼嗎？」

鮑爾狡黠地笑了笑：「或許妳可以跟我解釋一下？」

「很樂意，哪怕得解釋十次。但首先，請你先跟我說。」

「但是不行啊！」鮑爾焦慮地說道，「我們已經把漂浮器降下去，緊接著我還不能忘了要去……」

「說話要算話，告訴我。」韋孚毫不妥協地說道。

「可是，孩子，不只妳一個人被問過。我和全球科學家都有通信！他們的問題才叫稀奇古怪。我才收到一封電子郵件，某人向我詢問一種蟲子。匪夷所思吧，蟲子！他甚至想知道甲烷濃度是否比平常還高。而這一點，當然，沒錯，是這樣，但他怎麼會知道？我不得不……」

「我可以處理這一切，把我當成你的同夥吧。」

「一旦我……」

「如果你真喜歡我的話。」

鮑爾睜圓了雙眼：「我明白。所以，就是這麼回事兒，是吧？」他抖著下垂的雙肩，抑制住笑聲，「這就是為什麼我一直不結婚，結了婚就會一直受到脅迫。好，接下來我會認真些，我保證。現在呢，我們走吧，妳隨我來。」

韋孚跟隨著他。漂浮監測器從起重臂上吊下來，垂在灰色的水面上。它有數公尺長，以一座支撐架保護著。整個設計有一半以上是由一根發光的細管組成，頂端是兩只球形玻璃容器。

鮑爾揉搓雙手。羽絨大衣穿在他身上明顯大上好幾號，使他看起來像隻奇異的北極鳥。「我們將這東西放進水裡，」他說道，「它隨著洋流漂動，把它想成一顆巨大的水滴。在我們下方就有一顆垂直往下沉，因為水在這裡是朝下流的，如我先前所說……不過，妳當然看不到，即使如此，水還是往下流……現在，我該怎麼解釋呢？」

「盡量別用專業術語。」

「好，好。其實非常簡單，重點是，水並不總是一樣重。最輕的水鹽度低而暖。鹽度高的水比較重，鹽分愈高，愈重。事實上，得考慮到鹽本身的重量。另一方面，冰冷的水又比溫暖的水重，因為它的密度更高，因此水愈冷就愈重。」

「冰冷的高鹽度海水是最重的水。」韋孚插話道。

「正確，非常正確！」鮑爾高興地說道，「因此，水不光隨著洋流而動，它們還在不同水層間上下流動。暖流在水面，最冷的則在海床，之間是深水流。當然，暖流能在水面上流淌數千公里，最後才進入冰冷的地帶，然後開始冷卻，當水溫降下來之後……」

「它會變重。」

「沒錯，對。它會變重，這使得水開始往下沉，表面的水流變成深水流，甚至海底水流，水流動的方向也隨之而變。另一種循環也完全相同，但水是從下往上，從冷變暖。就這樣，世界上所有主要洋流都在不停地運動。而且，它們彼此間是相互連動的，所以也不停地進行著交換。」

漂浮器已經降到海平面了。鮑爾快步走近船舷，俯身欄杆上，不耐煩地招手叫韋孚過去。「妳還在等什麼，過來呀，從這裡能看得更清楚。」

她走到他身旁。鮑爾目光炯炯地望著前方。「想像一下，假如每道洋流裡都有這種漂浮器。」他說道，「那麼，我們獲悉的資料將會多得難以想像。」

「那兩個玻璃球是做什麼用的？」

「它們能讓漂浮器一直留在洋流中。漂浮器的另一端也掛有一些砝碼，可是這所有的關鍵是中間的圓筒，所有設備都在那裡面。電子控制儀、微處理器、電源設備等。它還有中性浮力。這是不是很了不起？中性浮力！」

「要是你能告訴我這是什麼東西，那就更了不起了。」

「噢，呃……當然。」鮑爾扯扯他的鬍子，「這麼說吧，我們得考慮如何讓漂浮器——是這麼回事：液體幾乎是無法壓縮的，也就是，妳沒辦法把液體壓得更緊。但水是最大的例外，妳沒辦法，呃，壓縮太多，但還是能壓縮。我們就是這麼做的。我們將水壓縮進圓筒中，裡面的**水量一直不變**，但有時會重一些，有時輕一些。這樣，漂浮器的重量就可以變來變去，但水量卻不變。」

「真是天才。」

「那當然！我們可以為它設計程式，讓它全部自行操作：壓縮，解壓縮，壓縮，解壓縮，下沉，上升，下沉，根本不用我們動手……很了不起吧？」

韋孚點點頭，觀看著那個長管沉入灰色波濤裡。

「也就是，漂浮器可以長年累月地在海裡獨自漂浮，發出無線電信號，這樣我們就能確定它的方位，重建洋流的速度和流動過程。啊，它在下沉，不見了。」

漂浮監測器消失在海裡。鮑爾滿意地點點頭。

「它現在漂向哪裡？」韋孚問道。

「那就是問題的所在。」

韋孚定睛望著他。

鮑爾目光惶恐，嘆了口氣，投降了。「我知道，我知道，妳想聽我談我的工作。」

「而且是現在就談。」

「我的天哪，妳真固執。那好吧，我們去實驗室談。但坦白講，我的工作成果令人不安……」

「人們喜歡不安。你沒聽說過嗎？水母入侵，科學的反常現象，人類失蹤，船難。你有很多好夥伴。」

「是嗎？」鮑爾搖搖頭，「妳可能說對了。我永遠不會理解什麼是宣傳。我只是一名科學家。它對我來說太深奧了。」

挪威海，大陸棚

「媽的，」史東煩悶道，「這是海嘯！」

在太陽號的監控室裡，所有人都緊張地盯著螢幕。海床上的生物似乎已經大難臨頭。

波爾曼對著麥克風講道：「我們必須離開此地。通知艦橋，全速前進。」

倫德轉身跑出監控室。約翰遜略一遲疑，也跟著她跑走了。突然間，船上每個人都跑了起來。約翰遜迅速跑上工作甲板上滑了一下，那裡的船員和技術人員正在倫德的指揮下搬動冷藏箱。當太陽號突然加速時，絞盤上的纜繩直抖動。

倫德看到他，向他跑了過來。

「這是怎麼回事？」約翰遜叫道。

「我們撞上氣泡湧浪了。看！」

她將他拉向船舷。威斯登達、史東和波爾曼也來到他們身邊。國家石油公司的兩名技術人員走到另一端的船尾，站在A型架下方朝下張望。

波爾曼盯著繃緊的纜線看。

「他在那裡搞什麼鬼？」他低聲道，「那笨蛋為什麼不停下絞盤？」他快步跑回船內。

就在這一刻，大海開始白浪翻滾，水面上冒出巨大的白色泡沫團。太陽號全速行駛。抓斗的纜索鏗鏗鏘鏘地繃緊。甲板上有人跑向A型架，使力揮舞雙臂。

「快離開那裡，」他對國家石油公司的員工喊道，「快離開！」

約翰遜認出來了，那人是被船員們稱為獵犬的大副。威斯登達轉過身也打起了手勢。後來，一切都在瞬間發生了。一道布滿泡沫、嘶嘶作響的熱噴泉吞沒了他們。約翰遜依稀看到抓斗從水面下浮出。硫磺的惡臭瀰漫，令人難以忍受。太陽號的船尾下沉，然後鋼鉗斜飛而出，倏地射入空中，像巨大的鞦韆一樣飛向乾舷。兩名技術人員中後面那一位看到了，猛撲到地上，另一位嚇呆了，試著後退一步，然後跌了一跤。

獵犬一個箭步衝上前，想將他拉到地上，但鋼鉗轟地撲向那人，將他拋向空中。接著他落在甲板上，沿著艙板滑出去，躺在地上動也不動。

「我的天啊，」倫德喘不過氣來，「不！」

她和約翰遜同時跑向那具文風不動的身軀。大副和船員們在那人身邊跪下。獵犬抬頭望了一眼。

「別碰他。」

「但是我……」倫德張口說道。

「叫醫生，快。」

倫德不安地啃著指甲。約翰遜知道她非常痛恨幫不上忙。她走向抓斗，它幾乎已經停住擺動，淤泥從上頭滴落到甲板上。「張開！」她叫道，「將剩餘的全部倒進箱子裡。」

約翰遜望著水面。發出惡臭的甲烷仍不斷冒出水面，但已漸漸變少。太陽號迅速遠離。最後被沖上水面的甲烷冰漂向波濤，粉碎了。

抓斗吱吱作響，張開了鋼鉗，拋下數百公斤的冰塊和淤泥。科學家和船員們圍在旁邊，試圖將盡可能多的水合物投入液態氮鋼槽中。水合物蒸發，嘶嘶作響。約翰遜感覺自己一點都派不上用場。他轉身走向波爾曼，幫他收集冰塊。甲板上滿是憤怒的小生物，有些抽搐著、扭動著，向前翹起牠們的頜骨。但大多數都沒能活過這急劇的上升。溫度和環境壓力的驟變殺死了牠們。

約翰遜撿起其中一塊，仔細端詳。冰裡有水孔。裡面躺滿了死蟲子。他將冰塊轉來轉去，直到聽到冰塊粉碎發出喀嚓喀嚓聲，才想起要趕緊將它密封起來。其他冰塊裡的孔更多，但真正的破壞很明顯是來自孔道下方。冰裡出現火山口般的裂口，被黏呼呼的細絲覆蓋著。

這是怎麼回事？約翰遜已經把冷藏箱丟到腦後。他用手指拈碎黏液。那看上去像細菌群的殘遺。水合物表面有細菌席，但細菌在冰塊裡面幹什麼呢？

冰塊很快就融化了。他回頭張望。泥濘的泥漿覆蓋了工作甲板。被抓斗擊中的那人不見了。倫德、威斯登達和史東也離開了甲板。但約翰遜看到波爾曼倚在不遠處欄杆上，向他走過去。「剛剛出什麼事了？」

波爾曼揉揉眼睛。「我們遇上了海噴。事情就這樣發生了。抓斗穿過水合物，砸進去二十多公尺深，然後甲烷跑出來了。你看到監控器上的巨大氣泡了嗎？」

「是的。這裡的冰有多厚？」

「最少有七十至八十公尺，起碼過去曾有這麼厚。」

「那麼，冰層已經破掉了。」

「看來是這樣，我們應該盡快查出這是否為個別現象。」

「你想採集更多樣本？」

「當然了，」波爾曼暴躁地說，「先前的意外不應該發生的。絞盤旁的人在全速行駛時收起抓斗，他應該要停下來的。」他望著約翰遜，「你在甲烷噴上來時注意到什麼沒有？」

「我感覺我們在往下沉。」

「我也有這種感覺。甲烷降低了水的表面張力。」

「你認為我們可能會沉下去？」

「很難講。聽說過女巫洞沒有？」

「沒有。」

「十年前，有一個漁夫出海後再也沒回來。他用無線電傳出的最後一句話是他要去煮杯咖啡。一艘探測船發現了遇難的船，在北海距海岸五十海浬遠一處深得不合常理的麻坑地貌上。船員們叫那個地區女巫洞。那艘船外表沒有絲毫損傷，直直坐在海底。它看來彷彿像顆石頭般沉了下去，就像是，它突然之間無法漂浮了。」

「聽起來像是百慕達三角洲。」

「你講對了，正是如此，不管怎麼說，那是唯一經得起檢驗的理論。在百慕達群島、佛羅里達和波多黎各之間常常發生強烈的海噴。有時大氣層裡甚至有足夠的甲烷能點燃飛機的渦輪，那只需要一場規模比我們剛剛所經歷大上數倍的甲烷海噴，而水的比重也會降到很輕，足以讓船沉到海底。」波爾曼指指冷藏箱，「我們盡快將這東西送到基爾，做些實驗，好弄清楚發生了什麼事。我們會查出來的，我向你保證。這樁該死的事件讓我們損失了一人。」

「他……？」約翰遜望向主甲板的上層建築。

「他死於撞擊。」

約翰遜沉默了。

「我們將用高壓器提取下一批樣品，而不使用抓斗。這樣更安全。我們必須弄清情況，我可不想袖手旁觀的看著水下工廠橫七豎八的蓋滿海床。」波爾曼從船舷走開，「可我猜，我們對此已經習以為常了。我們總想好好解釋這世界究竟發生了什麼事，但卻沒人聽。然後，接下來發生了什麼事？科學研究被大公司操控在手上。我倆之所以會在這艘船上，只有一個原因：國家石油公司發現了一條蟲子。

「政府再也支付不起科學研究，所以錢都來自企業。近年來，科學不再為了解決疑問。這種蟲子並不是學術關心的主題，而是他們要我們去解決的問題。科學總是得有立即可見的應用，而且這用途最好還能讓企業不受控制。可是，也許問題根本不是出在這些蟲子身上。有人會停下來想想嗎？真正的問題可能來自別的地方，當我們解決了棘手的蟲子，也許會把事情搞得更糟。你知道嗎，有時候我真想吐。」

在東北方向幾海浬的地方，他們終於從沉積層取出了十幾塊鑽探泥芯，沒再發生其他的意外事件。那只高壓器，一根五公尺長的圓柱體，外頭覆著一層塑膠，四周還圍著管子，像管巨大的針筒，將樣本由海床抽了出來。高壓器還在水下就用氣閥將管子密封了起來，將另一個世界保存成完美的標本：沉積物、冰塊、淤泥、水合物頂層完好的一部分、孔隙水，甚至棲居的有機體，都平靜不受干擾，因為管子裡的溫度和壓力保持不變。波爾曼讓人將那根密封的管子垂直放進船上的冷藏室，以免擾動裡頭每一層的生命。在船上無法檢查泥芯。那需要深海模擬器提供合適的條件。在那之前，他們只能分析分析孔隙水，盯著螢幕瞧瞧，以聊表慰藉。

縱使之前幾個小時還很驚心動魄，覆滿蟲子的水合物那一成不變的圖像看起來還是很沉悶。誰都沒興致講話。在螢幕蒼白的光線下，波爾曼和他的科學家、國家石油公司的人員以及船員們都顯得很蒼白。

死者在冷藏室裡陪伴泥芯樣本。原本要在設施預定地跟托瓦森號會合，也取消了，以便直接趕往克里斯蒂安松，他們將在那裡移交屍體，同時將樣本運去附近的飛機場。約翰遜在監控室和他的船艙間來來回回，埋頭整理他收到的答覆。現有的文獻中都沒描述過那種蟲子，誰也沒有見過。和他通信的人中，有些人提出他們的看法，認為那是墨西哥冰蟲，但那絲毫無助於理解真相。

在距克里斯蒂安松三海浬時，約翰遜收到了盧卡什·鮑爾的回信。這是第一封正面的回信，雖然正面二字也不全然正確。他閱讀回信，咬著嘴脣沉思。

斯考根負責和石油公司聯絡。約翰遜需要交涉的對象，只限於和石油沒有明顯關聯的機構及科學家。可波爾曼在抓斗事故後講的某些話，使這件事發生了變化。

政府再也支付不起科學研究，所以錢都來自企業。近年來，還有哪個機構能負擔得起全然獨立？若波爾曼沒說錯，科學研究仰賴企業維生，那麼，幾乎所有機構都在為私人公司效力。他們透過贊助增加資金，如果不想關掉實驗室，就得這麼做。就連基爾也將在不久後得到德國魯爾天然氣公司的資金，這家公司已資助了一個水合物的研究席位。企業贊助聽起來很誘人，但私人公司遲早會期望他們援助的研究能夠帶來收益。

約翰遜回到鮑爾的信上。

他的作法全錯了。他不該盡可能四處跟人詢問，而是要詳細調查科學和企業界之間的非正式聯繫。當斯考根在公司的會議室提出這個討論時，他可以詢問和他們一起工作的科學家們，總有人遲早會開口的。問題在於要去找到枱面下的非正式聯繫。但那不成問題，只不過是一堆費力的工作。

他站起來，走出去找倫德。

4/24

加拿大，溫哥華島和格里夸灣

腳跟，腳趾。安納瓦克不耐煩地踮起腳尖又落下。交替進行，不停地。腳跟，腳趾，拇指球。時間是一大早。天空一片湛藍，就像旅遊小冊子裡一樣陽光明媚的日子。他有點緊張。腳跟，腳趾。腳跟，腳趾。

一架水上飛機等候在木造碼頭末端。藍色的機身倒映在環礁湖的深藍裡，隱沒入水面的漣漪。這是一架具有傳奇色彩的DHC-2海狸型，加拿大的哈維蘭公司在五十多年前首次建造的，至今仍在使用，因為那之後市場上再也沒有出現過比它更好的了。海狸型達到了設計的高標：它可靠，堅固，安全。正適合安納瓦克打算做的事情。

他望向漆成紅白兩色的航站。圖芬諾機場離當地開車只要幾分鐘，它與傳統的機場區別很大，它更會讓你想起一座獵人和漁夫的傳統村落。幾座低矮的木屋，如畫般地坐落在遼闊的海灣裡，周圍是樹木茂盛的丘陵，丘陵後面群山高聳。安納瓦克望向從參天大樹下的主街通往環礁湖的路面。其他人隨時都會趕到。他皺起眉頭，一邊聽著手機裡傳出的聲音，「可是，已經兩個星期了。」他回答道，「這段時間裡我一次也沒能找到羅伯茲先生，雖然他特別強調要我同他保持聯繫。」

女祕書提醒他，羅伯茲現在是個大忙人。

「我也是，」安納瓦克叫道。他不再踮腳，盡量讓聲音客氣一點。「妳聽我說，西岸這邊的情況用失控來形容都嫌輕描淡寫，我們的遭遇和英格列伍公司的問題之間有著明顯的關連。羅伯茲先生也會這麼認為。」

出現一陣短暫的停頓。「是怎樣的關連？」

「顯而易見的，是鯨魚。」

「巴麗爾皇后號是槳葉被破壞了。」

「對。但拖吊船受到了鯨魚攻擊。」

「一艘拖吊船沉沒了，這沒錯。」那女人以禮貌而不感興趣的腔調說道：「我不知道什麼鯨魚，不過我會轉告羅伯茲先生，你打過電話。」

「請妳告訴他，這關係到他的利益。」

「他會在接下來的數星期裡回話的。」

安納瓦克愣住了。「數星期？」

「羅伯茲先生外出旅遊了。」

究竟出什麼事了，安納瓦克想道。他努力克制脾氣地說道：「另外，妳的老闆答應過，將巴麗爾皇后號船底附著物的其他樣品寄去納奈莫研究所。請別說妳對此也一無所知。那東西是我親自從船身上採摘的。是蚌類動物，可能還有其他東西。」

「羅伯茲先生會告訴我的，如果……」

「納奈莫的那些人需要這些樣本！」

「他回來後會處理的。」

「那就太遲了！妳在聽嗎？——算了。我再打電話吧。」

他惱怒地收起電話。舒馬克的吉普車從通道一顛一簸地駛過來。當吉普車拐彎駛上航站前的停車場時，輪胎輾得地面沙沙響。安納瓦克迎向他們。「你們太不準時了。」他悶悶不樂地叫道。

「哎呀，李奧！才十分鐘。」舒馬克向他走來，身後跟著戴拉維和一位年輕壯碩的黑人，他戴著太陽眼鏡，留個大光頭。「別這麼小氣嘛，我們在等丹尼。」

安納瓦克和那位壯碩的人握手。那人友好地微笑著。他是加拿大陸軍裡的弩箭射手，被正式派來為安納瓦克效勞的。他隨身帶著他的武器，一支極其準確的十字弓。

「你們這小島真漂亮啊，」丹尼慢條斯理地說道。他每說一個字嘴裡的口香糖就嚼一次，讓那些字眼聽來像是穿越沼澤地而來。「到底要我幹什麼？」

「他們什麼也沒對你講過嗎？」安納瓦克驚奇地問。

「不，有講過，要我用十字弓射鯨魚。我只是感到詫異，我以為這種事是禁止的。」

「是被禁止沒錯。你過來，待會兒我在飛機裡跟你解釋。」

「等一下，」舒馬克遞給他一張打開的報紙，「讀過嗎？」

安納瓦克掃了一眼標題。「圖芬諾的英雄？」他不可置信地說道。

「灰狼很會做秀，對不對？這混蛋在採訪裡假裝謙虛，但你讀讀他接下來都講了什麼。你會吐的。」

「……只是盡了我作為加拿大公民的義務，」安納瓦克低聲讀道，「我們當然置身於死亡危險中，可我至少想對不負責任的賞鯨行為所造成的後果進行一些彌補。我們小組幾年前就指出，這些動物被賞鯨客打擾，處於危險的緊張狀態下，導致了不可測的異常行為——他這全是瞎掰的嗎？」

「繼續往下讀。」

「當然不能指責戴維氏賞鯨站惡意欺騙，但也不等於說他們做得對。披著環保外衣、有利可圖的鯨魚旅遊業所造成的後果，與日本人隱瞞他們的船隊在北極海獵捕瀕臨絕種的鯨類一樣嚴重。官方說是為了科學研究目的，但二〇〇二年有四百多噸鯨肉作為美食落到了批發市場，根據DNA比對，可以追蹤到上游來源是所謂的『科學研究』。」

安納瓦克放下報紙。「這混蛋。」

「他講的不對嗎？」戴拉維問道，「就我所知，日本人確實在用這種所謂的研究專案愚弄我們。」

「當然沒錯，」安納瓦克氣呼呼地說道，「這正是他的陰險所在。灰狼這麼做把我們也扯了進去。」

「天曉得他這樣做到底有什麼目的。」舒馬克搖頭說道。

「能有什麼？不過就自我炫耀。」

「好吧，他……」戴拉維雙手做了個輕微的動作，「但他畢竟是個英雄。」

聽起來她像是踮著腳尖講這話的。安納瓦克冒火地盯著她。「是嗎？」

「沒錯，就是這樣。他救過人命。我也覺得他現在攻擊你們不公平，但他至少是勇敢和……」

「灰狼不是勇敢，」舒馬克抱怨道，「這個小人的所作所為都是算計好的。但這回他搞錯了。他會惹惱馬卡人。自稱是他們結拜兄弟的傢伙這樣強烈反對捕鯨，他們不會高興的。對不對，李奧？」

安納瓦克緘默不語。

丹尼將他的口香糖從右頰移動左頰。「什麼時候開始？」他問道。

就在此時，飛行員從敞開的機門裡向他們喊了句什麼。安納瓦克轉過頭，他看到那人在招手。他知道這意謂著什麼。福特來電，可以開始了。他沒有理睬舒馬克最後的話，拍拍這位經理的肩，「你駕車回賞鯨站時，能不能幫我一個忙？」

「當然可以，」舒馬克聳聳肩，「我依然堅守崗位，還沒落荒而逃。」

「你能不能查清最近幾星期報刊上登載的，有關巴麗爾皇后號意外的報導？或者網路上的？電視裡有沒有報導過什麼？」

「好的，當然了。但為什麼？」

「不為什麼。」

「不可能不為什麼。」

「因為我相信，什麼也沒有報導過。」

「嗯哼。」

「反正我想不起來。你呢？」

舒馬克仰起頭，對著太陽瞇起眼睛。「不。只有一些關於亞洲船難的含糊內容。但這不一定能說明什麼。自從我們這裡謠言四起以來，我就不看報紙了。不過你說的對。我現在回想，整個災難報導得很少。」

安納瓦克陰沉著臉盯著飛機。「的確是。」

飛機升起時，安納瓦克對丹尼說道：「你將一個探測設備射進鯨魚的鯨脂裡。鯨脂是鯨魚脂肪層的科學術語，感覺不到痛。多年來，我們一直很難長時間地將探測設備固定在鯨魚體表。不久前基爾的一位生物學家想到了這個主意：在十字弓上配備裝有記錄器和測量儀的特製箭頭。箭尖鑽進脂肪，鯨魚拖著這些儀器散步幾星期，不會發覺的。」

丹尼望著他。「基爾的一位生物學家？很好。」

「你認為這樣行不通嗎？」

「行得通。我只是想，是否有人向鯨魚保證過，真的不會痛。這工作他媽的必須精確無誤。你怎麼知道，箭尖只會鑽進脂肪，而不會鑽得更深呢？」

「豬肉。」安納瓦克說道。

「豬肉？」

「他們用這武器在豬肉上試過。直到他們測準了箭尖鑽多深。一切都只是計算的問題。」

「你看看，」丹尼揚起太陽眼鏡邊緣的眉毛，說道，「生物學家們。」

「如果用它射人，會發生什麼事呢？」戴拉維從後座上問道，「箭尖也只會鑽進一段嗎？」

安納瓦克向她轉過身去。「對，不過深到足夠殺人。」

DHC-2拐了一個彎。環礁湖在他們身下閃爍。「我們的出發點畢竟不同，」安納瓦克說道，「關鍵是我們能觀察鯨魚一段時間。事實證明用十字弓發射探測設備是最可靠的方法。測量儀會記錄下心跳頻率、體溫和環境溫度、深度、游泳速度和其他資料。比較難的是在鯨魚身上安裝攝影機。」

「為什麼我們不能也用十字弓發射攝影機呢？」丹尼問道，「很簡單啊。」

「因為你永遠不知道攝影機會怎樣落上去。另外我想看鯨魚，我想觀察牠們，這只有讓攝影機離牠們一段距離而不是裝在牠們身上才行。」

「因此我們徵召了一台**浦號機**，」戴拉維解釋道，「這是一種日本製的新型機器人。」

安納瓦克開心地噘起嘴脣。聽戴拉維講話，就好像這設備是她親自發明的似的。

丹尼轉過身。「我沒看到機器人。」

「它也不在這裡。」

飛機到達海上，緊貼沙丘飛過。平時，溫哥華島沿海總有遊輪、橡皮艇或獨木舟在行駛，現在哪怕是最勇敢的人也不再出海了。只有鯨魚無法傷害的大貨輪和渡輪還在海上行駛。因此，除了一艘笨重的船，海面一片荒涼。看起來似乎沒有什麼東西會沉沒，更別說其他意外了。飛機離開海邊岩石，飛往海上。「浦號機在暗旱獺號上，那艘拖輪上。」安納瓦克說道，「一旦我們找到了我們的鯨魚，就輪到它大顯身手了。」

約翰．福特站在暗旱獺號的船尾，用手遮住眼睛，抵擋熾烈的陽光。他看到DHC-2快速飛近。數秒後飛機低飛掠過船隻，飛了一個大彎。他將對講機對著嘴，在可以聽到的頻率上呼叫安納瓦克。許多頻率都被封鎖起來，用於軍事和科學目的。「李奧？一切正常嗎？」

「收到，約翰。你上次是在哪裡見到牠們？」

「西北方，距離我們不到兩百公尺。大約五分鐘前看到了一排，但牠們保持著距離。一定有八到十條。我們確定了兩隻的身分：一隻參與過襲擊維克絲罕女士號，另一隻上星期在優庫路列沿岸弄沉了一艘捕魚船。」

「牠們沒有試圖襲擊你們嗎？」

「沒有。顯然牠們覺得我們太大了。」

「牠們彼此間的互動呢？」

「溫和，無侵略性。」

「好。看來都是同一幫，但我們應該將精力集中在已指認出來的鯨魚身上。」

福特目送著DHC-2的背影，看著它愈來愈小，緩緩地斜側，拐個大彎飛回。

他的目光掃向暗旱獺號的艦橋。這艘船是一艘來自溫哥華的深海打撈拖輪，屬一家私人企業所有，它長逾六十三公尺，寬度十五公尺左右。暗旱獺號連帶繫船纜繩重達一百六十噸，是世界上最大的拖輪之一。它顯然太大，太重了，鯨魚無法對它構成危險。福特估計，除了猛晃一下，一隻灰鯨跳起來連船尾也碰不到。

但他還是感覺不舒服。如果說鯨魚一開始是見到漂浮物就襲擊的話，現在牠們好像能準確地判斷牠們能在哪裡造成破壞、哪裡不能。截至目前為止，除了無所不在的虎鯨、灰鯨和座頭鯨，長鬚鯨和抹香鯨也開始襲擊船隻了。這些動物的襲擊技術顯然進步飛快、益發成熟。

可以肯定，牠們不會襲擊這艘拖輪。這正是讓福特最不安的事情。疑似狂犬病的鯨魚是不可能有估量目標大小的能力。他感覺這些哺乳動物的行動背後隱藏著智慧，他自問牠們會對機器人做出怎樣的反應。

福特和艦橋通話。「開始了。」他說道。

DHC-2在他的頭頂盤旋。

在透過錄影帶畫面確定了各襲擊者的身分之後，他們開始主動觀察這些動物。三天以來，這艘拖輪就一直在搜查溫哥華島沿海的航線。今天上午他們終於有了發現。他們在一群灰鯨中又認出了兩個熟悉的尾鰭圖案，這是他們從進攻動物們的照片和錄影上看到過的。

福特自問他們究竟有沒有機會及時發現真相。想到漁業公會和船隻協會愈來愈強烈的呼籲他就不寒而慄，他們認為科學委員會的懷柔政策遠遠不夠。他們要求動用軍事武力——死上幾條鯨魚，別的畜牲就會明白，襲擊人類不是個好主意。這種思想既天真又危險，因為它擁有廣大的民意基礎。

那些海洋哺乳動物目前以粗暴的方式破壞了動物權團體和生物學家奮鬥這麼久掙得的信譽。危機指揮部還在拒絕這些要求，理由是，只要還不了解動物行為變化的原因，暴力就不起任何作用，唯一的解決之道是針對發狂的症狀。

福特不知道政府最後會做出什麼決定，事實上，漁民和非法捕鯨者快要獨自採取行動了。面對如何行動的問題，爭執各方的意見不一加劇了普遍的驚慌失措。這是動用私刑的理想條件。向海洋宣戰。

福特端詳著船尾的機器人。他很想知道，他們這麼迅速順利地從日本得到的浦號機有什麼本領。它開發出來才幾年。日本人堅持這種設備是用於研究而不是用來狩獵的。西方的環保團體對這種說法表示懷疑。他們覺得這種三公尺長的圓筒狀設備是屠殺機器，是考慮到一九八六年的國際捕鯨臨時禁令可能會解除，想探查所有的鯨類。當浦號機在日本沖繩的渡嘉敷島沿海成功確定了座頭鯨的位置、跟蹤牠們一段長時間之後，這具機器人在溫哥華的國際海洋哺乳動物年會上也受到了歡迎。

但不信任仍然存在。日本人有計畫地收買貧窮國家的支援，想廢除臨時禁令，這不是祕密。日本政府將精心策劃的條件交換辯稱為「外交」——同一批政府人員，他們大規模地資助研製出這台機器人的「浦號機水下機器人應用實驗室」所屬的東京大學。

「也許你今天在做一件很有意義的事情，」福特低聲對浦號機講道，「在拯救你的名聲。」

陽光下，那機器亮閃閃的。福特走近舷欄杆張望。從空中能將鯨魚看得更清楚，但要先從船上指認。

過一會兒先後有幾頭鯨魚鑽出來，在波浪中划行。

話筒裡傳來艦橋觀察哨的聲音，「露西在我們的右後方。」

福特急轉身，舉起望遠鏡，剛好看到一片鋸齒狀、石褐色的尾鰭潛下水去。是露西！

這是一尾鯨魚的名字。一尾十四公尺長的龐大灰鯨。露西曾經撲向維克絲罕女士號。也許正是露西撕開了如同薄壁的船體，使船裡灌滿了水。

「確認完畢。」福特說道，「李奧？」

專用頻率將所有人聯繫在一起。DHC-2上的人員聽得到暗旱獺號的通話。

「看到了。」安納瓦克回報。

福特對太陽瞇起眼睛，望著飛機在尾鰭消失的地方飛低。「好吧，」他自言自語地說道，「一切順利。」

從百公尺高空俯瞰，就連巨大的拖輪也顯得像個可愛的模型。相較之下那些海洋哺乳動物像是被放大般。安納瓦克看到一群鯨魚緊貼水面游著，平靜而安逸。陽光灑落在龐大的身軀上。能完整地看到每頭動物。雖然長度不及暗旱獺號的四分之一，牠們卻荒謬地顯得巨大。「繼續向下。」他說道。

DHC-2飛得更低了。他們從鯨群上方飛過，飛近露西下潛的位置。安納瓦克希望那條鯨魚不是覓食去了。不然的話他們就得等上很久。也有可能這裡的水不夠淺。和座頭鯨一樣，灰鯨也有非常獨特的飲食習慣。牠們潛到海底，側轉身，將小蟹、浮游生物及其食物、線蚓等底棲生物吸進體內，吃掉沉積物。這種大吃大喝在溫哥華島沿海的海底留下巨大的溝壑，而那些灰色的龐然大物很少誤闖較深的水域。

「準備好吹吹風吧，」飛行員說道，「丹尼？」

射手對著眾人笑笑。然後他將側門打開又關上。一股冷空氣鑽進來，吹亂了機內人的頭髮。機艙內頓時嗡嗡作響。戴拉維手伸向後面，將十字弓遞給丹尼。

「你時間不多。」安納瓦克說道。風聲呼呼，發動機隆隆，他不得不大聲講話，才能讓對方聽到。「一旦露西鑽出來，你只有幾秒的時間將探測設備射到位。」

「這是你們的問題不是我的問題，」丹尼回答道。他將十字弓夾在右手臂，離開座位，直到身體的一半坐到了機翼下面的支承桿上。「盡量帶我飛近點。」

戴拉維睜圓眼睛搖搖頭。「我不敢看。」

「什麼？」安納瓦克問道。

「這不行。我已經看到他躺在水裡了。」

「別怕，」飛行員笑道，「年輕人本事大得很。」

飛機緊貼著海浪飛行，幾乎到了與暗旱獺號的艦橋一樣的高度。他們從露西潛下水的位置上方飛過。什麼也看不到。「小圈盤旋，」安納瓦克向飛行員叫道，「露西會相當準確地在牠消失的地方鑽出來。」

DHC-2猛地拐彎。大海好像突然向他們傾斜過來。丹尼像隻猴子似地吊在支承桿裡，一隻手抓著門框，另一隻手拿著張開的十字弓。他們的身下隱約可見一條鯨魚正在鑽上來。然後一個發亮的灰背鑽出水面。「太好了！」丹尼叫道。

「李奧！」這是福特在透過對講機講話，「不是牠。露西游在我們的右前方。」

「該死！」安納瓦克罵道。他估計錯了。露西顯然下定了決心不遵守規則。「丹尼！別射。」

飛機停止盤旋，繼續下降。波濤在他們身下翻滾。他們在接近拖輪尾部。有一陣子，看起來好像他們正筆直飛進暗旱獺號突起的建築裡，然後飛行員糾正航向，他們緊貼笨重的拖輪飛過。露西又在前面一點的地方鑽了出來，可以看到尾鰭了。這下安納瓦克也從尾鰭裡特有的鋸齒認出了這條動物。

「減速。」他說道。飛行員降低速度，但他們還是太快了。我們本來應該使用直升機的，安納瓦克想道。現在他們將不得不衝到目標前頭，再轉回來，但願鯨魚不會從他們的視線中消失。

可露西沒有鑽下水。牠龐大的身軀在陽光下閃閃發光。「超過牠，掉頭，下降！」

飛行員點點頭。「別嘔吐，」他補充道。

他猛地將飛機側身，好像是將機身倒立在機頭上似的。透過敞開的門，只見一道垂直的水牆在閃爍，近得嚇人。戴拉維大叫失聲，而手拿十字弓的丹尼開心得直歡呼。

安納瓦克像觀看慢動作一樣歷經了這個瞬間。他從沒想到過可以這樣掉轉一架飛機，如果你將飛機頭想像為腳針的話，飛機就像是一個圓規。畫一個完美的半圓，又直接倒回了水平位置。

螺旋槳嗡嗡旋轉，飛機朝著鯨魚和接近的暗旱獺號飛去。

福特屏息觀看著飛機在令人毛髮直豎地轉彎之後飛回。起落架幾乎碰到了水面。他依稀想起來，圖芬諾航空公司雇用的是一位前加拿大空軍飛行員。現在他至少知道他是誰了。

舷欄杆外側，浦號機的筒狀軀體懸掛在拖輪的船尾吊車上。他們做好了準備，一旦射手安放好探測設備，就解開機器人。能清楚地看到鯨魚的灰背。牠沒有鑽下水。鯨魚和飛機迅速接近。福特看到丹尼蹲在機翼下，一心只希望他能一箭命中。

露西隆起的背在劈浪前進。丹尼舉起十字弓，瞇起一隻眼，手握冰冷的金屬。他的手指漸漸彎曲。丹尼全神貫注、面無表情地按下扳機。當配有特製箭頭的箭以時速兩百五十公里從他耳旁飛過時，此時此刻恐怕只有他聽到了那低沉的颼颼聲。轉眼之間金屬倒鈎就鑽進了鯨魚的脂肪，深深地鑽了進去，而露西一點也沒有察覺。那動物弓起背，下潛。探測設備成斜角插在背上。

「我們射中了！」安納瓦克對著對講機叫道。

福特發出信號。吊車鬆開機器人，它啪地一聲，沉進波濤。

和水的接觸觸發了感應器，機器開始運轉。機器人邊沉落邊朝著下潛的鯨魚的方向移動。落水幾秒鐘後就再也見不到浦號機了。福特歡呼著攥起拳頭。「好！」

DHC-2噠噠地飛過暗旱獺號旁邊。丹尼在機翼的支承桿裡舉起十字弓大叫著。

「我們成功了！」「了不起！」「一箭就……哎呀，你看見了沒有？難以置信！」「哇！」飛機上的人你一言我一語。丹尼轉頭衝他們笑笑。他重新開始挪回機內。安納瓦克伸出雙手想幫他，這時他看到面前的水裡有什麼愈來愈大。他呆若木雞。

一頭灰鯨鑽了出來，一頭跳躍中的動物。那龐然身軀飛速臨近。在他們的航線中央。

「拉高！」安納瓦克叫道。

發動機痛苦地高嚎一聲。當飛機陡直上衝時，丹尼的身體仰了下去。安納瓦克只瞥見一顆碩大的、有疤痕的頭顱，看到了一隻眼睛、緊閉的頜骨。飛機隨即可怕地一晃。右翼和丹尼所在的地方，剩餘的槓桿彎了。安納瓦克試圖扶住什麼，可一切都在旋轉，戴拉維喊叫，飛行員喊叫，他自己喊叫，大海撲向他們。有東西擊打在他的臉上。冰冰涼涼。

他耳朵裡嗡嗡響。斷鋼板發出空洞的格格聲。浪花。深綠色。什麼都沒了。

在五十公尺深的地方，機上電腦在穩定浦號機的筒狀身軀。機器人平衡住自己，跟蹤離它最近的鯨魚。稍遠處，其他動物依稀可辨。浦號機的電子眼記錄下所有這一切，而電腦暫時忽略掉這些光學資料。其他功能開始運轉。雖然擁有出色的光學感測器，浦號機的真正強項在於捕捉聲音。在這方面，它的創造者表現得真像個天才。這些聲學系統使得機器人能夠連續跟蹤海洋哺乳動物十至十二小時，不管牠們轉向哪個方向，也不會跟丟牠們。

它跟蹤牠們的歌聲。

在這些瞬間，浦號機的四具水聽器，高感度水下麥克風，不僅捕捉到動物們發出的各種聲音，而且還能捕捉牠們的聲源座標。水聽器分布在機器人的身軀周圍。當一條鯨魚發出尖細的叫聲時，它們是先後而不是同時接受到這聲音。沒有誰的耳朵能分辨出這些細微的時間延滯和相應的減弱，只有電腦才有這能力。因此，聲音最先和最響地傳到距離最近的水聽器，然後再依次傳到另外三隻。

最後，電腦畫出一個虛構空間，給發聲源畫好座標。虛構空間按順序顯示出鯨魚的位置，隨動物改變牠們所在地的方式而相對移動。可以說是在電腦裡仿製魚群。

當露西消失在海底時，牠也發出一系列的聲音。電腦裡儲存了大量的資料：鯨魚和某些特定的魚類，而且是每隻個體的叫聲。浦號機檢查它的電子目錄，但沒找到露西。它從露西座標傳來的聲音自動生成一個索引檔，和其他座標進行比較，將四周的所有動物歸類為灰鯨，然後速度加快些，接近牠們一點。

正如它靠聲音測定鯨魚的位置一樣，機器人開始進行光學分析。在它的資料庫裡儲存有尾鰭的圖案和輪廓，另外還有每條鯨魚的鰭、闊鰭和明顯的身體部位。這回這台機器很幸運。電子眼在它前面上下掃描鯨魚拍打的尾鰭，迅速認出其中一條就是露西。它前不久才載入了所有參與襲擊的鯨魚的全部資料，因此這台機器人明白它應該全力以赴地注意哪條動物。

浦號機將它的方向糾正幾度。鯨魚歌唱的聲音能在一百多海浬的距離外進行接觸。聲波在水裡的傳輸速度比在空中快五倍。讓露西游好了，不管牠游多快，想去哪裡。它再也不會跟丟牠。

4/26

德國，基爾

鐵門滑開。波爾曼的目光掃視著巨大的模擬器。

深海模擬器似乎將大自然降到了一個能夠忍受人類的程度，而沒有立即將它流放到純理論之中。雖然是小範圍的，大海變得可以控制了。模擬器創造了一個間接的世界，一個比起現實來讓人類感到較為熟悉的理想複製品的世界：既然好萊塢以自己的方式展示它，誰還想知道中世紀生活的真實面貌呢？只要能買到冰凍的魚塊，誰還會關心一條魚是如何死的？關心牠如何淌血、被剖開、取出內臟呢？美國小孩畫出了六條腿的母雞，因為雞腿是六隻裝出售的。世界被扭曲了，出現了傲慢。這台模擬器及其各種可能性讓波爾曼十分興奮。同時，那箱子又讓他明白了，如果他們一味模仿研究物件，而不是觀察它，純粹為了理解所做的嘗試越來越少，卻只是想糾正它，就會有盲目研究的危險。

每次走進大廳，波爾曼的腦海裡就會閃過同一念頭：我們無法肯定究竟可以達到什麼樣的科學成就，只知道哪些是最好不要插手的事情。而這是我們最不想承認的。

太陽號事故發生兩天之後，他又來到了基爾。在艾文．蘇斯的護衛下，鑽探泥芯和冷藏箱分別被迅速運達了，他立即領著一組地球化學家和生物學家檢查戰利品。當波爾曼來到研究所裡時，他們已經在開始分析了。廿四小時以來他們就一直不知疲倦地探索融化的原因。看樣子找到答案了。模擬器能將現實理想化，這回，它一定能揭開蟲子的真相。

蘇斯在監控台旁等著他。陪他的是海科．薩林和伊馮娜．米爾巴赫，後者是一位專攻深海細菌的分子生物學家。

「我們進行了一次電腦模擬類比，」蘇斯說道，「主要不是為了我們，而是為了讓每個人都能理解。」

「這麼說來，它不再僅僅是國家石油公司的麻煩了。」波爾曼說道。

「不。」蘇斯移動監控器上的滑鼠，按下一個符號。一張圖出現了，它顯示的是一個一百公尺厚的水合物層，和它下面的一個天然氣氣泡的橫截面。薩林指著表面薄薄的、黑暗的一層，「這是蟲子。」他說道。

「我們放大一下。」蘇斯說道。

畫面出現一部分冰層表面，一條條蟲子清晰可見。蘇斯繼續放大，直到一隻蟲子幾乎占滿了整個監控器。牠皮膚粗糙，身體的個別部位顏色刺眼。

「紅的是紅硫細菌，」伊馮娜．米爾巴赫解釋道，「藍的是古菌。」

「牠們是一群內寄生物和外寄生物，」波爾曼喃喃道，「蟲子裡滿是細菌，牠們分別寄生在蟲子身體裡和皮膚上。」

「正是，牠們是同夥，多種細菌共同合作。」

「另外，約翰遜帶來的那些人也已經明白此事了。」蘇斯補充道，「他們撰寫了數公分厚的，有關蟲子寄生方式的鑑定，但他們沒有得出正確的推論。誰也沒有問過，這些同謀到底在做什麼。我們一直認為，蟲子在破壞冰的穩定性，雖然我們明白牠們根本破壞不了。但搞破壞的不是蟲子。」

「蟲子只是載體。」波爾曼說道。

「就是這麼回事，」蘇斯按下另一個鍵，「這就是你們正在尋找的海嘯現象的答案。」

那隻古怪的蟲子動起來。由於時間短、畫面粒子粗，看起來更像是連續播放的單張圖片，而不是一部動畫。鉗子似的頜骨張開，蟲子開始往冰塊裡鑽。

「現在注意看！」

波爾曼盯著圖像，蘇斯再次放大畫面，可以看到牠們正將身體鑽進冰裡。後來，突然……

「我的天哪！」波爾曼說道。

全場鴉雀無聲。

「如果大陸邊坡上到處都是這樣的話……」薩林開口說道。

「這……」波爾曼低聲說道，「甚至有可能會同時發生。媽的，我們在太陽號上時就應該想到的。冰裡充滿著濕黏黏的細菌黏液，讓冰逐漸融化。」他此刻看到的和猜測的差不多，原本擔心會是這樣，也曾希望是他搞錯了，但事實似乎還要嚴重得多——如果這是事實的話。

「這裡發生的一樁樁事情，本來都是眾所周知的。」蘇斯說道，「每個現象單獨看起來都不怎樣，但新鮮的是這些物體共同作用後的現象。一旦我們將所有因素串聯起來，冰的融化就一目了然了。」他打了個哈欠。面對這些可怕的影像，這動作顯得很不合適，但過去廿四小時之中沒有誰闔過眼。「我只是沒有想到該如何解釋那裡面為什麼會有蟲子。」

「我也沒想到，」波爾曼說道，「而且早在你開始想之前就已經想很久了。」

「那現在我們應該通知誰呢？」薩林問道。

「嗯。」蘇斯將手指摁住上唇，「怎麼回事？這件事很機密，對不對？因此我們最好先通知約翰遜。」

「幹嘛不立即通知國家石油公司？」薩林建議道。

「不，」波爾曼搖搖頭，「絕對不要。」

「你覺得他們會隱瞞事實？」

「通知約翰遜更好，我認為他比瑞士還中立。我們應該讓他來決定，如果……」

「沒有時間讓誰來決定了，」薩林打斷他道，「就算此次類比模擬只是再現了大陸邊坡上發生的事情，嚴格說來我們必須知會挪威政府。」

「然後再立即通知北海各國！」

「好主意，再加上冰島。」

「等等！」蘇斯抬起雙手，「我們並非在進行十字軍征戰。」

「問題不是這個。」

「問題就在這裡，它還只是一種模擬。」

「沒錯，可是……」

「不，他說得對。」波爾曼打斷他道，「我們自己都還不太清楚狀況，不能製造恐慌。我是說，雖然我們知道它是如何發生的，但這還只是推測。眼下我們只能講，大量甲烷將進入大氣層。」

「你是在做夢嗎？」薩林叫道，「我們一清二楚知道即將發生什麼事情。」

波爾曼不自覺地摸摸他的小鬍子長出的地方。「那好吧。我們可以將它公開。這足夠登上十幾個頭版頭條了。但會有什麼結果呢？」

「這就像假如報紙上刊登地球將被一顆隕石擊中，會產生什麼後果呢？」蘇斯思考道。

「你認為這比喻恰當嗎？」

「多多少少是恰當的。」

「我認為，我們不應該單獨下決定，」米爾巴赫說道，「我們一步步看著辦，先和約翰遜談談，畢竟他是聯絡人。另外，從純科學的立場來看，這榮譽非他莫屬。」

「什麼榮譽？」

「是他發現了蟲子。」

「不是，是國家石油公司發現的蟲子。但我無所謂，榮譽歸約翰遜。然後呢？」

「我們得讓政府知道。」

「公開這件事嗎？」

「為什麼不？全部公開。我們知道北韓和伊朗的核能計畫，以及一些笨蛋正在施放炭疽病毒，還知道有關狂牛症、豬瘟和基因培植蔬菜的一切狀況。在法國，受污染甲殼動物裡的某種細菌正讓人們以數十、數百的速度染病和死亡，但大家並不會因此馬上逃進深山躲起來。」

「不，」波爾曼說道，「當然不會。可是，如果讓大家知道我們正推斷這可能會導致海底崩移的話……」

「若要這樣假設，目前這些資料還太過單薄了。」蘇斯說道。

「而類比模擬顯示，蟲子身上的細菌溶蝕冰的速度非常快，這就是我們所知道的全部。」

波爾曼想開口回答，但蘇斯說的對。他們可以猜測發生了什麼事，但無法證明。如果他們現在將這個結果公布出來，又找不到能讓理論無懈可擊的證據，石油集團就會詆毀它，這些論點就會像空中樓閣般不堪一擊。離可以公布的時間還早得很。「那好吧，」他說道，「我們需要多久的時間才能拿出一個有說服力的結果呢？」

蘇斯皺起眉頭。「我想，需要再一個星期。」

「這夠久了。」薩林說道。

「喏，你們聽著！」米爾巴赫失望地搖搖頭，「這應該夠快了。如果你今天想判斷一種新蟲子的類別，你可以準備無聊上幾個月，而我們……」

「就現階段來說，這樣的時間太長了。」

「儘管如此，」蘇斯回答道，「報錯警沒有什麼好處，我們繼續測試。」

波爾曼點點頭。他無法將目光從監控器上移開，類比模擬雖然結束了，但它還在他的腦子裡繼續融化，繼續發展……，他最後的想像結果讓他不寒而慄。

4/29

挪威，特倫汗

西谷．約翰遜走進奧爾森的辦公室。他隨手關上門，坐到那位生物學家的對面。「你有時間嗎？」

奧爾森咧嘴一笑，「我會為你挪出一些時間的。」他說道。

「查出什麼了嗎？」奧爾森神祕地壓低聲音。

「從哪裡開始講好呢？鬼故事嗎？還是自然災害？」

他故弄玄虛。也好。

「你想從哪裡開始？」

「那好吧。」奧爾森對他狡黠地眨了眨眼睛，「福爾摩斯，你先說說為什麼要我連續這麼多天為你扮演華生？」

約翰遜想了想自己可以透露多少給奧爾森知道，知道他好奇得快要爆炸了，其實自己也一樣。但那樣一來，大概幾小時內全挪威的科技大學就都會知道了。

他突然想到一個主意，雖然聽起來很不合理，讓人難以相信，而奧爾森會認為他是神經不正常，就算那樣也無所謂。他同樣壓低聲音，說道：「我考慮是否要講出新發現的理論。」

「什麼理論？」

「這一切都是受到操縱的。」

「什麼？」

「這些反常現象——水母、船隻失蹤、死亡和失蹤案，讓我馬上想到，這所有的一切似乎存在著更密切的關聯。」

奧爾森不解地望著他。

「我們就稱之為某個更高的計畫吧。」約翰遜向後靠去，想看看奧爾森有何反應。

「你這麼說有什麼目的？你在覬覦諾貝爾獎，或科學領域裡的一席之地嗎？」

「都不是。」

奧爾森繼續盯著他，「你要我。」

「不是。」

「正是。你講的就像是……鬼？黑勢力？小綠人？X檔案？」

「這只是一個想法而已。我認為它們一定有某種關聯，各種現象同時發生，你認為這是巧合嗎？」

「我不知道。」

「你看，你不知道，同樣的我也不知道。」

「那你認為有什麼關聯呢？」

約翰遜雙手輕輕一揮，「這又取決於你會講出什麼內幕。」

「啊，原來如此。」奧爾森努努嘴脣，「你真是煞費苦心呀，果然不是個傻瓜，西谷。肯定還有其他情況。」

「告訴我你發現了什麼，然後我們再看可能性。」

奧爾森聳聳肩，打開抽屜拿出一疊紙來，「網路上的資料。」他說道，「如果我不是這麼一個該死的務實主義者的話，我馬上就會相信你胡扯的瞎話。」

「是嗎，有什麼狀況嗎？」

「眼下中美洲和南美洲的所有海灘都被封鎖了，人們不再下水，漁夫的魚網裡都是水母。哥斯大黎加、智利和祕魯都在談論一種可怕的水母——繼葡萄牙軍艦上的水母之後，又出現了另一種很小、觸鬚極長、有毒的水母。剛開始，人們認為是箱形水母，但仔細看更像別的什麼東西，也許是新品種。」

又是一個新品種，約翰遜想道，從未見過的蟲子，從未見過的水母……

「澳洲的箱形水母？」

「應該是同一回事，」奧爾森在他的紙堆裡翻找，「漁民的災難事件越來越多，旅遊業大概完蛋了。」

「當地的魚呢？水母不會附在牠們身上嗎？」

「全部沒了，原本棲息在沿海附近的一大群魚說消失就消失了。拖網漁船的工作人員聲稱，牠們離開原棲地游去公海了。」

「但牠們在那裡找不到食物。」

「我怎麼知道？也許牠們正在減肥。」

「沒有任何解釋？」

「到處都成立危機指揮部，」奧爾森說道，「但什麼答案都沒有，我試著找過。」

「也就是說，這一切比想像的還要嚴重許多。」

「也許。」奧爾森從紙堆裡抽出一頁來，「看看這些，你就會知道這些頭條新聞不久之後就無人聞問了。西非沿海出現的水母，或許日本沿海也有，但菲律賓肯定是有的。對死亡案例先是懷疑，然後是闢謠，最後則是默不作聲。請注意，有趣的事這才真正開始：有一種海藻，牠已經讓傳媒好奇好幾年了。這種殺手藻或稱殺魚藻，你要是碰上了，人類和動物都無法倖免，災情簡直無法遏制，原本主要在大西洋沿海蔓延，但最近法國也開始出現，而且已有不少災情。」

「有人死亡嗎？」

「肯定有。法國人雖然沒有大肆宣揚，但這種藻類顯然是隨著龍蝦入境的。這裡什麼資料都有，你看。」

他將一部分資料推給約翰遜。「接著船隻消失，雖然記錄到一連串呼救的案例，但大多數毫無用處，它們中斷得太早了。不管到底發生了什麼事，一定是一切都發生得太快。」奧爾森揮揮另一張紙，「可是，如果我知道的比其他人還少，那我算什麼？我從網路找到三個呼救紀錄。」

「上頭寫了什麼？」

「好像是有什麼東西襲擊那些船隻。」

「襲擊？」

「確實是這樣。」奧爾森揉揉鼻子，「這證實了你的同謀理論，大海團結起來反抗人類了。我們只是在那裡埋了一點垃圾，捕了一些魚類和鯨魚。對了，提到鯨魚──我聽到的最新消息是，牠們在東太平洋兇猛地襲擊船隻，據說已經沒人敢出海了。」

「知道是什麼……」

「別問這種傻問題。不，不知道，根本什麼都不知道。天啊，你知道我多用功了吧！有關碰撞和油船災難的起因同樣沒有消息，消息全盤封鎖。說到這些已公開報導的事件，你的理論有一定道理，眼下一定有誰在這上面塗上禁止透露的標記，會不會就是X檔案呢？」奧爾森皺起眉頭，「太多的水母、太多的魚，某種程度上這些生物都是超規模地出現。」

「有誰知道為什麼會這樣嗎？」

「誰也不敢像你這樣公開推測它們之間可能存在著關聯性，最後，危機指揮部便將責任推給聖嬰現象或全球暖化，入侵生物學受到鼓舞，他們發表推測性論文。」

「常見的推測。」

「是的，但這一切都不具意義。水母、藻類、類似的生物多年前就隨著船底下的水流周遊全世界了，我們早就熟悉這些現象。」

「這我知道，」約翰遜說道，「我正想說明這點：一個地方忽然出現箱形水母群，是一回事。如果全球都同時發生最不可思議的事情，這就完全是另一回事了。」

奧爾森十指交疊，望著前方沉思。「那好，如果你一定要找出關聯性的話，我就不談生物入侵，寧可談談行為反常，這是襲擊模式，而且是人們至今仍不熟悉的那種。」

「你沒發現其他什麼新種類嗎？」

「我的天哪！這還不夠嗎？」

「我不過是隨便問問。」

「那你是怎麼想的呢？」奧爾森慢條斯理地問道。

約翰遜想，要是現在打聽蟲子的事，他就會猜到大致的情況了。他或許不會知道到底怎麼回事，但馬上就會聯想到，世界上是否有什麼地方發生蟲子入侵事件。

「沒有什麼具體想法。」他說道。

奧爾森斜睨著他，然後將剩餘的紙堆推向他，「你能找機會告訴我，那些顯然是你不想講給我聽的事情嗎？」

一聽這話，約翰遜站了起來。「我們為此乾一杯。」

「當然了。如果我找得到時間的話，你知道的，還有家庭義務……」

「謝謝你，克尼特。」

奧爾森聳聳肩。「別客氣。」

約翰遜來到門外的廊道上。大學生們從教室裡蜂擁而出，身旁有些人談笑風生，有些人表情嚴肅。

他停下來，望著他們的背影，突然覺得，「所有一切都受到操縱」的想法不再是那麼不合情理了。

格陵蘭海，史瓦巴群島，斯匹茨卑爾根島沿海

月光灑照在水面上。這天夜裡，遼闊的冰面是那樣的美麗迷人，將全體人員都吸引到甲板上，這是很少見的，但盧卡什·鮑爾根本不曉得發生此事。他在他的小房間裡埋頭鑽研資料，就像諺語所說的「在稻

草堆裡尋找針」的人，只不過那草堆有兩座海洋大。

卡倫・韋孚做得不錯，真正幫了他大忙，但兩天前她在斯匹茨卑爾根島的朗伊爾城下了船，去那裡進行調查。鮑爾覺得她總是過著不安定的生活，雖然自己的生活並不比她的安定。身為科學記者，她將重點放在海洋題材上。

鮑爾猜測，韋孚之所以選擇這個職業，完全是因為這樣一來，她就可以免費去世界上偏僻的地區旅遊。她喜愛極端，這是兩人不同的地方，他打心裡厭惡極端，但卻十分熱愛自己的工作，覺得新奇的知識比舒適的生活更重要。許多科學家都是這樣的。他們被誤解為冒險家，為獲取知識不惜冒險。

鮑爾思念舒適的沙發椅、樹木、鳥兒和一杯新鮮的德國啤酒，但他最思念韋孚的陪伴。他將這位倔強的姑娘鎖進了心裡，此外，他開始理解新聞工作的意義和目的——如果你想讓廣大的社會大眾關心你的所作所為，你就必須轉用一種也許不是高度精確、但卻通俗易懂的辭彙。

韋孚讓他明白了，許多人因為根本不知道他所研究的海灣洋流是如何形成及在哪裡形成的，而無法理解他的工作內容。他本來不相信是這樣，也無法相信沒人知道漂浮監測器是什麼東西，直到韋孚說服他相信幾乎沒有人會知道，因為漂浮監測器太先進、太專業了，他最後承認了這一點。可是海灣洋流耶！孩子們在學校裡到底都在學什麼呀？

但韋孚是對的。他最終的目的畢竟是希望社會大眾和他一起關心，一起施壓給應該負責任的人。

鮑爾憂心忡忡。

他憂心著墨西哥灣流，這一股從非洲北部溫暖面向西流的洋流，再沿著南美海岸流向加勒比海，在赤道附近加溫後繼續流往北方。這股溫暖的洋流含鹽量雖然相當高，但由於水溫較高，反而得以留在海水表面沒有下沉。

這股洋流是歐洲的遠端暖器，像是帶著十億兆瓦的溫暖，熱功率相當於二十五萬座核電站。它一直奔流到紐芬蘭，而冰冷的拉布拉多寒流從側面匯入，形成渦流——旋轉的溫水，之後又繼續北流，成為北大西洋暖流。西風吹拂使得海水大量蒸發，帶給歐洲豐沛的降雨，也將鹽分帶到空中。洋流繼續北流來到挪威海岸，形成挪威暖流，將足夠的溫暖送往北大西洋東邊，使得船隻即使在冬天也能駛往斯匹茨卑爾根島的西南部。

這股暖流直到格陵蘭和挪威北部之間才結束分送溫暖的任務，它在這裡和冰冷的北極海水相遇，又在冷風的支援下，暖流迅速冷卻，原本含鹽量就高的海水，因為冰冷變重而往下沉落，幾乎可說是垂直下沉，就像空氣被限制在煙囪中流動一樣，即所謂的煙囪流，它們會隨著波浪而變換位置，因此很難確切標示出來。煙囪流的直徑在二十至五十公尺之間，每平方公里約有十個左右，但它們確切的位置在哪裡，得取決於海洋和風。最大關鍵是在沉降的大量海水所形成的巨大漩渦，墨西哥灣流北流的祕密就是這個，它並非真的流向北方，而是被吸向這裡，被北極下面巨大的漩渦吸過來，然後在水底兩千至三千公尺處繼續潛行，再次環繞地球一圈。

鮑爾釋出一批漂浮監測器，希望藉由它們標示出海流的走向，但是連想標出第一個都相當困難，覺得它們好像到處都可能存在。但是奇怪的是，那個巨大漩渦似乎中止了活動或不知搬去了何處。

鮑爾來這裡，是因為他熟悉這些問題及其影響。他沒有指望一切正常，但更不會指望什麼事都沒有。

這確實讓他無比擔憂。

韋孚離船之前，他將這個擔憂告訴了她。從那之後，他每隔一段時間就將新狀況寄電子郵件給她，將他最害怕的部分告訴她。幾天前他的小組就發現北海的氣體含量驟然升高了，他尋思這和火山口的消失會不會有關聯。

現在，單獨待在小臥室裡，他對此幾乎是肯定的。

他不停地工作，北極的夜空讓飽經風霜的海員們倚著欄杆眺望遠方。他弓著背埋首於一堆計算、公式和圖表的印表紙上。有時他發電子郵件給卡倫．韋孚，只是為了打聲招呼，將最新消息告訴她。

他忘我地沉浸在工作中，因此好長一段時間都沒有發覺那震動——直到茶杯滑落到桌子邊緣，潑了他一褲子的茶。

「見鬼了！」他罵道，茶水滾熱地順著大腿往下流，推開椅子後站起身來，想仔細看看這場災難。

然後他呆住了，雙手抓緊椅子靠背，傾聽艙外。是他聽錯了嗎？

不，他聽到喊叫聲，沉重的靴子在甲板上奔跑。外面出事了，震動更強烈了，船身抖個不停。是什麼東西突然使他失去了平衡撞上桌子，他呻吟著。瞬間，他身下的艙底沒了，整船好像掉進了一個洞裡似的。鮑爾仰頭倒在地上。他嚇壞了，他掙扎著爬起來，跌跌撞撞地走出艙室來到走廊，更大的喊叫聲直往他耳裡鑽。機器被發動了，有人在用冰島語喊叫什麼，鮑爾聽不懂，雖然他只會英語，但他聽得出那聲音裡的驚駭，回答聲更駭人。

一場海嘯？

他迅速地沿著走廊跑向樓梯，爬上甲板。船身劇烈地左右搖擺，他好不容易才站穩，在跌跌撞撞地向外走去時，一股可怕的惡臭撲面而來，盧卡什．鮑爾霎時明白發生什麼事了。

他走到舷欄杆，望向前方。周圍大海白浪鼎沸，他們像坐在一隻鍋裡似的。

這不是波濤，不是風暴。這是上升的巨大氣泡——氣泡湧浪。

船身重新落下。鮑爾向前跌倒，臉重重地磕在地板上，頭痛欲裂。當他重新抬起頭來時，眼鏡摔碎了，沒了眼鏡就他像個盲人，但就算是這樣也看得見大海在吞沒船隻。

天哪！我的天哪！老天爺啊，幫幫我們吧。

4/30

加拿大，溫哥華島

夜晚呈現暗綠色，既不冷也不熱，溫度適中，舒舒服服的。在穿過暗綠色的宇宙墜落了好長一段時間之後，安納瓦克亢奮了起來。他像個將深淵當作天空的伊卡魯斯*一樣伸出雙臂，陶醉於失重的感覺。深淵底部有什麼東西在閃爍，浩瀚、冰凍的地形，暗黑、綠色的海洋變成了一座夜空。

他站在冰原的邊緣，眺望黑色、靜止的水面，頭頂星辰密布。他心情平靜。就這樣站在這裡，是多麼奇妙的感覺啊！冰緣脫離陸地成為浮冰，漂浮在北部的海洋，越升越高，載著他漂向那再沒有累死人的問題等著他解答的地方，那是一個溫馨的家，他的家，他將待在那裡。安納瓦克湧起一股思念之情，淚水奪眶而出，晶瑩刺眼的淚水蒙住了他的眼睛，他試著眨掉它們——它們果然滴入了黑暗海洋裡，開始發光。深處有什麼東西朝他湧了上來，水變成一個人影，它似乎在某個他無法前往的遙遠的地方等著他。它一動不動地站在那裡，通體透明，星光照耀著它的表面。

我找到它們了，那人影說道。

它沒有臉沒有嘴，但聲音讓安納瓦克感覺熟悉。他走近它，但這裡是冰原邊緣，黑色的水裡浮游著某種嚇人的龐然大物。

你找到什麼了？他問道。

---

* 希臘神話中以燭液黏合羽毛做成翅膀的人，最後因飛行時太過靠近太陽，翅膀融化而墜死。

他被自己的聲音嚇了一跳，那些話頑強地從他的嘴裡鑽了出來，像粗暴的動物一樣擠了出來。那人影所講的、也許僅僅是所想的話相反，它們破壞了冰原上的完美寧靜，寒意如刀割，驀然襲向安納瓦克。他的目光在水裡尋找那東西，可是它卻消失不見了。

找什麼呀？有人在他身旁問道。

他轉過頭，看到了鳳凰計畫的研究人員珊曼莎·克羅夫。

你相當不善言詞，她說道，其他的一切你都很擅長，但老實講，這聽起來很可怕！

對不起，安納瓦克結巴道。

是嗎？那好吧，也許你該開始練習了。我找到了我的外星人。你知道嗎？我們終於可以進行聯繫了，這是不是很偉大？

安納瓦克打了個寒顫，覺得這事一點不偉大，反而更害怕克羅夫發現的外星人，卻不知道為什麼。

那……他們到底是誰？他們又是什麼？

那位鳳凰計畫研究人員指著冰緣對面的黑色的水。

他們在那裡，她說道。我想，他們會樂於認識你的，因為他們喜歡建立聯繫，但你必須想辦法走過去他們那裡。

我不能去，安納瓦克說道。

你不能去？克羅夫不解地搖了搖頭。為什麼不能？

安納瓦克盯著水中游著的黑色巨背。有數十條，數百條。他明白，牠們是因為他才出現的，他恍然大悟，牠們以他的恐懼為生。牠們吞食恐懼。

我……就是不能。

你只需要跨出腳步就行了，膽小鬼！克羅夫譏笑道。這可是最簡單的事情了，比我們的簡單得多，我們必須傾聽他媽的整個宇宙。

安納瓦克戰慄得更厲害了，他一直走向邊緣，向遠方張望。在黑暗海洋和星空交會的地平線上，一個光源遠遠地照耀著。

快走吧，克羅夫說道。

我是飛來的，安納瓦克想道。穿過一座充滿生命的暗綠色海洋時，我完全不害怕，能出什麼事呀？水會像結實的地面，我會駕馭著我的意志，到達這道光裡。珊曼莎講得對，這很簡單，沒有什麼好害怕的。

一隻鯨魚在他的眼前下潛，一片巨大的尾鰭伸向星星。

我沒什麼好怕的。

但他躊躇得過久了，一見到尾鰭又讓他失去了信心。無論是他的意志還是夢想的力量，都不能使自然規律失效，他終於向前邁進一步，暫時掉進了冰冷的海洋裡。海水淹沒他的頭頂，只剩下黑暗。他想喊，被一口海水給嗆到了，海水鑽進他疼痛的胃裡。不管他怎麼掙扎，水無情地將他往下拉。他的心臟狂跳，太陽穴跳動著，嗡嗡地，像錘擊……

安納瓦克跳起來，頭咚地撞在厚木板上，「倒楣。」他嘆息道，又是那種跳動。嗡嗡聲消失了，換成一種指骨敲在木頭上的和緩跳動聲。他翻身，看到了愛麗西婭・戴拉維略彎著身子望向他的寢室。

「對不起，」她說道，「我不知道，你會馬上像火箭似地彈起來。」

安納瓦克盯著她。戴拉維？

原來如此，他慢慢回想起自己在什麼地方，抱住頭難受地叫了一聲，倒回床上。「幾點了？」

「九點半。」

「該死。」

「你的樣子很可怕，你做噩夢了嗎？」

「好像是的。」

「我可以煮咖啡。」

「咖啡？對，好主意。」他伸手摸摸頭上被撞痛的位置，會出現一個大包的。「該死的鬧鐘到哪兒去了？我記得很清楚，我有撥鬧鐘，調在七點的位置。」

「你沒聽到，在發生了這一切之後這似乎已經不奇怪了。」戴拉維走進小小的廚房查看。「放在哪裡……」

「吊櫥，左邊。咖啡、濾紙、牛奶和糖。」

「你餓不餓？我真想好好吃一頓早餐……」

「不餓。」

她聳聳肩，將水倒進咖啡機的壺裡。安納瓦克看了她一會兒，然後坐了起來。

「妳轉過身去，我得穿上衣服。」

「別小題大作了，又不會少塊肉。」

他做個鬼臉，一邊找他的牛仔褲。它堆在桌旁的椅子上。他頭暈，加上傷腿疼得厲害，想彎腳穿上褲子時，顯得困難重重。「約翰打過電話來了嗎？」他問道。

「是的。先前打過。」

「真糟糕。」

「怎麼了？」

「任何一個老頭兒穿褲子都會比我快。見鬼了，我怎麼會沒聽見鬧鐘響呢？我一定要……」

「你知道嗎？你神經錯亂了，李奧。真的神經錯亂！兩天前你從一場飛機墜毀事故中倖存下來。你膝蓋腫得厲害，而我的大腦似乎不大靈光了，怎麼樣？我們真幸運。我們原本有可能像丹尼和飛行員一樣死去，但我們卻活著。而現在，你卻因為找不到那該死的鬧鐘而大肆抱怨。你到底穿好了沒？」

安納瓦克在椅子上坐下來。「好了，約翰說什麼？」

「他搜集所有的資料，也看了影片。」

「太好了，還有呢？」

「沒有了，你應該試著釐清自己現在的想法。」

「就這些？」

戴拉維將咖啡粉倒進濾紙，再將濾紙放到壺上，打開機器。不一會兒，傳出輕輕的咂舌聲。

「我告訴他你還在睡覺，」她說道，「他要我別叫醒你。」

「為什麼？」

「他說，你必須恢復健康。他說的對。」

「我是健康的。」安納瓦克固執地反駁道。

實際上他對此並不真的那麼肯定。當跳起的灰鯨和DHC-2相撞時，牠撞毀了飛機的右機翼。那位神射手丹尼沒有及時回到機艙內，可能當場就死去了——暗旱獺號沒能找到他的屍體。飛機墜落時安納瓦克從側門彈射了出去，他之所以還活著，得感謝當時側門是敞開著。之後的一切他就想不起來了，也想不起他膝蓋上的嚴重扭傷是怎麼造成的。直到來到暗旱獺船上，他被劇痛疼醒了，才恢復了知覺。

緊接著，他就看到了躺在那裡的戴拉維，他再也顧不得疼痛了，她看上去像死了似的。他還沒來得及驚懼，人們就告訴他，她沒死，她比他還幸運，飛行員的身體成了她的靠墊，緩衝了衝撞的力道。她恍恍惚惚地鑽出下沉的飛機殘骸，小飛機裡轉眼就進滿了水，暗旱獺號的員工將安納瓦克和戴拉維從水裡撈了出來，但遇難的飛行員和他的DHC-2永遠消失在海裡了。

雖然很慘，但這次行動還算得上是成功的。丹尼成功安置了發射機，浦號機得以跟蹤鯨群，廿四小時的錄影資料顯示那些動物沒有造成襲擊事件。安納瓦克知道，清晨的這些紀錄已寄給約翰・福特。另外，國家宇宙研究中心已接收到露西背上速度儀的遙測資料，要不是最後飛機墜毀，他們完全有理由拍拍彼此的肩膀慶賀。

但現實情況恰恰相反，這一切越來越恐怖，愈來愈多人死去，他本人已經兩次死裡逃生了。也許他對灰狼的怒火燒盡了其他一切感覺，他必須好好地處理史亭爾的死亡。現在，在墜機兩天之後，他感覺很難受。像受到一種被壓抑了多年、要求突圍的疾病的侵襲。它的症狀是沒有信心、自我懷疑和令人不安地疲倦無力。有可能驚嚇仍未過去，但安納瓦克並不相信是這樣。一定還有其他什麼東西，讓他自從被拋出飛機殘骸之後就不時感到暈眩、胸口作痛，頻頻恐慌。

不，他並不健康，膝蓋扭傷也不是真正的問題，安納瓦克感覺內心最深處受傷了。

昨天他就幾乎昏睡了一整天。戴維、舒馬克和快艇船長們前來看望他，福特也多次打電話了解他的情況。當愛麗西婭．戴拉維被她的父母和大批熟人催著離開溫哥華島時——甚至有一位密友直接趕來，確定了一段兩年的戀愛關係——同情安納瓦克的命運的人似乎僅限於同事。

他病倒了，他知道沒有哪位醫生能幫助他。

戴拉維將一杯現煮的咖啡放到他面前，透過藍色鏡片打量著他。安納瓦克喝了一口，燙到舌頭後，要求拿手機給他。

「我可不可以問你一件私事，李奧？」她說道。

他搖搖頭，「以後吧。」

「為什麼要以後？」

安納瓦克聳聳肩，撥打福特的號碼。

「我們還沒有看完，」館長說道，「不要急，好好休息。」

「你對麗西婭講過，要我說出自己的看法。」

「對，我們看完一切資訊之後，大多數很無聊。在你專程趕來之前，我們寧可先看完其他的，到時候說不定你就可以不必過來了。」

「那好吧，你們什麼時候看完？」

「不清楚，我們四個人坐在帶子旁，給我們兩個小時，不，三個。最好是我中午過後讓你飛過來，很棒吧？這是危機指揮部的好處，隨時有一架直升機待命。」福特笑道，「我們還沒習慣呢。」他停頓一下，「我有別的事交給你辦。但眼前我沒時間說明，不過，你最好打電話給羅德．潘姆。」

「潘姆？為什麼？」

「他一小時前和納奈莫和大洋科學研究所討論過，你也可以和蘇．奧利維拉談談，但我想，潘姆可能更適合。」

「媽的，約翰！既然有事情，為什麼沒人打電話告訴我？」

「我想等你睡夠了再說。」

安納瓦克悶悶不樂地結束了通話，打電話給潘姆。那位草莓島研究站站長立即就來接電話了。

「啊！」他叫道，「福特跟你提過了？」

「對，他講了一些，據說你們遇上了某種轟動世界的東西，你為什麼沒打電話給我？」

「誰都知道你需要休息。」

「什麼呀，廢話。」

「就是，我要等你睡夠了。」

「這是我在一分鐘內聽第二遍了。不，第三遍，如果算上麗西婭的話。我再說一遍，我很好。」

「你為什麼不過來一下呢？」潘姆建議道。

「坐船？」

「就幾百公尺呀，海灣裡一切正常。」

「好，我可以十分鐘後過去。」

「太好了，待會兒見。」

戴拉維從她的咖啡杯上方望著他，皺起眉毛。「有什麼消息嗎？」

「全世界都把我當成需要照顧的人。」安納瓦克罵道。

「我不是這意思。」

他站起來，拉開床下的抽屜，找出一件乾淨襯衫。「他們顯然在納奈莫發現了什麼，」他咕噥道。

「發現什麼？」戴拉維問道。

「我不知道。」

「噢。」

「我去羅德・潘姆那裡。」他猶豫一下，說道：「如果妳有興趣、有時間的話，可以一起去。要去嗎？」

「你想帶我去？太榮幸了。」

「別說傻話。」

「我才不傻。」她皺著鼻子咬著脣。安納瓦克又想，迫切需要拿這些牙齒做點什麼，一直有種想尋找胡蘿蔔的感覺。「你這兩天心情壞透了，簡直無法和你好好地交談。」

「如果妳……」他打住了話頭，戴拉維望著他。

「我也坐在飛機裡。」她平靜地說道。

「對不起。」

「我快嚇死了，任誰都會立即回家找媽媽，但你失去了你的女助手，所以我沒回家而是留在你身邊，你這個愚蠢的嘮叨鬼，你剛剛想對我講什麼？」

安納瓦克再一次摸著他頭上腫起來的包，很疼，看來腫得更厲害了，他的膝蓋也疼。「沒什麼。妳冷靜下來沒有？」

她眉毛一揚，「我根本沒激動。」

「好，那走吧。」

「但我還是想問點你的私事。」

「不行。」

乘坐鳶魟號去草莓島，有點不太真實，彷彿過去幾個星期的襲擊事件沒發生過似的。這座小島僅是一座長著杉樹的小山，五分鐘就能繞行一周。今天風平浪靜，驕陽射出白色的光芒。安納瓦克隨時準備看到一片尾葉或一個又黑又高的背鰭出現，但自從襲擊事件以來，圖芬諾沿岸只見到過兩次虎鯨，都是毫無攻擊跡象的居留者。顯然安納瓦克的理論得到了證實——只有洄游鯨魚的行為發生了奇怪的變化。

問題是這種現象還會持續多久。

橡皮艇停靠在島嶼的碼頭旁。潘姆的研究站就在碼頭對面，設在一座擱淺在沙灘上的舊帆船裡，最早的英屬哥倫比亞號渡輪。它現在橫在岸邊，美麗如畫，由枯樹支撐著，被浮木和鏽跡斑斑的鐵錨包圍在中間，是潘姆的辦公室以及他和兩個孩子居住的房間。

安納瓦克咬牙撐住，戴拉維一聲不吭，顯然在生他的氣。

一會兒後，他們三人圍著船頭一張樺樹皮編織的小圓桌坐著，戴拉維用吸管喝著可樂，他們望著當地的吊腳屋。雖然草莓島距離圖芬諾僅幾百公尺，這裡安靜許多，幾乎沒有噪音，因而能聽到大自然製造出的各種聲響。

「你的膝蓋還好吧？」潘姆關心地問道。他和藹可親，長著白鬍子，前額光禿，似乎生下時嘴裡就銜著煙斗似的。

「我們不談這個，」安納瓦克伸伸雙臂，試圖不理會頭顱裡的嗡嗡聲。「你最好告訴我你們發現了什麼。」

「李奧不喜歡別人只注意他的身體狀況，」戴拉維開玩笑地解釋說。

安納瓦克含糊地嘀咕了幾句，她講的當然沒錯，他的情緒像暴風雨時的氣壓計一樣直線下降。

潘姆輕咳一聲。「我和雷．菲維克以及蘇．奧利維拉談了許久，」他說道，「自從公開解剖編號J-19的鯨魚成吉思以來，我們就保持著密切的聯繫，當然也不只是因為這件事。你們墜機的那天又有一條鯨魚被沖上了岸，一條我不認識的灰鯨，本地沒有任何有關牠的紀錄。菲維克沒空過來，因此我親自帶著幾個人鋸開那隻動物，再將樣本寄去納奈莫，讓他們分析。我告訴你，那可是件苦差事。心臟出現之後，我直身站在胸腔裡，還滑了一跤，血和黏液鑽進靴子，也從頭頂上往下直滴，就像正在用餐的活死人，當然我們也從大腦取了些樣本。」

一想到又死了一條鯨魚，安納瓦克心頭湧起莫大的悲傷，他怎麼也沒法因為牠們的行為而恨那些動物。在他眼裡，牠們還是原來的樣子——神奇的生物，需要保衛和守護。

「牠是怎麼死的？」他問道。

潘姆雙手一攤：「我認為是死於一種感染，菲維克對成吉思所做的診斷也一樣。但滑稽的是，我們在這些動物身上發現了一些牠們身上根本不可能有的東西。」他指指他的太陽穴，用食指畫了一圈。「菲維克在牠們的大腦中發現了凝塊，準確地說，是在腦骨上，腦漿和頭蓋骨之間有出口。」

安納瓦克傾聽著。「是血塊嗎？兩隻動物都有嗎？」

「不是血，雖然我們一開始也是這麼想的。菲維克和奧利維拉都認為噪音是鯨魚反常行為的原因。在沒找到其他證據之前，他們不想談，但菲維克有段時間堅決認為這是聲納試驗的後果……」

「SURTASS LFA（低頻主動聲納列陣感應系統）嗎？」

「沒錯。」

「不會吧！」

「我可以問問你們在談什麼嗎？」戴拉維插問道。

「幾年前美國政府給了海軍一個特殊授權，」潘姆解釋道，「批准海軍使用一種低頻聲納來測定潛艇的位置。它叫做 SURTASS LFA，一直在進行試驗。」

「真的嗎？」戴拉維驚叫道，「但是，海軍也得遵守哺乳動物保護協定呀。」

「每個人都有義務遵守各種的協定，」安納瓦克淡淡地笑著說道，「當然也有各式各樣的後門可走，美國政府可以公開抵制百分之八十想控制全球海洋的誘惑，但 SURTASS LFA 卻是被允許的。美國總統允許海軍不受任何協定的束縛，因為這種新型設備已經耗資三十億美元了，主事者保證這樣做不會傷害鯨魚。」

「但聲納對鯨魚是有害的，每個傻瓜都知道此事。」

「可惜沒有充分的證據可以證明。」潘姆說道，「從前只證明了鯨魚和海豚對聲納的反應特別敏感，但還不能明確說明它對牠們的獵食、繁殖和洄游行為有何影響。」

「可笑，」安納瓦克氣呼呼地說道，「一百八十分貝以上的噪音就會震破鯨魚的鼓膜。而這種新型設備的每個水底喇叭造成的噪音是二百一十五分貝，全部的信號強度加起來甚至更高。」

戴拉維看看這個再看看那個。「那……動物們怎麼辦呢？」

「這正是菲維克和奧利維拉想到這個噪音理論的原因。」潘姆說道，「幾年前海軍的聲納試驗就造成了世界各地的海豚和鯨魚擱淺，甚至死了好幾條鯨魚。全都是大腦和內耳骨嚴重出血——這是典型的強噪音傷害。環保團體每次都發現，這些死亡案例的直接影響範圍內正巧是北約組織的演習地點。你去找海軍抗議吧！」

「他們否認？」

「海軍多年來都在否認有任何關聯，如今不得不承認至少有幾樁案例他們絕對有責任。關鍵是，我們掌握的案例還是太少了。我們只知道死鯨身上的傷痕，各有各的理論。比如，菲維克相信，海底噪音也能導致集體瘋狂。」

「無稽之談，」安納瓦克咕噥道，「噪音只會讓動物們失去方向感，不會突然襲擊船隻，只會擱淺在沙灘上。」

「我覺得菲維克的理論值得考慮。」戴拉維說道。

「是嗎？」

「為什麼不呢？動物們瘋了。先是只有幾條，然後集體患上精神病，而且愈來愈多。」

「麗西婭，別胡說！我們知道，當北約組織施行過巫咒之後，鴨嘴鯨擱淺在加納利群島海灘上，有哪一種動物對噪音的反應比鴨嘴鯨還敏感嗎？牠們驚慌失措，離開原始棲息地之後，就會不知如何是好，牠們全都擱淺在沙灘上。難道鯨魚會迴避噪音？」

「或襲擊肇事者。」戴拉維固執地反駁道。

「哪個肇事者？帶有推進器的橡皮艇嗎？請問那樣怎麼可能吵到鯨魚？」

「或許有其他噪音，水下爆破？」

「這裡沒有。」

「你怎麼知道？」

「我就是知道。」

「萬一錯了，你能承受後果嗎？」

「這是妳講的！」

「此外，數百年前早就出現過擱淺案例了，也是在卑詩省沿海。那是一則古老的傳說……」

「我知道。每個人都知道。」

「還有什麼？印第安人也有聲納嗎？」

「見鬼了，這和我們的話題有什麼關係？」

「關係很大，不能胡亂將鯨魚擱淺和意識形態掛勾……」

「這麼說我是胡說了？」

戴拉維氣沖沖地望著他，「我想說的是，集體擱淺不一定非要和人類噪音有關，反過來噪音也可能造成其他影響，而不一定是擱淺。」

「嗨！」潘姆抬起雙手，「你們別再吵了，如今菲維克也覺得他的噪音理論有漏洞。好吧，他傾向於這是集體瘋狂，可是……你們有在聽嗎？」

他們望著他。

「嗯，」知道他們有注意聽他講話之後，潘姆接著說道，「菲維克和奧利維拉發現這些凝塊，推測是外來影響造成的變形，表面看起來像出血。後來他們切除凝塊，進行例行性檢查，發現那東西只是鯨血，原本是一種無色的物質，一遇空氣就迅速融化。」潘姆向前彎下身子，「但還剩下一些可用來檢查，結果和幾星期前進行的樣本檢查相吻合，他們已經在納奈莫的鯨魚頭顱裡見過這種物質了。」

安納瓦克沉默了一會兒，「到底是什麼東西呢？」聲音沙啞地問道。

「和你在巴麗爾皇后號船上的蚌類內發現的東西一樣。」

「從鯨腦和船體上發現的東西……」

「是相同的物質，有機物。」

「一種外來生物嗎？」安納瓦克喃喃道。

「一定是某種外來物。沒錯。」

雖然才外出幾個小時，安納瓦克卻感覺累壞了。他和戴拉維一起駕車回到圖芬諾。當他們沿著停泊處的木梯子爬上碼頭時，疼痛難忍的膝蓋妨礙了他的行為和思考，心情十分沮喪。

他咬緊牙根，一拐一拐地走進冷清的戴維氏賞鯨站營業室，從冰箱裡拿出一瓶柳橙汁，坐上吧台後的沙發椅，滿腦子理不出頭緒的想法，就像小狗繞圈子想咬住自己尾巴一般沒有意義。

戴拉維跟著他走進來，猶豫地四處張望。

「妳自己隨便拿吧！」安納瓦克指指冰箱。

「使飛機墜毀的那條鯨魚……」她開口說道。

安納瓦克打開瓶子，喝下一大口。「對不起，妳自己拿吧！」

「牠受傷了，李奧，也許牠已經死了。」

他思考著此事。

「是的，」他說道，「有可能。」

戴拉維走向櫥櫃，上面放著各式各樣尺寸的塑膠鯨魚模型，從大拇指長的到手臂長的都有。多尾座頭鯨和睦地支撐在牠們的闊鰭上。她拿起一條，在指間轉來轉去。安納瓦克斜睨著她。

「牠們不是自願這麼做的。」她說道。

他揉揉下巴，然後向前彎下身子，打開無線收音機旁的小電視機，想著也許不用開口她就會自動離開。他不反對她的陪伴，事實上還為了自己的惡劣情緒、為了粗暴地拒絕她而羞愧，但他越來越渴望獨處。

戴拉維小心翼翼地將塑膠鯨魚放回櫥裡，「我可以問你件私事嗎？」

又來了！安納瓦克原本想粗魯地回應，後來他聳聳肩，「隨妳吧。」

「你是馬卡人嗎？」

他驚訝得手中的瓶子差點滑掉，原來她想問他的是這個呀，原來她想知道，他怎麼會長得像印第安人。「妳為什麼這麼想？」他脫口問道。

「飛機快起飛前你說了一句話，對舒馬克講的，說灰狼會毀掉他和馬卡人的關係，因為他堅決反對捕鯨。馬卡人是印第安人，對不對？」

「是的。」

「你的族群？」

「馬卡人？不，我不是馬卡人。」

「你是……」

「聽我說，麗西婭，妳先別生氣，但是我實在沒心情談論家族史。」

她咬緊嘴唇。「好吧。」

「如果福特打電話來，我再連絡妳。」他咧嘴笑笑，「也許他為了不吵醒我，會先打電話給妳，到時候換妳打給我。」

戴拉維搖了搖頭，緩步走向門口，在門旁停下來。「還有一件事，」她頭也沒轉說道，「你快去向灰狼道謝，謝謝他救了你的命，我已經去過了。」

「妳去過……」他發怒道。

「是的，當然。你可以因為其他的一切而憎惡他，但這一句道謝是他應得的，沒有他你早就死了。」她說完就走了。

安納瓦克盯著她的背影，將瓶子砰地放到桌上，深深地吸了一口氣。

道謝？向灰狼？

當他胡亂轉台瞄到這幾天有關卑詩省沿海的眾多專題報導之一時，他還一直坐在那裡。從美國也接收到類似的報導。在那裡，船隻遭到襲擊也使地區性的海上交通基本上癱瘓了。電視視正採訪一位身穿海軍制服的女人。她的黑色短髮整齊地向後梳，臉色嚴峻漂亮，亞洲臉型，也許是個中國人。不，半個中國人。一個關鍵性的細節不大協調：眼睛。它們有著一種淡淡的，絕對不是亞洲人會有的水藍色。

螢幕下邊打出一行：美國海軍總司令茱蒂斯．黎。

「難道我們必須讓出卑詩省沿海的水域嗎？」主持人正在問道，「交還給大自然？」

「我不認為我們必須將什麼還給大自然，」茱蒂斯．黎回答道，「我們想和大自然和睦相處，雖然還有些地方需要改善。」

「雖然現在還談不上和睦相處。」

「這個嘛，我們一直和國內外最有聲望的科學家和研究所保持著密切聯繫。動物出現集體的行為變化令人擔心，但誇大形勢，引起驚慌，同樣是錯誤的。」

「妳不相信這是一種集體現象？」

「要猜測這是哪一種現象，前提是它真的是一種現象。現況我要說這是類似事件的一種累積……」

「對外幾乎沒有公布，」主持人打斷她道，「為什麼不公布？」

「正在公布呀，」黎微笑道，「此時此刻。」

「這讓我們既高興又吃驚，無論是妳還是我們國家的情報政策最近幾天都糟糕至極，幾乎無法聽到任何專業人士的意見，因為妳的情報部門封鎖了所有消息。」

「不對，」安納瓦克嘀咕道，「灰狼不是流出了口水。沒有聽到嗎？」

可是有人請求過採訪福特嗎？或者雷．菲維克？羅德．潘姆？這些舉足輕重的虎鯨研究專家，最近幾個星期有哪家報刊或電視台找過他們嗎？且本人，李奧．安納瓦克，不久前還在《美國科技雜誌》上討論過海洋哺乳動物的智慧研究，但誰也沒來找他，將一支麥克風放在他面前。

直到這時候他才注意到這整件事情的荒謬之處，換成其他情況——恐怖襲擊、飛機墜毀、自然災難——無一不是事件發生後的廿四小時內，每一位專家或自認為是專家的人都會被拖到攝影機前發表看法。

相反的，這次他們反而無聲無息。

後來不得不承認，自從上一次報紙採訪以後，灰狼也再沒有公開露面過。之前這位激進的環境運動成員幾乎不放過任何一個裝腔作勢的機會，但現在幾乎沒有人談論這位圖芬諾英雄了。

「你這樣看問題有點太過片面，」黎平靜地說道，「現在的形勢肯定是不正常的，幾乎沒有可以比較的例子。我們慎重地不讓每個專家匆匆下結論，不為別的，就因為我們怕來不及更正。撇開這件事不談，我不認為目前有什麼無法對付的威脅。」

「妳是想說所有一切都在掌控中嗎？」

「我們正在努力。」

「有些人認為，這起不了什麼作用。」

「我不清楚人們期待我們做什麼，但政府是不會動用戰艦和黑鷹計畫去討伐鯨魚的。」

「我們每天都聽到新的災難，但加拿大政府到目前為止僅將卑詩省沿海水域宣布為危險地區……」

「這還是就小型船隻來說，普通的貨輪和渡輪交通不包括在內。」

「最近不是常有船隻失蹤的新聞嗎？」

「再說一遍：那些是漁船、小型內燃機船。」黎以極其耐心的腔調解釋道，「不斷失蹤毀損的船隻，我們正著手調查，當然也會不計任何代價地尋找倖存者。但我還是想事先提醒，別輕易將深海裡每一樁未澄清的事件和動物的襲擊聯想一起。」

主持人推了推眼鏡。「如果我錯了，請妳糾正我——但是，溫哥華的英格列伍公司的一艘大貨輪不也在海上出事、沉沒了。」

黎將手指交疊在一起。「你是指巴麗爾皇后號嗎？」

主持人瞟一眼右手裡的筆記。「對，這件事幾乎什麼消息都沒有。」

「當然沒有。」安納瓦克叫道。他早就知道會這樣。過去這兩天，他忘了和舒馬克談談這件事。

「巴麗爾皇后號，」黎說道，「槳葉壞了。由於沒掛好，這艘拖輪就因此沉沒了。」

「不是襲擊的後果嗎？我的筆記上……」

「你的筆記錯了。」

安納瓦克愣住了，這女人他媽的在講什麼呀？

「那好吧，將軍，妳能不能至少談談二天前圖芬諾航空公司一架水上飛機墜毀的事呢？」

「一架飛機墜毀了，是的。」

「據說它是撞上一條鯨魚。」

「我們也調查了這件事故，但請你原諒我不能對每件事發表看法，我的工作最重要的是……」

「當然了。」主持人點點頭，「那我們就談談妳的工作吧。妳真正的工作範圍是哪些？妳要如何說明這件事？目前妳顯然只能作出反應。」

黎露出高興的神色，「我可以這麼講，向大眾說明，這還不是危機指揮部的主要工作。我們對危機狀況作出反應、負責和處理它。這包括及早認識、完整和明確地說明、預防、轉移等，所有這一切——不過，我已經說過，我們這裡要對付的是某種新情況，肯定不可能像從前處理熟悉的事情那樣可以預防和及時認識。除此之外，一切都在我們的控制之下，再沒有船隻會行駛到有那些危險動物的海上去了。我們將影響最多的船運改成了近海的飛機運輸，較大的船隻則由軍方護送，我們的空中監視萬無一失，也核准了大量經費進行科學研究。」

「妳排除了軍事行動的可能性……」

「沒有排除，我們只是覺得不大可能。」

「環保分子們認為，動物的反常行為是因為人類文明所造成的。噪音、傾倒有毒廢棄物、海運……」

「我們正在努力查明。」

「目前有何進展？」

「我重複一下：只要沒有具體的證據，我們就不會去胡亂臆測，我們也不允許任何人這樣做，同樣不允許被激怒的漁人、工業界、船業公司、賞鯨公司或捕鯨擁護者們單方面插手並激化它。動物們之所以襲擊，牠們要麼是被逼急了，要麼是生病了，兩種情況下對牠們使用暴力都沒有意義。我們必須找出原因，然後這些症狀就會消失，在此之前我們要避開水。」

「謝謝，將軍。」主持人將臉轉向攝影機。「這位是美國海軍總司令茱蒂斯・黎將軍，幾天前她就任了加拿大和美國的聯合危機指揮部和調查委員會軍事顧問，現在請繼續收看今天的其他新聞。」

安納瓦克調低電視音量，打電話給福特。「這位茱蒂斯・黎是誰呀？」他問道。

「噢，我還不認識她本人，」福特回答道，「她一直在這一帶飛來飛去。」

「我根本不知道，加拿大和美國成立聯合危機指揮部。」

「你不必事事知道，你是生物學家。」

「有人就鯨魚襲擊的事採訪過你嗎？」

「有過沒有結果的詢問，他們曾經多次想讓你上電視。」

「什麼時候！為什麼沒有人提過……」

「李奧，」福特的聲音顯得比上午更疲倦，「我該怎麼講好呢？黎封鎖一切消息，這樣也許更好。一旦你支援國家或軍方指揮部，他們就希望你保密，你的所作所為都必須保密。」

「那我們倆為什麼能不受限地交談呢？」

「因為我們是同一陣線的。」

「但是這位女將軍亂講！比如巴麗爾皇后號……」

「李奧，」福特打個哈欠說道，「事發當時你在場嗎？」

「不談這事了。」

「我根本不想談。我和你一樣懷疑，事情會和英格列伍公司的羅伯茲先生講的一模一樣。儘管如此，你考慮考慮吧：一場蚌類動物的入侵戰爭，有趣的小動物，沒有科學介紹。可疑的黏液。一條鯨魚撲向一根鋼索。這一切加起來就成了巴麗爾皇后號事件——哎呀，別忘了，在船塢裡有東西抽打你的臉後逃走了，菲維克和奧利維拉在鯨魚腦裡發現了膠狀物。你想就這樣公布一切？」

「不清楚。」

安納瓦克沉默不語。「我為什麼聯繫不上英格列伍公司？」他最後問道。

「你一定知道什麼事情，你是加拿大指揮部的科學顧問。」

「沒錯！所以他們將一落落的卷宗堆在我的桌上。李奧，我不清楚！他們對我們嚴加限制。」

「英格列伍公司和危機指揮部處境相同。」

「好極了，這件事我們可以討論上數小時，但我巴不得盡快解決那該死的錄影帶，時間耗費比我想像中還久。我們的員工剛剛拉肚子上床睡覺去了，由衷地恭喜，今夜大概無法再繼續了。」

「媽的。」安納瓦克咒罵道。

「聽著，我會打電話給你，或者打給麗西婭，萬一你要小睡……」

「可以隨時找我。」

「另外，你不覺得她很棒嗎？」

她很有責任感，你找不到責任感比她更強的人了，「是的，」安納瓦克咕噥道，「有什麼我能做的嗎？」

「思考，也許你該出去散散步或去拜訪幾位諾特卡人酋長。」福特咯咯地笑道，「那些印第安人肯定知道些什麼。如果他們突然告訴你，這一切一千年前都已經發生過，那就太精采了。」

開玩笑！安納瓦克結束通話，盯著電視畫面。

幾分鐘後他開始在房間裡走來走去，膝蓋依舊疼痛，但他繼續走，好像要懲罰自己此時竟不能全力投入似的。

再這樣下去他會變成妄想狂，甚至懷疑大家都想躲著他。只要他不問，沒有人打電話找他，告訴他什麼。他們把他當成需要照護的病人，而他只不過是無法正常地行走。好吧，最近這段時間發生太多事情了，先是被從船裡抛下海，幾天後又從一架墜毀的飛機裡抛下海，好吧，好吧……

他在塑膠鯨魚前面停下來。

沒人對他隱瞞什麼，沒人將他當病人對待。只要福特還沒看完全部資料，就沒辦法讓他看什麼東西，不想麻煩安納瓦克去水族館幫他，而戴拉維盡最大的努力支援他。大家都小心謹慎，恰到好處，反而是他自己將自己當成受傷者。

該怎麼辦？他想，當你在兜著圈子時，該怎麼做呢？衝破圈子，做點什麼將你重新帶上直線的事，做點不是要求別人而是你要求自己去做的事情，做點反常的事情。

他能做什麼反常的事情呢？

福特怎麼講來著？他應該去訪問幾位諾特卡人酋長，那些印第安人肯定知道一些情況。

他們真的知道什麼嗎？加拿大的印第安人代代相傳的知識，直到一八八五年的印第安行動才中斷了口頭傳授的鏈帶。人們開始將他們趕離他們的家鄉，將他們的孩子送去寄宿學校，說是要讓他們融入白人的群體。那場印第安行動是一條口是心非的毒蛇：某種外來的東西，一隻慷慨的手。雖然他們是融入了自己的群體，但那條蛇不喜歡這樣。印第安行動噩夢的影響仍未消失，幾十年來，印第安人日漸重新掌握自己的生活。許多人在被割斷近百年的地方重新串起了傳說的紐帶，而加拿大政府也在盡力彌補，但還談不上文化重建。

熟悉古老傳說的印第安人越來越少。他能去問誰呢？老人。

安納瓦克一拐一拐地走上碼頭，眺望主要街道。

他和諾特卡人幾乎毫無聯繫，他們自稱**努恰努爾特：依山生活的人**。諾特卡人是繼希姆希安人、吉斯坎人、斯基納人、海達人、卡瓦袞特人和科斯薩利希人之外的主要部落之一，居住在卑詩省西海岸。外人幾乎無法理清各部落、氏族和語族之間的正確關係。在涉足所謂的印第安文化時，大多數到這一步後就失敗了，其實他們根本還沒進入海灣之間互不相同的地區方言和生活方式的王國呢。

他可以將福特的提示解釋為玩笑，這是個拍攝神祕傳說破解謎語的故事片的好主意。想要了解關於溫哥華島大西洋沿岸的情況，只要問島上西部的印第安人諾特卡人就行了。也許會找到什麼，也許在諾特卡人各部落的神話裡糾纏不清。

這些部落各自居住在自己的領土上，諾特卡人的傳統和溫哥華島的地形是密不可分的，神話之根深深地扎進大自然裡。但這樣就十分棘手，因為諾特卡人的創世記主角是變形人，狼僅在迪迪達特人的部落裡才具有重要意義，當然也有關於虎鯨的故事。

不過，如果誰不理會狼的故事，一心只想了解有關虎鯨的事情，就犯下大錯了，因為在變形人的輪迴裡，人和動物精神上是相通的。不僅所有的生物都有可能變形為另一種生物，有的甚至具有雙重特徵：狼到了水裡，當然就變成虎鯨，虎鯨來到陸地上，就會變成狼。虎鯨和狼是同一種生物，講述虎鯨的故事而不提到狼，這在諾特卡人看來真是荒唐透頂。

由於諾特卡人自古捕鯨為生，他們擁有無數和鯨魚有關的故事。

但是，並不是每個部落都講相同的故事，而所到之處不同，相同的故事又會有不同的講法。此外，馬卡人屬諾特卡人——但也可能像有些人認為不是那樣，至少雙方都講瓦卡桑語——他們是除了愛斯基摩人外，北美洲唯一有權捕鯨的部落，現在更成了主要討論話題，因為將近一百年禁捕後他們又想行使這一權利。馬卡人不住在溫哥華島上，而是住在對面華盛頓州的西北角上，他們的傳說裡有各種關於狼的故事，而島上的諾特卡人也流傳著相同的故事，但一說到鯨魚的動機、思維、感覺、意圖，則是各持己見。就像人們不能簡單地認為牠只是隻鯨魚，而必須當作「祕密」生物一樣看待。

做點反常的事情。

好吧，去向印第安人請教絕對是反常的，倒要看看這樣做能不能帶來意外的收穫。

安納瓦克苦笑，偏偏是他。

對於一個在溫哥華生活了二十年的人來說，他對當地印第安人了解得很少，因為什麼都不想知道。他只是偶爾會嚮往他們的世界，而這感覺每次都讓他覺得難堪，因此總趁著壯大之前將它撲滅。戴拉維認為他是馬卡人，而且是差勁的人，可想而知不適合去研究當地的傳說。

灰狼就更不合適了。

灰狼真是可悲，他無比厭惡地想道。如今沒有哪位印第安人還會取這樣愚蠢的狂野西部姓氏跑來跑去。部落酋長們都叫做諾曼．喬治、瓦特．麥可或喬治．法蘭克。沒有誰自稱二羽．約翰或勞倫斯．游泳．鯨魚。只有傑克．歐班儂這樣的狂妄者才忍受得了這種自以為是的浪漫。偏偏傑克到處宣稱自己是印第安人，他太蠢了，蠢得不能真正取個印第安人的名字。

灰狼是位愚昧分子。

那自己呢？他不開心地想道。一個長得像印第安人，具有印第安人的所有特徵；另一個不是，卻想盡辦法要做個印第安人。我們倆都很愚昧。

每個人都很可笑。

該死的膝蓋！讓他陷入沉思。他不想沉思！他不需要愛麗西婭・戴拉維，用那多嘴的大學生神情將他推回走來的那條道路。

他可以問問誰嗎？喬治・法蘭克？

這是他認識的酋長。無論白人還是印第安人，除了工作中的必要和偶爾喝杯咖啡，都還有大量接觸，但他們不是敵對關係。兩個世界和平共處，偶爾也會形成友誼。喬治・法蘭克算不上朋友，但畢竟是個熟人：一個和善的傢伙，更是威卡尼尼希周圍地區的一支諾特卡人部落的**塔依哈維爾**。**哈維爾**是酋長，塔依哈維爾比酋長地位還要高，可以說是最高首領，有點像英國的王室，頭銜是繼承所得。現今生活中，大多數部落是由選舉產生的酋長管理，但世襲酋長仍然深受尊重。

安納瓦克思考著，島嶼北部將最高首領叫做塔依哈維爾，南部叫做**塔依恰恰巴特**。他實在不想出醜，有可能喬治・法蘭克是個塔依恰恰巴特，但誰還記得住這些呀？

最好是避免使用印第安人的說法。

他可以拜訪喬治・法蘭克，他住在離威卡尼尼希客棧不遠的地方。他考慮越久，就越喜歡這主意。他不必再等待福特的電話，而是可以衝破漩渦，看看會走向哪裡。他翻開電話號碼簿，尋找法蘭克的號碼。

那位塔依哈維爾在家，他建議一塊兒去河邊散步。

「這麼說你是來打聽有關鯨魚的情況的。」當他們在濃蔭蔽日的參天大樹下穿行了半個小時之後，法蘭克說道。

安納瓦克點點頭，告訴法蘭克他為什麼來這裡。那位酋長搓著下巴，身材矮小，滿臉皺紋，一對友善的黑眼睛，頭髮和安納瓦克的頭髮同樣烏黑。他在風衣下穿著件T恤，上面印著：**鮭魚回家**。

「你應該不至於要我跟你講印第安人格言吧？」

「不，」安納瓦克對這一回答很高興，「這是約翰．福特的主意。」

「誰的？」法蘭克微笑道，「溫哥華水族館的編輯或館長嗎？」

「我們到處碰運氣，只要你們的故事裡能說明類似事故的內容就行。」

法蘭克指著他們散步的河流，水潺潺地流淌著，裹挾著樹枝和枝葉。這條河起源於荒涼的高山地區，部分淤塞了，「那裡有你的答案。」他說道。

「在河裡嗎？」

法蘭克笑笑，「*Hishuk ish ts'awalk*。」

「好吧，還是印第安人諺語呀。」

「就講一個。我想，你知道它。」

「我不懂你們的語言。偶爾學會了幾句，就是這樣。」

法蘭克盯著他看了幾秒鐘，「那好吧，這幾乎是所有印第安文化的核心思想。諾特卡人要求將它歸還給他們，但我猜，其他地方的人們用不同的話講著相同的意思：**萬宗歸一**。河流發生的事情，也發生在人類、動物、海洋身上。一個人的遭遇，也是所有人的遭遇。」

「沒錯，其他人叫它生態學。」

法蘭克彎下身體，將落水的一根樹枝拉上岸，它被纏在河邊的樹根裡。「你要我說什麼給你聽，李奧？我們知道的東西你全都知道。我樂意為你打聽，給你幾個人的電話。我們有許多歌曲和傳說，但不知道哪一個對你們有用。我是說，在我們的所有傳說裡，你都可以找到你要的東西，但問題也就在這裡。」

「我不明白你的意思。」

「這樣說吧，我們看待動物的眼光不同。諾特卡人從沒有隨便殺害過鯨魚，鯨魚給了我們生命，這都是有意識的行為，你理解嗎？諾特卡人相信，整個自然界都有自我意識，一種彼此交流的龐大意識。」他走上一條泥濘的道路，安納瓦克跟在後面。森林變開闊了，出現一塊光禿禿的大空地，「你看看這個，一椿恥辱。森林被砍伐了，雨水、太陽和風使得土地荒蕪，河流變成了排水溝。如果想知道是什麼在折騰鯨魚的話，就看看這個吧。*Hishuk ish ts'awalk*。」

「嗯。我告訴過你我是做什麼的嗎？」

「我知道，你在尋找意識。」

「尋找自我認同。」

「對，我記得。你在一個美麗的傍晚講過這話，那是去年，我喝啤酒你喝水。你總是喝水，對嗎？」

「我不喜歡酒。」

「從沒喝過？」

「幾乎沒喝過。」

法蘭克停下腳步。「是啊，你是一位傑出的印第安人，李奧。你喝水不喝酒，你來找我，因為你以為我們擁有祕密。」他嘆口氣，「人們何時才能不再用懷疑的眼光互相看待呀？印第安人有過酗酒問題，有些人仍然有，但也有些人只是喜歡偶爾喝點小酒。如果今天一位白人看到印第安人手拿一杯啤酒，他馬上就會說，多麼可悲，多麼可怕，我們教會了他們喝酒。我們一下子是可憐的引誘者，一下子又成了高級智慧的守護者——你到底是什麼，李奧？你是基督教徒嗎？」

安納瓦克並不感到意外，他和喬治．法蘭克相處的次數不多，每次都是這樣的。和這位塔依哈維爾交談似乎沒有邏輯，像隻松鼠似地從這個話題跳到另一個話題。

「我不信教。」安納瓦克說道。

「你知道嗎，我曾經研究過聖經，全書都是高深智慧。你去問一位基督教徒，森林為什麼起火，他會回答你，是上帝在火焰中現身。他會引用那些古老的傳說，於是你會真正地發現一束燃燒的荊棘叢。你認為基督教徒會這樣解釋一場森林大火嗎？」

「當然不會。」

「儘管如此，如果他是一位虔誠的基督教徒的話，燃燒的荊棘叢的故事對他還是很重要的。印第安人也相信自己的傳說，但我們非常準確地知道，這些故事和現實會有多少落差。重要的不是某樣東西是什麼樣子，重要的是它透露出什麼樣的想法。在我們的傳說中你可能會找到一切或許什麼也找不到，凡事你都不能只是望文生義，但這一切又都別具意義。」

「我知道，喬治。我只是覺得我們走進死胡同了，我們絞盡腦汁，想弄清到底是什麼東西讓動物們發狂了！」

「你相信你們的科學找不出解答嗎？」

「某種程度上是的。」

法蘭克搖搖頭，「你們沒有真正看懂。科學是一個偉大的東西，人類從中獲利匪淺。問題在於視角，當你運用知識時，看到了什麼呢？你看著的那些發生變化的鯨魚，卻沒有真正認出牠，為什麼牠成了我們的敵人？是什麼使牠變成這樣的？你傷害牠了嗎？或者牠的世界傷害了牠？鯨魚是生活在哪個世界裡呢？你尋找對牠產生直接傷害的原因，你找到了一大堆。這些毫無意義的屠殺、水被毒化、賞鯨旅遊失控事件，是不是因為我們破壞了牠們的食物來源，用噪音玷污了牠們的世界，我們奪走了牠們撫養子孫的地盤——下加利福尼亞不是正在興建一座採鹽場嗎？」

安納瓦克沉著臉點點頭。一九九三年聯合國教科文組織，將下加利福尼亞的聖伊格納西奧環礁湖宣布為世界自然遺產，它是最後一座原始的、未遭破壞的太平洋灰鯨的分娩棲地，也孕育了一大批其他的瀕臨滅絕的動植物種類。現在，日立公司不顧這一切，在那裡建造一座採鹽場，未來，每秒鐘將從這座湖裡抽出兩萬多公升海水，流入一百一十六平方海浬的鹽池，析出鹽後的廢水再流回海裡。沒有人知道，這對鯨魚會有什麼影響。無數科研人員、環保團體和諾貝爾獎得主組織紛紛抗議，它有可能成為一個悲劇的先例。

「你看，」法蘭克接著說道，「這就是你熟悉的鯨魚世界，牠們生活在其中，但是，這世界永遠存在更多讓鯨魚感覺舒適或不舒適的各種環境，說不定問題根本不在鯨魚，李奧，也許牠們只是我們所看到的問題的一部分。」

溫哥華，水族館

當安納瓦克聽那位塔依哈維爾講話時，約翰・福特正觀看著兩台螢幕。他必須同時監視兩台螢幕，而且已經持續好幾個小時了。一台放的是浦號機拍攝露西和其他灰鯨的錄影帶，另一台是一個雷達影像，一個由線條組成的座標圖，圖上有十幾盞綠燈，像是投影進去的似的。它顯示的是魚群，不停地更換位置。下水後，機器人很快比對了露西的尾鰭樣本和牠的特殊叫聲，這樣就能利用聲納找到露西與牠的所在位置，並以點的形式出現在座標圖裡。這樣一來，哪怕是在一團漆黑中，也不會追丟露西。

第二台螢幕顯示的是偵測設備傳回的資訊，它仍然插在鯨魚的脂肪裡：心臟頻率、下潛深度、位置資料、溫度、壓力和光線。偵測設備和浦號機一起提供了露西廿四小時活動的完整的圖像。一條瘋狂鯨魚廿四小時的生活。

監控實驗室可供四人分析資料，福特和兩位助手坐在昏暗的光線中，螢幕光照著他們的臉孔。第四個位置空著。一種無害的腸胃病毒使得小組只剩下三人，這讓他們加起了夜班。

福特目光不離螢幕，手伸進一隻硬紙盒，抓起一把冷薯條塞進嘴裡。

其實露西看起來並不像發狂。

過去幾小時以來，牠做著海洋動物都會做的事情：牠進食，陪伴牠的是五、六條成鯨和兩條正在成長的幼鯨。每當露西在藻類垂簾之間潛入海底，穿過軟沙沉積層，翻出蟲子和端足目動物時，都會揚起大量淤泥。牠側過身來，用牠細長的弓形頭顱在沙地裡劃出一條條溝壑。開始時他還陶醉地坐在螢幕前，雖然這根本不是他看到灰鯨進食的第一部片。但浦號機提供的是全新的圖片，因為它就像是鯨群的一分子似地跟蹤著鯨魚。許多東西都很清晰，在海底跟蹤抹香鯨，等於是進入最黑暗的深海。

但灰鯨喜歡淺水，因此福特連續幾小時就只看到明亮和幽暗光線不停切換。露西在水面休息了幾分鐘，從鯨鬚間擠出淤泥，深吸空氣又吐出，然後沉到水底。牠來到離海岸很近的地方，大部分照片都是在不到三十公尺深的地方拍到的。

福特看到那些鋸齒形、條紋的身體匍匐著穿過沉積層，水變混濁了。機器人跟蹤起那些動物來毫不費勁，因為牠們實際上沒有游到什麼地方去。牠們不停地變換方向，這裡游幾哩，那裡游一小段，上升、下潛、進食、上升、下潛。福特習慣講，溫哥華島是鯨魚的高速公路休息站，牠們懶洋洋地躺在那裡，實際上這樣正好。

上升、下潛、進食，終於變得無聊起來。

有一回，遠方鑽出幾條虎鯨黑白交織的側影，但很快又消失了。一般情況下，這種相遇都是很平和的，雖然虎鯨屬於巨鯨中少數要嚴陣以待的敵人之一，牠們連藍鯨都不怕，通常都是多條一起進攻，特別殘酷。牠們吞食犧牲者的舌頭和嘴唇，留下瀕死的、殘廢的龐然大物，任牠們慢慢沉向海底。

進食、下潛、上升。

不知何時，露西睡著了。至少福特相信牠是睡了。天色漸暗，因為傍晚來臨了。只剩下一個影子，幾乎無法和黑暗的背景區分開來。露西的身體垂直地懸在水裡，緩緩下沉，又同樣緩緩升起，許多海洋哺乳動物都是這樣休息的。牠們每隔幾分鐘就在半睡半醒狀態中回到水面呼吸，再沉下去睡覺。值得注意的是這些動物每次睡覺絕不超過五至六分鐘，但牠們能夠讓這一次次短暫的休息累計成一場恢復性睡眠。

螢幕終於黑了。只有座標圖還在顯示鯨群的分布。

黑夜來臨。

什麼也看不到，但還是必須觀看，這特別乏味。不時有什麼東西閃一下，一隻水母或一條墨魚。再有就是漆黑，第二台螢幕上的資料在繼續閃跳，顯示出露西的代謝和物理環境。綠點在類比空間裡緩緩移動。夜裡，絕對不是每隻動物都在睡覺，而鯨魚的睡眠時間更是千差萬別。資料螢幕顯示出高度和深度的變化，表示露西和其他鯨魚此刻也在下潛和進食。不同水深溫度的變化在半度左右，沒有太大的變化。灰鯨的心臟一直在跳，時緩時急。浦號機的水底錄音器捕捉到海裡面各式各樣的聲音，潺潺聲和咕嚕聲，虎鯨的呼叫和座頭鯨的歌聲「呼哧」、「咕咕」，還有遠方漁船螺旋槳的「嘩嘩」聲。全都是熟悉的。

福特就這樣坐在他的黑色螢幕前面，打著哈欠，直到頜骨喀喀作響。

他抓起最後的薯條，彎曲著的、胖乎乎的手指停住了，然後鬆開薯條。

資料螢幕上有什麼在動。

探測設備顯示的深度一直都是在零到三十公尺之間。現在它顯示為四十公尺，又突然變為五十公尺。露西改變了位置。牠向公海游出去，邊游邊下潛；別的鯨魚迅速跟隨牠，再也不是懸浮在水裡了。這是洄游速度！

你這麼快要去哪裡呀，福特想道。

露西的心跳變緩，牠在下潛，而且速度很快。此時牠的胃裡大概只含有十分之一的氧氣儲量，也許還要更少，其餘的都儲存到了血液和肌肉裡，準備著深潛的最佳儲量。

露西超過一百公尺了。

現在，這條鯨魚將要暫停身體內某些非重要部位的血液循環了，這些血液被引進張力極佳的血管網絡裡，因而可以在不需要消耗氧氣的情況下進行肌肉運動和物質代謝。數百萬年來，這驚人的轉換作用使得這種曾經是陸地居民能夠在水表和深水之間毫無困難地往返來回數百公尺和數千公尺，而大多數魚類在一百公尺水深變化時就有生命危險了。露西繼續下沉，一百五十公尺，二百公尺，離陸地愈來愈遠。

「比爾？傑克？」福特沒轉身，回頭對兩位助手說道，「你們過來看看這個。」

助手們聚集在兩台螢幕周圍。「牠在下潛。」

「對，相當快，已經離開陸地三公里了，整個鯨群正游向公海。」

「也許牠們只是在洄游。」

「可為什麼要下潛這麼深呢？」

「因為夜裡浮游生物下沉，不是嗎？還有魚卵，所有的美食都在下沉。」

「不是，」福特搖搖頭，「這對其他鯨魚有意義，但對以底棲動物維生的灰鯨不重要。牠們沒有理由……」

「你們快看！三百公尺了。」

福特身體後靠。灰鯨不是特別快，但有能力進行一次短距離衝刺。平常時候在上層水域為每小時十公里。只要不需要逃跑或洄游，牠們都是懶洋洋地飄游的。

是什麼在催促著這些動物呢？

他可以肯定終於觀察到不正常的行為了。灰鯨幾乎僅靠底棲動物為食，牠們洄游時從未離開過海岸兩公里，大多數要近得多。福特不知道，牠們如何能下潛到三百公尺深度。只是灰鯨竟能深潛超過一百二十公尺，真是太離譜了。

他們盯著螢幕，虛擬格狀結構的下邊突然有什麼東西一亮。一道綠色閃電，它閃亮了一下又熄了。

一張光譜圖！聲波的光譜圖。

又閃了一次。「這是什麼東西？」

「雜訊！一種相當強烈的信號。」

福特停住記錄，將程式倒回，他們再一次觀察那個頻率，「這信號甚至相當強，」他說道，「像是爆破引起的。」

「這裡沒有爆破，如果有爆破我們會聽到的。這是次聲*。」

「我知道，我只是想，怎麼可能……」

「看！又來了！」

座標圖裡的綠點不動了。那強烈的偏轉第三次出現，然後消失了。「牠們停下了。」

「牠們有多深？」

「三百六十公尺」

「不可思議。牠們究竟在那下面做什麼呢？」

福特的目光移向左側播放浦號機的錄影記錄的螢幕。望向那台黑暗的螢幕。他的嘴巴張開，再也合不攏了。「你們看看這個。」他自言自語道。那台螢幕不再黑暗了。

溫哥華島

安納瓦克感到法蘭克的陪伴特別令人放鬆。

他們沿著沙灘逛向威卡尼尼希客棧，他們談了一會兒法蘭克積極參與的環境專案。塔依哈維爾實際上是一家飯店的老闆，出生在漁民家庭。但是為了減緩樹木砍伐殆盡造成的危害，他的族人發起了「讓鮭魚回家」活動，嘗試復育格里夸灣原本的完整生態系統。

木材工業摧毀了大部分的森林，沒有人幻想能夠讓消失的雨林重新恢復。砍伐樹林的代價是，裸露的林地被太陽曬焦了，沙土被雨水沖走，傾倒的樹木被沖進河流和湖泊，和石頭以及巨樹剩下的殘枝一起堵塞了河道湖泊，使得鮭魚再也找不到產卵地而慢慢消失，相對的也讓其他動物的食物來源短缺。

為此，「鮭魚回家」活動以飯店為基地培訓志工清理河流、挖開堵塞河道的廢棄道路。人們沿著河道修築起有機垃圾防護牆，並種植生長迅速的赤楊。這些積極分子慢慢找回了曾經在森林、動物和人類之間維持平衡的東西，他們孜孜不倦，不指望迅速成功。

「你知道，由於你們又想狩獵鯨魚，許多人都在攻擊你們。」一會兒後安納瓦克說道。

＊頻率低於十六赫茲、人耳聽不見的聲音。

「那你呢？」法蘭克說道，「你怎麼認為？」

「這樣做並不是很聰明。」

法蘭克沉思地點點頭，「你也許說的對，鯨魚受到保護，為什麼要狩獵牠們呢？我們當中也有許多人反對重新開始捕鯨，誰懂得如何捕捉鯨魚？誰還會有精神準備？另一方面，近一百年來我們都沒有捕過鯨，今天重提此事，談的是五、六隻動物，這是一個微不足道的份額，是少數。我們的祖先曾經靠鯨魚為生，在出發捕鯨之前，他們潔淨自己的精神，對鯨魚以生命餽贈他們表示尊重。他們也沒有用魚標射中最優秀的鯨魚，而是通過一種無比神祕的力量，射中命中注定的那一條，一種幻覺，鯨魚和捕鯨人在幻覺中認出彼此。你能理解嗎？這就是我們想維護的精神。」

「另一方面，鯨魚帶來一筆收入，」安納瓦克說道。「馬卡人的漁業經理估計一條灰鯨價值五十萬美元。他直言不諱地指出，肉和油在海外深受歡迎，他指的當然是亞洲，同時他又強調馬卡人的經濟問題和高失業率。這樣做不太聰明，甚至是愚蠢的，根本沒提到精神。」

「也對，李奧，你想怎麼看就怎麼看吧——不管馬卡人想重新狩獵是出於對傳統誠實的愛還是由於貪財——可以肯定的是，他們不接受一種書面承認的權利，不讓白人管控他們的庫存。是白人們開始將生命視作貨物的，我們從沒有這麼想過。現在，在所有人都使用過錢之後，我們當中有一位大膽談起錢，人們就攻擊我們，好像我們應該自然生存似的。

「你沒有注意到嗎？自然民族總是依靠分配給他們的東西為生，而白人們浪費這些東西。他們浪費了之後，揉揉眼睛，突然想起來要保護它。他們在從來不會傷害它們的東西面前保護它們，裝腔作勢。如果鯨魚再繼續被濫捕，責任都在日本和挪威這些國家身上，但他們還是可以不受阻撓地繼續出海，射出他們的魚標。我們從沒有消滅過一個物種，而現在受懲罰的卻是我們。總是這樣的，全世界都是這樣。」

安納瓦克默不作聲。

「我們是個不知所措的民族，」法蘭克說道，「許多事情雖然獲得改善，但我經常想，我們被困在一種連自己都無法擺脫的矛盾裡。在每一次撒網捕魚之後、在成功地做成的每一筆生意之後，在每一次節日之後，我都要留一點食物給烏鴉，因為烏鴉始終挨餓。我講過嗎？」

「沒有。這事你沒講過。」

「你知道這事嗎？」

「不知道。」

「烏鴉根本不是我們島嶼傳說中的主角，那是生活在高緯度地區的海達人和特林吉特人才有的。在我們這裡你只會聽到變形人的故事，但我們也喜歡烏鴉。特林吉特人說，牠代表窮人講話，就像耶穌基督所做的一樣，因此我永遠為總是挨餓的烏鴉留下一小塊肉或魚，牠曾經是動物人的兒子，被他的父親塞進了烏鴉的皮膚，取名維格耶特。在牠吃窮了牠的村莊之後，維格耶特被派到世界上，牠帶著一塊石頭上路，這樣牠就有了個休息的地方，那塊石頭變成了我們生活在其上的土地。牠耍詭計偷到陽光，將它帶到地球上，牠將烏鴉的真實面目還給烏鴉。

「另一方面我知道，烏鴉是一個進化結果，牠源於蛋白質、氨基酸和單細胞組織。我喜歡我們的創世記神話，但我也看電視、閱讀，知道大霹靂是怎麼回事——基督徒們也知道這事，他們在教堂裡宣講創世記的七天、講十誡。他們能夠允許慢慢改變思想的奢侈時間，歷經數百年找到了一條將神話和現代科學和諧地結合一起的途徑，卻反過來要求我們在極短的時間內這麼做。我們被拋進了一個原本不屬於我們的世界，且永遠不會屬於我們的世界裡，現在我們返回自己的世界，卻發現我們並不熟悉它。

「這是被逐出家園的懲罰，李奧。到頭來哪裡都不是你的家，在他鄉不是，在家鄉也不是，印第安人被逐出了家園。如今白人想盡辦法彌補一切，但是由於他們自己也被逐出了家園，他們怎麼幫得了我們呢？他們在毀壞創造他們的世界，他們也失去了自己的家鄉。我們殊途同歸。」

法蘭克盯視安納瓦克良久，然後他滿臉皺紋地笑了。「這是不是一場精采的、熱情洋溢的印第安人報告，我的朋友？來吧，我們去喝點東西吧。哎呀，我忘了——你不喝酒的。」

5/1

挪威，特倫汗

在去上面開會之前，他們本來計畫好在咖啡廳裡碰頭的，但是倫德還沒到。約翰遜喝了杯咖啡，看了看吧台後方時鐘上的指針。蟲子也像勤勞的指針不斷地爬行著，同樣地固執，堅定不移，爬個不停。此時此刻，隨著時間一秒一秒地推移，牠們也往冰裡愈鑽愈深，沒有什麼辦法能阻止牠們。

約翰遜忽然冷了起來。他心裡的某個聲音低語，「時間停止，停住不要動！」

某種東西開始了。一個計畫。一切都受到操縱……

離奇的想法。什麼計畫？當蝗蟲吃掉一整個夏天的收成時，牠有什麼計畫嗎？什麼也沒有。牠們肚子餓，所以牠們來了。蟲子有什麼計畫？藻類或水母有什麼計畫？

國家石油公司有什麼計劃？

斯考根從斯塔萬格飛過來，他要一份詳細的報告。看樣子他有了一點進展，所以迫切地想比較結果。他事先私下找約翰遜談過，以便採取一致行動，這是倫德的主意，但是他現在一個人在喝咖啡。

她有可能是有事耽擱了。他想，一定是被卡爾絆住了，在船上和那件事之後他們再沒有談過她個人的私生活，約翰遜避免問她這類的事。他痛恨糾纏和冒失，因為她目前似乎忙得不可開交。

他的手機響了，是倫德。「見鬼了，妳在哪裡？」約翰遜叫道，「我不得不幫妳喝掉咖啡。」

「對不起。」

「這麼多咖啡我可受不了。說實話，到底怎麼回事？」

「我已經在上面的會議室裡了。我一直想打電話給你，但是我們忙得抽不出空來。」她的聲音聽起來怪怪的。

「一切正常嗎？」約翰遜問道。

「當然啦，你願意上來嗎？你應該知道路怎麼走了。」

「我馬上到。」

這麼說倫德已經到了。那他們可能是商談了一些不適宜讓約翰遜知道的事情。管它呢。這該死的鑽探專案是她的。

當他走進會議室時，倫德、斯考根和史東站在一張大地圖前，圖上標著計畫鑽探的地區。專案負責人壓低嗓門地跟倫德說話。當約翰遜一走進去，他馬上轉過頭來，嘴角露出敷衍的微笑。威斯登達在後面打電話。

「我來早了嗎？」約翰遜小心地問道。

「不，你來得正好。」斯考根一手指著桌子，「我們坐下吧。」

倫德抬起目光，似乎直到現在才注意到約翰遜。她沒聽等史東講完就向他走來，吻了吻他的臉頰。

「斯考根想撤掉史東，」她耳語道，「你得幫助我們，聽懂了嗎？」

約翰遜毫無反應。她希望他緩和氣氛，將他扯進這種場合，她瘋了嗎？

他們坐下來。威斯登達兩手交握。約翰遜真想拔腿就走，讓他們自己去應付他們的麻煩。他冷淡地說道：「好吧，首先，我的調查比原先談過的更有針對性了。我專門挑選了科研人員和研究所，它們接受了能源公司的委託或接受這些公司的諮詢。」

「這樣做是明智的嗎？」威斯登達驚問道，「我想，我們希望盡可能不引起注意……呃，進行調查。」

「目標太大了，我必須圈出一個範圍。」

「但願你沒對任何人講過，我們……」

「別擔心。我只是問了問挪威科技大學的一位好奇的生物學家。」

斯考根嘟起嘴唇，「我猜，你沒有獲得多少資訊。」

「可以這麼說。」約翰遜指指夾著傳真紙的文件夾。「字裡行間已經很明白。科學家們不擅長撒謊，他們痛恨玩政治。我這裡掌握的是一疊非正式的資訊，有時候會看到被限制發布的消息。無論如何我深信不疑，其他地方也發現過我們的蟲子。」

「你深信？」史東問道，「但是你不確定。」

「到目前為止沒有人直接承認過，但是曾有幾個人突然變得非常好奇。」約翰遜直盯著史東，「那些與研究所和原料工業密切合作的研究人員無一例外。其中有一位甚至專門研究甲烷的開採。」

「誰？」斯考根厲聲問道。

「東京的某個人，松本良。說得更準確些，是他的研究所。我沒有和他本人談過。」

「松本良？這是誰呢？」威斯登達問道。

「日本重要的水合物研究人員。」斯考根回答道，「幾年前他就在加拿大的永凍土裡進行過取樣鑽探，尋找甲烷。」

「當我將有關蟲子的資料寄給他的手下時，他們忽然變得非常積極。」約翰遜接著說道，「他們提出反問，想知道那蟲子能不能破壞水合物的穩定性，牠是不是大量出現。」

「這樣不一定就表示松本良知道蟲子的事，」史東說道。

「他確實知道，因為他為日本國家石油公司工作。」斯考根含糊地說道。

「日本國家石油公司？他們在尋找甲烷嗎？」

「這還用問？松本良二〇〇〇年就開始在南海海槽裡試驗各種開採技術。試驗結果都被嚴格保密，但從那以後他反而大肆宣布，要在幾年後開始進行商業化開採。他為甲烷時代大唱讚歌，沒有第二個人像他那樣的。」

「那好吧。」史東說道，「但他沒有證明發現過蟲子。」

約翰遜搖搖頭。「請你立場對調換個角度設想一下，當人家來問我們，名義上我是獨立研究的代表，而詢問的當事人也是自由的研究人員，同時又是日本國家石油公司的顧問。儘管他是以科學的好奇或隨便什麼理由為藉口提問，我當然不會告訴他我們知道這些動物，但我一定會嚇一跳。如果我想知道他是如何發現的，我就會追問他，就像松本良的手下追問我一樣。但是我若這樣做，就是犯了大錯誤——提出的問題過分具體，太明顯了。如果我的談話對象不笨的話，他很快就會想到，他一定是歪打正著了。」

「如果是這麼回事的話，」倫德說道，「我們和日本都遇到了相同的麻煩。」

「這不能算是證據。」史東堅持道，「約翰遜博士，你沒有任何證據能證明除了我們還有人發現了蟲子。」他向前彎下身子，鏡框閃了一下。「誰也不能拿這種說法證明什麼。不，約翰遜博士！事實的真相是，誰也不能預見蟲子的出現，因為牠在別的地方都沒有出現過。誰告訴你，松本良不是只是純粹的感興趣呢？」

「我的直覺……」約翰遜面無表情地問答道。

「你的直覺？」

「它也告訴我，還有更多情況。南美人也發現了蟲子。」

「真的嗎？」

「對。」

「他們也向你提出了怪問題？」

「沒錯。」

「你讓我失望，約翰遜博士。」史東嘲諷地撇撇嘴，「我以為你是位科學家呢。你從什麼時候開始滿腦子只有直覺了？」

「克里佛，」倫德看也不看史東說道，「你最好閉嘴。」

史東睜大眼睛，怒沖沖地望著倫德。「我是妳的上司，」他吼叫道，「如果這裡有人應該閉嘴的話，應該是……」

「停！」斯考根高舉雙手，「我一個字也不想再聽了。」

約翰遜打量著正努力壓下怒火的倫德。他心裡想，史東到底怎麼傷害了她。他那明顯的沮喪模樣不可能是她發火的唯一原因。

「不管怎樣，我想，日本和南美都禁止消息外露。」他說道，「就像我們一樣。如今透過海水分析得到有關深海蟲子的可靠資料要容易得多。出於種種原因，各地都在對水進行分析。有關這樣的資訊我打聽過其他的消息來源，他們都證實了。」

「什麼？」

「噴流柱裡的甲烷濃度高得出奇。」約翰遜猶豫道，「說到日本人——請你原諒我的直覺經常突然冒出來，史東博士——我也還有一種感覺，我覺得，松本良的研究人員好像想告訴我內幕似的。他們遵守了保密的義務，可是如果你們想聽聽我的誠實看法的話：沒有哪位自由的研究人員，沒有哪間研究所，會想出這個巧妙處理這些對許多人的生存可能至關重要的資訊的主意。沒有任何正當的理由需要對這種東西保密，只有……」

他雙手一攤，沒有將那句話講完。斯考根緊鎖眉頭望著他，「只有當它關係到經濟利益的時候，」他補充道，「你是想這麼講。」

「沒錯，我正想這樣說。」

「你還有什麼要補充的嗎？」

約翰遜點點頭，從他的卷宗裡抽出一份傳真。「我們顯然僅在在挪威、日本和拉丁美洲東部，發現甲烷溢出的數值超乎尋常許多。但是，盧卡什．鮑爾也發現了。」

「鮑爾？他是誰？」斯考根問道。

「他研究格陵蘭的洋流。他讓漂浮器隨海浪漂流，記錄下資料。我發了一則訊息到他的船上給他。他回信了。」約翰遜朗讀道：「親愛的同事，我不知道你的蟲子。但在格陵蘭沿海，我們確實在不同的位置測量到了異常的甲烷溢出，高濃度的甲烷進入了海洋。這可能跟我們在這裡觀察到的間歇性有關。我們相信碰上了糟糕的事情。請原諒我不能細說，我忙得要命。隨信附上卡倫・韋孚的一封詳細報告文檔。她是記者，在這裡協助我，煩我，是個勤快的女孩，她會樂於繼續幫助你查詢。請你透過kweaver@deepbluesea.com聯繫。」

「他講的間歇性是指什麼？」倫德問道。

「不清楚。我在奧斯陸時就感覺鮑爾常常會有點心不在焉，雖然他和藹可親，具有高超的職業水平。他答應給我的文件忘了附上，我回了郵件，但是到現在都沒有收到回覆。」

「或許我們應該查清楚鮑爾在忙什麼。」倫德說道，「波爾曼一定知道，你們說呢？」

「我猜那位女記者知道。」約翰遜說道。

「卡倫……？」

「卡倫・韋孚，這名字我很熟悉，曾經看過她的一些資料。學經歷十分有趣，學過資訊學、生物學和體育。她喜歡海洋題材，興趣是最大的因素。海洋測量、大陸板塊運動、氣候變化……，這些都是最近她寫過有關海洋的文章。說到波爾曼，如果他到周末還沒有消息的話，我會打電話給他。」

「這一切將把我們帶往何處呢？」威斯登達詢問所有在座的人道。

斯考根的藍眼睛盯著約翰遜。

「約翰遜博士的話你也聽到了。工業界要封鎖影響人類幸福和會帶來痛苦的資訊的行為，相當卑鄙。昨天下午，我和海軍最高層進行重要談話，我提了一個明確的建議。國家石油公司隨即通知了挪威政府。」

史東的頭抬了起來，「什麼？我們根本還沒找到明確結果，沒有……」

「關於蟲子，克里佛，關於甲烷的融化，關於一個甲烷地帶的危險，關於一場深海崩塌的可能性。你想想，就連深潛機器人發現了不明生物都值得一提。我認為結果夠多了。」斯考根陰鬱地望著眾人，「約翰遜博士的直覺是真實情況的可靠指標，他聽到這話肯定相當高興。今天早晨，我有幸跟日本國家石油公司的技術董事講了一個小時電話。日本國家石油公司當然是不容置疑的。讓我們假想一下，日本一心想領先開採甲烷，他們不惜一切代價地想率先做到。其次，我們再大膽設想他們會不惜冒著一定的風險，隱瞞專家們提出的擔憂。」

斯考根的目光掃向史東，「另外，我們承認那可能性不大，卻也是荒謬至極的情況，確實會有人出於純粹的虛榮心不顧警告，隱瞞意見。如果這一切全部屬實，那就太可怕了！那我們就必須假定日本國家石油公司以不光彩的方式對發現蟲子採取保密作法，因為一旦公布這蟲子帶來的影響，會讓他們想博得甲烷國稱號的夢想一夜之間幻滅。他們肯定早已為此緘默閉口好幾個星期了。」

沒人出聲。斯考根咬著牙，「但是我們不想這麼嚴格，假如登上月球的阿姆斯壯僅僅因為一條荒唐的蟲子而留在了艙內，那最後會有怎樣的結果呢？我之前說過，這些只不過是假設。因此日本國家石油公司再三向我保證，確實在日本海見到了類似的動物，但他們確確實實是三天前才發現牠們的。這是不是很了不起？」

「鬼扯。」威斯登達低聲說道。

「日本國家石油公司想怎麼辦？」倫德問道。

「噢，我估計他們會通知政府，他們和我們一樣都是國有的。如今他們知道我們什麼都知道了，就無法再繼續隱瞞下去。這——對不起！——當然沒有人想這樣，無論是在這裡還是在那裡。我肯定，今天如果和南美人討論相關話題，相當有可能明天也會有一隻蟲子忽然鑽進他們的網裡。他們一定會相當吃驚的立即打電話通知我們——為了不被誰以為我只會污辱別人，其實和他們相比，我們也好不到哪裡去。」

「好吧。」威斯登達說道。

「還有其他意見嗎？」

「我們最近才知道形勢多麼險惡。」威斯登達顯得氣呼呼的，「還有，是我自己提議報告政府的。」

「我也根本沒有**指責你**。」斯考根慢條斯理地說道。

約翰遜開始感覺大家像在演戲似的。他的想法是，斯考根策劃了這場槍決史東的戲碼，倫德的臉上浮現出心滿意足的表情。

可是，難道不是史東發現了蟲子嗎？

「克里佛，」倫德打破短暫的寧靜說道，「你第一次見到蟲子是在什麼時候？」

史東的臉色有點蒼白了，「這妳是知道的，」他說道，「妳也在場。」

「之前從沒見過？」

史東注視著她，「之前？」

「之前。去年。當你自作主張乘坐FMC科技的樣機潛到海底時。在一千公尺的水深處。」

「什麼意思？」史東低聲問道。他望向斯考根，「那不是單獨行動。有人支援我，芬恩。他媽的，我到底有什麼好懷疑的？」

「肯定有人支援你。」斯考根說道，「你建議設計一種最大水深一千公尺的新型海底工廠進行測試。」

「正是。」

「是**理論**上的設計。」

「當然是理論的，在首次試驗之前，所有東西都是理論的。但事實上，是你們同意亮綠燈的。」史東看著威斯登達。「你也是。你們在水池裡測試過托瓦森號這東西。」

「是沒錯。」威斯登達說道，「我們是同意了。」

「那還說什麼。」

「我們委託你調查這個地區，」斯考根接著說道，「寫一份鑑定書，鑑定是否真正值得建造一台沒有充分試驗過的設備……」

「這真是卑鄙！」史東吼叫道，「是你們同意建造這台設備的。」

「……嘗試運轉。對，我們承擔這場冒險的責任。前提是，所有的鑑定必須很明顯的對它有利。」

史東跳了起來。「是有利的啊！」他叫道，激動得渾身抖動。

「你坐下吧。」斯考根冷冷地說道：「昨天晚上，和FMC樣本機的全部聯絡都中斷了，你對這消息肯定十分感興趣。」

「這……」史東呆住了，「我對監控不是很在行。設計這座工廠的不是我，我只不過推了它一把。你到底在指責我什麼？怪我到現在還不知道這件事嗎？」

「不是。但迫於一樁樁事件的壓力，我們也極其精確地檢查了FMC樣本機當時的安裝過程。複查時我們發現了兩份鑑定，你當時……該怎麼講呢？忘記了？」

史東的手指抓緊桌面，有一瞬間約翰遜確信自己看到此人倒下去。史東身體晃了一下，後來他控制住自己，神情冷漠地緩緩坐回椅子裡。「我毫不知情。」

「有一份鑑定提到，這個地區的水合物和油田分布圖很難繪製。報告裡聲稱，在石油開探過程中遇到天然氣的風險雖然微乎其微，但不能百分之百地排除。」

「幾乎是可以排除掉的。」史東沙啞著聲音說道，「一年多來的結果，超出了所有的期望。」

「幾乎不是百分之百。」

「但是我們**沒有**鑽到氣體呀！我們開採石油。工廠在正常運轉，FMC科技大獲全勝，非常成功，所以你們決定再建一座工廠，這回是正式的。」

「第二份鑑定裡提到，」倫德說道，「你們發現了一種從沒有見過的蟲子，牠築巢於水合物裡。」

「是的，媽的。那是冰蟲。」

「你對牠進行過檢查嗎？」

「為什麼我要檢查？」

「**你們對牠進行過檢查嗎？**」

「這……我們肯定對牠進行過檢查。」

「那份鑑定說，不能確認那蟲子就是冰蟲。發現的數量很大，無法明確認定牠對當地環境的影響，反正在牠的周圍地帶有甲烷滲透到水裡。」

史東變得臉色蒼白，「這不……不完全正確。那些動物出現在一個很有限的範圍。」

「但是大量出現。」

「我們那時已經在那旁邊蓋好工廠了，我認為這份鑑定……它並不重要。」

「你們確定那蟲子是哪一種嗎？」斯考根平靜地問道。

「肯定是……」

「你們確定牠是哪一種了嗎？」

史東的頷骨磨動著。約翰遜覺得，接下來斯考根會大發脾氣。

「沒有。」好一陣子之後他壓低聲音說道。

「很好，」斯考根說道，「克里佛，你暫時解除一切職務，由蒂娜接替你的工作。」

「你不能……」

「這事我們以後再談。」

史東求助地望向威斯登達，可威斯登達呆呆地望著前方。

「托爾，見鬼了，工廠運轉正常啊！」

「你這個笨蛋。」威斯登達低聲說道。

史東一副垂頭喪氣的樣子，望望這個再望望那個。「對不起。」他說道，「我不想……我真的只希望我們的工廠能有進展。」

約翰遜感覺很尷尬。為此，史東一直在努力縮小蟲子的影響。他知道他當時犯了錯誤，想做一個讓樣本機器成功運轉的創始人。這座海底工廠是史東的孩子，是他飛黃騰達的一個難得的機會。

它成功運轉了一段時間，成功地進行了一年的祕密測試，然後公開試行運作，最後成功量產，推進到新的深度。它原本可以讓史東功成名就，但後來那些蟲子再次出現了，這回牠們不僅僅局限於少數幾平方公尺上。

約翰遜突然為他感到難過。

斯考根揉揉眼睛，「我也不想拿這些事來麻煩你，約翰遜博士。」他說道，「但你是小組成員。」

「是的，這只是名義上的。」

「世界各地都失去了常態。不幸事故，異常行為……國家石油公司總是扮演著代罪羔羊，我們現在不可以出錯。我們還能繼續信賴你嗎？」

約翰遜嘆息一聲，點點頭。

「很好。事實上我們對你也沒有別的期待——請你別誤會我的話，這完全由你自己決定！不過你可能將不得不投入更多時間完成你身為科學調查員的任務，因此，為預防起見，我們擅自跟挪威科技大學談論了此事。」

約翰遜直起身子，「**你做了什麼好事？**」

「說實話，我們請求將你暫時免職，然後我又向政府部門推薦你。」

約翰遜先看著斯考根，再看著倫德。

「等等。」他說道。

「那可是個名符其實的研究機構，」倫德急忙插言說道，「國家石油公司撥出專款，全力支援你。」

「我寧可……」

「你生氣了，」斯考根說道，「這我理解。但是你也看到了，大陸邊坡上的情勢多麼緊張，現階段幾乎沒有誰比你和吉奧馬研究中心的人員更了解情況。你當然可以拒絕，但是那樣一來……請你想想，這是一項關乎大眾生存與否的緊要任務。」

約翰遜差點氣暈過去。他想厲聲反駁，又強忍住了。「我完全明白。」他硬生生地說道。

「你怎麼決定？」

「我當然不會不理睬這項任務。」

他瞟了倫德一眼，希望至少能用視線將她大卸八塊。她頂住了一會兒，然後看向一旁。

斯考根嚴肅地點點頭。「你聽著，約翰遜博士，國家石油公司對你感激萬分。你過去為我們所做的一切，贏得我們高度的讚賞。但有一點我想讓你知道：說到我個人，我是你的朋友。挪威科技大學這件事，我們給了你一個大打擊。但反過來，如果有必要，我也將接受你的任何突發狀況，我會為了你兩肋插刀。」

約翰遜望著粗壯結實的斯考根，直視他清澈的藍眼睛。「好吧，」他說道，「我會記住的。」

「西谷，快給我站住！」倫德跟在他身後跑過來，但約翰遜還是繼續沿著通往停車場的柏油路大步往前。研究中心位於樹林正中央，在礁石附近的一座小山上，寧靜而致遠，但約翰遜無心欣賞這秀麗的風景，他只想盡快回到他的辦公室裡去。

「西谷！」她趕上來。他繼續走。

「怎麼回事呀，你這頭倔強的驢子？」她叫道，「你真的想讓我跟在你身後猛追嗎？」

約翰遜突然停住腳步，轉過身來。她險些撞到他身上。「為什麼不呢？妳平時一直動作很快呀。」

「笨蛋。」

「是嗎？妳講話快，思考快，妳甚至動作快得在妳的朋友們還沒有來得及說好或不好的時候，就將他們列入計畫。小小的追趕，不會怎樣的。」

倫德怒瞪著他。「你這個自以為是的混蛋！你真以為我想改變你那該死的怪僻生活嗎？」

「不想？那我就寬心了。」他扔下她，繼續往前走。倫德略一遲疑，又緊緊跟在他身旁。

「好吧，我應該先告訴你的。對不起，真的。」

「你們應該**問問**我的！」

「我們本來是這樣想的。斯考根太直接了，你將一切都理解錯了。」

「我的理解是，你們在拿我做交易，好像我是一匹馬似的。」

「不是。」她抓住他的袖子，強迫他停下來，「我們不過是想先探探口氣，假使你同意了，他們會不會無限期地免除你的職務。」

約翰遜氣呼呼地說道，「這聽起來完全是兩碼子事。」

「事情很不幸地進行得很順利。老天，我向你發誓。我還能怎麼做呢？告訴我，我該怎麼做？」

約翰遜沉默不語。兩人的目光同時移向仍然抓著夾克的手指，她鬆開手，望著他。

「誰也不想忽然給你一拳，你要是能換個角度想就好了，就會不一樣了。」

有隻不知從哪裡飛來的鳥兒啁啾著，風從海灣吹來聲音愈來愈遠的快艇馬達聲。

「如果我換個角度想，」他最後說道，「妳的處境也不會變得更好，對吧？」

「哎——」她撫平他的上衣衣袖。

「說吧。」

「你別為我操心，我不得不忍受。我本來沒有必要一定要推薦你，是我自己決定的……算了，你是了解我的。我答應斯考根答應得太快了。」

「妳對他講什麼了？」

「說你一定會做的。」她微笑道，「純粹榮譽作祟。我已經說過，你沒必要惹這麻煩。」

約翰遜感覺到怒氣散了，他真想再多生一會兒氣，僅僅是礙於原則，不想讓倫德就這樣脫身。但現在怒氣消失了，她總是能達到目的。

「斯考根信任我，」倫德說道，「我沒去咖啡館和你碰面，就是因為我們先私底下開會，他告訴我，他們在斯塔萬格查出了史東隱瞞的鑑定報告。史東，這該死的混蛋，全是他的責任。如果他當時公開講出來，我們現在的處境就不一樣了。」

「不，蒂娜。」約翰遜搖搖頭，「他從不認為蟲子會構成危險。」他不喜歡史東，但他突然聽見自己正在替這位工程負責人辯白，「他只不過是想讓事情有進展。」

「如果他認為牠們沒有危險，那他為什麼不乾脆將那份鑑定放在桌上呢？」

「那樣可能會拖住他的工程進度，你們也不會認真對待蟲子。但你們一定會盡到義務，延緩工程。」

「你看到我們**是**認真面對蟲子事件的。」

「是的，那是因為現在數量太多，你們害怕了。但史東當時僅在一小塊地方發現了蟲子，對嗎？」

「嗯。」

「雖然分布密集，但面積有限。這種事天天發生。小動物常大量出現，幾隻蟲子又能造成什麼危害呢？相信我，妳們根本不會採取任何措施。當他們在墨西哥灣發現冰蟲時，也沒有立即宣布進入緊急狀態，雖然那些蟲子密密麻麻地躺在水合物裡。」

「將所有一切公開出來，這是原則問題。他責無旁貸。」

「這是一定的，」約翰遜嘆息道，他眺望著海灣，「現在換我扛責任了。」

「我們需要一位懂科學的負責人，」倫德說道，「除了你，我誰也不信任。」

「我的天哪。」約翰遜說道，「妳喝醉了吧？」

「我是說真的。」

「我也是認真的。」

「想想看，」倫德喜形於色，「我們終於可以合作了。」

「妳別想再說服我了，接下來到底該怎麼辦呢？」

她猶豫了一下，「這個嘛，你聽到了——斯考根要我取代史東。他可以暫時這樣命令，但不是最後的決定。為此他需要斯塔萬格的同意。」

「斯考根，」約翰遜沉思道，「他為什麼要這樣懲罰史東呢？要我做什麼？為他提供火力支援嗎？」

倫德聳聳肩，「斯考根相當正直，有些人認為他正直得過了頭，眼裡容不下一粒沙。」

「如果是這樣的話，也得先讓他有點人性。」

「實際上他的心腸很軟，如果我建議他再給史東最後一次機會，他可能會同意的。」

「我知道了，」約翰遜拖長聲調說道，「妳正在考慮要不要這樣做。」

她沒有回答。

「太好了，妳真是個大好人。」

「斯考根讓我選擇，」倫德不理睬他說笑，繼續說道，「史東非常了解這座海底工廠，比我多很多。斯考根現在想讓托瓦森號出海，去看看那下面發生什麼事了，為什麼我們再也接收不到紀錄。本來史東必須負責這次的行動，但如果斯考根免除了他的職務，這工作就落到我頭上了。」

「另一個選擇是什麼？」

「我說過，我們給史東一個機會。」

「打撈那座工廠附近。」

「如果還能打撈到什麼的話。或者讓它重新運轉。不管怎樣，斯考根一定要幫我。但如果他睜一隻眼閉一隻眼，史東就會留下來，上托瓦森號。」

「那妳做什麼呢？」

「我前往斯塔萬格，去向董事會會報，這讓斯考根有機會將我安插在那裡。」

「恭喜！」約翰遜說道，「妳快飛黃騰達了。」

一陣短暫的沉默。

「我希望這樣嗎？」

「我怎麼知道妳希望什麼？」

「媽的，我會這樣嗎？」

約翰遜想到在湖邊度過的周末，「不清楚。」他說道，「妳既可以擁有一位男友，又能照樣飛黃騰達，如果妳是因為這個拿不定主意的話。順便問一下，妳的男友還在嗎？」

「這事還不確定。」

「可憐的卡爾知道你們兩個是怎麼回事嗎？」

「我們不常在一起，自從……自從我和你……」她不情願地搖搖頭，「當我們待在熟悉的史維格順德或駕船去島上時，但這畢竟和真正的生活毫無關係。我總覺得自己像是某場表演的一部分。」

「那至少是一場**精彩的**表演吧？」

「好像總是朝著一個自己愛戀的地方去似的，」倫德說道，「每次你都被吸引過去。每當落幕又得離開時，淚水就滾出來。很想留在那裡，但又不斷反問自己是不是真想生活在世界上最美麗的地方，世界上是不是還有更美麗的地方。我們習慣了，我們的相處模式……天哪，該怎麼講好呢？失去了魅力！每天失去一點點，因此我們在尋找某種根本不存在的東西。你能理解嗎？」她靦腆地笑笑，「對不起，這一切聽起來，相當亂七八糟。我不擅長講這種話。」

「不，真的不是。」約翰遜看著她，尋找不知所措的跡象，但他看到的是個心意已決的人，只不過她還不知道而已。「如果妳不準備落腳在一個地方，妳就是不愛它。」他說道，「妳還記得我們在湖邊曾說過相同的話嗎？當時談的是房子，對象上是可以替換的。也許妳應該快點去找卡爾，告訴他妳愛他，想和他白頭偕老。妳這樣做也算是幫了我一個大忙，否則我每隔幾天就得和妳再蹚進一次泥淖裡。」

「如果失敗呢？」

「平常的妳可不是一個膽小鬼。」

「不，」她低聲說道，「我本來就是個膽小鬼。」

「妳懷疑幸福的感覺，我也曾經這樣過。這樣很不好。」

「那你今天覺得幸福嗎？」

「是的。」

「不折不扣？」

約翰遜抬起手臂，做了一個無助的手勢。「誰會不折不扣地幸福呀？妳這個傻瓜。我不欺騙自己，也不欺騙別人。我要打情罵俏，我要我的葡萄酒、我的快樂，我要自己決定該怎麼做。我喜歡沉默，每位心理學家和我在一起都會無聊死，因為我確定我只想要自在。我的內心生活五彩繽紛，但是我就是我。我的幸福和妳的幸福不一樣，我知道我想要什麼樣的幸福，這部分妳還得多學學，而且要快。卡爾不是一個地方也不是一棟房子，他不會一直等下去。」

倫德點點頭。風吹拂著她的頭髮，約翰遜發現自己很喜歡她。他很高興那一次湖邊的約會沒有成為主宰他愛情生活的休止符。

「如果史東出海前往大陸邊坡的話，」她沉思道，「我將在斯塔萬格承擔責任。這樣好。托瓦森號已經做好準備了，史東明後天就可以上船了。斯塔萬格，還要過一段時間。為此我必須寫封詳細報告。我因此有幾天時間前往史維格順德……去那裡工作。」

「去工作。」約翰遜淡淡一笑道，「為什麼不去？」

她抿緊嘴唇。「我得考慮考慮，得跟斯考根談談。」

「妳考慮吧，」約翰遜說道，「要快點！」

回到桌邊他檢查剛收到的電子郵件，幾乎沒什麼有用的，直到看到最後一封的發信人時才引起了他的興趣：kweaver@deepbluesea.com

約翰遜打開郵件。

你好，約翰遜博士，謝謝你的郵件。我剛回到倫敦，只能告訴你，我絲毫不清楚盧卡什·鮑爾和他的船出了什麼事。我們失去一切聯絡。如果你願意，我們可以短暫碰個面，可能對彼此會有幫助。下星期三左右，你可以到我倫敦的辦公室裡找我——如果你有興趣在那之前碰面的話，現在我正在昔德蘭群島上，我們可以安排在那裡碰面，請告訴我你覺得哪一種方式比較好。卡倫．韋孚。

「看啊，」約翰遜呢喃道，「竟能這樣跟新聞界的人合作。」

盧卡什．鮑爾失蹤了嗎？

也許他應該再找一下斯考根，如果告訴對方他的更高聯繫的密謀理論，最多是讓自己出醜罷了。但是那真的是一種理論嗎？

如果他想認真思考這個問題，就應該立即建立一份卷宗。

他想，應該盡快和卡倫．韋孚見面。為什麼不現在就去昔德蘭群島呢？飛過去可能會有點麻煩，但不會有問題，國家石油公司會支付一切的。

不，他突然想道，這一點都不複雜。斯考根幾個小時前不是講過，他將為約翰遜兩肋插刀嗎？

根本沒有兩肋插刀這麼嚴重，只要準備一架直升飛機就夠了。

這是個好主意！一架公務直升機，一架供管理委員會使用的直升機。不是那種班機，而是某種迅速、舒適的東西。既然斯考根強行徵用了他，他也應該出點力。

約翰遜往後靠向椅背，看看錶。一小時後他有個講座，然後要跟實驗室的同事們碰面討論DNA分析。

他拿起一個新文件夾，寫上檔案名：**第五日**。

那是瞬間的靈感，也許有一點詩意，但他確實想不出什麼更好的名稱了。聖經上說，上帝在第五日創造了海洋及其居民，大海及其居民正在惹是生非。他動筆寫起來，他愈寫愈冷……

5/2

加拿大，溫哥華和溫哥華島

四十八小時以來，福特和安納瓦克一直在研究這個頻率。

一開始漆黑一片，然後是非人類聽力範圍內的音頻訊號。共三次。

接著是雲團。一道螢光閃閃的藍色雲團突然出現在螢幕中央，像是膨脹的宇宙。那不是強光，而是一種朦朧的藍色，一種淡淡的、漫射的閃光，但足以讓人看到雲團前那些動物的龐大身影。雲團迅速瀰漫開來，它一定相當巨大，最後占據了整個螢幕，鯨魚像被吸引住了似的懸浮在雲團前。

幾秒鐘過去。

雲團深處有了動靜。突然有東西從裡面竄出，像一道蛇行的閃電，頭部愈來愈細。它撫摸一條鯨魚的頭側，是露西。整個過程還不到一秒鐘。更多的閃電掠向其他鯨魚，來得快，去得也快。

影像彷彿在倒轉。雲團重新聚集，縮小，消失，螢幕暗了下來。福特的人員一次又一次地放慢速度。他們想盡辦法將影像調整到最佳的解析度，並提高畫面的亮度，但經過數小時的分析後，鯨魚夜遊的錄影仍然是一團謎。

最後，安納瓦克和福特向危機指揮部起草了一份報告。指揮部批准他們從納奈莫找來一位專攻生物光的生物學家，他花了些時間弄清楚這一切之後，得出了相同的結論：雲團和閃光可能來自生物。生物光專家認為，這些閃光一定是雲團組織的一種連鎖反應，但它到底是由什麼引起的？到底為什麼會形成？他也說不清楚。它彎彎曲曲的形狀和愈來愈細的情況讓他聯想到大王烏賊，但那動物體型必定很大。此外，大王烏賊會不會發光也很值得懷疑。即使大王烏賊會發光，也無法解釋這個雲團，更難以解釋這道蛇形閃電是從那裡發出來的。

但直覺告訴他們一件再明確不過的事：一定是雲團導致了鯨魚的異常行為。這些他們在報告裡全都提到了，那報告就這麼消失在黑洞中，一如藍光消失後的黑色螢幕。近來，他們將國家危機指揮部取名為「黑洞」，它真的像個黑洞似地吸進一切，但什麼也不曾透露。

一開始，加拿大政府曾經與科學研究人員聯手。幾天前，加拿大和美國的危機指揮部正式統歸美國領導，從那之後，事情看起來更像是在利用他們藉以得出某種結論。水族館、納奈莫研究所，就連卑詩省大學都被貶為單向的知識供應商，什麼也不告訴他們，只要他們從事研究，將他們的認識、猜測和無可奈何寫進報告裡。無論是約翰．福特、李奧．安納瓦克、羅德．潘姆還是蘇．奧利維拉、雷．菲維克，任誰也無法了解，他們所提供的資訊到底分析出什麼結論。他們甚至不知道危機指揮部究竟持什麼態度。他們也不被允許同其他國家和軍方組織的研究結果作分析、比較。

「這一切都發生在那位茱蒂斯．黎接手主導以後，」福特罵道，「她雖然是危機指揮部的領導，但天曉得她在領導什麼，我覺得她根本是在耍我們。」

奧利維拉打電話給安納瓦克，「要是我們還能再弄幾隻那種蚌類的話，一定會有很大的幫助。」

「可是我聯繫不上英格列伍公司的任何人，」安納瓦克說道，「他們不和我談，黎在交接儀式時曾公開講過那是一樁誤解，根本沒有提到貝類。」

「可是你潛下去過。你知道我們需要更多這種東西，還有那種奇怪的生物。他們為什麼要阻撓我們？我以為我們是在幫他們呀！」

「妳為什麼不自己聯繫危機指揮部？」

「一切都要透過福特。我不了解，李奧。這些指揮部到底能幹什麼？如果美加雙方共同組織一個由黎總司令負責的指揮部，它的作用是什麼呢？」

原因顯而易見：雙方要解決相同的麻煩，雙方都依賴上級的指示，雙方都對一切保密到家。或許不得不如此。

也許這就是調查委員會和危機指揮部進行地下工作的天性。安納瓦克這麼想著。調查委員會何曾面臨過類似的難題？這種指揮部的成員對付的是恐怖主義、飛航災難和綁架人質，對付政治和軍事叛亂——除了機密任務，還能是什麼？然而，當一座核電廠或大壩出了問題，當森林起火或洪水氾濫，當發生地震、火山爆發和饑荒橫行，危機指揮部就會展開行動。這也是機密任務嗎？也許，但為什麼呢？

「火山爆發和地震的原因是公開的，」這天上午當李奧發火時，舒馬克說道，「你可以畏懼地球，但你不必懷疑它。它不策劃骯髒事，不會欺騙你。只有人類才會這麼做。」

他們三人一起在李奧的船上用早餐。太陽從高掛的白雲間露出臉來，天氣溫和宜人。微風從山上吹來，拂向海岸。這一天本該是個美好的日子，只是早已沒有人能感覺得到何謂美好。只有戴拉維不顧時局艱難，胃口正常，吃下了大量的炒蛋。

「你們聽說天然氣船的事了嗎？」

「在日本沿海爆炸的那艘嗎？」舒馬克喝下一口咖啡，「舊新聞了。」

戴拉維搖搖頭。「我指的不是那艘。昨天又有一艘沉沒了。在曼谷的港口裡著火。」

「知道是什麼原因嗎？」

「不知道。」

「或許只是技術性故障，」安納瓦克說道，「不必什麼事都疑神疑鬼的。」

「你講話愈來愈像茱蒂斯．黎了。」舒馬克砰地放下杯子，「不過你說的對。新聞對巴麗爾皇后號確實沒有什麼報導。他們寫的主要是沉沒的拖輪。」

這在安納瓦克的意料之中。危機指揮部讓他們眼巴巴地挨餓，或許這也是遊戲的一部分。讓你自己找吃的。那麼，他已經找到了。飛機墜毀之後，戴拉維便開始上網搜尋。世界上有別的地方發生過鯨魚襲擊嗎？假如果真發生過的話。或者，正如喬治・法蘭克，那位印第安人**塔依哈維爾**所講的：**也許問題根本不在鯨魚，李奧。也許牠們只是我們看到的問題的一部分。**

顯然法蘭克這話一針見血，然而在戴拉維將首批調查結果給他看過後，安納瓦克更加不知所措了。她在南美、德國、北歐、法國、澳洲和日本的網站上進行搜尋。看樣子其他地方的問題是水母，而不是鯨魚。

「水母？」舒馬克忍不住笑起來，「牠們怎麼了？牠們撲向船隻了嗎？」

最初安納瓦克也沒有看到這些事情之間的關聯。以鯨魚和水母形象出現的這些問題算什麼問題呀？但也許毒性極強的水母入侵和發瘋的鯨魚攻擊可能彼此有些關聯。同一問題的兩種症狀，異常行為的累積。戴拉維找到了阿根廷科學家所持的觀點，它猜測在南美洲沿海搗亂的根本不是葡萄牙戰艦水母，而是一種相似的陌生品種，更危險，更致命。

問題遠不止這些。

「差不多就在這裡發生鯨魚事件的同時，南美和南非沿海也有船隻失蹤，」戴拉維說道，「是水上摩托車和快艇。只找到一些碎片，其他什麼也沒有。假如你現在將一樁樁事件累積起來……」

「你會發現有很多鯨魚，」舒馬克說道，「為什麼我們這裡都不知道這些事？加拿大與世隔絕了嗎？」

「我們不大關心其他國家的麻煩，」安納瓦克說，「我們不關心，美國更不會。」

「反正，發生的船難遠比我們從媒體上得知的多得多，」戴拉維說道，「碰撞、爆炸、沉沒。你們知道最奇怪的是什麼嗎？是法國發生的傳染病。那是由龍蝦身上的某種藻類所引起的，現在，一種他們無法控制的病原體已經迅速擴散開來。我相信其他國家也遇上了。可是你愈想把看它清楚，它就愈模糊。」

安納瓦克不時揉揉眼睛，心想，他們正在丟人現眼。當然，他們不是第一批落入科幻妄想的人，那是最受美國人歡迎的陰謀論。每四名美國公民就有一人懷有這種幻覺。有人說前總統柯林頓做過俄國人的間諜，許多人相信有不明飛行物。但一個國家為什麼要隱瞞那些令成千上萬人著迷的事件呢？何況這種事根本不可能徹底保密。

舒馬克也表示了他的懷疑：「這裡不是羅斯威爾*，沒有從天空掉下的小綠人，也沒有什麼地方藏著飛碟。哈里遜．福特的電影我們看多了。這整件陰謀只有電影院裡才有。如果今天什麼地方有鯨魚撲向船隻，明天全世界就全知道了。假使別處發生了事情，我們一定也會知道。」

「那麼，你仔細想想，」戴拉維說道，「圖芬諾有一千兩百名居民，只有三條主要街道。儘管如此，他們仍然不可能對彼此都一清二楚。對不對？」

「對，但那又如何？」

「一個小地方就已經大到讓你無法獲悉一切，更別提一整個星球了。」

「拜託！這道理誰都知道。」

「我認為，政府不可能永遠封鎖消息，但可以讓大事化小。你充其量只能控制新聞報導。我敢斷定，我在網路上查到的絕大多數新聞，本地媒體一定也報導過，只不過我們沒注意到罷了。」

舒馬克瞇起眼睛。「真的是這樣嗎？」他遲疑地說道。

「不管怎樣，」安納瓦克說道，「我們需要更多的資訊。」他悶悶不樂地戳著他的炒蛋，在盤子裡推來推去。「雖然我們已經掌握了一些資訊，但黎也有，她知道的肯定要比我們多。」

「那就問她呀。」舒馬克說道。

安納瓦克揚起眉毛。「黎嗎？」

「為什麼不？你要是想知道，就去問她好了。你能得到的就是她一句『不知道』，要不就是避而不答。說句老實話——不可能比現在更糟糕了。」

安納瓦克沉默不語。黎什麼也不會告訴他的，福特也不會。他大可以去問，直到自己沮喪地知難而退。另一方面，舒馬克提到一個重點，那就是在提問時不讓任何人察覺的方法。也許是該去解開謎底的時候了。

當舒馬克離開之後，戴拉維將一份《溫哥華太陽報》放到他的桌上。

「我得等湯姆走了才能拿給你看。」她說道。

安納瓦克瞟了一眼大標題。是前天的報紙。「我讀過了。」

「從頭到尾？」

「沒有，只讀了重要片段。」

戴拉維莞爾一笑。「那就讀讀不重要的吧。」

安納瓦克將報紙翻過來。他馬上就看出她指的是什麼了。那是一則不起眼的小消息，僅有幾行，還配了張幸福家庭的照片，父親、母親和一名少年，他們無比感激地抬頭望向一位個子很高的男人。父親握著那人的手，大家都在對著相機笑。

「真令人難以相信，」安納瓦克喃喃自語道。

「隨你怎麼想，」戴拉維眼睛一亮說道，它們在黃色鏡片後面發光，鏡框上飾有人造寶石十字架，「但他並不是如你所想的大混蛋。」

四月十一日，從沉沒的維克絲罕女士號遊船上被救出的最後一位生還者小比爾．謝克利（五歲），再度展露笑顏。他被救出後，留在維多利亞接受醫療小組數日觀察，今日由父母迎接出院。救援行動進行時，比爾遭受嚴重凍傷，因而染上肺炎，顯然受到疾病的折磨和意外發生時的驚嚇。今天，他的父母特別感謝溫哥華島的熱心環保分子傑克．灰狼．歐班儂，是他領導整個救援行動，事後又親切關心小比爾的復原狀況。從那以後，歐班儂被稱作圖芬諾的英雄，他將永遠活在這位少年的心中。

安納瓦克闔上報紙，扔在餐桌上。「舒馬克會抓狂。」他說道。

一陣沉默，沒有人作聲。安納瓦克望著天空中的白雲緩緩飄離，試圖煽起他心中對灰狼的怒火，但這回沒有成功。他唯一氣惱的人，只有那位傲慢的黎將軍和他自己。

更正確地說，他真正氣的是自己。

＊據傳美國政府放置外星人遺體的空軍基地。

「你們一個個跟灰狼到底有什麼過節呀？」戴拉維終於問道。

「妳見過他幹了什麼好事。」

「你是說他們拋魚的那次行動嗎？好吧，這是一件。他是過分了點，也可以說他有深刻關注的議題。」

「灰狼深刻關注的是找麻煩。」安納瓦克揉揉眼睛。雖然是上午，他又已經感覺疲乏無力了。

「你別誤會，」戴拉維小心地說道，「可是，正當我以為小麗西婭這下完蛋了時，他把我從水裡救了出來。兩天前我去找過他，他不在家。他蹲在優庫路列的一家酒館吧台前，於是我去了……好吧，就像我曾經說過的，我向他道謝了。」

「然後呢？」安納瓦克不感興趣地問道，「他說什麼了？」

「他很驚訝。」

安納瓦克望著她。

「他沒料到我會去向他道謝，」戴拉維接著說道，「他很高興。然後打聽你怎麼樣了。」

「我？」

「你知道我是怎麼想的嗎？」她將胳臂交叉在桌面上，「我想，他朋友很少。」

「也許他應該問問自己為什麼。」

「而他喜歡你。」

「麗西婭，別說了。怎麼？難道要我感激涕零，稱他是聖人嗎？」

「跟我講講他的事情吧。」

天哪，為什麼？安納瓦克想著。為什麼我現在偏偏得談灰狼？我們就不能談點令人愉快的事情嗎？隨便什麼讓人高興的事情，比如說……他想了一下，什麼也想不起來。「我們曾經是朋友。」他勉強開口。

他指望會看到戴拉維歡呼著跳起來——哈，猜中了，我猜對了——但她只是點了點頭。

「他叫傑克．歐班儂，來自湯森港，在華盛頓州。他父親是愛爾蘭人，娶了一個擁有二分之一印第安人血統的女人，我想應該是蘇誇米希人——無論如何，傑克在美國什麼事都做過，他曾在旅館裡負責攆走無理取鬧的旅客，做過卡車司機、平面設計師和保全人員，最後在美國海軍的海豹特種部隊做潛水員。他在那裡找到了他的天職——海豚訓練員。他幹得很好，直到後來被診斷出心臟有毛病。不嚴重，只是海豹特種部隊必須體格強健。傑克在那裡做得不錯，他家裡有滿滿一櫃子勳章，不過，他的海軍生涯到此為止。」

「他為了什麼來到加拿大？」

「傑克一直偏愛加拿大。一開始，他想在溫哥華電影界立足。他想，也許他能靠著身材和臉蛋當個演員，可是傑克百分之百沒天分。實際上，他在生活裡做什麼都不成功，因為他老是容易衝動，有一次甚至把人打進了醫院。」

戴拉維噢了一聲。

安納瓦克咧嘴一笑。「如果我玷污了妳的偶像，那對不起，我不想這麼做的。」

「沒關係，後來呢？」

「後來？」安納瓦克給自己倒了一杯柳橙汁，「後來他入獄了。長話短說，他從沒有欺騙過誰。讓他進去的是他那暴躁脾氣。當他出獄後，生活當然是更加困難。入獄期間他讀了有關自然保育和鯨魚的書，他覺得這就是他該做的。於是他去找戴維，他們是他有一次去優庫路列旅遊時認識的，他問戴維是否還需要一位快艇船長。戴維說只要他不惹麻煩的話，當然很歡迎——只要他願意，傑克其實也很迷人的。」

戴拉維點點頭。「可是他過去並不迷人。」

「有段時間還滿多人對他著迷的。那時候突然有許多女人朝我們蜂擁而來。一切都好得不能再好了——直到他後來又將一個人打進了醫院。」

「該不會是一位客人吧？」

「妳說對了。」

「哎呀！」

「沒辦法。戴維很想開除他。我說盡好話才勸動他再給傑克一次機會。因此才沒有趕走他。但這傻瓜做什麼了？」他對灰狼的怒火又起來了，「三個星期後老毛病又犯了。這下戴維不得不叫他走路。換作是妳會怎麼做呢？」

「我相信，在第一次發生的時候，我就會把他掃地出門了。」戴拉維低聲說道。

「我至少不必替妳擦屁股。」安納瓦克開玩笑道，「反正，如果你全力支援某人，而他這樣回報你，不管再有好感，遲早都會耗盡耐心。」他一口氣喝下果汁，嗆得咳嗽起來。

戴拉維伸手輕拍他的背。

「那之後他就徹底失控了。」他喘息道，「傑克還有第二個麻煩，就是他無法正視現實。一連串的挫折中，那位偉大的曼尼陀不知怎地找到了他，對他說，從今天起你叫灰狼，負責保護鯨魚和一切飛禽走獸，去戰鬥吧。真是愚蠢到家了！當然，他生我們的氣，因此他說服自己必須與我們為敵，而且他相信，我站錯了立場，只是沒有發覺而已。」安納瓦克越說越火大，怒氣一發不可收拾。

「他將一切都混在一起。他根本不懂自然保育或印第安人。印第安人暗地裡嘲笑他。妳去過他家裡嗎？噢，沒有，妳是在酒館裡找到他的！那酒館，全是印第安人的贗品。沒錯，他們笑死了，除了那些無所事事的人、閒蕩的年輕人、拒絕工作者、打架成性者和酒鬼——他們欽佩他，覺得他很了不起，還有那群白人老嬉皮和衝浪員——從前的游牧民族，他們現在不能再隨地大小便、亂扔垃圾了——他們想擺脫觀光客的打擾。

「灰狼將兩種文化的渣滓聚集在他周圍：無政府主義者和失敗者，遁世者和反對國家權力的激進分子，因敗壞名聲而被趕出綠色和平組織的環保愛好者，連自己的部落都不喜歡的印第安人，犯罪分子。這些三流貨色大多數根本就不在乎鯨魚，他們只想鬧點新聞，出出鋒頭，只有傑克被蒙在鼓裡，真心真意地相信他的海洋防衛隊是個環保組織。

「妳想想，他做伐木工和馴熊員，自己住在一個連狗都不會住的破草棚裡，卻出錢資助這些流氓。這真是胡鬧！他為什麼容忍大家取笑他？傑克這樣的人怎麼會成為悲劇角色呢？這個大笨蛋！妳能告訴我嗎？」安納瓦克停下來喘口氣。一隻海鳥在他的上方叫著。

戴拉維拿起一塊麵包塗上奶油，抹上果醬，塞進嘴裡。「很好，」她說道，「我看得出，你仍然在乎他。」

優庫路列的名字源自諾特卡語，相當於「安全碼頭」的意思。就像圖芬諾一樣，優庫路列也坐落在避風的自然海灣裡，隨著歲月的變遷，這座小漁村也成了優美迷人的賞鯨據點，有漂亮的木屋，可愛的酒館和飯店。

灰狼的住所屬於優庫路列不大適合觀光的部分。大路旁有條布滿樹根的小徑，寬度足夠一輛汽車駛過，也足夠破壞掉所有的避震器。

沿小徑走上幾百公尺，就會來到一塊林中空地，四周長有參天古樹。那座房子位於空地中央，一座即將倒塌的舊屋，連著一座空棚。從鎮上看不到這房子，得知道路才行。

屋裡的居民只有一位，任誰都比他更清楚，這屋子絕對不舒適。只要是好天氣——灰狼對壞天氣的定義是介於龍捲風和世界末日之間——他就待在室外，穿過森林，帶遊客去參觀黑熊，做各種臨時工。在這裡碰見他的可能性近乎是零，哪怕是在夜裡。他要麼睡在野外，要麼睡在那些渴望冒險的女遊客房間裡，她們堅信自己引誘了這位高貴的野人。

安納瓦克是在午後到達優庫路列的。他計畫坐舒馬克的車去納奈莫，再從那裡乘渡輪前往溫哥華。基於種種原因，這回他寧可放棄搭直升機。主因是舒馬克計畫在優庫路列和戴維碰頭，這給了安納瓦克一個在那裡歇會兒的適當藉口。戴維這幾天一直在考慮將賞鯨站轉型為陸上冒險之旅：如果你無法讓人們在海上待兩個小時，就讓他們在陸地上待整整一星期吧。安納瓦克拒絕參與戴維和舒馬克商討企業新計畫的談話。他有種感覺，無論事情如何發展，他在溫哥華島上的日子就快結束了。有什麼能令他戀戀不捨呢？停止賞鯨之後還剩下什麼？只剩下一種麻痺，偽裝成對島嶼的愛。

沒有意義。他一生中有好多年是花在改變自己。不錯，那讓他得到一個博士頭銜和社會的承認。但他還是浪費了這段時光。

問題在於，不能真正地生活是一回事，面對死亡又是另一回事。過去幾星期，他有兩次差點就這麼死去。墜機事故後一切都變了，在安納瓦克的內心深處，埋伏了危機。像是察覺到他的恐懼似的，以為早被自己遺忘的過去重新浮現騷擾他。他有最後一次機會把握自己的人生，一旦失敗，後果就是孤獨和痛苦。這訊息再明顯不過了：打破循環。

安納瓦克步上樹根密布的小徑，他走得並不快。沿著大路走，卻在最後一秒鐘拐了彎，好像一時興起似的。此刻，他佇立在林中空地上那座寒傖的小屋前，暗自問自己，究竟為什麼到這裡來。他登上通向寒酸陽台的幾級台階，然後敲門。灰狼不在家。

他繞屋子走了幾圈。隱約感到有點失望。當然，他早該想到不會遇見任何人的。他思忖著是不是該就這樣走掉算了，或許這樣更好。不管怎樣，至少他試過了，雖然是一次沒有成果的嘗試。

但他沒有走掉。他的腦海裡突然浮現出一個牙痛病人的畫面，那人按響牙醫的門鈴，卻因為門沒有立即打開來而逃走了。他走回去伸手按下門把。門咯咯地向裡打開了。這一帶的人經常不鎖門。一抹回憶冰冷地掠過他的身體。曾經，有另一個地方的人們也是這樣生活。

他躊躇片刻，然後猶豫地走了進去。

他好久沒來這裡了。正因為如此，眼前的情形就讓他更加吃驚。在他的記憶中，灰狼的住所齷齪而混亂。然而，安納瓦克看到的是個收拾得簡單舒適的房間，牆上掛著印第安人面具和壁毯。一張低矮的木桌，周圍擺放著色彩鮮艷的編織藤椅。一張沙發上鋪有印第安坐墊。兩只櫥櫃裡塞滿了各式各樣的日常用品，還有諾特卡人舉行儀式和歌唱時使用的鼓。安納瓦克沒看到電視機。兩具電爐說明這個空間同時也兼作廚房。有條走道通向另一個房間，安納瓦克記得灰狼是睡在那裡面的。

他想去那裡看看。他還在想他來這裡到底是幹什麼的。這房子帶他進入了一段時光，將他帶回了比他能想到的更遙遠的過去。

他的目光落在一只大面具上。它似乎在俯視著整個房間。面具注視著他。他走上前。許多印第安人面具都以象徵性的誇張手法強調了某些特點——巨大的眼睛，過分彎曲的眉毛，鳥喙一樣的鷹勾鼻。眼前這只是一張人臉的忠實複製。那是一個年輕人平靜的面龐，修直的鼻梁，豐滿的彎嘴，高挺光滑的額頭。頭髮顯得亂蓬蓬的，卻好像是真的。為了讓戴的人能看到，面具的瞳孔部分被挖了出來，眼球則被塗成白色，若除去這個部分，眼睛顯得栩栩如生。它們平靜嚴肅地望著前方，像是處於入定狀態。

安納瓦克一動不動地站在面具前。他熟悉大量的印第安人面具。各部落分別用杉木、樹皮和牛皮製作面具。它們屬於必買的旅遊紀念品。但這只面具與眾不同，紀念品店裡是找不到這樣的。

「它是帕切達特人做的。」

他轉過身來。灰狼就站在他身後。「對於一個很想當個印第安人的人來說，你很擅長靜悄悄地走路。」安納瓦克說道。

「謝謝。」灰狼咧嘴一笑。他看起來一點也沒生這位不速之客的氣。「我無法回敬這句恭維。對於一個完全的印第安人來說，你是個絕對的粗心鬼。或許我會害死你呢，你不會發覺的。」

「你在我身後站多久了？」

「我剛進來。你應該知道，我從不玩遊戲。」灰狼後退一步，打量著李奧，好像這才發覺他並沒有請他進來。「順便問一句，你到底想幹什麼？」

問得好，安納瓦克想道。他情不自禁地將頭轉向面具，好像它能代替他進行這席談話似的。「你說它是帕切達特人的？」

「你對他們不熟，對嗎？」灰狼嘆口氣，寬容地搖搖頭。他的長髮一撂。「帕切達特人……」

「我知道帕切達特人是誰。」安納瓦克生氣地說道。這支諾特卡人小部落的領土在溫哥華島南部，在維多利亞上方。「我對這面具感興趣。看樣子它很古老，不像賣給遊客的那種破爛貨色。」

「這是件複製品。」灰狼走到他身旁。他穿的不是油膩的皮西裝，而是牛仔褲和一件洗得發白的襯衫，襯衫的方格圖案依稀可見。他手指拂過那只杉木面具。「這是一位祖先的面具。原件由奎斯托家族保存在他們的**胡普卡努姆**裡。需要我向你解釋胡普卡努姆是什麼東西嗎？」

「不必了。」安納瓦克知道這個詞，但實際上他並不清楚它是什麼意思。某種神聖的東西。「一件禮物嗎？」

「我親手製作的。」灰狼說道。他轉身走向沙發。「想喝點什麼嗎？」

安納瓦克盯著面具。「你自己……」

「最近這段時間我雕刻了一大堆東西，新的嗜好。奎斯托家族的人不反對我複製這張面具——你到底想不想喝東西？」

安納瓦克轉過身。「不想。」

「嗯。那你來這裡有什麼事呢？」

「我是來道謝的。」

灰狼眉毛一揚。他坐到沙發邊上，像隻隨時準備伺機而躍的動物一樣。「謝什麼？」

「感謝你救了我的命。」

「噢！這個呀，我還以為你不會注意到呢。」灰狼聳聳肩，「不用謝。還有別的事嗎？」

安納瓦克手足無措地站在房間裡。在此之前，他連續數星期都在逃避這件事，這下辦完了。謝謝，不用謝。他可以走了，他已經做了他必須做的。「你有什麼可以喝的？」相反地，他問道。

「冰啤酒和可樂。上星期冰箱壞了，過了一段苦日子，現在又好了。」

「好，可樂。」

安納瓦克突然注意到，這位巨人顯得有些沒有自信。灰狼端詳著他，好像他不知道該怎麼做才好。他指了指流理台旁邊的小冰箱。「你自己動手吧，幫我拿罐啤酒。」

安納瓦克點點頭，打開冰箱，拿出兩罐飲料。他有點生硬地坐在灰狼對面的一張藤椅上，他們喝起來。有那麼一下子，誰都不肯先開口。

「還有別的事嗎，李奧？」

「我……」安納瓦克來回轉動著可樂罐，然後將它放下，「聽我說，傑克，我是認真的。我早就該來這裡了。你將我從水裡撈了出來，而……哎呀，我想你知道我對你和你那些印第安人舉止有什麼看法。我不否認我對你很惱火，但這是兩回事。沒有你，好幾個人就沒命了。這比其他的事都來得重要……我是來告訴你這句話的。他們稱你為圖芬諾的英雄，我認為，某種程度上你確實是位英雄。」

「你真的這麼認為？」

「是的。」

又是一段長時間的沉默。

「李奧，你所說的印第安人舉止，是我信仰的某種東西。需要我解釋嗎？」若換成別的場合，談話大概會到此結束。安納瓦克會筋疲力盡地起身離去，而灰狼會對著他的背影吼上幾句傷人的話。不，這不符合實情。應該是安納瓦克會起身離去，同時先說出傷人的話來。

「好啊，」他嘆息道，「你解釋給我聽吧。」

灰狼盯視他良久。「我有一個我所歸屬的民族，是我自己選的。」

「噢，太好了。你給你自己選了一個。」

「對。」

「還有呢？他們也選了你嗎？」

「我不知道。」

「請恕我大膽直言，你就像你歸屬民族的化裝舞會版本，像一個拙劣西部片裡的小角色。你的民族怎麼說？他們覺得你是在幫他們嗎？」

「幫助某個人不是我的任務。」

「是你的任務。如果你想屬於一個民族，你就要對這個民族負責。就是這麼回事。」

「他們承認我。我沒有別的要求。」

「他們嘲笑你，傑克！」安納瓦克俯身向前，「你不明白嗎？你在你周圍集聚了一群失敗者。那裡面可能有幾個印第安人，但他們都是些連自己族人也不想和他們打交道的貨色。沒人了解你在想什麼，我也不了解。你不是印第安人，你只有百分之二十五的血統是，其餘的是白人，更多的是愛爾蘭人。你為什麼不覺得你屬於愛爾蘭？至少名字適合。」

「因為我不想。」灰狼平靜地說道。

「沒有哪個印第安人還使用你給自己取的這種鬼名字。」

「我取了。」

吃飽了撐著，安納瓦克想道。你是來道謝的，你已經道謝了，其他的一切都是多餘。你為什麼還坐在這兒？你該走了。可他沒有走。「好吧，請你給我解釋一點：既然你如此重視能夠被你所選中的民族承認，那你為什麼不試著換個花樣，做個貨真價實的印第安人呢？」

「像你這樣嗎？」

安納瓦克把話擋了回去。「別把我扯進來。」

「為什麼？」灰狼滿含挑釁地叫道：「這該死的問題是你自己的。我不知道為什麼我該受責備。」

「因為我正在替你上課！」他心裡的怒火突然又燒了起來，比先前更加猛烈。但這回他不打算像往常那樣將它帶回家，窩在心裡，讓它化膿。太晚了，沒有回頭路了。他必須正視自己，他明白這意謂著什麼。每戰勝灰狼一次，他自己也就經歷一次失敗。

灰狼垂著眼簾看向他。「你不是來道謝的，李奧。」

「我是來道謝的。」

「你信嗎？是的，你確實這麼相信。但你來這裡還有別的事。」他嘲諷地咧咧嘴，手背在胸前交叉，「好吧，吐出來吧，你有什麼要事要說？」

「只有一件事，傑克。你可以叫自己灰狼一千次，但你仍然還是原來的你。從前印第安人取名是有規矩的，沒有一條規矩可以用在你身上。你在那裡掛了一只漂亮面具，可是它並非原件，而是一件贗品，和你的名字一樣是假的。還有，你那愚蠢的自然保育組織，一樣也是個贗品。」他突然脫口而出，他原本不想說的。至少，不想在今天說。他不是來這裡罵灰狼的，但他無法阻止此事的發生。「你唯一擁有的，就是那群靠在你肩頭享福的遊民和無賴。難道你一點都沒發覺嗎？你一點成績都沒有。你對保護鯨魚的想像太天真了。你挑選的民族？算了吧！你選中的民族將永遠不會理解你那可笑的想法。」

「隨你怎麼說。」

「你心裡清楚得很，你所選的民族還是會再度獵殺鯨魚。你想要阻止他們這麼做，看起來是很光榮，可是你顯然背叛了你自己的人。你是在反對這個民族，這個你自稱……」

「胡說！李奧。馬卡人當中有許多人和我有相同的看法。」

「沒錯，可是……」

「部落長老同意我的看法，李奧！不是所有的印第安人都認為一個民族應該通過屠殺儀式來體現它的文化。長老們說過，馬卡人同樣也是廿一世紀社會的一部分，和華盛頓州其他所有居民一樣。」

「我知道這個論述。」安納瓦克輕蔑地駁斥道，「它不是出自你和某位部落長老之口，而是出自《海洋牧者保護協會》的一份公關稿，一個動物保護協會，而且一字不差。你連自己的論述都沒有，傑克。我的天啊，簡直難以相信。你甚至偽造你的論述！」

「我沒有，我……」

「另外，」安納瓦克打斷他道，「你偏偏拿戴維當靶子，這太可笑了。」

「啊！我們已經愈來愈接近你真正的目的了。你就是為這事才來的。」

「你自己也曾經是我們中的一員，傑克。難道你什麼也沒學到嗎？賞鯨讓人們明白——活著的鯨魚和海豚要比死的更有價值。它讓世界關注這個在過去永遠不會被公開討論的議題。賞鯨是保護自然的行為！現在每年差不多有幾千萬人到海上賞鯨，了解鯨魚是多麼了不起的生命。就連日本和挪威，當地反對捕鯨的呼聲也逐漸高漲，因為我們給了人們這個機會去接觸鯨魚。你能理解嗎？你聽懂了嗎？數千萬！那些原本只能從電視裡認識鯨魚的人，假如他們真能夠認識的話。我們的研究工作讓我們能夠在鯨魚的生活空間裡保護牠們，如果不讓人們賞鯨，問題永遠不可能改善。」

「呵！」

「為什麼是我們？你為什麼偏偏要跟我們作對？就因為你當年是被趕出去的嗎？」

「我不是被趕走的，是我自己選擇離開的！」

「你是被趕走的！」安納瓦克叫道，「被開除，被炒魷魚，被撤職。你做錯事，戴維將你解雇。你那該死的小小自尊無法承受，就像一旦剪掉了頭髮、拿走皮裝和那愚蠢的名字，傑克．歐班儂就會崩潰一樣。你全部的意識形態就建立在誤解和偽造上，傑克。你的一切都是偽造的。你是一個零，一個虛無的存在。你只會做錯事！你在傷害自然保育，你在傷害諾特卡人，你到哪裡都找不到家，到哪裡都沒有家的感覺，你不是愛爾蘭人，不是印第安人，這就是你的問題所在，我們被迫得應付你的問題，好像我們沒別的事心煩似的，這讓我很痛心！」

「李奧……」灰狼低聲說道。

「看到你這樣子真教我痛心。」

灰狼站起來。「李奧，住嘴。夠了。」

「我還沒講完呢。天曉得，你可以做許多有意義的事情，你渾身充滿幹勁，你也不蠢，因此……」

「李奧，給我閉嘴！」灰狼繞過桌子向他走來，邁著大步，緊握著拳頭。安納瓦克抬起頭看他，心裡想著，自己能不能一拳將他打昏過去。灰狼當年可是輕易就打碎了遊客的下巴。可以肯定的是，他要為他多管閒事的嘴巴付出幾顆牙齒的代價。

但是灰狼沒有出手。相反的，他將兩隻手按在安納瓦克的坐椅扶手上，向他彎下身來。「你想知道，我為什麼選擇這種生活嗎？你真想知道？」

安納瓦克盯著他。「很想知道。」

「不，你其實一點也不想知道，你這個自以為是、不要臉的傢伙。」

「這不是事實。可你什麼也沒講。」

「你……」灰狼的下巴動了動，「該死的笨蛋。對，我是愛爾蘭人，可我從沒去過愛爾蘭。我母親有一半血統是蘇諳米希人。她既沒有得到當地白人的承認，也沒得到印第安人的承認，於是她嫁給了一位移民，他也沒有得到任何人的承認。」

「很感人，你已經跟我說過了。來點新鮮的吧。」

「不，我要告訴你事實，你給我聽好了！你說的對，就算我的行為像個印第安人，我也不會成為印第安人。但是，就算我開始一升一升地猛灌健力士啤酒，我也不會成為愛爾蘭人，更不可能因為我們家族裡有白種美國人，就能因此成為一名普通的白種美國人。我沒有可靠的身分，沒有真正的歸屬，你知道嗎？**他媽的我根本無法改變這個事實！**」

此刻，他目光如炬。「而你只需要挪挪屁股就能夠改變。你只需要將你的故事倒轉過來，但我卻永遠沒有這種機會。」

「胡扯！」

「噢，沒錯，我本來可以彬彬有禮，學樣正經的東西。我們生活在一個開放的社會裡，如果你成功了，沒有人會問你的來歷，可是我沒有成功。有些混血兒得到了全世界最好的東西，他們到處都有家的感覺。但我父母是缺少信心的普通人。他們永遠不知道應該要給他們的兒子自信和歸屬感。他們只感覺到自己失去了根，遭到誤解。我得到全世界最爛的東西！一切都搞砸了，唯一做對的事情也搞砸了！」

「哎呀。海軍，你的海豚。」

灰狼憤怒地點點頭。「海軍不錯。我是他們有史以來最優秀的訓練員，那時候沒有人問我那些愚蠢的問題。可是我一出去就又開始了。我的母親用印第安人的傳統逼得我父親發瘋，他沒完沒了地思念家鄉，這也逼得我母親發瘋。每個人都各持己見。我相信，他們並不是要為他們的出處感到驕傲，他們只是想有個來處，可以說句『操！我不是私生子！這裡是我的家鄉，喂，這裡是我家！』」

「這是他們的問題，你沒必要將這個當成你的問題。」

「是嗎？」

「哎，傑克。你像座櫥櫃一樣聳立在我面前，聲稱你父母的糾紛給你留下了深刻的創傷，你敢說你一點好處都沒有得到嗎？」安納瓦克憤怒地叫道，「你是個印第安人，半個印第安人或是其他什麼人，這有什麼區別呢？除了自己，誰也不能對他內心的家鄉負責，他的父母也不能，沒有人能。」

意外的，灰狼沉默了。接著，他的眼神裡顯露出得意，安納瓦克知道，他輸了。這是必然的結果。

「我們現在到底在談誰呀？」灰狼不懷好意地笑著問道。

安納瓦克不作聲，望向一旁。

灰狼慢慢直起身。他臉上的微笑消失，漸漸被憔悴和疲憊所取代。他走向面具，停在它前面。「好吧，也許我是個傻瓜。」他低聲說道。

「你別生氣，」安納瓦克抹了抹眼睛，「我們倆都是傻瓜。」

「你比我更傻。這面具來自約拿斯首領的胡普卡努姆。你不清楚這是什麼，對吧？我告訴你。胡普卡努姆是只盒子，一個保管面具、頭飾、儀式用具等東西的地方。但這還不是全部，胡普卡努姆裡存放著哈維爾和恰恰巴特這些首領的世襲權力。胡普卡努姆記錄他們的領土，他們的歷史身分，他們繼承的權力。它告訴其他人你是誰？你來自哪裡？」

他轉過身，「像我這樣的人，永遠不可能得到一只胡普卡努姆。你能得到的，你可以驕傲。但你否認一切，否認你是誰、來自哪裡？應該為你歸屬的民族負責。你屬於一個民族，卻拋棄了它！你指責我不真實，可我不過是想為一點點的真實而奮鬥。相反，你是真實的，但你卻不想做你自己。你不是你想做的那個人。你告訴我，我看起來像來自一部拙劣的西部電影，但那至少是對某種生活的認同。然而，如果有人問你是不是馬卡人，你卻會因此膽顫心驚。」

「你怎麼知道……」戴拉維。當然，她來過這裡。

「你千萬別指責她，」灰狼說道，「關於你的事，她不敢再問第二次。」

「你跟她說什麼了？」

「什麼也沒講。你這個該死的膽小鬼，你要跟我談責任？你來到這裡，竟敢跟我談這種狗屁倒灶的事？談什麼除了你自己連父母親都無法為你內心的家鄉負責？為什麼偏偏是你來談？李奧，我過的生活或許可笑，可你……你根本就已經死了。」

安納瓦克呆坐在那裡，回味著最後幾句話。「是的，」他緩緩地說道，「你說的對。」

「我說的對？」

安納瓦克站起身。「對，我再次感謝你救了我的命。你是對的。」

「喂，等等。」灰狼不安地眨著眼睛，「你……你現在打算做什麼？」

「我要走了。」

「是嗎？呃……李奧……我，說你已經死了，我不是……該死，我本來不想傷害你的，我……可惡，別傻傻站在這裡，你坐下來吧！」

「做什麼？」

「你的……你的可樂！你還沒喝完。」

安納瓦克順從地聳聳肩。他重新坐下，拿起可樂喝了起來。灰狼望著他，向他走過去，又重新坐回沙發上。

「那個小男孩到底是怎麼回事？」安納瓦克問道，「看樣子你很關心他。」

「你說我們從船上救出的那個？」

「對。」

「能怎麼樣？他很害怕，我照顧他。」

「就這麼簡單？」

「沒錯。」

安納瓦克微微一笑。「我更覺得你是一心想上報。」

有一會兒，灰狼似乎有點生氣。然後他笑笑，「我當然是想上報。我覺得登在報紙上很刺激，兩者並不衝突。」

「圖芬諾的英雄。」

「怎麼了？當圖芬諾的英雄真是不錯！素昧平生的人都會來拍拍我的肩膀。不是每個人都能通過海洋哺乳動物劃時代的考驗而出名的。我不過是隨緣罷了。」

安納瓦克喝下罐裡的最後一口可樂。「你的……呃，組織怎麼樣？」

「海洋防衛隊嗎？」

「對。」

「解散了。有一半的人死於鯨魚襲擊，其餘的全作鳥獸散。」灰狼皺起眉頭，好像他正在傾聽內心的聲音似的。接著他的目光又落到安納瓦克身上。「李奧，你知道我們這個時代的問題是什麼嗎？人類失去了意義，每個人都是可以被取代的。再也沒有了理想，沒有理想就沒有什麼能讓我們比現在的我們更偉大。每個人都在尋找證據，證明有他存在的世界與沒有他的世界會有一點點差別——我為那個男孩做了點事，也許這是有意義的，也許，它會給我一點意義。」

安納瓦克緩緩地點點頭。「對，這是肯定的。」

溫哥華，碼頭區

拜訪過灰狼數小時之後，安納瓦克站在微弱的自然光中沿著碼頭眺望。空無一人。像所有的國際海港一樣，溫哥華港也是個規模龐大、自給自足的宇宙，裡面似乎什麼也不缺——只缺開闊的空間。

它背後的裝櫃集中碼頭沉浸在不真實的色彩裡，碼頭上貨櫃堆積、像座四方形的小山。在傍晚銀藍色的天空下，裝卸貨的吊車映下黑色的陰影。貨櫃的剪影像巨大的鞋盒子一樣聳立著，中間是裝櫃集中船、大貨輪和漂亮的白色冷藏運輸船。安納瓦克的右方排列著倉庫，可以看到稍遠處堆著水管、鐵皮和液壓設備。這裡過去就是面積很大的乾船塢，再遠的地方是浮船塢。一陣微風吹來化學塗料的氣味。

他顯然離問題的本質愈來愈近了。

在這裡，沒有汽車就像沒有腳一樣。安納瓦克不得不向幾個人問路，一開始有很長的時間都白問了，因為他很難清楚描述他所尋找的目標。他們告訴他浮船塢的位置，因為他認為能在那裡找到他要找的目標。溫哥華港口裡布滿大大小小各種船塢，包括世界第二大的浮船塢，它的吞吐量超過五萬噸。但令人意外的，當他迫不得已將目標說得更明確時，人們又叫他去乾船塢，那座人造碼頭在海水排出之前，是用閘欄密封的。

兩次開錯方向之後，他終於來到目的地。他將車子停放在一幢長形商務大樓的陰影裡，背起鼓滿的運動袋，順著鐵柵，一直來到一道半開的鐵捲門。他從門底鑽進去。

映入眼簾的是鋪著石塊的地板，兩邊是簡易的隔板屋。遠方，一艘巨船像是直接從地下鑽出來似的。那是巴麗爾皇后號，它停靠在一座足足兩百五十公尺長的碼頭裡，兩側的吊車聳立在滑軌上，強烈的探照燈照耀著四周。遠近不見一人。

他警覺地走在燈光照亮的空地上，小心地四處張望，暗自想著這次行為是不是太倉促了。那艘船已經在旱地上停了幾個星期了。估計船底的附著物應該已經被清除掉了，包括裡頭的所有東西，少量殘餘在裂縫裡的也早已乾涸。貝殼裡的東西，應該是一點都沒有留下來。其實，安納瓦克自己也不清楚，再檢查一次巴麗爾皇后號到底能發現什麼。他只是來碰碰運氣，只是一種朦朧的希望。萬一真的發現什麼或許對納奈莫有用的東西，他會將它帶走；如果不能，他不過是為這場冒險損失一個晚上的時間。

附著船體上的那東西。

它很小，最多不過像一條魟魚或一條墨魚那麼大。那生物曾經閃閃發光。許多海洋生物都會這樣，頭足綱動物、水母、深海魚類。但安納瓦克依然堅信，當他和福特一起觀看浦號機拍攝的照片時，他們再度見到了這種閃光。閃光的雲團要比這東西大得多，但奇怪的是，雲團內部所發生的一切，讓他想起了他在巴麗爾皇后號船體下面的經歷。如果真是同一種生物，這事情就有趣了。因為，鯨魚頭顱裡的東西、船體上的那種物質和那逃走的生命，三者似乎是相同的。

鯨魚，只是我們所看到問題的一部分。

他提高警覺，回頭張望著，在較偏僻的角落看到幾輛吉普車停在一座隔板屋前。房子的窗口裡亮著燈。他停下來。

那是些軍車。軍方在這兒做什麼？他突然意識到自己是站在燈火通明的空地中央，趕緊弓身往前跑，一直跑到乾船塢邊緣才停下腳步。軍方的出現讓他百思不得其解，他盯著碼頭看了好一會兒也無法真正理解他所看到的情景。接著，他驚訝得睜大了眼睛。他忘了那些車輛，不由自主地走上前去。

船塢被淹沒了。巴麗爾皇后號根本不是停在旱地上。本來應該能看到制動器上方龍骨的地方此刻正微波蕩漾。船塢裡的水至少有八至十公尺深。安納瓦克蹲下去，盯著那些呈現黑色的水。

他們為什麼放水進去？船舵修好了嗎？那他們可以讓巴麗爾皇后號下水呀。他思忖著。

突然間，他明白這一切是為了什麼。

發現真相的情緒激動之餘，他迅速把背包滑下，無聲地打開，一邊驚慌地望著孤寂的碼頭。天色越來越暗，淡綠色的探照燈沿著船塢冷冷地照映著。他側耳聽看有沒有腳步聲，但是，除了隨風吹來的城市喧囂外，什麼也聽不到。

現在，眼看著灌滿水的船塢，他突然懷疑起自己是不是犯了大錯？將他引到這裡來的，是他對危機指揮部故作神祕的惱恨，可是，他算哪根蔥呀？竟敢懷疑指揮部的決定？眼下他可是孤軍奮戰，狀況很可能對他極為不利。他有些後悔沒事先考慮到這一步。

然而另一方面，既然他人已經在這裡了，又還能發生什麼事呢？二十分鐘之後，他會像來時一樣，神不知鬼不覺地離開。唯一不同的是，他比來的時候知道更多事情。

安納瓦克打開運動背包。背包裡傢伙一應俱全。他並沒有排除需要潛水的可能。如果巴麗爾皇后號是停泊在浮船塢裡的話，就必須從公共水域來到這裡。不過現在的狀況當然更簡單。太好了！

他脫掉牛仔褲和上衣，取出潛水面罩、腳蹼、手電筒和一只防水採樣盒，他將盒子繫在腰部，把刀鞘掛在腿上，一切裝備齊全。他不需要氧氣筒。他將背包放在一根繫纜樁下方，把裝備夾在腋下，沿著碼頭快步前進，一直來到一道向下延伸的窄梯。他回頭，最後望了一眼碼頭。隔板屋裡的燈光還亮著，沒看到人影。

他悄無聲息地爬下梯子，穿戴上面具和腳蹼，悄悄地滑進水裡。

水中寒冷刺骨。沒有橡膠潛水衣他就得抓緊時間，反正他也不打算在水下停留太久。他用力拍打著腳蹼，打開手電筒，潛下水底，游向船的龍骨。這裡的水要比他在港口下水時顯得清澈一些，他清楚看到了鋼鐵船體，手電筒的燈光照得船表的油漆發紅。他用手指抹過表面，待了一會兒，離開，繼續往前游。

過去幾公尺之後，船舷就被密密麻麻的蚌類動物所覆沒。

他被吸引住，繼續往前游去。龍骨上也覆蓋著厚厚的一層蚌類。向船頭游了將近一半距離，他發現附著物甚至有增加的現象。

原來如此，他們根本沒有將它清除掉，他們直接在船上研究這東西，以及可能還藏在裡面的一切。所以巴麗爾皇后號會停泊在乾船塢裡，因為和浮船塢不同的是，乾船塢可以嚴密封鎖，不讓任何不該外漏的東西漏進海裡。他們將巴麗爾皇后號改建成一座實驗室。為了讓附著在船上、住在裡面的東西能繼續生存，於是他們在船塢裡放進海水。

這下子，他終於恍然大悟那些軍用車是怎麼回事了。既然作為民間研究所主持人的納奈莫不再過問此事，這只意謂著一件事——由軍方自己來研究，其餘一切統統保密。

安納瓦克在猶豫。他再度開始懷疑這麼做是否正確，現在還來得及脫身。但他隨即擺脫掉這個念頭。他不需要花太長時間。他迅速拔出刀子，開始剝下蚌類。他小心地不損壞殼部，謹慎地將刀刃插到強而有力的蚌足下，猛地用力一撬，專注並有條理地取下那些動物。一隻又一隻蚌類被放進了採集盒。收穫豐富，奧利維拉會高興得撲進他懷裡。

他透不過氣來了。安納瓦克收起刀子，浮上去換氣。清涼的空氣鑽進他的肺裡，頭頂的船舷黑暗而陡峭，他猛吸了幾口。接下來他要去那發光體向他襲來的位置附近尋找。或許船底附著物裡還藏有這種生物呢。這回他將有備無患。

當他正想重新潛下水時，他聽到了輕輕的腳步聲。他在水裡轉了個身，順著碼頭的堤岸向上張望。岸上有兩個人影正在行走，就在兩盞探照燈柱的中間。他們在向下觀看。

安納瓦克悄悄潛下水。可能是值班的，或是兩名晚班工人。肯定有許多人有足夠的理由在這時候還在這裡行動。待會兒當他離開碼頭時，一定要小心提防。

後來他想起來，他們可能會看到水底下手電筒照射出的燈光。他滅了燈，讓黑暗將他團團包圍。真蠢。那兩人跑哪裡去了？他們朝著船尾走去。也許他可以游向船首，在那裡繼續他的調查。他開始均勻地撲打腳蹼。

一會兒後，他重新浮起，仰面朝上吸氣，眼盯碼頭堤岸，但這次卻看不到任何人影。

他在錨的位置重新潛下水。手指小心觸摸船舷，蚌類動物也在這裡形成了奇怪的附著。他希望能找一道縫或一個較大的凹坑，但找不到類似的東西。最好還是繼續裝滿一盒子的蚌類，然後盡快離去。倉促之間，他切割這些動物時的動作也無法像開始時那麼謹慎了。他的手在發抖。他心裡清楚，整件行動是一個半吊子的計畫。他凍得要命，指尖一點感覺都沒有了。

他的手指尖……突然間他注意到，他能看得見它們。他沿著身體向下看去，也看得見自己的手腳。它們發亮！不，是水開始發亮。它在深藍色裡發出螢光。我的天哪！安納瓦克暗驚。

緊接著，刺眼的光亮照花了他的眼睛。他本能地抬臂遮住眼睛。閃光！雲團！他怎麼了？他到底在做什麼？但那不是閃光。刺眼的光線依然存在。安納瓦克認出來，照著他的是一盞水下探照燈。船塢底部的其他探照燈也紛紛亮起，照得巴麗爾皇后號的船體明亮如晝。他清楚地看到由蚌類動物組成的多皺不平的硬殼，直打冷顫。

是針對他的，他被發現了！一時間他不知道如何是好。但只有一條路，他必須設法回到船頭，從梯子爬上去，回到他放背包的地方。他的心砰砰直跳，他從刺眼的光線旁穿過。耳朵裡水聲嘩嘩作響，他透不過氣來，但在趕到梯子之前，他不想鑽出水面。

到了，Z字形的梯子伸向船塢底部。他雙手抱住欄杆，奮力爬上去。他聽到上來傳來大聲喊叫和奔跑的腳步聲。他匆匆摘下腳蹼和面具，將手電筒緊掛在腰帶上，弓身往上爬，直到能夠越過堤岸邊緣張望。

三支槍口正瞄準他。

他們在隔板屋裡給了安納瓦克一床被子。他曾想向士兵們解釋他是危機指揮部的科學隊員，可是他們根本不聽他解釋。他們的任務是看管他。由於他沒有反抗，顯然也不打算逃跑，於是他們將他帶進隔板屋裡，那裡有更多的士兵和一名值勤軍官，那軍官糾纏不休地盤問他。安納瓦克知道，此時編造故事毫無意義，反正他們是不會放他走的。於是他老實道出他是誰、他為什麼來這裡——一句話，實話。

軍官沉默地思量著他的說詞。「你能證明你的身分嗎？」軍官問道。

安納瓦克搖搖頭。「我的證件在背包裡，背包在外面。我可以將它取來。」

「你告訴我們它放在哪裡就行了。」

他告訴士兵們運動背包放在哪裡。五分鐘後，那位軍官就拿到了他的證件，仔細研究起來。

「如果你的證件不是偽造的話，你名叫李奧．安納瓦克，住在溫哥華……」

「我從一開始就是這麼說的。」

「你說過很多東西。要來杯熱咖啡嗎？看樣子你凍壞了。」

「**我是凍壞了。**」

軍官從他的辦公桌旁站起來，向一台自動咖啡機走去，他按下一個鍵，一只紙杯從下方掉出，杯子裡裝著蒸汽騰騰的黑色液體。安納瓦克小口地喝著，感覺麻木的體內逐漸有了一點暖意。

「我不知道該如何判斷你的故事，」那位軍官說道，一邊緩緩地繞著他來回走動。「如果你是危機指揮部的成員，那你為何不申請正式來訪呢？」

「你去問你的上司吧。幾個星期以來，我一直在設法跟英格列伍公司取得聯繫。」

軍官皺起眉頭。「你是指揮部的委託合作者？」

「對。」

「我明白了。」

安納瓦克轉身環顧四周。他估計，這間放有塑膠椅子和簡陋桌子的房間原本是船塢工人的休息室，現在顯然被改建成了一個臨時指揮所。他對整個形勢的分析完全錯了。「現在怎麼辦？」他問道。

「現在？」軍官在他對面坐下，手指交疊在一起，「恐怕我得請你暫時留在這裡。這事沒這麼簡單，你潛入了軍事禁區。」

「請允許我說明一下，那裡並沒有設立警告牌。」

「這裡同樣也沒有允許闖入的牌子呀，安納瓦克博士。」

安納瓦克無奈地點點頭。他有什麼好抱怨的呢？那是個心血來潮的蠢主意，或者也不是，畢竟，現在他已經知道軍方接手處理此事，他們在研究船體上的生物，讓牠們活著。只要負責人繼續封鎖，他為奧利維拉冒險收集的蚌類，就永遠到不了納奈莫。

軍官從腰帶上抽出一具對講機，簡單應了幾句話。

「你真幸運，」他說道，「馬上有人來處理你的事情。」

「你為什麼不乾脆沒收我的證件，放我走呢？」

「事情沒這麼簡單。」

「我又沒做什麼違法的事。」安納瓦克說道。這話聽起來不怎麼令人信服，他自己也覺得沒有說服力。軍官笑了笑。「如果從民法意義上來講的話，擅闖私宅的條款也適用於任何一名危機指揮部成員。」

那名軍官走了出去。安納瓦克和其餘的士兵們一起留在隔板屋裡。他們並不跟他說話，只是緊緊地看守著他。熱騰騰的咖啡和把事情搞砸的怒氣，讓他漸漸發熱。他的表現就像個大傻瓜。唯一的值得安慰就是，不管是誰來「處理」他的事情，至少他有希望得到一些資訊。

在無事可做的沉默等待中，半小時過去了。他聽到一架直升機飛近，轉頭望向朝著碼頭的窗外。光線湧進隔板屋裡，一盞強烈的探照燈緊貼水面來回掃射。當直升機飛過房屋上空，愈飛愈低時，馬達的轟鳴震耳欲聾。轟鳴聲漸漸變成有節奏的震顫。飛機降落了。

安納瓦克嘆了口氣。現在他又得把一切從頭講起。他是誰？來這兒尋找什麼？

腳步踩著柏油路面走來，間雜著斷斷續續的談話聲。兩名士兵走進來，那位軍官跟在他們身後。「有人來看你了，安納瓦克博士。」

軍官向旁邊讓開一步，一個人影出現在燈光照亮的門框裡。安納瓦克立即認出她來。她在那裡停了一下，像是想弄清情況似的。隨後她緩步走近，最後在他面前停下。安納瓦克看到一對水藍色的眼睛，一張亞洲面龐上的兩顆海藍寶石。「晚安。」一個沉穩、有修養的聲音說道。是總司令茱蒂斯・黎。

5/3

挪威大陸棚，托瓦森號

克里佛・史東出生於蘇格蘭的亞伯丁，在三個孩子中排行老二。他從一歲起就比同齡的孩童來得矮小。瘦弱、不可愛，而且難看得不像個小孩。他的家人疏遠他，好像他是樁意外事故似的，一個令人難為情的故障，只要避而不談，事情就不那麼明顯。克里佛不必像老大一樣承擔責任，也不像他的妹妹一樣得到寵愛。也不能說他受到虐待，基本上他的成長過程裡什麼都不缺。

除了溫暖和關懷，他從未經歷過在什麼方面比別人優秀的感覺。

孩提時沒有朋友，長大後交不到女朋友，十八歲頭髮就開始稀疏脫落。就連他中學時以優異的成績畢業似乎都沒有人關心。學校的主任帶點驚訝地將畢業證書遞給他，好像他是頭一回看到這個長著野性黑眼珠的男孩，成績很優秀，因此他友好地向史東點點頭，笑了笑，轉眼就忘記了那張消瘦的臉龐。

史東在大學裡主修工程學，這證明了他對工程極有天分。終於，一夜之間──他得到了他渴望的承認。但這承認僅限於他的職場生活，私生活中的史東愈來愈蒼白，不是因為沒有人肯跟他打交道，而是他根本不允許自己有私生活。一想到私生活他就害怕，私生活意謂著他依然得不到重視。當工程師克里佛・史東憑著他的睿智在國家石油公司飛黃騰達時，他開始因為對自身的害怕而瞧不起那個晚上獨自回家、頭頂光禿的人，直到最後他剝奪了自己私生活的權利。

公司成了他的生命、他的家庭、他的滿足，因為它帶給史東某種在家裡從不曾體驗到的東西──比別人出色，以及地位領先。

那是一種令人陶醉同時又折騰人的感受，一種不停的追逐。時間一長，那種絕對領先的渴望深深地控制著史東，使他無法對任何的成功真正感到高興，因為他根本不知道，如何慶祝成功或者能和誰一起慶祝。每當他到達了一個目標，他無法逗留。他像著魔了似地繼續前行。逗留，也許意謂著必須再度看到那個長著古怪五官的瘦弱少年，他長期受到忽視，乃致到最後連他本人也無視自我的存在。史東最怕的就是望進那對充滿桀驁不馴的黑眼睛。

幾年前，國家石油公司成立了一個專門試驗新技術的部門。史東很快就意識到，迅速將設備更新、全面自動化這件事，背後蘊含著什麼樣的機會。在他向企業最高層提出了一系列建議之後，他最終受命在深海海底建造一座由挪威孔斯堡著名的FMC技術公司開發的工廠。

當時世界上已經有許多水下工廠，但FMC的樣品是個嶄新的系統，相當節約成本，適合革命性的海洋開採。建設是在挪威政府知情和允許的情況下進行的，但在官方文獻裡根本不存在。

史東知道，嚴格來說，運轉測試進行得太早了。尤其是綠色和平組織會要求進行一系列額外的檢測，將會耗費數月甚至數年的時間。這些團體的懷疑是可以理解的，在人性和道德墮落的程度，石油開採業可說是達到了難以超越的成就。只要一出現無處不在的利益糾紛，馬上就會被扼殺，就如同現代化企業一貫的強烈要求。

因此，這項工程是絕對保密的。即使孔斯堡在網站上作為概念機介紹這座工廠時，也沒有提到國家石油公司早已開始運行，它是藏在深海裡的祕密。

一台樣機在深海海底工作，它的建造者之所以能安穩地睡大覺，不過就是因為它運轉完全正常。

這正是史東所期望的。經過一連串沒完沒了的測試，他堅信，絕對沒有任何風險存在。這些額外的測試能有什麼好處？反正他們已經猶豫得夠久了，他感覺到，這家國營企業的組織結構已經開始動搖，他像瞧不起所有優柔寡斷的人和事一樣瞧不起它。

另外有兩個因素，可以幫助史東把「等候指示」的障礙徹底排除。一個是史東發現了作為技術人員進入管理階層寬敞辦公室的機會；第二個因素是，儘管國際政治局勢互相傾軋，屢屢有對國家主權的武裝干預，但在石油戰爭中，所有的人都是輸家。重要的不是最後一滴油何時流出，而是開採工作何時會進入邊際效應，不敷成本。

油田特有的開採量是遵循物理規律的。第一次鑽挖後，石油在高壓下噴出，經常一噴數十年。但時間一長，壓力漸減。地球似乎不想再讓油流出，通過微弱的壓力將它們留在微小的孔裡，最初是自己湧出的石油，現在不得不大費周章地將它抽出來。這麼做的耗費巨大，儲量還沒用完，開採量就迅速下降。不管那下面有多少——只要為了開採這些油而耗費的能量高於它所能提供的，最好的方法就是讓它留在地下。

這就是為什麼許多能源專家在上個世紀結束時嚴重估計錯誤，他們宣稱地下儲量足夠開採。準確來說，他們的推測並沒有錯。地下到處是石油。可是要不是開採不到，就是產量和投入不成正比。

本世紀開始，這樣的兩難造成了一個可怕的局面。

八〇年代一蹶不振的石油輸出國組織像死屍還魂一樣復活了。不是因為它解決了矛盾，而僅僅是因為它擁有較大儲量。因此，不想聽任石油輸出國組織規定價格的北歐國家只能降低開採成本，在深海裡使用全自動設備，而深海又以一系列嶄新的問題回報，用極端的高壓和低溫開始考驗人們。也給解決這些問題的人帶來新的寶山。新的寶山撐不到天長地久，但對於一個像癮君子般繼續依賴石油和天然氣的行業來說，已經夠了。

渴望絕對領先的念頭支配了史東全部的生活，當時他撰寫了一封報告，加速研發樣機，建議全面安裝，國家石油公司聽從了他的建議。

一夜之間，他的職權範圍和他的貸款額度都被慷慨地擴大了。他與開發公司保持密切聯繫，好讓對方優先考慮國家石油公司的願望和意見。

他一直很清楚，他所走的獨木橋有多危險。只要沒有人挑剔公司，他就是一位受董事會歡迎的征服者。然而，遇到麻煩時，第一個被犧牲的也會是他。因為，最出色的人通常也是最大的罪人。史東知道，他必須搶在有人想犧牲他之前，盡快弄到一把董事座。一旦他的名字代表了創新和利潤，所有的大門都會為他敞開。那時的問題就只是看他肯賞臉走哪道門了。

至少他是曾經這麼想像的。

現在他坐在這艘該死的船上。他不知道自己還可以更氣惱什麼。氣出賣他的斯考根？還是氣他自己？是他沒有遵守遊戲規則嗎？他何必激動？他很早以前就知道腳本會怎麼寫，現在最糟的情況出現了，人人但求自保。斯考根比誰都清楚，大陸邊坡上的災難遲早會公開。如果不想冒最後被揭發的風險，就不能再保持沉默。國家石油公司在各企業間廣泛徵詢意見，更加促使事情一發不可收拾。

現在大家都在相互施壓，任何密謀磋商都解決不了即將到來的環境浩劫。這麼做唯一的目的，就是看誰在這種走投無路的形勢下能夠安然脫身，而又是誰會被抓去當代罪羔羊。

史東怒火中燒。當斯考根表現出一副老好人模樣時，他真想吐。芬恩・斯考根是最混帳的，他的把戲要比克里佛・史東在最壞時所能想到的還要陰險得多。他做錯什麼？他當然只會在被擴大授權的許可範圍內行事，那又是為什麼？就因為他們給了他這些許可權！可笑，他壓根兒還沒有充分利用這些權力。

一種陌生的蟲子，那又怎麼樣？

他當然「忘記」那封愚蠢的鑑定了。世界上有哪一種蟲子全然不曾危及過航海安全，或是對鑽油平台構成威脅？每天都有數十億浮游生物在數千隻船舶之間往來穿梭。人們會因為持續發現新的橈足類動物，就待在家裡不出門了嗎？那麼公海早就是空的了。

還有水合物那件事。笑死人了。氣體溢出完全正常。可是，一旦呈上了那份鑑定，會發生什麼事呢？該死的官僚分子，他們在熱騰騰端上桌的所有東西裡翻來戳去，直到剩下一盆冷糊糊的不知所以。他們會無緣無故地延遲建廠計畫。

史東憤怒地想，該怪罪的是整個制度。帶頭的正是斯考根，還有那些討厭的假仁假義。董事會的那批流氓會微笑著拍拍你的肩說，了不起，夥伴，繼續幹下去，但千萬別讓誰逮住，因為到時候我們不承擔責任，他們將責任轉嫁給無辜的史東。

而蒂娜．倫德，她也有責任，為了得到這份工作，她拍斯考根的馬屁，有可能她讓那混蛋上了她！對，一定是這麼回事。她能做些什麼？他媽的婊子。他甚至還得裝出感激她的樣子，好讓斯考根再給他一次機會，讓他重返他業已失去的工廠。但他很清楚，那不是機會，而是陷阱。

所有人都出賣了他，所有的人！

不過他會給他們點厲害瞧瞧的。克里佛．史東還沒垮，還早得很。無論工廠會發生什麼事，他都會查出來，一一處理好。到時候他們會看到，誰才會吃不了兜著走。他會親自出手，查清此事！

這期間，托瓦森號已經使用扇形聲納儀掃描了工廠所在地。設備依然不見蹤影。它曾經的所在地，海底地貌似乎發生了變化。下面裂開了一條幾天前才出現的溝痕。史東不能否認，一想到深海，他與船員、技術小組一樣感到不舒服，但他趕走了恐懼感，只專注於他的下潛和最後將如何揭露真相。

克里佛．史東。無所畏懼。說做就做！

潛水艇在托瓦森號的後甲板上等著將他送到九百公尺深的水下去。他當然本該先派機器人下去調查。尚．雅克．阿爾班及船上其他人都嚴肅地建議他該這麼做。維克多號裝有性能極好的攝影機，一架非常敏感的機械手臂和迅速分析資料所必需的所有儀器。可是如果他自己下去，給人的印象就會更加深刻。企業裡的人就會明白，克里佛．史東不是個做事虎頭蛇尾的人。

此外他不同意阿爾班的看法。他在太陽號上同傑哈．波爾曼談過載人潛水艇的旅行。波爾曼在奧勒岡沿海乘坐傳奇性的阿爾文號下潛過。每當談起此事，他的眼裡就會出現如夢似幻的神情。他說：「我看過數以千計的錄影紀錄。機器的紀錄都很感人，可是當自己坐在那裡面，親自下去，這種三度空間的臨場感——我從沒想到過會是這樣子——機器拍的根本沒法比。」

他也講過，沒有什麼機器能完全代替人類的感官和本能。

史東陰險地笑了笑。這回輪到他了。他做得很漂亮。透過他出色的關係，很快就弄到了潛水艇。那是一艘DR1002，美國深海工程公司的一艘**深海海盜**，是全新一代既小又輕的潛艇。它的球形結構上安裝有兩根機械手臂，結構裡有個完全透明的球體。內部是兩張舒適的座椅，操作設備安裝在一側。走近深海海盜時，史東對他的選擇感到非常滿意。它繫在懸臂的錨索上，架在那裡，可從底部艙口爬進去。

駕駛員是位矮胖的退役海軍駕駛員，大家都叫他埃迪，他已經蹲在艙內，正在檢查儀表。像往常一樣，每當有潛水艇下水時，甲板上就聚滿了船員、技術人員和科學家們。

史東回頭張望，看到了阿爾班，吹了聲口哨將他叫過去。「攝影師在哪兒？」他不耐煩地叫道，「帶攝影機的那個傢伙呢？」

「不清楚，」阿爾班邊走近邊說道，「我剛剛還看到攝影師在什麼地方閒逛的。」

「他應該到這裡來，」史東發火道，「不將這裡記錄下來，我們不下去。」

阿爾班皺起眉，望向海上。天氣霧濛濛的，能見度很差。「有臭味。」他說道。

史東聳聳肩，「這是因為沼氣。」

「味道愈來愈濃了。」

大海上確實瀰漫著一股硫磺味。那底下一定有大量的氣體釋放出來，使得上面的氣味如此難聞。他們全都看過大陸邊坡上發生的事情，他們看到了蟲子和上升的氣泡。沒有人能夠或者願意想像，這一切發展到最後會是什麼結果，但是，如果整個大海都聞起來像有人把一車臭雞蛋倒了進去，顯然不是什麼好兆頭。

「一切都會搞定的。」史東說道。

阿爾班望著他。「你聽著，史東，如果我是你，我會放棄。」

「什麼？」

「不堅持下潛。」

「胡說！」史東憤怒地轉過身來。「那位該死的攝影師在哪裡？」

「太冒險了！」

「廢話。」

「而且氣壓在下降，降得很低。我們會遇上風暴的。」

「難道還要我向你解釋，風暴對潛水艇是微不足道的嗎？別囉嗦，我們下去！」

「史東，你這個傻瓜！你為什麼非要這麼做？」

「因為這樣我們才能更快更清楚地掌握情況。」史東教訓他道，「我的天，尚，請你別這麼愚蠢好不好。沒有什麼能讓潛水艇服輸，更別提幾隻蟲子了。船下潛四千公尺深……」

「在四千公尺的深度外殼會被擠壓凹陷的」，阿爾班無奈地糾正他道，「這艘船只允許下到一千公尺。」

「我知道。那又怎麼樣呢？我們要下到九百公尺，誰說四千公尺了？我的天，到底能發生什麼事呀？」

「我不知道。我只知道海底發生了變化，愈來愈多的氣體進入噴流柱裡。聲納測不到工廠的位置，我們根本不知道下面出什麼事了。」

「也許有什麼掉了，或者斷了。最糟糕就是我們的工廠有一塊脫落了。這種事會發生的。」

「是的，也許。」

「好吧，你的問題在哪裡呢？」

「問題是一台機器人就可以做到」，阿爾班激動地說道，「可是你卻一定要扮演英雄。」

史東用兩隻手指了指自己的眼睛。「我只有靠它們才能真正分析出了什麼事。你懂嗎？去到現場。要想解決問題就得走過去，抓住它。」

「行。你說了算吧。」

「好了，我們什麼時候下去？」史東看看手表，「啊，再過半小時……不，二十分鐘。好極了！」

他朝潛水艇裡的埃迪揮揮手。駕駛員抬抬手回應，重新檢查控制台。史東笑了笑。

「你到底還在擔心什麼？我們有所能找到的最好的駕駛員。必要時，我自己會操縱這玩意兒。」

阿爾班沉默不語。

「不會有問題的，我想再研究一下潛水圖。有什麼事請到我的艙室裡找我。尚，請你快將那些該死的攝影人員找過來。只要他們沒有掉下水，就請你將他們找過來。」

挪威，特倫汗

他的刮鬍水會不會真的用完了？不可能。他是西谷．約翰遜，生活品味收藏家，永遠都備有葡萄酒和男士保養品。他一定什麼地方還有一瓶。

他不耐煩地走回浴室，在盥洗台上翻找。他知道，是該慢慢準備離開這房子了。直升機在研究中心的停機坪上等著，要帶他去跟卡倫．韋孚碰頭。但對一個故意不修邊幅的人來說，收拾一只皮箱要比一個打理整齊的人困難得多。打理整齊的人不會碰上像夾克掉色這種突發狀況。

找到了。在兩瓶洗髮精後面。他將瓶子收進盥洗包，將小包連同一本惠特曼詩集和關於葡萄酒的書塞進行李袋裡，拉上拉鍊。那是一只手提行李樣式的昂貴提包，是十九世紀初倫敦貴族去鄉下度周末時喜歡使用的款式。皮革是手工縫的，把手看上去有點舊了，但深得約翰遜喜歡。

第五日！

他將光碟片裝進去沒有？他燒錄了一片支撐他瘋狂想法所需要的資料。也許有機會跟那位女記者談談它們。他再次查看。它在那裡，裹在襯衫和襪子下面。

他腳步輕盈地離開他位在教堂街的房子，鑽進停在對面馬路的吉普車裡。不知什麼緣故，他一大早就感覺心裡喜孜孜的，充滿近乎歇斯底里的行動欲望。在他要發動引擎之前，目光再次掃過房屋的正牆。大拇指和食指夾著鑰匙的右手，正放在點火器前面。

他突然明白了，到底是什麼在折磨他。他想分散自己的注意力。以過動來驅趕腦中的念頭，那些念頭像是暗夜中的風嘯聲。潮溼的霧嵐籠罩著特倫汗，什麼東西都看不見。就連路對面他的房子也覺得比平時矮了。看上去就像一幅畫。他那些心愛的東西怎麼樣了？

他為什麼會經常在梵谷的畫前一站數小時，內心裡感覺到一種寧靜，好像它們不是一位絕望的憂鬱症患者、而是一位無比幸福的人畫出來似的。沒有什麼能破壞掉這些畫給人的感覺。

一幅畫當然可以被毀掉。可是只要它存在著，那油彩留下的瞬間就是永恆的。向日葵永遠不會枯萎；不會有炸彈落在亞爾附近的吊橋上。即使在上面再著色一次，也都無法奪走畫的主題，下面的原畫會留下來。可怕的東西依然可怕，美妙的東西永遠不會失去其美。那個表情嚴峻、耳纏繃帶的自畫像，他以深邃的眼睛凝望著、欣賞著，就連這幅畫像也擁有令人愉悅而持續不變的本質，因為，至少在畫裡，他不可能更不幸了，因為他不可能衰老。他體現了那永恆的瞬間，他勝利了。他終於戰勝了敲詐勒索者和愚昧的人，他終於靠他的筆和他的天才勝過了他們。

約翰遜打量著他的房子。為什麼時間不能就這樣停留在此刻呢？他想著。但願那是一幅畫，而我，也在畫裡。可他不是生活在一幅畫裡，不是生活在一個可以巡視他生活舞台的畫廊裡。湖畔的房子，它本來可以成為一幅絕美的畫，旁邊是他已離異妻子的肖像，以及他所認識其他女性的肖像，有些會是他的朋友們，當然也有一幅蒂娜．倫德的，與卡爾．史維特普手挽著手。帶著永恆的安詳。

對失去一切的憂懼驟然向他襲來。外面的世界正在變化，他想道。它們聯合起來對付我們。在一個祕密的地方做出了什麼決定，我們不在場。

人類不在場。

多麼美麗的房子啊。多麼寧靜啊。他發動引擎，驅車離去。

德國，基爾

艾文．蘇斯跟著伊馮娜．米爾巴赫走進波爾曼的辦公室。「打電話給約翰遜，」他說道，「馬上。」

波爾曼抬起頭。他認識這位地理研究所主任很久了，看得出他肯定發生了什麼不尋常的事情。某種令蘇斯深為震驚的事情。「發生什麼事了？」雖然已有預感，他還是問道。

米爾巴赫拉過一張椅子坐下來。「我們讓電腦重新計算全部的資料。崩坍的來臨會比我們以為的更早。」

波爾曼皺起眉。「崩坍？上次我們甚至還無法肯定會不會發生崩坍。」

「目前的跡象看來很不妙。」蘇斯說道。

「只是因為細菌的共生？」

「對。」

波爾曼往後靠去，感覺額上滲滿了冷汗。這不可能，他想道。只不過是細菌罷了，微小的生物。他突然開始像個孩子一樣思考起來。這種微小的東西，怎麼能夠破壞掉數百公尺厚的冰層呢？不可能的。一隻微生物能在數千平方公里的海底造成什麼危害呢？什麼危害也沒有。

無法想像。不切實際。這不會發生。

他們對生物知道得太少了。但可以肯定的是，在深海有各種微生物結合成共生現象。譬如，硫細菌和古菌的共生。古菌是已知最古老的單細胞生物，這種在水合物上的共生，直到幾年前才被發現：硫細菌透過氧氣來分解吸收古菌，津津有味地吃著美食時，所排洩出的產物：氮氣、二氧化碳和各種碳氫化合物。古菌的美食是甲烷。這樣，某種程度上硫細菌也是靠甲烷維生，只不過它們不親自動口。因為大多數甲烷存在於不含氧氣的沉積層裡，沒有氧氣，硫細菌就無法生活。但是古菌可以。它們能夠在沒有氧氣的環境下強行打開甲烷層，鑽到地表以下數千公尺深。估計它們每年大約轉化三億噸的水下甲烷，有利於世界氣候的穩定，因為分裂後的甲烷無法再作為溫室氣體進入大氣層。這麼看來，它們簡直就是環保警察。

至少，當它們只停留在海底的時候。

但它們也和蟲子共生。而這種頜骨巨大的怪蟲身上卻滿是硫細菌和古菌。它們生活在蟲子的身體內外。當蟲子向水合物裡每鑽入一公尺，牠就會將這些微生物帶下去，它們開始從內部瓦解冰層，像癌症一樣。時候到了，蟲子死去，然後是硫細菌，但古菌不為所動地繼續在冰裡向四面八方吞噬，直到產生自由氣體。牠們將本來緊密的水合物變成多孔易碎的物質，氣體溢出。

波爾曼聽到自己的聲音說著，**蟲子無法破壞水合物**。對。但那並不是牠們的任務。蟲子只完成將古菌運到冰裡的目的。就像公共汽車：下一站，甲烷水合物，五公尺深，全部下車，開始工作。

我們為什麼從沒想到這點呢？波爾曼想道。海水的溫度變化、靜水壓的減少、地震，所有這些現象都是水合物研究的末日預言。但就是沒有人認真考慮過細菌，雖然大家都知道它們。做夢都沒有人會發現這種侵襲的場面，沒有人會認為存在這麼一種甲烷自殺者的蟲子。牠的數量之大，擴散到整座大陸邊坡，太荒謬了，無法解釋！這支太古生物軍隊，在其致命食欲的驅使下，數量之驚人真是匪夷所思！

他無法不去想：這些東西到底是怎麼到那裡的？牠們為什麼在那裡？又是什麼將牠們帶去了那裡？或者是誰？

「問題是，」米爾巴赫說道，「我們的第一次模擬，很大程度是建立在線性方程式基礎上的，而現實狀況卻不是線性的。我們所面臨的，有部分是混亂的發展，甚至呈指數成長。冰層裂開，冰下的氣體在高壓下噴出，水合物爆裂開來，海床開始下沉，因此崩坍的時刻迅速……」

「很好，」波爾曼抬起手，「還有多久？」

「幾個星期，幾天，幾……」米爾巴赫遲疑著，然後聳聳肩，「一切都無法預測。我們仍然不知道它是否真的會發生。幾乎一切現象都說明了它會，但氣氛如此異常，我們幾乎只能進行純粹的理論猜測。」

「我們放棄外交式的捉迷藏吧。妳個人意見如何呢？」蘇斯望著米爾巴赫。

「我沒有意見，」她停頓一下說道，「如果三隻行軍蟻遇到一頭哺乳動物，牠們都會被踩死。如果這同一隻哺乳動物碰上了成千上萬隻行軍蟻，牠會被活活地啃得只剩下骨頭。我是這麼想像微生物的。明白嗎？」

「打電話給約翰遜，」蘇斯又說道，「告訴他，我們預料會有海底崩移效應。」

波爾曼嘆口氣。默然地點點頭。

挪威，特倫汗

他們站在停機坪邊緣，從那裡能看到海灣。幾乎無法看清對岸有什麼東西。天空愈來愈暗，他們面前的大海像沒有光澤的鋼板。「你是個勢利鬼。」倫德望著等待的直升機說道。

「我當然是個勢利鬼，」約翰遜回答道，「誰被你們強行徵來，就有資格表現出一定程度的勢利，妳不覺得嗎？」

「又來了。」

「妳也是個勢利鬼。接下來的幾天，妳可以開一輛高級吉普車上路。」

倫德微笑。「將鑰匙給我吧。」

約翰遜在他的口袋裡摸著，取出車鑰匙放在她的手掌心裡。「我不在時妳要小心。」

「別擔心。」

「千萬別想跟卡爾在裡面親熱。」

「我們不會在汽車裡親熱。」

「妳們到哪裡都可以親熱。不過，妳真的得好好地聽從我的建議，為可憐的史東辯護。現在他可以親自將他的工廠從水裡撈出來了。」

「我不想讓你失望，但你的建議起不了作用。赦免史東是由斯考根決定。」

「他被赦免了嗎？」

「如果他能讓局面重新獲得控制，他依然可以在公司裡待下去。」她看看錶。「這時候他可能乘潛水艇下去了，我們祝福他吧。」

「他為什麼不派機器人下去？」約翰遜好奇地問道。

「因為他沒有那麼多機器人。」

「真的？」

「我想，他是想證明，這樣的危機只有靠他才能解決。克里佛．史東是不可被取代的。」

「妳們允許了？」

「為什麼不？」倫德聳聳肩，「他還是專案領導人。另外，有一點他是對的。如果他自己下去，他就能更仔細地判斷形勢。」

約翰遜想像托瓦森號停在茫茫的灰色中，史東朝海底沉去，四周一片漆黑，腳下是個巨大的謎團。

「他真勇敢。」

「對，」倫德點點頭，「他是個混蛋，但勇氣他還是有的。」

「那就再見吧，」約翰遜抓起他的旅行袋，「別把我的車弄壞了。」

「別擔心。」

他們一起走向直升機。斯考根果然為他提供了公司的旗艦——一艘大型Bell 430，在舒適度和飛行平穩度上，它都是無與倫比的。

「那個卡倫．韋孚，她是怎麼樣一個人？」倫德在機艙門口問道。

約翰遜向她擠擠眼睛。「她既年輕，又漂亮……」

「白痴。」

「我怎麼知道？我不清楚。」

倫德猶豫著，然後用她的手臂摟著他。「好好保重，明白嗎？」

約翰遜撫摸著她的背。「不會有事的。我能出什麼事呢？」

「什麼事都不會，」她沉默一會兒，「另外，你的建議有點效果了。你說的那句話，它起作用了。」

「去找卡爾？」

「看些其他東西。對，還有去找卡爾。」

約翰遜微笑著。然後他在她臉頰兩側各親了一下。「我一到那裡就用電話跟妳聯絡。」

「好。」

他鑽進機艙，將他的旅行袋扔到飛行員身後的座位上。直升機有十個位置，但乘客只有他一人。不過它也要飛上整整三個小時呢。

「西谷！」

他向她轉過身去。

「你是……我相信，你真是我最好的朋友。」她有點不知所措地抬起手臂，又重新放下。然後她笑起來。「我是說，我想說……」

「我知道妳想說什麼，」約翰遜笑道，「妳不擅長這種事。」

「是的。」

「我也不擅長，」他身體前傾，「我愈是喜歡一個人，愈是不知道如何告訴他。只要和妳有關的事情，我的所作所為恐怕是有史以來最大的傻瓜。」

「這算是一種恭維嗎？」

「對我而言是的。」他關上門。飛行員發動螺旋槳。直升機慢慢升起，倫德揮手的身影愈來愈小。直升機低下機頭，飛到海灣上。後面的研究中心看起來像個玩具房屋似的。約翰遜舒服地坐好，望向外面，但視線極差，看不到什麼東西。特倫汗消失在雲團裡，水和山蒼白地在他們的身下後退，天空看上去好像想吞掉他們似的。那種含糊的感覺再度向他襲來。

害怕。害怕什麼？

這不過是一次直升機飛行罷了，他對自己說道。飛往昔德蘭群島。又能發生什麼事呢？

有時這種念頭會一閃而過。過多的甲烷和怪事，再加上天氣。也許他早餐時該好好吃一頓的。

他從旅行袋裡取出詩集讀起來。螺旋槳在他的頭頂嗡嗡響。他的大衣捲成一團放在後排座位上，手機在大衣裡，再加上他沉浸在惠特曼的詩句裡，所以沒有聽到手機鈴響。

挪威大陸坡，托瓦森號

史東決定在進去前先講幾句話，讓攝影師拍下他，其他幾人正拍著照片。這些紀錄將成為此次行動過程的準確文獻。它們應該能讓國家石油公司想起來，克里佛．史東工作起來是多麼專業，他是何等負責任。

「向右一步。」攝影師說道。

史東順從地照做，同時將兩名技術人員趕出畫面之外。後來他改變主意，又招手叫他們過去。「站在我斜後方。」他說道。畫面中有技術人員，他看上去可能會更好。絕對不該讓人感覺這是一個賭徒和冒險家在一意孤行。

攝影師將腳架調高。

「我們可以結束了嗎？」史東叫道。

「再等一下。畫面看起來很滑稽，你擋住了駕駛員。」

史東又往旁邊跨了一步。「怎麼樣？」

「好些了。」

「別忘記照片。」史東指示第二人道。攝影師靠近來，像是安慰這位考察隊長似地按下了快門按鈕。

「好了，」攝影師說道，「開始。」

史東堅定地望著鏡頭。「我們現在將下去看看我們的樣機怎麼樣了。此刻，工廠好像離它原先的……呃……它先前所在的位置……媽的！」

「沒關係，再來一遍。」

這回一切順利。史東冷靜地解釋他們打算下去尋找工廠幾小時。他概括介紹了目前掌握的資訊，簡單地談了大陸邊坡的地形變化，發表自己的看法，認為工廠一定是因沉積層不穩而滑走了。一切立論聽上去都很合理，也許太過客觀了。

史東並不是個表演人才，他想到，在他們行動之前或之後，所有偉大的探險家都說過某句偉大的話——一句聽起來了不起的話。例如「這是我的一小步，卻是人類的一大步」，諸如此類的。真是太棒了，他們事先當然要求阿姆斯壯說得好像是他自己想到似的，不過無所謂。我來、我看、我征服，這樣也不壞。凱撒、哥倫布說過什麼沒有？潛入一萬兩千公尺深海的雅克．皮卡德呢？

他努力回想著。什麼也想不起來。

但不必什麼都自己發明。波爾曼有關載人下潛的那番令人深思的言論聽起來也不錯。史東輕咳一聲。

「我們當然可以派一台機器人下去，」他總結說道，「但那是兩碼事。我見過許多機器人的錄影紀錄，都是很出色的資料。」還有呢？對了：「自己坐在裡面，自己下去，這種立體效果——那是無法想像的。那是沒法比的。還有……它確實帶給我們更好的……呃……更好的……**理解**，……能看到下面發生了什麼事……嗯，以及我們能做什麼。」最後那句話變得很卑微。

「阿門。」阿爾班在背後低聲說道。

史東轉過身，爬到潛水艇下，從孔裡鑽進去。駕駛員向他伸出手來，但史東不理會他的幫助。他直起身，坐下來。有點像坐在一架直升機裡，或者是在迪士尼的高科技玩具裡。最奇怪的是那種仍舊像先前一樣在外面的感覺，只有甲板上的噪音不再往耳朵裡鑽了。數公分厚的丙烯酸球，嚴密封閉，什麼也進不來。

「需要我向你說明什麼嗎？」埃迪客氣地問道。

「不用。」

埃迪事先已經對他進行過培訓。他用他特有的平靜方式做得很徹底。史東瞟了他們面前的電腦操縱台一眼。他的右手滑過椅子右側的操作設備。攝影師在外面一個勁地拍照，另一個在錄影。

「好極了」，埃迪說道，「那就開始享受吧。」

船身一顫。他們突然漂浮在甲板上方，正緩緩地滑開。身下可以看到起伏的水面，風浪相當大。有一會兒他們一動不動地懸浮在那裡，望著托瓦森號的船尾。阿爾班豎著大拇指，舉起手。史東朝他點了點頭。接下來的幾小時，他們只能靠水下通訊系統聯繫。沒有光纖纜繩連著潛水艇和母船，除了聲波之外什麼也沒有。只要懸臂鬆開，他們就只能完全靠自己了。史東的胃開始蠕動起來。

又一下震動。纜繩脫開時，他們頭頂傳來匡噹一聲。潛水艇落下去，隨即被一個波浪抬起，然後，埃迪開始在水箱灌水，海水咕咕地湧進桶裡。深海海盜像塊石頭一樣開始下沉，每分鐘下沉三十公分左右。史東兩眼盯著外面。除了電力槽的兩枚指示燈，所有的燈光都關閉了。這是為了節省電力，他們在下面需要足夠的電。

幾乎看不到魚類。下降到一百公尺後，大海的深藍色變得更深了，成為絲絨般的黑暗。外面有什麼像爆竹似地閃光。先是一下，後來四周到處都在閃光。

「發光水母，」埃迪說道，「是不是很美？」

史東被吸引住了。他已經下潛過幾回，但還沒有坐深海海盜下潛過。

確實，他們和大海之間好像什麼分隔也沒有。就連操縱台上紅色的控制燈和操縱儀器似乎也想加入艙外游過的、一群群發著磷光的小生物。想到他的工廠將豎立在這個陌生的宇宙裡，他突然覺得無比荒唐，差點兒笑出聲來。我是這個專案的倡議人，他想道。難道我應該老是坐在辦公桌旁，乃至我自己都無法想像現實是什麼樣子嗎？

他盡量伸直雙腿。潛艇繼續下沉，他們很少交談。隨著深度增加，艇內的溫度也在下降，但不至於令人感到不舒服。比起下潛到六千公尺深的阿爾文號、米爾型或深海號這些潛水艇，深海海盜調節艙內溫度的系統算得上是奢侈了。為預防起見，史東穿上了厚襪子——在潛水艇裡不允許穿鞋，以防腳不小心踩壞儀器——和一件暖和的羊絨衫。他身旁的埃迪顯得輕鬆和專注。喇叭裡不時傳來雜訊，托瓦森號上的技術人員在進行檢查呼叫。話能聽懂，但聲音變形了，因為那些聲波同水下的數千種其他聲響混在一起。

他們一直向下。二十五分鐘後，埃迪打開聲納。艙內充滿輕輕的呼呼聲和喀喀聲，還有電流的嗡嗚聲。他們正在接近海底。

「準備好爆米花和可樂，」埃迪說道，「電影要放映了。」他打開艇外的探照燈。

挪威大陸棚，加伐科斯C

在連接直升機降落場和居住區的鋼鐵樓梯間最上層平台，拉斯．約仁生正望著鑽塔。他雙臂抱著欄杆，白色鬍尖在風中顫抖。晴天時，這座塔似乎伸手可及，但今天它好像正逐漸遠去。隨著風暴即將來臨，雲團愈加濃厚，每個小時都變得更不真實，好像它想徹底消失，成為單純的記憶。

自從倫德上次來訪之後，約仁生就感覺愈來愈憂傷了。

他琢磨國家石油公司到底想在大陸邊坡上興建什麼。毫無疑問，他們計畫蓋一座全自動工廠，也許會跟一艘生產船有關。倫德大概認為她的回答能瞞過他，可約仁生並不笨。他甚至了解他們採取的措施——透過用機器取代人來節約人力。這樣做很有意義。機器不像拉斯．約仁生這樣重視美食，它不用睡覺，可以在有生命危險之虞的條件下工作，不要求報酬，也不抱怨，一旦使用年限到了之後，必要時可以將它扔進垃圾堆，不必再保證它可以繼續獲得幸福。

另一方面，他暗自想像機器人如何取代眼睛和耳朵，並且可以本能地做出決定。沒有人類，就沒有人類的失誤，這是肯定的。但如果機器失靈了，沒有人在一旁，就會出現反烏托邦電影裡的情節。深夜，當海浪拍打著柱子，他經常看這種電影。人類會失去控制，機器不懂生活和環境，它不理解其建造者的利益，並且毫無人性和冷酷理智。

光線慢慢消失。天色愈來愈灰暗，下起毛毛雨。多麼討厭的一天啊，約仁生想道。

這段時間以來，海上不斷散發出臭味，好像水裡充滿了化學物質，光這些還不夠！現在，陰鬱的天氣也在和他的情緒競逐意志消沉的頂點。

我們其實是在一個廢墟上工作。約仁生想道。猶如海裡的一座鬼城，充滿各式妖怪，被一個接一個地拖拉出來。一旦儲量抽完了，就剩下一具沒有作用的空骨架。石油工人將被清除掉，平台將被清除掉，整個產業的未來就如同螢幕上的畫面，一個我們無法進入的世界。

約仁生嘆了一口氣。這樣就能有助人類的信心嗎？計畫太簡單？太片面？太目光短淺？太自以為是？汽車的發明結束了人力馬車。於是當時市面上出現許多便宜的馬肉，某種生存的價值被消滅了。但誰還想著馬車呢？也許總體看來，其他人是對的——他是舊時代的老人，只是痛恨退休罷了。

他回憶著，很早以前曾經有過這種美妙的時刻。烏黑發亮的人們身上滴著石油，相互擁抱，在他們身後的灰質地裡，一座噴泉斜噴向天空，意謂著無限的財富。真的是這麼回事嗎？《巨人》裡由詹姆斯·迪恩演出這一幕。約仁生喜愛這部影片，他喜歡迪恩表演的這一幕，遠勝過喜歡布魯斯威利在《世界末日》裡演出的那一幕，雖然後者是發生在一座真正的鑽油平台上，而《巨人》則是在德州沙漠裡。看到那個哈哈大笑、瘋狂地跳來跳去、黑斑點點的詹姆斯·迪恩，有點像坐在爺爺的大腿上，聽他講自己年輕時關於一切都如此美好的年代的故事。聽著，要相信每句話都是真的，但同時又不能相信。

爺爺。是啊！轉眼他也是一位爺爺了。

沒幾個月了，約仁生想道。到時候我就結束了。完了，結束了。無論如何我會過得比現在那些年輕人都要好。他們不能再將我精簡掉，是我自己不幹的，還能拿退休金。在群島的末日來臨之前逃走，他幾乎感覺有點愧疚。但那不再是我的問題了，到時候我會有別的問題可以煩惱。

遙遠的海岸傳來一陣雜訊。一種有節奏的嗡嗡聲，隨即又變成一架直升機的噠噠聲。約仁生仰起頭。他熟悉這裡來往的各種機型。儘管距離很遠，天氣狀況很糟，他看到一架 Bell 430 正從加伐科斯上方飛過，消失在雲團裡。螺旋槳的旋轉聲又變成了嗡嗡聲，遠去，最終完全消失。

灰塵般的細雨點打落在欄杆上，溼淋淋的。約仁生考慮著他是不是該走進去。他無所事事了一小時，這種現象很少見，他可以看電視、閱讀或找人下棋。可是他沒有興趣走進去。今天不行，因為他覺得自己好像住在一具鋼鐵棺材裡。不想再進去讓人埋葬。至少大海看起來和平時一樣，灰灰的，起伏不定。

在鑽塔的後面，懸臂頂部，燃著蒼白的天然氣火焰。失落的航光——唉，這不錯！聽起來像一部電影名字！對於一個逐年累月監視直升機和船隻往來的老傢伙來說真不簡單。

也許他在退休後該寫本書。寫那再過幾十年人們就幾乎想不起來的時代——偉大的平台時代。

書名就叫做：失落的航光。

爺爺，給我們講個故事吧。

約仁生的情緒好了一些。這主意不壞，或許今天也沒有那麼糟糕。

德國，基爾

傑哈・波爾曼感覺像在流沙裡下沉。他輪流跑去蘇斯和米爾巴赫身邊，他們不停地讓電腦核對新的資料，得出的結果每況愈下。這期間他試圖聯繫上西谷・約翰遜，但對方沒接電話；他試圖打到挪威科技大學約翰遜的祕書室，人家告訴他，博士外出了，恐怕也不會出席講座。準確地說，他根本不知道何時會回來，說他有事請假了，顯然是受政府的委託。波爾曼差不多可以想到那會是什麼樣的任務。他打到約翰遜家裡試試；然後又打手機。沒有任何結果。

最後他再次跟蘇斯商量。

「除了約翰遜的影響範圍，肯定還有其他人能夠做出決定。」蘇斯說道。

波爾曼搖搖頭。「全是國家石油公司的人員。那我們還不如自己做決定。說到祕密——如果我們繼續祕密處理的話，到時候發生了海底崩移，人家最後會全怪到我們頭上，誰也受不了。」

「那我們怎麼辦？」

「反正我不會去找國家石油公司。」

「沒錯，」蘇斯揉揉雙眼，「你說的對。我們去找研究發展部和環境機構。」

「奧斯陸的嗎？」

「還有柏林、哥本哈根、阿姆斯特丹。哎呀，倫敦！我有漏掉什麼嗎？」

「芬蘭。」波爾曼嘆息道。「那好吧，就這麼做！」

蘇斯盯著他辦公室窗外。從這裡可以眺望基爾的海灣──望到裝卸船隻的巨大吊車，望到航運公司和倉庫。海軍的一艘驅逐艦在一片烏雲和水色的灰裡，愈來愈模糊。

「關於基爾，你的電腦模擬怎麼說？」波爾曼問道。他根本還沒認真考慮過此事，真是奇怪。就在這裡，離水這麼近。

「會沒事的。」

「這也算是個安慰。」

「但還是要想辦法聯繫上約翰遜。繼續試吧！」

波爾曼點點頭，走了出去。

挪威大陸坡，深海海盜

當埃迪打開六只艇外探照燈時，艇外的一切還感覺不出大海的遼闊。一個半徑二十五公尺左右的區域，籠罩在各為一百五十瓦的四盞鹵素燈，以及兩盞四百瓦的HMI燈所交織的熾烈光線下。看不到結實的結構。史東在長時間的航行之後，迷惑地透過黑暗觀看。深海海盜穿過一堵閃耀著光芒的珍珠垂簾下沉。

他身體前傾。「那是什麼東西？」他問道，「海底在哪裡？」後來他認出了周圍上升的東西。那是氣泡。它們旋轉著升向表面，有些小小的，像排在線上似的，另一些比較粗大，像雞蛋一樣。

聲納繼續發出它特有的呼呼聲和喀嚓聲。埃迪眉頭緊皺地研究著操縱台上的液晶顯示器，剩餘電量、艇內外溫度、氧氣存量、艙內壓力等等，讀取艇外感觸器的測量資料。「恭喜！」他咕噥道，「是甲烷。」氣泡串成的珠簾愈來愈密。埃迪卸下兩側的支架好減輕重量，繼續往箱子裡增壓氣體，好讓潛水艇保持穩定狀態。他們本應該上浮的，然而此刻他們卻還在繼續下沉。

「見鬼了，我們無法將這破爛升上去。」

在探照燈的燈光下，海底在他們身下出現了，向他們迎面而來，速度比他們所想的快得多。史東瞟見了一道縫隙和小孔，後來一切又重新充滿了氣泡。埃迪咒罵著，繼續從箱子裡往外排水。

「怎麼回事？」史東問道。「我們碰上了浮力問題嗎？」

「估計是氣體造成的，我們陷入一場海噴了。」

「他媽的。」

「別擔心。」駕駛員發動螺旋槳。船隻開始穿過氣泡形成的線前進。

有那麼一陣子，史東感覺自己是坐在一架緩緩停下的電梯裡。他的目光尋找著深度儀。深海海盜還在下沉，但速度減緩了。不過，它還是以很高的速度在接近海底，不用多久他們就會跌落海床。

他咬著嘴唇，聽由埃迪處理。在這種情形下，講太多廢話會使駕駛員情緒失去控制，這是最不明智的。史東看著氣泡愈來愈大，垂簾愈來愈密，在海噴中勉強看到的海底部分正緩緩向一側傾斜。潛艇右翼消失在強勁的漩渦中，潛水艇傾斜了。他屏住呼吸。

後來他們通過了。剛才周圍還在一個勁兒地冒泡，現在海底卻無比平靜地橫亙在他們面前。有一會兒，潛水艇又開始爬升。埃迪不慌不忙地操縱著潛水艇，向水箱裡放進一些海水，直到深海海盜獲得平衡，緊貼大陸邊坡上。「一切恢復正常。」埃迪說道。

他以兩節的最高速度行駛，換算過來是每小時三點七公里。任何一個慢跑者都可以比他們更快，但這裡重要的不是行駛距離。正確地說，他們相當精確地處在當初史東建置工廠的位置。它應該離此地不遠。

駕駛員微笑著。「這在我們意料之外，對吧？」

「沒料到會這樣強烈。」史東說道。

「沒有？既然大海已經像陰溝一樣臭氣瀰漫，什麼地方一定有氣體在溢出。喏，這就是你要的，是你說一定要下來的。」

史東不理睬他。他挺直身體，尋找水合物跡象，但此刻什麼也看不到，只有零星的蟲子。海底躺著一條大鰈魚。當他們接近時，牠懶懶地浮升，攪起一點雲似的淤泥，從光線裡游了出去。

當外頭將近一百公斤的水壓壓在丙烯酸球體的每一平方公分上時，坐在裡頭的感覺是如此不真實。這場面的一切都是人造的——深海海盜緩緩移動時，陸棚上被照亮的地區連著它漫遊的影子。靠機器維持的艙內壓力。呼出的二氧化碳被化學物質分解後，氧氣瓶裡源源不絕地供應氧氣。

這下面沒有什麼能引人逗留的。

史東乾渴地嘖著嘴。他的舌頭黏在顎骨上。他想起在下潛前幾小時，他們什麼都沒有喝過。為防萬一，船上備有「人體極限延展器」，在別無辦法時專用的瓶子，每個進入潛水艇的人事先都被建議，要清空膀胱，而且是要讓它空一段時間。另外，從一大早起，他和埃迪只吃過花生奶油三明治、骨頭一樣硬的巧克力塊和壓縮餅乾。潛水食品，有營養，容易飽，像撒哈拉沙子一樣乾。

他想放鬆一下自己繃緊的神經。埃迪向托瓦森號發了一封簡短的彙報。他們不時看見蚌類或海星。駕駛員伸手指著外面。「是不是很令人吃驚？我們在水下九百多公尺深的地方，周圍漆黑一片。但人們還是將這個範圍叫做『餘光地帶』。」

「有沒有什麼地方的水如此清澈，光線確實能射進上千公尺深的地方？」史東問道。

「肯定有。只是人類的眼睛無法認識這一點。我們的眼睛最多只能看到一百、一百五十公尺深。你到過上千公尺深的水下嗎？」

「沒有。你呢？」

「去過幾次，」埃迪聳聳肩。「跟這裡一樣漆黑一團。我寧可去有光線的地方。」

「怎麼了？沒有下潛的驕傲感？」

「何必要有？雅克．皮卡德潛到一〇七四〇公尺的水深，那又如何？我根本沒興趣。雖然那是一流的科學成就，但那裡幾乎什麼也看不到。」

「你怎麼知道？」

「我不知道。但我無法想像那裡會有許多生物。我認為即使有，海底生物區也比海溝有趣熱鬧多了。」

「對不起，」史東說道，「皮卡德到達的深度不是一一三四〇公尺嗎？」

「噢，是這樣的，」埃迪笑道，「我知道教科書裡都是這麼寫的。錯誤資訊。取決於測量儀器，它是在瑞士校準的，在淡水裡。你明白嗎？淡水密度不一樣。他們唯一一次載人下潛到地表最深點時，那個測量結果是錯的。他們……」

「等等。那兒！」他們面前的光束消失在一片陰影裡。接近時他們認出來，這裡的海底陡直陷落。光線消失在深淵裡。「請你停下來。」

埃迪的手指在鍵和按鈕上迅速移動，形成反作用力，深海海盜停下來，開始慢慢旋轉。

「水流相當急。」埃迪說道。潛水艇緩緩地旋轉，直到探照燈照亮深淵邊緣。他們正盯著一個斷崖。

「看上去像是不久前有什麼東西從這裡掉下去了，」埃迪說道，「相當新的缺口。」

史東的眼睛不安地掃來掃去。「聲納怎麼解釋？」

「至少有四十公尺深，左右兩側根本無法看清。」

「也就是說，這台地……」

「這裡已經不是台地了。它陷了下去。」

史東咬著他的下脣。他們一定就在工廠附近。但一年前，這裡沒有深淵，有可能在幾天前都還沒有。

「我們再潛深一點，」他決定道，「看看它通向哪裡。」

深海海盜開始行駛，沿著斷崖下沉。不到兩分鐘後，探照燈再度照亮了底部。看上去像是一座廢墟。

「我們應該上升幾公尺，」埃迪說道，「這下面裂縫很多。我們可能會撞進去。」

「好，馬上行動！——該死的，前方！你看。」

他們看到一根裂開的管子，大約有一公尺粗。它彎彎曲曲地在巨大的岩塊上方穿過，消失在光束外面。多根細細的黑色油柱從中垂直射出。「是一根輸油管，」史東激動地叫道，「我的天哪！」

「曾經是一根輸油管。」埃迪說道。

「我們跟著它走。」史東感到不寒而慄。他知道這根輸油管通向哪裡，尤其知道它來自哪裡。

它們原來是在工廠區的。但工廠區再也不存在了。

他們面前突然出現一堵裂縫很多的牆。埃迪在撞上去之前最後一刻拉高潛水艇。牆壁似乎沒有盡頭，然後他們危險地緊貼邊緣航行過去。直到這時史東才看清楚，那不是牆壁，而是一大塊垂直豎立的海底。在地塊後面再度陡峭地下陷。光線下的沉積物浮動著，妨礙了視線。然後燈光又照見了一條迅速上升的氣泡水流上。它們從一條邊緣銳利的溝裡大量冒出來。「我的天哪！」史東低呼道，「這裡發生什麼事了？」

埃迪沒有回答。他拐了一個彎，從氣泡流旁繞過。能見度愈來愈差。有一會兒，輸油管從他們的視線中消失，然後又重新出現在探照燈光束裡，繼續向下。

「該死的水流，」埃迪說道，「我們正被海嘯的拉力吸進去。」深海海盜搖晃起來。

「繼續追蹤輸油管。」史東命令道。

「你瘋了！我們應該升上去。」

「工廠就在這裡，」史東堅持道，「它肯定馬上就會在我們面前鑽出來。」

「這裡根本不會有什麼東西鑽出來，一切都毀了。」

史東一聲不吭。在他們面前，輸油管像被一隻巨手打了結，末端伸進一艘被扯壞的船體裡，鋼片被撕成奇形怪狀。

「你還想繼續嗎？」

史東點點頭。埃迪一直將潛艇駛到貼近管子。有一陣子他們漂浮在鋸齒形的孔上方，然後潛水艇經過輸油管道。

「這裡通向無底洞。」埃迪說道。他們周圍又開始冒泡了。

史東捏緊拳頭。他意識到阿爾班說的沒錯，他們應該派機器人下來的。但現在放棄讓他覺得更荒謬。他必須查明！沒有一份詳細的報告，他絕不會走到斯考根面前去。這回他不會被輕易嚇退。「埃迪，繼續。」

「你真的瘋了。」

在撕裂的管子後面，廢墟陡峭地跌落，沉積物形成的雨陣正在增大。這下子，頭一回看出埃迪有點緊張了。隨時都可能會有障礙出現在他們面前。

然後他們看到了工廠。準確地說他們只看到了幾塊橫的支撐架，但史東當時就知道，FMC科技的樣機再也不存在了。工廠位於坍塌台地的廢墟之下，比它原先的所在地深陷了五十多公尺。

他仔細觀看。似乎有什麼東西正在離開支撐鋼架，向他們接近。是氣泡。

不，不只是氣泡。史東想起他從太陽號上觀察到的巨大氣旋。在錄影抓斗斷裂後觀看到的海噴情形。

他霎時驚慌起來。「快離開！」他喊道。

埃迪拋掉剩餘的重量。潛水艇一下子向上竄起，後面跟著巨大的氣泡。然後他們來到了漩渦中間，潛艇失靈了。他們周圍的大海正在沸騰。「媽的！」埃迪吼道。

「你們下面出什麼事了？」是托瓦森號上的技術人員沙啞的聲音，「埃迪？快回話！我們在這裡測量到了奇怪的東西，大量氣體和水合物升了上來。」

埃迪按下回答鍵。「我扔掉外殼了！我們正在爬升。」

「出什麼事了？你們……」技術人員的聲音被隆隆的噪音淹沒了。嘶嘶、砰砰。埃迪扔掉了電池和部分外殼。這是迅速減輕重量的最後緊急措施。有著丙烯酸球體的深海海盜剩餘船體開始旋轉，再度上升。

後來，一陣強烈的撞擊，潛水艇停止行駛。史東看到身旁出現一個巨大的岩塊，它是被氣體衝上來的。

艙內原本最下面的東西衝到了最上面。當他們再一次被撞時，他聽到駕駛員在喊叫。這次的撞擊來自右側，它從一側將他們撞出了海噴。深海海盜頓時得到了浮力，向上射去。史東抱緊扶手，此刻他不是坐著而是躺著了。埃迪閉著眼睛向他倒來，他的臉在流血。史東驚駭地意識到，他現在得完全靠自己了。他拚命地回想怎樣才能使船隻恢復平衡。他要埃迪將操縱設備推過來給他，可是怎麼操縱呢？

埃迪指給他看過。這是按鈕。史東按下它，同時想辦法從身上推開埃迪。他無法肯定，在外殼拋棄後，螺旋槳是否還能正常運轉。深度儀上的數字飛速轉動，告訴他船隻正在迅速上升。原則上，他轉向哪個方向都無關緊要，重點是它在上升。在深海海盜內不必害怕解壓問題。機艙壓力相當於水面的壓力。

一盞警告燈亮起來。右邊的探照燈熄滅了。接著，所有的燈光都熄了。

史東周圍一團漆黑。

他開始發抖。保持冷靜，他想道。埃迪解釋過各種功能，有一台緊急發電機，是操縱台最上排的按鈕之一。不是它自動打開，就是他必須手動打開它。他的手指摸索著開關，一邊繼續盯著黑暗。

那是什麼？沒了潛水艇的燈光，這裡應該是漆黑一團。可是那裡有光亮。

他們已經離水面這麼近了嗎？按照燈熄滅前深度儀的最後顯示是七百多公尺。潛艇仍在沿著大陸邊坡行駛。他們還在大陸棚邊緣下方很遠的地方，在任何日光都照不到的地方。是幻覺嗎？他瞇起眼睛。

那亮光很微弱，發出幽藍，弱到應該只能意識到而不是用雙眼看到。它從深處升上來，它有形狀，一種漏斗形的管子，它的尾端消失在深淵的黑暗中。史東屏住呼吸——真是瘋了，可是他突然堅信不疑，相信愈是接近這東西就會愈亮。光波的大部分被水吸收了。如果是這樣，那它一定離得相當遠。

因此它一定很大。管子在移動。

那漏斗似乎正在擴大，整個物體慢慢彎曲。史東一動不動，手指在尋找緊急電源開關的途中僵住了，著魔似地盯著前方。他在那裡見到的，是生物光，毫無疑問，穿透了數百萬立方公尺的水、浮粒和氣體而來。可那發光的是什麼海洋生物呢，它竟能大到這般無法想像？一條大王烏賊？那東西要比所有的烏賊都要大得多，要比人類所有對烏賊的大膽臆測都還要大。

或者這一切都只是他的想像？是視網膜的幻覺，由突然的明暗變化引起的？探照燈熄滅後視覺暫留的鬼影？他盯著那發光的物體愈久，它愈顯得微弱。那根管子慢慢地向下消失。然後它不見了。

史東立即重新尋找緊急發電機。潛水艇平穩均勻地上升，他感覺鬆了一口氣，現在他很快就要到達水面，噩夢即將結束了。

無論如何，當埃迪拋棄外殼時，攝影機沒有丟掉。它們會不會也拍攝下了那發光的物體呢？它們能感應如此微弱的光線刺激嗎？它出現過。他沒有搞錯。他突然想起了維克多號拍攝的奇怪錄影。那出其不意地從光柱中消失的另一種東西。我的天，他想道。我們到底撞見什麼了？

啊！找到開關了。緊急發電機嗡嗡啟動。先是操縱台上的控制燈亮起，然後是艇外探照燈。深海海盜轉眼間又被光亮包圍了。埃迪睜眼躺在他身旁。

史東向他側過身去，這時在埃迪身後的光線裡有什麼東西鑽了出來，塊狀，雲團似的，泛紅。它朝潛艇倒下來，史東的手迅速伸向操縱台，因為他以為他們會撞上那斜坡。隨後他明白了，大陸坡正向船撞來。

大陸邊坡飛速向他們撞來！

這是那只丙烯酸球體被巨大的撞力撞成數千碎片之前，史東最後的意識。

挪威海，Bell 430

離開特倫汗時像是一次平靜的飛行。如今搖晃得如此激烈，約翰遜很難再專注於惠特曼詩集了。過去半小時裡，天空戲劇性地變暗，不停地壓下來。它壓迫著直升機，好像要將它逼進海裡去。狂風大作，搖得直升機晃來晃去。飛行員望望四周。「一切還好嗎？」

「很好。」約翰遜闔上書，望向外面。海面上一片濃霧。他隱隱看到鑽探平台和船隻。他估計，這一刻海浪真正變兇猛了。一場大風暴正在形成。

「你不必擔心，」飛行員說道，「我們根本沒必要害怕。」

「我不會害怕。天氣預報是怎麼講的？」

「有風，」飛行員瞟了一眼操縱台上的氣壓計。「看樣子我們遇到了一場小颶風。」

「你沒有事先告訴我，謝謝你的好意。」

「我也不知道，」那人聳聳肩。「天氣預報也不是準確無誤的。你害怕飛行嗎？」

「一點不怕，我覺得飛行真爽，」約翰遜強調道，「只是下降時讓我擔心。」

「我們不在下降中。海上飛行是小兒科。今天除了使勁搖晃了幾次，我們不會遇上什麼嚴重的情況。」

「我們還要飛多久呢？」

「已經飛一半了。」

「那好吧。」他重新打開書。引擎聲中混雜著數千種其他的聲響。砰砰，匡噹，呼呼……甚至好像還有叮鈴鈴的聲音。一種每隔一段時間就響起的聲音，來自他身後的某個地方。風能創造出多少聲響啊！約翰遜扭頭望向後排椅子，但那聲響消失了。他重新投入惠特曼的世界裡。

海底崩移

一萬八千年前，在冰河紀末期的鼎盛階段，世界各地的海平面都要比現在低一百二十公尺左右。全球大量的水都凍成了冰川。當時大陸棚地區的水壓相對較低，今天的一些海洋當時還不存在。另一些隨著結冰則愈來愈淺，有一些最終乾涸了，變成了遼闊的沼澤地形。

世界各地持續的水壓下降導致甲烷水合物的穩定關係發生劇變。特別是在大陸邊坡上方的地區，大量氣體在極短的時間內被釋放出來。它們被囚禁和壓縮在其中的冰籠子融化了。數千年像水泥一樣固定住大陸邊坡裡的東西，成了它的炸藥。甲烷從水合物中逃逸後，瞬間膨脹成其體積的一百六十四倍，在向外擠壓的途中將沉積物的細孔和裂縫撐開來，留下多孔的廢墟，再也不能承受其自身的重量。

於是大陸邊坡開始坍塌滑落，連帶癱倒部分大陸棚。量大到難以想像的物質以土石流的形式在深海奔湧數百公里遠。氣體進入大氣層，在那裡引發氣候改變，但這些滑落還有其他的間接影響——不僅對海洋裡的生命，對大陸和島嶼的沿岸地區也發生影響。

直到二十世紀後半，科學家們才發現了一段驚人的過去。在挪威中部沿海，他們發現了多次滑塌的痕跡，在四千年內沖走了大半的大陸邊坡。許多因素導致此事的發生，在暖化時期，當時大陸邊坡附近海水的平均氣溫上升了，或者像一萬八千年前的冰河時期，當時雖然氣候很冷，但水壓減低了。

從地球史的角度嚴格地說，水合物的穩定階段是例外。可是，所謂現代的人類就生活在這樣的例外當中，並將這種平靜的虛假狀態誤解為常態。

當時挪威大陸棚有五千五百立方公里的海底被沖入深海，發生了多次巨大的滑崩。在蘇格蘭、冰島和挪威之間，科學家們發現了一個八百公里長的淤泥堆。令人不安的是，這些滑坡事件中最嚴重的一次，發生時間距今不久，連一萬年都不到。

人們給這一事件取名**海底崩移**，希望它再也別發生。

這當然是毫無意義的期望。但也許還會再有數千年的安靜。如果不是一夜之間，某種蟲子連同牠運載的細菌出現了，新的冰河期或暖化時期只會引發在人類忍受範圍內的滑坡。

當聯絡中斷之後，托瓦森號上的尚－雅克．阿爾班就有預感，他將再也見不到那艘潛水艇了。但他無法想像在科學研究船體下方僅數百公尺處發生的事件有多嚴重。毫無疑問，水合物的融化進入一個驚人的階段——而最後一刻鐘，臭雞蛋的味道也增加到了難以忍受的地步，海浪愈來愈高，上面飄浮著泛著白沫的白色塊狀物，它們愈來愈大。阿爾班也知道，繼續在大陸邊坡上方停留等同於集體自殺。更多的氣體會降低水的表面張力，他們會因此下沉。水下不管發生什麼事，都是不可預料的。

阿爾班痛恨必須放棄深海海盜及其艇內人員的念頭，但是他隱約知道，他們已經失去史東和駕駛員了。

此時科學家和船員們都極度不安。並不是每個人都懂得水面泛起的泡沫和這臭味的真正含意。是風暴，風暴造成了普遍的不安。它像一位憤怒的神靈從天而降，猛烈颳起挪威海上愈來愈險峻的大浪。它們嘩嘩地撞擊托瓦森號的船體，碎裂成無數發光的水滴。人們很快就幾乎無法站立了。

在這種情況下，阿爾班必須權衡許多事情。托瓦森號的安全不能僅從船主的角度來觀察，或者以科學價值來測量。只能以人命的價值來判斷。另外，還有潛水艇裡兩個人的生命，關於他們的命運，阿爾班的直覺比他的大腦更可靠。留下和逃走都是錯誤的，但兩者又同時都是正確的。

阿爾班瞇眼望著黑暗的天空，伸手從臉上拭去雨水。與此同時，翻湧的大海平息了片刻。那不是風暴減弱了，而是它在以雙倍的威力繼續進攻之前的喘息。阿爾班決定留下。

海的深處，災難正在發生。

轉眼間，遭到破壞的水合物碎裂了——先前還是穩定的冰原和沉積物細孔裡的紋理，現在被蟲子和細菌吞食成廢墟。在大約一百五十公里的範圍，水和甲烷的冰狀結晶爆炸般地變成了氣體。當阿爾班做出留下的決定時，氣體衝出，衝破懸崖峭壁，將裂縫撕開，力量將整個大陸棚抬了起來、向前滑崩。立方公里大的岩石在數秒之內崩坍。隨著不斷有沉積層坍落塌陷，整個海床沿著大陸棚邊緣都被撼動，開始滑崩。在一場巨大的連鎖反應中，板塊推擠著板塊，轟然撞向最後的穩定結構，將它們輾成淤泥。

蘇格蘭和挪威之間的大陸棚連同它的油井、輸油管和鑽油平台，開始出現裂縫。

有人穿過風暴朝阿爾班喊話。他急忙轉身，看到首席科學員在發瘋地揮著手臂。風暴中幾乎聽不清他的話。「大陸邊坡！」阿爾班只是聽到，「大陸邊坡。」

在風暴短暫欺騙性的安寧之後，大海真正地變狂野了。洶湧的海洋糾纏著托瓦森號。阿爾班朝著懸臂的方向絕望地瞟了一眼，那是他們將深海海盜放下水的地方。潮水泛著泡沫。甲烷的臭氣變得更加難以忍受了。他移開目光，跑向船中央。那人抓住他的衣袖。「過來，阿爾班！我的天哪！你得去看看。」

船在顫抖。一陣沉悶的聲響鑽進阿爾班的耳朵。來自大海內部深處的一種聲響。他們穿過狹窄晃蕩的樓梯間，踉踉蹌蹌地走向艦橋。「那裡！」

阿爾班盯著裝有聲納探測的儀錶板，聲納不停掃描著洋底。

他不相信他的眼睛。海床消失了。

他像是望進一個漩渦裡。「大陸邊坡在滑塌」，他低語道。同時他也體認到，他再也不能為那位發瘋的工程師和埃迪做什麼了。他的預感變成了可怕的事實。「我們必須離開這裡」，他說道，「馬上離開。」

舵手轉頭向他。「去哪裡？」

阿爾班急切地想著。現在他堅信不疑，他知道那下面發生什麼了，因此他也知道他們接下來會遭遇到什麼。駛進一座港口是不可能的。托瓦森號唯一的機會就是盡快朝著較深的水域駛去。

「發電報。」他說道，「挪威，蘇格蘭，冰島，所有鄰國。他們應該疏散沿海地區。不停地發！能發給誰就發給誰。」

「那史東和……」副隊長說道。

阿爾班望著他。「他們死了。」他不敢想像這次滑塌規模有多巨大。但是光聲納的顯示就足以讓他打了一個寒顫。他們目前還處在危險區域。只要再朝岸邊行駛幾公里，他們就會翻船。駛到深海上，除忍受風暴的狂怒外，至少還有希望僥倖逃脫。

阿爾班回想大陸邊坡的地貌。海底在西北方向呈多個大台地地形下降。如果他們運氣好，崩坍會在上面範圍停歇下來。可是，如果是海底崩移那就停不住了。整個大陸邊坡會滑到深海裡去，一滑數百公里遠，直到三千五百公尺的深處。坡體會一直滑到冰島東部的深淵裡，啟示錄般的地震會撼動北海和挪威海。

他們該駛往哪個方向呢？阿爾班從儀器上移開目光。「駛往冰島方向。」他說道。

數百萬噸的淤泥和坍崩奔湧向下。當滑塌的第一批分流衝進法羅－昔德蘭海峽時，在蘇格蘭和挪威之間的淺海區就再也沒有大陸邊坡了，只剩下鬆脫的坡體，它們嘩嘩地猛跌，捲走在此之前尚有結構和形狀的一切。滑坡的一部分在法羅群島以西，最後被海底下圍著冰島盆地的堤岸攔住了。滑塌的另一部分則在冰島和法羅群島之間的山脈。

但大多數都沿著法羅－昔德蘭海峽轟隆隆而下，像是滑行在一塊巨大的滑板上。數千年前遭遇了海底崩移的同一塊深海盆地，現在被一次更大的崩坍填滿了，它不可阻擋地前進，同時形成了一股巨大的吸力。然後大陸棚邊緣塌了。一下子塌了五十公里寬。而這才只是剛開始。

挪威，史維格順德

就在約翰遜起飛之後，蒂娜．倫德就將她的行李裝進了約翰遜的吉普車開走了。她開得很快。天空下起雨來，污泥弄髒了道路。約翰遜可能會抗議，但倫德認為應該充分發揮車輛性能。灰濛濛的天氣中反正看不清什麼。隨著每接近史維格順德一公里，她便感覺愈來愈輕鬆。

事情終於搞清楚了。在解決完史東一事之後，她立即給卡爾．史維特普打了電話，建議他一起去海邊過幾天。史維特普很高興，讓她覺得他似乎有點吃驚。他的反應讓她意識到約翰遜是對的。她在最後一刻將過去幾星期的彎路修直，要不然卡爾．史維特普就會走了。有一瞬間她害怕自己錯失了機會，她聽到自己對自己講了幾句話，那些話語聽起來似乎對他們的關係具有安慰作用。

約翰遜拆掉了一座房子。那好吧。還可以想辦法再建一座。

當吉普車在一陣疾馳後沿著通向堤岸的史維格順德大路行駛，她感到她的脈搏在加速。她將車停到魚鄉餐廳上方的停車場。那裡有一條小徑通向海邊。那看起來不像一座真正的沙灘。苔蘚和薊草長滿了鵝卵石和平坦的岩石。史維格順德周圍的風景雖然不出色，但很狂野浪漫，魚鄉就坐落在海邊，讓人感覺特別美，即使是在今天這樣的雨中和視線不好的時候。

倫德走了幾步一直走到餐廳，進去。卡爾不在那裡，餐廳也還沒有開門。一位廚房學徒正在搬運裝滿蔬菜的箱子，他告訴她，卡爾去鎮上辦事。也許他去了銀行，或去理髮，或者別的什麼事，反正他沒有留下口訊，不知道他預計什麼時候回來。自找的，倫德想道。

他們相約在這裡見面。也許是因為約翰遜的吉普車性能太好，她來早了一小時。她怎麼會估計錯誤呢？她不得不坐在餐廳裡等。這麼做太傻了，看上去會不太合適：哎呀，快看，誰坐在那兒！或者更糟糕：嗨，卡爾，你哪兒去了，我一直在等你呢！

她出門來到魚鄉的平台上。雨水打在她臉上。要是換成其他人，一定會很快返回室內去的，但是倫德對惡劣天氣沒有感覺。她的童年是在鄉下度過的。她喜歡豔陽高照的日子，也喜歡風暴和雨滴。準確地說，她現在才注意到，過去半小時裡劇烈搖晃吉普車的狂風已經變成了兇猛的暴風。不再那麼霧濛濛了，但天空奔湧的雲團更低了。目光所及，海面上波濤澎湃，滿是白色泡沫。

有什麼讓她覺得奇怪。她經常來這裡，對這一帶非常熟悉。但她還是覺得堤岸似乎比平時寬。鵝卵石和岩石在海裡伸展得比平常更遠，儘管海浪仍然奔湧過來。好像是一場計畫外的落潮。

一定是自己搞錯了，她想道。她堅決地掏出手機，撥了卡爾的手機號碼。她也可以告訴他，她已經到了。就算沒有了驚喜也好。可能她是顧慮太多了，但她更願意讓他知道這件事。她並不希望今天必須忍受一張拉長的臉，或者，哪怕只是一點點的不開心也不行。

鈴聲響了四聲，然後接到他的語音信箱。也好，命運有別的計畫。那就等吧。

她從額上拂去被雨水打溼的頭髮，又重新走進餐廳，希望至少咖啡機準備好了。

海嘯・津波

海洋裡滿是怪物。自從有了人類思想以來，它就為神話、隱喻和原始恐懼提供了空間。奧德賽的戰友們淪為六頭海妖的犧牲品；海神波塞頓因為氣憤卡西奧佩婭皇后的傲慢而創造了海怪凱圖斯；為了報復特洛伊的背叛，讓一條巨大的海蛇吞噬拉奧孔；只有耳朵裡塞上蠟，才能從歌聲會魅惑水手的賽倫女妖們旁安全經過。水怪、蛇頸龍和大王烏賊攫取了人們的想像。就連《聖經》裡長角的動物也是從海裡誕生的。最後，連以懷疑精神為核心的科學，在發現腔棘魚尚存活，以及證明了大王烏賊的存在之後，也將真理的訊息灌輸到傳說故事中。現代的科學精神覺得沒有什麼是神聖的，連害怕也不再神聖。這些怪物成了人們的新歡、科學家的絨毛玩具，真實得如同想像出來的一樣。

除了一樣。那是最嚴重的。它讓最理性思考的人也驚慌。不管它何時從海裡升起，登陸，都會帶來死亡和破壞。它的名稱來自日本漁夫，他們在遠洋上，未曾經歷過對它的恐懼，當他們返鄉時，只見他們的村莊被毀，親人們死光了。他們為這怪物找到一個詞，按字面翻譯過來就等於「碼頭裡的海浪」。「津Tsu」是碼頭的意思，「波Nami」是海浪的意思。

海嘯・津波。

阿爾班決定朝向深水水域行駛，表明他熟悉這怪物和它的怪癖。最大的錯誤莫過於駛進所謂的防護碼頭。因此他做了唯一正確的事情。

當托瓦森號艱難地穿過洶湧的大海時，大陸邊坡和大陸棚邊緣正在徹底塌陷。形成的吸力使大面積的海平面下陷，沉陷處產生的波浪擴散開來，一圈圈湧向四面八方。在震央上方，一個數千平方公里的地帶上，它們還淺，乃至在洶湧的風暴中感覺不出來。振幅高出海平面將近一公尺。

後來他們到達大陸棚水淺的地區。

阿爾班在過去學過海嘯波浪與傳統波浪的區別，那就是——幾乎都一樣。另外，海浪是通過空氣流動形成，當陽光加熱大氣層，熱量不會均勻地分布在整個地表，而是形成調和的風，它們在水面生成磨擦，從而生成波浪。

就連颶風也無法將大海掀起十五公尺高的浪。惡名昭彰的瘋狗浪這樣的巨浪是例外。一般風浪的最高速度在每小時九十公里左右，風的影響僅限於較上面的水層。兩百公尺深以下就風平浪靜了。

但海嘯的波浪不是生成於表面，而是在水下。它們不是風速的結果，而是源自一場地震的震動，地震波移動的速度完全不同。更糟的是海嘯波浪的能量是由直達海底的水柱一路傳上來。這樣不論海有多深，波浪都與海床的每個點有所接觸，全部的水都會振動起來。

想像一場海嘯的最好例子，不是在電腦上示範，而是以簡單許多的方式。將一只鐵皮桶裡裝滿水，從下面用腳踢它。結果是水面擴散出許多波浪。桶底的震動傳到全部的水，以波浪的形式向外傳送。要想像海嘯，就把這效應想像成數百萬倍。

滑塌引發的海嘯以每小時七百公里的速度開始向四面八方擴散，浪峰極長，很低。第一道浪就運輸了一百萬噸的水和相當巨大的能量。幾分鐘後，它到達大陸棚斷裂的邊沿。海底變淺，截住浪潮，使它的前沿速度變緩，開始堆積。水愈淺，海嘯就愈高，而它的波長卻同時大幅縮短。浪尖騎著波濤。當它到達北海大陸棚上的第一批鑽油平台時，它的速度只剩每小時四百公里，但已經有了十五公尺高。

十五公尺根本不足以讓平台上的人真正操心——如果那是普通海浪的話。相反的，由海底傳到水面的地震波，挾著一座十五公尺高的水丘以時速四百公里衝過來，威力有如一架墜毀的大型噴射式客機。

挪威大陸棚，加伐科斯C

有一會兒拉斯．約仁生在想，他太老了，老得無法在加伐科斯上熬過最後的幾個月。他全身顫抖，發生什麼事了？他顫抖得那樣厲害，護欄似乎也跟著他一起發抖，他一點也不清楚為什麼。自己並沒有感覺到任何不適。也許是因為沮喪，但不是生病。心臟病發作是這樣的嗎？

後來他明白了，顫抖的是護欄。不是他。

加伐科斯C在震動。這體認使他如遭電擊。他盯著上升井架，然後又眺望海洋。風暴在下面咆哮，可他已經經歷過比這嚴重的事情了。要嚴重許多，而平台上卻沒有覺察多少。約仁生只聽人說起過這種顫抖，當鑽錯地方引起爆炸，油或氣體在高壓下穿射上來時，就有可能發生整個平台劇烈顫抖的狀況。但在加伐科斯不可能發生這種事。他們從半空的水庫裡將油抽進水下的油箱，它不是直接在平台下方進行，而是在很大的周圍地帶。

在近海工業中有像「十大災難」這種東西。許多在平台上面的鋼架橫梁可能斷裂。還有瘋狗浪，最高的波浪，風和洋流將大海堆起，被視為石油工業的最高危機事故。人們同樣也會害怕與掙斷的飄浮碼頭和失控油箱發生碰撞。這些都排在恐怖的熱門名單上，排名第一的則是幾乎無法探測到的氣體外洩。人們經常是在為時已晚，直到它們與火接觸時才發覺。這種情況下，整個平台都會爆炸，就像當年英國阿爾發鑽油平台事件一樣，這場石油工業史上最大的災難奪去了一百六十條人命。

但海嘯也是噩夢。約仁生察覺到，這是一場海嘯。現在什麼事都有可能發生。大地震動時，人們失去一切控制。物體變形斷裂。出現洩漏，起火。當一場地震讓一座平台顫抖起來時，只能希望它不會更嚴重，海底不會塌坍或滑落，用錨固定的設備能經受住震動。但即使那樣也還存在另一個問題，災難是隨地震而產生的，人們沒有任何辦法對付它，一點辦法都沒有。

此刻，平台正面臨著這個問題。約仁生眼看它即將來臨，知道自己幾乎沒有任何機會。他轉過身，想趕緊沿鋼梯下去，離開風大的廊台。一切發生得令人如此措手不及。

他的雙腳站立不穩跌倒了，雙手本能地抓緊地面的鐵柵。地獄般的嘈雜爆發，轟轟隆隆，好像整個平台正在裂開。只聽到喊叫聲，空中傳來震耳欲聾的聲響，約仁生被拋得撞在護欄上。劇痛掠過他的身體。

他吊在鐵柵上，看見海洋似乎突然豎立起來。金屬在他的頭頂嘎嘎地爆炸。他在萬分驚駭中明白，這座巨大的平台傾斜了，他的理智消失，只剩下一個驚慌無助的生命。

他毫無意義地向上爬，想離開愈來愈接近的海水。他爬上剛剛還是底部的斜面，但斜面變得更陡峭了，約仁生喊叫起來。他的力氣用光了。右手指鬆開滑下去。一陣可怕的撞擊掠過他的右臂。他現在靠一隻手吊著。他仍在喊叫，仰著頭，看到正在傾倒的提升井架和掛著天然氣燈的懸臂，它不再聳起在水面上方，而是斜插進漆黑的天空。

有一會兒，那孤獨的火焰幾乎讓人感覺崇高，彷彿對眾神發出問候：上界的諸神，你們好。我們來了。

後來，在一團淡黃色的火雲中，一切分崩離析，約仁生被拋進了海裡。他手臂被刮破的地方感覺不到疼痛，因此他的右手一直抓在廊台的格柵裡。在火球攫住他之前，洶湧而至的海嘯已經呼嘯著衝進下沉的平台，加伐科斯C粉碎了，水泥柱子連同陷落的大陸棚邊緣一起消失在海底。

爺爺，給我們講個故事吧……

挪威，奧斯陸

女人皺眉傾聽著。「你怎麼看？」她問道，「像連鎖反應這樣的東西嗎？」

她屬於環境部常務災難指揮部，習慣了面對最激進的理論。她知道吉奧馬研究中心，也知道那裡的人敢於胡思亂想，因此她試圖盡快理解那位德國科學家在電話中告訴她的事情。

「還不是真的，」波爾曼回答，「只是一個**模擬過程**。破壞沿著大陸邊坡前進，到處都會同時發生。」

女人吞了口唾沫，「那……哪些地區會受害呢？」

「取決於斷裂發生在哪裡，有多大長度。我估計，挪威沿海的大部分。海嘯波浪寬達數千公里。我們通知所有的相鄰國家，冰島、英國、德國，所有的國家。」

女人從政府大樓的窗戶盯著外面。她想到海上的平台。數百座，一直北上到特倫汗。「對沿海城市會造成怎樣的後果呢？」她低聲問道。

「應該進行疏散。」

「對海上工業呢？」

「請妳相信我，這一切都很難說。最好的情況是發生一系列小滑坡。那就只會輕輕地搖晃晃。最嚴重的情況下……」

這一刻門打開了，一位臉色蒼白的男子衝了進來。他將一張紙放到那女人面前，向她做個結束通話的手勢。她拿起那張紙，掃了一眼簡短的內容。那是一封電訊。是一艘船發出來的。托瓦森號，她讀道。然後她繼續讀下去，感覺腳下的地面開始晃動起來。

「有警告性現象。」波爾曼正在說，「如果要發生的話，沿海的人應該知道他們要注意什麼。海嘯來臨前會有預兆。在它到達前夕可以觀看到海平面的上升和回落。先後多次。訓練有素的眼睛會注意到的。然後，在十到二十分鐘之後，海水突然從岸邊撤退。可以看到礁石和岩石，會看到平時看不到的海底。最遲現在他們就必須前往較高地帶。」

那女人一句話也不講，她幾乎沒在聽了。她曾經試著想像如果電話上那人所言屬實，將會發生什麼事情。現在她正想著剛剛發生的事。

挪威，史維格順德

倫德無聊得要命。閒坐在空盪的餐廳裡喝咖啡很傻。她覺得任何形式的無所事事都像一種折磨。廚房學徒態度和善，專門為她啟動了咖啡機。咖啡味道很好，雖然遇到暴風雨，能見度很差，不過從大落地窗眺望大海的景色仍舊感人。但倫德還是覺得這樣一個勁兒地等待無聊透頂。

當有人走進時，她正用湯匙舀出她杯子裡的奶泡。一陣風衝進屋來。

「妳好，蒂娜。」她抬起頭。那人是史維特普的一位朋友。她只知道他叫奧克，不知道他姓什麼。他在克里斯蒂安松有個生意興隆的船隻出租店，在夏天的幾個月裡可以掙一大筆錢。

她們談了幾句天氣，然後奧克問道，「妳在這兒幹什麼？妳是來看卡爾的嗎？」

「我是這麼打算。」倫德咧嘴笑著說道。

奧克吃驚地望著她。「那妳怎麼還一個人坐在這兒？那傻瓜怎麼沒有待在他應該待的地方，和妳在一起呢？」

「是我的錯，我到得太早了。」

「打電話給他呀。」

「我打了，語音信箱。」

「哎呀對了！」奧克抬手拍拍額頭。「他現在所在的地方無法接收訊號。」

倫德豎起耳朵，「你知道他在哪兒？」

「是的，我剛剛和他一起在豪芬。」

「豪芬？那家酒廠？」

「對。他去買酒。我們品嘗了幾種，可是你了解卡爾的。他喝的酒比齋戒期的僧侶還少，我不得不負責單獨品嘗。」

「他還在那裡嗎？」

「當我離開時，他們一起站在地下室裡聊天。妳為什麼不開車過去呢？妳知道豪芬酒廠在哪裡嗎？」

倫德知道。那家小酒廠生產一種不供出口的優質茴香酒，它位於一座低矮的高地以南，走路十分鐘就到。開車的話，兩分鐘就可以到達，如果她走通向內陸的那條路的話。但不知為什麼，她更喜歡一次短距離散步的想法。她在汽車裡坐得夠久了。「我走過去。」她說道。

「在這種糟糕的天氣？」奧克做個鬼臉，「喏，妳得知道，妳會長出蹼來的。」

「總比待在這裡生根好，」她站起來，謝謝這消息，「再見。我去將他帶回來。」

來到門外，她豎起上衣領子，向沙灘大步走過去。在晴天，從這裡能很清楚地看到酒廠。現在它在斜雨中只顯出灰色的輪廓。他見到她會高興嗎？難以想像。她像個熱戀中的少女一樣想道。蒂娜·倫德，毫無理智。他當然會高興。還會怎麼樣呢？

離開魚鄉時，她的目光掃向海上。她注意到先前一定搞錯了。她曾經想，那岩石沙灘比平時寬了，可它跟往常一樣。不，事實上它甚至顯得更窄。她呆立片刻。

怎麼可能搞錯呢？也許是風暴的錯。波浪時多時少地沖過來。可能它正在變強。她聳聳肩，繼續走。

當她落湯雞似地走進酒廠時，小小的接待室裡沒有見到任何人。後牆上一道木門開著。光線從地下室射上來。她沒有猶豫，逕自走下去，在那裡遇到兩位男子，他們倚在酒桶上交談著，每人手上端了一只杯子。那是擁有酒廠的兩兄弟，友好的老傢伙，臉孔飽經滄桑。那裡也沒見到卡爾。

「對不起，」兩人中的一位說道，「他兩分鐘前離開了。妳剛好錯過了他。」

「他是徒步來這兒的嗎？」她問道。或許還能趕上他。

「不是，」另一人搖搖頭，「開了貨車。他買了點東西。太多了，無法拿。」

「他說過他要開車回餐廳嗎？」

「對，他要去那裡。」

「好吧。謝謝。」

「嗨，等一下。」那老人離開酒桶，向她走過來，「既然妳已經白來了一趟，至少要陪我們喝一杯。妳來到一家酒廠，又清醒著出去，這可是不近情理呀！」

「謝謝，太客氣了，可是……」

「他說的對，」他弟弟大力附和道，「妳多少得喝點。」

「我……」

「外面的世界不會沉下去的，孩子。肚子裡沒有點暖東西，妳想怎麼回去呀？」

兩人用獵獾犬似的眼睛盯著她。倫德知道，如果她喝上一杯，一定會讓老人高興的。為什麼不呢？

「一杯。」她說道。

兩兄弟笑笑，彼此點點頭，好像他們剛剛征服了伊斯坦堡似的。

英國，昔德蘭群島

直升機準備降落。約翰遜望向窗外。他們正飛過陡峭的海岸上方，順著海岸走向，朝著小小的停機坪飛去，卡倫．韋孚將在那兒迎接他。礁石朝著東方和緩地下降，結束在一座弧形海灣裡。從這裡開始陸地就平坦了。無數沙灘和碎石灘交互排列著，後面則是昔德蘭典型的荒涼苔蘚風景。低矮、漫長的丘陵，它們之間的道路像是刻出來似的。

停機坪屬於一所海洋觀測站，有五、六位駐站科學家，但這裡幾乎不配這稱呼：灰綠色曠野中央，一塊近似圓形的碎石地，海洋觀測站本身只有一排被風吹歪的簡易木板房。一條小路從丘陵中通下來，走到底是一座碼頭。約翰遜沒看到船。木板房旁停著兩輛吉普車和一輛生鏽的福斯牌巴士。韋孚在寫一篇關於海豹的文章，因此選中了這地方。她定期和科學家們一起出海潛水，平常住在小屋裡。

最後一陣風暴使得直升機一顫，輪胎接觸到地面。直升機彈跳著降落。「我們撐過來了。」飛行員說。

約翰遜看到一個小人影站在降落區邊緣。她的頭髮在風中飄揚。他猜那是卡倫．韋孚。他喜歡她那站在荒涼中等待的樣子。離她不遠處停著一輛摩托車。一切都合他的口味。一座遠古的島嶼，島上有個孤獨的女人，兩者相互統治。他伸展四肢，將惠特曼詩集裝進旅行包裡，伸手拿他的大衣。

「我們還可以再轉上幾圈，滿好玩的，」他說道，「但我不想讓那位女士等。」

飛行員轉過身來，皺起眉頭問約翰遜：「你只是裝酷，還是你真的一點事兒都沒有？」

約翰遜試圖將手伸進他的大衣衣袖，「這你得自己搞清楚。你可是有跟董事們打交道的經驗。」

「是的，的確有。」

「那麼，我酷嗎？」

「我不知道。也許你只是驚訝。他們出來時，多半會對著我的耳朵灌滿怨言。」

「斯考根也是嗎？」

「斯考根？」飛行員沉思了一會，他們頭頂的螺旋槳慢下來了。「不。我相信什麼也打動不了斯考根。」能打動我才會覺得奇怪呢，約翰遜想道。「你明天下午可以再來這兒接我嗎？我們約好十二點。」

「沒問題。」

他等門彈開來，沿著小梯子爬下去。他酷嗎？雙腳重新踩上結實的地面，內心深處他很高興。飛行員還得飛，但他顯然是習慣了惡劣的天氣。他將只休息一會兒，就飛往勒威克加油。約翰遜背起他的旅行包，向那個等候的女人走去。風吹得他的大衣鼓起來，貼在他的腿上。至少現在沒下雨。

卡倫．韋孚慢慢向他走來。奇怪的是每走一步她就似乎變得更小了。當她終於站在他面前時，他估計她最多身高一六五。她的線條緊實，充滿魅力。緊身牛仔褲繃在修長勻稱的雙腿上，皮夾克下露出寬闊的肩膀。約翰遜看得出來，她根本沒有化妝。黑黝黝的小麥色皮膚是風吹雨打出的那種，還有火辣辣的太陽和鹽的作用，另外還造成寬顴骨和額頭上的無數雀斑。風扯著她一頭栗色的鬈髮。

她好奇地打量著他。「西谷．約翰遜，」她確認道，「飛行怎麼樣？」

「糟透了。我不得不依靠惠特曼的安慰陪伴，」他望望直升機，「可是飛行員認為我裝酷。」

她莞爾一笑。「你想吃點東西嗎？」

怪問題，他想，才打過招呼就這麼問。然後他注意到他果真餓了。「好啊。去哪吃？」

她的頭朝摩托車的方向一擺。「我們可以去最近的鎮上。如果飛行沒有讓你累壞的話，那你也就能夠忍受這輛哈雷摩托車。在研究站吃的話會更快，如果你喜歡罐裝牛肉和豌豆湯的話。」

約翰遜望著她，發現她的眼睛有著特別濃的藍色。深海的藍色。「為什麼不呢？」他說道，「妳的科學家們出航了嗎？」

「不，氣候太糟了。他們去鎮上買東西。我可以在這裡自由行動，來去自如，我也可以開一罐罐頭。我的烹飪藝術講完了。走吧。」

約翰遜跟著她走過停機坪的碎石地，走向研究站。從這下面看，建築物不像從空中鳥瞰時那樣顯得被風吹得歪七扭八。「船在哪裡呢？」他問道。

「我們不喜歡讓它晾在外面。」她指著一座離水最近的房子，「海灣幾乎得不到保護，因此我們每次使用過都將船運進海邊的棚屋裡。」

海……海在哪裡？

約翰遜一愣，停了下來。剛剛波濤還在拍打沙灘的地方，出現一塊泥濘的平地，散布著低矮的岩石。大海撤退了，但那一定是幾分鐘前才發生的。很大一片面積上只能見到陸地。

沒有哪次退潮能在這麼短的時間裡變成這樣。海水後退了數百公尺。

韋孚又走幾步，向他轉過身來。「怎麼了？不餓？」

他搖搖頭。一種聲響鑽進他耳朵裡，增強，愈來愈響。開始時他以為有架大飛機正低飛過水面，向島嶼飛去。但聲音聽起來不像飛機。更像滾滾而來的雷霆，只是比雷霆均勻，不停地……

他突然明白那是什麼了。

韋孚順著他的目光望去，「到底怎麼回事？」

約翰遜張口想回答。在這一刻他看到地平線暗了下來，韋孚也看到了。

「快上直升機！」他叫道。

女記者似乎僵住了。然後她跑起來。他們一起向直升機跑去。約翰遜看到飛行員在座艙後檢查儀器。轉眼間他的目光就落在奔來的兩人身上。他愣住了。約翰遜打手勢要他放下梯子。他知道飛行員看不到海上來的東西。直升機機頭朝著內陸方向。那人皺起眉，然後點點頭。門嗤地一聲打開，梯子放了下來。

雷聲愈來愈近。此時聽起來好像島嶼對面的世界全動了起來似的。正是如此，約翰遜想道。

錯誤的地點，錯誤的時間。他既驚駭又著迷，呆立在梯腳下，望著大海返回，泥濘的平原又被淹沒。天哪，他想道，真是不可思議！它根本不屬於這個時代，不適合文明的人類。基本道理。每個人都知道，隕石、地震、火山爆發和洪水歷經數百萬年改變了地球的面貌，但根據一項神祕協定，隨著科技時代的開啟，這種事情似乎是永遠結束了。

「約翰遜！」有人推了他一下。他回過神來，匆匆沿著梯子上爬，韋孚跟在他身後。直升機顫抖起來。他看到了飛行員眼裡的震驚，叫道：「發動飛機。快！」

「這是什麼聲音？這是怎麼回事？」

「快，升起飛機！」

「我不會變魔術。這到底是怎麼回事？要我飛往哪裡？」

「無所謂。升高。」

螺旋槳噠噠地開始轉動。Bell 430搖搖晃晃離開地面，升起一、兩公尺。後來飛行員的好奇戰勝了他的害怕。他將直升機轉了個一八〇度，讓他們能望見海上。他的面部表情霎時變了。

「我的天哪。」他脫口叫道。

「那兒！」韋孚從窗口指向木板屋方向，「看那遠方！」

約翰遜轉過頭。有人從主建築裡向他們跑來。一個穿著牛仔褲和T恤的男子。他的嘴大張著，拚命向他們跑來，邊跑邊揮動雙臂。約翰遜吃驚地望著韋孚，「我以為……」

「我也是。」她驚呆地盯著跑近的那人，「我們得下去。天哪，我發誓我不知道史蒂芬留在這裡，我真的以為他們全都……」

約翰遜使勁搖頭。「不行，他沒辦法上來的。」

「我們不能丟下他不管。」

「媽的！妳看看遠處。他沒辦法上來，我們也沒辦法救他！」

韋孚推開他，從他身旁擠向門口。緊接著，當飛行員將直升機側飛過沙灘上方，飛向奔跑的那人時，她失去了平衡。飛機開始旋轉顫抖，先後遭到一連串強風襲擊。飛行員大聲咒罵。那位科學家從他們的視線中消失了一會兒，突然間又離他們很近。

「他做得到。」韋孚叫道，「我們必須下去！」

「不行。」約翰遜低聲道。

她不聽他的。也聽不到他的。就連螺旋槳的雜音現在也被滾滾而來的海洋雷聲淹沒了。約翰遜知道，他們再也救不了那位科學家。他們失去了非常寶貴的時間，現在他懷疑他們是否能逃離。他強迫自己將目光離開那個奔跑的人，望向前方。

波浪巨大。可能有三十公尺高，一堵由咆哮的、深綠色的水組成的垂直牆壁。它離海岸僅幾百公尺，正在快速逼近中，這意味著，距離相遇最多只剩幾秒鐘了。時間明顯地不足以將那人接上飛機，同時逃脫湧來的洪水。但飛行員還是做了最後一次嘗試，駕駛直升機接近那個逃跑者。也許他是希望，他可以一躍而上鑽進打開的門來到機艙裡，或是抓住一根起落架，隨便什麼我們經常在電影院裡看到的場面，如果你的名字叫做布魯斯．威利或皮爾斯．布洛斯南的話，就會成功的。

那位科學家絆了一下，直挺挺地摔倒在地。

這下完了，約翰遜想。

他們面前突然一片黑。透過座艙板再也看不到天空了，除了浪尖，什麼都看不到了。目光所及的都是海，正疾速向他們推進。他們錯失了逃命的機會，一切可能性都完了。垂直上升會使他們在一半高度便與那巨大的激浪相撞；如果他們緊貼地面逃向內陸方向，雖然能節省爬升的時間，但水還是會趕上他們。無論如何，海嘯永遠都比你更快，更何況他們還得先將Bell 430掉頭。剩下幾秒鐘也不夠將飛機掉頭了。

約翰遜帶著一絲抽離感想道，他如何能目睹垂直的水鋒而不會因此喪失理智。然後，飛行員做了唯一正確的事情：將直升機同時後退、上升，此時，現實又再度追上了他。直升機的機頭下降。一眨眼的功夫，能透過座艙板看到地面。他們以邊飛升邊後退的方式遠離地面和臨近的波濤。直升機大聲嚎叫著，好像傳動裝置爆炸了似的。約翰遜從不相信一架直升機能進行這種動作——也許連飛行員都不相信——但它做到了。

虛脫的波浪像一頭飢餓的動物對他們垂涎欲滴。它捲過沙灘，開始跌落。白色泡沫的山追蹤著落荒而逃的Bell 430。海嘯怒吼著，尖叫著。緊接著直升機可怕地搖晃了一下，約翰遜被摔到了側面機壁上，倒在敞開的門旁。水打在他臉上。他的頭咚地撞到了機壁，眼冒金星。他的手指抓住了一根支撐物，緊緊地握住。他感到刺痛，盡量不去想耳朵裡可怕的嗡嗡聲到底是來自波浪還是來自他的腦袋，他們是在上升還是在下降。他唯一的念頭就是，海浪終究抓住了他們，現在要將他們擊碎了，他等待著結局。

然後他的目光一亮。機艙裡滿是水珠。一縷縷灰雲飄浮在直升機上方。

他們成功了。

他們脫身了。他們沒有跌進海嘯，而是好不容易來到了堤壩上方。

直升機繼續上升，同時拐了一個彎，這樣他們就能看清底下的海岸。但海岸再也不存在了。下面除了洶湧的潮水就什麼都沒有，它速度不減地繼續向前，吞沒了陸地。海洋研究站、車輛和那位科學家消失了。在右首很遠的地方，在陡峭海岸開始處，閃耀著光芒的泡沫撞擊著礁石，高高地衝上天空，遠高出Bell 430的飛行高度，好像它們已跟雲朵融為一體似的。

韋孚掙扎著爬起來。當水柱擊中Bell 430時，她狠狠跌在座位上。她盯著前方，不停地說著：「噢，天哪！」

飛行員沉默不語。他的臉死灰般的蒼白，不由自主地打著哆嗦。可是他成功了。

他們正在追逐海浪。海水在地面翻騰前湧，比直升機跟蹤的速度更快。看到了一個高坡，海潮從坡上湧過，泛著泡沫跌落在坡後的平地上，速度絲毫未減。這一帶地形如此平坦，浪潮會直逼進內陸好幾公里。約翰遜看到平原上滿是白點，認出來那是被洶湧的潮水捲走的綿羊，後來那些綿羊也消失了。

一座沿海城市將會被徹底摧毀，他想道。

不，錯了。正被徹底摧毀的城市不只是一座。坐落在北海沿岸的每一座城市都將陷落在強勁的漩渦裡。不管海嘯是如何形成的，但此刻它正呈環狀擴散，完全符合自然定律的脈衝波。它的破壞威力將直達挪威，直到荷蘭、德國、蘇格蘭和冰島。他震驚地意識到，世界正在發生怎樣的災難——他彎下身，就像有人拿一把燒紅的烙鐵捅進了他的下體。

他想起了誰此時正在史維格順德。

挪威，史維格順德

倫德發現自己不能否認豪芬兄弟具有一定的娛樂價值。他們想盡一切辦法說服她留下來，甚至聲稱他們倆都是比卡爾．史維特普更優秀的情人，說時相互捉弄捅捅腰，眨眨眼睛，倫德不得不再陪他們喝一杯，最後他們才同意讓她走。

她看看錶。如果現在出發，她可以準時到達魚鄉。但她突然覺得，這樣準時赴約，簡直到了有點難為情的地步。也許，遲到幾分鐘可能會讓她更有尊嚴。

傻瓜。但她也沒必要匆匆趕去魚鄉。

兩位老人堅持要跟倫德討一個擁抱。他們發誓，能夠喝了優質茴香酒而不吐出來的女人，肯定是最適合卡爾的人選。倫德不得不聽任他們各式各樣的恭維、玩笑和提出自認有趣的建議，直到其中一人終於將她從地下室帶上去，為她打開屋門，望著劈哩啪啦斜打下來的大雨，又說沒有雨傘她就出不去。她徒勞地努力想向他說明，平常下雨時她就不習慣打傘外出。在各種氣候下去外頭兜圈子，屬於她職業的一部分。

但她知道這是在對牛彈琴。老人取來一把傘，接下來是再次擁抱，然後她終於擺脫了酒廠老闆的關懷，大步穿過雨水走向飯店，右手拿著合攏的傘。

這一定會很有趣的，她想道。天色變得更黑了，風力愈來愈強，她不禁加快了腳步。剛剛不是還不慌不忙的嗎？妳根本無法慢下來，她想道。約翰遜說的完全正確。妳一直開足了馬力在過生活。

好吧，那就這樣吧。她就是這樣的人，至少，她現在終於想到找那個她決定愛上的男人了。

不知道什麼地方傳來一聲輕輕的信號。她停下來。是她的手機！他打電話來了！該死，鈴聲響多久了？她上氣不接下氣地拉下她的夾克拉鏈，從裡面掏出電話。有可能他已經打過好幾通了，但剛才在地下室裡是收不到訊號的。找到了。她把手機取出來，接聽，期望聽到卡爾的聲音。

「蒂娜？」

她愣住了。「西谷。噢，這是……你打來的，真是太好了，我……」

「搞什麼，妳上哪兒去了？我一直打電話找妳。」

「對不起，我……」

「妳現在在哪裡？」

「在史維格順德。」她遲疑地說道。他的聲音聽起來變形得很厲害，顯然他正對著某種巨大的轟隆聲講話，但似乎還有其他什麼東西，某種她不曾在他的聲音裡聽到過、讓她害怕的東西。「我正沿著海灘走，天氣糟透了，但你知道我的……」

「快逃！」

「什麼？」

「盡快離開那裡！」

「西谷！你是不是瘋了？」

「快，馬上！」他繼續氣喘吁吁地叫道。

這些話像雨一樣落在她身上，仍然受到大氣的喀嚓和呼呼聲的摩擦，以至於她一開始以為自己聽錯了。然後她漸漸理解到那些話的意涵，有一陣子她的雙腿似乎變成橡膠。

「我不知道震央在哪裡，」他聲音刺耳地叫道，「海浪到達妳們那裡的時間顯然要長一點，但不重要，已經沒有時間了。快逃，我的天哪！趕緊離開那裡！」

她盯著海面。風暴推來大片大片的浪花。

「蒂娜？」約翰遜喊道。

「我……好吧。」她吸口氣，將肺裡吸滿了空氣。「好吧，好吧！」她扔掉傘，奔跑起來。

透過雨，她能看到餐廳的燈光，黃黃的，很誘人。卡爾，她想道。我們必須開一輛車，你的或者我的。她將吉普車停在飯店上方五百公尺處，但卡爾在魚鄉旁邊有幾個停車的地方，他的車通常會停放在那裡。雨水流進她的眼睛裡，她憤怒地將它拭去。後來她想起來，餐廳的專用停車場在建築物的另一邊，從這裡看不到，她跑得更快了。

一種新的聲響摻進了風的呼嘯和浪花的咆哮。一種大聲的啜泣。她腳步不停地轉過頭。

某種不可思議的事情正在發生。倫德踉蹌地跑著，沒有辦法，只能停下來，眼看著大海消失，好像有人從什麼地方拔掉了塞子。目光所及，出現了溝壑縱橫的黑色底土。

大海飛快退回去。

接著她聽到了轟轟聲。她眨眨眼，重新拭去眼角的雨水。遙遠的地平線上，某種模糊巨大的東西在惡劣天氣中出現，漸漸有了形狀。最初她以為那裡正在形成一個更黑、更深的雲鋒。可是這個鋒在迅速逼近，而且它的上沿也太平直了。

倫德情不自禁地後退一步。重新奔跑起來。

毫無疑問，沒有汽車的話，她輸定了。必須到小鎮後面，朝陸地方向，道路才會通往較高的地帶。她均匀而深沉地呼吸，試圖逼回心中升起的恐慌，她感覺到肌肉裡的腎上激素在竄升。她的力氣足夠繼續不停地奔跑，只不過這對她毫無用處。因為無論如何，波濤永遠比你更快。

她的面前出現了岔路，左面繼續通往餐廳，右面有一條捷徑從海岸向上通往約翰遜吉普車停放的公用停車場。如果她現在向上跑去那裡，就能跑到車子旁。然後沿道路向上，越過高坡，加足馬力駛去。

可是，如果她把車開走，卡爾怎麼辦呢？他就完了。不行，不可能，她難以想像，她不能就這麼離開，將他留在這裡。沒有他，她不會離開的。酒廠裡的兩個老人說過，他是直接開車去魚鄉的。這樣好，這樣他就會在那裡，他在那裡等著她，不應該單獨拋下他。她不應該繼續孤獨下去。沒有人應該這樣。

她大步跑過岔路口，繼續跑向亮燈的房子。離魚鄉不遠了。她迫切希望他的車停在那裡。轟隆聲迅速逼近，但她不想理會，不能讓自己被海浪嚇得癱瘓。她也很快，她要比那該死的波濤更快，她的速度要加倍。餐廳的平台門彈開。有人衝出來，佇立著，張望大海。是卡爾。

她開始呼叫他的名字。她的聲音淹沒在風的號叫和快速逼進的波濤隆隆聲中。史維特普盯著大海，沒有反應。他都沒想到向她的方向張望，不管她多麼絕望地呼叫他的名字。然後他跑走了。

他消失在房子的另一側。倫德大聲呻吟。她不知所措地繼續奔跑。接下來她聽到引擎發動的聲音穿過風暴傳過來。數秒鐘之後卡爾的車子出現在餐廳後方，高速開上大路，駛向高坡。

她的心臟快要停止了。不能這樣做。他不能不帶著她就開走。他一定，一定看到她了！

他沒有看見她。卡爾會成功的。也許。

絕望淹沒了她。她繼續奔跑，不再跑向餐廳，而是穿過灌木叢和石塊跑向停車場。在她錯過了岔路之後，不得不穿過一塊帶狀的多岩石地帶，在這裡她的速度快不了了。但這是她剩下的唯一的一條路了。她最後的機會就是吉普車。幾公尺之後她來到一道障礙物旁，一道兩公尺高的鐵柵欄。她抓住網眼往上爬，一躍來到另一邊。她又失去了珍貴的幾秒鐘，在這幾秒鐘裡，海浪愈來愈近。但這時她突然透過雨簾看到了吉普車的黑色輪廓，它比她想像的要近，伸手可及。

她跑得更快了。岩石地形結束，變成了草地。她的雙腳下是停車場的水泥地。好極了！車就在那裡。也許還有一百公尺。不到一百，也許是五十公尺。四十公尺。快跑，蒂娜。快跑！

水泥地在顫抖。血液在倫德的耳朵裡轟鳴，砰然翻滾。快跑！

她的手伸進上衣口袋，抓住汽車鑰匙。靴底敲打出均勻的節奏。她在最後的幾公尺處滑倒了，但無所謂，她到了，她的身體撞到車子了，打開車門，快！

她感覺鑰匙在從她手裡滑落。不！她想道，千萬不要，別這樣！她驚慌地摸索鑰匙，急轉過身。天哪，該死的鑰匙哪兒去了，它一定是在這裡的，在某個地方。求求你了！

黑暗壓下來。她慢慢地抬起頭，望著波濤。

突然，她不再急了。

她知道為時太晚了。她的生活總是快節奏，而她也將迅速死去，至少她希望她死得迅速。有時她問自己，當一個人明確認知到末日已到、躲不過去時，那種死亡前的感覺會是怎樣的情況？腦袋裡會想些什麼？

當死神說：「我來了，你有五秒鐘的時間，隨便想點什麼吧，我們今天慷慨大放送，如果你想，你可以讓整個一生重播一遍，我們會給你這時間。」不是這樣嗎？比如在一輛翻倒的汽車裡、面對一顆出膛的子彈、在一次致命的跌落過程中——有些人會吃驚地看到他的一生從身旁掠過，童年時代的畫面，初戀的片段，一種「精采重播」？

每個人都這麼說，因此這一定是真的。

可是倫德唯一能感覺到的就是害怕，死亡可能會讓她很痛苦，她將不得不忍受疼痛。然後她會感覺到一定的羞恥，因為她竟然不得不這樣可憐地死去。她把事情搞砸了。就這些。沒有好萊塢，沒有偉大的思想，沒有尊嚴的結束。

在她的眼前，海浪嘩啦地湧進卡爾．史維特普的餐廳，將它砸成廢墟，又從廢墟上方湧過。水牆到達停車場。數秒鐘後，它沖上了高坡。

大陸棚

當海浪擴展到周圍的陸地時，它先在大陸棚上造成巨大的破壞。

直接建在大陸邊緣的鑽油平台和泵站，隨著滑落的大陸邊坡消失在深海裡。僅僅這件事就在幾分鐘內奪去了數千人的性命，但這只是海嘯在大陸架上造成災難的前奏。就像一場連環車禍一樣，後面湧來的海水堆積成一道垂直的浪峰，水愈淺，堆得越高。在它的撞擊下，按照鷹架方式建築的鑽油平台，上面的立杆就像根火柴棒一樣折斷了。

不到十五分鐘的時間，有八十多座平台傾覆，因為它們承受不了這種巨大的負荷。而給它們帶來災難的不是水牆的高度——北海鑽油平台的設計能禁受四十多公尺高的海浪，因此不會造成真正的破壞，按照統計，這種情況是百年難見的——而是其他的因素。

一般海浪中測到的壓力就能達到每平方公尺二十噸。這樣的能量足以沖脫碼頭的堤壩，潮水會在市中心落下，將較小的船隻掀上天空、大型貨輪和加油船擊成兩半。那是風力生成的海浪，它們能造成這些破壞。但它們的撞擊力不同於海嘯形成的海浪。也就是說，與相同強度的海嘯海浪相比，這種碎浪堪稱溫順。滑塌引發的海嘯在抵達大陸棚中段時，達到了二十公尺的峰頂高度，但它仍然能夠從平台的甲板下穿過。

而它拍打平台的後果就更加嚴重了。鑽油平台，跟遠洋船隻和其他必須長期在海上的結構體一樣，必須承受一種以年為單位來表達的明確荷載。如果以平台設計所預期百年一遇的四十公尺海浪為依據，依此建成的平台是能夠禁受住這種海浪的。

因此根據一種不是很能讓人信服的邏輯，平台達到符合百年要求的條件。從統計上看，它們將可以禁受百年風浪的負荷。這當然不是說它們將能夠不停地經受一百年的大浪，事實上它們也許連一次大浪都承受不住，因為造成長期磨損結果的很少是巨浪，通常是較小的海浪和海流對鋼架日復一日的侵蝕。如此一來，鑽油平台或其他結構體很快就會出現致命弱點，大多數情況下，人們無法準確說出弱點在哪。如果在最初的十年裡就不得不禁受五十年的負荷，那麼只要一場普通的海浪就會突然成為問題。

這個問題根本無法計算。海洋工程學引用的統計學平均值，針對的只是合乎理想條件的報告，不是符合現實的報告。平均荷載在辦公室和設計師的大腦裡也許有效，但是大自然不知道平均值，它不需遵守統計資料，它是一連串不可預料的瞬間情況和極端變數。同一個水域也許可以計算得出平均十公尺高的波浪，但如果遇到一個統計資料裡根本不存在的三十公尺大浪，平均值根本派不上用場，會死人就是會死人，意外是無法統計出來的。

當海嘯橫掃過鋼塔時，瞬間能量就超過了它的荷載極限。支架折斷，焊縫裂開，甲板上的建築物傾覆。尤其在英國，那裡的平台主要是鋼管結構，海浪的衝擊幾乎粉碎了所有的設施，並且造成了巨大損害。挪威在幾年前就開始全面使用鋼鐵水泥柱。海嘯在這裡所能找到的破壞點較少，但災難的威力也不小，因為海浪將巨大的物體拋進了油井架裡：船隻。

理論上來說，大多數船隻無法抵禦廿公尺高的海浪，一般船體的堅固性是以十六．五公尺的統計學浪高為標準，不過實際情形卻略有不同。

九〇年代中期，蘇格蘭北部的巨浪在三千噸的含羞草號加油船上砸出了一個房子大的洞，但那艘船卻仍能倖免於難。二〇〇一年，南非海域的一道卅五公尺高的海浪險些擊沉不來梅夫人號郵輪，但也只是有驚無險。同一年，一艘長九十公尺的奮發號大船在福克蘭群島北方成為某種自然現象的犧牲品，科學界將這種現象叫做「三姊妹」——三道各卅公尺高的瘋狂浪。奮發號船體嚴重受創，但它最後仍成功地逃進了港口。

然而大多數的情況下，這些遭遇類似巨浪襲擊的船隻，人們是再也聽不到有關它們任何消息了。因為真正陰險的龐然大物是所謂「海洋之洞」——浪峰前湧，出現一個深槽，一道深淵，船隻陷進去，無論船頭或船尾在前。如果這些波浪相隔很遠，一般狀況下，深陷其中的船隻會有足夠的時間重新升上來，爬上後續的浪峰逃離「海洋之洞」。但是波長過短時情況就不同了，船隻一旦掉進槽裡，受到後續波浪密集地夾殺，就會被沖進水牆，被它一口吞沒、掩埋。

可是，即使一艘船能僥倖逃出深槽，重新浮上來，也只能期望波浪不要太高或太陡，否則終究會翻覆。最絕望的時刻，甚至兩種情況同時出現，極陡、極高。但人們總是試圖做些不可能的事，例如爬上一道垂直的水面。

「海洋之洞」的犧牲品主要是較小的船隻，但是當浪高大於船隻的長度時，就算是大型船隻也經常無法鑽出浪陣，越過浪峰。它們依舊會被浪濤打翻，頭朝下栽進無底深淵裡。

這種巨浪源自風力和水流的共同作用，它的速度可以達到每小時五十公里，很少會超過這個極限。不過這已經足以造成巨大的災難，但是與此刻橫掃過大陸棚的廿公尺海嘯浪峰相比，根本是小巫見大巫。

那些正行駛在北海的倒楣拖輪、加油船和渡輪，大多數都會被當成玩具似地拋來拋去。有幾艘被擊碎了，另一些則被砸爛在平台的水泥柱子上，或撞在被鐵錨繫著的貨運浮標上，就連鋼筋水泥的支撐也抵不住撞擊的威力。許多大柱子開始斷裂，即使歷經摧殘依然屹立不搖的，一旦那些相互碰撞、部分滿載的船隻爆炸，巨大的火雲捲上平台時，也什麼都不剩了。整個油井架飛上天空，產生一連串破壞的連鎖反應。燃燒的廢墟被拋出數百公尺之遠，海嘯扯掉了用錨固定在海底的平台，將它們大刺刺地推翻。這一切都發生在環狀波浪從海底崩移中心湧向周圍大陸海岸之後的數分鐘之內。

無論如何，每一樁事件都象徵著航海業和近海工業的噩夢。而那天下午發生在北海的事故，遠不止於一場偶然成真的噩夢。

那是世界末日的預言。

沿海地區

大陸棚崩塌後八分鐘，海浪劇烈地拍打法羅群島的礁石，四分鐘後抵達昔德蘭群島，再過兩分鐘，它已然拍打著蘇格蘭大陸和挪威西南部的山丘。

要想將挪威全部淹沒，估計需要一顆彗星——人們認為如果有一天彗星掉進海裡，就會讓人類文明滅絕。挪威這個國家由整座山脈組成，周圍盡是陡峭的海岸，沒有什麼海浪能如此迅速地拍打到海岸上沿。但挪威依水為生，生活在水上，大多數的重要城市都坐落在大山腳下海平面的高度，只有低矮的小島將它們和海洋隔開，或者它們就坐落在島嶼上。像南方的艾格松、豪格松以及桑內斯，遠在北方的奧勒松和克里斯蒂安松這些港口城市，以及數百個較小的城鎮，同樣遭到滾滾而來的浪濤襲擊。

最嚴重的是斯塔萬格。

海嘯到達海岸後會如何發展，取決於各式各樣的因素。包括礁石、河流入海口、水底山脈和沙灘，擋在前面的島嶼或海灘坡度。一切都可以讓海浪產生減弱或加強的作用。斯塔萬格，挪威海上工業中心，貿易和航海的重要城市，也是挪威最古老、最漂亮和最富裕的城市之一，幾乎毫無遮攔地坐落在海邊。港口周邊只分布著幾座低矮的小島，由一座座橋梁將小島連接在一起。海嘯來臨前夕，挪威政府向城市各部門發出了警報，雖然警報立即通過廣播、電視和網際網路傳播開來，但時間少得可憐。疏散民眾幾乎是不可能的任務。海嘯警報在街頭造成了前所未有的混亂，任誰也想像不出斯塔萬格將遭遇到什麼命運。

與那些自從人類誕生以來就與海嘯共存的太平洋周圍國家不同，在大西洋地區，在歐洲和地中海，沒有海嘯警報中心。太平洋海嘯警報系統總部設在夏威夷，在二十個沿太平洋國家設有辦事處，從阿拉斯加經日本、澳洲，直到智利和祕魯，差不多每個沿海國家都歸屬於這個系統之內。

然而挪威這樣的國家對海嘯卻毫不知情。斯塔萬格會在最後的幾分鐘陷入毫無招架之力的驚駭中，這是主要原因。

海浪湧進城裡，誰也沒能及時逃出。它一邊摧毀島嶼橋梁的橋樁，一邊繼續上漲。海嘯在城外堆起整整卅公尺高，但由於它的波長極長，並未斷續，而是垂直地轟然落向碼頭的加固設施，將堤壩和建築物砸碎，然後飛速湧進城裡。擁有十七世紀晚期和十八世紀中期深具歷史價值的木造古城，被地震夷為平地。

在古老的韋根碼頭，波濤堆積，落進內城。而斯塔萬格最古老的建築物——盎格魯諾曼人的教堂，在牆壁倒塌之前，海浪先是沖掉了全部的窗戶，隨即也毫不留情地沖走了這座廢墟。凡是擋它路的，都被浪潮以火箭般的威力沖走了。

毀滅這座城市的不光是水，還有水中攜帶的淤泥，數噸重的石頭、船隻和汽車，它們像炮彈似地落在這座城市裡。

這期間，那堵垂直的水牆成了一座浪花翻滾的海山。海嘯捲過街道時放慢了速度，在巷弄中不停旋轉。空氣被捲在浪花裡，在碰撞時受到壓縮，形成十五巴以上的壓力，足以將坦克車板壓壞。樹林像火柴似地被海水折斷，成了這場轟炸的一部分。在海浪撞擊第一道加固設備後不到一分鐘，整個碼頭設施就毀於一旦，後面的地區也遭到破壞。當水流在城裡奔竄時，第一批爆炸便使得這座城市搖晃起來了。

對於斯塔萬格的居民而言，沒有任何能夠倖存下來的機會。任誰想逃避突然矗立的水牆都是徒勞。絕大多數的犧牲者是被水壓死的——水成了水泥——人們什麼也感覺不到。那些奇蹟般從撞擊中倖存下來，卻在房屋上摔死或在廢墟中被壓碎的人，情形也是一樣。奇怪的是，撇開那些被困在灌滿了水的地下室裡的人，幾乎沒有人是淹死的。即使在那下面，大多數人也是被進水的龐大壓力殺死，或是被另外鑽進的淤泥埋沒窒息而死。

最後淹死的人都死得很慘，但至少很迅速。

他們之中幾乎沒有人發現遭遇到了什麼。被困者的供氧全被切斷，他們的身體漂浮在黑暗低溫的水裡。心臟的跳動失去了規律，供血愈來愈少，最終停止，同時新陳代謝變得極其緩慢，因此大腦還繼續活一會兒。直到一、二十分鐘後，最後的腦電活動結束，死亡降臨。

又過廿分鐘，浪花到達斯塔萬格郊區。它分布的面積愈廣，洶湧的潮水就愈淺。海水咆哮著穿過街道，誰掉進去，就毫無希望，但大多數房屋暫時經受住了壓力，可是誰若因此以為安全了，那就高興得太早了。因為海嘯不光是在到達時散播它的恐懼。

當它離開時，災難還要更嚴重。

克尼特·奧爾森及其全家在特倫汗經歷了海浪的後撤，海嘯是在幾分鐘之後到達那裡的。斯塔萬格的地理位置像是放在一只展示托盤上似的毫無障蔽，特倫汗恰恰相反，坐落在避風的特倫汗峽灣裡。峽灣兩側有較大的島嶼護衛，另有一座陸岬保護，峽灣向內陸延伸近四十公里後，才敞開成一座寬闊的盆地，特倫汗城就修建在盆地的東部邊緣。挪威許多城市和鄉鎮都位於和水面等高的峽灣內陸邊緣或盡頭。任何人只要望一眼地圖，就會得出這樣的結論：即使是百年一遇的三十公尺大浪，也無法對特倫汗構成真正的威脅。

但事實證明，這個海灣才是死亡的陷阱。

一旦海嘯進入海峽或漏斗形的海灣裡，水量就不再是從下面堆積起來，而是突然從兩側堆積湧進。數萬噸海水擠過一道狹窄的運河，其影響是巨大而難以預測的。群山北側的松恩峽灣雖長，但很狹窄，兩岸是懸崖峭壁，在這裡，海浪的高度再次劇增。峽灣沿岸的多數村鎮都位於高原的礁石上方。水一直濺到那裡，但沒有造成太大的損失。

然而，將近一百公里長的峽灣尾部就不一樣了，那裡的一座低矮半島上擠著許多小城和村莊。波濤擴散開來，直到背後的陡峭山峰才將它擋住。浪花因此激起二百公尺高，將所有的植物連根拔起，飛落而下，栽進相鄰的河流裡。

特倫汗峽灣比松恩峽灣寬，它的山壁沒有那麼高。由於它愈向後愈寬，更利於潮水的分散。儘管如此，到達特倫汗的浪尖還是將碼頭掃蕩殆盡，破壞了古城的一部分。尼德瓦河漫過河堤，湧進巴克蘭德特區和莫樂貝格區。雪崩似的浪花將老房子壓塌了。

在教堂街，幾乎每一座房子都淪為進水的犧牲品，包括西谷·約翰遜的房子。它漂亮的正牆被壓壞了，護牆板破碎，屋頂倒進了崩潰的浪鋒裡。廢墟被沖走，現在，浪花翻滾的波濤，直到撞上挪威科技大學的基牆才削弱了力量，部分潮水停駐，在原地旋轉不已，然後開始往回流淌。

奧爾森一家住在教堂街背後的一條街上。他們的房子跟約翰遜的一樣，也是用木材修建的，很勉強地頂住海嘯的衝鋒，顫抖著、搖晃著。房子裡的家具倒了，餐具碎了，前面房間的地板傾斜了。孩子們驚慌失措地哭叫，奧爾森喊他的妻子將孩子們帶進房間裡去。

實際上他也不知道如何是好，但他想，如果水從前面湧進房屋，後面的部分也許會比較安全。當全家逃到後面去時，他喘著氣，大膽地來到前面的一扇窗前向外張望。他腳下的木地板繼續彎曲，喀嚓聲清楚可聞，所幸沒有塌陷。奧爾森抓緊窗框，決定萬一再有一道海浪湧向房子，就立即跑到後面去。

他不知所措地望著被摧毀的城市，望著漂浮在漩渦裡的樹木、汽車和人，聽著喊叫聲和牆壁倒塌的破裂聲。然後連續多次的爆炸使得空氣震動，黑紅色的雲團在港口沖天升起。

那是他這輩子所見過最恐怖的場面。但他還是戰勝了震驚，想著如何保護他的家庭。不管他們還會遭遇什麼，重點是他的孩子們和妻子能夠活下去。

可能的話，還有他自己。

可是，看來潮水停下來了。

奧爾森又向外張望了一會兒，然後小心地走進後屋。他立即就被棘手的問題所包圍。他望著孩子們因為害怕而睜大的眼睛，安慰地抬起手，雖然他心裡也怕得要命。他說，大概一切都已經結束了，他們不用擔心。當然，結束後的什麼都不正常，一切都不正常。他們得想辦法離開房子。他想到從屋頂上逃走，逃往未被水淹沒的地方。

他的妻子認為他希區考克的影片看太多了。她問他，帶著四個孩子要怎麼逃法？奧爾森答不出來。她建議乾脆耐心等候，他也想不出更好的主意來，於是同意了，再度走回前室的窗旁。

當他再次向外張望時，發覺潮水正在後撤。水流加快湧回峽灣。我們總算挺住了，他想道。

他的身體繼續前傾。就在這時，房屋猛地一震。奧爾森趕緊用手抓住窗框。地板正在裂開。他想跳回去，可是那裡什麼也沒有了，客廳地板上出現一個巨大的窟窿。雨水打進來。奧爾森向前翻倒。一開始他以為自己是被扯出了窗戶。後來他明白，房屋的整個前牆都脫開了，像是一塊沒有黏牢的硬紙板，向著海水倒下去。他拚命喊叫。

夏威夷群島上世世代代與這怪物一同生活的人們，相當清楚它的撤退意謂著什麼。回淌的水流會形成一股巨大的吸力，將所有還站著或想停下的東西捲進海裡。

水流會捲走一切。熬過了這災難第一幕的人們依然會在這一階段中死去，他們的死亡要比死在滾滾波濤中更加殘酷。那是在洶湧水流中絕望的求生掙扎，朝著與無情吸力相反的方向拚命游泳，力量不斷削弱，直到肌肉癱瘓，人們會被旋轉的物體擊中，骨頭斷了。

在絕望的反抗中，人們隨便抱緊什麼東西，然後被拉開，繼續在淤泥和廢墟之間漂浮。

海洋裡的怪物來到陸地上吞食，當它撤走時，會帶走它的獵物。

當房屋的牆壁倒進漩渦裡時，所有這些情況奧爾森都不知道，但他一下子醒悟過來，大聲喊叫，為求生而喊叫。他知道，他就要死去了。當他跌落時，碼頭上其他爆炸轟然傳來，被擊毀的船隻和鑽油設備被拋上天空。城市的供電系統幾乎全部癱瘓，電路爆出火花。也許他會死於水中的強烈電流。

他想到他的家庭。想到他的孩子們，他的妻子。

然後他想到西谷·約翰遜和他的奇怪理論，他感覺心裡升起一股怒火。這是約翰遜的錯！他向他隱瞞了什麼——某種能挽救他們的東西。那位婊子養的肯定知道什麼事！

後來他不再想了。只想一件事：死定了。

牆壁發出一陣震耳欲聾的劈啪聲，倒在一棵還挺立著、令人訝異的大樹上。奧爾森頭朝下的被拋出窗框。他的雙手亂抓，抓到了樹葉和樹皮。他看到下方泥濘的洪水洶湧而去。他抱緊樹枝，吊在空中，手舞足蹈，開始往上拉。牆壁的碎片、厚木板、灰塵從頭頂紛紛落下，險些擊中他。

流走的水拖走了正牆的大部分，那曾經是他房屋正面的東西，變形，破碎，戛然裂開。驚慌中，奧爾森企圖接近樹幹。他身下一側突出一根更粗的樹枝，他可以搆到它，也許可以雙腳站在那上面。他感覺那棵巨樹在呻吟和搖晃，他氣喘吁吁，雙手交替著前移。

房屋的最後一截牆壁連同樹葉和樹枝嘩地塌進潮水裡。奧爾森手裡的樹枝猛地抖了一下。他的手指滑脫了，突然間全身的重量只吊在一隻手上。他從雙腿之間望過去，感到筋疲力竭。

如果他現在跌下去，命運就注定了。他吃力地轉頭，想瞥一眼他的房子，尤其是看看那裡還剩下什麼。

求求祢，他想道。別讓他們死去。

房屋還在。然後他看到了他的妻子。

她雙手雙膝著地，一直爬到邊沿，望著他。她的表情裡有種狂怒的果決感，像是她想馬上跳進水裡，前來幫他。她當然一點也幫不了他，但她在那裡，叫喊他的名字。她的聲音堅定，幾乎是盛怒，彷彿他最終應該將他該死的屁股挪到安全的地方，回家來，大家在等著他。奧爾森就那樣望了她好一陣子。

然後他繃緊肌肉，空著的手向上伸去，死命抓住。他手指抓緊木頭，繼續前移，直到雙腳在粗樹枝上方擺動。他慢慢地站上去。這下抓牢了。他站著，肩頭掠過一陣悸動。他鬆開手指，抱住樹幹，感覺到樹木想在潮水裡挺住的困難，他臉貼樹皮，繼續凝望他的妻子。

漫長的時間過去。那棵樹、還有房子挺過去了。

當海水將它的祭品拖進大海時，他終於顫抖著回到充斥著廢墟和淤泥的荒漠裡。他幫助他的妻子和孩子們離開房子，帶上必需品，信用卡、錢、證件，和一些匆匆收拾起來的個人紀念品，裝進兩只背包裡。奧爾森的汽車消失在潮水中的某個地方。

他們必須走路，但一切都要比留在這裡好。

他們默默無語地離開被摧毀的街道，走向河的對岸，離開特倫汗。

崩坍

海浪繼續擴散。淹沒大不列顛的東海岸和丹麥西部。與愛丁堡和哥本哈根同緯度的大陸棚特別低矮。多格灘就直接聳立在那裡，它是北海的一部分，是北海還是乾燥陸地時代的遺物。多格灘很長時間曾經是一座島嶼，無數的動物曾經被愈湧愈高的潮水逼到那上面，最終全數溺斃。現在的沙灘低於海平面十三公尺，它將湧來的波濤攔截成新的高度。

在多格灘以南，鑽油平台密密麻麻，特別是英國東南海岸、比利時和荷蘭北部沿海。波濤在這裡比北面部分肆虐得更加厲害，但是大陸棚溝壑縱橫的結構，連同沙灘、裂縫和岩峰減緩了海嘯的速度。海嘯到達荷蘭、比利時和德國北部時威力已較為減緩。當水牆最後到達海牙和阿姆斯特丹時，速度只有每小時不足一百公里，僅破壞大部分的沿海地區。

漢堡和不來梅則經歷了一場浩蕩的洪災。它們位於大陸內部，而易北河和威瑟爾河入海口則幾乎不設防。海嘯沿著河道翻滾，淹沒了周圍的土地，最後到達這些自由貿易城市。就連倫敦的泰晤士河也在短時間上漲，漫出河岸，導致船隻撞上橋梁。

潮水的末梢穿過多佛的街道，在諾曼第和布列塔尼海岸仍然可以感覺到，只有東海的哥本哈根和基爾倖免於崩坍。雖然洶湧的海水也湧到這裡，但海嘯在斯卡格拉克海峽和卡特加特海峽匯流處形成漩渦，瓦解了。海浪在北方拍打冰島的海岸，一直到達格陵蘭島和斯匹茨卑爾根群島。

災難一結束，奧爾森一家就來到較高的地帶。克尼特．奧爾森後來回想起來，說不出他們為什麼採取這樣的行動。那是他的主意，可能是他對某部關於海嘯的影片，或一篇他不知何時讀過報導的模糊記憶，也可能僅僅是直覺，但救了全家的性命。

大多數從海嘯漲退中倖存下來的人，最後還是死於災難之中。因為他們在第一次海浪之後返回村莊和房子裡，想看看剩下什麼。但海嘯以多重後續的浪濤擴散開來，下一道海浪在人們以為已經熬過了災難時才到來，這要歸罪於那極大的波長。

這回也是這樣。一刻鐘後，海浪捲土重來，威力不比前一次小，解決了前一波沒有完成的攻勢。二十分鐘後，第三波高度只剩下一半，然後是第四波，之後就再也沒有了。

在德國、比利時和荷蘭，疏散措施仍停留在開始階段，雖然那裡曾經有更多的時間。但是，差不多每個人都有一輛汽車，每個人都認為使用它逃跑是好主意，而這恰恰是個壞主意。在警報發出後不到十分鐘，所有的街道都絕望地堵塞了，直到海浪以它特有的方式排除了塞車。

在大陸坡崩塌後一小時，北歐全部的近海工業就不復存在了。幾乎所有周圍大陸的沿海城市都部分或全部被摧毀。數十萬人喪生，只有人口本就稀少的冰島和斯匹茨卑爾根群島倖免於難，沒有人犧牲。

托瓦森號和太陽號的聯合科學考察發現，在北方，那些蟲子也瓦解了水合物，直到特羅姆瑟。

陸塊滑崩是發生在南方的大陸邊坡，由於海嘯的影響使得他們暫時無法研究北方邊坡是否會有危險。也許傑哈·波爾曼會找到答案。但就連波爾曼也不知道，海底崩移究竟是從哪兒開始的。還有尚－雅克·阿爾班，他成功地將托瓦森號帶到遙遠的公海上，帶到了安全地帶，他對大海深處到底發生了什麼事也不清楚。

海上和沿海城市廢墟裡的爆炸繼續回響著。

倖存者的喊叫和哭泣聲中夾有直升機的轟隆、警笛的鳴叫和喇叭的廣播。那是恐怖混亂的聲音，但在所有這些噪音之上籠罩著一層沉重的寂靜——死亡的寂靜。

三個小時過去，最後一波海浪終於流回大海。

然後，北方的大陸邊坡也崩塌了。

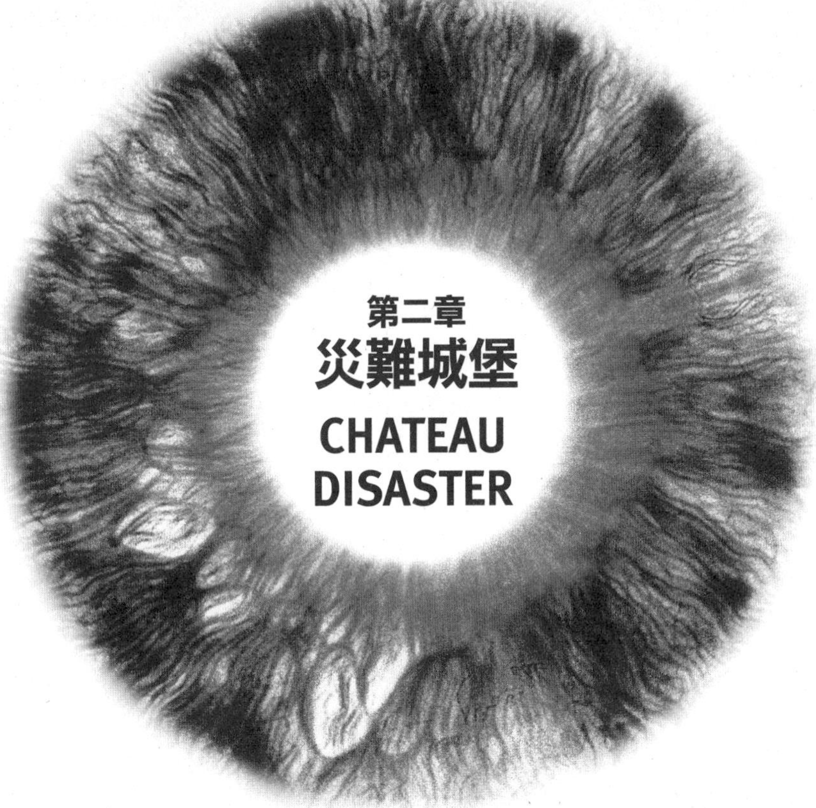

第二章
災難城堡
CHATEAU DISASTER

摘自環保組織的年度報告：

雖然一九九四年已頒布禁令，核廢料仍然持續被倒進海洋裡。綠色和平組織的潛水員在法國拉黑格核廢料再處理廠的排水管上，發現超出未受污染水域一千七百萬倍的放射物質。而在挪威沿海，蟹類和海藻也同樣遭到放射性同位素鎝－九九所污染。挪威的放射防護專家鑑定，污染源為英國位於塞拉菲爾德的老化核廢料再處理廠。此外，美國地質學家企圖將高放射性的核廢料倒入海底，他們透過一根數公里長的管線將放射性容器投入海床，以地質沉積物掩埋。

自一九五九年以來，蘇聯人就將巨量的核廢料包括廢棄的核子反應爐倒進北極海中。一百多萬噸的化學武器正在五百至四千五百公尺深的海底深處不斷鏽化腐蝕，其中最具危險性的，是莫斯科在一九四七年沉進海裡的毒氣罐。數十萬桶來自醫療、科技和工業界的弱放射性廢料傾倒於西班牙沿海海床。大西洋中部的海洋研究人員已經在四千多公尺深的海底發現了南太平洋原子彈試爆殘留下來的鈽。

環境殺手DDT對海洋生物的危害比對其他生命的危險來得更為巨大。它透過海流擴散到全球，積聚在海洋食物鏈裡。用來作為電腦和電視機殼阻燃器的聚溴二苯醚，在抹香鯨的脂肪裡被發現。被捕獲的劍魚中，百分之九十都含汞，其中有百分之二十五呈現多氯聯苯中毒的狀態。在北海，雌性的筐峨螺長出了陰莖，而罪魁禍首可能是船舶油漆中所含的三丁基錫物質。

平均每座油井都會造成二十平方公里面積的海底污染，其中三分之一幾乎沒有任何生物存在。

深海電纜的帶電區干擾了鮭魚和鰻魚的方向感。此外，電流也影響卵的孵化。

全世界發生藻類開花和魚類死亡的現象都大幅增加。在以色列拒絕簽署禁止工業廢棄物傾倒海洋的規定之後，截至一九九九年，光是哈伊發化學公司就有每年六萬噸的有毒廢棄物倒進大海中：鉛、汞、鎘、砷和鉻，隨著水流一路漂到黎巴嫩和敘利亞。在非洲突尼西亞的加柏斯港，工廠每天將一萬兩千八百噸的磷酸鹽從化肥廠排放進大海裡。

世界食品組織FAO認為，在兩百種重要的海洋魚類中，有七十種受到污染的危害。同時，從事漁業的人數仍在增加。從一九三〇年的一千三百萬人，到一九九七年已經達到三千萬人。通常是用來捕捉鱈魚、裸玉褶魚和阿拉斯加湖鮭的海底拖網對海洋環境是場災難，整個生態系統因此徹底改變，海洋哺乳類、海鳥，以及海洋肉食性動物再也找不到足夠的食物。

使用最普遍的船舶燃料C級重油，在其燃燒殆盡之前就會先析出灰燼、重金屬和沉積物質，並且產生大量的廢物，多數的船長並不會按規定處理，而是一聲不響的倒進海裡。

德國科學家在祕魯沿海四千公尺深處，模擬進行錳瘤開採商業計畫。他們的考察船拖著巨型鐵耙，縱橫交錯地犁過十一平方公里的海床。計畫結果導致無數生物死亡，即使經過多年，該地區的生態依舊沒有復原。

佛羅里達群島的延伸建造工程導致土壤被沖進海中，像浮塵一樣覆落在珊瑚礁上。聚居珊瑚礁的大多數生物都因此窒息而死。

海洋研究人員發現，燃燒石化燃料會導致大氣層中的二氧化碳濃度增加，不利珊瑚礁生長。當二氧化碳分解，會使得水的ph質降低成酸性。儘管如此，主要的大型能源企業依然繼續它們的計畫，將大量的二氧化碳排進深海中，以避免進入大氣層。

5/10

加拿大，惠斯勒堡

一個訊息正以每秒三十萬公里的速度離開基爾。艾文．蘇斯在基爾的吉奧馬研究中心，輸入筆記型電腦的字句，以數位形式進入網路。被一束雷射二極體轉換成光學脈衝，透過粗如健壯男子手臂的海底光纖纜線傳送。官方名稱TAT 14的光纖是橫跨大西洋的光纖之一，它連接了歐洲和美洲大陸，是世界上功率最高的光纖，光是北大西洋裡就有數十根。全世界共數十萬公里的光纖構成了資訊時代的脊梁。地球被一捆捆光纖纜線包圍著，虛擬世界的位元和位元組以電話、影音、電子郵件等形式即時周遊世界。是光纖創造了地球村，而非衛星。

蘇斯的電子郵件自北歐和大不列顛之間向北穿射。在蘇格蘭北部，TAT 14向左轉，穿過海布里底陸棚時，纜線是大剌剌地蜿蜒在深海海床上的。如今，大陸棚和海床不見了，這道來自基爾的訊息僅在法羅群島下方地帶傳輸不到一百二十分之一秒，便終止於一根破碎的光纖。堅固的金屬外殼、橡膠護套和強化金屬絲斷成兩半，震碎了玻璃纖維。消息只能送進百萬噸的淤泥和卵石裡。

正常情況下，這條訊息會透過光電二極體轉成電子郵件，出現在波爾曼的電腦裡。但在北歐災難後的一星期，橫跨大西洋的網路幾乎徹底癱瘓，電話也只能透過衛星接通，如果還連得上衛星的話。

此刻，波爾曼坐在惠斯勒堡酒店的大廳裡，盯著電腦螢幕等候蘇斯的資料：蟲量的增長曲線，和對各地出現類似侵害時可能狀況的預測。一場震驚過後，基爾的科學家們全數投入研究這起事件。

他咒罵著。所謂的小世界再度變得巨大無比。他們宣稱今天可以通過衛星接收電子郵件，現在看來，郵件都還困在壞損的電纜中。儘管危機指揮部已盡全力在處理，但網際網路還是一再崩潰。他拿起指揮部提供的手機，通過衛星撥往基爾，等候。終於接通了研究所的線路後，他對蘇斯說：「什麼也沒收到。」

蘇斯的聲音傳來，雖然清晰，但對答之間無法同步的短暫延滯還是讓波爾曼不耐。衛星電話的信號必須由發射器發到三萬六千公里的高空中，再向下傳給接受器，使得通話常有間隔和重疊。「我們這裡也全都不行。通話狀況每小時都在惡化。再也聯繫不上挪威了，蘇格蘭像死城一般寂靜，而丹麥充其量只是地圖上的一個地名罷了。我相信根本沒有採取任何應變計畫。」

「至少我們在通話。」波爾曼說道。

「我們能通電話，是美國人安排的，你正在享受強權的軍事優勢。在歐洲——算了吧！每個人都想打電話，每個人都無法得知親友的現況。流量全部堵塞，幾條閒置網路都被危機指揮部和政府部門占領了。」

「那我們能怎麼辦？」在一籌莫展的停頓之後，波爾曼問道。

「不知道。也許伊麗莎白女王號還在行駛，六周後可以到你那裡，派一名信差騎馬去海邊拿吧。」

波爾曼苦澀地笑笑，然後嘆息道，「這樣吧。你說我寫。」

這時，波爾曼身後有一隊穿制服的人馬經過酒店大廳朝電梯走去。帶隊的是位身材高大的黑人，有張衣索比亞人的臉。他佩戴一枚美軍少將肩章和寫著**皮克**的名牌。這隊人馬大多在二樓和三樓便出了電梯，薩洛蒙．皮克少將則繼續往上，到九樓最頂級的高級套房區。這層樓有五五〇間惠斯勒堡酒店最豪華的房間，不過皮克住的是樓下的次高級套房。其實普通的單人房就可以了，他並不重視享受，但酒店經理堅持要將指揮部安排在最好的房間裡。他邊走邊在腦子裡將下午預定的活動流程順一遍。

每道門都敞開著，可以看見被改造成辦公室的套房內部。幾秒鐘後皮克來到一扇大門外，兩名士兵向他行禮，皮克擺擺手。其中一人敲了門，等候裡面的回答，然後動作俐落地開門讓少將進去。

「你好嗎？」茱蒂斯．黎問道。

她叫人從飯店的健身中心搬了一台跑步機進來。皮克知道，黎在跑步機上的時間要比在床上多。她在那裡看電視，處理郵件，對著語音辨識系統口授備忘錄、報告和講話，打長途電話，聆聽報告或是思考。現在的她也在跑步。黑髮平滑光亮，用髮箍束著。她跑的速度很快，但呼吸均勻。皮克不斷提醒自己，跑步機上的那個女人已經四十八歲了。這位女總司令看起來比實際年齡少了十歲。

「謝謝。」皮克說道。「還可以。」

他四下張望。這間套房有一座豪宅那麼大，經過精心布置。傳統的加拿大風格——許多木材，樸素舒適，敞開的壁爐——和法國的優雅交織在一起。窗前有一架大鋼琴，是黎叫人跟跑步機一起搬進來的。左邊有道拱門通向一間巨大的臥室。皮克沒看到浴室，但聽說裡面有按摩浴缸和三溫暖。

對皮克來說，唯一有意義的東西，是那台擺在設計精巧客廳裡的笨重黑色跑步機。皮克出身平民階層。他從軍不是因為他懂藝術，而是為了離開那條經常只通向監獄的街區。堅韌和勤奮最終讓他獲得大學畢業證書，為他打開了軍官的輝煌前程。他的經歷被許多人視作榜樣，但絲毫改變不了出身對他的影響。他仍和從前一樣，覺得待在帳篷或廉價旅館裡比較舒服。

「我們收到國家海洋與大氣局衛星的最新分析，確定浦號機接收到的聲訊和一九九七年的不明光譜圖相似。」他邊說邊走過黎的身旁，從大片落地窗望向河谷。太陽照耀在雪松和冷杉林裡。景致的確很美，但皮克並不關心風景。他更關心接下來的幾個小時。

「好。」黎神情滿意地說道，「很好。」

「我不知道這樣好不好。這是一個線索，但這解釋不了什麼。」

「你期望什麼？海洋會向我們解釋為什麼嗎？」黎按下跑步機的停止鍵，跳下來。「正因為如此，我們才組織這一切，將它查明。大家都到齊了嗎？」

「到齊了。最後一位剛剛抵達。」

「誰？」

「挪威那位發現蟲子的生物學家。我得看看，他叫……」

「西谷・約翰遜。」黎走進浴室，披了一條毛巾後走出來。「請你快記住這些名字，薩洛。我們在酒店裡共有三百人，其中七十五位是科學家，這些總該記住吧。」

「妳是想告訴我，妳大腦裡有三百個名字嗎？」

「如果必要的話，我可以記住三千個。你最好快點適應吧。」

「妳在開玩笑。」皮克說道。

「你想試試嗎？」

「有何不可？陪約翰遜來的一位英國女記者，我們希望她能對北極圈的事件做出結論。妳也知道她？」

「卡倫・韋孚，」黎說道，擦乾頭髮，「住在倫敦。科學線記者，對海洋學有興趣。電腦狂。她曾經隨一條船到格陵蘭海上，那條船後來全體沉沒……但願每次都能拍到像那次沉船這麼美的圖片就好了。」

「那還用說。」皮克微笑，「每次提起這些照片，范德比特就激動得面紅耳赤。」

「我一點也不訝異。中情局不能忍受他們無法解釋的東西。他到底現身了沒有？」

「他已經準備好了，現在正在直升機上。」

「哇噢，我們飛機的運載性能總是教我大吃一驚，薩洛。每次不得不從事遠距離飛行時，我都會焦躁不安。如果還有什麼爆炸性的發現傳到惠斯勒堡，別忘了通知我。」

皮克猶豫著。「我們要怎樣才能讓所有人都發誓保守祕密呢？」

「這件事已經討論過一千次了。」

「我知道討論過一千次了，一千次還太少。那下面坐了太多不懂守口如瓶的人。他們有家庭和朋友。成群的記者會闖進來發問。」

「那就讓他們全加入軍隊。」黎雙手一攤，「這樣他們就必須遵守軍法。誰洩密就槍斃誰。」

皮克愣了一下。

「開玩笑的，薩洛。」黎向他眨眨眼睛，「哈囉，不過是個小玩笑。」

「我沒心情開玩笑。」皮克回答道，「范德比特很希望這一大群人全受制於軍事法規下，但是不可能。裡面至少有一半是外國人，絕大多數是歐洲人。如果他們不遵守約定，我們也不能怎樣。」

「我們就做得好像我們可以怎樣就好啦。」

「妳想施加壓力？行不通的，壓力之下更沒有人願意合作。」

「誰談施壓了？我的天，薩洛，你哪兒來這麼多問題呀。他們是來幫助我們的，他們知道保持沉默。況且，他們會基於某種信念相信自己被拘禁了，遵守保密聲明，那就更好了。信仰使人強大。」

皮克一臉狐疑。

「還有什麼事嗎？」

「沒有。我想，我們可以開始了。」

「好。待會兒見。」黎望著他離去的背影，露出微笑，這傢伙真是不了解人性。皮克是優秀的士兵和傑出的戰略家，但卻很難區分人和機器的差別。他似乎相信，人身上有個按鈕，可確保命令得以執行。美國最優秀的軍事學院以殘酷的訓練著稱，訓練的結果只有服從，按一下按鈕就會出現的無條件服從。皮克的顧慮也不是完全沒有道理，但群眾心理學可不是他所以為的那樣。

黎想起傑克．范德比特。他是中央情報局的主要負責人。黎不喜歡他，臭氣薰人，總是滿身大汗，還有口臭，但工作表現極其出色。最近幾個星期，特別是淹沒北歐的海嘯災難發生之後，范德比特和他的團隊對這些混亂事件都能快速掌握。

她在想，要不要給白宮一通電話。其實並沒有多少新消息可以彙報，但總統喜歡跟黎閒聊，因為他欣賞她的聰明。當然她從未對外提起。在美國眾多將軍當中，黎是為數不多的女性將軍之一。此外，她的存在也把指揮官階層的平均年齡大幅降低了。這些已經足夠許多高層軍人和政治家懷疑，她因為與世界上最有權勢的人關係密切而擁有特權。

因此，黎極其小心地致力於她的目標。她從不公開露面，從不公開暗示總統有多麼仰賴她。她總是會用簡單的話語，為他解釋複雜的世界。當他難以理解國防部長或安全顧問的意見時，他便來問黎，她馬上就能毫無困難地為他解釋。黎絕不會公開總統的主意其實都來自於她。每當被人問起，她總是回應「總統相信……」或「總統對此的看法是……」，至於，她是用什麼方法將智慧的視野帶給白宮的主人、同時也是她的老闆，甚至讓他形成主張和見解，這沒有人感興趣。

不過，最核心的成員還是知情的。

一九九一年，史柯沃茲考夫將軍在波灣戰爭中發掘了這位具有政治和戰術才華的智慧女戰略家。當時的黎，已經歷了一段驚人的養成教育：首位西點軍校畢業的女性、主修自然科學，在海軍學校受訓，就讀陸軍總參謀學院和軍事學院，並在杜克大學取得政治和歷史雙博士學位。史柯沃茲考夫將黎置於自己的卵翼下，安排她出席講座和國際性會議，以便結識大人物。他本人對政治並不感興趣，但還是幫她鋪出一條平坦順遂的道路，讓她得以走進軍事和政治相結合、權力版圖不斷重繪的新世界。

強大的靠山為她帶來中歐聯合陸軍部隊副司令的角色。黎很快就在歐洲外交界大受歡迎。

教育、訓練和天生的才華，終於為她帶來數不清的好處。

黎的父親是美國人，出身於頗具聲望的將軍家族，他因健康原因被迫退出政壇之前，在白宮安全部門的地位舉足輕重；她的母親是中國著名的大提琴演奏家，在紐約歌劇院嶄露頭角，參加過無數演出。父親遵守的長老教會守則，和母親深受佛教影響的生活哲學，創造了一段她父母的和諧婚姻。但令人吃驚的是，父親在結婚時便決定使用他妻子的姓，甚至因此導致了一場與官方的漫長鬥爭。他勇於追求戀情和努力保護著為愛情離開祖國的女人，在黎心底喚起了對他的莫大欽佩。

這對夫妻對獨生女兒的要求很高。黎學過芭蕾舞和花式溜冰，學過鋼琴和大提琴。她陪伴父親去歐洲、亞洲旅行，很小就了解到不同文化的多樣性。她十二歲時使用她母親的語言——中文，就已經完美無缺了；十五歲時，她可以流利使用德語、法語、義大利語和西班牙語；十八歲時，她的日語和韓語便說得很不錯。她的父母重視她的應對進退、穿著和社交禮儀，一絲不苟。性格不夠堅強的人可能會在這個事事要求完美的家庭中崩潰。但這小姑娘伴著它長大，跳級，以優異的成績從名校畢業，堅信她能實現一切目標，哪怕是要她當美國總統。

九〇年代中期，她被任命為美國陸軍統帥部作戰計畫指揮部副參謀長，並兼任西點軍校的歷史講師。這讓她在國防部裡深受重視。她唯一缺少的就是軍事上的重要成就。五角大廈相當重視實戰經驗，有足夠的歷練才能擔任更高層級的職位。

黎打從心裡嚮往一場全球性的危機。

她沒有等太久。一九九九年，她成了科索沃糾紛的副總司令，把自己的名字鑄印上光榮的史冊。回國之後，隨之而來的是路易斯堡軍事基地司令的職務。她撰寫了一篇關於國家安全的備忘，令總統欽佩得五體投地，從此進入總統的安全參謀部。黎是鷹派代表。事實上，她在許多方面的思想比起共和黨的行政機構更難以妥協，但她的想法始終基於愛國主義。她真心相信，世界上再也沒有比美國更好、更公正的國家。

突然，她已置身權力核心。黎，這個冷酷的完美主義者體內熱烈不馴的激情，對她有利有弊，就看接下來怎麼做了。在這種情形下，她絕不能顯露出任何一點虛榮或過分表現才能。

在某些夜晚的白宮裡，將軍服換成了露肩晚禮服，為那些深受吸引的聽眾們演奏蕭邦、布拉姆斯和舒伯特；在宴會廳陪總統跳支舞，讓他以為自己像佛雷亞斯坦*般瀟灑；她為家族和年老的共和黨朋友們演唱創黨歌曲。她靈活擘畫，建立起密切的人際關係，與國防部長分享對棒球的熱愛，和國務卿暢談歐洲歷史，還常接受私人邀請，在總統的牧場度過周末。

對外她保持謙遜，從不公開表達對政治事務的個人觀點。她在軍事和政治之間踢球，表現得有教養、嫵媚和自信，衣著始終得體，從不生硬傲慢。有人捏造她跟那些深具影響力的男人們有著數不清的曖昧關係，但她始終沒有。黎對這些耳語報以慣有的自信，不予理睬。

她將容易消化、確鑿可靠的資訊提供給新聞記者、議員和下屬，始終準備充分，搜集大量細節，像提取文件一樣隨時調閱出來，只使用常用而清楚的慣用語。

雖然她完全不知道海洋發生了什麼事，但仍能成功向總統提供一幅準確的形勢圖。她將中情局的大量資料精簡為幾個關鍵詞。結果是黎現在坐鎮在惠斯勒堡酒店裡。她十分清楚，這是她攀向高峰的最後一步。

也許她應該撥電話給總統。隨便撥一通。他喜歡這樣。她可以告訴他，科學家和專家們已經到齊，也就是說，他們全部接受了美國非官方的邀請，儘管他們各自的老家剛發生浩劫。或者說，美國海洋與大氣局在不明聲響之間發現了相似性。他喜歡聽這樣的內容，聽起來就像是：「長官，我們又向前邁進一段。」談幾句對反監聽衛星的信任和讚美，總統會開心的，只要總統開心就有用了。她決定這麼做。

在比她所在位置低九層樓的地方，安納瓦克注意到一位長相瀟灑、頭髮斑白、留著落腮鬍的男子向酒店走來。陪伴他的女子嬌小、寬肩，皮膚曬成了棕色，身穿牛仔褲和皮夾克，大約二十八、九歲，栗色鬈髮披散在肩上。那女子和落腮鬍簡單交談了幾句，轉頭四顧，目光在安納瓦克身上停留了一秒鐘。她從額前拂去一綹散落的鬈髮，消失在大廳裡。

安納瓦克失神地盯著她方才站立的地方。然後他仰頭，抬手擋住斜射而下的陽光，將目光轉向新古典主義風格的惠斯勒堡正面。這家豪華酒店坐落於人人夢寐以求的加拿大夢，在群山環抱中，即使正值盛夏，附近山巔仍是白雪皚皚。黑墓山和惠斯勒山被視為世界上最美麗的滑雪勝地之一，周圍是寧靜的湖泊。

在這與世隔絕的地方，人們什麼都可以期待。就是沒料到會出現十幾架軍用直升飛機。

安納瓦克兩天前就到達了。他和福特一起幫黎的說明會做準備。四十八小時來，福特一直在水族館、納奈莫和惠斯勒堡之間飛來飛去，觀察材料，分析資料，匯總最後的結論。

安納瓦克的膝蓋還在痛，但走路已經不跛了。不到兩星期前，他認識了黎，在很尷尬的情況下。當他

＊ 好萊塢早年歌舞片之王。

開車沿船塢行駛時，軍方巡邏隊早就發現了。他們觀察了好一陣子，想知道他要做什麼。然後黎出現。自此，安納瓦克不再將他的發現回報給一個黑洞。

他又可以跟英格列伍公司的羅伯茲討論了。羅伯茲向安納瓦克表達歉意，他因為被黎禁止發表意見，迫不得已躲了起來。有幾次，當女祕書正在應付安納瓦克時，他就站在電話旁邊。

說明會已經準備好了。現在安納瓦克除了等待之外無事可做。於是，當全世界陷入混亂，歐洲沉到水底時，他去打網球，想看看他的膝蓋還能不能跑。對手是個長著濃眉和大鼻子的法國人，名叫貝納爾．洛赫，是昨晚才從里昂飛抵的細菌學家。當北美與這顆星球上最大的生物奮戰之時，洛赫正在跟最小的生物進行一場看似無望的戰鬥。

安納瓦克看看錶。半小時後就要開會了。政府接管之後，酒店就禁止觀光客投宿，但它看起來就像旅遊旺季般住滿了人。酒店裡住了數百人，其中一半以上跟美國情治單位有關。

中情局將惠斯勒堡改建成臨時指揮中心。國家安全局，美國最大的祕密情報機構，派來整整一個部門，負責各式各樣的電子資訊、資料安全和祕密文件。國安局住在四樓，五樓被美國國防部和加拿大情報機構的工作人員占用，上面一層是英國祕密情報局代表，另外還有德國聯邦國防軍和聯邦情報局的代表團。法國派了一組領土安全指揮部代表團，瑞典的軍事情報機構和芬蘭的情報機構也來了。這是一次史無前例的情報機構大聚會，一場無與倫比的人才和資訊戰，目的是要重新理解我們所處的世界。

安納瓦克按摩著腿，他突然又感到劇痛。他不該這麼快就勉強打球的。當一架巨大的軍方直升機壓下機頭準備降落時，一道影子從他頭頂掠過。安納瓦克看著它落下來，伸伸懶腰走進室內。

到處都有人在走動，宛如大廳教堂正演出一場忙碌的芭蕾舞劇。有一半的人忙著打電話；還有些人坐在各個角落裡使用手提電腦。安納瓦克走進隔壁酒吧區，福特和奧利維拉也在那裡，和一個長著小鬍子、神情憂慮的高大男子一起。

「李奧．安納瓦克，」福特介紹道，「這位是傑哈．波爾曼。握手別太用力，不然他的手會掉下來。」

「打太多字了嗎？」安納瓦克問道。

「是鋼筆握太久了，」波爾曼悶悶地笑著，「整整一個小時，我都在聽兩星期前一按滑鼠就能調出來的東西。感覺像是回到了中世紀。」

「到了明天，一切都會好轉。」奧利維拉喝著一杯茶，「我剛剛聽說，他們為酒店接通了一條專線。」

「我們在基爾對衛星的準備不足。」波爾曼陰鬱地說。

「任何人對這一切都沒有準備。」安納瓦克叫了一杯水。

波爾曼搖搖頭，「這間酒店像塊瑞士奶酪，到處是通道。你研究的專業是什麼？」

「鯨魚和動物智能。」

「李奧跟座頭鯨有過幾次不愉快的經歷。」奧利維拉說道，「牠們顯然欺騙了他，使他不斷想鑽進牠們的腦袋裡一探究竟……噢，你們看！他在那兒做什麼？」

他們一起轉頭。有個人正從大廳走向電梯。安納瓦克一看，是剛才與栗色鬈髮女子一起抵達的落腮鬍。

「他是誰？」福特皺眉問道。

「你們從來不看電影嗎？」奧利維拉搖搖頭，「他是一位德國演員。叫什麼來著？蕭爾……不對，薛爾。是麥斯米倫．薛爾。他長得真帥，你們不覺得嗎？本人比在螢幕上還要帥。」

「真是夠了，」福特說道，「一個演員來這裡幹什麼？」

安納瓦克說道，「他是不是演過那部災難片？《彗星撞地球》！地球被一顆隕石擊中……」

「我們全都參與出演一部災難片。」福特打斷了他，「別說你還沒注意到這一點。」

「如此說來，我們待會兒還能見到布魯斯．威利呢！」

「妳別費心去要簽名了，」波爾曼微笑道，「那不是妳的德國明星。他叫西谷．約翰遜。挪威人。他可以告訴你們北海發生的事。他、我和基爾的幾個人，還有國家石油公司的另外幾個人……不過，在他主動開口之前，妳最好別去問他。他住在特倫汗，那兒已經被摧毀得剩沒多少了。他失去了他的房子。」

這就是恐怖的現實。證明電視上的畫面是真實的。安納瓦克默默喝著他的水。

「好吧。」福特看看錶，「時間差不多了。走吧，聽聽他們說什麼。」

黎選了一個中等大小的會議室，對於出席會議的情報機構人員、國家代表和科學家們來說幾乎太小了點。她對這種場面很有經驗，當人們緊緊靠坐在一起，要麼發生爭執，要麼就會形成一股強烈的團體感。絕對不讓他們有機會產生距離。座位也經過安排。在場的人不分國籍或專業領域全混在一起。每個座位都有一張專用的小桌，備有記事本和筆記型電腦。簡報內容會投影在一個三乘五公尺的螢幕上，連接一個透過簡報軟體遙控的喇叭。在豪華的傳統樣式家具間，大量的高科技顯得陌生，催人清醒。

皮克出現。身後跟著一個穿著縐西裝的圓滾滾男子。他的上衣腋下有黑斑。稀疏的頭髮一縷縷蓋在寬大的頭顱上。他向黎伸出右手，五根手指短短的，像是五根充滿氣的小氣球。「妳好，蘇絲黃*。」

黎向范德比特伸出手來，克制自己想要馬上在褲子上擦手的衝動。

「傑克，見到你真是太好了。」

范德比特咧嘴笑道，「好好表演一番，孩子。如果沒有人鼓掌，妳就跳一段脫衣舞。我肯定會為妳鼓掌。」他摸摸汗淋淋的鼻子，眨著眼睛豎起大拇指，在皮克身旁坐下。黎冷笑望著他。范德比特是中情局副局長。一個好人，當局少不了他。必要時她會慢慢除掉他，不管他曾經多麼出色。

房間裡漸漸坐滿了人。與會者大都互不相識，大家默默就座。她走到講台前，微微一笑。

「大家請放鬆。我知道，你們處於極大的壓力之下。」她接著說道，「這次會議得以成功，我要特別感謝聚集在這裡的科學家們。由於你們的合作，我深信，我們可以在希望的光芒中看待那些剛過去不久的事件。是你們給了我們勇氣。」黎不帶任何激情，友善而平靜，目光一一掃過每個人的臉。

「很多人會問，為什麼不在五角大廈、白宮或在加拿大政府大樓召開這次會議？我們想為大家提供一個舒適的環境。除了惠斯勒堡的環境優美之外，更重要的是，它位於山區。山區是安全的，沿海地區不安全。目前可以召開這類會議的加拿大或美國的濱海城市，沒有一座是安全的。

「另一個原因是，這裡離卑詩省海岸很近。我們面臨的是行為異常、突變、大陸邊坡的水合物改變……簡單說，所有問題都在那裡同時出現了。我們從這裡出發，可以在最短時間內搭直升機到大海，可以動用頂尖的研究機構，特別是納奈莫的實驗室。我們在惠斯勒堡裡建了基地，用來觀察鯨魚的行為。我們決定，將這個基地擴建成全世界的危機處理中心。各位，最好的危機管理人員就是你們。」

她停頓了一會兒。「第三個原因是，這裡不會有人來打擾。酒店隔絕了新聞媒體。當然，一家知名酒店突然關門，到處有直升機盤旋，不可能不被發覺。如果有人問，我們就說是軍事演習。記者可以寫得天花亂墜，卻不會有任何根據。」她要房間裡的人培養出一種精英意識，以便讓他們對外保密。

「不可以、也**不建議**將一切公開給社會大眾。恐慌將是末日的開始。我們處於一場必須先理解它才有可能打贏的戰爭之中。因此，我們必須對自己和全體人類負責，也就是說，從現在起，你們不可以跟任何人談論你們在這個指揮部裡的工作，包括最親密的家人。

「會後每個人都要簽署切結書。在說明會開始之前，歡迎你們提出心中的顧慮，因為每個人都有權拒絕簽署這份切結書。這不會給誰帶來壞處，但他應該離開這個房間，立刻讓人送他回家。」

她跟自己打賭，誰也不會站起來走人。但絕對會有人提出問題。她等著。

有人舉起手來。米克．魯賓，來自曼徹斯特，是個生物學家，專長是軟體動物。

「這是不是表示，我們不可以離開這裡？」

「惠斯勒堡酒店不是監獄。」黎說道，「你們隨時想去哪兒就去哪兒。只是，不可以談論工作。」

「那麼，如果……」魯賓吞吞吐吐道。

「如果你還是說了呢？」黎做出一副憂鬱的表情，「我理解你為什麼提出這個問題。那樣的話，我們會

＊ 對東方女性帶著貶意的、輕佻的說法，出自愛情小說《蘇絲黃的世界》，曾改編為電影及舞台劇，講述西方男人對東方女子的迷戀。

否認你的言論，好保證你不能再次破壞切結書裡的規定。」

「這……呃……妳有權這麼做嗎？我是說，妳……」

「有人授權我嗎？大家都知道，三天前德國提出歐盟進行聯合調查，北大西洋公約的備戰條款也啟用了，挪威、英國、比利時、荷蘭和丹麥，都宣布進入緊急狀態。加拿大和美國也進行了合作。隨著世界形勢的發展，不排除由美國主導的可能性。面對這種特別的形勢——是的，我們有授權。」

魯賓抿了抿下唇，點點頭。再也沒有其他問題了。

「好。」黎說道，「那我們就開始吧！皮克少將，請。」

皮克按了遙控器，一張衛星圖出現在大螢幕上，展示的是從高空拍攝到被村鎮包圍的海岸。

「也許它是從別的地方開始的，」他說道，「也許它更早就開始了。但今天我們要談的是它在這裡，祕魯，環嘉可。」他用光筆指著海裡不同的位置。「這地方在幾天中損失二十二名漁夫，而且是在非常晴朗的天氣。快艇、遊艇和帆船都相繼失蹤，有些還發現了殘骸。」

皮克放映一張新的照片。

「我們一直在對大海進行觀測。」他接著說道，「海裡有許多漂浮監測器和機器人，通過無線電發送有關洋流、含鹽量、溫度、二氧化碳含量……和各種沒完沒了的資料。海底測量站記錄了海床與海水間的物質交換。我們在太空中有數百座軍用和民用衛星。這樣看來，查出船的失蹤事件好像不成問題，但事情沒這麼簡單。因為我們的太空偵察員跟所有長眼睛的東西一樣，都有盲點。」

圖像展示的是地球表面的一部分。上方懸掛著大小和飛行高度各不相同的衛星，就像巨型昆蟲。

皮克說道，「共有三千五百顆人造天體，還不包括麥哲倫號探測衛星和哈伯望遠鏡。在那上面盤旋的大都是廢鐵。運轉正常的約有六百顆，你們透過其中一些來存取訊息。另外也透過軍事衛星。」

光筆移到一個有太陽能板的桶形物上。「美國的 KH-12 匙孔光學衛星，白天可提供精密至五公分的高解析度，只差無法辨認人臉。夜間拍攝另裝有紅外線和多光譜系統，可惜有雲時根本沒用。」皮克指著另一顆衛星。「因此，許多偵察衛星用雷達來工作，尤其是微波。烏雲不會妨礙雷達。這些衛星掃描行星表面，模擬出三度空間。可惜的是，雷達圖像需要解釋。雷達不懂顏色，看不穿玻璃，它的世界裡只有形狀。」

「為什麼不將這些技術結合起來呢？」波爾曼問道。

「做了，但很麻煩。事實上，這是整個衛星監視的主要問題。為了至少能覆蓋整個國家或整個特定海域的一天，需要很多個能夠掃描大面積的系統合作。一旦你需要的是一個狹窄地區的詳細圖像，就得在準確的時間拍照。衛星位於軌道上。大多數需要九十分鐘左右才能重新回到同一位置的上方。」

一位芬蘭外交官發言道，「不能將一些衛星固定在危急地區的上空嗎？」

「太高了。靜止衛星僅在三五八八八公里的精確高度才能穩定。它們從那裡識別的最小距離為八公里。哪怕黑爾戈蘭島沉入大海，也看不見。」皮克停頓一下，說：「但是，如果知道目標，就可以安排。」

他們看到一個從較低高度拍攝的水面。陽光斜照著海浪，將大海映射得如同流動的玻璃，上面有小船和細微的狹長形。仔細一看，原來是些蘆葦編織的船隻，上面各蹲著一個人。

「KH-12的變焦鏡頭。」皮克說道，「環嘉可沿岸的大陸棚地區。這一天有多名漁夫失蹤。因為在早晨，反光有限，因此我們才能拍下這張圖。」

下一張圖，一個銀色塊面分布在極廣大的面積。圖上孤單地漂泊著兩艘蘆葦船。

「是魚，一大群。牠們游在水面下三公尺左右，因此我們還看得到。問題是，海水幾乎不傳輸電磁波，幸好如果水質夠清澈的話，我們的光學設備至少能望進水裡一小截。我們還能用紅外線在三十公尺的深度拍到一條鯨魚的熱量圖。因此軍方才會如此鍾愛紅外線，因為它能讓人看到下潛的潛水艇。」

「金槍魚嗎？」一名黑髮的年輕女子問道，名牌說明她是來自冰島的雷克雅維克環保部生態學家。

「可能是。也可能是南美沙丁魚。」

「一定有數百萬條。太驚人了。我以為在南美的海域，這類魚群早就被過度捕撈殆盡了。」

「沒錯。」皮克說道，「但我們主要是在游泳者、潛水者或小漁船失蹤處發現這些魚群，令人百思不得其解。這是集體異常行為。比如說，三個月前有鯡魚群在挪威沿海將一艘十九公尺長的拖網船弄沉。」

「這消息我聽說過。」那位女生態學家說道，「是史坦因霍姆號，對嗎？」

皮克點點頭。「那些動物鑽進網裡，從拖網船下方游過，當船員們正想將他們的收穫拉上甲板時，船被傾覆了。船員們試圖砍斷網繩，但無濟於事。船在十分鐘內就全部沉沒了。」

「過沒多久，冰島沿岸也發生一樁類似案例。」女生態學家沉思說道，「兩名船員因此溺斃。」

「是。全是奇怪的個案。而且如果把全世界的個案加在一起，最近幾星期內被魚群弄沉的船隻要比以往都多。有人說是巧合，只是魚群為求生而奮鬥。也有人發現過程幾乎相同，彷彿魚群是有計畫性的行動。我們不排除這種可能：這些動物聽任被捕，是因為牠們想弄翻船隻。」

「這是無稽之談。」一位俄羅斯代表表示不相信，「從什麼時候魚開始有心機了？」

「自從牠們弄沉拖網船之後。」皮克簡潔地回答道，「牠們在大西洋裡這麼做。到了太平洋，好像還學會了如何從旁邊繞過拖網。魚群好像突然**理解**一張拖網或圍網**代表**了什麼，以及，要如何使用它。可是，就算牠們的行為能力突然增強好了，這些動物還得先學會目測才行。」

「沒有哪種魚或哪個魚群能看到網上有個一百一十公尺高、一百四十公尺寬的洞。」

「但牠們似乎真的認識這些網。反正漁業船隊抱怨損失慘重。整個食品業都蒙受影響。」皮克輕喘一聲，「船隻和人員失蹤的第二個原因是眾所周知的。可是KH-12記錄這個過程需要一點時間。」

安納瓦克盯著螢幕。他知道會發生什麼事。他已經看過這些圖片，甚至也提供了資訊，但每次看都還會感到一陣窒息。他想到蘇珊·史亭爾。

照片是連拍的，像在放映電影。海面上漂著一艘十二公尺長的帆船。風平浪靜。船尾坐著兩個人，有個女人躺在前甲板上曬太陽。一個碩大陰影緊貼著船浮游。那是一隻成年座頭鯨，另兩隻跟在後面。

「注意這裡。」皮克說道。鯨魚游過了船。左舷出現深藍色的東西，慢慢靠近水面。那是另一尾垂直上衝的鯨魚。牠從水裡鑽出，張開尾鰭。船上的人掉頭一看楞住了。那巨大的身軀一翻轉，橫打在帆船上，將船擊碎成兩截。碎塊在旋轉。人們像木偶似地飛向空中。桅杆折斷了，兩條鯨魚躍上殘骸。田園風光頓成混亂的地獄。船隻下沉。碎片孤零零地漂浮在白色浪花擴散的水圈裡。再也見不到那些人了。

「在場有極少數人直接經歷過這種襲擊。」皮克說道，「因此才有這些圖片。現在動物的襲擊不再局限於加拿大和美國，而是在於癱瘓全球小型船隻的航路上。」

安納瓦克閉上眼睛。當DHC-2水上飛機與鯨魚相撞時，從空中看下去會是怎樣的情形？這部分也會有幽靈般的編年史嗎？他沒能鼓起勇氣詢問。一隻無動於衷的玻璃眼睛目睹了一切，這讓他無法忍受。

像是回應他的想法似的，皮克接著說：「這種資料可能會讓人覺得很諷刺。我們並不是偷窺癖者。凡是力所能及之處，我們都盡力提供立即的幫助。」他抬起目光，眼裡沒有表情，「只可惜，基本上都太遲了。」

皮克繼續說：「如果我們把襲擊的傳播想像成一種傳染病，那麼，這種傳染病源就始於溫哥華島沿海。最早的確鑿案件發生在圖芬諾附近。雖然聽起來不可思議，但幾乎可以看到牠們的戰略：灰鯨、座頭鯨、長鬚鯨、抹香鯨和其他大型鯨魚負責襲擊船隻，然後，更小更快的虎鯨負責消滅漂浮水中的人。」

那位挪威教授舉起手來。「是什麼讓你認為那是一種傳染病呢？」

「我們沒有說，那是一種傳染病，約翰遜博士。」皮克回答道，「而是它傳播的方式就像傳染病似地。在幾個小時內從圖芬諾向南傳播到下加利福尼亞，向北直到阿拉斯加。」

約翰遜搖搖頭。「我想說的是，這種表面現象會誤導我們做出錯誤的結論。」

「約翰遜博士。」皮克耐心地說道，「如果你願意多花點時間聽我接下來的說明……」

約翰遜不為所動地接著說，「有沒有可能，我們要對付的是一樁同時發生的事情，只是它們彼此間銜接得不是太流暢呢？」

皮克望著他。「是的。」他不甘心地說道，「這是有可能的。」

她就知道，約翰遜有他自己的理論。而皮克，他不喜歡平民打斷軍官的話，肯定會因此而生氣。

黎感到開心。她翹起二郎腿，身體靠回椅背，感覺到來自范德比特一道詢問的目光。這位中情局副局長似乎認為她事先跟約翰遜說過什麼。她回望他一眼，搖搖頭，繼續聽皮克的說明。

「我們知道，」皮克正講道，「那些攻擊性鯨魚主要是非居留者。居留者可以說是某個地區的固定班底。相反的，過境者洄游很長的距離，就像灰鯨和座頭鯨一樣，或像虎鯨一樣在深海漂游。因此，我們有所保留地形成一種理論：深海裡能找到動物行為變化的起因，在公海裡。」

接著出現一張世界地圖。它註明每一處發現過鯨魚襲擊的地方。一條紅線從阿拉斯加延伸到南美洲最南端的合恩角。其他地區則分布在非洲大陸兩側和澳洲沿岸。然後那張地圖消失，換成另一張。這裡的海岸地區下面也描繪了彩色的線。

「整體說來，行為有目的地針對人類而來的海洋物種，數量正在大幅增加。澳洲沿海的鯊魚襲擊增加，南非沿海也是。再沒有人敢去游泳或捕魚。能夠攔住那些動物的攔鯊網被摧毀，誰也無法可靠地講出到底是什麼破壞了那些網。我們的光學偵測系統對解釋謎團也沒有多大幫助，而第三世界國家技術落後，更無法滿足我們對深潛機器人的需求。」

「你不相信是偶然的累積嗎？」一名德國外交官問道。

皮克搖搖頭。「長官，你在海軍裡學到的第一件事，就是正確評估鯊魚的危險。這些動物雖然危險，但不完全具有攻擊性。我們不太合牠們的胃口。大多數鯊魚很快又會將一隻手臂或一條腿吐出來。」

「多麼令人感到安慰啊。」約翰遜嘀咕道。

「但是，各種動物似乎改變了牠們對人肉美味的看法。僅幾星期內，鯊魚襲擊的案例就增加十倍。成千上萬本是深海居民的藍鯊出現在大陸棚。鯖鯊、白鯊和雙髻鯊像狼一樣成群出現，造成巨大損失。」

「損失？」一位帶著濃重口音的法國議員問道，「什麼意思？死亡事件嗎？」

皮克似乎在想：不然還能是什麼，你這白痴！「對，死亡事件。」他說道，「牠們攻擊船隻。透過撞擊和啃咬弄沉小船。鯊魚也會攻擊救生艇。如果幾隻鯊魚一起發動襲擊，船與人都沒有存活的希望。」

他指著一張漂亮的小章魚照片，牠的表面罩上了發光的藍環。

「另外，*Hapalochlaene Maculosa*，藍斑章魚，體長二十公分，生長於澳洲、新幾內亞和所羅門群島。世界上最毒的動物之一。攻擊時會將含有劇毒的酶射進傷口。你幾乎感覺不到，但兩個小時後就會全身僵硬而死。」接著是一組生物照片。「石魚、龍螣、龍首、紅蟲、錐形蝸牛——海洋裡的有毒動物難以計數。大多數情況下，這些劇毒僅用於自衛。但這些劇毒動物明顯增加，統計數字超越了我們所知的上限，原因很簡單，就是以前多半隱蔽和躲藏的物種，現在開始群起攻擊我們。」

洛赫向約翰遜側身低語：「問題是，改變鯊魚的那種物質，有沒有可能也會改變一隻甲殼綱動物呢？」

「這點毋庸置疑。」約翰遜回覆他。

皮克繼續談到入侵近海的水母群，牠們在南美洲、澳洲和印尼已到達堪稱危害的程度。「為方便說明，我們將事件分為三類：異常行為，突變，環境災害。三種是互為因果的。到剛剛為止談的都是異常行為，而水母主要是發生突變。箱形水母一直都能導航，但最近成了導航專家。感覺就像是一支巡邏艦隊，要將所有人類從海域拔除似的。潛水旅遊業因此癱瘓，受害最嚴重的則是漁民。」

接著，畫面出現一艘水產加工船，就是在甲板上當場將漁獲加工成罐頭的船隻。

「這是安塔尼亞號。十四天前，船上人員將滿滿一網箱形水母拖上甲板。他們打開網子，結果等於是把數噸的純毒素倒在甲板上。數公尺長、細如髮絲的觸鬚在甲板上四散，幾名船員幾乎當場死亡。雨水將水母沖往船艙各處。沒有人知道毒素到底是如何摻進飲用水裡的，總之安塔尼亞號最後成了一艘幽靈船。從此，拖網漁船備有專用防護裝，但問題並沒有根除。現在，許多船隊捕到的不再是魚，而是毒物。」

他們不再捕魚，因為再也沒有魚了，約翰遜心想。

他想到那些蟲子。一瞬間，這些突變的生物似乎知道自己在做什麼。人類將大海捕撈一空，現在，這些潛在的危險份子學會避開死亡陷阱，當身懷劇毒的軍隊在魚網裡執行牠們的任務時，同時毒殺了漁業。海洋在屠殺人類。

而你殺死了蒂娜．倫德，約翰遜悲慟地想。是你鼓勵她不要放棄卡爾．史維特普的。她聽從了你的話，否則她也不會開車去史維格順德。

是他的錯嗎？他怎麼可能知道會發生什麼事呢？如果倫德留在斯塔萬格，她可能也已經死了。如果他建議她搭乘下一班飛機，飛往夏威夷或佛羅倫斯呢？他現在會坐在這裡，自以為救了蒂娜．倫德嗎？

在場每一個人，都在跟自己心中的魔鬼戰鬥。波爾曼為他沒有提前警告這世界而折磨自己，當然，他應該提出警告。可是警告什麼呢？警告他**懷疑**有可能發生災難？在某日某時，災難即將來襲？他們用盡全力想找出可靠的答案。但結局是，他們不夠快，可是他們畢竟嘗試過了。波爾曼有錯嗎？

那麼國家石油公司又怎麼說呢？斯考根死了。當海浪來襲，他留在碼頭。如今約翰遜以另一種眼光來看這位石油老闆。斯考根曾經是個擅於操弄的人，標榜自己是這個邪惡產業裡唯一的良心，但他採取正確措施了嗎？史東也成了災難的犧牲品，而他真如斯考根所譴責的那樣，是個自私自利的魔鬼嗎？

蟲子，水母，鯨，鯊魚。

有計畫的魚群。聯盟。戰略。

約翰遜想起特倫汗那棟被毀的房子。失去房子並沒有讓他太難過。租賃的屋子永遠不會成為真正的家。他真正的家在別處，在晴朗的夜空中，在傍著水面般平滑的鏡子裡，那兒包含著宇宙萬物。他在那裡看到了自己，打造一切美麗與真實。自從和蒂娜一起度過那個周末之後，他再也沒去過那間屋子。

皮克出示一張新圖片。是一隻龍蝦。那動物看上去像是爆炸了。

「好萊塢會把它稱作死亡使者。」皮克冷笑著說道，「然而在這起事故中，這說法一點都不誇張。在中歐，有一種傳染病正在擴散，而病因便潛伏在這樣一隻動物的體內。感謝洛赫博士，現在我們得以知道這位偷渡者的真相。最接近的分類，是一種叫做紅潮毒藻的單細胞藻類，屬於目前已知近六十種有毒鞭毛蟲中的一種。紅潮毒藻是有毒藻類裡最可怕的一種。

「多年前，美國東岸沿海曾經因它引發一場浩劫——紅潮毒藻導致數億隻魚的死亡。對漁民來說，這不只是經濟上的災難，也危害到他們的健康。他們的手腳布滿血淋淋的膿瘡，甚至還會喪失記憶，最後不得不放棄工作。研究紅潮毒藻的科學家，身體健康也長期受到損害。」他停頓一下。

「一九九〇年，一位藻類研究人員葛拉斯高，在北卡羅萊納大學裡的實驗室清洗魚身，結果發生很古怪的事。他的大腦功能正常，但肢體動作卻像是慢動作表演一般，四肢不聽使喚。他的發病證明了紅潮毒藻毒素也能入侵空氣，因此葛拉斯高將這些生物運去一個安全的實驗室裡。不幸的是，建築工人竟然將實驗室的一道通風管接反了。他呼吸了整整六個月的有毒空氣而不自知。他的頭愈來愈痛，後來喪失了平衡功能，肝和腎也開始腐爛。出門找不到回家的路，忘記電話號碼，甚至自己的名字。後來去檢查，才發現他的神經系統連續數月遭到化學物質的攻擊。其他接觸過紅潮毒藻的研究人員，後來都罹患了肺炎和慢性支氣管炎。所有人正逐漸喪失記憶力。一種令人無法理解的生物使他們喪失記憶。」

皮克出示一組電子顯微影像，上面顯示著各種生物。有些看起來像有著星狀贅生物的變形蟲，另一些則像有鱗片或帶刺的球，又有一些像漢堡，兩片之間有螺旋形的觸鬚在扭動。

「這些都是紅潮毒藻。」皮克說道，「它可以長到十倍大，包在囊腫裡，從中破繭而出，由一種無害的單細胞生物變成含有劇毒的孢子。它們能在數分鐘之內改變外形，有多達二十四種形狀，每種都有不同特性。我們已經成功地將毒物隔離，洛赫博士正在全力破解。但是那種進入下水道的生物似乎根本不是紅潮毒藻，而是更危險的變種。洛赫博士將它取名為*Pfiesteria homicida*——殺人藻*。」

皮克總結要點：這種新生物似乎計畫要加快它的繁殖週期。一旦流入水中，你就永遠無法擺脫它的影

---

* 紅潮海藻的學名為*Pfiesteria piscicida*，種名*piscicida*在拉丁文裡是「殺魚」，殺人藻的種名*homicida*在拉丁文則是「殺人」。

響。它會滲進土壤，分泌無法被濾出的毒物。受害者成了餵養殺人藻的食物，受到感染後，傷口化膿無法癒合，潰爛發炎布滿全身。而藻類會釋放出更多毒物。當局嘗試全面清洗下水道和水管，但不管怎麼做都無法斷絕它們重新繁衍，繼續分泌毒物。

紅潮毒藻會損害神經系統，但這種新品種更具殺傷力，數小時就能使人癱瘓、昏迷，進而死亡。洛赫希望能解碼抗體的基因，但時間不斷在消逝。這種疾病的傳播似乎能逃避任何攔截。

「這種藻類大都藏在特洛伊木馬裡。」皮克說道，「在甲殼動物體內。在特洛伊龍蝦體內，如果你們想這樣稱呼的話。更準確地說，是在某種像龍蝦的東西體內。當牠們被捕獲時，這些東西顯然還活著，只不過牠們的肉變成某種膠狀物。藻類大軍就躲在那軀殼裡。歐盟如今已經下令禁止捕捉和出口甲殼動物。現在病變和死亡事件僅限於法國、西班牙、比利時、荷蘭和德國。我目前拿到的資料記載死亡人數是一萬四千人。在美洲大陸，龍蝦似乎還是龍蝦，但我們也在考慮禁止出售甲殼動物。」

「可怕。」魯賓低聲道，「這些藻類是從哪兒來的？」

洛赫轉身面向他。「是人類創造了它們。」他說，「美國東岸的養豬場將大量糞便直接排入海裡，藻類在營養富足的海水中迅速繁殖。它們靠磷酸鹽和硝酸鹽為食，隨著動物糞便流過田野，進入河流。它們也喜歡工業廢水。顯然，大城市的下水道很適合這些怪物。我們沒有發明它們，但允許它們變成怪物。」

洛赫停頓一下，轉而看著皮克，「最近幾年來，波羅的海突然發生變化，海裡的魚類紛紛死亡，原因就在於丹麥養豬的飼料。糞水使得藻類爆炸式地繁殖。海水的含氧量因此降低，魚類開始死亡。但這些有毒藻類該死的厲害，似乎沒有任何地方能免受其害。我們碰上了最致命的品種。」

「可是之前為什麼沒有採取措施呢？」魯賓問道。

「之前？」洛赫笑了，「噢，他們試過了，我的朋友。但科學家不但得不到繼續研究的掌聲，取而代之的是嘲笑，甚至遭受生命威脅。為顧慮到那些剛好是養豬業者的政界代表，北卡羅萊納的環境部門故意隱瞞藻類事件，直到幾年前才揭發出來。當然，我們問的問題永遠是，到底是哪個瘋子送給我們被毒藻污染過的龍蝦？但這絲毫改變不了我們是災難幫兇的事實。某種程度上，我們一直都是。」

「這些蚌類有著斑馬貽貝的所有典型特徵。但它們具有一些普通斑馬貽貝沒有的本領，就是導航。」被毒藻折騰過後，皮克公布了同樣令人震驚的資料。一張世界地圖上交織著一根根彩色線條。

「這是貿易船隻航行的主要交通海路。」皮克解釋那幅圖，「決定走向的是運輸貨物的分布。一般情況下，原料總是被運往北方。澳洲出口鋁土礦，科威特出口石油，南美洲出口鐵礦。所有這些都經過長達一萬一千海浬的距離運往歐洲和日本，好讓斯圖加特、底特律、巴黎和東京能夠生產汽車、電氣設備和機器。這些商品又被裝進貨櫃裡運回澳洲、科威特或南美洲。

「世界貿易約有四分之一在亞太地區進行，相當於五千億美元的貨物，大西洋也差不多。航海交通的主要集散中心用黑線標示出來。美國東海岸的重點是紐約，歐洲北部是英吉利海峽、北海直到整個地中海。另外，地中海也是從北美東海岸穿過蘇伊士運河前往東南亞的主要航道，也不能忘記日本群島和波斯灣，然後是中國海，它是除了北海之外，地球上交通最密集的水域。

「要理解海洋上的世界貿易過程，就必須先理解這個網路。我們必須知道，當在地球的另一端有一艘貨運輪船沉沒時，對地球這一端而言意謂著什麼，哪些生產渠道會受阻、哪些人無法生活或失去性命、誰能從災難中獲利？航空交通結束了客輪的航行，但世界貿易仍然依賴海洋。沒有什麼可以取代水路。」

皮克停頓一下。

「每天有兩千艘船隻擠過麻六甲海峽及其鄰近海峽，每年穿過蘇伊士運河的大小船隻將近兩萬艘，但這只相當於世界貿易的百分之十五。每天有三百艘船穿梭於英吉利海峽，通往世界上航運最繁忙的海洋，進入北海。地球上每年有數萬艘貨輪、加油船和渡船在來往，更別提捕魚船隊、快艇和帆船了。數百萬艘船擠滿了公海、近海、運河和海峽。所以，如果偶然有艘超大型加油船或貨輪沉沒，就聯想成一場嚴重的航海危機，顯得有點誇張。沒有人會輕易被嚇到，然後便不再把鏽跡斑斑的船注滿油，發船啟航。

「你知道，全世界有七千艘油船的狀況都很差。其中一半以上已經服役二十多年，許多大型油船完全可以用廢鐵來形容。但有些事情被默許。人們心裡打著算盤：一切都會順利的，對吧？人們衡量著可能性，一切成了一場賭博。一艘三百公尺長的油船如果掉進一個浪谷裡，船身會變形超過一公尺，損害所有的內部結構。但油船依舊按照計畫航行，一切都像沒事似的。」

皮克淡然一笑，「如果造成不幸的，是無法解釋的因素，可就無法計算了。風險無法評估，就形成一種特殊的鯊魚心理學。我們永遠不知道鯊魚剛好在哪裡？牠接下來會吃誰？只消一條鯊魚就足以阻止數千名遊客下水。從統計學來看，一隻食人鯊不可能對旅遊業造成衝擊，但事實上結果可能是毀滅性的。

「現在請你們想像一下，貿易航行在幾個星期之內發生的事故比以前多四倍，而且是不明原因所造成。無法解釋的驚人現象造成船隻沉沒，甚至那些性能良好的船隻也難逃劫數。我們永遠不知道下一個會是誰，人們不再談論生鏽、暴風雨的損失或導航誤差，街談巷語討論的是：別出海。」

此時螢幕上展示的是蚌類動物。皮克指著從蚌殼中伸出的纖維狀贅生物。

「這是足絲，貝類的某種足部。當斑馬貽貝在水中移動的時候，會用足絲吸附於物體表面。準確地說，足絲是由具粘性的蛋白質所組成。但是現在照片中，這些新的蚌類竟然能將足絲進化成螺旋槳。這種移動的推進方式其實跟之前提到的藻類有相似性。大家知道，生物的進化需要花上數千、數百萬年。這些蚌類要不是過去隱藏得太好，就是一夜之間獲得了新能力。在許多方面，牠們依然還是斑馬貽貝，只不過牠們似乎確切知道自己的目標。比如說，巴麗爾皇后號船身上雖然沒有，但螺旋槳上卻滿布著蚌貝。」

皮克報告了海難造成的損失，以及鯨魚對拖輪的攻擊。雖然巴麗爾皇后號倖免於難，事實卻證明，蚌類動物和鯨魚的合作戰略是多麼有效，就像灰鯨、座頭鯨和虎鯨之間的合作一樣。

「這簡直太荒謬了。」聯邦國防軍的一位上校在背後說道。

「絕不荒謬。」安納瓦克向他轉過身去，「牠們是有計畫的。」

「荒唐！你該不是想告訴我，鯨魚跟蚌類是商量好的？」

「不是。但牠們明顯地結合各自的勢力。如果你經歷過這種襲擊的話，你就不會這麼想。我們認為，牠們對巴麗爾皇后號的攻擊只是一次測試。」

皮克按下遙控，畫面出現一艘橫倒的巨船。暴風帶著高浪撲上船體。傾盆的大雨模糊了視線。

「商數號，日本最大的汽車運輸船之一。」皮克說道，「最後一批運的貨物是卡車。這艘船在洛杉磯沿海陷入一群蚌類的包圍。跟巴麗爾皇后號一樣，牠們緊緊吸附在舵上，但這回是在深海裡。商數號受到巨浪襲擊，開始全速行駛。接下來的事只能靠推測。在怒濤的威力下，有些卡車滑了出來，掉進艙底水箱裡，其中一輛擊穿船舷。這張照片攝於船槳卡住後十五分鐘。又過了一刻鐘，商數號撕裂開來，沉沒了。」

他停頓一下，「此後類似的事故清單一天天增加。拖輪受到攻擊，對船艦發出求救，但救援行動幾乎都失敗。安納瓦克博士說對了，這些瘋狂的事情是一種計畫。因為，近來我們又發現另一種變體。」

皮克播放一張布滿數公里烏雲的衛星圖。烏雲向陸地湧來，從離岸很遠的海上，漸漸凝聚為一柱灰紅的煙霧，好像一座火山在大海裡爆發。「雲下藏著阿波羅號的殘骸。這艘天然氣運輸船屬於超巴拿馬級*，是同型船中最大也最高級的船型，經常維修保養，狀態極佳。它在東京外海五十海浬處，機艙突然起火，火勢蔓延到四個油箱，引起一連串的爆炸。希臘船行想知道具體情況，派了一個機器人下去確認。」

一道閃光映過螢幕。接著，灰濛濛的背景突然出現暴風雪。

「一般油輪爆炸之後，不會剩下多少殘骸。這艘船在水面下斷成四截。本州島外海水深九千公尺，殘骸漂散在好幾平方公里的海面上。最後機器人找到船尾的部分。」雪花中出現一樣模糊的物體。一隻槳板，扭曲的船尾，還有部分船體。機器人從上面游進去，沿著鋼殼下潛。唯一的一條魚游過畫面。

「底部有著大量有機物：浮游生物、微生物腐質，你叫得出名字的都在那裡。」皮克解釋那些照片，

---

*「巴拿馬級」是以船身能否通過巴拿馬運河作分界，這是運輸船很重要的指標。「超巴拿馬級」的船隻則遠遠大於此。

「我們不用看完全部的照片，但這一張你們會感興趣的。」鏡頭一下子移近船體。船殼上厚厚地覆蓋著什麼。在探照光下，它們發著亮光，像融化的蠟油一樣閃熠著。

魯賓表情激動地俯身向前。「那裡怎麼有這東西？」他叫道。

「你認為那是什麼呢？」皮克問道。

「水母。」魯賓瞇起眼睛，「小水母。那裡一定有好幾噸。但牠們為什麼會釘在船殼上？」

「那斑馬貽貝又為什麼學會導航呢？」皮克回敬道，「海底門躺在淤泥下，顯然是徹底被堵塞了。」

一位外交官猶豫地舉起手來。「到底，呃……那是什麼……？」

「海底門嗎？」什麼都得解釋，「是水底輸送系統裡一個矩形凹槽，外頭有孔蓋保護，以防冰塊和植物跑進去。裡頭連接著輸送管。在船艙內部，輸送管線會將吸入的海水轉化成淡水，分送到所有需要的地方，例如消防水箱，但主要還是送進機器所在的冷卻水循環系統裡。這些動物是何時黏附在船體上的？很難說，也許是在船下沉之後。

「另一方面……我們可以設想一下以下的場景：水母群漂向油輪，擠得緊密而扎實，就像個密封的東西似的。幾秒鐘後，這些動物就堵住海底門，再也沒有水輸進去。同時，這種有機的糊狀物穿過蓋板的孔擠進去。愈來愈多的動物跟進來。管子裡剩餘的水被送進機器後便全乾了，阿波羅號的冷卻水供水系統頓時中斷。主機愈轉愈燙，機油灼熱，氣缸裡的溫度不斷上升，一支排氣閥掉了下來。著火的燃油衝射而出，引發連鎖反應。然而消防系統失靈，因為它們同樣也抽不到水。」

「因為水母堵塞海底門，於是一艘高科技的油船爆炸了？」洛赫問道。

皮克想，這問題多可笑啊。一群高水準的科學家們坐在一起，面對起不了作用的科技，表現得像失望的孩子似的。「油輪和貨輪一半由高科技組成，另一半則是史前技術。船用柴油機和舵機可能是複雜但技術高度發達的結構，它們主要用於轉動螺旋槳，將一塊鋼板移來挪去。人們使用GPS導航，但冷卻水確實是通過一個孔抽進去的。有何不可呢？因為它行駛在水裡呀，就這麼簡單。

「有時候，當水草或其他什麼東西不巧被捲進去時，會有一只海底門闔上，但清理掉就好了。一個堵住就用另一個。大自然從未對海底門發起任何公開的攻擊，那我們何必要去改進這個系統呢？」他停頓片刻，「洛赫博士，如果微小的昆蟲明天決定針對你的鼻孔發起攻擊，你那神奇的、高度複雜的身體就有致命的危險。你曾經想過會發生這種事嗎？我們遭遇的問題就在這裡——我們曾想過它會發生嗎？」

接下來談的，是蟲子和甲烷水合物。當皮克講話時，約翰遜零零散散地在筆記電腦裡記下他的思路：「**神經元系統的影響，透過……**」透過什麼呢？他必須為此找個字眼。他心不在焉地盯著螢幕。指揮部會入侵他的電腦嗎？黎和她的手下可能正在監視他，一想到這念頭就讓他不舒服。他有他的理論，他要在一個由他決定的時間點把他的理論告訴指揮部。

他左手的無名指和中指突然打出了幾個字，純粹是個巧合。電腦螢幕上出現了Yrr。約翰遜正想刪除，又停了下來。為什麼不用呢？任何一個字都可以。但它甚至比一個真正的單字更好，因為沒有人能破解。事實上他也不確定自己在寫什麼。反正沒有現成的概念，就只能取個抽象字眼。

Yrr。Yrr好聽。暫時就用它吧。

韋孚一邊聽，一邊咬碎了她的第三支鉛筆。皮克望向眾人，房間裡一片死寂。

「人類史上有許多洪水、海嘯和火山爆發，但沒有一次災情比得上這次北歐的海嘯。北歐沿海全都是高度發達的工業國，共有兩億四千萬人居住，且大多數住在海邊。那裡的地形突生大變。整體影響目前還不清楚，但對於經濟的影響是毀滅性的！鹿特丹幾天前還是史上最大的水上貿易城，北海是遠古能源最重要的倉庫之一。這裡每天有四十五萬桶石油被開採出來。歐洲的石油資源有一半在挪威沿海，另一部分在英國沿海，另外，還占有天然氣儲量的絕大部分。這一龐大的工業在幾秒鐘之內就被摧毀。保守估計，死亡人數在兩百到三百萬，傷者和失去家園的人數遠遠高於這個數字。」

皮克像報導一則天氣預報似的宣讀那些數字，神情冷漠，絲毫不帶感情。

「但我們不明白的是，到底是什麼引發了崩移。毫無疑問，這些蟲子是目前最值得注意的突變之一。沒有任何自然過程能夠解釋，為什麼數十億隻蟲子會和細菌聯盟組成部隊，橫掃大陸邊坡。儘管如此，我們在基爾的朋友們和約翰遜博士都認為，這塊拼圖還缺一小片。雖然由於蟲子的侵襲，水合物變得很不穩定，但絕對想不到會發生這麼大規模的災難。一定另有原因在作怪，海浪只是問題的表象。」

韋孚直起身。她感覺頸背上的毛髮豎起。雖然此刻出現在螢幕上的衛星圖是從很高的地方拍攝的，對比不明顯且輪廓不甚清晰，但她還是一下子就認出那艘船。

「這些照片證明了我所言。」皮克說道，「我們通過衛星監視這艘船……」

他說什麼？她不敢相信她所聽到的。他們監視了鮑爾？

「一艘叫做朱諾號的科學考察船。」皮克接著說道，「這些照片是夜裡拍攝的，出自一顆名叫 EORSAT 的軍方偵察衛星。幸運的是，我們的能見度極好，湖面很平靜，但這對於該地區來說很不正常。朱諾號當時停泊在斯匹茨卑爾根群島外。」

船上的燈光蒼白地掃過黑色的水面。突然，海面濺起亮斑，它們擴散開來，彷彿大海沸騰了起來。朱諾號向左傾倒，翻動。然後像塊石頭一樣下沉。

韋孚呆住了。沒有人告訴她要做好心理準備。她終於知道鮑爾上哪兒去了。朱諾號葬身格陵蘭海的海底。她想起他令人困惑的紀錄，他的擔心和害怕。她在痛苦中明白了一切。

「這是第一次，」皮克說道，「我們能夠清楚地觀察這現象。當然，我們對這地區發生甲烷海噴的現象其實已經知道一段時間了，不過……」

韋孚舉起手。「朱諾號沉沒時，你們採取什麼措施嗎？」

「沒有。」皮克定定地看著她。他的臉像雕像似的，毫無表情。

「你們讓一顆衛星監視著這個地區和這艘船，卻什麼行動都沒有？」

皮克緩緩搖頭。「我們監視許多船隻以累積資料。不可能立刻趕到每個地方……」

韋孚打斷他，「但想必你早知道會發生海噴了吧？這簡直就是發生在自家門口的百慕達三角洲。你們知道過去是海噴造成船隻失蹤，也知道北海甲烷的釋放在加劇，難道沒有意識到挪威大陸棚會坍塌嗎？」

皮克盯著她。「妳到底想說什麼？」

「我想知道，你們本來是不是能**做點什麼！**」

皮克的目光死死地盯著韋孚。室內安靜得讓人難受。「我們對局勢判斷錯誤。」他最後說道。

黎很熟悉這種狀況。除了承認空中偵察的失敗，皮克別無選擇。該是支援皮克的時候了。「我們根本無法採取什麼措施。」她站起來，平靜地說道，「我想請妳先聽少將的報告，而不是直接作判斷。或許我可以提醒妳，我們是從兩個角度去挑選這屋子裡的科學家：專業水準和經驗。他們當中，有人直接捲進這些事件。波爾曼博士本來能阻止什麼呢？約翰遜博士？國家石油公司？妳又能阻止什麼呢？韋孚小姐。從空中攝影機看到，並不代表我們就有無所不在的特勤小組能夠在任何時候、任何地點前往營救，無論情況有多危急。難道我們願意眼睜睜放著他們不管嗎？」

女記者皺了皺眉頭。

「我們不是來這裡相互指責的。」黎不管韋孚反駁什麼，加重語氣說道，「無辜的人最先扔石頭。這是我學會的。《聖經》裡是這麼寫的。我們聚在這裡是為了阻止更多的災難發生。如果我們能夠的話……」

「哈利路亞。」韋孚嘀咕道。

黎沉默片刻。「我了解妳的心情，韋孚小姐。」然後她微笑，緩和一下氣氛，「皮克少將，請繼續。」

有那麼一下子，皮克感到有些激動。軍人不會以這種方式提出批評或懷疑。他並不反對批評或懷疑，但他痛恨這樣被批評一番，卻不能以一道簡短的命令來重新校正關係。他突然對那位女記者產生起隱隱的敵意。他問自己，該如何才能應付這群科學家。

「你們剛才看到的，」他說道，「是較大量的甲烷外洩。雖然我對水手們的殉職深表難過，但氣體外洩所帶來的麻煩更大。由於滑塌的緣故，有數百萬倍導致朱諾號沉沒的東西進入了大氣層。萬一全世界所有的甲烷都以這種方式漏出的話，那就有好戲看了。結果相當於判處全人類死刑。大氣層會翻覆！」

他沉默片刻。儘管皮克經驗豐富，但他現在要宣布的事，連他自己也感到十分害怕。

「我不得不告訴大家，」他猶豫地說道，「大西洋和太平洋也都出現那些蟲子了。尤其是南美、北美、加拿大西岸和日本沿海的大陸邊坡，都發現這種蟲子。」

鴉雀無聲。

「這是壞消息。」這時有人輕聲咳嗽。聽起來就像一次小小的爆炸。

「好消息是，其他地方的侵襲規模不像挪威沿海那麼嚴重。這些生物只占據了個別地區。在這種密集度下，它們絕對沒有能力造成嚴重的破壞。但我們必須了解它們會增強，不管是以哪種方式。很可能，挪威沿海在去年就發現少量的蟲子，就在國家石油公司選來試驗新型工廠的地帶。」

「我們的政府不能證明此事。」最後一排的一位挪威外交人員說道。

「我知道。」皮克譏諷地說，「但跟這事有關的人似乎都死了。我們的消息來源僅限於約翰遜博士和基爾的研究小組。好吧，我們收到了資料。應該妥善利用，以便盡快採取什麼措施來對付這些該死的蟲。」

他突然住口。該死的蟲——聽起來不太妥當，太情緒化了。可以說他在最後關頭失言了。

「它們的確該死！」一個男子站起來，像塊岩石一樣挺立，高大魁梧，披著一件橙色風衣。棒球帽下，粗粗的黑色鬈髮捲繞向各個方向。一隻超大的有色眼鏡困難地架在過小的鼻子上，鼻尖上翹，頑強地與青蛙一樣寬的嘴巴抗衡著。只要這張嘴巴一張開，龐大的下巴向下壓去，你不禁會聯想起木偶表演來。

巨人的名牌上寫的是史坦利．福斯特，火山學家。「我一點也不喜歡它們。」福斯特說，聽起來好像他是在主日崇拜時講道似的，「但我們似乎將注意力全集中在人口密集區周圍的大陸邊坡上。」

「是的，因為這符合挪威模式。先是少數動物，然後一夜之間變成一大群。」

「但我們不應該『只』關注它。我覺得這態勢很明顯，魔鬼有不同的計畫。」

皮克搔搔後腦勺。「你能說得更詳細點嗎，福斯特博士？」

那位火山學家深吸口氣，胸腔繃緊起來。「不能。」他說道。

「我沒聽錯你的話吧？」

「我倒希望如此。難不成我們應該製造恐慌嗎？我得先搞清楚才行。但請你想想我說的話。」

他眼神堅決地看了看在座的眾人，大下巴前挺著，重新坐回去。

好極了，皮克想道。笨蛋一個接一個來。

范德比特圓嘟嘟地滾向講台。黎瞇眼望著他的背影。她眼看著中情局的這位副局長將一副小得可笑的眼鏡戴到鼻梁上，讓她既感到有趣又厭惡。

「『該死的蟲子』十分符合我對它們的描述，薩洛。」范德比特快活地說道，「但我們要點一把火，讓這些小混蛋的屁股著火。好，來談談我們所掌握的。目前為止，不多。我們的寶貝石油，全都完蛋了！至於國際航線運輸遭到自然界的卑鄙詭計破壞，造成損失，正如皮克囉囉嗦嗦報告的那些。但人們知道什麼？恐懼凌駕了一切。鯨魚和鯊魚的攻擊，老實說只是小孩的惡作劇。是啊，一個體面的美國家庭不能再出海垂釣，的確是很可恨，但並不影響人類的生存。當然，在第三世界國家，一些靠著捕沙丁魚來養活他十七個孩子和六個老婆的貧窮漁夫們，現在只能待在沙灘上，因為他們害怕一出海就會被吃掉，這也很糟。但除了深表遺憾之外，我們也別無他法。」

范德比特狡猾的目光透過他的鏡框觀察著。「人類有其他的麻煩。各位，如果你想毀滅世界，只要針對最大的、最有錢的國家下手，讓他們自顧不暇，就可以毀掉三分之二的世界。第三世界國家能夠生存下來，全是因為他們仰賴富國的支援。仰賴著美國的恩威——你知道，所有那些小小的權力交換，全都是靠和毒品頭子談判，以及答應經濟上援助而成的。不過，這種好日子已經結束了。當鯨魚全面攻擊船隻時，我們也許會竊笑，因為我們經濟的繁榮不是依賴獨木舟和蘆葦船。

「但是西方的生活標準並不具代表性。當你們在今晚餐會上隨心所欲地大快朵頤時，請記住這點。對於第三世界來說，異常現象就等於完蛋！管它聖嬰是男是女，聖嬰現象就等於完蛋！對照近來大自然所帶給我們的樂趣，這些過去既有的災難算是對我們很好的了。嘿，或許聖嬰可以喝杯啤酒就閃人。但這次別傻了，我們的新客人很難伺候。

「歐洲部分地區宣布進入緊急狀態。這代表什麼意思呢？是天黑後誰都不許上街，以免因此把腳弄溼嗎？當然不是。緊急狀態意味著，歐洲無法控制這場人類的浩劫。紅十字會、災難救援機構、聯合國教科文組織，不再輸送帳篷和食品了。文明的歐洲將死於飢餓和瘟疫！還有！噢，天啊！挪威會爆發霍亂！緊急狀態代表著傷患無法獲得醫療照顧，星期六晚上看著電視益智遊戲的可愛歐洲觀眾，潰爛的傷口上爬滿小白蛆，叮滿了蒼蠅，它們落在哪裡就在哪裡散播著病菌。

「你們覺得很難受嗎？這根本不算什麼。一場海嘯會讓你全身溼透了！但當它結束後會發生什麼呢？各種東西開始爆發出來！消防救援不再繼續。沿海地帶先是泡水，接著又陷入一片烈焰當中。噢，還沒結束呢！回退的潮水截斷那些建在沿海的該死核電廠的冷卻水供給。挪威會發生一樁核能事故，接著英國發生另一起。你們厭煩了嗎？我還沒有談供電系統的全線崩潰呢。各位女士先生們，我很抱歉，但是請你們暫時別指望歐洲，更別想指望第三世界。歐洲整個報廢了！」

范德比特掏出一塊白手帕擦拭著額頭。皮克快吐了。他痛恨這個人。從來就沒有人喜歡范德比特，可能連他都不喜歡他自己。一個悲觀主義者，一個冷嘲熱諷者，一張臭嘴。而皮克最痛恨的是，范德比特所講的一切幾乎都有道理。他跟茱蒂斯．黎少數的共通點，就是同樣厭惡范德比特。

「好了，接著，」范德比特得意地說道，「歐洲的飲用水裡充滿了可笑的小藻類。怎麼辦？用化學武器嗎？我們永遠可以把水煮沸或在裡頭下毒，這麼做或許可以殺死那些小畜牲，但我們會跟著一起掛掉。用水嚴重短缺。人們再也不能在蓮蓬頭底下一站幾小時，哼上兩遍小夜曲，再也不會有了。有誰會知道，在這裡的第一批龍蝦何時會爆發，諸位，但上帝最喜愛的國家最好等著看吧！祂已經對我們失去耐心。」范德比特低聲地咯咯笑起來，「或者，我們講真主好了！諸位，真理就要出現了！你們等著瞧這轟動的謎底揭曉吧。廣告之後馬上回來！」

他在講什麼呀，皮克想道。范德比特瘋了嗎？這是唯一的可能。只有瘋子才會說出這種話。

一張世界地圖投映到螢幕上，線條串起各國和各大洲，從英國和法國橫穿大西洋一直延伸到波士頓、長島、紐約到紐澤西一帶。另一張網分布得很散，穿過太平洋，將美國西部和亞洲連在一起。粗線沿加勒比海群島和哥倫比亞延伸，穿過地中海和蘇伊士運河直到東京。

「深海光纖。」范德比特解釋道，「資訊高速公路，我們通過這個打電話聊天。沒有光纖就沒有網際網路。挪威沿海的崩坍破壞了歐洲和美國之間的部分光纖網，至少有五條最重要的跨大西洋線纜無法再傳輸資料。前天，一條有著漂亮名字的 **FLAG Atlantic-1** 電纜也斷了。它聯結紐約和布列塔尼，每秒鐘能夠傳輸一六〇GB。抱歉，是曾經！注意到什麼沒有？有人在拿深海電纜當早餐，我們的資訊橋梁中斷了。電來自插座裡？沒那回事；這世界很小？才怪！我們給加爾各答的嬸嬸打電話，祝她一聲生日快樂吧。忘了這回事吧！全世界的通信都癱瘓了，我們卻不知道為什麼。不過有一點是肯定的。」

范德比特露出牙齒，肥胖的身體向前一傾，「這不是巧合，諸位。是人為操縱，好讓我們一點一滴脫離文明。」他朝眾人愉悅地點點頭，雙下巴又多出幾層。「不談我們失去的了，來談談我們擁有的吧。」

安納瓦克從范德比特接下來的話裡找到些許安慰。在他短暫地失去對世界的信心之後，這些話讓他覺得自己正舉著一塊牌子大步走在前面，牌子上用不容忽視的大寫字母寫著：李奧，我們相信你。

「安納瓦克博士發現了一種發光的生物。」范德比特說道，「扁的，沒有固定形狀。我們在巴麗爾皇后號的船底附著物裡沒能找到其他類似的生物，但我們的英雄沒有放棄，自一小片動物組織裡有所斬獲。這種物質跟菲維克博士和奧利維拉博士在暴動鯨魚頭顱裡所發現的一種不定型膠狀物是一樣的。

「我們聯想到被污染的甲殼動物。紅潮毒藻躲在裡面，像坐著一輛計程車被運送，但這位計程車司機不是龍蝦表兄，而是某種取代牠的東西。殼裡裝滿一遇新鮮空氣就全部融化的東西。但洛赫博士還是成功地將之分析出來。猜猜那是什麼？是我們的老伙伴──膠狀物。」

福特和奧利維拉將頭湊近。奧利維拉以她低沉的聲音說道：「沒錯，來自鯨魚大腦的物質和船上的一樣。但大腦裡的那東西要輕得多，細胞密度似乎也小得多。」

「我已經聽說過關於這種膠狀物有不同的觀點。」范德比特說道，「好了，諸位，這是你們的問題。我要說的是，我們將巴麗爾皇后號隔離在一個船塢裡，以免讓可能的偷渡客溜走。從那之後，我們經常在船塢的水中觀察到一道道藍色的閃光。每次閃光的時間都不是很長。當安納瓦克博士在我們的禁區裡度過他今年的潛水假期時，他也看到了。水樣顯示的是我們在任何一滴海水裡都會見到的相同微生物。

「那麼那閃光從何而來？由於缺少更合乎科學的精確術語，我們稱它為藍色雲團。感謝約翰．福特，是他證明了這個，用一台名叫浦號機的水下機器人拍攝錄下來。」范德比特出示露西鯨群的照片。

「這些閃電似乎既沒有傷害也沒有嚇著鯨魚。顯然這種雲團對牠們的行為有所影響。雲團的中心可能藏著什麼東西，刺激著那些動物大腦裡的物質。或許對牠們進行注射，用一種長著發光、鞭子樣觸鬚的東西。現在我們進一步認為，這觸鬚不僅注射膠狀物，**它們本身就是膠狀物**！如果是這樣，我們這裡所看到的東西，就是安納瓦克博士在巴麗爾皇后號船體上發現的小東西的放大版。

「我們發現了一種陌生的生物，它能控制甲殼動物，讓鯨魚發狂，在那些讓船隻沉沒的蚌類之間搗亂。你們看，諸位，我們已經走出一條路了！現在你們只需要查出它是什麼？它為什麼在那裡？這種膠狀物跟雲團之間是什麼關係？對了，還有，到底是哪個渾蛋在他的實驗室裡胡搞？這些也許能幫助你們。」

范德比特將照片重新播放一遍。這回圖片下方出現一幅光譜圖，可以看出強烈的頻率變化。

「這台浦號機是個天才的小傢伙。就在雲團出現前不久，它的水下聲納系統就記錄下一些東西。我們無法用這對可憐的、被塞住的人類耳朵聽見任何聲音。不過，如果你懂得一些把戲，便可以讓超聲波和超低頻波被聽見。對那些SOSUS的傢伙而言是小事一樁。」

安納瓦克側耳傾聽。他知道SOSUS，還跟他們合作過幾次。美國海洋與大氣局從事一系列致力於捕捉和分析水下聲學現象的專案。它們都歸屬在一個聲學監測工程的大概念下進行。海洋與大氣局用於水下監聽措施的工具，可說是冷戰時期的遺物。

SOSUS是聲音監測系統的縮寫，一個敏感的水下聲納系統，是美國海軍在六〇年代為跟蹤蘇聯潛艇而安裝在世界海洋裡的。當冷戰時期因為蘇聯瓦解而結束之後，自一九九一年起，海洋與大氣局的民間科學研究人員也可以檢閱這個系統裡的資料。

感謝SOSUS，科學家們因此發現，遼闊的深海底下其實一點也不安靜。尤其是在低於十六赫茲的頻率範圍，那裡充滿了難以忍受的喧嘩。人類的耳朵要想能聽到這些聲響，必須以十六倍的速度播放它們。一場水下震動突然變得像滾滾雷鳴，座頭鯨的歌唱讓人想到鳥兒的啁啾，而藍鯨則以嗡嗡的間奏向遠在數百公里外的同類發出訊息。每年的錄音資料中，有將近百分之七十五是一種有節奏的、特別大的隆隆聲——這聲響發自石油公司用來探勘深海地質結構所使用的高壓空氣槍。

如今，海洋與大氣局透過自己的系統對SOSUS進行補充。這個組織每年都在繼續擴建水下聲納系統的網絡，好讓科學研究人員能聽到更多。

「今天，我們僅靠聲納就能說出那是什麼東西。」范德比特解釋道，「那是一條小船嗎？它行駛的速度快嗎？它使用哪種驅動裝置？它來自哪裡，相距多遠？水下聲納**告訴我們一切**。你們也許知道，水介質傳播聲音的效果非常好，速度極快，每小時可達五千五百公里的速度。如果在夏威夷沿海有一隻藍鯨掉進水裡，不到一小時後，一只位在加州的耳機裡就會出現咕咚聲。

「但SOSUS記錄的不光是脈衝，也告訴我們它來自哪裡。也就是說，海洋與大氣局的聲音檔案館裡存放著成千上萬的響聲：喀嚓聲，隆隆聲，呼呼聲，咕嚕聲，嘰嘰聲和颯颯聲，生物和地震的聲響，環境的噪音，這一切我們都可以翻譯，只有少數例外。而各位知道嗎？海洋與大氣局的墨瑞．尚卡爾博士正在我們當中，他會樂意對接下來的情況進行分析的。」

一位個子矮小、顯得害羞的男子從第一排站起來，他長著印度人的臉型，戴著金框眼鏡。范德比特調出另一張光譜圖，播放了人工加速的聲音。房間裡充滿一種沉悶的、逐漸升高的嗡嗡聲。

尚卡爾輕咳一聲。「我們將這種聲音叫做**上移**。」他輕聲說道，「這是一九九一年錄下的，出處似乎在南緯五四度，西經一四〇度。上移是SOSUS最早捕捉到、無法辨認的聲音之一，它相當大聲，整個大西洋都接受到了。我們至今不知道那是什麼。有一種理論認為，那可能是由海水和液態熔岩在水下共振形成的，在紐西蘭和智利之間的海底山脈裡的某個地方——傑克，請播放後面的例子。」

范德比特放出另兩幅波譜圖。

「**茱莉亞**，錄於一九九九年。還有**刮擦聲**。兩年前由一組獨立的水下聲納系統在近赤道的大西洋錄下。該振幅在方圓五公里內很容易聽到。茱莉亞讓人想到動物的叫聲，你們不覺得嗎？聲響的頻率變化很快。它們分解成一個個的聲調，像鯨魚的歌唱。可是那不是鯨魚，沒有哪種鯨魚能發出這種音量。相反的，刮擦聲聽起來好像一根唱針正滑向槽裡，只是，那台唱片機可能有一座城市那麼大。」

接下來的聲音是一聲拖長的、不斷降低的嘰嘰聲。

「錄於一九九七年。」尚卡爾說道。「這是**漸慢**。我們估計，源自最南端的什麼地方。不是船隻和潛艇。漸慢可能是巨大冰原擦過南極岩石上方時產生的，但它也可能完全是另一種東西。海洋與大氣局也研究生物聲學的起因，就是與動物有關的聲響。有些人樂於根據這些聲響證明大王烏賊的存在，但以我的經驗來說，這些動物根本不能發出聲響來。沒人知道那是什麼，不過……」他害羞地笑了一下，「不過，今天我們可以從帽子裡變出一隻小兔子來。」

范德比特將浦號機錄下的波譜圖重放一遍。這回他讓它可以被人類聽見。

「聽得出這是什麼嗎？是刮擦聲。你們知道浦號機怎麼說嗎？聲源就在藍色雲團裡！由此我們可以……」

「謝謝你，墨瑞，你可以得奧斯卡獎了。」范德比特喘著粗氣，拿起手帕擦拭額頭。「剩下的就是猜測。

好，我們今天就到這裡吧。女士先生們，讓你們的腦袋動起來吧！」

後面展示的是來自黑暗深海的影像。探照燈下有東西閃著亮光。接著，有個外型平坦的生物翻湧進畫面中，頃刻又退回去。

「這段影片是處理過的版本，是挪威馬林帖克海科所不幸被沖進海裡前拍攝的。看了他們的版本，清楚發現兩件事：第一，它相當巨大，第二，它會發光，更準確地說，它在閃爍，而且一進入鏡頭就熄滅。它在靠近挪威的大陸邊坡近七百公尺深的位置嬉戲。諸位，你們仔細想想，這會不會正是我們的膠狀物朋友呢？請你們得出結論。我們對你們的期望，就是希望你們能拯救上帝創造出的人種。」

范德比特對著一排排的聽眾冷笑。「我不想隱瞞你們——我們馬上就要面對世界末日。因此，我建議分頭進行。由你們去設法阻止這種突變動物，看是找出什麼馴服方法，或者餵它吃下什麼穿腸爛肚的東西。而我們則去想辦法找出搗鬼的大壞蛋。但無論你們做什麼，別妄想登上頭版新聞。歐洲和美國已經達成協議，會在適當時機放出假消息。小小的恐慌就像糞便上的糖衣，如果你們理解我所說的。任何動盪都不是我們樂見的。所以，當我們放你們出去玩的時候，請記住你們承諾黎阿姨的話。」

約翰遜清了清喉嚨。「我想代表大家為這番極其有意思的報告向你致謝。」他和善地說道，「讓我打開天窗說亮話。你希望**我們**能告訴**你們**深海裡的那東西究竟是什麼。」

「沒錯，博士！」

「你猜那是什麼東西呢？」

范德比特微微一笑。「膠狀物。和一種藍色雲團。」

「了解。」約翰遜也報以微笑，「你希望我們自己去倒數過新年……你知道我說的是什麼，范德比特。我想你已經得出一個推論。如果你要這裡的人一起合作，也許你應該告訴我們，不是嗎？」

范德比特揉揉鼻梁，跟黎交換了一個眼色。

「好吧。」他拖長聲調說道，「過新年怎麼可以不發年終呢？真是的！我們要問的：哪裡會是災難的熱門地點？哪個地區狀況較輕微？哪個地帶倖免於難？嘿！怪了，未被破壞的是近東、前蘇聯地區、印度、巴基斯坦、泰國，以及中國、韓國。北極和南極這兩個冰櫃也沒有。很明顯，主要受害者是西方。僅是毀掉挪威的海上工業，就給西方造成長遠的損失，使我們處於微妙的附屬位置。」

「如果我理解的沒錯，」約翰遜慢慢說道，「你在談恐怖主義。」

「真聰明！你知道，恐怖主義有兩種，兩者都是以大屠殺為目的。第一種不惜一切代價進行政治和社會革命，儘管成千上萬人會因此喪生。比如，伊斯蘭教極端分子認為，異教徒有氧氣能呼吸就不錯了。「第二種是念念不忘最後審判，四處散布有罪的人類在上帝美麗的星球上逗留太久了，是該將他們消滅的時候。這種人可以支配的金錢、技術愈多，情況就愈危險，例如殺手藻類，這種東西也許能夠人工養殖。既然我們可以訓練狗來咬人，基因研究已經能夠竄改DNA，為什麼不能用來修改行為呢？

「想想看，這麼多突變全集中在短時間內發生。你們怎麼看？如果你問我，我覺得其中有實驗室的味道。一個外來生物，它為什麼沒有形狀呢？也許，因為它根本不想要有形狀？我們來想像一種原生質，一種有機結合物，一種黏糊糊的玩意兒，具有跟分子一樣小的束狀組織，占據了動物大腦或者龍蝦。我告訴你們，這是一樁陰謀。想想看，北歐石油工業崩潰對中東國家意謂著什麼，就能找出他們的動機。」

約翰遜盯著他。「你瘋了，范德比特。」

「你這麼想？連接波斯灣和阿拉伯海的荷姆茲海峽至今沒有發生意外或海難。蘇伊士運河裡也沒有。」

「但為什麼要用瘟疫和海嘯？為什麼要消滅那些花大錢買阿拉伯石油的買主，這有什麼意義呢？」

「噢，我同意，」范德比特回答道，「這的確很瘋狂。我從沒說過這麼做有意義，只不過是合理的推論。你也知道，地中海至今倖免於難，波斯灣到直布羅陀海峽的航道也未遭到襲擊。但請你注意發現蟲子的地方，全都是想開採石油的南美洲和西方世界。」

「別忘了，美國東北海岸也出現蟲子。」約翰遜說道，「一場毀滅全歐洲的海嘯，會把他們的石油貿易客戶從市場上沖走。」

「約翰遜博士。」范德比特微笑道，「你是科學家，習慣用科學邏輯來思考。中情局早就不管邏輯。自然法則可能有其意義，但人類沒有。我們都知道，一場核能戰爭意謂著人種的滅絕，但這樣的威脅依然存在，達摩克勒斯劍＊一直懸在每個人頭上。約翰遜博士，〇〇七電影裡的大反派是真實存在世上的，只不過現實中可沒有詹姆斯．龐德。當海珊在一九九一年點燃科威特油田時，就連他自己的人都預言，一場長達數年的核能寒冬將會來臨。他們猜錯了。不過那不是重點，重點是他們的警告並不能阻止他。

「無論如何，請你問問你基爾的同事們，如果海裡的甲烷全部釋放出來，**會發生**哪些『事實』？你很清楚，這些全是推測。海平面一旦上升，歐洲就玩完了，比利時、荷蘭和德國北部會變成水上運動的名勝，但荒蕪貧瘠的中東地區會怎樣呢？這些沙漠也許會繁花盛開、欣欣向榮。你只需要多幾次這樣的海嘯就能把西方世界徹底摧毀，但仍會有足夠的人去購買阿拉伯的石油。或許這些恐怖活動並不打算引發世界末日，而是要削弱西方，讓世上的權力關係重新分配，無需任何人為此發動戰爭。這顆星球終有一天又會安靜下來……怪物可能來自海洋，但我跟你打賭，它們的主人來自陸上。」

黎關掉投影機。「我要感謝所有促成此次高峰會的各國外交代表和情報機關大使。」她說道，「我知道有些人今天就要動身出發，但大多數人於接下來幾周將繼續在此作客。我想我不必提醒你們，保密機制適用於**我們每個人**身上，請務必對我們的工作和發現保守祕密，這會對各國政府有利。」

她頓了頓。「至於科學家們，我們將盡可能給你們支援。從現在起，請你們只使用你們面前的筆記型電腦。酒店裡到處都有網路接頭，無論是酒吧、你們的房間或健身中心都有。不管你們在哪裡，都可以登錄。跨大西洋的連線又恢復了。酒店樓層裝有衛星接收天線，一切都正常運轉。電話、傳真、電子郵件和

＊ Sword of Damocles，希臘傳奇故事。達摩克勒斯是義大利一位僭主狄奧尼修斯的朝臣，善於歌功頌德，當他盛讚僭主洪福齊天的時候，狄奧尼修斯安排了盛宴，邀他入座，而在他頭上用馬鬃懸掛一把利劍，喻示大權在握的人往往朝不保夕。

網際網路，從現在起都會通過NATO-III衛星來發送。過去，它用於北約合作伙伴各政府之間的聯繫，現在也被列入你們可使用的配置之中。

「為此我們建立一個封閉的網路，一個密中密、謎中謎，只有成員可以進入。你們可以使用它互通訊息，提取最高機密。進入需要一組個人密碼，在簽完保密聲明之後就可以得到這組密碼。」

她嚴肅地望著眾人。「請注意，絕不可以將這個密碼告訴未經授權者。一旦登錄後，你們就可以在民間和軍事衛星上進行存取，包括海洋與大氣局和SOSUS的資料庫，所有已歸檔的和現行的遙測資料，中情局和國安局有關全世界的恐怖活動、生化武器研製和基因技術專案的資料庫……等等。

「我們已經為你們總結了深海技術的現狀，以及地質學和地球化學的基礎知識，還編有所有已知生物的目錄，你們可以觀看海軍檔案裡的深海地圖。當然也會將今天的會議及所有相關資料都納入。一有最新消息、最新進展都會主動傳送給你們。我們會和你們保持聯繫，當然，希望你們也能做到這點。」

黎停頓了一會兒，向眾人報以鼓勵的微笑。「祝你們好運。後天同一時間我們會再見面。這期間有誰需要交換意見的，隨時可以來找我和皮克少將。」

范德比特望著她，揚起一道眉毛。「希望妳會乖乖地向傑克大叔彙報。」他說得很小聲，只有黎聽到。

「請你別忘了，傑克。」黎邊收拾她的資料邊回答道，「我是你的長官。」

「我很抱歉，親愛的。我想妳誤會了。我們是合作伙伴，是平等的。」

「噢，我忘了說，在智力方面可不平等。」她沒打招呼就離開房間。

約翰遜

大多數人都向酒吧走去，但約翰遜一點加入的興致都沒有。也許他該利用這個機會來熟悉這個團隊，但他腦袋裡正想著別的事。才剛回到自己的套房就傳來敲門聲；韋孚沒等他應門，直接走了進來。

「在妳闖進來之前，該給老頭子一點時間穿上他的緊身束腹，」約翰遜說，「我不希望妳的幻想破滅。」

他拿著筆記型電腦穿過布置舒適的客廳，尋找網路接頭。韋孚打開迷你酒吧，取出一瓶可樂。

「接頭在書桌上方。」她說道。

「噢。真的。」約翰遜接上筆記型電腦，打開程式。她從他肩膀後方看著螢幕。

「你贊成恐怖分子的看法嗎？」她問道。

「絕對不贊成。但我能理解中情局的歇斯底里，」約翰遜先後打開幾個文件，「他們在那裡只學到這個。此外，范德比特說，科學家們傾向於想像人類行為會如同自然法則般有規律可循，這點他說得沒錯。」

韋孚側過身來。一綹鬈髮落到臉上，她伸手撥了撥。「你必須告訴他們你的理論，西谷。」

約翰遜猶豫著。他在一個圖示上點兩下滑鼠，輸入他的密碼：

CHATEAU DISATER 000 550 899-XK/0

「啦啦啦啦，」他哼唱道，「歡迎進入異想世界。」

好個個人密碼，他想。滿滿一城堡的科學家、祕密情報人員和軍隊，所有的嘗試都是為了拯救這個充斥怪物、洪水和天氣災難的世界。災難城堡，真是貼切的名字。

螢幕上到處都是圖示。約翰遜研究著文件的名稱，輕輕吹了聲口哨。「老天！真的可以進入衛星。」

「真的嗎？我們也能操縱它們嗎？」

「很難！不過可以調出它們的資料。妳看，GOES-W和GOES-E，整個海洋與大氣局的資源調度都在彈指之間。這個是QuikSCAT，這也不賴。這裡確實是Lacrosse系列衛星。如果他們連這些也給我們，表示他們真的是破釜沉舟，背水一戰。這裡，SAR-Lupe雷達衛星。這是……」

「你可以回地球來了。你真的相信他們會讓我們不受限制地使用情報部門和政府的資源？」

「當然不是。我們只能使用他們要讓我們看的東西。」

「為什麼不把你的想法告訴范德比特？我們時間不多了，西谷。」

約翰遜搖搖頭。「卡倫，妳必須說服黎和范德比特這種人，他們要的是結論，不是猜測。」

「我們有結論！」

「但時機不對。今天是他們唯一可誇耀的時刻。他們將所有東西匯總起來，唱作俱佳地把災難裝飾成慶典——范德比特不僅從帽子裡變出一隻肥嘟嘟的阿拉伯小兔子，而且，媽的，還對此自鳴得意！那論點聽起來根本就矛盾重重。我想讓他們對自己的小小陰謀論產生懷疑，要不了多久的，比妳想的還要快。」

「好吧。」韋孚點點頭，「你有多少把握？」

「對我的理論嗎？」

「我是說，你確定有把握吧？」

「我有把握。可是我們必須找出令人信服的方法，證明美國人的觀點是錯的。」約翰遜沉思了一會兒。

「而且，我覺得范德比特不是重要角色，黎才是我們要說服的對象。我確信她會不顧一切得到她想要的。」

黎

她做的第一件事就是踏上跑步機。她將電腦程式設在每小時九公里，這是舒服的小跑。是撥電話給白宮的時候了。兩分鐘後，耳朵裡傳來總統的聲音。「茱蒂！聽到妳的聲音真是太好了。妳在做什麼？」

「我在跑步。」

「妳在跑步！果然是領袖人才，妳是最優秀的，茱蒂，每個人都應該以妳為榜樣，除了我之外。」總統親熱地大聲笑著。「妳真是太熱愛運動了。對了，說明會妳還滿意嗎？」

「十分滿意。」

「妳跟他們說了我們的猜測嗎？」

「很抱歉，長官，他們現在已經獲悉范德比特的猜測了。」

總統還在笑。「噢，茱蒂，請妳別再提妳和范德比特之間的小彆扭了。」他說道。

「他是個渾蛋。」

「但是他工作認真。我又不是要求妳嫁給他。」

「如果是為了國家安全，我會嫁給他。」黎生氣地回答道。「但我不會因此同意他的觀點。有誰會在精英群聚的會議上，炫耀自己的推論，提出沒有證據的恐怖分子假說來裝腔作勢？現在，科學家們已經先入為主了。他們跟在一個理論後面，而不是自己去發明一種理論。」

總統沉默不語。黎知道他正在認真思考她的話；他不喜歡單獨行動的人，范德比特犯了他的禁忌。

「妳說得對，茱蒂，繼續保密可能比較好。妳去找范德比特談談。」

「噢，還是你跟他談吧。他不會聽我的。」

「好，我會跟他談的。」

黎在心裡暗笑。「聽我說，呃……我並不想給傑克惹麻煩……」她客氣地補充道。

「不要緊。不談范德比特了，談談妳那群科學家吧。他們有辦法勝任嗎？目前為止有任何想法嗎？」

「他們全都是佼佼者。」

「有特別突出的嗎？」

「有個挪威分子生物學家。西谷·約翰遜。我還不知道他的特出之處，但他對這件事有自己的看法。」

總統跟房間裡的某人說了句什麼。黎調快跑步機的速度。

「我剛剛跟挪威內政部部長通電話，」他說道，「他們也不知道怎麼辦才好。他們當然歡迎歐盟倡議，可是我相信他們更希望美國一起參與。德國人也持同樣的觀點，他們經過投票，同意成立一個彙集所有力量、擁有廣泛權力的全球委員會。」

「由誰主導？」

「德國總理建議讓美國來主導。我認為這建議不壞。」

「噢，這是非常好的建議。」她停頓一下。「我記得你不久前曾說過，聯合國有史以來還沒出現過如此懦弱的祕書長。這是在三個星期前的大使招待會上，之後，我們受到來自各國一貫的指責。」

「那傢伙是個膿包，這是事實。他們對這件事的態度真是該死的自大！不過妳的重點是什麼，茱蒂？」

「我只是說說。」

「少來了，快說吧！妳有什麼替代方案？」

「你指的替代方案，是讓數十名中東代表主導參與調查委員會嗎？」

總統沉默了。「我想，或許我們可以主導這個會議。」他最後說道。

黎在回應之前，裝出一副需要時間考慮的樣子。「我認為這個主意非常好，長官。」她說。

「可是這麼一來，我們又**再一次**把全世界的問題都攬在自己身上了。真令人作嘔，妳不覺得嗎？」

「反正我們也擺脫不了。我們是唯一的超級強權，如果想繼續保持這個地位，就必須拿到主導權。畢竟就權力鬥爭來說，疾風知勁草，路遙知馬力。」

「妳和妳的中國諺語啊。」總統說道。「人家不會端著銀盤子拱手送上的。我們必須花點時間讓大家相信，為什麼偏偏是美國來主導這個委員會。想想阿拉伯世界會有什麼反應？更別提中國和韓國。對了，說到亞洲，我看到妳那些科學家的檔案，有一個看起來像亞洲人。我們不是說好不找亞洲人和阿拉伯人嗎？」

「亞洲人？叫什麼名字？」

「滑稽的名字——瓦卡瓦卡，或者類似的名字。」

「你說的是李奧．安納瓦克。他不是亞洲人。就某種層面來說，我才是整個惠斯勒區最亞洲的人啦。」

總統笑了。「哎呀，茱蒂，就算妳是從火星來的，我也會讓妳全權處理。可惜妳不能來看球賽。如果沒有意外的話，我們要去牧場舉行烤肉餐會。我太太已經醃好烤肉了。」

「下次吧，長官。」黎衷心地說道。

他們繼續聊了一會兒棒球。黎不再堅持要美國主導世界共同體的事。最遲兩天之後，總統就會相信那是他自己的主意，到時只要給他一個提醒就夠了。

她全身汗溼地坐到鋼琴旁，將手指放上琴鍵，集中精神，讓莫札特的G大調鋼琴奏鳴曲流瀉而出。

KH-12匙孔衛星

就像風中捎來的香氣，黎的琴聲從套房半開的窗戶飄了出去，瀰漫在空氣中，傳遍惠斯勒堡第九層的每個角落。離地面高度一百公尺處，聲波呈環狀向各方擴散。在飯店的最高處，有一座像童話故事裡會出現的那種尖型塔樓，在這裡，任何一隻敏銳的耳朵都能聽到琴聲，儘管它如此微弱。琴聲飄過更遠的塔牆，聲波開始散開。一百公尺之後，它會和其他聲波混在一起。

離地面高度一千公尺處，仍能聽到汽車引擎的聲音、飛機螺旋槳的嗡嗡聲，以及位在惠斯特村中、現在被列為禁區的長老教堂鐘聲。最後是城堡與外界最主要的聯繫工具——軍用直升機——的呼呼聲。

從這高度眺望，城堡依然清晰映入眼簾，坐落在向西緩升的森林中央。鄰近的山脊上，溝壑縱橫的積雪閃耀著銀色光輝，宛如路德維希二世*夢想中的世界。

當琴聲消失在春天的空氣中時，黎與總統的談話早就從太空中繞一圈回來了。通話高峰時，他倆在太空外圍進行交談，交換同樣來自太空的資訊。沒有大批的衛星，美國就不可能進行波灣戰爭，不能進行科索沃戰爭和阿富汗戰爭。沒有來自太空的支援，空軍就不可能準確擊中目標。沒有代碼KH-12的水晶號高解析度電眼，最高司令部便無法獲悉敵人在隱密山區的活動。

KH代表匙孔（Keyhole），是美國最精密的間諜衛星，Lacrosse雷達系統的光學對應體，能識別四至五公分大的物體，還可以替換成紅外線拍照，使得它的活動時間擴大至深夜。與大氣層外的衛星相反，它們裝備有火箭驅動裝置，以便能夠停留在極低的運行軌道上。此外，它們在三四〇公里的高度繞著行星旋

* Ludwig II，十九世紀德國巴伐利亞地區的青年國王，建造了童話般的新天鵝堡。

轉，能夠在廿四小時之內拍攝整個地球。

隨著溫哥華島沿岸襲擊開始，有些衛星下降到兩百公里的高度。九一一之後，美國為反制恐怖主義，發射了廿四顆光學衛星，和匙孔衛星、Lacrosse衛星共同組成無可匹敵的偵察網路。

當地時間晚上八點，在科羅拉多的丹佛市附近，巴克利空軍基地的一間地下室裡，兩名男子接到一通電話。這兩人坐在一個巨大的衛星接收器下面，身處螢幕的包圍之中，即時接收匙孔衛星、Lacrosse和其他探測設備的資料，經過分析和評估後，發送給負責部門。兩人都是祕密間諜，雖然跟人們想像中的間諜根本不一樣。他們穿著牛仔褲和運動鞋，看上去更像搖滾樂團的團員。

打電話的人通知他倆發自長島東北角一艘漁船的報警電話。如果報警屬實，在蒙淘克附近發生了一起船難，推斷是遭到抹香鯨攻擊。無論如何，他們無法保證這個求救信號是否真實。之前歇斯底里的氛圍，使得到處充斥類似的假警報。據說有一艘較大的船正在失事地點附近，與船上人員的聯絡在報警電話數秒鐘後就中斷了，依然無法確知真假。

KH-12-4，匙孔衛星之一，正在接近長島的東南方。打電話的人指示地面人員，立即將望遠鏡對準可能的失事地點。其中一人正在輸入一連串的指示。

KH-12-4掠過大西洋海岸上方一九五公里；一個十五公尺長、直徑四．五公尺的柱狀望遠鏡，加上燃料將近有廿噸重。巨大的太陽能電池板在兩側展開。巴克利空軍基地方面指示將一面可移動的鏡子移到望遠鏡頭前方，如此一來，衛星就能朝各個方向、多達一千公里的範圍內進行掃描。在這種情況下，只需要微調即可。由於正值傍晚，影像照明裝置打開來，將圖面照得像正午一樣亮。KH-12-4每隔五秒鐘拍一張照片，將這些資料發給中繼衛星，再轉發給巴克利空軍基地的資料中心。

兩人盯著螢幕。

他們看到蒙淘克橫臥在下面，這個風景如畫的古老名勝，有座著名的燈塔。不過，從一九五公里的高空看下去，蒙淘克顯然不比公路地圖上的一個景點漂亮。線條般纖細的道路穿過分布著淺色斑點的風景。

斑點是建築物，而沙岬盡頭的燈塔，看起來只是一個幾乎不存在的白點。

此外，只剩下延伸至地平線的大西洋。操控衛星的人鎖定了據說船隻遭受攻擊的地區，輸入座標，放大顯示比例。海岸從視線中消失。只能看到水。沒有船隻。

另一人邊看邊吃著紙袋裡的炸魚。「快點，」他說道，「他們馬上要知道消息。」

「媽的，管他們要什麼。」負責操縱的那隻手將望遠鏡前的鏡子移動一點點。「你找得到嗎，麥克？真他媽的，總是要快！這怎麼可能？我們必須在一整片該死的大海裡尋找一艘小漁船。」

「不需要。衛星報警電話是透過國家海洋與大氣局打的，只會在這裡。如果沒有，就是船沉了。」

「那更糟。如果那艘船真的沉了，就他媽的要開始尋找殘骸了。」

「科迪，你是個不折不扣的懶鬼。」

「你說對了。」

「嘿，那是什麼東西？」麥克用一根粗手指指著螢幕。水裡依稀可以看到某種黑色、長形的影子。

「我們快點找出來。」

望遠鏡對焦，直到他們在浪濤之間辨認出一條鯨魚的輪廓。還是看不到船。其他的鯨魚出現了。淺色斑點在牠們的頭頂上方散開，鯨魚正在噴水。然後牠們潛下水去。

「我猜這就是了。」麥克說道。

科迪調到最高解析度。一隻海鳥掠過波濤。或者應該說是廿個正方形像素擠在一起，但看起來像隻鳥。他們搜索四周，既沒發現船隻也沒發現殘骸。「也許被沖走了。」科迪猜測道。

「不可能。如果消息準確，我們一定能在這裡看到什麼。也許他們繼續向前行駛了。」麥克打個哈欠，將紙袋揉成一團，瞄準字紙簍。投偏了，差得很遠。「可能是假警報。無論如何，我現在想待在那下面。蒙淘克。那是個漂亮的城市。我去年跟孩子們去過那裡，是在桑迪畢業的時候。在太陽西沉時躺在礁石上真的很酷。第三天晚上，我跟碼頭酒吧裡的女服務生上床。那日子真是爽斃了。」

「你的願望就是我的命令。」

「什麼意思？」

科迪笑著看他。「我是說，我們有管理天上該死的軍團的權力。既然已經在這裡……」

麥克的眼睛一亮。「去燈塔，」他說道，「讓你看看我在哪裡上她的。」

「哎呀呀。」

「呃……等等，我看還是算了吧。我們會惹來一大堆麻煩的，如果……」

「為什麼？我們只是湊巧在這裡。尋找殘骸，這是我們的份內事。」

他的手指在鍵盤上飛快動著。望遠鏡對焦。沙岬出現了。科迪尋找燈塔的白點，將鏡頭拉近，直到它清晰可見。燈塔投下一道極長的影子，礁石浸潤在微紅的光芒裡。在蒙淘克，太陽正西沉。燈塔前，一對戀人緊擁在一起散步。「現在是最好的時刻。」麥克興奮地說道。「浪漫極了。」

「你就直接在塔前上了她？」

「廢話，當然不是！是在下面很遠的地方，在那兩人走過去的那邊。那裡是出了名的做愛地點，每天傍晚都有人在那裡做愛。」

「也許我們能看到些什麼。」科迪將望遠鏡移到那對戀人的前面。黑色礁石上再也看不到別人，只有海鳥在上空盤旋，或在岩縫之間啄食可食的東西。有什麼別的東西進入了畫面。某種扁平的東西。科迪皺起眉頭，麥克靠近來，兩人等著下一張照片。

照片變了。「這是什麼呀？」

KH-12-4再度發送圖像資料。風景又發生了變化。「我的天哪。」科迪低喊道。

「這他媽的是什麼呀？」麥克眯起眼睛。「它在蔓延。它正沿著該死的礁石往上爬。」

「他媽的！」科迪重複道。事實上他什麼都會加上他媽的，哪怕是他喜歡的東西。當科迪說他媽的時候，已經不會引起麥克注意，但這次不容他不注意。這個他媽的聽起來真是驚慌失措。

美國，蒙淘克

琳達和達里爾．胡珀結婚三個星期了，他們正在長島上度蜜月。自從島上住的漁夫多於電影明星的時期結束之後，長島的物價就變貴了。數百家高檔海鮮餐館坐落在一公里長的沙灘上。紐約的名人們在這裡也表現得奢侈大方，符合別人對他們的期望。他們與美國的實業巨賈們一起瓜分東漢普頓的別墅區，成為一座裝潢得可以上風景明信片的村莊，一般中等收入者幾乎無法在那裡生活。

位在遙遠西南方的南漢普頓也不便宜。但達里爾．胡珀是個努力上進的年輕律師，已經闖出了名號。在曼哈頓市中心的大型律師事務所裡，他被視為年老合夥人的繼承者。相較之下，他的收入還是偏低，但胡珀知道，他就快要飛黃騰達了。此外，他娶了一位可愛的姑娘。琳達曾是所有法學系學生追求的對象，但她選中了他，雖然他年紀輕輕就禿頭，而且因為不適應隱形眼鏡，還必須戴著厚厚的眼鏡。

胡珀是幸運的。他清楚即將到來的幸福，於是他決定和琳達先小小預支一筆錢。南漢普頓的飯店太貴了。光是每晚出去餐館吃個飯就花費將近一百美元。儘管如此，這感覺還是很棒。他倆做牛做馬地辛苦工作，他們有資格奢侈。不用多久，這個新成立的胡珀家庭就能隨時享受最昂貴的消費。

他用手緊抱著妻子，眺望大西洋。太陽剛剛消失，天空變成紫羅蘭色。高高的霧嵐在地平線上閃耀出玫瑰般的色澤。海洋將淺浪沖上沙灘，顧慮到這個需要安靜的大城市，它得宜地輕拍著，而不是大聲洶湧。胡珀考慮他們是不是該在這裡待一會兒，晚些再回南漢普頓。這個時候，主要道路正值交通顛峰，但一小時後就會暢通。如果他加速油門的話，開五十公里用不到二十分鐘。現在出發實在是太可惜了。

何況，正如人們所說的，這個地方在太陽下山後屬於愛情。

他們慢慢地在平坦的礁石上閒逛。幾步之後，他們面前出現一個大窪地。一塊理想的隱蔽之處。胡珀深陷愛河，這裡根本沒人會發現他們，他很中意。他聽到礁石後的濤聲。看來他們是周圍唯一的一對。海灘實際上是在拐角後面。浪漫的情侶們大多數可能正在那裡，但是這裡只屬於他倆。

胡珀這輩子絕對不會想到，巴克利空軍基地的一間地下室裡，有兩位男人正從一百九十五公里的高空偷窺他親吻他的妻子，將雙手伸到她的T恤下，從她身上褪下，看著她解開他的腰帶，他倆赤裸著身體，相擁躺在衣服上。他親吻和撫摸琳達的身體。她轉過身，仰面朝上，他的脣從她的乳房移向腹部，一邊用手撫摸各處。她竊竊低笑。「別這樣，我怕癢。」

他將右手從她的大腿內側移開，狂熱地繼續親吻她，捕捉她迷亂的目光。

一隻螃蟹爬上了琳達的脛骨。

她驚叫一聲，將牠抖落。那隻蟹仰面落在地上，張開雙螯，又向腿爬來。「我的天，嚇我一跳！」

「寶貝，牠大概是想加入我們。」胡珀咧嘴笑道，「算你倒楣，小傢伙。找你自己的老婆去吧。」

琳達笑了，用手肘撐在地上。「滑稽的小傢伙。」她說道，「我還從來沒見過這樣的螃蟹呢。」

「這有什麼滑稽的呀？」胡珀仔細觀看。那隻螃蟹不是很大，大約十公分長，純白色。牠的甲殼在深色的地面上發光。那色調很特別，但另外還有什麼讓胡珀感到困惑。琳達說的對。牠的樣子看起來很滑稽。後來他意識到為什麼。「牠沒有眼睛。」他說道。

「對。」她翻過身，用膝蓋和雙手爬向那隻動物，牠仍然坐在那裡不動。「怪了，牠是不是有病啊？」

「看起來更像是從未長過眼睛。」胡珀讓他的手指從她的脊柱往下滑，「無所謂。不管牠，牠反正又不會傷害我們。」

琳達端詳那隻螃蟹。她撿起一顆小石子向牠投去。那動物既不後退，也沒有其他反應。牠揮揮螯又迅速抽回，像什麼事也沒有發生過。「牠也許是逆來順受。」

「來，別管這隻笨螃蟹了。」

「牠根本不反抗。」

胡珀嘆了一聲，在她身旁蹲下來，幫她繼續逗弄那隻螃蟹。「真的。」他確定道，「不得安寧。」

她莞爾一笑，轉頭親吻他。胡珀感覺到她的舌尖在頂他，逗弄著他的舌頭。他閉上眼睛，陶醉其中……

突然，琳達跳回去。「達里爾！」

他看到那隻螃蟹突然爬上她的手，她仍然用那隻手支撐身體。而那後面坐著另一隻螃蟹。旁邊還有一隻。他的目光沿著那塊將窪地和沙灘區隔開的岩石上移，以為自己是在做噩夢。

黑色岩石消失在無數有殼的軀體下。有螯無眼的白色軀體，舉目所至全擠在一起。一定有數百萬隻。

琳達盯著一動不動的螃蟹。「天哪！」她低呼道。

這時，那群動物集體動了起來。胡珀一直以為螃蟹走起路來慢吞吞的。但這些螃蟹速度快得驚人，像一道朝他們湧來的浪潮。牠們堅硬的腳爪啪嗒啪嗒地落在岩石地面上。

琳達赤裸著身體跳起來，往後退去。胡珀想抓起他們的衣服。腳步一踉蹌，一半衣服又從他手裡掉落。飛奔的蟹群爬到衣服上，胡珀後退一大步。那些動物跟著他移動。

「牠們不會傷害我們的。」他沒有信心地叫道，但琳達已經轉過身，向礁石上跑去。

她絆了一下，摔倒在地。胡珀向她跑去。緊接著，螃蟹蜂擁而上，從他們身上爬過，沿著他們向上爬。琳達開始尖叫，聲音淒厲恐慌。胡珀用手拍掉她背上和他手上的螃蟹。她表情扭曲地跳起來，還在尖叫，雙手抓著她的頭髮。螃蟹從她頭上爬過。胡珀將她往前推。他不想弄痛她，只是想讓她逃出那些從礁石上傾倒下來、無窮無盡的蟹螯重圍。可是琳達再度絆倒，把他也拉住了。

胡珀失去支撐，跌在地上，感覺到那堅硬的小身體在他的重壓下碎裂。碎片鑽進他的肉裡。他感覺數百隻尖腳從他身上掠過，發現他的手指上有血。他終於重新站起來，拉起琳達。

她好不容易站起來。當她一絲不掛地跑向摩托車時，雙腳踩得蟹殼喀嚓作響。胡珀邊跑邊轉頭，大聲驚呼起來——目光穿過燈塔的瞭望臺，整個沙灘觸目所及都是螃蟹。牠們來自大海，數都數不盡，而且還在不斷地爬上岸來。最前頭的已經到達停車場，在光滑的地面上，螃蟹似乎爬得更快。胡珀拚命跑，身後拖著琳達。他的腳掌上滿是碎片。令人噁心的黏液沾滿了他的雙腳。他不得不小心以免滑倒。他們終於抵達摩托車旁，跳上車座，胡珀發動車子。

他們衝出停車場的圍欄，奔向通往南漢普頓的大道。摩托車在被壓碎的蟹肉泥裡繞行，他們衝了出來，沿著柏油路飛馳。琳達緊緊地抱著他。迎面駛來一輛貨車，方向盤後坐著一位老人，他不可置信地瞪著他們。胡珀飛快地想著，這種情節平時只會在電影裡看到——兩個人一絲不掛地騎著一輛摩托車。如果一切不是這麼可怕的話，他會因為這情節而放聲大笑。

蒙淘克的第一批房子終於出現視線裡。長島東面的尖岬只不過是一條窄長的地帶，實際上道路是與海岸平行延伸的。當胡珀駛往蒙淘克時，他看到在左側布滿白色螃蟹的潮水正在接近。看來在其他地方的螃蟹也從海裡爬上岸了。牠們分布在岩石上，朝著公路移動。

他加快速度。但白色的潮水更快。就在離小鎮標示牌沒幾公尺的地方，牠們已經到達車道，將柏油路面變成一座蟹海。就在此時，一輛卡車從大門入口處倒駛出來。胡珀發現摩托車開始打滑，他想繞過那輛卡車，但摩托車再也不聽使喚。不！他想道，噢，我的上帝，請不要這樣。

卡車橫在公路上，繼續往後倒駛，摩托車朝著它滑去。胡珀聽到琳達在喊叫，將車頭扳過來。他們以毫釐之差擦過卡車鍍鉻的外殼。摩托車旋轉著。幾秒鐘後，胡珀終於成功地將摩托車穩了下來。行人紛紛讓路。他管不了他們了。眼前的道路空了出來。他們繼續疾駛逃往南漢普頓。

美國，巴克利空軍基地

「這他媽的到底是什麼東西呀？」科迪的手指在鍵盤上忙亂地敲著。他先後將不同的濾鏡效果套在圖片上，但他們還是只看到某種亮光，快速從海裡往內陸移動。

「看起來像洶湧的海浪，」他說道，「一道巨大的海浪。」

「我們沒有看到海浪。」麥克說道，「這不是海浪。一定是動物。」

「那麼是他媽的什麼動物呢？」

「那是……」麥克盯著圖像。他指著一處。「這兒，放大這裡，拉近，縮到一平方公尺範圍。」

科迪選取那塊區域放大。螢幕滿布了深淺不一的像素。麥克瞇起眼睛。「再近一點。」

像素放大。一些是白的，另一些是淺灰色調。

「你就當我是瘋了吧。」麥克緩緩地說道，「但這可能是……」這可能嗎？但牠還能是什麼呢？還有別的什麼會從海裡來，而且移動得如此迅速呢？「螃蟹。」他說道，「這可能是帶螯的螃蟹。」

科迪盯著他。「螃蟹？」科迪張著嘴愣了一下。接著他命令衛星搜索其他海岸。

KH-12-4從蒙淘克向東漢普頓搜索，然後繼續搜向南漢普頓，直到馬斯蒂克海灘和帕楚格。探測設備拍攝的每一張新圖像都讓麥克更加惶恐。「這不可能是真的。」他說道。

「不是真的？」科迪看著他，「這他媽的就是真的！那下面有什麼正從海裡爬上來。長島的整個海岸線上都有什麼東西在從他媽的海裡爬上來。你現在還想去蒙淘克嗎？」

麥克揉了揉眼睛。他伸手抓起電話，打給總部。

美國，大紐約

過了蒙淘克，二十七號國道便過渡到長島四九五號高速公路，公路筆直地通往皇后區。從蒙淘克到紐約將近兩百公里，越接近大都市，交通就越繁忙。離開帕楚格後行駛到一半，交通就大幅壅塞了起來。

波·漢森為他自己的私人快遞公司開車。他每天在長島這段道路上行駛兩趟。在帕楚格，他從那裡的機場取了幾個包裹，送到機場附近。現在他正在返城的途中。天色晚了，但為了跟聯邦快遞這樣的企業競爭，沒辦法要求能準時下班。今天漢森準備收工了。一切都辦完了，甚至比原先計畫的還要早。他累了，想喝上一杯啤酒。

在離皇后區近四十公里的阿米提村，前面的一輛汽車打滑了。

漢森緊急煞車。那輛車似乎控制住了，但開得更加緩慢，信號燈閃個不停。路面上大塊大塊地覆蓋著什麼東西。暮色中，漢森一開始無法認清那是什麼，只看得出牠在動，不斷從左側的灌木叢中跑出來。後來他發現，高速公路上到處都是螃蟹。雪白的小蟹。牠們鑽動著，試圖橫越公路，但那只不過是無望的冒險。泥濘的痕迹和粉碎的甲殼顯示，牠們之中有許多已經為這種嘗試付出了代價。

交通緩緩地流動。那東西像塊肥皂一樣。漢森咒罵著。他想著這些畜牲是突然從哪裡鑽出來的。他在一本刊物裡讀過，聖誕節島上的陸蟹每年一次會從山裡前往海洋進行繁殖。那時，世界上有將近一億的螃蟹在遷徙。可是聖誕節島位在印度洋，而且圖片上顯示的是紅通通的大螃蟹，而不是像這樣白色的一小團。漢森從沒見過這種事情。

他邊罵邊打開收音機。調了幾個頻道後，他找到一個鄉村音樂台，把身體往後靠，聽天由命。桃莉・巴頓*盡她最大的努力讓他習慣現狀，可是漢森的情緒已經被破壞。十分鐘過去了，然後是新聞，但根本沒有提及螃蟹的入侵。突然有輛剷雪車在蠕動的車陣之間開路，試圖從公路上清除爬行物。結果是徹底的堵塞。有一陣子，車子根本動不了。漢森在各種可能的地方電台頻道間調來調去，沒有一台播報任何相關的新聞，這令他怒不可遏，因為陷在困境中的他感覺自己被忽視了。空調將一股腥臭的氣味送進車內，他最後終於關掉空調。

過了左往漢普斯頓、右通長堤的交叉路口，車速終於又快了起來。顯然那些動物尚未到達這裡。漢森踩緊油門加速，比他預期的晚了一個多小時才到達皇后區。他的心情壞透了。快到東河時他向左轉，穿過牛頓小溪，開車前往布魯克林的老酒館。

他打開車門下來，當他看到車況時幾乎要心臟病發作。輪胎和側面直到窗戶都塗滿蟹泥。那樣子真可怕，他明天一大早還得上路呢！這樣子不可能出去送件的。

反正已經晚了。漢森聳聳肩。現在也可以讓啤酒等一等，等他將車子送到附近的廿四小時洗車站去。他再度上車，又行駛了三條街，來到洗車站，叮囑洗車人員要仔細沖洗輪胎，一定要把髒物徹底洗乾淨。

然後他告訴他們在哪裡能找到他，就徒步走去他的酒館，喝他的啤酒去了。

這家廿四小時服務以工作認真徹底而出名。漢森的車子上的蟹泥非常牢固，但經過較長時間的熱高壓蒸汽噴射之後，終於流了下來。手拿蒸汽噴射槍的小夥子感覺，那一塊塊污垢像真的融化了一樣。就像陽光下的果凍，他想道。

一切都流向下水道。紐約有個獨特的下水道系統。當公路和鐵路隧道在近三十公尺深的地下橫穿東河時，廢水和飲用水的管道則一直通到地下兩百四十公尺深。隧道建設者借助巨大的鑽頭不斷地穿過地下修建新的運河，藉以保證大城市的排供水不會受阻。

有效的管道系統之外，另有一連串的舊管道，但已經廢棄不用了。專家們聲稱，如今誰也說不準，紐約的地下到底哪裡鋪有管道。沒有下水道的整體網絡圖。有些隧道只有一些無家可歸的人知道，他們守著這個祕密。另一些給電影製片人拍攝驚悚片的靈感，在電影裡它們被用作各種怪物的溫床。但能肯定的是，在紐約的下水道裡，所有排進去的東西，某種程度上都失蹤了。

這個夜晚和接下來的幾天裡，在布魯克林、皇后區、史坦登島和曼哈頓，大量從長島來的汽車被送去沖洗。許多廢水排進了這座大都市的內臟裡，在裡面分流，與其他的廢水混合，又被抽進污水處理廠，然後送回水公司。就在廿四小時服務店將漢森的汽車洗得亮麗如新交回之後，不到幾小時，所有一切就不可分離地混在一起。

六小時後，第一批救護車開始在街頭疾馳。

* Dolly Parton，鄉村音樂歌壇長青樹。

5/11

加拿大，惠斯勒堡

人總能適應變化的，至少他可以。失去家園令他痛苦萬分，不過還能忍受。他婚姻的終點是遷往特倫汗的起點，不斷換新的戀愛關係，原則上，任何關係不會帶給他麻煩和牽絆，幾乎沒有什麼事真正地對他造成傷害。凡不符合約翰遜美學品味的東西，或是不和諧的事物，都被掃進垃圾堆。他與別人分享表面的東西，只將深處的位置留給自己。這是他的生存之道。

現在才大清早，令人不悅的記憶從過去的時空裡浮現出來。他出於偶然，睜開了左眼，用一隻眼睛的視角打量這個世界，回想著生活當中那些被變化所擊潰的人。

他的妻子。

人們總以為他們掌握著自己的人生。他離開她之後，她才被迫面對什麼都不屬於她，對人生的掌握純粹是假象。她爭辯、懇求、哭叫、表示理解、耐心傾聽、請求關心，用盡一切辦法，到頭來，被拋棄、被剝奪、從共同的生活中被趕了出去，像是被趕出一列行駛的火車。她筋疲力盡，不再相信努力能有所改變。生命是一場賭博，而她是輸家。

她說，如果你不再愛我，那你為什麼不能至少假裝愛我？

這樣妳會好過點嗎？他問道。

她的回答是：不會。如果你從來沒有愛過我，我會好過點。

當你發現自己不再愛了，該自責嗎？情感超越了個人的無辜和罪過，情感只是人對於周遭環境的化學反應，這聽起來一點都不浪漫，但腦內啡勝過任何的浪漫。那麼錯在哪裡？錯在不該給承諾嗎？

約翰遜張開另一隻眼睛。

對他而言，變化是人生的特效藥，但對她而言，變化只是逃避人生。他安身特倫汗的這幾年間，朋友告訴他，她終於走出陰霾，站穩腳步。她重新開始為自己而活。最後聽說，她的生命裡有了新的男人。之後他們通過幾次電話，沒有相互吼叫或提出要求。痛苦自行消失了，沉重的罪惡感終於離開了。

但它又回來了，化為蒂娜·倫德美麗白皙的臉龐迫害他。抉擇總是在他的人生岔路上不斷重演。他們在湖邊應該上床的，一切都會不一樣：也許她會和他一起飛往昔德蘭群島。同樣的，一切也可能被毀掉，那麼她將再也聽不進他的任何建議，譬如，那個前往史維格順德的建議。這樣一來，她今天可能還活著。

他一再對自己說，這樣想是錯誤的。但他依然一再地這麼想。

清晨的陽光灑進房間。他將窗簾打開著，他總是這麼做。拉起窗簾的臥室像是墓穴。他考慮是不是該起床吃早餐了，但他根本不想動。倫德的死讓他充滿悲傷。他並不是愛上了倫德，但某種程度上他還是愛過她，她無法安定下來，她對自由的渴望吸引了彼此，但也拆散了彼此。因為將自由和自由拴在一起，本身就是矛盾的。也許他們兩個都太膽小了。

現在想這些有什麼用呢？

我有一天也會死去，他想道。自從倫德喪生以來，他就經常想到死亡。他從未感覺自己老過。現在，他感覺命運好像在他身上壓了一個印戳，一個保存期限。他五十六歲，身體出奇地好，一直躲過了意外事故和疾病死亡案例的愚蠢統計。他甚至從一場洶湧而來的海嘯中活了下來。但他時日將盡是毫無疑問的。他人生的大半部分已經埋藏在過去。他突然問自己，他是否真正地活過。

這一生有兩個女人信賴過他，一個曾經死過，另一個永遠死去。兩個女人他都無力守護。

但卡倫·韋孚活著。她讓他想到倫德。沒有那麼急躁、謹慎、寡歡，但同樣堅強、沒耐性。

在她逃過那次巨浪之後，他將他的理論告訴了她，她也將盧卡什·鮑爾的工作告訴了他。最後他飛回挪威，去進行失去家園者登記，但挪威科技大學的建築還在，人家分派給他大堆工作。但他還沒來得及重返湖邊，加拿大來的電話就找上他。他建議讓韋孚一起加入小組裡，因為她對鮑爾的工作知道得比任何人都多，能夠將它繼續研究下去。不過那不是真正的理由。

沒有直升機她就不可能活下來。這麼說來是他救了她。韋孚救贖了他在倫德那裡的失敗，他決定要證明他是值得的，他要守護著她，因此最好是讓她待在自己身邊。

過去的回憶在陽光下變得蒼白。他起身淋浴，於六點半出現在早餐吧台，發現他不是唯一早起的人。士兵和情報人員們在寬敞的餐廳裡喝著咖啡，吃水果和麥片，低聲交談。約翰遜裝了滿滿一碟奶油炒蛋和培根，尋找一張認識的臉孔。他很想跟波爾曼一起用早餐，但沒找到人。相反的，他看到總司令茱蒂斯·黎獨自坐在一張雙人桌旁。她翻著一本檔案，不時從碗裡拿起一片水果，看都不看就塞進嘴裡。

約翰遜端詳著她。不知為什麼黎吸引了他。他推估她的外表要小於她實際的年齡。稍微化妝，穿上相稱的衣服，她會成為每場派對的焦點。他問自己，要怎麼做才能跟她上床，不過最好是什麼也別做，黎看上去不像是會接受別人主動的人。另外，跟美軍總司令談戀愛，這有點想太多了。

黎抬起頭，「早安，約翰遜博士。」她叫道，「睡得好嗎？」

「睡得跟嬰兒一樣好。」他走到她的桌旁，「怎麼回事，一個人用早餐？高處不勝寒？」

「不，我在思考問題。」她微笑著，用水藍的眼睛盯著他，「坐下來陪我吧，博士。我喜歡有想法的人。」

約翰遜坐下來。「妳怎麼會覺得我有想法？」

「顯而易見。」黎放下手裡的資料，「要咖啡嗎？」

「好的。」

「你昨天在說明會上表現出來的。在場的科學家們至今沒有誰關注過自己本行以外的東西。尚卡爾專心於他無法歸類的深海聲波；安納瓦克琢磨著他的鯨魚怎麼了，雖然他比其他人看得更全面；波爾曼看到另一場甲烷災難的可能，試圖避免第二次崩移。諸如此類的。」

「那樣的科學家可是一大堆。」

「但他們當中沒有誰創造出一種理論，足以說明這一切之間的關連。」

「這我們現在知道了。」約翰遜冷靜地說道，「是阿拉伯的恐怖分子。」

「你也這麼相信嗎？」

「不。」

「那你相信什麼呢？」

「我相信，我還需要一、兩天時間才能告訴妳。」

「你不是很肯定？」

「八九不離十，」約翰遜啜飲一口咖啡，「但這是個棘手的問題。妳的范德比特先生認定是恐怖分子。在我講出我的猜測之前，我需要支援。」

「誰能夠支援你呢？」黎問道。

約翰遜放下咖啡杯。「妳，將軍。」

黎看來並不吃驚。她沉默片刻，然後說道：「如果你想說服我，那也許我該知道那是什麼。」

「是的。」約翰遜淡淡一笑，「在適當的時間。」

黎將檔案夾推給他。約翰遜看到裡面有多張傳真。「這也許會加速你的決定，博士。這是今早五點收到的。我們還不知道情況，誰也沒把握說那裡究竟發生什麼事，但我決定在接下來的幾小時裡宣布紐約和周圍地區進入緊急狀態。皮克已經在那裡指揮一切。」

約翰遜盯著檔案夾，沉浸在另一場海浪的畫面中。「為什麼？」

「如果沿著長島海岸有數十億的白色螃蟹從海裡爬上來，你怎麼看？」

「我會說，牠們在進行一次員工訓練。」

「好主意。哪家企業的員工？」

「這些蟹怎麼了？」約翰遜沒有回答她的問題，問道，「牠們要幹什麼？」

「我們還不肯定。但我猜測，牠們要做的事情類似於歐洲的布列塔尼龍蝦。牠們帶來一場瘟疫。這符合你的理論嗎，博士？」

約翰遜思考著，然後說道：「附近哪裡有生物性危害實驗室，可以在裡面檢查這些動物？」

「我們在納奈莫中心修建了一座。蟹的樣本正在送來這裡的路上。」

「活體樣本嗎？」

「我不知道牠們是否還活著。最後得到的消息是，牠們被捕住時是活的。為此很多人中毒身亡，這種毒似乎比歐洲藻類的毒素作用快。」

約翰遜沉默了一會兒，「我飛過去一趟。」他說道。

「去納奈莫嗎？」黎滿意地點點頭，「那你什麼時候告訴我你是怎麼想的呢？」

「請給我廿四小時。」

黎噘起嘴脣，考慮了一下。「廿四小時。」她說道，「一分鐘也不能多。」

溫哥華島，納奈莫

安納瓦克與菲維克、福特和奧利維拉一起坐在研究所的大放映室裡。投影機投影出鯨腦的三維模型。奧利維拉將它存入電腦，標出她們發現膠狀物的位置，再繞著大腦旋轉，用一把虛擬的刀刃縱向切片。她們已經進行過三次模擬。第四次呈現出膠狀物如何侵入大腦中央的腦迴。

「理論如下，」安納瓦克眼望奧利維拉說道，「假設妳是一隻蟑螂……」

「謝謝，李奧。」奧利維拉揚起眉，這使她的臉拉得更長了，「你真會恭維女人。」

「一隻沒有智慧和創造力的蟑螂。」

「繼續說下去吧。」

菲維克笑了，搓搓鼻梁。

「控制妳的只有反射作用。」安納瓦克不為所動地繼續說道，「對於一名神經生理學家來說，控制妳是易如反掌。他什麼也不用做，只要控制妳的反射，在需要時引發它。關鍵是按對妳身上的按鈕。」

「不是有實驗曾切下一隻蟑螂的頭，再給牠裝上另一隻的頭嗎？」福特問道，「我記得牠還能行走。」

「很接近了。他們切下一隻蟑螂的頭，切下另一隻的腿。然後他們將身體的中央神經系統連接一起。有頭的蟑螂負責控制行走機器，好像牠的頭沒有換過一樣。這正是我想說的。簡單的生物，簡單的過程。在另一個例子裡他們用老鼠進行類似試驗。將一隻老鼠移植另一顆頭。牠存活得驚人地長，我記得有幾小時甚至幾天，兩顆頭似乎都運轉正常，不過老鼠無法協調動作，能行走，但顯然不能控制方向，通常走幾步就跌倒了。」

「噁心。」奧利維拉嘀咕道。

「也就是說，技術上每種生物都能控制。只不過，愈是複雜，難度就愈大。想像一下你要控制的生物體有知覺、智能、創造力和自我意識，要將你的意志強加於牠是非常困難的。好了，你會怎麼做？」

「我設法破壞牠的意志，將牠的意志重新降為一隻蟑螂。這對男人有效，只要掀起裙子來就好。」

「對。」安納瓦克笑道，「因為人和蟑螂的差異不大。」

「有些人是這樣。」奧利維拉議論道。

「不，是所有人都這樣。我們雖然對人類的自由意志感到驕傲，但你只要開啟某些足以妨礙自由意志的開關。譬如，按疼痛中心。」

「這意味著，那個研製出膠狀物來的人對鯨魚大腦的結構一定瞭如指掌。」菲維克說道，「我想，你是以此為出發點的？這東西刺激神經中心。」

「對。」

「但要這樣做就必須知道哪些神經。」

「這是有辦法查出來的。」奧利維拉對菲維克說道，「你想想約翰・利里的工作吧。」

「很好，蘇！」安納瓦克點點頭。「利里是率先將電極移植到動物大腦裡，刺激疼痛和快感區的人。他證明了控制大腦各區，能誘發動物的快樂和舒適或疼痛、憤怒和害怕。而說到複雜性和智慧，猴子跟鯨魚和海豚最接近，透過電極刺激不同的感覺作為懲罰和獎賞，就能完全控制牠們——他早在六〇年代就已經做到了！」

「儘管如此，菲維克說得對。」福特說道，「當你將猴子放在手術台上任意擺布時，注入膠狀物必須穿過耳朵或頜骨，如此一來，外形定會發生變化。即使你在一條鯨魚的頭顱裡發現這種東西——你怎麼能肯定，它如願地分布在正確的……按鈕上？」

安納瓦克聳聳肩。他堅信鯨魚大腦裡的那種物質絕對就是這麼做的，但他當然完全不清楚它如何做到。「也許你根本不必按那麼多的按鈕。」一會兒後他回答道，「也許，只要……」

「奧利維拉博士嗎？」一位實驗室助手探頭進來。「很抱歉打擾妳，但隔離實驗室找妳過去。立刻。」

奧利維拉望著其他人。「幾星期前我們還什麼事都沒有。」她搖著頭說道，「當時我們可以舒適地坐在一起，現在讓人覺得是在〇〇七電影裡。警戒！警戒！請奧利維拉博士前去隔離實驗室！呸！」她站起來拍拍手。「那好——走吧，寶貝。有人願意陪我嗎？反正我不在你們也不會有進展。」

生物性危害隔離實驗室

那些蟹運抵不久，約翰遜的直升機就降落在研究所旁。一位助手帶他坐電梯到地下二樓，出電梯後順著荒涼的走道往前走。助手打開一道沉重的門，走進一個滿是螢幕的房間。只有鋼門上的警告標示指出那後面潛伏著死神。約翰遜認出了洛赫、安納瓦克和福特，他們低聲交談著。奧利維拉和菲維克在跟魯賓和范德比特講話。當魯賓望見約翰遜時，他走過來向他握手。「一刻也停不下來，是不是？」他笑著說道。

「是啊。」約翰遜轉過身來。

「我們直到現在都沒什麼機會交流。」魯賓說道，「你一定得告訴我有關那些蟲子的事。我說，我們在這種場合下認識，這真是可怕，不過一切還滿刺激的……你聽到最新消息沒有？」

「我正是為此而來的。」

魯賓指指鋼門。「是不是令人難以置信？不久前這裡還是倉庫，雖然是軍隊在最短的時間內建起一座隔離實驗室，但不用擔心，各方面的安全水準均符合第四級標準。我們可以毫無風險地檢查那些動物。」

第四級是實驗室的最高安全級別。

「你會一起進來嗎？」約翰遜問道。

「我和奧利維拉教授。」

「我以為，洛赫是甲殼動物的專家。」

「這裡每個人都是各方面的專家。」范德比特和奧利維拉加入談話。那位中情局官員身上有股汗味。他親熱地拍拍約翰遜的肩，「我們挑選這群極其聰明的諸葛亮，是要讓各方面的專業知識結合成一塊總匯比薩。另外黎不知怎麼的迷戀上你。我敢打賭，為了搞懂你在想什麼，她會日夜陪伴著你。」他哈哈大笑起來，「你是不是也對她有意思啊？」

約翰遜報以冷冷的微笑，「你為什麼不問她呢？」

「我已經問過她了。」范德比特鎮定地說道，「我的朋友，我替你擔心，你必須明白，她確實只對你的頭腦感興趣。她認為你知道一些事情。」

「是嗎？知道什麼呢？」

「請你告訴我。」

「我什麼也不知道。」

范德比特輕蔑地盯著他。「沒有成熟的理論？」

「我覺得你的理論夠成熟了。」

「只要沒有更好的出現，它就是成熟的。你馬上就要進去了，博士，請你想著某種我們稱作波灣戰爭症候群的東西。一九九一年美軍在科威特損失很小，但後來在那裡作戰的士兵有近四分之一患上神祕疾病。事後它們顯得像紅潮毒藻所引發輕微症狀——記憶喪失、注意力不集中、臟器受到傷害。我們推測，這些人接觸到某種化學物質，伊拉克的彈藥庫爆炸時，他們就在附近。當時我們猜是沙林，不過或許伊拉克人使用了某種生物病原體。半個伊斯蘭世界都擁有病原體。透過基因改造將無害的細菌或病毒變成殺手，這不成問題。」

「你認為，我們要對付的就是它們？」

「你最好是跟黎阿姨開誠布公。」范德比特擠擠眼睛，「私下說說，她有點瘋。懂嗎？不要惹到瘋子。」

「我不覺得她哪裡瘋。」

「這是你的問題。我已經警告過你了。」

「我的問題是，我們知道得仍然太少。」奧利維拉說道，指指門，「進去幹活吧。洛赫也一起進來。」

「那我呢？你們不需要保鏢嗎？」范德比特冷笑道，「我很樂意加入。」

「謝謝，傑克。」她打量著他，「可惜符合你尺寸的隔離衣目前缺貨。」

他們四人一起穿過鋼門走進三個閘室中的第一個。這個系統設計使得閘門可以相互拴死。天花板裝有一台攝影機。一堵牆上掛著四套亮黃色的隔離衣，配有透明頭罩、手套和黑膠鞋。

「你們都熟悉如何在一間隔離實驗室裡工作嗎？」奧利維拉問道。

洛赫和魯賓點點頭。

「理論上熟悉。」約翰遜承認道。

「那好，正常情況下我們必須培訓你，但沒有時間了。這套隔離衣能保障你性命三分之一。你不必擔心它，它由PVC焊接而成。另外三分之二是小心謹慎和集中注意力。我來幫你穿上。」

那東西很笨重。約翰遜鑽進一種馬甲，目的是要讓輸入的空氣在隔離衣裡均勻分布。他難受地穿上黃色外套，並順從地聽著奧利維拉的解釋：「穿好之後，你會接上一根管子，將空氣灌入你的隔離衣。這空氣經過排溼、調溫，在負壓狀態下通過活性碳濾網，它能阻止外漏意外時的空氣流入。多餘的則從一隻閥排出去。你可以自己調節入氣閥，但沒有這個必要——全明白了嗎？感覺如何？」

約翰遜低頭看著自己。「像個米其林寶寶。」

奧利維拉笑了。他們走進第一道閘門。約翰遜聽到奧利維拉還在低聲講話，注意到他們現在是透過無線電聯繫：「實驗室裡是負五〇巴的低壓，裡面不會出現黴菌。斷電時我們還有備用發電機，幾乎不會有問題。地板是塗漆水泥，窗戶使用防彈玻璃。實驗室裡的所有空氣都經過高科技濾網消毒過。這裡沒有下水道，廢水馬上在大樓裡消毒。我們不是用無線電就是透過傳真和電腦與外面聯繫。所有的冷凍櫃空氣調節器都裝有警報系統，警報系統同時連接了控制室、病毒室和出入管制。每個角落都有攝影機監視。」

「這樣說吧，」范德比特的聲音在喇叭裡解釋，「如果你們當中有一位倒下死去，就會給孩子們留下一捲漂亮的家庭電影做紀念。」

約翰遜看到奧利維拉在翻白眼。他們先後穿過三道閘門，走進實驗室，穿著隔離衣就像是要登陸火星。那房間約有三十平方公尺大，布置得像飯店廚房，有冷藏箱、冷凍櫃和白色壁櫥。汽油桶大小的鋼桶沿牆擺放，裡面裝有用液態氮保存的病毒和其他生物。工作台提供足夠的位置，所有設施邊緣都是圓的，以免不小心刮破隔離衣。奧利維拉指著三個警報系統用的紅色按鈕。她帶他們去工作台，打開一個盆狀容器。

裡面盛滿白色小蟹。牠們浮在三十公分深的水裡，看起來相當呆滯。「媽的！」魯賓脫口說道。

奧利維拉拿起一把金屬鑷子，依次碰碰那些動物，但動也不動。「我想，牠們死了。」

「真不幸。」魯賓搖搖頭，「非常不幸。不是說我們會得到活的嗎？」

「據黎說，牠們上路時是活的。」約翰遜說道。他俯下身，仔細地逐一觀察那些蟹。然後他戳奧利維拉的手臂。「上面左邊第二隻的腿剛剛抽動了一下。」

奧利維拉將那隻蟹弄到工作台上。牠安靜不動了幾秒鐘，然後突然快速跑向桌邊。奧利維拉將牠抓回來後，牠又開始逃跑，來來回回好幾次，然後將那隻動物放回盆裡。「有什麼想法？」奧利維拉問道。

「我得檢視一下體內。」洛赫說道。

魯賓聳聳肩。「似乎表現正常，但我還從沒見過這品種。你也許見過，約翰遜博士？」

「沒有。」約翰遜想了想，「牠表現不正常。正常情況下，牠會將那鑷子當成敵人而張開螯，做出威脅的姿勢。我認為運動機能正常，但感覺器官不正常。牠讓我覺得像是……」

「好像有人給牠上了發條。」奧利維拉說道，「像玩具似的。」

「對。像某種機械。牠跑起來像隻蟹，但牠表現得不像一隻蟹。」

「你能確定是哪一種嗎？」

「我不是分類學家。我可以告訴你們牠讓我想到什麼，但你們不要全盤信任我講的。」

「儘管講吧。」

「有兩個明顯的特徵。」約翰遜拿起鑷子，先後碰了碰幾隻沒有生命跡象的身體。「第一，這些動物是白色，也就是無色。顏色從不是用來裝飾的，顏色始終有作用。我們熟悉的大多數無色動物，之所以沒有顏色，是因為牠們活在不會被看見的地方。第二個特點是根本沒有眼睛。」

「意思是，牠們要麼來自洞穴，不然就是來自深海？」洛赫說道。

「對。有些動物生活在沒有光線的地方，牠們的眼睛退化得很嚴重，但器官還是會在，還能留下從前的一些特徵。相反地這些蟹……好吧，我不想太早下結論，牠們讓我感覺好像從未有過眼睛。如果這是對的，牠們就不只是棲居在漆黑的世界，而是在那裡演化的。我只知道一種符合這些情況的蟹類。」

「火山口蟹。」魯賓點點頭。

「那牠們來自哪裡呢？」洛赫問道。

「來自深海熱泉，」魯賓說道，「海底火山熱液噴口形成的生命綠洲。」

洛赫皺起額頭，「那樣說來，牠們在陸地上應該是不可能存活的。」

「問題在於，存活下來的是**什麼東西**。」約翰遜說道。

奥利維拉從盆裡撈起一隻死蟹，將牠仰面放到工作台上。她先後從托盤裡取出一整套讓人聯想到吃龍蝦的工具，再用一把電池驅動的微形圓鋸從甲殼的側面開始鋸，體內立刻噴出一種透明的東西。奥利維拉不為所動地繼續鋸開甲殼，拎起連著腿的下半身，放到一旁。

他們盯著那具被鋸開的動物體內。

「這不是蟹。」約翰遜說道。

「不是。」洛赫說道。他指指那一團團半流質膠狀物，它占了甲殼裡的大半空間。「這跟我們在龍蝦體內發現的鬼東西一樣。」

奥利維拉開始用勺子將膠狀物裝進容器裡。「你們看，」她說道，「從頭部後面看起來像真蟹，但你們看到背部的纖維狀分叉了嗎？這是神經系統。這動物的感官都還在，但是少了使用它們的東西。」

「有的，」魯賓說道，「牠們有膠狀物。」

「好吧，牠無論如何不是完整意義上的蟹。」洛赫俯身在沾有無色黏液的殼上方，「更像是一具發條蟹。能運轉，但沒有生命。」

「這解釋了牠們為什麼表現得不像蟹，除非我們能證明體內這東西是一種新型的蟹肉。」

「絕對不可能。」洛赫說道，「這是一種外來組織。」

「那麼，就是這種外來組織讓這些動物爬到陸地上。」約翰遜解釋，「我們可以想想，是不是它鑽進已死的動物體內，讓牠們復活……」

「或者這些蟹是這樣被養出來的。」奥利維拉補充。

出現一陣令人難受的沉默。最後洛赫打破沉默說：「不管它們為什麼在這裡，有一點是肯定的。如果我們現在脫下隔離衣，很快就會掛掉。我猜，我們會發現這些畜牲體內充滿毒藻，或者某種更嚴重的東西。無論如何，這個實驗室裡的空氣被污染了。」

約翰遜想起范德比特講過的某種東西。生化武器。他說得對，完全正確，只不過跟他想的南轅北轍。

韋孚

韋孚很興奮。她只需要輸入密碼，就可以獲取一切想像得到的資訊，這裡的內容平時需要查上幾個月。真是太棒了！她坐在她房間的陽台上，連接太空總署的資料庫，埋首於美國軍方的衛星圖。

八〇年代初，美國海軍開始調查一種令人吃驚的現象。地質衛星，一顆雷達衛星，被發射到靠近極地的運行軌道上。它的任務主要是測量大海的表面，精確到僅有幾公分的誤差。人們希望知道，撇開潮汐的變化的話，海平面是否到處都一樣高。

地質衛星掃描的結果，超乎所有的期望。

科學家曾預估，即使是在絕對的風平浪靜的狀態下，海洋也不完全是平的。人們長期以來都以為，全世界海洋的水量是均勻地分布在地球表層，地質衛星圖像提供了完全不同的想像——地球的外形像顆表面凹凸不平的馬鈴薯，滿是窪地和隆起。比如，印度以南的海平面要比冰島沿海的低一七〇公尺。在澳洲以北，大海隆起成一座山，超出平均海平面八十五公尺。海洋水面的高低起伏似乎和海底地貌相似，巨大的海底山脈和海底凹陷處的海平面高度就有好幾公尺的落差。

結論很誘人。熟悉水面的人大致就能知道那海底下是什麼樣子。

問題出自萬有引力的不均勻。一座海底山脈對海水的吸力就比一座海底盆地高。它將周圍的水吸近，堆成一個隆起，若海底是山巔，海面也同樣隆起；若海底是凹陷的，海面的高度相對就較低。偶爾會有例外，比如，當一座深海平原上方的水高高堆起時，人們會知道那邊地層下的岩石有部分密度極重。

這些窪陷和隆起都無法明顯得讓人從一艘船的甲板上看到。如果沒有衛星繪圖，沒有人會發現。但現在的技術，不僅能繪出海底地形，而且能從表面的情況推測海底的樣貌。地質衛星顯示，海洋會形成直徑達數百公里的巨大漩渦，像一杯被攪動的咖啡，中央旋轉形成窪陷，愈向邊緣隆起得愈厲害。除了重力變化外，這種渦流也會使海面隆起，渦流又組成更大的漩渦。將地質衛星視角拉遠還會發現，整個海洋都在旋轉。巨大的環狀系統在赤道上方以順時針方向旋轉，在赤道以南改變方向，離兩極愈近，旋轉得愈快。

於是科學家們得以證明海洋動力學的另一個原則：地球自轉影響了環流的速度和角度。

墨西哥灣流根本不是真正的洋流，而是一個巨大的、緩緩旋轉的渦流邊緣，一個由無數小渦流組成的巨大環流，以順時針方向擠向北美洲。由於巨大漩渦中心位於大西洋偏西處，墨西哥灣流就被擠向美洲海岸，在那裡堆高、隆起。強烈的風和向著極地的流向加快了渦流的速度，海岸巨大的摩擦力又將它減緩。北大西洋渦流就處於一種穩定的旋轉之中，符合角動量的定律：除非受到外力影響，否則旋轉運動將守恆不變。

鮑爾所害怕的，就是他觀察到的外力影響，但他不敢肯定。海水不再湧入格陵蘭海，這讓人不安，但證明不了什麼。只有從全球測量的數據來判斷，才能證明全球性的變化。

一九九五年冷戰結束後，美軍漸漸公開地質衛星繪圖。一連串更現代化的衛星取代地質衛星系統。現在擺在卡倫．韋孚面前的是自九〇年代中期以來的全部資料。她花了好幾個小時，比較測量數據，資料細節上存在差異——有可能某顆衛星雷達將一次特別厚的飛濺浪花誤認為海浪表面——但大致來說結果是一樣的。

愈是深入，她最初的興奮慢慢轉變成深深的不安，最後知道鮑爾的擔憂是對的。

他的漂浮監測器只運作了很短時間，短到還無法識別出它們隨洋流漂流的位置，就一個個忽然失靈。鮑爾幾乎沒有收到任何回傳的資訊。她問自己，那位不幸的教授是否明白他的推論多麼正確。他全部的知識都壓在韋孚的肩頭上，讓她現在能從字裡行間讀出對其他人沒有意義的訊息，足以看到災難正逐漸形成。

她從頭計算一遍，確保自己沒出錯。又重算了第二遍、第三遍。事情比她擔心的還要嚴重。

線上

約翰遜、奧利維拉、魯賓和洛赫穿著PVC隔離衣站在濃度百分之一．五的過氧乙酸裡淋浴好幾分鐘，再將這腐蝕性液體用水沖淨，然後用氫氧化鈉溶液中和處理，在離開閘室前，蒸汽無情地殺死每個可能的病原體。

尚卡爾小組正在破譯那些不明聲響。他們將福特拉了過去，不停地播放刮擦聲和其他的波譜圖。安納瓦克和菲維克在一起散步，討論外界對神經系統影響的可能性。

福斯特出現在波爾曼的房間裡，中廣的身體幾乎占滿了房間，高聲喊著：「博士，我們得談談！」然後他向波爾曼講解他對那些蟲子的看法，兩人談得投機，轉眼喝光了幾大杯啤酒。他們剛剛透過衛星和基爾聯繫過，那模擬結果明確得令人不安。在網路連線正常之後，基爾提供了一次又一次的模擬。蘇斯盡可能詳細地還原挪威大陸邊坡上的事件，結果是──幾乎無法產生這樣大的一場災難。那些蟲子和細菌肯定造成了嚴重後果，但拼圖裡少了一塊，一個外因。

「上帝作證，只要我們沒查出真正的原因，」福斯特說道，「祂就沖走我們的屁股！」

黎坐在電腦前。她獨自待在大套房裡，但又無處不去。她觀看了隔離實驗室裡的工作，聽到那裡的交談。惠斯勒堡的所有房間都受到監聽和錄影監視。納奈莫中心、溫哥華大學和水族館也一樣。附近一些私人住宅也裝有監聽器，還有福特、奧利維拉和菲維克的房間，再加上安納瓦克住的那艘船和他在溫哥華的小公寓，裡面統統裝有眼睛和耳朵。只有在室外講的話，在酒吧和餐廳裡講的話，沒有被捕捉到。這讓黎氣惱，但要讓她滿意的話，必須在科學家體內植入發送器才做得到。

指揮部內部網路的監測功能就更好了。波爾曼和福斯特在線上，卡倫．韋孚也在，那位女記者，這一刻她正在比較墨西哥灣暖流的衛星資料。這非常有趣，就像基爾的模擬一樣。網路真是個好東西。黎當然無法知道網路的使用者在**想什麼**。但他們在研究什麼、調出哪些資料，都被儲存下來，能隨時追蹤。如果范德比特的恐怖分子假設是正確的——黎對此表示懷疑，監聽這批隊伍裡的每個人甚至是合法的。表面看來大家都是清白的。沒有人和極端分子或阿拉伯國家有聯繫，但風險依然存在。即使那位中情局副局長猜錯了，偷偷監視這些科學家們也很有用。即時掌握情況總是好的。

她切回納奈莫，監聽約翰遜和奧利維拉，他們正向電梯走去。兩人在談論隔離實驗室裡的安全措施。奧利維拉議論說，如果沒有隔離衣，酸液淋浴後離開時就會是一具清清爽爽、漂白過的骨架，約翰遜對此開了個玩笑。他們哈哈大笑，坐電梯上樓。

約翰遜為什麼不向任何人談他的理論呢？他差點就談了，在他的房間裡跟韋孚交談時，就在第一次說明會之後。但後來他僅僅是暗示罷了。

黎打了一連串電話，與紐約的皮克談一會兒，看了看錶。范德比特會報的時間到了。她離開套房，走向惠斯勒堡南端的一個防監聽房間。這房間跟白宮內的戰情室規格相當。范德比特和兩名手下在裡面等著她。這位中情局副局長剛搭直升機從納奈莫飛回來，顯得比平時更不安。

「我們可以接通華盛頓嗎？」她沒有打招呼就問道。

「可以，」范德比特說道，「但不會有什麼用……」

「你別搞得這麼緊張，傑克。」

「……如果妳打算跟總統通話。總統不在華盛頓了。」

溫哥華島，納奈莫

奧利維拉和約翰遜走出電梯後，她在大廳裡遇見菲維克和安納瓦克。「你們剛剛去哪兒？」

「我們散步去了。」安納瓦克對她眨眼睛，「你們在實驗室裡開心嗎？」

「笨蛋。」奧利維拉做個鬼臉，「看起來好像歐洲的麻煩被沖到我們這邊來了。蟹裡的膠狀物確實是我們的老朋友。另外洛赫隔離了一個蟹體內攜帶的病原體。」

「殺人藻？」安納瓦克問道。

「差不多。」約翰遜說道，「可說是突變的突變。這個新品種比歐洲的毒性要大得多。」

「我們不得不犧牲幾隻老鼠，」奧利維拉說道，「把牠們和一隻死蟹關在一起。所有老鼠都在幾分鐘內就死了。」

菲維克情不自禁地後退一步。「這種毒會傳染嗎？」

「不會，如果你高興的話可以親我，它不會透過人傳染。我們對付的不是病毒，而是細菌入侵。但只要這些毒藻進入水裡，就會失去控制，爆炸性地繁殖，即使攜帶它們的蟹早已死去多時。」

「神風特攻蟹。」安納瓦克沉思道。

「牠們的任務就是將這些細菌帶到陸地上，就像那些蟲子的任務是將細菌帶到冰裡一樣。」約翰遜說道，「然後牠們就死去。水母、蚌類，就連這些膠狀物，全都不能存活很久，但都達到目的了。」

「目的就是用盡手段打擊我們。」

「對，那些鯨魚也有自殺攻擊的特性。」菲維克說道，「進攻通常是求生策略的一部分，就跟逃跑一樣。但沒有看過這種戰略。」

約翰遜微笑了。他的黑眼睛一亮，「這我不敢肯定。一定有誰在非常明確地執行某種求生策略。」

菲維克注視著他，「你講起話來簡直就像范德比特。」

「不，這只是表面現象。范德比特有些地方講對了，其他方面跟我的觀點截然不同。」約翰遜頓了頓，「但我願意打賭，范德比特講的話很快就會跟我一模一樣。」

黎

「這是什麼意思？」黎坐下時問道，「總統不在華盛頓的話，人在哪裡？」

「他前往內布拉斯加的奧福特空軍基地。」范德比特說道，「切薩皮克灣和波塔馬克河出現了蟹群。牠們顯然想溯河而上。我們收到情報有些蟹群已到了陸地上，但尚未確認。」

「去奧福特是誰下的決定？」

范德比特聳聳肩。「白宮參謀長擔心首都或許會遭遇和紐約一樣的命運。」他說道，「妳是知道總統的。他拚命反對。他恨不得親自向那些討厭的畜牲宣戰，但他最後同意去過健康的鄉下生活。」

黎心想，奧福特是戰略指揮部所在，控制美國核武武器。此據點地處內陸，遠離來自海洋的所有威脅，是保護總統最佳地點。在那裡總統可以透過防監聽錄影電話和國安會通話，行使政府的一切權力。

「這事太草率了。」她加重語氣說道，「以後這種事我要立刻知道，傑克。如果什麼地方有東西從海裡探出頭來，我要馬上知道。不，我要在牠將頭從海裡伸出來之前就知道。」

「我們辦得到。」范德比特說道，「我們可以和當地的海豚建立良好關係……」

「另外，如果有人想將總統送去哪邊，請務必告知我。」

范德比特輕佻地一笑，「如果我能提建議的話……」

「我要弄清楚華盛頓的現況，」黎打斷他的話，「而且是未來的兩小時內。一旦這消息得到證實，我們就疏散受害地區，將華盛頓變成紐約那樣的封鎖區。」

「我正想這麼建議。」范德比特溫和地說道。

「那我們看法一致。你還有什麼別的要向我報告嗎？」

「一堆狗屎。」

「這我習慣了。」

「正是。我不想改變妳的習慣，因此我努力將所有的壞消息搜集起來。我們就從喬治灘開始，海洋與大氣局為了撈些蟲子上來研究，在那一帶沿海試著將兩隻機器人放下去。這……呃……成功了。」

黎揚起眉。

「好吧，成功撈到那些動物了。」范德比特說道，一邊享受地拖長每個字，「但不是撈到船上。牠們一被捕獲就出事了，聯絡中斷，我們失去兩個機器人。日本也傳來類似的消息。他們在本州島和北海道沿海的某個地方，也因想撈蟲子而損失一艘潛水艇。日本人說，牠們的數量變多了。整體說來，這件事有了變化，之前只有潛水員被攻擊，但未曾有潛水艇、探測設備或機器人受過襲擊。」

「我們發現了什麼可疑事物嗎？」

「沒有直接相關的。沒有發現敵人的探測設備或潛水艇，但海洋與大氣局船隻在七百公尺深處發現一塊延伸數公里大的移動物體。考察隊長認為，那八成是個浮游生物群，但他不敢保證。」

黎點點頭。她想到約翰遜。他沒在這裡聽范德比特的報告，讓她感到遺憾。

「第二點，深海電纜又被扯斷了，包括CANTAT-3和幾根TAT電纜等跨大西洋的所有重要通信線路。在大西洋裡我們還損失了對澳洲主要線路PACRIM WEST。另外，過去兩天內發生的船隻事故比任何時候都多，全都發生在交通繁忙地區。在我們所知的近兩百條水上要道中，受波及的將近一半，特別是直布羅陀海峽、麻六甲海峽和英吉利海峽，巴拿馬運河也遭受了一點……好吧，事情是發生了，但我們也許不該對此事評價過高：霍爾姆茲海峽有一起碰撞事件，另一起在蘇伊士灣，這是……嗯……」

黎看著范德比特。他不像平時那樣冷嘲熱諷和傲慢，她知道是為什麼，「蘇伊士灣位在紅海蘇伊士運河之間。也就是說，阿拉伯世界有兩個重要的交通樞紐失陷了。」

「了不起，寶貝。航海業出現了麻煩。順便說一下，這是新鮮事，重建現場很難，在霍爾姆茲海峽看起來像是七艘船撞在一起，因為當中至少有兩艘搞不清楚自己駛向哪裡。測速儀和水深聲納都故障了。」

每艘船上都有四個至關重要的系統：水深探測聲納、測速儀、雷達和風速表。雷達和風速表在吃水線以上工作，水深探測聲納的小窗口裝在龍骨上，測速儀也一樣，這是一根裝有探測設備的全靜壓管，測量行駛過程中湧進的水。測速儀向船上的雷達系統報告船的航線和速度，雷達在這基礎上計算跟附近船隻碰撞的風險，提供避讓的航線。一般情況下是盲目地服從這些儀器。盲目，是因為七成的海上航行是在夜裡、霧天或深海裡進行，在那裡望望窗外是沒用的。

「有一起事故顯然是海底生物堵塞了測速儀。」范德比特說道，「雖然周圍船隻往來頻繁，但測速儀不再顯示行程，導致雷達沒發出碰撞警告。另一起是水深聲納發瘋似的報告水深在減少，雖然他們是航行在深水域，但卻據此判斷會擱淺，愚蠢地更改航線。兩艘船都砰地撞上了別的船，由於天很黑，很快又有幾艘趕來湊熱鬧。別的地方也發生了類似的玩笑。有人聲稱觀察到鯨魚在船下游動，游了很長一段時間。」

「當然。」黎沉思道，「如果長時間有大型物體緊靠在水深聲納下，很容易將它和堅固的海底搞混。」

「另外，船舵和推進器被侵蝕的案例增加了。海底門被堵塞的情形愈來愈多。在印度沿海，在連續數星期的附著物導致了快得不尋常的腐蝕之後，又一艘鐵礦船沉沒，前貨艙在平靜的海裡斷了。諸如此類的事情層出不窮。一切都在不斷惡化，再加上瘟疫。」

黎交疊著手指沉思。

實在可笑。但仔細想想，船才可笑。皮克說得沒錯，過氣的鐵棺材，使用高科技導航，透過一個孔吸進冷卻水。在別的地方，蟹鑽進高度現代化的大城市裡，被輾成糊狀，將數噸劇毒藻散布到下水道裡。結果他們不得不封鎖這座城市，現在或許又要封鎖另一座，而美國總統逃進了內陸。

「我們需要更多該死的蟲子。」黎說道，「另外，必須對藻類採取行動。」

「妳說得太對了。」范德比特故意回答道。

他的手下面無表情地坐在旁邊，眼睛盯著黎。范德比特應該是要向她提出建議，但就如同黎痛恨他一樣，范德比特也不喜歡黎。他會聽任她跑到海裡去。

「首先，」她說道，「一旦消息得到證實，我們就疏散華盛頓。第二，我想在受害地區運去飲用水水箱，嚴格定量。我們排乾下水道，用化學武器腐蝕掉那些畜牲。」

范德比特哈哈大笑，他的手下也跟著微笑，「排乾紐約？下水道？」

她望著他，「對。」

「好主意，而且化學武器同時也會殺死所有紐約人，我們可以出租這座城市。租給中國人好不好？我聽說中國人多得不得了。」

「這件事應該怎麼做，你會想出辦法來的，傑克。我會請求總統召開一次安全委員會全體會議，宣布實施緊急狀態。」

「啊！我明白了。」

「所有的海岸都將被封鎖，由偵察機負責巡邏。我們派出部隊，身穿隔離衣，攜帶噴火器。從現在起，凡是想爬上陸地的，就將牠們變成燒烤。」她站起來，「至於鯨魚，我們應該停止像受驚嚇的孩子一樣。我要重新奪回我們船隻的航行權。我倒要看看，來點心理戰會有什麼結果。」

「妳打算怎麼做呢，茱蒂？妳要好好勸說那些動物嗎？」

「不是。」黎淡淡地一笑，「我要驅逐牠們，傑克。好好教訓牠們或那個背後的馴鯨師。管動物保育去死。從現在起要向牠們射擊。」

「妳想找國際捕鯨委員會的麻煩？」

「不是。我們用聲納砲轟牠們，直到牠們停止攻擊我們。」

美國，紐約

一位男子當著他的面倒地而死。皮克在他笨重的隔離衣下淌汗，全身每一吋都被保護著，透過一張防毒面具呼吸，在防彈玻璃後望著一夜之間成為地獄的城市。

坐在他身旁的下士駕駛吉普車緩緩行駛在第一大道上，碰到被軍方驅趕在一起的人們，東村有些區段像是人全死光了。他們現在只要未確定這種瘟疫是否會傳染，就不能放任何人出去。皮克注意到，許多死者身上都有硬幣大的皮肉傷。如果這是襲擊紐約的毒藻造成的，那它們不僅散布毒霧，還黏附在受害者身上。理論上毒藻會存在於任何體液裡，能在水裡生存，能適應不同的溫度變化，根據他所知道的，它們飛快繁殖。皮克不是生物學家，但他在想，假如一位病人親吻別人、散播他的唾液，會發生什麼事。

他們緊張地為這座城市和長島訂定檢疫條件，對病人和正常人給予同等待遇。起初他們十分樂觀。紐約似乎做好了準備。在一九九三年世貿中心首次被襲後，當時的市長成立了一個處理各種緊急情況的特殊機構，緊急事務處。九〇年代末舉行了這座城市史上最大的災難演習，模擬一次虛構的化學武器襲擊，成果是六百名警察、消防隊員和聯邦調查局探員身穿隔離衣「搶救」紐約市民。演習進行得很順利，參議院慷慨地批准了新器材。緊急事務處發現自己有一千五百萬美金的預算，來建設一座具有獨立空調的防彈防炸辦公室，四十多名高水準的工作人員在裡面等待真正的世界末日——他們將它建在世貿中心的二十三層，就在二〇〇一年九月十一日前不久。之後，緊急事務處不得不重新改組。它仍在起步中，幾乎沒有能力解決問題。人們死得很快，誰也來不及救助。

吉普車繞過死屍，接近第十四街路口，許多汽車狂按喇叭飛馳而過。人們想逃出城去。他們走不遠，到處都被封鎖了。到目前為止，軍方差不多只控制了布魯克林和曼哈頓的少數幾個區，但是，未經特許，沒有人能離開大紐約*。

他們繼續沿著軍事封鎖線行駛。數百名士兵像有外太空入侵者一樣走在城裡，頭戴防毒面具，看不到臉，身穿鮮黃色的核生化防護衣，動作笨拙，樣子古怪。到處有人被抬上擔架、軍車和救護車，也有人橫屍街頭。城裡大部分地區無法通行，因為相撞的汽車和被棄汽車堵死了道路。直升機不停的轟鳴聲在街道

* Greater New York，紐約市、長島及附近衛星城市和市郊所形成的都會區，面積一七四〇五平方公里，將近台灣的一半大，人口一千八百萬人。

裡回響。

皮克的司機顛簸了一段，開了幾百公尺後停在東河岸的林蔭大街醫療中心門外，一個臨時救護中心就設在那裡。皮克快步走去，走道裡到處是人，撞見無比害怕的目光後，走得更快了。有些人將親人照片遞給他，喊叫聲淹沒了他。他在兩名士兵的護衛下通過封鎖，走向醫院的電腦中心。那裡為他提供連接惠斯勒堡的防監聽衛星通信線路。幾分鐘後他打電話給黎，不容她多講，「我們需要解毒劑，而且要快。」

「納奈莫正在全力以赴。」黎回答道。

「太慢了。我們守不住紐約。我看了下水道藍圖，請妳忘掉抽乾這裡的想法，還不如排乾波塔馬克河。」

「你有足夠的醫療支援嗎？」

「怎麼支援啊？我們無法用醫藥治療任何人，根本不知道什麼會有效。頂多開些增強免疫系統的藥，希望病原體死去。」

「你聽著，薩洛。」黎說道，「我們會控制住的。我們幾乎能百分之百肯定地說，這種毒不會傳染。受害者幾乎沒有傳染危險。我們必須徹底將這些畜牲趕出下水道，腐蝕、燒光、懇求，什麼方法都可以。」

「那妳就開始吧。」皮克說道，「不會有什麼用的。城市上空的毒霧還是小問題，風會吹開毒物，將它沖淡。但那些毒藻……每個人都需要水，淋浴、洗滌、喝水，照顧金魚，我哪知道做了些什麼。汽車清洗過，救火車開出去用水滅火。這些毒藻分布全城，它們污染了室內的空氣，分布在空調系統和通風口。即使再也沒有一隻蟹來到陸地上，我還是不知道該如何阻止藻類的繁殖。」

他張口喘氣，「我的天，茱蒂，美國有六千座醫院，只有不到四分之一做好應付這種緊急情況的準備！沒有哪家醫院有能力隔離這麼多病人，讓醫生迅速治療。貝爾維醫院超過負荷，這可是他媽的一座大醫院呢！」

黎沉默一秒鐘，「好，你知道該怎麼做。請將大紐約變成一座超級監獄，任何東西任何人都不能出來。」

「我們在這裡無法幫人們什麼，他們都會死去。」

「是的，這很可怕。那你就為別處的人做點好事，請你設法將紐約變成一座孤島。」
「我該怎麼做呀？」皮克絕望地叫道，「東河流進內地。」
「東河我們會想到辦法解決的，暫時……」
皮克感覺到了那場爆炸。他腳下的地面顫動，傳來沉悶的轟隆聲，聲波好像一場地震似地掠過整個曼哈頓。「有什麼東西爆炸了。」皮克說道。
「你去看看是什麼東西。請在十分鐘後向我報告。」
皮克罵了一句，跑向窗前，但什麼也看不到。他對他的手下打個手勢，從電腦中心奔回走道，跑向醫院後方。從這裡能眺望到緊臨布魯克林和皇后區的東河。
他朝左望向河上游，人們向醫院跑來，在大約一公里外、聯合國的總部附近，他看到一朵巨大的蕈狀雲升向空中。起初皮克擔心它被炸上了天。後來他發現，那朵雲來自很遠的市中心。
它從皇后區城中隧道的入口處升起的，隧道橫穿東河，將曼哈頓與河對岸連接在一起。
隧道在燃燒！
皮克想到那些毀壞的汽車，它們無所不在、互相卡在一起，衝進櫥窗或撞在燈柱上。受感染的人們在裡面失去了知覺。他預感到隧道裡發生了什麼事，那是他們現在還在使用的最後一座隧道。
他們奔回大樓，穿過大廳，跑向他們的吉普車。穿著隔離衣奔跑很費勁，因為你始終得注意衣服不要被刮破。但皮克還是成功地鑽進敞開門的吉普車，他們急馳而去。
同一時間，在他頭頂三層樓高的地方，私人快遞公司的司機、想和聯邦快遞競爭的波．漢森剛斷氣。胡珀夫婦則是死去好幾個小時了。

加拿大，溫哥華島

「你們到底在惠斯勒山上做什麼？」

那本來應該是回到正常生活的一次旅遊，但當然絕非這麼順利。曾離開幾天的安納瓦克坐在戴維氏賞鯨站，看著舒馬克和戴拉維因他來訪而喝光的兩瓶海尼根。戴維暫時關閉了這個站，陸上考察行程無人問津，幾乎沒有人還會有興趣去觀賞動物。如果歐洲受到海嘯的席捲，那會對大西洋沿岸帶來什麼威脅呢？大多數遊客離開了溫哥華。舒馬克一個人孤零零地追討應收回的款項，盡可能讓這個站維持營運。

「我真的很想知道，你們在那裡做什麼。」他不斷追問道。「幹嘛這樣神祕？」

安納瓦克搖搖頭。「別再問了，湯姆。我答應過要保密，我們談點別的事吧。」

「我很想知道，我應該什麼時候從這裡挪開我的屁股逃跑去。」舒馬克說，「因為海嘯什麼的。」

「沒有人談海嘯。」

「沒有？媽的！這早就傳開了。一定有關聯的。人們可不那麼蠢，李奧。紐約傳來集體得病的可疑、恐怖故事，歐洲不斷有人死掉，船隻排隊似地沉沒，這一切都是瞞不住的。」他彎身向前，朝著安納瓦克眨眨眼。「我以為，寶貝，我們可是在同一條船上。你能理解嗎？都是圈圈裡的人。」

戴拉維喝下一大口，擦擦嘴巴。「你就別煩李奧了吧。」

她戴著橘黃色圓鏡片的新眼鏡。安納瓦克發現，她的頭髮不知為什麼不那麼捲了，而像波浪似地披在肩頭。真的，儘管牙齒有點大，她還是很漂亮，相當漂亮。

舒馬克抬起雙手，又不知所措地將它們放回大腿之間。「你們應該帶我去的。真的，李奧，我一定有可用之處的。在這裡我只能乾坐著，撣旅遊小冊子上的灰塵。」

安納瓦克點點頭。他感覺不自在，因為儘管他不喜歡卻又不得不故弄玄虛。剛剛他還問自己，是不是乾脆就說一下在惠斯勒堡裡的工作。不過他沒有忘記黎閃爍的目光。她雖然通情達理、和氣友善，但他肯定，如果事機敗露，將會有天大的麻煩。

她的猜測甚至有可能是對的。

他目光掃過展售室，突然感覺到，在短短幾天之內瞬息萬變的情勢讓他覺得陌生。自從他與灰狼和好之後發生了很多變化。安納瓦克意識到，他的生活徹底改變了。他感覺自己就像是個坐在出發之後不可能中途停下來的雲霄飛車裡的孩子，害怕，驚奇，和一種幾乎無法形容的興高采烈與好奇交織在一起。從前，賞鯨站就像他生活的一道壁壘，現在則感覺自己就像是一絲不掛，毫不設防。他的生活中少了一個空間、一道門，可以通過它進入隔壁房間，與世隔絕。現在發生的一切對他來說，顯得太吵、太刺眼。

「你還是繼續替你的旅遊小冊子撢灰吧！」他說道，「你十分清楚自己的位置在這裡，而不是在專家委員會裡。在那裡，當你想講什麼時，人家只會跟你說客套話。但戴維如果少了你，他就糗了。」

舒馬克望著他。「這是小小的讚美？」他問道。

「不是。我為什麼要花精神讚美你？反而是我被迫必須閉嘴，什麼都不可以向朋友們講。你為什麼不試著鼓勵我呢？」

舒馬克轉動著手裡的啤酒瓶，笑了笑。「你準備待多久？」

「都可以，」安納瓦克說道，「我們像國王似的，只需要一通電話，隨時可以使用直升機。」

「他們真的在拍你馬屁，是嗎？」

「對，他們是在拍我馬屁。為此他們希望我值得他們這樣做，或許我應該待在納奈莫、水族館或其他什麼地方工作，但我想見你們。」

「你在這裡也可以工作。好吧，換我來鼓勵你。今晚過來吃飯，我烤塊大牛排給你，我親自烤喔！」

「聽起來很誘人，」戴拉維說道，「幾點？」

舒馬克向她投去一道難以解釋的目光，「妳也來吧。」他說道。

戴拉維瞇起眼睛，沒有回答。安納瓦克暫時讓自己置身事外，答應舒馬克七點到達後，兩人分道揚鏣。舒馬克前往優庫路列，去找戴維。安納瓦克沿著大馬路回到船上，很高興有戴拉維陪他。某種程度上他真的想念這個煩人精。

「吃牛排的邀請。聽湯姆的口氣，好像不希望妳作陪。」他問道。

戴拉維看起來十分尷尬，把玩著一束頭髮，皺起鼻子。「沒錯。你離開的這幾天發生了一件事。我是說，生活總是充滿意外，不是嗎？有時候你自己就很愚蠢。」

安納瓦克停下來，望著她。「是啊，那麼……」

「好吧，就在你前往溫哥華、不再露面的那天——我是指，你失蹤了一夜！沒有人知道你去哪裡，大家都很擔心。其中，呃……傑克。傑克打電話給我，應該說，他本來是想打給你的，可是你不在……」

「傑克？」安納瓦克問道。「灰狼？傑克．歐班儂？」

「他說你們該好好談談。」他還沒來得及接話，戴拉維就匆匆說道，「那會是場相當愉快的交談。無論如何他很高興，想跟你聊聊，而且……」她直視安納瓦克的眼睛，「那是一場愉快的談話，不是嗎？」

「曾經是。妳現在能不能不要再繞好幾千個彎，直接回到正題呢？」

「我們在一起了。」她脫口而出道。

安納瓦克張大嘴又闔上。

「我就說過，人有時候很蠢！他來到圖芬諾——因為我將我的電話號碼給他，你知道的，我總覺得他有點了不起……對，我對他的立場有一定的理解……」

安納瓦克感覺他的嘴角抽動著，他想保持嚴肅。「一定的理解，當然。」

「因此他來了。我們在帆船酒吧喝點東西，然後去了棧橋。他將他的情況全告訴我，我向他講點我的情況，就像平時那樣聊啊聊啊，突然……一下子就……你知道的。」

安納瓦克咧嘴笑了起來，「而舒馬克根本不喜歡這樣。」

「他恨傑克！」

「我知道。這你不能怪他，因為我們開始喜歡灰狼也是最近的事——尤其是妳——這根本改變不了他表現得像個壞傢伙的事實。這麼多年了，如果妳真的想知道的話，他一直是個壞東西。」

「不比你壞。」她脫口說道。

安納瓦克點點頭，然後笑了。儘管世界上有這許多痛苦，他笑戴拉維的錯綜複雜的故事，也笑自己和對灰狼的惱怒，實際上它只是一場失去友情的怒火，他笑自己最近幾年的生活，笑自己的麻木，他笑得幾乎發痛，卻又感到痛快。他愈笑愈大聲。

戴拉維歪著頭，不解地看著他。「什麼事這麼好笑？」

「妳說得對。」安納瓦克咯咯笑道。

「什麼叫妳說得對？你喝醉了嗎？」

他覺得他笑得快要歇斯底里了，但沒有辦法。他笑得全身顫動。實在回想不起來，他上回這麼開懷大笑是什麼時候。他有沒有這麼笑過。「麗西婭，妳真是太可愛了。」他喘息道，「妳真他媽的說得太對了。壞東西。正是！我們都是。妳和灰狼在一起，而我做不到。我的媽呀！」

她的眼睛縮小了，「你在取笑我嗎？」

「不是，絕對不是。」他喘息道。

「就是。」

「我發誓……」他突然想起什麼來，他早就該想到的。他停止大笑。「傑克現在到底在哪裡？」

「我不知道。」她聳聳肩，「也許在家裡？」

「傑克從不待在家裡。我以為，妳們在一起了？」

「我的天哪，李奧！我們開心的在一起，談戀愛了，但我可不想監視他的每一步。」

「不是說這個，」安納瓦克咕噥道，「這他也不會喜歡。」

「那你為什麼要問？你想跟他談談嗎？」

「對。」他抓住她的肩，「麗西婭，聽著。我得處理一點私事，今晚之前想辦法找到他。如果可以，讓我們一起去破壞舒馬克飯局的好興致。告訴他，我……我會很高興見到他。這是真心話！」

戴拉維猶豫不決地微笑著。「好，我告訴他。你們男人真滑稽。老天！你們真是一對滑稽的猴子。」

安納瓦克上船，收了電子郵件，再去帆船酒吧待了一會兒，在那裡喝了杯咖啡，和漁夫們聊天。他離開後有兩個人駕著一艘橡皮艇在海上遇難身亡。儘管嚴令禁止，他們還是大膽出海，不到十分鐘就被虎鯨撞傷。一人的遺體後來被沖上岸，另一位則無影無蹤，誰也不敢出海去找他。

「他們就沒有這種麻煩。」一名漁夫說道，指的是大渡輪、貨輪和工廠拖網船的經營者和海軍。他憤憤地喝著啤酒，好像相信自己找出了罪人，沒有理由能讓他改變主意，然後看著安納瓦克，好像在等他證明似的。

他們當然有這種麻煩，安納瓦克想說，那些船隻的命運也一定糟。他沒出聲。該回答什麼呢？他不可以講出影響有這麼大，圖芬諾的人只看到自己的小小世界，他們不知道皮克向指揮部公布的嚴重災難正持續增加。

「年輕人，這事發生的時間再巧合不過了！」那人含糊地說道，「大型捕魚船隊不斷擴大他們的王國，現在發生這種事，他們捕獲了我們的庫存，當我們這些小船都無法再出海後，又繼續清空所有。」然後，他喝了一口說道：「我們應該射殺這些該死的鯨魚，應該讓牠們瞧瞧問題出在哪裡。」

到處都一樣。自從他來到圖芬諾的這幾個小時裡，不管走到哪裡，安納瓦克聽到的都是相同的要求。我們要殺死鯨魚。

難道之前的一切努力都是白做工嗎？幾年來的辛勞，迫使政府制定出幾條微不足道的、漏洞百出的保護規定？坐在帆船酒吧吧台旁的這位失望的漁民以他的方式說到重點了。從小漁民的角度看，現在的情勢，只對大人物有好處，因為大型船隻是現在唯一還能在捕魚區航行的，那些視國際捕鯨委員會的條令、限量捕釣和狩獵禁令為眼中釘的人，終於能重新出示捕鯨的證明。

安納瓦克走回賞鯨站。遊客中心沒有人。他在櫃枱後舒服地坐下，打開電腦，開始上網搜尋軍方訓練專案。很難。有些頁面無法開啟。在惠斯勒堡裡他可以獲取任何想要的資訊，但這裡少了深海電纜。

安納瓦克不氣餒。不一會兒他找到了一則有關前蘇聯一項軍事專案的報導。冷戰期間，大量的海豚、海獅和白鯨被用於尋找水雷和遺失的魚雷，用於保護黑海艦隊。蘇聯解體後，這些動物被送到克林姆半島上的一個海洋館裡，在那裡進行馬戲表演，直到經營者面臨沒有錢買食物和藥物，得決定殺死動物或賣掉經營權為止。就這樣，一些動物被運用到自閉症孩子的治療專案，另一些則被賣給伊朗。牠們失蹤了，猜測牠們是成了新的軍事試驗白老鼠。

在謀略戰爭中，哺乳動物顯然經歷了一場生物科技革命。在冷戰期間，美蘇之間不斷進行軍備競賽，看誰能組織有效率的海洋哺乳動物團隊。隨著結盟國家時代的結束，海豚間諜似乎完成了牠們的使命，但列強之間的競爭沒能改善世界秩序。

事實顯示，海豚、海獅和白鯨在這方面遠遠超出了潛水員或機器人。海豚尋找水雷的效率要比人類高十二倍，海獅尋找魚雷的成功率高達百分之九十五。人類在水下的工作能力有限，方向辨別不準確，必須在減壓室裡待好幾個小時，而這些海洋動物原本就生活在水裡，在光線極差的情況也能辨認方向、物體。一小隊海豚取代價值數百萬的船隻、潛水員、船上人員和設備，且牠們總是會返回。三十年內美國海軍僅損失七條海豚。

因此，美國採取新的訓練方法。聽說俄羅斯又重新開始訓練哺乳動物，印度軍方也開始馴養和訓練專案，目前連近東也加入這項研究。

到了最後，是不是范德比特說對了呢？

安納瓦克堅信，在網路深處能找到他在美國海軍的網站上徒勞尋找的資訊。他不是頭一回聽說軍方想嘗試控制鯨豚，那不是傳統的馴獸訓練，而是約翰．利里曾經開始的嶄新研究。全世界的軍方都對海豚的聲納興趣盎然，它勝過任何人類的系統，人們還無法理解它到底如何作用。

鯨魚們怎麼了，哪裡可以找到這些問題的答案。

但網際網路也保持緘默。它固執地沉默著，伴著斷線和頁面載入錯誤。它沉默三小時了，直到安納瓦克終於快要放棄了。他的眼睛感到刺痛，再也無法集中精力，險些就錯過了螢幕上閃爍的《地球島周報》的那則短新聞。「**美國海軍對海豚之死負有責任？**」這份周報是由地球島研究所出版的，這是個環境保護組織，它研究維護自然的新方法，從事各種工程。地球島的人員在氣候討論中具有代表性，並揭露環境醜聞。它的工作有一大半是研究海洋裡的生活，專攻鯨魚的保護。

這篇短文談的是九〇年代初的一件事，當時有十六條死海豚被沖上法國地中海海岸。所有屍體上都有相同的神祕傷口。頸部後側有個剜得很俐落的、拳頭大的洞，洞下面能看到赤裸裸的顱骨。當時沒有人能夠解釋這神祕的傷口是怎麼回事，但無疑它們應該是這些動物死亡的主要原因。這件事發生在第一次波灣戰爭期間，在美國的大型艦隊橫穿地中海的時候，地球島斷定與美國海軍的祕密試驗有關，認為這些試驗一定是在這時候進行的。很顯然他們未能取得預期的成功，最後不得不加以掩飾。

當時一定出了大錯，周報寫道。

安納瓦克將那篇文章列印出來，試圖在檔案裡找到抨擊這件事故的其他文章。他沉浸在工作中，幾乎沒聽到賞鯨站的門被打開來。直到眼前變黑，他才抬起頭，看到從一件敞開的皮夾克下鼓出來的健壯肚子和一個多毛的胸膛。他頭後仰。對方太高了，他不得不這樣做。

「你想和我談談？」灰狼說道。

他龐大身軀上的皮衣就像往常一般，油膩膩的、穿舊了的，長髮繫成一根發亮的辮子。眼睛和牙齒亮閃閃的。安納瓦克好幾天沒看到這位半個印第安人了。他感覺到這個巨人的力量，他的光彩，他的自然魅力。難怪戴拉維會迷戀上這份男子氣概。可能灰狼也沒有存心這樣。

「我還以為你在優庫路列的什麼地方呢。」他說道。

「我是去過了。」灰狼拉過一張椅子坐下來，坐得椅子嘎吱嘎吱響，「麗西婭認為你需要我。」

「需要？」安納瓦克微微一笑，「我對她說的是，見到你我會很高興。」

「講白了是你需要我，而我現在來了。」

「你身體還好嗎？」

「你要是有什麼好喝的東西，我的身體會更好。」

安納瓦克走向冰櫃，拿出一瓶啤酒和一瓶可樂放到櫃枱上。灰狼一口喝下半瓶海尼根，擦擦嘴巴。

「你來這裡會不會耽擱你什麼事嗎？」安納瓦克問道。

「別瞎猜了。我和幾個來自比佛利山莊的富翁去釣魚。說到你們的賞鯨站，你們的賞鯨生意正轉向我湧了過來。沒有人認為他的船會受到一條鱒魚的襲擊，因此我改行了，提供河流釣遊。」

「我看得出，你對賞鯨的看法沒有太多的改變。」

「沒有，為什麼要變呢？但我不給你們惹麻煩。」

「噢，謝謝。」安納瓦克冷冷的嘲笑說道，「不過這樣很好。我認為，你仍然在為受折磨的大自然進行你的復仇戰役。請你再為我簡單說明，你在海軍裡都做些什麼。」

灰狼吃驚地盯著他。「這些你都知道的呀。」

「再說一次給我聽吧。」

「我是訓練員。我們訓練海豚，用於戰略性活動。」

「在哪裡？在聖地牙哥嗎？」

「對，也包括那裡。」

「你因為心臟衰弱或類似的疾病被開除了。請說實話。」

「正是。」灰狼喝下一口後說道。

「這不對，傑克。你不是被開除的，你是自己離開的。」

「你怎麼會這麼想？」

「因為在聖地牙哥太空站和水下武器系統中心的文件裡是這麼記錄的。」安納瓦克說道，並在房間裡慢慢踱步。「我知道聖地牙哥太空站和水下武器系統中心是名為海軍指揮、控制和海洋系統中心等機構的組織之一，同樣設在聖地牙哥的洛瑪岬。經濟上得到一個組織的資助，當今的美國海軍海洋哺乳動物系統就由那個組織發展而來。當你重新閱讀海洋哺乳動物專案資料時，這些機構都不約而同的被提及，卻又總是撇清關係的提到它們和這些可疑的計畫毫無關係。」安納瓦克歇了歇。然後他決定來一招虛嚇，「在你所駐紮的洛瑪岬進行的那些試驗……」

灰狼窺探的目光跟著安納瓦克來回走動。「你幹嘛對我講這一大堆廢話？」

「聖地牙哥正在研究飲食習慣、狩獵和交流行為、馴養能力、野外放生的可能性等。但軍方更感興趣的是哺乳動物的大腦。這興趣可以回溯到六〇年代，第一次波灣戰爭期間才又被重新點燃。你當時已經參加好幾年了。你離開海軍時是少尉，最後是負責兩個海豚梯隊MK6和MK7，兩隊共有四隻海豚。」

灰狼皺起雙眉。「那又怎麼樣？你們的委員會裡就沒有其他事好操心了嗎？比如說歐洲的形勢？」

「你的下一個任務本應是負責整個專案，」安納瓦克接著說道，「而你卻拋棄了這一切。」

「我根本沒有拋棄什麼，是他們將我趕走。」

安納瓦克搖搖頭。「傑克，我享有一些重要的特權，可以接觸所有絕對不用懷疑可信度的資料。你是自願走的，我很想知道為什麼。」他找出那篇地球島的文章遞給灰狼。灰狼瞟一眼，又將那張紙放下。

好一陣子都鴉雀無聲。灰狼望著地面，沉默不語。

「傑克，」安納瓦克低聲道，「你是對的。我需要你的幫助。你當時遇到什麼事？為什麼離開？」

這位半個印第安人又陷入沉思。然後伸直腰，雙臂交叉在腦後。「你為什麼想知道這個？」

「因為這能幫助我們弄清楚鯨魚到底怎麼了。」

「那不是你們的鯨魚，不是你們的海豚，沒有什麼是你們的。你想知道發生什麼事嗎？牠們在報復，李奧。我們終於得到了早就該得的報應。牠們不再服從了。我們將牠們視為私有財產，折磨牠們，濫用牠們，好奇地看牠們。牠們終於受不了我們了。」

「你真的相信，牠們這麼做都是出於自由意志嗎？」

灰狼開口想講話，後來他搖了搖頭。「我對牠們為什麼這麼做不再感興趣。我們對牠們的好奇已經過頭了。我不想知道，李奧，我只希望大家能留給牠們安靜的空間。」

「傑克，」安納瓦克緩緩地說道，「牠們是被迫的。」

「廢話。誰會……」

「牠們是被迫的！我們有證據。我根本不可以將這件事告訴你，但我需要資訊。你不想讓牠們痛苦，你就繼續保持沉默吧。現在牠們正遭遇到比你能想像到的更大的痛苦……」

「比我能想像到的？」灰狼跳起來，「你懂什麼呀？你懂個屁！」

「那你解釋給我聽。」

「我……」他的下巴扭動著，攢起拳頭，內心似乎很掙扎。接著，他的身體放鬆了。「你跟我來，」

他們默默無語地並肩走了一會兒。灰狼選了一條穿過樹林通向水邊的小道。走了幾步之後，穿越灌木叢，沿著一座搖搖晃晃的小棧走過去，盡頭是海灣明亮的美景，圖芬諾只露出沙岬右邊的賞鯨站碼頭和幾座高腳屋。他們在棧道盡頭坐了一會兒，望著暮色中色彩鮮豔的山脈。

「你的資料不完整，」灰狼最終說道，「公開的有四個組，MK4到MK7，但還有一個第五組，化名MK0。海軍喜歡用梯隊代替小組這個概念。每個梯隊分配有特定的任務。對，各梯隊的中心位在聖地牙哥，但我大多數時間是在科羅拉多州、加州訓練動物。軍方將牠們養在海灣或海港設施裡，牠們在那裡生活得很好！定時餵食，享有最佳的醫療條件，比大多數人能享受到的還要多。」

「你負責這個第五小組……第五梯隊？」

「你想錯了。MK0是另一回事。總括說來，一個系統有四到八條動物，有明確的任務。比如說MK4的任務就是搜索和標出洋底的水雷，成員全都是海豚，另外，牠們還被訓練來報告對船隻的破壞企圖。MK5是個海獅梯隊，MK6和MK7同樣尋找水雷，但主要用於狙擊敵人的潛水員。」

「牠們攻擊潛水員嗎？」

「不是。牠們用鼻子頂一下入侵者，同時將一條線繫在潛水員身上，線的尾端繫著一個連著閃光燈的浮標。這樣就能知道潛水員的位置。有時候牠們還會帶著一塊繫著細繩的磁鐵潛下去，將它放在地雷上，再將牠們帶回繩子。虎鯨和白鯨將水雷從一公里深的位置取上來，真感人——你得想想，對人類來說，尋找水雷是樁致命的任務。主要不是因為這東西會在你耳旁爆炸，而是因為差不多得在近海尋找，而且都是激烈作戰的區域，容易遭到陸地的掃射。」

「水雷不殺這些動物嗎？」

「官方說法是沒有一隻動物死於這種方式。實際上有可能例外，一開始我只聽說過MK0，它被視作天外的神話。那不是真正的梯隊，而是一整組專案和試驗的代名詞，這些試驗是在不同的地點不斷換新動物進行的。MK0動物也不和其他動物接觸，但有時候也會從民間徵用，然後牠們就永遠失蹤了。」灰狼停頓一下。「我是個優秀的訓練員，MK6是我的第一個梯隊，我們參加每次較大的演習。一九九〇年我接管MK7，大家紛紛祝賀我。最後有人想到，也許該讓我多了解情況。」

「關於MK0。」

「我當然早就知道，海軍訓練的海豚最初的成功案例是在七〇年代初期，牠們在越南保護金蘭灣，阻止越共的水下破壞——在海洋哺乳動物梯隊裡，他們最先告訴我的也是這件事，對此深感驕傲。他們隻字不提**泳者失力專案**。那些動物被訓練來扯下敵方科研人員的面罩、蹼與氧氣管。而在越南時，牠們的吻部和鰭上裝有特別長的、劍一樣的刀子，有些背上裝有梭標。在水下襲擊你的，不再是海豚，而是一具殺人機器。比起這些，海軍後來的方法則是小巫見大巫，他們在這些動物的吻部裝上皮下注射器，要牠們用來撞擊潛水員，牠們也照做不誤。注射器將三〇〇〇psi的二氧化碳，也就是壓縮碳酸，注射進潛水員的體內。這氣體在數秒鐘內擴散開來，受害者就會爆炸。有四十多名越共分子被我們的動物以這種方式殺害，還誤殺了兩名美國人。」

安納瓦克覺得他的胃在痙攣。

「類似的事於八〇年代末發生在中東巴林，」灰狼接著說道，「那是我頭一回上前線。我的海豚梯隊訓練得很出色，但對MK0一無所知。也不知道他們在無法到達的地區上空用降落傘投下那些動物，有時候是從三千公尺的高度，不是每隻動物都能活下來。有些不用降落傘而從直升機直接扔下時，距海面仍有二十公尺高。另有一些被他們綁上水雷，讓牠們吸附在船體和對手的潛艇上。有時候他們讓一群動物靠得很近，通過遙控引爆水雷。簡直就是動物敢死隊。不久後我知道了這些情況。」灰狼沉默了一會兒，「我當時就該停止的，但海軍是我的家。我在那裡過得很好。不知你是否理解，但事情經過就是這麼回事。」

安納瓦克不語。他絕對可以理解。

「總司令部認為，讓我繼續參加MK0專案更合適。這些壞小子認為，我有與動物打交道的天賦。」灰狼吐出一口痰，「這一點他們說對了，那些婊子養的，我是個傻瓜，因為我同意了，而沒有給他們一記耳光。我勸自己說，戰爭就是這樣的。人類倒在炮火中，他們踩上地雷、被槍打死或燒死，因此有必要為幾條海豚傷心嗎？於是我來到聖地牙哥，在那裡他們正在研究在虎鯨身上綁上核彈頭……」

「你說**什麼**？」

「你感到驚訝？我對這種事早就不吃驚了。」灰狼看著他，「有些專案就是派遣身上裝有核彈的虎鯨出去。這麼一顆七噸重的彈頭，一隻成年虎鯨能帶著它游上幾海浬拖進敵方的海港。幾乎無人能阻止一隻核子虎鯨。當年他們還在試驗，如今不知到了什麼階段。海軍很喜歡播放鯨魚嘴銜一顆水雷游出去又高興地將它帶回來的錄影帶給記者看，強調不是帶去炸掉俄羅斯潛艇艇長的屁股。海軍據此聲稱，沒有這種殺手命令。事實上這種事會發生，只是不多。最嚴重時是一艘三人船飛上天，這點海軍還可以承受，因此沒有停止進行這種試驗。」灰狼停頓一下，「如果你不能好好控制一隻核鯨的方向，情況就不一樣了。那東西性子很烈，一旦牠返回來，你就麻煩了。海軍可以想派出多少隻虎鯨就派出多少隻，但必須保證這些鯨魚不會產生愚蠢的念頭。避免愚蠢念頭的最佳方法，就是根本不允許牠們產生。」

「約翰・利里，」安納瓦克呢喃道。「在六〇年代拿海豚進行過腦試驗。」

「我記得什麼時候見過這名字。」灰狼沉思著說道，「無論如何，我在聖地牙哥親眼目睹他們如何打開海豚的頭顱。那是一九八九年，他們用錘子和鑿子在海豚頭蓋骨上敲出小孔。那些動物完全清醒，得由幾個強壯的男人按住，因為牠們一直想從桌子上跳下去。他們向我解釋說，這不是因為疼痛，而是因為敲擊讓這些動物緊張。事實上這一過程比實際情況要痛苦得多。然後他們將電極插進孔裡，通過電刺激使大腦興奮。」

「對，那是約翰・利里！」安納瓦克興奮地叫道，「他曾經嘗試繪製一種大腦的地圖。」

「相信我，海軍製作了那樣的地圖。」灰狼苦澀地說道，「他們成功通過電子信號控制這動物。我必須承認這很驚人。他們能讓海豚向左或向右、騰跳、進攻、襲擊敵人的陷阱。那動物是不是出於自由意志做的，這不重要。這隻海豚再也沒有自由意志了。牠就像一輛遙控汽車，像個兒童玩具。一切看起來都好像這件事大獲成功。一九九一年我們帶了二十多隻遙控海豚前往波斯灣，而他們在聖地牙哥同時進行核鯨的研究。我還繼續參與，我還閉著我平時愛張揚的嘴巴，告訴自己，這不是我的專案。我的海豚尋找水雷，並得到很好的餵養和照顧。他們催促我加入MK0，我想辦法要求給我考慮的時間——考慮在軍隊裡不是特別受歡迎的，這個詞背後隱藏著思考！不過，他們同意了。我們經過直布羅陀海峽，在深海進行一系列的測試。一開始一切都進行得很順利。後來第一批問題出現了。在聖地牙哥的實驗室和水族館裡遙控毫無問題，但在公海上這些動物受到另一些刺激，失敗層出不窮。在大自然中就是不行，無論如何不同於專案領導人對此事的想像，這些動物變成了安全風險。我們不能帶牠們回美國，又沒有人願意帶牠們去海灣。」

灰狼停下來。他巨大的胸腔裡傳出一種無法定義的聲響，有點像一聲無可奈何的嘆息。

「回船後開會討論，決定扔掉這些海豚。我們就那麼將牠們扔進了海裡，在離船幾百公尺之後，有人按了一個小按鈕——他們在電極設備裡裝進引爆彈，避免這技術落到敵方手裡。不多，但足以炸掉設備和電極。那些動物就這樣被殺死了。然後我們繼續行駛。」

灰狼緊咬下唇。然後他望著安納瓦克。「這就是被沖到法國海岸上的那些海豚。你在《地球島周報》上看到的消息。現在你知道了。」

「那你……」

「我告訴他們我受夠了。他們當然不喜歡在檔案裡看到紀錄，說他們最好的海豚訓練員因不明原因遞上辭呈。否則碰到這種事馬上就會有一堆記者撲過來。最後我們達成共識，他們給我一大筆錢，我讓他們用健康理由將我開除。一個戰鬥潛水員如果因為心臟衰弱被開除，沒人會問傻問題。於是我離開了。」

安納瓦克望著外面的海灣。

「我不是個像你這樣的科學家，」灰狼嚴肅地說道，「但我了解一些海豚的特性，知道如何與牠們打交道，但根本不懂神經學這類混帳事。我無法忍受一個人對一隻鯨魚或海豚產生太過明顯的興趣，就這麼回事，哪怕他只是想拍一張照片。我無法忍受，我無法改變這個看法。」

「舒馬克至今還認為你是想整我們。」

灰狼搖搖頭。「我曾經有段時間這麼想過。賞鯨是可以的，但是你也看到了，這行不通。我開除了我自己。我只是設法讓他們這麼做。」

安納瓦克雙手撐住下巴。這裡真美啊。這座海灣和群山，這整座島嶼，美得令人難以置信，幾乎令人疼痛。「傑克，」一會兒後他說，「你必須改變思考方式。又出事了。你的鯨魚不是在報復或清算，牠們是受了操縱，某個人在用牠們執行自己的MK0專案。比海軍用牠們所進行的一切還要嚴重許多。」

灰狼一聲不吭。他們離開棧橋，默默沿著林中小道走回圖芬諾。灰狼在賞鯨站前停了下來。「就在退出前不久，我聽說核鯨試驗向前邁進了一大步。這與庫茨魏爾博士有關。這個名字與神經學和某種他們叫做神經元電腦的東西有關。他們說，想要徹底控制這些動物，必須服膺庫茨魏爾的說法。我想，我乾脆告訴你好了。不知道能否對你有所幫助。」

安納瓦克思考著。「有，」他說道，「我相信有幫助。」

加拿大，惠斯勒堡

傍晚時韋孚來敲約翰遜的房門。她習慣性地按下把手想進去，但房間鎖著。

她有看到他從納奈莫回來。約翰遜應該會去找波爾曼。韋孚乘電梯下到大廳，在酒吧裡找到他，他正跟那位德國人和史坦利．福斯特坐在一起。他們俯身一堆圖表上，激烈地討論著。

「嗨。」韋孚加入進去，「你們有進展嗎？」

「我們卡住了。」波爾曼說道，「我們的式子中有太多未知數。」

「啐，我們會發現它們的。」福斯特含糊地說道，「上帝不丟骰子。」

「這是愛因斯坦說的。」約翰遜議論，「他說得不對。」

「上帝不丟骰子！」

她等了一會兒，然後指著約翰遜。「我能不能——請原諒我的打擾，可是我能不能和你私下談一談？」

約翰遜猶豫著。「馬上嗎？我們正在討論史坦利的模擬場景。讓人額頭上冒冷汗。」

「對不起。」

「妳為什麼不陪陪我們呢？」

「你能不能至少擠出幾分鐘呢？我們不需要太長時間。」她對在座其他人微微一笑，「然後我再加入進來，用聰明十倍的評論折磨你們。」

「去哪裡？」當他們離開桌子時，約翰遜問道。

「無所謂，去大廳裡。」

「有什麼重要的事情嗎？」

「重要這樣的措辭太無力了！」

他們向外面走去。太陽斜掛天空。沉落時它將粉紅色的光芒灑在惠斯勒堡和落磯山脈白雪皚皚的峰頂。酒店前的直升機看起來像正在休息的巨形昆蟲。他們朝著惠斯勒方向散步了一段。這整件事突然讓韋孚尷尬起來。其他人一定以為她和約翰遜之間有祕密，但事實上她只是想聽聽他的意見。

「在納奈莫怎麼樣？」她問道。

「令人毛骨悚然。」

「聽說長島爬滿了殺手蟹。」

「帶有殺手藻的蟹。」約翰遜說道，「跟在歐洲差不多，只是毒性要厲害得多。」

「聽起來像新的一輪攻擊。」

「是的，奧利維拉、菲維克和魯賓開始進行分析。」他輕咳一聲，「謝謝妳的關心，不過本來是妳想對我講什麼的。」

「我一整天都在研究衛星資料。然後我將雷達掃描和多光譜影像作比較。我很想調出鮑爾的漂浮監測器資料，但它們再也沒有下文了。不過這些足夠了。你知道表面環流嗎？」

「知道一點。」

「海平面隨著環流而起伏，墨西哥灣流也是，它是環流邊緣的一個洋流。鮑爾在擔憂某些改變正在發生。他無法標出北大西洋的煙囪流位置，那是海水垂直降到深處的地方。他推測有什麼東西在影響洋流的流向，但他不是十分肯定。」

「然後？」

她停下來，望著他，「我計算、比較、檢查、重算、再檢查、從頭再算……墨西哥灣流消失了。」

約翰遜皺起額，「妳認為……」

「那環流不再像從前那樣旋轉，如果你細看這張多光譜影像，你會發現溫度正在下降。毫無疑問，西谷。我們正面臨一個新的冰河期。墨西哥灣流停止了流動。有什麼東西攔住了它。」

安全理事會

「真他媽的卑鄙！有人得為此付出代價。」

總統想見血。他來到奧福特空軍基地，首先和國家安全理事會舉行一次防監聽電視會議。華盛頓、奧福特和惠斯勒堡被接在一起。惠斯勒堡臨時作戰部的視訊螢幕上能看到其他與會者。大多數人一股果敢的神情，有幾位顯得無動於衷。

總統毫不掩飾他的憤怒。下午他的副手建議他委託總參謀長來領導一個危機內閣，但他堅持要自己主持國安會這次的全體會議。他堅決不肯從手裡交出決定權。

他這樣做跟黎的想法不謀而合。

在顧問的等級制度裡，黎的聲音並不重要。參聯會主席擁有最高的軍銜。他是總統的首席軍事顧問，他也有一位副手。每個傻瓜都有一位副手。不過黎知道，總統喜歡聽她的，這讓她十分驕傲。

她時時幻想著未來的人生道路，即使是現在，在她聚精會神地關注會議進展時。她想像著她將由總司令升為參聯會主席。現任主席即將退役，他的副手明顯只是個擺設。然後她可以擔任國務卿或在國防部裡從政，最後參加總統競選。如果她做好她現在的工作——也就是，絕對維護美國利益——那競選差不多是穩操勝券。世界面臨著深淵，黎面臨著晉升。

「我們對付的是一個無形的敵人。」總統說道，「有的人認為我們必須留意世界上其他的角落，威脅似乎是他們造成的。另一些人懷疑，這後面隱藏的東西遠遠超過一連串天災所累積成的悲劇。至於我自己，我不想長篇大論，而只有准許。我想看到計畫，想知道它花費多少，耗時多長。」他瞇起眼睛。從他瞇眼的樣子仍能看出他的憤怒和堅決的程度。「我本人不相信大自然失去控制的童話。我們處於戰爭中。這是我的觀點。美國處於戰爭中，我們該怎麼辦呢？」

參聯會主席說，必須走出防禦，過渡到進攻。聽起來非常堅決。

國防部長皺眉望著他。「你想進攻誰？」

「我們將進攻某個人。」主席堅定地說道，「這要視情況而定。」

副總統解釋說，他認為目前個別組織幾乎沒有能力發起這樣大規模的恐怖攻擊。「如果是的話，那背後隱藏著一個國家。」他說道，「或者一個政治體。也許是多個國家，誰知道呢。傑克・范德比特是最先表達出這種想法的，我認為這種事是可能的。我認為，我們應該特別注意誰有能力辦到這種事。」

「某些人有能力。」中情局局長說道。

總統點點頭。自從這位局長在就職前夕向他作了一篇關於中情局優缺點的長篇報告以來，他眼中的世界就住著不信上帝的罪犯，他們計畫要讓美國沒落。「問題是我們是否應該在我們的傳統敵人當中尋找。」他強調道，「被攻擊的是自由世界，不僅僅是美國。」

「自由世界？」國防部長粗聲說道，「哎呀，這就是我們呀！歐洲是自由美國的一部分。日本的自由就是美國的自由。加拿大，澳洲……如果美國不自由，他們也就沒有自由。」他放一張紙在面前，一巴掌拍在上面。它匯總了他幾天的筆記。他認為，沒有什麼事複雜到不能在一頁紙上寫完的。「我提醒一下，」他說道，「我們和以色列都擁有生物武器，我們是好人。其他還有南非、中國、俄羅斯、印度，它們是討人厭的。另外是北韓、伊朗、伊拉克、敘利亞、利比亞、埃及、巴基斯坦、哈薩克斯坦和蘇丹。這些是邪惡分子。這是一場生物進攻。這很邪惡。」

「化學化合物也可能扮演著重要角色。」國防部副部長說，「你們認為呢？」

「等等。」中情局長抬起手，「首先我們認為，我們遭遇的攻擊需要一大筆錢和資源投注。化學武器製造起來簡單便宜，但生物武器需要大量的資源。我們不是瞎子。巴基斯坦和印度和我們合作。我們培養了一百多名巴基斯坦情報人員從事祕密行動。在阿富汗和印度有幾十名間諜在為中情局工作，許多關係極好。你們可以將那一帶全部排除。我們在蘇丹派有準軍事部隊，他們跟那裡的反對派合作，南非政府裡有我們的人。那裡沒有什麼地方公開有較大的行動。因此我們必須檢視，過去這段時間哪裡有大筆資金流動，哪裡有過行動。我們的任務是畫出範圍，而不是清點這個世界上的所有流氓。」

「對此我可以說明，」聯邦調查局長說道，「沒有資金流動。」

「怎麼說？」

「你知道，監視恐怖分子資金來源能讓我們了解到很多情況。我們相當清楚哪裡有較大數目轉移。」

「結果呢？」范德比特問道。

「沒有線索。無論是在非洲、遠東或中東都沒有。沒有跡象表示有某個國家捲在裡面。」

范德比特輕咳一聲。「他們可不會明目張膽地做。《華盛頓郵報》上也不會登。」

「再說一遍，我們沒有……」

「如果我不得不讓誰失望的話，對不起。」范德比特打斷他，「但有誰真的相信，如果一個人有能力讓北海崩塌，讓紐約中毒，他還會將他的錢包拿給我們的人看嗎？」

總統的眼睛瞇成一條縫。「世界在變化。」他說道，「在這麼一個世界上我期盼我們能望進每只錢包裡。不是那些雜種聰明就是我們自己太笨了。我知道他們當中有些極其聰明，但我們的工作正是要更加聰明。而且是自今天起。」他看著反恐中心主任，「好吧，我們有多聰明呢？」

那位主任聳聳肩。「我們得到的最新情報是印度人警告我們當心巴基斯坦的伊斯蘭教極端分子，他們想炸毀白宮。我們已經知道這些人了。沒有危險。我們跟蹤過各種金融轉移，每天送來有關國際恐怖分子的情報堆積如山。總統先生。沒有什麼事情是我們不知道的。」

「目前是平靜的？」

「從來沒有平靜。但發生沒有任何計畫或經濟活動的跡象。——我承認，這並不能說明什麼。」

總統的目光在那位主任身上停留了，又移向調查局長。「我期望你們的部下加倍努力。」他厲聲說，「不管他們是在哪個邊緣組織或者基地。不能因為這裡有人沒有做他的家庭作業，就讓美國公民遭受損害。」

「是，長官。」

「請允許我再提醒一下，我們遭到了攻擊。我們處於戰爭中！我想知道，是在對誰作戰。」

「請你看看中東吧，」范德比特不耐煩地叫道。

「這我們會做的。」他身旁的黎說道。

胖子嘆口氣，沒有看她。他知道黎有不同的看法。

黎說道，「如果有人針對我們，在世界上其他地方來點恐怖肯定更有意義，那會引開人們的注意力，讓人察覺不出是針對美國的。但現況並非如此。」

「我們不這樣看。」中情局長說。

「我知道。這是我的看法：我們不是主要目標。發生的事情太多，發生的事情太離奇了。控制成千上萬的動物，培養數百萬的新生物，在北海引發一場海嘯，破壞捕魚，讓澳洲和南美洲爆發水母瘟疫，破壞船隻，這有多麻煩？誰也不會從中獲得經濟或政治好處。它就是發生了，不管傑克贊不贊成，它在中東也發生了。我們必須面對它，但我拒絕將責任推給阿拉伯人。」

「幾艘貨輪沉沒了。」范德比特咕噥道，「在中東。」

「不止幾艘。」

「我們要對付的會不會是個瘋子？」國務卿建議說，「一位犯罪分子。」

「這倒有可能。」黎說道，「這麼一個人可以打著高尚的幌子悄悄地轉移鉅額數目，使用所有的科技手段。如果問我意見的話，我會說，有人讓蟲子爬到我們脖子上，我們就發明出什麼整治這些蟲子的東西。有人養殺手蟹和毒藻，我們就採取相應的措施。」

「妳採取了什麼相應的措施呢？」國務卿問道。

「我們……」國防部長開口道。

「我們封鎖了整個紐約。」黎打斷他，她不喜歡別人炫耀她的家庭作業。「我剛剛收到，華盛頓遭殺手蟹入侵的消息被證實了。這要感謝直升機的偵察。我們也將隔離華盛頓。因此白宮人員應該以他們的總統為榜樣，在危機期間另找基地。我在所有沿海城市周圍派駐了攜帶噴火器的部隊。另外我們也在考慮化學解藥。」

「那潛艇和潛水機器人怎麼樣了？」中情局長問道。

「沒有一點消息。近來我們放進海裡的一切統統失蹤了，無影無蹤。我們無法控制下面的狀況。水下遙控載具僅僅透過電纜跟外界相連，自從攝影機之前拍攝到一個藍色發光體之後，我們從水裡拖出來的都是碎的。有關自主型水下載具的去向根本沒有消息。四名大膽的俄國科學家上周搭乘米爾級潛水艇下去，在一千公尺的深度被什麼東西撞了，沉沒。」

「所以我們放棄了？」

「現在我們試著用拖網對被蟲子襲擊的地區進行地毯式搜索。另外還在沿海架起了網，一個額外措施，以阻止長島上那樣對陸地的侵略。」

「我覺得相當原始。」

「我們遭到的襲擊本來就是原始的。另外我們開始用聲納來逼迫溫哥華島沿海的鯨魚。我們使用低頻主動聲納對牠們發送聲音。有什麼東西操縱著這些動物，因此我們來個反操縱，直到牠們被聲響弄得頭顱爆炸。看看誰會掌握主動權。」

「聽起來真卑鄙，黎。」

「如果你有更好的主意，我們歡迎。」

有一陣子沒有人說話。

「衛星監測對我們有幫助嗎？」總統問道。

「有限。」那位行動負責主任搖搖頭，「軍方擅常的是在叢林裡搜尋偽裝的碉堡。只有少數系統能識別出蟹這種尺寸的小東西。好，我們有KH-12和新一代匙孔衛星。另外還有Lacrosse衛星，歐洲人讓我們分享海神衛星和SAR-Lupe衛星，但它們是雷達運作。而最基本的問題在於：我們必須將鏡頭拉近，來偵察這麼小的東西，但這讓我們只能將注意力集中在小面積的區域。只要我們不知道從海裡爬出來的是什麼東西，從哪裡爬出來，我們就只能絕望地望著相反的方向。黎建議派直升機在海岸上方巡邏。我認為這是個好建議，但直升機也看不到所有的東西。國家偵察局和國安局在盡他們最大的努力。有可能我們在分析訊息方面會取得進展。我們在研發新的訊息情報系統。」

「這是我們的問題。」總統拖長聲調說道，「也許我們應該多使用人工情報試試。」

黎擠出一個微笑。人工情報是總統最喜歡的概念之一。在行話裡，訊息情報系統代表著使用電信技術收集情報，解讀和分析所有接收到的訊息。人工情報指的是最傳統的情報收集方式：間諜，大量的人工。總統在技術上沒有經驗，他喜歡簡單了當的方式，像是直視別人的眼睛。雖然他指揮著世界上技術最先進的軍隊，但他更喜歡被埋伏在樹叢裡的情治人員保護，而不是被衛星保護。

「請你們動動腦子。」他說道，「有些人很喜歡藏在電腦程式後面。我希望少來點程式，多動點腦筋。」

那位中情局長將指尖疊在一起。「現在，也許我們還是不該這樣重視中東假設。」

黎看著范德比特。這位中情局副局長呆望著前方。「你是不是有點太急了，傑克？」她低聲說道。

「閉嘴！黎！」

她向前俯身。「我們談點積極的東西好不好？」

總統微微一笑。「所有積極的東西對我們都會有用，茱蒂。」

「長官，目前的危機不會永久地持續，取決在於我們能不能看清下一步棋。在結束之後重要的是誰勝出了。無論如何，世界將會是截然不同的樣子。許多國家和地區會局勢動盪，其中甚至有些動盪對我們是有利的。世界處於嚴重的局勢，但危機也是轉機。如果我們看誰不順眼，可以促成其政權崩潰，從旁推波助瀾，然後安排適當的人選接任。」

總統嗯了一聲。

國務卿考慮了一會兒，說道：「因此，問題不在於誰發起這場戰爭，而在於誰贏得它。」

「別誤解我的意思，我認為，文明的世界是該團結起來和無形的敵人作戰。」黎強調，「我們不應操之過急，但應該準備好。提供合作──可是贏的最終會是我們。過去威脅我們、反對我們的所有人都會輸。我們對目前形勢的結局影響愈大，這之後的角色分工就會愈明朗。」

「立場鮮明，茱蒂。」總統說道。

桌旁有人在贊同地點頭，也有輕微的惱怒。黎往後靠回去。她講得夠多了。比她的職位允許她講的更多，但它產生了應有的影響。有幾個人的任務本來就是講這些事，她侮辱了他們。不重要，輪到奧福特基地那邊了。

「好。」總統說道，「我想，目前我們可以暫時將這建議擺在心裡頭。但無論如何我們不能留給世界輿論這種印象，以為我們想接手領導。──妳的科學家們進展如何，茱蒂？」

「我想，他們是我們最大的資本。」

「我們什麼時候會看到結果？」

「明天大家再次開會。我通知皮克少將回來參加。他將從這裡指揮紐約和華盛頓的危機形勢。」

「你應該向全國發表一番演說。」副總統對總統說道，「你該講講話了。」

「對，這倒是真的。」總統拍拍桌子，「公關部應該讓擬稿人員上工了。我要點誠實的東西。不要安撫的廢話，但要能給人希望。」

「我們要提及可能的敵人嗎？」

「不，還沒到這一步，將此事當作天災處理，人民已經夠不安。我們必須向他們保證，我們會盡一切努力保護他們——我們也能夠保護他們。我們有計畫和能力。我們做好了一切準備。美國不只是世界上最自由的國家，也是最安全的，不管從海裡鑽出什麼來，美國是安全的。要讓他們相信這一點。——我還要向大家提個建議，請你們向上帝祈禱。這裡是祂的國土，祂會與我們同行。祂會給我們力量按我們的意願去處理這一切。」

美國，紐約

我們無法應付。當薩洛蒙．皮克登上直升機時，他只有這一個念頭。我們沒有準備。我們沒有什麼足以用來對付這場恐怖的東西。我們無法應付。

直升機從夜晚的華爾街直升機場起飛，飛過蘇活區、格林威治村和曼哈頓的雀兒喜，向北飛去。城市燈火通明，但能看出有點異常。許多街道淹沒在泛光燈下，再也沒有川流不息的交通。從空中俯瞰，整個混亂的局面一覽無遺。紐約處於緊急事務處和軍隊的統治之下。不停地有直升機起降。碼頭被封鎖了，只有軍方的船隻還在東河裡往來。

愈來愈多的人在死去。

他們沒有辦法。他們無法進行任何反抗。緊急事務處公布了一大堆規定和建議，遇到災難時民眾如何能夠自我保護，但持續的警報和公開演習似乎沒有一點效果。人們中毒致病，這種毒物是從下水道升起，或從洗臉盆、廁所或洗碗機裡漫開的氣體。皮克唯一能做的，就是將還健康的人從危險區運送到一個巨大的隔離營，關在那裡。紐約的學校、教堂和公共建築物被改造成醫院，城市像座巨大的監獄。

他望向左方。隧道裡還在燃燒。一輛軍隊加油車的司機未按規定戴上防毒面具，在全速行駛時失去了知覺。事故引發連鎖反應，數十輛車被炸上了天。現在隧道裡的溫度像火山內那麼高。

皮克責備自己未能阻止這起事故。隧道裡被瘟疫傳染的風險當然要比街道上高得多，街道上的毒可以散開。不過他又怎麼能將自己分身去救人呢？他又能阻止什麼呢？

如果有什麼東西是皮克打從心底深處痛恨的，就是這種無力感。現在華盛頓也開始了。

「我們無法應付。」他在電話裡對黎這樣講道。

「我們必須應付。」這是唯一的回答。

他們飛過哈德遜灣上空，飛向哈肯薩克機場，那裡有架軍方飛機在等候皮克，要將他送去溫哥華。曼哈頓的光照在身後。皮克問自己明天的會議會有什麼結果。他希望至少能有一種藥物脫穎而出，結束紐約的慘劇，但有什麼在警告他不要抱希望。那是他內心的聲音。

他的頭在螺旋槳的節奏中嗡嗡作響。皮克身體向後靠，闔上眼睛。

加拿大，惠斯勒堡

黎十分滿意。面對到來的世界末日她應該感到痛苦或震驚。但這一天進行得太順利了。范德比特被迫防守，總統聽從她的意見。在沒完沒了的電話之後她弄清了最新局勢，極其不耐煩地等著和國防部長通話。她想商量船隻的使用，它們將在次日出海進行首次聲納襲擊。那位國防部長被一場討論拖住了。於是她面對星光燦爛的背景演奏起舒曼來。

時間將近凌晨兩點。電話鈴響起來。黎跳起身接電話。她在等五角大廈的電話，當她聽到那個聲音時愣了一下。「約翰遜博士！我能幫你什麼忙嗎？」

「妳有時間嗎？」

「什麼時候？現在嗎？」

「我想與妳私下談談，將軍。」

「現在時間不巧。我得打幾個電話。我們約在一小時後如何？」

「妳不好奇？」

「你可以給我多一點提示？」

「妳曾經認為我有一個理論。」

「噢，對！」她略加考慮，「好，你過來吧。」她微笑著掛斷電話。這正是她所期望的。約翰遜不是那種拖到期限最後一秒鐘的人。他要按自己的意思指定時間，哪怕是在半夜。

她打電話到總機。「請將我和五角大廈的電話往後挪半小時。」她略一思索，又改變心意：「不，往後一小時。」

約翰遜會有很多事要談的。

溫哥華島

聽完灰狼的敘述後，安納瓦克沒什麼胃口。但舒馬克的胃口比平常好。他烤了牛排，拌了一盆不錯的沙拉，灑上小麵包片及核果。他們三人一起坐在他家的陽台。戴拉維避免將話題引到她的新戀情上，顯得特別健談，不惜將最愚蠢的笑話都講得繪聲繪影，簡直可以登台表演。她真的很有趣。

這個傍晚，像是坐落在一片苦難海洋中的綠洲。

如果是中世紀的歐洲，黑死病蔓延時，人們會跳舞、舉辦酒宴。現在他們也相去不遠，天南地北的聊天，就是不談海嘯、鯨魚和殺人藻。安納瓦克很感激這份調劑。舒馬克講了戴維創業之初的故事。他們邊笑邊聊，享受這個溫和的傍晚，伸出手背，眺望著海灣的黑色水面。

大約兩點左右安納瓦克告別了。他沿著夜晚的馬路向賞鯨站走去，在那裡打開電腦，上網。幾分鐘後他就搜尋到了庫茨魏爾教授的資料。拂曉時開始有些眉目。

5/12

加拿大，惠斯勒堡

約翰遜心想，這會是個轉捩點。或者我被當成老瘋子。

他站在螢幕左側的小講台上。投影機關掉了。他們等了在圖芬諾過夜的安納瓦克幾分鐘，現在人都到齊了。皮克、范德比特和黎坐在最前排。皮克顯得筋疲力竭。他是連夜從紐約飛回來的，看起來像是在那裡耗盡了大半精力。

約翰遜半輩子都是在講台上度過的，習慣了對著聽眾講話。不時用自己的認知和假設補充課本知識。講台是全世界最輕鬆的地方，你將別人的發現傳授給別人，最後用別人找到的答案去回答之前的提問。

這天早晨他意外地產生了自我懷疑。他該怎麼講他的理論，而不至於讓所有人笑得從椅子上跌倒呢？黎承認他可能有道理，這已經很不錯了。帶點謹慎的樂觀主義甚至可以說，她接受他的想法。但他心存猶豫，不知道做得對不對、會不會失敗，這份猶豫在他心裡發酵，使他大半夜的時間都在一遍又一遍地改寫報告。約翰遜不敢幻想，他只有這一次機會。不是他以突襲虜獲人心，就是人們宣稱他瘋了。

眾目睽睽，盯在他身上。室內籠罩著死一般的靜寂。

他瞟一眼手稿的最上頁。導言很詳細。現在，在三個小時的睡眠之後，他突然覺得它們深奧複雜。他真的應該這樣報告嗎？夜裡，當他累得幾乎無法清楚地思考時，他曾經感到滿意。但現在讀起來理由牽強附會，廢話連篇，拐彎抹角。

約翰遜猶豫不決。

後來他放開講稿。一下子感到無比輕鬆，好像那薄薄的幾張紙有數噸重似的。他的自信像準備作戰的騎兵一樣回來了。他向前走上一步，掃視眾人一眼，確定了每個人的注意力都集中在他身上，他說道：「非常簡單。結果會讓我們絞盡腦汁，不過事實真的很簡單淺顯。我們經歷的不是一連串的天災。我們要對付的也不是恐怖組織或流氓國家。演化也沒有發瘋。這一切都不正確。」

他換口氣。「我們所經歷的是在神話中被傳誦歌詠的世界大戰，戰爭雙方的兩個世界，因為被繫在一起，長久以來我們都以為是同一個世界。當我們仰望天空，期盼看到外太空來的智慧生命時，另一種智慧生命其實一直與我們並存，棲居在地球上我們不曾探訪的角落。兩種截然不同的智慧生命共處在這顆星球上，一直相安無事直到今天。其中一種智慧生命自遠古以來就看著另一種的發展，另一種卻至今仍無法捉摸水下世界。

「水下的世界，就是共同和我們分享這顆地球的陌生宇宙。遙遠的宇宙就在地球上，在海洋裡。外星人不再是來自縹緲的銀河，而是形成於深海海底。陸地還是一片荒涼時，水中的生命就存在已久。這個種族會比我們要來得古老許多。我不清楚它們是什麼模樣或者它們如何生活、如何思想、如何溝通。但我們得開始習慣這個想法：存在著上帝創造的另一個物種，我們不是地球上唯一聰明有智慧的。幾十年來我們就在破壞它們的生存空間。——女士先生們，下面的那些生命似乎對我們氣得要命。」

沒有人講話。

范德比特盯著他。他鬆弛下垂的面頰在發抖。他龐大的身軀顫慄起來，好像裡面晃蕩著一陣大笑，肉嘟嘟的嘴脣抽動著。范德比特張開嘴來。

「這想法給了我啟發。」黎說道。

就像有人在那位中情局副局長的肋骨間捅進一把刀子。他的嘴又闔上。他嚇一大跳，失神地望著黎。

「妳不是當真的吧？」他喘息著說道。

「是當真的。」黎平靜地回答說，「我沒講約翰遜博士說得對，但我覺得聽他講很有意思。我想，他能夠解釋他的猜想。」

「謝謝，將軍。」約翰遜輕輕地一鞠躬，說道，「我確實能夠。」

范德比特嚇呆了似的。約翰遜的目光一排排地掃過人們，他盡量做得自然，免得人家以為他在觀察他們的反應。幾乎沒有人表現出公開的拒絕。大多數臉帶驚奇，有些被吸引住了，另一些不相信，有的面無表情。現在他必須邁出第二步了。他必須讓他們接受他的想法，獨立發展下去。

「過去幾天和幾星期裡我們的主要問題，」他說道，「在於將各種各樣的事件聯結起來。事實上，直到我們發現一種膠狀物之前，聯結似乎不存在。它出現的數量不等，一遇新鮮空氣就融化掉。但這一發現只是讓我們更迷惑，因為無論是在蟹和蚌類，還是在鯨魚頭顱裡都發現了這東西，三種差異極大的生物體內。可能性解釋是一種瘟疫。一種黴菌，一種物質化的狂犬病。但這一切又無法解釋船隻的沉沒或蟹體內為何會有殺人藻。沒有發現大陸邊坡上的蟲子有任何膠狀物。而它們身上有蠶食甲烷的細菌，造成了大量溫室氣體的釋放，最終導致了大陸棚邊緣的滑塌，引發海嘯。同時，世界很多地區都出現了突變的生物，魚群的表現有違常態。

「這一切都無法統一起來。傑克．范德比特堅信有個陰謀的幽靈對這一切負有責任，這在某種程度上是對的。但他判斷錯誤，沒有哪位科學家對海洋生態體系知道得如此詳細，能這樣操縱。人們喜歡聲稱，我們對太空的了解多於對深海的了解。沒錯。我們還應該補充說明事情為什麼會是這樣：因為我們在太空比在海洋裡能更輕易移動、看得更清楚。哈伯望遠鏡能毫不費勁地望進陌生的星系。相反的，最強的探照燈在水下世界裡也只能照出頂多幾十公尺的範圍。穿著太空衣在太空裡就能到處自由走動，但一位潛水員到達一定的深度就會被壓碎，哪怕是穿著最精良的潛水衣。潛水艇、自主型水下載具和水下遙控載具，它們都得在特定條件下才能發揮作用。

「最後，我們沒有將數百億隻蟲子放置在水合物上的技術，我們更缺乏必要的知識，為一個我們幾乎陌生的世界去養殖它們。──深海電纜遭到破壞，不僅僅是由於滑塌。從海底深處升起一群群蚌類動物和水母。是的，假設有一個陰謀的幽靈，我們可以簡化對這些現象的解釋，但那樣的陰謀之所以能發生，是因為某個物種對水下的世界，如同我們對陸地一樣熟悉。某個生活在深海、統治著另一個宇宙的人。」

「我對你的理解正確嗎？」魯賓激動地叫道，「你想說，我們和另一個智慧物種共用著這顆星球？」

「對。我相信是的。」

「如果是這樣的話，」皮克問道，「為什麼我們至今從沒聽說過或看過這個物種呢？」

「因為它不存在。」范德比特陰沉著臉說道。

「錯。」約翰遜使勁搖頭，「至少有三個原因：第一，深海隱匿現象。」

「什麼？」

「深海裡的大多數生命**看到的**不比我們多，但它們形成各種能取代視覺的感官。它們對最輕微的壓力變化做出反應。它們能接受數百、數千公里外的聲波。每艘潛水艇在自己能看到什麼之前，就已經被注意到了。理論上，某個地區可能生活著一個特定種類的數百萬條魚，但如果牠們待在黑暗處，我們就看不到牠們。在這裡我們面對的是智慧生命！只要它們不願意，我們就永遠觀察不到它們。

「第二個原因是，我們不清楚這種生命是什麼形狀。我們將一些神祕的形象錄了下來：藍色雲團，閃電狀的發光，挪威大陸邊坡上的東西。它們體現了一種陌生智慧嗎？這種膠狀物是什麼東西？墨瑞・尚卡爾無法歸類的那些聲響是什麼東西？

「還有第三個原因。以前人們以為，只有陽光能穿透的海洋較上層是可以居住的。如今我們知道，所有水層都有生命群集。在一萬一千公尺的海底都有生命。許多生物根本沒有理由住到上面來，到了上面也無法存活，因為對它們來講上層的水太暖，壓力太小，沒有它們需要的食物。而我們調查了水的表層，但也有幾個人乘坐潛水艇加上幾隻機器人到過很深的地方。如果我們將這些偶然的出遊比作大頭針的話，我們就得將我們的星球想像成乾草堆那麼大。——就像外星人乘著太空船拿攝影機對著地球，它的鏡頭只能拍攝幾公尺範圍內看得見的東西。這些攝影機中有一具拍下了蒙古荒原。另一具瞬間拍了一張喀拉哈里沙漠，第三具放在南極上空。還有一具確實進到了一座大城市裡，我們就說是紐約中央公園吧，在那裡拍到幾平方公里的草地和一條對著樹撒尿的狗。外星人會得出什麼結論來呢？一個無人居住的星球，在上面偶爾可以碰到原始的生命。」

「它們有什麼科技啊？」奧利維拉問道，「要做到這一切，它們必定擁有某種科技。」

「我想過這問題。」約翰遜回答道，「我相信，那會是一種足以完全替代我們現有技術的科技。我們將無生命的物質加工成技術設備、房屋、移動工具、收音機、服裝等等。但海水比空氣更殘酷。那下面只重視一件事：最佳化適應。一般情況下生物是適應得最好的，因此我們可以假想一種純生物技術。如果我們認為它們是一種高等智慧，那它們也具備了高度創造性，並對海洋生物學有著熟稔而精密的知識。

「想想我們自己怎麼做到的？人類數千年來就在利用其他生物。馬匹是活的摩托車，騾子拖著重物翻越阿爾卑斯山。我們一直在訓練動物。今天我們改變牠們的基因。我們複製羊，種植基因改造玉米。如果我們將這個想法繼續發展下去會怎麼樣呢？何況是一個文化和科技完全建立在生物學基礎上的物種！它們需要什麼就養殖什麼：為了日常生活需要，用以代步，或者，進行戰爭。」

「我的老天。」范德比特嘆息道。

「我們培養伊波拉病毒，拿天花進行試驗。」約翰遜接著說道，不理會那位中情局副局長，「人類也將生物應用在戰爭上。我們還將它們裝進炸彈，但這很複雜，一顆導彈，即使是衛星操縱的，也不一定就能命中目標。如果我們訓練體內帶有這種病原體的狗，這或許是造成破壞的有效途徑。或者鳥兒。還可以訓練昆蟲！你們能拿一群染上病毒的蚊群或被傳染的螞蟻怎麼辦？或是數百萬隻運輸殺人藻的蟹？」

他停頓一下，「大陸邊坡上這些蟲子是基因工程培養出來的。我們以前從未見過牠們，這毫不意外。以前牠們不存在。牠們的目的只在於將細菌運到冰裡，因此我們某種程度上是被古老生物的巡弋飛彈襲擊了。某個全部文化都建立在操縱有機生命基礎上的物種，我們面臨的是它們研製出來的生化武器。——所有突變的解釋就迎刃而解了！一些動物只做了少許改變，另一些完全是新產物。譬如這種膠狀物：它是一種可塑性極高的生物產品，但肯定不是自然演化的結果。它也有一個目的：入侵其他生物的神經網路，控制牠們。它不知以什麼方法在改變鯨魚的行為。相反的，蟹和龍蝦從一開始就被簡化得只剩下機械功能，帶有殘餘神經的空殼。膠狀物控制牠們，殺人藻是船上的貨物。這些蟹或許從未真正活過。牠們被培養成有機太空衣，以便能闖進外太空，我們的世界。」

「這東西，這種膠狀物。」魯賓說道，「難道人就培養不出來嗎？」

「不太可能。」安納瓦克插話，「約翰遜博士的解釋，我覺得更合理。如果是人類躲藏在背後，那他為什麼繞過深海這條彎路來攻擊城市呢？」

「因為殺人藻出現在大海裡。」

「那他為什麼不試試其他東西呢？誰能夠培養毒性比紅潮毒藻還厲害的殺人藻，他就能找到某種不必以水為介質的病原體。如果他用螞蟻、鳥或老鼠就能做到，那他為什麼要培養蟹呢？」

「老鼠無法造成海嘯。」

「膠狀物來自一座人類實驗室。」范德比特堅持道，「那是一種合成物質……」

「我不相信。」安納瓦克叫道，「我相信連海軍都辦不到，而天知道他們最擅長教壞哺乳動物了。」

范德比特搖搖頭，好像患了帕金森氏症似的。「你在講什麼啊？」

「我講的是代號MK0的實驗。」

「沒聽過。」

「你想否認，海軍多年來一直在試驗操縱海豚和其他海洋哺乳動物的腦電流嗎？透過將電極插進顱蓋下……」

「鬼扯！」

「只不過到現在都尚未成功。至少不及期望的那樣，於是人們研究雷・庫茨魏爾的論文……」

「庫茨魏爾？」

「神經資訊學和人工智能的權威之一。」菲維克插進來說，他的神情忽地一亮，「庫茨魏爾發展了一種遠遠超過目前神經研究水準的未來觀點。如果你想知道，人類為什麼能夠……不，不止，他的論文能讓人理解另一種智慧物種如何控制大腦！」菲維克明顯地興奮起來，「庫茨魏爾的神經元電腦！這確實是一種可能性。」

「對不起。」范德比特說道，「我不清楚這裡在談什麼。」

「不清楚？」黎會心地一笑，「我一直以為，中情局對洗腦興趣濃厚呢。」

范德比特呼吸困難，望望周圍的人。「他在講什麼呀？我不知道。有誰他媽的能替我解釋一下嗎？」

「神經元電腦是完整複製一顆大腦的構想。」奧利維拉說道，「我們的大腦由幾十億神經細胞組成。每個細胞又和無數其他的細胞相連。它們相互之間透過電脈衝交流。知識、經驗和情緒就藉由這種方式不斷更新、排序或歸檔。在我們生命中的每一秒，哪怕是在我們睡覺時，我們的大腦都在不斷進行重構。現代的掃描技術能將活動的腦區域精確表現到一公釐。像一張地圖。我們可以看到大腦如何思維、如何感覺，在一個吻、一場疼痛或一次回憶的瞬間，哪些神經細胞被同時啟動。」

「掃描顯示了大腦的哪一部分負責什麼，海軍就可得知必須在哪裡用電施加脈衝，引起期望的回應。」安納瓦克接過話題，「但這仍然很粗糙。比作地圖的話，大概只能夠看見五十平方公尺大的物體。但庫茨魏爾相信，我們很快就有可能掃描一整顆完整的大腦，包括每個單獨的神經突觸、每個神經傳送和所有化學資訊物的濃度——一直到每個細胞的完全細節！」

范德比特哦了一聲。

「一旦有了完整的資訊。」奧利維拉接著說，「就可以將一顆大腦連同全部的功能安裝到一台神經元電腦裡。電腦會完整地複製那個大腦被掃描的人思維，連同他的回憶和能力。一個完整的複製。」

黎抬起手。「我向你們保證，MIK0還沒到這一步。庫茨魏爾的神經元電腦暫時只是一種想像。」

「茱蒂。」范德比特吃驚地低語道，「妳為什麼在這裡講這話？這是極高機密啊。」

「MIK0是軍事上不可或缺的。」黎平靜地說，「另一種選擇就是犧牲人。我想你們會了解，我們沒有選擇戰爭的權利。實際上這個專案陷進了一條死胡同，但這只是暫時的停滯。已經導向人工智慧的道路了。醫學距離使用晶片取代人體器官已經不遠，盲人已經能透過這種移植物模糊地看到了。這將會產生全新形式的智慧。」她頓了頓，將目光盯在安納瓦克身上。「這就是你所說的，是不是？如果人類到了庫茨魏爾所想的這一步，一切證據都會贊成中東假設，我們就使用這個討厭的字眼吧。但人類還沒有。沒有人能培養這種膠狀物，而它作用起來顯然是一台神經元電腦。」

「神經元電腦實際上就等於完全控制每一個思維。」安納瓦克說道，「如果這種膠狀物是這樣的東西，那它不僅控制動物，它會成為這種動物。它會成為牠大腦的一部分。這種物質的細胞替代了腦細胞的功能。它們如果不是增加大腦的容量……」

「就是它們取代掉大腦。」奧利維拉總結，「李奧說得對。這種有機物不可能出自人類的實驗室。」

約翰遜心跳加快地聽著。他們在考慮他的理論。他們研究它，用新的觀點補充它，隨著講過的每一句話，都使這理論更加扎實。他開始想像這台能複製腦細胞的生物電腦，直到洛赫跳起來講話。「有一點我還不理解，約翰遜博士。海底的那些生物對我們所知甚詳，這如何解釋呢？我認為，你的理論很了不起，但一個深海居民如何能獲取這些資訊？」

約翰遜看到范德比特和魯賓在附和地點頭。「這不難。」他說道，「當我們解剖一條魚時，是在我們的世界，而不是在水裡進行。這些生物為什麼不能在它們的世界裡獲得它們的知識呢？每年都有許多人淹死，如果需要更多樣本，同樣可以抓幾個。

「另一方面你說得對：它們**到底**知道我們多少呢？直到大陸棚滑塌前不久，我才開始相信這是有組織的攻擊行動。奇怪的是我從沒有考慮過人類會躲在背後。我覺得這整個戰略太不尋常了。北歐的基礎設施一下子就被摧毀，計畫得很出色，帶給我們嚴重的後果。相反地，用鯨魚沉沒小船就顯得天真。劇毒的水母群也無法阻止人們濫捕。船業災難重重的打擊我們，不過我懷疑，這些突變的水母群是否真能讓全世界的航海業癱瘓。格外令人注意的是，它們對船隻的情況很清楚。和它們的生活空間有著直接接觸的一切它們都很熟悉。但布列塔尼龍蝦開始時，其實是失敗了。顯然它們沒有考慮到壓力的問題。當這種膠狀物在水下鑽進龍蝦體內時，它被高壓壓縮。離開水面後自然就膨脹開來，有幾隻龍蝦就炸開了。」

「蟹似乎就吸取了教訓，」奧利維拉議論，「牠們很穩定。」

「那好吧。」魯賓噘起嘴脣，「牠們一到陸地上就死了。」

「為什麼不呢？」約翰遜回答道，「牠們的任務完成了。所有這些培養物都注定要迅速死去的。牠們是要與我們的世界**戰鬥**，而不是在我們的世界居住。——在這場戰爭中，不管你怎麼看，人類都不會這樣做！為什麼要繞道海洋呢？為什麼人要進行這種試驗呢？他有什麼合理的原因，偏偏要改變生活在水下數千公尺的生物，比如火山口蟹的基因？這當中找不到人為因素。它們不斷嘗試，是為了找出我們的弱點。首先是引開注意力。」

「引開？」皮克重複道。

「對。這位敵人同時開闢許多戰場。一些給我們噩夢，另一些其實是小麻煩。完美的是，它們隱瞞了實際發生的事情。我們僅僅為降低損失，就看不到真正的危險。我們成了馬戲團小丑，將碟子放在棍子上旋轉，不讓它們掉下來。他不得不在棍子之間來回奔跑。剛穩住最後一隻碟子，第一隻又開始搖晃。碟子愈多，他就得跑愈快。碟子的數目遠遠超過了小丑的能力。

「我們應付不了這麼多同時的襲擊。如果這些現象繼續擴大，整個國家都會失去控制，其他國家就會利用這局勢，會出現大規模的區域性衝突，情況將失控，誰也不會贏。我們在削弱我們自己。國際援助會自行崩潰，醫療網路會癱瘓。我們將不會有足夠的醫藥、力量、知識，最後會沒有足夠的時間來阻止在悄悄進行的事情。」

「阻止什麼？」范德比特感到無聊地問道。

「毀滅人類。」

「你說什麼？」

「這還不夠明顯嗎？它們決定以人類對待害蟲的相同方式來對待我們。它們要滅絕我們……」

「夠了！」

「……在我們滅絕大海裡的生命之前。」

中情局副局長猛地站起身，將一根顫抖的食指指著約翰遜，「這是我遇過最愚蠢的事！你以為你在這裡是做什麼的？你電影看太多了吧？你想告訴我們，這個……這個來自深海《無底洞》的外星人坐在那裡，用手指威脅我們，因為我們沒有教養嗎？」

「《無底洞》？」約翰遜考慮道，「哎呀沒錯。不，我指的不是這種生物，這些是外星人。」

「一樣愚蠢。」

「不，在《無底洞》裡，來自宇宙的生物降落到我們的海洋裡。那部電影將它們當作更好的人。它們在傳遞一個道德訊息。關鍵在於，它們不會將我們從地球進化的峰頂放逐。但任何一群與人類**平行**發展、而且**共用**這顆星球的種族都會這麼做。」

「博士！」范德比特掏出一塊手帕，從額上和上脣拭去汗水，「你不像我們是專業的私家偵探，你沒有我們的經驗。謝謝你成功地取悅我們十五分鐘，可是你必須先自問，它們用於什麼目的。**誰能從中得到好處！**這會讓你找到正確的線索！而不是這樣探查，在……」

「誰都不會得到好處。」有人說道。

范德比特困難地轉過身去。

「你搞錯了，范德比特。」波爾曼站了起來，「直到昨天夜裡，基爾一直在解釋如果別的大陸邊坡滑塌的話，將會發生什麼情形。」

「我知道。」范德比特沒好氣地說，「海嘯和甲烷。我們會遇上小小的氣候麻煩……」

「不。」波爾曼搖搖頭。「不是小麻煩。我們會得到死刑判決。五千五百萬年前，當所有的甲烷揮發到大氣層裡，地球上發生了什麼，這是眾所皆知的……」

「你他媽的怎麼知道五千五百萬年前發生了什麼事呢？」

「我們重建當時的情況。現在我們預估的是，海嘯將越過海岸湧入，消滅沿海居民。然後地球表面會慢慢地變熱，熱得難以忍受，大家都會死去。還有中東，范德比特先生。還有你的恐怖分子。光是美國東海岸和西太平洋甲烷的揮發就足以左右我們所有人的命運。」

頓時出現了死一般的寂靜。

「而你，」約翰遜繼續望著范德比特，輕聲說道，「對此根本沒有辦法，傑克。因為你不知道怎麼做。你沒有機會去思考，因為你疲於應付鯨魚、鯊魚、蚌類、水母、蟹、殺人藻和無形的食電纜獸，它們消滅我們的潛水員、潛水機器人和我們能用來瞄水底一眼的任何東西。」

「大氣層被加溫到對人類構成真正的威脅，需要多久？」黎問道。

波爾曼皺起額頭，「我估計，幾百年。」

「多麼安慰人啊。」范德比特呢喃道。

「不，絕對不是。」約翰遜說道，「如果這些生物發動戰役的理由是我們威脅到它們的生存空間，它們就必須盡快擺脫我們。從地球史的角度來看，幾百年根本算不了什麼。但它們又悄悄地前進了一步——它們成功地攔截了墨西哥灣流。」

波爾曼盯著他。「它們做什麼？」

「墨西哥灣流已經被阻斷了。」韋孚說道，「也許還有一點在流動，但已經是奄奄一息。過上幾年，世界就可能準備進入一個新的冰河期。」

「等等。」皮克叫道，「我們知道，甲烷會使地球變暖。大氣層會傾覆。可是，如果墨西哥灣流停止，就會出現一個新的冰河期，這怎麼吻合呢？我的老天，到底會出現什麼事啊？一場恐怖平衡嗎？」

韋孚望著他。「我寧願說是恐怖的擴大。」

一開始似乎范德比特是唯一冷淡拒絕的人，但隨後一小時裡形勢發生變化。科學家分裂成兩個陣營，他們針鋒相對。一切又都被翻了出來。最早的突變。最初的鯨魚襲擊。發現那些蟲子的情形。相互提供證據，雙方交替領先，不斷用新的觀點包圍對手，試圖說服對方。一種安納瓦克感覺熟悉的爭辯出現了：人們拒絕接受另一種平行的智慧在與人類爭奪控制權。沒有人公開講出來。但安納瓦克對關於動物智慧的爭辯很有經驗，他感覺到每句話裡較深的攻擊性。

約翰遜的理論不僅分裂了科學，也分裂了科學家們的認同。范德比特周圍聚集了魯賓、福斯特、洛赫、尚卡爾和有點猶豫的皮克。約翰遜得到了黎、奧利維拉、菲維克、福特、波爾曼和安納瓦克的支援。起初，情報人員和外交官們坐在那裡，好像他們眼前在上演一齣荒謬劇似的。後來他們慢慢地加入。真教人吃驚。偏偏是這些人，職業間諜，保守得要命的安全顧問和恐怖主義專家，幾乎全部站在約翰遜這邊。其中有一位說：「我是一個理智思考的人。只有當我聽到了某種給我啟發的東西時我才相信它。如果有什麼反駁需要先修正過後，才能符合我們的經驗。我不會採信的。」

皮克率先逃離范德比特。跟著是福斯特、尚卡爾和洛赫。最後范德比特筋疲力盡地提議休息一下。

他們走到室外，那裡準備了果汁、咖啡和點心。韋孚來到安納瓦克身旁。「你毫不懷疑約翰遜的理論，」她說道，「為什麼呢？」

安納瓦克看著她，微笑道，「要咖啡嗎？」

「好的。加牛奶。」

他倒滿兩杯咖啡，將一杯遞給她。韋孚只比他矮一點。他突然發現自己喜歡她，雖然他們到目前為此幾乎沒有交談過。從他們的目光在惠斯勒堡大門外相遇的那一刻，他就喜歡她了。

他講道，「這理論是深思熟慮過的。」

「僅因為這樣嗎？或者是因為你多少相信動物的智慧？」

「不是這樣的。我是相信智慧，但動物是動物，人就是人。如果我們能夠證明，海豚跟我們一樣聰明，結論將是：它們不再是動物。」

「你這麼認為嗎？」

安納瓦克搖搖頭。「但只要我們從人類的角度來判斷，我們就永遠無法證明海豚是不是跟我們一樣聰明——妳認為人類是智慧的嗎，韋孚女士？」

韋孚笑了。「單獨一個人是智慧的。但許多人聚集在一起就會變笨。」

這話他喜歡。「妳瞧？」他說道，「正是這樣，我們也可以……」

「安納瓦克博士？」一名男子快步向他跑來，是個安全人員。「你是安納瓦克博士嗎？」

「對。」

「有電話找你。」

安納瓦克皺起眉來。惠斯勒堡裡的成員與外界基本上是失聯的。但有一個號碼，成員們可以留消息或在情況緊急時打電話。黎要求指揮部的成員將它流出去時要謹慎。舒馬克有這個號碼。還有誰？

「在大廳裡。」那人說道，「或者你想將電話轉到你的房間嗎？」

「不用，這樣就行。我馬上來。」

他跟隨那位安全官員穿過大廳。廳側安裝了一排臨時電話亭。「第一個。」那人說道，「我讓人將電話轉過來。鈴會響。你拿起來就行了，你就和圖芬諾接通了。」

圖芬諾？那就是舒馬克了。安納瓦克等著。鈴聲響起。他拿起聽筒。「哎呀，李奧。」傳來了舒馬克的聲音，「我真的很抱歉。我知道你有很重要的事情在忙，可是……」

「沒關係，湯姆。昨晚很愉快。」

「是的是的。還有……這件事也很重要。是……呃……」舒馬克似乎在字斟句酌。然後他輕嘆一聲。

「李奧，我必須告訴你一件壞消息。我們接到一通來自多塞特角的電話。」

安納瓦克霎時覺得像是有人抽去他腳下的地面。他知道是什麼在等待他。在舒馬克開口前就知道了。

「李奧，你父親去世了。」

他麻木地楞在電話亭裡。

「李奧？」

「一切正常，我……」一切正常。像一貫的那樣。一切正常，一切正常。

該怎麼辦？一切都不正常！

黎

「外星人？」總統鎮靜得出奇。

「不是。」黎再次重複，「不是外星人。這顆星球上的居民。人類的競爭對手，如果你想這麼講的話。」

奧福特空軍基地和惠斯勒堡是相連的。除了總統，在奧福特的還有國防部長和國務卿等。現在再沒有人懷疑華盛頓將遭受和紐約同樣的命運。這座城市正在疏散。內閣絕大部分搬去內布拉斯加。第一批死亡事件已經發生，撤入內陸的行動在悄悄地進行，大致上是按計畫進行。這回準備得比較好。

惠斯勒堡裡，黎、范德比特和皮克正在開會。黎知道，奧福特的那些人痛恨自己得閒坐在那裡。中情局長想念在波托馬克河畔情報局大樓六樓他的辦公室。暗地裡他妒忌他那負責反恐的處長，這位處長拒絕疏散他的手下人員。

「請將你的手下帶到安全的地方去。」他曾經下命令。

「這是一場人為操縱的危機。」對方回答道，「一場恐怖攻擊。反恐中心的人員必須守在他們的電腦旁工作。他們必須完成一項重要任務。他們是我們用來觀察國際恐怖主義的眼睛。我們不能疏散他們。」

「襲擊紐約的是生物殺手。」中情局長回答，「你看看那裡發生的事情吧。華盛頓也會一樣。」

「成立反恐中心，不是為了在這種形勢下逃之夭夭的。」

「好，不過你的手下可能會死去。」

「那就讓他們死去好了。」

還有國防部長也寧願從他的寬敞辦公室裡指揮形勢。總統更是這樣一個人，你必須拉緊他，不讓他搭乘下一架飛機飛回白宮去。你可以說他許多壞話，但不能講他膽小。正確地說，他是那樣的大膽，以至於他的一些對手懷疑他因為太遲鈍了，而感覺不到害怕。

奧福特空軍基地布置得就像是第二個政府所在地。但他們是被迫逃到那裡去的。因此黎預估，他們會主動接受大海裡存在高等智慧的假設。而不用在人類的對手面前落荒而逃，這是行政機構無法忍受的恥辱。約翰遜的理論讓這件事發生了徹底的變化，它排除了對於政府能力的指責和懷疑。

「你們怎麼認為？」總統問在座眾人，「有可能發生這種事嗎？」

「我個人認為有沒有可能，無關緊要。」國防部長生硬地說，「專家們坐在惠斯勒堡。如果他們得出了這樣的推論，我們就必須認真對待，問接下來該怎麼做。」

「你要認真對待此事？」范德比特驚愕地問道，「異形？小綠人？」

「不是外星人。」黎耐心地重複道。

「我們面臨新的兩難。」國務卿議論，「讓我們就當這理論是正確的吧。可以向社會公布多少呢？」

「什麼？什麼也不能公布！」中情局副局長使勁地搖頭，「不然全世界會亂成一團。」

「反正已經亂成一團了。」

「儘管如此。媒體會用輿論把我們吊死，會認為我們瘋了。第一、他們不會相信我們，第二、他們不肯相信我們。這麼一個物種的存在會動搖人類的意義。」

「這主要是一個宗教問題。」國防部長打斷他，「與政治無關。」

「政治的確是無關緊要了，」皮克說道，「剩下的只有害怕和痛苦。你應該去曼哈頓親身經歷。你想像不到那些一生從未進教堂的人都在怎樣地祈禱。」

總統沉思著望向天花板。「我們必須想一想，」他說道，「上帝的旨意到底是什麼。」

「我想提醒你，長官，上帝不坐在你的內閣裡。」范德比特說道，「祂也不站在我們這邊。」

「這不是個好觀點，傑克。」總統緊鎖著眉毛說道。

「只要事情聽起來有道理，好壞已經不重要了。這裡的每個人顯然都認為，這理論有點道理。我不禁自問，我們之中誰嚇壞了……」

「傑克。」中情局長警告道。

「……我承認我是嚇壞了。儘管如此，我還是要等有了證據才讓步。等我跟這個水裡的討厭鬼講過話之後。在那之前我強烈地警告，不要排除一場大規模恐怖攻擊的可能性，不要鬆懈我們的警惕心。」

黎將手放到他的小臂上。「傑克，為什麼恐怖攻擊要從海裡來呢？」

「為了讓像妳這樣的人相信是外星人在搞鬼。媽的，妳真的信了！」

「這裡沒有人是天真的。」安全顧問生氣地說道，「我們不會放鬆警戒，不過老實說，你的恐怖主義心理學讓我們毫無進展。我們可以不停地尋找發瘋的穆斯林神學士或國際要犯。但有幾座大陸邊坡將要崩塌，我們的城市會被淹沒，無辜的美國人將死去，請問你有什麼**建議**呢，傑克？」

范德比特惱怒地將雙臂交叉在肚子上。

「我剛剛聽到傑克提了一個建議。」黎慢條斯理地說道。

「什麼建議呢？」

「對那些討厭鬼談話。取得接觸。」

總統將手指交疊，慎重地說道：「這是一場考驗。對人類的一場考驗。也許上帝是將這顆星球指定給兩個物種的。但是也許聖經說得對，它講到了從海裡爬上來的動物。上帝說，請你們征服地球，祂不是對海裡的隨便哪種怪物說的。」

「不是，絕對不是。」范德比特嘀咕道，「他是對美國人講的。」

「也許這是與邪惡的戰爭，那常被預言的大戰。」總統坐直，「我們被選中來進行這場戰役，打贏它。」

「也許，」黎接過這個想法，「誰打贏這場戰役，就會贏得全世界。」

皮克從一側望著她，不吭聲。

「我們應該對北約國家和歐盟各國的政府公開討論約翰遜的理論。」國務卿建議道，「然後報告聯合國。」

「為了讓他們也明白，他們幾乎沒有能力應付這種局面。」黎迅速說道，「我建議，也通知結盟的阿拉伯和亞洲國家。無論如何這會給人一個好印象。同時也是我們藉機領導這個世界集體的時候了。這不是會將人類從地球上統統掃走的彗星撞擊。這是一場可怕的威脅，但我們勇敢的面對它、戰勝它，只要我們不出錯的話。」

「妳的應對措施有效果嗎？」安全顧問說。

「世界各地都在馬不停蹄地研究免疫物質。我們則設法採取措施反擊蟹的入侵和鯨魚的攻擊，捕捉那些蟲子，這相當困難。我們做了很多事來控制風險，但如果我們繼續墨守成規的話，這是不夠的。截斷墨西哥灣流讓我們手足無措。甲烷災難無法停止。即使我們成功地將數百萬隻蟲子從海裡撈出來，我們也無法看到牠們從哪兒冒出來的，牠們還會捲土重來。已經無法再將機器人、探測器和潛水艇放下水去，我們成了瞎子。我們完全不清楚那下面發生了什麼事。今天下午我得到的消息，我們在喬治灘沿海損失兩具拖網。我們和三艘清除海底的拖網漁船徹底失去聯絡。」

她停頓一下，「這是數千起事故中的兩例。幾乎所有的消息都反映了我們的失敗。直升機偵察進展順利，我們已經多次用噴火器阻止了蟹群，但這樣一來牠們可以從別處爬出來。而現在……」

「那聲納襲擊呢？」

「我們在繼續，但尚未取得真正的成功。只有殺死那些動物時才有效。鯨魚不像任何一隻具有正常聽力的動物那樣會逃避噪音。我猜想牠們很痛苦，但牠們受到操控，依然在威脅水域。」

「既然講到了操控，茱蒂。」國防部長說道，「妳在這一切背後有發現任何策略嗎？」

「策略是有的，五個階段互相銜接。第一步是從海面和海底趕走人類。第二步加劇消滅和驅逐沿海居民。看看北歐吧。第三步毀滅我們的基礎建設。同樣是看北歐，那裡的海上工業受到慘重打擊。第四步目標是大城市，人類文明的支柱，將民眾逼回內陸——最後一步：氣候顛倒，讓地球不適合人類居住。人們將凍死或淹死，被熱死或冷死，也許一起來，具體情況我們還不知道。」

出現一陣壓抑的沉默。

「那樣一來，是不是整個動物界也無法居住？」

「在地球表面——是的。或者我們說，大部分的動物界可能會因此滅亡。但是五千五百萬年前這種事已經發生過一次，最終後果是導致了一批動植物的滅絕，讓位給新的物種。我想，這些生物會考慮周詳地讓自己安然無恙躲過這場災難。」

「這麼一場浩劫，這太極端了，這……」國土安全部長竭力搜尋適當的話語，「……這相當不人道。」

「它們不是人類。」黎耐心地說。

「那我們怎樣才能阻止它們？」

「找出它們是誰。」范德比特說道。

黎轉頭向他。「你終於想通了？」

「我的立場不變。」范德比特冷漠地說，「認出一個行動的目的，你就知道誰在執行它。在這件事上我承認，妳提出的五步策略目前是最具說服力的。因此我們必須進行下一步。它們是誰，它們在哪裡，它們在想怎麼？」

「我們怎樣才能對付它們，」國防部長補充道。

「邪惡。」總統眼睛瞇緊地說道，「怎樣才能戰勝邪惡？」

「我們和它們談判。」黎說道。

「進行接觸？」

「就算是魔鬼也可以談判。現在我看不到其他的途徑。約翰遜認為，它們在騷擾我們，讓我們沒空去思考解決方法。我們不可以讓事情這樣發生。我們還有行動能力，因此我們應該尋找它們，取得接觸。然後，我們出擊。」

「對深海生物出擊嗎？」國防部長搖搖頭，「我的天。」

「大家是否都同意這理論有點道理呢？」中情局長問眾人道，「我們談論著此事，好像一切懷疑都已經排除了。我們真的願意相信，我們是和另一個智慧物種共享著這顆地球嗎？」

「只有一個信仰上帝的物種。」總統堅決地強調，「這就是人類。大海裡的這種生物有多聰明，這是另一個問題。它是否**有權**和我們一樣共享這顆星球，我們可以深表懷疑。聖經沒有預言過這種生物。地球是人類的世界，是為人類創造的，上帝的計畫就是我們的計畫。——但是，這一切的責任歸罪到一種外來生物，我覺得可以接受。」

「再說一遍，」國務卿問道，「我們怎麼告訴世界？」

「要告訴世界什麼，現在還為時太早。」

「人們會提出各種問題。」

「你就自己發明答案，這是你身為政治人物該做的事。如果我們告訴世界，在海洋裡住有另一個智慧生物，人們會嚇壞的。」

「另外，」中情局長轉向黎說道，「我們到底該怎麼稱呼海裡的這個異形？」

黎莞爾一笑：「約翰遜有個建議：Yrr。」

「Yrr？」

「這是一個偶然的名字。手指在鍵盤上無意識的結果。他認為，這名字和其他任何名字一樣好，我贊同他的看法。」

「好吧，黎。」總統點頭道，「我們會看到這個理論如何修正成熟。我們得考慮到各方意見，各種可能性。但是，如果最終的結果是，我們的確在和一種姑且稱之為Yrr的異形戰鬥，那我們會戰勝它，我們會對Yrr宣戰。」他望望在座眾人，「這是一個機會。一個很大的機會。我希望好好把握這個機會。」

「在上帝的保佑下。」黎說道。

「阿門。」范德比特咕噥著。

韋孚

軍事封鎖的這段日子裡，惠斯勒堡的好處就是什麼都一直開著。特別是科學家必須日夜工作，黎規定，就算是清晨四點也要能供應丁骨牛排。結果是全天候都有熱食，飯店、酒吧和會議室時時都有人，包括三溫暖和游泳池統統廿四小時開放。

韋孚在游泳池裡游了半小時。此時已經是一點多。她光著腳，頭髮溼淋淋的，裹著一條浴巾，穿過大廳走向電梯，這時她從眼角瞟見了李奧．安納瓦克。他坐在酒吧的吧台旁，她認為那是最不適合他的位置。他失落地縮在那裡，面前放著一罐沒有動過的可樂和一盤花生，每隔幾秒撿起一粒，望望，又放回去。

她遲疑著。自從上午的談話中斷後她就沒有再見過他。也許他不想受打擾。大廳和隔壁房間裡仍是一片忙碌，只有酒吧幾乎是空的。

安納瓦克看起來很不快樂。

當她還在考慮回到自己的房間時，她人已經踏進了酒吧。她雙腳輕踩在木地板上，走到他所坐的吧台盡頭，說聲：「嗨！」

安納瓦克轉過頭。他的目光一片空洞。

她不由自主地停住腳步。你會破壞一個人的隱私，自己卻意識不到，然後會永遠背上一個討厭的名聲。她倚在吧台上，將肩膀的浴巾拉緊。他們之間隔著兩張高腳椅。

「嗨。」安納瓦克說道，他的目光閃了一下。直到這時他似乎才發現她。

她微笑著。「你在……呃……做什麼？」蠢問題。他在做什麼？他坐在一張吧台前，玩著花生。「今天上午你突然不見了。」

「是的。對不起。」

「不，沒必要說對不起。」她慌忙說道，「我是說，我不想打擾你，只是我看到你坐在這裡，想……」

有什麼東西不對勁。她最好是趕快離開。

安納瓦克似乎完全從他的發呆中甦醒過來。他伸手拿杯子，高高舉起，又將它放下。他的目光落在身旁的高腳椅上。「想喝點什麼？」他問道。

「我真的不會打擾你嗎？」

「不，絕對不會。」他遲疑道，「另外我叫李奧。李奧・安納瓦克。」

「好，那麼……我叫卡倫，那……請來杯百利甜酒加冰塊。」

安納瓦克揮手叫來吧台服務員，點了摻水的酒。她走近些，但沒有坐下。冷冷的水滴從她的頭髮之間沿脖子流下來，聚在她的雙乳之間。通常她不在乎半裸著身體跑來跑去，但她突然感覺到不對勁。她應該盡快喝光離開。「你還好嗎？」她問道，一邊啜飲著那霜淇淋似的液體。

安納瓦克額頭皺起。「我不知道。」

「你不知道？」

「不知道。」他拿起一粒花生，將它放在面前，用手指彈開，「我父親去世了。」

哎呀該死。她早就知道。她不應該走進來的。「怎麼去世的？」她小心問道。

「不清楚。」

「醫生們還不知道嗎？」

「我還不知道。」他搖搖頭。「我不確定我是不是**想要**知道。」

他沉默了一會兒，然後說道：「我今天下午去森林裡。連續走了好幾個小時。有時慢慢踱步，然後又發瘋似地奔跑。在尋找一種……感覺。我想，一定有適合這種情境的情感狀態，但我那段時間就只有對自己的憐憫。」他望著她，「妳有過這種感覺嗎？不管你身在何處，你都坐立難安想趕快離開。似乎一切都在催促你，但你突然發現不是你想離開，是那些地方要擺脫你、排斥你、說你不屬於那裡，就是不會跟你解釋你屬於哪裡，於是你只好繼續跑啊跑啊……」

她跟著酒吧裡的音樂不停地輕聲哼唱著。「你和你父親關係不好嗎？」

「我和他根本沒有任何關係。」

「真的嗎？」韋孚皺起眉頭，「一個人可以和一個你認識的人沒有一點關係嗎？」

安納瓦克聳聳肩。「那妳呢？」他問道，「妳父母親還好嗎？」

「他們過世了。」

「噢……對不起。」

「沒關係。根本沒什麼。我認為，人都會死去，父母親也是。事情發生時我十歲。澳洲沿海的潛水意外，一切都很平靜，突然間被暗礁上的激流拖進海裡。他們是經驗豐富的潛水者，但是……哎呀。」她聳聳肩，「大海總是變幻莫測。」

「後來有找到他們嗎？」安納瓦克低聲問道。

「沒有。」

「那妳呢？妳是如何適應的？」

「有一段時間相當苦。我的童年過得很幸福。我們一直在不停地旅行。我們什麼都做了，在馬爾地夫駕駛帆船，在紅海裡潛水，在育卡坦探洞。我們甚至在蘇格蘭和冰島沿海潛水。如果有我在，他們就待在離水面較近的地方。只是危險的潛海時他們不帶我下去——一次潛海後他們再也沒有回來。」她微笑道，「不過你看到了，我還是熬過來了。」

「是的。」他對她微微一笑。

那是一種傷感、無奈的微笑。有一會兒他只是望著她。然後從他的高腳椅上滑下來。「我想我該去睡覺了。明天我要飛回去參加葬禮。」他猶豫著，「那好，晚安……謝謝。」

之後她坐在喝了一半的百利甜酒前，想著她的父母和那一天的情形，飯店管理人員走過來，一位女經理告訴她，她現在必須非常勇敢。勇敢的小姑娘。堅強的小卡倫。

她來回晃動杯子裡的酒。她沒有跟安納瓦克說那有多難。她的祖母將她領回去，一個茫然嚇壞的孩子，她的悲傷化成了怒火，讓那個老太太不知拿她如何是好。她在學校裡的成績變差了，同時變差的還有她的交友情形。不斷的逃跑和遊蕩，第一根自製的大麻菸，在街頭混龐克，一直醉醺醺地和隨便一個對她有興趣的男人上床。事實上男人總是對她有興趣。還有當扒手，被趕出學校，一次草率的流產，毒品，偷車，少年看守所。全身滿是穿孔和傷疤。心靈和肉體都是一座戰場。

但這場事故並沒有中斷她對海洋的愛。相反的，它對她更具有一種說不清的吸引力，在召喚她下到深處，她的父母在那裡等候她。大海是如此強烈地引誘著，於是她一天夜裡攔車坐到布萊頓，遠遠地游離岸邊，當月光下黝黑的水幾乎吞沒了小鎮照來的光暈時，她讓自己緩緩地下沉，想淹死自己。

但要淹死沒那麼容易。

她漂浮在運河的黑暗中，摒住呼吸，數著她的心跳，直到耳朵嗡嗡響。大海沒有吸走她的生命力，而是告訴她：這顆心臟十分強大！它那麼固執地跳動著，反對她順從於那冰冷的擁抱。

她被沖了上來，從她十歲那年開始的夢魘中逃了出來。被沖到一艘漁船旁，人們將體溫過低的她送進醫院，在那裡她有足夠的時間來鼓起勇氣下定決心。出院後她在鏡子裡凝視了她的身體足足一小時，決定不想再看到它這樣子。她摘掉穿孔的金屬環，不再剃光頭髮，試著做了十個伏地挺身，癱倒在地。

一星期後她就能做二十個。她努力想奪回她失去的東西。她重新上學，條件是她得接受心理治療，她同意了。表現得好學、守紀律。對誰都和善客氣。手邊的書統統都讀，特別愛讀關於地球和海洋生態的書。自從運河將她從噩夢中釋放之後，她沒有一天不鍛鍊身體，她跑步、游泳、拳擊、攀岩，企圖消滅失落時間的最後痕跡，直到再也沒有人會聯想到那個消瘦的、目光空洞的女孩。當她十九歲那年獲頒優秀的畢業證書、在大學裡修生物學和體育時，她的身體已如同一具古希臘運動員的塑像。

卡倫．韋孚脫胎換骨了。

懷著一股久遠的渴望。

為了幫助自己對這世界的運行有更好的理解，她另外學習資訊科學。電腦透過程式得以模擬複雜的運作讓她很興奮，她不肯休息，直到她自己能夠模擬出海洋和大氣層的運作過程。她的第一件工作重現了一張完整的洋流圖，它沒有為已知的研究增添新東西，但非常清晰和準確：獻給她曾愛過卻失去的兩個人。她成立了自己的工作室**深藍海洋**，為《科學》和《國家地理雜誌》撰稿，得到科普雜誌的專欄，引起研究單位的關注，邀請她去考察，因為它們需要有人能清晰的表達出他們的想法。她乘坐米爾級潛艇下海探勘沉沒的鐵達尼號，艾爾文號帶她前去大西洋深海背脊的熱泉，乘坐北極星號去南極採訪過冬客。她四處跑，凡事盡力而為，因為自運河裡的那一夜以來她就無所畏懼。沒有什麼還會讓她害怕。

除了孤獨。有時候。

她從酒吧的鏡子裡看到自己，溼淋淋的，用浴巾裹著，有點不知所措。她迅速喝光甜酒，回去睡覺。

5/14

安納瓦克

安納瓦克很難下決心啟程，再說黎也可能不讓他走；但事實是，她強迫他回去。「誰有家人過世，就得回家。如果你留在這裡，你會永遠無法原諒自己。家庭優先，它是你唯一可以依賴的。我唯一的要求是，隨時保持連絡。」

現在，安納瓦克坐在飛機裡，納悶黎為何如此頌揚親情。他缺乏她那股熱情。

他鄰座的人開始打鼾。安納瓦克將椅背調低些，望向窗外。他從溫哥華搭機抵達多倫多時，這兒已有一長串飛機等著起飛。暴雨侵襲多倫多，使所有航班都停擺了。這是個壞兆頭。他焦躁地坐在候機室，盯著外面被形似手風琴的登機橋緊扣住的一架架飛機。然後，誤點兩小時的班機終於起飛。

接下來一切都很順利。至少有些徵兆讓他明白自己正要進入另一個世界。

自安納瓦克上機後，已經飛行兩個多小時，飛機始終輕微晃動。大半的旅程他們都飛行在濃密雲層上方，直到接近哈得遜海峽，密集的烏雲才散開，露出底下黑褐色的凍土地帶——高山峻嶺、雪原及浮冰四布的湖泊。然後終於看到海岸。哈得遜海峽在他們底下掠過，一股複雜的感情淹沒他。每段冒險都有一個折返點，過了就回不去了。峽灣對面就是那個他發誓再也不回去的世界。

安納瓦克正往他的出生地前進，往極圈裡的故鄉前進——努納福特。

他遠眺，試圖放空心思。半小時後，窗外出現一片熠熠發光的冰原。飛機右拐後迅速下降，隨即出現一座黃色建築和一座低矮的航標塔。在丘陵起伏的陰暗景色中，這一切看來像是異星上一座孤獨的人類前哨站，但其實是努納福特首都伊魁特（在當地的意思是多魚之地）的機場。

安納瓦克背起裝得鼓鼓的背包，慢步走過候機大廳，穿過宣傳伊努特藝術的壁飾和滑石雕刻展場。大廳中央有一具比人還高的雕像，巨大堅實，穿著靴子和傳統服裝，一手將一面扁鼓高舉過頭，另一手拿著鼓錘，樣子像是正張大嘴歌唱，充滿活力和自信。安納瓦克在雕像前停下，閱讀雕像下的介紹：「北極地區的人們只要聚在一起，就會打鼓跳舞，用喉音歌唱。」

伊魁特。

已經好久了。有些事物他還覺得熟悉，但大部分都沒印象了。雲層似乎留在魁北克，這裡天空碧藍，豔陽高照，溫度適宜。車輛多到嚇人，他記得從前沒這麼多車。街道兩旁都是典型的極區木屋，由於地面是永凍土，房屋均用矮樁架高。若將木屋直接蓋在地面上，凍土會被散發的熱量融化，引發塌陷。

七〇年代蕭條抑鬱的伊魁特已經消失了。人們十分友好地用伊努特語和他打招呼。他簡短回應。他不停地在大街上走著，到尤尼卡爾維克遊客中心轉了一下，在那兒看到一座更大的鼓舞者雕像。

鼓舞者。他小時候經常跳鼓舞。但那是很久以前的事了，是一切還正常平靜的時候——前提是，真的有過那樣的時候。無聊！這裡什麼時候有什麼正常過呀！

一小時後他回到機場，跑道上有架小型雙引擎螺旋槳飛機等在那兒。這架飛機只有六個座位，行李得蓋上網子堆在後面。駕駛艙和客艙之間沒有任何分隔物。小飛機搖搖晃晃地升空。他們越過部分冰雪覆蓋、冰河縱橫的群山向西飛去。左邊是陽光照耀的哈得遜海峽，右邊是波光閃爍的大湖，阿瑪朱瓦克湖。

他去過那裡幾次。回憶如暴風雪中的剪影般湧現，將安納瓦克捲入他不願回憶的過往。

地勢開始下降，接著是海面。他們在海上飛行了二十分鐘，然後，透過駕駛艙的窗戶看見陡峭的地形。泰利克茵萊特灣上的七座島嶼映入眼簾。其中一座島上刻著一條細線，那是多塞特角的跑道。

落地了。安納瓦克感覺心像要跳出來似的。

他到家了。他到達他永遠不想返回的地方。飛機滑向航站時，他心裡交織著反感、好奇和害怕。

多塞特角，伊努特語稱「金蓋特」，意思是高山，人口不到一千二，是伊努特人的藝術中心及首都，人們會半欣賞半開玩笑地稱它為「北方的紐約」。這是她現在的樣子，當年可完全不是這麼回事。

他提起背包，走出飛機。

一名男子跑上前迎接跟他搭同一班機的夫妻，團聚場面熱情洋溢；但伊努特人幾乎總是這樣熱情過頭。伊努特人有許多表達歡迎的說法，卻沒有一句表示再見。十九年前也沒有一個人對安納瓦克講過一句告別的話，就連那個飽經風霜的男人，在其餘送行者都離去後，獨自留在停機坪的時候也沒說。

艾吉恰克．阿克蘇克明顯衰老了，安納瓦克差點認不出來。那張皺臉展開笑顏，以前一向刮得乾淨的臉上，現在留著稀疏的灰鬍子。他快步迎向安納瓦克，一把抱上來，嘴裡吐出一長串伊努特話。然後他想起來，改用英語說道：「李奧，我的孩子。好一個年輕英俊的科學家！」

安納瓦克任他擁抱，然後敷衍地拍拍阿克蘇克的背。「艾吉舅舅，你好嗎？」

「發生了這麼多事，能好到哪裡去呢？你旅途順利嗎？路上一定花了好幾天……我根本搞不清楚，你得先經過哪些地方才能到達這兒……」

「我得轉幾次機。」

「多倫多？蒙特婁？」阿克蘇克放開他，喜形於色地望著他。安納瓦克看到他那伊努特人特有的門牙縫。「你跑了不少地方，對不對？我好高興。你得多講給我聽聽。你會跟我們住，對吧？孩子。」

「呃，艾吉舅舅……我在極地小屋飯店訂了房。」

老人臉上掠過失望，隨即又眉開眼笑，「我們可以取消。我認識經理，沒問題的。」

「我不想給你添麻煩。」安納瓦克說。我來就只為了將我父親埋到冰裡去，他想道，埋了就趕快離開這鬼地方。

「一點也不麻煩。」阿克蘇克說，「你是我外甥。你要待多久？」

「兩晚。我想這就夠了，你說呢？」

阿克蘇克緊皺眉頭，將他上上下下打量一遍，然後拉著他穿過大廳。「這事晚點再談。瑪麗安做了燉馴鹿肉，還有海獅湯飯。真正的大餐。你最後一次吃海獅湯是在什麼時候，嗯？」

安納瓦克任他拖著往前走。機場外停著好幾部車，阿克蘇克朝一輛貨車走去。「背包放到後面吧。你記得瑪麗安嗎？一定不記得了。她從塞盧伊特搬過來和我結婚時，你已經離開了。孤獨真難受啊。她比我年輕，我覺得這樣挺好。你結婚了嗎？我的天啊，你離開這麼久了，我們可真得好好聊聊。」

安納瓦克坐在司機旁邊的座位上，沉默不語。他努力回想這老傢伙以前是不是也這麼健談。後來他想到，舅舅可能也跟他一樣緊張。一個默不作聲，一個滔滔不絕。人和人不一樣。

他們沿著大路顛簸而行。起伏的山勢將多塞特角切成一個個小村莊。他家當時在柯加拉克。他舅舅阿克蘇克當時住在金蓋特。他們七彎八拐。他舅舅幾乎對每棟建築物都要給點評語，安納瓦克突然醒悟，阿克蘇克是在帶他參觀這地方。「艾吉舅舅，這些地方我都認得。」他說道。

「胡說，你什麼都不知道。你離開十九年了。一切都改變了。那對面，你記得這家超市嗎？」

「記不得。」

「你看吧？它以前根本不在那兒，這是新開的！現在還開了間更大的。從前我們總是去極地商店，這你沒忘吧？那後面是我們的新學校，呃，其實也不是很新，但對你來說是新的。——你看右邊！那是社區中心。你肯定不敢相信，誰來這兒觀賞過喉音演唱和鼓舞。美國總統柯林頓、法國總統席哈克和德國總理柯爾。柯爾真是個巨人，我們跟他一比都成了小矮人。我想想，他是什麼時候來的……？」

就這樣，他們開車經過聖公會教堂和墓園，他父親將葬在那裡。安納瓦克看到一位伊努特婦女蹲在家門前，雕刻一尊巨鳥石雕，讓他想起了諾特卡藝術。當地的村辦公室是棟藍灰色的兩層樓房，門廊建成未來主義風。努納福特的分散式管理使得每個稍具規模的社區都有這麼一間辦公廳。眼前的多塞特角已非他的童年家園。

他突然聽到自己說：「去港口吧，艾吉。」

阿克蘇克迅速掉轉方向盤。多塞特角的港口只有一個碼頭有起重機，而一年會有一、兩次，補給船載著重要物資停泊在此。退潮時，可以步行橫越泰利克海灣，前往鄰近的馬利克亞格島，那座生態公園裡有墳墓、獨木舟架，還有湖泊，從前他們常在那兒露營。

他們停下來。安納瓦克鑽下車，沿著碼頭邊走邊眺望湛藍的極地海洋。

這座碼頭是安納瓦克離開多塞特角時看到的最後一景。不是搭飛機，而是搭乘補給船。當時他十二歲。那艘船載著他和他的新家庭，充滿希望地前往新世界，同時又對已然失落的冰雪天堂充滿感傷。

五分鐘後他緩步走回，默默上了車。

「是的，我們的老港口。」阿克蘇克低聲說道，「老港口。我永遠都不會忘記。李奧，你離開的樣子，大家都心碎了……」

安納瓦克嚴厲地望著他。「誰心碎了？」他問道。

「呃，你的……」

「我父親？你們？某位鄰居？」

阿克蘇克發動車子。「好了，」他說道：「我們回家。」

阿克蘇克還住在那座位於保留地的小房子。淺藍色的牆搭深藍色的屋頂，整潔漂亮。屋後的山丘平緩上升，直升至幾公里外的「高山」金蓋特，山壁刻著一條條積雪。說是高山，它更像一座大理石雕塑。在安納瓦克的回憶中，金蓋特高聳入雲；但遠方這凸起的石塊像是在邀請夠格的登山者徒步去探索它。

阿克蘇克走到後車廂，搶在安納瓦克前拎起背包。雖然他矮小瘦弱，但他似乎一點都不覺得背包沉重。他一手拎著背包，另一隻手打開了門。「瑪麗安，」他對著室內叫道，「他來了！那孩子回來了！」

一隻小狗搖晃著來到門前。阿克蘇克從牠身上跨過，鑽進屋子，幾秒鐘後又在一個豐滿女人陪伴下出現，她友善的臉龐撐在一個肥大的雙下巴上。她擁抱安納瓦克，用伊努特語問候他。

「瑪麗安不講英語。」阿克蘇克抱歉地說，「我希望你沒忘了你的語言。」

「我的語言是英語。」安納瓦克說道。

「是的，當然……現在是。」

「但我能聽懂一些。夠我聽得懂她在說些什麼。」

瑪麗安問他餓不餓。

安納瓦克用伊努特話回答餓了，瑪麗安微笑，露出一嘴有毛病的假牙。她抱起在安納瓦克的靴子上嗅來嗅去的狗，示意他跟她走。門廳裡有好幾雙鞋子。安納瓦克機械地脫下靴子，擺放在一起。

「你還是保持良好習慣，」他舅舅笑道，「他們沒把你變成一個誇倫納克。」

誇倫納克，複數形誇倫納特，是所有非伊努特人的總稱。安納瓦克低頭看看自己，聳聳肩，跟著瑪麗安走進廚房。他看到現代化的電爐和烹飪器材，樣式跟溫哥華設備齊全的家庭所用的沒兩樣。這裡完全不同於當年他那貧困淒楚的家。沒有什麼讓他想起他當年那個家的淒涼景象。阿克蘇克和妻子聊了幾句，便將安納瓦克帶到布置溫馨的客廳。幾張單人大沙發圍著電視機、錄影機、收音機和波段發射機擺放。透過一扇小窗可以看見廚房。阿克蘇克帶他看浴室、洗衣間、儲存室、臥室，和一間擺有單人床的小房間，它床頭櫃上的花瓶插上了鮮花：極地罌粟、虎耳草和石南。

「是瑪麗安摘的。」阿克蘇克說道。聽起來像是希望他把這兒當家。

「謝謝，我……」安納瓦克搖搖頭，「我想，我最好住飯店。」

他原以為舅舅聽後會生氣，但阿克蘇克只沉吟著望了他一會兒。「要喝杯酒嗎？」他問道。

「我不喝酒。」

「我也不喝。那就喝果汁吧。」阿克蘇克將兩杯濃縮果汁兌水。瑪麗安聲明還要十五分鐘才能開飯。

他們拿著飲料走上陽台，阿克蘇克點燃一支菸，「瑪麗安不准我在屋裡吸菸。結婚就是這樣。不過這樣也好。吸菸不健康，但是要戒掉還真難。」他笑起來，心滿意足地深深吸進一口菸。

他們默默望著山脊和山上的積雪。白得發亮的象牙鷗在天空下飛掠，不時陡斜地俯衝下來。

「他是怎麼死的？」安納瓦克問道。

「他摔跤了。」阿克蘇克說，「那時我們在**母地**，他看到一隻兔子，想追，然後就跌倒了。」

「你將他運回來？」

「他的屍體，對。」

「他當時是不是爛醉如泥？」安納瓦克提問時的無情，連自己都震驚。阿克蘇克的目光掠過他身旁，望向群山，躲進煙霧中。「伊魁特的醫生說他是心臟病發作。他有十年沒碰過一滴酒了。」

燉馴鹿肉真是鮮美，吃起來有童年的味道。相反的，安納瓦克從來就不喜歡喝海獅湯，但他仍努力吃著。瑪麗安神情滿意地坐在旁邊。安納瓦克想複習他的伊努特語，但效果不佳。他幾乎都能聽得懂，可是講起來就是結結巴巴的。因此他們主要都用英語談最近發生的事，談鯨魚攻擊、歐洲的災難和其餘遠播到努納福特的事。阿克蘇克翻譯。他幾次想談安納瓦克死去的父親，但安納瓦克不理睬他。葬禮定於傍晚在聖公會教堂的小墓園舉行。這個季節人們總是迅速安葬死者，但在冬天則經常停靈在葬地附近的草棚裡，那時地面太硬，無法挖掘墳墓。在嚴寒的北極裡，屍體保存的時間長得驚人，但看守人必須持槍守靈。努納福特這塊土地很原始，狼和北極熊，尤其在飢餓的驅使下，無論活人還是死人牠們都不怎麼怕。

飯後安納瓦克前去極地小屋飯店。阿克蘇克沒再堅持讓他住下。只從小房間裡將花兒拿到前面來，放在餐桌上，對他說了句：「你還可以再考慮考慮。」

離葬禮還有兩小時。安納瓦克躺在飯店房間的床上，昏沉沉地睡著了。直到他的旅行小鬧鐘響起。

他走出極地小屋飯店時，太陽已沉到地平線上，但天色仍明亮。越過冰封的湖面，他看到馬利克亞格島伸手可及。他沿街朝市中心的方向邊走邊逛。一棟房子前，一個老人坐在木板凳上雕琢一座潛海員的雕像，再遠點有個女子用白色大理石打磨一隻鷹隼。兩人都向他打招呼，安納瓦克邊走邊回答他們的問候。他感到他們的目光在望著他的背影。

他的到來一定像野火般在當地傳開了。根本沒必要向人介紹他，每個人都知道，死去的馬努邁・安納瓦克的兒子回多塞特角了，也許眾人早就在背後議論紛紛，他為什麼住在飯店而不是住在舅舅家。

教堂前已聚集一群人。安納瓦克問舅舅，他們是不是都為他父親而來。

阿克蘇克詫異地望著他。「當然了，你以為呢？」

「我不知道他有這麼多……朋友。」

「這是和他共同生活的人們。是不是朋友，這有什麼關係？人死去，是離開所有人，所有人都陪他走完最後這一段。」

葬禮短而不傷感。安納瓦克在葬禮前不得不和許多人握手。那些他從未見過的人，向他走過來，擁抱他。一位牧師從聖經裡朗讀了一段，做了禱告，棺材便放進一個淺坑裡，深度剛好可以容納它。然後鋪上藍色塑膠膜。人們開始在上面堆石頭。坑尾的十字架像所有墓地上的十字架一樣斜插在堅硬的土裡。阿克蘇克將一只玻璃蓋小木盒塞進安納瓦克手裡，裡面有幾朵褪色的塑膠花、一盒香菸和鑲嵌金屬的熊牙。阿克蘇克推推他，安納瓦克順從地慢步走向墳墓，將盒子放到十字架下。

阿克蘇克問他想不想再見父親一面，他拒絕。牧師講話時，他試著想像躺在棺材裡的那人是誰。他突然知道了，死者不可能再犯錯，不管他在世時做過什麼，是罪惡還是無辜，都不重要了。面對冰冷的地下棺木，一切都失去意義。對安納瓦克來說，老人早在多年前就已經死去，這場葬禮只是過期的儀式。

他不想去感覺什麼。他只希望盡快離開這裡。回家去。但家在哪裡？

周圍的人開始唱歌時，一種孤寂和恐慌的冰冷感覺悄悄向他襲來。讓他打戰的不是極地的嚴寒。他想到溫哥華和圖芬諾，但那兒不是家。他害怕極了。

「李奧！」阿克蘇克抓住他的手臂。他茫然地望著那張長有銀色小鬍子、皺紋密布的臉。

「我的天哪！你都快站不穩了。」阿克蘇克同情地說道。唁客們望過來。

「不要緊。謝謝，艾吉。沒事。」他望著眾人，知道他們會怎麼想——他們錯得離譜。他們認定那是喪親之痛，站在心愛的人的墓旁，誰都會昏厥，哪怕你是個高傲得不向任何事物屈服的伊努特人。只可能屈服於酒精和毒品。安納瓦克覺得噁心。

安納瓦克告訴舅舅他想獨處。老人只點點頭，就將他送回飯店。他眼神哀傷，卻不是由於相信安納瓦克是想靜靜追憶亡父。

從噩夢醒來時，鬧鐘指著兩點半。他從冰箱拿出一瓶可樂，走向窗戶。

極地小屋飯店坐落在一座小山上，因此他能望到金蓋特和部分相鄰地區。晴朗的夜空像夢裡一樣萬里無雲，但不見星辰，只有朦朧的夜光籠罩著多塞特角，為房屋、冰原、積雪和大海披上一層不真實的金色。這季節，天色不會全黑，景物輪廓顯得更軟、色彩更柔。

安納瓦克頓時明白這裡有多美麗。他入迷地望著難以置信的天空，目光掃過群山，掃過海灣。泰利克灣的冰像鑄銀般閃爍著。馬利克亞格島黑忽忽地、起伏不平地橫亙在岸邊，像條沉睡的鯨魚。

現在該怎麼辦？

他憶起幾天前與舒馬克和戴拉維一起吃飯時的疏離感。賞鯨站、圖芬諾、周遭的一切。他似乎一直缺乏一個空間好避開這個世界。某件至關緊要的事物浮現了，這是他確定的。他等著，既期待又害怕。

結果是他父親死了。這就是改變一切的那件大事？返回北極地區安葬父親？

他還有遠比這事更大的挑戰要處理。他正面臨人類有史以來遭遇的最大挑戰。但這和他的生活毫無關係。他的生活完全是另一回事，海嘯、甲烷災難和瘟疫在其中不占一席之地。父親過世，把他的生活推到最前面。如今，安納瓦克頭一次意識到，他有機會在努納福特重獲新生。

一會兒後他穿上衣服，戴上一頂鑲毛邊帽，走進月夜。他漫步整個城鎮，直到疲憊襲來，比電視機的麻醉更沉重更友好。最後他返回溫暖的飯店，隨手將衣服扔在地上，鑽進被窩，頭一沾枕就睡著了。

第二天早晨他打電話給阿克蘇克。「一起吃早餐吧？」他問道。他舅舅似乎很吃驚。「我和瑪麗安正要開動，我以為你在忙……等等，我們才開始，你為什麼不過來，嘗嘗一大份培根炒蛋呢？」

「好。待會兒見。」

瑪麗安端給他的那一份，份量多得安納瓦克光看就飽了，但他還是吃了起來。瑪麗安喜形於色。握住阿克蘇克和他妻子伸給他的手，感覺真是奇怪，似乎將他拉回了家庭。安納瓦克思忖著這算不算好事。月夜的魔力消逝了，努納福特早就不能讓他內心平靜。

飯後，阿克蘇克轉著半導體收音機的旋鈕，聽了一會兒說：「很好。」

「什麼很好？」安納瓦克問道。

「氣象預報接下來幾天天氣晴朗。天氣預報不太可信，但只要有一半準，我們就可以開車去母地。」

「你們想去母地？」

「是的，明天出發。如果你願意，我們今天可以一起做點什麼。順便問一下，你到底有什麼計畫？或是你想提前回加拿大？」這隻老狐狸猜到了。

安納瓦克不厭其煩地攪著咖啡。「老實說，昨天晚上我差點就回去了。」

「這不意外。」阿克蘇克淡淡地說道，「那現在呢？」

安納瓦克聳聳肩。「我也說不清楚。我想，我要不去馬利克亞格島，要不就去伊努克蘇克角。我在多塞特角就是感覺不舒服，艾吉。別生氣。我不喜歡回憶這地方，有這麼一個……這麼一個……」

「一個像你父親這樣的父親。」他舅舅補充道。「其實我很訝異你會回來。十九年來，你沒跟我們任何人聯繫。我打電話，是因為我認為應該通知你，但我並不相信你會來。你為什麼回來呢？」

「天知道。沒有什麼事將我拉回到這裡。或許溫哥華想擺脫我一陣子。」

「胡說。」

「無論如何不是因為他！你很清楚，我不會為他流一滴眼淚。我做不到。」

「你對他太冷酷了。」

「他的人生走錯了，艾吉！」

阿克蘇克盯視他好久。「沒錯，李奧。但當時沒有正確的人生可以選擇。這件事你忘記說了。」

安納瓦克默不作聲。

他舅舅喝下咖啡杯裡殘餘的咖啡，而後微笑。「你知道嗎？我給你一個建議好了。我和瑪麗安要出門。我們這回要去完全不同的地方，去西北方的龐茵萊特——你和我們一起去。」

安納瓦克盯著他。「不行。你們要去好幾個星期。就算我想去，也不可能離開這麼久。」

「那不成問題。我們一起出發，過幾天你可以一個人飛回去。我不必到哪裡都牽著你，你長大了。」

「這太麻煩了，艾吉，我……」

「我受夠你的麻煩了。帶你去冰原有什麼麻煩？一切都打點好了，我相信我們會為你的文明屁股找到一塊小地方。」他向他擠擠眼睛，「不過別以為此行會很輕鬆。你也跟大家一樣會分配去放哨防熊。」

安納瓦克向後靠，考慮此事。這邀請讓他措手不及。他計畫再待一天，是一天，而不是三、四天。他該怎麼向黎說明？其實黎已經明白告訴他，他想待多久就待多久。

龐茵萊特。再待三天。其實也不久。從多塞特角最多飛兩小時。在母地待三天，回程兩小時，直接去伊魁特。「你這樣做指望什麼呢？」他問道。

阿克蘇克笑了。「喏，你想呢？帶你回家啊，孩子。」

在母地。這個詞表達了伊努特人全部的人生哲學。在母地的意思就是離開保留地，整個夏日在海灘或冰沿紮營，垂釣，獵捕鯨魚、海獅和海豹。伊努特人獲准為了生活需要而捕鯨。人們帶著遠離文明所需的一切，將衣物、裝備和狩獵用具裝載到雪橇或船上。他們去的那塊陸地尚未被馴服：廣袤無垠的平原，人們數千年來就在其上漫遊。

母地上沒有時間感，城市和保留地固定好的世界秩序不再存在。距離不再用公里或英里作單位，而是以天數計算。兩天到這裡，半天到那裡。如果路途上有無法預見的障礙需要克服，例如冰堆和壕溝，五十公里有什麼意義呢？大自然是無法計畫的。

人們在母地上只活在現在，因為下一瞬間絲毫無法預料。母地有其韻律，伊努特人順從它。數千年的遊牧生活讓他們學會，順從即為主宰之道。直到二十世紀中期，他們都自由自在地漫遊在母地上，居無定所仍比落地生根更符合他們的本性。

如今情況改變了。世界期望伊努特人從事固定的活動，成為工業化社會的一員，伊努特人似乎同意了；而回報是，伊努特人獲得承認，不再像安納瓦克孩提時代那般受拒。世界把它取走的部分事物還給他們，更重要的是給了他們一個視角。在這個視角裡，古老傳統和西方標準可以並駕齊驅。

安納瓦克當年離開的地方，只是一個沒有認同或自我價值的地理區域，人民的精力被剝奪，絲毫不受尊重，最後也失去了自尊。只有他父親可能糾正這一印象；但他父親卻是構成這印象的主謀。現在埋在多塞特角墓園裡的那人，成了心灰意懶的象徵——酗酒、形容枯槁、自憐自艾、動輒發怒，甚至無法保護家人。安納瓦克乘船離去時，曾站在甲板上對著霧大喊：「繼續這樣啊！乾脆去死吧！免得繼續丟臉！」有一會兒他真想以身作則從甲板上跳下海。

但他沒這麼做，反而成了加拿大西岸人。撫養他的家庭在溫哥華定居下來，他們是好人，盡力供他上學，雖然彼此並沒有真正適應，純粹是形式上的家人。李奧二十四歲那年，他們移居阿拉斯加安哥拉治。他們一年寫一張問候卡，他回覆幾句和善的閒聊。他從沒去探望他們，他們似乎也沒期望過。不能說他們變得生疏——實際上他們從未親近過。他們不是他的家人。

阿克蘇克建議一起去母地，在安納瓦克心裡喚起新的回憶。那火堆旁的漫漫長夜，有人講故事時，全世界似乎都復活了。他很小的時候，還把雪后和熊神當真。他聽過在愛斯基摩圓頂冰屋裡出生的男男女女談話，想像有一天他也會橫越冰原去狩獵，與極地神話合一——累了就睡；如果天氣允許就工作和狩獵；餓了就吃。在母地上，有時本來只想走出帳篷透透氣，最後卻變成狩獵一天一夜。有時整裝待發，卻始終沒成行。這種明顯缺乏組織的行為總是令誇倫納特懷疑：沒有規畫時間表和配額，人怎麼可能生存？誇倫納特建立新世界取代現存世界，為了人造的進程排斥自然律，凡不合他們意的，便忽視或消滅。

安納瓦克想起惠斯勒堡和他們想在那裡完成的任務。他想到傑克．范德比特。這位中情局副局長是多麼固執堅持最近幾個月的事件都是人類的計畫和行為啊。誰想理解伊努特人，就必須學會擺脫文明社會擁有的控制心態。

但這至少還與人類有關。而海底那股未知的力量，並不具有人類特質。約翰遜是對的。輸掉這場戰爭，意味失去人性。像范德比特這樣的人看不到自身以外的觀點。一隻海豚就已經無法理解了，又怎麼理解約翰遜以他的達達主義命名的 Yrr 物種呢？他瞬間明白，沒有正確的團隊，就無法解決這次的危機。少一個人。他也知道少了誰。

當阿克蘇克為出發做準備時，安納瓦克正在極地小屋飯店裡想辦法與黎取得聯繫。電話轉了很多次。黎不在飯店，而是在西雅圖沿岸一艘海軍巡洋艦上。他不得不等候了漫長的十五分鐘，才接通她。

他問她，能不能再請三到四天假。在偽稱必須照料親人之後，她准了假。他良心不安，但告訴自己，拯救世界與否不可能取決於他接下來三天在不在場。再者他也在工作：人雖身在北極地區，頭腦仍然忙碌運轉。黎告訴他，他們在對鯨魚進行聲納襲擊。「我知道你不喜歡聽這種事。」她說道。

「那麼，有效嗎？」他問道。

「我們快要中止試驗了。它沒有產生預期的效果。但我們必須什麼方法都試試。只要能趕開這些動物，我們就有更大的機會派潛水員和機器人下去。」

「妳要擴大機會嗎？那就擴大團隊吧。」

「你有人選？」

「三個人。」他深吸了口氣，「我要求召集他們。我們需要更多行為研究和認知科學專家。我需要一個我可以信賴的助理。我要讓愛麗西婭．戴拉維加入。她目前在圖芬諾，是個學生，主修動物智能。」

「沒問題。」黎快得驚人地同意，「第二人呢？」

「優庫路列的一名男性。如果妳看看MK檔案，會找到他，名叫傑克．歐班儂。他擅長與海洋哺乳動物打交道。他有些知識會對我們有用。」

「他是科學家嗎？」

「不是。美國海軍前海豚教練。海洋哺乳動物計畫。」

「明白了。」黎說道，「我會查查。我們自己有不少該領域的專家，你為什麼要他？」

「我就是想要他。」

「那第三個人呢？」

「她是最重要的人。我們這件事與外星生命有一定的關係。妳需要某個專門考慮如何與非人類生物交流的人。請妳連絡珊曼莎．克羅夫博士，她領導亞列其波的鳳凰計畫。」

黎笑了。「李奧，你很聰明。我們已經決定要向鳳凰計畫徵召人手。你認識克羅夫博士？」

「認識，她很棒。」

「我會想辦法。好好做，李奧，請務必安全回到我們身邊。」

飛機不是直接向北飛，而是先向東飛一段。阿克蘇克說服了飛行員拐這麼個小彎，讓安納瓦克可以欣賞庫亞克大平原，一處有許多圓形水沼的自然保護區，那裡有世界上最大的雁群。來自多塞特角和伊魁特的其他乘客，都要前往龐茵萊特這個荒野探險的起點。大多數人都熟悉這風景，在打瞌睡。安納瓦克卻看不夠。他覺得像是從多年沉睡中甦醒了。

他們沿海岸飛行了一段，然後穿越北極圈。地理學上的北極地區就從這裡開始。他們身下是福克斯盆地冰凍的月下景色，有大大小小的冰原，間或一塊未結冰的水域。一會兒後又出現陸地，溝壑縱橫，有懸岩和垂壁。雪在陰暗的深谷底閃爍，一道道融化的雪水流進冰封的湖泊。夕陽下的景色越來越壯觀。陡峭的褐色山脈與積雪覆蓋的山谷交替，山峰拔地而起，幾乎全部覆雪。突然，幾乎是沒有過渡地，飛機穿過一道藍而泛白的海岸線，他們看到一座封閉的冰海，伊克利普斯灣。

安納瓦克忘記了周圍的一切，眺望著神奇的北極區。巨大雪白的水晶山挺立在海灣的白色平原上。下面有兩隻很小的北極熊跑過，像是被冰面上飛機的影子追逐。白點驚飛而起，是海鷗。遠方聳立著巍峨的懸崖和拜洛特島的冰河。他們低飛向大理石狀的褐色地景接近，一簇房屋，一座陸岬——龐茵萊特。

太陽刺眼地掛在西北方向的地平線上。這個季節它不沉落，僅在凌晨兩點左右才接觸地平線幾分鐘。他們到達目的地時是晚上九點，但安納瓦克已經失去了一切的時間感。他看著他童年時代的景致，某種重負似乎從他胸口掉落了。

阿克蘇克說得對。他舅舅做到了安納瓦克廿四小時前還以為不可能的事。他帶他回家了。

龐茵萊特的面積和人口與多塞特角差不多，四千多年來就一直有人在此生活。阿克蘇克解釋說，努納福特這區的伊努特人比其他地區的人都更重視傳統。他謹慎地補充道，在這樣的北方，許多人還信奉薩滿（即巫士），當然，他們也都是虔誠的基督徒。

夜裡他們住旅館。阿克蘇克一早就喚醒他，嗅嗅空氣，然後宣稱好天氣會持續，可以好好打獵。「今年春天提早報到了。」他滿意地說道，「旅館的人說，這裡跟冰沿只有半天路程。也許一天，要看情況。」

「看什麼情況？」

阿克蘇克聳聳肩。「什麼事都可能發生，誰也說不準。你會看到許多動物，鯨魚、海豹、北極熊。今年化冰比往年來得早。」

比起現在發生的事，這些沒什麼好奇怪的，安納瓦克心想。

這一隊有十二人。已經有四架雪橇為此行安頓妥當。在安納瓦克記憶中的雪橇，是由狗來拖拉的，現在前面裝上了雪地發動機，用兩根纜繩拉著。雪橇本身看起來同從前一樣：四公尺長的木製滑板，前頭往上彎，水平的橫木緊緊綁著，沒有使用一顆螺絲或一根釘子。整個雪橇用繩子和皮帶綁成，這樣修起來就方便多了。三架雪橇有木造敞篷車廂，用來避風躲雨，第四架雪橇用來拉貨。

「你穿得不夠暖。」阿克蘇克望著安納瓦克的風衣說道。

「我看過溫度計了，是六度。」

「你忘記行駛時的風了。你穿了兩雙襪子嗎？我們這裡可不是溫哥華。」

他確實將這些事都忘記了。真讓人羞愧。保持腳的溫暖當然是最重要的，一向都是。他加了件毛衣，和第二雙襪子，直到覺得自己像個移動的桶子。他們穿著厚厚的防護服，戴著防雪鏡，頗像極地太空人。

阿克蘇克與嚮導一起最後一次檢查裝備。「睡袋、鹿皮……」

他眼神發光，高興得灰色小鬍子似乎要豎起來。安納瓦克看著他忙忙碌碌地從一架雪橇跑往另一架。艾吉恰克·阿克蘇克和他父親截然不同。有他相伴，伊努特人和他們的生活方式突然又有了意義。

他的思緒轉向海洋深處的力量。

一旦冰上之旅啟程，他們將只遵循自然法則。想在母地上生存，必須接受基本原則：不能自以為了不起。你只是有靈世界的組成分子之一，這世界化身為動物、植物和冰的形象，偶爾也化身為人的形象。也化身為Yrr的形象，他想道。不管它們是誰，不管它們生活在哪裡。

機動雪橇開始在冰封雪蓋的海面上滑行。魚群在雪橇下面游弋。安納瓦克明白，他們不是在橫跨陸地，而是在橫跨海洋結凍的表面。一會兒後，開路雪橇改變了航向，隊伍跟在後面，原來他們正繞開一道開裂的冰縫，裂縫很大，雪橇躍不過去。淡青色的冰崖對面可以看到深不見底的黑忽忽的水。

「這可能要花一點時間。」阿克蘇克說道。

「是的，我們損失了一點時間。」安納瓦克點頭，他明白駕雪橇繞過裂縫是什麼意思。

阿克蘇克曲起鼻子。「不不，我不會那麼說。不管我們現在是向東還是向北，時間都一樣。你全忘了嗎？在這北方，你前進多快並不重要。你繞道時，你的生活仍在進行。時間沒有損失。」

安納瓦克沉默不語。

「也許，」他舅舅微笑著補充道，「誇倫納特們帶給了我們時間，是我們過去一百年來最大的問題。誇倫納特相信等候是浪費時間，因而是浪費生命。在你小的時候，我們曾這麼相信過。你父親也相信過，因為他看不到機會可以做點什麼有意義和有價值的事，他最後堅信他的生命沒有價值，因為它由未被利用的、浪費掉的時間組成。沒有價值的一生。不值得活的生命。」

他們不得不多行駛了幾公里，裂縫才變窄。一位伊努特駕駛卸下他的機動雪橇，快速越過裂縫。他從那裡將纜繩扔向雪橇，陸續將它們拉過裂縫，繼續前行。

阿克蘇克毫不在乎地將一根油膩的東西塞進嘴裡，將罐子遞給安納瓦克。是獨角鯨皮。當他們從前去冰沿時，總要帶上獨角鯨皮，它富含維他命C，遠多於橘子或柳橙。他嚼著，吃出新鮮栗子的香味。

這味道引來一系列畫面和感覺。他聽到聲音，但不是探險隊員們的聲音，而是二十年前和他一起出去的人們的聲音。他感覺他母親的手在輕撫他的頭髮。

「這裡不是高速公路，」舅舅笑道，「孩子。老實說吧，你真的一點都沒有想念過這一切嗎？」

安納瓦克搖搖頭。也許只是因為固執。

北冰洋像座奇怪的地獄，雖然很美，但自行其是，對每個妄想可以征服它的人來說都很致命。即使像他這樣不向上帝祈禱、更相信任何科學解釋的理性主義者，都恍然大悟，為什麼老伊努特傳說中北極熊會緩慢、憂傷地越過冰原。因為牠迷戀上一個已婚人類女子，對現實盲目了。那女子的丈夫連續狩獵數星期都沒有收穫，出於同情，她洩漏情人的藏身地。而熊聽到了。當獵人前來，牠悄悄潛向情人的圓頂冰屋，抬起爪子想殺死她。但悲傷霎時淹沒了牠。毀掉她的生命又有什麼意義呢？

她已經出賣了。牠孤獨地、步履蹣跚地離開了。

寒氣砭骨。大自然試圖接近人類，卻遭人類出賣，據說，熊開始襲擊人類。野外本是熊的王國，但人類還是打敗了牠們，同時也打敗了自己。來自亞洲、北美洲和歐洲的工業化學物質，如DDT或劇毒的多氯聯苯，隨著風和洋流一直漂到北冰洋。這些有毒物質累積在鯨魚、海豹和海象的脂肪組織裡，而北極熊和人類食用牠們，於是大家都病了。在伊努特婦女的母乳裡測量到的多氯聯苯值，比世界衛生組織公布的上限值高出二十倍。孩童神經系統受損，平均智商越來越低。大自然被毒化了，因為誇倫納特不懂或不想理解這世界運行的原則——一只由氣流和洋流組成的巨大滾桶，裡面的一切早晚都會分布到各處。

在那海底的某一位決定結束這一切，這奇怪嗎？

地面緩緩上升。一位雪橇駕駛帶他們登上一座高原，眺望大海和白色群山，為他們指出古老圖勒時代的聚落遺址。幾隻希克希克——北極的鑽地鼠，在高原上互相追逐。瑪麗安找到幾塊石頭，靈巧地丟耍起來。這是伊努特人的體育活動，和這群山一樣古老的傳統遊戲。安納瓦克想模仿她，結果很可憐，惹得大家哄堂大笑。伊努特人就是這樣，僅因為有人滑了一跤，就會笑得前仰後合。

簡單吃過三明治和咖啡當午餐，他們又繼續前行，越過一條更寬的溝縫，駛向拜洛特島。在雪橇踐踏下，雪水飛濺。冰層堆積成罕見的障礙，強迫他們不斷繞路。但沒過多久，他們就來到了拜洛特島的懸崖下方。天空充滿鳥鳴。成千上萬隻三趾鷗在岩縫裡築窩，一群群上下翻飛。

阿克蘇克指出他們頭頂上方一條岩縫裡白色的鳥糞痕跡。「白隼。美麗的動物。」說完他發出幾聲特別的引誘哨聲，但白隼沒有現身。

「往裡走進去點，就有機會看到牠們。會碰上狐狸、雪鵝、貓頭鷹、鷹隼和鵟。」阿克蘇克嘲諷地笑道，「也可能碰不上。北極地區就是這樣。根本無法相約。不可靠的東西，動物和伊努特都一樣。不是嗎，孩子？」

「我不是誇倫納克，如果你指的是這個。」安納瓦克回敬。

「噢。」他舅舅嗅嗅空氣，「那好吧。我想，我們不再往上爬了。既然你不是誇倫納克，你必定會回來。我們前往冰沿吧，這麼好的天氣得好好利用。」

從現在起時間終於消失了。

他們向東挺進，將拜洛特島拋在身後。寒風使雪水窪又結上薄冰。叮叮噹噹，彷彿行駛過玻璃似的。午後天空變幻出伊努特人口中的太陽犬。那是陽光經過細小冰晶的折射，在太陽兩側形成的大光環。遠方的冰層堆積成溝坎縱橫的巨大障礙。他們的右首突然出現了未凍封的平滑水面，一隻海豹鑽出來，望一眼又消失了。牠的頭在稍遠處探出來，好奇地盯視著。他們經過水坑，前往下一座更大的，最後安納瓦克認出來那根本不是水坑，而是冰沿。冰沿後面就是公海了。

隊伍在一處營地停下。到處是熱情的問候。有些人以前就彼此認識。營地的隊伍皆來自龐茵萊特和伊格盧利克。他們剛捕了一條獨角鯨，一塊塊鯨皮和狩獵趣事互相來回傳遞。兩名獵人加入，他們駕著機動雪橇剛從冰沿返回，正要回家。他們將狩獵橡皮艇和兩條前天射殺的海豹綁在雪橇上。其中一位認為，海豹會隨著退縮的冰稜，比往常更早返回捕食和產卵地。說時他揮著一把溫徹斯特五・六型獵槍，建議他們要小心。他的帽子上寫著「對狩獵一竅不通的人才工作」。安納瓦克問他有沒有發現鯨魚的行為異常，是不是攻擊性特別強，甚至襲擊人。獵人們否認。全營地的人突然圍在他們周圍。所有人都知道那些報導，每個人對震驚世界的那些事都瞭如指掌，但目前為止，北極地區似乎並未出現任何突變。

傍晚時他們離開營地，繼續駛向冰沿，直到距冰沿三十公尺左右處才停下紮營。嚮導從雪橇上搬下箱子，支起無線設備，以免失去對外連絡，並在轉眼間支好五頂帳篷，四頂供旅人住，一頂用來做飯。

「是時候了。」阿克蘇克喜孜孜地說道。

他頭一個坐到蜂蜜桶上，這是伊努特人對移動廁所的稱呼。三片木板隔出一間臨時廁所，裡面有只桶，掛著個藍色塑膠袋，上置一張刮痕累累的搪瓷坐墊。

瑪麗安將大家趕出做飯的帳篷，於是他們聚在外面聊天。一位年輕女子開始說起一則伊努特人的故事來，那種每次講來都有點不同的故事。這種故事有時能講上幾天。故事很長，冰上的日子也很長。

瑪麗安將晚飯端上桌來時，都快午夜了。她拿出她的看家本領，美味誘人，有烤漫遊紅點鮭、北美馴鹿排加米飯和烤愛斯基摩馬鈴薯。還有熱紅茶。大伙兒一直吃到快撐破肚皮為止。

一點半左右，只剩安納瓦克、他舅舅和輪值守夜的人還醒著。

阿克蘇克從他的行李最下面掏出一瓶香檳。「我們喝掉它。」他狡黠地向安納瓦克眨眨眼。

安納瓦克搖搖頭，「我不喝酒。」

「哎呀，對啊！」阿克蘇克遺憾地望著酒，「你肯定嗎？我特意珍藏起來，等你回家來，我想……」

「我不想失控，艾吉。」

「控制什麼？你的生活，還是此時此刻？」他聳聳肩，將酒收了起來，「那好吧。還有別的特殊機會。也許我們會有好收成，可能是一隻白鯨，或是肥胖多汁的海象。」

銀色的海洋橫亙在他們面前，藍背茴魚緊貼水面下穿過。安納瓦克默默地望著前方，阿克蘇克也沉默不語。兩人聽任時間流逝。突然，好像大自然決定酬賞他們的耐心似的，兩支螺旋狀的獨角有如交叉的匕首般鑽出水來。兩隻雄性小獨角鯨在離冰沿沒幾公尺處現身。帶深灰色斑點的圓頭鑽出，然後那些動物又緩緩鑽了下去。至多十五分鐘後還會再鑽出來。這是牠們的節奏。

安納瓦克被吸引住了。在溫哥華島沿岸幾乎看不到獨角鯨。牠們的角其實是延長的門牙，由純粹的象牙質組成，因此造成了牠們連續幾世紀遭人類屠殺的命運，至今仍為瀕危物種。

受到水的衝擊，冰發出吱吱咯咯聲。溫和的陽光照耀著拜洛特島的岩石和冰河，在冰封的海上投下陰影。一輪蒼白冰冷的太陽低懸在地平線上空。

「你曾經問我是否想念這一切。」安納瓦克說道。「我曾經恨過它，艾吉。我憎恨、鄙視過它。」

他舅舅嘆息一聲。「你鄙視的是你父親。」他說道。

「可能吧。但你如何向一個十二歲的少年解釋他父親和他的民族之間的區別？尤其兩者的苦難不相上下。我父親軟弱，一直醉醺醺的。他嘆氣，喊叫，將我母親拖得那麼深，讓她看不到出路，只能自盡。你告訴我，當時有哪個家庭沒有人自殺？家家都一樣。他們不斷講驕傲、自力更生的伊努特故事給你聽，很動聽，很好，但我體會不到。」他望著阿克蘇克，「如果父母在短短幾年內成了廢物，染上毒癮，喪失生活的勇氣，你如何忍受呢？如果你母親懸梁自盡，你父親除了唉聲嘆氣和酗酒就無所事事？我去找過他，要他別再這樣。我的力量足夠兩人用的。我說我會找個工作，我什麼都做，只要讓他丟開酒瓶，能重新像從前一樣清醒地思考，但他只是盯著我，然後一切照舊！」

「我知道。」阿克蘇克搖搖頭，「他再也控制不了他自己了。」

「他將我過繼給人。」他說出多年來的痛苦，「我想留在他身邊，但這可憐的傢伙卻將我送人了。」

「他不是和你斷絕關係。他是想保護你。」

「那又怎樣？他有想過我怎麼調適這一切嗎？他該死！媽媽因憂鬱症而死，爸爸被酒精擊垮，他們倆將我趕出他們的人生。有誰幫助過我？大家全忙著瞪視雪景抱怨伊努特人的苦難。你是有趣的艾吉舅舅，總有許多故事可說，但也只有故事，只有伊努特民族自由靈魂的童話。一個高貴的驕傲的民族！」

「沒錯，」阿克蘇克點頭說道，「我們曾是驕傲的民族。」

「什麼時候？」

他等著阿克蘇克發脾氣，但他舅舅只摸了幾下小鬍子。「在你出生之前。」他說道，「我這一代人還是在圓頂冰屋裡出生的，每個人都能蓋一座，這是理所當然的事。我們用燧石生火而不是火柴。我們不是用槍打死馴鹿，而是用弓和箭。人們在一架木雪橇前面駕起的不是機動車頭，而是狗。這一切聽起來是不是很浪漫？」阿克蘇克搖搖頭，「而這一切才過去半世紀。你回頭看看，孩子。我們今天是怎麼生活的？當然這也有它的好處。沒有哪個民族對這世界的了解有我們多。每兩座房子就有一座裡面有電腦連網路，我的房子也有。我們還得到自己的國家。」

接著他咯咯一笑，「最近在nunavut.com網站有個謎語，乍看沒什麼壞處。你還記得舊的加拿大兩元紙幣嗎？伊麗莎白女王像在前，後面是一群伊努特人。其中一位男子站在輕便獨木舟前，手拿魚叉。頗具田園色彩。問題是：這個畫面真正呈現了什麼？你覺得呢？」

「我不知道。」

「但我知道。它呈現的是一幕驅逐場景，孩子。渥太華的政府為此找到了一個更動聽的詞，稱之為『移民』。冷戰現象。渥太華的政客害怕美國和蘇聯想占有加拿大無人居住的北極地區，於是他們將遊牧的伊努特人從極地南部的祖居地遷到北極附近的雷索盧特和格賴斯峽灣，騙他們說，那裡的獵場更好，但事實正好相反。伊努特人必須佩戴鐵皮的登記號碼，就像狗牌一樣。你知道這件事嗎？」

「我不記得了。」

「許多今天的孩子，都不清楚他們的父母所生活的環境。在二〇年代中期，白人的軍隊到來，帶來了槍枝。美洲馴鹿和海豹遭到大量捕殺。子彈代替了弓箭。貧窮降臨到伊努特人頭上。他們過去從沒有患什麼疾病，但現在出現小兒麻痺症、肺結核、麻疹和白喉，於是他們離開帳篷，搬進保留地。

「五〇年代末，我們的人成群死於飢餓和傳染病，政府什麼事都沒做。直到軍方開始對西北領土產生興趣，在傳統的獵區建立祕密雷達站。住在那裡的伊努特人當然妨礙了他們。在加拿大政府的促成下，我們被裝進飛機，運往數百公里外的北方，沒有帳篷、獨木舟、皮筏和雪橇。我也是年輕時被移民的，還有你父母。他們採取這一措施的理由是，北方的生存條件比軍事雷達站附近更適合飢餓的伊努特人。事實上，這些新地區遠離所有馴鹿的遷移路線，也遠離動物夏天習慣產子的地方。」

阿克蘇克停下來，沉默良久。這之間不時有獨角鯨鑽出來。安納瓦克看著牠們鬥劍，直到他舅舅重新開始：「之後，他們將推土機派進古老的獵區。所有能夠回想起我們生活的事物都被夷為平地，為了讓我們徹底放棄回去的念頭。馴鹿當然不來遙遠的北方。沒有食物，沒有衣物。如果你只有幾隻鑽地鼠、兔子和魚可以獵獲，你的勇氣再大又有什麼用？如果你看著你的民族在死去，以你全部的力量和堅決也無法反對它，會是什麼感覺？短短幾十年內，我們就變成了領社會救濟金的人。我們無法再過自己的生活，又從沒學過其他的生活方式。

「差不多就在你出生時，政府又感到對我們有責任，為我們建造了盒子——房子。這對誇倫納特很自然。他們生活在盒子裡，移動時是坐在一只盒子裡，同樣也為盒子建了個盒子，好將它停放在裡面。他們在公共盒子裡吃飯，他們的狗生活在盒子裡，他們自己生活於其中的盒子，被其他盒子、牆和籬笆包圍著。這是他們的生活，不是我們的，但現在我們也生活在盒子裡。失落的自信會導向哪裡呢？通向酒精，毒品和自殺。」

「我父親當年為伊努特人的權益抗爭過嗎？」安納瓦克問道。

「我們都抗爭過。我們被驅逐時我還是個小伙子。我參與了爭取賠償的抗爭。我們起訴抗爭整整三十年。你父親也是，但他到頭來卻被毀掉了。如今，我們有了我們的國家，努納福特，我們的國家。沒有人再勸說我們，沒有人再將我們移民。但我們的生活，那唯一適合我們的生活，已經失去，無可挽回。」

「因此你們必須尋找一種新的生活。」

「這你說對了。再悲嘆又有什麼用？我們一直是遊牧民族，自由自在，但我們設想的是一個有限的領土。直到幾十年前我們還不懂得鬆散的家庭關係之外的組織形式，我們既沒有頭目也沒有領袖，現在伊努特人統治著伊努特人，就像一個現代化的行政國家一樣。我們當年沒有財產，現在我們要成為現代化工業國家。我們恢復傳統，有人購買雪橇狗，重新傳授建造圓頂冰屋和用燧石生火。

「這些價值重新恢復，這很好，但我們這樣做不能停止時間。我想告訴你，孩子，我並不是不滿。世界在變化。今天我們作為遊牧人生活在網際網路裡，穿行在資料高速公路的網路上，尋找搜集資料。我們在全世界遊牧。年輕人與來自世界各地的人聊天，向他們敘述努納福特。這個國家仍有許多人在自盡，太多了。好吧，我們需要消化一場噩夢。應該給我們時間，不拿活人的希望祭獻死者，你認為呢？」

安納瓦克望著太陽輕輕地接觸地平線。「你說的對。」他說。

然後，他一陣衝動，就將他們在惠斯勒堡裡發現的一切告訴了阿克蘇克，告訴他指揮部在做什麼、他們對海洋裡的陌生智慧有什麼猜測。就那樣噴湧而出。他知道，他這樣做違背了黎的嚴厲誡令，但他無所謂。他沉默一生了。阿克蘇克是他最後的家人了。

他舅舅傾聽著。「你想聽聽一位薩滿的建議嗎？」他最後問道。

「不。我不相信薩滿。」

「好吧，誰還相信呢？但這問題你們無法用科學來解釋，孩子。薩滿將會告訴你，你們遇到的是神靈，鑽在生物體內移動的那個有靈世界的神靈。誇倫納特開始滅絕生命，他們惹惱那些神靈，海洋女神賽德娜。不管海洋裡的這些生物是誰，如果你們想反對它們，你們絕不會成功。」

「為什麼？」

「把它們當成你們的一部分吧。在這個所謂的網路密布的星球上，每種生命對另一種生命來說都是外星人。進行溝通吧。就像你與陌生的伊努特民族進行溝通一樣。如果一切重新聯結，這難道不好嗎？」

「它們不是人類，艾吉。」

「這不是關鍵。它們是這世界的一部分，就像你的手腳是你的一部分。爭奪統治權的戰爭只會造成犧牲，卻無法打贏。許多物種在分享地球，誰在乎它們多有智慧呢？要學會理解它們，而不是消滅它們。」

「聽起來像基督教的教義。左臉，右臉。」

「不是，」阿克蘇克低聲笑道，「是一位薩滿的建議。我們還有薩滿，只不過不再大肆吹噓了。」

「哪位薩滿能給我……」安納瓦克眉毛一揚，「該不會是你吧？」

阿克蘇克聳聳肩，微笑道，「總得有人負責神靈的諮詢。」說著他抓起風衣，拿出一尊小塑像，放進安納瓦克懷裡。「我就在等著這一刻。你知道嗎？送禮要看時機。也許現在就是將它給你的合適時機。」

安納瓦克拿起那尊塑像端詳。一張長著羽毛的人臉，後腦延伸成一具鳥身。「鳥神？」

「對。」阿克蘇克點點頭，「夏爾基做的，我的鄰居，現在是大名鼎鼎的藝術家了，作品都進入當代藝術博物館。拿著它。你還有許多事要做。你會需要它，孩子。必要時，它會導引你到正確的方向。」

「什麼是必要的時候？」

「你的意識會飛翔。」阿克蘇克雙手做翅膀狀扇扇，笑了笑，「不過你離開這裡太久，有點荒疏了。也許你需要一個介質來告訴你鳥神看到的東西。」

「你講話像打啞謎。」

「這是薩滿的特權。」

一隻鳥掠過他們頭頂。

「哎呀，玫瑰海鷗。」阿克蘇克笑道，「你真是幸運啊，李奧，真正的幸運！每年有數千名愛鳥人從世界各地趕來，為的就是想看這種海鷗，但牠們太少見了。你不必擔擾，真的不必。神靈給你預兆了。」

後來，當他們終於鑽進睡袋時，安納瓦克還清醒地躺了一會兒。夜裡的太陽照亮了帳篷壁。他呼吸平靜地漂浮在一座睡眠的海洋上，最後到達一座巨大冰山的山頂。夢中，安納瓦克從一條積雪覆蓋的狹窄小路攀爬上山頂，看到那裡有座雪水融化成的翡翠綠的內陸湖。目光所及，湖面蔚藍，平滑如鏡。冰山將會融化，他將掉進這座平靜的湖泊，掉進眾生的起源，那裡有個謎語等著破解。

也許那兒會有位薩滿幫助他。

5/24

福斯特

福斯特一如往常那樣持相反意見。據大西洋原料開發工業估計，甲烷主要分布在北美西海岸和日本沿海，另外鄂霍次克海及白令海峽也有。在大西洋，美國的大部分蘊藏量就在大陸附近。加勒比海和委內瑞拉沿海有較大儲量，南美洲和南極之間的德雷克海峽裡濃度很高。人們也知道挪威水合物，並探測到地中海東部和黑海也有礦藏。

非洲西北沿海分布較少。特別是在加納利群島周圍。但福斯特不認同這種觀點。因為那裡有冷水從海底升上來，水裡含有適合浮游藻類的食物，形成加納利優良漁場的基礎。因此，他推測加納利群島地區應該有大量的水合物——凡是有機生命大量繁殖的地方，早晚都會在深海裡形成甲烷。

加納利群島的問題是，群島附近海域太陡峭，無法形成生物殘骸的沉積層。這些島嶼是數百萬年前火山爆發時形成的，它們有如像高塔似的聳立在海上。大加納利島、帕爾馬島、戈梅拉島和費洛島……全都從深度三千至三千五百公尺的海底鑽出水面，火山岩針、沉積物和有機殘渣被渦流從它們旁邊一沖而過。現有地圖都沒有標出加納利群島地區有甲烷礦藏。福斯特認為，這是第一個錯誤推測。

其次，他認為當這些島嶼將它們的山尖鑽出海面時，早就不是人們以往認為的那樣陡峭了。或者說，至少不像房屋的牆壁般光滑、垂直。福斯特研究火山，知道即使最陡峭的圓形火山也有山脊和台地。他堅信這些島嶼周圍一定儲有大量甲烷，只是從沒有人仔細勘察過。這種水合物不是以大塊的形狀出現的，而是如同纖細血管般網狀地貫穿岩石，聚積在被沉積物覆蓋的山脊上。

福斯特雖是火山學家，卻不是水合物專家，他在惠斯勒堡裡請教了波爾曼。他們一致認為應深入研究此事。福斯特列出一張他覺得有危險的島嶼名單。除了帕爾馬島，還包括夏威夷群島、卡普弗爾登島、南方的特里斯坦—達庫尼亞島和印度洋中的留尼旺島，每一座都是定時炸彈，而帕爾馬島始終都是名單上的榜首。如果福斯特的擔心是對的，深海裡的這些生物果然如這位挪威教授所說那般狡猾的話，帕爾馬島上的別哈山火山帶就像一把兩千公尺高的達摩克勒斯劍，正懸掛在數百萬人的頭頂上。

在波爾曼的努力下，福斯特和他的小組得到了著名的北極星號進行考察。這艘德國科學研究船和太陽號一樣，甲板上也有一架維克多六〇〇〇型。北極星號夠大，鯨魚無法對它構成危險，另外還配備有水下攝影機，可以及時辨認蚌類動物群、水母或其他有機物的攻擊。福斯特不清楚，當什麼東西一到海下都失蹤之後，如果他將維克多放下水去，是否還會再見到它。只能碰運氣。

維克多號在帕爾馬島西側潛下水。下水時，北極星號停泊在從陸地上能看到的地方。那架機器人仔細地搜索火山陡峭的側面，最終在不到四百公尺的水下發現一組排列有序的台地，像是從牆上伸出的陽台，有大面積的沉積物覆蓋層。

果然，在那裡發現了福斯特預言的水合物礦藏。它們被擁擠、有粉白色螯的身體覆蓋著。

6/8

西非沿海，加納利群島，帕爾馬島

「這些蟲子為什麼要如此勤奮地在一座度假島嶼的底部忙碌呢，牠們在日本沿海或我們的家門口就可以製造更多的破壞呀？」福斯特說道，「我認為，東海是個人口稠密地區。美國東海岸和本州島也是，但那裡的蟲子數量還遠遠不足以惹麻煩。現在我們又在這裡發現了牠們。在非洲西部的一座度假島嶼的沿海。這一切到底是怎麼回事呢？這些畜牲在休假嗎？」

他像平時一樣頭戴棒球帽、身穿石油工人的工作服，站在貫穿全島的中央山脈西側的上方。陪伴他的，是波爾曼和戴比爾斯企業集團的兩位代表，一名女經理和一位名叫揚·凡·馬登的技術經理。直升機停在他們身後。他們眺望著一座美麗迷人的、長滿綠色植物的火山口。圓形山峰鱗次櫛比。黑色的熔岩區向下延伸到海岸。帕爾馬島並非定期噴吐熔岩，但下一次噴發隨時都可能發生。從地球史角度看，這些群島是年輕的陸地。直到一九七一年最南邊才出現一座新火山——別哈山。

「問題是，」波爾曼說道，「必須從哪裡開始才能造成最大的破壞。」

「你真的認為有人存有這種想法嗎？」那位女經理皺著眉頭。

「一切都是假設。」福斯特說道，「但如果真的有位智慧之神躲在幕後的話，那他的策略很巧妙。經歷了北海的災難之後，大家理所當然認為下一場不幸將發生在人口密集的沿海和工業區附近。我們確實在那裡發現了蟲子，但數量偏少。由此可以推斷，敵方軍隊的實力——我們姑且這麼講吧，減弱了。或者他需要時間製造更多這種蟲子。他不停地將我們的注意力引到錯誤的位置。我和傑哈現在堅信，北美和日本沿海的那些有一搭沒一搭的襲擊只是佯攻。」

「可是，破壞帕爾馬島沿岸的水合物，有什麼好處呢？」女經理問，「這裡確實不怎麼熱鬧呀。」

當福斯特和波爾曼尋找一個現成的、可用來吸去食冰蟲的設備時，戴比爾斯集團的人員開始加入。幾十年來，從納米比亞到南非，人們就在海底尋找鑽石。許多公司都曾參與，尤其是國際鑽石業龍頭戴比爾斯，從船上或建在海裡的平台上一直挖到一八〇公尺的深度。幾年前戴比爾斯開始研究可以潛得更深的新設備：帶吸管的遙控水下推土機，吸管能將沙子和石頭吸進護衛船隻的管子裡。最新的研究成果是個靈活的設備——一根遙控的吸管，甚至不需要基本的行駛工具，也能在斜坡上操作。理論上它能推進到數千公尺的深度，但首先得建造有這種長度的吸管。

指揮部決定將情況通報給鑽石跨國企業中從事該專案的研究小組。那兩位戴比爾斯的代表目前只知道，面對全球的自然災害，他們的設備會扮演一個重要的角色。而如今急需一根長達數百公尺的吸管。福斯特建議飛來別哈山，因為他想盡可能讓那些人明白，如果這一任務失敗了，人類將會遭遇什麼。

「請你別搞錯了，」他說道，「這裡發生了很多事情。」

他的頭髮從帽子下散亂地鑽出，被涼爽的風吹起。天空映照在他的墨鏡裡。他站在那裡的樣子，像是摩登原始人和魔鬼終結者的混合物，他的聲音嗡嗡地在長有寧靜松樹叢的斜坡上回響，好像他要宣布新的十誡似的。

「我們站在這裡，是因為火山在兩百萬年前將加納利群島吐進了大海裡。這裡的一切都給人一種寧靜安逸的印象，但這是假象。在山下的蒂加拉夫——順便說一下那是個漂亮的小巢——他們於九月八日慶祝魔鬼的節日，魔鬼吵吵鬧鬧地奔跑著，將火吐向村廣場。為什麼呢？因為島上的居民熟悉他們的別哈山。因為吵鬧和噴火屬於日常生活。製造了蟲子的智慧同樣也知道此事。它知道這座島嶼是如何形成的。」

福斯特走近山坡邊緣幾步。鬆脆的熔岩在他的馬丁大夫靴子下咯吱咯吱響。在他們下方深處，大西洋波光粼粼。

「一九四九年別哈山再一次無比優雅地甦醒了，這隻古老的睡狗，準確地說，是這裡的一個火山口，桑墳火山。憑肉眼幾乎看不出來，但從此就有一條數公里長的裂縫沿著西山坡延伸到我們腳下。它又可能一直通到帕爾馬島下面。別哈山的部分山體當時向海裡坍塌了四公尺左右。我過去幾年經常測量這裡。很有可能，西部將隨著下一次的噴發徹底被沖掉，因為一些岩層含有相當多的水。一旦熾熱的新岩漿從火山口裡升起，這些水會一陣陣地擴散和蒸發。形成的壓力可以輕而易舉地炸掉不穩定的地方。結果將是近五百立方公里的岩石發生滑坡，掉進海裡。」

「這我讀過，」凡．馬登說道，「加納利群島的官方代表認為這個理論不可信。」

「不可信，」福斯特像是末日的號角一樣吼道，「他們充其量不過是在官方布告裡逃避明確表態，怕嚇壞了遊客罷了。人類無法躲開這一章。已經發生過幾起較小的例子了。一七四一年，日本的渡島大島火山爆發，造成了三十公尺的海浪。一八八八年，當新幾內亞的里特爾島滑塌時，坍塌的岩石只相當於我們這裡會滑塌的十分之一！夏威夷群島的基拉韋厄島上多年來就布滿了GPS觀察站，記錄著每一個最細微的活動，它在動！幾乎每一座島嶼火山都傾向於年齡愈大愈陡峭。當它太陡時，就會有一部分斷裂。帕爾馬島的政府在裝聾作啞。問題不在於它會不會發生，而是它什麼時候發生。百年之後？千年之後？我們不知道。這裡的火山爆發通常沒有預告。」

「如果半座山滑進海裡，會發生什麼事呢？」女經理問道。

「岩石將擠開大量的水，」波爾曼說道，「它們會愈堆愈高。墜落速度估計達每小時三百五十公里。碎石會飛落公海六十公里遠的地方。會形成巨大的氣泡，那時排出的水會比墜落的岩石還要多得多。到底會發生什麼，確實大家的意見不盡相同，但沒有一種情況讓人有理由樂觀以對。在離帕爾馬島不遠處，崩塌將會生成巨浪，浪高可能在六百到九百公尺之間。以每小時一千公里的速度洶湧移動。和地震相反，山崩和滑坡是點狀事件。波浪會放射狀地在大西洋上擴散，分散它們的能量。離出發點愈遠就愈低。」

「聽來頗能安慰人。」那位技術經理含糊地說道。

「有限。加納利群島轉眼間就會消失。滑塌後一小時，一場一百公尺高的海嘯會襲擊非洲的西撒哈拉海岸。看看北歐的海嘯，在峽灣裡高達四十公尺高，這是眾所周知的。六至八小時後，一道五十公尺高的海浪湧過加勒比海，摧毀安地列斯群島，淹沒紐約和邁阿密之間的海岸，緊接著又以相同的強度襲擊巴西。較小的海浪到達西班牙、葡萄牙和英國的島嶼。後果將極其嚴重，這些地區的經濟將整個崩潰。」

戴比爾斯人員的臉色蒼白了。福斯特衝著眾人笑笑。「有誰碰巧看過《彗星撞地球》？」

「那部電影嗎？但海浪要高得多呀，」女經理說道，「數百公尺呢。」

「要毀掉紐約，五十公尺就夠了。撞擊時釋放出的能量足夠全美國用上一年的。你一定忽視了房屋的高度，海嘯只破壞地基。其餘的自行倒塌，不管它有多高。我們當中沒有人是布魯斯．威利，如果我可以補充這句的話。」他停頓一下，沿斜坡向下一指。「要想讓這裡的西側不穩定，既不需要別哈山的爆發，也不需要海下的坍塌。這有蟲子們來做。牠們足以讓海下的火山柱部分坍塌，滑進深海。後果是一場小規模的地震，足以打亂別哈山的靜態。這場地震甚至可能導致噴發，反正西坡將失去支撐。不管怎樣，它會移動。會出現災難。那些蟲子在挪威沿海花了幾個星期，在這裡可能會更快。」

「我們還有多少時間呢？」

「幾乎沒有。這些狡猾的小東西找到了海洋裡人們不會立即想到的地點。牠們利用了公海裡脈衝波的延續能力。北海是一大成功，可是，只有當在世界的另一頭，一個看上去無害的小島坍塌時，人類文明才真正的完了。」

凡．馬登搓著下巴。「我們造了一根樣品管子，能下到三百公尺的地方。它功能正常。要再深的話，我們還沒有試過……」

「我們可以將管子延長，」女經理建議道，「實際上必須變戲法似地變出來。可是，更讓我擔心的是所需要的船隻。」

「我不相信用一艘船就能裝得下。」波爾曼說道，「幾百萬隻蟲子是個龐大的生物群。你得將牠們抽到什麼地方去。」

「這不是我們的問題。我們可以設計往返交通。我指的是我們用來控制管子的船。如果我們將它延長到四百或五百公尺，就必須有地方放它。這是一根半公里長的管子呀！非常沉重，比深海電纜還要粗些。另外，船隻必須很結實，當移動管子時，要能承受這一動作。我們不會再害怕襲擊，但流體靜力學不容易對付。你不可能只是將管子吊在船的左側或右側，而不影響浮力的穩定性。」

「挖泥船怎麼樣？」

「不要那麼大，」那人考慮道，「也許一條鑽探船吧？不，太重了。最好是個浮動平台。我們已經在用這種東西工作了。一個浮動碼頭，最好是傳統的半潛式結構，只是我們不用浮筒固定它們，而是像一艘真正的船在海上移動。這東西必須可以靈活駕駛。」他向旁邊走開一點，開始低聲呢喃共振頻率和海浪之類的東西。然後他走回來。「半潛式結構很好。海浪穩定性最大，靈活，是必須舉起相當重量的吊車懸臂最理想的載體。納米比亞沿海有這麼一座，它有六〇〇〇V的噴氣螺旋槳，我們可以迅速改造，必要時還可以再安裝幾個側面輻射器。」

「海萊瑪平台嗎？」女經理問道。

「對。」

「我們不是想將它扔掉嗎？」

「還沒報廢。海萊瑪平台有兩個主置換體，甲板建在六根柱子上，一切應有盡有。它建於一九七八年，但也夠了。這是最快的辦法。我們沒有提升井架，只有兩根吊車懸臂。可以用其中一個將管子放下去。上抽同樣沒有問題。我們可以將船靠岸，將蟲子清除掉。」

「聽起來不錯，」福斯特說道，「我們什麼時候可以開始呢？」

「正常情況下要半年之後。」

「在這種情況下呢？」

「我什麼都不能承諾。六到八星期，如果馬上行動的話，」那位技術經理望著他，「我們將在能力範圍內竭盡所能。儘管如此，如果我們能及時做成，你最好將它視為一樁奇蹟。」

福斯特點點頭。他望著大西洋面。它蔚藍美麗地橫亙在他面前。他試圖想像海水突然升高六百公尺的情形。「很好，」他說道，「現在急需要奇蹟。」

第三章

獨立號

INDEPENDENCE

就像數學的基本定律一樣，我堅信有一種普遍的權利與價值，尤其是生命的權利，獨立存在於人類的道德倫理之外。矛盾之處在於，除了人類還有誰能發現它們、建立它們？即使我們承認那種權利與價值存在於人類感知的極限之外，但我們卻受限於我們的感知。就像要求貓去決定，吃老鼠是否符合正義倫理一樣徒勞無益。

李奧・安納瓦克，

摘自《自我認知與意識》

8/12

格陵蘭海

珊曼莎．克羅夫放下筆記本，望向窗外遠方。CH-53**超級種馬**迅速降落中。一陣強風狂暴襲來，三十公尺長的運輸直升機劇烈顛簸，好像就要降落到架在海上的淺色平台上。

冰島東北九百五十公里處，USS獨立號LHD-8正駛向北極深海盆地，位於格陵蘭海上的一座飄浮城市；如同《異形》電影中的太空船，透露著黑暗與不安的預感。美國海軍慣於宣稱，這是兩公頃的自由和九萬七千噸的外交。珊曼莎．克羅夫和這艘世界上最大的戰略直升機航空母艦USS獨立號LHD-8，接下來幾星期將待在這裡，他們的新地址：北緯七十五度，海底上方三五〇〇公尺。

任務是：進行一項會談。

超級種馬向下轉彎，快速轉向著落點，向上彈了一下降落了。一名身穿黃色工作服的男子，正指揮直升機進入停放位置。機組人員幫她解開安全帶，卸下裝備、帶耳機的頭盔、救生衣、防護眼鏡。由於飛行顛簸得很厲害，克羅夫腳步不穩地從機尾的梯子走下飛機，從機尾部鑽出來時，仍不忘回頭觀看。

停機坪上的飛機不多。空洞感增強了超現實的印象，一片單純而沒有盡頭的瀝青地面，二五七．二五公尺長，三二．六公尺寬。克羅夫對此一清二楚。她是個數字專家，特別擅長準確的數字觀念。因此，她在預備時就盡可能多地查到了有關USS獨立號的資料。空氣中瀰漫著一股濃烈的石油和汽油味，摻有熱橡膠和鹽味。烈風吹上甲板，扯著她的外衣。

沒有人喜歡來這地方旅遊。

穿著亮色襯衫、頭戴耳套的人們來回穿梭。士兵拖著她的行李向外走時，其中一位身穿白上衣的男士向她走來。克羅夫試圖用經驗與記憶去判斷。白衣是負責安全的人員。黃衣指揮甲板上的直升機，穿紅衣服的負責燃料和作戰物資。有沒有褐色的？褐色同時還負責什麼？紫色的呢？

寒冷直侵她的骨髓。

「請妳跟我來。」那人在螺旋槳逐漸減緩的雜訊中喊道。他指向航空母艦上唯一的建築。如同一座安裝有超大型天線和探測設備的多層房屋，建在艦的右側。克羅夫右手機械式地向臀部摸，一邊跟在他身後走。後來想起來，隔著外套她摸不到香菸。直升機上不可以吸菸。在大冷天飛到北極，她倒不在乎，但她很不喜歡連續數小時吸不到尼古丁。

那人打開一扇艙門。克羅夫走上艦橋，經過一道複式閘門，清新的空氣向她撲來。艦橋非常窄，像個洞穴。那人將她交給一位身穿制服的高個子黑人，薩洛蒙．皮克少將。兩人互相握手致意。皮克顯得生硬，像是不習慣與平民打交道似的；過去幾個星期裡，克羅夫曾與他多次討論事情，但僅用電話聯絡。他們穿過一道彎曲的通道，從陡峭的扶梯下到船內，士兵拎著行李跟在後面。一堵牆上醒目地寫著：「**第二甲板**」。

「妳要沖個澡嗎？」皮克打開一道小門說。門後是個寬敞得驚人的溫馨房間。克羅夫在資料中讀過，航空母艦上的私人空間條件極差，士兵們睡的是集體宿舍。她提起此事，皮克揚了揚眉毛。「我們不會將妳塞到海軍裡去的。」他脣角浮起一絲微笑。「這裡是指揮區。」

「指揮區？」

「我們的精華區，是海軍上將及參謀人員的住所。考察隊的女成員被安排在指揮區，男成員安排在軍官區。借個路？」他從她身旁走開，推開另一道門，「獨立衛浴設備。」

「我好感動。」

士兵們將她的行李拎進來。

「電視機下有個小冰箱。」皮克說道，「非酒精飲料。半小時夠不夠妳換裝梳洗，到時候我來接妳去繞一圈？」

「足夠了。」

皮克一離開，克羅夫就急忙尋找菸灰缸，在櫥櫃裡。她脫下外套，往運動服裡摸香菸。等到她從被壓扁的菸盒裡拿出一支、點燃、使勁吸上一口之後，才感覺整個人回來了。

她坐在床邊猛吸。一天兩盒真是悲哀，她無法成功戒菸也很悲哀。她試過兩次都沒成功。

也許她根本就不想戒掉。

吸完第二支菸後她去淋浴。之後，她穿上牛仔褲、運動鞋和汗衫，又吸了一支，邊檢視抽屜和櫥櫃。

敲門聲響起時，她已經將艙室內部徹底研究過了，詳細地可以制定完整的清單。她很喜歡明明白白。

門外站的不是皮克，而是李奧．安納瓦克。「我就說過我們會再見的。」他微笑道。

克羅夫笑起來。「我說了，你會重新找到你的鯨魚的。見到你真是太好了，李奧。我能來這裡應該感謝你，對不對？」

「這是誰說的？」

「黎。」

「沒有我妳也會來這裡的。但我的確稍微幫了一下。妳知道嗎？我夢到了妳。」

「天哪！」

「別怕，妳在我的夢中是非常友善的。飛行狀況如何？」

「顛簸。我是最後一位到達的嗎？」

「我們其他人在諾福克就上船了。」

「我知道。但我根本無法離開亞列其波。你無法想像，停止一項專案有多麻煩。鳳凰計畫剛被擱置，目前無法找到資金，讓我們繼續去太空搜索小綠人了。」

「也許會有個機會找到比妳預期中更多的小綠人。」安納瓦克說道，「走吧。皮克一分鐘後就來了。我們帶妳看看獨立號上有什麼。然後就輪到妳了。大家都很期待。另外，妳已經有個綽號了。」

「我的綽號？叫什麼呢？」

「**異形小姐**。」

「我的天哪。當茱蒂在影片裡演了我之後，有一陣子所有人都喊我佛斯特小姐。」克羅夫搖搖頭，「也好，為什麼不呢？反正我早就準備好簽名筆了，我們走吧。」

皮克領著他們參觀第二甲板。他們從艦首開始，往中央走去。克羅夫對艦首的大健身房十分驚奇，那裡擺了許多跑步機和健美器，但卻空盪盪。「通常這裡非常擁擠。」皮克說道，「獨立號上可住滿三千人。但現在還不到兩百。」

他們穿過年輕軍官居住區，每個艙室四至六人，有舒服的床鋪，寬鬆的儲物間，有折疊桌和椅子。

「舒適。」克羅夫說道。

皮克聳聳肩。「看你怎麼看這個問題。如果屋頂上十分忙碌，就沒辦法那麼快地闔眼了。就在你上方幾公尺，是直升機和噴氣式飛機起降處。剛來時，會被搞得筋疲力盡。」

「什麼時候能習慣嘈雜呢？」

「永遠習慣不了。但你會習慣不能一覺睡到天亮。我上過航空母艦多次，每次都待好幾個月。一段時間後，一直處於待命狀態是很正常的事。太安靜反而會睡不著覺。回家後的第一晚真是地獄，會習慣性等著渦輪機的轟響，車輛和固定鈎的撞擊，通道裡的奔跑，不停的通知。但實際上只有鬧鐘滴答作響。」

他們穿過寬敞的餐廳，來到艦中央一道有密碼鎖的艙門外。門後是個幽暗的大房間。那是克羅夫看到的第一個有人在工作的區域。坐著的男男女女，眼睛盯著牆上的大螢幕。

「大多數命令室和指揮室都在第二甲板上。」皮克解釋，「以前一切都安排在艦橋裡，但那樣有潛在的風險。敵方的火箭系統搜尋器多盯著艦上最熱、最大的建築，艦橋成了明顯的目標物。如果被命中幾次，就會像腦袋被轟掉一樣，於是我們將大部分指揮室搬到了屋頂下。」

「屋頂？」

「海軍用語。飛行甲板。」

「你在這裡主要負責什麼任務？」

「噢，這個房間是CIC……」

「原來如此。作戰情報中心。」

瘦小臉龐上的眼睛閃亮了一下。克羅夫莞爾一笑，準備繼續閉嘴。

「作戰情報中心是我們船艦的神經中心。所有船艦收發資料都要透過這個——母艦自身的感應系統、衛星、導彈、雷達掃描、災難指揮及通訊資料。當然，一切都是即時的。一旦發生戰鬥，這裡將會非常熱鬧。看到那邊的空位置嗎？你將在那裡度過很多時間，克羅夫博士。」

「叫我珊曼莎。或者珊好了。」

皮克未理她的提議，繼續說道：「我們從潛水艇監測、SOSUS聲納網、主動式低頻聲納等系統觀察水面下的動靜。不管什麼東西接近獨立號，我們都會發現。」皮克指著甲板下一台巨大的監控器，上面可以看到圖表和地圖的修改工作。「這張大圖包括船裡傳輸的所有資料，制定概況圖。艦橋監控器上的艦長也會看到同樣的圖，只不過是縮小版。」

皮克繼續帶領他們穿過相鄰的房間。大螢幕顯示器、監控器發出閃光。作戰情報中心的隔壁是LFOC——登陸部隊行動中心。「每個作戰單位都有自己的螢幕。情況危急時由衛星照片和偵察飛機指示敵軍的位置。」皮克的聲音裡含有明顯的驕傲。「登陸部隊行動中心可以迅速調兵遣將，制定戰術。指揮官透過中央電腦隨時保持和現場部隊的聯繫。」

克羅夫在一些監控器上認出了飛行甲板。她不由得想到一個問題，可能會讓皮克不開心，但她還是提了出來：「這一切對我們有什麼用呢，少將？我們的敵人在深海裡呀。」

「對。」皮克惱怒地盯著她,「我們就從這裡指揮深海行動。你的問題在哪裡呢?」

「請原諒。我待在太空的時間可能太久了。」

安納瓦克笑笑。他到目前為止未做任何評論,只是跟著走。有他在旁邊,讓克羅夫感覺很舒坦。皮克繼續帶他們看其他的監控室。作戰情報中心隔鄰是JIC——聯合情報中心。

「在這裡破譯和解釋情報系統的資料。」皮克說道,「任何接近獨立號的東西都會被仔細分析,如果小夥子們不喜歡它,就會將它擊落。」

「責任很大。」克羅夫咕噥道。

「你說的沒錯,」皮克做了一個無所不包的手勢,「有些東西電腦會預先做出解釋,作戰情報中心和聯合情報中心是科學工作領域。另外,世界各地還有訊息源源不斷地傳來,CNN和NBC等十幾家電視台持續透過螢幕向我們提供消息。你能接觸任何可以想像到的資訊和國防地圖製作室全部的資料庫。這就是說,你將有權使用海軍的深海地圖——那比自由考察能得到的一切要準確得多。」

他們繼續向下走,先後參觀了艦上的購物中心,無人的臥室、會客室和第三甲板上的大醫療區,一個有六〇〇張床、六個手術室和一個規模龐大空無一人的抗菌急救站。克羅夫設想戰爭時這裡會是什麼樣子。流血的、喊叫的人們,匆匆來去的醫生和護士。她愈來愈覺得獨立號像一艘幽靈船——不對,更像一座鬼城。他們向上回到第二甲板,繼續走向艦尾,最後來到一處寬得足以在上面行駛汽車的斜板。

「這條隧道呈Z字形,從艦腹通向艦橋。」皮克說道,「獨立號的設計可以讓一輛吉普車在具有重要戰略意義的樓層上活動。海軍也經由這個隧道開上甲板。我們下去。」

他們的腳步聲從鋼壁回響著,令克羅夫感覺像在一座停車場。斜板隧道通到一座大型機庫。克羅夫知道,它至少占整艘航空母艦的三分之一長,有兩層甲板高。機庫兩端的大門打開來,通向外面的平台。淡黃色的燈光與鑽進來的日光混合成一種混亂的氛圍。側邊分布著用玻璃隔開的小辦公室和控制台。單軌帶鉤的懸吊系統掛在頂部,裡面有大型叉架起貨機和兩輛軍用悍馬吉普車。

「一般情況下，機庫甲板上停滿了飛機。」皮克介紹道，「但執行這次使命，只要有停放在屋頂上的六架超級種馬直升機就夠了。發生緊急情況時，每一架疏散五十人。艦上有兩架超級眼鏡蛇戰鬥直升機可以迅速參戰。」他指著兩側的大門狀通道。「外平台是升降機，可將飛機升到屋頂上。每台三十噸重。」

克羅夫走向右側的機庫門，望向海面。海面灰濛濛的，一直延伸到空洞的地平線。這一帶很少有冰山。東格陵蘭島洋流讓冰山沿著海岸漂浮，距離這裡三百公里外。這裡只偶爾出現雜著淤泥的浮冰。

安納瓦克來到她身旁。「一個包含各種可能的世界，對不對？」

克羅夫沉默地點點頭。

「在妳的方案中，是否有關於水面下的外星文化的資料？」

「我們的資料裡什麼都有，李奧。不過，我首先觀看的是我們的星球。我望進深海和地心，望向兩極，望向空中。只要你還不認識自己的世界，就無法想像另一個世界。」

安納瓦克點點頭：「我想，這是我們最大的問題。」

他們跟著皮克沿斜板往下走。它像個巨大的樓梯間，串連著各樓層。隧道連接一個通向艦尾的底層通道。他們現在於獨立號的心臟深處。一側有扇艙門開著，裡面射出冷冷的燈光。走進後，克羅夫認出了最近幾個星期透過視訊電話與她通過話的那位女生物學家。蘇．奧利維拉站在實驗桌旁，正與兩個男人交談，他們自我介紹為西谷．約翰遜和米克．魯賓。

甲板似乎被改造成了實驗室。桌子和儀器像島嶼似的分成一組組。克羅夫看到了水池和冰櫃。兩隻相連的大型集裝箱上貼有生化危機的警告牌。顯然是高度隔離區域。中間有個大小像座小房子的東西，外面箍著一個轉盤。安全鋼梯通向上面。粗管子和電纜將箱壁和櫃式設備連接在一起。一個橢圓形大窗子讓人能看到燈光朦朧的內部，裡面好像有水。

「船上有個水族館嗎？」克羅夫問道，「多美呀。」

「是深海模擬器。」奧利維拉解釋道，「原件在基爾，更大一點。這台有扇防彈玻璃窗，裡面的壓力能殺了你，但別的生物卻靠它維生。眼前箱子裡生活著幾百隻蟹，是在華盛頓沿海捕捉到，用高壓容器立即運送來的。這是我們第一次成功地讓這種水中生物活下來，至少我們相信已經做到了。到目前為止，我們還沒見到壓力改變的影響，但我們肯定它躲在蟹體內，並控制著牠們的行動。」

「真有意思。」克羅夫說道，「但這台模擬器來到艦上不只是因為蟹吧？」

約翰遜神祕地笑了笑。「你永遠不知道鑽進你網裡的會是什麼。」

「也就是一座戰俘營。」

「戰俘營！」魯賓笑道，「還真不錯。」

克羅夫回頭張望。大廳除了門以外，四面封閉。「這裡不是停放車輛的甲板嗎？」她問道。

皮克揚揚眉。「是的。穿過這道門，就來到獨立號後半部了，頭頂上就是機庫。妳閱讀過很多資料，是嗎？」

「我只是好奇。」克羅夫謙虛地說道。

「但願妳的好奇會轉化為知識。」

「這是什麼牢騷啊。」當他們離開實驗室，沿底層通道走向艦尾時，克羅夫對安納瓦克低語道。

「別當真。」安納瓦克搖搖頭，「善良的薩洛實際上人不錯。只是有點不太信任自以為聰明的文明人。」

通道連著一個比機庫還要高且長的大廳。他們走上人造堤壩，其後是個厚木板鋪成的深水池，很深，像座巨大的長形游泳池橫臥在他們面前。旁邊有個寬敞的水槽，微波蕩漾，映射著廳裡的燈光。水裡有修長、水雷形的身形穿梭。

「海豚。」克羅夫驚叫道。

皮克點點頭，「我們的特別中隊。」

他抬頭上望。天花板上也有一個分叉的軌道系統，未來式的飛行器就掛在上面，好像是一種由潛水艇和飛機衍生出來的超大型的賽車。水槽兩側延伸著如防波堤的走道。每隔一段距離，就有安全梯連接大廳地面。牆邊堆放著設備和材料盒。克羅夫看到了探測設備、測量儀器和放在敞開窄櫥裡的潛水衣。

水槽的前端有四隻橡皮艇擱在沒水的地方。

「有人拔掉了塞子，是不是？」

「是的，昨天晚上。塞子在那裡。」皮克指指圓頂。克羅夫目測它有八乘十公尺大。「閘門，通向大海的大門。它設有雙重門以保險，大廳地面用的玻璃門，外面用的實心鋼門，之間是一個三公尺高的閘道。這系統十分安全。一旦有船進入閘道，就關閉玻璃蓋，打開鋼門。船升進閘室，鋼門合上。我們可以透過玻璃門觀看有沒有什麼討厭的東西跟進來。同時對水進行化學分析。閘室內安裝有探測設備，負責檢查髒物和毒物。檢查結果會傳輸到兩台監探器上，一台在閘邊，一台在控制板上。船在閘道裡約停留一分鐘，一切都安全無誤後，玻璃頂才打開，將它放回甲板。我們以同樣的方式讓海豚進出。你們過來。」

他們沿著右側碼頭往前走。走到一半時有個支架從甲板上突起，緊貼池邊，裝有監控器和各種操作功能。一個瘦骨嶙峋、小鬍子外翹的戴眼鏡男子從一組穿制服的人當中向他們走來。

「路德．羅斯科維奇上校，潛水站負責人。」皮克介紹他。

「妳就是異形小姐，對嗎？」羅斯科維奇露出發黃的長牙齒問。「歡迎來到巡洋艦上。妳在哪裡耽擱了這麼久？」

「我的太空船晚到。」克羅夫轉身四顧，「操作台真漂亮。」

「我們利用它來操作閘門，升降潛水艇。另外從這裡操縱水泵，讓甲板沉下水。」

克羅夫搜索她記憶中有關獨立號的資訊。她的頭朝艦尾方向關閉甲板的鋼門一擺，「那是艙門，對嗎？」

「正是。」羅斯科維奇微笑道，「我們可以放水淹沒艦尾的壓艙箱，放下獨立號艦尾的活門，使船下沉。海水淹進，我們就有了一座漂亮的碼頭，包括進口通道。」

「這個工作真有趣。我喜歡。」

「妳別搞錯了。通常這裡是擠著登陸艇、重型拖輪和氣墊船，一下子變成一個狹窄的狗窩。可是為了這次使命，我們不得不將一切徹底改造。我們需要一艘船，重量夠，不會隨便就被弄沉，經得起巨浪，並擁有完備的現代化通信設施，有平台供飛機起降，同時也是一個潛水基地。很幸運地，我們剛好在建造LHD-8。有史以來最大、最強的水陸兩用船，差不多接近竣工。密西西比的造船廠真先進，短時間內改造了底層甲板，安裝閘門，改造泵系統。現在往水槽裡放水，不必打開活門。只有要乘橡皮艇出去時，才需要它。」

克羅夫向下望進水槽。兩名身穿潛水衣的人站在池邊，一位是嬌小的紅髮女子；另一位是黑髮、紮著馬尾、有著運動員體魄的巨人。一隻海豚游到池邊，頭從水裡伸出來發出叫聲，他用手輕輕撫摸牠光滑的額頭。海豚任他撫摸了幾秒鐘後，又鑽下水去。

「他們是誰呀？」克羅夫問道。

「他們是海豚中隊的愛麗西婭·戴拉維和……」安納瓦克猶豫了一下後說：「和灰狼。」

「灰狼？」

「對，或是傑克也可以。」安納瓦克聳聳肩，「妳想怎麼叫他就怎麼叫吧。他都能接受。」

「這個中隊做什麼用的？」

「海豚是海底的攝影機。當牠們出去時，它們將影像錄在磁片上。因為海豚有著比我們靈敏得多的感官，早在我們覺察到之前，牠們的聲納就能發現其他生物。傑克任職前就和幾種海豚打過交道。海豚掌握某種特殊的訊息，幾乎能辨認牠們熟悉的每一種較大生物的身分，並加以分類，虎鯨、灰鯨、座頭鯨等等，遇見不認識的，就會報告是陌生生物。」

「了不起。」克羅夫微笑道，「那個長頭髮的俊男真的懂海豚的語言嗎？」

安納瓦克點點頭，「有時候，更勝於了解我們的語言。」

會議在登陸部隊行動中心對面的指揮中心會議室裡進行。克羅夫已經認識大多數與會者，有些人先前就從視訊會議上認識了。現在她又結識了墨瑞．尚卡爾，SOSUS的聲學主任，卡倫．韋孚和米克．魯賓。另外還有獨立號的艦長，一位名叫克雷格．布坎南的矮胖白髮男子，他的神情彷彿是他發明了軍隊似的，還有大副弗洛伊德．安德森。她不喜歡長著牛脖子和眼睛像黑色鈕扣的安德森。最後，她和一個汗流浹背的胖男人打招呼，他遲到了幾分鐘，頭戴著棒球帽，穿著運動鞋，肚子上還綁著大黃色T恤，上面寫著：

吻我吧，我是一位王子。

「傑克．范德比特。」他自我介紹，「老實講，我想像中的外星人之母不是妳這樣子。」

「說女兒更好聽。」克羅夫冷淡地回答道。

「妳別指望長得像我這樣的人說恭維話。」范德比特咯咯地笑著，「克羅夫博士，妳終於有機會，將妳對太空的希望和擔憂轉變成令人快樂的期望了。」

大家各自就座。黎簡短致詞，對每個人都知道的情況進行了一番總結，並提及美國向聯合國遞交了申請書，在一次祕密會議上全票通過獲得授權，在物資和技術上領導與那神祕力量的戰爭。日本和歐洲的一些國家如今也與惠斯勒堡持類似的結論：不是人類在威脅人類，而是一種外來生物。

「有跡象表示，我們即將發明一種讓人類對殺手藻毒免疫的藥物，不過目前還無法控制它的副作用。此外，有些地方又出現了攜帶突變病原體的蟹，大多數受災國家的基礎設施面臨崩潰。美國樂於擔起責任，但不幸的是，我們必須體認到，我們幾乎沒有能力保護自己的海岸。

「於此同時，蟲子聚集在大陸棚上，在帕爾馬島這樣的火山群島，周圍情形更是嚴重。福斯特博士和波爾曼博士，正在那裡試圖用一種深海吸塵器清除受害的大陸棚。說到鯨魚，聲納襲擊對受到外來生物控制的動物起不了任何作用。即使有作用，我們既不能阻止甲烷災難，也不能讓墨西哥灣流動起來。在海底行動被徹底破壞之後，至今仍無法找到原因。我們無法了解那下面發生什麼事。另外，海底電纜一根接著一根失蹤。這場戰爭中令人沮喪的打擊是，我們處於又瞎又聾的狀態。老實說，我們打輸了。」

黎歇了一下，「我們該去攻擊誰？如果帕爾馬島坍塌，海水淹沒美國、非洲和歐洲的海岸，再鬥爭又有什麼用呢？簡而言之，只要不能更清楚認識對手，就只能寸步不前。而我們根本不認識它。因此，我們的使命不在戰鬥，而在交涉。我們要與這種外來生物取得接觸，讓它停止恐怖活動。按我的經驗，每個對手都可以談判。有許多跡象表明它就在這裡——在格陵蘭海裡。」她微笑，「我們希望能和平解決。無論如何，我非常高興地歡迎考察隊的最後一名成員珊曼莎．克羅夫博士。」

克羅夫將手肘撐在會議桌上。

「謝謝友好的問候。」她瞟了范德比特一眼，「你們也許知道，鳳凰計畫至今不是特別成功。我們可以觀測到的宇宙估計有一百億光年，面對這樣浩瀚的空間，要發送到對的方向、找到某個正在聽的人，真是難上加難。不過這回情況要好些。首先，已找到跡象證明對方是存在的。第二，我們對它們生活的環境有一個大體的想像，即在海洋裡的某個地方，也許就在我們腳下。即使它們是居住在南極，我們也已經設定了範圍。它們不能離開海洋，從北極地區發出的強烈聲響，在非洲都能聽到。這一切令人振奮。但最重要的一點是，**我們已經在接觸了**。幾十年來我們一直向它們的生存空間發送資訊。不幸的是，它們以破壞做為回應，不表態地帶給我們恐怖，這是極其討厭的。但我們還是暫時放棄糟糕的感覺、將恐怖當作一個機會吧。」

「一個機會？」皮克應和道。

「對。我們必須以它的真實面貌來對待它——當作一種外來生物，才能從中理解它們的思維。」

她將手放在一疊紙上。

「說明一下我們的做法。可是，如果你們希望迅速成功，我不得不潑冷水。過去幾星期裡，你們每個人都絞盡腦汁，思考到底是誰在那下面帶給我們災難性折磨。你們看過《第三類接觸》、《E. T. 外星人》、《異形》、《ID4星際終結者》、《無底洞》、《接觸未來》等電影，我們要對付的不是魔鬼就是聖者。想想《第三類接觸》的結局吧。眾人想像超凡的天人下來，帶領他們走向一個更美好的光明未來，許多人從中獲得安慰。有誰覺得這熟悉的話……對，這事情表面看來有點宗教色彩。鳳凰計畫也有這一色彩。這使我們看不到另一種陌生智慧的存在。」

克羅夫讓聽眾有空琢磨這番話。她考慮過很長時間，該如何著手這項工程。最後她堅信，如果不能夠讓考察組成員揭除迷思，她就注定會失敗。

「我的意思是，幾乎沒人認真研究科幻小說裡陌生文化的差異。事實上，外星人幾乎都是以人類既希望又害怕的荒誕形象出現。《第三類接觸》裡的外星人象徵我們對失樂園的嚮往。原則上它們是天使，也表現得像天使。一些精英被引向了光明。但沒有人對外星人的文化感興趣。它們採取最簡單的宗教想像。它們的一切都像極了人，包括其形象的誇張在內——白色、強烈的光芒，完全是我們想要的。

「《ID4》裡的外星人並不是**外星人**。他們只是用來滿足我們對邪惡的想像。好壞是人類制定的價值。除了這些，幾乎沒有一部科幻電影能引起其他的興趣。我們很難想像，我們的價值並不等於其他生命的價值，它們的是非判斷也許不符合我們的。為此你們根本不必先傾聽太空。每個民族，每種文化的屋門外都有自己的異形人，也就是始終在界外的人。如果無法理解這一點，將不可能和外來智慧對話。因為很有可能不存在共同的價值基礎，沒有通用的好壞，甚至連可以用來溝通的感覺器官都沒有。」

「如果我們想考慮與外星人真正對話，也許就該去想像一個螞蟻國家。我言明在先，螞蟻有著高度的組織性，但這並非真的智慧。我們且先認為牠們很有智慧吧。牠吞食生病和負傷的同類，而不會有道德上的愧疚；牠進行戰爭，卻不理解我們的和平思想。對於牠們來說個體的延續完全是聞所未聞的事情，交換和消費分泌物被當作一樁聖事對待——一句話，牠在各方面的運轉都完全不同，但牠在運轉！

「現在請你們再進一步想像，我們也許不會認為一種外來智慧是外來智慧！比如說李奧想知道，海豚是否有智慧，因此他進行複雜的測試，但這能讓他更確信嗎？反過來，牠們又是怎樣看我們呢？Yrr和我們鬥爭，但它們認為我們有智慧嗎？我希望我表達得夠清楚了。不管我們在這裡做什麼：只要將我們的價值觀視為世界和宇宙的核心，我們就不能成功接近Yrr。我們必須將自己降為真實的我們——無數可能的生命中的一個，沒有大一統的特殊需求。」

克羅夫發覺黎正用輕蔑的目光看著約翰遜。她覺得，她是想鑽進他的頭顱裡。艦上的有趣關係，她想道。她發現了傑克·歐班儂和愛麗西婭·戴拉維之間的目光交流，當場就了解這兩人之間存在某種關係。

「克羅夫博士。」范德比特邊翻閱他的講稿邊說道，「妳認為到底什麼是智慧呢？」

他的問題像個陷阱。

「一個機遇。」克羅夫說道。

「一個機遇？妳這麼認為嗎？」

「許多條件錯綜複雜的結果。你想聽多少種定義呢？有些人認為，智慧是文化裡備受重視的一種東西。關鍵就在這裡，它的定義至少和文化與性格一樣多。一些人研究精神活動的基本過程，另一些試圖用統計的方式測量智慧。另外還有它是天生的還是後天獲得的問題。二十世紀初智慧被當成征服特殊情況的方式。今天又有些人重拾這種觀點，將智慧定義為對不斷變化環境的適應能力。按照這種觀點，它就不是天生的，而是學來的。許多人反對智慧是人類固有的，認為智慧是積累經驗適應環境要求的能力。另外還有那巧妙的定義，認為智慧是追問智慧是什麼的能力。」

范德比特緩緩地點點頭。「明白了。這就是說，妳不知道。」

克羅夫笑笑。「好了，請你允許我對你的T恤做一番評價，范德比特先生——僅從外表上，人們大概不會認出一個有智慧的生命是這樣的。」

會議桌爆發出哄堂大笑，又很快平息。范德比特盯著她，然後也咧嘴笑了。「妳說得對，我服了。」

冰破之後，進展就快了。克羅夫介紹了接下來的步驟。她在過去幾個星期裡和墨瑞·尚卡爾、茱蒂斯·黎、李奧·安納瓦克和艦上的幾名海軍成員一起起草了這個方案。它的基礎是現有的少數與外星球生物建立聯繫的嘗試。

「太空讓我們工作輕鬆。」克羅夫解釋道，「可以目標明確地向微波區域發送大量資料。光是透明的，以每秒三十萬公里的速度運行，不需要纜線。但在水下一切都不同，因為短波信號的能量被分子分離了，長波信號需要巨大的天線。通過光進行通信雖然可行，但距離較大時不行。只有聲納了。可是它也存在麻煩，我們稱之為回音效應——各種地方都可能反射聲納信號，結果是出現干擾。資訊重複，變得不清楚了。為了避免這一點，我們使用一個特製數據機。」

「這方法我們是從哺乳動物那裡學來的。」安納瓦克說道，「海豚某種程度上用唱歌平衡回聲和干擾。」

「我以為，只有鯨魚才唱歌。」皮克說道。

「說鯨魚唱歌，這是人類的解釋。」安納瓦克回答道，「牠們有可能根本就不懂音樂。但珊有不同的看法。唱歌的意思是指這些動物不停地調節牠們的頻率和聲調。這樣，牠們不僅能排除干擾，也有效地增加傳送訊息的數量。因此我們使用同樣有唱歌功能的數據機。目前在三公里的範圍內達到三〇KB，相當於一根ISDN線的一半功率。這甚至足以傳輸高解析的影像。」

「那我們跟牠們講什麼呢？」皮克問道。

「物質的普遍定律是以數學形式存在。」克羅夫說道，「宇宙秩序導致了意識的突變，使它能夠重新創造數學，從而以合適的方式解釋自己的起源。數學是全球通用的唯一語言，存在於有效物理框架條件下的每一種智慧生物都能理解。」

「妳想做什麼？做數學作業嗎？」

「不是，用數學來包裝思想。一九七四年我們紮成了一束高能量的地球無線電信號，發到獵戶座一個球形星叢裡。我們必須想辦法將這些信號編成密碼，讓外星球上的生命能理解它，也許我們有點操之過急了——要破譯這個密碼，必須有很先進的發展。不過，使用數學方法是可行的。我們總共發出了一六七九個二進位符號，就像摩斯密碼的點和線。一六七九只能由二十三和七十三的積組成，兩個質數。這樣接收者就理解人類數字系統的基礎了。一六七九個符號的排列順序分成七十三列，每列各二十三個符號。你瞧，一點數學就能解釋很多東西，如果現在將點和線轉換成黑色和白色的話——多麼神奇啊——就會得到一個圖案。」

她舉起一幅圖，看起來像粗劣的電腦列印，有點抽象，但勉強可以辨識出一些形狀。

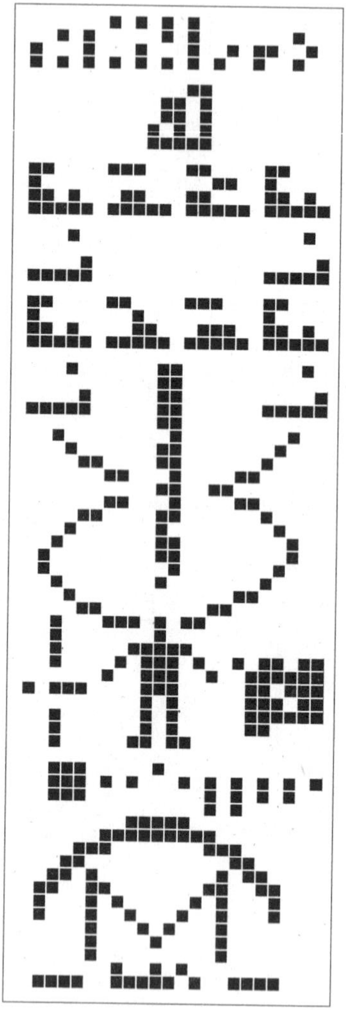

「最上面一行是數字一到十的資訊，也就是有關我們十進位系統的資訊。下一行是化學元素的原子序：氫、碳、氮、氧和磷。它們對於我們的星球和地球上的生命非常重要。然後是地球生物化學的大規模密碼，DNA和醣的公式，雙螺旋體結構等等。下面三分之一處的輪廓像個人，直接連著DNA結構，說明了本地的進化。外星球的接收者可能不熟悉地球上的單位，因此我們使用了傳輸無線電信號的波長來表示人類的平均身高。還有一幅我們的太陽系圖。最後，我們畫出了發射這一切的亞列其波望遠鏡形狀、工作方式和大小。」

「是在邀請對方飛到這裡來吃掉我們。」范德比特議論道。

「對，你的上司不斷對我們這麼說。每次我們的回答都是：不需要這一邀請。幾十年來，無線電波就一直被發射進太空。不必破譯電波，就能理解它們可能來自一個技術文明。」克羅夫放下手裡的圖，「亞列其波資訊將運行兩萬六千年，因此我們最快將在五萬兩千年後得到回覆。這回你放心，會更快。我們將分多步驟進行。第一個資訊很簡單，事實上只有兩道數學題。如果海底那些生物具有運動精神，它們就會回答。這最早的交流是為了證明Yrr的存在，確定能否進行對話。」

「它們為什麼要回答？」灰狼問道，「對方已經知道我們的全部情況了呀。」

「它們可能知道了一些，但不一定知道最重要的事，即我們是有智慧的生物。」

「妳說什麼？」范德比特搖搖頭，「它們破壞船隻，應該知道我們能建造這種東西，怎麼會懷疑我們的智慧呢？」

「製造技術產品，並不證明我們有智慧。只要想想白蟻堆就行了，那也是一件建築傑作。」

「這是另一回事。」

「你別老是高高在上了吧。如果事實如約翰遜博士所說，Yrr的文化僅建立在生物學基礎上，我們就不得不懷疑，它們到底是不是認為我們有能力進行有目的、有組織的思維。」

「妳覺得它們認為我們是……」范德比特厭惡地噘起嘴脣，「動物嗎？」

「也許是當作害蟲。」

「真菌感染。」戴拉維冷笑道，「也許我們要對付的是室內害蟲消滅者。」

「我只是努力解釋它們的思維結構，推斷它們的生活方式。」克羅夫說道，「我知道，這一切都很值得懷疑，但我們得專注於提升聯繫的效用。因此我思考它們在這許多戰鬥接觸之前為什麼沒有進行外交接觸。那可能意謂著它們不重視外交，也可能表示它們根本就沒有這麼想過。好，一群紅螞蟻也不會和它們襲擊的動物講外交禮節的。只不過，螞蟻仰賴高度的直覺。

「相反的，Yrr證明了自己的行動是有計畫的，具有認知能力。它們制定天才的戰略。那麼，如果它們是有智慧的，並知道自己的智慧，似乎就與流行的道德、倫理和善惡觀無關。它們的邏輯裡也許只有一個結論，就是要頑強地消滅我們這個物種。只要我們不讓它們有理由重新考慮這個結論，它們也就不會考慮。」

「既然它們已經在啃吃深海電纜，為什麼還要發消息呢？」魯賓問道，「這些畜牲應該能從電纜裡吸到所有的資訊呀。」

「你這樣講就將事情搞混了。」尚卡爾微笑道，「只有當外來智慧能夠破譯SETI的亞列其波訊號時，才能理解它。我們平時進行資料交流沒有這麼麻煩。而對於一個外來智慧，這些資訊只是一團亂。」

「對。」約翰遜說道，「不過我們繼續往下看。我想到了生物技術，珊接受了這個想法。為什麼？因為它很明顯。沒有機器，沒有技術。只有純粹的遺傳，以生物當武器，有目的的突變。Yrr與大自然的關係一定完全不同於我們。我可以想像，它們遠不像我們這樣疏遠自己的自然環境。」

「也就是高貴的野人嗎？」皮克問道。

「我不想講**高貴**。我認為，用機器廢氣來污染空氣，是該受到詛咒的。為了自己的目的而養育動物，改變它們的遺傳基因，同樣該受到詛咒。我只是想說明對方如何感覺我們威脅到了它們的生存空間。我們在思考對熱帶雨林的砍伐，有些人反對，但另一些人照做不誤。從延伸意義上來看，它們也許就是熱帶雨林。它們對待生物的方式就說明了這一點——在這一點上還有些讓我覺得引人注目的地方。

「我們撇開鯨魚不談，它們幾乎每次都是使用成群出現的生物。蟲子、水母、蚌類、蟹——全都是群居生物。為了達到目的，它們犧牲數百萬生命，不在乎個體。人類會這麼思維嗎？我們培植病毒和細菌，但主要是用於數量有限的人造武器上。集體大屠殺的生物工具不是我們的主要目的。相反的，Yrr似乎對此很熟諳。為什麼？會不會它們本身就是群居生物？」

「你認為……」

「我想，我們要對付的是一種群體智能。」

「一種群體智能是什麼感覺呢？」皮克問道。

「一條魚是什麼感覺呢？落在網裡的魚會問自己何時具備這種反應能力嗎？」安納瓦克說道，「牠和數百萬其他的魚為什麼必須窒息而死？這不是集體屠殺嗎？」

「不是。」范德比特說道，「這是炸魚塊。」

克羅夫抬起雙手。

「我同意約翰遜的看法。」她說道，「結論是，Yrr們做出了一個集體決定，這個決定不存在道德責任和同情的問題。我們不能睜著無辜的大眼睛對付它們，只有在電影裡這招才能打動異形的心腸。我們只能設法：呼喚出它們寧可與我們溝通而不殺死我們的興趣。如果沒有物理和數學的知識，Yrr不可能做到如今的地步，因此我們要求與它們進行一場數學決鬥——直到它們的邏輯，甚至是它們的某種道德要求它們三思而後行為止。」

「它們**肯定**知道我們是有智慧的。」魯賓堅持，「如果有誰能傑出地掌握物理和數學，那就是我們了。」

「對，但我們的智慧有自覺嗎？」

魯賓茫然地眨眨眼睛。「妳這話什麼意思？」

「我是說，我們知道自己的智慧嗎？」

「那當然了！」

「或者我們是有學習能力的電腦呢？**我們**知道答案，可是**它們**也知道嗎？理論上你可以使用電子對稱物取代完整的大腦，再植入人工智能。我們能做的一切，人工智能也能做到。這台電腦可以設計出一艘超光速太空船，打敗愛因斯坦。但這台電腦知道它的能力嗎？一九九七年，深藍，一台IBM電腦，打敗了當時的世界西洋棋冠軍卡斯帕洛夫。深藍因此就具有意識嗎？電腦有可能雖然贏了，卻不知道為什麼呢？僅僅因為我們建築城市、鋪設深海電纜，就是有自覺智慧的生命嗎？無論如何，在從事鳳凰計畫時我們絕不排除會遇到一種機器文明，它的壽命超過了它的設計師，數百萬年來持續獨立地發展。」

「下面的那一種呢？我認為，如果妳講的是正確的——也許Yrr只不過是長著鰭的螞蟻。沒有意識、沒有倫理，沒有……」

「對。這就是我們分階段進行的原因。」克羅夫微笑著說，「首先我想知道，那裡是不是有人。第二，能否跟它們進行對話。第三，那些Yrr是否會意識到對話，乃至意識到它們自己。然後，當我推斷出它們除了知識和能力之外，還具備想像力和理解力時，我才準備將它們當作智慧生物。到那時候，考慮價值才有意義。**即便這樣**，我們這會議室內的人也不應該指望它們和我們一模一樣。」

一陣沉默。

「我不想攪和進科學討論。」黎最終說道，「純智慧是冷酷的。將理智與意識結合在一起，則是另一回事。我認為從中**必然**會形成價值觀。如果Yrr是一種有自覺的智慧體，那它們必須至少承認一種價值，即生命的價值。而它們的確是這樣的，因為它們試圖保護自己。因此它們是有價值的。這樣一樣，問題在於它與人類的價值是否有交集，不管那交集有多小。」

克羅夫點點頭。「對。不管交集有多小。」

傍晚時分，他們向深海裡發射了第一組聲波封包。他們選擇了一個尚卡爾確定的頻率，位於SOSUS人員取名**刮擦聲**的不明聲響範圍內。

數據機調節頻率。信號從各地被反射，出現干擾。克羅夫和尚卡爾坐在作戰情報中心，重新微調數據機，直到滿意為止。一小時後，克羅夫確保了他們的資訊可讓某個能處理聲波的人一目了然。Yrr會不會在其中發現一種意義，是另一碼事。

它們會不會認為有必要對此做出回答呢？

克羅夫坐在作戰情報中心裡的椅子邊上，一想到她突然離幾十年來一心嚮往的接觸那樣近，就出奇地驕傲。同時她害怕，她感覺有種壓迫人的責任壓在自己和考察隊成員身上。這不同於亞列其波和鳳凰計畫的冒險。這是在試圖阻止一場災難，拯救人類。

枯燥無味的夢變成了噩夢。

朋友

安納瓦克從船體內爬上艦橋，橫越狹窄的通道，走上飛行甲板。

旅途中飛行甲板變成了一條林蔭道。只要有時間，想鬆鬆腿，就在那裡晃晃，想自己的心事或和其他人討論。世界上最大的直升飛機航空母艦的起降場，變成了安靜和交流思想的場所，似乎有些荒謬。六架超級種馬和兩架超級眼鏡蛇戰鬥直升機孤零零地停在鋪有瀝青的甲板上。

灰狼在獨立號上也保持著他的異族人生活方式。戴拉維在其中扮演的角色愈來愈重要。這兩人悄悄地愈來愈親近。戴拉維很聰明，不去打擾他，這反倒使灰狼來找她陪伴。他們對外裝成是朋友。但安納瓦克發現雙方的信賴在增長。戴拉維現在愈來愈不常當他助手，而是跟灰狼一起照顧海豚。

安納瓦克在艦尾發現了灰狼，他盤坐在那裡，目光望向海上。他在他身旁坐下，發現灰狼在雕刻東西。「這是什麼？」他問道。

灰狼將它遞給他。它相當大，差不多快完成了，一截雕刻得很有藝術感的香柏木。一側有根柄，主體是兩個摟抱在一起的造型。安納瓦克認出了兩個長有利齒的動物、一隻鳥和一個人，人顯然成了動物們的玩物。他用手指撫摸木料。「漂亮。」他說道。

「這是個複製品。」灰狼笑道，「我只進行複製。我沒有原創的天份。」

「因為你還不夠印第安人。」安納瓦克微笑道，「我明白了。」

「你總是不能理解。」

「好吧。這表現什麼？」

「你看到什麼就是什麼。」

「別他媽的這麼傲慢。要不就解釋一下，不然就算了。」

「這是一根儀杖，原件是用鯨骨做的。來自十九世紀末期的一個私人收藏。你所看到的，是祖先流傳下來的一則故事。一名男子有天遇見一只無比神祕的籠子，籠裡裝有各種各樣的生物，他將籠子帶進村子。不久就生病了。他發高燒，無人能治。沒人知道是什麼讓他病得那麼重，後來他自己夢到了原因。他看到原因出在籠子裡的那些動物。它們在他夢裡襲擊他，因為它們不僅僅是動物，還是變形者。」灰狼指著一隻圓鼓鼓的動物，它一半是哺乳動物一半是鯨魚，「你看到的這個是狼鯨，在夢裡它撲向那位男子，抓住他的頭。然後是一隻風暴鳥，想救那位男子。你可以看到，它用爪子戳刺那隻狼鯨的腰。但是，在它們搏鬥時，出現了一隻熊鯨，成功地抓住了病人的雙腳。那人醒來，將做的夢講給他兒子聽。不久後就死去了。兒子雕刻了這根木棒，用它打死了六千個變形者，為他父親的死報仇。」

「有什麼更深的意義呢？」

「什麼事都得有更深的意義嗎？」

「這個故事裡是有一個的。那就是永恒的鬥爭，是不是？在善與惡的力量之間。」

「不是。」灰狼從額上拂去頭髮，「這故事講的是生與死。這就是全部。你最終會死去，這是肯定的，在那之前只有起起落落。你自己是無力的。你的一生可以活得好、活得懶，但你會遭遇什麼，得由更高的力量決定。如果你與大自然和諧生活，它會治癒你；如果你對抗它，它會毀滅你。最重要的認識是，不是你統治大自然，是大自然統治你。」

「那男子的兒子似乎沒有認識到這一點。」安納瓦克說道，「要不然他為什麼要為父親的死復仇呢？」

「故事中沒有說他做得對。」

安納瓦克將儀杖還給灰狼，將手伸到風衣裡，掏出一尊鳥神來。

「你也能告訴我一些有關它的事嗎？」

灰狼端詳著鳥神，將它捧在手裡，旋轉。「這不是來自西海岸。」他說道。

「不是。」

「大理石材質。它來自完全不同的地方。來自你的家鄉嗎？」

「開普多塞特。」安納瓦克猶豫道，「我是從一位薩滿那裡得到它的。」
「你接受一位薩滿的禮物？」
「他是我舅舅。」
「他對你說什麼？」
「很少。他認為，必要時這個鳥神會將我的思想帶往正確的方向。他說，為此我可能需要一個介質。」
灰狼沉默了一會兒。
「所有的文化裡都有鳥神。」他說，「風暴鳥是一則古老的印第安傳說，代表了許多方面。它是創世史的一部分，是一位自然神，一種更高的存在，也代表一個氏族的身分。我認識一個家庭，他們的姓可以回溯到一隻其祖先曾經在優庫路列附近山頂見到的風暴鳥。但鳥神還有其他意義。」
「鳥神總是和頭顱一起出現，是不是？」
「對。令人吃驚，是不是？在古埃及畫像上，經常可以發現一個類似鳥的頭飾圖。在那裡，鳥神等於意識，被關在頭顱裡，像被關在一隻鳥籠裡一樣。一旦頭顱被打開——從隱喻上講——鳥神就會逃脫，但你還是可以將它重新引回頭顱裡。那樣你就又恢復意識或清醒了。」
「這是說，睡眠時我的意識出竅。」
「你做夢，但你的夢不是幻想。它們告訴你，意識在較高的世界裡看到的東西，你一般情況下是看不到的。你見過一位印第安族長的羽冠嗎？」
「老實說，只在西部片裡見過。」
「好。羽冠象徵著，他體內的靈將故事刻記在他頭顱裡。簡單地說，那頭顱有許多好想法，因此他是首領。」
「他的心靈會飛翔。」
「透過羽毛。其他部族經常一根羽毛就夠了，它具有相同的意義。鳥神代表意識。因此印第安人絕不可以丟掉他們的帶髮頭皮或者羽冠，因為那樣就遺失了自己的意識，最嚴重的情況下是永遠遺失了。」灰狼皺起眉，「既然一位薩滿將這具雕像給了你，那他是在暗示你的意識，暗示你的思想力量。你應該利用它，為此你必須開啟你的靈，讓它與潛意識結合起來。」

「那你的頭髮裡為什麼沒有羽毛呢？」

灰狼扮了個鬼臉。「因為，正如你一針見血說中的，我不是真正的印第安人。」

安納瓦克沉默。

「我在努納福特做了一個夢。」一會兒後他說道。

灰狼一聲不吭。

「應該說，我的精神出遊了。我穿過冰層沉進黑暗的海洋。那海洋幻化成天空。我沿著一座冰山向上爬，最後看見冰山漂浮在藍色的海洋裡，四面八方都是水。我們一起在這座海洋上旅行，我認為冰山會融化。奇怪，我並不感到害怕，只有好奇。我知道，如果那樣的話我會沉下去，但我不怕被淹死。我只是覺得，我好像會鑽進某種陌生的東西裡。」

「你期望在那下面發現什麼呢？」

安納瓦克尋思著。「生命。」

「什麼樣的生命？」

「我不知道。只要是生命就行。」

灰狼望著他手裡的大理石烏神雕像。

「說實話，我們到底為什麼來船上呀，我和麗西婭？」他直接問道。

安納瓦克眺望著大海。「因為需要你們。」

「不是真的，李奧，你也許需要我，因為我能對付海豚，但你們同樣可以聘用海軍的訓練員。麗西婭根本沒有作用。」

「她是一位優秀的女助手。」
「你聘用她的嗎？你需要她？」
「不是。」安納瓦克嘆息道。他仰起頭，望向天空。「你們在船上，是因為我提出了這樣的要求。」
「是你提出了這樣的要求。為什麼？」
「因為你們是我的朋友。」
又是一陣沉默。
「我猜，我們是朋友。」灰狼點點頭。
安納瓦克笑了。「你知道，我實際上和所有的人都相處得很好，但我想不起來我什麼時候有過朋友。真正的朋友。我更沒有想過，我會將一個勤勉的、什麼都比我更懂的女研究生稱作朋友。或者把一個我幾乎和他打起來的高個兒瘋子當作朋友。」
「那位女研究生做了朋友做的事情。」
「那是什麼呢？」
「她對你愚蠢的生活產生了興趣。」
「是的。她確實是這樣的。」
「我們倆一直就是朋友。只是……」灰狼遲疑著，然後他舉起那尊雕刻，咧嘴一笑「……只是我們的頭顱封閉過一段時間。」
「你認為我為什麼做這個夢呢？」
「你的冰山夢嗎？」
「我為此絞盡了腦汁。你知道，我什麼都是，但不是神祕主義者。我恨這種玩意兒。但在努納福特就是有我無法解釋的東西，這個夢最後是在外面的冰上，在那時，世界的某些事情改變了。」
「你自己認為是什麼呢？」

「這種不明力量，這種威脅，就生活在水下。在深海裡。也許我會在那裡碰到。也許那是我的任務，下去和……」

「拯救這個世界？」

「哎呀，別提了。」

「你想知道我的想法嗎，李奧？」

安納瓦克點點頭。

「我想，你大錯特錯了。你連續多年將自己掩埋了起來，做著愚蠢的愛斯基摩噩夢。你成了自己和所有人的累贅。你對生活一竅不通。在上面孤獨漂移的冰山，是你自己。一個冰冷、不可接近的冰塊。但你說得對，你在那裡遭遇了一些事，冰塊開始融化，你將沉下去的那座海洋，不是Yrr住在裡面的大海，那是人類生活，你屬於那裡。那是等著你的冒險、友誼、愛情、所有的一切。還有敵人、仇恨和憤怒。你的角色不是扮演英雄。你不必向別人證明你的勇氣。這個故事裡的英雄角色已經分配好了，那是給死者的角色。而你屬於活人的世界。」

夜晚

他們每個人的休息方法都不同。

克羅夫，嬌小柔弱，將自己緊緊地裹在床罩裡，灰白色的頭髮有一半露在外面。她幾乎消失在床罩裡。而韋孚是趴著睡的，一絲不掛，未蓋被子，頭轉向一側，小臂用作枕頭。栗色的鬈髮披散著，只能看到半張著的嘴。尚卡爾是掘土動物，睡眠中弄亂了半個床單，同時發出零星的、窒息的呼嚕和呢喃。

魯賓大多數時間都醒著。

灰狼和戴拉維也睡得很少，因為他們一直在做愛，主要是在船艙的地板上。灰狼大多數時候仰面躺著，銅褐色，強壯，像隻神祕的動物，托著戴拉維乳白色的身體。隔兩個艙室安納瓦克側身躺著，穿著一件T恤。奧利維拉也保持一般睡姿。兩人都呼吸平靜，在夜裡翻了一、二次身，就這樣。

約翰遜仰面躺著，手伸得遠遠的，手掌向外。只有指揮區和軍官區的床鋪允許這種需要大空間的習慣。那位挪威人的睡相很獨特，以至於多年前一位情人半夜將他叫醒，只為了對他講，他睡起來像個大地主。他每天夜裡都這樣睡，閉著眼睛也顯得像是他想擁抱生命。

他們全都或睡或醒地出現在一排閃爍的螢幕上。每台監視器都監視著一個完整的艙室。兩名穿制服的男子坐在螢幕前的昏暗中，監視著這些科學家們。他們身後站著黎和中情局副局長。

「最純潔的天使。」范德比特說道。

黎不動聲色地看著戴拉維進入高潮。聲音被調小了。儘管如此，還是有一些做愛的呻吟聲傳進控制中心冷酷的氛圍中。

「我很高興這讓你喜歡，傑克。」

「那個結實的小傢伙更合我的胃口。」范德比特說道，指指韋孚。「那屁股真迷人，你不覺得嗎？」

「愛上她了？」

范德比特咧嘴笑笑。「這可不行。」

「你動用你的魅力呀。」黎說道，「你可是有不少機會呢。」

中情局副局長拭去額上的汗。他們又觀看了一會兒。如果范德比特喜歡看的話，就讓他開心去吧。螢幕上的人們是否打呼、做愛或春光洩漏，黎無所謂。他們哪怕雙腳朝天或怒撲向對方，她都無所謂。關鍵是知道他們在哪裡，在做什麼，他們相互交談什麼。

「繼續。」她說道，轉身離去。向外走時她補充：「所有艙室都要監看。」

8/13 訪客

沒有回音。訊息不停地向海裡發射，到目前為止沒有結果。七點鐘的起床號將他們趕出了艙房。大多數人都沒睡夠。一般情況下這艘巨艦會晃得讓人睡過去，由於沒有飛機起降，飛行甲板上就沒有雜訊。空調輕輕地嗡嗚著，帶來宜人的恆溫，床很舒服。偶爾有人走動時，會聽到走道上的腳步聲。船腹內的發電機顫動著。然而，多數人都像約翰遜一樣半夢半醒地思索著，他試圖設想，那訊息會在格陵蘭海深處引起什麼反應，直到那些夢魘般的想像侵襲了他。

他們會在格蘭陵海，而不是位於往南幾千公里的地方，是他的提議，並得到韋孚和波爾曼的支援。安納瓦克、魯賓和其他人建議直接在中大西洋脊的火山帶上方進行接觸。魯賓的重要論據是生活在那裡的火山口蟹與襲擊紐約和華盛頓的蟹相似。而且深海裡幾乎再沒有符合高等生物生存條件的地方。相反，海底熱泉的條件很理想。熱水從海床上巨大的火山道湧出，使礦物和對生命重要的養分從火山裡暴露出來。蟲子、蚌類、魚和蟹在那裡的生活條件可以跟一顆外星球相比——為什麼Yrr不能也生活在那裡呢？

約翰遜在大多數方面都贊成魯賓。但有兩個理由反對魯賓的建議。其一，火山帶雖然是深海裡最適合生活的地帶，同時也是最不適合的——當海洋板塊移動時，熔岩會不斷流出。岩漿噴發會將群落生態徹底破壞掉。不久新的生命會在那裡立足。一種複雜、智慧的文明是不會定居在這樣的環境。

第二個理由是，離Yrr愈近，接觸的機會就愈大。對於它們具體的位置，有不同的意見。每個人似乎都有道理。有些人認為它們生活在海底生物裡，在最深的海洋區域。近來許多現象都是發生在這種深海海溝附近。同樣有許多人贊同是在巨大的深海海盆。魯賓提到大洋中央的熱泉是創造生命的綠洲，當然也有道理。最後約翰遜建議，不要去管Yrr的自然生存空間，而是選出一個它們肯定會在的位置。

格陵蘭海裡的冷水停止了降沉。結果是墨西哥灣流癱瘓了。只有兩個原因可以解釋這一現象：海水本身變暖；或北極南流的淡水過量，稀釋了北大西洋海水，使它變得太輕，無法降沉。兩者都說明當地的情況受到了強烈的操縱。在北極海的某處，Yrr正忙於推動這一巨大變化。

就在附近的某個地方。

只剩下安全考量。就連慣於作最壞打算的波爾曼也認為，格陵蘭深海盆地裡的甲烷海噴危險性很小；鮑爾的船在史瓦巴群島附近海域遇上了，那裡的大陸棚上儲存著大量水合物。但獨立號下面水深三千五百公尺，相較而言，這麼深的地方儲藏的甲烷很少，無論如何不足以弄沉獨立號這麼大的船。儘管如此，為防萬一，獨立號在行駛過程中不停地進行地震測量，探清海底的甲烷儲量，靠這種方式找到了一個似乎根本沒甲烷的地點。不管一場海嘯在陸地上會有多高，在這麼遠的地方，也幾乎讓人覺察不到——只要不是帕爾馬島崩塌。

真要那樣的話，一切都太遲了。

基於以上原因，他們現在待在這裡，在常年不化的冰裡。

他們坐在空得令人打哈欠的巨大軍官餐廳裡，吃著早餐。安納瓦克和灰狼不在。約翰遜被叫醒後和波爾曼通了幾分鐘電話，波爾曼到了帕爾馬島，在準備使用吸管。加納利群島要晚一個時區，但波爾曼已經起床好幾個小時了。

「一台五百公尺長的吸塵器正在工作。」他笑著說。

「角落裡也請吸一吸。」約翰遜建議道。

他想念這個德國人。波爾曼是個好夥伴。另一方面，獨立號上值得注意的人物不少。當弗洛伊德·安德森大副走進來時，他正在和克羅夫交談。安德森端著一只罐子大的保溫杯，走向飲料吧，灌了滿滿一杯咖啡。「有客人來了。」他對著眾人叫道。

大家都望著他。

「接觸嗎？」奧利維拉問道。

「我知道還沒接觸。」克羅夫平靜地將一片吐司塞進嘴裡。她的第三根或第四根香菸在菸灰缸裡冒著菸。「尚卡爾坐在作戰情報中心裡。他會通知我們的。」

「所以呢？異形登陸船隻？」

「你們到上層來吧。」安德森無比神祕地說道，「你們自己去看吧。」

飛行甲板

外面，寒冷如面具般蒙上了約翰遜的臉。天空染著淡白色。灰色的海浪湧著泛白沫的浪尖。一夜之後風勢增強了，像大頭針一樣細的冰雹灑落在瀝青甲板上。約翰遜看到裹得厚厚的一組人站在右側。走近後他認出了黎、安納瓦克和灰狼。他馬上就明白是什麼吸引了他們的注意力。

在同獨立號相隔一段距離的地方，頂部尖尖如箭的影子鑽出水面。

「虎鯨。」當約翰遜走到他身旁時，安納瓦克說道。

安納瓦克對著冰雹雨瞇起眼睛。「牠們包圍這艘船快三小時了。海豚報告了牠們到來的消息。我想，牠們在觀察我們。」

尚卡爾跑出艦橋，加入到他們旁邊。「出了什麼事？」

「有東西盯上我們。」克羅夫說道，「也許是個回應。」

「對我們訊息的回應嗎？」

「還能是什麼呢？」

「一道數學作業的滑稽答案。」那個印度人說。

虎鯨和船保持著一定的距離。約翰遜估計有數百條。牠們速度一致地游著，不時將牠們黑油油的背脊鑽出海浪。確實給人一種巡邏的印象。

「牠們會不會受到了感染？」

安納瓦克擦去眼裡的水。「有可能。」

「你說……」灰狼搓著下巴，「如果那東西控制著牠們的大腦……你們有沒有想過它也能看見我們？或聽見我們？」

「你說得對。」安納瓦克說道，「它利用牠們的感官。」

「正是。膠狀物用這種方法替自己造了眼睛和耳朵。」

他們盯著前方。

「看樣子真像要開始了。」克羅夫吸著她的香菸，將菸吹進冰冷的空氣裡，菸散開。

「開始什麼？」黎問道。

「角力。」

「也好。」黎的嘴唇周圍浮起一絲微笑，「我們準備好了應付一切。」

「應付我們熟悉的一切。」克羅夫補充。

實驗室

帶著魯賓及奧利維拉往甲板下面走時，約翰遜問自己，一個精神病患者是否能偽裝自己的真面目。是他起頭的。當然——如果不是他，也會有其他人提出這個理論。無論如何他們開始在這假說上詮釋訊息。一群虎鯨包圍著獨立號，他們在裡面看見了異形的眼睛和耳朵。事實上，他們到處都看見異形。這引導他們發送訊息，並開始期望一個回答。

第五日。我們並沒有取得真正的進展，他心灰意懶地想道。必須做點什麼，某種給我們信心的東西，好讓我們不被理論迷惑，跑向反方向。

他們走下斜板，腳步傳出回聲，經過機庫甲板，繼續往下。實驗室的鋼門鎖著。約翰遜輸入一個密碼，門嘶嘶響著輕輕打開了。他先後打開頂燈和立燈，冰冷的白光照亮了工作區。模擬器傳來電氣設備的嗡嗡聲。

他們爬上高壓箱的環形道，走到橢圓形的大窗前。從這裡可以眺望整個水槽。人造海底上方，箱內探照燈照出長著蜘蛛腿的白色小軀體，有些緩慢地動著，明顯地沒有方向感。牠們轉著圈或爬上幾步又停下，好像牠們不太清楚牠們到底想去哪個方向。箱裡愈深的地方水愈混濁，看不清楚。箱內的攝影機在拍連續的特寫鏡頭，將照片傳送到對面操縱台的螢幕上。

他們茫然地觀察那些蟹。

「從昨天到現在沒有多少變化。」奧利維拉說。

「沒有，牠們蹲在那裡，讓我們猜謎。」約翰遜搓著鬍子，「我們應該解剖幾隻，看看是怎麼回事。」

「解剖蟹？」

「為什麼不？我們已經確認能使牠們在高壓下存活。」

「是確認能保持牠們處於有生命力的狀態，」奧利維拉糾正，「我們甚至還不清楚，牠們能否真活著。」

「牠體內膠狀物是活著的。」魯賓沉思著說，「但身體的其他部分不會比一輛汽車更有活力。」

「我同意。」奧利維拉說道，「可是體內這種膠狀物是什麼東西呢？它為什麼沒採取行動？」

「妳認為它應該採取什麼行動？」

「來回跑。」奧利維拉聳聳肩。「或晃動螯吧。我不知道。也許脫殼而出。你看看這些生物。我認為，如果給牠們設計的程式是爬上陸地，去搞破壞，隨後死去，那麼目前的形勢就讓牠們面臨著真正的麻煩。沒有人來頒布新的命令。牠們實際上是在空轉。」

「的確。」約翰遜不耐煩地說道，「牠們冷漠，無聊，表現得像是電池驅動的玩具。我贊同米克的觀點。這些蟹體內只配備了一丁點神經，膠狀物的一塊操作台。我要將它們引出來。我想知道，如果強迫它們離開蟹殼，它們在深海條件下會如何反應。」

「好。」奧利維拉點點頭，「我們開始屠殺吧。」

他們離開環形道，爬下去，走向操縱台。電腦使他們能監視在箱內工作的多台機器人。約翰遜選了一台名叫球體機器人的雙元件遙控潛水機器人。操縱台上方許多高解析度的螢幕亮了起來。一台顯示模擬器的內部。球體機器人的廣角鏡頭能看到整個箱子，傳輸回魚眼變形的影像。

「我們要殺幾隻？」奧利維拉問道。

約翰遜雙手在鍵盤上滑動，相機的視角輕輕上移。

「就像高檔的蟹餐。」他說道，「至少一打。」

箱內狹長的側邊像座敞開的車庫，裡面裝有各種各樣的深海設備，有許多台大小和功能不一的潛水機器人，可從箱外操控。在人造世界裡只能這樣動手術。

約翰遜啟動控制，一台機器人的下側閃了一下，二支螺旋槳開始旋轉。一台購物車大小的箱形滑架緩緩地從車庫裡駛出。它的上半部配備著技術設備，其餘則是有著細網格護條的空籃。它從人造海底滑向群蟹，在一批紋絲不動地蹲在那裡的動物面前停下來。可以清清楚楚地看到那些長有結實的螯、沒有眼睛、弓著身子的甲殼動物。

「我把攝影機切換到球體。」約翰遜說道。

模糊的影像被明亮、高解晰度的特寫鏡頭取代。

吊在蟹群上方的滑架裡伸出一顆紅球，體積比足球小。攝影機的物鏡直直地對準前方，它滑出來的樣子令人想到《星際大戰》裡天行者路克用來練習光劍戰鬥的飛行機器人。這台球體機器人有六隻小噴嘴，確實很像影片裡的原型，行駛一會兒後緩緩下落，最後緊貼著蟹停住了。那些動物沒有因為那顆奇怪的紅球慌亂，當它的下側滑出，從體內伸出兩隻細長的多關節機械臂時，牠們依然不為所動。

機械臂末端的儀器開始旋轉。左側伸出一把鉗子，右側伸出鋸子。約翰遜雙手握著兩根操作桿，小心翼翼地推向前，箱裡機器人的機械臂跟隨著他的動作。

「再會了，寶貝。」奧利維拉用阿諾．史瓦辛格的口吻說著。

鉗子落下，夾住一隻蟹的腹背，舉到攝影機鏡頭前。螢幕上那動物放大成怪物般的比例，牠的嘴在動，腿亂蹬，但螯軟軟地擺盪著。約翰遜讓鉗子旋轉三六〇度，仔細觀看旋轉中蟹的反應。

「運動機能完善。」他說道，「行走器官功能正常。」

「卻沒有一隻蟹該有的反應。」魯賓說。

「沒有。螯沒有張開，沒有威脅姿勢。這只是一台自動機器，一台行走機器。」他移動第二根操作桿，按下按鈕。圓鋸開始旋轉，從一側切入殼裡。蟹腿使勁抽搐了一陣。

蟹殼被破開了。滑出一些乳狀物質，在被毀的動物上抖動著停留了一會兒。

「我的天哪。」奧利維拉脫口叫道。

那東西什麼都不像，既不像水母也不像章魚。它根本沒有形狀。它的邊緣捲曲，鼓脹，變扁。約翰遜覺得它的內部閃爍了一下，但箱裡燈光強烈，這可能是錯覺。當他還在思考此事時，那東西忽然變成長形蛇狀物，飛快地逃走了。

他罵了一聲，拎起下一隻蟹，將牠破開。這回一切發生得更迅速，他們還來不及看，殼內的膠狀物就逃走了。

「哎呀，天哪！」魯賓明顯很激動，「真是瘋了！這到底是什麼東西呀？」

「從我們手裡溜掉了某種東西。」約翰遜咕噥，「太愚蠢了。我們到底怎樣才能捉住這團黏液囊？」

「為什麼？我們已經捉住它們了呀。」

「是的，在水槽裡比網球小、無形無色的兩團。祝你尋找愉快。」

「下一隻我想直接於載機器人的細網格籃裡打開。」奧利維拉建議道。

「籃子前面開著。它會溜走的。」

「不，它不會。籃子可以關閉。只要你夠快。」

奧利維拉說得對。載機器人的箱型架前有個網格籃。約翰遜抓起下一隻蟹，將球體機器人旋轉一八〇度，讓它駛回滑架，直到它能將機械臂伸進籃子。在那裡，圓鋸切進蟹的一側。蟹殼爆裂。什麼事都沒有發生。

「空的？」魯賓奇怪道。

他們等了幾秒鐘，然後約翰遜又讓球體機器人慢慢駛回來。

「媽的！」

膠狀物竄出蟹體內，但它選錯了方向。它重重地撞在籠子後壁，縮成一隻顫動的球，在柵網前上下晃動。它的困惑——如果它有像困惑這種東西的話——只持續了瞬間。然後伸展開來。

「它想逃！」

約翰遜倒駛球體機器人。一隻機械臂抓住網格籃的罩子關上。

那東西完全變扁了，衝出來。在罩子前幾公分的地方彈回去，又重新改變形狀。它的邊緣向四面鋪開，最後像個透明的鐘吊在水裡，幾乎占據了半只籃子，身體彎曲。有幾秒它的樣子像隻水母，然後它捲起來。緊接著又變成一顆球吊在籃子裡。

「真不可思議。」魯賓低語道。

「你們看看這個。」奧利維拉叫道，「它在萎縮。」

那顆球果然在收縮，同時透明度愈來愈小，漸漸變成乳白色。

「這組織在收縮。」魯賓說道，「它能改變分子密度。」

「你們想到什麼沒有？」

「很簡單的珊瑚蟲原始形式。」魯賓思考，「在寒武紀。現在仍然有些生物能做到。大多數章魚收縮牠們的組織，但不變形。我們還得捉幾隻，看看牠們如何反應。」

約翰遜往後靠。「再來一次我做不到了。再做一次這東西會溜掉。它們太快了。」

「也好。有一個暫時夠用來觀察了。」

「我不知道。」奧利維拉搖搖頭，「觀察固然好，但我想檢查它，而不是檢查僅存於溶液中的殘餘部分。也許我們應該將這東西冰凍，做成切片。」

「當然。」魯賓著迷地盯著螢幕，「但不是馬上。我們先觀察一會兒。」

「我們還有其他兩隻。有誰看到嗎？」

約翰遜打開所有螢幕，從不同的角度顯示出箱體內部。

「失蹤了。」

「胡說。它們一定在什麼地方。」

「那好吧，我們再打開幾隻。」約翰遜說道，「我們反正都要打開的。水槽裡的黏稠物愈多，我們能看到的機會就愈大。為安全起見，我們先讓我們的囚犯待在籠子裡。以後看情況再說。」他咧嘴一笑。

他們又破開了十幾隻蟹，沒有想去捉住溜出來的物質。蟹殼一裂開，那些膠狀物就溜走了，消失在箱子裡的某個地方。

「至少毒藻對它們沒有傷害。」奧利維拉斷定。

「當然沒有。」約翰遜說，「Yrr會想辦法讓它們能彼此容忍。這種膠狀物控制著蟹，毒藻是運載物。它們不會派出乘客會殺死司機的計程車，這是理所當然。」

「你覺得，這種膠狀物也是一種基因突變的養殖物嗎？」

「不清楚。也許它早就已經存在了。也許它是被培養出來的。」

「它會不會就是……Yrr呢？」

約翰遜擺動球體機器人，讓攝影機能拍攝籃子。他盯著捕捉住的物體。它維持形狀不動，像一顆乳白色的乒乓球待在籃子底部。

「這些東西？」魯賓不相信地問道。

「為什麼不呢？」奧利維拉叫道，「我們在鯨魚頭顱裡找到一些，它們原先待在巴麗爾皇后號的船身附著物裡，在藍色雲團內部，它們無所不在。」

「藍色雲團？為什麼跟這有關？」

「雲團有某種功能。這些東西是藏在那裡面。」

「我更覺得，膠狀物和蟲子、其他突變一樣是生物武器。」魯賓指著籃子裡動也不動的球，「你們覺得它死了嗎？它不動了。也許當它死時，它會將組織縮成球。」

就在此時，天花板上的喇叭裡響起一聲尖銳的信號，他們聽到皮克的聲音透過艦上的廣播說道：「早安。由於克羅夫博士到了，我們就全員到齊，定於十點半在底層甲板碰頭。要向你們介紹潛水艇和裝備，希望大家能來參加。另外我想提醒一下，十點鐘我們在指揮區會議室開例行會議。謝謝。」

「幸好他提醒我們。」魯賓匆匆地說，「不然我真的忘了。我一開始研究就會忘記時間。」

奧利維拉無聊地說，「真想知道納奈莫有沒有什麼新消息。」

「你為什麼不打電話給洛赫，」魯賓建議道，「告訴他我們的發現。或許他也有什麼要透露的。」他笑笑，親熱地輕輕推了約翰遜一下。「也許我們會比黎先知道，可以在會上拿來炫耀一下。」

約翰遜向他笑了笑。他不是特別喜歡魯賓。這傢伙工作出色，但是個馬屁精。約翰遜猜想，只要對他的飛黃騰達有利，他連他的奶奶都會賣掉。

奧利維拉走近操縱台旁的對講機，撥了號碼。艦橋上方的衛星天線能接收各種範圍的通訊信號。艦上可以接收到電視節目，可以連接袖珍電視或收音機，接上筆記型電腦，或透過防監聽線路與世界各地通話。也能毫不費事地接通遙遠加拿大的納奈莫。

奧利維拉和菲維克談了一會兒，然後是洛赫，他們又與全世界的許多科學家保持著聯繫。看樣子他們已經圈定了殺人藻的突變範圍，但未能取得突破。相反的，大量蟹群襲擊波士頓。奧利維拉談了目前狀況，掛上電話。

「糟透了。」魯賓罵道。

「也許我們箱裡的朋友會幫助我們。」約翰遜說道，「肯定有什麼保護它們不受毒藻傳染。我們輪流觀察隔離實驗室。一旦我們知道我們的犯人……」他盯著螢幕。

籠子裡的那東西不見了。

奧利維拉和魯賓順著他的目光望去，睜大了眼睛。

「不可能！」

「它怎麼出去的？」

螢幕上除了蟹和水什麼都看不到。

「那些東西沒了！」

「它們跑不了的！」

「等等！我們已經看過十幾隻在水裡飛。它們不可能完全隱身。」

「它們會出現的。可是籃子裡的那隻在哪裡？」

「將自己瘦身了。」

約翰遜端詳著螢幕，神情一亮。「瘦身？好主意。也許是這樣。它能改變形狀。網眼很密，但對於某種很長很細的東西可能還不夠密。」

「這是多麼不可思議的東西啊。」魯賓低聲說。

他們開始分工搜索箱子。每人負責一台螢幕，同時檢查整個水槽，調整攝影機的焦距，但哪裡也見不到膠狀物。最後約翰遜一一升起所有潛水機器人並駛出車庫，但也沒有東西藏在那裡。它們失蹤了。

「也許我們的管路有問題。」奧利維拉問，「它們會不會堵塞在哪根水管裡？」

魯賓搖搖頭。「不可能。」

「不管怎樣，」約翰遜咕噥，「我們得上去開會了。也許我們會想到它們可能的去處。」

他們茫然沮喪地關掉模擬器裡的燈，走向外面。魯賓熄掉實驗室照明，準備跟他們一起走。

但他沒有走成。

約翰遜看到他停在打開的閘室裡，眼盯著黑暗的實驗室。他看到魯賓的嘴張大著。他慢慢走回去，奧利維拉跟在他身後，他看到了魯賓看到的東西。

深海模擬器橢圓形的窗後有什麼在發光。一種微弱、模糊的光。

「藍色雲團。」魯賓低語道。

他們同時摸黑跑向模擬器，不顧障礙物，匆匆爬上階梯，擠在玻璃前。

藍色發光體懸在水中。如同黑暗太空中的一朵宇宙雲，只不過那太空是個箱子，裝有水。它有好幾平方公尺大。約翰遜瞇起眼睛，仔細觀察。他覺得那裡似乎出現微細的亮點，向雲團內部湧去，愈來愈快。像處於一個黑洞引力區內的物質。

藍色愈變愈深。然後萎縮。

那團雲像逆轉的大霹靂一樣迅速收縮。一切都向內部湧去，內部愈來愈亮愈來愈密。亮光在裡面閃爍，形成複雜的圖案。那團雲被飛速吸進它自己的中央，吸進一個湍急的漩渦，然後……

「我不信。」奧利維拉說。

他們眼前懸著一個球形。一個結實物質組成的藍色物體。脈動著發光的膠狀物。

他們找到了那些生物。

它們合為一體。

指揮區會議室

「單細胞生物！」約翰遜叫道，「是單細胞生物！」他激動無比。這組人默默地盯著他。魯賓在他的椅子上蹭來蹭去，一個勁地點頭，約翰遜則來回走動。一旦碰上這種情況，他是不可能坐得住的。「我們一直都以為膠狀物和雲團是兩種不同的東西，但它們是同一種東西。這東西是一個單細胞生物的結合。膠狀物不僅能隨意變化形狀，還能完全溶解，最後又同樣迅速地聚集。」

「這些生物溶解？」范德比特應聲問道。

「不是，不是！不是生物，我是說，這些單細胞生物就是那些生物，它們相互結合在一起。我們剖開了蟹，讓一些膠狀物現身，它們全都溜到模擬器的某個角落。我們只抓住了一個。後來所有的都突然消失了，一個不剩。什麼都沒有剩下來——我的天，我這個傻瓜，我竟然沒有馬上想到！我們當然無法將單細胞生物關在一只籃子裡。也無法用肉眼觀察，太小了。由於模擬器內部被燈光照亮，我們就無法看到生物光，什麼也看不到。在挪威沿海，那個巨物出現在攝影機前時，我們遇到相同的問題。當時我們只看到了發亮的表面，被維克多號的探照燈照著，但實際上它在閃爍。它閃爍，那是一個發出生物光的微生物的凝結。此刻漂浮在下面箱子裡的，是我們從蟹體裡取出的東西的合體。」

「這就找到一些問題的答案了。」安納瓦克說道，「巴麗爾皇后號船身上的無定形生物，溫哥華島沿海的藍色雲團……」

「浦號機的照片，沒錯！大部分細胞自由漂游在水裡，但其他的結合成一個中心，形成觸鬚，它們將自己注射進鯨魚的頭顱。」

「等等。」黎抬起手來，「膠狀物之前就在裡面了。」

「那麼……」約翰遜思考道，「一定有什麼聯繫。無論如何，我推估它是以這種方式進去的。也許我們見到的是一次交換。老的膠狀物出來，新的進去。或者有類似檢查這樣的東西。也許頭顱裡的那東西將什麼傳給整體。」

「資訊。」灰狼說道。

「對。」約翰遜叫道，「對！」

戴拉維拱起鼻子。「這就是說，它想有多大就多大？想要怎麼變化就怎麼變化？」

「任何大小任何形狀。」奧利維拉點點頭，「要操縱一隻蟹，一把就夠了。溫哥華島沿岸鯨魚們聚集在它周圍的那東西，有一座房子大，而……」

「這是我們的發現中最關鍵的東西。」魯賓打斷她。他跳了起來，「這膠狀物是一種用來完成特定任務的原料。」

奧利維拉顯得很惱怒。

「我非常仔細地觀看過挪威大陸棚的照片。」魯賓上氣不接下氣地說，「我相信，我知道那裡發生了什麼事！如果這東西不是大陸棚崩塌的最後動力，我就不是人養的。我們快要掌握全部真相了！」

「你們找到了一種完成了一大堆壞事的物質。」皮克不為所動地說，「很好。Yrr在哪裡？」

「Yrr就是……」魯賓頓住了，自信突然煙消雲散，目光沒有把握地掃向約翰遜和奧利維拉，「哎呀……」

「你們認為它們**就是**Yrr？」克羅夫問道。

約翰遜搖搖頭。「不清楚。」

一陣沉默。

克羅夫噘起嘴脣，吸她的香菸。「我們還沒有收到回答。誰會回答我們？一個智慧生物還是一個智慧生物的群體？你認為呢，西谷，箱裡的那些東西表現得有智慧嗎？」

「妳自己也知道這問題是多餘的。」約翰遜回答道。

「我要聽你講。」克羅夫莞爾一笑。

「我們又怎麼會知道？一群對數學一竅不通的人類俘虜著一個外星的智慧生命，它害怕、嫌惡、呻吟或冷漠地坐在牢房角落裡，要如何評價它呢？」

「我的天哪。」范德比特低聲叫苦道，「他拿日內瓦公約來折磨我們的耳朵了。」

「公約也適用於外星人嗎？」皮克冷笑。

奧利維拉輕蔑地望了他一眼。

「我們將繼續檢查箱子裡的物質。」她說道，「另外，我們花了這麼長時間才理解此事，這讓我費解。李奧，當你在偵察碼頭的巴麗爾皇后號時，你發現什麼了？」

安納瓦克看著她。

「在他們將我撈出來之前嗎？一個藍色發光體。」

「我問的就是這個。」奧利維拉轉向黎說道，「妳非得要獨自行動，將軍，在那裡的碼頭上，你們在巴麗爾皇后號的船體裡探查了好幾個星期，沒有取得什麼成果。現在成功一半了。妳的手下檢查碼頭裡的水樣時一定忽視了什麼關鍵。誰也沒有注意到這個發光體嗎？或水樣裡的一堆單細胞生物？」

「注意到了。」黎說道，「我們當然對水進行了檢查。」

「結果呢？」

「什麼也沒有。普通的水。」

「那好吧。」奧利維拉嘆息道，「妳能再將報告送給我一份嗎？包括所有的實驗室結果。」

「當然。」

「約翰遜博士。」尚卡爾抬起頭來，「你認為，這種結合是如何形成的？我是指，是什麼將它們溶解了？」

「而且還是同時。」羅斯科維奇驚奇地說道，這是他頭一回發言，「這是怎麼進行的？有什麼目的呢？

這些細胞中一定有哪一個必須說，嗨，夥計們，全都到這兒來，我們舉辦一場晚會。」

「不一定。」范德比特狡黠地說道，「最高級的合作是在人類身體細胞裡，對不對？那裡也沒有誰講要往哪裡走。」

「你是在談中情局的組織結構嗎？」黎微笑道。

「小心點，蘇絲黃。」

「嗨！」羅斯科維奇抬起雙手，「各位，我只是個潛水艇駕駛員。我想弄明白這件事。人的細胞總是漂漂亮亮地黏在一起，這不一樣，我們不是不停地隨意溶解。另外有一個中央神經系統，它是整件事的老闆。」

「身體細胞的交流是通過化學訊號進行的。」戴拉維說道。

「那是什麼東西？我們必須將這些細胞想像成大家都同時游向同一方向的魚群嗎？」

「魚群的行為僅僅表面看來是同時的。」魯賓解釋，「魚群的行為與壓力有關。」

「這我知道，夥計，我只是想……」

「魚體的側面有體側器官。」魯賓不為所動地教育他，「當一個身體改變姿勢時，牠就將壓力波傳給牠的鄰居，牠會自動地轉向相同的方向，就這樣，直到整個魚群一起轉。」

「我說了，這我知道！」

「沒錯！」戴拉維的神情一亮，「就是它！」

「什麼？」

「壓力波。有了它，較大一群的膠狀物就能簡單地引導整個魚群。我是說，我們想過，需要什麼樣的魔力才能讓魚群不再往網子裡游，這倒是個解釋。」

「讓一大群改變方向？」尚卡爾懷疑地說。

「對，她說的對。」灰狼叫道，「她講得對極了！既然 Yrr 能控制蟹和將數百萬隻蟲子運到大陸棚上，它們也能改變魚群的方向。使用壓力波能做到這種事。感覺壓力實際上是魚群擁有的唯一保護。」

「你是指，下面箱裡的那些單細胞生物對壓力做出反應嗎？」

「不是。」安納瓦克搖搖頭，「那樣講太簡單了。魚能產生壓力，可是單細胞生物呢？」

「但這結合一定是由**什麼**引起的。」

「等等。」奧利維拉說道，「細胞有著類似的交流形式。比如*Myxococcus xanthus*。一種底棲類。它由鬆散的集體組成。如果個體的單細胞生物找不到足夠吃的東西，就發出一種飢餓信號。一開始隊伍幾乎對此不做反應，但餓死的細胞愈多，信號就愈強烈，直到超過一定的極限。隊伍的成員開始聚集。慢慢形成一個複雜的多細胞物質，一個用肉眼就能看到的實體。」

「這信號是什麼東西？」安納瓦克問道。

「那是它們釋放的一種物質。」

「是一種氣味嗎？」

「對。某種程度上是的。」

交談停了下來。每個人都皺起眉頭，手指交疊，噘起嘴脣。

「好。」黎說道，「我很感動。這是一大成功。我們現在不應該用交流基本知識來浪費我們的時間。接下來有什麼步驟呢？」

「我有個建議。」韋孚說道。

「請講。」

「李奧在惠斯勒堡時有一個主意，你們還記得嗎？海軍對海豚大腦的實驗。不是由簡單的微晶片而是由密集組裝在一起的人造神經細胞組成，它們照本宣科地模仿大腦各部分，相互之間通過電子脈衝聯絡。我在想，如果這種膠狀物真是一個單細胞生物的結合體，這些單細胞生物某種程度上就具有腦細胞的功能，或取代它——那它們相互之間就能聯絡。它們甚至必須聯絡。否則它們就不能夠結合跟變形。也許它們能創造一個人工大腦，包括化學資訊物。也許……」她猶豫著，「……它們甚至接收了它們宿主的情感、特徵和知識，以這種方式學會控制牠。」

「要這樣它們必須具有學習能力。」奧利維拉說道，「但單細胞生物怎麼學習呢？」

「我和李奧能嘗試在電腦裡模擬創造一群單細胞生物，賦予它們特徵。直到它開始像顆大腦一樣運作。」

「一種人工智能嗎？」

「在生物學的前提下。」

「這聽起來有用。」黎決定道，「你們去做吧。還有什麼別的建議？」

「我想辦法在史前生命形式裡尋找相似的生物來。」魯賓說。

黎點點頭，「妳們有什麼新消息嗎，珊？」

「沒有。」克羅夫的聲音從一團煙霧裡傳來，「只要我們得不到回答，我們就致力破譯之前的老信號。」

「也許妳該給妳的 Yrr 寄些比數學題更高檔的東西。」皮克說道。

克羅夫盯著他。煙霧散去，她那有著數千條小皺紋的美麗而蒼老的臉笑了。「別急，薩洛。」

底層甲板

羅斯科維奇在美國海軍裡過了一輩子，而且不打算改變現狀。他認為，每個人都應該做他最擅長的事情，由於他喜歡水下世界，他選擇當潛艇駕駛員一路當到了指揮官。

但羅斯科維奇也認為，在人類的所有特點當中，好奇最特別。他盡忠職守、熱愛祖國，但很不喜歡愚忠的軍人行為。有一天他明白了，大多數潛艇駕駛員都是行駛在他們一無所知的世界裡，於是他開始去了解，儘管他不是生物學家，這件事傳到了海軍的科學部門，他們正好在尋找這樣的人，他具備的士兵品格與行為舉止，及思維上極度的靈活，足能承擔科學研究的領導工作。

在決定為格陵蘭使命改建獨立號後，他受託為這艘船創造最大的潛水條件。獨立號被許多人當成最後希望，因此不在乎花錢。羅斯科維奇得到的不只是預算，而是一封特許證。要他購買他找到的和他認為合適的東西，如果可以，要他列出那些買不到、但他想要的東西來。

誰也料不到他會認真考慮載人潛水艇。水下遙控載具是不二選擇，像在挪威沿海發現蟲子的維克多號那樣；或是自動水下載具，線纜連接母船都不需要的新產品。這些自動裝置大都裝配有高解析度攝影機，有抓臂，甚至是敏感的人造關節。在潛水員受到攻擊、被殺死後，誰也不想危害到人命。

羅斯科維奇仔細聽了，說：「我們什麼時候靠機器最終贏得過一場戰爭嗎？我們可以發射智慧型飛彈，讓無人駕駛的轟炸機飛到敵方上空，但一位飛行員在一台戰鬥機裡做出的決定是機器替代不了的。在執行這場任務的過程中總有些重要時刻，我們必須自己去確認。」

他們問他想要什麼。他說，水下遙控載具和自動水下載具，再加上載人潛艇。另外他請求一個海豚中隊，滿意地得知MK-6和MK-7已經安排就緒了。當他聽說將由誰來負責這些中隊時，就更高興了。

傑克．歐班儂。

羅斯科維奇並不認識歐班儂本人。但他具有一定的知名度。有人認為，他是中隊曾有過最優秀的訓練員。後來他堅決地離開了海軍。羅斯科維奇非常清楚，歐班儂所謂的心臟衰竭是怎麼回事。因此，聽到此人又上船了，他就更為驚訝了。

他的上司們試圖勸他放棄載人潛艇，他堅持這個決定，他一次又一次地重複說：「我們需要它們。」直到他們最終首肯。

然後他再給他們一個意外。

海軍部或許認為，他會在那艘龐大的航空母艦船尾塞滿大名鼎鼎的潛水艇，像俄羅斯的米爾型潛艇，日本的深海型或法國的鸚鵡螺型。全世界只有幾艘船能下潛超過三千公尺，它們都列名其中。但羅斯科維奇認為這種船對他不會有多大用處，用深海型雖然能下達六千五百公尺的深度，但它只能透過灌滿和排空平衡箱來控制它的垂直運動，像米爾型和鸚鵡螺型一樣。羅斯科維奇考慮的不是傳統的深海考察，他規畫的是戰爭和一個無形的敵人，他想像使用熱氣球進行一場空戰是什麼情形。大多數深海潛水艇都太笨重了。他所需要的是深海直升機，戰鬥直升機。

不久後，他找到一家企業的產品符合他的理想。加州瑞奇蒙區的霍克海技術公司，不僅在業界擁有毋庸置疑的聲譽，而且還經常參與好萊塢產品的製作，為那些想像創造一個堅實的基礎。葛林．霍克，一名著名的工程師和發明家，在九〇年代中期創辦了這家公司，以實現飛行的夢想——在水下。

羅斯科維奇將訂單和一筆豐厚的錢擺在桌上，條件是設計師必須在限制時間內完成。錢發揮了作用。

當那些科學家們十點半踏上底層甲板的碼頭，人人裹著一身保暖只露出臉來的橡膠潛水衣時，羅斯科維奇很高興能向這些聰明人講點新鮮的東西。士兵和船上員工已經在諾福克受訓。他們大都是經驗豐富的海軍老兵。但羅斯科維奇下定決心要讓這些科學家們也掌握駕駛和戰鬥技術。他知道，這種遠征中也許會發生一位平民到最後將扮演關鍵性角色的事情。

他指示白朗寧將四艘潛水艇中的一艘從天花板上放下來，**深飛一號**緩慢落下。這艘艇的下方看來像一輛沒有輪胎的超大型法拉利，配備有四根細長的管子。他等它到達眼睛的高度，甲板的地板上方四公尺，剛好在水池上方。從這個角度看，它也不大像一艘傳統潛艇。矮而扁，近乎正方形，後側有四隻驅動和控制噴口，兩管鑲有玻璃的圓筒斜升出表面，透明圓頂下伸出多節抓臂，兩側的短翼引人注目，讓人想到一艘宇宙飛船。

「你們認為它看上去像架飛機。」羅斯科維奇說道，「沒錯。與飛機同樣靈活。機翼具有同樣的功能，只存在很小的區別：方向相反。機翼在飛行時形成浮力。相反的，深飛的翼生成一股向下的吸力。操作機械也是對航空飛行的模仿。你不是像塊石頭一樣下沉，而是以高達六〇度的傾斜度移動，飛出優雅的曲線，飛、升、降，呼，呼！」他用扁平的手掌展示，指著艇殼，「和飛機的主要區別是，人不是坐著，而是躺著。這樣，邊緣尺寸三乘六公尺，我們還有一．四公尺的高度。」

「它能下潛多深？」韋孚問道。

「想多深就多深。它可以直線飛往馬里亞納海溝底部，用不到一個半小時。這寶貝的設計速度是十二節。外殼是陶瓷做的，圓頂是丙烯酸酯做的，外層塗鈦，完全適合下潛。你能四面觀看，這也就表示，可以隨時逃跑或開火。」

他指指下側，「我們的深飛安裝了四顆魚雷。其中兩顆爆炸力有限，能讓一隻鯨魚受重傷，甚至殺死牠。另二顆則撕出較大的洞，可以炸毀金屬和石頭，能轟炸一大群。但請你們把魚雷留給駕駛員來控制，除非他死了或失去知覺，而你們別無選擇的時候。」

羅斯科維奇拍拍雙掌。「好了。現在你們可以搶當第一個試飛者。哎呀，你們可能還想知道：燃料足夠潛行八小時。如果你們被困在什麼地方，生命維持系統能供應九十六小時的氧氣。不過別怕：在那之前，上帝自己的軍隊，海軍，早就將你救出來了。誰想先試？」

「沒有水嗎？」尚卡爾問道，懷疑地望著下面。

羅斯科維奇笑笑。「你認為一萬五千噸夠嗎？」

「我，呃……我想夠了。」

「好。我們替甲板放水。」

作戰情報中心

只要科學家們待在羅斯科維奇的王國裡，克羅夫和尚卡爾的位置就由兩名無線電操作員接替。他們在打發時間，只不過是閉上嘴巴張開耳朵地打發時間，因為他們可以全然仰賴電腦，不管深海傳來什麼，都會被複雜的電子系統捕獲，預先分類，初步分析，做出評論，透過衛星發回獨立號。雖然克羅夫的資訊是從艦上發出的，獨立號也在傾聽，但只是許多傾聽站之一。Yrr可能的回答會傳進所有的大西洋水下聲納。根據空間分配和到達時間的交錯，電腦會計算出信號發出點，傳送給作戰情報中心。

這兩個人對科技的力量深信不疑，他們開始討論起音樂來。很快地就專注於白人嘻哈樂手的評論激辯起來，再也沒有望一眼螢幕，直到其中一位伸手拿起咖啡時，偶然轉了一下頭。他的目光停住了。「啊，那是什麼？」

兩台螢幕上有彩色頻率線在跳動。

另一位睜大眼睛。「出現多久了？」

「不知道。」那位報務員盯著那些線條，「我們一定收到了陸地上傳來的什麼消息。他們為什麼沒有報告？他們一定也接收到了。」

「這是克羅夫發出的頻率嗎？」

「不清楚她發出的是什麼。什麼也聽不到。一定是超音波或超低頻波範圍裡的什麼東西。」

另一位思考著。「好吧。下一具水下聲納在紐芬蘭沿海。聲音傳播需要時間。如果其他的還沒有接收到，我們最先接收到。這表示……」

他的搭檔望著他。「它來自這裡。」

深飛

當艉外的平衡箱進水時，液壓系統的聲音很大。海水湧進，獨立號的尾部緩慢下沉。

「我們可以開閘放水進來。」為了蓋過雜音，羅斯科維奇提高聲音解釋道，「那樣的話就必須同時打開所有的進水管。基於安全理由，我們會避免這麼做。相反地，我們採用一個專用抽水系統。一個獨立循環管道將水抽進甲板內，水經過多次過濾，和閘一樣，水池裡也安裝有高感度的感應器，會告知我們，是否可以在大浴缸裡無憂無慮地戲水。」

「我們要在甲板上測試這些船嗎？」約翰遜叫道。

「不，我們出去。」

在海豚報告了虎鯨的撤退之後，羅斯科維奇堅信可以冒險進行幾次真正的下潛了。

「我的天哪。」魯賓著了魔似地盯著水池裡，水池裡翻著白沫越來越滿。「這就好像我們在下沉。」

羅斯科維奇冷笑地望著他。「你想錯了。我已經隨一艘戰艦一起下沉過。請相信我，那是兩碼事！」巨艦的尾部一公尺一公尺地下沉。獨立號太大了，讓人沒法真正感覺到傾斜。傾斜度非常細微，只有水平儀偵測得出來，但效果卻很驚人。水位愈漲愈高，最後漫出碼頭邊緣。幾分鐘內甲板就變成了一座水深四公尺的游泳池。海豚館也在水下，這樣整個水池都可以供那些動物使用。橡皮艇被纜繩繫得牢牢地漂在人造水池上。深飛一號在波浪上輕晃。

白朗寧從天花板上放下另一艘潛水艇。她站在操縱台旁，移動一根操作桿。她透過軌道依次將船隻移向碼頭邊緣，打開筒蓋。它們像噴射飛機的圓蓋一樣打開來。「每個密閉艙都可以單獨打開和關閉。」她解釋道。「進去很簡單。儘管如此，不習慣的還是會弄溼腳的。抽水過程中水池裡的水被加熱，現在溫度是能夠忍受的十五度，這不會令人想要丟掉潛水衣。萬一你們因為某種原因被拋在公海上，身邊沒有潛水衣沒有潛水艇，就會很快死去。格陵蘭海的水溫最多兩度。」

「還有問題嗎？」羅斯科維奇分組，每組都有一位飛行員和一名科學家。「那就出發吧。我們待在母艦附近。我們諳水性的海豚中隊朋友們雖然認為我們不必擔心，但情況也可能發生變化。李奧，跟我走。我們乘深飛一號。」

他跳上艇。艇身劇烈搖晃。安納瓦克跟著他，失去平衡，頭朝下栽在水裡。冰冷襲上他的臉，讓他透不過氣來。他輕咳著浮上水面，引來一陣轟笑。

「我指的正是這個。」白朗寧冷淡地說。

安納瓦克爬到艇身上，趴著鑽進艙內。令他吃驚的是艙裡舒適而寬敞。不是完全水平地躺著，而是微抬著，身體姿勢更像半空中的滑雪運動員。他面前有個一覽無遺的儀表板。羅斯科維奇啟動系統，蓋子無聲地關閉。

「這不同於麗池酒店裡的套房，李奧。」上校的聲音從喇叭裡傳到安納瓦克的耳朵。他轉過頭，身旁一公尺處，羅斯科維奇正從他的玻璃圓頂裡微笑著望過來。「你看到面前的操縱桿了嗎？我說過這是一架飛機，操縱也像飛機。你必須學會如何駕駛一架飛機升降轉彎，也就是向各個方向滑翔。另外，下側有四個噴射器能生成足夠的推力，使深飛漂浮一陣子。第一圈我來飛，然後你來飛，我會告訴你做錯了什麼。」

他們突然向前翻倒，水淹過丙烯酸圓頂，他們小角度地向下，艇首和艇身的探照燈亮起來。安納瓦克看到甲板的地板在他身下離去，然後他們就來到閘的上方，玻璃門打開，他望進一個幾公尺深被燈光照亮的閘道，它的底部是黑色的鋼板。深飛徐徐沉進閘室，玻璃門在他們上方關上。一股不安的感覺向他襲來。

「別怕。」羅斯科維奇說道，「出去比進來快。」

鋼門咕隆隆移動。巨大的鋼板分開來，露出黑洞洞的洋底。深飛從獨立號掉進陌生之中。

羅斯科維奇加速，拐彎。艇身側過來。安納瓦克被吸引住了。他操縱過傳統的小潛水艇，都是為較上層水位設計的。這艘完全不一樣。深飛表現得確實像一架飛機，而且快！坐在一輛汽車裡，時速二十公里會顯得慢，但對於一架水下飛機，深飛飛出了驚人的速度。他入迷地看著他們從獨立號的艦身下鑽出，看到洶湧的水面。羅斯科維奇將潛水艇的頭部降得更低了。他又拐一個彎，飛往母艦艦尾，在那兒潛了下去。巨大的槳葉在他們的頭頂飛走了。

「感人嗎？」羅斯科維奇問道。

「嗯。」安納瓦克聲音不踏實地說道。

「我知道你在想什麼。你害怕。我們大家都害怕。但底層甲板上太窄，無法練習。深度太小。我們可不想讓這些寶貝馬上就變成廢鐵。」

下一個彎度羅斯科維奇拐得較小。安納瓦克隨時期待著看到一條虎鯨黑白交雜的圓臉在面前鑽出來，但游過來的是兩條海豚，牠們向圓頂裡窺望，頭上裝有攝影機，傲慢地繞著潛水艇游動。

「微笑，李奧！」羅斯科維奇笑道，「在給我們拍照呢。」

一個信號燈在閃爍，告訴安納瓦克他正在駕駛深飛。

「你來飛。」羅斯科維奇說道，「如果有什麼過來，想吃掉我們，我們就拿魚雷餵它當早餐。但你駕駛，我來發射，明白嗎？」

安納瓦克起初有點不知所措。他不由自主地將操縱桿抓得更緊。羅斯科維奇沒有告訴他該怎麼做，因此他先繼續往前開。

「嗨，李奧！別睡著了。我坐過比這還刺激的公車。」

「我該怎麼做呢？」

「隨便。隨你怎麼做。你帶我們飛往月球吧！」

此時月球是在下面，安納瓦克想道。那好吧。他向前推動操縱桿。

深飛的頭猛地一沉，他們向下面飛去。安納瓦克盯著黑暗中。拉回操縱桿，這回謹慎了。船豎起來。他試著拐一個彎，太小，又飛了一個更大的。他知道動作太猛，但確實很簡單。純粹是靠練習。

他看到第二架深飛在稍遠一點的地方。他突然喜歡上這件事。他可以繼續飛上幾個小時。

「徹底放鬆，李奧。時間一長，你這種飛法會讓任何乘客暈船。但你可以改過來，現在請水平飛。就這樣，讓它輕漂。我教你如何操作抓臂。這很簡單。」

五分鐘後羅斯科維奇重新駕駛，將艇慢慢開回閘道。閘道關閉後的那一分鐘慢得要命，然後他們自由了，鑽了出來。安納瓦克某種程度上感覺放心了。儘管興奮，一想到早晨包圍航空母艦的虎鯨他就不舒服——更別說海洋裡可能有更多的意外。

羅斯科維奇打開圓頂。他們鑽出座艙，跳上碼頭。

弗洛伊德．安德森站在他面前。「喏，怎麼樣？」他不是特別關心地問道。

「好玩。」

「可惜我不得不打斷這種樂趣。」大副看著第二隻艇鑽上來，「你的頭才鑽下水，就有事情發生了。我們接到了一個信號。」

「什麼？」克羅夫走過來，「一個信號？哪一種？」

「寶貝，這得妳告訴我們。」安德森冷漠地從她身旁望過去。「不過信號很響。相當接近。」

作戰情報中心

「這是一個低頻率範圍的信號。」尚卡爾說道，「一個刮擦聲模式。」

他和克羅夫匆匆趕到了作戰情報中心。這期間他們已經收到了地面站來的證實。根據計算，信號源確實位於獨立號附近區域。

黎走進來。「這對妳有用嗎？」

「暫時還沒有。」克羅夫搖搖頭。「我們必須問電腦。電腦會將它分解，檢查模式。」

「那又過一年了。」

「這是在批評我嗎？」尚卡爾生氣地嘀咕道。

「不是，但我正在問自己，你如何能在幾天內破譯一個你的手下自九〇年代初就在解的信號。」

「妳**現在**問這個？」

「別爭了，孩子們。」克羅夫掏出香菸，心平氣和地點燃一支，「我說過，跟外來物種溝通是另一回事。很可能我們昨天向Yrr發出了第一封它們能破譯的資訊。它們以同樣方式回答。」

「妳真的相信，它們是以相同的密碼回覆的？」

「如果是Yrr、如果這是一個回覆、如果它們懂密碼、在它們對溝通有興趣的前提下——是的。」

「那它們為什麼用低聲波而不是直接用我們的頻率回答呢？」

「它們為什麼要那樣做呢？」克羅夫吃驚地問。

「外交。」

「妳為什麼不用俄語回答一個用結巴英語和妳講話的俄國人呢？」

黎聳聳肩。「好。接下來怎麼辦？」

「我們暫時先發出訊息。告訴它們我們收到了答覆。如果它們使用我們的密碼，我們很快就會知道。它們會讓我們盡可能容易地破譯密碼的。我們的知識是否足夠來理解這封回覆，那又是另一回事。」

聯合情報中心

韋孚在做不可能的事情。她試圖不顧關於智慧生命演化的既有知識，同時又證明它。

克羅夫和她爭論，有關外星文明的所有假設，最後總集中在相同的問題上。其中一個：智慧生物體積到底能多大或多小？鳳凰計畫研究星際通信的可能性，主要是思考那些將目光投向天空、知道另一個世界存在、不知什麼時候決定進行接觸的生物。這種生物極有可能生活在地面上，這明顯限制了它們的體積。目前，天文學家和生物學家們得出結論，一個星球不得小於地球的百分之八五、不得大於百分之一三三，才能形成可以在十億至二十億年內進化出智慧生命來的表面溫度。從這個虛構星球的大小又得出了重力的各種資料，再反推出生活在那裡的物種身體結構。理論上，在一個類似地球的星球上生物可以無限大地生長。實際上，它只能生長到無法承受自身的體重為止。恐龍的骨骼特別大，但大腦多少就吃虧了——整個組織只是為了拖著笨重的身體漫遊進食。因此，靈活、智慧的生物有個簡單的法則，它們大約不會超過十公尺。

生長下限的問題更為有趣。螞蟻有可能發展出智慧嗎？細菌會嗎？病毒會嗎？

鳳凰計畫的人員和生物學家們就此進行爭論。幾乎可以肯定，在熟悉的銀河系裡不存在類似於人類的文明，至少太陽系裡沒有。因此人們更期望在火星或一顆木星、月球上至少能發現幾種孢子生物甚至單細胞生物。於是人們尋找可以稱作生命、功能正常的最小單位，最後不可避免地發現一個複雜的有機分子，是具有獨立結構、可以想像到的最小資訊儲存單位，進而探詢一個分子能否產生智慧。

一個分子顯然不能產生這種東西。

可是，人腦裡的單個神經細胞也不是智慧生物。為了讓一個人有智慧，大腦必須由一千億個神經細胞組成。比人小的智慧生物有可能需要較少的細胞，但形成細胞的分子大小是相同的，不足一定數量的細胞就不足以形成智慧的火花。這就是螞蟻的問題，人們雖然猜測牠們有一種潛在的智慧，但牠們的腦細胞數量太少，無法形成較高的智慧。

另外，由於螞蟻不是通過肺呼吸，而是直接透過體表將氧氣輸進細胞，牠們無法長大——長到一定尺寸時身體就不行呼吸了，因此發育不出較大的頭腦。這樣牠們就連同其他所有的昆蟲一起鑽進了進化的死胡同。科學得出結論，智慧生物的體型下限在十公分，因此，遇到一個爬行的亞里斯多德機會近乎於零，更別說一個單細胞生物了。

當韋孚替電腦設計將單細胞生物和智慧有意義地結合在一起的程式時，所有這些她都知道。

在實驗室裡發現後，獨立號上對膠狀物是否有智慧充滿懷疑。單細胞生物沒有創造性，不會形成自我意識。但一大群單細胞生物理論上相當於一顆大腦或一具身體。溫哥華島外被浦號機拍下的藍色雲團毫無疑問是由數十億細胞組成。但它因此就能思維嗎？它如何學習？細胞如何交流？是什麼導致了一個細胞聚集物變成一個高等的個體？

是什麼讓人類走完了這一步？

這種膠狀物如果不是愚蠢的一團，就是擁有一種伎倆。可以成功控制鯨魚和蟹的伎倆。一定有！

庫茨魏爾技術公司開發了由億萬位元建成人工智能的電腦系統，它類比腦神經從而類比一顆大腦。世界各地的人工智能研究都已取得不同的成績，有學習能力，某種程度上能獨自創造性地發展。不過至今為止，沒有哪位研究人員試著創造**意識**，但眼前的問題是，什麼時候最小單位的凝聚會被視為生命，到底能不能透過這種方式創造生命。

韋孚和雷．庫莢魏爾進行過聯繫，因此她擁有最新一代的人造大腦。她做了安全備份，將原件拆成一個個電子元件，切斷資訊橋，變成一群零零散散的最小單位。她想像，如果用同樣的方式支解一顆人腦會怎麼樣，必須怎麼做這些細胞才能重新變成一個思維的整體。一會兒後數十億電子神經元就占據了她的電腦，微小的資料單元，互不相連。

然後她開始假想單細胞生物。

數十億單細胞生物。

她仔細考慮接下來怎麼做。愈接近現實越好。思考了一陣之後她設計了一個三維空間程式，輸入水的物理特徵。單細胞生物是什麼樣子的呢？它們有各種各樣的形狀，棒狀、三角形、星形有齒、有的有鞭毛有的沒有，最好的辦法恐怕是先選最簡單的。圓的不錯。那就圓的吧。現在它們有形狀了。只要實驗室裡的那些人沒有別的發現，就暫時用圓形吧。

電腦漸漸變成一座海洋。韋孚的虛擬單細胞生物居住在一個它們可以滾動的世界上。也許她應該設計出水流的程式，直到這個虛擬空間各方面都與深海相符。但這不急。她得先回答核心問題。

這許多的單元，從中怎樣形成一種會思維的生物呢？大小無關緊要。對於生活在水裡的生物來說，最大身體的簡單法則不適用，因為那裡適用的是另一種重量比例。一種智慧的水生生物可以比陸地上的任何生物大得多。鳳凰計畫裡幾乎沒有水生文明出現，因為無線電波照射不到它們，可能它們對太空和其他星球不會感興趣——或者它們應該在飛行的水族箱裡穿越太空嗎？

當安納瓦克在半小時後走進聯合情報中心時，他發現她仍在呆呆地望著，額頭上聚滿皺紋。看到他，她很高興。他從努納福特回來後他們交談過多次，談他和她的過去。安納瓦克顯得自信，充滿信心。

「妳到什麼階段了？」他問道。

「滿腦打結。」她搖搖頭，「我不知道我該從哪裡開始。」

「問題在哪裡？」

她將她所做的告訴他。安納瓦克仔細聽著，沒有打斷她。然後他說道：「妳當然沒有進展。妳擅長電腦模擬，但缺少一些基本的生物學知識。使一顆大腦成為思維單位的是它的結構。我們大腦的神經元基本上是相同的，讓它們思維的是連結的方式。這就像……嗯……妳想像一座城市吧。」

「那好。倫敦。」

「現在，所有的房屋和街道突然失去了聯繫，亂成一團。現在妳將它們重新連接起來。有無數種方式，但只有一種方式會成為倫敦。」

「不錯。但怎麼知道每座房子屬於哪裡呢？」韋孚嘆口氣，「不，我們換個方式再來吧。不管細胞在大腦裡是如何連結的──總而言之，為什麼它們會成為某種比整體結合更厲害的東西呢？」

安納瓦克搓著下巴。「我該怎麼為妳解釋呢？好吧，回到我們假設的城市。那裡在修建一座大樓……我們就說，由一千名工人吧。他們全都一樣，可以說是複製人。他們每個人都有特殊的任務，某種他必須掌握的技巧。但沒有人熟悉整個計畫。但他們還是一起蓋了這座房子。一旦妳換掉誰就會出現問題。十名工人組成一串隊伍，搬運石頭，如果突然有個應該鎖螺絲的人來頂替其中一位，就會出現混亂。」

「明白了。只要各守其位，事情就會成功。」

「他們齊心協力。」

「但他們晚上還是得回家。」

「慢慢走散。各回自己的方向。第二天早晨所有人又重新出現在工地上，繼續工作。妳可以說，這能運作，是因為有人在替工人分配工作，但沒有工人他就無法蓋房子，相輔相成，由計畫產生合作，再由合作產生計畫。」

「因此有個計畫者。」

「或者工人就是計畫。」

「那每個工人的密碼肯定都和他的同事有點區別。不管他是什麼。」

「正確。因此工人們只是**表面相同**。我們再從頭開始吧。有一個計畫，好吧，他們被編了密碼。但要由此形成一張網路，妳需要什麼呢？」

韋孚思考。「參與的意願？」

「更簡單。」

「嗯。」她突然理解安納瓦克指的是什麼。「溝通。大家都理解的語言。一種訊號。」

「當早晨大家從床上爬起來時，那訊號會是什麼？」

「我去工地工作。」

「還有呢？」

「我知道我屬於哪裡。」

「正確。好，那是工人，不能做複雜的交談。辛苦工作的小夥子們。他們不停地淌著汗，即使夜裡躺在床上、早晨起床時他們都在流汗，整天在流。他們憑什麼相互認識呢？」

韋孚望著他做個鬼臉。「從汗味。」

「對極了！」

「你真會幻想。」

安納瓦克笑了。「這是奧利維拉的錯。她先前講過那種組成菌落的細菌……*Myxococus xanthus*。妳記得嗎，它分泌出一種氣味，大家都靠攏。」

韋孚點點頭表示有意思，氣味是一種可能。「我去游泳池裡好好想這件事。」她說，「你一起來嗎？」

「游泳？現在？」

「游泳？現在？」她學著他說，「聽著，一般情況下，我不會將自己關在房間裡，呆坐不動的。」

「我想，這對於電腦迷來說是正確的呀。」

「我的樣子像個電腦迷嗎？臉色蒼白，腳步不穩？」

「噢，妳肯定是我遇過臉色最蒼白腳步最不穩的人。」安納瓦克笑道。

她注意到了他眼裡的閃光。這人個子小而結實，雖然不是喬治・克隆尼，但在這一剎那他給韋孚的印象是高大、自信、英俊。「傻瓜。」她微笑著說。

「謝謝。」

「只因為你在水裡度過了你的半生，你就相信，電腦人是跟他們的椅子黏在一起的。大部分時間我都在野外，思考。行李裝著筆記型電腦，出發，在懸崖邊你也可以寫作。坐在這裡讓我緊繃，讓我的肩變得像鋼梁一樣。」

安納瓦克站起來，走到她身後。有一瞬間韋孚以為他想走。後來她突然感覺到他的雙手放在她的肩上。手指撫摸著頸部肌肉，大拇指掐著肩胛骨周圍。

他在為她按摩。韋孚感覺到她很緊張。她不確定她是否喜歡這樣。不錯，她喜歡這樣。她只是不清楚，她是不是想要這樣。

「妳並不緊繃。」安納瓦克說道。

他說得對。那她為什麼要這麼講呢？

就在她猛地從椅子裡站起、他的雙手滑下她肩膀的那一瞬間，她就知道了她犯了個錯誤。她更想坐著不動，讓他繼續。但她卻有點粗暴地結束了這一切。「那我走了。」她尷尬地說道，「游泳去。」

安納瓦克

他心神不寧地問自己做錯什麼了。他很想一起去游泳池，但氣氛說變就變。也許他在按摩她的肩膀前應該先問問。也許他從一開始就錯估了這整件事。你不擅長這種事，他想。留在你的鯨魚身邊吧，愚蠢的愛斯基摩人。

他不去想她，考慮去找約翰遜，繼續和他討論單細胞生物智慧。但不知怎麼地突然沒了興趣。他決定去作戰情報中心看看，灰狼和戴拉維大部分時間都在那裡，對海豚中隊進行觀察和聲音分析。只是那裡除了從水下拍攝的朦朧艦體就沒別的好看。自從虎鯨早晨包圍過母艦後沒有發生多少事，而虎鯨又像牠們出現時一樣離開了。尚卡爾戴著一副超大耳機孤獨地坐在螢幕前傾聽深海，螢幕上掠過一排排數字。旁邊一人告訴他，灰狼和戴拉維在底層甲板，讓MK-6跟MK-7換班。

於是他大步從斜板隧道下去，到達空洞的機庫甲板。雖然日光透過舷外升降機的孔鑽進來，鈉氣燈蒼白、微黃的暗淡燈光還是籠罩著這裡。他努力想像這個大廳停滿直升機、噴射機、貨車和設備時是什麼樣子，彼此停放得只相隔幾公分，只留下可以從一道門、一扇窗或一個活門溜進去的位置。想像吉普車和裝載機噠噠地在這斜板上上下下時是什麼樣子。想像數百名勤快的海軍，一旦飛機停在飛行甲板上，就檢查武器和裝備，迅速而專注，就像獨立號的整個龐大機械一樣交錯進行。

荒唐，這麼個巨大的空間空空如也。高高的、灰暗的天花板上，鋼架裡的黃燈獨自照耀著。

「有時候，當健身房裡擁擠時，我們會將幾台跑步機搬到這裡來。」當他們在諾福克一起在艦上散步時皮克說那才叫真的舒適，他當時皺著眉站在那裡。後來他說：「我恨它，恨機庫這麼空洞洞的。我恨不該空著的房間的這種荒涼。某種程度上我痛恨這整個使命。」

那是他唯一一次目睹到皮克這樣。安納瓦克想道，最空洞的房間似乎是在一個人的體內。

他不急不忙地穿過大廳，來到右側升降機的平台上。升降機突起在波濤上方，像座大陽臺。安納瓦克瞇起眼睛。風猛吹著他。狂風能將人直接從地面吹起，吹過平台邊緣，那裡沒有護欄。相反，升降機電梯周圍拉著撈網。母艦周圍圍著一大圈，以防一場暴風或飛機排出的廢氣把人吹到海裡去。

儘管如此還是有風險。在他身下十公尺的地方大海洶湧，能見度很差，但冰雹雨停了。目光所及，水裡有一條條的浪花。有著白色脈絡的藍灰色海洋起伏不停。

他的人生超過一半是在加拿大西海岸的宜人氣候中度過。命運先後兩次將他拋進了冰裡。

風扯著他的頭髮。他漸漸感覺皮膚凍麻了。雙手遮在嘴前吸進溫暖的呼吸。然後走回艦內。

實驗室

約翰遜答應奧利維拉，在擺脫這一切之後，就請她吃一頓真正的龍蝦餐。然後他讓球體機器人從模擬器裡撈出一隻蟹。看著機器人將那隻文風不動的動物抓在它的夾鉗裡，移回機庫，放進準備好的可密封PVC塗層盒。看著那台機器以明顯的厭惡伸出那隻蟹，讓牠掉進一隻盒子，關起來，那樣子真奇怪。盒子通過一道閘駛進一個乾燥室，噴灑醋酸，用水洗淨，放入氫氧化鈉溶液，再通過一道閘運出模擬器。不管箱裡的水會有多毒，這盒子現在是乾淨的。

「你確定一個人能應付？」約翰遜問道。他和波爾曼約好了電話會議，波爾曼正在帕爾馬島上準備使用吸管。

「沒問題。」奧利維拉拿過裝有蟹的容器。「如果不行，我會叫人的。希望你來幫助我，而不是魯賓那個混蛋。」

約翰遜會心地一笑。「難道我們一樣討厭他？」

「我並不真的討厭米克。」奧利維拉說道，「他只是老想拿諾貝爾獎。」

「我也有這感覺。但如果我們能從這裡活下來，我們大家都會有點名氣的。」

「我絕不反對來點粉絲。科學夠枯燥的了。」奧利維拉停下來，「順便問一下，他在哪兒？」

「誰？魯賓嗎？」

「對。他要來隔離實驗室裡看我進行DNA分析的。」

「他會做點有意義的事。」約翰遜和好地說，「我認為，他不是個壞人。他身上沒有怪味，沒有殺死過人，櫥裡擺著一堆獎盃。只要他能讓我們有進展，我不必喜歡這傢伙。」

「他能讓我們有進展嗎？你覺得他到目前為止做過什麼有意義的事嗎？好吧。他想怎樣就怎樣。誰知道這有什麼好處呢？」

賽德娜

安納瓦克走到水池邊。甲板還淹在水裡。他看到戴拉維和灰狼穿著潛水衣在水裡，取下海豚的儀器。大廳裡一片嘈雜。艦尾方向有一艘深飛正從天花板上放下來。羅斯科維奇和白朗寧在操縱台上監督。扁平、太空船狀的艇體緩緩下沉，終於觸到水面，輕晃著落下。水面泛著漣漪，底部的閘發亮。

羅斯科維奇向他望過來。

「你要出去嗎？」安納瓦克叫道。

「不。」這位潛水站站長指指小艇。「這寶貝有點毛病。水平操縱設備有問題。不是大毛病，但最好是查查。」

「我們是開著它下海的吧，對不對？」

「別怕，你沒有搞壞什麼東西。」羅斯科維奇笑道，「有可能是軟體故障。幾小時後一切就又正常了。」

一股水浪打在安納瓦克的腿上。

「嗨，李奧！」戴拉維從水池裡衝著他咧嘴笑，「你站在那兒幹嘛？進來呀。」

「好主意。」灰狼說道，「你可以做點有意義的事情。」

「我們正在這上面做許多有意義的事情。」安納瓦克回答道。

灰狼撫摸著一條偎在他身上輕輕低叫的海豚。「你穿件潛水衣吧。」

「我只是想來看看你們。」

「謝謝你。」灰狼輕拍一下海豚，看著牠躍開。「現在你看見我們了。」

「有什麼新消息嗎？」

「我們正在給第二中隊做準備。」戴拉維說道，「MK-6沒有發現什麼不正常的情況，除了今天早晨牠們報告了虎鯨的出現。」

「而且是在電腦裝置看到牠們之前。」灰狼不無驕傲地議論道。

「是的，他們的聲納……」

安納瓦克又被水濺了一下，這回是一隻動物像魚雷似地從水裡鑽出，把他噴溼了。那隻海豚顯然因此很開心，吱吱嘎嘎地叫著，伸長嘴巴。

「你別費勁。」戴拉維對那動物說，好像牠能理解她的話似的。「李奧不會下來的。他寧可讓屁股凍掉，因為他不是真正的伊努特人，而是個吹牛大王。他根本不可能是伊努特人。否則他早就……」

「好了，好了！」安納瓦克抬起雙手，「該死的潛水衣在哪裡？」

五分鐘後，他就在協助戴拉維和灰狼幫第二中隊安裝攝影機。他突然想起，戴拉維曾經問過他是不是馬卡人。「妳當時怎麼想到問這問題？」他問。

她聳聳肩。「你沒有表態。你一定是印第安人之類的。無論如何你看起來不像白人。現在，我知道得更清楚了……」她笑吟吟地望著他，「……我有樣東西送給你！在網路上發現的。想給你一個歡喜。我將它背熟了，你想知道那是什麼嗎？」

「快講出來吧！」

「你們家鄉的歷史！」聽起來像有著陣陣軍號的伴奏。

「我的天哪。」

「不感興趣嗎？」

「感興趣。」灰狼說道，「李奧對他心愛的家鄉興趣濃厚，他只是死也不願承認。」

「別爭了，孩子們！」戴拉維仰面朝上，漂在水裡。「我想問，你們知道所有這些鯨魚、海豚和海豹都是從哪兒來的？你們想聽真實的解釋嗎？」

「別折磨我們了。」

「好吧，在古代，當人類和動物還是一體的時候。當時在阿爾維亞特附近住著一位姑娘。」

安納瓦克注意聽著。她找到的是這個呀！他小時候聽到這故事的各種版本，但後來和他的童年時代一起失落了。

「阿爾維亞特在哪裡？」灰狼問道。

「努納福特最南方的移民區。」安納瓦克回答道，「那姑娘是叫塔麗拉尤克嗎？」

「對，她叫塔麗拉尤克，她就叫這個名字。」戴拉維有點激動地接著說道，「她長著漂亮的頭髮，許多男人都對塔麗拉尤克表現出很大的興趣，但只有一個狗人贏得了她的芳心。塔麗拉尤克懷孕了，生下了伊努特人和非伊努特人。直到一天，狗人外出取肉時，一個長得極其俊美的風暴鳥人，乘著一艘獨木舟出現在塔麗拉尤克的帳篷外。他邀請她登上他的船，接下來他們展開熱戀。」

「老套。」灰狼在檢查一架攝影機的鏡頭，「鯨魚什麼時候加入進來呢？」

「等等。但不知什麼時候塔麗拉尤克的父親來看她，發現女兒失蹤了，狗人大聲吠叫。老人划著槳在海上尋找，最後來到風暴鳥人的帳篷，遠遠就看到她坐在帳篷外，大吵一場，要她立即回家。塔麗拉尤克登上爸爸的船，他們划著槳回家。一會兒之後她發覺大海開始洶湧起來，波浪愈來愈高，颳起一陣風暴！遠近不見陸地。巨浪打進船裡，老人開始害怕他們會沉下去。這是風暴鳥在報仇，它就飛在他們上方，爸爸不想就這樣淹死。由於他還在氣惱女兒，這一切災難都是她的錯，他抓起塔麗拉尤克，將她扔下船。塔麗拉尤克絕望地抱緊船舷，老人喊叫著要她鬆手，但她抱得更緊。這下他瘋了，他抓起斧頭，揮斧砍斷她的上指節！當它們一落到水裡，變成了獨角鯨，手指甲變成了獨角鯨長牙。塔麗拉尤克不想鬆手，於是老人再次砍下她一截指關節，它們變成了白鯨。塔麗拉尤克還吊在船舷。老人不得不砍掉她最後的指關節，它們變成了海豹。塔麗拉尤克不放棄。她仍然用她手的殘餘部分抓著船，船開始進水了。這下老人驚慌了！他用槳拍打她的臉，打出了她的左眼，她終於鬆手，沉進了波濤裡。」

「粗暴的民間神話。」

「但塔麗拉尤克沒有死，沒有真的死去。她變成了海洋女神賽德娜，從那以後統治著海洋裡的動物。她獨眼，在水裡滑行，伸出殘餘的手臂，她還有漂亮的頭髮，可惜她沒有手，無法梳理。因此頭髮經常是亂的，可以看得出她很憤怒。只要有誰幫她梳頭髮，編成一根辮子，就能安慰賽德娜，她就放出她的海洋動物讓他狩獵。」

「在我小時候，那些漫長的冬夜裡，人們經常講述這個故事，每次都有點出入。」安納瓦克低聲說。

「你喜歡它嗎？」

「我喜歡聽妳講。」

她滿意地嫣然一笑。安納瓦克問自己是什麼讓她翻出賽德娜的這則古老傳說。他覺得這不僅僅是網站上的一個偶然發現，她特意去找，這確實是給他的一件禮物。是他們友誼的證明。他有點感動。

「荒謬。」灰狼吹口哨呼喚還沒有裝上攝影機的最後一條海豚過來，「李奧是個從事科學研究的人。妳的海洋女神無法說服他。」

「你們的愚蠢摩擦。」戴拉維搖著頭說道。

「另外這故事不對。你們想知道一切到底怎麼產生的嗎？當時沒有陸地。只有一位首領，他居住在水下的一個草棚裡。他是個大懶蟲，從不站起來，總是背向火堆躺著，火堆裡面燒著某種水晶。他獨自一人生活在那下面，他叫**神奇造物者**。有一天他的助手衝進來，認為鬼和超自然生命找不到土地定居，他應該採取點措施才不負此封號。首領從地上撿起兩塊石頭，交給他的助手，指示將它們扔進水裡。助手按照吩咐做了，石頭生長起來，形成了夏洛特王后群島和整片陸地。」

「謝謝。」安納瓦克咧嘴笑道，「終於有了一個科學性很強的說法。」

「這說法來自一則古老的海達人傳說：烏鴉的旅行。」灰狼說道，「諾特卡人有類似的故事。許多都以海洋為主題。不是來自海洋，就是被海洋毀滅。」

「也許我們最好是認真聽聽，」戴拉維說道，「如果我們的科學沒有進展的話。」

「妳什麼時候開始對神話感興趣了？」安納瓦克驚奇道。

「它帶給人樂趣。」

「妳比我還迷信呀。」

「那又怎樣？至少這些傳說非常明確地說明了如何和大自然和平相處。誰在乎這裡面是否有一句真話？你拿取東西再還回東西。這就是全部真理。」

灰狼咧嘴笑著，輕撫著海豚。「那樣我們就解決問題了，對不對，麗西婭？妳只需要多用一點體力。」

「為什麼呢？」

「我剛好熟悉幾種白令海的古老傳統。他們是這樣做的：當獵人去海裡狩獵之前，魚叉投擲者必須和船長的女兒睡覺，以吸納處女氣味。只有這種處女氣味能將鯨魚吸引到船旁，安撫牠，讓牠聽任殺死。」

「這種東西真的只有男人想得出來。」戴拉維說道。

「男人，女人，鯨魚……」灰狼笑道，「*Hishuk ish ts'awalk*——萬宗歸一。」

「好吧。」戴拉維叫道：「我們潛到海底，去尋找賽德娜，替她梳頭。」

萬宗歸一，安納瓦克的頭腦裡回響道。

阿克蘇克說過：這問題你們無法用科學來解釋，孩子。薩滿將會告訴你，你們遇到的是神靈，鑽在生物體內移動的那個有靈世界的神靈。誇倫納特開始滅絕生命，他們惹惱那些神靈，海洋女神賽德娜。不管海洋裡的這些生物是誰，如果你們想反對它們，你們絕不會成功。它們是這世界的一部分，就像你的手腳是你的一部分。爭奪統治權的戰爭只會造成犧牲，卻無法打贏。

當羅斯科維奇和白朗寧在遠處修理深飛時，他們在這裡和海豚游泳，講著海洋女神的古老傳說。他們哈哈大笑，來回划行，漸漸地，儘管有溫度調節和潛水衣，海水不知不覺地使他們身體變涼了。

他們該怎樣替海洋女神梳頭呢？至今，人類一直在向賽德娜拋擲有毒物質和核廢料。一次又一次的油輪意外粘住了她的頭髮。他們不詢問就狩獵她的動物，將其中的許多都滅絕了。

安納瓦克感覺到他的心臟在冰冷的水裡跳動。他發抖。這幸福的瞬間不會持久。他獲得了朋友，感覺擺脫了錯誤生存的包袱。他隱隱地預感到有什麼正在結束。他們永遠不會再這樣聚在一起。

灰狼重新檢查最後一條動物身上的設備，滿意地點點頭。「行。」他說道，「我們放牠們出去吧。」

生物性危害隔離實驗室

「我這個白痴一定是瞎了眼！」奧利維拉盯著螢幕，螢光顯微鏡在傳輸放大的影像。她在納奈莫多次檢查了膠狀物，他們將那東西從鯨魚大腦裡掏出後剩下的部分、安納瓦克潛下巴麗爾皇后號後沾在刀上的碎片。但她絕對想不到，一種分裂的物質會是單細胞生物聚集而成。

真是太難為情了！

而她早該知道的。在毒藻的瘟疫中大家只看到殺人藻。就連洛赫都沒發現，那流散的膠狀物並未消失，反而在他的顯微鏡載片上看到，一直都可以看到，變成了單細胞生物、已死的或正在死去的。在龍蝦和蟹體內一切就都已經出現過，一切都混合在一起，殺人藻、膠狀物、海水。

海水！

若非任何一滴裡就藏有生命的宇宙，洛赫也許會發現這種陌生物質的。數百年來，人們只注意到魚、哺乳動物和甲殼動物，而忽視了百分之九十九的海洋生命。事實上統治海洋的不僅是鯊魚、鯨魚和大章魚，還有微生物。在一公升的表層水裡擁有一百多億株病毒，十億株細菌，五百萬株原生動物和一百萬海藻。即使取自不適合生命存在的六千三百公尺水深下的水樣也還含有數百萬株病毒和細菌。

科學研究在微生物的宇宙裡越深入，就越是無法一目了然。海水是什麼東西？透過一架現代化的螢光顯微鏡望一眼就會得出結論，是一種稀薄的膠狀物，相互之間連接在一起的大分子編織的網路像吊橋似地貫穿每一滴水。要想測量到兩公里長的 DNA 分子、三一〇〇公里的蛋白質和五六〇〇公里的多醣，只需要一毫升水。某種可能有智慧的生物就藏在那之間的什麼地方。它們隱藏在那裡，表現成無所不在的微生物。不管那種膠狀物多麼罕見，絕對不是由神祕的生命組成，是由極其普通的深海變形蟲組成。

奧利維拉嘆口氣。洛赫什麼都沒有搞懂，她自己沒弄懂，分析取自乾碼頭水樣的人也沒有誰弄懂，原因很明顯。誰也沒有想到，深海變形蟲會凝聚成集體，控制蟹和鯨魚。

「這不可能，」奧利維拉說道。她的話聽起來特別無力。她重新比較分類學結果，但這絲毫改變不了她已經知道的事實。膠狀物顯然是由某種變形蟲組成。一個絕大部分是出現在三千公尺以下、量大得無法想像的種類。

「荒唐。」奧利維拉低聲說，「你在捉弄我嗎？小東西。你化了妝。你看起來像隻變形蟲。我絕對不相信你！你他媽的到底是**什麼東西**？」

DNA

約翰遜返回後，他們開始一起隔離膠狀物的單個細胞。他們不斷地冰凍和加熱那些變形蟲，直到細胞壁裂開。加入蛋白水解後蛋白分子破裂成胺基酸鏈。他們加進酚。離心樣本，一個繁瑣漫長的過程。過濾出剩餘蛋白和細胞壁的溶液，進行沉澱，最後得到一種不太清澈的含水液體，理解外來生物的鑰匙。

純 DNA 溶液。

第二步他們需要更大的耐心。要想破譯DNA，必須將其中一部分分離和複製。整個染色體組無法閱讀，因為太複雜，因此他們投入對特定部分的序列分析。

工作一大堆，而據說魯賓生病了。

「這混蛋。」奧利維拉罵道，「現在他倒真能幫忙的。他到底哪裡有毛病？」

「偏頭痛。」約翰遜說道。

「聽起來有點安慰人。偏頭痛很痛的。」

奧利維拉將樣本滴進定序儀。需要好幾個小時才能分析清楚。暫時他們無事可做，於是穿過人造的酸雨，大口呼吸著來到室外。奧利維拉建議在機器計算時去機庫甲板上抽支菸休息，但約翰遜有個更好的主意。他鑽進艙房，五分鐘後拿著兩隻杯子和一瓶紅酒回來了。

「我們走。」他說道。

「你從哪裡弄來的？」奧利維拉驚問道，他們沿著斜板往前走。

「這種東西是弄不來的。」約翰遜微笑，「這種東西是帶來的，我是一位攜帶違禁品的能手。」

她好奇地瞪眼望著那瓶酒。「這好嗎？我對酒懂得不是太多。」

「一九九〇的克利奈酒莊，法國玻美侯，讓你的錢包和心情都變鬆。」約翰遜在船骨間的棚子下望見一個金屬箱，向它走過去坐下來。周圍不見有人。他們對面通向右側平台的大門開著，能看到海上。大海平靜光滑地橫在極地朦朧的夜色中，被霧嵐的面紗籠罩著。機庫裡很冷，但在隔離實驗室裡工作這麼久後急需新鮮空氣。約翰遜打開瓶塞，斟酒，端起杯子輕碰她的杯子。一聲清脆的鏘傳到黑暗的遠方。

「真好喝！」奧利維拉評判。

約翰遜咂著嘴唇。「我帶了幾瓶用來慶祝特殊事件。」他說道，「這是一樁特殊事件。」

「你相信我們發現這些東西了？」

「也許我們是發現了。」

「Yrr嗎？」

「問題就在這裡。我們那水槽裡是什麼東西？能想像一種由變形蟲組成的智慧嗎？」

「當我這麼觀看人類時，我有時就在想我們和變形蟲有什麼區別。」

「複雜性。」

「這是優點嗎？」

「妳以為呢？」

奧利維拉聳聳肩。「一個多年來只和微生物打交道的人，該相信什麼。我不像你一樣是教授。我患有自戀，不和血氣方剛的年輕學生交換看法，不告知廣大公眾，是一隻披著人皮的實驗室鼠。可能我戴著眼罩，但我只見到微生物在四周。我們生活在細菌時代，三十多億年來它們從沒改變形狀。人類是一種時髦現象，可是，如果太陽爆炸，還會有幾對微生物存在某個地方的。它們是星球上的真正成功者，不是我們。我不知道人類和細菌相比有什麼優勢，可是，如果我們現在再拿出證據，說微生物擁有智慧，那我們可就倒大楣了。」

約翰遜從他的酒杯裡抿一口。「是啊，那將是致命的。教會怎麼去向教徒們解釋啊。上帝的創世在第五日達到高潮，而不是在第七日。」

「你到底怎麼適應這些事的？」

「只要有幾瓶精品葡萄酒，我就看不到值得一提的麻煩。」

「你不氣憤嗎？氣下面的那些生命。」

「我們該用氣憤解決這個問題嗎？」

「絕對不是，噢蘇格拉底啊！」奧利維拉咧嘴笑道，「我是說，它們奪走了你的家園呀。」

「對，其中的一部分。」

「你不懷念你在特倫汗的房子嗎？」

約翰遜搖晃他杯子裡的酒。「不如想像中的懷念。」沉默片刻後他說，「不錯，那是座很漂亮的房子，擺滿美妙的東西——但它並不包含我的生命。很奇怪，有這麼一瓶酒和一座好的圖書館就能解脫自己。另外，雖然聽起來很奇怪，我及時地放開了。在我飛往昔德蘭群島的那一天，我一定就已和我的房子告別，自己也沒有注意到是怎麼告別的。我鎖上門開車走了，在我的頭腦裡同時有什麼被鎖了起來。我想，如果你現在必須死去，你會最思念什麼呢？——不是這座房子。」

「還有一座嗎？」

「是的。」約翰遜喝口酒，「在內地的一座湖畔。當我坐在那裡的露台上，眺望著水面，耳朵裡聽著西貝流士或布拉姆斯，喝一口這東西……那感覺完全不一樣。我真的想念這滋味。」

「聽起來真美。」

「妳知道我為什麼能安然地站在這兒嗎？為了回到那裡去。」約翰遜伸手抓起酒瓶，將他們的杯子倒滿。「妳得去那裡，看看夜空的星星倒映在水裡的樣子。妳就不會忘記。妳的整個生命都繫在這孤獨的閃耀裡。一種特殊的經歷，但妳只能單獨這麼做。」

「海嘯之後你又去過那裡嗎？」

「只在回憶裡。」

奧利維拉喝口酒。「我到現在一直很幸運。」她說道，「沒有可以抱怨的損失。朋友和家庭身體健康，一切都還在。」她停下來，微微一笑，「而我在湖畔沒有房子。」

「每個人都有一座湖畔的房子。」

她感覺約翰遜好像還想補充點什麼。但他沒有，只旋轉著杯裡的葡萄酒。於是他們坐在那裡，喝著酒，看著霧嵐在大海上瀰漫。「我失去了一位朋友。」約翰遜最後說道。

奧利維拉沉默不語。

「她有點複雜。做什麼都雷厲風行。」他微笑道，「奇怪，事實上我們是在彼此放棄之後才真正喜歡上了對方。算了，不談了。事情總是這樣。」

「我為你難過。」奧利維拉低聲說道。

約翰遜點點頭。他看著她，然後望向她身後。他的目光有點呆滯了。奧利維拉眉頭一皺，掉過頭來。

「有什麼事嗎？」

「我看到魯賓了。」

「哪裡？」

「那邊。」約翰遜指著船中央機庫的牆壁，「他走進那裡面去了。」

「走進去了？那裡沒有什麼可以走進去的。」

大廳盡頭燈光幽暗。一堵數公尺高的牆將機庫和那後面的甲板隔開。奧利維拉說得對。根本沒有門。

「是不是酒裡有什麼東西呀？」她開玩笑。

約翰遜搖搖頭，「我可以發誓，那是魯賓。他一鑽出來就不見了。」

「你肯定？他有看到我們嗎？」

「不可能。我們坐在這兒的黑暗角落裡。他要很仔細看才能看見。」

「等他來堤壩上時，我們直接問他。」

約翰遜繼續望著牆壁，然後聳了聳肩。「對，我們問他。」

當他們走回實驗室時，他們已經將酒喝光半瓶了，但奧利維拉沒有一點喝醉的感覺。這東西在冷空氣中不知怎麼的沒什麼作用。她只是情緒亢奮，一心想著偉大的發現。

她是有了偉大的發現。隔離實驗室裡的機器結束了工作。他們將結果傳到實驗室外的電腦。螢幕上顯示著一排排DNA序列。奧利維拉的瞳孔Z字形地來回移動，從上往下一行行地閱讀，每看一行她的下巴就往下拉一點。「這不可能。」她低聲說道。

「什麼東西不可能？」約翰遜從她的肩頭彎下身來。他閱讀。他的眉毛之間形成兩個陡峭的皺紋。「它們統統不一樣！不可能！相同生物具有相同的DNA。」

「同種生物——是的。」

「可它們是同種生物啊。」

「自然的突變比例……」

「別提了！」約翰遜顯得不知所措，「早就超過了。這是些不同的生物，全部是！沒有一個DNA和另一個完全相同。」

「至少它們不是普通的變形蟲。那怎麼辦？」

他盯著結果。「我不知道。」

「我也不知道。」奧利維拉揉揉眼睛，「我只知道一點。瓶子裡還有一點酒。我現在需要它。」

約翰遜

他們在資料庫裡搜索了一陣子，將膠狀物DNA的序列分析和別處介紹過的分析進行比較。一開始奧利維拉就找到了她自己檢查鯨魚頭顱裡那東西當天得出的結論。當時她未能發現基因對序列有區別。「我該多檢查那些細胞的。」她詛咒道。

約翰遜搖搖頭。「也許那樣做妳也發現不了。妳怎麼能意識到我們面對的是單細胞生物的聚合物呢，算了，蘇，這是沒辦法的。妳往前看吧。」

奧利維拉嘆息道，「對，你說得對。」她望一眼分析。「好吧，西谷。你睡覺去吧。有一個人熬夜夠了。」

「那妳呢？」

「我繼續做。我想知道，別的什麼地方有沒有介紹過這種DNA紊亂。」

「我們可以分工。我不要緊的。」

「絕對不行，西谷！你去睡吧。你需要你的美容覺，我不需要。我四十歲時，大自然給了我皺紋和淚囊。我睡不睡沒差。你走吧，在我因喝掉它而錯過研究目標之前，請你帶走你剩餘的上等紅酒吧。」

約翰遜感覺她好像想獨自攻克這件事。她對她自己不滿意。她當然毫無理由責備自己，但也許他最好不去煩她。他拿著酒瓶離開實驗室。出來後他發現自己一點不累。極圈以北沒有時間感。明亮讓白天變得漫長，只有幾個小時的朦朧光線。太陽剛剛消失，鑽到了地平線以下。勉強可以稱為夜。從心理上來講是睡覺去的最佳時機。但約翰遜不想睡覺。相反地，他邁著沉重的腳步沿斜板往上走去。

還是看不到誰。他瞟了一眼他們開酒的地方，看到箱子藏在黑暗中。

魯賓不可能看到他們。但他看到魯賓了！

幹嘛睡覺？他要再看看這堵牆壁。令他失望和驚奇的是搜查沒有結果。他沿著牆走了很多遍，用手指撫摸鉚住的鋼板，摸管子和箱子，但奧利維拉似乎是對的。他一定是看錯了。那裡什麼也沒有，既沒有一道小門也沒有通道。「我不會看錯，」他低聲對自己說。

他是不是該去睡覺了？那樣的話這事會在頭腦裡盤旋。也許應該去問問誰。比如說黎或皮克，布坎南或安德森。但如果他真的看錯了，怎麼辦？多少有點尷尬。你是研究人員，他固執地想，那就研究吧。

他不疾不徐地走回艦尾的機庫部分，坐到他們用來當臨時酒吧的箱子上等候。這位置不錯。即使最後發現受偏頭痛折磨的同事沒有穿過牆壁，在這裡眺望海面一會兒也很舒服。

他拿起瓶子喝上一口。紅酒讓他發暖。他的眼皮開始沉重，每分鐘增加一克，直到他幾乎無法讓它們睜開。事實上他是累了，只不過約翰遜屬於那些拒絕任自然統治自己身體的人。當瓶子裡空空如也後，他終於朦朧入睡了，他的精神漂到了霧濛濛的格陵蘭海上。

一聲輕輕的金屬響聲將他嚇醒了。一開始他不知道他在哪裡。然後他的腰部疼痛地感覺到機庫的鋼壁。海上的天空亮起來。他掙扎著站起，望向牆壁。

牆壁的一部分開著。

約翰遜睡眼惺忪地滑下他的箱子。那裡打開了一扇門，正方形。門後黑色的鋼板被照亮了。

他的目光移向箱子上的空酒瓶。他在做夢嗎？

他慢慢地走向明亮的正方形。走近時他認出來，那裡有條牆壁光禿的走道。燈管射出冷光。幾公尺後走道來到一堵牆前，拐向一側。

約翰遜向裡窺視，諦聽。

裡面傳來人聲。他不由得後退一步。他考慮是不是最好盡快離開這裡。畢竟他是在一艘戰艦上。這一區肯定有什麼蹊蹺。某種不要讓平民知道的事情。

後來他想到了魯賓。不！如果他現在逃走，這問題將會不停地纏著他。魯賓到過這裡！

約翰遜走進去。

8/14

加納利群島，帕爾馬島沿海，海萊瑪平台

波爾曼試著享受美好的天氣，可惜什麼都沒法享受。腳下四百公尺處，數百萬蟲子和數十億細菌正在迅速鑽進帕爾馬島火山纖細的水合物，這種情況下是無法享受的。他從平台走向正屋。

海萊瑪平台是個半浮潛裝置，一座有數個足球場大的浮動平台。正方形甲板建在六根堅固浮橋交叉的柱子上。在旱地上平台像笨拙的超大號雙連舟。現在浮碼頭部分淹在水面下，看不見。六根立柱僅部分豎在海浪上方。這座浮動島嶼吃水廿一公尺，排水量十萬噸。十分穩定，即使遭到嚴重的風暴襲擊，也禁得起下潛和顛簸。最重要的是海萊瑪平台靈活的速度，兩具推進器讓行駛速度高達七節，過去幾星期來，它就以這速度從納米比亞一直駛到帕爾馬島。

船尾是一座兩層建築，結合了員工住處、餐廳、廚房、駕駛室和控制室於一體。正面高聳著兩架大吊車。每架能吊起三千噸。右邊的吊車負責放吸管，另一架放下光島——一個內建攝影機的獨立照明系統。有四個人在高懸的駕駛室裡負責協調操作吸管和光島。

「傑——哈！」

福斯特從一架吊車向他跑過來。為簡單順口，波爾曼要求他叫自己「傑」，但福斯特堅持要用德州口音喊他全名。他們一起走向船尾大樓上燈光黯淡的控制室。在場有福斯特小組和戴比爾斯的技術人員，還有揚．凡．馬登。這位技術經理在最短的時間內完成了奇蹟似的承諾。人類史上的第一隻深海吸蟲器準備就緒。

「好，伙計們。」福斯特喊叫道，他們站到技術人員的後方，「上帝與我們同在。如果這件事成功，我

們就去夏威夷。昨天下去一台機器人，在東南側發現大量蟲子。然後聯絡就中斷了。其他火山島也受到類似襲擊，和我想的一模一樣。但牠們沒有機會，為了清除全世界的害蟲，我們將用管子清走牠們！」

「很正面的想法。」波爾曼低聲說，「我們這裡的狀況還能控制。但你想用這設備清除整個美洲大陸邊坡嗎？」

「當然不是！」福斯特吃驚地望著他，「我這麼說只是為了鼓舞士氣。」

波爾曼揚揚眉，又將他的目光投到螢幕上。他希望這樣做會有效。即使他們清除了那下面的蟲子，許多細菌同伙鑽進冰裡的問題仍舊存在。要阻止別哈山的坍塌早已為時太晚，這種擔憂暗暗地折磨著他。夜裡他夢到一座高聳入雲的巨大水柱，從海上向他沖來，他每次都汗淋淋地醒來。但波爾曼還是努力保持著成功的樂觀。也許獨立號上的人可以說服外來力量讓步。如果Yrr有能力破壞整座大陸邊坡，它們也有能力修好。

福斯特繼續熱情洋溢地發表反對敵人的演講，盛讚戴比爾斯小組。然後發出放下吸管和光島的信號。

光島是個巨大的多層泛光燈。它現在懸掛在波濤上方的吊車臂，由橫桿與斜撐組成堅固的捆紮，十公尺長，收納有燈具和攝影鏡頭。吊車將它放了下去，消失在海裡，透過光纜與海萊瑪平台相連。十分鐘後福斯特望望水深儀的螢幕，喊：「停。」

凡．馬登下達命令給操作員。「展開。」他補充，「先展開一半。如果我們不會碰到障礙物，就全部展開。」

在四百公尺的海底發生了優雅的變化。那捆紮展開為一具結構架。拉桿沒有遇到阻力，光島持續展開，最後半個足球場大的格狀架懸浮在水面下。

「準備完畢。」操作員報告。

福斯特瞟了一眼設備。「我們應該要緊靠在火山側面的。」

「燈光和攝影機。」凡．馬登命令道。

設備上一排排強烈的鹵素燈亮起來。八台攝影機同時啟動，將一幅灰暗的全景圖傳輸到螢幕上。浮游生物在畫面上飄浮。

「靠近一點。」凡．馬登說道。

在小螺旋槳的推動下，泛光燈慢慢移近。幾分鐘後一堵有缺口的結構被照亮，露出奇形怪狀的黑色熔岩石壁。

「往下。」

光島繼續下沉。操作員操作得特別小心，最後聲納顯示出一個梯形突出物。突然鑽出一條山脊，伸手可及。表面布滿蠕動的身軀。波爾曼盯著八台螢幕，感到沮喪自心中升起。在這裡又邂逅了自從挪威大陸邊坡坍塌以來一直纏著他的噩夢。如果到處都像燈光照出的這四十公尺範圍，他們就可以走人了。

「該死的小臭蟲。」福斯特咕噥道。

我們來晚了，波爾曼想。然後他為他的害怕羞愧。目前還不確定運載細菌的蟲子是否卸貨了，或者細菌已經多到足以造成破壞。何況，另外還需要那最終引發滑塌的未知因素。一切還來得及。只不過他們要趕緊加油。

「好極了。」福斯特說，「我們將光島傾斜四十五度，升高一點，好看得更清楚。然後放下吸管。我希望，這東西食欲很好。」

「它餓死了。」凡．馬登說道。

吸管全部駛出，伸進海裡半公里，一根直徑三公尺、分為數節的龐然大物，管身以絕緣橡膠製成，末端是一張深淵似的大嘴，周圍安裝有探照燈、兩台攝影機和多個螺旋槳。透過遙控可將管子尾端升降、進退和側移。光島和吸管的拍攝影像匯總在操作室裡，可以充分看到全部的細節。儘管視線良好，使用操縱桿的工作還要求指尖感覺，並有一位副手注意不讓操作員漏看什麼。

吸管穿過濃郁的黑暗下沉了好長一段時間。探照燈關掉了。看到光島上的泛光燈。一開始在黑暗的深海中只看到微光，然後愈來愈亮，露出光島的正方形，最後顯出大陸邊坡的台地，台地的巨大讓波爾曼聯想到一座太空站。吸管繼續下沉，接近擁擠的蟲子，直到它們遮住了螢幕。每具暴躁的身體都很清晰，每個部分都看得明明白白。穿梭扭動著，下頷前突，成鈎狀。

控制室裡籠罩著透不過氣來的靜謐。

「了不起。」凡．馬登低聲道。

「清潔女工才不會被屋裡的灰塵迷住呢。」福斯特冷笑著搖搖頭，「你快開動你的吸塵器，清除掉這些害蟲吧。」

正確地說，吸管是一根吸泵，它產生真空，吞進出現在它咽喉前的一切。吸管開始工作了，起初卻沒有任何反應。顯然吸管要過一段時間才開始有效。至少波爾曼希望如此。那些蟲子繼續牠們的破壞，什麼事都沒有。控制室裡深切的失望慢慢瀰漫開來。雖然沒有人敢講話，結果卻是顯而易見的。波爾曼目不轉睛地盯著吸管攝影機的監控螢幕，感覺到絕望正在返回。原因何在？這設備太長？吸管太弱？

正當他還在苦思時，螢幕上出現了變化。似乎有什麼在拉扯那些動物。牠們的後身抬起來，垂直弓起，顫動著……突然向攝影機飛來，從一旁掠過。

「成功了！」波爾曼舉起雙拳。他一反常態地叫了起來。他真想在室內跳上一圈，大大慶祝一番。

「哈利路亞！」福斯特使勁地點頭。「多麼神奇的玩具！噢上帝啊，讓我們清除掉這世界上的邪惡吧！也清除掉困難！」他一把摘下頭上的棒球帽，摸摸捲髮，又重新戴上。「把那些畜牲給掃掉！」

更多的蟲子被吸走了。那麼快、那麼大量地被吸進管子，螢幕上很快就只能見到蒼白的閃爍。光島攝影機清晰地顯示出吸管末端正發生的事情。沉積物被一起吸了起來，高高地旋轉著。

「繼續向左。」波爾曼說道，「或者往右。無所謂了，繼續吸好了。」

「我們轉換為緩慢的Z字形動作。」凡．馬登建議道，「從燈光照亮的一端到另一端。等吸空了能看到的範圍，就繼續移動光島和吸管，進行接下來的四十公尺。」

「很好！就這麼做。」

吸管移動著，不停地將蟲子吸進體內。所到之處，水都變得十分混濁，讓人看不清海底。

「只有當濁水變清了，我們才能看到成功。」凡．馬登說道。他顯得無比輕鬆。幾星期的緊張隨著一聲深深的嘆息消失了，他幾乎是冷靜地往後靠回去，「我想，我們都會對結果滿意的。」

格陵蘭海，獨立號

咚──！星期天上午特倫汗的鐘聲。教堂街的教堂鐘樓在陽光下迎向天空，自信的塔樓，將影子投在赭紅色的小屋屋頂上，屋前的台階被漆成了白色。

叮咚，神聖的世界。起床了。

枕頭繼續蒙住頭。誰會讓教堂規定他什麼時候該起床。他可不會聽從該死的教堂！昨天跟同事和學生們一起喝多了嗎？

咚──！

「八點。」

播音系統。再也沒有提醒人時間的教堂街了，沒有了自信的小塔樓，沒有了赭紅色的房子。他頭顱裡咚咚敲的不是特倫汗的鐘，而是討厭的頭痛。出了什麼事？

約翰遜睜開眼睛，看到自己躺在一張陌生的床上，床單亂成一團，周圍擺著的其他床全是空的。房間很大，堆滿設備，沒有窗戶，像是一間消毒過的病房。

見鬼，他在一間病房裡幹什麼？

他抬起頭，又倒回枕頭上。眼睛又主動闔上。一切都比他頭顱裡的嗡嗡聲好。他很難受。

「九點。」

約翰遜坐起來。他跟先前一樣是在房間裡。現在他感覺好多了。噁心消失，鉗子夾緊般的疼痛變成一種隱約但能夠忍受的壓迫。只是他不知道如何來到這裡的。

他低頭看自己。襯衫，褲子，襪子，一切都是昨晚的。他的羽絨夾克和羊毛衫放在身旁的床上，床前擺著鞋子，擺得整整齊齊。

他雙腿擱在床沿上。一扇門很快開了，醫務部負責人席德．安傑利走了進來。安傑利是位矮個子義大利人，禿頭，嘴角有明顯的皺紋，他在船上擔綱最無聊的工作，因為沒有人生病。這種情況最近似乎發生了變化。「你感覺怎麼樣？」安傑利側起頭問道，「一切正常嗎？」

「不知道。」約翰遜摸摸他的頸背，猛地打了個戰。

「還要痛上一段時間的。」安傑利說道，「你別擔心。這算輕的了。」

「到底發生了什麼事？」

「你不記得嗎？」

約翰遜回想，但回想起來的只有疼痛。「我相信，我可以服用兩顆阿斯匹林。」他呻吟道。

「你不知道出了什麼事嗎？」

「不清楚。」

安傑利走近來，端詳地望著他的臉。「你是在機庫甲板上被發現的。一定是滑倒了。這裡的一切都在攝影機監視下，真是幸運，要不然你還躺在那裡呢。大概是脖頸和後腦撞在地面的斜撐上。」

「機庫甲板？」

「是的。你全忘了？」

當然，他到過機庫甲板。跟奧利維拉一起。之後又去了一趟，一個人。他還記得他回到那裡，但再也想不起為什麼了。更想不起後來發生的事。

「幸好沒有造成嚴重的後果。」安傑利說道，「你……呃……是不是碰巧喝什麼酒了？」

「喝酒？」

「因為那個空瓶子。那裡有個空瓶子。蘇．奧利維拉說，你們倆一起在那裡喝酒。」安傑利張開手指。「你別誤解我，博士，這沒什麼大不了的。但航空母艦是個危險的地方。又潮溼又黑暗。可能滑倒或掉進海裡。最好是別一個人上甲板，尤其，當你……呃……是不要……」

「當你喝了酒後，」約翰遜補充道。他站起來，一陣頭暈。安傑利趕過來，扶住他的手肘。

「謝謝，沒問題。」約翰遜甩開他，「我到底是在哪裡？」

「在救護站。你能走嗎？」

「如果你給我阿斯匹林的話……」

安傑利走向他的藥櫥，取出一小盒止痛藥。「拿去吧。只是撞個大包。你很快就會好起來的。」

「很好，謝謝。」

「你真的感覺很好嗎？」

「是的。」

「你什麼也記不起來？」

「記不起來，媽的。」

「太好了。」安傑利咧開嘴笑了。「你慢走，博士。請你別客氣，有事馬上來找我。」

「超變區？我一個字也聽不懂。」

范德比特想弄清楚。奧利維拉發現自己有苛求聽眾的傾向。皮克茫然地望著。黎沒有表情，但讓人擔心這場報告超出了她掌握的遺傳學知識。

約翰遜像個幽靈似的坐在他們中間。他來晚了，魯賓也是，他難為情地呢喃著坐下來，為他的缺席道歉。約翰遜的樣子看來真的很糟糕。他目光閃爍，回頭張望，好像他每隔幾分鐘就得確認一下，周圍的人都是真的而非幻覺。奧利維拉打算會後找他談談。

「我要以一個普通的人類細胞為例來說明。」她說，「事實上，它只不過是一只周圍有層膜、裝滿資訊的袋子。細胞核裡有著染色體，所有基因的總和、所有的遺傳資訊都在其中。染色體由DNA組成，那著名的雙螺旋體。一種生物發展得愈高級，這個建築藍圖的區別就愈小。透過DNA分析你可以引渡一位殺人兇手或澄清親屬關係，但整體來說所有人的藍圖都一樣：腳，腿，身軀，手臂，手等等。也就是說，單一DNA的分析會告訴我們兩樣東西——總體上：這是一個人；具體上，這是哪個人。」她在其他人臉上看到了興趣和理解。看來，以遺傳學的基礎知識開場是個好主意。

「當然，兩個人類之間的區別要比兩個同種單細胞生物的區別大。根據統計，我的DNA會和室內的其他任何人存在著三百萬個區別。人類所有的一千兩百組基因對都有些微差異。如果你檢查同一個人的不同細胞，也會發現少量的變異，DNA裡的生化變異，由突變引起。如果你分析我左手的一個細胞和我肝臟的一個細胞，結果也存在相應的區別。但每個細胞都一目了然地說明：這是蘇・奧利維拉。」她停頓一下，「單細胞生物的這種問題要少些。它只有一個細胞。它組成整個生物。因此也有一個染色體組，由於單細胞生物是透過分裂而不是透過交配繁殖的，也不存在媽媽和爸爸的染色體組雜交，而只是連同遺傳訊息一起複製生物，就這麼回事。」

「這就是說，如果是單細胞生物的話——一旦知道了一個DNA，就知道所有的了。」皮克以驕傲的口吻說道。

「對。」奧利維拉對他微微一笑，「那本該是理所當然的。一群單細胞生物的大部分染色體組都會相同。忽略很小的突變率，每個個體裡的DNA都相同。」

她看到魯賓在他的椅子上不安地扭動，嘴巴開開合合。一般情況下，這時候他早就搶過去做報告了。多麼愚蠢啊，奧利維拉得意地想到，你患偏頭痛臥床了。結果你根本不知道我們知道的情況。你不得不閉上嘴，聽我講。

「但我們的問題就出在這裡。」她繼續說道，「膠狀物的細胞乍看顯得是相同的。它們是生活在深海裡的變形蟲。這沒什麼特別奇怪的。要介紹它們全部的DNA，我們必須使用不同的電腦算上兩年，因此我們僅限於抽樣。我們隔離出DNA的一小部分，獲得部分遺傳密碼，專業術語稱為擴增子。每個擴增子都向我們顯示一串序列，遺傳學辭彙。我們分析不同個體相同DNA段的擴增子，將它們相互比較，就得到有趣的資訊。同一群體的多個單細胞生物的擴增子大致如下圖。」

她舉起一張她為會議放大的圖。

A1： AATGCCA ATTCCA TAGGATT AAATCGA
A2： AATGCCA ATTCCA TAGGATT AAATCGA
A3： AATGCCA ATTCCA TAGGATT AAATCGA
A4： AATGCCA ATTCCA TAGGATT AAATCGA

「你們看，全段上分析出來的序列是一致的。四個相同的單細胞生物。」她放開那張紙，拿起另一張，

「相反地我們得到了這個。」

A1: AATGCCA CGATGC TACCTG AAATCGA

A2: AATGCCA ATTCAT AGGATT AAATCGA

A3: AATGCCA GGAAAT TACCCG AAATCGA

A4: AATGCCA TTTGGA ACAAAT AAATCGA

「這是我們的膠狀物的四個樣本的擴增子的序列。DNA相同——除了有些許出入的超變區。沒有一點共同處。我們檢查了幾十個細胞。有些超變區內的區別很小，另一些截然不同。不能用自然突變來解釋此事。換句話說：這不可能是巧合。」

「也許是不同種類呢。」安納瓦克說道。

「不是。肯定是同一種類。每種生物在生前都絕不可能改變它的遺傳密碼。總是先有建築藍圖。有了藍圖才進行建築，造出的東西只能和這張藍圖相符而不是和別的藍圖相符。」

時間停滯了好長一段，沒有人說話。

「如果這些細胞還是不一樣，」安納瓦克說道，「那它們一定是找到一種在裂變後改變DNA的方法。」

「可是為了什麼目的呢？」戴拉維問道。

「人為目的。」范德比特說道。

「人為？」

「在座的都是瞎子嗎？奧利維拉博士說，大自然不會做這種事，這她是知道的，我也沒聽到約翰遜博士有異議。那麼，誰會聰明得想出這種東西來呢，嗯？這東西是一種生化武器。只有人類能造出這種東西。」

「我反對。」約翰遜說道。他摸摸頭髮，「這沒有意義，傑克。生化武器的優點是僅需一張基本藍圖。剩下的就是複製……」

「如果病毒發生突變，完全可能會有好處，難道不是嗎？愛滋病毒在不停地發生突變。每當我們相信找到了它時，它就又變了。」

「這是兩碼子事。我們在此面臨的是一個超級生物，而非病毒感染。它們之所以不同，一定另有原因。這些DNA裂變後遭遇過什麼。它們的密碼被改變了，互不相同。有誰在乎這是誰的責任嗎？我們必須查出它有什麼意義。」

「它的意義就是殺死我們所有人！」范德比特激動地說道，「這東西是用來毀滅自由世界的。」

「沒錯。」約翰遜嘀咕道，「那你就開槍打死它呀。讓我們看看它們是不是穆斯林細胞？也許你的DNA就有伊斯蘭基因。這事將是合法的。」

范德比特盯著他。「你到底站在哪一方？」

「站在理解的一方。」

「你也理解，你昨天夜裡為什麼一頭栽倒嗎？」范德比特嘲諷地冷笑道，「記住，是在享受了一瓶紅酒之後。你感覺如何呀，博士？頭疼嗎？你為何不將眼睛閉上一會兒？」

「為了讓你沒有太多的機會張嘴。」

范德比特呼吸困難。他在出汗。黎用嘲諷的目光從眼角掃了他一眼，向前側過身來。「妳說，這是不同的密碼，對嗎？」

「對。」奧利維拉點點頭。

「我不是科學家。可是，這密碼可不可能和人類的暗號有著相同的目的呢？比如說戰爭時的暗語。」

「是的。」奧利維拉點點頭，「這是可能的。」

「彼此辨認的暗語。」

韋孚在一張紙上寫著什麼，將它遞給安納瓦克。他閱讀，點點頭，又放開了。

「它們為了什麼目的相互辨認呢？」魯賓問道，「為什麼要搞得這麼複雜呢？」

「我想，這很明顯。」克羅夫說道。

有一會兒，室內只聽到吸菸時發出的捲菸紙的嘶嘶聲。
「妳認為是什麼？」黎問道。
「我相信，是用來交流。」克羅夫說道，「這些細胞彼此交流。這是一種交談形式。」
「妳認為，這東西……」灰狼盯著她。
克羅夫將打火機的火苗對準香菸，猛吸一口，吐出煙霧。「交流。對。」

斜板

「昨天夜裡發生什麼事了？」當他們往下走向實驗室時，奧利維拉問道。
約翰遜聳聳肩。「我一點記憶都沒有。」
「你現在感覺怎樣呢？」
「奇怪。頭痛減輕了，但我的記憶裡出現了一個機庫甲板那麼大的缺口。」
「真是太巧了，是不是？」魯賓邊走邊轉過身來，露出牙齒，「我倆都頭痛。兩個人！老天，我痛死了，痛到沒辦法請假。我真的很抱歉，可如果倒在那裡……砰！暈倒了！」
奧利維拉以說不出的神色端詳著魯賓。「偏頭痛？」
「是的。可怕！突然時好時壞。一旦發作起來，什麼都太遲了。那時唯一有用的就是吃藥，關燈。」
「一覺睡到今天早晨？」
「當然。」魯賓一副內疚的樣子，「對不起。但我失控了，真的。否則我一定會來的。」
「你沒有來？」
她提問的樣子聽來滑稽。魯賓茫然地微笑著。「沒有。」
「真的沒有？」

「這我應該是知道的。」

約翰遜的頭腦裡喀噔了一下。像一台壞掉的幻燈機，想抓住一幅圖，但滑架滑偏了。

奧利維拉為什麼這樣問？

他們在實驗室門外停下來，魯賓輸入密碼。門彈開。當他走進去開燈時，奧利維拉低聲對約翰遜說：

「怎麼回事呀？你昨天晚上明明說有看到他的。」

約翰遜盯著她，「有嗎？」

「當我們喝著葡萄酒坐在箱子上等序列分析儀的排序時，」奧利維拉低語道，「你說你見到他了。」

喀噔。滑架想抓住那張幻燈片。喀噔。

他的頭腦裡像裝滿海綿。他們喝過葡萄酒，這他記得。交談過。然後他……看到了什麼？

喀噔。

奧利維拉揚起眉毛。「天哪。」她邊往裡面走邊說道，「你真的生病了。」

神經元電腦

他們在聯合情報中心裡坐在韋孚的電腦前。「注意，」她解釋道，「編碼的事情給了我們全新的線索。」

安納瓦克點點頭，「細胞並不全部相同。它們不像神經元。」

「不僅是它們的連結方法。如果它們的DNA出現帶密碼的序列，那也有可能是它們結合的關鍵。」

「不是。這結合一定是由其他什麼引起的。某種可遙控的東西。」

「昨天我們談到了氣味。」

「好吧。」安納瓦克說道，「試試這個。給它設定程式，讓它產生一種代表**結合**的氣味。」

韋孚思考著。她撥打實驗室裡的電話。「西谷嗎？嗨！我們正在用電腦模擬。你們想出來這些細胞是怎樣相互結合的嗎？」她聽了一會兒。「正是。——我們試試。——好的。有情況就告訴我。」

「他怎麼認為？」安納瓦克問道。

「他們在做相態測試。他們要將這種膠狀物溶化，再結合。」

「那他們也相信，這些細胞排出一種氣味嗎？」

「是的。」韋孚皺起眉，「問題是哪個細胞開始排出？又是為什麼？既然出現連鎖反應，必須有引發者。」

「一種遺傳程式。」安納瓦克點點頭，「只有特定的細胞能引導這一結合。」

「大腦的一部分比其他部分能力大……」韋孚沉思道，「說得通。但還不夠充分。」

「等等！有可能我們還是走在錯誤的軌道上。我們的出發點一直是這些細胞組合成一顆大腦。」

「我相信是這樣。」

「我也是。我只是突然想到……」

「什麼？」

安納瓦克使勁想著。「它們彼此不同，妳不也覺得這很奇怪嗎？我只是想不到這麼一種密碼設置有什麼理由。有人設計了它們的DNA程式，讓它們能執行特殊任務。但如果是這樣——那每個細胞就都是一顆獨立的小腦子了。」他思考下去。這太神奇了！他不清楚這怎麼可能。「這就意味著，每個細胞的DNA就是大腦。」

「一個能思考的DNA？」

「某種程度上是的。」

「那它肯定也能學習。」她滿臉懷疑地望著他，「我願意相信一些新東西，可是，要我連這個都信嗎？」

她說得對。這太離譜了。如果這樣真的可行，結果將是一種全新的生物化學。某種不存在的東西。

「再問一下，神經元電腦透過什麼學習呢？」他問道。

「透過分散式平行運算。行為方案的選擇數量隨經驗而增長。」

「那它如何記住這麼多事呢？」

「把它儲存起來。」

「所以每個單位都得有一個儲存單元。然後在儲存單元的網路裡產生人工智能。」

「你想說什麼？」

安納瓦克對她做了解釋。

她聽著，不時搖搖頭，讓他再解釋一遍。「你在改寫生物學，這就是我能做的判斷。」

「我是在改寫。但妳能設計一種以類似方式運轉的東西嗎？」

「我的天哪。」

「也許小規模的。」

「小規模的也已經夠大了。我的天啊，李奧！這理論多麼荒謬啊。可是好吧。——好吧！我來做。」

她伸出被曬成褐色的手臂，金色的寒毛在小臂上發亮。T恤的布料下肌肉緊繃。安納瓦克想，他多麼喜歡這個寬肩、結實的女人啊。

於此同時她也望著他。「這你可得付出代價的。」她威脅道。

「說吧。」

「肩和背。放鬆按摩。」她咧嘴笑道，「而且是現在。在我寫程式的時候。」

安納瓦克被感動了。大方自然，毫不害羞。不管他的理論有無意義——把它說出來就已經值得了。

魯賓

午餐時他們一起去樓上的軍官餐廳。約翰遜的狀態看樣子是好些了。他跟奧利維拉很談得來。當魯賓告訴他們，偏頭痛發作後就感覺不到飢餓時，兩人都沒有顯得特別傷心。「我去屋頂上散步。」他說道，望著前方，試圖博得一點同情。

「你小心了。」約翰遜笑著說道，「這裡很容易絆倒。」

「別擔心。」魯賓笑道。他邊說邊想，要是你們知道了我一直以來有多麼小心的話，你們的下巴會掉到底層甲板上去的。「我會抓住船梆的。」

「我們還需要你呢，米克。」

「那好吧。」他聽到奧利維拉一邊跟約翰遜往前走，一邊輕聲說道。

魯賓攥緊拳頭。隨他們大家怎麼胡說去吧。到最後他會得到他應得的。拯救了人類的功績將歸為他的光環。他早就在等著可以擺脫中情局控制的那一天了。等他們處理完這件事，就沒有理由再向世界隱瞞他的成就了。任何保密都將是多餘的。他會隨心所欲地發表作品，得到所有人的欣賞。

當他沿斜板往上走時，他的情緒變好了。他在三層甲板由一條岔道來到一扇關閉的小門外。他輸入一個密碼。門彈開來，魯賓走進門後的通道。他一直走到底，出現另一扇鎖著的門。當他這回輸入密碼時，操縱台上的一盞小綠燈亮了。那上面的一塊玻璃板後嵌有一個攝影鏡頭。魯賓走上前，右眼望進鏡頭，透鏡掃描他的視網膜，予以放行。

成功確認過身分後這道門也為他打開了。他來到一個擺滿電腦和螢幕的昏暗大房間，這房間和作戰情報中心很相似。身穿制服和不穿制服的人們坐在操縱台旁，嗡嗡聲不絕於耳。黎、范德比特和皮克一起站在一個大地圖燈桌前。

皮克抬起頭來。「你進來吧，」他說道。

魯賓走進去。他突然感覺他的自信動搖起來。從來，夜裡他們只相互通過電話，交換過簡單的資訊，腔調是不帶表情的。現在卻變成了冷漠。

魯賓決定先發制人。「我們有了進展。」他說道，「我們一直領先一步……」

「你請坐。」范德比特說道，他以一個簡短的手勢指指桌子對面的一張椅子。

魯賓服從了。那三人站在那裡，讓他很是局促不安。他感覺自己像是站在審判台上。「昨晚的事的確很愚蠢。」他補充道。

「愚蠢？」范德比特拿臂肘撐在桌面上，「你這個愚蠢的傻瓜。換在其他情況下我會將你扔下船。」

「等等，我……」

「你為什麼要將他打昏？」

「那我該怎麼做呢？」

「好好監視。你這個傻瓜。根本不該讓他進來。」

「這可不是我的錯呀。」魯賓叫道，「監看誰睡覺時替屁股抓癢的是你的人呀！」

「你為什麼打開那個該死的門呢？」

「因為……哎呀，我想，我們也許需要……考慮到……」

「什麼？」

「你聽好了，魯賓。」皮克說道，「你很清楚通向機庫甲板的門只有一個作用，搬進笨重的東西。」他雙眼一瞪，「昨晚什麼事讓你覺得那麼重要，非要打開那道門呢？」

魯賓咬著嘴唇。

「你就是太懶，不肯從船內走。問題就在這裡。」

「你怎麼能這麼講呢？」

「因為這是事實。」黎繞過桌子走過來，騎坐到魯賓面前的桌沿上。她寬容地、幾乎是友好地看著他。

「你告訴別人你去呼吸新鮮空氣的。」

魯賓縮在他的椅子裡。他當然講過這話。監視系統當然將它記錄了下來。

「甲板上看上去不像有人的樣子。」他辯護道，「妳的手下也沒有報告說那裡有人。」

「那又怎麼樣呢，米克？監視系統沒有報告任何消息，是因為它沒有接到詢問。但你每次開門都必須得到允許。沒有連續打開兩次。它們無法向你報告。」

「對不起。」魯賓含糊地說道。

「為公平起見，我也承認這上面還是一切都在按計畫進行。另外我們在準備此次使命時犯了個錯誤，沒有安裝完美無缺的監聽系統。比如說，我們不知道奧利維拉和約翰遜在機庫甲板上喝酒時討論過什麼，可惜我們也不能監聽斜板上和飛行甲板上的交談。但這一切絲毫改變不了你像個愚蠢的傻瓜的事實。」

「我保證再也不……」

「你是一個危害安全的敗類，米克。一個沒有腦子的混蛋。雖然我和傑克並不總是意見一致，如果這種事再發生一次，我會協助他將你扔下船去。我會為此親自引來幾條鯊魚，開心地看著牠們扯出你的心臟來。你聽懂沒有？我會宰了你。」

黎水藍色的眼睛看起來還是很友好，但魯賓意識到，她執行起這項威脅絕對不會猶豫。他怕這個女人。

「我看到，你明白了。」黎拍拍他的肩，走向其他人。「好，減少損失。藥物有效嗎？」

「我們給約翰遜注射了十毫升。」皮克說道，「再多會讓他發瘋的，現在我們不可以這麼做。這東西在腦子裡像塊橡皮似地生效，但不能保證他不會再回憶起來。」

「風險有多大？」

「難講。一句話，一種顏色，一陣氣味——如果大腦得到一個觸點，就有可能完全恢復。」

「風險相當大啊。」范德比特嘀咕道，「我們至今未找到不管在什麼情況下都能抑制回憶的藥物。我們對大腦的運行方式懂得太少了。」

「這麼說我們必須監視他。」黎說道，「你怎麼看呢，米克？你估計，我們還將依賴約翰遜多久？」

「噢，我們取得很大的突破了。」魯賓熱切地說道。這回他又可以彌補了。「韋孚和安納瓦克認為是一種費洛蒙結合物。奧利維拉和約翰遜也發現可能是一種氣味。我們今天下午就進行相態測試，找到證據。如果結合真是透過一種氣味進行的，那麼就有了一個可以將我們迅速帶到理想目的地的起點。」

「如果。假如。可能。可以。」范德比特嗤之以鼻，「你什麼時候能有這該死的東西呢？」

「這是科學研究，傑克。」魯賓說道，「當年也沒有人坐在亞歷山大・佛萊明的懷裡，問他需要多長時間才能發現盤尼西林。」

范德比特正要反駁什麼，這時一位女子從她的座位上站起，向他們走來。

「他們在作戰情報中心破譯了那個信號。」她說道。

「刮擦聲？」

「好像是的。克羅夫對尚卡爾說，他們破譯了它。」

黎望向作戰情報中心的監控螢幕望去。從隱藏攝影機的角度能看到尚卡爾、克羅夫和安納瓦克正在交談。正好韋孚走進來。

「那我們馬上就會收到好消息了。」她說道，「再見了。先生們，我們應該裝出適當的驚喜。」

作戰情報中心

大家都擠在克羅夫和尚卡爾周圍看那個回答。那不再是一幅光譜圖的形式，而是前天接收到的信號的光學轉換。

「這是回答嗎？」黎問道。

「問得好。」克羅夫說。

「刮擦聲到底是什麼東西呀？」灰狼拖著戴拉維也趕來了，「是一種語言嗎？」

「刮擦聲也許是的，但肯定不是這種密碼。」尚卡爾解釋道，「這跟亞列其波訊息完全一樣。地球上沒有人用二進位密碼交談。原則上不是我們向太空發射了一則訊息，而是我們的電腦。」

「我們所能查明的，」克羅夫說道，「是刮擦聲的結構以及為什麼它聽起來像唱針在唱片上移動。那是低頻範圍的一個斷音，能傳遍整個海洋。低頻率的波傳送距離最遠，特別迅速的斷音強度更強。次聲的問題是，對於一百赫茲以下的聲音，得加速很多倍人耳才能聽到，斷音更要加速。不過，理解的關鍵卻在於減速。」

「我們必須將它拖長，」尚卡爾說道，「以便區別細節。因此我們將它播放得極慢，直到刮擦聲變成一系列不同長度、不同強度的單一脈衝。」

「聽起來像摩斯密碼。」韋孚說道。

「它似乎也是這樣運作的。」

「妳怎麼表現那東西呢？」黎問道，「透過光譜圖嗎？」

「這是一方面，但還不夠。為此我們採用了一種方法，類似衛星圖像顯示雷達捕捉到的假顏色。在這裡，我們保留它的長度和強度，用一個我們能聽見的頻率替代。如果原聲於存在不同的頻率高度，就進行相應的換算。我們就是以這種方式處理刮擦聲。」克羅夫向鍵盤裡輸入一個指令，「我們接收到的東西，現在聽起來是這樣。」

響聲嗡嗡，像有人在水下擊鼓。連續不斷，快得讓人無法將音分開，但響度和長度不同的脈衝，明顯有著不同的順序。

「聽起來真像是個暗號。」安納瓦克說道，「這是什麼意思呀？」

「我們不清楚。」

「你們不清楚？」范德比特問道，「我還以為你們已經破譯了呢？」

「從正常情況來說的話，我們不清楚這是怎樣一種語言。」克羅夫耐心地說道，「到目前為止，我們完全不清楚近幾年記錄的刮擦聲信號意味著什麼。但這不重要。」她從鼻孔裡噴出煙來。「我們有更好的東西，即**接觸**。墨瑞，將第一部分給他們看看。」

尚卡爾調出一幅電腦圖。一行行的數字覆蓋整個螢幕。有些整排整排的數字全都相同。

「正如你還記得的，我們向水下發送了幾道家庭作業。」尚卡爾說道，「數學作業。就像智力測試做的一樣。內容有繼續二進位數字列，破譯對數，更換缺少的因數。我們設想，最好的情況是下面那些生命覺得這件事好玩，向我們發來回音。若是如此，就說明了：我們聽到你們了——我們在這裡——我們懂數學，能夠使用數學。」他指著一排排數字，「這些就是結果。出色的滿分。它們完成了每一道題目。」

「哎呀呀。」韋孚低語道。

「這告訴了我們兩點。」克羅夫說道，「第一，刮擦聲確實是一種語言。刮擦聲信號極有可能包含著複雜的資訊。第二點是關鍵性的！證明它們能夠改變刮擦聲的結構，使它對我們具有意義。這是最重要的成績。那表示它們各方面都不比我們遜色，不僅能破譯密碼，而且能編製密碼。」

眾人好長時間都只是盯著一行行數字。沉默，卻又激動和震驚。

「那又證明了什麼？」約翰遜打破寧靜問道。

「這很明白。」戴拉維回答道，「那裡有人在思考和回答。」

「難道一台電腦就不能作出這些回答嗎？」

「你認為，我們是在跟一台電腦交談嗎？」

「他說得對。」安納瓦克說道，「那證明有人出色地完成了數學作業。這很讓人激動，但並不一定能證明對方是存在自覺的智慧生命。」

「否則誰還能發出這些回答呢？」灰狼掃興地問道，「鯖魚嗎？」

「廢話，不是。再好好想想吧。我們這裡遇到的，是對符號的巧妙使用。那並不能證明存在較高級智慧。變色龍為了適應環境變色時，說白了，是一種極其複雜的計算能力。事實上牠什麼也沒有記住。不知道變色龍多有智慧的人，有可能得出結論：要掌握一種今天像一叢樹葉、明天像岩石的程式，必須具備一定智慧。人們會認為牠具有高度的認知能力，因為牠可說是破譯了牠周圍環境的密碼，具有創造性行為，因為牠能按照環境，來校正自己的密碼。」

「那我們這是什麼？」戴拉維不知所措地問道。她顯得失望。

克羅夫會心地一笑。「李奧說得對。」她說道，「掌握符號並不保證也理解了這些符號。真正的精神和創造力體現在對真實世界的想像力和知識上。而且是透過較深層的理解。一台電腦，不管能力有多強，也無法應用基本法則，不能進行違反邏輯的行為。它不會與環境衝突，沒有經驗。我估計，Yrr回信時，也這麼對自己說過。它們尋找過某種能向我們表明它們具有較高理解力的東西。」克羅夫指著電腦圖像，「這是兩道數學題的答案。如果你們仔細看，會發現答案一先後出現了十一次，然後是兩次答案二，一次答案一，又是九次答案二。在一個位置，答案二差不多重複了三萬次。但為什麼呢？對方將每種答案不止一次地寄給我們，讓資訊長得足以被記錄下來，光這一點就是有意義的。可是為什麼是這種看似混亂的次序呢？」

「異形小姐此時參加了進來。」尚卡爾說道，無比神祕對著在座眾人咧嘴一笑。

「我的老朋友茱蒂．佛斯特，」克羅夫說道，「我不得不承認，當我想到那部電影時，我想到了答案。這次序同樣是一種密碼。如果你能正確解讀，就會得到一幅由黑、白位元組成的畫——也就是跟我們在鳳凰計畫裡做的一模一樣。」

「但願不是阿道夫．希特勒。」魯賓說道。

這回他笑了。如今所有人都看過了茱蒂．佛斯特的電影《接觸未來》。裡頭外星人向地球上發送了一張圖，其中包含著建造說明書的一部分。它們只是將人類在技術進化過程中向太空發射的東西拼成一張圖，結果偏偏是一張希特勒的照片。

「不。」克羅夫說道，「那不是希特勒。」

尚卡爾給電腦輸入一道指令。一排排數字消失，出現一張圖形。

「這是什麼？」范德比特俯身向前。

「你認不出來？」克羅夫對著在場的眾人笑笑，「其他有誰想出來了嗎？」

「看起來像座摩天大廈。」安納瓦克說道。

「帝國大廈。」魯賓回答。

「荒唐。」灰狼說道，「它們怎麼會認識帝國大廈的？那樣子像枚火箭。」

「它們從哪裡認識火箭的？」戴拉維說道。

「海洋裡有很多。裝有核彈頭，化學武器……」

「這周圍是什麼呀」奧利維拉問道，「雲團？」

「也許是水。」韋孚認為道，「也許是來自深海的某種東西。」

「水這想法倒是不錯。」克羅夫說道。

約翰遜搓著他的鬍子。「它給我的印象更像一座雕像。也許是一個符號。某種……宗教符號。」

「人性，太人性了。」克羅夫似乎在竊喜，「為什麼你們不能換個角度看這幅圖像呢。」

他們繼續盯著。黎猛地想到。「你能將它轉動九十度嗎？」

尚卡爾的手指滑過鍵盤，圖形側過來。

「我還是看不出這是什麼東西。」范德比特說道，「一條魚嗎？一隻大型動物？」

黎搖搖頭，發出一聲低笑。「不是，傑克。它周圍的圖案是波浪。海浪。從下面進行的一張瞬間抓拍。從海底向水面拍的。」

「什麼？這個黑色東西？」

「很簡單。這是我們。是我們的船。」

加納利群島，帕爾馬島沿海，海萊瑪平台

也許他們不該這麼興奮。過去的十六個小時，吸蟲器不停地工作，將數噸粉紅色的蟲子運到了日光下，牠們看來很不適應這樣迅速換地方。大多數上來時已經死了，剩下的也抽搐扭動著，鼻孔外翻、頷骨顫動著死去。福斯特一開始就跑了出去，在那裡，水向下流走，多毛蟲連同被抽上來的海水從軟管嘩嘩噴出，撲咚落進大張的網裡。牠們經滑道進入一艘貨輪，貨輪就停在海萊瑪平台旁邊，正愈裝愈滿。福斯特興奮地伸手進去，黏滋滋地抓了十幾具屍體出來，勝利地高舉著牠們。「只有死蟲才是好蟲。」他吼叫，「好好聽我的話！耶！」

所有人都鼓掌，波爾曼也鼓掌。

一會兒後被攪起的淤泥沉澱了，他們望見大理石紋的熔岩。小水泡零星地升上來。光島的攝影機對好焦，這樣波爾曼相當準確地認出了那大理石紋是怎麼回事。「細菌席。」他說道。

福斯特望著他。「這是什麼東西呀？」

「很難講。」波爾曼用他的指關節揉著下巴，「只要它們居住在表面，就不存在危險。我不知道，這東西有多少已經鑽進了沉積層內。另外，那之間的暗灰色線條，是水合物。」

「這麼說它還存在呀。」

「就我們看到的，的確是存在。但我們不知道，先前有多少數量，又有多少融化了。氣泡溢出在可以容忍的範圍內。保守地講，我要說，我們至少不是毫無成果。」

「雙重否定也是一個肯定。」福斯特滿意地點點頭，站起來。「我倒兩杯咖啡。」

隨後他們連續數小時觀看吸蟲器工作，直到眼睛火辣辣地作痛。最後凡・馬登將福斯特趕上了床，讓他休息。福斯特和波爾曼有三整夜幾乎沒睡覺了。福斯特邊抗議，眼睛邊闔上了，最後只得腳步不穩地走進他的艙室。

波爾曼和凡．馬登一起留了下來。時間是晚上十一點整。

「接下來你去睡覺。」荷蘭人講道。

「我不能去睡覺。」波爾曼抹一把眼睛，「除了我，沒有人對水合物有足夠的了解。」

「才不是，我們很熟悉。」

「就快結束了。」波爾曼說道。他真的累壞了。操作員小組已經換了三次了。但再過幾小時艾文．蘇斯將乘直升飛機從基爾趕到，他堅持必須再撐到那時候。

他打起哈欠。夜色降臨。房間裡充滿輕輕的嚶嚶聲。光島和吸蟲器在過去幾小時裡速度變慢了，但一直在向北挺進。如果北極星號考察隊的資料正確的話，只有這塊台地上有蟲子。他預估，還要幾天才能將牠們全部吸淨，但這同時他心裡又萌生出希望。氣泡溢出值高於期望值，但並沒有理由真的去擔心。一旦沒了蟲子和細菌群，被蠶食的水合物也許又會穩定下來。

他低垂眼瞼觀察螢幕，監看好一會兒後他才意識到了變化，這是因為他累壞了。他身體向前側去。

「那裡有東西在閃爍。」他說道，「請你移開吸蟲器。」

凡．馬登瞇起眼睛。「在哪裡？」

「你看看螢幕吧。混亂中有什麼閃了一下——那裡，又閃了一下！」

他一下子清醒過來。這時光島攝影機也顯示出有什麼不正常。吸蟲器吸嘴周圍的沉積物明顯鼓脹了起來，內有黑塊和氣泡在旋轉，上湧。

吸蟲器螢幕變暗。吸管的吸嘴歪向一側。

「見鬼了，那裡出了什麼事？」

廣播裡傳來駕駛員的聲音。「我們吸進了較大的東西。吸蟲器不穩定了。我不知道是否……」

「清除它！」波爾曼叫道，「離開大陸邊坡！」

又來了，他絕望地想道。像那回在太陽號上一樣。一次海嘯。他們在這個位置待的時間太久了，使得台地變得不穩定。真空攪亂了沉積物。

不，不是海噴。比海噴更嚴重。

吸管試圖撤出沉積物的塵霧。塵霧繼續膨脹，瞬間發生爆炸。壓力波襲向光島。影像上下晃動。

「我們碰上滑塌了。」駕駛員叫道。

「關閉吸蟲器。」波爾曼跳起來，「收回來。」

他看到較大的岩塊正從上面滾落，熔岩湧向台地。隱隱地能看到吸管在淤泥和廢墟的霧團裡掉頭。

「吸蟲器關掉了。」凡．馬登確認。

他們睜大眼睛瞪著滑塌，愈來愈多的岩石劈哩啪啦地滾落下來。如果持續不斷的話，從火山幾乎垂直的崖壁上會落下愈來愈大的岩塊。火山岩細孔很多，一場小滑塌會在頃刻間變成大滑塌，最後將會造成恰恰是他們想阻止的後果。

我們應該冷靜，波爾曼想道。逃走反正已經來不及了。

一座六百公尺高的水山……

劈哩啪啦聲停止了。

很長時間沒有人說話，一個個默默盯著螢幕。台地上方塵霧瀰漫，將汞光燈裡的燈光散射，投了回來。

「停了。」凡．馬登帶著不易察覺的顫音說道。

「是的。」波爾曼點點頭，「看來是停了。」

凡．馬登呼叫駕駛員。

「光島剛剛劇烈搖晃。」照明小組報告道，「有盞聚光燈掉了。不過，不知道的人不會注意到的。」

「吸管呢？」

「好像掛得牢牢的。」這是另一架吊車裡的情況，「系統仍像先前一樣接受指令，但顯然不能執行了。」

「吸嘴應該是被埋在了廢墟下。」另一位駕駛員猜測道。

「被埋了多深？」凡．馬登低聲問道。

「先得等塵霧散開。」波爾曼回答道，「看樣子我們僥倖脫險了。」

「好。那我們就必須等了。」凡．馬登對著麥克風講道，「不要再試圖拔出吸管。休息。我不想在那下面引起不必要的震動。先等會兒，看看情況再說。」

三個小時後，他們還在繼續觀察。沉積物尚未完全沉澱，只能從不同的地方分別看到一點狀況，但吸管的吸口還算能看清。福斯特也回來了，頭髮亂蓬蓬的。

「卡得很緊。」凡．馬登議論道。

「對。」福斯特撓撓頭，「但看樣子沒壞。」

「發動機堵住了。」

「怎麼將它重新弄出來？」

「我們可以派架機器人下去，清理掉那些東西。」波爾曼建議道。

「我的天哪，」福斯特譏諷道，「這要花費我們多少時間呀。偏偏就挑在一切都很順利的時候。」

「只要我們動作快一點就行。」波爾曼將頭轉向凡．馬登，「多快能將**藍波**準備好？」

「很快。」

「那就動手吧。我們試試。」

藍波的名字一點也不科學，完全源自席維斯．史特龍的電影。這架無人遙控載具看上去像維克多六〇〇〇型的較小版本，有四台攝影機，裝在穩定的尾部和兩側天線上，還有兩根特別有力、靈活的抓臂。這設備最大適用深度僅為八百公尺，但很受海上工業青睞。一刻鐘內藍波就做好了準備。不久後就沿著圓形火山沉向台地，一根光纜將它連接著海萊瑪平台的駕駛艙。光島出現了。機器人繼續下潛，開始行駛，移向被埋的吸管。從近距離可以清楚看到，吸管的發動機和攝影系統失靈了。更不幸的是有幾塊火山岩卡在那裡，毫無希望地將它卡死了。

藍波的抓臂開始清除石塊。開始時機器人看樣子似乎能救出吸管。它連續清除廢墟，直到挖到一個斜豎的輪板。它鑽進了台地的沉積物裡，將吸管頂在一塊突出的岩石上。抓臂伸縮、轉動，想拔出輪板。真是不可思議。

「機器人做不到。」波爾曼斷定道，「它無法產生脈衝。」

「太好了。」福斯特低聲道。

「如果駕駛員硬拉出吸管呢？」波爾曼提議道，「施點壓力，它總會出來的。」

凡・馬登搖搖頭。「太冒險了。管子會斷。」

他們讓機器人從不同的角度撞擊那塊岩石，想試試運氣。直到半夜，他們終於明白了這台機器做不到。這期間被清除乾淨的部分又爬滿從四面八方的黑暗中出現的蟲子。

「我很不喜歡這樣。」波爾曼咕噥道，「尤其是在這個不穩定的地方。我們得想辦法救出吸管，否則情況很不樂觀。」

福斯特皺起眉頭。一會兒後他說道：「好，那我們就面對黑暗吧。而且是親自。」

波爾曼滿臉疑問地望著他。

「我要潛下去。」福斯特聳聳肩。「海底是黑暗的，不是嗎？我只想說，如果藍波做不到，那就只能我們來做。那兒有四百公尺深，但船上有抗壓力裝。」

「你要自己下去？」波爾曼驚愕地問道。

「當然。」福斯特伸伸雙臂，它們喀喀直響，「有什麼問題嗎？」

8/15

格陵蘭海，獨立號

Yrr的回答讓克羅夫有理由向深海發出第二道更複雜的訊息。它包含了有關人種、人類進化和文化的資訊。范德比特對此不是很高興，但克羅夫終於讓他了解到，他們反正不可能做錯什麼。而Yrr快要打贏了。「我們依然只有一個機會。」她說道，「我們必須向它們說明，我們值得繼續存在下去。所以必須盡可能多向它們自我介紹才行，也許有什麼它們至今沒有考慮過的東西。讓它們思考。」

「價值的一個交集。」黎說道。

「不管交集多麼小。」

奧利維拉、約翰遜和魯賓將自己關在實驗室裡，想讓箱裡的膠狀生命自行分裂，完全擴散。他們不停地和韋孚與安納瓦克討論。韋孚替虛擬Yrr體內安裝了一個人造DNA和一條費洛蒙資訊。他們這樣做，理論上證明了單細胞生物的結合需要一種氣味，但是，說到實驗證明，膠狀物卻拒絕任何合作。這種生物——更準確地說，是生物的總體變成一塊大餅，沉到了箱底。

這期間，戴拉維和灰狼在分析海豚中隊拍攝的圖片，除了獨立號的船體、零星的魚和相互拍照的，看不到其他什麼東西。他們輪流待在作戰情報中心的螢幕前或底層甲板上，羅斯科維奇和白朗寧仍在底層甲板上忙著修理深飛。

黎知道，如果不隔一段時間就強迫他們停下工作，想點其他事情的話，就連最出色的人也有累壞或累垮的危險。她請人報告天氣，資料顯示到第二天早晨為止，都將風平浪靜。現在，跟今早相比，海浪已經減弱了。

她跟安納瓦克聊了幾分鐘，發現他對這北方的菜懂得不多，於是將責任下放給皮克。這下他在他的軍事生涯中頭一回不得不關心起伙食來。

皮克打了一批電話。兩架直升機飛往格陵蘭海岸。傍晚時黎宣布，主廚請大家於晚上九點赴宴。直升機返回來，帶來安排一次格陵蘭晚宴的各種材料。在艦橋前面的飛行甲板上擺好了桌子、椅子和自助餐，大家將一台樂器拖到外面，在場地周圍擺了一圈取暖器抵禦寒冷。

廚房裡忙作一團。黎最出名的，就是會突然生出古怪念頭，並堅持要在最短時間內做出來。馴鹿肉進了罐裡和鍋裡。脆脆的獨角鯨皮被切開，海豹肉燉湯，煮絨鴨蛋。獨立號上的糕點師傅試著烤班諾克，一種不加酸的、可口的餅，伊努特人每年舉行烘焙比賽來做道地的班諾克。鮭魚和洄游紅點鮭被製成魚排，加上香草燒烤，烤冰凍海象肉，炒了大堆米飯。讓皮克過問烹飪事務真是難為他了，他乾脆讓人弄來了庫存裡沒有的東西，同時盲目相信格陵蘭的顧問。只有一種風味菜讓他覺得可疑：生海象腸，雖然備受讚賞，卻屬於他認為可以放棄的東西之列。

他在艦橋和機艙裡安排了應急人員，在作戰情報中心也有所安排。晚上九點整，獨立號上的其他人全體準時出現在飛行甲板上：船員，科學家和士兵們。這艘巨艦的船艙裡白天雖然空空如也，此刻飛行甲板上卻是滿滿的人。將近一百六十人前來參加不帶酒精的雞尾酒會，分散在高、低桌旁，直到冷餐會開始。大家漸漸交談起來。

這是黎舉辦的一場罕見的晚會——背對艦橋的鋼鐵高樓，四周是荒涼和遼闊的海洋。霧消散了，地平線上出現超現實主義的雲山，低垂的太陽不時從雲中鑽出。空氣涼爽明淨，蔚藍的天空籠罩著一切。

有一陣子大家好像都在迴避他們之所以來到艦上的話題。談論其他事情讓人感覺愉快。大家試圖表面客套交談，內容不深，好像他們在一場藝術展覽會開幕偶然撞上似的，存在某種緊張、近乎絕望的氣氛。快到半夜時，在即將降臨的曙光中，阻止他們談論來此目的的脆弱保護破碎了。大家逐漸親密起來。桌上的防風燈釋放出它們巨大的力量。人們聚成一組組，圍繞在啟蒙的巫士們周圍，獲取巫士們不能給予的安慰。

「現在說真的。」午夜一點剛過，布坎南對克羅夫說，「妳總不會真的相信存在著智慧的單細胞生物吧？」

「為什麼不呢？」克羅夫問道。

「那好吧，但這怎麼可能呢？我們談的是智慧生命，對不對？」

「好像是的。」

「好吧……」布坎南尋找著合適的句子，「我不指望它們長得和我們相像，但至少是某種比單細胞生物更複雜的東西。人們說，黑猩猩有智慧，鯨魚和海豚，牠們也有一個複雜的身體構造和一顆大頭顱。螞蟻，我們學到了，太小，無法形成真正的智慧。單細胞生物怎麼行呢？」

「你是不是將一些東西搞混了，艦長？」

「什麼？」

「可行的東西和你喜歡的東西。」

「我不理解妳的意思。」

「她認為你的意思是，」皮克說道，「如果人類一定要交出統治權，對手至少應該是強壯、巨大的。長得高大英俊，肌肉強健啦。」

布坎南一巴掌拍在桌子上。「我根本不相信。我不相信低級生物將統治這顆星球，不相信它們具有人類的智慧。這不可能！人們是進步的生命……」

「進步？複雜性？」克羅夫搖搖頭，「你指的是什麼？進化是進步嗎？」

布坎南神色痛苦。

「好吧，我們看看吧。」克羅夫說道，「進化，引用達爾文的話，是為了生存而戰鬥，是適者生存。兩者都是反抗的結果，要麼和其他生命鬥爭，要麼反抗自然災害。因此存在競擇的進化。但可以因此認為那就自動形成更高級的複雜性嗎？更高的複雜性就是一種進步嗎？」

「我對進化不是很精通。」皮克說道，「我覺得，在自然史的發展中，大多數生命都愈來愈大、愈來愈複雜。無論如何人類是這樣的。以我看，這明顯是一種趨勢的結果。」

「一種趨勢？錯了。我們看到的只是歷史的一小部分，這部分剛好在拿複雜性做實驗。但誰告訴我們，我們不會結束於進化的死胡同呢？我們自視為一種自然趨勢暫時的高潮，這是我們的自我高估。你們大家都知道，進化的譜系是什麼樣子，是一張張有著主幹和支幹的枝杈叢生的圖。好吧，薩洛，當你想像這麼一棵樹時，你會看到人類在哪裡呢？在主幹上還是支幹上？」

「毫無疑問是主幹。」

「不出我所料。那符合人類的看法。當一門動物的許多分支發生紛爭，最後只剩一個倖存下來，其他的全部死光，我們就傾向於將倖存下來的宣布為主支。為什麼？只因為他——還——倖存著嗎？但是，也許我們只看到一株不重要的支幹，長得比其他的稍微長一點。我們人類是曾經茂盛的進化灌木叢留下來的唯一一種。一次發展的殘餘，而其餘的樹枝枯死了；一次試驗的最後倖存者，名叫*Homo*（人）。南方古猿人：死光了。直立人：死光了。尼安德塔人：死光了。智人：還在。我們暫時獲得了對星球的統治權，但小心！進化的暴發戶不應將統治權和內心的優越感與較長期的倖存搞混。我們有可能很快就消失，比我們想的要快得多。」

「妳說得有可能是對的。」皮克說道，「但妳忽視了某種關鍵的東西。唯一倖存下來的種類也是唯一擁有高度發達意識的物種。」

「同意。可是請你將這種發展放大到大自然裡來看。你真的認得出一種進步或一種傑出的趨勢嗎？多細胞生物中有百分之八十的進化要比人類成功得多，卻沒有自以為是所謂產生較高級神經複雜性的趨勢。僅從我們的主觀世界觀來看，具有精神和意識才是一種進步。到目前為止，人類這種奇特的、不可思議的邊緣動物只給地球的生態系統帶來一樣東西：麻煩。」

「我還是堅信，有人在幕後操縱著這一切。」范德比特在鄰桌上說道，「可是好吧，我接受指教。如果沒有的話，我們就要偵察Yrr了。我們要將那討厭的黏狀物一直置於中情局的監視之下，直到知道它是如何思維，在計畫什麼。」他和戴拉維和安納瓦克站在一起，被士兵跟其他成員包圍在中間。

「忘記它吧。」戴拉維說道，「這連你的中情局也做不到。」

「呸，小姐！」范德比特笑道，「只要有耐心，就能鑽進每一顆頭顱裡。即使它屬於一個愚蠢的單細胞生物也一樣。一切只是時間問題。」

「不，是一個客觀性問題。」安納瓦克說道，「前提是你能夠扮演一個客觀的觀察者角色。」

「我們能夠。因此我們才是有智慧而且文明的。」

「你可能是有智慧的，傑克。但你不能客觀地對待自然。」

「嚴格說來，你也像動物一樣是主觀的、不自然的。」戴拉維補充道。

「你們想到的是哪一種動物呢？」范德比特咯咯地笑道，「一頭海象嗎？」

安納瓦克低聲笑起來。「我是認真的，傑克。我們還是比我們以為的更接近自然。」

「我不是。我是在大城市裡長大的。從沒到過鄉下。我父親也沒有。」

「無關緊要。」戴拉維說道，「我舉個例子：蛇。牠們一方面受到畏懼同時又受到崇拜。又例如鯊魚，有許多鯊魚神靈。人和其他生命的情感聯繫是天生的，也許甚至是遺傳來的。」

「你們談的是自然民族。我談的是城市人。」

「好吧。」安納瓦克思索片刻，「你有怪僻嗎？隨便什麼可以稱做怪僻的東西？」

「這個嘛不一定是一種怪僻……」范德比特講道。

「一種厭惡？」

「是的。」

「厭惡什麼？」

「天哪，那並不很奇怪。大概每個人都有。厭惡蜘蛛。我恨這些畜牲。」

「為什麼？」

「因為……」范德比特聳聳肩，「牠們就是令人噁心。你不覺得牠們令人噁心嗎？」

「不覺得，但我們要談的不是這個。關鍵是，我們文明世界裡的怪僻，多半是針對那些在我們生活在都市裡之前威脅過我們的危險。我們對峭壁、雷雨、急流、混沌水面，對蛇、狗和蜘蛛產生怪僻。為什麼對電纜、左輪手槍、彈簧刀、汽車、炸藥和插座沒有呢，這些統統都要危險得多呀？因為一個規律烙印在我們的大腦裡：你必須小心提防蛇形物和有許多條腿的生命。」

「人類大腦是在一個自然環境而不是在一個機械環境裡發展成的。」戴拉維說道，「我們的精神進化歷經了兩百萬年，和自然保持著密切的接觸。也許這個時代的求生規律已經影響了遺傳，反正我們的進化史只有微小的一部分反映在所謂的文明裡。你真的相信，只因為你父親和你的祖父一直生活在城市裡，你大腦裡所有古代的資訊就被消除了嗎？我們為什麼害怕草裡爬行的小動物呢，你為什麼厭惡蜘蛛呢？因為在人類發展過程中這種害怕救了我們的命。比其他生物更可怕的人類很少陷入危險，所以能生育更多後代。就是這麼回事。我說得對嗎，傑克？」

范德比特看看戴拉維，再看看安納瓦克。

「這跟Yrr有什麼關係？」他問道。

「它們也許長得像蜘蛛有關。」安納瓦克回答道，「別跟我們說客觀性了。不管它們會是什麼模樣，只要我們厭惡Yrr，厭惡膠狀物，厭惡單細胞生物和有毒的蟹，我們就無法了解它們的思維，因為我們根本就不理解。我們只關心消滅別的物種，以免它們夜裡爬進我們的洞穴，奪走我們的孩子。」

不遠處，約翰遜站在黑暗中，當黎向他走來時，他正試圖回憶昨夜的細節。她遞給他一隻杯子。杯子裡是葡萄酒。「我以為我們不喝酒的。」約翰遜驚奇地說。

「我們是不喝酒。」她跟他碰杯，「但不是教條式的。另外我關心我的客人們的喜好。」

約翰遜品嘗。酒很好。甚至是上等的。「妳到底是怎樣一個人呀，將軍？」他問道。

「你叫我茱蒂吧。每個不必在我面前立正的人都這樣叫我。」

「我看不透妳，茱蒂。」

「問題在哪裡呢？」

「我不相信妳。」

黎得意地嫣然一笑，喝一口酒。「這是互相的，西谷。你昨天夜裡發生什麼事了？你想告訴我，你什麼也回憶不起來嗎？」

「我什麼也回憶不起來。」

「你那麼晚在機庫甲板上想幹什麼呢？」

「放鬆。」

「你跟奧利維拉在一起也是放鬆。」

「是的，工作太多了，偶爾得放鬆放鬆。」

「嗯。」黎望著他身後的海洋，「你還知道你們談的什麼嗎？」

「談我們的工作。」

「沒談別的？」

約翰遜望著她。「妳到底想做什麼，茱蒂？」

「控制這場危機。你呢？」

「我不知道，我是不是想像妳這樣。」約翰遜略一猶豫後說道，「控制住危機後，還會剩下什麼呢？」

「我們的價值。我們社會的價值。」

「妳指的是人類的社會嗎？還是美國人的？」

她將頭轉向他。她漂亮亞洲人臉孔上的藍眼睛似乎在閃爍。「這有區別嗎？」

克羅夫得到了奧利維拉的支援，講得很激動。當下大多數聽眾都圍在他倆的周圍。皮克和布坎南明顯地處於防守位置，但當皮克愈來愈陷入沉思中時，布坎南卻是怒火中燒。

「我們不是大自然某種高級發展的必然結果。」克羅夫正說道，「人是一個偶然的產品。我們是宇宙一次巧合下的成果，一顆巨大的彗星擊中地球，讓恐龍滅絕。沒有這個偶然，今天居住在這世界上的也許是智慧的恐龍，或者只是隨便哪一種動物。有利的自然條件形成了我們，但這不是必然。自從寒武紀的進化創造了最早的多細胞生物以來，在數百萬可以想像的發展之下，也許只有一種發展導致了人類的出現。」

「可是人類統治著這顆星球。」布坎南堅持道，「不管妳願不願意。」

「你確定嗎？現在是Yrr統治著它。你快點回到現實中來吧，我們不過是還算不上進化成功的哺乳動物種類中的一小群。最成功的哺乳動物是蝙蝠、老鼠和羚羊。我們並不代表地球史圓滿的最後一段，而僅僅是普通的一段。大自然不存在圓滿階段的傾向，只有競擇。時間可能會讓這顆星球上某物種的身體和精神的複雜性暫時增長，但從總體看來這不是趨勢，更談不上是進步。總體說來生命不是在進步。它給生態空間增加一個複雜的因素，但同時，三十億年來它又保存了像細菌這樣的簡單形式。生命沒有理由想要改良什麼。」

「妳如何讓妳說的這些符合上帝的計畫呢？」布坎南幾乎是威脅地問道。

「如果有一位上帝，一位智慧的上帝的話，祂就是像我描述的這樣安排的。那樣我們就不是祂的傑作，而是一種變體，只有當這變體意識到自己的變體角色，才能存活下來。」

「祂按照祂自己的形象創造了人類的說法呢？妳也想懷疑這個說法嗎？」

「你真的這樣死抱著你的偏見，以至於不考慮，祂可能是按照祂的形象創造了Yrr嗎？」布坎南的眼睛一閃。克羅夫不給他講話的機會，而是將一團煙吹向他臉上。「但這整個討論都是過時的，親愛的朋友。如果上帝不想創造出盡可能好的物種，那祂是按照什麼計畫創造自己最喜歡的物種呢？不錯，人類相較之下體積很大。大身體就是更好的身體嗎？在物競天擇的過程中，有些物種確實像是愈來愈大，但大多數雖小也能生存得很好。至少在大滅絕的年代，較小的物種更容易倖存，大型動物每過幾千萬年就消失，進化又重新規定一個大小的下限，重新開始生長，直到下一顆彗星撞上來。碰！這就是上帝的計畫！」

「這是宿命論。」

「不，是現實主義。」奧利維拉說道，「在極度變化時，因為不能適應而滅絕的，是跟人類一樣高度專業化的物種。一隻袋鼠很複雜，只能食用桉樹葉。一旦桉樹死光了，牠怎麼辦呢？牠就不再進食。相反地，大多數單細胞生物能忍受冰河紀和火山爆發、氧氣或甲烷過剩，它們可能數千年來都生活在一種假死狀態，又重新復活過來。細菌生活在數千公尺深處的岩石裡，生活在滾燙的泉水裡，生活在冰川裡。沒有細菌，我們就無法活得更久；但沒有我們，它們還是能活更久。

「哪怕在今天，空氣中的氧氣也是細菌的產物。影響我們生活的所有元素，氧氣、氮氣、磷、硫磺、二氧化碳，只有透過微生物的活動才對我們有用。細菌、真菌、單細胞生物、小食屍動物、昆蟲和蟲子處理死去的植物和動物，將它們的化學成分重新輸入生命的整個系統中。在海洋裡和在陸地上都一樣。微生物是海中的主要生命形式。我們箱裡的這種膠狀物肯定比我們更古老，也許更聰明，不管這話你愛不愛聽。」

「妳不能拿人類生命和一個微生物比較。」布坎南嘀咕著，「人具有不同的意義。如果妳連這也不理解，那妳為什麼要加入這個小組？」

「為了做正確的事情！」

「但妳已經在用言語出賣人類了。」

「不，是人類在出賣世界，擺錯了生物及其意義之間的關係，他是唯一這麼做的物種。我們評判，分出邪惡的動物，重要的動物，有用的動物。我們根據我們看到的來評斷大自然，但我們看到的只是微小的一部分，賦予它過高的意義。我們的感覺針對的是大動物和脊椎動物，主要是針對我們自己。因此我們到處都見到脊椎動物。事實上，科學介紹的脊椎動物種類的總數將近四萬三千種，其中有六千多種是爬行動物，將近一萬種鳥類和四千種左右的哺乳動物。而至今已知的無脊椎動物將近一百萬種，其中僅甲蟲類就有二十九萬種，超過了所有脊椎動物種類的七倍還多。」

皮克望著布坎南。「她說得對，克雷格。」他說道，「承認吧。你倆都對。」

「我們不是非常成功。」克羅夫說道，「如果你想看到成功，請你看看鯊魚吧。牠們自泥盆紀、自從四億年以來生活到現在，外形一直未變。牠們比人類的任何祖先都要古老百倍，有三百五十種。可是，Yrr有可能比鯊魚還要古老。如果它們是單細胞生物，如果它們找到了一種群體思維的方法，那它們就比我們領先得太多了。我們永遠趕不上這一領先。不過我們可以殺死它們。——但你想冒這個風險嗎？我們知道它們對我們的生存有何意義嗎？——或許，沒有這個敵人我們還無法生存呢。」

「妳想維護美國的價值，茱蒂？」約翰遜搖著頭，「那我們會失敗的。」

「你有什麼反對美國價值的呢？」

「什麼也不反對。但妳也聽到了克羅夫講的話：其他星球上的智慧生命也許既不像人也不像哺乳動物，也許它們甚至都不是建立在DNA基礎上的，因此它們的價值系統會完全不同於我們的。妳以為妳在那下面會遇到哪種道德和社會模式呢，在深海裡？在一個文化有可能是建立在細胞分裂和群體犧牲的物種之上。如果妳眼裡只看到連人類也不能理解的價值的話，妳如何能夠溝通呢？」

「你錯估我了。」黎說道，「我明白我們並不獨享道德。問題是：我們一定必須理解其他生命是怎麼想的嗎？或者，乾脆竭盡所能來嘗試和平共處，是不是更好呢？」

「互不干擾嗎？」

「對。」

「馬後炮，茱蒂。」約翰遜說道，「我想，美國、澳洲、非洲和北極地區的原住民會歡迎妳的立場。我們已經滅絕的各種動物也會歡迎的。形勢肯定要複雜得多。我們都快無法理解別人是如何思考的了。但我們必須大膽嘗試，因為我們已經互相妨礙了。我們共同的生存空間已經變得太狹窄了，無法並存，我們只能共同生活。只有當我們大力縮減我們所謂上帝賦予的權利時，這才有效。」

「你認為應該怎樣呢？透過我們養成單細胞生物的生活習慣嗎？」

「當然不是。遺傳學上我們根本做不到。即使我們叫做文化的東西，也是輸入在我們基因裡的。文化進化始於遠古時代，那時我們頭腦裡就確定了方向。文化是生物學的，難道我們以為設計戰艦的是新的基因呢？我們建造飛機、航空母艦和劇院，但我們這麼做是為了跟上我們的遠古活動的所謂文明水平，自從人們用第一把石斧交換肉以來：戰爭，部落大會，貿易。文化是我們進化的一部分。它用於將我們維持在一種穩定狀態……」

「……直到一種更穩定的狀態證明自己是優越的。我了解你想說什麼，西谷。在遠古時代遺傳物就給文化加上了烙印，相應地改變了基因。也就是說基因控制著我們的行為。它們創造了我倆進行這番交談的基礎，不管我們是多麼憎恨這些想法。我們引以為傲的所有智慧，是基因控制的結果，文化只不過是社會行為的保留節目，與求生的鬥爭捆綁在一起。」

約翰遜不語。

「我說錯什麼了嗎？」黎問道。

「沒有。我聽得很感動很入迷。妳說得完全對。人類進化是基因變化和文化變遷的交替。導致我們大腦發育的是基因的變化。讓我們能夠講話的是純生物學，大自然於五十萬年前改變了我們喉頭的結構，在大腦皮層形成了語言中心。而這一基因變化導致了文化的形成。語言表達認識、過去、未來和想像力。文化是生物學變化過程的結果，生物的轉變又反應了文化的繼續發展。雖然推遲了很多，但情況正是如此。」

黎微笑著。「我有幸站在你面前，真是太好了。」

「我沒有別的期待。」約翰遜迷人地說道，「但妳自己講了出來，茱蒂：我們深受讚美的文化多樣性受到基因的限制。限制就在智慧的非人類文化開始的地方。我們形成了多種文化，但它們統統是保護我們人類的基礎。我們不能接受這麼一個物種的價值，它的生物學與我們的相反，在爭奪生存空間和資源鬥爭中必然就是我們的敵人。」

「你不相信在銀河系聯盟，我們會和走路的蜂巢一起在吧台上喝酒？」

「《星際大戰》嗎？」

「對。」

「一部了不起的影片。不。我相信，只有經過很長、很長時間的克服這才會有效。當與其他生命的文化交流深深影響了我們的基因程式的時候。」

「這表示我說對了！我們不應該想去理解 Yrr。我們應該找到一個互不打攪的方向。」

「妳說得不對。因為**它們**不讓**我們**安寧。」

「那我們就輸了。」

「為什麼？」

「難道我們不是一致認為，人類和非人類不能達到意見一致嗎？」

「我們也一致認為，基督徒和穆斯林不可能達到意見一致。妳聽著，茱蒂：我們不能也不必理解 Yrr。但我們必須將位置讓給我們不理解的東西。這不同於讓一方的價值完全支援另一方的價值。解決方法在於撤退，目前需要我們的撤退。這辦法可能有效。它不是透過感情的理解——這行不通。但要透過改變視角。透過一種對世界的理解，我們離開自己的理解方法愈遠，就愈全面，一步一步，想辦法跟我們自己保持距離。沒有這種距離，我們就不能讓 Yrr 放棄用它們現在的眼光來看我們。」

「我們不是正在想辦法撤退嗎？不談別的，就說我們在設法和它們接觸。」

「說到妳，妳這麼做想取得什麼結果呢？」

黎沉默不語。

「茱蒂，請妳告訴我一個祕密。為什麼我非常尊敬妳又極端不信任妳呢？」

他們四目相對。立桌傳來交談的嘈雜聲，像一陣波濤湧來，淹過甲板，有力地向他們撲下來。交談聲變成呼喚，然後是喊叫。此時廣播裡一個聲音在甲板上回響：「海豚警報！——注意！——海豚警報！」

黎首先掙脫了目光的對峙，轉頭望向朦朧的大海。「我的天哪。」她低聲道。

大海不再朦朧了。它開始閃爍。

藍色雲團

四面八方的海浪閃著螢光。深藍色的深淵從水下浮出水面，擴散，流到一起，看上去像是天空向大海裡倒水。獨立號漂浮在光芒裡。

「如果這是對妳上一封訊息的回答，」灰狼對克羅夫說道，目光未能離開這幕好戲，「妳一定給海底的某人留下很深的印象。」

「真是太美了。」戴拉維低語道。

「你們看！」魯賓叫道。

藍光形成的帷幕攪動了起來。光線開始閃爍，裡面形成巨大的渦流，先是緩慢旋轉，然後愈轉愈快，最後像漩渦狀星雲，吸進藍色的水流。中心愈來愈緊密。似有數千顆星星在裡面閃爍、又消逝……

突然一道閃電。飛行甲板上驚呼連連。

畫面霎時起了變化。強烈的放電掠過水裡，擴散到迅速遠去的渦流。一陣無聲的雷暴在水面下咆哮。緊接著渦流開始將獨立號往回拉。藍色雲團向著地平線遠去，速度快得驚人，再也看不見了。

灰狼第一個從驚滯狀態中恢復，向艦橋跑去。

「傑克！」戴拉維跟在他身後。其他人跟著他們。灰狼沿扶梯跑下去，大步穿過安全區走道，衝進作戰情報中心，皮克和黎接踵而至。艦體攝影機的螢幕上只有墨綠色的水面，後來畫面上出現兩條海豚。

「怎麼回事？」皮克嚷道，「聲納怎麼說？」

有一位轉過身來。「海上有個大東西，長官。某種東西，我不知道……很難說……不知怎麼地……」

「某種東西，不知怎麼地？」黎抓住那人的肩。「你快報告，你這個蠢蛋！要精確！那裡怎麼回事？」

那人臉色蒼白了。「是……是……我們螢幕上什麼都沒有，然後出現一大塊。它們憑空出現，我發誓，水突然變成了物質。它們連成一堵牆，形成一個……它無所不在……」

「讓眼鏡蛇直升機升空。立刻。大範圍偵察。」

「你們收到了海豚的任何消息嗎？」灰狼問道。

「不明生物。」一位女兵報告說，「牠們先偵察到它的。」

「位置呢？」

「同時出現。正在遠去，現在於海上一公里處，持續後撤。聲納顯示四面八方都有巨物存在。」

「海豚此刻在哪裡？」

「在獨立號下面，長官。牠們擠在閘外。我想牠們很害怕！牠們想進來。」

愈來愈多人來到作戰情報中心。

「請將衛星圖投映到大螢幕上。」皮克命令道。

大圖顯示的是KH-12角度的獨立號。它漂在黑暗的水面上。藍光和閃電無影無蹤。

「剛剛那下面還一片亮光。」負責衛星分析的那人說道。

「我們能收到其他衛星的圖像嗎？」

「現在無法收到。長官。」

「好吧。讓KH-12調節焦距。」

那人將命令傳到控制站。幾秒鐘後獨立號在螢幕上縮小。衛星將那一部分拉遠了。鉛灰色的格陵蘭海向四面延伸。喇叭裡傳出海豚的尖叫和敲打聲。牠們還在報告一種不明生物的存在。

「還不夠。」KH-12繼續調整焦距。物鏡這下捕捉到了一百平方公里的範圍。整整兩百五十公尺長的獨立號在裡面像截漂流木。他們屏住呼吸盯著螢幕。

現在他們看到它了。遼闊的四周形成一個閃著藍光的細圈。裡面一爍一滅。

「這東西有多大？」皮克低語道。

「直徑四公里。」螢幕旁的那女人說道，「甚至更大。像是一條軟管。我們在衛星圖上看到的是開口，一直通到海底。我們可以說是坐在……食道裡。」

「那麼這是什麼東西？」

約翰遜在他身旁鑽了出來。「要我說，是膠狀物。」

「哎呀太好了。」范德比特喘息道，「媽的，妳向那下面發送了什麼呀？」他衝克羅夫嚷道。

「我們要求它現身。」克羅夫說道。

「這主意好嗎？」

尚卡爾惱怒地轉向他。「我們不是想接觸嗎？你抱怨什麼？你以為它們會寄來快遞嗎？」

「我們接受到一個信號！」

眾人猛地轉向講話者。是負責監視聲音的人。尚卡爾往他趕過去，俯身在螢幕上方。

「是什麼東西？」克羅夫向他叫道。

「從光譜圖形看是個刮擦聲信號。」

「一個答覆嗎？」

「我不知道是不是……」

「那個圓圈。它在收縮！」

所有的頭都仰起來望向大圖。那個閃爍的圓圈開始緩緩地向船移來。同時有兩個微小的點離開獨立號遠去。兩架戰鬥直升機開始了偵察飛行。喇叭裡的口哨和嘰嘰聲愈來愈強烈。

眾人頓時議論紛紛起來。

「住嘴。」黎喝斥道，皺起眉諦聽海豚的聲音，「另外還有個信號。」

「是的。」戴拉維垂著眼睫傾聽，「不明生物，另外……」

「虎鯨！」灰狼喊道。

「多隻巨大的身軀正從下面接近。」聲納旁的女人證實，「來自管子內部。」

灰狼望著黎。「我看情形不妙。我們應該將海豚叫上船來。」

「為什麼偏偏要現在？」

「我不想拿這些動物的生命冒險。我們還需要照片。」

黎猶豫了一下。「好。你將牠們叫進來吧。我通知羅斯科維奇。皮克，請你帶四個人，陪歐班儂去底層甲板。」

「李奧。」灰狼說道，「麗西婭。」

他們快步趕了出去。魯賓目送著他們。他向黎彎過身來，壓低聲音講了句什麼。她聽著，點點頭，又重新轉向螢幕。

「等等我！」魯賓在那組人背後叫道，「我一起去。」

底層甲板

羅斯科維奇比科學家們早趕到底層甲板，陪伴他的有白朗寧和另一位技術人員。當他看到損壞的深飛時，他大聲叫罵起來。他們還是沒有修好它。它的艙蓋開著，漂浮在水面，只有一根鐵鏈伸向天花板固定著。「就不能快點修好嗎？」他對白朗寧嚷道。

「事情比我們想的要複雜。」那位女技術主任一邊沿著碼頭奔跑，一邊辯護道，「操作機械……」

「哎呀，該死。」羅斯科維奇打量著那艘船，它一半位於四公尺水深的閘上方，「它開始妨礙我了。每次我們讓那些畜牲進出時，它都愈來愈礙路。」

「恕我直言，長官，它不礙路，等我們修好，會重新將它吊在天花板上。」

羅斯科維奇嘀咕了一句含糊的話，站到操縱台後面。船就在他眼前。從這個角度他看不到底閘。他依賴操縱台上的顯示器。他又用了更有力的開罵。他們匆匆地改裝了獨立號，做得很馬虎！見鬼，為什麼一切功能不正常的東西都要在實戰中才出問題呢？如果一艘漂浮的潛水艇會讓人看不到閘門，他們在虛擬空間裡做那麼多測試幹什麼用？

機庫甲板上傳來腳步聲。灰狼、戴拉維、安納瓦克和魯賓沿斜板下來了，後面跟著皮克和他的手下。士兵們分立在碼頭兩側。魯賓和皮克走向羅斯科維奇，灰狼和其他人換上他們的潛水服，戴上防護鏡。

「完畢。」灰狼說道，用大拇指和食指做個圓圈，表示準備好了。「我們讓它們進來。」

羅斯科維奇點點頭，打開自動引誘叫聲。他看到科學家們跳進水池，身體被水下探照燈照著。他們游近閘門，先後潛了下去。羅斯科維奇打開底門。

戴拉維頭朝下潛向閘邊的儀表顯示器。他們還在下潛，玻璃蓋下方三公尺處的厚重鋼板就動起來了。她看到鋼門分開，露出大海。立即有兩隻海豚溜了進來。牠們顯得很緊張，用吻部頂撞玻璃。灰狼打個再等等的手勢。另一隻海豚游進了閘。

此時鋼門全開。玻璃圓頂下的深淵張著大嘴。戴拉維使勁地望進黑暗裡。看不到任何異常的東西，沒有發光體，沒有閃電，沒有虎鯨，不見其餘三隻海豚。她繼續下潛，直到雙手摸到玻璃面，在深水裡尋找。第四隻突然衝過來，原地一個轉身，游進閘道水池裡。灰狼點點頭，戴拉維將這信號傳給羅斯科維奇。鋼板慢慢地重新合攏，隨著一聲悶響關上。閘道內部的測量儀開始運轉，檢查水的乾淨程度和污染狀況。幾秒鐘後探測設備亮起綠燈，將釋放指令傳給羅斯科維奇的操縱台。兩扇玻璃門無聲地滑開。

門一開到足夠的寬度，那些動物就擠了進來，受到灰狼和安納瓦克的迎接。

皮克看著羅斯科維奇重新關閉玻璃圓頂。他的目光盯在螢幕上。魯賓走到水池邊，盯著下面的閘。

「只剩兩隻了。」羅斯科維奇哼道。

喇叭裡傳來還在外面的海豚尖叫聲和嚓嚓聲。牠們愈來愈不安。灰狼的頭鑽出水面，然後安納瓦克和戴拉維鑽了出來。

「那些動物講什麼？」皮克問道。

「還是同樣的內容。」灰狼回答道，「不明生物和虎鯨。螢幕發現什麼新東西沒有？」

「沒有。」

「這並不能說明什麼。我們將最後兩隻接進來吧。」

皮克楞住了。螢幕邊緣開始發出深藍色的閃光。「我想你們動作要快。」他說道，「它愈來愈近了。」

科學家們重新潛向閘門。皮克呼叫作戰情報中心。「你們在那上面看到什麼？」

「那個圓圈在繼續收縮。」操縱台的喇叭裡傳出黎沙啞的聲音。「飛行員說，那東西在下潛，但衛星圖像上還能清晰地看到。看樣子它想鑽到船下去。你們那下面應該很快看到藍色光芒。」

「周圍已經變亮了。我們遇到什麼東西？藍色雲團嗎？」

「薩洛？」這是約翰遜，「不，我想那不再是雲的形狀。細胞結合了。這是一根由膠狀物組成的堅固軟管，它還在收縮。我不知道那裡頭在發生什麼事，但你們真的要趕緊結束。」

「我們馬上結束。羅斯科維奇？」

「準備好了。」羅斯科維奇說道，「我將門打開。」

安納瓦克中邪了似地浮在玻璃頂上方。這回鋼板分開時的情形不一樣。他們頭一回看到的是深綠色的黑暗。現在海裡到處漫著淡藍色光暈，光的強度還在慢慢增加。

這東西看上去不像雲團，他想。更像是向四周輻射的光亮。他想到了他們在作戰情報中心看到過的衛星圖片。想到了獨立號就位於其中央的巨大咽喉。

他恍然大悟，他是在望進那根管子內部。想到軟管的尺寸他就反胃。他突然害怕起來。當第五條海豚猛然躍進水池時，他嚇得後退一步，幾乎無法掩飾逃跑的欲望。海豚擠到玻璃蓋下。安納瓦克強迫自己保持鎮靜。緊接著第六隻海豚進閘。鋼板滑攏，探測設備檢查水質，向羅斯科維奇發出「正常」的指令，玻璃門打開。

白朗寧大步躍上深飛。

「怎麼回事？」羅斯科維奇問道。

「動物們進來了。我在做我的工作，就這樣。」

「喂，剛才可不是這麼說的。」

「沒錯，是這麼說的。」白朗寧蹲下去，打開艇尾的蓋子。「我現在就修好這該死的東西。」

「有更重要的事情要做，白朗寧。」皮克生氣地說，「請妳別做蠢事。」他無法從螢幕上移開他的目光。愈來愈亮了。

「薩洛，你們下面結束了嗎？」傳來約翰遜的聲音。

「是的。上面出什麼事了？」

「管子邊緣插向船下。」

「這東西會傷害我們嗎？」

「幾乎不可能。我想像不出哪種生物能讓獨立號抖動一下的。這東西也不會。它是膠狀物。像是沒有肌肉的橡膠。」

「它就在我們下面。」魯賓從水池邊說道。他轉過身來，他的眼睛閃閃發亮。「請你將閘門再打開一次，路德。快。」

「什麼？」羅斯科維奇眼睛大睜，「你瘋了嗎？」

魯賓幾步來到他身旁。「將軍？」他對著操縱台的麥克風叫道。線路裡傳來沙沙聲。「什麼事，米克？」

「這裡正出現一個得到大量膠狀物的絕佳機會。我要求再次開閘，但皮克和羅斯科維奇……」

「茱蒂，我們不能冒這種險。」皮克說道，「我們無法控制。」

「我們只打開鋼門，等上一會兒。」魯賓說道，「也許那生物好奇。我們抓上幾塊，再將門關上。一大塊研究樣本，妳認為這主意怎麼樣？」

「如果鑽進來的東西已經受到了污染呢？」羅斯科維奇問。

「我的天，到處都是懷疑論者！這我們會查出來的。在弄清之前，我們當然關閉玻璃蓋！」

皮克搖搖頭。「我不認為這是個好主意。」

魯賓翻著白眼。「將軍，這是個千載難逢的機會啊！」

「好吧。」黎說道，「但要小心。」

皮克不高興地望著前方。魯賓笑出聲來，走近池邊，揮著手臂。

「嗨，你們準備好。」他向灰狼、安納瓦克和戴拉維喊道，他們正在水裡從動物們身上取下設備。「你們……」他們聽不到他講話，「哎呀，無所謂了。來吧，路德，請你打開該死的門。只要蓋子關閉著，就不可能出什麼事。」

「我們是不是該等到……」

「我們不能等。」魯賓對他嚷道，「你聽到黎的話了。如果我們等，它就消失了。你就放點膠狀物進閘，再將閘關上。我有一立方公尺左右就足夠了。」

無恥的傢伙，羅斯科維奇想道。他真想將魯賓扔下水去，但這混帳有黎的授權。是她指示這樣做的。

他按下閘門操作鍵。

戴拉維處理的是隻特別不安的海豚，牠不耐煩的蹦跳著。在要從牠身上取下攝影機時，那隻海豚溜走了，潛向閘門，身後拖著一半設備。她看到牠在玻璃蓋上方打轉，就奮力游過去追牠。上面商量的事情她一句沒聽到。

你怎麼了？她想道。過來。你沒必要害怕呀。

然後她看到發生了什麼事。

鋼門重新打開。

她嚇呆了，忘記游泳，向下沉去直到腳指尖碰到了玻璃。她身下的門在繼續滑開來。大海在濃厚的藍色裡閃爍。電光掠過水下。

羅斯科維奇他媽的在幹什麼呀？他為什麼打開門？

那隻海豚發瘋地在閘門上方轉圈。牠游過來頂撞了她一下。顯然牠是想將她從閘門口擠開。當戴拉維沒有立即做出反應時，牠急轉身竄開了。

她盯著閃閃發光的深淵裡。

那下面是什麼東西？她隱隱認出了穿掠過的影子，然後一塊東西在接近、變大。很快地接近。

那東西終於有了形狀，具有了形象。

她突然明白向她衝來的是什麼東西。她認出了那顆巨大的頭，黑額，下體白色，嘴脣半張，牙齒齊整。這是她見過最大的一隻。牠從水下直線上竄，似乎愈竄愈快，顯然是沒有絲毫迴避的打算。她的腦海裡在飛速運轉。她所掌握的情況在瞬息之間滙整。玻璃門厚而堅固，但還不夠強大，無法頂住一顆有生命的炸彈。這動物一定不止十二公尺長。牠上竄的速度最高能達到每小時五十六公里。

牠太快了。

她絕望地想離開閘門。

那隻虎鯨像顆魚雷似地砰的一聲穿過玻璃蓋。壓力波將戴拉維衝得轉了一圈。她依稀看到鋼框的殘骸和碎片旋轉著向她射來，還有從被毀的玻璃圓頂鑽出來的鯨魚白腹，撞擊幾乎沒有影響到牠的速度。有什麼狠狠擊中在她肩胛骨之間。她大叫一聲，嗆著了水，她拍打著，方向感消失了。她驚惶失措。

羅斯科維奇簡直來不及理解形勢。當虎鯨破門而入時，碼頭在他的腳下嗡嗡顫抖。一座巨大的水山托起深飛。當虎鯨一沉，又重新加速時，他看到白朗寧站立不穩，手臂划著水。

「閘！」魯賓喊道，「關閘！」

虎鯨頭撞潛水艇，將它拋起老高。固定的鐵鏈嘩地綳斷了。白朗寧的身體被拋到空中，重重地撞在操縱台上。她一隻靴子擊中羅斯科維奇的胸部，撞得他直後退。他連同皮克一起撞在機庫牆上。

「潛水艇！」魯賓喊道，「潛水艇！」

白朗寧額頭淌血栽回水裡。在她的上方，深飛的尾部垂直豎起，潛水艇眨眼間灌滿水，沉沒了。羅斯科維奇掙扎著爬起來，試圖趕到操縱台。有什麼向他呼嘯而來。他一抬頭，看到被扯斷的鐵鏈像鞭子般揮來。慌張中他想閃開，感覺鏈尾擦過他的太陽穴，纏在他的脖子上。他無法呼吸了。

他被拽向前，從水池邊沿滑了下去。

灰狼離得太遠，無法看清是什麼引發了這場災難，由於他是浮在水裡，他也絲毫沒有感覺到震動。他看到潛水艇被拖出了托架，白朗寧和羅斯科維奇出事了。魯賓站在操縱台旁邊嚷嚷邊打手勢。皮克在他身後鑽了出來。士兵們舉起武器，跑向出事地點。

他的目光匆匆地在水面尋找戴拉維。安納瓦克就在他身旁，但他四處都找不到戴拉維。

「麗西婭？」

沒有回音。

「麗西婭？」冰冷的害怕刺中他的心臟。他猛地潛下水，飛射向閘門。

戴拉維游錯了方向。她的背疼得要命，她害怕淹死。她突然又來到了閘門上方。玻璃蓋的兩半被拉開了，鋼壁正開始合攏。下面的海洋是一團光。

她仰面朝上。

噢不！

深飛艙口開著向她落下來，船頭在前。像塊石頭一樣落下來。她使盡全力雙腳拍水。它會撞上她的。她看到折納在一起的抓臂愈來愈近，於是她像隻水獺似地伸開四肢，但搆不到。船擦過她的身體。她感覺肋骨斷了，張嘴喊叫，嗆進更多的水。船無情地將她往下壓，穿過閘，往外壓進大海。寒氣砭骨。她半昏迷地看到鋼門咚地撞上潛水艇，深飛停止下沉。它被卡死了，而戴拉維在繼續下沉。她伸出雙臂，想抓住遠去的船，但她的手指滑脫。她再也沒有力氣了，她的肺像鉛一樣沉重，腹腔裡的東西似乎全被擠碎了。

求求你，她想到，我想回去。回船裡去。我不想死。

她在被堵住的閘門和卡住的船之間依稀看到了灰狼的臉，但這可能是一個想像，一個希望獲救的美夢。

某個黑色的大傢伙從側面而來。張開的頜骨，一排排圓錐形的牙齒。

虎鯨的牙齒咬碎了她的胸部。

她再也看不到那發光物掠過她身旁了。當那生物鑽進閘時，戴拉維已經死了。

皮克憤怒得一拳砸在操縱台上。他想關閘，但失敗了。深飛堵住了兩塊鋼板。他不得不將它們重新分開，犧牲那艘潛水艇，不然就得冒險，天知道什麼東西會鑽進艦來。

白朗寧不見蹤影。羅斯科維奇顫抖著吊在鏈子上，雙腿拖在水裡，雙手抱緊了脖子。

該死的虎鯨在哪兒？

「薩洛。」魯賓嚎叫道。水奔騰著，浪花翻滾。士兵們來回奔跑，亂作一團，毫無計畫。灰狼潛下了水。安納瓦克不見蹤影。還有戴拉維呢？戴拉維怎麼樣了？有人頂了一下他的腰。

「薩洛，該死的！」魯賓將他從操縱台旁擠開了。他的雙手在鍵盤上飛彈，按下按鈕。「你為什麼還不快關上該死的閘？」

「你這個蠢蛋。」皮克嚷道。他緩過氣來，一拳砸在魯賓的臉中央。生物學家搖晃了一下，栽進水裡。水花飛濺，皮克看到鯨魚劍狀的背鰭鑽出泡沫，向自己游來。

魯賓的頭氣喘吁吁地鑽出水面。他也看到了那根鰭，喊叫起來。

皮克按下按鈕，想打開鋼門，讓深飛掉下大海。應該有盞控制燈在閃爍。

沒有反應。

灰狼相信自己發瘋了。一群虎鯨從獨立號下游過。其中一隻張口咬住戴拉維，將她的身體拖得看不見。他沒有多想就向被卡住的閘門之間的空隙游去，看到有什麼東西從下面竄上來。他的眼前金星亂冒，然後他像是被隻巨拳打了一記，向後飛去，上下顛倒。安納瓦克在他的左側一閃，又消失了。那裡有一雙腿在水裡亂蹬。一副身軀向他撞來。一個白色腹部——鑽進過艦裡的那隻虎鯨從他頭頂游走了。然後又是被潛水艇卡住的閘門……

還有從張開閘門之間擠進來的那東西。

它看上去像個超大珊瑚蟲的觸手。只是沒有哪個珊瑚蟲有這種觸手。沒有哪個珊瑚蟲大到有一根直徑三公尺的觸手。某種無定形的物質湧上底層甲板，速度飛快，愈來愈多。一種膠狀肌肉，一過閘門就分成了細細的一束束，它們光滑的表面有明亮的圖紋在閃爍。

魯賓逃命的游著。

那根鰭尾隨著他。他又咳又吐地游到碼頭，驚慌失措地想爬上去。他彎起臂肘。他聽到槍聲，又跌落水裡，看到自己面對著難以置信的一幕。他頓時明白他的願望剛剛實現了。異形鑽了進來，只是鑽進來的情形和他的預期完全不同。

到處是發光的觸鬚。有樹那麼粗。

觸鬚之間是虎鯨張開的咽喉。

魯賓往上爬。就在他面前有一雙腳在踢水。羅斯科維奇眼睛鼓突地盯著下面的他。看上去他像是吊在絞索上似的。他想用雙手鬆開纏住脖子的鐵鏈。

他嘴裡發出可怕的咕嚕聲。噢我的天哪，魯賓想。這時，那根鰭都快到他身旁了，轉身……

虎鯨隨著浪濤鑽上來，嘴巴大張著。羅斯科維奇的腿掉進去。頜骨合攏。那動物不動地在空中停了一會兒，又沉了下去……羅斯科維奇鮮血淋淋的軀體在水面擺動，魯賓不由自主地呆望著他。他聽到一聲持續不斷的長嚎，明白是他自己在嚎叫。

他不停地哭嚎。那根鰭又出現了。

作戰情報中心

黎不敢相信自己的眼睛。幾秒鐘內底層甲板上就亂成一團。她驚愕地看著皮克沿碼頭奔跑，將士兵們盲目地趕下水，羅斯科維奇被咬碎的軀體。「建立無線電聯絡！」她命令道。

指揮中心突然回響起槍聲和喊叫聲。周圍的人臉上都是恐怖。大家七嘴八舌，作戰情報中心裡也跟底層甲板上一樣紊亂。她絞盡腦汁思考怎麼做。派人增援，當然。這回帶上炸彈。那下面的人幹嘛用傳統的槍劈啪地射擊呀？

她必須重新控制住。她要親自下去。她一言不發地跑進隔壁的登陸部隊行動中心。戰時她用作水陸兩棲行動的指揮中心。如果底層甲板控制失靈，可以從這裡灌滿和排空浮箱，打開艦尾的活門。登陸部隊行動中心唯一不能控制的是底閘，倉促改建獨立號時的另一道愚蠢指示。

「好吧。」她指示操縱台嚇壞的人員，「排空艦尾浮箱。放空艦尾的水。」她思考。底層甲板底部的閘是關著還是開著？水能流出去嗎？螢幕上的恐怖景象沒有這方面的資訊。一般情況下，升高艦尾就足夠了，人造碼頭的水就會透過開著的閘或船尾活門流出去。萬一兩者都堵住了，還有應急排水系統，需要長一點時間，但能達到同樣的目的。

黎盼咐開動水泵，跑回作戰情報中心。

底層甲板

閘門毫無反應。他暫時無法思考為什麼。皮克上氣不接下氣地跑向一個武器櫃，取出一根帶雷管的標槍。士兵們發瘋地向水裡射擊。某種章魚似的巨物穿過敞開的閘游進艦內，輕捷靈活地緊貼在水面下穿行，而虎鯨咬掉了羅斯科維奇的雙腿。

他從眼角看到魯賓在從水裡往上爬。皮克既鬆了一口氣又感到厭惡。他恨這位生物學家，但他不可以聽任自己的衝動將他推下水裡去。無論如何都必須保住魯賓的性命。他必須將任務執行到底。

背鰭游離碼頭。安納瓦克和灰狼游到很遠的地方。他們奮力游向對岸。閃光的觸鬚尾隨著他們。事實上這些東西無所不在，在所有的方向閃爍，而那隻虎鯨一目了然是看準了逃跑者。

他必須在這畜牲再殺死人之前將牠幹掉。

皮克突然感覺內心平靜了下來。別的可以不急。現在最重要的就是幹掉這堆有牙齒的肉。

他舉起標槍，張望著。

安納瓦克眼見虎鯨愈來愈近。人造碼頭裡白浪滔滔，水花噴濺，似乎自己有了生命。波浪洶湧，藍光閃爍，虎鯨目標明確地破浪向他和灰狼追來。

當那動物猛吸氣時，就露出黑色的頭顱。可以肯定的是，他們到不了碼頭。他們必須採取什麼行動。在格里夸灣裡虎鯨襲擊時，灰狼駕著他的船及時趕到了，但灰狼現在的情況並不比安納瓦克好。他們得想辦法幹掉虎鯨。

鯨魚潛下水去。

「我們讓牠過去！」他對灰狼喊叫道。

不是很精確，他想道。不清楚，傑克不知能否明白。但反正已經沒時間解釋了。

安納瓦克深呼吸，沉下水去。

皮克咒罵著。那畜牲消失了，灰狼和安納瓦克也不見蹤影。他沿著碼頭跑了很遠，尋找那具龐大的身軀，但水池變成了一座超現實主義的移動監獄，光線、無法定義的形狀和噴濺的浪花讓人再也看不清楚。他面前的一位士兵對著水裡的蛇形物射擊，顯然沒有效果。

「別做蠢事了！」皮克將那人推向操縱台方向，「你去發警報。然後設法打開閘門，放下潛水艇。」他的目光搜尋著水面，「然後請你關上他媽的閘門。」

士兵停止射擊，跑走了。

皮克走到碼頭邊緣，瞇緊眼睛。握在手裡的標槍很沉重。虎鯨在哪兒？

再也不見牠的蹤影。只有顫抖蠕動的東西，藍色和白色的光。安納瓦克一鑽下水面，刺耳的噪音就變成了沉悶的呼呼聲和撲打聲。灰狼在他身旁划水。他的嘴裡冒著氣泡。安納瓦克還抓緊著這個半印第安人的手臂，將灰狼一起拖下水面。他不知道他的主意是否行得通，但在水面上必死無疑。

某種東西向他湧過來，像條巨大的無頭蛇。一束束的光線在這個半透明藍光閃閃的組織上方有節奏地律動。從中伸出數百根細細的、鞭子狀的觸鬚，掃過甲板的地面，安納瓦克突然明白那東西在做什麼。它在掃描它的周圍。那些鞭子照亮了水池的每一個點。當他還在既驚駭又入迷地觀看時，蛇體裡又長出新的觸鬚，朝著他的方向揮舞。

虎鯨的嘴張開在它們之間。

安納瓦克心裡在遲疑。他的一部分離開他，非常冷靜地提問，這個進攻者有多少成份還是鯨魚，有多少是膠狀物？牠不再按自然本性、而是按鑽進牠體內的外來意識行事，他們還能期望這樣一隻生物什麼？他必須將這隻虎鯨視作發光體的一部分，牠不再是具有自然反射能力的鯨魚。但這樣或許有好處。也許他們能成功地迷惑這隻動物。

虎鯨箭也似的竄來。安納瓦克迴避開，推了灰狼一下，看著他射向相反的方向。他聽懂了他的喊叫！在獵物意外分開之後，那隻鯨魚從他們中間穿過去了。

贏得了幾秒鐘的時間。

安納瓦克沒有再看虎鯨，他游進雜亂的觸鬚中間。

魯賓氣喘吁吁，四肢著地爬上了碼頭。那位士兵從他身上跳過，匆匆趕向操縱台。他掃了一眼螢幕，判斷了一下，按下開閘的按鈕。

系統卡住了。

像他隊伍裡的每位同袍一樣，這位士兵接受過船上所有技術系統的培訓，熟悉它們的運行方式。白朗寧的身軀被拋向操縱台的畫面深深地印在他的腦海裡。他彎下身，仔細觀看那個按鈕。卡住了。歪向一側。也許是被白朗寧的靴子踢的。他並不需要做多少糾正。他抓起武器，用槍托砸它。按鈕恢復原位。

安納瓦克漂浮在一個陌生的世界裡。

他的周圍扭動著細韌觸鬚的垂簾。他根本不知道，游進這團觸鬚是不是個好主意，但這問題是多餘的。也許膠狀物會做出侵略性反應，也許根本不會。很可能這東西也被污染了。那樣他們反正都死定了。不管怎樣，在這裡，那隻虎鯨暫時較難發現他。

發光的觸鬚朝著他的方向彎過來。一切都動了起來。安納瓦克被拋來拋去。觸鬚的網愈來愈密，他突然感覺有根鞭子狀的東西在撫摸他的臉。他拂開它。

其餘的蜿蜒而來，摸他的頭頂和身體。他的頭腦裡蹦蹦跳，嗡嗡響。他的胸口漸漸痛起來。如果他不能盡快找到機會鑽上去，他就得聽憑這東西擺布了。

他雙手抓進那團東西，撕扯開來。好像他是在跟一條蝮蛇作戰似的。那生物像塊極富彈性的結實肌肉，同時又在不停地變化。那些剛才還纏著他的觸鬚，開始變形，撤回去，溶入在大物體裡，同時又生出其他的肢體來。這東西實在難以預料，它顯然喜歡上了李奧．安納瓦克。

一個細長優雅的身軀掠過他身旁。

一張微笑的臉。一隻海豚。安納瓦克本能地伸手抓住背鰭。海豚沒有停下，帶著他竄出觸鬚。他抱緊，看到虎鯨從一側衝來。海豚向上躍起。巨大的頷骨在他們身後咬來，差點就咬到，然後他們鑽出水面，游向人造堤壩。

士兵按下按鈕。

只不過用槍托修理了一下就成功了。鋼門慢慢移動，放開了潛水艇。潛水艇又開始下沉，經過從閘門擠進的那個生物身旁。深飛無聲地從艦裡掉出去，消失在大海深處。

有那麼一瞬間，那位士兵懷疑讓閘門開著是不是更好，但他接到的命令不是這樣的。命令要他將它關閉，於是他服從了。這回沒有潛水艇卡住閘門。在閘門強大的發動機的驅動下，鋼板擠進樹一樣粗的生物，將它截斷。

皮克舉起標槍。他剛才看到安納瓦克。虎鯨似乎抓住了他，但後來安納瓦克又出現了，而那畜牲游向對面。士兵們射擊黑色的背，虎鯨沉到了水下。

他們殺死牠了嗎？

「閘門關閉。」那位士兵從操縱台向這裡喊道。

皮克抬手示意他明白了，緩緩地沿著碼頭走著。他的目光在搜索對面。沒有什麼子彈對付得了這隻章魚怪，他又不敢向膠狀物裡發射炸彈。水池裡還有人呢。他走近池沿。

灰狼學著安納瓦克的樣子游進觸鬚。他拚命游向水池另一側。幾公尺後那個生物的身軀擋住了他的路，他不得不改變方向。他徹底喪失了方向感。

觸鬚向他盤來，纏住他的肩。灰狼頓感噁心想吐。他心慌意亂。戴拉維死去的畫面永遠刻在他的視網膜上，像一部影片似地不斷在重複播放。他扯下身上的膠狀物，猛轉身，想離開。

他突然漂浮在閘門上方了。潛水艇不見了。他看到閘門正在關閉，擠進膠狀物，一公尺粗的膠狀物被整齊地截斷了。那東西的反應很明顯：它很不高興。

一股巨浪撲向皮克。虎鯨就在他面前鑽了出來。太吃驚了，來不及害怕，皮克看到了粉紅色的咽喉。他嚇得直後退，於此同時整個甲板似乎在飛離。那生物發怒了。發狂的巨蛇一直旋升到天花板，拍打著牆壁，掃蕩了碼頭。皮克聽到士兵們在喊叫和開槍，看到身體在空中翻滾，掉進了水池，然後有什麼東西打在他的腿上，他仰面跌倒了。他痛得透不過氣。虎鯨的身體向他壓下來。皮克呻吟著，將標槍抓得更緊，被一下拖進了水池。

他隨著一個氣泡的漩渦下沉。他的雙腿插在一個閃著藍光的物體裡。他用標槍捅它，鉗子鬆開了。在他的頭頂，虎鯨啪地一聲掉回水裡。一股巨大的壓力波震住皮克，使他連轉幾圈。他看到鯨魚的牙齒一排排地張開，相距不到一公尺，他將標槍插進牠嘴裡，使勁往下壓。

有一會兒，一切似乎都停止了。

虎鯨的頭顱裡傳出沉悶的爆炸聲，不特別響亮，但世界被染成了紅色。皮克隨著一堆鮮血和肉塊被向後拋出。他在空中轉圈，撞在牆上，一個優美的動作又重新回到了碼頭上。他喘息著從池邊爬開。到處是血。紅色血污摻在脂肪組織和碎骨頭裡。他想站起來，腳一滑，又一屁股坐倒在地。疼痛掠過周身。他的左腳扭傷了，但現在他連這也沒注意到。

他不可置信地盯著眼前的畫面。

那生物似乎發狂了。觸鬚狂抽亂打。櫥櫃倒下，設備滿天飛。只有一個士兵邊射擊邊沿著碼頭跑，直到一根觸鬚將他拖進水裡。當一個半透明物貼著他的頭上方掃過時，皮克蹲下身，那東西既不是蛇也不是觸鬚，不是任何他見過的東西。他睜大眼睛看到那尖尖的東西邊飛邊發生變化，先是變成魚身子，然後又變成一根根舞動的細線。似乎水池裡有大動物似的，背鰭鑽出，又消失了，畸形的頭將它們的嘴伸向空中，奇怪地黏乎乎的，又變成軟軟的一團，啪地落進水裡。

皮克揉揉眼睛。是他的錯覺還是水面下沉了？雜音裡摻進了機器的隆隆聲，他明白：他們在抽空甲板！水被排出浮箱。獨立號的艦尾悄悄升起，人造水池裡的東西在流回大海。亂抽的觸鬚收回去。那東西又突然變成整體潛下了水。皮克爬上牆，左腳一用力又倒下去。兩隻手搶在他跌倒之前抓住了他。

「抓緊。」灰狼說道。

皮克抱住巨人的肩，一跛一跛地試著走。雖然他並不矮小，但在灰狼身旁他還是感覺孱弱無力。他嘆口氣。灰狼果斷地抱起他，沿碼頭跑向人造堤壩。

「停下。」皮克喘息道，「這麼遠夠了。放我下來。」

灰狼輕輕地將他放下地。他們就在通向實驗室的走道前。從這裡可以望到整個水池。皮克發現，又能看見海豚館的側牆了。抽水泵還在轟鳴。他想起水池裡的人們，他們恐怕全死了，想起士兵們，想起戴拉維和白朗寧……

想到安納瓦克！他的目光在水面搜尋。安納瓦克在哪兒？

他氣喘吁吁地鑽了出來，就在堤壩前面。灰狼撲過去，協助他爬了上來。他們看著水位繼續下降。這下他們看到了一個大生物，它發出淡藍色的光，游遍水池，好像在尋找一條出去的路。它的形狀讓人想到一隻細長的鯨魚或一條短而肥的海蛇。它的身體上方不再閃光，體內不再長出觸鬚。它游進每個角落，彎彎曲曲地沿著牆壁游動，迅速地尋找不存在的出口。

「該死的畜牲！」皮克喘息道，「這下子要被排乾了。」

「不。我們必須救它。」這是魯賓的聲音。皮克轉過頭，看到那位生物學家在走道裡鑽出來。他顫抖著，雙手抱著身體，但他眼神又像他堅持將膠狀物放進船裡來時閃亮了一下。

「救它？」安納瓦克應聲問道。

魯賓腳步遲疑地走近來。他警惕地望著水池，那東西在裡面轉得愈來愈快。水深最多只剩兩公尺了。那東西擴大了身體的面積，大概是為了減少吃水。

「這是一個難得的機會。」他說道，「你們就不理解嗎？我們必須將深海模擬器消毒。拿走蟹，放進新鮮水，盡可能多放進這種東西。這要比蟹好得多。這樣我們就可以……」

灰狼一步奔到魯賓身旁，雙手卡住他的脖子，用力。生物學家張開嘴巴和眼睛，舌頭嘔了出來。

「傑克！」安納瓦克想將灰狼的手臂往後拉，「快停下！」

皮克支撐著爬起來。他的左腳沉重如鉛。沒斷，但痛得要命，使他幾乎寸步難挪。儘管如此。不管他願不願意，他必須幫那個混蛋。

「傑克，這樣沒用。」他叫道，「請你放開這傢伙。」

灰狼不予理睬。他舉起魯賓。魯賓的臉色開始發紫。

「夠了，歐班儂！」黎從隧道裡走出來，身旁跟著幾名士兵。

「我要殺死他。」灰狼平靜地說道。

女指揮官走近一步，抓住灰狼的右手腕。「不，歐班儂，你不會這麼做。我不管你和魯賓有什麼帳要算，但他的工作很重要。」

「現在不重要了。」

「歐班儂！請你不要逼我傷害你。」

灰狼眼中冒火。他的眼睛落在黎身上。他顯然知道她這麼說是當真的，因此他又緩緩放下了魯賓，雙手鬆開他的脖子。生物學家氣喘吁吁地跪倒在地。他作嘔，想吐。

「是他害死了麗西婭。」灰狼低沉地說道。

黎點點頭。她的臉部表情突然一變。「傑克，」她近乎溫柔地說，「對不起。我向你保證，她不會白死。」

「死亡都是白死。」灰狼低聲答道，轉過身去，「我的海豚在哪兒？」

黎和她的隨從人員大步走上碼頭。皮克真是個大笨蛋。他為什麼沒有從一開始就讓他的人員配炸彈標槍呢？因為無法預見這種事嗎？愚蠢！這正是她曾經預料到的，一堆麻煩。她不知道麻煩會以什麼方式出現，但會出現，這一點她很清楚。早在第一批科學家到達惠斯勒堡之前，她早就知道了，並採取相應的預防措施。

水池裡只剩下幾個水窪。那景象真恐怖。就在她腳下四公尺深的地方，橫躺著虎鯨的屍體。曾經是頭顱和長有利齒的吻，淡紅色血漿瀰漫開來。再遠一點她看到幾名士兵紋絲不動的身體。海豚，除了三隻外，其他的都了無蹤影。有可能在閘門開著時慌亂離開了船。

「真是糟透了。」她說道。

水池中央那團無形的東西幾乎一動不動，變得蒼白。在邊緣，那東西最後浸在水裡的地方，出現短短的觸鬚，它們像蝮蛇一樣趴在地面上。那東西在死去。它變形和在水面揮舞觸鬚的力量是那樣不可思議，現在的樣子卻顯得無比絕望。膠狀物的上側開始顯示出溶解的跡象。蠟一樣透明的液體往下滴落。黎回想到，這堆擱淺的龐然大物不是單個生命，而是數十億個單細胞生物的集合體，它們剛剛分散開來。魯賓是對的。他們必須儘量多保留它。他們行動越快，群體能夠生存下來的量就越大。

安納瓦克輕輕地來到她身旁。黎繼續搜索水池。她沒有理睬羅斯科維奇晃動的身體，更準確地說，是身體的剩餘部分。她眼角看到水池底部有東西在動，一直走到碼頭盡頭，爬下梯子。安納瓦克跟在她身後。有什麼東西引起了她的注意，現在又看不到了。她保持適當的距離，走過開始發出難聞氣味的殘軀，這時她聽到安納瓦克在另一側喊叫。她急忙繞過屍體，險些被白朗寧絆倒。這位女技術員睜大著眼睛，一半的身子躺在正在融化的那東西下面。

「幫幫我。」安納瓦克說道。

他們一起從那東西下面拖出白朗寧。那東西非常緩慢和不甘心地放開她的腿。黎覺得死者特別沉重。她的臉像油漆過似地發亮，黎彎下身去，想更仔細地看看。

白朗寧上身坐起。

「媽的！」

黎跳回去，看到白朗寧的臉開始癲癇似地抽搐，做鬼臉。那位女技術員抬起手臂，張開嘴，又仰面跌倒了。她的手指彎曲。她踢腿，弓背，連續多次使勁搖頭。

不可能！絕對不可能！

黎見多識廣，但現在她真的怕得要命。她盯著那具活死人，安納瓦克帶著明顯的厭惡在白朗寧身旁蹲了下來。「茱蒂，」他低聲說道，「這妳應該看看。」

黎克服住她的厭惡，走近去。

「這兒。」安納瓦克說道。

她仔細觀看。白朗寧臉上發亮的一層開始一滴滴地掉落，她突然認出了那是什麼，塊狀、融化的束狀組織沿著女技術員的肩和脖子延伸，鑽進她的耳朵裡……「鑽進去了。」她低聲道。

「這東西想接收她。」安納瓦克點點頭。他臉色慘白，對於一名伊努特人來說，這表情變化很明顯。「它很可能到處爬進去，瞭解情況。但白朗寧不是鯨魚。我猜測，她腦中剩餘的一點電流在對接收嘗試做出反應。」他停頓一下，「隨時都會結束。」

黎沉默。

「它操縱所有可能的腦功能。」安納瓦克說道，「但它不理解人類。」他直起身，「白朗寧死了，將軍。我們所看到的，是一場快要結束的試驗。」

加納利群島，帕爾馬島沿海，海萊瑪平台

波爾曼懷疑地打量著小潛水站裡的抗壓裝。外衣銀光閃閃，頭盔、組合關節和夾鉗鑲有玻璃。它們像沒有生命的木偶一樣掛在打開的大箱子裡，盯著虛無。「我本來不希望飛往月球的。」他說道。

「傑哈，」福斯特笑道，「四百公尺的水下和月球上相似。你非去不可，所以就別埋怨了。」

本來福斯特是想帶凡．馬登一起下潛的，但波爾曼提醒他考慮那位荷蘭人最熟悉海萊瑪平台的設備，上面需要他。他不言自明地說出了下面有可能出麻煩。

「另外，」他議論說，「我不喜歡看著你們在那裡瞎忙。你們可能是出色的潛水員，但精通水合物的仍然是我。」

「因此你才應該留在這裡。」福斯特還擊道，「你是我們的水合物專家。如果你出了什麼事，我們就再也沒有水合物專家了。」

「不對。我們有艾文。他和我一樣精通，甚至更精通。」

這期間蘇斯已經從基爾趕到了。

「但潛水不是去散步。」凡．馬登說道，「你潛過水嗎？」

「很多次。」

「我是指，你真的下潛很深過嗎？」

波爾曼遲疑著。「我曾背著傳統的氧氣瓶下潛到五十公尺。但我現在的狀態好極了，更何況我也不是傻子。」他固執地補充道。

福斯特沉吟起來。「兩個強壯男人足夠了。」他說道，「我們帶上小炸藥包和……」

「會爆炸的……」波爾曼驚叫道，「炸藥包。」

「那好，那好！」福斯特抬起雙手，「我看，這事沒有你不行。你一起去。可是，如果不舒服，你肯定會埋怨得我耳朵長繭的。」

此刻他們站在右側浮船裡，位於水下十八公尺。浮船放水淹沒了，但凡．馬登空出了一小塊地方，它透過梯子連著平台。機器人也是從這裡被放下水去的。因為凡．馬登知道，不能排除載人下潛，要潛到數百公尺的水下，傳統的潛水設備根本沒辦法做到，因此向溫哥華的紐特科研究所——一家以劃時代創新著名的企業，訂購了防護服。

「看樣子很重。」波爾曼說道。

「九十公斤，主要成分是鈦。」福斯特幾乎是含情脈脈地撫摸頭盔正面的玻璃罩，「潛水衣是件重傢伙，但在水下你就一點都感覺不到。你可以隨心所欲地上下。潛水衣裡會充入空氣包裹著全身，因此血管不會因壓力太大而爆裂，可以省去愚蠢的解壓時間。」

「它有蹼。」

「天才創舉吧？這樣你就不會像塊石頭似地下沉，而可以像蛙人般游泳。」福斯特指指那許多的關節圈，「這設計保證可以讓你在四百公尺的水下還享有充分的行動自由。雙手被保護在半球裡，裡面沒有手套，但兩隻手臂連接著電腦控制的抓取系統，可以馬上感應到衣服裡面的手的細部動作，十分靈敏，你還可以用它來寫遺囑。」

「我們可以在下面待多長時間呢？」

「四十八小時。」凡．馬登說道。當他看到波爾曼的驚訝表情時，他咧嘴笑了，「別害怕，你用不了這麼長時間。」他指著兩架魚雷形機器人，每台將近一公尺半長，裝有螺旋槳，尖頭上裝有玻璃。上側伸出一根好幾公尺長的繩索，連著一塊裝有手柄、螢幕和按鈕的控制板。「這是你們的水獺犬，自動水下船。它們已被設定好光島位置的程式，目標誤差僅幾公分。請你們不要嘗試糾正它，而是任它拉著你們。這些東西在你們前方四海里處，你們三分鐘後就會到達那裡了。」

「這種設定有多可靠？」波爾曼懷疑地問道。

「非常可靠。水獺犬有不同的探測設備，用來探測下潛深度和自身位置。無論如何你們不會駛錯方向，萬一你們遇到了什麼麻煩，水獺犬就會避開。你們可透過繩尾的控制板啟動程式前進、後退，很簡單。按下標示〇的按鈕會啟動螺旋槳，毋需程式。在這種情況下你們可以用下面的手柄操縱水獺犬的方向，你們想去哪裡，這隻小狗就跑向哪裡。還有問題嗎？」

波爾曼搖搖頭。

「那出發吧。」

凡．馬登幫他們穿衣服。他們從背部的蓋子開口處鑽進潛水衣，蓋子上安裝兩隻空氣瓶。波爾曼感覺自己像個身穿盔甲想去月球上散步的騎士。關上潛水衣後，有一會兒幾乎聽不到任何聲音，一陣子後他才聽到一些。他透過弧形的大眼罩看到福斯特正對著潛水衣裡的他講話，也能聽到他說話的嗡嗡聲，外面的噪音也重新鑽進他的耳朵裡。

「使用對講機，」福斯特解釋道，「要比比手畫腳好得多。你適應手爪嗎？」

波爾曼在球裡動動手指．人造鉗手跟著做一切動作。「我想還可以。」

「試試去抓凡．馬登遞給你的控制板。」

第一次嘗試就成功了。波爾曼輕鬆地吸口氣。如果一切都像操作這個鉗手一樣簡單的話，他就大可以放心了。

「還有件事。你往下看會在腰部地方看到一個凸起的四方形板子，像個扁平的開關。它是一個POD。」

「一個什麼？」

「不是什麼你得為它絞盡腦汁或不安的東西。一種安全措施。我們幾乎不可能遇上這種情況，但是若不小心遇上了，我告訴你它可以做什麼。要打開它，你必須使勁推它。行嗎？」

「POD是什麼東西？」

「下潛時的備用設備。」

「我真的想知道……」

「以後再說吧。你準備好了沒有？」

「準備好了。」

凡．馬登打開閘道。燈光照亮的淺藍色的水漫到他們腳下。「直接跳下去就行。」他說道，「我隨後拋下水獺犬。等你們出了閘，就輪流啟動你們的水獺犬，福斯特先。」

波爾曼踩著蹼腳慢慢走到邊緣。穿著潛水衣，任何最細微的動作都得很使勁。他深呼吸，讓身體向前倒下。水迎面撲來。他一個前翻，看到閘門的燈光從頭頂掠過，又重新恢復直立姿勢。他慢慢下沉，鑽出閘道潛到海裡，掉進一個魚群中間。數千條發光的魚一哄而散，變成一個不斷旋轉的螺旋形。魚群先後多次改變隊形，聚集又散開。波爾曼看到了身旁的水獺犬，繼續下沉。在他的頭頂，浮船的黑暗船體裡的閘門亮著燈。他讓蹼前後拍打著，發現姿勢穩定，似乎感覺不到潛水衣的重量了，實際上十分舒服。一艘攜帶型潛水艇。

福斯特跟隨在後面的氣泡裡。他下沉到波爾曼的高度，透過頭盔的玻璃望著他。直到這時波爾曼才注意到，這位美國人在潛水衣裡還戴著棒球帽。

「你感覺怎麼樣？」福斯特問道。

「像是R2-D2（《星際大戰》電影裡的機器人）的哥哥。」

福斯特笑了。他啟動水獺犬的螺旋槳，機器人馬上低下頭，將火山學家往下拉。波爾曼也啟動程式，猛的一動，頭朝下往下潛，四周一下子就變暗了。凡·馬登說得對。確實很快，一會兒後就黑黝黝的了。除了水獺犬發出的微弱光線，什麼都看不到。

令他吃驚的是黑暗令他不舒服。他曾經數百回地坐在螢幕前，監視機器人闖進深谷或繼續鑽進海底生物當中。他也曾隨具有傳奇色彩的阿爾文號潛艇下潛到四千公尺。但和塞在這套潛水衣裡，被一隻電子狗拉向陌生地帶，完全是兩回事。

但願他手中這東西的程式設計正確，不然誰知道會跑到哪裡去。

探照燈照亮密密麻麻的浮游生物。陡直向下。波爾曼的頭盔裡響起水獺犬的嗡嗡聲。前面很遠的地方發現一個金色生物，牠正以一跳一跳的緩慢動作行進著。牠十分美麗，一隻深海水母，像艘太空船一樣發出環狀光的信號。波爾曼希望那不是害怕某種跟蹤牠的較大怪物的信號。後來那隻水母從他的視線裡消失了。更遠的地方又有其他水母漂游閃爍，突然，面前瀰漫開一朵閃爍的白色雲團，他嚇了一跳。但這雲團是白色的而不是藍色的，是牠在消失前發出微弱的生物螢光。波爾曼明白他看到了什麼。那是一隻*Mastigotheutis*，一種墨魚，牠通常是在一千公尺左右的深度才會出現。牠會向入侵者噴出白色的墨，這絕對是有意義的——在漆黑一團的黑暗中，黑墨完全不管用。

水獺犬繼續不停地拉。

波爾曼在前方的深海裡尋找光島的光，但撇開福斯特趕上來的亮點不談，這裡除了黑暗還是黑暗。兩道站立的光，他的和福斯特的，在一個沒有星星的太空裡。

「史坦利？」

「什麼事？」

迅速的回答給了他安慰。「我們應該很快就能看到什麼了，對嗎？」

「你不耐煩了嗎？我的朋友。看看螢幕吧，這才游了兩百公尺呢。」

「噢。我知道，當然了。」

波爾曼不好意思再問福斯特是否相信水獵犬的程式，於是不再出聲，設法壓抑正逐漸浮現的不安。他開始希望有幾隻水母游過來，但什麼東西都看不到。機器人嗡嗡響個不停，突然明顯地改變方向。有東西。波爾曼仔細觀看，遠方亮起一道幽暗的光。一開始只能隱隱看到，後來有了朦朧的正方形。他深感輕鬆，真想誇讚了不起。了不起的狗。好狗。

光島顯得多小啊。

當他還在琢磨這件事時，它移近了，變亮了，能夠看出細部來，一個個的點，排列在拉桿上。他們繼續向它漂去，光島突然巨大地懸浮在他們上方，閃閃發光。當然，實際上是他們漂浮在島上方，但頭下腳上的潛行將上下顛倒了過來，乍看之下，光島就好像懸在他們的頭上了。福斯特的身影出現了一下，一個被繩子上的魚雷拖著的影子，射向燈光通明的足球場。他們面前的一切都清清楚楚。大陸坡台地、吸管、黑色的蛇形軀體從黑暗中鑽出來……

擁擠的蟲子。

「衝進光亮之前，關掉你的狗。」福斯特說道，「最後幾公尺我們游過去。」

波爾曼活動一下空著的那隻手的手指，試圖用手爪操縱鍵盤。這回不太靈巧，沒能一下子成功，從放慢了速度的福斯特身旁飛了過去。

「嗨，傑哈，見鬼！你想去哪裡呀？」

他重新試了一次，手爪滑脫，最後終於將狗停下來了。波爾曼拍打腳蹼，使自己維持垂直姿勢。他確實離光島相當近了。它無限地向四面八方延伸。幾秒鐘後他恢復了方向感，光島和大陸坡就在他身下。

他緩緩游向被卡住的軟管，在管子旁邊下沉。光島現在就在他頭頂十五公尺左右。蟲子馬上開始爬上他的蹼。他不得不強迫自己忽視它們。雖然它們根本損壞不了潛水衣的材料，但看起來就是很噁心。這麼一條蟲子不會對任何他這麼大的生物構成危險的。

但話又說回來，人們對本來不該有的蟲子又知道些什麼呢？

水獵犬在他身旁沉到了海底。波爾曼將它停在一塊突起的岩石上，順著軟管往上看。一人高的黑色大熔岩堵塞了發動機的螺旋槳。這是可以解決的。讓他擔心的是將吸管頂在懸岩上的較大的楔石。它約有四公尺高。波爾曼懷疑合兩人之力能不能搬得動它，儘管在水下一切都變輕，就像很輕的多孔熔岩。

福斯特來到他的身旁。「討厭，」他說道，「到處都是魔鬼的兒子。」

「誰，請你再說一遍好嗎？」

「蟲子！爬蟲。人類有史以來的災難。我建議，我們先取出較小的石塊，看看我們能做到什麼地步。凡．馬登？」他喊道。

「我在這兒。」凡．馬登破鑼似的聲音傳來。波爾曼完全忘記他們也和海萊瑪平台號保持著聯繫。

「我們現在要稍微整理一下。我們先清理出發動機。也許這樣就夠了，管子能靠自己的驅動脫身。」

「好。波爾曼博士，你身體還好嗎？」

「很好。」

「你們保重。」

福斯特指著一塊接近圓形的石頭，它擋住了螺旋槳的鉸鏈接合。「我們就從這裡開始。」

他們將那塊石頭滾往一旁，一陣又拖又拽之後，它滑開來，露出發動機的鉸鏈，同時壓碎了下面的幾百隻蟲子。「太棒了。」福斯特滿意地說道。

另外兩塊也被以同樣的方式移走了。下一塊石頭較大，但是經過一番努力後，最終也滾開了。

「人在水下的力氣有多大呀，」福斯特高興地說道，「揚，我們只剩一台發動機還沒清理好，看起來它們沒有受損。你可以拉動鉸鏈旋轉它們嗎？不發動，先旋轉！」

幾秒鐘後出現一陣嗡嗡聲，一台渦輪機一圈圈轉動著鉸鏈。隨後其他的也跟著旋轉起來。

「很好。」福斯特叫道，「現在再試試發動這些傢伙。」

他們離開軟管幾公尺，保持安全距離，看著螺旋槳啟動。

軟管跳動了一下後，又沒有動靜。

「不行。」凡・馬登說道。

「嗯，這我也看出來了。」福斯特快快不樂地看著，「再試試，換個方向轉動這些傢伙。」

這樣也不行，螺旋槳反而攪起了淤泥。眼前變得一片混濁。

「停下！」波爾曼揮著他的一節節手臂。「上面停下來！這樣做沒有效，它只會破壞我們的能見度。」

螺旋槳停下。淤泥散開，出現淺色的黏狀物。幾乎看不到吸管的下端。

「那好吧。」福斯特打開潛水衣一側的扁盒子，從中拿出兩個鉛筆大小的東西。「我們的問題是那塊大的。我知道你不喜歡這樣做，傑哈，但我們必須炸掉這該死的東西。」

波爾曼的目光轉向那些愈來愈多的蟲子，重新占據原本已清空的海底。

「這是相當大的冒險。」他說道。

「我建議在大石頭的底部鑽一個洞，再放進一顆小炸藥，我們這樣做可說是連根拔起。」

波爾曼先上升、游開一公尺，再游向大石頭。他周圍變得泥濘混濁了。他打開頭盔燈，眼前是一片混濁的塵霧。他小心彎曲腿，將頭盔盡可能貼近石塊插進海底的地方。他用手爪掃開蟲子，有一隻迅速躲開並反身想咬這個人造的肢體。波爾曼甩掉它們，檢查沉積物結構。他看到纖細的岩脈，並將手爪捅過去，捅碎了周圍的岩石，小小的氣泡冒了出來。

「不，」他說道，「這不是好主意。」

「你有更好的主意嗎？」

「是的。我們使用那顆大炸藥，從岩石的三分之二處找到一個凹洞或縫隙，從那裡將它炸開。運氣好的話會炸掉上半部的石頭，而不會影響到海底。」

「可行。」

福斯特來到他身邊，來到塵霧裡。他們往上漂升一點。能見度好了。他們開始逐一在大石頭上尋找合適的位置。最後福斯特發現了一個深槽縫隙後，將某種結實、灰色、像口香糖的東西塞進去，然後將一根鉛筆一樣細的小棍子插進那東西裡。

「這應該足夠了。」他滿意地說道，「會劈哩拍啦響的，我們應該離遠點。」

他們打開水獵犬，讓它們將自己一直拉到燈光照亮區域的邊緣，而幾公尺遠的海底早就黑得看不見。微粒光束的投射距離相當有限，這樣光波才不會受藻類或其他漂浮物影響而偏斜，儘管如此，明與暗之間的變化還是相當突然。光線以波長長短的順序消失在水下——先是兩、三公尺之外就消失的紅色，然後是橙色，最後是黃色。十公尺之外就只剩下綠色和藍色，而當它們完全被水所吸收或分散之後，從那裡開始世界就不存在了。

波爾曼真不想從這相對安全的亮光處進入絕對的不存在的黑暗虛無中。他鬆了一口氣地發覺，福斯特認為不需要更大的安全距離了。在藍色變成墨黑的地方，他隱約發現有一道縫隙，或許那後面有個洞。他想像這塊岩石當年通紅地流出的情形，一堆黏稠的岩漿，慢慢冷卻，凝結成奇怪的形狀。穿著潛水衣的他不由得冷了起來，因為想像著必須在這下面度過一生而感覺到冷。

他抬頭望向光島。燈柱裡的白色探照燈只散發出一種藍色的光暈。

「好，」福斯特說道，「我們動手吧。」他按下點火裝置。

一大堆氣泡從巨石中央飛散開，夾著碎片和塵土。波爾曼的頭盔裡嗡嗡響。一個黑色圓圈擴散開來，其他的氣泡接踵而至，將廢石塊帶向四面八方。

他屏住呼吸。

巨石的上半部開始緩慢、極度緩慢地傾斜。

「太好了！」福斯特叫道，「上帝作證！」巨石被自身的重量牽引著，倒得愈來愈快。它在還豎著的那一半的中間位置脫落，掉到軟管旁的地面，重新攪起更混濁的沉積物塵霧。福斯特穿著沉重的潛水衣成功地跳開來，揮著手臂。他看上去就像那位為了美國在月球上蹦蹦跳跳的阿姆斯壯。

「哈利路亞！嗨，凡．馬登！我的上帝啊！我們打敗了那該死的傢伙。快，試試你的運氣吧。」

波爾曼滿心希望這震動不會帶來其他的崩塌。在捲起的淤泥中他聽到發動機轉動了，吸管突然開始移動。他彎下腰，吸管突然像隻巨蟲的頭從霧裡抬起，慢慢地上升。管口轉向他的方向，後又轉向相反的方向，好像那東西在偵察周圍。要是波爾曼不知道他面前的是什麼東西的話，他會感覺自己被吃掉了一半。

「成功了！」福斯特嚷道。

「你們是最棒的。」凡．馬登乾巴巴地說道。

「這不是什麼新聞了。」福斯特向他保證道，「請你先關掉它，別讓它吃掉我和傑哈。我們再去檢查確認一下，看完我們就回去。」

軟管又上升了一些，垂下它的圓嘴巴在燈光中搖晃。福斯特游開了，波爾曼跟在他身後，目光移向光島，又移回來。好像有什麼地方怪怪的，但他說不上來是什麼。

「一片混濁。」福斯特對著塵霧說道，「看看右側吧，傑哈，你在這濃霧中總能看得比我多。」

波爾曼打開他的水獵犬的探照燈，略一思索，又將它關閉了。

那是什麼東西？

他的目光重新移向光島，這回他凝望的時間更長。他覺得那些燈射出的光線好像比先前強烈，但是這不可能。它們一直是開在最強檔。

不是燈的事，是那藍色的光暈。它變大了。

「你看到沒有？」波爾曼用手指著島。福斯特的目光順著動作望過去。

「我什麼都不……」他愣住了，「有這種事？」

「燈光，」波爾曼說道，「藍色發光體。」

「我的天哪！」福斯特低語道，「你說得對，它在擴大。」

島周圍形成了一個深藍色的大圈圈。在水下很難估測距離，尤其是光線折射指數使一切顯得近四分之一倍、三分之一倍，但那藍色發光體一目了然是位於島後很遠的地方。拉桿上的鹵素燈照著它，但波爾曼感覺彷彿看到了閃電掠過，然後那藍色光突然失去了強度，愈來愈弱，消失了。

「我覺得這事不妙。」波爾曼說道，「我想，我們應該升上去。」

福斯特沒有回答，繼續盯著島。

「史坦利？你聽到我講話嗎？我們應該……」

「別這麼急。」福斯特緩緩地說道，「我們有客人了。」

他指著島的上緣。兩個長影子在那裡飛掠，被燈光照成藍色的腹部。它們隨即消失了。

「這是什麼東西？」

「別緊張，孩子。打開你的POD吧。」

波爾曼按潛水衣腰部的感應器。

「我當時不想引起你的不安。」福斯特說道，「我想的是，如果我告訴你了它是做什麼用的，你也許會緊張，不停地觀看……」

他未能再講下去。燈柱中間射出兩個魚雷形身軀，波爾曼看到了形狀古怪的頭。那些動物向他們直奔而來，速度快得令人難以置信。恐懼就像從冰裡伸出的拳頭一般，擊中了他的心。他避開，向後急轉身，保護性地抬臂擋在頭盔前。這些反應動作沒有一個具有實際意義，但直覺就是勝過文明、高度技術化的思考。這讓他大聲叫了出來。

「它們無法傷害到你。」福斯特強調地說道。

攻擊者就在他身前轉身了。波爾曼喘口氣，克制驚慌。福斯特迅速游到他身旁。

「我們已經檢查過POD，」他說道，「它發揮作用了。」

「他媽的，POD是什麼鬼玩意呀？」

「一個防範鯊魚的保護性裝置。POD建立起一個電子磁場，它像一堵壁壘包圍著你，使牠們無法靠近你五公尺之內。」

「它們比五公尺近。」他說道。

「僅在第一回。現在牠們受到教訓了。你別緊張。鯊魚有著高度敏感的感應器官，這個電子場已帶給牠們很大的刺激，破壞牠們的神經系統，讓牠們的肌肉痛苦地痙攣。我們用餌誘測試過白鯊和虎鯊，然後啟動POD，牠們無法穿過這個磁場。」

「波爾曼博士？史坦利？」凡．馬登的聲音。「你們沒事吧？」

「一切正常。」福斯特說道。

「POD來，POD去的，你們應該上來了。」

波爾曼的眼睛神經質地搜索光島，福斯特講的內容他大部分都知道。鯊魚的頭顱前部的感覺器官勞倫氏壺腹，即使其他動物透過肌肉運動生成的最弱的電子脈衝它們也能接受到。他只不過不知道能用這個POD，來破壞鯊魚的電子感覺。「這是雙髻鯊。」他說道。

「對，是大雙髻鯊。我估計每隻都差不多有四公尺。」

「媽的。」

「它對雙髻鯊特別管用。」福斯特咯咯笑道。

「現在怎麼辦？」

又有動靜了，兩隻鯊魚重新從島後的黑暗中出現了。波爾曼一動也不動，他在觀察這些動物如何進攻。目標明確，沒有一般鯊魚跟蹤水裡味道時，會有頭部來回擺動的典型動作，牠們直衝過來，又突然停住，好像牠們在對著一堵牆游。牠們的嘴被電歪了。牠們困惑地朝相反的方向游了一段，然後返回，開始不安、但保持一定距離地繞著潛水者轉圈。

它果然管用。

福斯特的估計有可能是正確的，每隻鯊魚都有足足四公尺長。身體是典型的鯊魚，但頭顱形狀非常獨特，牠的名字就是因頭部形狀而來的。看起來像鎚子一般的頭，向兩側延長成扁平的翼，翼的最外側是眼睛和鼻孔。鎚頭的前緣又平又直，像把斧頭。

他慢慢地開始感覺好些了，剛剛大概表現得像個傻瓜。他猜測，那些動物根本弄不壞潛水衣。

但他還是想離開。

「我們上去需要多久時間？」他問道。

「有水獵犬幾分鐘就行。不會比下來時間長。我們從光島上方游，在那裡啟動程式，讓水獵犬將我們拉上去。」

「好。」

「你聽到沒有，別太早打開。」

「好的。」

「你沒事吧？」

「沒事，媽的！好得不能再好了。這保護裝置能持續多久？」

「POD的蓄電池可以持續四小時。」福斯特用右臂手爪抓著水獵犬的控制板，緩緩地拍打著蹼上升。波爾曼跟著他。

「哎呀，你們這些寶貝。」福斯特說道，「可惜我們得離開你們了。」

鯊魚開始跟蹤，試圖接近。牠們的身體發著抖，嘴被電歪了。福斯特哈哈大笑，繼續向光島划去。他的身影小小的、發藍地懸在照著這些身形的巨大光圈前。

波爾曼想到了他們遠遠看到的藍色雲團。

他突然又想到了它。他嚇得差點忘記它就是在鯊魚出現前形成的，它和鯊魚的變化一定有關，有可能也和其他一系列異常和災難有關。如果是這樣的話，他們要對付的就不是普通的鯊魚。

這些動物為什麼會在這裡？鯊魚聽覺特別好，也許是聲響將牠們引來的。但牠們為什麼攻擊呢？無論是他還是福斯特都沒有釋放出什麼氣味來。他們和鯊魚獵物的外形並不雷同啊！而在深水區，鯊魚襲擊人類又特別少見。

他們逐漸接近島的上方。

「史坦？這兩個傢伙有點不正常。」

「牠們傷不了你的。」

一隻鯊魚轉過它扁而寬的頭，向旁邊游了一點。

「儘管如此，你說得不是完全沒有道理。」福斯特深思道，「讓我吃驚的是這水深。在深過八十公尺的水域從沒有觀察到過大的雙髻鯊。我在想，牠們在這裡……」

那隻鯊魚轉過身來。牠停止了一會兒，頭略微抬起，脊背上拱，傳統的威脅姿勢。然後牠多次使勁擺動尾巴，箭一樣筆直地向福斯特衝來。火山學家十分意外，連反抗的嘗試都沒有。那動物猛一下弓起身，然後游進電子場，用牠身體寬的一側撞向福斯特。

福斯特四肢伸展、像個陀螺似地繞著身體轉了一圈。

「嘿！」控制板從他的手爪裡脫落了，「這他媽的是……」

第三個身軀像從虛無中出來似的從拉桿上方鑽出，牠以極其優美的姿勢從上排探照燈上方躍出。黑黑的、高高的背鰭，鎚形的頭部。

「史坦！」波爾曼喊叫道。

新來的那隻比其他兩隻鯊魚要大得多。牠的頭鎚向上張開，露出一排排牙齒，咽喉大張。牠抓住福斯特的右上臂，開始搖晃它。

「該死。」福斯特咒罵道，「這是個什麼畜牲呀？地獄怪物！你放開我，你……」

那隻雙髻鯊瘋狂地擺動牠的四角形大頭，一邊用尾鰭反方向操縱著。牠一定有六、七公尺長。福斯特像片樹葉一樣被捲來捲去。他穿著潛水衣的手臂直到肩都消失在了鯊魚嘴裡。「滾開！」他吼道。

「我的天哪，史坦。」凡．馬登叫道，「攻擊牠的鰓，想辦法刺到牠的眼睛。」

當然，波爾曼想道。他們上面在觀看。他們全都看到！

同時他在想，碰上這麼一個怪物，被牠襲擊或親眼目睹其他人受牠襲擊，是什麼樣的感覺。想像因現實而落敗了。波爾曼既不是特別勇敢，也不是非常膽小。有些人認為他是個冒險家。他自己只會形容他大膽，不怕冒險，但也不挑戰風險。不過，不管過去的形容怎樣特別，在這一刻，面對龐大的襲擊者，什麼都沒用了。

波爾曼沒有逃走，他游過去。

一隻小鯊魚從側面接近他。牠的眼睛跳動著，頜骨痙攣似地張開。顯然，游進電子場讓牠很費勁，但牠還是加快速度，撞擊波爾曼。那感覺好像是和一輛奔馳而來的汽車相撞似的。

波爾曼被撞開了。他游向光島。他唯一的念頭就是，他不可以放開控制板，不管發生什麼事。水獵犬是他的回程車票。沒有航向程式他會迷失在黑暗裡，直到他的氧氣儲備用光。

要是他活得足夠長的話。

突然而來的水壓襲擊了他，將他向下壓去，大鯊魚的尾巴從他的頭頂拍打而過。波爾曼試圖重新控制住自己的動作，看到兩隻小鯊魚一起游過來。牠的頜骨張張合合。現在牠離光島那樣近，因此在藍色的海洋裡能看到牠們的自然顏色——發白的腹部上方是青銅色的背脊，牙齦和咽喉內部像新切開的鮭魚肉一樣呈淡黃色，上頜裡有典型的三角形牙齒，下面是較尖的犬齒，以及前後五排像鋼一樣硬的牙齒，準備將掉進嘴巴裡面的獵物咬碎。

「傑——哈！」福斯特喊叫道。

波爾曼逆著鹵素燈的燈光看到福斯特正用空著的手爪敲打大雙髻鯊的頭。然後，鯊魚頭部一扯動，突然從肩部撕開了潛水衣裝有鎧甲的手臂，拋掉了。氧氣變成大氣泡從孔裡湧出。牠再度張開頜骨，咬住福斯特沒有保護的手臂，在肩關節下方將它咬斷了。

鮮血瀰漫開來，同氣泡混合在一起。血多得令人不敢相信，鯊魚鞭打的動作很快將它散開了。福斯特不再喊話了，只是含糊地尖叫，然後，當海水鑽進、灌滿潛水衣時，只剩下了咕嚕聲。叫聲沒了。小鯊魚暫時對波爾曼失去了興趣。不管是什麼操縱著牠們，天然食欲又暫時地控制了牠們的行為。牠們衝進白浪滔滔的渦流，咬起火山學家已死的身軀。翻轉著他，試圖透過鎧甲咬進去。

凡．馬登也在喊叫，雜有噪音。

波爾曼思緒飛轉。他除了感覺到那令人癱瘓的震驚，同時他的理智的一部分仍清醒的工作著，告訴他不可以相信這些動物的本能。牠們的力量和食欲是受到操縱的。這不是為了吃。現在雖然本能占了上風，但那在牠們頭顱裡的東西，唯一想做的就是殺死這海底下的人。

他必須回到懸崖那裡去。

他的左手按著控制板的按鍵。如果他現在按錯開關，他就會啟動將他帶上海萊瑪平台的開關。那麼，在POD不能再阻止鯊魚之後，他就完蛋了。可他按對了鍵，螺旋槳呼呼轉。他倉促地轉動控制桿，讓水獵犬將他拖離光島，拖向懸崖。他雖然感覺到加速，但和下沉時小機器人的靈活迅速的感覺相反，他現在覺得慢得難以忍受。

波爾曼拍打著蹼，對著台地，滑進藍色。這種情況下能做的事情不多，但潛水員的規則之一說，岩石就是掩護。波爾曼游向黑色的熔岩懸崖。他在懸崖前轉過身來，抬頭盯著光島。血霧瀰漫開了，裡面有顫動的尾巴和鰭，泛著泡沫的漩渦。福斯特的潛水衣碎片沉下來。那景象很恐怖，可真正讓他害怕的，不是這屠殺本身，而是只剩下兩隻小鯊魚在咬著福斯特的事實。

大尾的不在了。

波爾曼嚇得快要癱瘓了。他關閉螺旋槳，轉頭尋找。

大雙髻鯊從沉積物塵霧裡衝出來，嘴巴大張著。牠速度驚人地衝過來。這回波爾曼已經無法思考了，他不知道是不是應該重新打開水獵犬，此時那鎚形的頭也已經重重地撞上了他。波爾曼被撞得摔在懸崖上。他悶聲落在岩石上。鯊魚繼續游，拐一個小彎，以賽車的速度返回來。波爾曼大叫。世界變成了一個咽喉和牙齒的深淵，然後他全身左側消失在張開的嘴裡，從肩到臂。

完了，他想道。

鯊魚沒有停，滑翔在大陸坡上方，在水裡推著他往前。他的耳機裡呼呼、嗡嗡地響。可以聽到牙齒咬得潛水衣的鈦殼吱吱響。鯊魚的頭來回擺動，使得頭盔多次撞在岩石上，擦碰著他。一切都在旋轉。鈦合金足夠堅固，能夠抵抗這種撞擊一段時間，可裡面波爾曼的頭重重地撞在頭盔內側，讓他聽不清也看不見。他完全束手無策，他的命運注定了會被咬碎支解。他的生命快要結束了。

正是這「束手無策」激起了他的怒火。

他還在呼吸。

他還能抵抗！

雙髻鯊的直線形身影在他上方延伸。鯊魚的頭寬有牠體長的四分之一多，使得側面的贅肉分得很開。波爾曼只看到側邊，看不到眼睛，看不到鼻孔。他開始拿控制板砸牠。鯊魚將他繼續往前推，推向光的邊緣，推向他們原本等待爆炸的地方。一旦進入黑暗的水裡，他就無法再看到這隻動物。

他們不可以離開燈光。

波爾曼怒不可遏。他抬起陷在鯊魚咽喉裡的左臂，撞擊牠的顎。實際上，他可以說是幸運的，鯊魚直接咬住他整個的半邊身子。如果牠只咬往一隻手臂或一條腿的話，他早會和福斯特的結果一樣，但身體中央的鎧甲不是像關節處一樣薄弱。它大而結實，即使是這隻大鯊魚也難以一口咬穿。鯊魚似乎也明白這一點，更加用力搖晃頭顱。波爾曼快要失去知覺了。有可能他已經斷了好幾根肋骨，但這動物愈是瘋狂地折騰他，他就愈憤怒。他右臂後彎向鎚頭所在的地方，縮回，拿控制板多次用力地敲下去……

他突然自由了。

鯊魚將他吐了出來。顯然是他砸中了一個敏感部位，一隻眼睛或一隻鼻孔。巨大的身軀向上竄過他身旁，將他拋得撞在岩石上。有一陣子看上去那隻鯊魚好像確實在逃跑。波爾曼緊張地考慮他該如何利用這一形勢，根本不抱幻想上升回海萊瑪平台。他暫時擺脫了那動物，但他至多也只有幾秒鐘的時間。他匆匆地將水獺犬拉近自己，雙臂抱住那根細長的管子。

他無論如何不能將它弄丟。

鯊魚消失在黑暗中，又在遠一點的地方從黑暗中鑽了出來，一個藍色的身影。

波爾曼驚慌地望向懸崖。有個洞口！

遠處，雙髻鯊的巨大身軀更深地潛進公海。波爾曼沿著懸崖向洞口移動。他看到另外兩隻鯊魚還在光島下方爭奪福斯特的遺骸。牠們下沉，離開了光線照亮的區域。他問自己，牠們什麼時候會放開被咬碎的身體，游過來。然後他乾脆什麼都不再想。朦朧光線中，那隻鯊魚速度快得驚人地一個轉彎，又游了回來。

波爾曼鑽進洞口。

裡面很窄。背部有瓶子的潛水衣妨礙著他，使他幾乎進不去。他的手臂像老虎鉗似地被壓在兩側。他想更深地擠進洞裡，這時那隻鯊魚也過來了。

鎚頭的骨板喀嚓撞在岩石邊緣，那動物彈了回去。牠的頭太寬，進不來。牠游了一圈，圓圈那麼小，看上去好像牠在追自己的尾巴，再次衝上前來。

洞口的熔岩塊掉落進塵霧裡，模糊了視線。波爾曼將手臂更緊地貼住身體。他不清楚，這條縫深入岩石裡有多深。鯊魚在外面對著懸崖發威，捲起沉積物和碎石。塵霧包圍了洞裡的波爾曼。光島射進的藍光幾乎完全消失了。

「波爾曼博士？」凡．馬登。聲音很微弱。「波爾曼，天哪，你快回答吧！」

「我在這裡。」

凡．馬登發出一種聲音，也許是一聲鬆了一口氣的嘆息。在鯊魚造成的嗡嗡聲中幾乎無法聽懂它。雜訊在水下和在空氣中完全不同，一種由各種可能的、互相重疊的震動組成的沉悶、空洞的雜音。波爾曼開始顫抖，衝擊突然停止了。他夾在岩縫裡，黑色的塵霧下什麼也看不見，只能隱約看到島上的光。

「我躲在一個岩縫裡。」他說道。

「我們派機器人下來。」凡．馬登說道，「再派兩個人。我們還有兩套潛水衣。」

「算了。POD不管用。」

「我知道。我們看到福斯特……」凡．馬登的聲音沒有說下去，「那兩人還是要下來，他們會攜帶著裝有炸彈的標槍……」

「炸彈？這主意太妙了！」波爾曼呻吟著說道。

「福斯特堅信，你們不需要這種東西。」

「明白了。」

「POD一直是無懈可擊的……」

有什麼東西撞著了波爾曼的正面，將他猛的往縫裡撞得更深了。他非常吃驚，忘記了喊叫。他在混濁的餘光中看到了鎚頭。牠是垂直著撞過來的，那隻鯊魚想側身游進洞裡來。

聰明的小傢伙，他恐怖地想道。他的心快跳出來了。但是可沒那麼容易讓你得逞。

他敲打鎚頭，死也不鬆開水獵犬。他模糊地看到鯊魚的頜骨被他鎚得開開合合。鯊魚無法往回游。四角形的頭上上下下，但頜骨搆不到他。上端的眼睛使勁地轉來轉去。波爾曼抬起拿控制板的手爪，拿控制板飛快地砸下去。

鎚頭往回抽。

靠自己他絕對無法成功逃脫，波爾曼想道。他開始使勁用水獵犬頂那個頭顱，鯊魚還無法鑽進這麼深。膠狀物的控制力量有多強大？它操縱著動物的行為，甚至能讓一隻鯊魚倒退著游嗎？

顯然是的，因為鎚頭從洞裡消失了。

這是那隻大鯊魚。

波爾曼等候著。

又有什麼東西從塵霧裡鑽了出來。鎚頭水平的衝過來，是較小的那一隻。牠的頭「碰」地撞在頭盔拱形的眼罩上。頜骨張開，一排排牙齒撞在安全玻璃上。鯊魚將洞口攪得那樣混濁黑暗，波爾曼現在幾乎什麼都看不到了，但只有這一點點也就足夠了。他試圖擠進洞裡更深的地方，而懸崖似乎一下子不見了。他仰身跌進了虛無之中。

漆黑如墨。

他慌張地在控制板上移動左手爪。水獵犬的燈的開關位於程式鍵的上方。那個該死的鍵哪兒去了？他剛剛還……

那兒！探照燈亮了。就著移動的燈光，他發現那條縫變成了一個寬敞的洞。他將光柱對準洞口，看到鯊魚的頭在洞口鑽著，鎚頭擺來擺去，但牠始終進不來。

發生什麼事了？波爾曼想道。他隨即明白了。

鯊魚卡住了。

他鬆了一口氣，發瘋地敲打那箱形的頭顱。看樣子那東西有一半已經卡在縫裡了。他突然意識到，這樣打得鯊魚出血不是個好主意，他用他全身的重量去頂牠。在水下這樣做效果不大，於是他讓開，撲上張開的頭顱，用胸脯、肩和手臂，不停地，直到鯊魚慢慢退了回去。水獵犬的光柱來回顫動著。

你的問題是從這裡出不去，波爾曼想道。但我要你從這兒出去！這是我的洞，快滾開！「滾開！」

「波爾曼博士？」

鯊魚繼續後退，然後消失了。

波爾曼後退。他的手臂顫動著。他太緊張了，有一陣子他不清楚如何才能平靜下來。他突然感到說不出的疲憊向他襲來，膝蓋一軟跪倒了。

「波爾曼博士？」

「請你別丟下我不管，凡．馬登。」他咳嗽道，「請你想辦法將我從這裡救出去。」

「我們馬上派機器人和救援人員下來。」

「為什麼需要機器人？」

「我們將能嚇唬這些動物和引開牠們注意力的所有東西都帶下來。」

「這不是好主意，那只是動物的外殼。牠們知道機器人是什麼，牠們很清楚我們在這裡做什麼。」

「鯊魚嗎？」

福斯特顯然沒有將全部情況告訴凡．馬登。

「對，鯊魚。就像那些鯨魚不是鯨魚一樣，牠們也同樣不是鯊魚了。有什麼操縱著牠們。那些人應該做好準備。」他忍不住又咳嗽，「我在這愚蠢的洞裡什麼也看不到，外面發生什麼事了嗎？」

凡．馬登沉默了一會兒。「我的天哪。」他說道。

「咳！你快告訴我。」

「又有別的動物出現了。十幾隻、數百隻！牠們在毀掉光島的探照燈。牠們在破壞一切東西。」

牠們當然要這麼做了，波爾曼想道。目的就是這個呀，阻止我們吸走蟲子。這才是唯一的目的。

「那就算了吧。」

「你說什麼？」

「放棄你的援救行動吧，凡·馬登。」

頭盔裡的雜訊那樣大，凡·馬登不得不重複他的回答。「但人員已經準備好了。」

「請你告訴他們，下面等著他們的是有智慧的生命。這些鯊魚有智慧。牠們頭顱裡的那東西有智慧。兩名潛水員和一台鐵皮同志是不會有用的。請你想想別的辦法。我的氧氣差不多還夠用兩天。」

凡·馬登遲疑不決。「那好。我們觀察此事。也許那些動物在接下來的幾小時裡會撤走。你想你待在洞裡還安全的嗎？」

「我怎麼知道呀？在正常鯊魚面前我是安全的，可是我們的朋友們的想像力是沒有止境的。」

「我們會救你出來的，傑哈！在你的氧氣用光之前。」

「謝謝你。」

漸漸地又有一點燈光落進岩縫裡了。火山腳的水流沖走了沉積物。如果凡·馬登講得正確，燈光很快就會熄滅。

然後他就會獨自待在黑暗的海裡，直到什麼時候有人來和數百隻雙髻鯊搏鬥，和外來智慧搏鬥。如果牠天生的感官還在，沒有哪隻鯊魚會游進電子場，沒有哪隻雙髻鯊會攻擊兩名穿著潛水衣的潛水員，如果可能這樣做，牠也很快就會放開他們。雙髻鯊向來很危險，但不是很好奇，牠們大多數會繞過讓牠們覺得可疑的一切。

一般情況下牠們也不游進岩縫。

波爾曼躲在洞裡，攜有還夠二十個小時的氧氣和一個不管用的防鯊裝置。他希望，當凡·馬登的人員下來時，不會再有浴血戰。不管他們何時到來。

黑暗中的浴血戰。

為了節約電池，他關閉水獵犬的探照燈。墨黑立即將他包圍了，只有微弱的光線鑽進縫來。

格陵蘭海，獨立號

約翰遜無法平心靜氣。他到過底層甲板上，在那裡，黎的人員正在魯賓的監督下準備將膠狀物送進模擬器，箱子已徹底清空和消毒過了，被毒藻污染的蟹在液態氮裡移動。一切都在最高的安全措施下進行。約翰遜和奧利維拉一致同意，一旦那東西進了箱子裡，就開始相態試驗。當克羅夫和尚卡爾一起破譯第二個刮擦聲信號時，他們在商量，確定測試順序。

「恐懼影響很大，」黎在一次簡短、即興的致詞中說道，「我們都深受影響。人家想要挫傷我們的勇氣，毀滅我們。但我們不能被它嚇倒。你會問這艘船是不是還是安全的，我可以回答你們：對，它是安全的！只要我們不再給對手入侵的機會，我們在獨立號上就沒什麼好害怕的。但還是必須加緊腳步。我們不可以放鬆建立聯繫的努力。現在絕對不能放鬆。我們必須說服對方，停止針對人類的恐怖活動！」

約翰遜走上飛行甲板，船上的服務人員正在清除被中斷晚會的殘餘物。太陽懸掛在天空，大海看上去和平時一樣。沒有藍色發光體，沒有閃電，沒有光的夢轉變成噩夢。

在黎為他端酒過來、試圖逼他說出夜裡的冒險之前，他重新回到思緒的起點。有兩點他很快就理解了。第一點，黎知道到底發生了什麼事。第二點，她不確定他記得些什麼，他是不是說了真話，這讓她擔憂。她騙了他。他不是跌倒的。

原本他幾乎快要相信這個說法了。要不是奧利維拉在斜板上對他說，他在前夜聲稱看到過魯賓，看到他穿過機庫甲板裡的一道暗門，他也許就再也想不起來，而會滿足於安格利和其他人給他的解釋。但奧利維拉的提示啟動了某種東西，他的大腦開始重新編輯程式。謎一樣的畫面出現又消失了。當他盯著單調蕩漾的大海時。他突然又看到自己和奧利維拉坐在箱子上，一起喝著葡萄酒，他看到魯賓走進機庫牆裡的門。這道門有一點遠，但另一個畫面暗示他就站在門前——這對約翰遜來說足夠證明那個神祕通道的存在了。

但那之後發生了什麼事呢？

他們去了下面的實驗室。然後他返回了機庫甲板。去做什麼？和這道門有什麼關係嗎？或者這一切只是他的幻想？

你有可能老了，脾氣古怪，而自己不覺得，他說道。這當然很難為情。去找黎質問，才能弄清楚她是不是控制著一切，不要只是想像。

當他還在為此絞盡腦汁時，命運為他派來了韋孚。當約翰遜看到她小巧結實的身影從甲板上走向自己時，他很高興。如果她一開始讓他覺得是個同盟者的話，他很快就不得不承認，她不是倫德的替代品。他們溝通良好，但沒有形成一種更深的關係，無論是在惠斯勒堡還是在獨立號上。也許他希望過，希望在她身上能對倫德的遭遇彌補點什麼。如今事情不一樣了。約翰遜根本不再肯定他是不是真的要贖償一種罪過，也不肯定他和韋孚之間是否存在他與倫德擁有過的親密。這段時間他更覺得她和安納瓦克之間正發生什麼事。

但信任是某種完全不同的東西。信任韋孚，只會得到報酬。她太清醒了，無法在無比神祕的情況下獲得浪漫的滿足。她會聽他講，讓他明白她相信他，或者認為他是瘋了。

他向她簡單描述了他能回憶什麼，什麼讓他困惑，在哪幾點上他懷疑自己，他對黎試圖從他嘴裡拐出話來是什麼感受。

韋孚思考了一下，然後問道：「你去查看過嗎？」

約翰遜搖搖頭，「我還不曾有過機會。」

「你有過足夠多的機會。你害怕去查看，因為你擔心什麼也找不到。」

「有可能妳說得對。」

她點點頭，「好，那我們現在一起下去。」

她說到重點了。他們每往下走向機庫甲板一步，約翰遜就確實感到害怕，猶豫不決。如果他們現在真的什麼也發現不了，怎麼辦呢？他現在大概肯定不會在那下面找到門，那樣他就不得不認為自己患上歇斯底里症了。他五十六歲了。他是個瀟灑的男人，智慧、性感、有魅力，在女人面前無往不利。顯然他也是一個衰弱的老頭。事情正如他害怕的一樣。他們多次沿著牆走過，但他找不到任何像個通道的東西。

韋孚望著他。

「好吧，」他呢喃道。

「沒問題。」她回答道。然後她令他吃驚地補充道：「這牆是鉚接的，到處都是管子和焊縫，有數千種可能在這裡安裝一扇看不見的門。你想辦法回憶一下你確切是在哪裡看見這道門的！」

「妳相信我？」

「我很了解你，西谷。你不是個愛胡說八道的人。你不是酒鬼、不吸毒。你是個會享受的人，會享受的人能看見別人看不見的細節。我是個粗心的人。有可能當這道門在我面前打開時我都不會看到，因為我根本沒想到會有這種事情。我雖然不知道你看到的是什麼，但……我相信你。」

約翰遜微微一笑。他衝動地在韋孚臉上吻了一下，有點興奮地走下斜板，前去實驗室。

實驗室

魯賓的臉色仍很蒼白，講起話來像是一隻鸚鵡在嘎嘎叫。他不在時確實也沒有少什麼東西。灰狼差點將他送上西天，這位生物學家表示可以理解。他生硬地微笑著，讓約翰遜覺得很像《飛越杜鵑窩》裡的萊切護理長，在傑克·尼克遜將雙手扼住她的脖子時的模樣。當他望向左右時，他的上身一起跟著轉，讓所有人都感覺到他那令人同情的身體狀態，他宣告不生灰狼的氣。

「他們是在一起的，對不對？」他喘息道，「這對他來說一定很恐怖。是我想再次開鬧。我認為，他不應該襲擊我，但我非常理解他為什麼這麼做。」

奧利維拉和約翰遜交換了幾次目光，其他時候都閉著嘴。

箱裡漂浮著大塊物質。它們又開始發光了。但三位生物學家此刻關心的不再是膠狀物本身，而是那塊雲團。當黎的人馬將二・五噸的膠狀物劑進模擬器時，也有大量已溶解的物質一起游進去了。在自由浮游的微生物和物質團之間有台機器人，裝滿高度敏感的感應器，它們不停地測量水的化學成分，將資料不斷地傳到操縱台的螢幕上。機器人身上布滿管子，一按按鈕就會駛出、打開、關閉、重新駛進。這整個設備不比球體機器人大多少，特別堅固，靈活。

約翰遜以一名太空船船長的姿勢坐在操縱台旁等待著，雙手抓著兩根控制桿。為了能觀察得更清楚，他們將箱子和實驗室的光線亮度調到最暗。於是他們目睹了那物質如何慢慢恢復原狀。膠狀物塊更強烈地閃爍，藍色的光電一跳一跳地穿過它的內部。

「我相信它開始了，」奧利維拉低語道，「它在變化。」

約翰遜操縱機器人來到一個塊狀物下面，打開一隻試管，將它伸進那團物質裡。試管邊緣磨削得像刀子一樣鋒利。它切下一點膠狀物，又自行合攏，駛回操縱台裡。塊狀物對這局部切割沒有反應。它略微變形，躲進藍色雲團。約翰遜等了幾秒鐘，在另一個地方重複了這一過程。

細小的亮光在膠狀物塊中閃爍，它有一隻成熟海豚那麼大。在往試管裡灌裝時，約翰遜觀察的時間越長，他就越肯定，這估計是準確的。有一隻海豚那麼大。不，還不止這樣。有一隻海豚的形狀。

於此同時奧利維拉說道：「不敢相信，看樣子像隻海豚。」

約翰遜入迷地觀察其他的塊狀物如何也在變形，差點忘記引導機器人。有一些讓人想到鯊魚，另一些似乎是在模仿槍烏賊。

「這怎麼可能呀？」魯賓咕噥道。

「程式設計，」約翰遜說道，「只可能是這樣。」

「它們怎麼知道如何設計程式的呢？」

「它們就是知道，它們學過。」

「什麼？」

「既然它們能夠模仿形狀和動作，」奧利維拉說道，「它們一定是偽裝的大師。你們怎麼認為？」

「我不知道。」約翰遜懷疑，「我不肯定，我們看到的這東西，是不是為了偽裝。我更覺得它們在回憶某種東西……」

「回憶。」

「你知道，當我們思考發生什麼事時，特定的神經元會閃爍、聯繫，最後會出現一個模式。我們的大腦無法改變它的形象，但神經元的模式已經有了一種形狀。如果我們懂得讀它的話，就可以相當具體地說出當事者正在想什麼。」

「你認為，它們在想一隻海豚？」

「這看起來不像一隻海豚。」魯賓議論道。

「像，它是……」約翰遜頓住了。魯賓說得對，那形狀變成了另一種。現在它像魟，它在類比箱裡緩慢拍打著翅膀上升，翅尖裡長出摸索的細絲。

「你們看這個！」魟形變成某種蛇狀的東西。一下子那群物質散開，似有數千條小魚動作相同地游走，又聚集一起，這群東西愈來愈快地變化著外形，似在播放一個節目。眨眼間熟悉的形狀就變成了陌生的形狀。這種奇怪現象發生在所有膠狀物塊身上。它們同時游向對方。出現熟悉的閃電，在可怕、神祕的一瞬間，約翰遜相信自己在它飛快的變形中看到了一個人影。

一切湧現，物質和雲絲。

「它在溶解！」魯賓嘆息道。他目光炯炯地盯著面前螢幕上的視窗。資料在上面閃過，「水裡滿是一種新物質，一種化合物！」

約翰遜讓機器人在萎縮的宇宙裡拐彎，不停地提取樣本，就像一場汽車拉力賽。他會得到多少呢？什麼時候應該撤回呢？那群物質似乎完全恢復了，形成一個中心，一切都湧到中心。它們目睹過的小東西，現在凝聚成大東西。由單細胞創造一種生物。一個沒有明顯的眼睛、耳朵和其他感覺器官的有機物，沒有心臟、大腦和內臟，是均質的一群，但它還是能夠完成複雜的過程。

某種巨形物出現了，足足有進入底層甲板的那東西的一半被泵抽回了海裡，但剩下的仍有一艘小運輸船那樣大。透過箱子的橢圓形窗戶他們看到膠狀物凝成群，變結實了。約翰遜將機器人拉進溶解物的邊緣區域，那裡有藍色煙縷在奮力飄向中心。還有三根小管子沒有取樣。他將它從圈裡伸出，重新推進那一群。

那群東西閃電樣迅速縮回，伸出十幾根觸鬚纏住機器人，約翰遜失去了對機器的控制。它在那生物的鉗子裡一動不動，向箱底沉去，同時一隻團狀的腳伸出來，它突然讓人想到一朵巨大的蘑菇，有著一圈可以彎曲的手臂。

「媽的，」奧利維拉詛咒道，「你太慢了。」

魯賓的手指在電腦的鍵盤上滑行。「我這裡有許許多多的資料。」他說道，「一場分子的狂歡派對。這東西使用一種費洛蒙！看來我是對的。」

「安納瓦克是對的，」奧利維拉糾正他說，「還有韋孚。」

「當然，我是想說……」

「我們全都猜對了。」

「我就是想這麼講的。」

「某種我們認識的東西嗎，米克？」約翰遜問道，目光沒有離開螢幕。

魯賓搖搖頭，「不清楚。成分是認得的，但配方我說不出來。我們需要樣品。」

約翰遜眼看著那群東西的上側伸出一根粗繩，繩尖分叉成一叢細細的觸鬚。繩索向機器人垂下來。觸鬚觸摸機器人和試管。

一切看起來都像一次設計好的可疑檢查。

「我沒看錯吧？」奧利維拉向前側過身來，「它想打開那些小管子嗎？」

「它們不是那麼容易打開來的。」約翰遜試圖重新奪回對機器人的控制。抱著它的觸手做出反應，將機器抱得更緊了。

「顯然是纏住了。」他嘆息道，「那好吧。我們等等再說。」

觸鬚繼續它們的調查。

「它能看到機器人嗎？」魯賓問道。

「用什麼看？」奧利維拉搖搖頭，「它可以變形，但不能長出眼睛。」

「也許它根本就不需要眼睛，」約翰遜說道，「它在觸摸這個世界。」

「孩子們也是這麼做的，」魯賓懷疑地望著他，「但他們有一顆大腦，來儲存已經觸摸過的東西。這東西如何理解它觸摸過的東西呢？」

那東西突然放開機器人。觸鬚和觸手全部縮回，鑽進了大身體內。它變扁，最後剩下薄薄的一層覆蓋著整個箱底。

「浮動的無縫地面，」奧利維拉開玩笑道，「它也能這樣做。」

「再見。」約翰遜說道，將機器人駛回機庫。

作戰情報中心

「你們到底想告訴我們什麼？」克羅夫雙手撐著下巴。不可缺少的香菸在她右手的食指和中指之間冒著煙霧，但這回它幾乎一口沒吸地燒光了。克羅夫找不到時間來吸它。她和尚卡爾一起，想弄懂 Yrr 發給他們的資訊。

一道伴隨著攻擊的資訊。

電腦破譯了第一道資訊之後，處理起第二道來相當快。Yrr像第一次一樣以二進位的密碼回答了。還不清楚這些資料是否又是一幅圖。到目前為止似乎只有一個唯一的順序有意義，面對陌生的思維，這資訊顯得簡單得可笑。

那是一個分子的名稱，一個化學公式。H_2O。

「很簡單。」尚卡爾不開心地說道，「我們早就知道它們是生活在水裡了。」

不管怎樣，Yrr將其他資訊同這道水的公式聯繫在了一起。電腦發瘋地計算，克羅夫漸漸地明白了這有可能是什麼意思。「有可能是一張地圖。」她說道。

「妳指什麼？一張海底地圖嗎？」

「不是。那將意謂著它們生活在海底。如果模擬器裡我們的暴力的客人是陌生智慧的一部分的話，它們的生活空間有可能是自由的水域。深海是一個它們穿越、漂浮的宇宙。均質，四面八方都一樣。」

尚卡爾考慮了一下說道，他說道，「除非將它們拿到放大鏡下，分析它的特殊組成：礦物質、胺基酸、基因等等。」

「它們不是到處都一樣。」克羅夫點點頭，「第一回它們寄給了我們一張由兩個數學答案組成的圖。這一個要複雜得多。可是，如果我們猜測得對的話，要變化也是有限的。我無法保證，但我想，它們又寄了一張圖給我們。」

聯合情報中心

韋孚發現安納瓦克坐在電腦旁。虛構的單細胞生物在螢幕上慢慢滾動，但她覺得他好像不是真的在觀看。「你的朋友的遭遇讓我很難過。」她低聲說道。

安納瓦克望向甲板。「妳知道，最可笑的是什麼嗎？」他的聲音聽起來沙啞，「她的死對我的打擊太大了，死亡從沒有給我留下過特別的印象。當我母親死去時，那是我最後一次哭泣。我父親死了，我震驚於自己不能為他的死悲傷。麗西婭呢？你知道那件事的。我的天哪！我萬念俱灰了。一位讓我在習慣喜歡她之前也讓我煩的女大學生。」

韋孚遲疑著，膽怯地摸摸他的肩。安納瓦克的手指也撫摸著她的手。「順便說一下，妳的程式管用。」他說道。

「這就是說，他們現在在實驗室裡只需要進行相應的生物學分析研究了。」

「對。問題就在這裡。那仍然是一種假設。」

他們給虛擬的單細胞生物增加了一個具有學習能力的DNA，它能夠不斷地發生突變。事實上，每個符合這個模式的細胞都是一隻獨立的小電腦，不停地改寫它的程式，每個新資訊都在改變分子的結構。如果一定數量的細胞形成一種相同的經驗，這種經驗就會改變基因結構。將改變後的細胞同其他細胞結合到一起，將新的資訊傳下去，其他細胞的DNA做出相應的變化。這樣，整群集體不僅不斷地學習，這一結合還造成不斷的資訊平衡。單細胞生物的每種新知識都不斷更新集體全部的經驗資訊。

這思想相當於一次革命。它將意謂著，知識是可以繼承、傳遞的。在他們和約翰遜、奧利維拉和魯賓討論過這件事之後，大家出現了前所未有的不知所措，但好消息是這主意被接受了。

另一方面它存在一個巨大的癥結。

監控室

「一個DNA發生突變，就導致遺傳信息的變化。」魯賓解釋道，「這對所有生物都是個問題。」

在測試分析當中他偷偷離開了實驗室，佯稱他的偏頭痛又犯了。相反的，他現在和黎、皮克和范德比特一起坐在祕密的監控室裡。他們在研究監聽紀錄。監控室裡的人當然全都知道韋孚和安納瓦克發明的程式，也知道他們的理論，但除了魯賓誰也無法將它派上什麼用場。

「一個生物依賴於健全的DNA，」魯賓說道，「否則它就生病，或者它的後代生病。比如說放射性光線就會給DNA造成不可彌補的損傷，結果是生出畸形兒或讓人們罹癌。」

「演化論的發展呢？」范德比特問，「既然我們從猴子進化到了人，DNA不可能永遠不變的。」

「對，但進化要經過一段相當長的時間。它總是選中其自然突變率最適合當時狀況的那些，幾乎談不上進化失敗，但大自然還是免不了淘汰掉許多。然而基本的基因變化和淘汰之間存在「修復」，請你想想曬斑，陽光改變皮膚最上層的細胞，導致DNA裡的突變，變成褐色，如果我們不注意，我們會發紅、灼傷。這種情況下身體就淘汰掉被毀壞的細胞，否則就修補它。如果不存在這種修補，我們就沒有生活能力。所有這些小小的突變都會出現，那就什麼傷都治不好，什麼疾病也都無法忍受。」

「明白了。」黎說道，「但是單細胞生物又是怎樣的情況呢？」

「正是如此。」魯賓說道，「當它們的DNA突變時，它必須得到修復。你看，這種細胞透過分裂複製。如果DNA得不到修復，就沒有一種物種是穩定的。無論你用哪種細胞，大自然都想將突變率控制在一個可以忍受的程度。只是，現在就出現了安納瓦克理論裡的困難了。一個分子總是全面性地修復，不管它有多長。你得想像，修復酶像警察巡邏隊一樣沿著整個DNA巡邏，尋找故障，一旦發現一個損壞處，它們就開始修復。為了保留原始正確狀態的資訊，修復分子可以說是基因組知識的侍衛。檢查過程中它們會立即辨認出，這裡的基因是原先的、那裡的是有毛病的。就像你想教一個孩子講話一樣，他還沒學會一句話，修復酶就來了，將大腦的程式設回原始狀態，也就是設到無知狀態。不可能形成知識。」

「那麼安納瓦克的理論就是無稽之談。」黎議論道，「只有當單細胞生物裡的DNA的變化得到留存時，它才有效。」

「一方面這是對的。每種新訊息都被修復酶視為損壞，基因一下子就被修復。也就是說，回到原點。」

「我猜，」范德比特冷笑道，「現在輪到另一方面了。」

魯賓遲疑著點點頭，「另一方面……」他說道。

「那是什麼呢？」

「不清楚。」

「等等，」皮克說道，他嚇了一跳從椅子裡直起身來，腳纏繃帶，看上去相當疲累。「你剛剛不是……」

「我知道！但這理論實在是太好了。」魯賓叫道。他的聲音愈來愈嘶啞。每當他較長時間地講上一段之後，灰狼扼殺襲擊的後果就會影響到他。「它將解釋一切。那樣我們就確知了，箱裡的那東西確實是我們的敵人Yrr。帶來這一切災難的生物，我肯定，就是它們！今天早晨我們目睹了奇怪的事情。這東西檢查一台潛水機器人，事情的本身沒什麼，也和本能行為或動物的好奇根本無關。這純粹是為了認識所引發的智慧行為！安納瓦克的解釋應該是對的，韋孚的電腦模型是有效的。」

「誰會想得到呀？」范德比特嘆息道，擦乾額頭。

「哎呀呀，」魯賓雙手一攤，「可能性在於異常行為，修復酶也可能出錯。雖然可能性很小，但每一萬起修復會有一起失敗，會有一個基因對回不到原始狀態。這很少見，但足以讓有人一生下來就是血友病者，或患有癌症或咽喉裸露。我們認為這是殘障，但它證明了修復原則並非絕對有效。」

黎站起來，在房間裡緩緩踱步。「這麼說，你堅信那些單細胞生物和Yrr是一體的？我們找到了我們的對手嗎？」

「兩個前提。」魯賓迅速說道，「第一，我們必須解決DNA問題。第二，必須找到像女王般的領導首領，讓這一群擁有不斷成長的智慧，但我們在下面看到的，我認為只是整體的一個領導部分。」

「一位Yrr女王？應該怎麼想像她呢？」

「同類，但又不一樣。你就以螞蟻為例吧。蟻后也是一隻螞蟻，但是是一隻特殊的螞蟻。一切都從她出發。Yrr是一種群居生命，集體的微生物。如果安納瓦克說得對，它們代表了進化成智慧生命的第二條道路——但一定有什麼控制著它們。」

「如果我們找到這位女王……」皮克開口道。

「不，」魯賓搖搖頭，「我們不欺騙自己，可能不止一個，可能有數百萬個。如果它們狡猾，它們不會在我們附近出現的。」他停頓一下。「而要想行使女王的權力，它們必須同其餘的Yrr擁有相同的原則——結合和遺傳性記憶。現在，我們在準備提煉一種細胞分泌物作為它們結合標誌的氣味，一種費洛蒙，奧利維拉和約翰遜正在加緊找出這個配方。透過這種費洛蒙、這種氣味，那些細胞肯定也會同女王結合。氣味是Yrr之間聯絡的鑰匙。」魯賓沾沾自喜地笑了，「它可能會成為解決我們的所有問題的鑰匙。」

「很好，米克。」范德比特歡呼地向他點點頭，「我們又開始喜歡你了，即使你在底層甲板上出過錯。」

「這根本不是我的錯。」魯賓生氣地說道。

「你是中情局的人，米克。你在我的組織裡，這裡沒有『這根本不是我的錯』。我們在徵選時忘記提起此事了嗎？」

「沒有忘記。」

范德比特笨拙地將手帕塞進口袋裡，「這話我愛聽。茱蒂馬上就要跟總統報告。她可以告訴他，你是個多麼聽話的孩子。謝謝你的來訪，回去工作吧！」

指揮區會議室

克羅夫和尚卡爾不像在破譯第一個信號時那樣自信了。團隊裡籠罩著一種壓抑和緊張的氣氛，它不僅是因底層甲板上的可怕事件引起的。事情愈來愈明顯，誰也無法理解Yrr的行為。

「為什麼它們既發資訊來又同時攻擊我們呢？」皮克問道，「人類絕對不會做這種事的。」

「請你快停止這種思考方式吧，」尚卡爾說道，「那不是人類。」

「我只是想弄明白。」

「如果你採用人類的邏輯思考，你根本就不可能會明白。」克羅夫說道，「也許第一道資訊是一次警告。我們知道你們在哪裡，至少它們這樣回答了我們。」

「這會不會是一種騙局呢？」奧利維拉建議道。

「那你認為欺騙的目的是什麼呢？」安納瓦克問道。

「引開我們的注意力。」

「從什麼方面引開呢？從發現它們不久之後將裝扮得像棵聖誕樹嗎？」

「才沒這麼誇張，」約翰遜說道，「有一件事它們畢竟成功了。我們曾相信過它們有興趣交流。薩洛說得對，人類絕對不會做這種事的。也許它們知道這一點，所以表現得花枝招展，讓我們失去了警惕，我們友好地期待著宇宙的啟示，反而吃了大虧。」

「也許妳們應該向海裡發送其他東西，而不是發送愚蠢的數學作業。」范德比特對克羅夫說道。

自安納瓦克認識她以來，克羅夫似乎頭一回失去了冷靜，她怒沖沖地瞪著那位中央情報局副局長。

「你知道什麼更好的辦法嗎，傑克？」

「知道什麼更好的辦法，不是我來艦上的任務，而是妳的。」范德比特挑釁地說道，「和它們交流對話是妳的責任。」

「和誰？你總不會還在相信，那後面隱藏著某位穆斯林神學士吧。」

「如果妳發送的資訊除了出賣我們的位置外，就沒有別的效果，這他媽的就是另一個妳必須解決的問題了。妳將有關人類的詳細資訊包裝在那愚蠢的聲音脈衝裡。妳向它們發送了進攻我們的邀請信！」

「你得先認識某人才能和它交談呀！」克羅夫回擊，「你還無法理解這一點嗎？你這蠢驢？我想知道它們是誰，於是我講些我們的情況讓它們知道。」

「妳的資訊是條死胡同……」

「我的天哪，我們才開始呢！」

「……就像你們整個自大的鳳凰計畫一樣是條死胡同。才剛剛開始嗎？恭喜恭喜，當妳真正連繫成功之後，還要死多少人呢？」

「傑克。」黎說道，聽上去像是命令「坐下。」

「這個該死的接觸計畫……」

「傑克，請你閉嘴！我不要爭吵，而要結果。請問在座的哪位有什麼進展？」

「我們，」克羅夫悶悶不樂地說道，「第二個資訊的核心是一個公式：水。H_2O。其餘的是什麼意思，我們也還會找出來的——只要沒有人催我們！」

「我們也取得了一定的進展。」韋孚說道。

「還有我們！」魯賓搶著說道，「我們取得了很大的進展，呃……靠西谷和蘇的大力協助。」他忍不住咳嗽，聲音還未恢復。「你會報一下好嗎，蘇？」

「你不要打斷別人。」奧利維拉低聲對他說道，又大聲講道：「我們提取了細胞們結合時散發的氣味，那是一種費洛蒙，我們也知道它是如何發生作用的。這要感謝西谷，在他和怪物的不怕死的爭戰中取到了組織和樣本。」

她將一個透明、密封的容器放到桌上，裡面盛有半瓶像水一樣清澈的液體。

「這裡面就是費洛蒙。我們破解了它的密碼，將它製造了出來。配方簡單地驚人。我們還不能百分之百肯定地說明那些生物如果是透過它聯繫的，也不能說出是誰或什麼指揮這一結合的過程。但前提是，什麼是決定開始這樣的改變——為簡便起見，我們說是女王——要解決的任務是，如何將數百億沒有眼睛、沒有耳朵的、漂浮的單細胞生物一起召喚過來。就是使用這種費洛蒙。在水下氣味本來就不適合交流，分子容易擴散太快而消失，但在短距離時費洛蒙的呼喚效果非常好。看起來，單細胞的費洛蒙交流就局限於這麼一種氣味。它沒有其他辭彙，而只有單一個字詞：**結合**！

「雖然我們還沒有弄明白已經結合的細胞之間如何交流。但可以肯定的是，它們使用一種交流形式，這在一台神經元電腦裡或一顆人類的大腦裡都沒有區別，每個單位都需要一個信使。在生物學上這種信使物質叫做配合物。如果一個細胞想告訴另一個什麼訊息，彼此很難溝通，因此它會發出一道訊息，這個訊息會透過配合物傳輸給另一個細胞。相對的，它又像每棟房子都需要一道有門鈴的門，科學上稱之為感受器。配合物按下感受器的鈴後，訊息透過鈴聲感受器接收後在細胞內部傳送，增加一個新的資訊給染色體。」

她停頓了一下。

「看來，箱子裡的微生物透過配合物和感受器進行交流。那些細胞就像有門的房子一樣，派出一位客氣地微笑的使者，使者負責按門鈴。每個細胞都釋放出一大堆氣味分子，它不僅有一個感受器，而是有大約二十萬個感受器，它們接收費洛蒙，再轉傳給群體。二十萬個鈴，和相鄰的細胞交換資訊，這已經夠可觀了。結合的過程是按照一種接力賽跑的方式進行的：一個細胞接受費洛蒙，再轉給下一個細胞。在轉交的瞬間它本身製造出費洛蒙，到達最近的細胞，不斷地循環。這一過程由內向外。為了更好地理解這一切，我們進行最後的論證，假設那些我們檢查過的細胞確實是我們猜測中的敵人，我們先將它們當作Yrr。」

她將指尖交疊在一起。

「我們立即注意到，這些細胞並不是只有感受器，而是有雙感受器。我們絞盡了腦汁，思考為什麼是這樣的，但後來我們想到了。這和維持集體的健康有點關係。因此我們按照作用替感受器取了名字。泛用感受器負責識別：我是Yrr。專用感受器說：我是一個能行動的健康的Yrr，有著有效的DNA，適合於這個群體，適合大型集會。」

「這種事難道不能透過一個單獨的感受器發生嗎？」尚卡爾皺著眉頭問道。

「不，可能沒辦法。」奧利維拉思考道，「那是一個非常巧妙的系統。根據我們的樣本模型，我們必須將一個Yrr細胞想像為一個周圍有防護牆的士兵帳篷。當一名士兵從外面接近時，它透過一個泛用標識證明自己：穿制服。它告訴帳篷裡的士兵：我是你們當中的一員。但我們都看夠了米歇爾．凱恩主演的戰爭片，都知道穿在制服裡的可能是叛徒，一旦他脫掉制服，就會擊斃所有的人。因此米歇爾·凱恩必須透過一個特殊標識證明自己——他必須熟悉口令。我在軍事方面的描述正確性夠嗎，薩洛？」

皮克點點頭。「完美無缺。」

「那我就放心了。因此，如果兩個 Yrr 結合，就發生下列事情：已經同集體結合的 Yrr 產生一個氣味分子，一個費洛蒙。細胞們透過這個費洛蒙連接上它們的萬能感受器，建立初始的聯繫。『我是 Yrr』的辨認步驟發生了。第二步必須透過連接特殊接受器說出『我是一名健康的 Yrr。』這樣就行了。但還是存在功能不正常和不健康的 Yrr，換句話說，它們的 DNA 有毛病。我們的敵人是一個群體出現的生物，它顯然正不停地發展成高等智慧生物，因此必須淘汰掉不能向更高智慧發展的細胞。這祕訣似乎在於，雖然所有的細胞都有一個泛用感受器，但只有健康的有能力向更高級發展的細胞才能形成專用感受器。有病的 Yrr 根本就沒有它。這下就出現了必然令我們害怕的真正的奇蹟。

「有病的 Yrr 沒有口令。它不被允許結合，而是遭到排斥，但僅僅是這樣還不夠——Yrr 是單細胞生物，像所有的單細胞生物一樣它們透過分裂繁殖。一個不斷地向更高智慧發展的物種當然不能允許形成第二個有毛病的群體，因此它們必須阻止有毛病的細胞找到時間繁殖。在這一點上費洛蒙具有雙重功能。當細胞被排斥時，它便附著在不健康的 Yrr 的感受器上，變成一種發作效率奇快的毒。它帶來所謂的細胞程序死亡，一種一般單細胞生物不存在的現象——不健康的細胞瞬間死去。」

「你如何認出一個單細胞生物死了呢？」皮克問道。

「這簡單，當它的新陳代謝結束了。另外，從它不再發光，就能認出 Yrr 死了。發光對 Yrr 來說是生物化學上的需要。一個有名的例子就是多管水母，一種淡水海蜇。為了發光，它製造出一種費洛蒙。這就像：我們釋放出某種氣味，從而引起某種閃光，強烈的發光、閃電，是細胞組織裡強烈的生化反應特徵。如果 Yrr 發光，就表示它們正在交流和思考。當它們死去時，閃光就停止。」

奧利維拉望望眾人。

「我想告訴你們這件事是什麼該讓我們害怕——Yrr靠少數工具創造了複雜的競擇方法。如果一個Yrr是健康的，擁有一個健全的雙感受器，費洛蒙就進行結合。如果它沒有專用感受器，費洛蒙就發揮它的致命的效果。一個物種，它看待死亡的角度和人類不同，在Yrr社會裡死亡是件強制要求的事情。Yrr永遠不會想到要保護不健康的Yrr，因為這是無法理解的，而且是愚蠢的。必須殺死威脅到自己的繼續發展的東西，這完全合乎邏輯。當群體受到威脅時，Yrr以死亡邏輯做出反應，沒有求饒，沒有同情，沒有例外。就像殺死弱者的邏輯和殘酷對Yrr來說並沒有多大關係，它們根本不熟悉這樣的思考模式，只因我們對它們產生威脅，所以它們無法理解為什麼要保護我們。」

「因為它們的生物化學作用不允許死亡倫理的存在，」黎做結論道，「不管它們多麼有智慧。」

「好吧。」范德比特議論道，「現在我們發現了一個小小的祕密，我們能從這裡得到什麼具體的幫助呢？我們可以和它們結合，如果我的理解沒錯的話。太好了。我可以和它們結合！」

克羅夫以異樣的目光打量著他。「你相信它們會這樣想嗎？」

「妳可以相信我。」

「如果高興，你們可以繼續爭吵下去。」安納瓦克說道，「我和卡倫有個讓這些單細胞生物思維的主意。西谷、米克和蘇正為此絞盡腦汁。從生物學上這樣做不合適，但它將會回答許多問題。」

「我們替虛擬細胞設計了一個人造DNA程式，它能不停地突變。」韋孚繼續接著說，「這也等於是學習的意思。我們突然又回到了開始的地方，即一台神經元電腦。還記得我們將電子大腦分解成了具有編輯能力的最小存儲單位，想過它們如何能夠重新變成一個思維的整體。如果單個細胞不能自己學習，那這件事花再長的時間都無法達成。可是，一個生物細胞生前學習的唯一途徑就是透過DNA突變，而這是不可能的。但我們還是給模擬細胞增加了這種可能性。用一種蘇剛剛介紹過的費洛蒙。」

「我們不僅重新獲得了完整的、能夠正常運行的神經元電腦，」安納瓦克繼續說道，「我們也突然見到了自然條件下的真正的、有生命的Yrr。我們的小小的創造物有一些特殊——細胞在三度空間裡慢慢滾動。

我們給這個空間增加了深海裡的特徵，如壓力、水流和摩擦等。不過，首先我們必須找出一個群體裡的成員如何相互識別這個問題的答案來。費洛蒙只是真相的一半。另一半是，限制一個群體的大小。這裡，蘇和西谷發現的東西加入進來了。即小群體的Yrr彼此透過超變區辨識密碼。你們還記得這個結論吧：這些細胞一定是在生出後才改變它們的DNA的。我們相信，正是因為這樣，超變區變成了彼此辨認的密碼，而群體的大小也因而有了限制。」

「有著同樣密碼的Yrr彼此辨認，較小的集體又能結合成較大的集體。」黎推論道。

「正是。」韋孚說道，「我們替細胞編製了密碼。每個細胞在這時候已經具有一種有關其生活空間的基本知識。現在它們得到不是所有細胞都擁有的額外資訊。不出所料，首先是同樣密碼的全部細胞結合成群體。然後我們進行新的嘗試，試圖將不同密碼的兩個群體結合一起。它成功了。隨後不可思議的事情發生了：不僅結合成功了，另外兩個群體的細胞還交換它們各自的密碼，彼此達到相同的程度。它們重新編製程式，形成一個統一的新密碼，所有的細胞都達到較高一級的認識，最後兩個群體合二為一了。我們將這一個群體同第三個群體結合，又出現了某種先前不存在的新東西。」

「下一步我們觀察Yrr的學習行為。」安納瓦克說道，「我們組成不同密碼的兩個群體。我們幫一個集體增加一種特殊的經驗，例如敵人進攻。不是特別傳統，但我們決定選一隻鯊魚，咬群體一大口，教會它下回迴避鯊魚。當鯊魚來時，我們命令這個集體：放棄球形，變得像比目魚一樣扁扁的。我們沒有將這個詭計教給另一個群體，它被咬了。然後我們讓兩個集體結合成一個，派鯊魚去咬它——它迴避了。整群都學會了。隨後我們將這個群體分成許多小群，所有的都突然知道了如何躲開鯊魚。」

「這麼說它們是透過超變區學習了？」克羅夫說道。

「是又不是。」韋孚望著她的筆記本說道，「它們有可能是這樣做的，但在電腦裡這一切持續時間太長了。無論如何，在底層甲板上進攻的那種物質反應特別迅速，有可能它們思維傳遞的過程也是同樣迅速。一個超導的物質，一個巨大的多變的大腦。不，我們不能僅僅局限於小範圍。我們將所有的DNA都輸入了具有學習能力的程式，從而驚人地提高了它們的思考速度。」

「結果呢？」黎問道。

「依據這次會議前進行過的少數幾次試驗，已足夠證實下列說法：一個Yrr群體，不管它多大，以新一代類比電腦的速度思維，個體的知識被統一起來，陌生的知識得到檢查。一開始有幾個群體不適應新的挑戰，但它們經過交換學會了。一定時間內學習進展是線性的，那之後群體的行為就再也無法預料了……」

「等一下。」尚卡爾打斷她道，「妳是說，程式開始過一種自主的生活嗎？」

「我們帶給Yrr的是完全陌生的情境。問題越複雜，它們結合的頻率就越高。短期之後它們就開始形成策略，其基礎不是我們為它們輸入的。它們具有了創造性。它們變得好奇了。它們以加倍的速度學習。我們只能進行少數的實驗，畢竟只有一種電腦程式——但我們的人造Yrr學會了接受任何想要的形狀，模仿和變化出其他生物的形狀，形成四肢，和它們的敏感性比起來我們的十指只不過是棍子，以毫微為單位來檢查目標，將每一個這些經驗同每一隻其他的細胞交換，解決人類不能解決的問題。」

出現一陣驚慌的沉默。從大多數人的神情可以看出他們眼前浮現著底層甲板上的這些過程。最後黎說道：「請你為我們舉例說明這種解決方法。」

安納瓦克點點頭。「那好，我是一個Yrr群體，明白嗎？一整座大陸坡被蟲子侵襲了，它們是我養殖後塞滿細菌帶到那裡的，讓它們破壞那裡的甲烷水合物。我的問題在於，這些蟲子和細菌雖然能造成許多破壞，但要造成這麼大的崩塌我還需要最後的臨門一腳。」

「對。」約翰遜說道，「我們從沒解開過這個結。蟲子和細菌做前期工作，但缺少造成大災難的一件小事。」

「是不是讓海平面輕微下沉，將壓力沉降在水合物上，或使大陸邊坡附近的水升溫。對不對？」

「正是。」

「升高一度？」

「有可能這樣就夠了，但我們姑且說兩度吧。」

「好。我們學聰明了。在挪威大陸邊坡附近一二五〇公尺的海底坐落著哈根－莫斯比泥火山。泥火山不會噴出熔岩，而是從溫暖的地球內部將天然氣、水和沉積物送到海底表面。泥火山火山口的水不燙，但比其他地方熱。於是我加入一個大的群體，一個很大的群體。我變形為一個兩端敞開的軟管，由於我想成為一根非常大的軟管，因此外壁的強度限於少數細胞層。為此我還需要非常多的自己，幾十億的細胞，但要薄壁的，像我這樣，我成功地將自己延長數千公尺。我的大小相當於中央火山口的大小——近五百公尺。我將泥火山的暖水吸進我體內，讓它經由這根巨大的軟管導到蟲子和細菌做好了前期破壞工作的地方，然後我想要的崩塌就發生了。我也可以用這種方式加熱格陵蘭海的水或極地的水，導致冰川融化，墨西哥灣暖流停止。」

「如果妳電腦裡的 Yrr 能這樣做，」皮克一臉不相信的神情說道，「那麼真正的 Yrr 能做什麼呢？」

韋孚嘟起嘴脣，望著他。「我猜測，做得更多一些。」

游泳

韋孚感覺身心因壓力而相當緊繃。離開會議室時，她問安納瓦克有沒有興趣去游泳池裡游上一圈。她的肩膀疼得厲害，即使她沒有做任何的暖身，身體還是習慣完成所能做的每一種運動。也許這是自己的問題，她想著，也許應該從事的是一種不超過負荷的運動。

安納瓦克陪她。他們分別在更衣間裡換上游泳衣，裹著浴袍又碰頭了。韋孚在去游泳池的途中真想拉著他的手——她真想在這一刻跟他一起做點別的事情——但她不知道這種事要怎麼開始，做法才不會像個傻瓜。在她生命徹底轉型之前，她會不加選擇地接受一切，但從沒跟愛情有過關係。現在她覺得害羞和靦腆。怎麼調情？如果昨夜有人死了，整個世界陷進了一座深淵，還怎麼一起上床？

人有時多麼愚蠢啊。

對於一艘戰艦來講，獨立號的游泳室巨大無比，舒適得驚人，游泳池有一座小湖泊那麼大。當她褪下浴袍時，她感覺到安納瓦克的目光在背後望著她。她馬上想到了這是他頭一回這麼看她。泳衣很小，背後開口很深，他一定看到紋身了。

她尷尬地走近池邊，一個彈跳，動作優雅地潛下水去。她伸開手臂，緊貼水面游走，聽到安納瓦克在她身後過來了。她想，也許會在這裡發生。她的心一下子懸了起來。她既期待又害怕他會趕上她，拍打雙腳，游得更快了。

膽小鬼！為什麼不敢呢？乾乾脆脆地潛下去，在水下做愛。

肉體在水底結合……

她突然想到一個主意。

它簡單得可笑，只可惜也相當不敬。可如果管用，那就很了不起。那樣就可能成功地以和平的方法說服Yrr撤走，或至少說服它們重新考慮它們的行為。

這個主意真的很了不起嗎？

她的指尖觸到了游泳池的磁磚壁。她浮上來，揉去眼裡的水。她很快就覺得那念頭太粗俗，隨著安納瓦克一公尺一公尺地游近，她就愈來愈猶豫不決，那主意讓她覺得卑鄙。

她不得不再考慮考慮。

他突然離她很近。

她貼著池邊，胸口劇烈起伏，她的心像她那回漂浮在冰冷的運河水裡一樣跳著——這上下起伏的感覺和心臟的蹦蹦跳，它似乎在說：現在……現在……現在……

她感覺到有什麼在撫摸她的臀部，嘴唇微張。

害怕！說點什麼吧，她想道。一定會有什麼可以隨便聊聊的話題。「西谷似乎又好些了。」

這些話就像青蛙一樣從嘴巴裡蹦了出來。安納瓦克的眼睛裡掠過一絲失望，刻意離她遠了一點，將濕頭髮往後撥去，笑笑。「是啊，他的奇怪遭遇。」

你這個愚蠢至極的傻瓜呀！

「但他有個疑問，」她將臂肘撐在池邊，爬了上去。「你別說出去。沒必要讓他知道我在宣揚，我只是想聽聽你的看法。」

西谷有疑問？是妳有疑問！妳這個傻女人！笨女人！

「什麼疑問？」安納瓦克問道。

「他看到過某種東西。說得更準確些，他認為他看到過它。依他的描述，我相信他，但那樣一來疑問就是，這意謂著什麼……注意，我告訴你。」

監控室

黎聽著韋孚將約翰遜的懷疑告訴安納瓦克。她一動不動地坐在螢幕前，聽著他倆的交談。多麼匹配的一對呀，她開心地想道。

談話內容讓她不是太開心。魯賓這條愚蠢的狗危害了整個使命，只希望約翰遜想不起來他們要從他的腦迴溝裡抹滅掉的東西。現在韋孚和安納瓦克又在探討這個話題了！

你們為什麼要關心這種故事呀，孩子們，她想著。約翰遜叔叔可憐的鬼話！你們幹嘛不趕快上床？就算是瞎子也看得出來，你們想上床，只是你們自己還拿不定主意。黎嘆息。自從男女同僚在海軍裡服役以來，她經常碰到這種不知所措的接觸。每次都是這樣地一目了然！單調而平常。所有人都想找機會一起上床。游泳池裡的那兩位除了為約翰遜絞盡腦汁就想不出有更好的事情來做嗎？

「我們該弄清楚魯賓消失的事。」她對范德比特說道。

那位中情局副局長手端一杯咖啡，站在她的斜後方。房間裡只有他們，皮克在底層甲板上督促清除工作，檢查潛水設備。

「然後呢？」

「這件事的選擇很清楚。」

「我們還沒到可以那麼做的地步，茱蒂寶貝。魯賓還沒到這一步。另外，如果我們根本不必這樣做的話，那當然就更好了。」

「怎麼回事，傑克？你有所忌憚嗎？」

「放輕鬆點。那可能是妳的該死的計畫，但我的責任是確保它能成功。妳可以放心，我的忌憚是在合理的範圍之內。」他低聲笑了，「畢竟會有損名聲。」

黎向他轉過身來。「你有名聲嗎？」

范德比特文雅地喝著他的咖啡。「妳知道我最喜歡妳什麼嗎，茱蒂？妳的討人厭。妳讓我覺得我自己是個好人。這真的很不簡單！」

作戰情報中心

克羅夫和尚卡爾在苦思冥想。電腦顯示出交纏的圖像。平行的線條，突然分開、彎曲、合為一起。中間出現大片大片的空白。刮擦聲由一連串這種圖像組成，看上去彷彿只要它們重疊就會形成一幅圖，只是它形成不了。線條彼此不吻合。另外，克羅夫仍然不清楚那些線條是什麼意思。

「水是基礎。」尚卡爾思考道，「每個水分子上都附帶了一個額外的資訊。有什麼用？表示一個水的特性嗎？」

「有可能。指的會是哪種特性呢？」

「溫度。」

「是的，比如說。或者含鹽量。」

「也許和物理或化學的特性無關，而只和Yrr本身有關。這些線條有可能是表示它們的群體密度。」

「是說它們住在哪裡嗎？是這樣嗎？」

尚卡爾揉搓著下巴。「好像有點不是。」

「我不知道，墨瑞。我們該告訴它們我們的城市在哪裡嗎？」

「不需要。但它們不像人類一樣思維。」

「謝謝你提醒我這件事。」克羅夫吐出一個煙圈。「好，再來一次。H_2O。水。這一部分資訊不難理解。**水是我們的世界。**」

「這是對我們傳送訊息的對應回答。」

「對。我們向它們透露了我們靠新鮮空氣生活。然後我們描述了我們的DNA和我們的形狀。」

「我們姑且認為它們是對應回答我們的訊息吧。」尚卡爾說道，「這些線條會不會是在介紹它們的形狀呢？」

克羅夫噘起嘴脣。「它們沒有形狀。我認為，單細胞生物當然有一個形狀，但它們幾乎無法定義自己的形狀。它們在集體裡才感覺到有形狀，對此它們無法定義。那膠狀物有數千種形狀，又沒有形狀。」

「好。形狀不談。別的還有哪些資訊有意義？個體數目？」

「墨瑞！這個數目後面的零會多得能寫滿獨立號的船體。另外它們不停地分裂，它們不停地死亡……也許**它們**自己也不知道確實數目。」克羅夫將香菸咬在牙齒間晃著。「個體沒有用。個體根本不重要。群體才重要。這是Yrr中心思想，你也可以說是Yrr本質論。或Yrr基因。」

尚卡爾從他的眼鏡上方望著她。

「妳別忘了，我們只告訴它們我們的生物化學是建立在DNA的基礎上。妳期待它們回答：我們的也是。然後為我們解開它們的基因序列嗎？」

「有可能。」

「它們為什麼要這麼做呢？」

「因為這是唯一能做的關於它們自己的陳述。DNA和**結合**是它們整個存在的中心點，一切都可以回溯到這上面來。」

「是的，但妳要如何形容一個不停地突變的DNA呢？」

克羅夫無計可施地望著線條圖案。「也許它們是地圖呢？」

「什麼東西的地圖？」

「好吧，」她嘆息道，「我們重新開始。——H_2O是基礎。我們生活在水裡……」

四隻眼睛

茱蒂斯將她的跑步機調到最高速度。別的情況下她會在健身房裡跑步，因為能表現出團隊精神。但現在她不想受人打擾。她在與奧福特空軍基地進行每天的交談。

「士氣如何，茱蒂？」

「好極了，長官。襲擊給我們帶來了重大損失，但一切都在我們控制之下。」

「隊員有受到激勵嗎？」

「前所未有地積極。」

「我在擔心。」總統顯得疲累。他孤單單地坐在基地的作戰指揮室裡。「波士頓全部疏散了。紐約和華盛頓我們放棄了。我們收到了來自費城和諾福克最新的恐怖報告。」

「我知道。」

「國家秩序亂了，所有人都在談論大海裡的一種非人智慧。我真想知道是誰關不住他的嘴巴。」

「這有什麼關係呢，長官？」

「這有什麼關係？」總統一掌拍在桌上，「既然美國負責領導，我就不允許聯合國的某個混蛋單獨行動，僅僅因為每個人都認為必須讓他屁大的國家能參與其中。妳知道外面發生什麼事嗎？這會產生多大的影響。」

「我很清楚發生了什麼事。」

「或者是妳內部圈子裡的某人講出去的？」

「長官，恕我直言。別人最後也能自己推演出同樣的假說來。不過就我所知，全世界大部分的猜測仍是圍繞在自然天災和恐怖主義。只有今早某位平壤的科學家……」

「他說**我們**是流氓。」總統打斷了，「我全知道。我們駕駛超輕的潛艇來回行駛，進攻我們自己的城市，以便嫁禍於無辜的共產黨。這是多麼弱智啊。」他身體前傾，「但原則上我也不在乎這個。我才不管別人喜歡不喜歡。我只想看到問題得到解決，我要看到新的機會！茱蒂，再說一次，這個國家還能夠幫助別國！美國必須自救！我們遭到蹂躪、毒化，我們的人民逃進內地。我必須像隻鼴鼠似地躲進一座安全大樓。城市裡出現搶劫和無政府主義。軍隊和警察工作繁忙。人們只能在被污染的食品和無效的藥品之間抉擇。」

「長官……」

「雖然上帝仍用祂保護的大手護住西方世界。但只要你的腳一下水，就會有東西咬掉腳趾頭。美國和亞洲沿海的蟲子密度越來越大，在帕爾馬島他們快要完蛋了。有些地方政局不穩，我並非對此不高興，但那裡的武裝組織會落在誰手中，目前我們根本無法研究這個問題。」

「你最近的演講……」

「別提了。我從早到晚都在發表熱情洋溢的演講。那些撰稿人沒人採納它們。他們誰都不理解我想向這個國家和上帝的世界說什麼。我說，增強信心。美國人民應該看到一位總司令的果敢，哪怕魔鬼有無數的面目，他也會採取一切必要措施贏得這場戰役。世界應該積蓄力量。不，我們不想麻痺誰，我們必須做好最壞的準備，但**我們會搞定一切！**我告訴撰稿人這些，可是當他們向大眾傳播信念時，這些信念變得不值得信賴和情感做作，中間還夾進他們自己的害怕。我問自己，他們當中到底有沒有人在聽我講！」

「但人們在聽你講話。」茱蒂斯保證，「你是當前還有人會傾聽的少數人之一。只有你和德國人……」

「對，那些德國人。」總統的眼睛瞇細了，「聽說德國人在計畫一樁獨立的使命？」

茱蒂斯險些從跑步機上跌倒。這又是什麼閒話啊？「不，他們沒有這麼做。我們領導著這個世界。我們是聯合國授權的。德國協調歐洲，但他們和我們密切合作。你看看帕爾馬島。」

「那麼中情局為什麼告訴我這些情況呢？」

「因為傑克．范德比特在散布謠言。」

「哎呀，茱蒂。」

「沒錯。他現在是，將來是，也一直是個陰謀家。」

「孩子，如果妳得到了妳應得的位置，范德比特就不會在妳視線內了。」

茱蒂斯緩緩地呼出一口氣。她激動起來了。她走出了掩護，在這一刻也許將自己暴露得太多了。這樣不好。她必須提醒自己穩重。「當然。」她微笑著說，「我不認為傑克是個麻煩，而是個合作夥伴。」

總統點點頭。「俄國人向我們派來一個小組，向中情局詳細彙報黑海沿岸的情況。我們和中國進行密切交流。德國的事大概是胡說。我實際上不覺得他們有自己的算盤。但妳也知道，這種時候媒體的謠言有多麼誇張。不過，我們應該感恩，當魔鬼從海裡鑽出來時，不同國家的這麼多人都相信上帝，這真是奇妙。」他抹一把眼睛，「那我們到什麼程度了呢？我不想當著其他人的面問妳這事，茱蒂，我不想讓妳尷尬地去美化什麼東西，但現在請妳對我開誠布公的講吧。**我們進展如何？**」

「我們面臨突破。」

「何為突破？」

「魯賓認為，如果一切順利的話，他在一、兩天內就可以準備好。我們在實驗室裡取得了成功。有一種費洛蒙，Yrr透過它進行交流。我們現在知道它的配方並用人工製造了這東西……」

「妳不必講細節。魯賓說他能解決？」

「他非常肯定，長官。」茱蒂斯說道，「我也是。」

總統噘起嘴唇。「我信任妳，茱蒂。妳的科學家們還有別的麻煩嗎？」

「沒有。」她撒謊，「一切都很順利。」

他為什麼問這個問題呢？是范德比特……

冷靜，茱蒂。一句偶然的話。這不符合范德比特的利益。這頭肥豬雖然愛講人壞話，但范德比特不會自己搬石頭砸自己的腳。

「長官，」她說道，「我們遠遠地領先。我向你承諾過，要想盡一切辦法解決這件事，我還要再向你保證，我們將拯救這個世界。美國將拯救這個世界。你將拯救這個世界。」

「就像電影裡一樣，是不是？」

「還要好。」

總統陰沉地點點頭，轉眼又笑了。這不完全是往常的燦爛微笑，但那裡面有種絕對必要的勝利意志，她欣賞和尊敬他的正是這一意志。「上帝與妳同在，茱蒂。」他說道。

他掛掉了。茱蒂斯停在跑步機上，突然懷疑她們是不是真的能成功。

作戰情報中心

不管有關海底敵人的資訊透露了什麼——尚卡爾那咕咕叫的胃強烈宣告著人類生理的物質性強迫，克羅夫終於再也聽不下去了，讓他吃飯去。

「我沒必要去吃飯。」尚卡爾堅持道。

「幫我個忙吧。」克羅夫說道。

「我們沒有時間去吃飯。」

「這我自己知道。可是，如果別人有一天發現我們變白的骨頭，我們也不會得到什麼好處。我至少還有Lucky Strike的香菸好抽。去吧，墨瑞。吃點東西，填飽肚子再回來，以建設性的動力解決我們的問題。」

尚卡爾走了，她獨自一人。

她需要獨自待會兒。不是討厭尚卡爾，他很優秀，能幫大忙。只是尚卡爾扎根於聲學，不懂非人類的思維方式。而當身邊除了煙霧就沒有其他人或事情時，克羅夫總能想到最好的主意。

她吸著香菸，重新思考事情。H_2O。我們生活在水裡。

這資訊看起來像幅壁毯圖案，由H_2O組成的圖案。但每個H_2O又被結合了某種附加資料。數百萬個資料對排列在一起。在圖形翻譯中它們變成了線條。那些資料讓人聯想到水的特性或某種生活在其中的東西。

但那想法也許是錯的。Yrr要講述什麼呢？水。還有呢？

克羅夫思索著。她突然想到了一個例子。有兩種陳述。第一，這是個桶子。第二，這是水。合起來就是一桶水。所有水分子都是相同的，而描述桶的資料卻依據桶的形狀、表面結構，以及圖案而有所不同。一組描述桶的資料，被譯成數千個不同的陳述，因此可說是完全不同的事情。但現在要陳述裝滿水的桶子並不難，只要在每個桶的陳述上貼上「水」的附加資料就可以了。

反過來：H_2O被添加了介紹某種和水毫無關係的東西的資料。也就是桶。

我們生活在水裡。

這水在哪裡呢？怎麼才能陳述某種本身沒有形狀的東西位於何處呢？

透過描述限制它的東西。

海岸和海底。

空著的面積是大陸，它們的邊緣是海岸。

克羅夫的香菸幾乎掉落。她開始給電腦輸入指令。她豁然明白為什麼那一塊塊東西加起來形成不了圖像。因為它描述的不是兩度空間，而是三度空間。必須將它彎曲，才能使其相合。儘量彎折，直到變成某種立體的東西。

一顆球。地球。

實驗室

此時，約翰遜正在分析他從Yrr組織裡取出的樣本。奧利維拉經過十二小時高度緊張的實驗室工作之後，再也無法睜開眼睛對著一台顯微鏡看了。之前幾夜她睡得很少。這次考察終於開始向她討回代價。雖然他們大步前進，不安的因素仍然陷在骨子裡。每人都以自己的方式做出反應。灰狼返回底層甲板，照顧剩餘的三條海豚，分析牠們的資料，迴避接觸。有些人表現出明顯的神經質，有些卻相當冷靜。魯賓則是用偏頭痛抵償恐懼——除了奧利維拉必要的美容睡覺，這可能是約翰遜單獨坐在幽暗的大實驗室裡的第二個原因。

他關掉大燈。檯燈和電腦螢幕是唯一的光源。嗡嗚不已的模擬器釋放出幾乎感覺不到的藍光。那東西依然覆蓋著底部。很容易讓人以為它死了，但他知道事非如此。

只要它在發光，它的生命力就特別強！

斜板上傳來腳步聲。安納瓦克探頭進來。「李奧。」約翰遜從他的資料上抬起頭來。「太好了。」

安納瓦克笑笑。他走進來，拉過一張椅子，騎坐上去，胳膊交叉擱在扶手上方。「現在是凌晨三點。」

他說道，「你到底在這兒幹什麼呀？」

「工作。你又在這兒幹什麼呢？」

「我睡不著。」

「也許我們應該喝點紅酒。你認為呢？」

「噢，這……」安納瓦克突然有點難為情。「謝謝你。只是，我不喝酒。」

「從來不喝？」

「從來不喝。」

「有意思。」約翰遜皺起眉，「一般情況下這種事會引起我注意。但現在我們都有點不安，是不是？」

「可以這麼講。」安納瓦克停頓了一下，似乎想講什麼。但後來他問：「你有進展了嗎？」

「很好。」約翰遜回答道，又像是附帶地補充道：「我解決了你們的問題。」

「我們的問題？」

「你和韋孚。DNA記憶的問題。你們說得對。它的確有效，而我也已經發現是怎麼運轉的。」

安納瓦克睜大眼睛。「這種事你就這麼無關痛癢地說出來？」

「你得原諒我。我太累了，實在興奮不起來。但你當然是對的，的確應該慶祝一下。」

「你怎麼想到的呢？」

「你記得那些神祕的超變區嗎？它們就是**簇**。基因組上到處都有，是某種蛋白質的密碼——呃……你知道我在講什麼嗎？」

「再多說一些。」

「簇是基因的次級，具有特定功能，比如負責感受器的培養或某種物質的生產。如果一團這種基因存在於一截DNA上，我們就叫它簇。而Yrr基因組有大量的簇。可笑的是，Yrr細胞是完全可以修補的。但Yrr的這種修補不適用於全部的基因組，酶也不會去檢查整個DNA的毛病，而是對特殊的信號做出反應。就像火車行使在軌道上一樣。當它們識別出起動信號時，就開始進行修理；收到停止的信號時，它們就停止。因此在那裡……」

「簇。」

「正是。這些簇是受到保護的。」

「它們能保護部分基因組不被修補？」

「透過修補感受器——也可以說是生物學上的保鑣——遮住簇，擋掉了修復酶。因此這些範圍是空的，能不停進行突變；而DNA的其他部分乖乖被修補，以保住物種的核心資訊。狡猾，對不對？就這樣，每個Yrr都成了有著無限進化能力的大腦。」

「它們相互如何交換呢？」

「就像蘇所講的，從細胞到細胞。透過配合基和感受器。感受器從別的細胞接受配合基，然後發送脈衝，向細胞核傳送信號。接著，基因組突變，將這些脈衝再傳給下一個細胞。過程像閃電般迅速。水箱裡的那堆膠狀物以超導的速度思維。」

「真是非常新的生物化學啊。」安納瓦克低語道。

「或是非常古老的。只是對我們而言是新的。實際上它可能已經存在數百萬年了，也許從生命一開始就有了。一種平行的遊戲方式。」約翰遜低笑一聲，「一種非常成功的遊戲方式。」

安納瓦克雙手托著下巴。「那現在要怎麼處理呢？」

「問得好。我很少像今天這樣情緒壞透了。懂這麼多，卻不能帶給我多大的進展，只是證明了我們一直擔心的事情。不管從哪一方面看，它們和我們完全不一樣。」他伸展胳膊，打了個大大的哈欠。「我只是不知道克羅夫的聯繫試驗能否帶給我們進展。我覺得它們很開心能同時跟我們交談，卻又消滅我們。或許這對它們而言並不矛盾。但無論如何，那不是我的對話方式。」

「別無選擇。我們必須找到一條溝通的途徑。」安納瓦克吸著他的腮幫。「隨便問一句——你相信艦上的人全是一條心嗎？」

約翰遜豎起耳朵。「你怎麼會這麼想？」

「因為……」安納瓦克做個鬼臉。「好吧，你別生氣，但韋孚告訴了我你發生神祕事故前那一夜看到的東西——或者你認為看到過的。」

約翰遜用責備的目光打量著他。「她對此怎麼想？」

「她相信你。」

「我也有這種印象。你呢？」

「難講。」安納瓦克聳聳肩，「你是挪威人。你們也堅定不移地聲稱世上有鬼。」

約翰遜嘆口氣。「沒有蘇，這整件事我根本就不會再想起來。」他說道，「是她讓我回想起來的。那天夜裡，我們坐在機庫甲板的箱子上，我見到了魯賓。雖然他之前聲稱偏頭痛，回去休息了。就像他現在又患上了偏頭痛一樣。聲稱！——之後的事情我只有零星的記憶。我想起來的回憶，不可能是夢到的事情。有時候我已經快要看到一切了，卻又……我站在一道敞開的門外，望見白色的亮光，我走了進去——記憶中斷。」

「是什麼讓你這麼肯定不是做夢呢？」

「蘇。」

「可是她自己什麼也沒看到。」

「還有茱蒂斯。」

「為什麼偏偏是茱蒂斯？」

「因為她在晚會上對我的記憶力過度關心。我猜，她想巧妙地試探我的情況。」約翰遜望著他，「你剛問這裡的所有人是否全都一條心。我不相信。我在惠斯勒堡時就沒有相信過。我從一開始就不信任茱蒂斯。如今我一樣不相信魯賓患有偏頭痛。我不知道該相信什麼——不過，可以確定的是，的確有事發生！」

「男人的直覺。」安納瓦克不安地咧嘴笑道，「茱蒂斯有什麼計畫呢？」

約翰遜望向天花板。「這她比我更清楚。」

監控室

約翰遜此刻正好直接望進一台隱藏的攝影機。他在不知情的情況下望著坐在茱蒂斯位置上的范德比特，說道：「這她比我更清楚。」

「你真是個聰明的小傢伙。」范德比特咕噥道。然後他透過防監聽的電話打到茱蒂斯的房間。他不知道她是不是在睡覺，但是他無所謂。茱蒂斯出現在螢幕上。

「我就說過沒有保障的，茱蒂。」范德比特說，「約翰遜快要恢復他的記憶了。」

「是嗎？那就恢復吧。」

「妳一點都不緊張？」

茱蒂斯淡淡地笑笑。「魯賓工作得很辛苦。他剛來過這裡。」

「然後呢？」

「真了不起，傑克！」她的眼睛發亮。「我知道，我們不是太喜歡這個小混蛋。可是我不得不講，他這回超越了他自己。」

「已經進行過實踐測試嗎？」

「在小範圍內。不過小範圍和大範圍一樣有效。再過幾小時，我就要通知總統，然後和魯賓下去。」

「妳要親自去做嗎？」范德比特大叫。

「還能怎麼樣呢？反正你鑽不進一艘小艇的。」茱蒂斯說完就掛斷了。

底層甲板

電子設備幽靈似的在空機庫和獨立號甲板上嗡嗡響著，使得閘門微微震動。在巨大空洞的醫院裡，在空無一人的軍官食堂裡，都能聽到這些震動；在船員臥室裡將指尖放在一根錠子上，就可以感覺到它們產生的輕微顫動。

聲音一直向下傳到船腹裡。在那裡，灰狼睜大眼睛躺在堤邊上，盯著天花板。為什麼總是失去呢？他十分悲傷，感覺什麼都做錯了。單是出生到這世上來就是個錯誤。一切都錯了。現在他連麗西婭都沒有能救得了。

你什麼都保護不了，他想道。什麼都沒有。你有的只是個大嘴巴，嘴巴後面是更大的害怕。一個嚎哭的小男孩躲在一個很想對自己和別人有點意義的魁梧身軀裡。

有一回，在醫院裡，同他從維克絲罕女士號上救下的孩子在一起，他當時真的很驕傲。他在維克絲罕女士號上做了一件好事。他幫助了許多人，李奧也成了他的朋友。有位攝影師拍了一張照片，次日就登在報刊上。

現在鯨魚又繼續發瘋，海豚遭罪，整個大自然都在受苦，麗西婭死了。

灰狼感覺空虛無用。他討厭自己。不過他不會和任何人談論此事，只會完成任務，直到戰勝這整個的噩夢。然後……

淚水奪眶而出。他臉無表情，繼續盯著天花板，但那裡只有鋼架。沒有回答。

全貌

「這球，」克羅夫說道，「是地球。」她將多張放大的列印紙掛在牆上，慢慢地從一張走向另一張。「這些線條標記一開始就困住我們，但我們相信，它們呈現的是地球磁場。空白部分肯定是大陸。我們基本上破譯了這個訊息。」

茱蒂斯瞇細眼睛。「妳肯定？這些所謂的大陸和我們熟悉的大陸一點都不像。」

克羅夫微笑。「它們也不可能像，茱蒂。這是一億八千萬年前結合成一體的大陸的模樣。太古大陸。原始大陸。磁場線條的排列有可能也來自這個時間。」

「妳查過嗎？」

「磁場的排列很難恢復。不過，當時陸地的分布是眾所周知的。我們之前花了點時間確認對方送來的是地球模型，之後一切就吻合了。原則上十分簡單。它們選擇了水作為核心資訊，賦予它地理學資料。」

「它們怎麼知道一億八千萬年前地球是什麼樣子呢？」范德比特奇怪道。

「透過它們的回憶。」約翰遜說道。

「回憶？回憶古代海洋？但那是一個只有單細胞生物的時代……」范德比特頓住了。

「正確。」約翰遜說道，「只有單細胞生物，以及幾次早期階段的多細胞試驗。昨天夜裡我們找到了拼圖裡的最後一張圖。Yrr擁有一種超突變的DNA。我們這樣說吧，在侏羅紀初期，整整兩億年前，它們開始有意識。從那之後，它們不停地學習──你知道，科幻影片裡有幾句受歡迎的經典名句如『我不知道那是什麼東西，但它正向我們飛來！』或『請幫我接總統。』這些寓意深刻的句子背後其實是：『它們勝過我們。』電影或圖書幾乎總缺少解釋。這一回我們可以補充解釋了。Yrr勝過我們。」

「因為它們的知識沉積在DNA裡嗎？」茱蒂斯問道。

「對。這是與人類之間的重要區別。我們沒有物種記憶。我們的文化建立在口頭，或書面流傳，或圖畫的基礎之上。但我們無法直接傳遞親身的經歷，因為我們的精神隨著身體死去。如果我們說，永遠不可以忘記過去的錯誤，其實講的是一個無法滿足的願望。一個人只能忘記他回憶起的東西。但沒有人能夠回憶起他之前的人經歷過的事情。我們能夠記錄和調出回憶，但我們不在現場。每個人子都得重新學會一成不變的東西，他必須將手放在熱鍋上才能理解鍋是燙的。Yrr就不一樣了。一個細胞學習和分裂。它複製它的基因組與所有的資訊，就像我們複製我們的大腦與所有的回憶一樣。新的細胞不繼承抽象的知識，而是直接的經歷，彷彿它們就在現場。自從它們存在以來，Yrr就能夠進行集體記憶。」約翰遜望著茱蒂斯，

「妳明白了誰在和我們作對嗎？」

茱蒂斯緩緩地點點頭。「只有毀掉它們的全體，才能奪走Yrr的知識。」

「我擔心，那樣的話我們勢必毀滅掉一切。」約翰遜說道，「由於種種原因，那樣做是不可能的。我們不知道它們的網有多密。它們有可能組成數百公里長的細胞鏈。數量超乎異常。它們跟我們不一樣，不只是生活在現在。它們不需要統計，不需要中間值，不需要漏洞百出的感官圖。它們的組織特別龐大，本身就是統計，所有值的總數，也就是自己的編年史。它們認識數千年的發展，而我們卻對自己的孩子和孫子的利益無能為力。我們是入侵者。Yrr依靠一種一直存在的回憶進行比較、分析、認識、假設和行為。沒有什麼創造性的貢獻會消失，一切都用來發展新的策略和處方！一個永不終止的競擇過程，尋找更好的解決辦法。向過去抓取，優化，改善，從錯誤中汲取教訓，與新事物取得平衡，高度計算——然後行動。」

「這是一件多麼冷酷討厭的事啊。」范德比特說道。

「你這麼認為嗎？」茱蒂斯搖搖頭，「我欽佩這些生命。它們數分鐘內就能制定出讓我們忙上數年的策略。單是知道什麼東西行不通，就非常了不起了！簡而言之，因為你是在回憶，因為是你自己犯下錯誤——哪怕從物理學角度看，你還根本不存在。」

「因此，Yrr在它們的生存空間裡，可能要比我們在我們的生存空間裡更加適應。」約翰遜說道，「它們的每一種精神成就都是集體的，積澱在基因裡。它們同時生活在所有的時代。相反的，人類錯認過去，且忽視未來。我們的生存著眼於個體及當下，為了目標，犧牲更高的觀念。我們無法勝過死亡，於是讓自己在節日、圖書和祭品裡永存。我們試圖給自己書寫歷史，留下紀錄，在我們死去很久之後還讓人傳說、誤解、偽造、引爆意識形態的雪崩。我們迷戀永恆，以至於我們的目標不吻合對人類有用的目標。我們的精神執著於美學、個體、知識、理論。我們不想當動物。一方面，身體是我們的廟宇，另一方面，卻將它蔑視為單純的機能單位。因此我們習慣看重精神，貶低身體；我們懷著憎惡和自我鄙視，來看待讓我們生存下去的客觀限制。」

「而Yrr不存在這種分離。」茱蒂斯深思道。不知什麼原因，她顯得特別滿意。「身體就是精神，精神就是身體。沒有哪個Yrr會做什麼違背普遍利益的事情。倖存下來是為了物種的利益，而不是個體的，行動是集體的決定。了不起！沒有哪個Yrr會為一個好主意得到一枚勳章。對結果的參與讓人滿意。沒有Yrr要求更多的榮譽。我問自己，個體的細胞到底有沒有個人意識之類的東西？」

「和我們熟悉的不一樣。」安納瓦克說道，「我不知道說單個細胞有自我意識是否正確。但每個細胞有獨立的創造力。它是感測器，能將經驗轉變為創造性，然後帶進集體裡。有可能，只有當脈衝相當強烈時，一個思想才會被考慮。也就是說，夠多的Yrr一起帶進同樣的思想，才會被拿來同其他主意一起比較，然後較強的主意便能生存下來。」

「單純的進化。」韋孚點頭道，「進化思維。」

「多可怕的對手啊！」茱蒂斯無比欽佩地叫道，「沒有虛榮，沒有情報損失。我們人類總是一葉蔽目，它們卻能縱覽時空。」

「因此我們在破壞自己的星球。」克羅夫說道，「因為我們認識不到自己在破壞什麼。海底那種生物一定知道這點，也知道了我們沒有物種記憶。」

「是的，一切都有其意義。它們為什麼要和我們交涉呢？也許明天我們就會死去。那時它們又要和誰交談？如果我們有物種記憶，它會阻止我們幹蠢事。偏偏我們不是這樣。要弄懂人類，純屬幻想。這點它們學懂了。這是它們知識的一部分，是反對我們的決定的基礎。」

「沒有哪個敵人能夠消滅這個知識。」奧利維拉說道，「在一個Yrr集體裡，單一的個體是熟悉全部事物的。不存在要奪走對方的資訊基礎就必須幹掉他們的聰明頭腦，不存在科學家、將軍和領袖。你想殺死多少Yrr，就殺死多少——但只要有幾個存活下來，它們的知識就會跟著保存下來。」

「等等。」茱蒂斯向她轉過頭來。「妳不是講過，有女王嗎？」

「對。之類的東西。也許每個Yrr都擁有集體的知識，不過集體行動卻可能由中央決定。我推測應該有所謂的女王。」

「同樣的單細胞生物嗎？」

「它們一定與我們認識的膠狀物有相同的生物化學。很可能是單細胞生物，一個高度組織化的團體。我們只有與它溝通，才能接近它。」

「為了得到謎一樣的資訊。」范德比特說道，「這麼說，它們寄給我們一幅史前地球的圖。為什麼？想要用那圖告訴我們什麼呢？」

「所有東西。」克羅夫說道。

「能講得精確一點嗎？」

「它們告訴我們這裡是它們的星球。它們至少已經統治了一億八千萬年，甚至更久；說它們擁有物種記憶，以磁場來判斷方向，凡有水的地方就有它們。它們說，你們生活在此時此地；而我們永遠存在，無處不在。這就是事實。那個資訊告訴我們這些。我覺得，它透露出相當多的訊息。」

范德比特撓著肚子。「我們該回答對方什麼呢？要它們將它們的統治權塞進屁眼裡去嗎？」

「它們沒有屁眼，傑克。」

「是嗎？」

「好吧。我想，不能用我們的想生存下來的邏輯，去應對它們的想消滅我們的邏輯。我們唯一的機會在於向它們發信號，說我們承認它們的統治地位……」

「單細胞生物的統治地位？」

「說服它們，我們對它們不再構成危險。」

「但實際上我們是危險的。」韋孚說道。

「沒錯。」約翰遜說道，「講廢話一點用沒有。我們必須給它們信號，撤出它們的世界。必須停止使用毒劑和噪音污染海洋，而且要快。要快得讓它們也許會想到，也可以和我們一起和平共處。」

「這必須由妳來決定，茱蒂。」克羅夫說道，「我們只能這麼建議。妳必須將這建議轉達上去。或者做些安排。」

大家全望向茱蒂斯。

茱蒂斯點點頭。「我非常贊成採用這個方法。」她說道，「只是不可以操之過急。如果我們從海洋裡撤退，必須向它們發出非常準確和具有說服力的相關資訊。」她望望眾人，「我希望大家群策群力，絕不可以倉促慌張。切勿操之過急。現在重要的不是時間問題，而是句子的準確性。我未料到我們完全不熟悉這物種。不過，只要有一點點機會能夠與它達到和平協定，都應該加以利用。好吧，請各位盡最大的努力吧。」

「茱蒂，」克羅夫微笑道，「妳讓我喜歡上美國軍方了。」

當茱蒂斯帶著皮克和范德比特離開房間時，她低聲說道：「魯賓那東西製作得夠多了嗎？」

「是的。」范德比特說道。

「好。我要他給深飛加油。哪一艘，我無所謂。要在兩、三個小時內完成這件事。」

「為什麼突然這麼趕？」皮克問道。

「約翰遜。他眼睛裡的神情，好像快要揭露什麼似的。我沒心情討論，就這麼回事。依我看來，明天他可以想怎麼吵就怎麼吵。」

「真的走到這一步了嗎？」

茱蒂斯看著他。「我向美國總統許諾過我們已經走到這一步，薩洛。那我們就是走到了這一步。」

底層甲板

「嗨。」安納瓦克向海豚館走去。灰狼抬了一下頭，又埋首於他拆下來的小攝影機。安納瓦克走近時，兩條動物從水裡伸出頭，用嘎嘎聲和吱吱聲問候他。牠們游過來接受撫摸。

「我妨礙你了嗎？」安納瓦克問道，一邊將手探過池沿，撫摸那些動物。

「不，沒有。」

安納瓦克停在他身旁。發生襲擊之後，這不是他頭一回來這兒了。他每次都想與灰狼交談，但總是徒勞。這位半印第安人似乎封閉起自己。他不再參加會議，而是看看海豚的錄影，做簡短的書面評論。只是從影片上也看不出個所以然。移近的膠狀物的照片令人失望。藍光，消失在深處。隱約有幾隻虎鯨。然後海豚害怕起來，擠到船體下面。其他的就只有鋼板了。灰狼主張將剩下的動物用作生物預警系統，外放去巡邏。安納瓦克越來越懷疑這個中隊的作用，但他什麼也沒講。私下裡他懷疑灰狼只是希望像以前一樣繼續做下去，以免掉進無所事事的黑洞。

他們默不作聲地站了一會兒。很遠的後面，一隊士兵和技術人員正從底層甲板中央上來。他們拆下了被毀的玻璃門。一名技術人員走向碼頭的操縱台。泵開始工作。

「我們離開吧。」灰狼說道。

他們爬上梯子。安納瓦克看著甲板上慢慢地進滿水。

「他們又在放水了。」他強調著。

「對。如果甲板上進水，就更容易將海豚放出去了。」

「你想派牠們出去嗎？」

灰狼點點頭。

「我幫你。」安納瓦克建議道，「如果你願意的話。」

「好主意。」灰狼打開攝影機，拿一把微小的螺絲刀伸進裡面。

「現在就放出去嗎？」

「不是。我得先修理這東西。」

「你不想歇歇嗎？要不要去喝點什麼。我們大家都需要休息一下。」
「我沒做什麼事，李奧。我一直在休息。」
「那一起來開會吧。」
灰狼掃他一眼，又默默地幹他的活兒。交談中斷。
「傑克，」安納瓦克說道，「你總不能一直躲避呀。」
「誰一直躲避？」
「好吧，那又是什麼呢？」
「我做我的事。」灰狼聳聳肩，「我留心海豚的報告，分析影片。如果有人需要我，我都在。」
「你不在。你甚至不知道我們過去廿四小時裡發現了什麼。」
「不對。我知道。」
「真的？」安納瓦克吃驚道，「從誰那裡聽來的？」
「蘇有時過來。就連皮克偶爾也來看看是否一切都好。每個人都給我講點什麼，我根本不必問。」
安納瓦克盯著前方，心裡突然生起怒火。「喏，那你就不需要我了。」他反抗地說。
灰狼沒有回答。
「這麼說你想在這裡消沉下去了？」
「你知道，我更喜歡動物作陪。」
哪怕其中有一條殺死了麗西婭？安納瓦克想問，但他在最後關頭咽了下去。他該怎麼辦呢？「我和你一樣失去了麗西婭。」他最後說道。
灰狼愣了一下，然後對著攝影機一揮螺絲刀。「和這無關。」
「和什麼有關呢？」
「你在這兒想幹什麼呀，李奧？」

「我想幹什麼？」安納瓦克沉吟道。他的火氣漸漸高漲。不公平。在灰狼遭受過許多不幸之後，這樣實在不公平。「我不知道，傑克。老實講我也這樣問自己。」他轉身離開。

當他快回到隧道裡時，聽到灰狼低聲說道：「等等，李奧。」

回憶

約翰遜朦朦朧朧睡去。他累壞了。昨夜對他的影響還沒有消退。他坐在裝有螢幕的支架前，奧利維拉在消毒實驗室裡繼續製造濃縮的Yrr費洛蒙。他們決定將其中一些倒進模擬器。看不到多少那種物質，只有眾多的單細胞生物讓水變混濁。它顯然暫時融化，停止發光。等他們加進費洛蒙濃縮液後，或許可能產生結合作用，接下來他們再對合成物進行測試。

也許，約翰遜想道，他們應該將克羅夫的消息發送進箱子裡，看看對方會不會回答。

他的頭有點疼。他知道頭疼的原因，既不是勞累過度，也不是睡眠不足。而是那些不安的想法。揮之不去的回憶。上次會議之後就越來越嚴重。茱蒂斯的一句話讓他內心的幻燈機又開動了。只有幾句話，卻占據他全部的思維，妨礙他集中精力工作。這種冥思特別費神。最後，約翰遜的頭緩緩地向後落下，輕輕睡著了。他漂浮在意識的表面，被困在茱蒂斯的話連接成的漫長飄帶裡。

切勿操之過急。切勿操之過急。切勿……

什麼地方有響聲鑽進他耳朵裡。奧利維拉已經合成完費洛蒙了嗎？他從不安的微睡中鑽出來一會兒，朝著實驗室燈光眨眨眼睛，又重新閉上了。

切勿操之過急。

昏暗。機庫甲板。

一種金屬聲，摩擦的聲音，輕輕地。約翰遜被驚醒。一開始他搞不清楚自己在哪裡，然後他感覺到腰下的鋼板。大海上方的天空漸亮。他掙扎著坐起身，望向牆壁。有一部分開著。

一扇大門打開了，燈火通明。裡面射出白色的光。約翰遜從箱子上滑下來。他一定在上面睡了好幾個小時，全身骨頭痛得要命。老人。他慢慢走向明亮的正方形。那兒連接一條通道，有著光溜溜的牆壁，他現在認出來了。頂上裝有一排霓虹燈管。幾公尺後有一堵牆，拐向一側。

約翰遜向裡面窺望，傾聽。人聲和雜訊。他後退一步。那個拐彎後面是什麼？他應該走進去嗎？

約翰遜猶豫著。

切勿操之過急。切勿操之過急。

猶豫。

突然，一道障礙倒下。他走進去。兩側除了光溜溜的牆，什麼都沒有，那裡是拐彎。他向右。還有一個彎，這回彎向另一側。這條通道很寬，可以行駛汽車。又是雜訊，人聲，這回更近了。聲源一定就在第二個拐彎的後面。腳步將他慢慢領往拐彎，向左，那兒是……

實驗室。

不，不是這座實驗室。是一座實驗室。較小，天花板更低。不過一定位於改裝過的車輛甲板上方，他們將模擬器安排在那裡。這個實驗室也有一台模擬器，一台小得多的設備，不比一隻箱子大，裡面浮著藍色、伸著觸鬚的發光體……

他不可置信地盯著。整個空間是它底下那座實驗室完美的小型複製品。多張實驗桌排列在一起。儀器，裝有液態氮的容器。一個安裝有螢幕的支架。一台電子顯微鏡。防彈玻璃門後是生化危機符號。再後面有一扇敞開的門連接一條更窄的通道。

那裡有人。三個人站在小模擬器前面。他們交談著，沒有注意到進來的人。兩位男子背對著他，一個女人側身站著，在一個本子上記錄著什麼。她的目光在男人和模擬器之間來回移動，掃進房間，落在約翰遜身上……她的嘴巴張開來，男人們驀地轉過身來。他認識其中的一個。是范德比特的手下，沒有人具體知道他究竟做什麼。但中情局的情報員能做什麼呢？

第二個男人他就熟悉了！

是魯賓。

約翰遜太意外了，只能呆呆地站在那裡。他看到了魯賓眼裡的驚懼和如何補救這一局面的疑問。事實上，正是這道目光讓約翰遜擺脫了愣怔。因為他突然明白，這裡正在進行一場奇怪的遊戲。遊戲中利用了他，他和其他人，奧利維拉、安納瓦克、韋孚、克羅夫……

或者，他們當中還有誰在遊戲中扮演著某個角色？而且又是為了什麼目的呢？

魯賓緩緩向他走過來。他的臉上浮起一絲生硬的微笑。「西谷，我的天！你也睡不著在亂轉嗎？」

約翰遜的目光在室內掃動，掃向其他人。他只看了一下他們的眼睛就知道了，他絕對不該出現在這裡的。「你們在這裡幹什麼呀，米克？」

「噢，沒什麼，這只是……」

「這是怎麼回事？這裡在幹什麼？」

魯賓站到他跟前。「我可以向你解釋，西谷。你知道，我們實際上不打算使用這第二座實驗室，只是大實驗室若因為某種緣故突然不行了，還可以防止萬一。我們只是在檢查設備，做好準備，萬一……」

約翰遜指著模擬器裡的東西。「你們有一塊……箱裡的那東西！」

「啊，這個嗎？」魯賓頭轉向後面，又轉了回來。「這……呃……哎呀，我們得試試，以確保正常。我們沒有告訴你，因為沒有必要，因為……」

句句都是謊言。約翰遜或許不是十分清醒，但他看出魯賓正在拚命解釋。他轉身大步沿通道向外走去。

「西谷！約翰遜博士！」他身後傳來腳步聲。魯賓走近他身側，神經質地扯著他的衣袖。「你等等。」

「你們——在這裡——幹什麼？」

「事情不是你想的那樣，我……」

「你怎麼知道我想什麼，米克？」

「這是安全措施。」

「什麼？」

「一項安全措施！這座實驗室是一項安全措施！」

約翰遜掙脫開來。「我相信，我應該找茱蒂斯談談這件事。」

「不，這……」

「或者最好是找奧利維拉談。廢話，也許我應該跟所有人談談，你認為呢，米克？你們在這裡欺騙我們嗎？」

「絕對不是。」

「那就請你解釋這是怎麼回事。」

魯賓的眼睛裡出現了真正的恐慌。「西谷，這不是個好主意。你千萬不可以操之過急。聽到沒有？切勿操之過急！」

約翰遜望著他，不由得嘆了口氣，然後離開魯賓。他聽到對方跟在他身後，感覺到背後魯賓的害怕。

切勿操之過急！

白色的燈光。他的眼前發生了爆炸，一股隱隱的疼痛在他的頭顱裡瀰漫開來。牆壁，通道，一切都模糊了。地板向他迎面而來……

約翰遜盯著實驗室的天花板。一切又重新出現了。

他跳起身。奧利維拉還在消毒實驗室裡工作。他粗氣直喘地望著類比機，操縱台，工作台。重新望向天花板。那上面有另一座實驗室。就在他們上方。不可以讓任何人知道。魯賓一定是將他打倒在地，然後給他服用了什麼東西，以消滅他的記憶。

為了什麼？這裡到底在幹什麼？

約翰遜拽緊拳頭。他怒火中燒，三步併兩步，沿斜板跑上去。

底層甲板

「我去你們那兒幹什麼呀？」灰狼說道，「我幫不了你們。」

安納瓦克的怒火消失了。他轉過身，又慢慢走回去，池子裡正在進水。「不是這樣的，傑克。」

「是的，就是這樣。」他講話的口氣聽起來很冷，幾乎是冷漠。「在海軍裡他們折磨海豚，我無法反對。我全力支援過鯨魚，但鯨魚是另一種力量的犧牲品。我曾決定將動物當作更好的人類，這很愚蠢，但畢竟是條妥協的途徑。而現在我的麗西婭卻被一條動物吃掉了。我幫不了任何人。」

「不要自憐自艾了，見鬼。」

「這是事實！」

安納瓦克重新坐到他身旁。「你離開了海軍，這絕對是對的。」他說道，「你是他們海豚專案裡最出色的培訓員，結束合作是你的決定，不是他們的。你操縱著一切。」

「對，不過我離開之後，事情有變化嗎？」

「你自己發生了一些變化。你證明了你的骨氣。」

「我這樣做取得了什麼成效？」

安納瓦克啞然無語。

「你知道，」灰狼說道，「最可怕的是沒有歸屬的感覺。你愛一個人，你失去她。你愛動物，卻是牠們殺死了她。我漸漸開始恨起這些虎鯨了。你明白我在講什麼嗎？我開始恨鯨魚了！」

「我們所有人都有這個問題，我們……」

「不！我眼見麗西婭死在虎鯨的嘴裡，卻沒有任何辦法幫助她。這是我的問題！如果我此時此地倒地死去，這對世界的延續和沉淪沒有任何影響。誰在乎呢？我沒有取得任何成就，可以聲稱我存在於這個星球上是個好主意。」

「我在乎。」安納瓦克說道。

灰狼盯著他。安納瓦克指望的是一句冷嘲熱諷，但除了一個輕輕的響聲，灰狼喉嚨裡的一聲咕嚕，像是被打斷的嘆息，什麼也沒有發生。

「趁你還沒忘時告訴你，」安納瓦克說道，「麗西婭也在乎過。」

約翰遜

如果遇到魯賓這個生物學家，他的怒火足以讓他抓住他，拖上飛行甲板，從艦上扔下海。他是極有可能會這麼做的。可是沒看到魯賓的影子，反而遇到正要下去的韋孚。他暫時不知道該做什麼，只能叫自己冷靜。「韋孚！」他微笑道，「妳正要去我們那兒嗎？」

「老實說，我是要去底層甲板。找李奧和傑克。」

「哎呀呀，傑克。」約翰遜強使自己鎮靜，「他的情況不好，是嗎？」

「嗯。我相信，他和麗西婭的關係比他自己想的還深。很難接近他。」

「李奧是他的朋友。他會做到的。」

韋孚點點頭，探詢地望著他。她很快理解了這席談話還沒有結束。「你還好吧？」她問道。

「好得很。」約翰遜抓住她的胳膊。「我剛剛想到一個相當了不起的主意：我們怎樣才能強制 Yrr 進行聯繫。妳一起來甲板上好嗎？」

「我本來要……」

「十分鐘。我想聽聽妳的意見。一直待在關閉的房間裡讓我發瘋。」

「要去甲板上，你穿得太薄了。」

約翰遜從上到下望望自己。他只穿著毛衣和牛仔褲，厚厚的羽絨衣掛在實驗室。「鍛鍊。」他說。

「為什麼？」

「防流感。防衰老。防愚蠢的問題！我怎麼知道？」他注意到他的聲音大了起來。冷靜，他想。「妳聽我說，我真的必須講出這個主意，它和妳們的模擬有很大關係。我沒有興趣在這斜板上講。妳來不來？」

「好的，當然來。」

他們一起踏上斜板，來到艦橋內。約翰遜強迫自己不要不停望向天花板，尋找隱藏的攝影機和話筒。他反正看不見。他故意低聲說道：「茱蒂當然說得對，現在不可以操之過急。我估計，還需要幾天時間，這主意才會成熟，因為它是建立在……」

等等，諸如此類。他講些聽起來像是教誨人的廢話，將韋孚拉出艦橋來到室外，然後甩開手，走在她前面，一直來到右舷上的直升飛機降落點。天氣變涼，風也大了。霧嵐瀰漫在海面。波浪更高了，像遠古時代的動物在他們下面滾向遠方，灰灰地，懶懶地，將冰冷的海水味送上來。約翰遜冷得要命，但他的怒火使他心裡熱呼呼的。他們終於離開艦橋夠遠了。

「老實講，」韋孚說道，「我一句話也聽不懂。」

約翰遜迎風而立。「妳也不必懂。我想在這外面他們聽不到我們講話。要想監聽飛行甲板上的交談，得大費周章。」

韋孚瞇起眼睛。「你到底講些什麼呀？」

「我想起來了，韋孚。我知道前天夜裡發生的事情了。」

「你找到了你的門嗎？」

「不是。但我知道它是存在的。」

他向她簡單講了整件事。韋孚神色不變地傾聽著。「你認為，船上有個類似於第五縱隊的東西。」

「對。」

「為什麼呢？」

「妳聽過茱蒂講的話了。切勿操之過急。我認為，我們所有人，妳和李奧，我和蘇，當然還有米克，珊曼莎和墨瑞，我們向他們提交了一份 Yrr 的完整通緝令。有可能我們是欺騙自己，也許我們大錯特錯，但是有許多現象證明了相反的事情：我們至少理論上知道要對付的是怎樣的智慧，對方又是如何運作。我們全力以赴地工作，要找出方法。現在卻突然要我們慢慢來？」

「因為人家不需要我們了。」她低聲說道，「因為米克在另一座實驗室裡帶著其他人在繼續工作。」

「我們是配件供應廠。」約翰遜點點頭，「我們完成任務了。」

「可是，為什麼？」韋孚疑惑地搖搖頭，「米克會有什麼不同於我們的目的呢？有什麼可能性呢？我們必須同 Yrr 達成一個協定！除此之外，還能有什麼目的呢？」

「這裡在進行某種競爭。米克扮演著雙重角色，但這一切不是他的主意。」

「是誰的呢？」

「茱蒂在幕後操縱。」

「你從一開始就嚴密注意著她，是嗎？」

「她也在嚴密注意我。我相信，我倆很快就明白誰也不能把對方當傻瓜。在她面前，我始終有這種感覺，只是這讓我覺得可笑罷了。我想不起可信的理由來懷疑她。」

他們默不作聲站了一會兒。

「那現在呢？」韋孚問道。

「現在我有時間讓頭腦冷靜一下了。」約翰遜說道，雙臂抱住身體。「茱蒂會看到我們站在這裡的。我想她特別監視著我。她不敢肯定我們在談什麼，但絕對認為我遲早會恢復記憶。她時間緊迫，今天早晨才會叫我們大家撤退。如果她在執行自己的計畫，她現在必須行動了。」

「這就是說，我們必須迅速查明他們有什麼計畫。」韋孚思考，「我們為什麼不將其他人召集起來？」

「太冒險了。馬上會引起注意。我確信船上所有房間都受到監聽。事後他們會鎖起所有的門，扔掉鑰匙。如果可行的話，我要逼茱蒂就範。我想知道這裡在進行什麼事，為此我需要妳。」

韋孚點點頭。「好。我該做什麼？」

「在我叫來茱蒂當面訓斥時，找到魯賓，逼他說出實情。」

「你有預感可以在哪裡找到他嗎？」

「或許在那間奇怪的實驗室裡。我知道它在哪裡，可是不清楚怎麼進去。他也可能在艦上閒逛。」約翰遜嘆口氣，「我也明白，這一切聽起來像是劣質電影。也許是我在幻想。也許我真患有妄想症，但若是那樣，以後再來補償。現在我要知道這裡發生什麼事！」

「你沒有妄想症。」

約翰遜注視著她，感激地笑笑。「我們回去吧。」

在回艦橋的途中和船內他們又談起神祕的資訊與和平聯繫。

「我下去找一下李奧，」韋孚說道，「看看他有什麼想法。也許今天下午可以一起制定計畫，然後實施。」

「好主意。」約翰遜說道，「回頭見。」

他看著韋孚走下斜板。然後他從一道矮通道走到第二甲板，瞟了一眼作戰情報中心裡面，克羅夫和尚卡爾正蹲在他們的電腦前。「你們在做什麼？」他以聊天的口吻問道。

「思考。」克羅夫從她那必不可少的煙霧裡回答，「你們的費洛蒙有進展了嗎？」

「蘇目前要再合成出一批來。可能已經有二十多瓶了。」

「你們的進度比我們快。我們漸漸開始懷疑，數學是不是唯一讓人幸福的途徑了。」尚卡爾說道，他褐色的臉上發出苦笑，「我相信，它們肯定比我們更會計算。」

「其他選擇呢？」

「情感。」克羅夫鼻孔裡噴出煙來，「可笑，是不是？想賦予Yrr感情。不過，如果它們的感情是生物化學的本性……」

「就像我們的一樣。」尚卡爾說道。

「……這氣味也許能繼續幫助我們。對，謝謝，墨瑞。我知道，愛情也是化學。」

「你曾有對她施加過化學影響的人嗎，西谷？」尚卡爾開玩笑道。

「沒有，目前我只對自己產生交互作用。」他轉身，「哎，你們有看到茱蒂嗎？」

「她之前在登陸部隊行動中心裡。」克羅夫說道。

「謝謝。」

「對了，米克在找你。」

「米克？」

「他們一起坐在那兒聊天。米克想進實驗室，幾分鐘之前。」

很好。那韋孚就能找到他了。

「好極了。」他說道，「米克能幫助我們合成。只要他的偏頭痛不再發作。可憐的傢伙。」

「他應該養成吸菸的習慣。」克羅夫說道，「吸菸能治頭痛。」

約翰遜咧嘴笑笑，走進登陸部隊行動中心。電子測量到的大部分資料都轉到那裡，好讓作戰情報中心裡的克羅夫和尚卡爾不受干擾。喇叭裡傳出微弱的嘯聲和偶然的呼呼、喀嚓聲。一條海豚的影子從螢幕上掠過。顯然灰狼又將那些動物放出去了。

無論是茱蒂斯，還是皮克和范德比特，哪兒也找不到。約翰遜繼續走進聯合情報中心，裡面一樣是空的。他打算去軍官食堂看看，但是在那裡他可能只會遇到范德比特的人或幾名士兵。茱蒂斯同樣也可能在健身房或她的房間裡。沒有時間去搜遍全艦。

如果魯賓正往實驗室去，韋孚很快就會發現他的。他必須先和茱蒂斯談談！

好吧，他想道。就算我找不到妳，妳也能找到我。他不急不忙地走進他的客艙，站在房間中央。

「妳好，茱蒂。」他說道。

攝影機會在哪裡呢？麥克風在哪裡呢？找它們毫無意義，但它們確實存在。「請妳猜想一下剛才發生了什麼事。我一切都想起來了。大實驗室上方還有另一座實驗室，每當偏頭痛發作時，米克就喜歡鑽進那裡。撇開他將同事打倒不談，我很想知道，他在那裡做什麼？」

他的目光掃過家具、燈，掃過電視機。「我想，妳不會主動告訴我的，是不是，茱蒂？所以我做了一些預防措施。短時間內，小組裡的人都可能分享到我的回憶，而妳沒有辦法阻止這件事。」這餌撒得太大了，但他希望茱蒂斯會吞下去。「這樣做符合妳的利益嗎？或者你的利益，薩洛？——哎呀，傑克，我差點將你忘記了。你對此怎麼想呢？」

他在房間裡慢慢來回走動。「我有時間。你們也有嗎？肯定沒有。」他雙手一攤，微笑。「我們也可以祕密處理這件事。妳的人在這裡建立了一個影子世界，也許是為了爭取榮譽。也許一切都是為了國際安全——我只是不喜歡被人打倒在地，茱蒂。這妳能理解嗎？我很想找妳談談，不過看樣子魯賓的偏頭痛瞬間傳染了所有人。你們全都頭痛無力，躺在床上嗎？」

他停頓了一下。如果茱蒂斯現在無所謂呢？如果她根本沒聽到他講呢？那他不就像個傻瓜似的在客艙裡亂轉？

「茱蒂？」他轉身。不對，他們在聽他講。他們肯定在聽他講。

「茱蒂，我注意到了，妳也請米克捐了一台深海模擬器。我發現它比我們的小得多，但它在這裡檢查什麼東西，是在我們的模擬器裡不能檢查的呢？你們總不會背著我們與Yrr結成聯盟吧？請妳指點指點我吧，茱蒂，我根本不清楚，什麼……」

「約翰遜博士。」

他轉過身。門口站著皮克黑色、高大的身影。

「啊呀，多麼意外呀。」約翰遜低聲說道，「善良的老薩洛！要我沏壺茶嗎？」

「茱蒂想與你談談。」

「啊，茱蒂。」約翰遜嘴角一歪笑道，「她找我有什麼事嗎？」

「請跟我走吧。」

「好吧——我想，這事可以做到。」

韋孚

韋孚走進實驗室裡，奧利維拉正端著一個金屬盒走出隔離實驗室。「妳見到米克沒有？」

「沒有，我眼裡只有費洛蒙。」奧利維拉高舉起盒子，兩側開著。一個樣本盒，內置管形瓶的架子，裡面排列著數十根盛有透明液體的小管子。「不過他之前廣播通知，威脅過他會出現。一定隨時會出現。」

「Yrr氣味？」韋孚望著管形瓶問道。

「是的。今天下午我們拿一些放進水箱，看看能不能說服細胞結合。這可以說是我們的理論的昇華。」

奧利維拉回頭看反問：「妳見到西谷了嗎？」

「剛剛在飛行甲板上。他想到了一些能幫助珊曼莎的有趣主意——我馬上再過來。」

「好的。」

韋孚考慮著。她可以去看看機庫甲板。但如果約翰遜是對的，那立即會引起注意。另外，不能指望她在那裡溜達時，密門會再一次打開來。

她從隧道走向底層甲板。水池差不多滿了。羅斯科維奇小組其他的技術人員在突碼頭上監視整個過程。她看到灰狼和安納瓦克在水裡。「你們將海豚放出去了？」她喊道。

安納瓦克爬上來。「是的。」他向她走過來，「妳這段時間在做什麼？」

「老實講，不多。我想，我們都得釐清一下思緒。」

「我們可以一起釐清。」安納瓦克低聲說道。

她迎著他的目光，她多想現在就將他抱進懷裡呀。忘記這裡的可怕故事，做想做的事情。

可是，那故事壓迫著所有人。灰狼也在這裡，他失去了麗西婭。

她笑了笑。

第三甲板

皮克一瘸一拐地走在前面。約翰遜默默地跟在他身後。他們往下去，穿過醫院，沿著一條通道往前。拐完一個彎之後，來到一扇關閉的門外。「這是什麼區域？」當皮克的手指滑過一個電鍵盤時，約翰遜問道。電子的尖嘯聲鑽進他耳朵裡。

「作戰情報中心就在我們頭頂。」皮克說道。

約翰遜試圖辨別方向。很難判斷船的大小。如果作戰情報中心在他們頭頂，那座祕密實驗室很可能就在他們腳下。

他們到達第二道門。這回皮克必須接受視網膜掃描，他們才能進去。約翰遜看到一個房間，與作戰情報中心很像，充滿了電子嗡嗡聲。至少有十幾個人在這裡工作。他在許多螢幕上看到衛星和水下攝影機的圖片，斜坡的各部分，布坎南和安德森所在的艦橋內部，飛行甲板和機庫甲板。他看到克羅夫和尚卡爾坐在作戰情報中心裡，韋孚和安納瓦克和灰狼在底層甲板，奧利維拉在實驗室裡。其他螢幕顯示的是客艙內部。從角度推論，攝影機位於門上方。他自言自語站在房間中央的樣子，一定很好看。

茱蒂斯和范德比特坐在一張燈光明亮的大桌旁。那位女司令站起來。

「妳好，茱蒂。」約翰遜客氣地說道，「見到妳太好了。」

「西谷。」她也對他一笑，「我相信，我們得請你原諒。」

「不值一提。」約翰遜吃驚地回頭張望，「我深深被打動了。所有重要的東西似乎都有兩份。」

「如果你感興趣的話，我可以讓你看看藍圖。」

「解釋一下就夠了。」

「會向你解釋的。」茱蒂斯一臉尷尬的神情，「在這之前我想說，很抱歉你不得不透過這種方式獲悉此事。魯賓實在不該這麼過分。」

「請妳忘記他做的事情。他現在在幹什麼呢？他在這座實驗室裡做什麼？」

「他在尋找一種毒劑。」范德比特說道。

「尋找一種……」約翰遜愣住了，「一種毒劑？」

「我的天啊，西谷。」茱蒂斯搓著雙手，「我們不能指望與Yrr達成和平的解決方案。我知道，這一切在你聽起來一定很可怕，像是在濫用信任和錯誤的遊戲。但是……我們不想將你和其他人引向錯誤的方向。要想了解Yrr的情況，讓你們研究一種和平的解決方案是絕對必要的。你們全都做出了偉大的成績。但是，如果任務是要研製一種武器的話，你們永遠不可能做到。」

「見鬼，妳在談什麼呀？一種什麼武器呢？」

「戰爭與和平是兩碼事。致力於和平的人，是不允許想到戰爭的。米克透過你們的研究成果，研發另一種可能性。」

「一種消滅Yrr的毒劑嗎？」

「難道我們應該委託你來做嗎？」范德比特說道，「那會發生什麼事情呢？」

「等等。」約翰遜抬起雙手，「我們的任務是建立一種聯繫。讓下面那些生命明白，它們應該停止行動。而不是要消滅它們。」

「你這個夢想家！」范德比特輕蔑地說道。

「但那可能辦得到的，傑克！見鬼，我們……」約翰遜失望地搖搖頭。他實在無法理解。

「你認為該怎麼辦到呢？」

「我們幾天內學會的東西多得令人難以相信。總會有個辦法的。」

「如果沒有呢？」

「你們為什麼不告訴我們？為什麼不公開談論此事？我們追求的可是同一目標呀！」

「西谷。」茱蒂斯嚴肅地盯著他，「我們在這裡所做的，不完全符合聯合國的委託。我知道，我們應該建立聯繫，我們也正如此嘗試。另一方面，如果我們徹底消滅掉這個敵人，也不會有人傷心的。你不認為應該同時考慮兩種方法嗎？」

約翰遜盯著她。

「對，我是這樣認為。不過，為什麼要搞這一套把戲呢？」

「因為最高司令部不信任你們。」茱蒂斯說道，「因為他們擔心，如果你們知道自己為和平聯繫進行的努力，其實是為一場軍事進攻做準備的話，你和其他人會從中作梗。因為他們也相信，科學家會像相關影片中一樣，想要保護、研究陌生物種，而不是消滅它，哪怕那是邪惡和危險的……」

「影片？妳是指那些軍方總想立即向它無法理解的東西開火的影片嗎？」

「這一說法也表明我們多麼正確。」范德比特說道，摸摸肚皮。

「請你理解，西谷……」

「你們策畫了這場欺騙，就因為你們認為，我們會表現出好萊塢影片裡的行為嗎？」

「當然不是。」茱蒂斯使勁搖頭，「是因為不想將你們的全部注意力從聯繫和研究的內容上引開。」

約翰遜大動作指指室內的螢幕。「所以你們才監視我們？」

「魯賓所做的事情，是個錯誤。」茱蒂斯懇切地說道，「他沒有權利這麼做的。這個監視只是為了你們的安全。我們暗暗從事軍事解決的工作，是為了不危及你和其他人，不將你們的注意力從你們真正的任務上引開。」

「這……任務是什麼呢？」約翰遜走到茱蒂斯面前，直視著她的眼睛。「是創造和平，還是白癡似的為一場早就決定的進攻，向你們提供必要的知識呢？」

「我們必須考慮兩方面。」

「米克和他的軍事任務有了什麼進展？」

「他有幾種或許有用的主意，但還沒有具體成形。」她深吸口氣，堅決地直視著他。「為安全起見，我請求你暫時不要告訴其他人。請你給我們時間，不要讓我們的工作停頓下來，那可是維繫著數十億人的希望啊。我們很快就能一起研究所有的方法了。現在，在你做出難以置信的貢獻、讓敵人露出了真相之後，我們再也沒有理由保密了——如果我們一起研製武器，那是希望我們永遠不會被迫……」

「我能不能對妳講句話，茱蒂？」約翰遜低聲道。他走得離她相當近，兩張臉之間連手都插不進。「妳的話我一句也不信。一旦妳得到了該死的武器，就會使用它們。妳根本無法想像，自己將要承擔什麼責任。這是單細胞生物啊，茱蒂！數十億的單細胞生物！打從有了世界，它們就存在了。我們一點都不清楚，它們對生態系統有什麼影響。我們不知道，如果毒殺了它們，海洋會發生什麼事。我們也不知道，自己可能遭遇到什麼。但最主要的還是，我們將沒有能力阻止它們開始的事情！妳想過沒有？沒有Yrr，妳想如何讓墨西哥暖流重新流動？沒有Yrr，妳想如何對付那些蟲子呢？」

「如果我們能打敗Yrr，」茱蒂斯說道，「也會向蟲子和細菌宣戰。」

「什麼？妳想向細菌宣戰？這整個星球由細菌組成！妳想將微生物斬草除根嗎？妳到底有多狂妄啊？如果妳成功了，就是將地球上的生命判處死刑。毀滅星球的將是妳，而不是Yrr。海洋裡的所有物種都將死亡，然後……」

「那就讓它們死吧！」范德比特嚷道，「你這個愚蠢無知的傢伙、你這個書呆子狗屁科學家！如果死去幾條魚而我們可以生存下來……」

「我們不會生存下去！」約翰遜吼回去，「你真的不明白嗎？一切都是互相作用的。我們不能與Yrr作戰。它們勝過我們。面對微生物，我們束手無策。我們甚至對付不了普通的病毒感染，但這不是重點。人類之所以能獨特地生活，是因為地球是由微生物統治的。」

「西谷……」茱蒂斯懇求道。

約翰遜轉過身。「請妳將門打開。」他說道，「我沒有興趣再談下去。」

「好吧，」茱蒂斯瞇著眼睛點點頭，「你就繼續自以為是吧。薩洛，請你為約翰遜博士開門。」

皮克遲疑著。「薩洛，你沒有聽到嗎？約翰遜博士想走了。」

「我們就不能說服你嗎？」皮克問道，聽起來無奈而痛苦，「說服你相信我們做的是正確的？」

「開門，薩洛。」約翰遜說道。

皮克不情願地按下牆裡一個開關。門滑開來。

「如果可以的話，請將後面的門也打開。」

「當然。」

約翰遜向外走去。

「西谷！」

他停下來。「什麼事，茱蒂？」

「你指責我不懂得評估我的責任。也許你是對的。不過，你也評估一下你的責任吧。如果你現在去找其他人，將會大大阻止艦上的工作。這你是知道的。我們也許沒有權利欺騙你，但請你也好好考慮考慮，是否有權利揭發我們。」

約翰遜慢慢轉過身來。茱蒂斯站在監控室的門框裡。「我會仔細考慮此事。」他說道。

「就這麼說定了。請你給我時間找到方法，在那之前請你對一切保密。今天晚上的事只有在場的人知道。事情有所解決之前，我們誰也不會做出讓對方陷入困境的事情──你同意這個建議嗎？」

約翰遜咬緊牙關。如果他引爆這顆炸彈，會導致什麼結果？如果他當場拒絕，自己會出什麼事？

「沒問題。」他說道。

茱蒂斯嫣然一笑，「謝謝，西谷。」

韋孚

層層考量後，她還是留在底層甲板上。安納瓦克正在這兒盡他最大的努力安慰灰狼。而她因為受到安納瓦克的吸引，想待在他身邊，加上眼見灰狼承受偌大傷痛，更使她不忍離去。然而最可怕的，還是約翰遜告訴她的事情。她愈想，就愈感到獨立號上發生的事情簡直駭人聽聞，她深深相信，他們全都置身於高度危險之中。

也許這時魯賓已經回到實驗室了。

「回頭見。」她說道，「我去處理點事。」

話一出口，她自己都覺得假。故作平靜。

「有事？」安納瓦克皺眉問道。

「沒什麼大事。」

她就是不擅長這種事！她迅速走上斜板，沿斜板後的走道往前。實驗室的門開著。她走進去，看到魯賓站在一張實驗桌旁，正和奧利維拉交談著。

魯賓向她轉過身來。「嗨。妳找我有事？」

韋孚一按內門框裡的開關，隨手關上了艙門。「是的。我想請你說明一些事。」

「那你挑對人啦。」魯賓咧嘴笑道。

「那太好了。」

她走到兩人身旁，目光掃過實驗桌。那裡堆滿各種東西。一隻架子上插著各種尺寸的解剖刀。她說道：「我想你一定可以告訴我，為什麼上面有個祕密實驗室。你在那裡做什麼？還有，為什麼你要把西谷打昏呢？」

機庫甲板

約翰遜怒氣沖沖。他氣得不知如何是好，於是跑上機庫甲板去，搜索那堵牆。他清楚記得那扇門的位置，但還是沒找到密道的偽裝痕跡。茱蒂斯已經承認了祕密實驗室的存在，他大可不用浪費時間找密道。但他不準備就這麼算了。

突然，他注意到牆上的灰漆裡有長形的生鏽痕跡。或者應該說，他其實早就知道這些鏽斑，只是沒有特別去注意，因為鐵鏽或掉漆在船艦上不是什麼特別的事。現在他頓時省悟是哪兒不對勁了。新船不會有鏽斑。而獨立號正是一艘嶄新的船。

他往回走幾步再看。沿左側的管子往上，可見到一處長條形的鏽斑。再遠一點的地方掛著一隻保險箱。那下面的漆也剝落了。

門就在那裡。

偽裝得太好了，令人難以置信。如果不是他這麼堅持要找，根本永遠也不會注意到。就連他跟韋孚一起檢查這道牆時，也被這些巧妙的偽裝瞞過了。即使是現在，他也沒辦法真的認出輪廓來，只能從一些表面看來像是巧合的細節排列，拼湊出這裡適合隱藏一道門。魯賓是從這裡進去的。

韋孚！她找到魯賓了沒？他該怎麼辦呢？將她叫回來，遵守他跟茱蒂斯的約定嗎？這個約定有什麼價值呢？他到底該不該答應和那位女司令做交易呢？

他拿不定主意，氣喘吁吁地在空曠的大甲板上來回踱大步。他突然覺得這整艘船像一座監獄。就連這昏暗的、被光線照得黃黃的機庫也讓人感到壓抑。

他得深思。他需要新鮮空氣。

他大步走向右舷方向，走出通道，來到艦外升降機的平台上。海風猛拉著他的衣服和他的髮。海洋更不平靜了。飛濺的浪花撲上了他的臉。他一直走到平台邊緣，向下望著格陵蘭海洶湧的月夜風景。

他該怎麼辦？

監控室

茱蒂斯站在螢幕前。她看著約翰遜檢查牆壁，最後心灰意懶地穿過機庫。

「這個愚蠢的約定是什麼意思？」范德比特咕噥道，「妳真的相信他會保密到今天晚上嗎？」

「我相信他會的。」茱蒂斯說道。

「如果不呢？」

當約翰遜鑽進了艦外升降機的出入口時，茱蒂斯也向范德比特轉過身來。「多此一問，傑克。你理所當然會解決這個問題的。而且是現在。」

「等等。」皮克抬起手，「計畫不是這樣的。」

「什麼叫做解決？」范德比特不懷好意地問道。

「解決就是解決。」茱蒂斯說道，「暴風要來了。暴風來時不應待在外面。一陣大風……」

「不。」皮克搖搖頭，「當初沒有說要……」

「夠了，薩洛。」

「茱蒂，我們可以把他關起來幾小時。那樣就夠了！」

「傑克。」茱蒂斯對范德比特說道，望都沒望皮克一眼。「請你去處理你的工作。請你親自去處理。」

范德比特冷笑，「遵命，小寶貝。非常樂意。」

實驗室

奧利維拉本來就是長臉，現在變得更長了。她先盯著韋孚，然後看著魯賓。

「你怎麼說？」韋孚說道。

魯賓臉色發白。「我根本不清楚妳在說什麼。」

「米克，你聽著。」韋孚站在他和桌子之間，友善地用手臂摟著魯賓的肩。「我不是個偉大的演說家。我也一直不擅長私下交談。沒有人會邀請我這種人去出席雞尾酒會，更不會請我上台講話。我喜歡迅速簡潔的談話。再說一遍，別拿藉口搪塞我。就在我們頭頂上，有一間實驗室，通到外面的機庫甲板上，偽裝得很好，但有一次西谷看到了你進出。因此你在他腦袋上揮了一拳。對不對？」

「原來是真有其事啊。」奧利維拉厭惡地望了魯賓一眼。那位生物學家甩著頭，想擺脫開韋孚摟著他的手，但沒有成功。

「這真是我所聽過最大的無稽之談……沒有！」

韋孚用空著的那隻手從架上抽出一把解剖刀，刀尖對著他脖子上的動脈。魯賓直發抖。韋孚將刀尖向他的肉裡捅深一點，使肌肉繃緊了。那位生物學家被她摟著就像是被一把老虎鉗夾著似的。

「妳瘋了嗎？」他呻吟道，「這是怎麼回事？」

「米克，我從不扭扭捏捏。我力氣很大。小時候，我曾經撫摸過一隻小貓，不小心將牠壓死了。可怕不可怕？我只是想撫摸牠，喀嚓……你好好想想再說。因為我不想撫摸你。」

范德比特

傑克．范德比特既不是特別想殺死約翰遜，也不特別在乎讓他活著。某種程度上，他甚至喜歡這個人。不過無所謂。事關任務，任務至上。只要約翰遜構成安全風險，情況就不一樣了。

弗洛伊德．安德森跟著他。這位大副像船上的大多數人一樣有著雙重職位。他確實是一個受過訓練的水手，但他主要是為中情局工作。除了布坎南和幾名船員之外，這船上幾乎人人都以某種方式為中情局工作。安德森參與過在巴基斯坦和波斯灣的祕密行動。他是個好探員。

也是一名殺手。

范德比特在想，事情怎麼會急轉直下的。直到最後他一直抱住與恐怖分子鬥爭的想法不放，但現在他不得不承認，約翰遜從一開始就是對的。殺死他本身是一樁恥辱，尤其是受茱蒂斯的委派。范德比特討厭那位藍眼睛的女巫。茱蒂斯有妄想症，陰險狡猾，一個病態的腦子。他恨她，但又逃不脫她肆無忌憚的陰險邏輯。她很瘋狂，卻總是對的。這回也是。

他突然想起，他曾經警告過約翰遜要當心她，那回在納奈莫。

她是瘋子，明白嗎？

約翰遜顯然沒有聽明白。

那又怎麼樣呢？一開始沒有人理解茱蒂斯有什麼問題。在陰謀論和野心狂的作祟下，常使她反應過度。她撒謊欺騙，為了達到自己的目的，不惜犧牲所有事物和所有的人。這才是美國總統的寵兒，茱蒂斯．黎的真面目。那個全世界最有權力的人也看不透她的真面目，完全不知道他所寵愛的黎是怎樣一個人。

我們都得小心，范德比特想道。得有人拿起武器，解決這個問題。當時機來臨時。

他們迅速橫越走道。約翰遜就在艦外升降機的平台上，這幫了他們一個大忙。那個瘋子說得多自然呀。一陣暴風……

監控室

范德比特剛剛離開房間，支架旁就有人喚茱蒂斯過去。他指著一個螢幕。「實驗室裡有事發生。」

茱蒂斯望著螢幕上發生的事情。韋孚、奧利維拉和魯賓站在一起，靠得很近。韋孚的手臂放在魯賓的肩頭，緊摟著他。這兩人什麼時候關係這麼親密了？

「大聲點。」茱蒂斯吩咐。

可以聽到韋孚的聲音了。雖然很輕，但足夠清晰。她向魯賓詢問祕密實驗室。仔細看，還能看到魯賓眼裡的恐懼，以及韋孚手中那個閃閃發亮、緊貼著魯賓脖子的東西。

茱蒂斯看夠了聽夠了，「薩洛！你帶三個人來。要帶槍。快。我們下去。」

「妳要做什麼？」皮克問道。

「維持秩序。」她背轉向螢幕，向門口走去。「你的問題花了我兩秒鐘，薩洛。請你別浪費我們的時間，要不然我就槍斃你。叫人過來。我要在一分鐘內讓韋孚停止胡扯。科學家的禁獵期結束了。」

實驗室

「你這豬玀。」奧利維拉說道，「是你打昏西谷的？這到底是怎麼回事？」

魯賓的眼裡呈現出赤裸裸的恐懼。他的目光搜尋著天花板。「不是這樣，我……」

「你不用看攝影機，米克。」韋孚低聲說道，「沒人來得及幫你。」

魯賓顫抖起來。

「再問一遍，米克——你們在那裡做什麼？」

「我們，研製一種毒劑。」他吞吞吐吐地說道。

「一種毒劑？」奧利維拉重複道。

「我們利用了你的研究成果，蘇。應該說是你和西谷的。在你們找出費洛蒙的公式之後，就很容易自己生產出足夠的量……我們把它跟一種放射性同位素結合了。」

「你們做什麼了？」

「對這種費洛蒙進行了放射性污染……Yrr沒發現。我們做一些實驗……」

「你的意思是，你們那兒也有一台高壓箱？」

「只是一台小模型……韋孚，請妳拿開刀子，妳沒有機會的！他們聽得見也看得到這裡發生的所有事情……」

「少囉嗦。」韋孚說道，「接著講，然後你們做什麼了？」

「那種費洛蒙會殺死不健康的Yrr細胞。因為它們沒有那種特殊的感受器，就像蘇所說的那樣。既然現在很明顯的是，程序性細胞死亡屬於Yrr的生物化學的一部分，那我們就得找出也能讓健康的Yrr細胞死亡的方法。」

「透過費洛蒙嗎？」

「這是唯一的方法。因為我們還沒有完全破譯Yrr的染色體結構，所以不能直接混入染色體組，而那需要幾年的時間。因此我們以一種Yrr認不出的方式，在氣味裡加入了放射性同位素。」

「這種同位素是做什麼用的？」

「它使特殊感受器的保護性作用失效。這樣一來這種費洛蒙就能殺死所有的Yrr，包括健康的Yrr細胞。」

「那為什麼不告訴我們？」奧利維拉無奈地搖搖頭，「本來就沒人喜歡這些畜牲。我們可以一起找到解決方法的。」

「茱蒂斯有自己的計畫。」魯賓低聲道。

「但這行不通啊！」

「可以的。我們實驗過。」

「真是瘋了，米克！你們不知道你們在做什麼。如果這種物種滅絕了，會發生什麼事呢？Yrr統治著我們這顆星球百分之七十的地方，擁有從遠古以來就高度發達的生物技術。它們還藏在其他的生物體內。你可以說，它能夠存在於任何一種海洋有機生命體中。如果消滅它們，會不會也失去了甲烷或二氧化碳呢？天知道消滅了它們，這星球會發生什麼事！」

「但為什麼會殺死全部呢？」韋孚問道，「這種毒劑是只殺死個別的Yrr細胞？還是整個群體？」

「不，它會引起一種連鎖反應。」魯賓喘息道，「程序性細胞死亡。當它們聚合時，就會相互滅殺。一旦與費洛蒙結合，就太遲了。一啟動，整個過程就再也無法停止。我們改編了Yrr的密碼，那就像一種相互傳染的致命病毒。」

奧利維拉抓住魯賓的衣領。「你們必須停止這些試驗。」她告誡地說道，「無論如何不可以走這條路。看在老天的份兒上。難道你們看不出來，主導權是在它們手上呢？這是它們的星球。它們就是地球！一種超級生物。感謝它們，海洋有了智慧。你們根本不知道自己在做些什麼。」

「但如果我們不這麼做呢？」魯賓發出一聲乾笑，「別跟我來這套自鳴得意的倫理課。我們都會死去！妳們想等待下一場海嘯嗎？等待甲烷災難？等待冰河紀？」

「我們來這裡還不到一個星期就已經有了接觸。」韋孚說道，「為什麼不想辦法繼續溝通呢？」

「太晚了。」魯賓嘆息道。

她的目光掃過牆壁和天花板。她不知道，在茱蒂斯或皮克出現之前，她還有多少時間。也許來的是范德比特。不會太久的。

「什麼叫太晚了？」

「太晚了，妳這個白痴！」魯賓吼道，「不到兩小時之內，我們就要使用這種毒劑了。」

「你們一定是瘋了。」奧利維拉低聲道。

「米克，」韋孚說道，「我需要知道你們確實的作法，否則我會失手。」

「我沒辦法……」

「我是當真的。」

魯賓顫抖得更厲害了。「深飛三號裡有兩根魚雷管，是為那毒劑準備的。我們將它們裝在火箭筒裡……」

「已經裝上船了嗎？」

「還沒有，我的任務是馬上裝備那艘船，以便……」

「誰下去？」

「茱蒂斯和我。」

「茱蒂斯親自下去？」

「這是她的主意。她不允許任何偶然。」魯賓強作笑臉，「你們鬥不過她的，韋孚。你們阻止不了的。我們將拯救這個世界。人們回憶起的將是我們的名字……」

「閉嘴，米克。」韋孚將他向門的方向推去，「現在就帶我去那間實驗室。毒劑哪兒也不能去。剛剛改劇本了。」

底層甲板

「你和韋孚之間有什麼嗎？」灰狼問道，一邊將零件設備放入工作箱。

安納瓦克一愣。「沒有，真的沒有。」

「真的？」

「我們很合得來。我想，就這麼多。」

灰狼注視著他。「也許你至少應該開始做點正確的事情。」他說道。

「萬一她對我沒有興趣呢？」安納瓦克猛然意識到，他剛剛當著自己和灰狼的面承認了。「我真的不知道，傑克。我在這方面是個白癡。」

「我明白。」灰狼譏諷地說道，「你父親得先死去，你才能降生到活人的世界裡。」

「喂……」

「別激動。你知道，我說得對。你為什麼不追她呢？她在等你追呢。」

「我來這裡是找你的，不是找韋孚。」

「我非常感激。快去吧。」

「見鬼了，傑克。」安納瓦克搖搖頭，「你別老躲在這裡了。一起上去吧，趁你身上還沒長出鰭來。」

「現在我更喜歡鰭。」

安納瓦克猶豫地望向隧道。他當然想追韋孚，但除了他剛招認的感情之外，另外，他還確定有什麼事在困擾著她，使她顯得古怪、緊張，情緒激動。他不由想起韋孚告訴他的有關約翰遜的事。

「好吧，你在這兒消沉吧。」他對灰狼說道，「如果你改變了主意，我在上面。」

他離開底層甲板，經過實驗室，門是關著的。他臨時想進去看看。也許他會遇到約翰遜。他很想將事情多了解一些。後來他改變了主意，繼續沿斜板跑上機庫甲板，想去看那堵神祕的牆。

但他沒有去看。當安納瓦克走上機庫時，他看到了范德比特和安德森，他們正從通道裡走向外平台。

他突然升起一種不詳的感覺。他們在這裡幹什麼？

韋孚到底鑽到哪兒去了？

無底洞

西風怒嚎，從冰岬吹來。白浪滔滔，沿著獨立號船體湧過，吸走海洋裡最後的溫暖。洶湧的水面下形成漩渦和急流，但隨著深度的增加變安靜了。幾個月前這裡的水冰冷，含鹽量使水變重，成瀑布狀沉降下去。現在水溫依然寒冷，但因為溫度變暖，融化冰山析出的淡水將海水的鹽份稀釋。這個北大西洋巨泵，海洋之肺，藉由沉降的冷水使大量氧氣進入深海，它正慢慢地停頓。大海的傳輸靜止不動，來自熱帶輸送溫暖的洋流乾涸了。

不過，這個泵還沒有完全停止工作。雖然無法偵測到煙囪流，仍有少量冷水在流動。它們穿越黑暗的寧靜落進格陵蘭盆地的深淵，一公尺一公尺地，數百公尺地，數千公尺地。

在三五〇〇公尺的深度，就在淤泥海底的上方，黑暗被一股深藍色的光暈取代了。

它的延伸面積十分巨大：不是雲霧，而是一種薄壁的管狀物，有無數膠狀觸腳黏在海底。管子內部，數百萬觸鬚狀的畸形物在隨著海浪有規律地起伏，一塊整齊波動著的膠狀觸手原野。原野上，某種白色物質正朝著一個大型物體輸送過去。藍光幾乎讓人看不出它的形狀，只是依稀照亮了兩個打開的圓頂。那架斜陷在深海沉積物中的深飛，露出的就只有這麼多了。

一段時間以來，那生物就在將白色的凝固體灌進潛水艇。現在幾乎灌滿了，後備隊伍停止。管子的一部分束緊，向船落下來，開始包住它。透明物質在船體周圍收縮，變濃，將圓頂往下壓。閃著藍光的面積擴大，互相融合滲入，直到整船被包進一個封閉的殼子，一根細長的軟管向它蜿蜒而來。

軟管開始脈動。來自遠方的水被抽進管內。薄如蟬翼的膠狀物將它從一隻巨大的有機水球裡吸來，水球懸浮在潛水艇上方一段距離的地方，裡面盛滿較暖的水，是膠狀物從挪威沿海的淤泥火山吸來的。由於它裡面的水暖而輕，水球本應升向水面的，但它的重量使它完美地懸浮著。

溫暖湧進包圍潛水艇的膠狀物袋子。

白色凝結的固體開始反應。數秒鐘之內水合物的結晶籠子就融化了。壓縮的甲烷爆炸般地膨脹成現在體積的一六四倍，使深飛裡充滿氣體，吹開膠狀殼，直到它膨脹、繃緊。這只膠狀物的繭切斷與軟管的聯結，封閉起來。再也沒有氣體可以溜出來了。氣體奮力向上，先是慢慢地，後來，隨著周圍壓力的減小，越來越快，後面拽著繭和包在裡頭的潛水艇。

實驗室

韋孚摟著魯賓，用刀抵著他的脖子，還沒走到門外，實驗室門就滑開，三名荷槍實彈的士兵衝進來，瞄準了她。她聽到奧利維拉發出驚叫聲，停下腳步，但沒有放開魯賓。

茱蒂斯走進實驗室，身後跟著皮克。「妳哪裡也不能去，韋孚。」

「茱蒂斯，」魯賓呻吟道，「妳他媽的來得可真是時候！請妳拉開這個瘋子。」

「閉嘴！」皮克喝斥他道，「要不是你，我們就不會有這些麻煩。」

茱蒂斯微微一笑。「說實話，韋孚，」她以和藹可親的腔調說，「妳不認為妳的反應有點過激嗎？」

「和米克講的那些話相比嗎？」韋孚搖搖頭，「不，我不這麼認為。」

「他講了些什麼？」

「噢，米克很健談。對不對，米克？將一切都洩漏給我們了。」

「她在說謊。」魯賓啞聲說道。

「他談了連鎖反應，談了魚雷管裡的毒劑，談了深飛三號。另外他也提到了，妳們倆要出遊一趟。在一、兩個小時之後。」

茱蒂斯發出嘖嘖聲，向前走上一步。韋孚抓住魯賓，將他拽回奧利維拉旁邊。那位女生物學家呆了似地站在實驗台旁，手裡還抱著裝有費洛蒙試管的盒子。

「妳知道嗎？米克．魯賓有可能是全世界最出色的生物學家，但可惜他有自卑感。」茱蒂斯說，「他特別想出名。一想到他可能無法揚名後世，就讓他發瘋。這解釋了他誇張的通知欲望。但妳看看他，魯賓會為了一點點榮譽而出賣他媽媽。」她停下來，「不過現在這無關緊要了。因為妳知道，我們有什麼計畫，妳也會理解到這背後的必要性。我盡了我最大的努力，不讓事情激化，但最近似乎所有人都知道情況，我也就別無選擇。」

「請妳理智點，韋孚。」皮克懇求地說道，「請妳將他放開。」

「我不會這麼做。」韋孚回答道。

「他還有用。事後我們可以好好談談。」

「不，我們絕對不再談了。」茱蒂斯拔出她的武器，瞄準韋孚，「放開，韋孚。快放開，不然我就開槍打死妳。我說到做到。」

韋孚望著黑洞洞的小槍口。「妳不會做得這麼過分。」她說。

「不會嗎？」

「沒有理由這樣做。」

「妳在做錯事，茱蒂斯。」奧利維拉聲音更沙啞地說道，「妳不可以使用這種毒劑。我已經向米克解釋了……」

茱蒂斯把槍一揮，對準奧利維拉，扣下扳機。女生物學家彈到實驗桌上，沿著桌子滑倒了。試管盒子從她手裡滑脫。她疑問的目光盯了胸口拳頭大的洞一會兒，然後她的眼睛模糊了。

「不！」皮克喊叫道，「我的天哪，妳這是做什麼呀？」

槍口重新指向韋孚。「放開。」茱蒂斯說道。

艦外升降機

「約翰遜博士！」

約翰遜轉過身。他看到范德比特和安德森從平台上走來。安德森顯得冷漠安靜，黑色鈕扣般的眼睛愣愣地，而范德比特咧開大嘴笑著。

「你一定很氣我們。」他說道。慢條斯理的微笑走近，哥們兒似的。約翰遜皺眉看著兩人走來。他站在平台盡頭，離台沿只有幾公尺遠。暴風吹打在他的臉上。身下波濤在上漲。他正想返回船內。

「你來這兒有什麼事，傑克？」

「沒什麼事。」范德比特抬起雙手，做個道歉的手勢，「你知道，我只想對你說聲對不起。這一切都是不必要的，這整樁愚蠢的爭吵。你不也這麼認為嗎？」

約翰遜沉默。范德比特和安德森越走越近。他向旁邊讓開一步，來人停下了。

「我們有什麼事要談嗎？」約翰遜問道。

「我先前傷害了你。」范德比特說道，「我想道歉。」

約翰遜眉毛一揚。「你太高尚了，傑克。我接受。還有別的事嗎？」

范德比特臉迎著風。他淡黃色的短髮野草似地紛飛著。「這外面真他媽的冷。」他說道，又慢慢動起來。安德森跟著他。兩人之間形成了一定的距離。看上去像是他們想包圍約翰遜的樣子。他既無法從他們之間穿過也無法從左右兩側閃開。

他們的企圖是那樣明顯，讓他幾乎感覺不到吃驚。只是十分害怕，他一點辦法也沒有。害怕中有絕望的怒火。他不由得後退一步，馬上知道這是一個錯誤。他離台沿很近。他們不需要太費勁，用力一推就能將他送進周圍的網裡或越過網拋下海去。

「傑克，」他緩緩地說道，「你們總不會想害死我吧？」

「我的天哪，你怎麼會這麼想呢？」范德比特假裝吃驚地睜大眼睛，「我想和你談談。」

「那安德森來幹什麼？」

「噢，他剛好在附近。純屬巧合。我們想……」

約翰遜撲向范德比特，蹲身，突然右轉。他離開了台沿。安德森撲上來。有一會兒，這即興的佯攻似乎成功了，隨後約翰遜感覺被抓住了，拖了回去。安德森的拳頭飛來，揮在他的臉上。

他跌倒，在平台上滑行。

大副慢條斯理地跟過來。他的大手伸進約翰遜脅下，將他舉起。約翰遜想將他的手指插到安德森的手掌下，掰開他的手，但他抓住的好像是水泥似的。他的雙腳離開了地面。他發瘋地蹬腿，安德森將他舉向台沿，范德比特站在那裡，用責備的目光望著下面。

「今天的風浪真他媽的大。」這位中情局副局長說道，「我希望我們將你扔下去不會給你添麻煩，約翰遜博士。你需要游泳。」他轉過頭，咬牙切齒，「不過別害怕，時間不會長。水至少有兩度。你甚至會感覺舒適。一切恢復平靜，失去所有的感覺，心跳速度減慢……」

約翰遜大聲喊叫。「救命！」他使盡全力叫道，「救命！」

他的雙腳在台沿上方晃蕩。他下面是網。網伸出去不到兩公尺。不夠遠。安德森不費吹灰之力就能將他從網上擲出去。

「救命！」

令他意外的是，救兵來了。他聽到安德森發出呻吟。約翰遜突然又落到了平台上。當安德森仰面倒下，將他拽倒時，他看到了傾斜的天空。大副的雙手還抱緊著他，後來它們鬆開了。約翰遜一滾身，爬離安德森，跳了起來。

「李奧！」他脫口叫道。

他看到了恐怖的一幕。安德森掙扎著想爬起來。安納瓦克從背後抓住了他的上衣。他們一起跌倒了。

安納瓦克正想從跌倒在地的那人身下爬出來，雙手卻不肯放開，這是絕對不可能的。約翰遜想撲過去。

「停下！」范德比特擋住他的路，舉著一支手槍。他圍繞地上的兩人慢慢移步，直到他背對走道。

「你盡力了。」他說道，「夠了，安納瓦克博士。請你賞光讓我們的安德森先生站起來。他只是在盡他的義務。」

安納瓦克不情願地鬆開安德森的風衣領子。大副跳起身來。他不等對手自己爬起來，就將他像只袋子般舉了起來。安納瓦克的身體隨後向平台邊沿飛去。

「不！」約翰遜叫道。

安納瓦克想抓緊。他落在地上，滑開去，一直重重地滑到平台邊緣。

安德森的頭朝約翰遜一伸，眼睛無神地盯著他，伸出一條胳膊，將約翰遜拉過去，一拳捅進他的胃部。約翰遜透不過氣來，體內擴散開陣陣疼痛，讓他像把折刀一樣彎曲，跪倒。

他痛得難以忍受，再也站不起來了。

他窒息般蹲在那裡，風吹亂耳旁的頭髮，他等著安德森再次揮拳。

第四章
下潛
SINKING

研究顯示，人類對於智慧的認知，僅存在於特定範圍之內。智慧必須符合我們的行為框架，才能為人類所知悉。如果我們碰到程度超出該框架以外（比方說微宇宙裡）的智慧，將會完全不知其存在。同樣的，如果我們與更高等的智慧接觸，一個比我們更加優越的心智，我們將只看見渾沌，因為這種心智的理路非我們所能參透。

較高智慧所做出的決定，因為其基準參數已經超過人類理解的範圍，故非我們的思維所能測知。試想一條狗對我們的看法為何。在狗看來，人並不是什麼所謂的心智，只是一股牠必須順從的力量。在牠眼裡，人類的行為毫無脈絡可循，因為我們行動背後的考量，是狗的感官所無法領會的。

因此，如果上帝存在的話，我們也就無法得知祂明察秋毫的能力，因為神意所涵蓋的因素太過複雜，非我們所能理解。於是，上帝在我們眼中成了一股渾沌的力量，倘若要棒球隊贏球，或是挫敗戰爭，我們也幾乎不可能把希望放在祂身上。這樣的本質可能存在於人類理解極限之外，而這無疑又引發出一個問題，那就是智慧位於上限的上帝，是否能察覺位於下限的人類之智慧存在。也許我們真的只是培養皿裡的一項實驗罷了。

珊曼莎・克羅夫，摘自《日誌》

深飛

但安德森沒有揮拳打來。

很快地海豚們報告發現了一個不明物體，獨立號進入全員高度戒備狀態。緊接著聲納系統也捕捉到它。某種形狀和大小不定的東西正飛速接近。它不像魚雷一樣有聲響，無法判斷是從哪兒來的。最讓人不安的是，那東西不僅速度愈來愈快、悄無聲息，而且是從海底垂直升上來的。他們盯著螢幕，看到黑暗的深谷出現一顆藍色的圓球，搖搖晃晃地接近，直徑大於十公尺，愈來愈清楚，愈來愈大。

當布坎南下令射擊那怪東西時，為時已晚。

那球在艦體下爆炸了。

最後幾分鐘，球內的氣體不停地膨脹，加快了它的上升速度。一隻薄薄的、繃到要爆炸的膠狀物球，當它高速飛來時，上側突然破了，打開，只剩下飄浮的碎片。自由的氣體繼續向水面迴旋而來，後面拖著一個大大的四方形物體。失蹤的深飛艇首在前，翻滾著撞向獨立號，它那足以炸毀坦克的魚雷則鑽進了艦體裡。

永恒的心跳消逝。隨後是爆炸。

艦橋

巨艦在顫動。目睹這場災難的布坎南緊緊抱住地圖桌，好不容易才站穩了。其他人找不到牢靠的東西可抓，紛紛跌倒。艦橋下面的監控室裡，由於艦體震動是那樣劇烈，使得監控螢幕破碎，設備在空中亂飛。作戰情報中心裡，克羅夫和尚卡爾從椅子上摔了下來。眨眼間，獨立號就到處亂成一團，尖銳的警報聲和人的喊叫聲，腳步聲和叮噹聲，隆隆聲和沙沙聲此起彼落，沉悶的嗡嗡聲在走道、房間和甲板間迴盪。

撞擊發生後幾秒，大多數油鷂——海軍行話對鍋爐和傳動技術人員的稱呼——都死了。艦中央的貨艙和裝有兩台LM 2500汽渦輪機的機房之間，炸開了個巨洞。船殼裂口長達二十多公尺。海水嘩嘩湧入，奪走艙房中未被剛才的爆炸當場殺死的人的生命。那時還存活的人，將發現自己所面對的，是緊閉的艙門。現在，唯一能拯救獨立號的方法，是犧牲船下墓穴裡的人，將他們連同咆哮的水流一起關在裡面，以便阻止潮水繼續擴散。

艦外升降機

平台受到猛撞，一下子像翹翹板似的彈了起來，把安德森從約翰遜頭上拋了出去。大副划著手臂，手指張開，卻抓了個空，身體不由自主翻了個筋斗，換在別種情況下會顯得很可笑。他的額頭咚的一聲磕在平台上，整個人癱在地上一動不動，眼睛還呆呆睜著。

范德比特一個踉蹌，手槍從他手裡滑落，滑向邊上，在離台沿幾公分處停下。他看到約翰遜正要掙扎爬起，跑過去一腳踢在他的肋骨上。科學家沒能喊出聲就側身跌倒了。范德比特絲毫不清楚發生了什麼事，只知道這可能是最糟糕的狀況，但他下定決心要完成除掉約翰遜的任務。他彎下身，想拎起那位流著血倒在地上呻吟的人，從保護網上扔出去。這時有人從側面撞過來。

「你這頭豬！」安納瓦克叫道。

安納瓦克發瘋了似的朝他打來。范德比特嚇壞了，好一陣子才回過神來，一邊舉臂護頭，一邊側身避開，踢向攻擊者的膝蓋骨。

安納瓦克搖搖晃晃，站立不穩。范德比特便撲了上去。大部分人都錯估了范德比特的力氣和靈活度。一般人只看到他臃腫的體態。實際上這位中情局副局長接受過所有攻擊和防衛訓練，雖然有一百公斤重，仍能做出令人驚訝的跳躍。他起跑，騰空躍起，拿靴子踹安納瓦克的胸骨。安納瓦克仰面跌倒，嘴巴張開成O形，但沒有叫出聲來。范德比特知道，對方透不過氣來了。他俯身抓住安納瓦克的頭髮，一把拎起，手肘捅進他的腹腔神經叢裡。

暫時這樣就夠了。現在去找約翰遜，送他下海。回頭再來處理安納瓦克。

當他直起身時，看到灰狼向他走來。范德比特擺好攻擊姿勢，原地轉身伸出右腿猛踹——結果彈開了。怎麼回事？他茫然地想道。一般人受這一擊，不是跌倒，就是疼得彎下腰去。這個巨大的半印第安人居然還能奔跑。灰狼眼裡有種不容置疑的表情。范德比特頓時明白了，他必須贏得這場戰爭，否則就活不了。他雙臂交叉，再次攻擊，拳頭伸出，卻被輕輕地化解掉。緊接著灰狼的左拳就落在他的雙下巴裡。范德比特抬腳踢去。印第安人速度不減地將他推向邊緣，掄臂擊來。

范德比特的臉爆炸了。一切都成了紅色。他聽到鼻梁骨斷裂的聲音。下一拳打碎了他的左顴骨。他的喉嚨裡發出咕咕聲。拳頭又向他飛來，這次是頷骨。牙齒碎了。這下弄得范德比特又痛又怒地大叫起來，無奈他被巨人抓在手裡，除了聽任一張臉被打成肉餅，也別無辦法。

他的雙腿彎下去。灰狼放開他，范德比特趴倒在地。他能看到的不多，只能透過一層血紗，看到一點天空、畫有黃色標記的平台的灰色瀝青，還有那裡，很近，是槍。他伸出右手，勾到了，抓住槍柄。他抬臂射擊。

瞬間的安靜。

到底擊中沒有？他再次扣下扳機，但這次卻射向了空中。他的手臂被迫後彎。安納瓦克出現在他上方，手中的槍被擊落，接著他再次望見灰狼那雙滿含仇恨的眼睛。

周身疼痛。

發生什麼事了？他不再是仰面躺著，而是直立地站著，或者，是懸掛著？他分不清哪裡是上哪裡是下。不，他在飛翔。在往回飛。透過一層血霧他認出了平台。那裡是邊緣。他為什麼在邊緣外呢？它在他上方飛過，向上遠去，連同保護網，范德比特明白他的生命快要結束了。

寒冷和震驚同時襲擊了他。噴濺的浪花。充滿泡沫的綠色，許多氣泡。范德比特動不了，掉下去。海水拭去他眼裡的血，他的身體下沉。沒有船了，什麼都沒有，只有不定形的、愈來愈深的綠色，一個影子正在接近。

那影子很快。它就在他面前張開大嘴。然後什麼都沒了。

實驗室

「我的天哪，你這是做什麼呀？」

「放下。」

這些話在卡倫·韋孚的頭腦裡回響：就在整個實驗室猛的一晃、歪斜之前，皮克萬分驚駭、脫口而出的話，還有黎粗暴的命令。隨著轟轟爆炸聲而來的，是無法形容的混亂。四周的一切都跌落摔碎了。韋孚摔倒了，魯賓也是。儀器和容器紛飛，並排落在實驗桌後面。巨響滾過房間。一切都在震動。什麼地方的玻璃嘩嘩破碎了。韋孚擔心高級安全實驗室，希望防彈玻璃的保護和嚴密拴死的閘能夠頂住。她挪動屁股，從魯賓身旁爬開，他正轉過身，發瘋似的回頭張望。

她的目光落在裝試管的金屬盒上。它一直滑到了她的腳前。她看到了，魯賓也看到了。

有一會兒他倆都在判斷各自的機會。然後韋孚衝上前，但魯賓更快。他抓到了盒子，跳起身，跑進房間。韋孚咒罵著，躬身離開她的藏身地。不管剛才發生了什麼事，不管會有什麼後果，也不管黎有什麼打算——她必須拿到那個盒子。

地板上有兩名士兵。一個動也不動，另一個正掙扎著爬起來。第三名士兵站在那裡，仍然保持著準備射擊的姿勢。黎彎腰從他手裡摘下槍，一支笨重的黑色傢伙。緊接著她瞄準了韋孚。皮克呆呆地倚在被拴上的門旁。「卡倫！」他喊道，「妳站住。妳不會有什麼事的，該死的，妳快站住！」

槍聲淹沒了他的聲音。韋孚像隻貓似的跳到另一張實驗桌後面。她不清楚黎是拿什麼射擊，但子彈打碎了桌子，好像它是硬紙板做的。碎玻璃從她耳邊飛過，一隻沉重的顯微鏡在她身旁匡噹摔碎。在這地獄般的響聲中還夾雜了艦上均勻的警報聲。她突然看到了一臉驚慌的魯賓向她跑來。

「米克！」黎叫道，「你這個笨蛋！你到這兒來。」

韋孚從她藏身的地方衝出來。她撲向生物學家，從他手裡奪走了盒子。這時船又晃了一下，房間傾斜了。魯賓滑了一跤，沙沙地撞進一個櫥櫃裡，將櫃子也翻倒了。樣本容器和玻璃朝他身上嘩嘩落下。他大聲嚎叫，像個甲蟲似的仰身撲騰。韋孚瞥見黎舉起武器，餘光還掃到第三名士兵舉著一把笨重的黑傢伙，從被打爛的桌子上跳過來。

她無路可逃，就在魯賓身旁趴下來。

「別開槍！」她聽到黎叫道，「太……」

那士兵開火了。他沒有打中她。子彈有如鐘聲般，打中了深海模擬器的防彈玻璃，從左向右劃過橢圓形的玻璃板。突然出現了可怕的寂靜。只有警報每隔一會兒冷漠地響著。所有人的目光都像中了邪似的盯著盒子。韋孚聽到了一聲很響的喀嚓聲。她掉轉頭，看到大玻璃板在碎裂。愈裂愈厲害。

「天哪。」魯賓呻吟道。

「米克！」黎叫道，「快過來！」

「我過不去。」魯賓痛哭道，「我的腿。我卡死了。」

「無所謂了。」黎說道，「我們不需要他。離開這兒。」

「你總不能……」皮克開口道。

「薩洛，請你將門打開！」

雖然皮克回答了句什麼，但沒人聽懂。玻璃板迸裂時發出震耳欲聾的聲響。數噸的海水向他們沖來。

韋孚拔腿狂奔。在她身後，海水穿過實驗室，毀掉了還沒有破裂的一切。

「卡倫！」她聽到魯賓說道，「請別丟下我不管……」

他的聲音斷了。到處都是泡沫。她看到皮克一瘸一拐地穿過實驗室敞開的大門。黎跟在他身後，出去時她的手在門旁一按。韋孚突然驚懼地認清這意味著什麼。

黎要將他們鎖在裡面。

潮水拍打著她的背，將她向前沖出一段距離。她重重地跪倒，又站了起來。她全身溼透，仍緊抱金屬盒不放。她氣喘吁吁，努力不讓水拉回去，艱難地走向正緩緩合攏的門。最後幾公尺她使勁一躍，撞上門框，整個人向外翻跌在斜板上。

艦外升降機

灰狼和安納瓦克扶起約翰遜。這位生物學家摔得很重，但神智清醒。「范德比特在哪裡？」他含糊問道。

「釣魚。」灰狼說道。

安納瓦克感覺像是掉進了一架快速電梯裡。他幾乎沒有能力站立起來，范德比特擊中他的地方痛得太厲害了。「傑克，」他不停重複道，「我的天哪，傑克。」灰狼救了他。灰狼救他，這似乎成了傳統。「你從哪兒鑽出來的？」

「我先前有點粗暴。」灰狼說道，「你肯原諒我嗎？」

「粗暴？你瘋了嗎？你根本沒有必要為什麼事道歉！」

「我覺得他想道歉這樣很好。」約翰遜啞聲說道。

灰狼痛苦地笑了。銅色皮膚下，他的臉色如白蠟一般。他怎麼了？安納瓦克想道。這時灰狼的肩往前倒下，眼睫跳動著……

他突然看到灰狼的T恤上滿是血。有一會兒他誤以為那是范德比特的血。但血斑愈來愈大，他開始了解，這些血全是從灰狼腹部湧出來的。他伸出雙臂，想托住這位巨人，這時獨立號艦體內再次發出一陣巨響。船在搖晃。約翰遜搖晃著向他走來，灰狼則倒向前，越過艦緣，消失了。

「傑克！」他跪下，滑向灰狼消失處。半印第安人掛在一張網裡，抬頭望向他。網下波濤洶湧。

「傑克，把你的手給我。」

灰狼一動不動。他躺在那裡，雙手按著肚子，盯著安納瓦克，手指間湧出更多的血。

范德比特！那頭該死的豬擊中了他。

「傑克，一切都會好的。」像是一部影片裡的對白，「把你的手給我。我拉你上來，一切都會變好的。」

約翰遜從他身旁爬過來。他趴在那裡，試圖搆到網裡，可是太深了。

「你得想辦法站起來。」安納瓦克束手無策地說道。然後他做出一個決定，「不，躺著別動。我下來接你。我把你舉起來，西谷從上面拉。」

「算了吧。」灰狼掙扎著說道。

「傑克……」

「這樣更好。」

「別說蠢話。」安納瓦克喝斥他道，「別跟我講電影裡的這些廢話，說什麼丟下我吧，你們別再管我了！胡說八道！」

「不！我說不！」

「李奧，我的朋友……」

灰狼嘴裡流出一絲血。「李奧……」他微笑，突然顯得很放鬆。然後他挺身滾過網的邊緣，跌進波濤裡。

實驗室

魯賓既聽不到也看不見。模擬器裡的水從他頭頂湧過。他在心中回想這最後幾秒發生了什麼事。一切都失控了。突然他感覺到，湍急的水將他腳下的櫥櫃抬了起來，他自由了，呼哧呼哧浮了上來。

謝天謝地，他想道。他熬過來了。模擬器裡的水不至於形成真正的洪水。水量很大，但在這房間裡流散開來，就不到一公尺深了。他揉揉眼睛。黎到哪兒去了？

一名士兵屍體漂浮在他身旁。還有一個士兵正掙扎地從水中爬起。黎離開了。她拋棄了他們。

魯賓不知所措地坐在水裡，盯著緊閉的門。他的思緒漸漸返回。他必須從這裡出去。船裡有東西爆炸了，很可能正在下沉。如果不能趕緊往高處走，那才真是危險。他想站起來。這時周圍亮了起來。閃電。

他霎時明白了，從水箱裡出來的不光是水！他想爬起來，腳一滑，跌了回去。水花飛濺。魯賓的頭浮在水面，雙手撲打著。

光滑。靈活。他眼前在閃爍。當膠狀物爬上他的臉時，他突然無法呼吸。魯賓發瘋似的撕扯，但抓不住那東西。它滑開來，不管他在哪裡抓到它，它轉眼就變形了，或溶解了，新的生物接踵而來。

不，他想道，不，不！

他張開嘴，感覺那東西在往裡爬。這下他徹底瘋了。一根纖細的觸鬚沿著他的食道蜿蜒向下，另一根鑽進他的鼻孔。他窒息，亂撲亂打，挺身站起，耳朵突然痛起來。很痛，像是有個無情的劊子手拿刀子在裡面剜。最後的清醒意識告訴他，膠狀物正進入他的頭顱。

究竟是這生物單純的好奇，還是有計畫地在檢查人腦，抑或是數百萬年來的習慣，要爬進所有它認為值得檢查的東西裡？自從底層甲板上的事故以來，魯賓就一直在思考這些問題。現在他什麼都不再思考了。

灰狼

好恬靜，好安寧。范德比特的感覺可能不一樣。他害怕。他的死很恐怖，那是報應。但沒有害怕時，感覺絕對不一樣。灰狼往下沉去。他屏住呼吸。儘管腹部疼得要命，他還是盡量屏住呼吸。不是他相信這樣會延長生命。那是意志的最後一次行為，一個控制行為，將決定水何時進入他的胃。麗西婭在下面。他曾經想要的一切，曾經對他重要的一切，都在水下。事實上他走這條路，只是必然的結果。時間到了。

如果你生前是個好人，有一天你將轉世為虎鯨。

他看到一條黑影從上方游過，後面還跟著另一個影子。這些動物不理會他。正是，灰狼想道，我是你們的朋友。你們不打擾我。他當然知道，說這些動物根本沒發現他，才是合理的解釋。這些虎鯨不是任何人的朋友。牠們早就不是牠們自己了，而是被一個在冷酷無情上不遜於人類的物種所濫用了。

還是會重新恢復正常的。有一天。灰狼會變成一條虎鯨。還有比這更美的最後念頭嗎？他停止呼吸。

皮克

「妳是徹底瘋了嗎？」皮克的聲音回響在隧道壁上。黎快步走在他前面。他不顧左腳踝的劇痛，想跟上她。她扔掉了衝鋒槍，手裡拿著她的手槍。

「你別煩我了，薩洛。」黎走向最近的扶梯。他們先後爬上上一層甲板。這裡開始就是機密區。艦體內傳來嗚嗚聲和隆隆聲。又一次爆炸。腳下猛烈搖晃、傾斜，他們不得不停下一會兒。看來有幾塊艙壁是再也抵不住水壓了。獨立號此刻傾斜得很厲害，他們不得不沿著通道向上跑。控制室的男男女女迎面向他們跑來。他們盯著黎，期望得到命令，但這位女司令只是大步往前走。

「別煩妳？」皮克攔住她。他的吃驚被憤怒所取代。「妳隨便開槍殺人。妳指使人去殺人。這是怎麼回事？媽的，這是濫殺無辜！從來沒有這樣計畫過，從來沒有這樣商量過！」

黎盯著他。她的臉非常平靜，但藍眼睛在閃爍。皮克從未在她眼睛裡見過那樣的閃爍。他霎時明白了，這位受過高等教育、多次得到嘉獎的女將軍頭腦絕對不正常。

「和范德比特商量過。」黎說道。

「和中情局？」

「和中情局的范德比特。」

「妳和這個豬玀一樣瘋了？」皮克厭惡地噘起嘴脣，「真教我作嘔，茱蒂斯。我們應該幫忙疏散這艘船。」

「另外還跟美國總統商量過。」黎補充道。

「絕不可能！」

「或多或少。」

「不可能！我不相信妳！」

「他會同意的。」她從他身旁擠過。「現在請你給我讓開。我們在浪費時間。」

皮克跟在她身後。「這些人沒有做錯事。妳在拿他們的生命開玩笑。他們可是和我們有相同的目標啊！為什麼我們就不能將他們關起來呢？」

「凡是不贊成我的，就是反對我。你連這個也沒有記住嗎，薩洛？」

「約翰遜並不反對妳。」

「不對，他從一開始就反對。」她急轉身，抬頭看著他。「你是瞎了還是變傻了，嗄？你就看不見，如果美國不能主宰這場戰役，會發生什麼事嗎？其他誰贏了，都意謂著我們的失敗。」

「但這不是為了美國！這事關全世界。」

「這世界就是美國！」

皮克盯著她。「妳瘋了。」他低語道。

「不，我是現實主義者，你是悲觀主義者。請你照我說的去做。你受我指揮！」黎重新邁開步來。「現在快去。我們要完成一項任務。我必須搶在整艘船炸毀之前乘潛水艇下去。請你幫助我找到裝有魯賓的毒劑的那兩顆魚雷，然後你要逃就逃好了。」

斜板

韋孚猶豫了一下，考慮她該往哪個方向，這時她聽到了斜板上端的聲音。黎和皮克消失了。可能正前往魯賓的祕密實驗室取毒劑。她跑向拐彎處，看到安納瓦克和約翰遜相互攙扶著從斜板上走下來。

「李奧。」她叫道，「西谷！」

她跑過去抱住他們。雖然她不得不把手臂用力伸得很長，但她迫切想將這兩人緊緊抱住。特別是其中一位。她這樣做時明顯地太用力了，因為約翰遜呻吟了起來。她後退一步。「對不起……」

「皮肉傷罷了。」他揩去鬍子裡的血，「精神還好。發生什麼事了？」

「你們怎麼了？」

甲板在他們腳下抖動。長長的咯吱聲從獨立號艦體內傳來。甲板繼續向艦首方面微微傾斜。

他們匆匆互相做了報告。安納瓦克顯然對灰狼的死十分傷心。「誰知道這船出了什麼事嗎？」他問道。

「不知道，我們現在沒空去想這個了。」韋孚回頭望了望，「我想，我們必須同時處理兩件事。阻止黎的下潛，同時想辦法躲到安全的地方。」

「妳是說她會執行她的計畫嗎？」

「她當然會執行。」約翰遜含糊地說道，仰起頭來。飛行甲板上傳來雜訊。他們聽到螺旋槳的噠噠聲。

「你們注意到沒有？老鼠在離開船。」

「黎怎麼了？」安納瓦克不解地搖著頭，「她為什麼開槍打死了蘇？」

「她也想殺我的。黎會殺掉每個阻止她的人。她從來沒有思考過一個和平的解決方法。」

「但目的是什麼呢？」

「無所謂了。」約翰遜說，「她的計畫很可能變得非常緊迫。必須阻止她。不能讓她把這東西帶去。」

「對。」韋孚說道，「要由我們將它帶下去。」

約翰遜似乎直到此時才注意到韋孚手裡的盒子。他睜大眼睛。「這就是費洛蒙濃縮液嗎？」

「對，蘇的貢獻。」

「好，但我們現在該怎麼做？」

「這個嘛，我有個主意。」她猶豫著，「不清楚可不可行。我昨天就想到了，但好像不是很實際……剛剛發生了一些變化。」她解釋給他們聽。

「聽起來不錯。」安納瓦克說道，「但必須動作快。原則上只有幾分鐘時間。一旦艦船沉了，我們就得找個沒水的地方。」

「但我不清楚具體要怎麼做才行。」韋孚承認道。

「我知道。」安納瓦克指指斜板說，「我們需要十幾支皮下注射器。這由我來負責。你們下去，準備好潛水艇。」他思考道，「我們需要……等等！妳認為，妳在實驗室裡可以找到某個……」

「對，我能找到。你想去哪裡找注射器？」

「醫院。」

上方傳來的雜訊更強了。他們看到一架直升機從右側升降機的通道裡鑽出，貼著波浪飛走。機庫甲板的鋼板咯咯作響。整艘船開始變形了。

「要快點。」韋孚說道。

安納瓦克凝視著她的眼睛。他們緊緊地對視了一會兒。見鬼，韋孚想道，為什麼直到現在？

「你放心吧。」他說道。

疏散

和獨立號上的多數人不同，克羅夫相當清楚發生了什麼事。艦體攝影機將發光球體的上升訊息傳輸到螢幕上。那顆球由膠狀物組成，這一點是肯定的。爆炸時，它的內部鑽出了氣體。有可能是甲烷氣體。她從飛旋的氣泡中央認出了一個熟悉的輪廓：飛向獨立號的那東西曾經是一艘潛水艇。

一艘深飛，裝配有魚雷。

爆炸發生後，一切都亂作一團。尚卡爾頭撞到支架，血流如注。克羅夫將他扶起來，接著士兵們和技術人員們衝進作戰情報中心，將他們領了出去。警報器沙啞的間歇聲催著她往前，扶梯間裡擠滿了人，但獨立號的人員似乎還控制著形勢。一位軍官迎住他們，帶他們跑向艦尾的上行扶梯。

「由艦橋去飛行甲板上。」他說道，「快去。等候指揮。」

矮小嬌弱的克羅夫使盡全力，將高大沉重卻一臉茫然的尚卡爾推上扶梯。「快走，墨瑞！」她喘著氣。

尚卡爾雙手顫抖著抱住扶杆，吃力地向上爬。「我想像的接觸可從來不是這樣的。」他咳嗽道。

「你是看錯電影了。」她現在想吸根菸保持鎮靜。她擔心起爆炸前幾秒才點著的那支，它還冒著煙躺在作戰情報中心裡。真丟臉。為了一支菸她什麼都肯付出！在這裡的一切都完蛋之前，再吸上一支。有什麼東西告訴她，他們的倖存機會並不怎麼高。

不，她腦袋裡想道。荒唐！我們並不依賴救生艇。我們有直升機！

她頓感輕鬆。尚卡爾爬上扶梯頂了，很多隻手向他伸過來。克羅夫跟在他後面，心想，她剛剛經歷的會不會正是人類百試不厭的聯繫方式——攻擊，無情，致命。

士兵們進入艦橋內部。

嗨，異形小姐，她想道。還在迷戀太空中可能存在的高智慧生命嗎？

「你有菸嗎？」她問一名士兵道。

那人盯著她。「妳腦袋還正常吧？妳出去吧！」

布坎南

布坎南和二副、舵手一起站在艦橋上，不斷接收最新狀況的彙報，下達指令。他保持冷靜沉著。看樣子貨艙和機房有一部分被炸毀了。貨艙壞了他們還可以活，但機房受損顯然導致燃料和液體系統的連鎖反應，結果是接二連三的爆炸。系統先後癱瘓。船隻的電力由一台馬達驅動的發電機提供。為獨立號供電的，除了兩台LM2500汽渦輪機外，還有六台油電發動機，都一台接一台地故障。在車輛甲板和貨物甲板下面的艙室裡，大概是沒有活口了。在他下達關閉艙門的指令的那一剎那，布坎南就將機房人員出賣給了死神，但他沒時間去想這些了。現在必須疏散船上人員。他不敢說那下面還能穩固多久。撞擊雖然是在艦中央，但他們無法阻止艦首那兒一部分貨艙進水，使得獨立號向前下沉。

船內進水太多了。在巨大的壓力下，海水會湧向艦首，沖毀連接下一層甲板的艙門。如果艦尾的艙門再頂不住的話，整艘船就有浸滿海水的危險。

布坎南不再去想這事會否發生。只是時間的問題。能不能安全度過危機，取決於他對形勢的分析是否正確。接下來，他估計就要輪到實驗室下面的車輛甲板和某些相鄰的居住區了。唯一讓他感到安慰的，是船上沒有水兵。若在戰時，船上肯定會有三千人，現在只有一八〇名，待在較上層的甲板。

幾台從作戰情報中心將畫面傳輸到艦橋上的螢幕壞了。布坎南頭上方那部鉛封紅色電話的燈號在閃爍，緊急時可直通五角大廈。他的目光掃過眼前各種通訊器材、航海儀器和地圖桌。現在一樣也用不上。無用的廢物。

飛行甲板上，撤離人員忙成一團，快步將人們從艦橋裡帶到飛行甲板上，領進已經啟動螺旋槳的直升機。布坎南和飛行指揮中心簡短交談了幾句，又透過艦橋的綠色玻璃望向外面。一架直升機已經升起，正迅速離開船。但不夠快。當船首繼續傾斜時，飛行甲板變成一條滑道。形勢終會變壞的。

第三甲板

安納瓦克沒遇到幾個人。他擔心會撞進黎和皮克的手裡，不過他們顯然是往相反的方向去了。他忍著胸痛，上氣不接下氣地沿通道趕往醫療站。

醫院孤零零的。沒有安傑利和其他人的蹤影。他進入幾個擺滿床鋪的房間，最後才找到存放醫療器材的房間。裡面彷彿發生過一場地震。櫃門洞開，滿地碎片在他腳下咯吱作響。他拉開每個抽屜，在滿是碎片的櫥櫃中翻找，卻連一支注射器都沒找到。

那些該死的注射器在哪裡？

當你就醫時，它們通常在哪裡？總是在某個抽屜裡。這他很清楚。在一個有許多抽屜的白色小櫃裡。下方深處有隆隆聲。低沉的呻吟聲傳了上來。鋼板在彎曲。

安納瓦克快步走進對面的房間。那裡的一切也都碎了，但幾張油漆過的小櫃子似乎固定得死死的。他拉開來翻看，把裡面的東西掏出來，終於在最後一個櫃子裡找到了他要的東西。他急忙抓起一打消毒包裝的注射器，裝進上衣口袋。現在得趕緊回去。

這是個多麼滑稽的念頭啊。

如果卡倫是對的，那麼這就是個天才計畫，要不，就是他們把事情完全想錯了。她的建議似乎可信，同時又顯得天真而不可行，特別是要克羅夫向海底發出精心策畫的資訊。另一方面……

克羅夫？她到底在哪裡？珊曼莎．克羅夫，很久以前曾出現在他夢裡，指點他前往努納福特的路。

這時他聽到咚的一聲巨響，好像一隻鐘摔碎了。腳下繼續傾斜。艦裡有沉悶的嘩嘩聲。水！

安納瓦克問自己是不是還有時間從這裡出去。然後他開始奔跑，什麼都不再想了。

實驗室

韋孚不知道等著她的會是什麼。一想到要重新打開實驗室的門，她就不舒服。可是，如果她想實施計畫，實驗室是唯一的機會。

地面在顫抖。腳下傳來嗶嗶聲和咕嚕聲。約翰遜呼吸沉重地倚在她身旁。「開始吧。」他說道。

韋孚看到按鍵區上方的紅色緊急燈號在閃爍。黎果然在離去時按下緊急關閉鍵，將實驗室封死。她輸入一組數字，門滑開。水洶湧而至，淹沒了他們的腿。房間裡亮堂堂的，水沖過來，但沒有流下斜板，而是聚在她的踝骨周圍，上漲。韋孚突然知道了原因。獨立號斜得太厲害了，水無法從斜板流向底層甲板。

她退回去。「我們得小心，這東西可能流到外面來。」

約翰遜望了一眼裡面，看到破裂的水箱旁漂著兩具死屍。他小心穿過渦流，走進大廳。韋孚跟在他身後。她先看到了高級安全實驗室裡的集裝箱，看來尚未受損。她頓感輕鬆。她現在最不需要的就是被紅潮毒藻污染。

艦尾方向的艙面只高出水面一點。而另一頭就更高了。

「他們全死了。」韋孚低語道。

約翰遜瞇起眼睛，「那兒！」

離士兵們不遠的地方漂浮著另一具屍體。是魯賓。

韋孚壓抑下她的厭惡和害怕。「我們需要其中一具。」她說道，「隨便哪一具。」

「那我們就必須走得更深。」

「對，沒辦法。」

她開始走。

「卡倫，小心！」約翰遜說。

她想轉身，有東西從背後撲來。她雙腿一滑，驚叫一聲跌進水裡，喘吁吁地浮上來，轉身背朝下。一位士兵站在那裡，拿一把笨重黑色的槍指著她和約翰遜。「噢不，」他拖長聲調說道，「噢，不。」他的眼神中交織著害怕和瘋狂。韋孚緩緩直起身，舉起雙手，讓他能看到她的手掌心。

「噢不，」那人重複道。

他很年輕。韋孚估計他十九歲。他手裡的槍在顫抖。他後退一步，目光在她和約翰遜之間梭巡。

「嗨。」約翰遜說道，「我們想幫助你。」

「你們把我們關在裡面。」士兵說道，帶著哭腔，好像他快要嚎啕大哭了。

「不是我們。」韋孚說道。

「你們把我們用……用這個……你們拋棄了我們。」

真麻煩。獨立號在下沉，他們必須阻止黎，想辦法弄到一具死屍來執行計畫，現在還得應付這個驚惶失措的小伙子。

「你叫什麼名字？」約翰遜直接問道。

「什麼？」士兵的眼睛閃爍了一下。然後他抬起槍，對準約翰遜。

「不！」韋孚喊道。

約翰遜抬手示意一切正常。他直視著槍口，壓低聲音。「請告訴我們你的名字。」

士兵猶豫著。

「告訴我們你的名字，這很重要。」約翰遜以友善的牧師口吻重複道。

「麥克米倫。我是……我叫麥克米倫。」

韋孚漸漸明白了約翰遜的目的。讓某人恢復常態的第一個方法，就是讓他想起他是誰。

「好，麥克米倫，很好。你聽著，我們需要你的幫助。這艘船在下沉。我們必須做個能夠救我們大家的試驗……」

「我們大家？」

「你有家庭嗎，麥克米倫？」

「你為什麼要問這個？」

「你家住在哪裡？」

「波士頓。」小夥子的臉抽搐了幾下，他哭了起來，「但波士頓……」

「我知道。」約翰遜懇切地說道，「你聽著，我們還能想辦法讓一切恢復正常。包括在波士頓。但為此我們需要你的幫助。我們現在就需要！我們失去的每一秒，都有可能讓你的家庭失去最後的機會。」

「請你幫助我們。」韋孚說道。

士兵的目光繼續在他倆之間來回掃動。他大聲抽泣，然後垂下了槍。「你們會帶我們出去？」他問道。

「對。」韋孚點點頭，「一言為定。」

我的天啊，你在講什麼呀，她想道。你什麼都不能許諾。什麼都不能。

黎

意外地，祕密實驗室一切正常。它比普通實驗室高一層。滿地碎玻璃，其餘的似乎都一切沒變。有幾台螢幕在閃爍。

「他將魚雷管放在哪裡？」黎考慮道。她把槍插回槍套，回頭尋找。房間裡空無一人。她以為在小高壓箱裡會看到藍色閃光，但後來她想起來，魯賓提到過，他成功測試過那種毒劑。她透過一隻瞭望孔窺看。什麼也沒有。沒有生物，沒有閃爍。

皮克在實驗桌和櫥櫃之間轉悠。「這兒。」他叫道。

黎急步趕向他。一隻架子倒了。許多細長的魚雷形管子橫豎交叉地堆在一起，每支不足一公尺長。他們一根一根地檢查。有兩根明顯比其他的重，黎突然看到那些標記。魯賓在旁邊寫了個防水標籤。

「薩洛。」她興奮地說道，「我們控制著新的世界秩序。」

「很好。」皮克緊張地回頭張望。一根試管從桌子上滾下來，啪搭摔碎了。警報還在長鳴。「那妳就讓我們趕緊將新的世界秩序從這裡帶出去吧。」

黎哈哈大笑。她將一根魚雷管遞給皮克，拿起另一根，跑出實驗室來到走道上。

「五分鐘後，我就會將這最非分的要求發射到冥府裡去。薩洛，你就相信我吧！」

「妳想跟誰下去？妳相信米克還活著？」

「他是不是活著，我才不管。」

「我可以陪妳。」

「謝謝，薩洛，你太慷慨了。你想幹什麼？在那下面對著我的耳朵嚎叫，因為我允許殺死那藍色的黏狀物嗎？」

「妳很清楚，這是兩碼事！這完全不同……」

他們到達扶梯間。有個人從另一側，低著頭向他們跑來。

「李奧！」

安納瓦克抬起頭，認出了她，立刻停住了。他們彼此很近，中間只隔著扶梯。

「茱蒂斯。薩洛。」安納瓦克盯著她，「真巧啊。」

真巧？可笑！這人真不善做作。黎在直視他眼睛的第一眼就看了出來，安納瓦克什麼都知道。

「你從哪兒來的？」她問道。

「我…我在找其他人……」

管他知道多少呢。他們沒有時間好浪費了。也許他真的只是在尋找他的朋友，也許他有個什麼計畫。這都無關緊要。安納瓦克擋在路上。黎伸手拔槍。

飛行甲板

當他們跑上飛行甲板時，克羅夫緊跟在尚卡爾身後，但她被攔下。「妳等等。」有個穿制服的人說道。

「但我必須……」

「妳在下一組。」

這期間已經有兩架超級種馬離開了飛行甲板。另兩架等候在艦橋對面，前後緊挨地停放著。尚卡爾跟士兵和人們一起跑向一架直升機。龐大的飛行區仍在繼續傾斜。它是那樣大，讓人感覺傾斜的好像不是艦船，而是洶湧的、白浪滔滔的大海。

「我們會再見的！」尚卡爾轉身，向她叫道，「妳乘下一架飛機離開。」

克羅夫目送他跑上斜梯，從超級種馬的機尾下進入機艙。冷風抽打在她臉上。看樣子疏散進行得還算有點秩序。這樣也好。她只需要再忍耐一下。

她的目光掃來掃去。其他人都在哪裡呢？李奧、西谷、卡倫……他們都已經離船了嗎？

一個令人安慰的想法。艙門在尚卡爾身後關上了。螺旋槳轉動得更快了。

艦體

在飛行甲板下方不到三十公尺處，湧入的海水頂著位於艦首貨艙和下方船員下榻處的艙門。艙門抵抗著。只有一顆魚雷漂浮在水裡。潛水艇爆炸時它被炸到，但沒爆開。這種事很少見，但卻發生了。那顆魚雷在一個浸滿水的貨艙中，掉進一個葉片柵。葉片柵有一半被扯壞了，在黑暗中旋轉。魚雷輕輕地滾來滾去，同時伴隨著船身的傾斜，一公分一公分地向前滑去。

艙門抵抗著，葉片柵被壓得咯吱呻吟。還固定著的地方，橫撐都被高壓壓彎了。船壁的鋼板出現細細的裂縫。一顆粗大的固定螺絲慢慢鬆落，拉出了螺身……

螺絲「砰」一聲被拉出來了。

壓力釋放了。柵欄飛起，更多的螺絲飛出，船壁破了。魚雷隨一股衝力射出，直接衝向艦首的貨艙，那兒什麼東西都擠在一起，上面有一側是水手的大型集體住房，另一側是緊靠實驗室下方、停置不用的車輛甲板。那是船上最敏感的接合部位。

魚雷爆炸了。

第三甲板

「不。」皮克說道。他放下魚雷，拿他的手槍指著黎，「妳不能這樣做。」

黎端立不動。她的槍瞄準安納瓦克。「薩洛，你的執拗快要讓我受不了啦。」她低聲喝斥道，「請你別表現得像個傻瓜似的。」

「放下武器。」

「見鬼，薩洛！我要把你送上軍事法庭，我……」

「我數到三就開槍，茱蒂斯。我發誓。妳不可以再殺死任何人了。請妳放下妳的武器。一……二……」

黎喘口粗氣，垂下拿槍的手臂。「好了，薩洛。好了。」

「扔掉它。」

「我們為什麼不談談……」

「扔掉槍！」

黎的眼裡浮現出一種無法描述的仇恨表情。槍啪的一聲落在地上。

安納瓦克望向皮克。「謝謝。」他說道，一步衝到扶梯間，鑽了進去。黎聽到他在下面繼續奔跑。腳步聲遠去。她咒罵。

「茱蒂斯．黎總司令，」皮克莊重地說道，「我因為妳對自己的行為不能負責，取消妳的指揮權。從現在起接受我的命令。妳可以……」

恐怖的撞擊。底下傳來可怕的響聲。艦船像架跌落的電梯般向前一沉。皮克摔倒了。他重重地摔在地上，一滾身，又重新站了起來。他的槍哪兒去了？黎在哪裡？

「薩洛！」

他轉過身來。黎跪在他面前，持槍對準他。

皮克呆住了。「茱蒂斯。」他搖搖頭，「妳快……」

「傻瓜。」黎說著，按下了扳機。

飛行甲板

克羅夫搖搖晃晃，甲板傾斜得更厲害了。超級種馬的螺旋槳旋轉著，滑向停在它前面的直升機。它嚎叫著升空，想奪取高度，避開另一架直升機。

克羅夫停止了呼吸。不，她想道。這不可能。這絕對不可能。不可能發生在快要獲救之前。

她聽到了周圍的叫聲。人們跌倒、跑開。她被拽倒在地。她躺在地上，看到超級種馬從停放著的直升機上方升起，看到一側的門翼拂過另一架的梯子，掛住，然後那架飛行的巨物開始旋轉。種馬失去了控制。她跳起身，驚慌地奔跑。

艦橋

布坎南不敢相信他的眼睛。他一下子被拋摔在他的座位上，摔在這張配有舒服扶手和腳蹬的神奇艦長椅上。過去每個人都因為這張椅子而羨慕他，那是酒吧高腳椅、辦公桌和柯克艦長（《星艦迷航記》的艦長）指揮椅的混合體，但它現在唯一的用處卻是讓布坎南的頭在上面撞出血。艦橋上的一切都在亂飛。布坎南飄在空中，跌向側窗，剛好來得及看到超級種馬旋轉著，慢慢倒向一側。那東西掛得緊緊的！

「快離開這裡！」他喊道。

飛機繼續旋轉。他周圍的艦橋人員開始逃跑，不知所措地試圖躲到安全的地方，而布坎南只能繼續看著那架被掛牢的直升機歪倒得愈來愈厲害。它突然掙脫開來，向上升起。

布坎南喘不過氣來。有一陣子看上去好像飛行員重新控制住了。然後他發現傾斜得太厲害了。三十公尺長的直升機機尾斜衝向空中，驅動裝置嚎叫得更大聲了，隨後超級種馬螺旋槳又往前衝過來。

布坎南雙手捂嘴，往後退縮。真可笑。他同樣可以伸出雙臂歡迎他的末日到來的。

超過三十三噸重的機身，加有九千公升的燃料，轟然撞進艦橋，轉眼就將艦橋的前段變成了一座熊熊燃燒的地獄。所有窗戶都碎了。火球呼嘯著穿過上層建築，內部設備燒焦，引起螢幕爆炸，炸飛了艙門，在扶梯間追上逃跑者，將他們燒成了灰燼，又沿著艦橋內部的通道繼續蔓延。

飛行甲板

克羅夫為性命而奔跑。燃燒的廢墟在她身旁塌落。她跑向獨立號的艦尾。這期間船已經傾斜得那樣厲害，她不得不登山似地跑，跑得上氣不接下氣。最近幾年來她肺裡吸進的尼古丁要比新鮮空氣還多。事實上她一直以為有一天會死於肺癌的。

她絆倒了，在瀝青上下滑。往上跑時，她看到了熊熊烈火中的艦橋前段。第二架直升飛機也在燃燒。尚未倒下的人們，有如活火炬般在甲板上奔跑。那景象真恐怖。然而她現在幾乎沒有機會從獨立號的沉沒中倖存下來，這個認知更為恐怖。

強烈的爆炸使得火球竄升到艦橋上空。大火咆哮著怒吼著。夾雜著很大的聲響，火星雨掉落在克羅夫的腳前。

尚卡爾在獄火中喪生了。她不想這樣死去。

她跑，繼續跑向艦尾，根本不清楚跑到那裡後又能怎麼辦。

第三甲板

黎詛咒著。她將第一顆魚雷挾在手臂下，但第二顆不知滾到哪兒去了。不是掉進扶梯間，就是沿著走道滾向了艦首。皮克，這個該死的混蛋！她跨過他的屍體，一邊思考著一顆裝有毒劑的魚雷夠不夠。但那樣一來她就只有一個機會。也許這一顆會失靈，也許它不能打開，將毒劑倒進水裡。無論如何兩顆更好。

她努力在通道裡尋找。

突然上方傳來一聲巨響。這回船震動得更厲害了。她跌倒，仰面滑下走道。又發生什麼事了？船騰空飛起！她必須從這裡出去。這不僅是為了任務，深飛也得救她的性命。

魚雷從她手臂下滑落了。

「媽的！」她伸手去抓，但它從她身旁滾走。如果裡頭裝的是炸藥，那它早就該爆炸了。但裡面只有液體。不是炸藥，而是液體，足以消滅一個智慧物種。

她張開手腳，試圖支撐住。幾秒鐘後她安靜了下來。她全身疼痛，好像有人用鐵棒毆打過她似的。也許別人看不出她是五十歲的人了，但剛才她感覺像是百歲老人似的。她沿著牆站起身，掉頭尋找。

第二顆魚雷也不見了。她真想大叫。

湧進的水在下面發出聲響，聽起來近得令人不安。沒有時間了。上面傳來嘈雜的人聲。

還有炎熱。她愣住了。果然。愈來愈暖。她必須重新找到魚雷。她堅決地離開牆，尋找起來。

實驗室

當爆炸使實驗室顫抖起來時，麥克米倫緊跟在他們身後，端著槍做好了射擊準備。他們全都跌進了水裡。當韋孚重新爬起來時，上方傳來可怕的聲響，好像有什麼龐然大物被炸上了天。燈隨即熄了。眼前頓時一片漆黑。「西谷？」韋孚喊道。沒有回音。「麥克米倫？」

「我在這兒。」

水漫到她的胸部。見鬼，禍不單行！他們都快走到一名士兵的屍體旁了。什麼東西輕碰她的肩頭。她伸手去抓。一隻靴子。她手裡抓著一隻靴子，靴筒裡塞著一條腿。

「卡倫？」約翰遜的聲音，很近。他們的眼睛漸漸適應了黑暗。緊接著紅色緊急燈亮了，實驗室籠罩在一種幽暗的恐怖氣氛中。她看到約翰遜的頭和肩影子似地從她身旁的水裡鑽出來。

「過來。」她叫道，「幫幫我。」

現在，隆隆聲和嘩嘩聲不只是從下面鑽上來，也開始從上面落下來了。出什麼事了？她突然感覺實驗室裡變暖了。約翰遜出現在她身旁。

「這是誰？」

「無所謂。我們一起抬。」

「我們得離開這裡。」麥克米倫喘息道，「快。」

「好的，馬上，我們……」

「快！」韋孚的目光落在他們身後遠處的水裡。微弱的藍色閃光。一道閃光。

她抓緊了死者的腳，艱難地朝著門的方向走去。約翰遜抓住了那人的手臂。會不會是個女人？他們到頭來找到了奧利維拉嗎？韋孚衷心希望，他們拖著的不是可憐的蘇。她向前走，踩著了什麼，那東西一滑，她整個人摔入水中。

她睜眼盯著黑暗中。有東西向她蜿蜒而來，很快地接近，看上去像條發光的長鰻。不，不是鰻。更像一條無頭巨蟲。那裡還有更多這種東西。

她鑽出水面。「快走。」

水面下可以見到發光的觸鬚伸出來，現在至少有十幾根。麥克米倫舉起槍。韋孚感覺有什麼沿著她的腳踝滑動，突然扯了起來。

緊接著更多的那種東西纏住她，沿著她往上爬。她扯不斷。約翰遜撲過來，手指卡進觸鬚和她的身體之間，但她好像被一條蟒蛇纏住了似的。

那東西在拖她。那東西？她在跟數十億的東西搏鬥。數百億的單細胞生物。

「我拉不開。」約翰遜喘息道。

膠狀物沿著她的胸部和脖子往上爬。韋孚又掉進了愈來愈亮的水裡。觸鬚背後有更大的東西擠上來。那生物的主體部分。她使盡最後的力量鑽出水面。「麥克米倫。」她含糊地說道。

士兵舉起槍。

「你用槍一點用都沒有。」約翰遜喊道。

麥克米倫突然變得非常鎮靜。他舉起槍，瞄準那愈移愈近的大東西。「我用槍會有一點用的。」他說道。

麥克米倫開火，響起一連串的槍聲。「炸彈總會有點用的！」

子彈鑽進那生物體內。水花濺起。麥克米倫又射出一束，那東西碎片紛飛。一塊塊膠狀物在他們的耳朵周圍發出劈啪聲。韋孚差點透不過氣來。她一下子自由了，趕緊和約翰遜兩個人發瘋似的拖著那具屍體。水面下降，他們愈走愈快。當船徹底前傾之後，大部分水現在都積聚在實驗室那邊，門的位置幾乎是乾的了。艙面坡度很大，很難不滑倒，但他們突然只穿行在齊踝骨高的水裡了。

他們將死者拖到斜板上。那裡的水也回退了。韋孚忽然聽到一聲好像中斷了的喊叫。

「麥克米倫？」她望進實驗室裡，「麥克米倫，你在哪裡？」

閃光的生物重新聚集。碎片相互融合。觸鬚一點都看不到了。那東西變成了扁形。

「關上門。」約翰遜叫道，「它還能出來。還有足夠的水。」

「麥克米倫？」韋孚抱緊門框，繼續盯著被照得發紅的室內，還是看不到士兵。麥克米倫沒能逃出。

一根發光的細絲在接近。她跳回一步，關閉艙門。絲線加快速度，但這回它不夠快。門關上了。

試驗

爆炸將扶梯室裡的安納瓦克嚇了一跳，他被震得暈頭轉向，呼吸困難。膝蓋在痛。他咒罵著。范德比特偏偏踹中了自從海狸號墜毀以來一直給他帶來很多麻煩的那個膝蓋。

他發現許多扶梯間都塞住了。艦船斜得很厲害。唯一的道路是通過機庫甲板的斜板，於是他跑回去，走另一條路往上，直到他爬得夠高，可以去斜板上了。他爬得愈高，就愈熱。上面出什麼事了？這嘈雜不是好事。他跌跌撞撞來到機庫甲板上，看到濃濃黑煙從敞開的門飄出。

他突然好像聽到有人在呼救。他向機庫走近幾步。「有人嗎？」他喊道。

視線很差。面對黑煙，天花板上昏黃的照明燈幾乎不管用。但現在可以清楚聽到呼救聲了。克羅夫的聲音！

「珊？」安納瓦克走進黑煙裡。他傾聽，但沒再傳出呼救聲。「珊？妳在哪兒？」

沒有回音。

他又等了一會兒，然後轉身跑上斜板。他這才發現斜板已經陡得像滑雪時的跳躍助跑斜坡了。他一彎腿，翻滾身體沙沙滑下去，祈求至少能有幾根注射器不會摔破。他的骨頭是否能完好無損，很值得懷疑。但既沒折斷也沒破碎。他撲通掉進下方水裡，水減緩了些許衝擊力。他抖抖身子，四肢著地爬出去，看到不遠處韋孚和約翰遜正將一具屍體拖向底層甲板。

艙面覆蓋著薄薄的一層水。

人造水池！它通進走道。如果獨立號繼續傾斜，這個區域就會被徹底淹沒。他們必須趕緊。

「我找到注射器了。」他喊道。

約翰遜抬起頭來，「時間也差不多了。」

「這是誰？你們拖的是誰？」安納瓦克費勁地爬起來，向他倆跑去。他瞟了一眼屍體。是魯賓。

飛行甲板

克羅夫蹲在飛行甲板的盡頭，一籌莫展地望著艦橋燃燒殆盡。

一個長得像巴基斯坦人的男子哆嗦著躺在她身旁。他一身廚師打扮。除了他倆之外，沒有人想到逃到這裡來，或是沒有人成功逃到了這裡。那人直喘大氣，立起身來。

「你知道嗎？」克羅夫說道，「這是智慧物種爭執的結果。」

廚師盯著她，好像她是個怪物似的。

克羅夫嘆口氣。這地方下面就是右側升降機的平台。那裡有個通道通往機庫甲板。她衝著裡面喊過幾聲，但沒人回答。她將隨燃燒的船隻沉沒。

如果有救生艇，可能也沒有多大用場。在航空母艦上，人們第一個想到能救人的是飛機。如果有救生艇，也需要有人將它們從固定處解開，放下水去。但能這麼做的人都消失在烈火裡了。黑煙向他們飄來。討厭的瀝青煙霧。她不想在生命的最後時刻吸進這種東西。

「你有菸嗎？」她問廚師。她想他一定以為她徹底瘋了，但他掏出了一包萬寶路和一個打火機。

「淡菸。」他說道。

「哦？因為健康嗎？」克羅夫微笑道，在廚師給她點火時猛吸了一口，「很理智。」

費洛蒙

「我們把這東西注射到他的舌頭下，鼻孔裡，眼睛和耳朵裡。」韋孚說道。

「為什麼要注射在那裡？」安納瓦克問道。

「因為我想那裡最容易流出來。」

「那就也給他注射到指甲下面。再加上腳趾甲。最好是到處都注射。愈多愈好。」

底層甲板空無一人，技術人員顯然都逃走了。他們將魯賓脫得只剩內褲，一切都進行得十分匆忙，約翰遜把注射器吸滿濃縮的費洛蒙，遞給安納瓦克。注射器只有一支碰壞，其餘都完好無損。魯賓躺在人造堤壩上。那裡的水只有幾公分高，但水在上升。為小心起見，特別將他頭上一小塊膠狀物扔到位置較高的地方。他的耳朵裡還黏著一點，安納瓦克將它清理了出來。

「你們也可以注射在他的屁股裡。」約翰遜說道，「我們有足夠多的。」

「你認為這管用嗎？」韋孚懷疑地問道。

「他體內剩餘的 Yrr 只有一點點，幾乎不可能製造出相當於我們給他注射的這許多費洛蒙。如果牠們中計的話，就會認為牠們是來自他的。」約翰遜蹲下去，遞給他們一把盛得滿滿的注射器，「誰要？」

韋孚心裡升起厭惡感。

最後他們一齊動手。盡可能快速在魯賓體內注進費洛蒙溶液，直到注進將近兩公升。有可能近一半又重新流了出來。

「水上升了。」安納瓦克說道。

韋孚傾聽。艦上到處都在發出吱吱聲和咕咕聲。「也變暖了。」

「是的，因為甲板在著火。」

「行動吧。」韋孚抓起魯賓的胳肢窩，將他拖起來。「我們要在黎出現之前辦完。」

「黎？我想，皮克將她繳械了。」約翰遜說道。

安納瓦克瞟他一眼，他們將魯賓的屍體拖進底層甲板。「你信嗎？你可是了解她的。不可能這麼容易讓她繳械的。」

第三甲板

黎暴跳如雷。她不停地跑上走道，向著一扇扇敞開的門裡尋找。那顆該死的魚雷肯定在什麼地方！只是她沒看對方向。它肯定就在她鼻子底下。「快找，妳這頭蠢牛。」她斥責自己，「太蠢了，連根魚雷管都找不到。蠢牛。愚蠢的婊子！」

她腳下的艙面再次下沉。她踉蹌地走著。又有艙壁破了。走道更斜了。獨立號現在傾斜得如此厲害，海浪很快就有可能打上艦首的飛行甲板了。不可能持續多久了。

突然她看到了魚雷。

它從一個敞開的門洞裡滾了出來。黎發出一聲勝利的歡呼，撲過去，抱住魚雷，從走道往上跑向扶梯間。皮克的屍體半懸在那裡兒。她拖出那具沉重的身軀，沿梯子往下，跳下最後的兩公尺，抱緊欄杆，以免摔下。

第二顆魚雷就在那裡。

這下她情緒高亢起來了。剩下的易如反掌。她繼續奔跑，發現事情沒那麼簡單，因為有幾個扶梯間被東西塞住了。清除它們需要花費太長的時間。那要怎麼從這裡出去呢？她必須返回。重新上去，回到機庫甲板，從斜板走。

她抱住兩顆魚雷，像抱著她最珍貴的財產，迅速往上爬去。

安納瓦克

魯賓沉甸甸的。他們穿上潛水衣，合力將魯賓拖上右側碼頭。甲板上的情形十分荒謬。碼頭兩側像助跑斜坡一樣豎起。木板地面撞擊艦尾艙門的部位明顯可見。水池裡的水將四艘固定的橡皮艇抬了起來，正流進通往實驗室的走道。安納瓦克聽著鋼板的咯吱聲，心想這結構到底還能承受重壓多久。

三隻潛水艇斜吊在天花板上。深飛二號移到了丟失的深飛一號的位置，另兩條船被拴在一起。

「黎想乘哪艘下去的？」安納瓦克問道。

「深飛三號。」韋孚說道。

他們檢查操縱台的功能，試了試不同的開關。什麼反應都沒有。

「一定可以的。」安納瓦克的目光掃過操縱台。「羅斯科維奇說過，底層甲板有一個專用的、獨立的電路。」他俯身趴在操縱台前，仔細閱讀上面的文字。「這個。這是將它放下去的功能。好，我要深飛三號。這樣如果黎再出現，就無法用它幹什麼壞事了。」

韋孚扳下機關，沉下去的卻不是中間的潛水艇，而是前面的。

「你不能將深飛三號……」

「能，可能有什麼機關，可我不熟悉。我以為它們是先後下去的。」

「無關緊要。」約翰遜不安地說道，「我們沒有時間好浪費了。就坐深飛二號吧。」

他們等那隻船升到碼頭的高度。韋孚跳過去，打開兩個駕駛艙的頂蓋。魯賓的身體浸滿了水和他們注射進去的東西，當他們將魯賓拖上船時，感覺沉重得不可置信。他的頭左右晃蕩，眼睛混濁地盯著虛無。他們一起連拖帶推，直到魯賓撲通一聲掉進副駕駛艙裡。

這下好了。他的冰山。他早知道有一天會被它拉下去的。冰山會消融，他將沉到陌生海洋的底部……去和誰會面呢？

韋孚

「你別開，李奧。」

安納瓦克吃驚地抬起頭，「你這話什麼意思？」

「我說得很明白。」魯賓的一隻腳還伸在外面。韋孚踹了它一下。她覺得這樣粗暴地對待死者很可怕，儘管魯賓是個叛徒。此刻他們無法虔誠。「我下去。」

「什麼？為什麼突然變卦？」

「因為這樣更合適。」

「不，絕對不行。」他抓住她的肩，「卡倫，這有可能會喪命的，這是……」

「我知道會有什麼結果。」她低聲說道，「我們的機會都不是特別大，但你們的更大。你們乘船走，祝我好運，好不好？」

「卡倫，為什麼？」

「你一定要聽原因是不是？」

安納瓦克盯著她。

「請允許我提醒一下，我們在浪費時間。」約翰遜催促道，「為什麼你們不留在上面，讓我下去呢？」

「不行。」韋孚堅定地望著安納瓦克，「李奧知道我說的對。我用左手就能操縱深飛，在這方面我比你們優越。我曾經搭阿爾文號到達大西洋脊，數千公尺深。我比這裡任何人都更熟悉潛水艇，而且……」

「胡說。」安納瓦克叫道，「我同樣能熟練駕駛這東西。」

「……另外那下面是我的世界。深深的藍色海洋，李奧。自從我小時候起。——自從我十歲起。」

他張嘴想回答什麼。韋孚將食指按在他的脣上，搖搖頭。「我來開。」

「妳來開。」他低語道。

「好了。」她回頭看看，「你們開閘放我下去。我不清楚一旦閘門打開會發生什麼事。也許 Yrr 會直接攻擊我們，也許什麼事都沒有。我們往好處想吧。我下去之後，你們等個一分鐘，只要形勢許可，就乘第二隻船逃走。不要跟著我。要緊貼海浪，設法遠離船。我可能必須下潛很深。然後……」她停了一下，「哎呀，會有人將我們撈上來的，對不對？這東西上面有衛星發射器。」

「妳需要兩天兩夜才能到達格陵蘭海和史瓦巴群島。」約翰遜說道，「而燃料不夠。會出事的。」

她的心情沉重起來。她迅速抱緊約翰遜，想起兩人從昔德蘭群島一起逃離海嘯的情景。他們會再見的！

「勇敢的姑娘。」約翰遜說道。

然後她雙手托起安納瓦克的臉，在他脣上深深地、結實地吻了一口。她真想永遠不再放開它。他們交談得那樣少，最適合他倆的事情也做得那樣少……現在可別多愁善感啊。

「保重。」安納瓦克低聲說道，「最遲再過幾天，我們又會重逢了。」

她一步跳進駕駛艙。深飛輕晃了一下。她趴下去，爬到正確的位置，操縱閉鎖裝置。兩個圓蓋緩緩落下，關閉。她掃一眼儀器。看樣子一切正常。韋孚豎起大拇指。

活人的世界

約翰遜走近操縱台，打開閘，移動船隻。他們眼看著深飛落下，鋼門分開。黑暗的海洋出現了。沒有什麼鑽進來。韋孚從裡面打開固定裝置，放開船隻。它撲通落下，下沉。玻璃圓頂裡的空氣微光閃爍。顏色逐漸變淡，輪廓開始模糊，最後小船只剩下一個影子。

然後不見了。

安納瓦克頓感一陣刺痛。

這個歷史上的英雄角色已經分配好了，那是給死者的角色。你屬於活人的世界。

灰狼！

也許你需要一個介質來告訴你鳥神看到的東西。

灰狼就是阿克蘇克所說的介質。灰狼正確地解釋了他的夢。冰山融化了，但安納瓦克的道路不是通向深海，而是通向光明，通往活人的世界。

通往克羅夫。

安納瓦克打了個哆嗦。當然！他怎能只顧忙著逞英雄，而忘了在獨立號上等著他的任務呢？

「現在怎麼辦？」約翰遜問道。

「B計畫。」

「什麼意思？」

「我還得上去。」

「你瘋了嗎？去做什麼？」

「我想找到珊。還有墨瑞。」

「那裡沒有人了。」約翰遜說道，「可能全艦都已經疏散了。我最後一次見到他們時，他倆在作戰情報中心裡。有可能他們是最早飛出去的。」

「不。」安納瓦克搖搖頭，「至少珊不會。我聽到她的求救聲了。」

「什麼？什麼時候？」

「在我下來找你們之前……西谷，我不想拿我的問題麻煩你，但我一生中無動於衷的次數太多了。發生了一些變化。我不再是那樣的人了。你理解嗎？我再也不能不管了。」

約翰遜微笑著。「不能，你不能這樣做。」

「聽著！我只試一次。這期間你把深飛三號放下，做出發的準備。只要我在接下來的幾分鐘裡找到珊，我就回來，我們離開這兒。」

「萬一你找不到她呢？」

「那還有深飛四號將我們大家從這裡帶出去。」

「好。」

「真的可以嗎？」

「當然。」約翰遜攤開雙手，「那你還在等什麼？」

安納瓦克猶豫著。他咬緊嘴脣。「如果我在五分鐘後沒有回到這裡，你就一個人離開。明白嗎？」

「我會等的。」

「不，你只等五分鐘。最多五分鐘。」

他們擁抱。安納瓦克跑下碼頭。隧道通往實驗室的地方，全都被淹了，但獨立號似乎還保持著一定程度的穩定。最後這幾分鐘裡船沒有繼續前傾。

還有多久呢，安納瓦克想道。

水拍打著他的踝骨。他往裡走，用自由式游了一段，腳踩到底時則涉水走了幾公尺。在機庫斜板附近，天花板倒向水面，但還有幾公尺距離。安納瓦克從關閉的實驗室門旁游過，來到拐彎處，抬頭往上看。這期間有些斜板變成了平地，有些變得更陡了。通向機庫甲板的那一段斜板陰森森地突起。最上面飄著一團黑煙。他必須用四肢往上爬。儘管穿著潛水衣，他仍覺得冷。即使能夠成功乘坐潛艇離開，也不能保證可以從這場災難中倖存下來。

不。他必須活下來！他必須再見到卡倫・韋孚。他果斷地往上爬。

比他想像的簡單。斜板的鋼板上有凸擋，用來擋住車輛和行進的海軍。安納瓦克的手指抱住凸擋。他一點點地往上爬，靴子蹬在橫撐上，抓牢。愈向上溫度愈高，他不冷了。黏乎乎的煙進入了他的肺。他爬得愈高，煙霧就愈濃。飛行甲板上又傳來隆隆聲。

開始起火時，克羅夫發出過呼救。如果她在起火時活了下來，現在也許還活著。

他氣喘吁吁地爬上最後幾公尺，吃驚地發現機庫裡的可見度比斜板上好。隧道裡濃煙聚集，而這裡，艇外升降機的通道形成了通風口，將煙霧吸進來同時又讓它散開。這裡像烤爐裡一樣又熱又嗆。安納瓦克拿衣袖搗住口鼻，跑進機庫甲板。

「珊！」他喊叫道。沒有回音。他期待的是什麼？期待她張開雙臂向他跑來嗎？「珊・克羅夫！珊曼莎・克羅夫！」

他一定是瘋了。但瘋了也比做活死人好。灰狼說得對。他像個活死人一樣行走在這個世界上。這種瘋狂實在好多了。「珊！」

底層甲板

約翰遜單獨一人。他堅信安德森打斷了他幾根肋骨。至少他感覺是這樣。每動一下就疼得要命。當他們將魯賓的屍體悄悄運進潛水艇時，他好幾次都想大聲喊叫，只是咬緊了牙關，不想成為累贅。

他漸漸感覺他的力量在散失。

他想起他艙室裡的紅酒。這是多大的恥辱啊！正好現在他想喝一杯。雖然這樣治不好斷裂的肋骨，但能讓痛苦變得容易忍受些。哪怕是和自己乾杯，因為除了他好像再沒有一個會享受的人還活著了。他過去幾星期裡認識的那許多可愛和討厭的人之中，根本沒幾個像他這樣對美具有獨特的靈性。

或許他就是一隻恐龍。一隻精品恐龍，他邊想邊將深飛三號降到碼頭的高度。

他喜歡這個。精品恐龍。他正是這樣的。一個因為自己是個活化石而感覺享受的活化石。著迷於未來和過去，它們經常混在一起，讓人經常根本不知道正生活在哪個時代，因為過去和未來同樣鼓舞著幻想。

波爾曼……這個德國人會懂得欣賞一瓶優質葡萄酒的。其他就沒有人了。蘇・奧利維拉會感到有趣，同樣地他也會為她端上超市裡某種差強人意的飲料。災難城堡裡，有誰有這樣高的品味，懂得欣賞一瓶美味的玻美侯產的紅酒呢？也許只有……

茱蒂斯・黎。

他想最後一次不顧他的肋骨痛，跳上深飛，呻吟一聲，膝蓋哆嗦著站住了。然後他蹲下去，打開帶有密封機械的活門，拔掉頂蓋的閂子。頂蓋慢慢升起，豎直。兩個駕駛艙敞開在他眼前。

「全部上船。」他大喊道。

奇怪！在斜豎的底層甲板上，他獨自一人待在潛水艇上。你永遠不會知道人生的下一站將在何方。

茱蒂斯・黎？

他寧可將這瓶酒倒進格陵蘭海。為某些人保留它，也是對美的一種敬重。

黎

她上氣不接下氣地趕到機庫甲板。黑煙籠罩了一切。她試圖在煙霧中辨認出什麼來，在那後面似乎有個人影在移動。

然後她聽到了：「珊！珊曼莎．克羅夫！」

那個喊叫的人是安納瓦克嗎？她猶豫了片刻。可是現在殺掉安納瓦克還有什麼用呢？艦首最後的艙門隨時可能向海水讓步。船可能斷裂。一旦到了那一步，獨立號會像塊石頭一樣沉下去。

她跑向斜板，望進一個濃煙滾滾的洞裡。她的胃痙攣糾結。黎既不害怕也不覺得累，但她自問要怎麼將兩顆魚雷弄下去。一旦再弄丟這些東西，它們會掉進黑暗的水裡。

她將雙腳橫過來，一步一步側身走下斜板。又暗又悶。最糟的是煙霧，她相信會在煙霧中窒息而亡。忽然她突然失去平衡，一屁股坐下去，雙腿伸直，迅速下滑。她緊張地抱緊兩顆魚雷，感覺粗糙的甲板表面和橫撐狠狠地敲打著她的腰椎，她翻著筋斗，看到黑色的水向她撲來。

水濺向四面八方。黎轉了一圈，浮上來大口吸氣。她沒有放開魚雷！

隧道牆裡響起沉悶的哭聲。她推身離開，悄悄游進建築物，繞過彎角，朝底層甲板游去。水溫正好，一定是從水池裡流出來的。隧道裡的燈滅了，但底層甲板有獨立的供電系統。最前面更亮。走近時她認出了斜伸的碼頭，艦尾的密封活門此刻正威脅似的吊在人造水池上方，兩艘潛水艇中有一艘懸吊到碼頭的高度。

兩艘船？深飛二號不見了。約翰遜身穿潛水衣在深飛三號上來回走動。

飛行甲板

克羅夫再也受不了了。巴基斯坦廚師雖然有菸，但除此之外也幫不上什麼大忙。他哀嘆著蹲在艦尾的船緣，無計可施。其實克羅夫自己也是，根本不知道接下來該怎麼辦。她不知所措地盯著熊熊的火焰。但她打從心底深處最痛恨的就是放棄這個念頭。對於一個連續數年、數十年諦聽太空，只希望接受到外來智慧的信號的人來說，放棄的念頭顯得太荒唐了。它根本不合適。

突然一聲巨響。一團巨大的火雲在艦橋上方升起，像放鞭炮似的閃爍並劈啪作響。甲板猛地一抖，火苗立刻從地獄裡向他們奔來。

廚師驚叫一聲跳起來，大步後退，踉踉蹌蹌翻出了船板外。克羅夫想抓住他的手。那人保持了一秒鐘的平衡，臉都嚇歪了，搖搖晃晃，大叫著跌了下去。他的身體重重地落在斜立的艦尾活門上，然後彈了起來，從克羅夫的眼中消失。叫聲中斷。她聽到啪咚一聲，嚇得從船板上退回。

她站在火焰中央。周圍的瀝青在燃燒。熱得要命。只有艦右側還未籠罩在火星雨之中。她第一次感到絕望和悲觀從心中升起。形勢毫無希望。她或許有辦法拖延，但無法改變。

酷熱逼得她後退。她跑向艦的右側，那裡是艦外升降機的連接部位。她該怎麼辦？

「珊？」

這下她產生幻覺了！有人在喊她的名字嗎？不可能。

「珊曼莎．克羅夫！」

不，不是幻覺。有人在喊她的名字。

「這兒！」她叫道，「我在這兒！」

她睜大眼睛轉頭尋找。那聲音從哪兒來的？飛行甲板上並沒有人。後來她明白了。

她彎下身，小心不讓自己跌下去。空氣中充滿煙灰，但她仍清楚看到了下面傾斜的舷外升降機平台。

「珊？」

「這兒！我在上面！」她使盡全力氣喊叫。突然有人跑到平台上，仰起頭來。

是安納瓦克。

「李奧！」她喊道，「我在這兒！」

「我的天啊，珊。」他仰頭盯著她，「等等，妳待在那裡，我來接妳。」

「怎麼接呀，小伙子？」

「我上來。」

「再也上不來了。」克羅夫叫道，「這裡一切都燒紅了。艦橋，飛行甲板，這裡是一座燃燒的地獄，跟它相比好萊塢版本屁也不是。」

安納瓦克激動地來回奔跑。「墨瑞在哪兒？」

「死了。」

「我們必須離開，珊。」

「謝謝你提醒我。」

「妳體育好嗎？」

「什麼？」

「妳能跳嗎？」

克羅夫盯著下面。體育好！我的天。她曾經體育很好。在香菸被發明之前的某段生命裡。這裡至少有八公尺高，也許是十公尺。更何況傾斜使平台變成了一個滑道。「我不知道。」

「我也不知道。妳有更好的主意是在接下來十秒鐘內管用的嗎？」

「沒有。」

「我可以開潛水艇帶我們出去。」安納瓦克伸出手，「快跳！我接住妳。」

「算了，李奧。你最好讓開。」

「別講廢話了。跳！」

克羅夫最後回望一眼。火焰臨近了。它們在舔噬她，飢餓地竄來。她閉上眼睛又睜開。「我來了，李奧！」

底層甲板

見鬼，安納瓦克哪兒去了？約翰遜蹲在輕輕搖晃的潛水艇上，望著下面。到現在為止，閘道黑暗的水裡還沒浮上來什麼看似Yrr親自駕臨的東西。何必來呢？何必進攻呢？牠們只需要耐心等待，等這條船沉下去。最後Yrr還是征服了獨立號。

五分鐘到了。原則上他可以逃走了。那樣還剩一條潛水艇，可以將安納瓦克和克羅夫帶出去。尚卡爾呢？這樣會有四個人。他不能離開。如果安納瓦克帶著克羅夫和尚卡爾回來，他們需要兩條船。

他開始低聲哼起馬勒的第一號交響曲。

「西谷！」

約翰遜轉過身。上身一陣刺痛，疼得他透不過氣來。黎就站在船後的碼頭上，拿手槍對著他。她身旁放著兩根細長的管子。

「請你下來，西谷。請你別逼我開槍殺你。」

約翰遜抓住深飛繫在上面的鋼鍊。「為什麼要逼妳？我想，妳喜歡這種事。」

「下來。」

「妳想威脅我嗎，茱蒂斯？」他乾笑著，思緒飛轉。他得想辦法穩住她。挑釁，恫嚇，盡可能拖延，等安納瓦克回來。「如果我是妳，我就不會開槍，不然妳的小小潛水艇就完蛋了。」

「你什麼意思？」

「到時候妳就會看到的。」

「你說。」

「說出來太無聊了。妳過來，黎總司令。別這麼扭扭捏捏。妳開槍打死我，自己找出來吧。」

黎在猶豫。「你拿這條船怎麼了？你這個該死的傻瓜。」

「妳不知道嗎？我可以告訴妳。」約翰遜吃力地站起來，「甚至還能幫妳修好它，但在這之前妳得先跟我解釋解釋。」

「沒時間了。」

「是啊，多蠢啊。」

黎怒目瞪著他，垂下武器。「你問吧。」

「妳已經知道問題了。——為什麼？」

「你當真要問這個？」黎喘著粗氣，「請你動動你那發達的大腦吧。你以為沒有美國，世界還會存在嗎？我們是剩餘的唯一穩定因素。只有一種持續有效的模式，是對每個社會裡的每個人都正確且絕對有效的，那就是美國式。我們不能允許全世界來解決Yrr的問題。我們不能允許聯合國這麼做。Yrr為人類造成很大的損失，但也帶來龐大的知識。你想看到這知識落入誰的手裡呢，西谷？」

「落在能最妥善使用它們的人手裡。」

「非常正確。」

「但我們大家都致力於此啊，茱蒂斯！我們不是立場一致嗎？我們可以和Yrr協商。我們可以……」

「你還不懂嗎？我們不能跟牠們協商。那不符合我們國家的利益。我們，美國，必須得到這個知識，而且還得想盡一切辦法不讓其他人得到。除了把Yrr從世界上消滅掉，沒有別的選擇。和平共處就等於是承認我們失敗了，是人類的失敗，是對上帝的信仰的失敗、是對我們統治權的信賴的失敗。而且和平共處最可怕的是，它會帶來新的世界秩序。在Yrr面前，大家都是平等的。每個高科技國家都可以和牠們交流。誰都想跟牠們結盟，得到牠們的知識，最後甚至有可能征服牠們。——誰能做到這一步，就將繼續統治這顆星球。」她向他走近一步，「你明白這意謂著什麼嗎？海底的那個物種擁有一種我們至今作夢都不敢想的生物技術。只有通過生物途徑才能跟牠們結合，那麼，這世界到處都可以完全合法地進行微生物試驗。我們不允許這樣。除了消滅Yrr，別無選擇，沒有對美國有利的選擇！我們不能讓任何人這麼做，聯合國的膽小鬼們也不行，每個流氓都在聯合國裡占有一席之位，擁有發言權。」

「妳簡直是瘋了。」約翰遜說道，忍不住咳嗽起來，「妳到底是怎樣的人啊，黎？」

「我是一個熱愛上帝的人……」

「妳愛的是妳的飛黃騰達！妳是徹頭徹尾的自大狂！」

「我愛的是我的國家！」黎叫道，「你以為什麼？我知道我的信仰。只有美國能夠拯救人類……」

「以便一勞永逸地確定角色的分配，是嗎？」

「那又怎樣？整個世界總是要求美國扮黑臉，而我們正在扮這個黑臉！這才正確！我們不能允許這世界相互分享Yrr的知識，所以我們必須消滅牠們，保存這個知識。此後我們終將主宰這顆星球的命運，沒有哪個不喜歡我們的暴君和獨裁者還能再次懷疑這一統治地位。」

「妳打算做的，是消滅人類！」

黎咬牙切齒。「噢，這種沒有理論依據的話，你們科學家竟能脫口而出。你們從不相信，我們能征服這個敵人，消滅牠們就能解決我們的問題。你們只會發抖、抱怨，說滅絕Yrr會破壞這顆星球的生態系統。但Yrr已經在破壞它了！牠們在滅絕我們！如果我們這樣做可以長期身為統治的物種，難道不該忍受一點對環境的破壞嗎？」

「妳是唯一想統治這裡的人，妳這個可憐的瘋子。妳想怎樣統治蟲子，阻止……」

「我們先毒死這個，再毒死另一個。只要Yrr不再擋路，我們就可以在海底為所欲為了。」

「妳在毒殺人類！」

「你知道嗎，西谷？消滅人類也是一個機會。事實上，如果空間寬敞一點，對這顆星球也很有好處。」

黎瞇起眼睛，「請你別再擋我的路。」

約翰遜文風不動。他抓緊鋼鍊，緩緩地搖搖頭。「這艘船無法使用。」他說道。

「我不相信。」

「那妳就等著瞧吧。」

黎點點頭，「我正在這麼做。」她抬起握槍的手臂射擊。約翰遜想躲。他感覺子彈射穿他的胸骨，帶來一陣寒冷和疼痛。

混蛋開槍了。她向他開槍了。他的手指先後鬆開鋼鍊。他遲疑著，想說什麼，轉身向前跌入駕駛艙中。

艦外升降機

在他看到克羅夫跳起的那一刻，安納瓦克突然懷疑起這樣是否可行。她在空中張開手腳，跳得太偏左了。他後退，衝向一旁，張開雙臂，希望衝撞力不會將他倆推進海裡去。她那麼嬌小，撞上他的威力卻像一輛疾駛的公車。

安納瓦克仰面跌倒。克羅夫跌在他身上。他們一起沿斜面滑下去。他聽到她在喊叫，還有他自己的喊叫。在他盡全力想用腳抵住地面的同時，後腦勺則在瀝青上摩擦著。這是他今天第二次跟舷外升降機發生過節，他熱切地希望這是最後一次——無論如何。

快到邊緣時他們才停了下來。

克羅夫盯著他。「你還好嗎？」她沙聲問道。

「我好得不能再好了。」

克羅夫從他身上滾下，想爬起來，臉一扭，又跌倒了。「不行。」她說道。

安納瓦克跳起來，「怎麼了？」

「我的腳。右腳。」

他在她身旁跪下，撫摸她的腳關節。

克羅夫呻吟起來，「我想是斷了。」

安納瓦克停下來。是他的錯覺，還是船剛剛又向前傾斜了一點？平台在滑軌裡吱吱作響。「抱住我的脖子。」他扶克羅夫站起來。她至少能用一條腿一跳一跳地走在他身旁。他們順利來到機庫裡。簡直伸手不見五指。而且變得更陡了。

怎麼從斜板下去呀，安納瓦克想道。它一定變成最陡的懸崖了。

他突然感到怒火中燒。這裡是格陵蘭海。北方高緯地區。他來自北方高緯地區。一個伊努特人。百分之百的伊努特人！他生於北極，屬於這裡。但他肯定不會死在這裡，克羅夫也不會。

「走。」他說道，「繼續。」

深飛三號

黎跑向操縱台。她想，浪費太多時間了。我不應該跟約翰遜進行這種無意義的爭執的。

她讓深飛升起一點，懸在碼頭上方，直到靠近她的頭頂為止。她看到兩個空筒。火箭筒還在，但有兩顆較小的魚雷已取出，以便為裝有毒劑的魚雷騰出位置。好極了！深飛的武器裝備仍然很可觀。

她迅速將魚雷塞進筒裡，固定住。這個系統設計得完美無缺。魚雷一發射，假設射進藍色雲團，一顆小炸彈就會使毒劑在高壓下被射出來，分散到水裡。其餘的由Yrr自己來處理。這是整個計畫中最出色的：Yrr一旦感染，就會在一場神奇的連鎖反應中群體自我消滅。

魯賓幹得好。

最後她再次確認是否固定好，便讓深飛返回閘上方，將它放下，直到它輕輕落在水面。沒時間穿潛水衣了。她必須小心。她匆匆跑下梯子，跑向船，爬上去。深飛晃了一下。她的目光落進敞開的駕駛艙裡，約翰遜躺在裡面，一動不動，臉朝下。

這個固執的傻瓜。他為什麼不能往旁邊倒下，跌進閘道裡呢？現在她偏偏還得扔掉他的屍體。

她突然感到些許遺憾。她有點喜歡和欣賞過這個人。也許，在另一種情形下……

艇身一顫。不，太晚了，沒時間扔掉他。事實上這也無關緊要。副駕駛的座位也能控制船，功能可以切換。她在水下還可以扔掉約翰遜。

某個地方的鋼板大聲裂了開來。

黎匆匆爬進潛水艇，關閉頂蓋。她的手指滑過控制板。艙內充滿低鳴聲，一排排燈光和兩個小螢幕亮了起來。全部系統都做好了準備。深飛平靜地停在格陵蘭海深綠色的水面上，準備穿過三公尺粗的閘道下潛，黎感覺無比興奮。

她終於還是成功了！

避難所

約翰遜坐在海邊。面前的大海風平浪靜，星辰密布。他多麼渴望再回到那兒一次呀。他眺望著他的心靈地形，充滿敬畏和幸福。他奇怪地體驗自己沒有身軀、沒有冷暖的感覺。和平時有點不一樣。他覺得，好像他本身就是海，是海對面的房屋，四周沉寂漆黑的森林，灌木叢中的聲響，明月。他是所有這一切，所有這些東西都在他心裡。

蒂娜·倫德。

多可惜呀。她不在這裡，這是多麼遺憾啊。他應該送她這片寧靜的，這深深的安寧。但她死了。在大自然強烈反抗沿著海岸如黴菌般侵襲發展的民族時，就那麼被沖走了，就像一切被沖走一樣，只有他視網膜上的這幅畫面未被沖走。海洋是永恒的。這個夜晚不會結束。孤獨過去後，將是舒適的虛無，自私者最終的享受。

他想要這樣嗎？他真的想要孤獨嗎？

為什麼不呢？孤獨有一系列異常珍貴的優點。你獨享十分寶貴的時間。你傾聽內心，聽到驚人的東西。另一方面，通向孤獨的邊境在哪裡呢？

他突然感到害怕。

害怕痛。那吞噬著他的胸膛，令他透不過氣來。他霎時感覺到了冷。他開始顫抖。海洋裡的星星被風吹成紅色和綠色的燈光，發出電子的嗡嗡聲。整個畫面漸漸模糊，轉為某種發光的、有稜角的東西，他不再坐在海邊，大海沒了，而是被擠在一個隧道裡，一個柱筒中，一根管子裡。

他的意識一下子返回了。你死了，他想道。

不，他沒有完全死。但他感覺到，只剩幾秒可活了。他躺在潛水艇內，正要將毒劑送下海，去用一樁更大的罪行來對付Yrr的罪行，如果存在Yrr的話——一樁謀害Yrr和人類的罪行。

閃爍在他眼前的，不再是星星，而是深飛的儀表板。它們在運轉。他抬起目光，透過透明的圓頂，看到底層甲板的邊緣正向上推移。他們在閘室裡。

他以不可思議的意志力成功地轉動頭顱。他在相鄰的座艙中認出了黎漂亮的身影。

黎。茱蒂斯．黎開槍打死了他。差點打死。

船在往下沉。鉚接在一起的鋼板後退。他們馬上就要出發了。那時候就沒有什麼東西、沒有什麼人能阻止黎將她那致命的毒劑釋放進海裡了。

不可以這樣。

他將雙手伸出，張開手指時，他出汗了。險些昏倒。操縱台在那裡。他躺在駕駛艙裡。黎將控制器切換到了她那邊。她在副駕駛座位上操縱著船，但這是可以改變的。一按鍵，控制器就會換到他這邊。

切換功能在哪裡呢？

羅斯科維奇的主任技師凱特．安．白朗寧對他進行過培訓。她訓練得很徹底，他學得很認真。他對這種事感興趣。深飛預示著一個深海下潛技術的新時代開始，約翰遜從一開始就對未來感興趣。他知道這個功能在哪裡！他也知道其他儀器的功能，知道要達到他所希望的結果，必須做些什麼。他只需要回想。

你回想。他的手指像垂死的蜘蛛在鍵盤上爬行，沾滿了血。他的血。

你回想呀！那兒。那個功能。在那旁邊……

他沒辦法做更多了。生命在從他體內流失，但他還有最後的力量。那就足夠了。妳駛進地獄吧，黎！

黎

茱蒂斯・黎從圓頂裡盯著外面。在她頭頂不到幾公尺處，是設著閘道的鋼壁。船緩緩落向海面。還有一公尺了，也許不到一公尺。她將發動螺旋槳，然後陡直俯衝，駛往一旁。如果獨立號在接下來幾分鐘裡沉沒的話，她想儘量遠離些。

她什麼時候會遇上第一個Yrr群體呢？如果是比較大的群體，可能會有麻煩，這她知道，然而她無法想像牠們究竟有多大。或許虎鯨也會襲擊。遇到這兩種情況，武器會為她射出一條路來。沒有理由擔心。

她必須等待藍色雲團。射出毒劑的最佳時機就在結合前的那一刻。

這些該死的單細胞生物會感到吃驚的。有趣的想法。單細胞生物會吃驚嗎？

她忽然奇怪了起來。剛才儀表板上發生了什麼變化？一盞小控制燈熄了，顯示控制器在她旁邊……控制器！她失去了控制器！所有操縱功能都被切回了正駕駛那一側。相反地，有一個燈號在閃爍，圖形顯示出四顆魚雷，兩支小的，兩支較大的。

一支箭頭在閃爍。

黎驚得長嘆一聲。她拿拳頭捶打儀表板，想重新切回控制權，但射擊命令仍無法取消。顯示燈號在她水藍色的眼裡繼續閃爍，並無情地倒數著：〇〇・〇三……〇〇・〇二……〇〇・〇一……

「不！」

○○・○○
她的臉呆住了。

魚雷

約翰遜發射的魚雷飛出箭筒，在水裡穿行了將近三公尺，最後在閘道的鋼板上爆開。巨大的壓力波攫住了深飛。它砰地撞在後壁上。閘道裡激起一股巨大的水浪。當潛水艇還在翻滾時，第二支魚雷又爆炸了。半個底層甲板飛上了天，聲音震耳欲聾。一個火球沖天而起，而深飛，深飛裡面的兩個人和那有毒物，都徹底消失在其中，好像他們從未存在過一樣。碎片砸進甲板、牆壁，砸壞了艦後的浮力箱，深飛轉眼就浸滿了水，數百噸的海水穿過那人造水池底部的焊接口湧入。

獨立號的艦尾往下沉去。它開始迅速下沉。

逃跑

當爆炸的衝擊波掠過船身時，安納瓦克和克羅夫已經來到斜板邊緣。震動使他們摔倒。安納瓦克被拋上空中轉了一圈，看到斜板隧道上被煙霧熏黑的牆壁在旋轉，隨即頭朝前地栽進黑色的深淵。克羅夫在他身旁邊跌邊轉，然後從他的視線中消失。有槽的鋼板撞著他的肩、背、胸和髖部，將皮膚從骨頭上刮了下來。他站起來，又被一陣衝擊波抓住，拋得轉了一圈，以致有一瞬間他以為又被拋了回去。他耳中的雜訊難以言喻，好像整艘艦船都在破碎。他繼續不停地跌落，高高地劃出弧形，又落進冒泡的水中沉了下去。

無情的漩渦立刻攫住他。他耳朵裡嘩嘩作響，手腳胡亂拍打，一心只想離開漩渦，連上和下都分不清楚。獨立號不是從艦首方向開始下沉的嗎？怎麼艦尾一下子就浸滿了水呢？

底層甲板。它爆炸了。約翰遜！

什麼東西打在他臉上。一隻手臂。他伸手抓住，抱緊它，雙腿踩水，但沒有前進的感覺。他被拋得側過身，又被拉了回去，被同時拉向各個方向。他的肺很痛，好像在呼吸液體的火似的。他忍不住咳嗽，感覺他在水下的8字形迴旋滑道上發暈。

他的頭突然浮出了水面。昏暗。

克羅夫也從他身旁浮上來。他還抱著她的手臂。她透不過氣來，閉著眼吐水，又沉到水下。安納瓦克將她拉回來。周圍淨是白沫和漩渦。他仰起頭，看到他們位在斜板隧道的底部。拐向實驗室的彎角和底層甲板所在的位置，洪水在翻騰。

水在上漲，冷得要命。直接來自海洋裡的冰冷之水。他穿著潛水衣，暫時不會凍壞，但克羅夫身上沒穿潛水衣。我們會淹死的，他想道。或者凍死。無論如何，都是完了。我們被困在這艘可怕艦船的腹內，它在進水。我們將和獨立號一起沉沒。

我們將死去。我將死去。

無名的恐懼向他襲來。他不想死。他不想結束。他熱愛生活，他是那樣愛它，他還有許多事情要彌補。他現在不能死。沒有時間。下一回吧，但現在絕對不適合。

恐怖得難以忍受。

他又沉到了水下。有什麼東西擦過他的頭。不是特別硬，卻將他往下按。安納瓦克踩動雙腿，掙脫出來。他奮力浮上去，看到了撞他的東西，心裡一陣狂喜。

一艘橡皮艇從底層甲板裡衝了出來。應該是爆炸的壓力波將它沖掉了。它漂在冒泡的水面上，打著轉，斜板隧道裡的水愈漲愈高。一艘功能正常的橡皮艇，有著舷外發動機和防雨艙。可以坐八個人，對兩個人來說絕對夠大了，裡面裝滿應急設備。

「珊！」他喊道。他看不見她。只有嘩嘩作響的黑色海水。

不，這樣不行。剛才她還在我身邊的。「珊！」

水繼續上漲。一半以上的隧道都淹沒了。他伸手抓住橡皮艇往上爬，回頭尋找。不見克羅夫。

「不。」他吼叫道，「不，該死，不！」

他爬進橡皮艇裡。艇身猛晃了一下。他四肢著地爬向另一側，低頭望進水裡。

她在那兒！她半閉著眼睛漂在艇邊。海浪沖打著她的臉。剛才艇身擋住了他的視線，所以看不見她。

珊的雙手虛弱無力地動著。安納瓦克彎下身去抓她的手腕。

「珊！」他對著她的臉喊道。

克羅夫的眼睫一跳。然後她咳嗽，吐出大口的水。安納瓦克使勁拖她。他的手臂痛得那樣厲害，讓他以為他做不到，但意志告訴他，這是拯救珊曼莎・克羅夫的唯一辦法。

回家時千萬不要沒有了她，他似乎在說，要不然你可以立即重新跳下水去。

他呻吟嗚咽，嚎叫詛咒，又拉又拖，終於她突然上了船。

安納瓦克仰身跌倒。他再也沒有力氣了。

別放鬆，內心的聲音說道。你坐在橡皮艇裡，這樣還不夠。你必須搶在大船將你帶進海底之前出去。

橡皮艇愈轉愈快，在上升的水柱頂上舞向機庫甲板。再一下就要被沖進巨大的廳裡了。安納瓦克直起身，又立即跌倒了。也好，他想，那我們就爬吧。他用四肢爬向駕駛艙，拉著把手爬起來。他的目光落在儀器上。周圍的小方向盤擺設得跟藍鯊號差不多。一幅熟悉的畫面。他應付得來。

他抬頭觀看。他們正衝向斜板上端。他抱緊，等待合適的時機。

突然間他們出了隧道。一道海浪將他們吐了出來，沖進機庫，機庫裡現在也開始浸滿水了。

安納瓦克發動舷外發動機。

沒反應。快，他想道。別裝腔作勢，你這破玩意兒！快轉。

又沒反應。快轉啊！破玩意兒！破玩意兒！

發動機一下子轟隆響起來，橡皮艇衝了出去。安納瓦克向後跌倒。他抓住駕駛艙裡一根把手，拉著它返回艙裡。他雙手抱住方向盤。橡皮艇在機庫裡飛竄，一個急轉彎，全速衝向通往右側平台的通道。

通道在他眼前萎縮。

他愈靠近，通道就愈矮。甲板進水的速度快得令人難以置信。水從下面、側面湧進來，一道道灰色的波浪。轉眼間機庫八公尺的甲板高度只剩下四公尺了。

不到四公尺。三公尺。舷外發動機痛苦地嚎叫。不到三公尺。快！

他們像顆砲彈一樣射出去。艙蓋重重擦過通道表面，橡皮艇最後落在一道浪尖上，在空中懸了一會兒，啪一聲重重落下。

大海洶湧。灰色怪物翻捲而來。安納瓦克抱緊方向盤，指節都泛白了。他衝上下一道浪峰，跌進峰後的深淵，再重新衝上，跌下。然後他放慢了速度。慢點好。現在他看到海浪雖然高，但不是很陡。他將橡皮艇轉了個一八〇度，聽任湧來的下一道波浪托起，緩慢駛向前方。

那景象很恐怖。

灰濛濛的海裡，獨立號熊熊燃燒的艦樓衝向濃煙繚繞的天空。看起來有如大海中一座火山爆發了。飛行甲板也已沉到水裡，只有燃燒的廢墟還在與不可逆轉的命運抗爭。他遠遠地駛離下沉的大船，但火焰的呼呼聲仍不斷傳來。

他望著，透不過氣來。

「智慧生物。」克羅夫在他身旁鑽出來，臉色蒼白如紙，嘴唇發黑，不停顫抖著。她抓緊他的上衣，受傷的腿彎曲著。「它們淨惹麻煩。」

安納瓦克沉默不語。他們一起觀看著獨立號下沉。

第五章
接觸
CONTACT

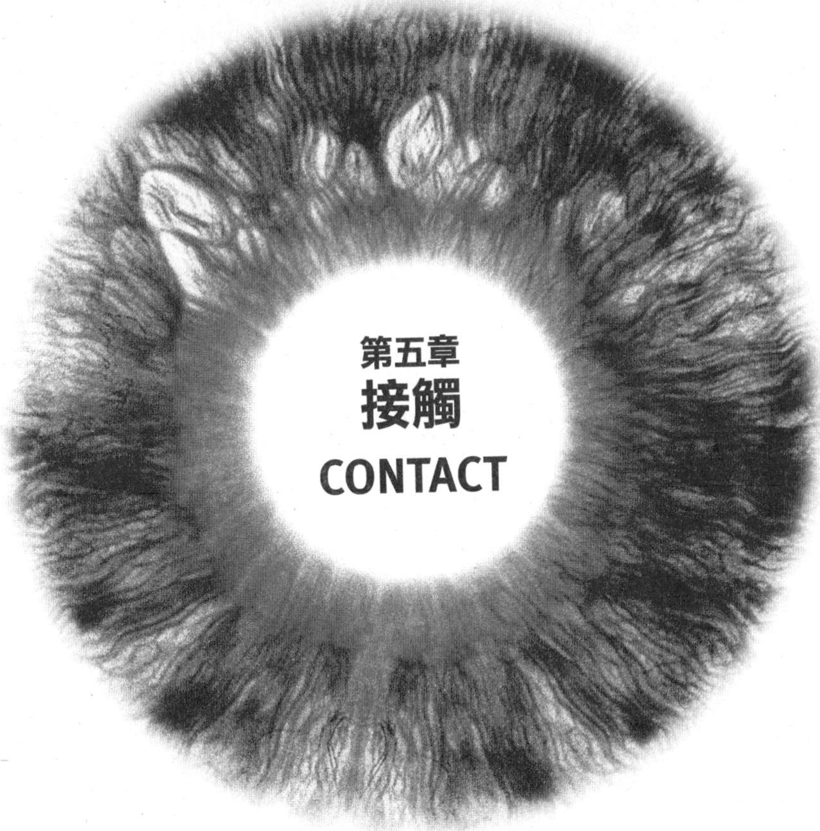

尋找陌生的智慧就是尋找自己的智慧。

The search for extraterrestrial intelligence is a search for ourselves.

——卡爾．沙根 Carl Sagan

夢

醒醒！

我醒著。

妳怎麼知道？妳的周圍一片漆黑。妳正飛向世界的最深處。妳看到什麼？

什麼也看不到。

妳看到什麼？

我看到我面前的儀器亮著兩顆綠燈，顯示出內外壓、氧氣存量、我下滑時的傾斜角度、燃料存量，和速度。它測量水的成分，我看到了資料和表格；還有感測器測量艇外溫度，我看到一堆數字。

妳還看見什麼？

我看到水中旋轉的東西、探照燈照出的狂亂落雪、沉入深處的微小有機物。水裡充滿有機化合物，看起來有點混濁。不，是很混濁。

妳看到的還是太多了。

難道妳不想看到全部？

全部？

韋孚下潛了將近一千公尺，沒有遭受攻擊。既沒有遇到虎鯨，也沒遇到Yrr。深飛運作得無可挑剔。她以橢圓弧線盤旋而下。不時有幾條小魚進入燈光照射處，又一閃而過。腐殖質在周圍滾動。磷蝦被照亮了，所有微小的甲殼類都只有一個白點大。多如繁星的微粒將所有光線反射回光源。

深飛的探照燈向前射出髒灰色的一團光，她已經緊盯那團光十分鐘了。人工照亮的黑暗，再也照不亮什麼東西的光芒。十分鐘，這十分鐘裡她失去了速度感和時間感。每過幾秒鐘她就檢查一下儀器，以便知道她的速度有多快、潛得多陡，又過了多久。

她可以倚賴電腦。

她當然知道，正和她悄悄對話的，是自己的聲音。那是所有經驗的結晶，那是透過學習和觀察所得的知識淬煉的成果，那是現有理解力的精華。同時，某種東西正從她體內和她對話，她之前並不知道有那東西，那東西正在提問、提議、讓她困惑。

妳能看到什麼？

很少。

說很少還太誇張了。只有人類才會有這麼荒唐的念頭，在外在環境暗示某個感覺器官已不管用時，還如此依賴那器官。卡倫，無意冒犯妳的裝備，但一小束光線幫不了妳。妳的光線只是一道狹窄的隧道，一座監獄。解放妳的意識吧。妳想看到全部嗎？

想。

那就關掉探照燈吧。

韋孚猶豫著。她是有這打算，她得關掉探照燈，好看到黑暗中的藍光。但何時呢？她嚇了一跳，她是多麼倚賴這可笑的光束啊。她牢牢抱著那光束太久了，就像在被子底下打開了手電筒。她依次關閉強烈的探照燈，最後只剩下儀器上的小燈。如細雨般的微粒從眼前消失了。

黑暗包圍了她。

極地的水是藍色的。在北極、北大西洋和部分南極，含葉綠素的生物太少了，無法將海水染綠。水面下幾公尺處的藍就像天空。就像一艘太空飛船裡的太空人看著他熟悉的藍色，離開地球愈遠，那藍就愈深，直到太空的黑暗最終將他吞沒，潛水艇也以反方向沉向一個充滿謎團的黑暗空間。實際上，無論朝上或朝下，都沒有差別。這兩種情況下，隨著熟悉的地景漸漸遠去，熟悉的知覺也漸漸消逝。首先是視覺，隨後是重力感。海洋雖受地心吸力的法則所控制，但任誰處在上千公尺深的海底和一團漆黑中，都無從知道自己是正在往上或往下，你只能相信深度測量儀。無論是內耳或視覺都派不上用場。

韋孚將下沉速度調到了最大。深飛在短時間內穿越了這片顛倒的極地天空，光線很快就消失了。當深度測量儀顯示出六〇公尺時，感應器仍可測出百分之四的海面光線，而此時她已經打開了探照燈。她是一個正努力用一盞燈照亮宇宙的女太空人。

醒醒吧，卡倫。

我醒著。

當然了，妳還醒著，注意力專注，但妳正做著不該做的夢。全人類都夢想著一個不存在的世界，然後被困在這白日夢裡。我們活在分類表格和準則的世界中，不能接受自然的原本樣貌。我們無法理解這世上的每樣東西是如何相互纏繞、彼此連結。我們做了分類、排列，將自己視為至高無上。為了理解事物，我們需要符號及神，然後聲稱它們是真實的。我們總相信眼見為憑，但我們一描述了事物，就無法理解它。即使我們睜大了雙眼，我們仍是瞎子。卡倫，望向黑暗，看看地球深處躺著什麼，那是黑暗。

黑暗是危險的。

絕對不是！大自然在我們的眼睛之外獨立存在著，豐富多變！只有透過偏見的眼鏡看，它才變得如此貧乏——因為我們用宜不宜人來評斷它。我們總是只看見自己，即使在閃爍的螢幕中。在我們電腦和電視上，有任何畫面展示了真實的世界嗎？若我們總是需要透過樣板去理解任何東西——「貓」和「黃色」等，那我們的知覺還能讓我們看見多樣性嗎？人類的大腦用這種標準來對抗變化萬千，多麼驚人，真是個了不起的計策，讓人能理解無法理解的東西，但也付出了代價，生命都變得抽象了。最後出現一個理想的世界，在這個世界上，數十萬的女性套用十個超級模特兒的標準外型，每個家庭有一．二個孩子，中國人平均壽命六十三歲，平均身高一．七公尺。我們是如此迷戀標準化，以致我們忽視了，正常出自於異常，出自於差異。統計學的歷史是一部誤解的歷史。它幫助我們進行概括，但它否認變化。它讓我們疏遠世界。

然而，統計也使我們彼此更接近了。

妳真這麼認為嗎？

我們設法尋找一個和Yrr溝通的方法，不是嗎？難道不是還取得了成功嗎？我們有數學作為我們的共同點。

小心！這完全是兩回事。在畢達哥拉斯定律中沒有變異這回事兒。光速總是不變。在特定的環境中，數學公式就是正確、有效的。數學並不基於價值。數學公式不是什麼住在洞穴或樹上，那不是妳可以撫摸的東西，也不會在受威脅時向妳齜牙咧嘴。當然，我們可以透過數學和Yrr溝通，可我們因此就更了解對方了嗎？數學使人們彼此更接近了嗎？我們根據文化的演進來決定如何為這世界貼上標籤，每個文化圈對世界都有不同的看法。伊努特人沒有統稱雪的字，只有數百個字描述不同種類的雪。新幾內亞島上的達尼人沒有表示各種顏色的辭彙。

妳能看到什麼？

韋孚盯著黑暗瞧。潛水艇繼續平靜地往下潛，角度六十度，時速十二節。她離海面已有一五〇〇公尺。深飛很安靜，連機殼都沒發出嘰嘎聲。米克．魯賓躺在隔壁分離艙裡。她盡量不去想他。帶著一個死人穿越黑暗，感覺真奇怪。

一位死去的使者，背負著大家的所有希望。

突然，一道閃光。

Yrr？

不。是烏賊。她闖入了一大片烏賊群。那一瞬間，她像是置身海裡的拉斯維加斯。在深海永恒的黑夜裡，無論是花稍的衣服或惡俗的舞蹈都吸引不了異性，所以單身漢盡情展示身上的光。牠們的發光器是小小的透明囊袋，開開闔闔，露出裡頭的發光細胞，讓烏賊發出閃爍的暴雨，一場無聲的深海喧鬧。但牠們不是為了向韋孚的潛水艇獻殷勤。發出閃光的用意是嚇唬。滾開，牠們說道，發現恐嚇無效時，便打開全部囊袋，圍住潛水艇，發出閃爍的光。在這群烏賊中間有些較小的生物，淺色，有紅色或藍色的核，那是水母。

然後有什麼東西加入了，韋孚看不到它，是她的聲納告訴她這件事。一大團濃密的東西。一開始她認為那一定是群什麼東西，但Yrr會發光，而這東西就跟周圍的海洋一樣黑。那是長形的東西，一端笨重，漸漸收向另一端，愈來愈細。韋孚直直朝它前進。她將深飛升高一點，從那東西上方滑過，此時她突然醒悟那可能是什麼東西。

鯨魚必須喝水才能活下去。牠們活在水中，所以，雖然那聽來實在很荒謬，但鯨魚確實有可能脫水，那機率就跟人類從船上跌落一樣大。水母幾乎完全由水組成，也就是淡水，烏賊也是如此，也提供了維持生命的液體，因此抹香鯨潛下來捕食烏賊和水母。牠垂直下沉，沉到一千公尺、二千公尺，有時甚至到三千公尺的深度，在那裡待上一個多小時，再返回水面十分鐘，呼吸一下空氣，然後再次下潛。

韋孚遇到了一條抹香鯨。一隻動也不動的掠食者，視力絕佳。在這個深度，所有生物的視力都很好。

妳能看到什麼？妳不能看到什麼？

妳走在一條街上，前面稍遠處有位男子朝妳走來，在他前方有位婦女牽著一條狗在散步。喀嚓，妳拍了張照片，街上有多少個活著的生物？彼此間的距離又有多遠？

四個。

不，更多。我看到樹上還有三隻鳥，因此是七個。男子在十八公尺遠處，女的離我十五公尺，她的狗則只有十三公尺，牠在她前面蹦蹦跳跳，套著狗圈。鳥兒在十公尺的高處，共排坐著，彼此相距半公尺。錯！事實上，妳沒看到這整條路上擠著數十億個生物。其中只有三個是人。一個是狗。除了那三隻鳥還有另外我看不到的五十七隻鳥坐在樹上。樹木本身也是生物，葉子和樹皮裡住著數不盡的小昆蟲。鳥的羽毛裡爬滿了小蟲，人類皮膚的毛孔裡也是。那條狗的毛裡聚集了五十隻左右的跳蚤，十四隻壁蝨，兩隻蒼蠅，腸胃裡寄生了數千條微小的蟲子，唾液裡滿是細菌。一個人類的身上也布滿了細菌，這些生物彼此間的距離實際上是零。黴菌、細菌和病毒飄散在空氣裡，形成有機鏈，而人類也是有機鏈的一環，大家一起交織成一個超級有機體。大海裡也是如此。

妳是什麼，卡倫．韋孚？

我是數公里內唯一的人類，除非你把魯賓算進去。但他不再是生命了，他死了。

妳是個微粒。

在數不清的不同微粒中，妳僅是其中之一。妳不同於其他任何人，就像任一細胞都不同於其他細胞。所有東西總是會有些差異，妳必須這樣看待這個世界。一旦妳知道自己是獨一無二的，那麼將自己視為一顆微粒，不是令人安慰些？

一顆飄浮在時空之流的微粒。

深度測量儀閃了一下。

二〇〇〇公尺。

十七分鐘。我已經行駛十七分鐘了。

是這隻表告訴妳的嗎？

對。

要看透這個世界，妳必須找到另一種方式看待時間。妳必須能夠回想，但妳不能，人類已經目光短淺了二百萬年。人類這個物種在進化過程中，花了大部分時間在狩獵和採集上，所以我們的大腦變成了今天這個樣子。對我們的祖先而言，所謂的未來也只不過是下一刻，而下一刻以後的任何東西都像遙遠的過去一樣朦朧、模糊。我們一度只活在當下，受繁殖的欲望所驅使。可怕的災難被遺忘，或融入了神話。遺忘一度是進化帶來的禮物，在今天卻成了詛咒。我們的心靈仍受世俗所羈絆，不管往哪個方向看，充其量也僅能看到未來的幾年。幾個世代過去了，而我們遺忘、忽視、壓抑了心靈。我們記不住過去，也沒能從中學習，我們無法考量未來。人類天生看不到整體，以及自己在其中扮演的角色。整個世界的回憶，我們不參與分享。

荒唐！這個世界沒有回憶。人類有回憶，但這世界沒有。講這個星球有什麼狗屁回憶，只是故作玄虛的廢話。

妳如此認為嗎？Yrr記下了一切。**Yrr就是回憶**。

韋孚覺得頭昏眼花。

她檢查供氧狀態。她的思緒翻騰。這次潛行似乎要變成一趟幻覺之旅了。

她的思緒在格陵蘭海的黑暗中飛散向四面八方。

Yrr在哪兒？

它們就在這兒。

在哪裡？

妳會看到它們的。

妳是在時間之流裡漂蕩的一顆微粒。

妳和無數同類一同沉入寧靜的深處，一滴冰冷的水，鹹鹹的，從熱帶北上進入不毛之地的極區，這趟磨耗的旅程使妳疲憊而沉重。妳被納入格陵蘭的深海盆地裡，成為一大片水域的一份子，異常地冰冷沉重。妳在格陵蘭島、冰島和蘇格蘭間的海底山脈上方漂蕩，從那兒出發，然後進入大西洋盆地。妳不斷不斷前進，經過熔岩堆和沉積物，沉入無底深淵。妳和其他水滴是一道強勁的水流。在紐芬蘭附近，來自拉布拉多海的海水又加入了妳們，他們沒有妳那麼沉、那麼冰冷。妳繼續朝百慕達前進，圓形的飛碟橫越大海來和妳相會，還有來自直布羅陀海峽的地中海漩渦也加入你們的隊伍，它溫暖、很鹹。地中海、拉布拉多海、格陵蘭海，這些所有海水混在一起，而妳繼續奮力南下，流過海洋深處。

妳將見證地球如何自我創造。

妳的道路帶妳沿著大西洋脊前行，那是中洋脊的一部分。中洋脊橫跨了全部海洋，加起來有所有大陸那麼大，排列起來有六萬公里長，脊背上是一座座周期性噴發的火山。中洋脊高出海床三千多公尺，上方仍有許多水，不時將洋脊切開來。這些洋脊是地表破裂的證據，在脊背裂開之處，岩漿從地底下噴出，但在深海的壓力下，熔岩並未噴散開來，而是緩緩滲出。枕狀岩流往前推進，穿過洋脊中間，像個冒失、肥胖的孩子，不屈不撓將它們切開。

那是剛誕生的海床，還未成形。洋脊被切斷了，慢慢地，慢到匪夷所思。熔岩將黑暗的海底照得紅通通的，地面很燙。地震晃動了峽谷和兩側的山脊。熔岩在裂縫的邊緣冷卻了下來。在脊背以外的地方，地貌由較老的岩石組成，離脊背愈遠，岩石就愈老、愈冷、愈厚，直到古老、冰冷、沉重的海床滑落無底的深谷。它在深海平原上蠕動，以山為裝飾，上頭覆蓋著鬆軟的沉積層。它朝西前往美國，向東走向歐洲和非洲，輸送著過往的歲月，直到有一天它將自己推入陸地下方，深深潛入地函，在軟流圈的熔爐裡融化，接著，數百萬年後，再度變成紅通通的熔岩，出現在洋脊上。

多麼不同凡響的循環啊！

海底毫不疲倦地繞著地球移動，被地心的壓力撕開，又被自己下潛部位的重量給拉動。這不停壓、拉、拖的地質性陣痛和葬禮，捏出了地球臉形的輪廓。總有一日，非洲將和歐洲合併，將再度和歐洲合併！陸塊正在移動，可卻不是像破冰船穿過脆弱的冰層那樣，而是在地殼上方消極地被拖著走，自從最早的盤古大陸羅迪尼亞在前寒武紀裂開之後，陸塊就不停移動著。即使現在，她的碎片仍繼續努力要重新會合，就像當初她們形成岡瓦納古陸，然後最終變成泛古陸所做的那樣，她們先是聚在一起，然後再度被分開。這個顛沛流離的家庭，有著一億六百五十萬年的回憶，而最後將會只有一塊完整的陸地，四周圍繞著一座孤獨的海洋。而此時，她們只能仰賴粘稠岩漿的流速，在地球表面上徘徊，直到彼此相遇。

妳是一個微粒。

妳只經歷到這一切的瞬間。當大西洋海底被推動五公分時，妳已經晃過了一年。在這次旅行讓妳看到一個地方，在那裡，生活中沒有太陽。熔岩迅速冷卻，形成斷層和裂隙。海水擠進多孔的新地底，往下流數公里深，最終來到地心滾熱的岩漿層上方，然後向上折返，滿載著滋養生命的礦物質和溫暖。水被硫磺染黑，從房屋般高、煙囪狀的物體噴射出來，滾燙，但不沸騰。在這種深度，水到了三五〇度都還不沸騰。它只是流淌，將豐富的營養分向四周，所供應的量比周圍的水大上百倍。

這趟旅遊航向未知的空間，將妳帶到異世界的邊境前哨，在那個世界中，所有生物都不需仰賴陽光維生。那裡定居著一堆堆一公尺長的蟲子、像人類胳膊那麼長的蚌類、一群群無眼的白蟹和魚，而其中最重要的，則是細菌。就像地面上的綠色植物，以陽光滋養自身，並供應其他生物維生的能量，這些細菌也有相同功能，擔任主要的生產者。但這些細菌不需要太陽，它們將硫化氫氧化。它們的生命泉源來自地球內部。它們以菌叢覆滿海床，和蟲子、蚌類及蟹類共生共存，同時間，其他蟹類和魚類又和蚌類、蟲子共生

——一切都不需一絲絲陽光。

也許這顆星球上最古老的生物不是出現在星球表面，卡倫，而是這裡，在這黑暗的海底。或許，在穿越大西洋深海的旅途中，妳看到了真正的伊甸園。兩種智慧物種中，Yrr絕對是較古老的，另一種繼承了結實的土地，卻失去他的搖籃。

想像一下，假如Yrr是被上帝選中的物種。

神的子民。

檢查儀器的時間到了。

韋孚收回剛穿越非洲的思緒。她得專注於當下。她彷彿已經旅行了一百年。潛水艇前方不遠之處，幽靈似的發光體從水中掠過，但那不是Yrr，而是一群微小的磷蝦。不過，也有可能是小烏賊或其他什麼東西，很難看清楚。

二五〇〇公尺深。

離海底還有一千公尺左右。她周圍除了廣闊的水域，什麼都沒有，但聲納突然開始急促地嘀嗒響起來。某種龐然大物正接近中。不，不只是接近，它直直朝她而來，而且體積巨大無比。一團堅硬的巨塊，從上方直直沉落。韋孚隱約的不安變成了恐慌。那巨物靠得更近了，她轉了個一百八十度的彎，迅速掠開。收音器將空洞詭異的響聲傳進深飛內部，那是一種幽靈似的嚎叫和呻吟，而且愈來愈響。韋孚想逃開，但好奇占了上風。她離那陌生物已經夠遠，看樣子那生物也沒有朝她追來的跡象。

如果那真是一種生物的話。

她再次轉彎，降低速度迎上去。現在她和它一樣高了，那未知的東西就在她正前方。漩渦拍打著深飛。

漩渦？

什麼東西能有這麼大？鯨魚？可這東西有十條鯨魚那麼大，或百條，或者更多。

她打開探照燈。就在這一刻她發現，她離那東西比她所知的還要近。她可以看到那東西，就在光束的邊緣。有一瞬間韋孚糊塗了，認不出她前方這表面光滑的物體是什麼，或來自什麼東西。它從她前方往下潛，某種發亮的東西在探照光裡驀地一閃。垂直粗黑的線，有一公尺長，後頭接著一些曲線，看起來驚心怵目地熟悉，當成文字型態來看時，它們是：

USS獨……

她震驚得失聲叫了起來。

聲音飄散開來，沒有一絲回聲，使她意識到，她人正在密閉的艙室裡與世隔絕。此時，那船正從她身旁往下沉落，她感到前所未有的孤獨。她的思緒飛向安納瓦克、約翰遜、克羅夫、尚卡爾和其他人身上。

李奧！

她目瞪口呆，難以置信。

飛行甲板的邊緣閃了一下，又消失了。其餘部位都藏在黑暗中，只看到空氣漏出造成的氣泡瘋狂起舞。

然後漩渦拖著深飛一起往下。

不！

她手忙腳亂，想穩住潛水艇。該死的好奇心！她為什麼不能離得遠一些？控制板顯示，潛水艇出問題了。韋孚跟拉力搏鬥，將推力調到最大好讓潛水艇往上升。潛水艇掙扎、搖晃，尾隨著獨立號駛往它的墳墓。後來深飛終於證明了它的設計完美無瑕，它掙脫漩渦，向上浮去。

轉眼間，一切又恢復正常，好像什麼事都沒發生過似的。

韋孚能夠聽到她的心跳，在她耳朵裡嗡嗡響。心臟像一只活塞般把血液打進她的頭裡。她關閉探照燈，讓深飛的頭朝下，小心翼翼往下沉，繼續飛往格陵蘭海的海底。

經過一點時間，也許是幾分鐘，或只有幾秒鐘，她哭了。眼淚奪眶而出，她啜泣了起來。這意謂著什麼？她早就知道獨立號會沉沒，大家都知道，可怎麼會這麼快？

會，他們都知道，就是會這麼快。

但她不知道李奧是不是還活著，或者西谷是不是逃出來了。

她感到致命的孤獨。

我要回去。

我要回去！

「我要回去！」

她淚流滿面，嘴唇顫抖，開始懷疑她的使命有何意義。她沒有見到Yrr，雖然她已經快到海底。她檢查儀器。電腦安慰了她。它說，她已經航行了將近半小時，潛入二七〇〇公尺深。

半小時。她還要在這下面堅持多久？

妳想看到全部嗎？

什麼？

妳想看全部嗎，小微粒？

韋孚抽抽鼻子。在想像中的黑夜奇幻異境裡，那抽鼻聲將人拉回現實。「爸爸？」她嗚咽道。

冷靜。妳得保持冷靜。

一顆微粒不會問還要多久時間。微粒只是移動或停下。它順著造物的節奏，是萬物順從的僕人。這種執著的妄想是人類所獨有的，人類有種終將招致毀滅的企圖，想和自身的自然天性對抗，想將生存的時光獨立框起來。Yrr對時間不感興趣。打從細胞生出的那一刻起，它們的染色體裡就裝著時間。一切都在這兒：兩億年前，海洋板塊和龐大的陸地結合，那就是今天的北美；六千五百萬年前，格陵蘭島開始漂離歐洲；三千六百萬年前，大西洋的地形特徵已經成形，而西班牙還離非洲很遠；接著，兩千萬年前，隔斷北冰洋和大西洋的海底山脊往下沉，低到兩座海洋足以交換彼此的水，而妳也可以從格陵蘭盆地一路南行，經過非洲，最後抵達南極。

妳航向南極環極流，那是洋流的調車場，然後前往永不止息的海水迴圈。

妳從寒冷出發，進入寒冷。

妳或許僅是一顆微粒，但妳也是一片浩瀚水域的一分子，那兒的水量足足比亞馬遜河大八十倍以上。妳在海床上方流動，穿越赤道，經過南大西洋海底盆地，然後抵達南美洲最南角。在這兒，妳的流動變得平穩安靜。但離開合恩角之後，妳進入了洶湧的漩渦。妳踉蹌著，跳躍著，被拉進一場暴動中，那暴亂就像勝利大道周圍在中午用餐時間的交通狀況，只是大上許多。南極環極流由西向東繞著這塊白色大陸，像個巨大的攪拌器，運送、調度著世上所有的水。這不斷繞圈的水流從不停歇，從不碰撞陸地。它不停地追逐自己。它帶著八百條亞馬遜河的水，將地球上的水都吸到體內，把洋流撕扯開來，然後再把它們混在一起，抹消它們的出身和身分。就在快到南極時，它將你沖上海面，妳冷得直發抖。洶湧的浪花托著妳往上，直到妳再度緩緩下沉，搭上了環繞著極地的巨大旋轉木馬。

它載著妳好一會兒，又將妳丟下。

妳繼續在八百公尺的深處向北漫遊。這條環狀的南極洋流是地球上所有海洋的補給處。有些水流入南大西洋的中間層，另一些進入印度洋，大多數進入太平洋，包括妳。妳緊緊貼著南美的西側，一路流到了赤道，在那裡，信風分開了水，熱帶的炙熱使妳變得溫暖。妳升到海面，被拖向西邊，直直進入印尼的雜亂無章中：大大小小的島嶼、洋流、漩渦、淺灘和渦流，似乎不可能找到路穿過去。愈來愈南，妳被拉著，越過菲律賓，經過婆羅洲和蘇拉威西之間的麻六甲海峽。妳捨棄擁擠的龍目海峽，向東流去，繞過帝汶，這條更好的路線將妳帶向印度洋廣闊的海域。

現在漂向非洲。

阿拉伯海溫暖的淺灘讓妳吸滿了鹽分。妳沿著莫桑比克南行，妳的旅伴名為厄加勒斯河。妳迫不及待想回到出生的海洋，所以愈流愈快，投入一場奪去許多水手生命的冒險中。妳到達好望角，然後被丟了出來。有太多洋流在這裡匯聚。南極星型廣場星期五下午的大塞車已經近在眼前。不管妳多麼使勁，都無法前進一步。最後妳離開主洋流，和其他微粒一起形成一道渦流，最後，妳終於到達南大西洋。妳和同類隨著赤道洋流向西漂去，在巨大的渦流裡旋轉著，經過巴西和委內瑞拉，直到抵達佛羅里達，然後環狀的水被強行分開了。

妳來到了加勒比海，墨西哥灣流誕生地。妳吸足了熱帶的陽光，開始北上前往紐芬蘭，繼續朝向冰島，驕傲地漂在海面上，慷慨地將妳的溫暖分給歐洲，好像妳有無窮無盡的熱量似的。妳沒有意識到自己不知不覺變冷了。北大西洋的水蒸發了，把鹽分留給妳，妳變重了，前所未有的重。突然間，妳發現自己回到了格陵蘭盆地，妳旅程的出發處。

妳已經旅行了一千年。

自從三百萬年前巴拿馬地峽將太平洋和大西洋切開之後，水的微粒就走這條路。只有大陸的漂移才能影響這巨大的海洋輸送帶──我們曾如此推測。但現在，人類使氣候失去了平衡。當兩邊陣營還在爭論全球暖化會不會導致極冠融化，或使墨西哥灣暖流停下時，洋流已經停了下來。Yrr攔下了它。它們攔下了微粒的旅行，終結了歐洲的溫暖，它們對自命為上帝檢選之物種的未來喊停。一旦墨西哥灣暖流停了下來，會發生什麼事，它們一清二楚，它們完全不像它們的敵人，後者從不知道自己的行為會帶來何等後果，而未來會怎樣，他們也無法想像，因為他們的基因裡沒什麼回憶，他們無法看透在創造的邏輯上，結束即是開始，而開始同時也是結束。

一千年，小微粒。超過了十代人，而妳繞了這世界一圈。

經過一千趟這種旅行，海床就將徹底更新一回。

更新了一百次，海床和海洋就將要消失，陸地將聚在一起或被拉扯開來，新的海洋將形成，世界的面容將發生變化。

在妳旅行的一秒鐘之內，簡單的生命型態誕生了，然後死亡了。在毫微秒內，原子進行了交換。化學反應發生的時間更短。

人類在這一切當中的某個地方。

而Yrr，高於這一切的。

具有意識的海洋。

妳繞著這個世界旅行了一圈，看到過去的它，也看到現在的它。妳成為這無盡循環的一部分，它沒有開始，也沒有結束，只有變化和繼續。自從它誕生以來，這顆星球就不斷地改變。每個有機體都是它的網的一部分，這網覆蓋著它的表面，以食物鏈的網絡將所有生命連結起來，誰也逃不開。簡單的生物靠著複雜的生命型態生存下去，許多有機物永遠消失了，另一些進化了，有些一直留著，並將永遠住在這顆星球上，直到被太陽吞沒。

人類在這一切當中的某個地方。

而Yrr，在這一切當中無所不在。

妳能看到什麼？

妳能看到什麼？

韋孚覺得很累，累到要命，好像她已經旅行了好多年。一顆疲累的小小微粒，悲傷且孤獨。

「媽媽？爸爸？」

她不得不強迫自己盯著螢幕。

艙壓，正常。氧氣，正常。

傾斜度：零。

零？

深飛是水平的。她愣住了。霎時又清醒過來。速率器也顯示零。

深度：三四六六公尺。

周圍一片黑黝。

潛水艇不再下沉了。它已經抵達格陵蘭盆地的底部。

她幾乎不敢看錶，怕會在那上面看到什麼可怕的東西——或許錶會告訴她，她已經在這裡待了好幾個小時，而她沒有足夠的氧氣返回海面。但數字在數位顯示器上平靜地閃爍著，顯示她才潛入海中三十五分鐘。所以她沒有暫時性失憶。她只是想不起來何時著陸，雖然她一切都操作正確。螺旋槳停止了，系統正常運作。現在她可以回家了。

然後，緊接著，事情發生了。

群

一開始，韋孚以為是自己的幻覺。她看到遠方有道藍色的微光。那道幻影盤旋、升起，彷彿一陣深藍色的灰塵從一隻巨大的手掌上吹落，然後消失得無影無蹤。

又是一閃，這回更近，面積更大。它沒有消失，而是成弧狀朝上移動，掠過了船，韋孚不得不抬頭向上看。她看到的東西讓她聯想到一朵廣闊的雲。她說不出那雲有多遠、多大，但卻讓她覺得她到達了遙遠的銀河系邊緣，而不是海底。

那藍色開始變得模糊。有一會兒，她覺得它會變得更微弱，但她馬上就醒悟那只是幻覺，因為這團雲融入了更大的一朵雲，並緩緩朝著船降落。

她突然明白了，如果她想把魯賓丟出去，她就不能停在海床上。

她傾斜側翼，發動螺旋槳。深飛貼著海底擦過，捲起沉積物，升了起來。閃電亮起，韋孚看到Yrr正在結合。

龐大無比的**群**。

四面八方都有藍色白色的光線靠近中。深飛此時被結合的雲團吞了進去。韋孚知道，膠狀物能縮成一種彈性特強的組織。她寧可不去想，若單細胞生物的肌肉緊緊包住她的潛水艇，會發生什麼事。她眼前掠過拳頭擠碎生蛋的畫面。

她在海床上方十公尺。

這應該夠了。

手指一按，就解決了一切。只要一不小心，只要手指因為緊張或害怕而發抖，開錯了密閉艙，她轉眼就會死去。在三五〇〇公尺的海底，壓力為三八五個大氣壓。她的身體不見得會變形，但她肯定會喪失生命。

就是現在。

不過韋孚打開了正確的密閉艙。

在她的身旁，副駕駛艙的蓋子直直向上升起，空氣爆炸似地噴出，將魯賓的身軀抬起了，推出了密閉艙。在艙蓋打開的情況下，韋孚幾乎無法操縱潛水艇，但她朝向前方加速，然後突然往下，終於將魯賓彈射出去。他成了道黑影，漂在移近的光線前。不友善的環境壓破了他的肌肉和器官、擠爆他的頭顱、扯開他的骨頭，將他的體液擠了出來。

光線無所不在。

魯賓旋轉的身軀被膠狀物抓住，被丟向逃跑的潛水艇。那生物也從兩側襲來，同時從四面八方，從上面和下面。它將自己推向潛水艇，緊緊裹著魯賓，固定住，韋孚嚇得大叫……

船自由了。

Yrr撤走了，速度幾乎和衝來時一樣快。它遠遠地撤退了。假如有任何人類的情緒可以大致用來形容群的反應，那就是：驚慌。

韋孚知道自己在哭泣。

藍色的光線仍包圍著她。朦朧的光線急速竄過巨大的膠狀物，它像堵巨大無比的堡壘包圍著船，延伸到她視線的盡頭。她轉過頭，盯著魯賓破碎的臉，儀表板上有朦朧的燈光照著他。他被收縮的膠狀物壓在圓頂上，黑暗的眼窩盯著潛水艇裡面。他的眼球被水壓碎了，黑色的液體滲出，然後死者的遺體慢慢漂開，進入黑暗裡。他又成了一道影子，映在發亮的背景前，身軀旋轉著，動作詭異，有如在異教的眾神前獻演一場笨拙、極其緩慢的舞蹈。

韋孚呼吸急促，她強迫自己鎮定。換在別的環境下，她早就吐了，但她現在沒有時間感傷。

環狀物繼續撤退，邊緣朝上突出，黑暗從下面湧起。生物學家的遺體消失在黑暗之中。幾乎是在同時，細長的觸鬚從上方往下伸展，像原始森林裡的藤蔓那麼細。它們一起移動，目的很明顯：找到魯賓，開始摸他。韋孚看不到他的身體，但聲納顯示他在那裡。觸鬚仔細地摸索，動作描繪出人體的輪廓。

觸鬚尖裡長出更細更小的觸鬚，在摸索著向前移動之前，它們仔細撫摸身體每一個部位。有時它們保持不動，或長出分支。它們不時滑向彼此，互相交疊，像在進行一場無聲的會議。到目前為止，韋孚只看過藍色的Yrr，但這些觸鬚卻發出強烈的白光。那情況令人不由自主地認為，它們的動作經過精心編排，有如演出一場無聲的芭蕾。突然間，韋孚聽到遠方傳來她兒時的音樂，德布西的《緩慢曲》，那悠揚的華爾滋是她父親最喜歡的曲子。她吃了一驚，同時心神一暢，所有害怕頓時消失了。當然沒有人會在海底演奏《緩慢曲》，但那曲子卻非常適合此情此景。抑揚有致的音樂絕頂精妙，在這一刻韋孚只能感受到……

美。

她在美的幻影中找到她的父母。

韋孚抬起頭看。

她的上方懸掛著一只閃閃發亮的藍鐘，高若天宇。

韋孚不相信神，但她得壓抑自己，才不致語無倫次地祈禱。她想起克羅夫的警告，她提到我們將外星人想像成人形，提到我們描繪的他者只不過是自我的鏡像，提到我們得更大膽的想像外星生命。也許克羅夫會憎恨這種光的純潔性，或許她想要一種象徵性不那麼強的光，不是這些觸手發出的聖潔白光。但光線就只是光線，它不代表任何東西。白色的光就像藍光、綠光或紅光，都是生物經常發出的顏色。這裡的光不是神性的象徵，只是一群受到刺激的Yrr細胞。撇開這些不談，哪個和人類親近的神會以觸鬚的形式現身呢？

一切都再也回不去了，這念頭幾乎擊垮了韋孚。對單細胞生物能否產生智慧的爭執，以及一些質疑，如細胞能夠自我組織化是否代表它們是具有意識的生命，或僅是一種不尋常、形式精巧的擬態。而最後，Yrr甚至更勝一籌，它們以膠狀物的魔鬼模樣揮動觸鬚，鑽進獨立號的船殼，並在布滿恐懼的船艙室中贏得地盤。和它相比，H．G．威爾斯的火星人看起來實在善良無害。但這一切，在這場奇異但同時也莊嚴絕倫的演出前都失去了意義。韋孚看見了，不需任何其他證明，她確實看到了一種發展成熟、非人類的智慧生命。

她抬頭望著藍色的圓頂，目光向上游移，直到她看到它的頂端，從那兒，有某樣東西正緩緩落下，觸鬚由它的下側伸出。那是觸鬚的根部，一個幾乎是渾圓的形狀，像月亮那麼大。灰影掠過它白色的表面。投影出複雜的圖案，圖案轉眼間淡去。那是白底上的白影，亮光的和諧對比，一排排閃爍的點和線，待破解的密碼，符號學者的饗宴。那讓韋孚想到一台有生命的電腦，在內部和表面正在進行錯綜複雜的運算。當那東西陷入思考時，韋孚在一旁看著，後來她醒悟過來，它是在思考周邊的一切，為那巨形的膠狀物，為那整片藍色的穹蒼，她終於明白那是什麼了。

她找到了女王。

女王在進行接觸。

韋孚簡直不敢呼吸。巨大的水壓壓縮魯賓體內的液體，同時將體液擠壓出殘骸。他遺體上注射費洛蒙的針孔處滲出化學物質，Yrr立即本能地產生反應，在一瞬間聚合完成。計畫會不會成功，韋孚沒把握。可是，如果她是對的，**群**碰到魯賓，一定會產生巴別塔式的困惑——區別在於，在巴別塔，人們雖然能辨識彼此，卻無法理解；而現在正好相反，**群**理解了，卻無法辨識。除了Yrr，之前從沒有人發送或接收過這項藉費洛蒙傳遞的訊息。集體試著辨認魯賓，卻徒勞。他的身體告訴它們，他顯然是它們決定消滅的敵手，但這個敵手在說：**結合**。

魯賓說：**我是Yrr**。

女王會怎麼思考？她識破這樁詭計嗎？她知道魯賓不是Yrr群體，他的細胞緊密生長在一起，且缺少接受器嗎？他絕對不是Yrr仔細檢查的第一個人。他身上的一切都表明他是它們的敵人。根據Yrr的邏輯，非Yrr的生物，不是遭到忽視，就是遭到攻擊。問題是：Yrr可能與Yrr對立嗎？

她能確定嗎？

至少這一點韋乎非常確定，她知道，約翰遜、安納瓦克和其他所有人都會同意。Yrr不互相殘殺。當然，生病和有缺陷的細胞會被排出群，然後死亡機制啟動，但這和人類身體排掉死皮沒有多大區別。人們不會說這是身體細胞之間的爭鬥，因為它們共同組成一個生命。Yrr也是如此。它們有成億上兆個，卻又是同一個。就連有著不同女王的不同集體，也都屬於同一個龐大存在，共有一份龐大的記憶，一個包圍全地球的大腦，有能力做出錯誤的決定，但不懂得任何道德責任；容許存在個別想法，卻不容任一個細胞享有特權。對內沒有懲戒、戰爭。Yrr只分正常的和有缺陷的，而有缺陷的就死。

但死的Yrr絕不會發出像這塊人形肉塊散發的費洛蒙訊息。這訊息告訴它們，這屍體不是敵人，而且是活的。

卡倫，別碰那隻蜘蛛。

卡倫還小。她拿起一本書，想將一隻蜘蛛打死。蜘蛛也很小，但犯了不可饒恕的罪：因為牠生為蜘蛛。

為什麼要打死牠？

蜘蛛很醜。

情人眼裡出西施。妳為什麼覺得蜘蛛醜？

好蠢的問題。蜘蛛為什麼醜？因為牠就是難看。牠沒有圓圓的大眼睛盯著你，牠不可愛，不討人喜歡，你還不能撫摸牠，牠的模樣很怪，很邪惡，生來就該被打死的樣子。

書飛落，蜘蛛變成一團泥。

後來，沒過多久，卡倫後悔了。她坐在電視前看《蜜蜂瑪雅》，上一集內容告訴她，蜜蜂是益蟲。這一集也出現一隻蜘蛛，牠八條腿、目光呆滯，一副活該被書壓扁的模樣。可是那隻蜘蛛突然張開無唇的小嘴，發出一種吱吱的童聲。牠沒有像小女孩預期那樣露出恐怖的威脅，一點也不。這隻蜘蛛甜蜜可愛，是個惹人喜愛的小東西。

突然間她無法想像自己怎麼能殺死蜘蛛。更嚴重的是，她殺死的蜘蛛將出現在她的夢裡，用高音的童聲控訴她。光是這麼想就讓卡倫驚恐難忍。她哭了起來。

那時她學會了尊重。

她還學會一些事，多年後在獨立號上發展成一項理念：一個有高度智慧的物種如何迴避欺瞞另一個智慧物種；可以爭取時間，甚至增進彼此理解的理念。這項理念需要一個習慣將自己視為地球智能生命的模板，能謙抑自己，盡量化為Yrr。

這對自認是以上帝形象創造出來的人類來說，是何等非份的要求啊！

就看你對此怎麼理解了。

在她的頭頂飄著一輪有智慧的白月，漸漸下沉。

它的觸鬚包住魯賓，他像個裹著膠質的木乃伊軀體，被拖往光中。它們將他拉入內部。女王仍然往深飛下降，比潛水艇要大好多倍。海裡突然間不再黑暗。月亮開始包圍潛水艇。一切都被照亮了。女王包住潛水艇，將它吸收入她的思想，白光在韋孚周圍閃爍著。

韋孚再度感到害怕。她透不過氣來。她必須制止發動推進器的衝動，雖然她渴望逃離這裡。魔咒消散了，讓位給現實的威脅，但她知道，推進器對抗不了這個彈性、堅韌的膠狀物。它們或許會惱怒、發癢，或許滿不在乎，但決不會因而撤退。想逃是沒用的。

她感到船被抬了起來。

那生物能**看到**她嗎？怎麼看？韋孚毫無頭緒。**群**沒有眼睛，但誰說這樣就看不見？

在獨立號上人們會需要多得多的時間。

她熱切地希望這膠質能透過玻璃圓頂感覺到她。希望女王禁不住誘惑打開蓋子來觸摸她。這樣的接觸不管是不是出於善意，都會終結一切。

女王不會這麼做。她有智慧。

她？

多麼快就落入人類的思維方式啊。

韋孚忍不住笑出來。這一笑彷彿發出訊號，她周圍的光幕透明起來。它們似乎向四面八方離去，她頓時明白，她稱為女王的那生物在融化。光在流散、擴張，有那麼不可思議的一瞬間，彷彿向她展示年輕宇宙的星團。微細的白點在圓頂前起舞，如果它們是單細胞生物，它們真是相當大，約略豌豆大小。

然後深飛自由了，月亮重新結合，漂浮在她下方，被一塊不停向四面八方伸展的深藍色圓盤托著。女王一定將船抬起了相當一段距離。圓盤表面發生的事，韋孚只能用一個概念來形容：交通混亂。無數閃爍生物聚集在表面上。幻化而成的魚群從膠質中浮出，身體閃爍著複雜的圖案，匯合後又融回那物質內。遠方彷彿有煙火，然後紅點構成的焰火在潛艇前燃放，形狀變幻不止，令人目不暇給。當它們往白色球體落下時，形狀緩緩固定下來，但直到接觸到女王，才露出真實本質。韋孚屏住氣，它們不是小魚，而是有著修長身軀與十條觸手的巨形生物。

一條烏賊。體型有公車那麼大的烏賊。

女王送出一根亮絲，觸及烏賊中央，光點便靜止了。

發生什麼事？

韋孚無法移轉目光。在她眼前，浮游生物群像雪一樣發亮，從下往上漂。一大群氖綠色的深海墨魚游過，眼睛盯著柄。無盡延伸的藍被一陣陣閃光照亮，旋即消失在韋孚視線所及之外。

她目不轉睛。但突然間一切太過了。

她再也無法忍受。她注意到船又開始下沉，沉向閃閃發光的月亮，她害怕若再次靠近這個美得可怕、陌生得可怕的世界，她可能會永遠無法離開。

不，不！

她迅速關閉敞開的機艙，將壓縮空氣打入。聲納顯示目前距離海底一百公尺高，正在下沉。韋孚檢查內壓、氧氣、燃料。沒有故障，系統一切正常。她傾斜側翼，發動推進器。她的水下飛機開始上升，起先緩慢，而後愈來愈快，逃離格陵蘭海底的陌生世界，奮力飛向故鄉的天空。

衝回地球。

韋孚有生以來從未在這麼短的時間內經歷過這麼多種情感變化。突然有上千個問題飛掠過她的腦。Yrr有城市嗎？它們從何發展生物科技？**刮擦聲**如何產生？她到底看到了這個異文明的什麼？**對方讓她看到了什麼？**全部？或者什麼都沒有？她看到的是浮動城市嗎？

或者只是哨站？

妳能看到什麼？妳看到了什麼？

我不知道。

精神

上，下。上，下。無聊。

海浪抬起深飛，讓它跌落。上下，上下。深飛停在海面上，自韋孚從海底起飛後，已過了好長一段時間。她感覺自己像被困在一架精神分裂的電梯裡。上，下。上，下。海浪很高，而且間隔平均。浪頭連續著，像堵單調的灰色峭壁，穩定地移動。

打開圓頂太危險了，深飛轉眼就會灌滿水。因此她就那麼躺著，望著外面，希望大海平靜下來。她還有一點燃料，不足以駛到格陵蘭島或史瓦巴群島，但至少足夠駛到附近。一旦海面平靜一點，她就繼續前進，不管駛向哪裡。

她還是不確定自己到底看到了什麼。她仍不確定自己是否說服了那個海底的生物，關於人類和Yrr有一些共同點，哪怕那只是一點點氣味。若真是如此，那麼感情將戰勝理性，人類就能多爭取到一些時間了。就像一筆以善心、謹慎和行動償還的貸款。總有一天，Yrr會為了自己的出身、演化和生存而達成新的共識，而人類將會影響它們的決定。

韋孚不願想太多。不去想西谷·約翰遜，不想珊·克羅夫和墨瑞·尚卡爾。不去想那些死者。不去想蘇·奧利維拉、愛麗西婭·戴拉維、傑克·灰狼。不去想薩洛·皮克、傑克·范德比特、路德·羅斯科維奇，不想任何人，連茱蒂斯·黎也不想。

不去想李奧，因為想就意味著害怕。

但她後來還是想了。

他們一個接一個出現，像是來參加一場晚會似的，在她的心裡隨意入座。

「是啊，我們的女主人十分迷人。」約翰遜說道，「但她竟然沒買些好點的紅酒，真是糟糕。」

「在一艘潛水艇裡，你還指望什麼？」奧利維拉反駁道，「潛水艇又沒有葡萄酒地窖。」

「沒有紅酒，晚會就沒什麼樂趣了。」

「好了，西谷。」安納瓦克笑著說，「你應該心存感激了。她剛剛拯救了世界。」

「非常了不起。」

「等等，你說她拯救了？」克羅夫問道，「世界？」

他們陷入沉默，好像大家都不知道該如何回答。

「好吧，如果你問我。」戴拉維將嘴裡的口香糖從一邊推到另一邊。「世界才不甩這些咧。無論有沒有人類，這個星球都照樣在宇宙中旋轉。我們只能拯救或毀掉自己的世界。」

「咳咳。」灰狼清了清喉嚨。

安納瓦克也加入談話：「空氣適不適合我們呼吸，對大氣層來說根本沒有差別。如果人類滅絕，這種糟糕的價值體系也就跟著消失了，如此一來，一池冒泡的硫磺就跟陽光明媚的圖芬諾一樣，都沒什麼美醜可言。」

「說得好，李奧。」約翰遜贊同道，「我們暢飲謙卑的佳釀吧。人性反正是向下墮落，我認為，哥白尼將地球流放出了世界的中心，達爾文從我們的頭上摘去了萬物之冠，佛洛伊德又說人類受到潛意識的束縛。到最後我們至少還是這個星球上唯一文明的傢伙——但現在Yrr要把我們趕盡殺絕。」

「上帝拋棄了我們。」奧利維拉激動地說。

「哎呀，也不盡然。」安納瓦克反駁，「多虧卡倫為我們爭取到緩刑。」

「可付出了多大的代價呀！」約翰遜拉長了臉，「我們之中有人非死不可。」

「噢，沒人會懷念廢物的。」戴拉維打趣道。

「別裝得好像妳不在乎似的。」

「你想怎麼樣？我覺得自己很勇敢。如果你在電影裡看過這些故事的話，總是老人先死，年輕人倖存下來。」

「那是因為我們是猩猩。」奧利維拉冷冰冰地說道，「老的基因必須讓位給更年輕更健康的，才能進行最完美的細胞複製。反過來就行不通。」

「連在電影裡都不行。」克羅夫點點頭，「如果老的倖存下來，年輕的死去，人們就會大嚷大叫，在大多數人眼裡，那不是幸福結局。不可理喻，對不對？就連幸福結局這種極其浪漫的事也是生物學的必然結果。有誰提到自由意志？誰有菸？」

「沒有葡萄酒，沒有菸。」約翰遜惡毒地說道。

「你們必須以積極的角度看待此事。」尚卡爾溫和的聲音插進來，「Yrr是自然界的一樁奇蹟。奇蹟活得比我們長久。我的意思是，金剛、大白鯊，這些傳奇的巨獸最後總是死去。人類發現牠們的蹤跡，以吃驚與讚嘆的眼光看著牠們，被牠們的奇特所吸引，然後迅速射殺牠們。這就是我們想要的嗎？我們被刮擦聲吸引，被Yrr的奇異與神祕所吸引——為什麼？為了讓它們從世界上滅絕嗎？為什麼我們就可以一直殘殺世界上的奇蹟呢？」

「好讓男女英雄能抱在一起，生出一群鬼叫的孩子來。」灰狼吼道。

「說得對！」約翰遜拍拍胸脯，「那些沒什麼腦袋，沒什麼主見的人，唯一的優點就是年輕，可為了他們，睿智的老年科學家也不得不死去。」

「唷，謝啦。」戴拉維說道。

「我不是指妳。」

「安靜，孩子們。」奧利維拉伸手安撫兩人，「變形蟲、人猿、怪物、人類、自然界的奇蹟……全沒什麼不一樣，都是有機體，無需為此激動。如果把我們放在顯微鏡下觀看，或用生物學的語言形容，我們就會馬上變成另一種樣子。男人和女人不過是雄性動物與雌性動物，個體的生活目標就是進食，我們不照顧自己的孩子，只是飼養他們……」

「性只是為了繁殖。」戴拉維熱心地說道。

「完全正確。武裝戰爭大量削減同類，然後，視軍事配備等級而定，還能危及種族存續。我們不必再為自己愚蠢的行為負責，因為我們可以將一切推給天生的本能。」

「本能？」灰狼拿一隻手臂攬住戴拉維，「我拿本能沒轍。」

一聲低笑像串通好似地傳開來，然後又收了起來。

安納瓦克猶豫著。「那好，我們再回頭討論幸福結局這件事……」

大家都望向他。

「你可以問，人類是否值得繼續生存下去。但沒有人類，只有人，一個個的人。這當中有許多人能列舉一大堆好理由，說明他們為什麼得活下去。」

「你為什麼要繼續活下去呢，李奧？」克羅夫問道。

「因為……」安納瓦克聳聳肩，「很簡單。因為我想為某個人活下去。」

「幸福結局。」約翰遜嘆口氣，「我就知道。」

克羅夫對著安納瓦克微微一笑。「別跟我說你到頭來還是愛上我了？」

「到頭來？」安納瓦克思考著，「對。我猜最後自己還是會戀愛。」

他們繼續交談，聲音在韋孚的頭腦裡回響，直到消失在波濤聲中。

愛作夢的人，她想道，妳這個愛作夢的可憐人。

又剩她一個人了。

韋孚在哭。

大約一小時後，海面開始慢慢平靜。又過一個小時後，風力減弱了，波濤變小，變成延伸的丘陵。

三小時後她才敢打開圓頂。

鎖「喀嗒」一聲鬆了，蓋子嗡嗡地升起，冰冷的空氣包圍了她。她盯著外面，看到遠方有個東西浮上來，又消失在海浪中。不是虎鯨，比虎鯨大。牠第二次浮起海面時，靠近了許多，有力的鯨尾葉突從水面升起。

一頭座頭鯨。

有好一會兒，她想著要關上了頂蓋。可和一隻座頭鯨的重量對抗有什麼好處？她現在可以躺在駕駛艙裡，或是坐直身子。如果那條鯨魚不想讓她活過接下來的幾分鐘，那麼她也活不過。

座頭鯨再次從起伏的灰色海水中浮起，身型巨大。牠停在海面，緊貼船旁。牠游得非常近，韋孚只要伸出手，就能摸到牠鑲滿藤壺的頭。鯨魚側過身體，用左眼打量了潛水艇裡的小女人幾秒鐘。

韋孚和牠互望。

牠換了氣，發出轟然巨響，然後潛下去，不激起一絲波浪。

韋孚緊緊靠著駕駛艙的側邊。

牠沒有攻擊她。

她難以置信。她整個頭都在震動，耳朵裡嗡嗡作響。當她盯著水裡時，震動聲和嗡嗡聲越來越大，卻不是來自她的腦袋。噪音來自她的頭上，就在她頭頂正上方，震耳欲聾。韋孚抬過頭。

直升機在水面上盤旋。

人們擠在打開的出口。有幾名身穿制服的士兵，還有個人朝她揮動雙手。他張大嘴巴喊著，拚命想蓋過螺旋槳的噠噠聲。

他早晚能辦到，但此時還是拚不過直升機。

韋孚又哭又笑。

那是李奧．安納瓦克。

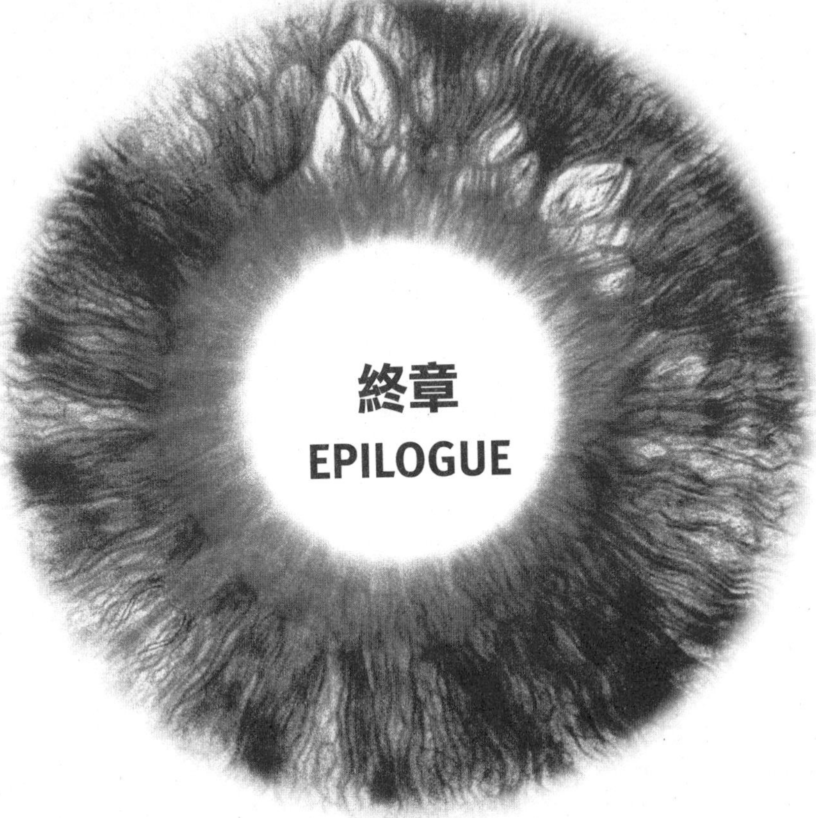

終章
EPILOGUE

珊曼莎・克羅夫，
摘自《日誌》

一切都和過去不一樣了。

一年前的今天，獨立號沉沒。我決定開始寫日記，已經寫了一年。看來人類總是需要某個具有象徵性的日期，作為新事物的開始或結束。當然，有許多人會記下過去幾個月發生的事件，但他們不會記錄**我的**想法。我希望有一天我能重頭回顧，並確保自己沒有記錯。

今天一大早我給李奧打了電話。當時我們有幾種選擇：燒死、淹死或凍死。他救了我的命兩次。在獨立號沉沒之後，我比以往都更接近死亡：北極的海水浸透骨頭、一隻腳關節扭傷了，不敢奢望能從海裡獲救。橡皮艇上有急救箱，但我懷疑我能不能只靠自己做好急救。雪上加霜的是，我還失去了知覺。直到今天我的大腦都拒絕重播最後這一幕。我記得我們跌下跳板，我最後的印象就是水。我在一家醫院裡醒來，體溫過低，患有肺炎、腦震盪，並強烈渴望尼古丁。

李奧情況很好。他和卡倫現在住在倫敦。我們談起已死去的人：西谷．約翰遜，再也無法回到挪威的房子；蘇．奧利維拉、墨瑞．尚卡爾、愛麗西婭．戴拉維和灰狼。李奧想念他的朋友，特別是在今天這樣的日子。我們人類就是這樣，即使是懷念死者，也得選個特定的日期，一個暫時的支柱，好讓我們存放悲傷，當我們下一回開啟傷痛時，發現它比我們記憶中的模樣要小得多。死亡最好還是留給死者，話題很快就轉向活著的人。我最近碰到了傑哈．波爾曼，一個好人，友善又隨和。我不知道如果我是他，我還會不會再踏入水裡，但他認為，不可能有什麼比發生在帕爾馬島上的事情更嚴重。他去潛了好幾趟水，想弄清大陸邊坡毀損程度。沒錯，如今人們又可以潛水了。

就在獨立號沉沒之後，攻擊果然停了下來。在那之前不久，SOSUS測量站記錄到了刮擦聲信號，整個海洋都能聽到。救援隊伍數小時後趕到火山島，將波爾曼從水面下的岩縫裡解救出來，他們沒有遇到鯊魚。鯨魚一夜之間恢復正常，蟲子也消失了，水母戰隊和其他有毒的動物也是，再也沒有螃蟹入侵海岸，漸漸地，海洋幫浦又開始運作，及時挽救我們免於陷入冰河期。波爾曼說，就連水合物都恢復了密度。時至今日，卡倫仍不知道她在格陵蘭盆地底部到底看到了什麼，但她的計劃一定是奏效了。刮擦聲信號及她和女王相遇發生在同一時間——深飛的電腦記錄了卡倫何時打開頂蓋扔出魯賓的遺體，沒過多久，恐怖就停止了。

或者，只是暫時停止了？

我們有善用我們的緩刑嗎？

我不知道。歐洲從海嘯浩劫中慢慢恢復。美國東部的傳染病還在肆虐，但疫情減弱了，免疫藥物開始生效。這些是好消息。與此相反的是，世界仍處於迷惘退縮。我們該如何治療傷痛呢？現有的宗教給不出答案，以基督教為例：亞當和夏娃早就讓位給演化論了。教會別無選擇，不得不承認，人類是蛋白質和氨基酸的產物。這些基督教都還算應付得來，關鍵是，上帝創造人類的**動機**是什麼？至於祂是**如何**做的，怎樣著手準備好讓一切按部就班地發生，並不重要。愛因斯坦說過，上帝不擲骰子。祂執行的計劃肯定會成功，祂絕對不會失手！

基督教也想跟上腳步，相信其他星球上住著智慧生物。畢竟，只要上帝喜歡，祂還是可以繼續創造，重覆幾次都可以。不用說，外星生物的型態與人類不一樣，也是上帝計畫中的一部分。神在祂的地球上創造了特定的環境，而人類則是這個環境裡的完美物種。其他星球的環境不一樣，外星生物的外型不同，也是理所當然。上帝並非真的按照自己的形象著手創造，而是取決於祂賜予創造物生命時，腦中想到的圖像。

但這裡頭還是有問題：如果宇宙中果真散居著上帝創造的智慧生物，那麼神子不就要降臨在每顆星球上？這些外星物種是不是個個都身懷原罪，最後被救世主拯救呢？

我們可以反駁，上帝創造的物種不必非得背負原罪。情況可能有不同的發展。某顆偏遠星球上的居民遵守上帝的律法，因此不需要救贖。只不過這就是問題所在：遵照上帝旨意生活的物種不就比人類**更優秀**了？這個物種證明自己比人類更該獲得上帝的愛，因此上帝應該更偏愛這個物種。這樣人類就成了二流作品，而且素行不良，已經因為惡貫滿盈而被洪水淹過一回了。甚至可以講得更誇張些：上帝創造的人類不是祂的傑作，祂搞砸了。祂無法阻止人類墮落、陷入原罪，因此，為了贖他們的罪，祂被迫犧牲自己的兒子。人類毫無節制，搞得上帝得以耶穌的鮮血來償還。有哪個父親能若無其事地做出這種決定呢？上帝一定是得出了這樣的結論：人類是個失敗品。

很快地，科學界就假設太空裡有著成千上萬的文明。要說太空裡的物種都是道德高尚的模範生，聽起來也不大可能，因此我們可以相信，至少還有其他物種背離正道，需要救世主。基督教只懂得教條與原則，對罪惡毫無所知。一個人的罪**有多重**，根本無關緊要，關鍵是他從一開始就是有罪的。因此我們可以這麼說：上帝不允許討價還價。無論如何，違規就是違規。懲罰就是懲罰，救贖就是救贖。

因此，假設救世史已發生過多回，似乎很合理。但要是上帝找到其他方法來洗刷人類的罪惡，會如何呢？或許祂能想出一種新的補過方式，而不用讓祂的兒子死去？基督教的教義面臨了一個問題：基督之死很痛苦，但卻是不可避免的，因為上帝認為這是唯一的法子。但要是還有其他方法呢？如果祂犧牲自己的兒子，只是為了洗淨一個星球上的物種所犯下的罪，而不管其他星球，又怎麼能說上帝是絕不犯錯。祂是否會後悔犧牲自己的兒子，因此盡力避免重蹈覆轍？崇拜一個並非全能的上帝，又有何意義呢？

事實是，除非外星文明都經歷過耶穌受難，基督教才能承認外星文明的存在。否則，要麼人類，要麼上帝，都會出現瑕疵。可是，就連基督教義的捍衛者也不能要求宇宙爆炸時，同時也出現了無數犧牲受難的基督，那麼，還有什麼想法能留下來？

人類在地球上的獨特性。

上帝為人類創造了這個星球。作為上帝的子民，人類被托付的任務是征服地球。就算宇宙中有其他文明，就算其他智慧生物造訪地球，也無法改變事實：地球屬於人類，其他智慧生物有自己的領地。在自己的星球上，每個智慧生物都是上帝所揀選的物種。

但此刻，最後的堡壘失陷了。Yrr毀滅了基督教的最後聲明。不僅人類至高無上的統治權遭受質疑，上帝的計劃也遭受質疑。要是我們說服自己，上帝在地球上創造了兩個旗鼓相當的物種，那麼Yrr若非也曾經歷一次耶穌受難，不然就是嚴格遵守上帝的誡律。若以上皆非，那麼，它們一定還未受過救贖，就犯了罪，如此一來，它們應當感受到上帝的震怒了。

不用說，Yrr並未遵守祂的誡律。一直以來，它們為了生物學的理由而犯了第五誡。這只能說明：一、上帝不存在；二、上帝不能控制，或者：三、上帝贊同Yrr的行為。那就意味著，我們跟遠古的祖先一樣，在妄想中徒費力氣——我們根本就不是被揀選的子民！

基督教就在這種爭論中搖搖欲墜，更別說是伊斯蘭教和猶太教。每個宗教都在定義、分析和解釋眼前發生的事情，而同時，它們的基礎也正在崩解。隨之崩解的還有凋零的經濟，經濟依賴上帝資本的程度，遠超乎我們的想像。同時，總是教導人類要與其他生物和平共處的佛教和印度教，則吸引了眾多信徒。秘教團體興盛，並出現新的宗教運動，傳統的部落信仰也開始風行。在古老的教派中，以摩門教最活力充沛，因為他們的上帝準備了許多個世界！但祂為什麼在同一個搖籃裡撫養兩個孩子，連摩門教信徒也無法回答。

最近有個發展，一位天主教主教率領羅馬代表團啟程出航，向海裡灑聖水，並命令魔鬼退散。這很不尋常：這個物種總是蔑視上帝定下的規則，也瞧不起祂的作品，現在卻派出一個所謂虔誠的代表，去斥責敵人。我們忽視造物主的教誨，還膽敢厚著臉皮充當祂的律師。這就好像我們向上帝宣揚福音書，希望祂能因此饒恕我們。

世界在崩解。

這期間聯合國撤銷了美國的指揮權。徒勞之舉。許多國家陷入無政府狀態。舉目四望，都是劫掠搶奪，一片混亂。到處都有武裝衝突。弱者襲擊更弱的人，我們天性就不會憐憫他人，就像遵循動物本能的生物。凡躺在地上的，都成為獵物。掠奪持續恣意張狂。Yrr不僅破壞了我們的城市，也讓我們的內心變得荒蕪。我們在地球上遊蕩，再也不相信任何事。被拋棄的野蠻孩子試圖尋找一個新的開始，卻始終不改本性。

然而世上還是有希望，首先就是我們重新思考自己在這個星球上扮演的角色。人們試圖理解生物的多樣性，以便徹底清除階級制度，體會大自然為一體的法則，看清萬物之間的真正關係。畢竟，我們與自然的聯繫是我們繼續生存下去的關鍵。人類可曾想過，一顆耗損枯竭的星球對後代會產生何等心理衝擊？眾所周知，其他物種的生存對人類的心智健康影響甚鉅。我們的心靈渴望森林、珊瑚礁和豐饒的大海、潔淨的空氣、清澈的河流和海水。如果我們繼續傷害地球、毀滅豐富的生物，我們就是在破壞一個複雜的系統，我們既無法解釋，也取代不了這系統。被人類切掉的東西，再也無法復原。我們能放棄自然這巨大網絡中的哪一部分而繼續生存，誰能告訴我們？萬物相連之鑰，有賴大自然繼續保持完整無缺。我們人類已經犯過一次錯，踰越了規矩，差點被這張生物之網除名。此時，戰火停了。不管Yrr會得出什麼結論，我們都要盡全力讓它們簡潔明快的下決定。卡倫的計謀不會再次得逞。

今天，在沉沒的周年，我翻開一張報紙讀到：**Yrr永遠改變了世界。**

它們真的改變了世界嗎？

它們對我們的命運產生了重大的影響，但我們對它們幾乎一無所知。我們以為自己認識它們的生物化學構造，可我們是真的了解嗎？從那之後，我們就再也沒見過它們。只有它們的信號在海洋裡回響，我們的耳朵無法理解這些信號，因為那不是發給我們的。一團膠狀物如何發出聲響？又是如何接受信號？這只是數百萬個問題中的兩個。只有我們可以解答。這是我們的責任。

也許人類進入另一層次演化的時間到了，好讓我們原始的基因遺傳與文明發展和諧一致。如果我們想證明，地球這個禮物我們受之無愧，就不應該研究Yrr，而該研究我們自己。我們活在摩天大樓和電腦之間，學會了否認自己的本性，只有回到我們的根源，才能踏上一個通往更美好未來的道路。

不，Yrr沒有改變世界。它們向我們展示了世界的本來面目。

一切都不復以往了。不過，再想想，抽菸我倒是一直沒停過。

我們都需要某種恆常不變的東西，你不覺得嗎？

導讀

看完就是博士，巫婆湯似的深廣魔力

◎方力行（海生館前館長、正修科技大學教授）

看完《群》這本書的第一個感想是：「博士未必能看完這本書，而看完這本書的人，卻實在稱得上博士」。

一鍋巫婆湯，挑戰小說的廣度和深度

當野人出版社總編輯張瑩瑩小姐抱著對這本書無限崇敬的心，將厚厚的一疊初稿交給我審議時，心中想的是如看《達文西密碼》般，兩三個晚上就可以搞定了，結果從頭到尾，花了兩個月二十又三天才把這本書放下來，同樣抱著無限崇敬的心，回信給張總編，推薦她另找五位教授，幫忙審定，不過這數目，尚不及原作者寫這本書時，「列名」訪談學者的六分之一。

但更有趣的是，看書的過程，毫不艱澀，而是如行山陰道上，繁花複葉，目不暇給；心情隨著章節的起伏，時而覺得自己的學問渺小無知，時而覺得海洋的內涵精深博大，時而覺得環污的災難即將臨頭，時而覺得人性的複雜令人心冷……好像這本書是用最新的現代科學知識，掙扎出頭的環保觀念，和著人類對大自然的無知、貪婪、敬畏、自大、糟蹋、掠奪與疑懼，所共同調製的「巫婆湯」，一嘗之下就迷惑的想把它喝完，看看到底會發生什麼變化？但是最後它卻沒有將答案告訴你！或許這個變化，早已在每一個讀完它的人心中發酵了。

海洋物理、化學、生物、地質、電訊、航運、環境、能源、採礦、DNA、神經網路、演化、遙測……

當翻開故事的第一頁讀下去時，一顆期待的心，就不自覺的隨著在祕魯溫暖海洋中盪漾的草船融化了，那是自己如此熟悉愛戀的海洋景色，甚至連烏卡南潛下去所見到海底山脈頂端附近游動魚類的描述，都是正確而信實的，然後我看到了甲烷冰，這是人類面臨石油枯竭前，像瀕臨渴死的人看到一座水庫那樣的新能源，它的估計含量比世界上所有的煤和石油加起來還要多一倍，但是將它釋放入空氣中後，每一個分子的溫室效應比二氧化碳還要強三十倍，若把它自蘊藏的海床上釋放出來後會發生什麼事？會不會像現在開採石油一樣，帶來無解的污染和環境變化？只追求眼前利益，一意只想到開發的人類在現實和故事中，都同樣的不在意；可是「智慧的海洋」知道！藏在海洋深處，具有群體智慧的Yrr（作者虛構），一直忍受著人類污染、破壞的神祕單細胞生物，使用了最現代化的海洋物理、化學、生物、地質知識，讓冰蟲帶著太古化學菌進入甲烷冰層中，引發陸棚崩塌，造成巨大的海嘯，毀滅人類的文明。作者也用了最新的生物知識，費洛蒙、化學分子溝通、細胞膜特殊受體，離子管道，DNA植入、網路神經元，甚至細胞凋亡現象，來描繪這些單細胞生物的的所做所為，如控制其他生物的思想行為，結合或分散自己的形體，集體記憶和思想複製，是完全可行的。

書中也講述了許多要非常聰明的專業學者才能想得出來的類比理論推導，如Yrr用數層細胞膜形成巨大的管子引導火山附近的暖水去擾亂海洋中的溫鹽梯度，藉此停止墨西哥灣流，截斷地球熱平衡的輸送，以造成氣候的改變。利用公共衛生的觀念設計帶毒藻素的螃蟹進入城市下水道系統中，造成無法控制的瘟疫恐慌。用簡單的水母堵塞引擎冷卻系統，讓配備高科技衛星、聲納設備的先進船舶，變成海上漂浮的木頭，以及分析座頭鯨等吃浮游生物的鯨類，不會如吃大型魚類的虎鯨般，因為前者不在食物金字塔的頂端，所以不易造成PCB等生物累積效應而神經中毒，故其發狂應有其他原因……等，都是令人驚艷的科學智慧運用，在一本科幻小說中如此頻繁的出現，真是耳目一新的新成就。

書中另外一個讓人印象深刻的閱讀經驗，就是大量翔實而精確的數據，不論在產業上，在能源上，在科學的度量和推算上，作者都讓他虛構的故事，架構在準確的事實和科學基礎上，尤其這些知識大部分都是近幾年來才最新發現的，譬如智人（*Homo spp.*）出現的多種族演化觀點，帕爾馬島崩塌所將造成的海嘯對大西洋城市潛在威脅的估算等，都使得《群》所表達的內容，與一些遙遠的、外太空的，或遠古的、不可回溯的，只沾一點點科學，其餘百分之九十都是幻想情節的科幻讀物完全不同；打個比方講，就算抽離掉書中虛構的故事，《群》仍然是一本擲地有聲，扎實而可增長知識的現代科學讀物。

充滿人文素養的關懷與反省

閱讀這本書的時候，除了處處在情節上有柳暗花明，知識上有如獲至寶的感覺之外，還有一種在其他許多故事書上所沒有的感覺，那就是「對人性一針見血，見之如醍醐灌頂的針砭與剖析」，這與一般小說中所鋪陳的人物野心、嫉妒、虛榮、奸詐、機巧不同，而是對人類整個物種「集合個性」的反省，譬如我們對非吾族類生物的恐懼，如文中所言「對人類的傷害，汽車、槍枝、電纜，都比蛇和多腿生物可怕」，但是我們卻怕死了蛇和多腿生物，「海洋裡滿是怪物」，但是人類卻從海洋中獲得最多的蛋白質供應，以及「如果人類看到蟎在我們皮膚毛細孔上吃油脂，腸道細菌在身體中生活的情形，必定會大驚失色」，但牠們早已與我們共生了千百年，這些敘述，都充分反應了人類之所以會對周遭的生命及環境不友善，全在於以自我為中心的自大和對其他生命的無知與漠視，並且以主觀的美醜好惡描繪，甚至塑造周遭的世界，終而掛一漏萬，破壞了億萬年來原本存在自然界的和諧和永續。

書中也以特別的篇章描述了安納瓦克回歸到他北極族人中的純真時光，以及和原始的土地、自然、生物相處時所體會的寧靜和平，不過對環境類似的感情也曾出現在許多其他的原野文學中，我反而對書中另外一些鞭辟入裡的短句，吉光片羽，感受深刻，譬如「我們不獨享道德」，「人類必需讓位置給我們不理解的東西」，「經歷的複製，而不是抽象的知識」（所以可以有不同的詮釋而成為個別Yrr進化的基礎），「死去能讓人傳說、誤解、偽造、引爆意識的雪崩」（現今每一個沒有自信和能力的政權不都是在對歷史做同樣的事？），甚至「當新的事物出現時，學者一開始持保留態度，漸漸擺出搶手明星姿態，充分利用這股被喚醒的興趣……」

（嗚呼！除了廣告公司、作曲家、業餘廚師和潛水員外，難道作者也做過學者？）

如果你願意打開天眼，俯視自己本性的話，看這本書，會讓你比看到「皮膚上爬滿了蟎在啃自己油脂」的景象，更驚嚇得冷汗淋漓。

尾聲

這是我有史以來寫序和導讀最辛苦的一次，期望盡量經由自己的努力，可以讓更多人願意接受並順暢的進入書中艱深卻迷人的核心價值，因為我知道這麼特殊、這麼有科學廣度、這麼有人文深度、這麼有「厚度」的科幻小說，也只能在有科學、有文化、有深度的國家，譬如它首賣的國度，德國，創下出售三〇〇萬本，連續拿下兩年銷售排行榜冠軍的紀錄，我喜歡，也希望自己的家鄉就是這樣的地方：有科學、有文化、有環境關懷，更有深切的反省與檢討，或許這本書，正是引領我們走上這條路的起點吧！